KB129691

승원홍 회고자서전

이민의 나라-호주,
나의 꿈과 도전

승원홍 회고자서전

이민의 나라-호주,

나의 꿈과 도전

초판 1쇄 발행 2021년 9월 1일

지 은 이 승원홍
발 행 인 권선복
편　　집 오동희
디 자 인 이혜린
전 자 책 권보송
발 행 처 도서출판 행복에너지
출판등록 제315-2011-000035호
주　　소 (07679) 서울특별시 강서구 화곡로 232
전　　화 0505-666-5555
팩　　스 0303-0799-1560
홈페이지 www.happybook.or.kr
이 메 일 ksbdata@daum.net

값 55,000원(AUD$65, USD$50)
ISBN 979-11-5602-914-4 (03810)

승원홍 회고자서전

이민의 나라-호주,
나의 꿈과 도전

승원홍 지음

도서출판 행복에너지

서문

나는 오래전부터 내 삶의 발자취를 회고록 형태로 남겨 놓고 싶었다. 왜냐하면 나는 1947년 8월 13일에 북한 평안북도 정주定州에서 태어났고 첫돌도 되기 전인 1948년 6월에 남한으로 내려온 이산가족이요 옛 조상들의 삶의 뿌리를 송두리째 빼앗긴 실향민의 후손일 뿐만 아니라 내가 만 35살이 되던 해인 1982년 12월에 정들었던 직장 대한항공과 조국 대한민국을 떠나 호주이민자로서의 삶을 택했기 때문이다. 학창 시절 때부터 그리고 호주에서의 새로운 삶을 영위하며 '나는 누구인가?' 하는 나의 뿌리와 오늘날의 내 삶에 대한 물음을 줄곧 되새기며 살아 왔다. 내가 회고록을 쓰게 된 동기는 그동안 내가 살아오면서 경험했던 시대적인 배경과 다양한 경험이야기들을 내 후손들과 호주한인동포와 전 세계 한인동포들에게 기록으로 남겨주고 싶다는 간절한 소망 때문에서였다.

첫째, 철이 들기 시작했던 학창 시절 때부터 나의 좌우명은 경천애인敬天愛人이었다. 무엇보다 하나님을 경외하는 신앙인으로서, 한 사람의 삶을 통해 여러 모양으로 동행하며 세상을 살아가는 지혜와 용기를 주시며 선한 길로 인도하며 역사하시는 놀라운 하나님의 은총과 섭리에 관해 간증하며 하나님께 영광을 올리고 싶어서였다.

둘째, 하나님께서 내가 살아가야 할 시대와 환경에 맞게 나에게 주신 천직이요 나의 생업이었던 항공사 관련 업무와 여행사업을 통하여 성심껏 일하면서 얻은 재물과 재능을 사용하여, 내 가정은 물론 한인공동체와 호주다문화사회의 화합와 발전을 위해서 여러 방면으로 봉사할 수 있게 했던 사례들을 내 후손들에게도 알게 하여 그들의 정체성과 자존감에 좋은 영향력을 주고 싶어서였다.

셋째는 나와 같은 시대를 공유하며 살았던 모든 사람들과의 소중한 귀한 만남들을 추억하며 그들과의 값진 인연들이 언제나 내 가슴속에 소중히 간직되고 있다는 것과 아울러 정겨운 감사의 마음을 전달하고 싶어서였다.

넷째로 추가한다면, 내가 교육받고 성장했던 조국 대한민국의 미래 세대와 함께 여러 국가에 흩어져 사는 다양한 해외동포사회 한인지도자들과 더불어 다문화사회 지도자들에게도 호주한인사회의 정보를 공유할 수 있으면 좋겠다는 희망에서였다. 왜냐하면 대한민국 정부는 750만 해외동포를 귀중한 인적 자산이라고 말한다. 1979년 6월 대한한공 시드니지사장으로 부임하여 3년여 활동한 기간을 포함해서 지난 42년 동안 시드니 한인동포사회의 이민 초기 정착과정과 성장기에 있었던 나와 직간접으로 관련되었던 한인사회의 중요한 일들에 대한 과거의 기록과 현장감 있는 사진들을 소개해 줌으로써 호주를 포함한 다양한 이민사회의 후배들에게도 귀한 참고자료가 되었으면 하는 바람에서였다. 혹여나 이런 기록들을 통하여 한인동포사회의 후배들에게나 다문화사회 지도자들에게 어떤 귀한 영감을 주어 그들로 하여금 더욱 혁신적이고 희망있는 해외한인동포사회 또는 다문화 이민사회를 만들어 갈 수 있다면 그것은 나에게 있어 또 다른 축복이요 행복이라 할 수 있을 것이기 때문이다.

오늘날과 같은 디지털 시대가 아닌 적어도 2000년도 이전의 아날로그 시대에 왕성하게 활동을 했던 나의 과거와 관련된 자료와 사진수집은 쉽지 않았다. 과거 한국전쟁과 함께 정치사회적 격동기를 거치며 산업화 사회로의 전환기였던 1950-1980년대 어려웠던 한국의 현실 속에서 오렌 사진과 자료들을 두루 찾는 데는 어려움이 많았다. 더욱이나 기억조차 못 하는 유년기 부분은 부모님의 전언과 함께 나의 까마득한 기억들에 의존할 수밖에 없었다. 그럼에도 불구하고 호주동아, 한호일보, 한국신문, TOP주간지를 비롯한 여러 호주교민 언론사들과 한인단체장들의 도움을 받아 나와 관련된 오랜 기록과 사진들을 찾을 수 있었으며 또한 모교인 장충국민학교, 보성중고등학교와 서울대학교까지 방문하여 생활기록부와 성적표 기록과 대한항공에서의 경력증명서까지도 찾아 올 수 있었음은 퍽이나 다행스러웠다.

이민자로서의 삶은 어느 누구에게나 마찬가지로 그리 쉬운 일은 아니다. 그럼에도 불구하고 호주이민 1세대 한국인인 나에게 젖과 꿀이 흐르는 천혜의 자원을 보유하고 있는 선진문명국가 호주는 모든 분야에서 나의 꿈을 실현하기 위한 새로운 도전의 장소였고 희망과 기회의 땅이었다. 부모로부터 타고난 내 선천적 인성과 재능, 학창시절에 훌륭하신 선생님들을 통해 얻어진 내 지식과 지혜들이 그리고 나의 첫 직장이었던 대한항공에서 여러 부서를 거치면서 체득했던 귀한 경험들을 유감없이 발휘할 수 있었던 실험현장들이기도 했다. 어찌 보면 이 모든 것들이 나에게 운명적으로 예비되어진 하나님의 크나큰 축복의 통로였음을 고백하지 않을 수 없다.

나에게 귀한 생명을 주시고 갓난아이였던 나를 껴안고 북한 공산당정부 치하에서 남한 자유민주대한민국으로 월남하여 온갖 어려웠던 환경 가운데서도 잘 양육하여 내가 교육받고 성장할 수 있게 하여주신 아버지 故 승익표承翼杓 (1919-2013) 님과 어머니 이용원李龍源 1926- 님께 깊은 존경과 감사를 드린다. 아울러 사랑하는 아내 김영옥金英玉, Jenny과 세 자녀 중 맏딸 승윤경承允慶 Maria과 사위 윤덕상尹憲相 Daniel, 첫째 아들 승지헌承志憲 Peter과 맏며느리 남혜영南惠榮 Kelly, 둘째 아들 승지민承志珉 Edward과 막내며느리 이지나李智那 Jina를 포함한 모든 가족들에게도 깊은 감사와 따뜻한 사랑의 마음을 전하고저 한다. 그리고 내가 태어나서부터 지금껏 살아오면서 누군가의 도움이 필요했던 순간 순간마다 만났던 수많은 모든 귀한 분들께도 깊은 존경과 감사를 드리고저 한다.

내가 대한항공 시드니지사장으로 부임했던 1979년 6월 22일을 기준으로 2019년도는 나의 호주정착 만 40주년이 되는 뜻깊은 해로서 1월 26일 호주건국일Australia Day을 맞아 호주이민 1세대로서 호주국민훈장Order of Australia, OAM까지 받게 되어 내 가족과 지인은 물론 호주한인동포들과도 그 영광과 기쁨을 함께 나눌 수 있음에 그동안의 나의 삶이 매우 보람되고 자랑스럽다고 생각한다.

특별히 한호수교 60주년이 되는 2021년에 74세에 이르기까지 내 개인적 삶의 과정과 성취했던 일들에 대해 널리 소개할 수 있도록 책으로 엮어 세상에 내어놓을 수 있음에 또한 감사한다.

끝으로 귀한 책 추천사를 보내주신 존경하는 김덕룡 전 민주평통 수석부의장님, 김성곤 재외동포재단 이사장님, 이구홍 전 재외동포재단 이사장님, 이형모 재외동포신문 발행인님, 정영국 세계한민족회의 이사장님, 김영근 전 미국워싱턴한인연합회장님, 외교부 공관장이셨던 박영국, 김웅남, 이휘진 전 시드니총영사님, 친애하는 보성중고등학교동창 정두환 전 선경SK시드니지사장님, 서울대학교 중문과 친구 이종진 이화여자대학교 명예교수님, 서울대학교 정영사 친구 최현섭 전 강원대학교 총장님, 백남선 이화여자대학교 여성암병원장님, 이재환 전 제일모직 시드니지사장님, 조기덕 전 시드니한인회장님 그리고 아날로그 시대의 오래된 사진과 자료들을 디지털로 복원하느라고 귀한 시간을 할애해 주신 서범석 선배님과 정헌우 후배님, 그리고 내 회고록 출판을 위해 여러모로 자문해주며 귀한 책자로 만들어 주신 도서출판 행복에너지 권선복 대표님과 편집진에게도 깊은 감사의 뜻을 전한다.

2021년 6월 시드니 West Pymble집 서재에서

승원홍承源弘 William W.H. Seung OAM, JP

William W.H. Seung OAM, JP
승원홍承源弘 경력

1947.8. 평안북도 정주 출생
1960.2. 서울 장충국민학교 졸업
1966.2. 보성중고등학교 졸업
1966.3.-1974.2. 서울대학교 문리과대학 중국어중문학과 졸업
1968.2.-1971.5. 대한민국 공군(병장)전역
1973.11.-1982.11. (주)대한항공 9년간 재직
1973.11.-1977.10. 김포국제공항 국제여객과, 본사 영업부 국제여객과
1977.11.-1979.4. 사우디아라비아 제다지점 판매관리담당
1979.6.-1982.8. 호주 시드니지사장
1982.8.-1982.11. 서울국제여객지점 인터라인담당 과장/사임
1982.12. 호주로 이민
1983.5.-2012.12. 호주롯데여행사 창립 대표이사, 30년 경영 후 여행업에서 은퇴
1986.4. 호주시민권 취득
1988-1994 시드니제일교회 한글학교 교감
1989.11.2 & 3. 한국국립극장단원 오페라하우스 공연 호한재단과 공동 후원
1990.12.-2023.3. Justice of The Peace JP자격 취득
1991.7.1-8. 호주교민 최초의 북한순수관광단체여행 실행과 이산가족만남 주선
및 해외동포원호위원회 김영수 참사와 협의, 호주이산가족찾기창구 확립
1991.11.3. 호주연방정부 노동당 초청, 조선노동당중앙위 대남총책 김용순 비서와 만남
1991-2001 & 2011-2019 민주평통자문위원 5-9기 & 15-18기 및
5,6기 대양주협의회 간사
1993.8.10. 승원홍 사장의 중국기행 책 출판(주 범양사출판부)
1993.8.21. 롯데여행사 창립10주년 기념예배 및 중국기행 책 출판기념회
1993-1996 호주한글학교협의회 회장
1994.-2003. 롯데여행사 승원홍장학금 제정 매년 교민자녀 대학생 2명에게 장학금 지급
1997-1999 재호한인상공인연합회 회장
2001-2002 한국방문의해 명예홍보사절

2001.6.24. 시드니제일교회 항존집사(안수집사) 피택
2004.4.4. Lindfield Uniting Church린필드교회 장로장립
2004-2012 경상북도관광 호주홍보사무소장
2007-2009 제26대 호주시드니한인회 회장
2007.3.- 세계한민족공동체재단 자문위원
2007.8.3. 호주연방총리 The Hon. John Howard MP 존 하워드 총리와 45분간 면담
2008.10.- 한국 병무청 명예병무홍보대사
2008.11.- 대한민국6.25참전국가유공자회 호주지회 자문위원
2009- 대구광역시 해외자문관
2009.3.4. 이명박 대통령 내외분 호주국빈방문환영 재호주동포간담회에서
교민대표 환영사
2009.6. 재외동포신문 자문위원
2009.12.- 민족화해협력대양주위원회 자문위원
2011.8. 울릉도 독도명예주민
2011-2012 한국정부초청영어봉사장학생TaLK프로그램 명예홍보위원
2011-2016 Red Shield Appeal(붉은방패모금)행사 Area Chairman(지역회장)
2011.11.- 한국 일천만이산가족위원회 호주지회 상임고문
2012.1.- 대한민국 글로벌무궁화포럼 호주지부 고문
2012.10. 제18대 대통령선거 새누리당 중앙선대위 의장 해외특보 겸
재외선거대책위원회 대양주 부위원장
2012-2014 대양주한인회총연합회 상임고문
2013-2015 경상남도관광 호주홍보위원장
2013-2015 호주NSW주정부 다문화장관 자문위원
2013-2015 호주NSW주정부 반차별위원회 위원 Anti Discrimination Board
2014.4. 대한민국 국적 회복(복수국적)
2014.5. 일본전쟁범죄규탄 재호한중동포연대 자문위원
2014- 한호정치경제포럼 상임고문
2014- 호주NSW다문화협의회MCCNSW 부의장
2014- 호주한인공익재단KACS 이사장
2016.3. 북한인권개선 호주운동본부 자문위원
2016.10.3. 육영수추모동산건립위원회 대양주 고문
2016- 울산광역시 해외명예자문관
2017.4. 국민의당 재외국민위원회 대양주회장

William W.H. Seung OAM, JP
승원홍承源弘 수상내역

1960.2. 한국소년사주최 제1회 전국아동글짓기현상대회 2등상

1972.3. 서울대학교 1971학년도 우등생 상장

1974.2. 서울대학교 준최우등 졸업

1981.3. 대한항공 창사12주년기념 모범사원 표창

1986. 재호한인축구협회 감사패

1990.10. 재호평안도도민회 감사패

1990. 1997. & 2000. 한국 및 동남아참전협회 감사패 & 감사장

1993.9. 세계한인상공인총연합회 무궁화상

1993.12. 한국 교육부장관 감사장

1993.12. 민주평통의장 대통령 표창장

1994.9. 세계한인상공인총연합회 감사장

1995.7. 호주시드니한인회 공로패

1995.12. 민주평통대양주협의회 감사패

1997.5. 호주한글학교협의회 감사패

1997.5. 기독세계사 감사패

1997 & 2006 & 2012 한국관광공사 사장 감사패

1999.9. 재호한인상공인연합회 감사패

1999.10. 한국국립무용단초청 공연을 위한 오페라하우스 사장 감사서한

2003 Taekwondo Australia (호주태권도협회) 감사패

2004.4. 한국올림픽태권도시범단 감사장

2009.3. 대한민국 이명박 대통령 호주동포간담회 감사서한

2009.5. Korean Australian Young Leaders (KAYLEADERS) 감사패

2009.12. 호주시드니한인회 감사패

2010.5. NSW Veterans Affairs Minister (NSW주정부보훈부장관) 감사장

2011. 호주시드니한인회 한국의날 행사후원 감사장

2011-2016 The Salvation Army, Red Shield Appeal 구세군 붉은방패모금 감사장

2012. 호주시드니한인회 한국의날 행사후원 감사장

2012.11. 서울대학교 총동창회장 감사장

2013.11. 대양주한인회총연합회 공로패

2014. SUN SHUN FUK FOODS사 2014 음력설축제 요리경연대회 심사위원 감사장

2015. Ryde시 & Ryde시 음력설축제위원회 2015 음력설축제 행사후원 감사장

2015. WUHAN HANKOW FOOD사 2015 음력설축제 요리경연대회 심사위원 감사장

2015. 서울대학교총동창회 시드니지부 감사패

2015.7. 한국품앗이운동본부 감사장

2018.9. MCCNSW Community Life Award (NSW주 다문화협의회 평생봉사상)

2018.10. 한호정치경제포럼 감사패

2019.1. City of Ryde Excellence Award (2019라이드시 우수상)

2019.1. Order of Australia MedalOAM 호주국민훈장 수상

2019.2. 서울대학교 정영회 '2019년 정영상' 감사패

목차

1장
나는 누구인가?

2장
나의 학창 시절(1954.3.-1974.2.)과 병역의무 완수(1968.2.-1971.5.)

3장

평생 반려자를 만나 결혼, 가정을 이루고 세 자녀의 탄생과 양육

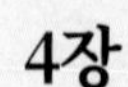

4장

첫 직장, 대한항공(Korean Airlines) 9년 재직 후 떠나다

5장

첫 사업, 롯데여행사 창립(1983.5.)과 30년 경영활동

6장

다양한 교민단체 활동과 한국 및 호주정부기관업무 피위촉 봉사활동

7장

제26대 호주 시드니한인회장(2007.7.-2009.7.)

8장

시드니한인사회의 주요 기념행사와 여러 단체 모임, 행사, 강연 및 기타

9장

호주국민훈장(OAM)수훈 및 다양한 언론매체 인터뷰 보도내용과 추억의 사진들

추천사

편집후기

출간후기

연일승씨(延日承氏) 29세손 승영춘(承永春, 1898-미상, 부모님이 1948년 남한으로 내려온 이후의 소식을 알 수가 없기 때문이다) 할아버지의 4남 3녀 중 2남인 나의 아버지 30세손 승익표(承翼杓, 1919-2013)에 이어 내가 31세손으로 그리고 32세손 맏딸 윤경(允慶, Maria)과 첫째 아들 지헌(志憲, Peter)과 둘째 아들 지민(志珉, Edward)에 이어 33세손으로 도윤(都昀, Jaden), 재윤(職鋆, Dominick), 주연(鉒娫, Dani), 리오(莉旿, Dylan)로 승씨 가문을 이어가고 있다. 어쩌면 내가 알지도 못한 그 오래전부터 나를 위해 예비했던 길을 따라, 호주이민자로 정착하기까지 내 삶 가운데 하나님께서 항상 나와 함께 동행하셨다는 사실을 확신하며 살아가고 있다. 그래서 나는 평강과 축복의 통로로 쓰임을 받기 위하여 언제나 하나님의 도우심을 간구하며 또한 삶의 지혜와 이 세상을 살아가는 용기를 간구하며 소망의 나라로 전진해 가고 있다.

1장

나는 누구인가?

승씨 본관承氏本貫의 유래와 내 고향 평안북도 정주定州

연일승씨延日承氏의 시조는 고려사高麗史에 기록된 고려 3대 정종靖宗 때 대장군이였던 승개承愷라고 명시하고 있다. 아마도 고려사 이전의 역사기록물에서는 승씨를 발견하지 못한 듯하다. 1984년도에 발간된 연일승씨대동보延日承氏大同譜;족보에 의하면 '고려사에 시조 승개承愷대장군을 위시하여 수 많은 무관의 업적이 수록되어 있으며 조선조의 문헌에도 수많은 우리 조상들이 문과 또는 무과에 급제한 기록이 있다. 일부 문헌의 기록을 보면 '연일승문은 사대부향士大夫鄕인 동시에 문교지향文敎之鄕인 정주定州에 뿌리를 내린 지 거금 950여 년 오랜 세월 속에 현달한 인사가 많이 배출되어 향鄕을 일으키고 도道의 망網을 세워 낙향樂鄕을 만들었으니 이는 실로 선조의 유덕遺德이 아닐 수 없다.'고 기술되어 있다.

성씨에 대해 최고의 권위를 가진 한국성씨총람韓國姓氏總覽에 의하면 '승씨는 중국 천승千乘: 지금의 산동성 제남도 빈현에 연원淵源을 두고 있으며 한국 승씨承氏의 시조始祖는 승개承愷로 전한다'고 하며 아울러 연일승씨대동보를 인용하여 '승개는 고려 정종 때 대장군(무관의 종3품 벼슬)을 지냈고, 그의 손자 운運은 관직이 문하시중에 이르렀다. 그 후 후손들은 선조가 중국에서 동래하여 처음으로 뿌리를 내렸던 연일延日: 지금의 경상북도 포항시을 관향貫鄕으로 삼아 세계世系를 이어 왔으며 개愷의 11세손 언彦이 함종으로 이거하고 13세손인 식植의 대에 와서 평북平北 정주定州로 옮겨 살면서 훌륭한 인물을 많이 배출시켰다. 가문의 대표적인 인물로는 조선조에 와서 현감을 지낸 이도以道와 찰방 득운得運이 유명하며, 정조때 사성司成: 성균관에서 유학을 가르치던 종3품관 륜綸은 형조좌랑 응조應祚, 전적典籍 헌조憲祖와 함께 이름을 날렸다. 한말에 와서는 치현致賢이 대한독립단에 들어가 항일운동을 전개하다가 체포되어 순절하였고, 영제永濟는 대한독립단의 중대장이 되어 오광선吳光鮮, 김창환金昌煥 등과 함께 일본군과 싸웠으며 북경에 가서는 이천민李天民과 함께 의민부義民府를 조직하여 외무책外務責으로 활약하다가 1928년 순국하여 가문을 빛냈다'고 기술하고 있다.

아울러 연일승씨대동보에는 '정주는 동쪽에 오봉산五峯山, 서쪽에 능한산凌漢山, 북쪽에 독장산獨將山 등 준봉이 솟았고 은어銀魚떼가 번득이는 달천강撻川江은 군郡의 중심부를 관통하여 유역의 평야지대를 관개 곡창지대로 형성하고 있을 뿐 아니라 교통의 중심지로서 물자가 집산하는 곳이기도 하다. 수 많은 병란으로 인하여 명승과 고적은 남아있지 않으나 조선시대에 이르러 만인이 우러러 바라던 문과급제자 292인과 많은 인재의 배출로 이른바 청천강이북의 작은 서울小京이라 칭하였다. 또한 시류의 변천에 따라 신사조의 물결에 개안적응하여 동리마다 학교를 설립하여 인재양성에 많은 노력을 경주했던 곳이다. 일제하의 기미독립선언서에 서명했던 33인 지도자 가운데 3인이 정주출신이요 당시 희생된 많은 지사 가운데 우리 승씨문중 인사도 수십인이다. 이는 개화 이후 영재교육에 심혈을 기울인 결과로 정주군민의 저력을 과시한 것이다. 이렇듯 아름답고 훌륭한 환경 속에서 승씨가문은 과현科顯 많고 충효열忠孝烈이 많은 문벌로서 문과文科9, 선진先進4, 무과武科19, 음사蔭仕14, 증직贈職8, 교수가자敎授加資1, 수직壽職51 등이다.'고 기술되어 있다.

최근 2017년도 우리나라(남한) 성씨 인구별 통계순위에 의하면 333개 성씨 가운데 1위는 김해김씨가 4,124,934명, 2위가 밀양박씨 3,031,478명 3위가 전주이씨 2,609,890, … 그리고 320번째로 연일승씨로 1,828명으로 보고돼 있다. 그리고 나로 인해 새롭게 창씨된 호주승씨가 이제 10여 명에 이르고 있다.

▲매년 음력 4월 8일 공휴일은 연일 승씨의 날, 종친회
(앞자리 왼쪽 2번째가 필자의 부친 故 승익표 님)

▲2016년 5월 서울에서 개최된 연일승씨 종친회
정기총회, 애국지사 승병일 회장이 개회사를 하고 있다.

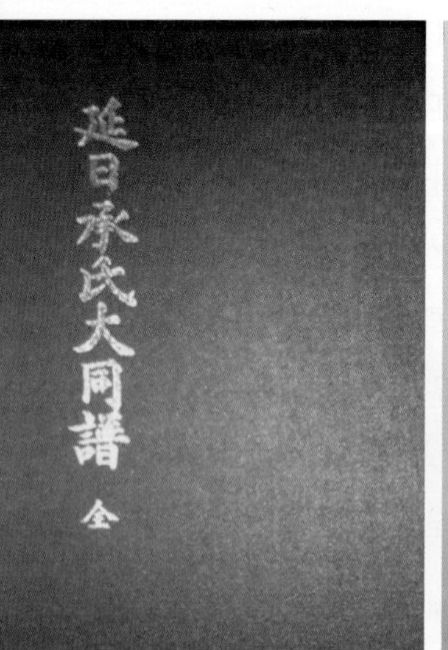

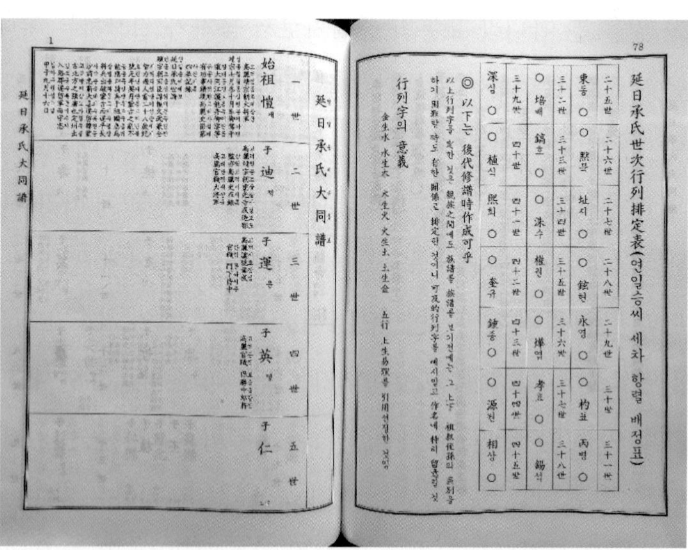

延日承氏大同譜

始祖 愷 一世

子 迪 二世

子 運 三世

子 英 四世

子 仁 五世

78

延日承氏世次行列排定表(연일승씨 세차 항렬 배정표)

二十五世	東동 ○
二十六世	○ 默묵
二十七世	址지 ○
二十八世	○ 鉉현
二十九世	永영 ○
三十世	○ 杓표
三十一世	丙병 ○
三十二世	○ 培배
三十三世	鎬호 ○
三十四世	○ 洙수
三十五世	權권 ○
三十六世	○ 燁엽
三十七世	孝효 ○
三十八世	○ 錫석
三十九世	深심 ○
四十世	○ 植식
四十一世	熙희 ○
四十二世	○ 奎규
四十三世	鍾종 ○
四十四世	○ 源원
四十五世	相상 ○

◎ 以下는 後代修譜時作成可乎

行列字의 意義

金生水 水生木 木生火 火生土 土生金

▲연일 승씨 중앙종친회가 2016년 발행한 연일 승씨 대동보 족보 표지 & 대동보 1쪽 & 목차편 78쪽 내용

1세 승개承愷대장군大將軍을 시조始祖로 하여 자손들이 번창하면서 여러 갈래 파로 분류되고 나의 직계 가문은 학림파, 용산파鶴林派,龍山派에 속하여 있다. 이 족보의 계보를 따라 지금으로부터 약 200여 년 전으로 거슬러 올라가 보자.

25세손 승추규承樞奎: 1785-1866, 향년 81세에서 그의 4남인 26세손 승계복承桂馥: 1817-1872, 향년 55세에게로, 이어 그의 독자인 27세손 승이찬承履瓚: 1850-1896, 향년 46세에게로, 그리고 그의 독자인 28세손 승시호承時護: 1879-1900, 향년 21세 증조할아버지에게로 이어졌다. 28세손인 나의 증조할아버지는 19세 때 얻은 3대독자인, 나이 어린 3살박이 아들인, 29세손 승영춘承永春: 1898-미상, 부모님이 1948년 남한으로 내려온 이후의 소식을 알 수가 없기 때문이다 할아버지와 한창 꽃다운 나이였을 24세의 증조할머니수원백씨水原白氏: 1876-미상, 부모님이 월남할 때 이미 72세였으나 매우 정정했다고 하며 그 이후 소식을 알 수가 없기 때문이다를 남겨놓고 21세의 왕성했던 나이에 너무나도 일찍 세상을 떠나고 말았다. 자손이 귀한 가문으로 시집왔던 증조할머니는 증조할아버지 사후 자손의 번성과 장수를 기원하는 마음으로 풍수지리로 이름 난 지관에게 특별 부탁을 하여 새로운 명당자리를 구입하고 조상묘를 대대적으로 이장하였다고 한다. 그래서인지 할아버지대로부터 다시 자손들이 흥성하기 시작했다고 한다.

29세손인 할아버지는 3살 때부터 아버지를 잃은 3대독자로, 성품이 곧고 생활력이 강하였을 뿐 아니라 그 당시 여성으로는 보기 드문 장신(170cm 이상)의 늘씬한 몸매를 가진 엄격할 수밖에 없었던 증조할머니 밑에서 양육되었다. 증조할머니는 어려운 이웃을 도와 마을에서 칭송이 자자하였다고 한다. 증조할머니는 한의사 가정에서 태어나 결혼하여 남편과 사별한 이후, 승씨 가문의 미래를 위해 3대독자인 외아들의 교육을 위하여 고을에서 소문난 지식인이였던 방응모(후에 금광개발로 백만장자가 되었고 조선일보사를 인수하고 사주가 됐다)를 선생님으로 불러 아들을 가르치게 하였다. 증조할머니는 방응모 선생에게 커다란 사랑채를 제공하여 외아들과 함께 동네 아이들도 모아서 자유롭게 가르치도록 했다고 한다. 부모님의 훤칠한 키를 닮아서인지 할아버지도 장터에서조차 쉽게 식별할 수 있을 만큼 보통 사람의 머리 크기 하나 만큼 키가 컸으며 홀로된 어머니를 극진히 모시는 효자로서 그리고 학식과 온후한 인품으로 정주 고을에선 꽤나 유명했던 인사였다고 한다.

평안북도 정주가 어떤 마을인가 하면 서울과 신의주를 잇는 경의선을 통하여 평양과 신의주와의 중간 위치에 속하는 옛 고구려의 땅이었다. 고려시대에는 익주성터가 있었고, 조선시대에는 홍경래가 큰 뜻을 품고 썩어가는 세상을 바로 잡아보려다 실패했던 곳이다. 정주는 역사와 지리와 문물을 자랑하여 많은 인재를 배출하였고 교통, 산업, 군사의 중심지로 한반도 서북지방의 명읍이었다. 그래서인지 정주는 일찍부터 개화되었을 뿐 아니라 오산五山학교가 세워져 남강 이승훈, 김소월, 조만식, 춘원 이광수, 함석헌, 한경직 목사등 수많은 애국지사와 인재를 배출했던 마을이다. 통일교 교주 문선명 씨도 정주출신으로 나의 아버지와 함께 자전거를 타고 소학교를 같이 다녔다고 한다. 이런 연고로 일제치하에서라고는 하지만 웬만한 인품이 아니면 마을 행정책임을 맡아보기가 어려웠던 상황에서 후덕한 인품의 할아버지는 본인의 강한 고사에도 불구하고 조선 총독부의 집요한 강청에 못 이겨 오랫동안 정주면장面長직을 잘 수행하여 주위 사람들의 칭송을 받았다고 한다. 29세손 승영춘承永春;1898-미상; 부모님이 1948년 남한으로 내려온 이후의 소식을 알 수가 없기 때문이다 할아버지의 4남3녀 중 2남인 나의 아버지 30세손 승익표承翼杓;1919-2013에 이어 내가 연일승씨延日承氏 31세손으로 그리고 32세손 맏딸 윤경允慶, Maria과 첫째 아들 지헌志憲, Peter과

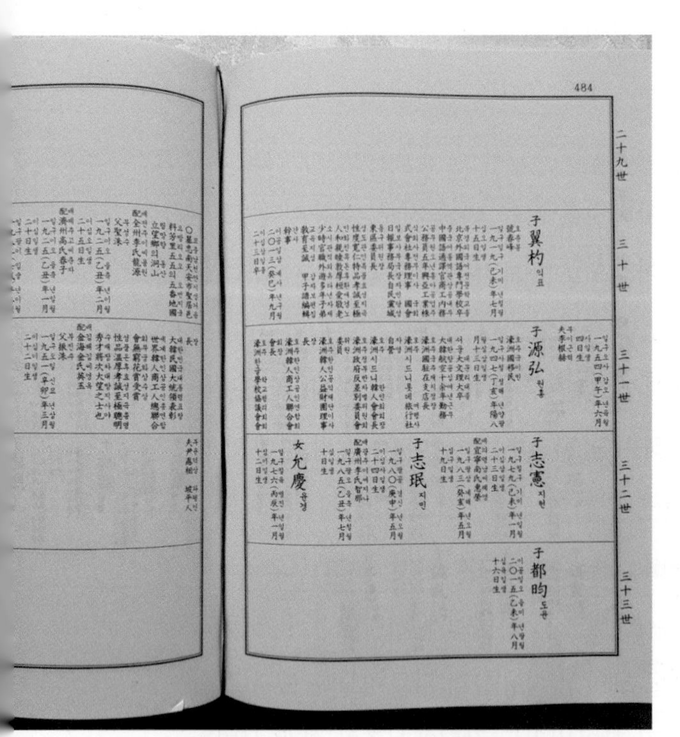

▲연일 승씨 대동보 족보 표지와 484쪽과 485쪽 내용

둘째 아들 지민志珉, Edward에 이어 33세손으로 도윤都昀, Jaden, 재윤職鋆, Dominick, 주연鉒娫, Dani, 리오莉昨, Dylan로 승씨 가문을 이어가고 있다.

1세 승 개承 愷 고려 정정조 대장군(고려사절제4권에 기록되어 있음)

(중략)

27세손 승이찬承履瓚;1850-1896, 향년46세 1대독자 고조할아버지

28세손 승시호承時頀;1879-1900, 향년21세 2대독자 증조할아버지

29세손 승영춘承永春; 1898-미상, 이산가족으로 3대독자 할아버지

30세손 승익표承翼杓; 1919-2013 향년94세, 이용원 1925- 아버지

31세손 승원홍承源弘; 1947년출생, 김영옥과 1975년10월19일 결혼

32세손 딸, 승윤경承允慶 1976년출생, 윤덕상과 2001년3월3일 결혼

아들, 승지헌承志憲 1979년출생, 남혜영과 2011년10월7일 결혼

아들, 승지민承志珉 1980년출생, 이지나와 2014년10월11일 결혼

33세손 손자 승도윤承都昀 2015년출생

손자 승재윤承職鋆 2018년출생

손녀 승주연承鉒娫 2019년출생

손자 승리오承莉昨 2021년출생

▲부친 시드니장례식장에 영정을 들고 .가는 필자 & 충청남도 천안 보건복지부 관할 국립망향의동산 장미묘역 30-6에 안장되어 있는 아버지(어머니 합장예정) & 부친묘역을 찾은 두 아들 지헌, 지민과 필자

1 | 2

나의 출생과 유년 시절 (1947.8.-1954.2.)

나는 연일승씨延日承氏 31세손으로서 1947년 8월 13일(음력 정해년 6월 27일) 오전 11시 35분에 평안북도平北 정주定州 고안면 소암동 568번지에서 아버지 승익표와 어머니 이용원의 장남으로 태어났다. 내가 태어나기 바로 전날인 음력 6월 26일은 39세의 한창 나이로 일찍 세상을 떠난 할머니(연안김씨 1892-1930, 향년 38세)의 기일 제사날이었고, 그날도 어머니는 많은 집안일들을 하던 중 진통이 시작되었다고 한다. 아버지는 사업 관계로 잠시 서울로 출장 중이었으므로 외삼촌(이효근)이 급히 자전거를 타고 조산원(산파)을 부르러 갔으나 이른 아침부터 계속 쏟아지는 폭우로 인하여 조산원이 출장까지 나가 해산을 도와 줄 수 없다고 하는 바람에 헛걸음만 하고 집에 돌아 왔을 때 어머니는 집안 어른들의 도움으로 이미 나를 자연분만을 했다. 그래서인지 어머니는 그날의 기억 특히 나의 출생 시간까지도 생생하게 기억하고 있다고 했다.

나의 아버지는 할머니의 따뜻한 사랑을 한창 받고 자랄 나이였던 7살 때 할머니가 일찍 세상을 떠나는 바람에, 증조할머니와 11살 위 형(승운표)을 포함한 2남3녀와 함께 새 할머니(파평윤씨)를 맞게 되었다. 그 이후 새 할머니는 2남2녀를 낳아 11명의 대가족이 되었다고 한다. 그런대로 다복했던 아버지 가정에 여러모로 어려움이 닥쳐오기 시작했다. 온유한 성품을 가진 할아버지가 지인들의 부탁에 못 이겨 들어주었던 남의 빚 보증 사고들로 인하여 대가족 살림살이가 급격히 위축되었다고 한다. 그런 가운데 내 아버지는 계모 할머니 밑에서의 생활이 싫었고 상대적으로 갑자기 궁핍해진 가정살림살이 때문에 중학교 진학에 어려움이 있게 되자 그때부터 고향을 떠나 중국 북경으로 들어가 고학을 하며 북경혜중에 진학하며 일찍부터 자립을 했다고 한다.

한편 나의 어머니는 모든 면에서 다복했던 외할아버지(이성수)의 2남3녀 중 막내 딸로서 모든 면으로 부족함 없이 온 가족의 귀여움과 사랑을 받으며 성장했다고 한다. 그런데 젊은 시절부터 각별하게 친분이 두터웠던 할아버지와 외할아버지가 자식들의 혼사로 더욱 더 돈독한 관계를 유지하고 싶었던지 두 분은 어머니가 태어났을 때부터 두 아이들이 성장하면 결혼을 시키자고 약속을 했다고 한다. 물론 두 어르신은 아버지 쪽의 몰락한 가정 형편에도 불구하고 오래전의 자녀혼사 약속을 강행했다. 외할머니는 아버지 집안은 좋지만 경제적으로 기울어진 가정에 손에 물도 안 묻히며 곱게 키운 막내 딸을 어떻게 시집 보내냐며 강한 반대를 하였다고 한다. 그러나 집안 어른인 가장들의 당초 약속에 따라 1941년 22세의 아버지와 17세의 어머니는 결혼을 하여 양가의 인연을 맺었다. 그러나 아버지는 오래전부터 중국 북경에 들어가 일본군사령부에서 통역관련 업무를 하고 있었을 때였으므로 결혼식만 치르고 직장 일 때문에 곧바로 중국으로 다시 돌아 갔다고 한다. 신랑도 없는 시집에서, 그것도 친정보다 여러모로 궁핍해진 시집에서 어머니는 각종 농사와 과수원 일과 길쌈 등 엄청난 양의 큰 집안살림을 쉴 틈도 없이 계속 하였다고 회고했다. 어머니는 큰 오빠가 살고 있던 봉천(지금의 심양)에 잠시 나가 있었던 때를 빼고는 가끔 아버지가 북경에서 정주로 잠시 휴가 차 왔다가 돌아가곤 했으나 6년 동안 아이가 들어서지 않았다고 한다. 과거에 비해 몰락한 시집살림이었으므로, 일꾼을 많이 쓰지 못해 다소 어려움은 있었지만 그래도 10여 식구 살기엔 충분한 토지와 임야가 남아 있었던 관계로 어머니 한 사람의 늘어난 노동력은 시집에선 경제적으로도 큰 도움이 되었을 것이다. 그렇게 몸은 좀 힘들었어도 쌀밥을 먹었고 각종 잡곡과 과일 등도 풍족했다고 어머니는 회상한다. 신랑도 없고 돌볼 아이도 없으니 대신 열심히 일하여 얻은 생산품목인 쌀, 잡곡, 계란, 무명, 담배, 과일 등을 시장에 내다 팔아 얻은 돈을 모으는 재미로 더욱 열심히 일에만 열중했다고 한다. 성실하게 열심히 일만 했던 어머니는 20대 초반부터 홀로 되었던 증조할머니의 보호와 사랑을 독차지하며 자유로운 생활을 하였다고 한다. 그래서 아직도 어머니는 오래전에 이미 세상을 떠났을 증조할머니에 대한 존경과 사랑이 가득한 추억으로 한 번 만나 보고 싶었다며 애틋한 그리움을 이야기하곤 했다.

1945년 8월 15일 일본제국이 패망하고 해방이 되면서 중국 북경에 나가있던 아버지도 고향인 정주로 돌아와 다시 어머니와의 단란한 신혼생활이 시작되었으며 2년 후인 1947년 8월에 내가 태어났다. 그동안 아이가 없어 어머니와 외가 쪽에서도 내심으로 많은 걱정을 하였는데, 나의 출생은 양 집안의 경사였다고 한다. 어머니는 임신기간 중에도 많은 일을 하였는데 심한 입덧 탓으로 거의 음식을 먹지 못했다고 한다. 산모가 음식을 잘 먹지 못하니 태어난 아이도 너무 작았다고 한다. 그러나 증조할머니께서는 새까만 머리숱과 야무지게 영글어진 내 얼굴 모습을 보며 아들인 할아버지에게 "면장! 그 아이 이마가 훤한 게 크면 한 자리 하겠소!" 하며 기뻐했다고 한다. 증조할머니는 당신 아들을 호칭할 때, '면장'이라고 불렀다. 언젠가 어머니가 자리에 눕혀놓은 내 머리맡 위쪽으로 지나갔다가 증조할머니에게 '애미가 귀한 아들 머리 위쪽으로 지나 다닌다'며 눈물이 나도록까지 야단을 맞을 정도로 증손자인 나에 대한 각별한 관심과 사랑을 주었다고 한다. 그리고 어머니가 얼마 동안 젖앓이를 하는 바람에 나는 어머니 젖을 먹을 수 없게 되었고 우유도 별로 없던 시절이라 아버지가 나를 데리고 다니며 비슷한 나이 또래의 아이 어머니들을 찾아 젖 동냥을 하기도 했다고 한다. 그러나 이러한 새 생명을 얻은 기쁨도 잠시, 북한 공산 정권은 대지주(북경에 나가 계시던 아버지는 할아버지에게 매월 일정 금액을 송금해 드렸는데 할아버지께서는 아들 돈이라며 과거 빚보증으로 잃었던 토지들을 아들 명의로 다시 구입하여 소작인에게 주어 농사를 짓게 하여 많은 토지를 다시 소유하게 되었다고 한다.)와 일제치하에서 친일 경력이 있었던 사람을 숙청대상으로 긴급구속을 시작하였고 이에 중국에서 일본군사령부에서 통역 일을 했던 나의 아버지도 숙청대상에서 예외는 아니었다. 갑작스런 3월 어느 날, 숙청 소식에 나의 부모님은 아무런 준비도 하지 못하고 할아버지 할머니와 증조 할머니 등 가족들에게 인사조차 제대로 못하고 가족사진 한 장도 챙기지 못한 채 갓 태어난 아들을 들쳐 업고 정든 고향 정주를 떠나게 되었다. 이것이 친지가족들과 영영 생이별이 될 줄 누가 감히 생각이나 했겠는가! 집안 어른들의 생사조차도 알 수 없는 민족사의 비극으로서 한 많은 이산가족이 되는 순간이었다.

부모님은 잠시 평양으로 3개월간 피신을 하였다가, 아버지가 북경 일본군 헌병대에서 일할 당시에 도움을 주며, 친 누나같이 가깝게 지냈다는 전설적 무용가인 최승희 씨를 통해 북한정권의 최고위급 인사였던 그녀의 남편 안막씨가 특별조치로 발급해 준 황해도 해주행 통행증을 소지하고 해주까지 무사히 올 수 있었다고 한다. 며칠 후 달빛이 없는 그믐 때를 기다려, 돈을 주고 연락이 닿은 안내원의 길잡이를 따라서 어두운 그믐날을 택해 바닷물이 빠진 썰물 때에 맞춰 해변가를 몇 시간 뛰며 걸으며 휴전선 이남의 남한 땅으로 넘어오게 되었다고 한다. 공산정권에서 자유민주진영으로의 목숨을 건 탈출에 성공을 한 것이었다. 때는 마침 내가 만 1살도 되기 전인 1948년 6월초였다. 아버지는 일본제국시절 헌병대 출신으로 북한에서 탈출하여 국방경비대에 재직하고 있었던 동료 김창룡중위(육군 특무부대장 소장시절 암살됨)의 도움을 받아 과거 경력으로 철도경찰공무원으로 일을 시작했다고 한다. 그러나 이렇게 힘겹게 시작됐던 남한생활에서 1949년 동생 철홍이가 태어나는 등 단란하고 꿈 같은 나날이 이어졌으나 이러한 생활도 1950년 6월 25일 북한공산군의 남침으로 인하여 산산이 부서지고 말았다.

▲1949년 3월(만 20개월경) 한국전쟁 이전의 가족사진 & 1953년 대구 피난 시절 2살 동생과 6살 때의 필자

한국전쟁(1950.6.-1953.7.)은 우리 민족의 비극이지만 우리 가족에게도 1949년생인 동생 철홍이를 잃는 아픔을 주었다. 서울이 함락되고 아버지는 경찰공무원으로서 전쟁 일선에 있어야 했고 어머니와 나는 대구로 옮겨 3년 기간의 피난살이를 하게 되었다. 대구 봉산동에서의 피난시절 기억은 별로 없지만 어머니는 내가 노래 부르기를 좋아한다 하여 피난 통에도 커다란 축음기(유성기라고도 했다)를 이삿짐으로 갖고 다녔다고 한다. 대구 피난 집 주인 딸이 나를 무척 귀여워 하여 감꽃을 엮어 만든 감꽃 목걸이를 내게 걸어주곤 했던 기억은 지금도 아련하게 남아 있다. 1953년 7월 27일 정전협정에 따라 휴전이 됐고, 우리 가족은 1952년에 태어난 동생 기홍과 함께 대구 피난 생활을 끝내고 서울 장충동 집으로 이사를 했다. 1953년 10월경이었다. 나는 1954년 3월 장충 초등학교에 입학하는 등 우리 가족의 서울 생활이 다시 시작되었다. 그즈음 아버지는 경찰공무원을 그만두고 고향 정주 출신으로 먼 집안의 승씨 문중의 승상배 사

장이 경영하던 동화기업(목재사업으로 시작하여 동화그룹으로 성장 발전했다)과 신당동의 동화극장 임원으로 경영진에 잠시 참여를 했다가 다시 독립하여 동화건설 회사를 설립하고 한국전쟁 이후 전국적인 국토복구건설을 위한 토목건설공사 사업에 뛰어 들었다. 그러나 자유당 정권의 몰락과 함께 아버지의 토건사업체도 위기를 맞아 급격한 경제적인 몰락을 가져왔다. 그래서 나는 초등학교 4학년 때쯤부터 여러모로 많은 어려움을 겪으며 성장하게 되었다.

아버지 사업의 실패와 경제적 몰락 이전까지의 장충동 집에서의 아련한 추억이 있다. 아버지의 고향 평북 정주의 고향친구였던 장경근 내무부장관으로부터 아버지가 선물로 받았다는 두터운 흑단(?)바둑판에서 아버지에게 바둑을 배웠던 적이 있다. 그러나 나는 아버지에게 계속 지는 바람에 흥미를 잃고 더 이상 바둑을 두지 않겠다고 선언을 하기도 했다. 그래서 나의 바둑실력은 그때나 지금이나 아마추어 18급이다.

그리고 언젠가 아버지는 진정한 친구에 관해 이야기를 해 준 기억이 새롭다. 친구가 많다는 부자집 아들에게 진정한 친구가 몇이나 되는가를 테스트하기 위해 아들에게 살인을 하고 피신하는 연극을 하며 이 친구 저 친구를 찾아다니며 몸을 숨겨 달라고 할 때 거의 모든 친구가 외면했고 단 한 친구만이 몸을 숨겨주었다는 이야기를 해주며 누가 진정한 친구인지 말해 보라고 하여 나는 몸을 숨겨준 친구라고 답했던 적이 있다. 아버지는 너도 커서 이런 친구를 사귀라고 교훈한 적이 있다.

부모의 사랑과 재정적 후원이 한창 필요할 때 아버지는 자유당정권패망 이래 연이은 사업실패와 실의로 자녀들을 거의 돌보지 못했다. 그 덕분에 나는 어린 나이 때부터 철이 일찍 들었고 독립적이고 도전적인 개척자적 삶을 살아가도록 보이지 않는 손에 의해 훈련과 연단을 해가며 성장했던 것 같다. 매우 감사할 일이다.

1-3

나의 신앙생활

나의 개인적 신앙에 관한 시대적인 단층을 구분한다면 맨 밑바닥에는 무속신앙이 자리하고 있을 것 같다. 초등학교시절에 아버지의 사업이 점차로 어려워질 때마다 어머니는 신당동 동네 무당을 찾아 굿을 했고 나는 굿을 하는 장면을 여러 차례 직접 보았을 뿐만 아니라 가끔 어머니 심부름으로 신당을 찾아가기도 했다. 그리고 굿을 마친 후에 고사 떡을 포함한 각종 나물 음식들을 즐겨 먹기도 했다. 그리고 중고등학교시절을 포함하여 한국사회에 만연한 전통적 유교사상도 무의식 가운데 깊이 자리하고 있으며 또한 고등학교 재학시절에 잠시 심취했던 불교 룸비니활동을 통해 불교적인 사상도 한 층을 이루고 있다고 생각한다. 이렇게 무속신앙, 유교적 생활관습, 불교적 사상 위에 새롭게 기독교 교리가 얹어졌다고 할 수 있을 것이다.

나의 공식적인 신앙생활은 고등학교 재학시절 2년여 동안의 불교 룸비니

학생 활동을 마지막으로 오랜 휴식기를 거쳐 대한항공 시드니지사장으로 부임했던 1979년 후반기부터 기독교 입문으로 새로운 시작을 했다고 볼 수 있다. 나보다 먼저 외환은행 시드니지사장으로 부임을 했던 권순선집사의 인도로 Petersham 한인장로교회(담임 홍관표목사)에 새 신자로 등록을 하게 됐다. 헌데 몇 개월 후에 교인들간의 신학적인 문제로 인하여 담임목사를 중심으로 일부 교인들이 중앙장로교회를 창립하고 분리 독립해 나갔다. 그 후 윤수한목사가 담임목사로 부임하여 교회 분위기는 안정돼가고 있었으나 아무런 교회사정과 내용도 모르고 있는 새 신자로서 교회내의 갈등과 분쟁 자체가 싫었던 나는 동산유지 시드니지사장이었던 유준웅집사의 소개로 Strathfield에 위치한 한인연합교회(담임 이상택목사)로 옮기게 되었다. 그리고 세례 교인이었던 아내를 제외하고 나는 1980년 4월 20일 주일예배 때, 3자녀(윤경, 지헌, 지민은 유아세례)와 함께 이상택 목사님으로부터 세례를 받았다. 그러나 회사 업무관계로 가끔 국내외출장도 많았고 주일예배에 출석하여 설교말씀만 들었을 뿐 별도의 체계적인 교리교육을 전혀 받지 못했다.

▲1981년, 시드니한인연합교회 부흥강사로 오셨던 서울 광림교회 김선도 목사가 필자에게 무슨 배지를 달아주고 있다. 이상택 목사의 뒷 모습, 故 김민건 장로와 필자 그리고 김선도 목사, 故 김승룡 목사의 모습

1981년경에 감리교단 출신의 이상택 목사는 한국 감리교단 감독이었던 서울 광림교회 김선도 목사를 연합교회 부흥강사로 초빙했다. 나는 처음으로 경

험했던 부흥집회를 통해 많은 감명과 은혜를 받았으며 교회건축기금도 즉석에서 약정헌금을 하기도 했다. 교회에서 김선도 목사님을 위한 만찬 자리에서 이상택 목사는 김선도 목사께 특별히 나를 소개했다. 김선도 목사는 축복기도와 함께 무조건 믿는 신앙도 중요하지만 학식과 사회 경력이 있는 자의 올바른 믿음은 사회에서의 빛과 소금의 역할을 감당하기에 바람직하다며 이 또한 중요하다는 격려의 말씀도 주었다.

▲ 1981년 한인연합교회 어린이발표회에서 사회를 맡은 딸, 윤경(5살)과 가족찬양을 하고 있는 필자 가족

그 후 나는 교회의 여러 행사에도 시간이 허락하는 데로 열심히 참여했고 교인들과도 가깝게 교제하며 어울릴 정도가 되었다. 그러나 당시 한인연합교회는 여러가지 이유로 내분이 많았으며 영락교회(담임 김창식목사)와 소망교회(담임 이상진목사)를 포함해 여러 교회로 갈라져 나가던 시기였다. 그런 상황 속에서 나는 대한항공 인사발령에 따라 3년 2개월의 주재원생활을 마치고 1982년 8월에 한국으로 귀임했다. 대한항공에 입사한 지 만 9년이 되던 해라서 적어도 1년 이상 추가근무를 하여 첫 직장인 대한항공에서 10년 이상 봉직을 하고 싶었는데 부서장에게 부임인사를 하는 자리에서 전혀 예상치 않았던 부서장과의 의견충돌 사건이 생겨 회사에 사표를 내고 계획보다 앞당겨 12월에 호주로

이민해 오게 되었다. 그리고 1980년 6월에 창립해 Harberfield 지역으로 옮겨와 있던 시드니제일교회(담임 홍길복목사)에 1982년 12월말에 새 신자가족으로 등록을 했다. 사실 나는 1980년 6월 15일 Hurlstone Park에서의 시드니제일교회 창립예배 때에 초대 손님으로 참석을 했었으니 어떤 의미로 보면 창립교인이라고도 볼 수 있을 것이다. 우리 가족은 이렇게 1982년 12월에 시드니제일교회에 정착하게 됐다. 이즈음 나는 동갑내기 동료가수 윤형주로 부터 자기가 영락교회 집사 직분을 받았다며 나에게 예수 잘 믿으라는 메세지를 보내왔다. 호주로 이민 오기 전에 우리가족을 위한 송별모임을 가졌을 때 윤형주는 호주 이민후의 나의 사업계획을 물었고 나는 항공업계의 경험을 살려 여행사를 창업해 운영할 계획이라고 했다. 그는 미국교민사회의 예를 들면서 1980년도 당시 한국의 드라마를 포함한 TV프로그램을 녹화한 비디오 대여사업도 생각해 보라는 조언도 해 주었다. 그리고 손수 녹음을 했다는 당시 유행하던 대중가요 테이프 여러 장을 선물로 주었다. 이 테이프는 출퇴근 시간을 이용하여 차 안에서 향수를 달래며 들었던 유명 가수들의 대표적 노래들이었다. 특별히 복음가수로 활동하면서 보내준 복음성가 모음 테이프도 내 신앙생활에 도움을 주었다고 할 수 있다. 감사할 일이다. 사실 새 신자나 다름없었던 나는 1980년대 중반 이후부터 교회 청년부 지도교사와 교회한글학교 교감 직분을 맡아 우리 2세 자녀들을 위한 이민자로서의 정체성 확립과 한글과 한국어교육에 헌신했다. 특별히 실력 있는 교사들을 영입하여 질 좋은 교육을 제공하려고 최선의 노력을 다했다. 당시 호주정부도 한국어를 공식 제2외국어에 포함시키려는 움직임이 있었고 어느 정도 현실화 되어가고 있던 시기였다. 그리하여 우리 시드니제일교회 한글학교 교사 가운데 한국에서 교사자격

증을 받았던 교사들을 격려하며 조경화, 고은숙 교사를 시드니대학에서 시행했던 한국어교사양성을 위한 단기교육과정에 참여시키기도 했다. 뿐만 아니라 나는 한국정부 교육부에서 파견된 시드니총영사관 교육원장과 여러 한글학교 책임자들과 협력하여 호주한글학교협의회를 창립하고 교민자녀 한국어교육에도 많은 공헌을 했다. 1987년에 나는 한국에 계신 부모님을 가족초청이민으로 호주로 모셔 왔다. 아버지는 과거에 교인들과의 관계에서 무슨 좋지 않은 경험들이 있었는지 대체로 교인들을 잘못된 시각으로 판단하는 것 같았고

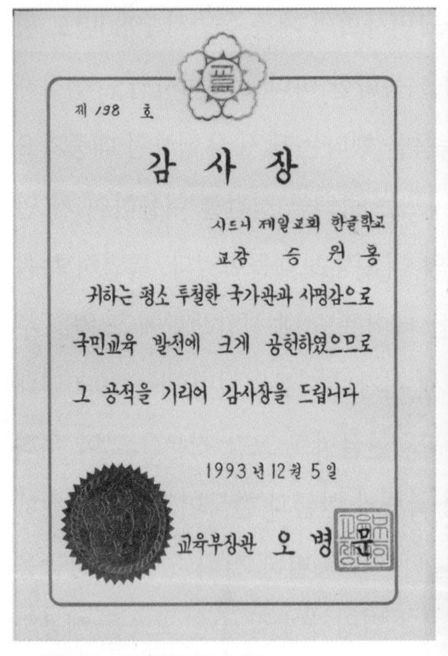
제 198 호

감 사 장

시드니 제일교회 한글학교
교감 승 원 홍

귀하는 평소 투철한 국가관과 사명감으로
국민교육 발전에 크게 공헌하였으므로
그 공적을 기리어 감사장을 드립니다

1993년 12월 5일

교육부장관 오 병문

▲대한민국 교육부장관의 감사장

▲시드니제일교회 한글학교 교사실 앞에서 필자

어머니도 교인들에 대해 부정적이었다. 그런데 얼마 있지 않아 부모님은 우리 부부가 회사로 출근하고 3자녀까지 모두 학교로 가면 호주이민생활이 너무나도 적막하게 느꼈던 모양이다. 그 당시만 해도 요즈음같이 모든 통신이 자유롭지 못했기 때문에 한국의 소식이라야 비행기편으로 날라 들여오는 한국내 유력 일간신문을 3-4일 늦게 받아 보거나 재미있는 드라마, 연예 방송프로그램도

매주 항공편으로 원본 녹화 테이프를 받아 재녹화해 대여해 주는 비디오 테이프가 전부였고 또한 어디를 가도 북적북적대는 서울생활에 비해 특히 우리 동네 West Pymble 집 주변은 마치 절간 같다며 호주이민생활을 무료해 하는 듯이 보였다. 그래서 나는 주일날이 되면 부모님에게 우리와 함께 교회에 출석하자고 권면했다. 왜냐하면 교회에도 비슷한 나이 또래의 성도들과 친구삼아 재미있게 지낼 수 있다고도 했다. 이렇게 부모님을 교회에 출석하게 했고 비슷한 나이 또래의 성도들과 친교의 과정을 거치면서 교회에 대한 부정적 반응이 사라질 즈음 어차피 교회에 출석하게 되었으니 호주영주권을 받아 호주로 이민해 온 것처럼, 이왕에 하늘나라 영주권도 받으시라며 부모님을 설득해 세례도 받게 했다. 어느 날 나는 내 부모에게 가장 훌륭한 부모는 자녀들에게 하나님을 아는 신앙을 물려주는 부모라고 말하기도 했다. 그러나 내 부모는 내 말을 썩 반가워하지 않는듯이 느꼈다. 돌이켜 보면 부모님에게 천국 시민권을 받게 했던 것이 어쩌면 내가 부모님을 위해 해 드릴 수 있었던 가장 가치있는 일이라 생각하며 감사할 따름이다.

▲ 1987년 호주로 가족이민초청하여 합류한 부모님과 3자녀

▲1988년 3월 시드니제일교회 남 선교회 봉사자 찬양을 하고 있는 성도와 필자(앞줄 정 가운데) 앞줄 맨 왼쪽부터 방광남, 김교도, 권광일, 필자, 故 양 무, 도재언, 故 변효섭, 뒷줄 맨 왼쪽부터 故 임상범, 故 최종상, 강희윤, 권광술, 조영선.

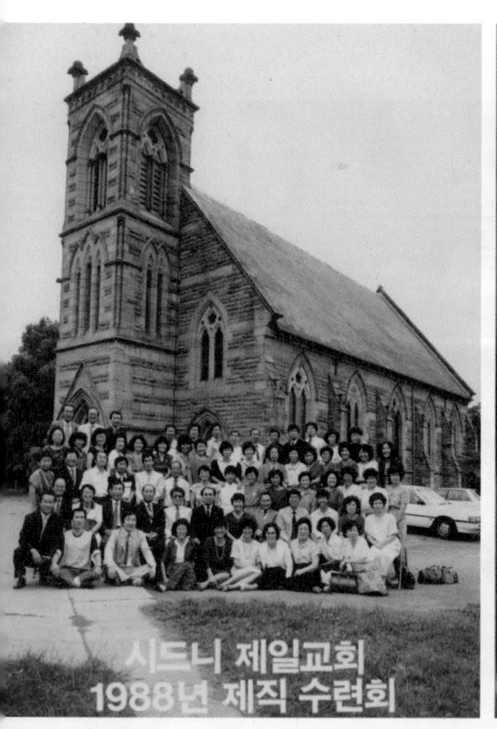

▲1988년 시드니제일교회 제직수련회단체사진 & 1992년 시드니제일교회 주최의 오페라하우스 선교음악제 모습

▲ 1988년 Harberfield 교회당에서, 시드니제일교회 제직 수련회에 참석했던 홍길복 목사와 필자(3번째줄 왼쪽 2번째)

서리집사였던 나는 이때부터 각종 교회성경공부에 적극 참석했고 특별히 1995년도부터 구역장 직책을 맡았을 때에 구역공과 지도를 위해 성경과 함께 다양한 주석서를 참고하면서까지 성경을 가까이하며 생활했다. 1990도쯤엔가 동산교회(담임 손동식목사)에서 부활절연휴 4일간 특별부흥집회 강사로 김진홍목사를 초청하여 뜨거운 집회를 한 적이 있다. 당시 손 목사 사모께서 부흥집회는 동산교회가 주최했는데 은혜는 제일교회 승원홍 집사가 다 받아 갔다고 우스개 소리를 할 정도로 나는 매우 열정적이기도 했다. 한편 Harberfield St.Davis Church 호주교회당을 빌려 호주인교인들과 예배시간차를 두고 한국인 예배를 드리고 있었는데, 시간의 흐름에 따라 교회부흥과 함께 교인들의 급격한 증가로 인해 호주인 교인들과 함께 교회당과 교회 부속시설물을 공동사용하기에는 문화적 차이로 인한 사소한 불만과 여러모로의 불편한 점이 많았다. 특별히 한국음식 준비와 어린 아이들의 놀이문제를 포함한 교육시설 공간확보를 위해 여러 가지 논의를 했고 드디어 Concord에 위치한 교회당을 구입해 1991년 9월 15일에 이전을 하게 됐다.

▲1998년 시드니제일교회가 지원했던 중국 심양, 장춘, 연길의 처소교회 탈북자들을 위로방문하고 있는 필자

▲2001년도 호렙산 40일 새벽기도 참여 완주 메달

임직 기념패

항존집사 승 원 흥

생년월일 1947년 8월 13일

위의 본인은 본 교회 공동회에서 항존집사로 피택되어 소정의 교육을 필하고 그리스도의 몸된 교회의 충성된 일꾼으로 세우심을 기념하여 이 패를 드립니다.

"맡은 자들에게 구할 것은 충성이니라"
(고전 4:2)

주후2001년 6월 24일

호주 연합교단 시드니 제일교회
담임 목사 윤 휘상

▲2001년 6월 24일 항존(안수)집사 임직기념패

▲ 2001년경 시드니제일교회 주일예배 대표기도를 하고 있는 필자

해를 거듭하면서 나는 신앙생활을 통하여 몇 차례 신비한 영적체험도 했으며 더불어 교회 각 부서 봉사책임직책을 두루 담당하며 교회행정에도 직간접으로 참여하게 되었다. 정상적인 직장생활을 하면서 호렙산40일 새벽기도회에도 개근할 정도로 열정적이었다. 가끔은 주일 오후예배에 찬양을 인도하기도 했고 뿐만 아니라 북한선교 차원에서 중국에서 피신생활을 하고 있는 탈북민보호 처소교회를 찾아 위로방문도 하며 교회에 탈북민 선교 현장과 대책보고를 하기도 했다.

2001년도에는 호주연합교단에 속한 모든 한인교회들도 호주연합교단의 기본지침에 따라 기존 장로회의(당회)중심의 운영체제를 교회의회Church Council체제로 변경해야만 했다. 교회의회 구성은 기존 시무장로와 장로 인원수 만큼의 평신도지도자를 별도로 선출해 합쳐진 교회의결기구였다. 당시 교회 당회 운영에 불만이 많았던 다수의 교인들은 평신도 몫으로 선출된 나를 초대 교회의회 회장직을 맡아야 한다는 움직임이 있었다. 이유는 간단했다. 교회직분은 비록 안수집사라고 해도 실제로 90% 이상의 많은 교인들로부터 신임을 받고 있는 직분자가 교회의회 의장을 맡아 개혁을 주도해야 한다는 것이었다. 유성자 장로를 포함하여 권영태, 이갑용, 오태성, 황덕만 젊은 집사 중심으로 그 요구가 너무도 강력했다. 나는 노정언, 권광술 장로들과 모임을 갖고 장로들이 좀 더 개혁적으로 교회운영에 참여해 달라고 요청을 하며 마지막까지 교회의회 의장으로는 그래도 장로를 선출하는 것이 바람직하다는 주장과 함께 권광술 장로를 지지했다. 결국 7대8로 장로들의 지원을 받은 권광술 장로가 초대 교회의회 의장으로 선출되었다. 만약 내가 나에게 투표했으면 내가 초대 교회의회 의장이 될 뻔하기도 했다. 권 장로가 의장으로 선출 확정되자 몇 분 젊은 집사들이 바로 일어나 교회를 떠나겠다고 공언을 하기도 했다. 오랫동안 장로들에 대한 불신과 교회내부 갈등들이 표출되는 순간이었다. 마음이 너무 아팠다. 돌이켜보면 그 때 차라리 내가 교회의회 의장을 맡았으면 어떻게 되었을가? 하는 생각이 들 때도 있었으나 나는 개인적으로 하나님 앞에 떳떳했다고 생각한다. 그리고 2년 후인 2003년에 나도 우리 구역식구들과 함께 집 동네에서 가까운 호주인 교회인 LindfieldSt. Davids Church지역교회로 공식 이명을 해서 11년 동안 새롭고 귀한 신앙경험을 하게 됐다. 이 또한 감사할 일이다.

▲Lindfield(St.Davids) Uniting Church 전경

▲Lindfield Uniting Church 교화당에서의 주일예배 모습 & Homeless People 점심제공사역기관을 찾은 봉사자와 필자

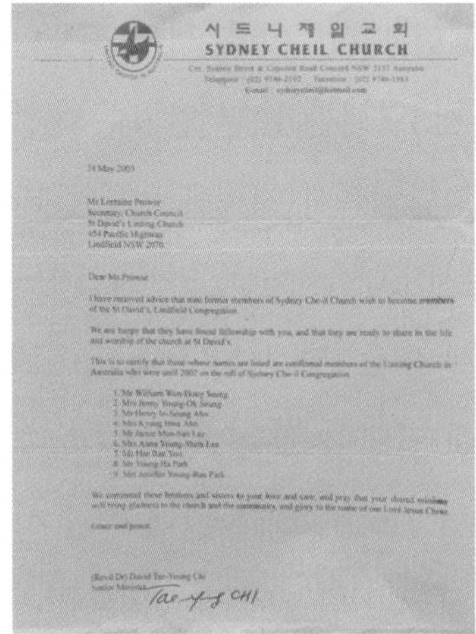

시드니제일교회
SYDNEY CHEIL CHURCH

24 May 2003

Ms Lorraine Prowse
Secretary, Church Council
St David's Uniting Church
454 Pacific Highway
Lindfield NSW 2070

Dear Ms Prowse

Grace and peace

▲2003년 시드니제일교회가 린필드교회로 보낸 이명통지 공문과 우리와 함께 이명해 간 Pymble 구역식구

▲2003년 제일교회에서 필자 가족과 함께 지역교회인 Lindfield Church로 공식 이명해 간 Pymble 구역식구

작은 신앙공동체로서의 우리 구역모임은 즐거웠고 모두가 한 마음으로 똘똘 뭉쳐 어떤 일이던 적극적인 자세로 봉사에 앞장을 섰다. 나는 평소에도 시드니제일교회의 교인수가 많아져 예배공간이 부족하다고 생각되면 내가 거주하고 있는 North지역을 중심으로 하는 개척교회를 설립해 선봉으로 나가겠다곤 했다. 그런 가운데 시드니교회에 여러가지 문제들로 인하여 우리 구역식구 중 5가정과 함께 집 동네에서 가까운 호주인교회로 이적하여 교회생활을 하기로 결정했고 먼저 여러 교회를 사전 답사를 하기로 했다. 그래서 안인승 집사 부부는 Pymble Uniting Church로 우리 부부는 Linfield Uniting Church로 나뉘어 주일예배에 참석했다. 안인승 집사 부부가 참석했던 Pymble교회 성도들의 반응은 별로였다는 반면에 우리가 참석했던 Lindfield교회 성도들의 분위기는 매우 우호적이며 친절했다. 당시 Linfield교회는 10년 임기를 마친 전임 담임목사가 새로운 사역지로 떠났고 새로운 담임목사 청빙을 위한 준비 과정중에 있었으며 임시 목사는 Colvil Crowe 목사였다.

우리는 매우 반가웠다. 그는 내 첫 자녀인 딸, 윤경Maria과 사위 윤덕상Daniel 결혼식의 주례를 맡았던 시드니제일교회와 오랜 인연이 있는 목사였다. 예배 분위기와 성가대의 찬양도 좋았고 예배 후 Tea Time 교제시간에 만난 성도들의 따뜻한 환영 분위기도 마음에 들었다. 시드니 북부지역 Roseville, Lindfield, Killara, Gordon, Pymble 지역에 거주하는 호주의 전형적인 중산층 성도들의 신앙공동체였다. 특별히 전직 의사, 교사, 방송, 연구소, 교계 출신 인사들이 많았다. 나는 교회 장로인 Malcolm Alderling, Lorraine Prowse, Kate Boyd를 만나 Concord에 있는 시드니제일교회에서 지역교회로의 이적을 계획하고 있다며 몇몇 지역교회를 방문 중이라고 말했다. 그들은 한국인의 예배를 위한 교회당이 필요한 것이냐고 물었다. 나는 우리 한국인 성도들이 호주인 교회의 일원으로 함께 예배하며 공동신앙생활을 하려고 한다고 답했다. Lorraine Prowse 장로는 우리가 Lindfield교회로의 이적이 확정되면 천주교회처럼 시드니제일교회로부터 이명 확인서를 보내줄 것을 요청했다. 이렇게 우리 5가정 구역식구가 Lindfield Uniting Church로 2003년 3월부터 공식 이명하여 교회적을 옮기게 됐다. 사실 우리 모두에게 쉽지 않은 결단이었다. 왜냐하면 한국어가 아닌 영어로 예배를 드린다는 것 자체가 이미 어려운 일이었다. 그러나 모두가 새로운 시도를 해 보기로 단단한 결심을 했던 것이다. 첫째 이유는 영어를 사용하는 호주로 이민을 왔으면서도 영어를 제대로 구사하지 못한다는 아쉬움이 항상 있었는데 호주인들과 직접 부딪쳐 보아야겠다는 용기와 아울러 이렇게 해서라도 영어공부를 좀 더 할 수 있는 계기를 만든다는 것은 보람된 일이라 생각했다. 그래서 나는 교회와 담임목사에게 특별요청을 하여 일요일 예배 설교 영어본문을 금요일 늦어도 토요일에 이-메일로 받아 영어가 모국어가 아닌 성도들과 필요로 하는 성도에게 전도용으로 전달해야겠다고 생각했다. 나는 토요일 저녁식사 후 영문설교문을 놓고 한글과 영어성경과 영한사전을 놓고 영어공부 하듯이 설교문을 읽고 이해하고 일요일 설교를 경청하므로서 영어생활화에 한결 많은 도움을 받은 셈이다.

둘째 이유는 현지 호주인들과 함께 어울려 신앙 안에서의 성도교제를 통하여 호주문화를 더 많이 알아 익히는 일은 물론이고, 우리 한국문화를 호주인들에게 소개해 주는 일, 또한 누군가 해야만 하는 가치 있는 일이라고 생각했기 때문이다. 이민자 생활에서 한국인끼리의 모임도 그 나름대로 가치가 있다. 특별히 이민 초창기에 호주내 생활정보가 귀했던 시절에는 신앙생활을 겸해 동족끼리 만남의 좋은 장소요 정보교환처요 쉼터로서의 순기능도 많았다고 생각한다. 그러나 한국에서 교회생활 경험이 전혀 없었던 내가 보기에는 한국인들의 일반적인 신앙생활의 모습은 한국에서의 신앙생활 패턴을 그대로 호주로 옮겨놓겠다는 느낌을 많이 받았다. 물론 그 편이 훨씬 편하고 좋을 경우가 많은 것도 냉엄한 현실이었다. 특별히 호주주류사회와 단절되어 있는 많은 성도님들은 봉사직인 교회 내의 직분을 마치 사회의 감투처럼 생각하는 분들도 더러 있는 것처럼 보였다. 물론 나의 오해일 수도 있다. 이런 한국적 교회 환경 분위기를 떠나 우리는 호주인교회의 한국인 교인으로서 자리를 잡아가기 시작했다.

▲호주장로교단에서 한국영남지역으로 파송했던 맥켄지목사 가족 & 2003년 부산 일신병원 설립자, 은퇴후 멜버른에 거주하셨던 故매혜란(Helen) 故매혜영(Catherine)선교사님을 위로 방문하고 있는 필자

그리고 2004년 4월 4일 나는 Keith Robinson(현재 평신도 출신 목사로 지역교회를 맡아 담임사역을 하고 있다)과 함께 장로장립을 받고 호주교회에서 10년 기간을 통해 교회내 봉사를 포함하여 대외적으로도 지역장로회Presbytery 대의원과 지역교회간 모임인 Inter Church Meeting을 주도하며 다양한 활동을 통해 귀한 경험들을 많이 했다. 너무나도 유익한 시간들이었다.

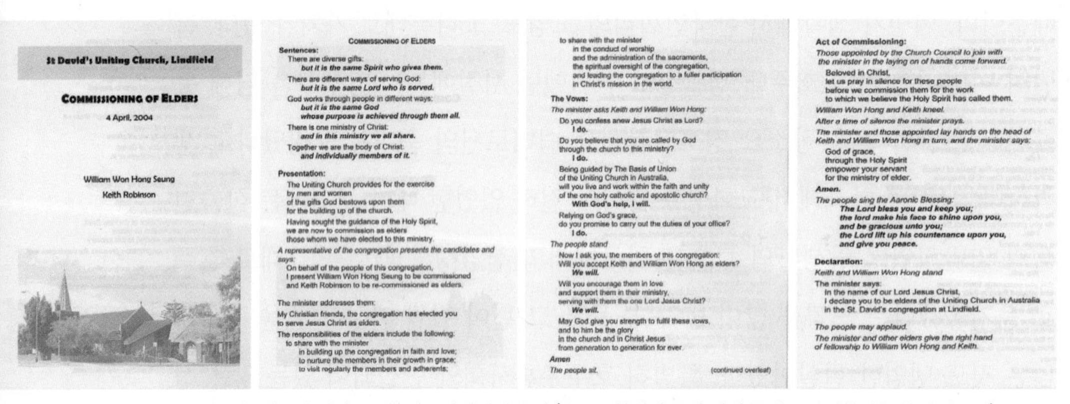

St David's Uniting Church, Lindfield

COMMISSIONING OF ELDERS

4 April, 2004

William Won Hong Seung
Keith Robinson

COMMISSIONING OF ELDERS

Sentences:
There are diverse gifts:
but it is the same Spirit who gives them.
There are different ways of serving God:
but it is the same Lord who is served.
God works through people in different ways:
but it is the same God
whose purpose is achieved through them all.
There is one ministry of Christ:
and in this ministry we all share.
Together we are the body of Christ:
and individually members of it.

Presentation:
The Uniting Church provides for the exercise
by men and women
of the gifts God bestows upon them
for the building up of the church.
Having sought the guidance of the Holy Spirit,
we are now to commission as elders
those whom we have elected to this ministry.
A representative of the congregation presents the candidates and says:
On behalf of the people of this congregation,
I present William Won Hong Seung to be commissioned
and Keith Robinson to be re-commissioned as elders.

The minister addresses them:
My Christian friends, the congregation has elected you
to serve Jesus Christ as elders.
The responsibilities of the elders include the following:
to share with the minister
in building up the congregation in faith and love;
to nurture the members in their growth in grace;
to visit regularly the members and adherents;
to share with the minister
in the conduct of worship
and the administration of the sacraments,
the spiritual oversight of the congregation,
and leading the congregation to a fuller participation
in Christ's mission in the world.

The Vows:
The minister asks Keith and William Won Hong:
Do you confess anew Jesus Christ as Lord?
I do.
Do you believe that you are called by God
through the church to this ministry?
I do.
Being guided by The Basis of Union
of the Uniting Church in Australia,
will you live and work within the faith and unity
of the one holy catholic and apostolic church?
With God's help, I will.
Relying on God's grace,
do you promise to carry out the duties of your office?
I do.
The people stand
Now I ask you, the members of this congregation:
Will you accept Keith and William Won Hong as elders?
We will.
Will you encourage them in love
and support them in their ministry,
serving with them the one Lord Jesus Christ?
We will.
May God give you strength to fulfil these vows,
and to him be the glory
in the church and in Christ Jesus
from generation to generation for ever.
Amen
The people sit.

(continued overleaf)

Act of Commissioning:
Those appointed by the Church Council to join with the minister in the laying on of hands come forward.
Beloved in Christ,
let us pray in silence for these people
before we commission them for the work
to which we believe the Holy Spirit has called them.
William Won Hong and Keith kneel.
After a time of silence the minister prays.
The minister and those appointed lay hands on the head of Keith and William Won Hong in turn, and the minister says:
God of grace,
through the Holy Spirit
empower your servant
for the ministry of elder.
Amen.
The people sing the Aaronic Blessing:
The Lord bless you and keep you;
the lord make his face to shine upon you,
and be gracious unto you;
the Lord lift up his countenance upon you,
and give you peace.

Declaration:
Keith and William Won Hong stand
The minister says:
In the name of our Lord Jesus Christ,
I declare you to be elders of the Uniting Church in Australia
in the St. David's congregation at Lindfield.

The people may applaud.
The minister and other elders give the right hand of fellowship to William Won Hong and Keith.

▲2004년 4월 4일 린필드교회 장로장립예배 순서.(호주교회에선 공식 예배 중에는 사진촬영을 하지 않는다)

일반적으로 한인교회들은 대체로 한국지향적인 편이다. 그래서 모든 절기를 한국교회력에 따른다. 예를 들면 시드니의 봄철인 9, 10월에도 한국추석을 전후한 추수감사절 예배와 3.1절, 6.25전쟁기념, 8.15광복절 예배도 드린다. 그러나 호주교회는 호주교회력중심이다. 특별히 부활절예배 이전 종려주일예배와 예수수난기간의 세족식과 Tenebrae Dinner, 성령강림주일과 성탄절이다. 그래서 정기적으로 교회에 참석하지 않던 사람들도 부활절과 성탄절에는 교회를 찾는다는 말도 있다. 그리고 지구남반부의 계절은 북반구와 상반되어 12월 여름철엔 크리스마스 분위기를 못 느끼는 관계로 비교적 제일 춥게 느껴지는 7월에 갖는 Christmas in July 행사가 흥미롭다. 또한 교회운영 방식도 한국교회는 담임목사와 장로회(당회)가 주로 담당하는 것에 비해 내가 출석했던 호주연합교단 경우는 담임목사는 오로지 말씀설교와 심방에 주력하고 일반 교회행정과 관리는 교회의회가 전적으로 담당하는 형태이다. Lindfield 호주교회에선 매 분기별로 Lindara Market 바자회를 열어 매년 $3만 불 정도의 기금을 모아 집이 없는 가난한 사람들Homeless people에게 도움을 주기도 했다.

▲마켓안내 현수막 & Homeless People을 돕기 위해 Lindfield Uniting Church가 매 분기마다 열고 있는 린다라 마켓

돌이켜보면 대부분의 한국인교회 교인들은 몸은 호주에 살면서 대체로 한국지향형으로 호주주류사회 움직임과는 관계가 없는 듯 보인다. 그래서 나는 한인회장 재임(2007-2009) 당시에 한국인교회를 방문할 때마다 담임목사들에게 한인교회가 호주 주류사회의 현실과 동향도 알고 2세들이 주류사회로 진입할 수 있도록 필요한 역할을 해야 한다고 권면하기도 했다. 그럼에도 불구하고 아직도 많은 한인교회들은 여러 이유로 호주현지화를 외면한 채 마치 독립운동이나 하는 듯이 한국지향적인 분위기를 유지하려고 하는 모습에 가끔 안타까움을 느끼기도 했다.

▲Noella Aldering 장로와 아내 & Malcolm Aldering 장로와 필자 & 아내와 함께 동역하며 친교 했던 린필드 교회 교인들

▲Lindfield 교회 Christmas in July(7월의 크리스마스) 행사모임에서 X-mas 캐럴 합창 모습과 필자 부부

International Day of Peace
Interfaith Prayer Service
Sunday 21st September 2014, 12 noon

Lindfield Uniting Church
454 Pacific Highway
Lindfield, NSW 2070

▲국제평화의날기념예배 참석자에게 준 평화상징의 올리브나무 묘목

▲세계평화를 기원하며 촛불을 놓고 있는 아내

▲2015년 시드니제일교회로 돌아오기 전, 정들었던 Lindfield Uniting Church 성도들과의 기념사진

▲2019년 아내의 미술작품 개인전시회에서 린필드교회 가족들과 함께한 아내와 필자

2015년 하반기를 맞으며 아내가 한국어로 예배를 드렸으면 좋겠다고 제안했다. 나도 나이 들어가며 역시 영어보다는 한국어가 모든 면에서 편안하게 느껴졌기 때문에 나이가 더 들기 전에 모교회였던 시드니제일교회로 다시 이적하기로 결정했다. 시드니제일교회 유성자장로와 함께 조삼열 담임목사와의 저녁식사회동을 갖고 2016년도초부터 제일교회로 다시 이적하기로 했다. 정들었던 Lindfield 교회식구들과의 아쉬운 작별이었으나 결국 나도 귀소본능에 따라 11년 만에 영어로 예배를 보던 지역동네교회에서 다시 시드니제일교회에서 한국어로 예배를 드리게 됐다.

모교회의 많은 옛 교인들도 우리의 귀환을 환영해 주었다. 2016년에 69세가 되는 나는 6남(60대 나이 남자)선교회장을 맡았었고 2020년도부터 70대 이상 시니어 100여 명 회원의 에덴칼리지 책임을 맡고 있다. 나는 시니어 성도님들의 건강과 신앙생활에도 활력소를 불어 넣어주고 싶었으나 뜻하지 않은 코로나19 팬데믹으로 인한 정부와 교단의 강력한 사회적거리두기 조치로 인하여 모임에도 많은 제약을 받고있어 안타까움을 더하고 있다. 그나마 단톡방을 활용하며 소통할 수 있음에 감사할 따름이다.

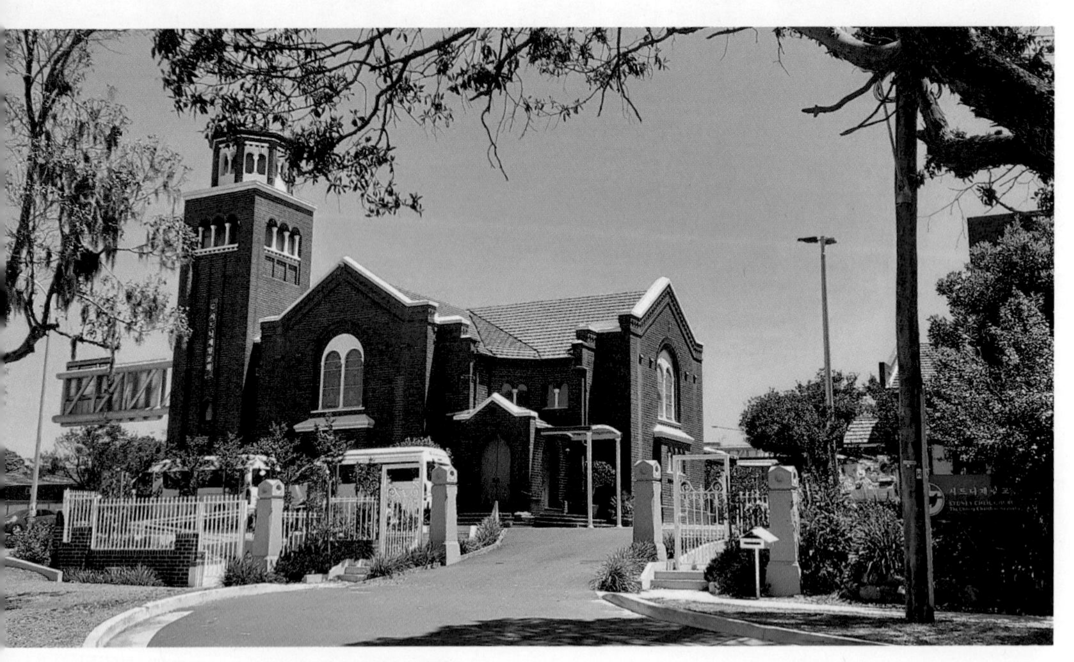

▲ 시드니제일교회 입구에서 본 전경

▲2018년 시드니제일교회, 추수감사절 예배

▲2016년 홍콩에 거주하고 있는 첫 손자, 도윤(Jaden)을 위한 조삼열 목사의 축복기도 & 초등부 어린이부 찬양팀

▲구역예배 모습

▲구역예배 후 식사기도 모습

▲구역예배 식사교제 모습 & 2020년 코로나19 Pandemic 으로 사회적거리두기 정책에 따라 온라인 가정예배 모습

특별히 시드니제일교회에선 매년 6월 25일을 맞으며 한국전쟁참전 호주인 참전용사들을 초청하여 특별 감사예배를 드렸다. 멜버른에서 2002년 말에 새로 부임해 오신 지태영목사는 교회차원에서도 한국전쟁을 통해 맺어진 한호 혈맹관계를 유지해 가는 것이 바람직하다고 생각하여 한국전참전용사요, 故 박정희 대통령전용 헬리콥터 조종사출신 황백선집사에게 한국전참전 호주용사가족 초청 6.25기념특별예배 추진을 제안했다. 황백선집사는 호주 내 한국전참전용사 4개단체에 연락을 하여 2003년 6월 25일 첫 특별기념예배를 드렸는데 당시 참석했던 한국전참전 호주군인과 가족만 250여 명이 참석할 정도로 대성황을 이루었다. 그러나 세월의 흐름에 따라 1950-1953년에 참전했던 노병들은 나이 들어 별세를 했거나 그나마 생존해 있어도 거동이 불편한 분들이 많았다. 그리고 무엇보다 2020년의 코로나19 팬데믹으로 인하여 호주정부와 교단의 강력한 사회적거리두기 지침에 따라서 2020년과 2021년도 행사는 자동 취소되었고 어쩌면 앞으로도 공식 초청예배를 갖지 못하게 될 것 같다. 한편으론 세월의 흐름과 함께 추억 속으로 잊어져 가는 것 같아 안타깝게 느껴진다.

▲2008년 6.25한국전 참전호주군인초청 특별 감사예배

▲2018년 6월, 한국전쟁참전호주군인 생존자 및 가족초청 감사예배에서 대표기도를 하고 있는 필자

▲2008년 김웅남 시드니총영사, 호주참전군협회회장 Ian Crawford AO제독, Rev. John Brown AM목사와 필자

▲2019년 한국전참전 호주군초청행사에 참석한 호주군인, 한국인6.25참전국가유공자와 필자(오른쪽, 뒷줄 2째)

1
|
4

나의 도움이 어디에서 왔을까?
내 잔이 차고 넘치나이다

나는 내가 태어나서 성장하며 교육받고 일했던 삶의 터전을 옮겨 젖과 꿀이 흐르는 이 호주 땅에 정착하게 된 것은 보이지 않는 큰 손의 섭리와 인도가 있었다고 생각한다. 그래서 지나온 내 삶의 족적들을 돌이켜 볼 때, 젊은 날 한 때의 큰 꿈에 비하면 사뭇 초라해 보이는 듯도 싶지만, 그럼에도 불구하고 오늘의 내 모습은 어쩌면 내 분에 넘치도록 과분하다는 생각을 해 보곤 한다. 도대체 이러한 과분한 도움이 과연 어디에서 왔을까? 물론 내가 열심히 살아오지 않았다는 말은 아니다. 나도 개척자적인 소명의식을 가지고, 나름대로는 정직하게 성심껏 최선의 노력을 다해 오늘까지 살아 왔다. 물론 세상에는 뛰어 난 위인도, 훌륭한 사업가도, 부자도, 성공했다는 사람도 많지만, 반면에 어려운 사람은 또한 얼마나 많은가? 사회적인 명예나 신분은 고사하고 하루 한 끼도 먹지 못해 신음하거나, 신체적 정신적 어려움으로, 또는 신분상의 어려움으로 고통 받는 사람은 또한 얼마인가? 그것에 비하면 나는 얼마나 축복된 은혜의 삶을 살고 있는가? 어디 내가 남보다 더 잘 나서인가? 내가 모든 일을 남보다 더 잘해서일까? 천만의 말씀이라고 생각한다. 그 보이지 않는 섭리와 큰 손! 전적인 하나님의 축복과 은혜로 그 덕을 톡톡히 보고 있다고 나는 확신한다.

무슨 연유에서였을까? 부족함도 많고 허물투성이인 나 같은 사람에게까지! 이 해답을 얻기 위해 오랜 동안 묵상해 오던 어느 날, 이런 깨달음이 왔다. 아! 그러면 그렇지! 천지만물을 창조하시고 인간의 생사화복을 주관하시는 전지전능하신 하나님께서 나를 눈여겨 보시고 특별히 사랑하셨다는 사실을! 그 이야기는 내가 첫 직장 대한항공에서 9년간의 정들었던 직장생활을 끝내고 1982년 말 호주로 이민하여 1983년 5월 롯데여행사 간판을 걸고 여행업을 시작하던 때의 일로 돌아간다.

1983년 당시만 해도 6,000여 명밖에 되지않던 한국교민들은 사실상 해외여행은 물론 국내여행조차도 떠나기 어려웠던 시기였다. 1980년 6월 19일에 있었던 호주정부의 2차 사면령(1979년 12월 31일까지 호주에 입국한 사람은, 외교관과 정식 유학생을 제외하고 불법 체류자를 포함 모든 사람에게 영주권을 준다는 법령)으로 불법체류 상태에 있었던 많은 한국인들이 영주권 취득 수속을 마치고 한국에 남아있던 가족들을 초청하여 재결합을 하던 시기였다. 그래서 나는 내 여행사업의 주요고객 대상을 한국인이 아닌 호주인들로부터 시작했다. 그 첫째가 '수출입국輸出立國'의 기치하에 한국상품을 세계시장에 소개하는 한국상품전시회 참가자와 한국으로 수입선을 바꾸어 보려고 하던 예비 수입업자들과 둘째, 한국방문을 원하는 일반 호주인 관광객들 그리고 셋째, 한국아이를 입양해 왔던 호주인 입양부모가 주요 고객 대상이었다.

1984년 5월쯤으로 기억된다. 3살난 상구(니콜라스)를 입양해 왔던 A가족 이야기다. 상구를 입양해 시드니로 돌아온 A씨가 아이가 계속 울며 보챈다고 사무실로 도움을 요청하는 전화를 해 왔다. 나는 입양절차상 아이를 잠시 맡아 보살펴 주던 보모와의 이별 때문이 아닌가 생각하여 공항으로 가는 도중 그 당시 보모와 헤어질 때의 상황을 묻고 설명을 들으며 아이가 환경도 바뀌고 보모를 보고 싶어서 보챌 거라며 그래도 잘 달래 보라고 했다. 그런데 또다시 다급한 목소리로 전화를 해 왔다. 아이가 막무가내로 울어댄다고 했다. 그래서 나는 A씨에게 그 아이와 통화할 수 있게 해 달라고 요청했다. 울어대는 아이에게 나는 한국말로 "상구야!" 하고 말을 했다. 그랬더니 한국말을 알아들었는지 바로 "밥 줘! 밥 줘!" 하며 울부짖었다. 얼마나 배가 고팠을까? 밥을 달라는 그 절규에 가까운 소리를 듣는 순간, 나는 억장이 확 무너지는 것 같은 감정을 느꼈다. 나는 A씨에게 밥에 대한 설명을 했다. 요즈음에야 동양인들도 많아서 도처에 한국식품점도 많지만 1984년도만 해도 동양 사람이 많지 않았기 때문에 쌀은 일반 슈퍼마켓에서조차 구입할 수 없었던 때였다. 그래서 가까운 아시안중국식품점을 찾아 가보라고 했다. 그리고 한국방문 때 많이 보았을 밥을 어떻게 만들어야 하는지를 간단히 설명해 주며 퇴근길에 잠시 방문해 보겠다고 했다. 그러고 나서 나는 사무실에 앉아 내 머리를 감싸쥔 채 한참을 울었다. 그리고 무슨 사연인지는 몰라도 잘못된 부모를 만나 호주로 입양돼 온 이 아이를 위해 간절한 기도를 드렸다.

"하나님 아버지, 제가 청운의 꿈을 품고 한국을 떠나 새로운 기회의 나라 호주로 이민을 와서 이렇게 새로운 사업을 시작했습니다. 물론 제 조그마한 꿈의 실현을 위해 당신의 축복을 기원합니다. 그런데 이제 이 아이를 보면서, 저를 포기하겠습니다. 제 사업은 안돼도 좋습니다. 제 사업 대신, 저 아이를 이 호주 땅에 잘 정착하도록 축복하여 주십시오. 하나님!" 그렇게 간절히 간절히 기도를 했다. 헌데 세월은 유수와 같다더니 그렇게 10년, 20년, 30년 순풍에 돛 단 듯이 계속 잘 지내왔다.

자그마한 여행사업을 통해서였지만, 나는 호주에 사는 한국인 이민자 1세대로서, 호주에선 언제나 내가 한국관련 여행전문가 제1인자라는 긍지를 갖고 여행업은 물론이요 내 능력이 닿는 대로 한인사회와 호주다문화사회를 위해 다방면으로 왕성하게 활동을 했다.

한국이 여행자유화가 되기 전 해였던 1988년도부터 한국국제관광진흥전에 참가하며 한국관광시장에 호주를 소개했던 일In-bound과 아울러 호주여행업계에 한국을 알리는 일Out-bound, 한인 2세들에게 정체성확립과 조국관을 심어줄 목적으로 모국방문 산업시찰단을 운영했던 일, 1989년도 국립무용단 오페라하우스 공연 때 스폰서로 나섰던 일, 1990년부터 중국관광의 물꼬를 튼 일, 호주시민권자로서 조국의 통일을 위해 무엇인가 할 수 있는 일을 찾아야겠다고 생각하여 1991년도 극적으로 북한방문을 성사시키며 호주교민사회에서는 처음으로 북한방문의 물꼬를 튼 일, 그래서 이산가족들의 첫 만남과 그 후 계속 사업으로 추진할 수 있도록 호주이산가족찾기 창구 일원화를 성사시켰던 일, 1992년부터 1996년까지 호주한글학교협의회 회장으로서 한국인 2세들을 위한 한국어교육진흥을 위해 열성을 다했던 일, 1993년도 롯데여행사 창립10주년을 기념하며 한중수교 이후 중국방문에 관심을 가졌던 분을 위한 관광안내서로 '중국기행' 책을 써 출판할 수 있었던 일, 책 출판인지세를 기초로 하여 매년 2명의 교민자녀 대학생들에게 10년간 장학금을 지급할 수 있었던 일, 1990년과 1997년도에 'Spirit of Youth'라는 젊은이들을 위한 한호교류증진 목적으로 기획된 호주학생군사훈련단을 한국에 보냈던 일, 1993년부터 2003년(5기-9기)까지 민주평화통일자문위원 간사와 부협의회장으로 그리고 2003년부터 2019년도(15기-18기)까지 일반 위원으로 조국의 평화통일을 위해 봉사했던 일, 1997-1999년도에 재호한인상공인연합회 회장으로 한인상공인들의 권익증진을 위해 다방면으로 봉사했던 일, 2001년과 2002년도 한국방문의 해에 호주명예홍보사절로, 또한 경상북도 관광홍보사무소장으로, 경상남도 관광홍보위원장으로서 한국관광홍보에 힘썼던 일, 2007-2009년 호주시드니한인회장으로서 한인사회를 대표하여 호주주류사회 정치권과 다른 소수민족단체들을 향하여 한국인의 권익을 위해 힘껏 노력했던 일, 아울러 차세대 육성을 위하여 Youth Forum과 Youth Symposium을 통해 1.5세대와 2세대들을 한인사회로 끌어들여 한인사회 미래의 주인공으로 함께 참여 시켰던 일, 호주NSW주정부 법무장관의 추천으로 2013-2015년 NSW주정부반차별위원회 위원으로 봉사할 수 있었던 일. 이순(60세)의 나이를 훌쩍 넘어 65세에 여행사업 일선에서 은퇴를 하고 2014년부터 다문화협의회Multicultural Communities Council, MCCNSW부의장으로서 호주다문화사회 화합과 결속을 위해 그리고 뜻 있는 지인들과 함께 2014년 호주한인공익재단KACS을 설립하고 이사장으로서 지한파 호주주류언론인양성 프로잭트 추진과 한인동포사회의 상호협력과 지위향상을 위한 후원 프로젝트를 주도해 오고 있다. 그리고 대한항공 시드니지사장으로 호주에 첫발을 내디뎠던 1979년으로부터 만 40년이 되는 2019년 1월 26일 호주건국기념일을 맞아 뜻 깊은 호주국민훈장OAM, Order of Australia Medal을 수훈하게 되었던 기쁜 일까지, 나의 호주정착 40주년을 기념하면서 내 삶에 관한 회고록 형태의 책을 출판할 계획으로 그동안 수많은 자료와 사진들을 수집하며 집필해 왔던 회고자서전을 한호수교 60주년이 되는 2021년에 세상에 내어놓게 되었다.

한국태생의 한 호주이민 1세대의 삶을 통해서 들여다 볼 수 있는 한국 및 호주사회와 한국인 이민자 동포사회의 모습들을 함께 볼 수 있다는 것도 재미있고 유익하겠다는 생각에서다. 그리고 이민자로 형성된 대표적인 이민국가인 호주에서, 오고 올 내 후손들에게는 호주로 이민을 해 온 조상의 발자취를 한 권의 책으로 남겨 줄 수 있다는 것도 좋은 유산이 될 것이라는 생각에서이다.

다행스럽게도 1985년도에 호주로 모셔온 부모님이 비교적 건강하셨다는 것도 감사할 일이다. 아버지는 지난 2013년 9월 23일 만 94세로 소천하셨고 어머니는 현재 95세로 2018년 7월부터 한국양로원으로 모셨다. 아울러, 이민 초기 때부터 아내와 함께 그렇게 바쁘게 생활하는 가운데였지만 세 자녀(첫째 딸 1976년생 윤경 Maria, 변호사로 현재 Recruiter회사경영, 둘째 장남 1979년생 지헌 Peter, 투자금융인으로 홍콩거주, 셋째 차남 1980년생 지민 Edward, 투자금융인 출신으로 홍콩에서 자영업경영)들 모두 아주 잘 자라서 세상에 나가 아름다운 가정을 이루고 제 몫들을 감당해 가고 있다. 너무나 대견스럽다. 아니 자랑스럽다고 해야 할 것이다.

그리고 무엇보다도 대한항공 시드니지사장 시절이었던 1979년 교회로 인도되어 1980년 4월 한인연합교회에서 세례를 받고 새로이 체험할 수 있었던 신앙생활을 하며 1983년도부터 시드니제일교회에서 20년간 잘 양육받아 믿음이 성장했고 2003년도부터는 지역교회인 LindfieldSt.Davids Uniting Church의 장로로서 겸손히 봉사할 수 있었던 특권을 부여받았던 일들과 2016년도부터 다시 모교회인 시드니제일교회로 돌아와 봉사할 수 있었던 일들을 포함하여, 그야말로 하나님의 도우심으로 내가 계획했던 일, 하고 싶었던 일들을 후회 없이 소신껏 성공적으로 잘 해 왔다.

작지 않은 시드니 한인사회와 호주다문화사회 속에서 내 이름 석자를 훼손하는 일은 하지 않았다. 이게 전적으로 어디 다 내 노력만으로 성취할 수 있는 일이라고 할 수 있을까? 질그릇 같이 연약하고 나약한 내가 무슨 능력으로 가능 했을까? 물론 내 능력으로는 절대 그렇게 할 수가 없었을 것이다. 그 이유는 너무도 자명하고 확실하다. 나의 등 뒤에서 항상 나를 지켜보시며 나와 동행하시며 언제나 선한 길로 나를 인도해 주신 하나님! '에벤에셀'의 하나님이 계셨기 때문이라고 나는 확신한다. 내가 돌이켜 보건대, 어찌 하나님의 그 크신 뜻을 백만 분의 일이라도 헤아릴 수 있겠냐마는, 1984년 5월 그 때에, 생면부지의 한 입양아이, 상구를 위하여 내 자신과 내 사업까지도 포기하면서 간절히 기도하던 내 모습을 보신 하나님께서 나를 불쌍히 보시고 어여삐 여겨주신 것 같다. 그래서 그의 보이지 않는 손을 통하여 나를 지금껏 지켜 주시고 함께 동행하면서 선한 길로 인도하며 축복해 주지 않았나 하고 생각해 본다. 어쩌면 내가 알지도 못한 그 오래전부터 나를 위해 예비했던 길을 따라, 평안북도 정주에서 태어나, 서울로, 그리고 대구 피난시절, 또다시 서울생활로, 장충초등학교, 보성중고등학교, 서울대학교-학창시절 그리고 직장 대한항공에서 해외 사우디아라비아 제다지사를 거쳐 호주시드니지사장으로 경험을 쌓게 한 후에 다시 호주

이민자로 정착하기까지, 그래서 나는 내 삶 가운데, 하나님께서 항상 나와 함께 동행하신다는 사실을 확신하며 살아가고 있다. 그래서 나는 평강과 축복의 통로로서 쓰임을 받기 위하여 언제나 하나님의 도우심을 간구하며 또한 삶의 지혜와 이 세상을 살아가는 용기를 간구한다.

사실 나는 영육간에 매우 강건하며 마음도 매우 부유한 사람이다. 그러니 항상 기쁘고 평온하며 행복하다고 할 수밖에 없지 않은가? "하나님 아버지, 내 잔이 차고 넘치나이다."

▲ 2019년 8월 29일부터 9월 4일까지 라트비안홀에서의 아내 승영옥 개인미술전에서 인사를 하는 아내와 필자

▲ 2019년 8월 29일부터 9월 4일까지 라트비안홀에서의 아내 승영옥 개인미술전에 참석해 축사를 해 준 The Hon. Jodi MacKay MP 주의원, 스트라스필드시 Gulian Vaccari 시장과 우리 가족(딸 윤경, 덕상, 장남 지헌과 첫 손자 도윤)

나는 1960년 신당동 장충국민학교와 1966년 혜화동 보성중고등학교를 졸업하고 이웃 동네인 동숭동 서울문리대 중국어중문학과에 66학번으로 입학했다. 정원은 15명뿐이다. 서울출신으론 나 보성고를 포함하여 경기고, 서울고, 경복고, 용산고, 사대부고, 삼선고 7명 그리고 지방출신으론 부산고, 경남고, 경북고, 경북여고, 진주고, 대전고, 전주고 8명(재수생 포함) 15명이다. 어찌보면 1966년도 당시 대한민국 내 명문고 출신의 대표선수 집합체 같았다. 나는 서울대학교에서 1970년도부터 처음으로 시행한 우등생 규정에 따라 1972년도 중문과 우등생으로 선발되었고 우등생들의 집합 기숙사라고 해도 전혀 손색이 없었던 정영사에 입사했다. 아울러 (주)삼양사의 양영장학생으로도 선발되는 영예도 누렸다. 물론 1973년도에도 우등생으로 선발되었고 1974년도 졸업 때 받은 나의 대학 졸업증서에는 '준최우등'이란 마크가 적혀 있다.

2장

나의 학창 시절
(1954.3.-1974.2.)과
병역의무 완수
(1968.2.-1971.5.)

2
|
1

장충초등학교 시절 (1954.3.-1960.2.)

1953년 7월 27일 한국전쟁의 종전과 함께 휴전이 됐다. 나는 초등학교 입학을 위해 대구 피난생활을 끝내고 어머니와 동생과 함께 다시 서울 장충동 집으로 이사를 했다. 이때엔 아버지가 철도경찰공무원 생활을 끝내고 승상배 씨의 동화목재사업에 임원으로 합류하기 시작했던 때였다. 집에서 학교와의 거리는 직선거리로는 1Km 남짓 매우 가까운 거리였다. 봄이면 노란 개나리 꽃이 흐드러지게 늘어진 축대 위에 지어진 전형적 일본식 가옥이었고 방마다 다다미가 깔리고 목욕탕과 수세식 화장실이 잘 갖추어진 양지바른 집이었다. 어머니는 앞마당 한쪽 코너엔 커다란 닭장을 지어 닭을 키워 계란을 얻었고 뒷마당엔 제법 큰 텃밭을 일구어 상추, 아욱, 들깨잎, 고추, 가지, 호박과 같은 소채류와 배추, 무까지도 심어 과일을 제외하곤 웬만한 채소식품까지 자급자족했던 것 같다. 나는 특별히 앞마당 한 켠에 있던 커다란 단풍나무가 좋았다. 홍역을 치를 때엔 시원한 단풍나무 가지 위에 올라가 바람을 쐬곤 했다. 엎어지면 코 닿을 거리에도 불구하고 나는 아침 등교를 위하여 아버지에게 회사 짚차로 데려달라고 조르기도 했다. 어떤 때는 사업차 아버지와 가깝게 지내던 평안북도 출신 친구였던 이승만정부 시절 전 내무부 장관인 장경근 국회의원 등과의 우이동별장 회동 때에도 함께 따라 갈 정도였다. 전기공급이 불안정했던 전후복구시절에도 정전없는 특선공급을 받았고 1학년 입학 때는 당시 최고의 백화점 명동 미도파에서 산 최신 가죽가방을 메고 등교를 했었다. 당시엔 가죽가방은 커녕 보자기를 둘둘 말아서 어께에 메고 다니는 학생도 있을 정도로 종전 이후 모든 물자가 부족해 국민경제가 좋지 못했던 시절이었다. 그럼에도 불구하고 천진난만했던 시절 나는 학교수업을 마치고 친구들과 어울려 봄철에는 집 근처 장충단 공원쪽으로 아카시아 꽃을 따 먹으며 놀기도 했고 남산 쪽에서 내려오는 개울물가에서 물 속의 작은 돌멩이들을 뒤집으며 자그만 가재도 잡곤 했다. 돌이켜 보면 전쟁 직후의 세상물정을 모른 채 천진난만했던 평화롭고 행복했던 시절로 기억한다.

▲ 1953년 6월 장충초등학교 1학년 단체사진 속의 필자(3번째 줄 왼쪽에서 두 번째)

▲ 1955년 우이동별장에서의 아버지동료들과 함께한 필자 & 1956년 신당동집에서 동생들과 함께한 필자

그러다 3학년 후반기 때쯤 장충동 집에서 옮겨 주차공간까지 있는 큼직한 일본식 가옥인 신당동집으로 이사를 했다. 이때만 해도 아버지가 동화목재 사업과 신당동 동화극장 전무로 일하고 있었을 때라 가끔 학교 반 친구들을 데리고 가서 영화구경을 시켜주기도 했다. 그러다 5학년쯤 들어가면서부터 새로이 시작했던 아버지의 토건건설사업이 부도가 나면서 모든 개인재산을 정리하고 동화동 산동네 셋방살이 신세로 전락했고 이때부터 과거 한 번도 경험해 보지 못했던 어려운 학창시절을 보내게 됐다. 그러나 사실 경제적으로는 궁핍했지만 나는 천진난만한 산동네 아이들과 어울려 산 속에서 뛰어다니며 놀던 시절이었다. 그래서 그 당시에 여름방학 때마다 단골방학숙제였던 식물채집과 곤충채집은 너무나도 즐겁고 재미있었다. 자연 그대로의 다양한 곤충과 기이한 식물들을 접할 수 있었던 추억은 내게 매우 소중한 자산으로 남아있다. 이러한 환경영향 때문이었는지 나는 여러 학과목 중에 생물과목을 좋아했다. 헌데 학교생활기록부에 보면 부모가 자녀교육에는 열의가 없다고 평가한 것이 너무나 재미있다. 담임선생님 입장에서 보면 아이는 재능도 있고 명석한데 부모가 제대로 경제적인 뒷받침을 못해주고 있다는 의미였던 것 같이 느껴졌다. 사실 현실이 그랬다. 왜냐하면 아버지의 사업실패로 어려워진 가계 보탬을 위해 어머니가 동대문시장 옷 장사 행상으로 나갔기 때문이다. 나는 사실 학교에서의 공부가 전부였고 집에 돌아오면 어머니 대신 동생들을 보살피며 집안일도 하고 가끔 산동네 친구들과 어울려 신나게 놀기도 했으니까. 그리고 300m 정도

떨어진 곳의 공동수도로 물지게를 지고 물을 받으러 다녀야 했다. 돌이켜 보면 세상을 바라보는 새로운 경험을 했다고나 할까? 무의식적이었지만 급작스레 변화된 냉엄한 현실 속에서 아무런 불평 없이 순응했던 것 같다. 산동네 셋방 주인집 누나가 동네 6학년 아이들을 모아 집에서 과외공부를 지도했는데 어쩌다 어려운 산수 문제가 있으면 나를 불러 풀어봐 달라는 요청을 받기도 했다. 물론 나는 쉽게 해결해 주곤 했었고 산동네 주위 아이들은 내 실력을 부러워하곤 했다. 그야말로 하루 벌어 하루 먹어야 했던 정말로 어려웠던 당시 집안 형편 때문에 나는 졸업식 사진도 없고 기념앨범도 구매하지 못했다. 2010년 10월 나는 장충초등학교 총동창회 회장단과 함께 장충초등학교 교장을 예방하고 과거 내 생활기록부를 열람하고 사본도 가져왔다. 자료 앨범은 유실되고 없었지만 다행스럽게도 옛 자료실에서 과거 나의 생활기록부를 찾아 볼 수 있어 매우 기뻤다. 왜냐하면 한국전쟁 이후 매우 혼란했던 사회였지만 어렸던 시절 나에게 학업을 지도하며 공부를 열심히 해야 한다는 강한 영감을 주셨던 담임 선생님들의 존함이라도 재확인하고 싶었고 과연 나는 어떤 아이로 평가를 받으며 성장을 했는지 알고 싶어서였다.

▲1958년 장충초등학교 5학년 시절

▲2010년 10월 장충초등학교 총동창회장단과 함께 장충초등학교 교장 선생님을 방문한 필자(오른쪽 2번째)

나는 아직도 명문 장충국민학교를 완성했던 이규백 교장선생님의 존함을 기억하고 있다. 가정형편이 점점 어려워져 가던 4학년이 되던 해에 덕수국민학교에서 장충국민학교 교장으로 부임하여 조회 때마다 단상에서 쟁쟁하게 훈시하시던 그 모습도 내 기억에 또렷하다.

'너도 나도 부지런히 배우고 씩씩하게 일하며 올바르게 자라자'라는 교훈을 '뭉치자 공부하자 굳세자 지지 않는 사람이 되자'로 바꾸고 오로지 공부에만 열중시키며 미래 인재들을 양성하려고 했던 훌륭한 의지의 교육자였다라고 생각한다. 오죽하면 연중행사요 학부모와 함께 하는 축제였던 체육대회조차 없애버렸던 것으로 기억한다. 사실 나는 그 편이 더 좋았다. 체육행사를 해도 부모님과 함께 참석할 여건이 되지 못했기 때문이다.

나의 담임선생님들의 존함은 1학년 안계훈, 2학년 김재철, 3학년 안정희, 4학년 백찬기, 5학년 조정희, 6학년 강봉석 선생님이다. 모든 면에서 어려웠던 환경 속에서 미래 꿈나무들을 위해 헌신하셨던 모든 선생님들께 삼가 존경과 경의와 감사를 표한다. 모든 선생님들의 종합적인 나에 대한 평가는 성격이 쾌활하고 명랑하며 모든 일에 적극적이고 발표력이 왕성하다고 했고 특별히 6학년 담임선생님은 내가 늘 탐구하려는 정신이 좋고 두뇌가 명철하다고 평가기록을 남겼다. 한 학급에 80여 명이 넘었던 콩나물교실 그 시절에도 아마 담임선생님들의 눈에는 확연히 구분됐던 싹수가 있어 보이는 활발한 어린아이로 보였던 모양이다. 특별히 3학년 때 안정희선생님은 짙은 빨간색의 루즈를 바르셨다. 나는 그게 너무 예쁘고 좋았다. 그래서 담임선생님의 관심을 받기 위해서 모든 학과에 적극적이었고 발표도 많이 했던 것 같다. 아울러 5학년 때 조정희 선생님은 자율학습을 강조했다. 매일 공식수업시작 1시간 전에 자율적으로 등교하여 간단한 수학문제 시험을 보고 평가하는 시간을 별도로 가졌다. 담임선생님의 교육열에 따른 자발적 자율학습으로 기억한다. 그런 연유에서인지 몰라도 나는 수학과목을 많이 좋아했다. 어쩌면 이때를 계기로 수학과목에 대한 기초실력을 확고히 다졌던 것 같다. 한편 3학년을 분기점으로 학년이 높아갈수록 가정경제형편은 계속 나빠져갔지만 그래도 나는 학교에서의 수업만은 매우 충실하게 했던 편이었다. 3학년 때쯤엔 내가 노래를 잘 부른다고 하여 KBS 어린이합창단에도 선발될 뻔했으나 가정형편상 제외됐다. 그러나 6학년 중간 즈음에 시행됐던 제1회 전국어린이글짓기현상대회에서 나는 전국 2등상 수상자로 선정되어 졸업을 앞두고 푸짐한 학용품 부상과 함께 장충국민학교의 명예를 빛내기도 했다. 특별히 6학년 담임선생님께서는 가정형편이 허락하면 과외공부라도 좀 해서 최상위권을 계속 유지했으면 하는 특별 권유를 하기도 했다. 명문 중학교 입학 결과는 6학년 담임선생님의 큰 목표이기도 했을 것이다. 하기야 생활고로 목구멍이 포도청이었던 그 당시 우리 가정의 경제 상황에서 현실적으로 자녀교육은 우선순위에서 밀려 있었다. 이러한 우리 가정생활형편을 알고 계셨던 담임선생님의 요구도 모두가 나의 장래를 위한 마음 아픈 권면이었을 것이다. 그럼에도 불구하고 나는 경기중학교 대신 담임선생님의 안전 권유로 명문사립 보성중학교에 입학했으니 이 또한 행운이 아니었던가!

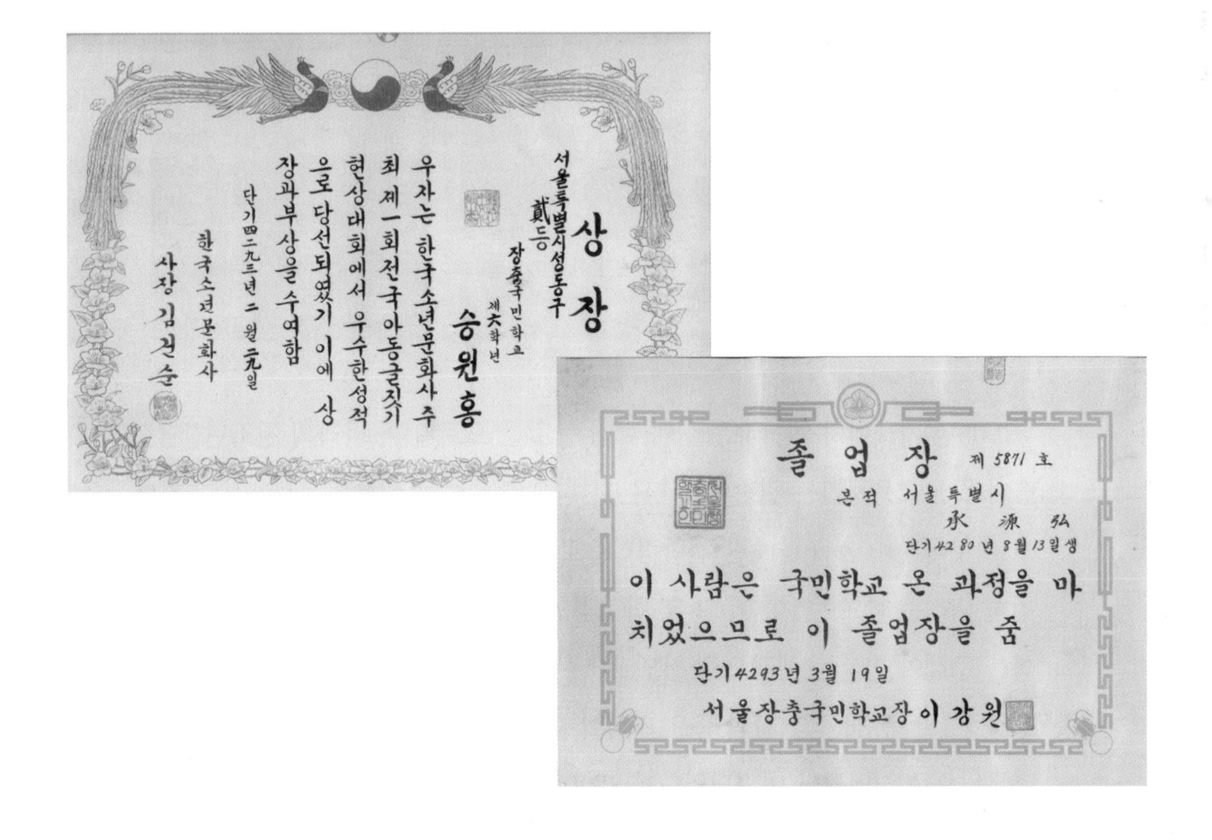
상 장

서울특별시성동구 장충국민학교 제六학년
貳등 승원홍

우자는 한국소년문화사 주최 제一회전국아동글짓기현상대회에서 우수한성적으로 당선되였기 이에 상장과부상을 수여함

단기四二九三년 二월 二九일

한국소년문화사
사장 김건순

졸업장 제 5871 호

본적 서울특별시
承源弘
단기4280년 8월 13일생

이 사람은 국민학교 온 과정을 마치었으므로 이 졸업장을 줌

단기4293년 3월 19일

서울장충국민학교장 이강원

2
|
2

보성중학교 시절 (1960.3.-1963.2.)

이용익(李容翊) 선생

고종황제 학교 이름을 '보성'이라 지어주셨는데 고종이 하사하신 이름에는 '널리 사람다움(人間性)을 열어 이루게 한다'는 보다 깊은 뜻이 들어 있다.

의암 손병희 선생 천도교의 수장이며 보성학교의 은인으로 독립운동에 헌신하였다.

간송(澗松) 전형필(全鎣弼) 선생

1906년 기울어져가는 국운을 바로 잡는 길은 오로지 이 나라의 청소년들을 올바르게 교육시키는 길밖에 없다는 신념으로 충숙공 이용익선생께서 '흥학교 이부국가興學校 以扶國家란 건학정신으로 보성학교를 설립할 때 고종황제가 친히 내려준 학교이름이다. 그 후 학교경영이 어려워졌던 1910년부터 민족사학을 구해야 한다는 생각으로 천도교교주 손병희선생에 의해 인수되어 1919년 3월 1일 독립운동거사의 중요 거점이 되기도 했으며 1924년부터 조선불교총무원으로 경영권이 이전되었다가 1940년 일제 강점시기에 잊혀져 가는 민

▲ 보성중고등학교 교기 & 중학교 시절, 절친이었던 故전영광(서울공대), 필자(서울문리대), 故노재후(서울법대)

족혼을 되찾기 위하여 간송 전형필선생에 의하여 경영권이 인수되어 새롭게 출발한 이래 보성학교는 우리 민족과 더불어 수많은 고난을 극복하면서 꾸준히 발전을 거듭하며 1989년에 혜화동 교사에서 방이동 신교사로 이전하여 오늘에 이르고 있다. 혜화동 1번지, 명당자리에 위치했던 보성중고등학교는 전통있는 명문 사립학교다. 내가 보성중학교에 입학했던 1960년은 집안형편이 너무 어려웠던 해였다. 아버지는 거듭된 사업실패로 실의에 빠져 있는 듯 했고 어머니는 기본생계를 위해 동대문시장에서 의류행상으로 새로운 생활전선으로 뛰어들어가 있을 때였다. 그런 가운데 나는 보성중학교 입학시험에 합격했다. 입학 등록금은커녕 하루 끼니를 걱정해야 했던 가장 암울하고 어려웠던 시기였다. 어머니는 피난 시절 대구에 정착하셨던 오빠(외삼촌)을 찾아 가서 내 입학등록금과 생활비를 지원받아 돌아왔다. 그래서 보성중학교에 가까스로 입학등록을 하게 됐다. 사실 경제적 어려움이 나의 중학교생활에 적지 않은 영향을 주었다고 할 수 있다. 중2 때는 새 책을 살 수 없어 청계천 헌책방에서 헌책을 구입해서 사용할 정도였다. 수업료를 내지 못해 수업 중에 일찍 귀가하는 일은 다반사였다. 그렇다고 당장 뾰족히 해결할 수도 없는 일이었는데 학교정책에 따라 담임선생님도 '나도 정말 못 할 일이었다'고 술회한 적이 있다. 동화동 산동네에서 혜화동까지 아마도 1시간 반 이상은 족히 걸어 다녔으니까 왕복 3시간, 매일 좋은 운동을 한 셈이다. 어머니 장사에 좀 여유가 생기면 전차통학

파스를 구입하는 달도 있었다. 그래서 가정경제형편이 어려워 공부를 제대로 할 수 없다는 사실에 많은 분개심을 느낄 때도 있었다. 소위 가진 자와 없는 자의 불공평에 대한 저항의식도 싹트기 시작했다. 국민학교 시절에 그렇게 쾌활하고 명랑하며 적극적이었던 성격이 많이 위축되어 있었던 시기였다. 더욱이나 학교내 여러 특별활동 그룹엔 현실적으로 어디에도 들어갈 수가 없었다. 어머니 장사수입에 따라 매일 끼니 걱정을 하던 때라 어떤 날엔 점심도시락을 가져가지 못해 학교 뒷산에 올라가서 혼자 소리를 지르며 시간을 보낼 때도 있었다. 심지어는 학교 구내식당에서 파는 자장면을 한 번도 먹어 보지 못했다. 어느 정도 철이 들어가면서 가장 어려웠던 암울한 터널을 경험했던 셈이다. 몇몇 가깝게 지내던 친구들이 자기 집으로 초대하여 여러 책들이 꽂혀 있는 책장과 책상을 볼 때면 마음속으로 많은 부러움을 느꼈다. 그 당시 우리는 단칸방에서 여섯 식구가 살고 있었으니까. 그럼에도 불구하고 나는 집안의 어려움을 겉으로 전혀 티를 내지 않았고 내 주변의 친구들은 모두가 모범생이었고 공부도 열심히 하는 친구들이었다. 중1 시절에 한규승 공민(정치)선생님으로부터 '승원홍이는 미래 검찰총장'이라는 별명을 받기도 했다. 그 사연은 이렇게 시작된다.

1960년 초, 중학교 1학년 말 때 일이다. 겨울철이 오면 학교교정 운동장 주위를 둥글게 뚝을 쌓아 물을 넣고 얼음을 얼게 했던 오픈 스케이트장을 만들어 놓았다. 그래서, 학생들은 물론 교사들도 짬짬이 시간을 내서 스케이팅으로 즐거운 시간을 보낼 수 있었다. 지금 생각해 보면, 내가 보성중학교에 입학했던 1960년도 훨씬 그 이전부터 겨울철이면 만들어져 왔던 교정 내 스케이트장은 학교명물이기도 했다. 교정내 스케이트장이 있었으니, 날씨가 허락하는 한, 겨울 체육시간에는 주로 스케이팅으로 시간을 보내곤 했다. 그러나 나는 그때, 어려웠던 집안형편 탓으로 스케이트를 살 수 없었다. 문제는 그 다음이었다. 체육선생님은 스케이트가 없는 학생들에게 스케이팅할 때 빙판 위로 갈려 나오는 얼음가루를 깨끗이 쓸도록 지시했다. 나를 제외한 다른 학생들은 순순히 그 지시를 따랐던 것으로 기억한다. 그러나 내 경우는 좀 달랐다. 나는 체육선생님께 얼음가루를 치우라는 지시를 따를 수 없다고 했다. 사실 나는 그때만 하더라도 친구들이 재미있게 스케이팅하는 그 빙판 위에 널려 있는 얼음가루를 치워야 한다는 이유가 스케이트를 살 수 없는 학생에게 적용된다는 것은 치욕 같다는 느낌을 받았기 때문이다. 일종의 자존심을 상하게 했다고 생각했고 나는 당당히 선생님에게 항의했다. 아마도 그 선생님에 대한 어느 정도의 분노심도 표출했을 것 같다. 그 선생님은 아마 매우 당황했었을 것이다. 그렇게 순진한 보성 학생들 가운데 이런 무례한 놈도 있다고 생각했을 것이다. 선생님은 얼음판 위에 나를 반항한다고 내 가슴을 밀쳤다. 그 순간 얼음 위에 서 있던 나는 뒤로 벌렁 나가 자빠졌고, 선생님은 몸을 추스려서 일어나는 나를 향해 수업시간 다 끝나고 교무실로 오라고 명령했다. 수업종례를 마치고 나는 교무실로 체육선생님을 찾아 들어섰다. 체육선생님은 수업시간 때와는 전혀 다른 인자한 모습으로 나를 대해 주었다. 사실 나는 선생님과 새로운 전쟁준비를 하고 들어섰는데…. 그 체육선생님은 왕년에 국가대표 육상선수였으며, 온후한 성품으로 학생들이 매우 좋아했던 고계성 선생님이다. 마침 공민(정치)을 가르치던 한규승 선생님께서 나를 보더니 무슨 일이 있었냐고 물었고, 체육선생님께서 낮 수업시간에 있던 이야기를 무슨 무용담이나 되는듯 내가 선생님 명령에 반항했다는 이야기를 소개했다. 그리고는 나를 향해 아무 일도 없었던 것처럼 나에게 앞으로는 잘 하라며 그냥 돌아가도 좋다고 했다. 나는 아마도 선생님에 대한 나의 도전적인 태도를 고치라는 것으로 이해하며 교무실을 나섰다. 그리고, 그 다음날인가 공민 수업시간이었다. 언제나 흥미진진한 1960년의 정치 이야기로 모든 학생들에게 인기와 존경을 받고 있었던 한규승 선생님께서, 승원홍이는 앞으로 이 나라 검찰총장감이라며 나를 치켜세워 주셨다. 그 사연으로 나는 학창시절 검찰총장이라는 별명을 얻게 되었다. 다른 반 친구들은 왜 내가 검찰총장감이 되었는지 그 사연을 알 수 없었을 것이다. 그 사연은 고계성 선생님과 나, 그리고 한규승 선생님과 또 다른 몇 분 선생님과 우리 반 동창들만이 알고 있는 1960년대 우리 세대와 나의 삶과 관련돼 있던 이야기였으니까. 그래서 '검찰총장'이란 그 별명은 아직도 내 가슴 판에 깊게 새겨져 있다. 오늘까지 있게 한 나의 삶을 인도해준, 아직 철없던 시절에 받았던, 그래서 하나님의 공의와 사회정의 실현을 희구하는 나의 인생 나침반으로서 말이다. 그래서 나는 고계성 선생님과 한규승 선생님을 가끔 생각해 보곤 한다. 나에게 꿈을 갖게 해준 계기를 만들어 주셨던 선생님과 그러한 꿈을 실현할 수 있다는 도전정신을 갖게 해주신 선생님들을! 그래서 나는 이런 선생님들과 함께 학창 시절을 보낸 보성학교를 사랑하며 또한 자랑스럽게 생각한다.

그리고 중2 시절엔 조종현 국어선생님으로부터 낭독과 낭시를 잘한다는 칭찬도 많이 받았다. 송상근 수학선생님으로부터도 남에게 져선 안 된다는 굳건한 의지를 가지라는 말에 감명을 받기도 했다. 미국LA에 거주하고 있는 동창 국백련이 국어교사였던 조종현 선생님에 대한 글에 내 이야기가 있어서 소개한다.

"(중략) 시조 시간이 따로 생겨서 우리는 느닷없이 시조를 읊조리게 되었는데, 우리 반에 승원홍이가 제일 잘 읊어댄다고 선생님이 늘 칭찬하시곤 했다. '동창이 밝았느냐 노고지리 우지진다'도 보통 애들 같으면 만화 읽듯이 읽고 앉곤 했는데 원홍이는 감정을 실어가면서 구성지게 읊었다. 그 꼴이 하도 아이답지 않아서 킥킥대는 애들이 항상 있었다. (참고로… 웃던 애들 대학 다 떨어지고 승원홍이는 서울대학 들어갔다.)" 참고로 조종현 선생님은 대처승으로 2년 선배인 조정래 작가의 부친이다.(중략)"

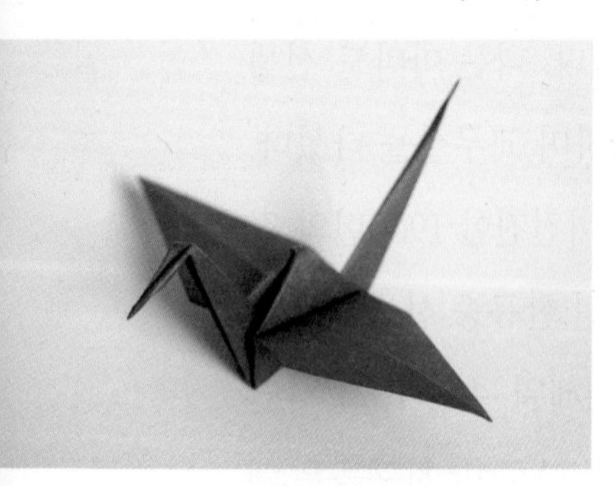

2학년 때부터 나는 일본 지바현 여중학생 미찌꼬와 펜팔을 하였는데 미찌꼬는 1964년 제18회 동경올림픽 준비를 위하여 재도약을 준비하던 일본 국내의 상황들을 소개해 주었다. 그리고 편지를 보내올 때마다 일본의 발전상이 담긴 사진들과 함께 10개의 빨간 종이학을 접어 보내 주었다. 종이학 1,000마리를 가지면 소원을 성취할 수 있다면서 예쁘게 정성스레 접은 종이학을 보내주었다. 아마도 2차대전 패망 후 다시 재건하며 성장발전하던 일본 입장에서 한국의 미래 발전을 위해 성원해 주려고 했던 것 같다. 고등학교로 진학하며 이사를 하면서부터 연락이 끊어졌다. 언어 소통문제가 있었으나 미찌꼬와의 펜팔로 일본인 여중생과의 아름다웠던 인연도 소중하게 기억하고 있다.

▲중3 시절, 1962년 추석맞이 창경궁에서 부모와 4남매가 함께 찍은 유일한 가족사진

▲보성중학교 졸업식 때
유수열 담임선생님, 아버지와 필자

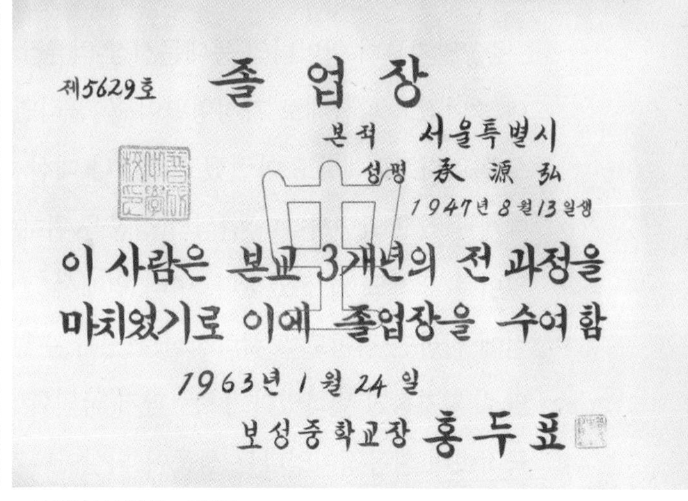

제5629호 졸업장

본적 서울특별시
성명 承源弘
1947년 8월 13일생

이 사람은 본교 3개년의 전 과정을
마치었기로 이에 졸업장을 수여함

1963년 1월 24일

보성중학교장 홍두표

▲1963년 보성중학교 졸업장

2 | 3

보성고등학교 시절(1963.3.-1966.2.)

중3 말기부터 어머니의 동대문시장 의류장사도 본궤도를 잡아 그나마 수입이 좋아졌고 나름대로 가정형편이 좀 풀리면서 방 2개 전셋집으로 거주공간도 늘렸다. 내 책상도 마련했고 어머니 대신 하던 집안 가사일도 막내 여동생에게 넘겼고 막연하나마 인생의 성공을 위하여 학업에 열심을 다하겠다고 독일어로 표어도 써 붙였었다. 여러 면에서 그리 윤택하진 않았으나 중학교시절에 비하면 적어도 도시락점심 걱정과 수업료 걱정은 하지 않을 만큼 그야말로 획기적인 변화였다. 나는 과거 국민학생 시절의 명랑하며 쾌활하고 적극적이며 활동적이었다는 성품이 되살아나기 시작했고 중학교 시절에 잠시나마 다소 위축되었던 성격도 언제 그랬냐는 듯이 말끔히 잊고 새로운 지평을 열어가기 시작했다.

▲1963년 고1 시절, 서해 덕적도 아래 섬 자월도로 캠핑을 갔던 동창 내남정, 홍성표, 정운영, 장경복과 필자

▲1964년 고2 시절 가을소풍에서 동창, 이광우, 김혁일, 정두환, 양천모와 필자

▲1965년 고3 시절, 도서반 활동을 하며 도서목록을 정리하고 있는 한종범, 조항근과 필자(오른쪽 맨 끝)

나는 모든 수업에도 열중했으며 친구들과도 폭 넓게 사귀면서 많은 대화를 했다. 고1 시절엔 당시학생들에게 인기가 있었던 동아방송의 탑튠쇼에 친구들이 Pop Song음악으로 악영향을 받는 것 같다고 생각하여 동아방송사에 탑튠쇼 방송중단을 요청하는 편지를 보내기도 했다. 중학교 1학년 때 나에게 검찰총장이라는 별명까지 지어주며 나를 특별히 아꼈던 한규승 정치선생님이 군사독재정권 박정희 대통령을 비하하는 말에 비록 잘못된 대통령이라도 대통령으로서의 기본 예우는 해야 하지 않으냐며 항변하다 얼마나 야단을 맞았는지 모른다. 중학교 때부터 명곡102곡집만을 갖고 클래식음악만을 가르치셨던 박일환 음악선생님에겐 왜 명곡만 가르치느냐며 서민들의 애환이 담긴 우리 대중가요들도 함께 가르쳐 주어야 하지 않느냐고 제안하기도 했다. 어이가 없었던지 선생님은 그럼 나보고 대중가요를 불러보라고 하여 '한많은 미아리고개'를 수업시간에 열창하여 친구들로부터 환호의 박수를 받기도 했다. 그러나 이 회고록을 쓰는 이 시간에도 호주 ABC클라식FM 방송을 들으며 이 글을 쓰고 있다. 돌이켜 보면 4년 정도 클래식 음악만을 고집하며 제자들을 교육했던 음악선생님에게 감사를 드리고자 한다. 아마도 국어과목과 영어과목 수업시간에 선생님으로부터 가장 많은 낭독 지명을 받았던 학생 중 하나였다고 생각한다. 그래서 특별히 영어수업시간에는 교과서를 읽고 해석해 보라는 지명에 대비하여 언제나 미리 자습서를 읽고 준비를 해야만 했다.

고3으로 올라 가면서 문과계열과 이과계열로 나누어졌다. 나는 문과계열 2반으로 우리는 봄철에 하얀 목련 꽃이 내려다보이는 2층 아늑한 교실이 배정되어 무척 좋았다. 특별히 수학과목을 잘 했던 나는 비록 문과에 속해 있었음에도 불구하고 서울대공대에서 주최하는 전국고교수학경시대회에도 이과생들과 함께 참여하기도 했다. 이과 수학반을 담당하셨던 최원섭 선생님께서는 당신의 저서인 이공계수학 책을 나에게 증정하며 격려해 주기도 했다. 나는 서울문리대 정치학과 또는 외교학과 진학을 위한 학과목으로 필수과목인 국어, 영어, 수학과목과 함께 흥미를 느끼고 있었던 일반사회(정치, 경제, 윤리)와 생물 과목을 최종 선택했다. 헌데 대학진학을 앞둔 중요한 시기였던 12월 1일 나는 급성맹장염으로 수술을 받게 됐다. 체력적으로 많이 약해져있던 당시 전신마취로 인해 의식회복도 매우 늦었고 더욱이나 7cm가량의 수술봉합부위가 잘 아물지 않고 다시 벌어지는 바람에 제대로 항생제 치료처방도 못 받은 채 집에서 꼬박 누워서 1달을 보내야 했다. 최악의 컨디션이었다. 마지막 모의고사는 물론 학기말 시험도 보질 못했다. 꼬박 1달이 지난 후인 1월 초쯤 대학진학 상담을 위하여 학교로 갔다. 무척이나 야위어진 내 모습에 손동인 담임선생님도 무척이나 걱정을 했다. 선생님께서 마지막 모의고사 시험지들을 내주면서 한번 풀어 보라고 했다. 방학 기간이라 텅 빈 교무실에서 처음 문제지를 받았을 때는 어떤 것은 전혀 생각이 떠오르지 않는 것도 있었다. 그래서 우선 수학문제지부터 논리적으로 추론이 가능한 기하문제부터 차분히 풀어가기 시작했다. 생각이 떠오르기 시작했다. 국어 그리고 영어문제지를 풀어내기 시작했다. 담임선생님도 나의 대학 선정을 망설였다. 평소 내 희망대로 서울문리대 정치학과나 외교학과 대신 연세대나 고려대 법대는 어떻겠냐며 내 의견을 물었다. 그래서 좀 더 생각할 시간을 달라며 교무실을 나왔다. 이때 나와 가깝게 교제를 했던 같은 반의 정두환(선경 임원으로 호주지사장도 역임했다)을 우연히 만나게 됐다. 자기는 연대 경영학과로 가기로 했다며 나는 어떻게 하기로 했냐고 물었다. 그래서 조금 전 담임선생님과의 이야기를 들려줬다. 그랬더니 “야! 네가 서울대를 안 가면 누가 가냐?”며 역정을 냈다. 나도 정신이 확 깨어 왔다. 그렇지! 내가 서울대학교를 안 가면 누가 가겠어? 우선 나 자신을 위해 또 보성고등학교 명예를 위해서! 대학교 입시 시험은 2월 초에 있었다. 앞으로 꼭 1개월이 남은 셈이다. 나는 장차 미래전망이 있는 중국에 대해서 공부를 해 볼 생각으로 서울대문리과대학 중국어문학과를 선택하기로 결정했다. 그리고 나는 청계천 헌책방을 돌며 최근 5년간 출제되었던 서울대 대학입시 문제집과 일본 명문대학교 수학입시문제집들을 사서 을지로6가에 있는 도서실에 자리를 잡았다. 거의 1달 동안 집으로 가지 않고 도서실에서 공부하며 책상에 엎드려 잤다. 내 결심에 따라 집에서는 하루에 도시락 3개씩을 날라다 주었다. 가끔 완전히 아물지 않은 배 수술 상처 부위를 옥시풀로 소독치료를 해가면서 독하게 수험공부에 열중했다. 몸은 많이 수척해졌으나 여러 학과목(국어, 영어, 수학, 일반사회-정치, 경제, 윤리포함, 생물 5과목) 모두가 과거 한창 때의 컨디션으로 회복된 듯했다. 물론 대학입시시험엔 우수한 성적으로 합격했다. 사무착오였는지는 모르나 보성고등학교 게시판에 승원홍 서울문리대 중문과 수석합격이란 공고가 나붙기도 했다. 어려운 인생 길목에서 비상할 수 있는 용기를 되찾게 해준 정두환 친우에게 깊은 감사의 뜻을 전하고자 한다. 나는 이렇게 보다 넓고 새로운 세상으로 자신감을 갖고 당당히 나아가고 있었다.

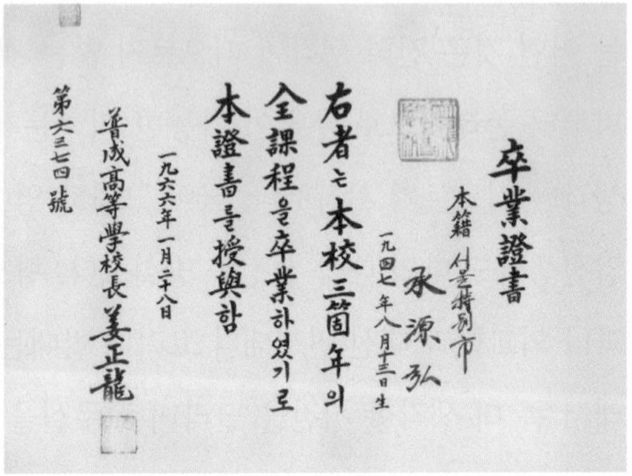

卒業證書

本籍 서울特別市

承源弘

一九四七年八月十三日生

右者는 本校 三箇年의

全課程을 卒業하였기로

本證書를 授與함

一九六六年 一月 二十八日

普成高等學校長 姜正龍

第六三七四號

▲보성고등학교 고3 시절, 교정에서 강정룡 교장선생님과 이승수 교감선생님과 함께한 필자 & 1966년 1월 졸업증서

▲1966년 1월, 보성고등학교 졸업식에서 가족들과 함께한 필자

2-3-1. 불교 대각사 룸비니(불교학생모임) 활동

종로구봉익동2번지, 대각사大覺寺! 1911년 근세한국불교계에 가장 큰 업적을 남기셨다는 독립운동가였던 백용성 대종사께서 창건한 서울 시내 한중심에 위치한 사찰이 있다.

고1 겨울방학 기간 중에 친구들과 어울려 함께 명동에 나간 적이 있었다. 헌데 웬 도사 같은 분이 우리 틈새로 들어와 내 귀를 잡아 당기면서 "요 놈 얼굴이 반반히 생긴 놈이 앞으로 큰 일을 하겠구만!!" 한다. 나는 엉겁결에 화도 나기도 했지만 침착하게 도대체 어른께선 누구냐고 물었다. 그는 궁금하면 토요일 오후 3시에 종로3가에 있는 대각사로 오라는 말을 남기고 훌쩍 가버렸다. 나는 친구들에게 둘려싸여 도대체 무슨 일이냐며 서로 어리둥절했었다. 나는 이 양반이 도체체 누구인지 궁금하기도 하여 토요일 오후 학교수업을 마치고 대각사 위치를 수소문해 찾아 갔다. 대각사에는 당시 불교종정이셨던 청담 큰스님과 서울법대교수인 황산덕박사가 중심이 되어 1959년 이래 중고대학생 포교의 선봉 역할을 하던 룸비니 본부가 있는 곳이었다. 헌데 많은 내 또래 고등학생들이 법당에 앉아 무슨 강연을 듣고 있었는데 안을 자세히 들여다보니 내 귀뽈을 잡아당겼던 사람이 설법을 하고 있었다.

그가 바로 유명한 김홍철 법주였다. 그는 설법을 하던 중에 내게 손짓으로 뒤에 앉아 설법을 들으라는 신호를 보내왔다. 이렇게 나는 룸비니와 인연을 맺으며 매주 토요일 학교수업을 마치면 룸비니 동료들과 교제를 하며 참선도 하고 불교 법문공부에도 열중하였다. 경기고등학교, 서울고등학교, 경복고등학교 재학생들이 대다수였다. 그래서 나도 정두환, 김광렬, 한광표 여러 친구들을 소개하며 함께 불교와 인연을 맺어갔다. 고2학년 초반엔 수행장 직분을 맡을 정도로 열심이었으며 학교수업 시간 중에 남는 시간이 있어 선생님께서 나에게 할 이야기가 있으면 하라고 할 때 서슴없이 교단으로 나가 윤회사상, 인과응보 등 불교사상관련 이야기를 학우들에게 재미있게 설명하기도 했다.

▲ 서울 종로구 봉익동에 재증축한 대각사 사찰 입구

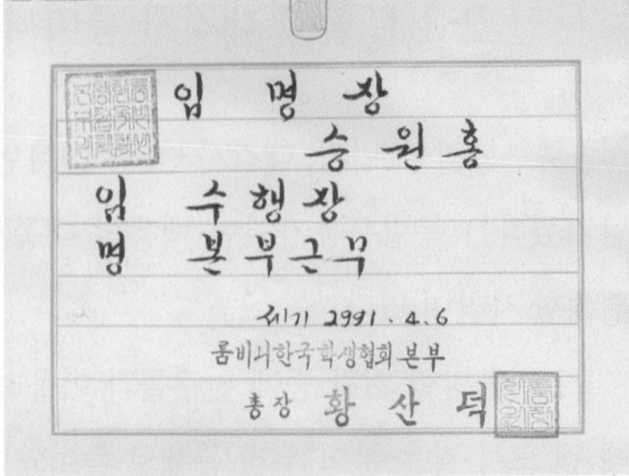

임명장

승원홍

임 수행장

명 본부근무

서기 2991 . 4 . 6

룸비니한국학생협회 본부

총장 황산덕

▲ 1964년 불교 룸비니한국학생협회 본부 수행장 임명장

▲ 1963년 룸비니 동료들과 함께한 필자

▲ 1964년 룸비니 학생회 간부들과의 야유회에서의 필자

2-3-2. 파인츄리클럽과 ELC클럽, 미국공보원(USIS)에서의 클럽활동

1960년대 서울시청 옆에 위치했던 미 공보원USIS에서는 한국인을 대상으로 미국에 관한 각종 정보를 제공하고 있었다. 도서관 운영과 함께 청소년 특히 고등학생과 대학생들을 대상으로 영어회화클럽을 위한 장소제공과 제반 행정업무 지원을 해주고 있었다. 나는 고1 시절에 보성고등학교 3년 선배였던 장기호(서울문리대 외교학과, 외교관으로 은퇴)선배와 1년 선배인 김종조(서울문리대 정치학과, 카나다이민) 선배가 회장으로 봉사했던 Pine Tree Club에 홍성표, 내남정, 박웅섭, 장지균을 포함해 여러 친구들과 함께 가입했다. 매주 1회 학교수업을 마친 오후 6시경에 정기 모임이 있었다. 모든 대화는 영어로 해야 했다. 서툴지만 가능한 방법을 동원하여 영어로 자신의 이야기를 전개해야 했다. 영어습득과 훈련을 위해 유익한 모임이었다. 예를 들면 각종 토론에서 남녀공학제도, 플라토닉사랑과 육체적사랑… 등 다양한 주제를 갖고 서로 토론했다. 물론 미 공보원에서도 클럽활동 지도를 위하여 미군장교(당시 소령으로 생각된다)가 우리를 지도해 주었다. 파인츄리클럽 활동은 서울대학교 시절에도 계속되었으나 내가 또 다른 모임인 ELCEnglish Literature Club의 회장직을 맡으면서 Pine Tree Club과는 자연스레 이별이 된 셈이다. 돌이켜 보면 나도 미 공보원으로부터 보이지 않는 많은 혜택을 받았다고 생각하여 해외지역의 문화홍보관 역할이 얼마나 중요한지를 새삼 상기해 보곤 한다.

1964년 파인츄리클럽 ▶
회장단 임원 야유회
(뒷줄 중앙 가운데에 서 있는 필자)

2-3-3. 흥사단 모임

흥사단興士團은 1913년 도산 안창호 선생께서 미국 센프란시스코에서 창립한 민족운동단체이다. 나는 흥사단 아카데미클럽에 참여하고 있던 친구 이근왕의 소개로 한 달에 한 번 정도 있었던 강연을 듣기 위해 명동 대성빌딩 3층 흥사단 강당으로 가곤 했다. 당시는 '도산의 인격과 생애' 책을 저술한 故 장리욱 박사(전 주미대사), 故 안병욱 교수(숭실대학교 철학과교수)께서 주로 강연을 하셨고 어떤 때는 故 원흥균 선생(경기고등학교교장)이 강연을 하기도 했다. 대체로 도산사상, 도산의 민족사랑, 도산의 독립운동, 충의용감 그리고 사람답게 살아야 하는 인생덕목과 관련된 내용이었다. 감수성이 강했던 고등학교 젊은 시절의 나에게는 대학교육과 사회생활을 위한 자양분으로 필요한 국가관, 인생관 등에 많은 영향을 주었던 매우 유익한 강연들이었다. 이 또한 얼마나 감사할 일인가!

2-3-4. 보성고등학교 졸업 이후 동창들과의 만남

만약 내가 해외생활을 하지 않고 국내에 있었다면 동창회 활동도 매우 적극적으로 참여했을 것이다. 그러나 1977년 일찍부터 해외주재 생활을 거쳐 호주 이민을 해 온 터라 멀리서 간접 참여밖에 할 수 없었다. 가끔 한국방문 때마다 가까웠던 친구들과 만남을 갖고 요즈음엔 SNS와 카톡으로도 자주 교신하며 대화를 하고 있다.

▲1906년 보성학교 설립기념 보성교우회 기념패 & 1966년 졸업후 30주년인 1996년 졸업기념패

▲군복무 중 1969년 8월 13일 내 생일기념으로 함께 자리한 친우, 내남정, 홍성표, 이윤복, 故 전영광, 故 서신원, 이강우

▲보성교우회 신년하례회에서 앞줄 이기태, 김명호, 최귀동, 백승현, 뒷줄 홍성표, 필자, 김명래

▲2019년 아내의 미술작품 개인전시회에서 김승환과 필자

▲정두환과 필자 & 앞줄 이해원, 박광호, 이성해와 필자 &
2014년 LA동창 앞줄 왼쪽부터 홍기완, 국백련, 필자
뒷줄 최무식, 황경재, 황청진

▲1996년 졸업 30주년 기념식에서 3학년 2반 동창들과 함께 한글학회장 김계곤 선생님과 필자(앞줄 왼쪽 3번째)

▲앞줄 왼쪽부터 필자, 한종범, 이정식, 설희관, 한광표, 뒷줄 유태균, 김헌보, 김형식, 정헌모

▲왼쪽부터 보성학교 보성문에서 필자와 김인석, 안축복, 이광수 & 남한산성 산행에서 왼쪽부터 김재경, 필자, 이순창, 이한일, 박준규, 성동언

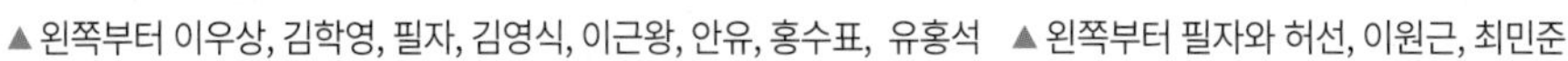

▲ 왼쪽부터 이우상, 김학영, 필자, 김영식, 이근왕, 안유, 홍수표, 유홍석

▲ 왼쪽부터 필자와 허선, 이원근, 최민준

▲ 왼쪽부터 내남정, 안유, 장경복, 필자와 홍성표

▲ 미국LA거주 이흥룡과 필자

▲ 앞줄 왼쪽부터 장경복, 故 전영광, 유태균, 필자, 안춘복, 故 한윤수, 최동량, 공병걸, 뒷줄 왼쪽부터 김기종, 내남정, 여자분 4명 뛰고, 김명래, 김완배, 이해원, 이원근

2-4

서울대학교 문리과대학 시절(1966.3.-1974.2.)

2-4-1. 중국어중국문학과에 입학

나는 1966년 혜화동 보성고등학교를 졸업하고 이웃 동네인 동숭동 서울문리대 중국어중국문학과에 66학번으로 입학했다. 정원은 15명뿐이다. 서울 출신으론 나 보성고를 포함하여 경기고, 서울고, 경복고, 용산고, 사대부고, 삼선고 7명 그리고 지방출신으론 부산고, 경남고, 경북고, 경북여고, 진주고, 대전고, 전주고 8명(재수생포함) 15명이다. 어찌보면 1966년도 당시 대한민국내 명문고 출신의 대표선수 집합체 같았다. 당시 대학교 1학년은 교양학부에 속했다. 우

리 중문학과는 국문과(20명), 언어학과(10명)와 사학과(20명) 모두 65명이 한 반으로 편성돼 함께 수업을 했다. 당시 대학교 신입생 1학년 시절엔 미팅이 성행하던 때였다. 나는 일부 여학생을 빼고 50명 남짓한 남학생들을 대표하여 이화여자 대학교에 재학 중인 파인츄리클럽과 ELC클럽 후배들을 통하여 몇 차례 미팅을 주선했다. 모두들 만족해했다. 동숭동 문리대는 고풍스런 옛 건물들과 현대식 건축물이 잘 어우러져 있었고 교정에 심겨진 마로니에나무, 은행나무와 함께 봄철의 라일락꽃 향기가 흠뻑 젖어 있던 낭만적인 캠퍼스를 자랑하며 대학 중의 대학이라는 자부심이 매우 높았던 젊은이들의 학문의 전당이었다. 내가 군복무를 마치고 복학하여 졸업하던 해인 1974년 이후부터 서울대학교 관악 종합캠퍼스로 이전을 했고 남겨진 그 자리에 대학로 마로니에공원이 재조성되어 과거의 정겹고 낭만적인 모습을 찾아 보기 어렵게 많이 변모되었다.

▶ 1966년 동숭동 서울문리대 캠퍼스 정원과 4.19학생 혁명기념 상아탑에서 입학동기들과 필자 (앞줄 왼쪽 3번째)

2-4-2. 다양한 학과목 수강과 우등생 선정 및 준최우등 졸업

나는 1968년 2월에 군복무를 위해 대한민국 공군 사병 172기로 입대했고 무장공비 김신조 덕분으로 3년 복무기간에 4개월을 추가하여 1971년 5월에 40개월 복무 후 만기제대를 했다. 나는 대학 학창 시절을 충실하게 보내기 위해 당시 서울대학생에게 유행했던 과외수업 아르바이트나 입주 가정교사 대신 장학금을 받아 내가 하고 싶은 공부를 원 없이 하고 싶었고 장차 외교관을 꿈꾸며 국가외무고시를 준비하기로 했다. 전체 이수 학과목으로는 필수교양과목이었던 국어, 영어, 철학개론, 체육, 자연과학개론(생물, 지질, 문리, 화학), 과학사, 형식논리학, 현대미개문화, 한국정치사 등 다양한 과목들을 수강했고 중문학과의 전공필수이수과목이었던 초.중.고급중국어, 중국어회화, 중국문학개설, 한문강독, 중국어학개설, 중국문언소설, 중국시가강독, 현대문학강독, 시경 과목을 수강했다. 이들 학과목과 함께 외무고시과목 중심으로 동숭동 문리대에서는 헌법, 행정법, 행정학, 조직이론, 경제원론, 경제이론, 재정학 등이었고 바로 옆 동네 연건동에 위치한 서울법대에서는 헌법, 행정법, 행정학, 국제법, 외교사, 경기변동론 과목들을 수강하며 학구열에 불타고 있었다. 요즈음 학제로 보면 중국어중국문학 전공에 법학 또는 경제학 부전공쯤 되는 셈이다. 거의 모든 학과목 강의는 서울대 교수와 외래 강사들은 한국내의 유명한 명강의 교수들이 맡았다. 특별히 서울문리대에서의 강의를 희망하는 유명 교수들이 많았다는 이야기가 있을 정도로 대학당국에서도 훌륭한 외래 강사를 많이 초빙해 왔던 것 같다. 사실 대학 시절에 열중했던 다양한 이수 학과목들과 청강만 했던 학과목들은 나의 직장생활과 사회활동에 커다란 지적 자산이요 자양분이 되었다고 할 수 있다. 그 결과로 나는 서울대학교에서 1970년도부터 처음으로 시행한 우등생 규정에 따라 1972년도 중문과 최고 우등생으로 선발되었고 우등생들의 집합 기숙사라고 해도 전혀 손색이 없었던 정영사에 입사하게 되었다. 그리고 당시 매 1학기마다 50만 원씩 년 1백만 원씩 2년간 장학금을 받게 될 삼양사의 양영장학생으로도 선발되는 영예을 누렸다. 물론 1973년도에도 우등생으로 선발되었고 1974년도 졸업 때 받은 나의 대학졸업증서에는 '준최우등'이란 마크가 찍혀 있다.

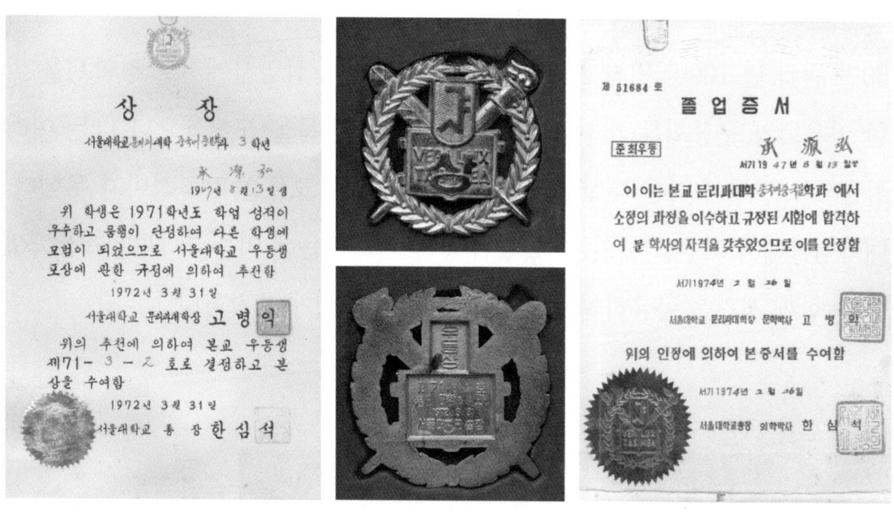
상 장

서울대학교 문리과대학 중국어중국문학과 3학년

承源弘

1947년 8월 13일생

위 학생은 1971학년도 학업 성적이 우수하고 품행이 단정하여 다른 학생에 모범이 되었으므로 서울대학교 우등생 표상에 관한 규정에 의하여 추천함

1972년 3월 31일

서울대학교 문리과대학장 고병익

위의 추천에 의하여 본교 우등생 제71-3-2호로 결정하고 본상을 수여함

1972년 3월 31일

서울대학교 총장 한심석

제 51684 호

졸업증서

준최우등

承源弘

서기 1947년 8월 13일생

이 이는 본교 문리과대학 중어중국문학과 에서 소정의 과정을 이수하고 규정된 시험에 합격하여 문학사의 자격을 갖추었으므로 이를 인정함

서기1974년 2월 26일

서울대학교 문리과대학장 문학박사 고병익

위의 인정에 의하여 본증서를 수여함

서기1974년 2월 26일

서울대학교총장 의학박사 한심석

▲ 1972년 서울대학교 우등생포상 상장과 상패 & 졸업증서(왼쪽 상단에 '준최우등'이라고 명시돼 있다)

학위등록증

학위명 문학사

등록번호 975

본적 서울특별시

성명 承源弘

1947년 8월 13일생

위 사람은 서울대학교에서 문학사의 학위를 받고 교육법시행령제125조의 규정에 의하여 등록하였음을 증명함

1974년 2월 26일

문교부장관

6605-1-6A 1969.12.10승인 160mm×225mm

▲ 1974년 2월 26일, 서울대학교 문리대 동숭동 캠퍼스에서 제28회 졸업식장에서 연인 김영옥과 가족 & 학위등록증

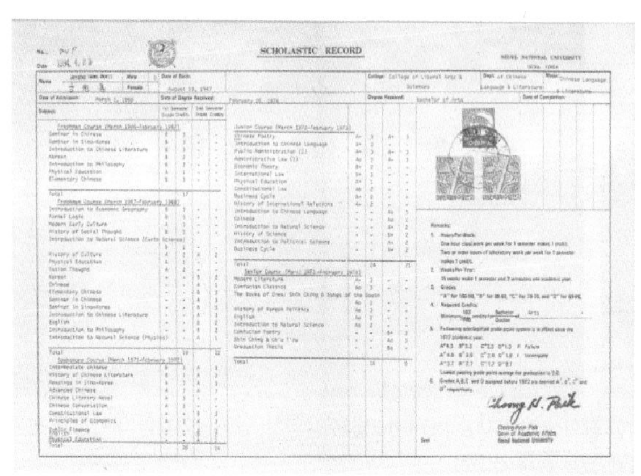
SCHOLASTIC RECORD

SEOUL NATIONAL UNIVERSITY

◀필자의 서울대학교 성적증명서

2-4-3. ㈜삼양사 양영장학금 수혜

1971년도 우등생 성적으로 삼양사 양영장학생으로 선발되어 매 학기마다 50만 원씩 년 100만 원씩 2년간 장학금을 받았다. 삼양사에서도 장학생을 위한 야유회와 운동회를 개최하며 장학생들간의 친목을 도모했으나 나는 여러 활동으로 인하여 다른 대학교 출신 장학생들과의 교류는 적극적이지 못했다. 대학생활에서 외연을 넓힐 수 있었던 좋은 기회였는데 이들 타 대학교 장학생들과 함께 시간을 공유하지 못했던 것을 많이 아쉽게 생각한다.

▲1972년도 양영장학생 야유회에서 장학생과 필자(뒷줄 왼쪽에서 8번째) & 양영체육대회 테니스부문에 출전하여 상품을 받고 있는 필자

▲1972년 가을, 양영장학회 체육대회에 참석한 장학생과 필자 & 1974년 2월 ㈜삼양사, 양영장학재단 이사장과 전국 대학교 양영장학생 1974년도 졸업기념(필자 맨 뒷줄 왼쪽 2번째)

2-4-4. 정영사(正英舍)와 정영회

정영사는 1968년 당시 서울대학교 최문환 총장이 故 박정희 대통령에게 엘리트 양성책의 일환으로 특별 건의하여 조성된 서울대학교 종합기숙사로서 그 이름도 故 박정희 대통령과 故 육영수여사의 이름 가운데 글자인 '正' 자와 '英' 자를 합쳐 부르게 되었고 당시 3학년이었던 66학번을 1기로 시작하여 81학번 16기까지 총 684명을 배출했다. 정영사 출신들은 졸업후 학계, 정계, 관계, 법조계, 경제계, 의료계, 사업계 등 다양한 분야에서 왕성하게 활동을 했다. 정운찬, 한덕수 2명의 국무총리를 비롯하여 많은 장, 차관, 국회의원, 대법관, 의사, 국내 주요기관장과 대학교수 및 총장, 대기업 임원들을 포함하여 사실상 한국을 지배하는 두뇌집단이라는 평가를 받기도 했다. 나는 1971년도 우등생으로 선정됐고 삼양사三養社 양영장학금까지 받게 됐다. 지방출신 우등생을 우선 선발하는 정영사 내부 운영방침에도 불구하고 나는 가정형편을 이유로 입사허가를 받았다. 정영사는 동숭동 문리대 바로 앞 길 건너편 과거 약대와 의대 및 미대 중간지역에 위치해 있어 기숙사에서 문리대 강의실까지 도보로 5분 거리밖에 되지 않았다. 수업시간표에 맞춰 강의실과 도서관에서 시간낭비 없이 공부에 전념할 수 있었음은 얼마나 축복된 학창생활이었는지 모르겠다. 뿐만 아니라 대한민국 전역에서 선발된 미래 인재들과 한솥밥을 먹으며 친분을 쌓고 교류할 수 있었음은 졸업 이후 사회생활에서 보이지 않는 든든한 인적 네트워크 자산이 되었다.

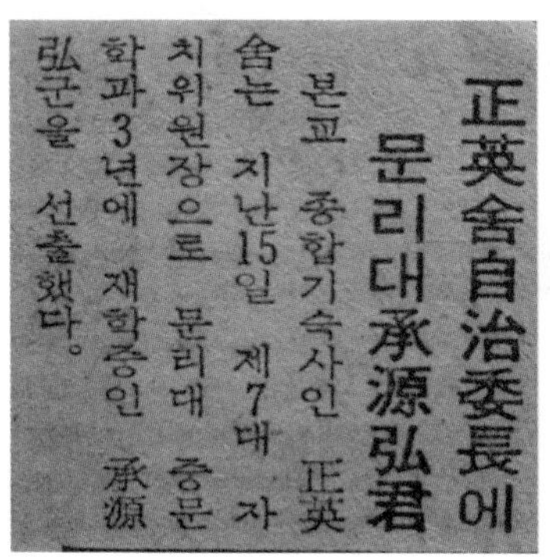

正英舍自治委長에
문리대承源弘君
본교 종합기숙사인 正英舍는 지난15일 제7대 자치위원장으로 문리대 중문학과3년에 재학중인 承源弘군을 선출했다。

▲ 1972년 서울대학교 대학신문에 게재된 정영사 자치위원장 선출 기사 & 개인 방에서 학업에 열중하고 있는 필자

정영사 운영관리는 서울대학교 본부 학생처장이 직접 관장하는 체재였고 후원자로 육영수 여사가 있었다. 그래서 나는 국가외무고시를 준비하며 장래 외교관이 되겠다는 길보다 차라리 육영수 여사 비서관으로 발탁돼 청와대 비서로 가는 길이 더 빨리 출세할 수 있는 방법이 될 것 같다고 생각하여 1972년도 정영사 학생회장(자치위원장)이 되겠다고 생각하여 학생회장 후보로 나섰으며 치열한 선거전을 치르며 제7대 학생회장으로 선출되었다. 정영사 학생회장으로서 학생처장은 물론 육영수 여사와도 자연스럽게 소통할 수 있는 통로를 확보했던 셈이었다. 당시 소통 창구는 서울대학교본부 장기룡 장학과장, 이영기 학생처장과 청와대 육영수 여사의 김두영 비서관이었다. 나는 정영사에서 매년 가을에 행사해오던 낙엽제 축제를 보란듯이 성대하게 기획 준비하고 실행을 했다.

▲ 1972년 가을 정영사 낙엽제 페넌트와 안내 책자

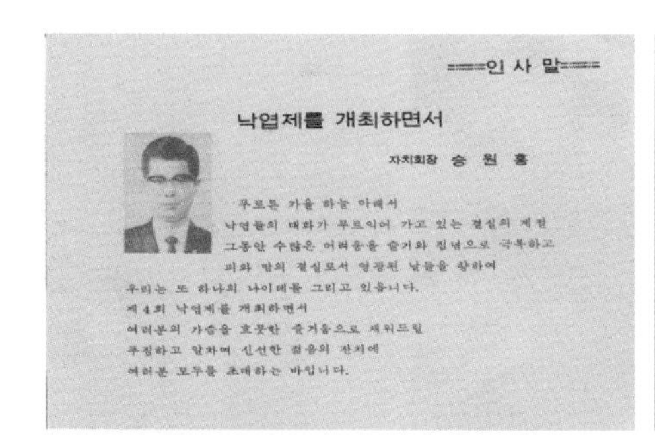

===인 사 말===

낙엽제를 개최하면서

자치회장 승 원 홍

푸르른 가을 하늘 아래서
낙엽들의 대화가 무르익어 가고 있는 결실의 계절
그동안 수많은 어려움을 슬기와 집념으로 극복하고
피와 땀의 결실로서 영광된 날들을 향하여
우리는 또 하나의 나이테를 그리고 있읍니다.
제 4 회 낙엽제를 개최하면서
여러분의 가슴을 흐뭇한 즐거움으로 채워드릴
푸짐하고 알차며 신선한 젊음의 잔치에
여러분 모두를 초대하는 바입니다.

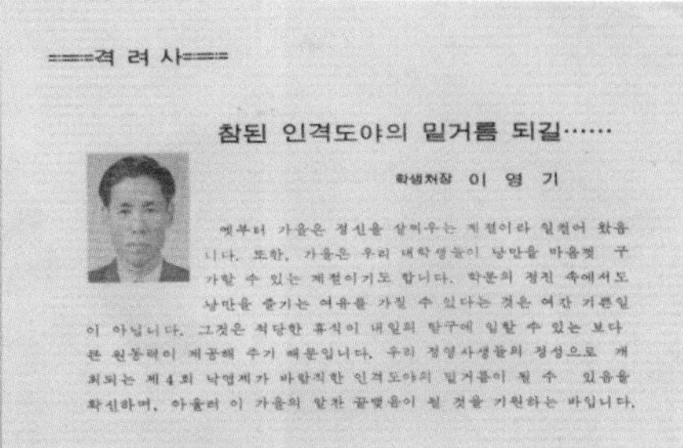

===격 려 사===

참된 인격도야의 밑거름 되길……

학생처장 이 영 기

옛부터 가을은 정신을 살찌우는 계절이라 일컬어 왔읍니다. 또한, 가을은 우리 대학생들이 낭만을 마음껏 구가할 수 있는 계절이기도 합니다. 학문의 정진 속에서도 낭만을 즐기는 여유를 가질 수 있다는 것은 여간 기쁜일이 아닙니다. 그것은 적당한 휴식이 내일의 탐구에 임할 수 있는 보다 큰 원동력이 제공해 주기 때문입니다. 우리 정영사생들의 정성으로 개최되는 제 4 회 낙엽제가 바람직한 인격도야의 밑거름이 될 수 있음을 확신하며, 아울러 이 가을의 알찬 결실이 될 것을 기원하는 바입니다.

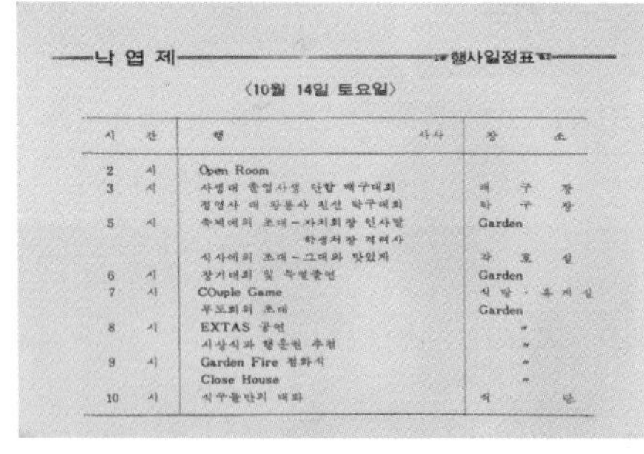

—낙 엽 제— 행사일정표

〈10월 14일 토요일〉

시 간	행 사	장 소
2 시	Open Room	
3 시	사생대 출입사생 단합 배구대회	배 구 장
	정영사 대 향풍사 친선 탁구대회	탁 구 장
5 시	축제에의 초대 - 자치회장 인사말 학생처장 격려사	Garden
	식사에의 초대 - 그대와 맛있게	자 호 실
6 시	장기대회 및 특별출연	Garden
7 시	COuple Game	식 당 · 휴 게 실
	무도회의 초대	Garden
8 시	EXTAS 공연	〃
	시상식과 행운권 추첨	〃
9 시	Garden Fire 점화식	〃
	Close House	〃
10 시	식구들만의 대화	식 당

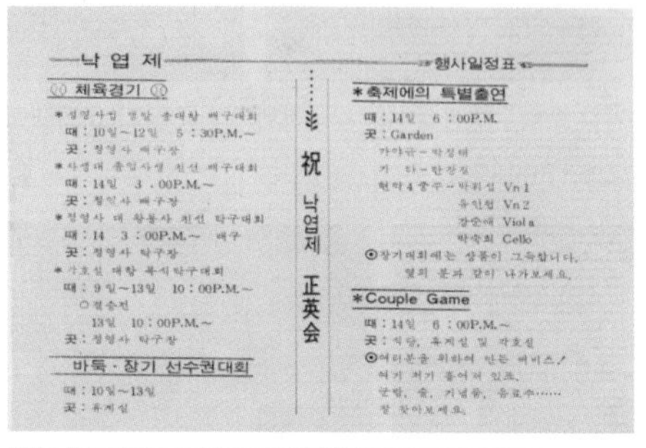

—낙 엽 제— 행사일정표

◎ 체육경기 ◎

*정영사생 명칭 총대항 배구대회
때 : 10일~12일 5 : 30P.M.~
곳 : 정영사 배구장

*사생대 출입사생 친선 배구대회
때 : 14일 3 : 00P.M.~
곳 : 정영사 배구장

*정영사 대 향풍사 친선 탁구대회
때 : 14 3 : 00P.M.~ 배구
곳 : 정영사 탁구장

*자호실 대항 복식탁구대회
때 : 9일~13일 10 : 00P.M.~
○결승전
13일 10 : 00P.M.~
곳 : 정영사 탁구장

바둑 · 장기 선수권대회
때 : 10일~13일
곳 : 휴게실

祝 낙엽제 正英会

*축제에의 특별출연
때 : 14일 6 : 00P.M.
곳 : Garden
가야금 - 박정배
기 타 - 한장철
현악 4 중주 - 박희섭 Vn 1
유인철 Vn 2
장순재 Viola
박승희 Cello
⊙장기대회에는 상품이 그득합니다. 옆의 분과 같이 나가보세요.

*Couple Game
때 : 14일 6 : 00P.M.~
곳 : 식당, 휴게실 및 자호실
⊙여러분을 위하여 만든 써비스! 여기 저기 흩어져 있죠. 안방, 술, 기념품, 음료수…… 잘 찾아보세요.

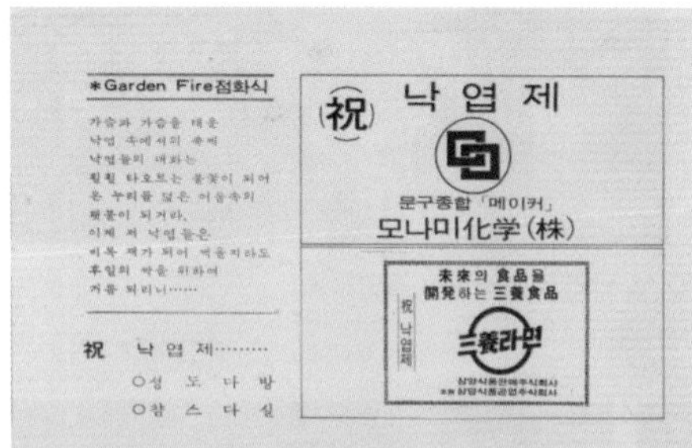

*Garden Fire점화식

가슴과 가슴을 태운
낙엽 축제서의 축제
낙엽들의 대화는
활활 타오르는 불꽃이 되어
온 누리를 덮은 어둠속의
횃불이 되거라.
이제 저 낙엽들은
비록 재가 되어 사라지라도
후일의 싹을 위하여
거름 되리니……

祝 낙엽제………
○성 도 다 방
○참 스 다 실

(祝) 낙 엽 제
문구종합「메이커」
모나미化学(株)

未來의 食品을 開發하는 三養食品
祝 낙엽제
三養라면
삼양식품공업주식회사

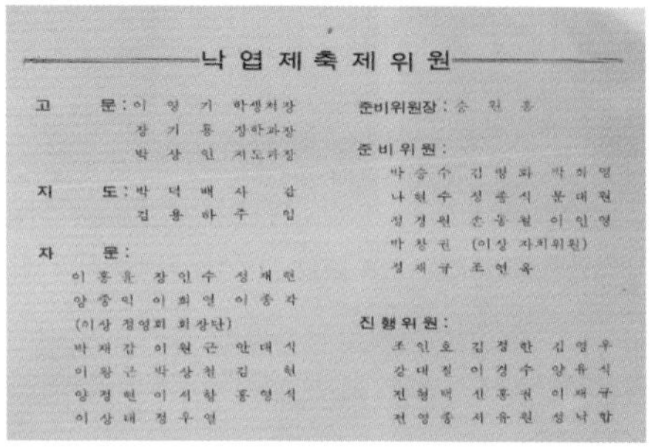

—낙 엽 제 축 제 위 원—

고 문 : 이 영 기 학생처장
장 기 룡 장학과장
박 상 인 지도과장

지 도 : 박 덕 배 사 감
김 용 하 주 임

자 문 :
이 홍 훈 장 인 수 성 재 련
양 충 식 이 희 영 이 종 자
(이상 정영회 회장단)
박 재 갑 이 원 근 안 대 식
이 창 근 박 상 천 김 현
양 경 현 이 석 학 홍 영 식
이 상 태 정 우 열

준비위원장 : 승 원 홍

준 비 위 원 :
박 승 수 김 명 화 박 희 영
나 현 수 정 충 식 문 대 현
정 경 원 손 동 철 이 인 영
박 창 권 (이상 자치위원)
성 재 구 조 연 옥

진 행 위 원 :
조 인 오 김 정 한 김 영 우
강 대 철 이 경 수 양 유 식
전 형 택 신 홍 권 이 재 구
전 영 충 서 유 원 성 낙 합

▲ 필자와 전임 정영사 자치위원장 홍영식, 안대식, 이원근

▲ 낙엽제 기간 중 탁구대회 예선전 & 낙엽제기간 중 장기, 바둑대회 예선전 & 1972년 낙엽제 개최 환영사를 하는 필자

▲ 낙엽제 방대항전 출연자들 ▲ 1972년 낙엽제 진행을 하고 있는 필자 & 낙엽제 방대항전 출연자들

▲ 낙엽제 방대항전 출연자들 ▲ 낙엽제 찬조출연 문리대 밴드 엑스타스 & 낙엽제 방대항전 출연자들

▲ 낙엽제 가든 불놀리 점화식에 앞서 참가자에게 감사인사를 하는 필자 & 다함께 축제 마무리 단체춤

落葉祭 盛了

지난 14日 本校종합기숙사「正英舍」축제인 낙엽제가 성료되었다。

이번으로 4회를맞은 낙엽제는 지난10日의 各號室대항 탁구대회를 필두로各층대항 배구대회等의 體育大會와 바둑 장기대회「長技자랑」「카니발」等 다채로운푸로로 진행 되었는데「EXTAS」의 연주속에「가든·화이어」를 피날레로 4日間의 축제 일정을 마쳤다。

당시 1973년 10월 제4차 중동전쟁 중 오일쇼크로 인한 유류파동으로 한 방울의 기름도 아껴야 할 당시 난방 제한조치가 있었다. 나는 청와대 육영수 여사께 특별 요청을 해서 정영사 도서관엔 스팀이 꺼지지 않도록 발전용 방커C유 공급에 차질이 없도록 조치해 달라고 요청도 했다. 학생처장께서는 본인에게 먼저 요청을 하지 않았느냐고 서운해하기도 했다. 그리고 정영사와 청와대와의 연례행사로 봄철엔 육영수 여사께서 정영사를 방문하고 또 가을철엔 정영사 학생들이 청와대를 방문하는 일정이었다. 나는 당시 육영수 여사의 김두영 비서관 후임으로 갔으면 했다. 헌데 뜻하지 않은 문제가 생겼다. 1972년 10월17일에 선포된 유신헌법체제하에서 11월 21일 국민투표로 확정된 유신헌법이 12월 27일부터 공포시행되었다. 우리 정영사 엘리트들도 유신헌법 반대에 적극 참여했다. 물론 나도 유신헌법 반대 참여대열에 가담했다. 결국 청와대 비서관으로 가는 길은 국가를 위한 소신의 차이로 새로운 길을 모색해야만 했다. 그러던 중 중문학과 학과장이었던 김학주 교수께서 나의 대만 유학을 권면했다. 그래서 나는 잠시 대만 유학의 길을 검토했었다. 그 당시는 유신반대 학생데모가 극성을 부리고 있었던 때라 1973년 중반부터 전국 대학교에 휴교령이 내려져 있던 때였다. 그즈음 9월경 대학본부 장학과장으로부터 대한항공에서 어문학부 우수학생의 특별채용을 위해 대학당국의 특별 추천을 요청해

왔다며 혹시 내가 대한항공에 취업하고 싶은 마음이 있는지를 확인하는 연락이었다. 물론 나는 적극 환영하며 감사했다. 어차피 대만 유학을 간다 하더라도 졸업 후 9월부터 시작하는 대만 대학 학기를 고려하면 앞으로 거의 1년 기간이 남아 있어 직장생활을 하며 돈도 좀 저축을 해서 유학을 가면 좋겠다고 생각했기 때문이다. 그래서 유학준비를 하며 잠시 있을 계획으로 대한항공에 입사하여 직장생활을 시작하게 됐다. 직장생활도 생각보다 재미가 있었고 또 새로운 도전을 꿈꾸며 나는 대만 유학을 포기하고 대한항공에 남기로 결심했다. 신앙적으로 돌이켜 보면, 나는 하나님께서 내가 한국사회에 적응하며 살아가는 것이 쉽지 않겠다고 판단해서 차라리 한국인들에게 예비하신 새로운 땅 호주로 보내기 위해서 대한항공이라는 직장을 선택해 입사시키고 여러 필요한 훈련을 시킨 후 적절한 시기에 호주 땅에 정착시키지 않았나 하고 가끔 생각해 본다. 내가 하나님을 알기 전부터 이미 나를 위해 예비해 놓은 길이라 생각하여 이 또한 얼마나 감사할 일인지 모르겠다.

▲1972년도, 육영수 여사가 정영사 학생들을 청와대로 초청한 다과회에서 학생들과 자유로이 대화를 하고 있는 모습

▲ 육영수 여사의 정영사 방문과 서울대학교 총장, 학교 관계자와 정영사 학생들(육영수 여사 왼쪽 인사 뒤에 필자)

정영회(정영사동창회)는 1971년 11월 20일 초기 졸업생 84명으로 출발하며 정영회를 창립했다. 나는 5기 졸업자로 초기 1974년도에 1기 최성재 회장과 함께 부회장으로 일하기도 했다. 그러나 1977년 대한항공 사우디제다지점 주재근무와 시드니지사장을 거쳐 호주로 이민해 오면서부터 잠시 연락이 두절되었다. 그러나 5기 동기생들과는 꾸준한 교류를 해왔으며 특별히 1947년 정해년 돼지띠 동갑내기들과는 꿀꿀이 모임으로 한국방문 때마다 반갑게 회동하며 우정을 나누고 있다. 또한 2007년대로 접어들면서 다시 많은 유능한 후배 정영회원들과도 활발하게 교류하며 지내고 있다. 특별히 정영회는 2019년도부터 '자랑스런 정영인상'을 제정하여 해외에 살고 있는 나를 그 첫번째 수상자로 선정하여 감사패를 수여했다. 이 또한 감사해야 할 일이 아닌가!

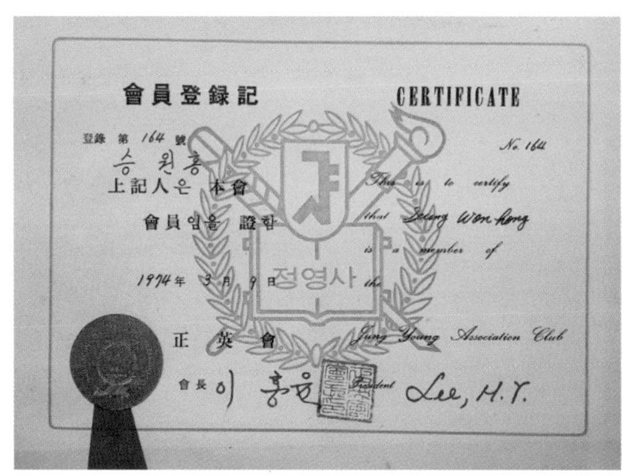

會員登錄記　CERTIFICATE

登錄 第 164 號　No. 164

승원홍

上記人은 本會 會員임을 證함

This is to certify that Jeung Won-hong is a member of the Jung Young Association Club

정영사

1974年 3月 9日

正英會

會長 이홍윤　President Lee, H.Y.

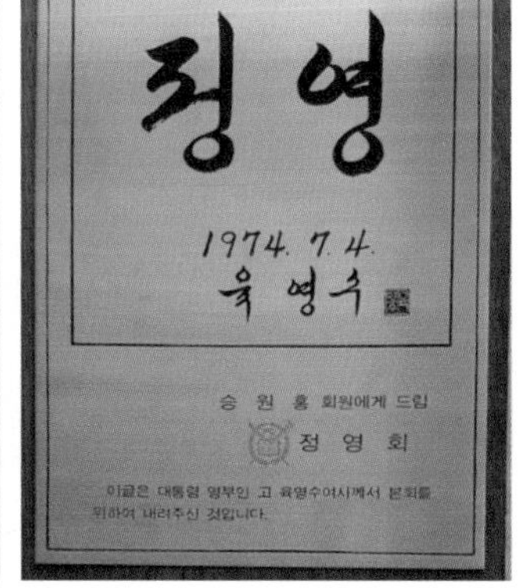

▲ 정영회 회원등록증 & 1974년 정영회에게 내려준 육 여사의 정영 휘호

▲1975년 정영사를 방문한 육영수 여사와 영애 박근영 양, 서울대학교 한심석 총장과 교무처장, 학생처장, 장학과장 및 정영사 졸업생(필자는 뒷줄 오른쪽 3번째)

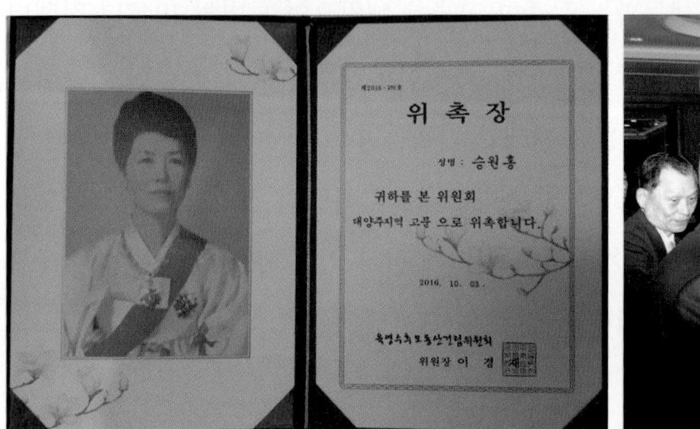

위 촉 장

성명 : 승원홍

귀하를 본 위원회
대양주지역 고문 으로 위촉합니다.

2016. 10. 03.

육영수추모동산건립위원회
위원장 이 경

▲故 육영수 여사 추모동산 건립위원회 대양주지역 고문 위촉장 & 2012년 정영회창립 제40주년 기념식 축사를 하기 위하여 입장하는 박근혜 씨

▲2009년 제1회 정영포럼 세미나 & 2015년 정영회 통상모임 100차기념 남산 산책과 정담

▲2017년 한국노인인력개발원 최성재 원장과 필자(맨 왼쪽) & 1947년생 꿀꿀이모임 간사 최현섭 전 강원대학교총장

▲2019년도 '자랑스런 정영인'에 선정되어 법무법인 율촌 대표 소순무 회장으로부터 감사패를 전달받고 있는 필자

2-4-5. 서울대총동창회와 졸업 이후 동창들과의 교류

호주시드니에도 서울대동문회가 결성돼 있다. 이민 초창기였던 1970년 중반이후 이민해 왔던 선배들을 포함하여 시드니총영사관 주재외교관과 주재상사원들이 대부분이었다. 나도 대한항공 주재원 시절부터 참여했으며 제3대 조기덕회장단(1983-1984)의 총무로 그리고 2001-2002년도에 제12대 회장(시드니지부장)으로 봉사를 했다.

시드니지부장 임기 중에 나는 총동창회 본부 손일근(법대51)상임부회장과 이세진(법대73)사무총장을 예방하고 시드니지부 동창회 활성화에 적극적인 관심과 성원을 요청했다. 월례친목골프모임을 위해 총동창회장 우승컵 제작과 한인사회를 위해 헌신하신 호주한인복지회장 이경재동문에게 총동창회장 감사패시상을 요청하여 모두 승인을 받았다. 그리고 2002년에 20만 여 동창회원의 활동현황을 집약 정리한 인명록 발간에 즈음하여 나는 해외지부장들도 함께 게재해 줄 것을 요청하여 2002년 추가 출판본에 해외 시드니지부장으로 함께 소개된 적도 있다. 그리고 총동창회 본부의 요청에 따라 시드니지부에서 2015년에 호주총동창회를 창립하여 형식상 시드니지부와 멜버른지부로 나뉘어 활동하고 있다.

▲2002년판 서울대인명록 표지 & 해외지부장 소개 페이지에 게재된 필자(아래 2번째) & 총동창회장 골프우승 순회배

▲ 서울대총동창회 호주시드니지부 회장단과 필자(맨 왼쪽)

▲ 서울대총동창회 호주시드니지부 모임

▲ '서울대가 바로 서야 나라가 산다' 기념탁상시계

▲ 2015년 11월 22일 서울대학교 호주총동창회 창립총회 모습

▲ 2015년 서울대학교호주총
동창회 현판 앞에 선 필자

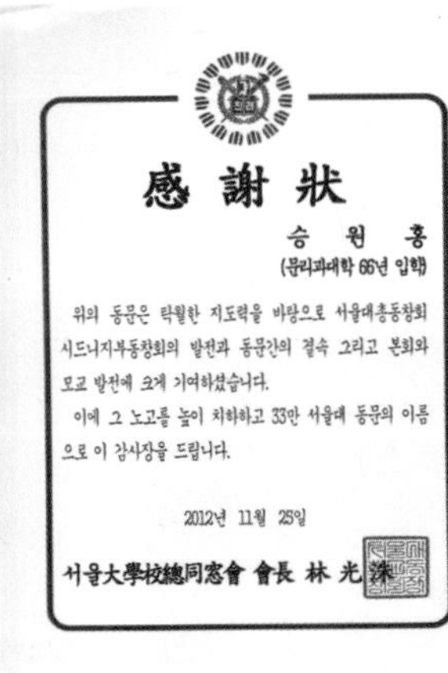

感謝狀

승 원 홍
(문리과대학 66년 입학)

위의 동문은 탁월한 지도력을 바탕으로 서울대총동창회 시드니지부동창회의 발전과 동문간의 결속 그리고 본회와 모교 발전에 크게 기여하셨습니다.

이에 그 노고를 높이 치하하고 33만 서울대 동문의 이름으로 이 감사장을 드립니다.

2012년 11월 25일

서울大學校總同窓會 會長 林 光洙

▲ 2002년 필자가 수상한 서울대학교
총동창회장 감사장

감 사 패

승원홍
문리대 66년입

위의 동문은 풍부한 경험을 통하여 의견 및 조언으로 서울대 총동창회 시드니지부 제 18대 회장단의 업무를 효율적이고 바르게 처리할 수 있도록 하는데 크게 기여 하셨습니다.

이에 그 노고를 높이 치하하고 서울대 시드니 지부 동문의 감사의 뜻을 모아 이 패를 드립니다.

2015년 11월 22일

서울대학교 총동창회 시드니지부 회장 정현우

▲ 2015년 수상한 서울대학교
총동창회시드니지부장 감사장

2020년을 맞으며 서울대 호주시드니동창회 창립(1971년) 제50주년을 기념하는 동문들의 이야기를 담은 기념동문책자를 출판하기로 결정하고 40여 명의 동문이 참여해 다양한 이민자의 삶을 재조명하기도 했다. 나는 '내 잔이 차고 넘치나이다'란 제목으로 하나님께서 그의 보이지 않는 손을 통해 나를 언제나 선한 길로 인도하시며 평강과 축복의 통로로 쓰임 받도록 연단시키며 동행해 주셨다는 신앙간증의 글을 실었다. 무조건 감사할 일이다.

▲2021년 서울대동창회 호주지부 창립50주년 기념 동문 단체 책 출판기념회에 동문과 필자(둘째줄 왼쪽 5번째)

▲서울대동창회 시드니지부 송년회 첼로연주감상 중

2
|
5

병역의무 완수, 대한민국 공군 현역복무
(1968.2.-1971.5. 3년4개월 복무)

2-5-1. 기본 군사훈련, 총무행정병과 수료 및 106여의도기지와 공군항공의료원 배속

나는 1966년도에 대학 1학기를 마친 후, 2학기에는 휴학을 했다. 그리고 1967년도 복학하여 1, 2학기를 모두 마치고 학업을 계속할 예정이었다. 헌데, 병무청으로부터 육군입대 징병영장이 나왔다. 당시 군사정부에 항거하는 대학생데모로 인한 여러 상황으로 보아 나는 논산훈련소를 거처 월남파병으로 차출될 것 같다는 생각이 들었다. 그래서 월남전과 관계가 없는 공군에 지원, 시험에 합격하고 1968년 2월에 사병172기로 대전 유성근교에 있었던 공군항공병학교로 기본군사훈련을 받기 위해 입대했다. 공군항공병학교에서 기본군사훈련 2개월과 공군기술학교에서 총무행정병과 교육 1개월을 마친 후, 당시 여의도비행장에 자리 잡고 있던 예하부대인 공군106기지단으로 배치됐다.

나는 기본군사훈련 기간 중에 재미있었던 기억은 별로 없다. 다만 나와 사고 방식이 달랐던 내 또래의 많은 젊은이들을 그때 많이 보았다. 훈련이 너무 힘들다고 괴로워 하는 사람, 배가 고파 못 견디는 사람, 담배를 못 참아 화장실에 버려진 담배꽁초까지 집어 피우는 사람, 야간경비 근무 중에 먹을 것을 구하러 다니는 사람, 별 거 아닌 기본훈련 중에도 그렇게 요령만 부리다가 동료 전체를 힘들게 만드는 사람. 공군사병의 평균학력은 대학교 재학이다. 헌데 일부 동료들은 자존심도 긍지도 없는, 적어도 내 가치기준으로는 형편없어 보이는 사람들도 많았다. 사실 나도 많이 힘들었다. 그러나 주어진 훈련기간을 비교적 담담하고 의연하게 보냈다. 어차피 겪어내야 하는 정해진 2개월이라고 생각했기 때문이다.

어느 날 밤, 당직 근무 중이었던 서울대학교 선배 최종식(소위) 구대장이 나를 불러 힘들지 않느냐며 도움이 필요하면 요청하라고 했다. 그래서 나는 고맙다는 인사를 하고 스스로 인내하며 주어진 훈련과정을 충실히 수행하겠다며 모처럼의 호의를 정중히 사양한 적이 있다. 훈련소에서 구대장의 끗발은 사령관 빽보다 크다고 하지 않던가!

이런 호의를 거절 당한 최 소위께서도 내 뜻이 좋다며 나를 격려해 주었다. 당시 충청남도 유성 훈련소의 2, 3월달은 눈발이 흩날리며 꽤나 쌀쌀한 바람으로 비교적 차가웠다. 그래서 4월 초 훈련이 끝 날 무렵에 내 귓바퀴가 근질근질하며 약간의 동상기마저 있는 듯했다. 훈련기간 중에 특별히 어려웠던 일은 고된 훈련에도 불구하고 발을 씻지 않고는 잠을 잘 수가 없었던 습관 때문에 나는 취침점호가 끝난 후 세면장으로 가서 그 차디찬 수돗물에 발을 씻은 후에야 잠을 청해야 했던 일이다.

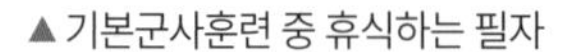

▲ 기본군사훈련 중 휴식하는 필자

▲기본군사훈련 중 동료들과 함께한 필자(왼쪽 첫 번째)

대한

제80163호

수료증서

계급 이병 군번3280163 성명 승원홍

1947년 8월 13일생

위의 사람은 소정의 기본군사훈련

과정을 수료 하였으므로 본증서를 수여함

1968년 3월 30일

공군

교장 공군 대령

공군

▲1968년 3, 4월, 2개월간의 기본군사훈련 수료증서와 기념사진

대한

제202호

수료증서

계급 이병 군번3280163 성명 승원홍

1947년 8월 13일생

위의 사람은 소정의 68-2차 총무병 초급

과정을 수료 하였으므로 본증서를 수여함

1968년 4월 27일

공군 기술교육단 기술학교

교장 공군 대령 송흥빈

공군

▲1968년 4월 1개월간의 총무행정병과 과정을 수료한 필자와 수료증서

공군기술학교에서 1개월간의 총무행정병과 학습과정을 수료하고 여의도에 있는 106기지단으로 배속되었던 당시는 총무행정병과 신병들은 2개월간 기지단 헌병대에 임시배속시켜 경비 보충병으로 충원한 후에 다시 서울 소재 각 예하부대로 배속시켰다. 1968년 봄, 이때는 김현옥 서울시장이 여의도를 한창 개발하고 있던 터라, 밤이 새도록 요란한 불도저의 소리가 끊일 새가 없던 시기였고, 여의도 비행장 주변의 경비업무는 헌병병과 기간병들과 함께 우리들 총무행정병과 신병들에게 주어진 중요한 임무였다. 기본군사훈련 기간은 그렇다손치고라도, 이 2개월간의 극히 단조로운 경비업무는 나에게 너무나 많은 회의를 갖게 했던 기간이다.

도대체 이 일 하자고 내가 지금껏 살아 온 것인가? 대한민국에 태어난 동시대의 젊은이들의 꿈이 모두 훼손 당하고 있다는 느낌도 들었다. 남과 북으로 갈려 동족간에 총부리를 맞대고 있는 우리의 현실이 슬펐다. 그러나 뾰족한 방법은 없었다. 먹고 자고 초소경비하고…. 매우 단조롭게 다람쥐 쳇바퀴 도는 듯한 생활 속에서 내 마음속의 모든 희망들이 좀먹어 들어가는 것 같았고 아울러 분노까지 느끼고 있을 때였다. 초소경비업무는 24시간 3교대여서 온 밤을 새며 새벽까지 근무하는 경우도 많았다. 어쨌든 나는 이 기간 동안에 여의도 외곽초소 모래 벌판 위에서 마음껏 소리도 지르고 노래도 하고 모래를 청중 삼아서 웅변도 하고, 또 어떤 때는 영어로 중국어로 연설을 해보기도 하며 시간을 보냈다. 어쩌다 운이 좋아서 전기불빛이라도 있는 초소에 배치라도 되면 나는 휴대하고 나간 책을 소리 내어 읽기도 했다. 때로는 미친 사람처럼, 내 의지가 꺾이지 않게 하기 위하여 포효도 하며 또 다른 인내를 절실히 필요했던 때였다. 그러던 어느 날, 야간경비를 마치고 아침 식사 후에 잠자리에 들려고 하는데, 헌병대 행정계 선임하사께서 나를 부른다는 전갈이 왔다. K상사께서 혹시나 내가 어느 예하부대로 갈 곳이 미리 정해져 있냐고 물었다. 하기야 온갖 빽들이 성행하고 있었던 터라, 신병훈련을 마치고 서울로 배치되 왔을 때면 어느 정도 후견인이 있다고 보는 편이 옳았던 때니까, 선임하사께서도 이를 먼저 확인하고자 했던 모양이다. 사실 나는 아무런 계획이 없었다. 그 때는 그저 배속되는 데로 갈 수밖에 없는 처지였다. 그래서 솔직히 서울지역 예하부대가 어디에 무엇이 있는지조차도 전혀 아는 바 없다고 말했다. 그의 눈에는 어쩌면 세상 때 묻지 않은 순진한 애숭이 신병으로 보였을지도 모른다. 그는 나에게 특별히 갈 곳이 예정되어 있지 않으면 공군항공의료원 인사행정계로 보내 줄테니 그곳으로 가라고 권유했다. 그래서 그곳에선 무엇을 하느냐고 되물었을 정도였다. K상사는 항공의료원 인사행정계에 있는 동기생 선임하사가 좀 착실한 신병이 있으면 한 사람을 추천해 보내달라는 특별요청이 있었다고 했다. 항공의료원으로 오는 총무행정병과 신병들이 하도 뒷배가 좋은 놈들이 많아서 근무하는 기간 동안 자주 사고를 쳐서 골머리를 썩는다고 했다. 그래서 이번에는 직접 선택을 하기로 작정하고 동기생인 헌병대 선임하사에게 특별부탁을 하여 매월마다 새로 들어오는 20여 명의 총무행정병과 신병들 가운데 드디어 K상사 눈에 내가 그 적격자라고 판단되어 나를 불렀던 것 이었다. 물론 나에게는 선택의 여지가 있었던 것도 아니고 K상사가 추천해 주는 곳이라면 어디라도 갔을 것이다. 나 이후에 항공의료원으로 왔던 후임 총무행정병과 신병들은 당시 재벌에 속했던 대한통운사장의 아들과 당시 여군단장의 아들도 있었으니 이에 견주어 보면 나의 후견인은 그야말로 현장의 실세였던 셈이다. 나중에 안 사실이지만, 일반 사병에게는 의무병과를 포함해서 항공의료원엔 웬만한 빽을 동원해도 가기 힘든 그런 선망의 예하부대였다. 106여의도기지에서 배치되는 총무행정병들은 공군본부, 교재창, 정보부대, 통신대대, 시설대대등을 포함하여 공군내에서도 비교적 군기가 세다는 곳도 있었으나 비교적 근무환경이 매우 좋다는 공군종합병원으로 대방동에 위치한 공군항공의료원도 있었다. 드디어 2개월간의 경비보조업무를 마친 30여 명의 동기생들은 각자 자기에게 인사발령된 보직에 따라 개인 사물 빽을 짊어지고 마치 해방이나 된 것처럼 소속 예하부대로 떠났다. 나도 여의도기지에서 항공의료원으로 가는 정기 업무연락버스에 몸을 싣고 대방동 공군본부 뒤쪽을 돌아 외진 산 언덕을 배경으로 하얗게 단장된 병원건물에 도착하여 인사행정계로 가서 부임신고를 마쳤다. 운영실장 공중령, 인사행정계 정계장(중위), 김선임 하사(상사), 곽

병장(정동교회 목사의 아들)과 이 병장(공군사관학교 2년 수료후 결혼관계로 중도포기하고 잔여 임기를 채우고 있었다) 그리고 나, 이등병 모두 5명뿐이다. 병장 다음에 이등병이라니. 기간으로 따지면 2년 이상의 터울이다. 그동안 얼마나 사람이 없었으면 중간에 이렇게까지 공백이 생겼을까? 헌병대 K선임하사가 나를 불러 일러주었던 이야기가 생각났다. 얼마나 학수고대하며 기다렸던 졸병이었던가? 마치 3대독자라도 되는 듯 모두들 기쁜 마음으로 나를 환영해 주었다. 오히려 내가 잘 부탁한다는 것이 아니라 거꾸로 두 병장들이 제발 사고 치지 말고 일 잘하여 자기들 좀 편하게 있다 제대할 수 있도록 잘 부탁한다는 분위기였다. 나는 이렇게 군대 직장선배들의 귀여움을 독차지하며 부임을 했던 셈이다.

2-5-2. 영내 하사관 내무반 첫 신고식에서 구타 가혹행위를 당하다

첫 부임을 하던 날은 반일근무 토요일이었고 곧 있으면 점심시간이었다. 그래서 외출과 외박을 나가는 영내사병들이 외출증과 휴가증을 받기 위하여 인사행정계를 찾아왔고 나는 많은 사병들과 자연스레 부임인사를 주고받을 수가 있었다. 또한 김 선임하사는 내가 소속될 내무반 박 반장(하사)에게는 특별히 내 새끼니까 잘 알아서 돌봐주라는 부탁도 했다. 나는 영외근무자들이 퇴근버스로 퇴근을 한 이후, 사무실을 정리하고 내가 생활할 내무반으로 올라갔다. 대부분이 외출과 휴가를 나갔으므로 텅 빈 내무반에서 실내 및 주변청소, 화장실 청소등을 마치고 책을 보며 시간을 보냈다. 이곳은 조그만 산이라기보다는 언덕을 끼고 병원이 자리잡고 있었으므로 전면에는 병원 일반진료와 의무행정 건물이, 뒤쪽으로 환자병동이 그 뒤쪽에는 영내자 식당과 환자전용 식당 그리고 적십자사 파견 휴게실과 면회소 및 일반 식당과 이발소가 있었으며, 언덕 위쪽으로 내무반 막사가 4개, 그 뒤쪽으로 의료기재 및 약품보관창고가 위치하고 있었다. 매우 적막한 분위기로 병원 건물과는 아주 동떨어진 곳에 내무반

이 위치하고 있는 편이었다. 그리고 영내거주 하사관들의 숙소가 별도로 외딴 곳에 떨어져 있었다. 이렇게 별다른 일 없이 토요일은 지나갔고 다음 날인 일요일 어둠이 깔리기 시작하며 외출 휴가를 나갔던 영내사병들이 내무반으로 속속 돌아오기 시작했다. 바야흐로 내 군대 생활에서의 커다란 전환점을 만드는 역사의 순간이 다가오고 있었다.

귀대시간인 9시경 이후부터, 내 바로 위의 내무반 선임자가 신병인 나를 데리고 일반영내사병 내무반 3곳과 영내하사관 숙소 내무반 1곳을 이리 저리 다니며, 신고식을 했다. 대부분의 일반영내 사병의 경우는 내 선임자가 새로 온 신병이라고 신고 인사를 하면 앞으로 잘 지내보자며 악수를 하고 헤어지는 것이 보통의 경우였다. 헌데 영내 하사관 숙소에서의 경우는 신고내용이 질적으로 달랐다. 신상파악에서부터 온갖 쓸데없는 것까지 묻곤 했다. 나는 그저 물어 오는 대로 거침없이 꼬박꼬박 대답했다. 그런데 어떤 하사관이 “야! 너 중국어 할 줄 알면 중국말 한번 해 보라”고 요청했다. 그래서 중국말로 대답했다. 무슨 뜻인지 궁금했던지 무슨 내용이냐고 재차 물어왔다. 나는 “이제 밤도 늦었으니 그만하고 주무시라고” 했다고 알려 주었다. 그랬더니 갑자기 들이치며 ”야, 이 새끼 봐라. 새까만 쫄병이 겁대가리 없이… 뭐라고!” 하며 구타를 시작했다. 나는 물어 보는 대로 대답을 했는데 왜 때리느냐고 항의를 했다. “야, 이 겁대가리 없는 놈, 너, 신고가 뭔지나 아느냐”고 윽박 지른다. 나는 신고가 무엇이냐, 처음 보는 사람끼리 서로 알고 지내자는 인사지 그럼 뭐 특별한거냐고 대들었다. 그랬더니 “이 새끼, 신고가 무엇인지 가르쳐 줘야겠다”며 몇 명의 하사관이 나를 위아래로 걷어차며 침대목으로 후려치며 집단폭행을 가하기 시작했다. 정말 어처구니 없는 일이었다. 나는 그 이후 심한 구타로 쓰러졌고 얼마간의 일에 대한 기억이 없다. 그리고 얼마나 지났을까. 나는 병원 응급실에서 응급진료를 마치고 내무반이 아닌 응급실 부속 직감 방으로 옮겨져 있었다. 온몸이 쑤셔오는 가운데 예하부대로 부임한 둘째 날밤을 울분 속에서 지새워야 했다. 이런 놈의 군대가 김일성군대를 맞이해서 제대로 싸움이나 할 수 있을지 심히 염려스럽기도 했다. 외부의 적보다는 내부의 적이 오히려 더 무서웠다. 나는 이번 구타신고식 자체를 크게 문제 삼아야겠다고 결심하고 응급실 직감방에 누워 안정을 취하며 며칠동안 행정계로 출근하지 않았다. 일부 의식이 있어 보였던 선배들은 내가 누워있는 응급실 직감방으로 찾아와 나를 격려하며 말없이 성원했다. 그러나 대부분의 사병들은 나 때문에 내무반 생활이 불편해질 것이 더 두려웠었는지 빨리 일어나 근무에 복귀하라고 볼멘소리를 하기도 했다. 그러던 중 나와 동시에 공군본부로 배치된 내 신병 동기생 중 서울농대 재학 중에 입대한 흥사단에서 만난 바 있던 김 이등병이 신고 중에 선임자로부터 담뱃불로 손등을 지져지는 사건이 외부로 알려지면서 참모총장 명의로 신병신고식 사고에 대한 엄단조치가 내려지고 있었다. 내 사건도 사실 외부로 알려지지 않았을 뿐 영내하사관들과 일반사병들 내부에서만 모두가 전전긍긍하며 상황을 지켜보고 있었다. 토요일 부임한 신병이 행정계에 계속 출근하지 않는 상황을 이상하게 생각한 인사행정계 김 선임하사가 내무반장을 불러 진상을 추궁했고 자초지종을 들은 선임하사는 모처럼 모셔오다시피 데려온 자기 새끼를 응급실까지 가도록 구타한 사실에 대해 마치 자기 자신이 구타를 당한 것과 마찬가지라고 생각하며 크게 분노했다. 그리고 모든 영내하사관들을 영내하사관숙소로 전원 집합시키고 목침대 각목으로 모두를 힘껏 두들겨 팼다고 한다. 그 이후 김 선임하사는 오랫동안 팔이 아파 자유로이 움직이지 못할 정도였으니까. 이리하여 나를 구타했던 영내 하사관을 포함한 내무반장들에게는 내가 그들의 공공의 적이 된 셈이 됐다. 오래전 군내무생활을 한 경험이 있는 사람은 그 압박과 공포감을 쉽게 이해할 수 있을 것이다. 이 사건 이후 나의 내무반 생활은 정말 견디기 어려운 정신적 압박으로 다가왔다. 매일 밤 단체집합이 있었고 보이지 않는 나에 대한 암묵적 분풀이가 자행됐다. "요즈음 겁대가리 없는 졸병들! 군기가 빠졌다"며 원산폭격을 비롯한 각종 극기 훈련이 시작된 셈이었다. 나는 어차피 내가 감당해야 할 몫이라고 생각은 했지만 애꿎은 다른 선배 동료사병들에게는 정말 못 할 짓이었다. 탈영을 해 볼까도 생각해 보았다. 그것은 오히려 문제해결보다는 문제를 더 꼬이게 할 것이기 때문에 보다 근본적인 방법을 찾아야 했다. 그러나 잘못된 폐습의 전통

계급사회인 병영 안에서는 뾰족한 해결방안이 있을 수가 없었다.

2-5-3. 항공의료원 원장 당번병 기회를 잡다

그 당시엔 김신조 일당의 청와대기습사건으로 공군의 복무기간도 6개월이 늘어난 3년 6개월로 과거 같으면 벌써 제대를 했을 선배 단기하사(초기에는 3년복무를 마친 병장에게 단기하사 진급을 시켰다)와 고참 병장들도 함께 내무생활을 했다. 그러던 어느 날 밤 제대를 앞둔 K단기하사가 자기 동기생인 공군본부 기획국장 당번병도 아직 제대휴가를 못 나가고 있다며 잠자리에 누워서 동료들과 이런 저런 이야기를 하고 있었다. 내 머릿속엔 저 기획국장실 당번병 자리가 바로 내 자리겠다는 생각이 들었다. 그래서 이 지옥 같은 내무반 생활에서 탈출해야겠다는 생각을 했다. 그러던 어느 날 나는 연락병 수송버스를 타고 공군본부에 들렀을 때 공군본부청사 2층 기획국장실을 찾아 부관에게 개인면담을 요청했다. 가능하면 나를 후임 당번병으로 추천해 달라고 요청했다. 간부후보생 출신이었던 K중위는 그러지 않아도 후임 당번병을 물색 중이었는데 내 인적사항을 물으며 좋다고 메모를 했다. 그러면서 조만간 공군본부에서 인사발령이 날 때까지 좀 기다리라고 했다. 너무나도 감사한 일이었다. 그러나 항공의료원에서의 공식일과 후에는 군기가 많이 해이해졌다는 이유로 집합 괴로움은 계속됐다. 나는 영내 하사관들이 결국 나에게 계속 분풀이를 하고 있다고 생각했다. 하루가 여삼추였다고 했던가? 공식일과가 끝나고 저녁식사를 마친 후 내무반 생활은 사실 두렵기까지 했다. 왜냐하면 나로 인해 애꿎은 동료들이 또 집단 괴롭힘에 시달려야 했기 때문이다. 정말로 그 미안함을 어찌 표현할 방법도 없었다. 그러던 어느 날 새로운 기회가 왔다. 항공의료원 원장 당번병 김상병이 품행문제로 계속 물의를 일으켰다. 내가 듣기로도 김 상병의 뒷배가 매우 높았으며 가끔 밖에 나가서 물의를 일으킨 사건들도 있었다. 어느 날 아침에 병원장(최용국 대령)이 운영실장 공중령을 소리 높여 불렀다. 인사행정계 사무실 옆이 바로 원장실이고 앞쪽으로 진료부장실과 운영실장실이었으므로 높은 소리를 잘 들을 수 있었다. 아마도 전날 당번병이 또 외부에 나가 사고를 쳤던 모양이다. 이 일로 운영실장이 문책을 당하는 것 같았다. 그날 업무가 종료되고 영외근무자들의 퇴근버스가 떠나고 일반 사병들도 내무반으로 올라갔다. 나는 혼자 사무실에서 잔무정리를 핑계로 사무실에 늦게 남아 원장실 주변이 조용해지기를 기다렸다. 그리고 원장실 문을 노크하며 "승원홍 이병 원장님께 개인면담하러 왔습니다" 하고 말했다. 원장께서 들어오라고 했다. 나는 원장님께 그동안 나로 인해 생겼던 여러 일들에 대해 소상히 보고를 했다. 그리고 나는 앞으로 사회개혁을 하기 위해 정치를 하고 싶다는 꿈을 갖고 있다고도 말했다. 사실 병역의무를 위해 공군에 입대했는데 내무생활의 현실이 너무 실망스럽다며 혹시 가능하면 나를 당번병으로 임명해 달라고 요청했다. 병원장께서 나의 진솔한 이야기를 경청해 주셨고 알았다고 답했다. 그 다음 날 영외근무자 출근버스가 도착하고 각 부서의 일과가 바삐 시작되고 있을 즈음에 원장께서 큰 소리로 운영실장을 불렀다. 나는 혹시나 하는 기대감을 가지며 업무처리를 하고 있었다. 원장실을 나온 운영실장이 인사행정계 사무실로 들어와 인사계장 정중위에게 "오늘부터 김 상병 대신 승 이병을 원장당번병으로 교체하라"고 지시했다. 이렇게 해서 나는 이병 때부터 제대 병장까지 항공의료원 원장 당번병으로 임명되어 원장을 위하여 또한 항공의료원을 위하여 대한민국 공군을 위하여 정말 성심껏 복무했다. 군 계급 때문에 말이 당번병이지 내용면에서는 비서요 부관이요 때론 조언자 역할도 했다. 그래서 최 원장께서도 계급을 떠나 나를 인격자로 예우했고 많은 군의관들이 가끔 나를 부원장이라고도 부를 정도로 업무적으로 큰 역할을 수행하게 됐다. 이렇게 이등병 때부터 공군종합병원인 원장 당번병으로 발탁되어 새롭게 근무를 시작했다. 병원장 당번병은 내무반 생활에서 열외가 되어 원장실 바로 옆방 부속실에서 독립적으로 생활했다. 어찌보면 전임자 김 상병 이전부터 만들어 놓은 전통이었다. 그리고 나를 집단구타하며 힘들게 했던 영내하사관들은 계급을 초월한 나의 보이지 않는 힘에 의해 많이 위축되었다. 나는 원장을 보좌하는 업무에 관한 한 완전무결을 지향했다. 나의 사려 깊고 민첩한 보좌업무에 원장과 부원장(진료부장) 그리고 운영실장과 인사행정계 모두가 대만족이었다.

특별히 공군본부 고급 장교와 가족들이 주로 항공의료원을 방문했고 이들과의 모든 연락과 안내는 병원장을 대신하여 실무적으로 내가 주로 담당했다. 그래서 병원장과 운영실장은 혹시라도 내가 일과 중에 자리를 비우게 되면 매우 걱정스러운 모양이었다. 심지어 모든 장병이 필수적으로 참여해야 하는 특별훈련 일정에서도 언제나 나를 제외시킬 정도였다. 내가 상병 시절쯤 언젠가는 공군본부 인사참모부장 이양명 장군 부인과 가족들을 친절하게 잘 안내했던 적이 있었다. 헌데 이양명 장군 쪽에서 나를 인사참모부장 사택근무 당번병으로 데려가겠다고 병원장에게 요청했다. 군 서열상 상급자이기도 했고 더욱이나 인사참모부장의 요청이라 바로 거절하지도 못하고 결국 내 의향을 물어왔다. 물론 나는 병원장 당번병으로 있겠다며 원장께서 이 장군에게 잘 설명해 달라고 요청했다. 이 일로 병원장이 인사참모부장을 직접 방문하여 구차한 변명으로 병원장이 내 아버지와 고향(평안북도) 지인으로 나를 잘 후견해 달라고 요청 받았다며 나의 이 장군 사택당번병 차출요구를 완곡히 거절하고 왔다며 그 결과를 알려 주었다. 그만큼 병원장과 나는 계급을 떠나 일심동체로 병원 행정 전반에 함께 일하는 셈이었다. 군복무 기간이 2년째를 넘기면서 나는 병장으로 진급했고 얼마 있지 않아 병원장이 장군으로 진급하면서 공군본부 의무감으로 전보발령이 됐다. 의무감은 나의 입장을 고려하여 공군본부로 가는 것보다 병원장 당번병으로 있는 것이 더 좋겠다며 나의 병원 잔류를 권면했다. 나도 병원장/의무감과 함께하고 싶었으나 1년 정도 남은 군생활에 낯선 변화를 맞이하고 싶지 않았다. 더욱이나 내 입장에선 병원장 당번병으로 자리를 굳건히 지키는 것이 여러 면에서 좋겠다고 생각하여 공군본부로 이적하지 않고 항공의료원에 계속 근무하기로 했다. 후임 병원장은 대구병원장으로 업무차 가끔 항공의료원을 방문했던 박경화 대령이었다. 최용국 장군에 비해선 군인정신이 강한 군의관이었다. 물론 나는 예상대로 병원장 당번병으로 유임됐다. 나는 이미 이등병 시절부터 공군종합병원 항공의료원 원장 당번병으로 보이지 않는 유명세를 타고 있는 듯이 느꼈다. 가끔 군대에선 계급보다 보직이라는 말이 있듯이 나는 여러모로 자유로운 생활을 했다. 그 누구도 공식 일과시간 이외 나의 개인 생활에 간섭하지 않았다. 그러던 중 당시 공군참모총장 김두만 대장의 특별명령으로 전 고급장교의 건강검진을 위한 항공의료원장 책임하에 휴먼독 시행명령이 내려졌다. 이유는 고급장교의 진급조건과 연계한 종합건강체크 명령이였다. 대상은 참모총장과 차장을 제외한 전 장성과 진급 대상인 대령급이었다. 모든 일상일과로부터 격리되어 3박4일간 병원에 입원하여 휴식하며 철저한 종합검진을 받게 하기 위함이었다. 담당은 내과과장 김노경 소령과 당번병인 내가 맡기로 했다. 박경화 병원장은 5월말 제대를 앞두고 있는 나에게 마지막으로 이 특별 임무를 맡겼고 자유로이 생활하도록 허락했다. 그리하여 내 후임 병원장 당번병으로는 당시 대한통운사장 아들이었던 양일성 상병에게 인계를 했다. 기본군사훈련 2개월과 총무행정병과교육 1개월 그리고 헌병대파견 경비보조근무 2개월을 빼고 작대기 하나 이등병에서 고참 병장까지 거의 3년을 병원장 당번병으로 근무하고 마지막으로 공군 VIP를 위한 휴먼독 프로그램 진행을 위해 공군 장성들과 고급장교들과 함께 귀한 시간을 갖게 되었다. 짧은 일정이었으나 다양한 고급장교들과 함께 3박4일 짜여진 프로그램을 진행하며 간단한 시중도 들며 무료한 시간을 보내기 위해 함께 장기도 바둑도 때로는 대화상대로 다양한 소통을 하며 인사관리의 중요함도 느끼게 됐던 귀한 시간을 가질 수 있었음에 무한 감사한다. 이 업무를 끝으로 4월부터 제대휴가 명목으로 대학교로 복학을 했고 5월에 군복무를 마치고 전역을 했다. 3년 4개월의 긴 현역복무기간을 거치며 잃은 것도 있었지만 얻은 것도 있었다. 나의 긴 인생여정에 많은 영향을 끼쳤던 시기이기도 하다. 이 또한 얼마나 감사한 일이가!

공군항공의료원에서 근무하면서 새로이 내 치아교정을 해주신 치과과장 故 김광남 소령께도 감사드리며 고인의 명복을 빕니다. 아울러 내 요로결석 치료를 위해 해군종합병원 전문의까지 불러 수술시키려고 했던 최용국 원장님의 각별한 배려와 나의 수술반대 의사를 존중해 자연치료할 수 있도록 도와주신 모든 의료진들에게도 감사드린다.

그리고 병원장 당번병 업무를 하면서 알게 된 보성고등학교 출신 선배들을 찾아 소위에서부터 대령에 이르기까지 그리고 내 동창 김봉일, 김정권을 포함해 공군 보성동문회까지 주관했던 기억이 새롭다.

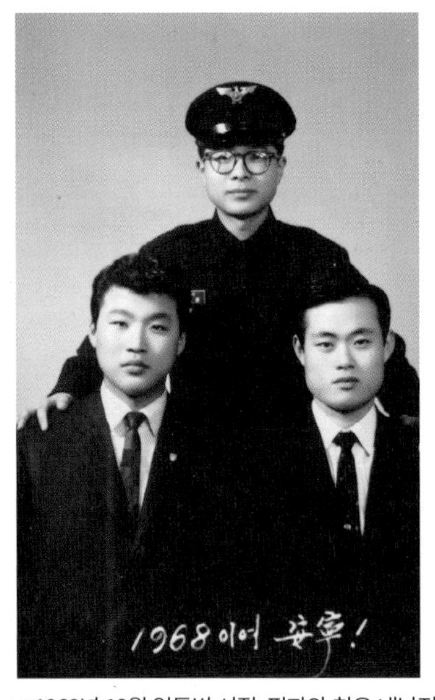

▲1968년 12월 일등병 시절, 필자와 친우 내남정과 홍성표 & 1970년 병장 시절 친우들과 함께 남이섬에서

▲1970년 여름 공군 보성동문회 모임에서 56회동창인 김봉일, 김정권과 함께한 필자(오른쪽 첫째) & 1969년경 상등병 시절 가을 휴가 때 설악산 권금성 정상에서

나는 직장생활 관계로 후배 Roommate에게 내 파트너까지도 함께 섭외해 달라고 부탁을 했다. 그런데 행사 당일까지 파트너가 준비되지 않았다. 나는 파트너를 구하기 위해서 후배들을 데리고 정영사와 가까운 거리에 있었던 서울대학교 부속병원 간호사기숙사로 갔다. 그곳에서 운명적으로 처음 만나 정영사 Open House에 참석하면서부터 2년간 사귀며 나의 평생 반려자가 된 사람이 내 아내 김영옥(金英玉 1951년생)이다. 그리고 첫 딸 윤경, 두 아들 지헌, 지민, 3자녀가 축복 가운데 탄생했고 모두가 건강하고 지혜롭게 잘 성장하여 각자의 희망대로 학업을 마치고 사회인이 되어 행복한 가정도 이루었다. 결과적으로 보면 우리 부부는 단지 심었을 뿐, 오늘에 이르기까지 하나님께서 우리 세 자녀들을 잘 돌보아 주시며 선한 길로 인도해 주셨다고 믿는다. 어디 자식 문제를 부모 마음대로 할 수 있다고 했던가? 그저 고맙고 감사해야 할 뿐이다. "하나님, 무조건 감사합니다."

3장

평생 반려자를 만나 결혼, 가정을 이루고 세 자녀의 탄생과 양육

3
|
1

축복받은 행복한 결혼생활과 3자녀 양육

나는 대학교졸업 전인 1973년 9월에 대한항공에 취업을 했고 제4차 중동전쟁을 계기로 석유파동이 시작됐던 11월부터 직장생활을 시작했다. 바로 그 시기에 내가 생활하고 있었던 서울대학교 종합기숙사인 정영사의 Open House 행사가 있었다. 나는 직장생활 관계로 후배 Roommate에게 내 파트너까지도 함께 섭외해 달라고 부탁을 했다. 그런데 행사 당일까지 파트너가 준비되지 않았다. 나는 파트너를 구하기 위해서 후배들을 데리고 정영사와 가까운 거리에 있었던 서울대학교 부속병원 간호사기숙사로 갔다. 그곳에서 운명적으로 처음 만나 정영사 Open House에 참석하면서부터 2년간 사귀며 나의 평생 반려자가 된 사람이 내 아내 김영옥金英玉 1951년생이다.

나는 대학교를 졸업하면서부터 연건동에 있었던 대학교기숙사 정영사에서 나와 부모님이 세 동생과 함께 살고 있는 성동구 동화동(현재는 중구로 편입되었음) 산

▲ 1975년 여름 강릉 경포대 해수욕장에서 김영옥과 필자

▲ 1974년 서울대학교 병원 간호사 재직 중의 김영옥

동네 셋집으로 거처를 옮겨 대한항공 김포공항으로 출퇴근하며 직장생활을 계속했다. 이런 여건 속에서 결혼을 하게 되면 어차피 독립을 해야할 형편이었다. 그러던 중 우연한 기회에 보성고등학교와 서울대학교 중문과선배였던 故 박종철 선배의 집에서 보성동창모임이 있어 참석하게 되었다. 그 선배는 부모와 함께 큰 저택에서 살고 있었는데 그의 부친은 금호동지역 일대에서 부동산 개발업을 하며 현지 부동산현황정보에 능통했다. 나는 박 선배의 부친과도 인사를 하게 되었고 직장생활과 결혼계획에 관해서도 자연스럽게 이야기를 나누었다. 나는 내 형편과 결혼계획을 진솔하게 말하게 되었는데 내 형편을 안타깝게 생각했었는지 그는 마침 금호동에 방 3개짜리 집이 나와있는데 어느 정도 목돈만 마련할 수 있으면 은행대출도 도와주겠다며 그 집을 사라고 권면을 했다. 사실 나는 먼 훗날에 아내로부터 나와 결혼하면서 셋방살이로 첫 신혼생

활을 시작했다는 말을 듣고 싶지 않다는 마음도 있었다. 그래서 나는 그의 조언에 따라 좀 무리를 해서라도 그 집을 사야겠다고 확답했다. 그리고 최소한 필요했던 자금확보를 위해서 여러 친구들과의 모임에서 다양한 친목계를 조직했고 내가 1번으로 목돈을 마련했다. 좀 더 모자라는 자금은 보성고등학교를 수석으로 졸업하고 서울공대 기계학과를 졸업한 후에 군면제를 받아 현대자동차에서 근무하고 있던 가까운 친구 故 전영광을 찾아가서 돈을 빌려 달라고 부탁했다. 그는 나에게 꼭 필요한 돈이냐고 물었고 나는 꼭 필요하다고 답했다. 그는 나를 데리고 자기가 거래하고 있는 은행으로 가서 직장생활을 시작하면서부터 5년간 적립해 왔던 적금을 해지하고 나에게 그 돈을 건네 주었다. 이렇게 나는 내 주위의 고귀한 친구들과 직장 동료들의 신뢰와 도움으로 결혼식 이전에 셋방살이에서 부모님과 동생까지 함께 거주할 수 있는 내 이름으로 된 보금자리를 마련할 수 있게 되었다. 그래서 지금까지도 나는 아내에게 결혼 초부터 셋방살이를 시키지 않았음을 가끔 자랑삼아 이야기 한다.

한편 연인 관계에 있던 우리는 1975년 10월 19일 지금의 서울 장충동의 신라호텔이 신축되기 이전의 위치에 있었던 영빈관에서 서울문리대 중국어문학과 차상원 주임교수님의 주례로 가족친지와 동료지인들의 축복 가운데 아름다운 결혼식을 올렸다. 1975년 당시만 해도 경제여건이 그리 풍족하지 못했던 시절이라서 신혼여행지라야 보통 온양온천, 유성

▲서울 장충동 영빈관 예식장을 가득 채운 축하객들

온천, 경주, 부산 등이 대세였다. 그러나 나는 대한항공에 근무하고 있었기 때문에 신혼부부에게 주어지는 서울-제주 무료왕복항공권과 제주KAL호텔 객실 50% 특별할인 혜택을 받아 제주도로 신혼여행을 갔다. 제주공항에서 택시를 타고 제주KAL호텔에 도착해 로비입구로 막 들어서는 순간에 마침 한국관광업계의 큰 손이었던 장철희 사장과 마주치게 되었다.

그 당시 장 사장은 대한항공을 이용하여 미국, 일본, 동남아 관광객들을 주고객으로 시리즈 패키지 관광상품을 만들어 일본, 한국, 동남아 주요 도시를 서로 연결시키며 한국의 주요 호텔과 관광지를 거의 독점하다시피 했던 관광업계의 큰 손이자 유명인사였다. 나는 대한항공 김포공항 지점장실에 근무를 하면서 김명진 지점장과 함께 VIP고객이었던 장 사장을 여러 차례 만나면서 각종 편의를 제공해왔던 친근한 사이였다. 그는 나를 반기면서 우리 신혼부부의 결혼을 축하한다며 호텔지배인을 불러 우리 객실비와 호텔에서의 모든 비용일체를 자기네 여행사로 청구하라고 지시했다. 나는 장 사장께 아내를 소개시키고 서울에서 다시 만나뵙겠다며 감사의 인사를 하며 헤어졌다. 우리는 장철희 사장 덕분에 계획했던 호텔에서의 경비지출을 모두 절약하게 되었고 대신 제주도내 택시 대절과 안내원 그리고 제주도에서의 값비싼 귀한 별미 특식들도 아낌없이 풍족하게 즐기면서 신혼여행을 다녀 올 수 있었다. 제주도 신혼여행지에서 호텔도착 바로 그 시각에 장철희 사장과의 우연한 만남도 마치 짜여진 각본처럼 나를 도와 주시는 보이지 않는 손의 섭리같다는 감사의 마음이 들었다.

그리고 3박4일의 제주도신혼여행에서 돌아온 우리는 시간차를 두고 나의 가까운 중고등학교 동창들과 대학교기숙사 정영사 친구, 대학교 친구와 대한항공 직장 동료와 동기생들을 집으로 초대하여 감사의 기쁨을 나눌 수 있었다. 돌이켜 보면 요즈음같이 내 집 마련이 힘든 세대를 생각해 보면 꿈만 같은 이야기이다. 새로운 보금자리를 준비하고 새롭게 시작할 수 있는 용기와 지혜를 주신 故 박종철 선배의 부친 그리고 직장동료와 학교 동창들에게 무한한 감사를 드린다.

▲1975년 9월 19일, 영빈관 예식장 오빠 故 김창엽의 손을 잡고 입장하는 아내 & 주례자 앞에 서있는 필자 부부

▲1975년 9월 19일, 영빈관예식부. 결혼예식주례 차상원 박사와 필자 부부 & 신부대기실에서의 아내

▲ 영빈관 예식부에서 결혼예식을 마치고 폐백실에서 부모님과 친척들에게 폐백을 드리는 아내와 필자

▲ 1975년 10월 19일, 신혼여행지 제주 KAL호텔입구 정원 & 제주해변가 휴양지와 어느 마을에서의 필자 부부

▲ 첫 아들 낳기를 기원하며 돌하르방 코를 만지고 있는 아내 & 물동이를 지고 있는 제주 아낙네석상에서 필자 부부 & 제주KAL호텔 객실에서 한복 차림의 아내

1975년 10월 19일 서울 장충동 영빈관에서 결혼식을 올리고 우리는 새로운 보금자리인 성동구 금호3가 1378-3번지 집에서 우리 가족들과 함께 신혼생활을 시작했다. 그리고 회사가 제공하는 출근용 버스를 이용하며 김포공항으로 출근하며 행복을 꿈꾸며 즐겁게 직장생활을 했다. 마침 어머니가 동대문시장에서 의류장사를 하며 생활비를 보탰기 때문에 나의 회사 월급여의 대부분은 일부 용돈을 제외하고 집을 살 때 빌렸던 은행대출이자를 포함하여 여러 친목계 분담금상환으로 충당해야만 했다. 그래서 나는 보다 나은 경제적 생활을 위해서 대한항공 해외지사로 나갈 수 있는 새로운 출구를 찾아야만 했다. 대한항공 김포공항 지점장실에 근무하면서 VIP는 물론 업무차 김포공항을 출입하던 대한항공내 간부급 인사들과도 자연스런 만남이 있던 나는 그즈음 김명진 지점장에게 영업업무쪽으로 옮겼으면 좋겠다는 개인의사를 이야기했고 적당한 기회를 보고 있던 중에 마침 그날이 찾아 왔다. 마닐라 지점장에서 영업이사로 승진해 활발한 활동을 하고 있던 송영수 영업이사가 업무출장을 마치고 김포공항으로 귀국하던 길에 직접 만나게 되었다. 나는 공항도착 영접인사를 하며 입국수속을 도우면서 1976년 봄 인사발령 때 나를 영업부로 옮겨 달라고 요청했다. 그리고 내 신상에 대한 조회는 김명진 지점장과 인사부로 직접 조회해도 좋다며 자신감을 보였다. 그는 어느 대학교를 졸업했는지와 영어 실력은 어느 정도냐고 물었다. 나는 서울문리대에서 중국어중국문학을 전공했고 중국어도 할 수 있으며 아울러 대한항공 영어 2급자격시험에도 이미 합격해 놓았다고 대답했다. 송영수 이사는 매우 반가운 표정이었고 봄철 인사이동에 반영하겠다며 조금만 기다리라고 했다. 1976년 1월에 첫 딸, 윤경을 얻고 드디어 7월에 김포공항지점장실에서 서소문 본사영업부 국제여객과로 인사발령을 받아 자리를 옮기게 되었다. 그리고 결혼 2년 후인 이듬해 1977년 11월에 사우디아라비아 제다지점 판매관리담당으로 첫 해외지사생활을 시작했다. 사우디아라비아 제다지점 근무에는 현지 여건상 가족을 동반할 수 없었다. 대신 제다지점 근무를 하는 1년 4개월 동안에 항공편을 이용해 일주일에 평균 1, 2번 정도의 편지를 주고받을 수 있었다. 우리는 매일 정기적으로 운항하는 대한항공편의 회사내부 업무연락망을 활용하여 본사영업부 동료들의 도움으로 2-3일 정도의 시차를 두고 편지 왕래를 할 수 있었음은 퍽이나 다행스런 일이었다. 그리고 매 3개월마다 한국으로 정기휴가를 나올 때는 내 급여를 포함하여 한국에 전달해 줄 동료들의 급여까지 활용하여 고가의 전자제품과 전기제품들을 사서 한국으로 날랐다. 모든 물자가 희귀했던 1970년도 당시 해외의 값진 물건들은 한국 도착 즉시 아내가 재판매를 하며 추가로 고수익을 올렸다. 휴가가 없는 달엔 한국으로 휴가를 나가는 다른 동료인편으로 현지 급여를 영업부 동료를 통해 아내에게 전달했다. 당시만 하더라도 일반인의 외환거래가 쉽지도 않았을 뿐더러 은행환율과 암거래시장 환율차액도 매우 컸기 때문에 아내는 남대문시장의 암달러거래상을 단골로 정하고 은행환율과의 시세 차이를 활용해 재산증식에 최선을 다했다. 이렇게 국내급여의 약 2배나 되는 급여에 3개월마다 휴가 때 가져오는 여러 값비싼 전기전자제품들을 잘 활용했던 아내의 재산증식 노력과 알뜰한 살림살이 덕분에, 결혼을 앞두고 금호동의 새로운 보금자리 마련으로 인해 빠듯했던 경제적 어려움들을 모두 해결했을 뿐만 아니라 투자용으로 전세를 끼고 잠실에 자그마한 아파트까지 구입할 정도로 경제적 여유로움도 갖게 되었다. 뿐만 아니라 아내는 나의 또 다른 해외근무지를 예상하며 2살짜리 어린 딸을 내 아버지에게 맡겨놓고 외국어학원에 등록을 하고 영어와 일본어학습에도 열정을 보였다. 아내의 예상대로 나는 사우디아라비아 제다지점에서 1979년 봄 인사이동에 호주시드니지사장으로 발령을 받고 호주비자 수속을 위해 4월에 한국으로 잠시 귀국해 있다가 6월 22일 시드니로 먼저 부임을 했다. 시드니에 도착하면서부터 나는 제일 먼저 가족과 함께 생활할 수 있는 규모의 새로 건축된 2 Bed Room 1 Bath 1 Car Parking 시설의 Ashfield 지역의 아파트를 계약했고 아울러 약 1개월 정도 현지 정착기간을 거치며 회사 영업업무도 새롭게 자리 잡아가면서 나는 본사 인사부에 가족을 빨리 시드니로 보내달라고 요청했다. 그리고 인사부에 근무하는 김영준 동기에게 빠른 여권수속과 항공편예약도 요청했다. 드디어 8월 17일 모든 출국수속을 마치고 홍콩경유 CPA항공편에 예약이 됐다는 소식을 받았다. 나는 어린 두 아이를 데리고 첫 해외여행을 하게 되는 아내를 걱정하면서 16일 밤에 출발하는 CPA항공편으로 홍콩으로 나가 직접 아내랑 함께 첫째 딸 윤경(3년 7개월)과 둘째 장남 지헌(7개월) 가족과 합류하여 시드니행 항공편으로 8월 18일에 시드니공항에 도착하여 본격적인 해외결혼생활을 시작하며 막내 아들 지민을 낳았다. 이렇게 우리 부부는 3자녀를 얻었다. 첫째 딸, 윤경允慶, Maria은 내가 한국에 있을 때 1976년 1월 12일에, 둘째 장남 지헌志憲, Peter은 내가 사우디아라비아에 있을 때 1979년 1월 23일에, 그리고 막내 차남 지민志珉, Edward은 호주에서 1980년 5월 24일에 태어났다. 그래서 아이들의 별칭으로 태어날 때 내가 있었던 도시 이름을 따서 서울, 제다, 시드니라고 불러 본 적도 있다.

한국 이름은 아이들 할아버지가 승씨 족보의 항렬 돌림자를 따르지 않고 작명가에게 부탁하여 지어준 이름이고, 영어 이름은 내가 붙여준 이름이다. 정들었던 대한항공 직장생활을 떠나, 호주로 이주해 온 1983년 이후 새롭게 기독교신앙생활에 영향을 받아, 1986년 4월 호주시민권을 받을 때, 첫째 딸에게는 성모 마리아를, 장남에게는 믿음의 반석 사도 베드로를, 막내에게는 '심프슨' 부인을 연모하여 영국 왕위를 동생에게 물려주고 왕좌에서 내려왔던 세기의 사랑의 주인공 '에드워드' 공을 연상하며 붙여 주었던 영어 이름들이다. 그래서인지 세 아이들의 성격도 각기 달리 개성적이다. 아내 말에 의하면 생후 엄마 젖을 빨던 때의 모습들에서부터 태생적으로 타고난 성격의 일면을 찾아 볼 수 있을 것 같아 이를 소개한다. 아내는 모유가 충분했던

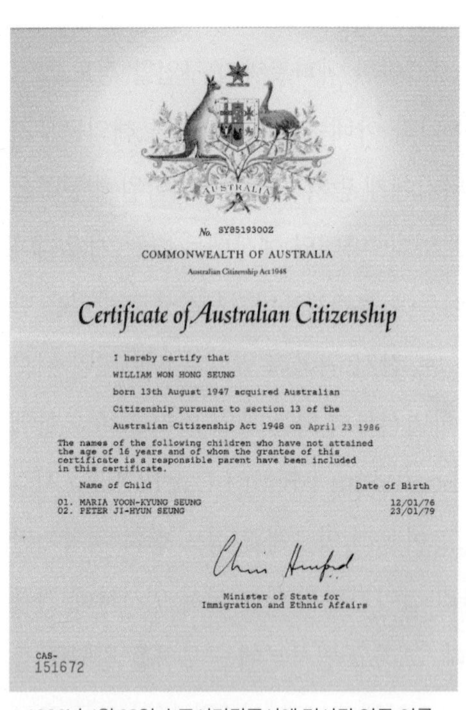

No. SY85193002

COMMONWEALTH OF AUSTRALIA

Australian Citizenship Act 1948

Certificate of Australian Citizenship

I hereby certify that
WILLIAM WON HONG SEUNG
born 13th August 1947 acquired Australian
Citizenship pursuant to section 13 of the
Australian Citizenship Act 1948 on April 23 1986

The names of the following children who have not attained the age of 16 years and of whom the grantee of this certificate is a responsible parent have been included in this certificate.

Name of Child	Date of Birth
01. MARIA YOON-KYUNG SEUNG	12/01/76
02. PETER JI-HYUN SEUNG	23/01/79

Minister of State for
Immigration and Ethnic Affairs

CAS-
151672

▲1986년 4월 23일 호주시민권증서에 명시된 영문 이름

편이었다. 그래서 적어도 1년 이상 기간 동안 모두를 모유로 키웠다. 어떤 경우에는 젖이 많이 불어 젖이 줄줄 흘러나올 때, 젖을 먹으며 반응하던 세 아이들의 모습은 완연히 달랐다고 하며 웃음 짓는다. 첫째 윤경이는 좀 짜증스러워하면서 아예 젖을 뺐다가 좀 쉬고 다시 젖을 물고 먹었고, 장남은 막 흘러 넘치는 젖까지도 그대로 모두 받아 삼키느라 무척 애를 먹었던 모양이다. 그런데 막내는 계속 삼킬 수가 없을 때면 젖꼭지를 꼭 물고 있다가 한숨을 돌리며 쉬었다가 다시 빨아 먹곤 했다고 한다. 자라나는 모습 속에서 이러한 성격의 서로 다른 모습들이 어느 정도 남아 있었다고 아내는 이야기하곤 했다. 세 아이들은 모유를 떼면서 윤경은 한국산 서울우유로, 지헌은 내가 사우디아라비아 제다에 근무하면서 가장 값이 비싸고 좋다던 네덜란드산 우유로, 지민은 호주산 S26를 먹고 잘 자라 주었다.

나는 세 자녀들 모두가 무척이나 사랑스럽고 자랑스럽게 생각한다. 어린 나이(1976년생 윤경-7살, 1979년생 지헌-4살, 1980년생 지민-3살)에 정식으로 이민해 왔던 탓에, 우리 부부가 창업했던 직장 롯데여행사에서 미래의 희망을 위해 힘써 열심히 일하고 있을 때, 아이들도 유치원에서, 학교에서 집에서 열심히 그들의 몫을 감당해 주었다. 세상의 그 어느 부모들처럼 우리도 자식들이 잘 성장해 주기를 간절히 기원했다. 어느 지인의 말처럼 “자식농사 반타작만 해도 성공이요!” 하던 이야기를 생각하면 결과적으로 우리는 자식농사에 성공을 했다는 안도감이 든다. 사실 우리 부부는 안정적이었던 주재원 생활에서 이민자 생활로 바뀌어진 환경에 적응하며 경제적 안정을 위하여 생업에 충실했다. 그러나 아이들도 표현을 안 하고 못 했을 뿐 사실 자기들 나름대로 적응하는 데 힘들었을 것이라고 생각한다. 특히 첫째 윤경은 자기 몫은 물론 두 남동생을 챙기는 7살짜리 누나, 그 이상의 몫까지도 손색없이 해 주었다. 그래서 나는 첫째 윤경에게는 자식이지만 자녀를 양육해야 할 아버지 된 입장에서 얼마의 빚을 지고 있다는 생각을 갖고 있다. 나는 아내와 함께 여행사업을 하면서도 한편으로 자녀양육도 중요하다고 생각했기 때문에 아이들이 학교에서 돌아오는 오후 3시까지는 아내가 먼저 집에 도착하도록 원칙도 정했다. 어떤 특별한 날에는, 가령 우리 생일 날이라든가 할 때, 회사 일이 너무도 많아서, 우리 부부가 늦게 같이 퇴근하여, 집 문을 열고 들어가면 누나가 기획한 각본에 따라 세 아이들이 춤추며 노래하며 부모를 반기는 깜짝쇼를 연출하기도 했다. 세상사 피곤함이 절로 사라지는, 그래서 정말 자식 키우는 맛을 실감했던 기쁜 날들의 추억들도 소중히 간직하고 있다. 두 사내 아이는 누나의 엄격한 지도에 따라 연습을 충분히 했던 모양이다. 이렇게 세 아이들은 서로 협력하고, 경쟁하며 한 가족의 중요한 구성원으로서 각자 개성있게 잘 성장해 주었다. 서로를 위하며 선의의 경쟁을 했을 뿐 싸움은 별로 하지 않았던 것 같다. 언젠가 모두들 어렸을 때, 서로 한판 싸움을 한 적이 있다. 나는 내 종아리를 걷고 세 아이 모두에게 회초리 대신 젓가락을 주며 내 종아리를 때리라고 했다. 내가 자녀들을 잘못 가르친 벌을 받겠다고 했다. 물론 아이들이 모두 자기들이 잘못했다며 용서를 빌었고 다시는 싸움을 하지 않겠다는 약속도 했다. 그 이후 세 아이들이 서로 싸웠던 기억이 별로 없다.

나는 자녀들이 아주 어렸을 때부터, 잠자리에 들 때마다 아이들 방에 들어가서 아빠가 너희를 정말 사랑하고 있다고 "I love you so much" 하고 볼에 입맞춤을 하며 잘 자라며 머리를 쓰다듬어 주곤 했다. 그리고 철이 들고 의식이 들기 시작하던 나이쯤, High School(한국의 중고등학교 과정)에 다닐 때부터는, 가끔 세상에 존재하는 세 가지 유형의 사람들에 대해 이야기를 했다. 세상에 필요없는 사람, 있으나 마나한 사람, 그리고 꼭 필요한 사람! 이 아버지는 너희들이 이 세상에서 꼭 필요한 사람, 꼭 있어야만 될 사람으로 성장해 주기 바란다고 요청했다. 그래서 마치 대형제트비행기가 이착륙하는 활주로를 연상하며, 특별히 1세대 이민자로서 나는 토목공사 정지작업을 하겠다고 했으며, 2세대 세 자녀들에게는 길을 잘 닦아 아스팔트로 큰 활주로를 만들고, 우리 3세대는 호주의 주역으로 살아 갈 수 있도록 하자고 제안했다. 물론 세 자녀 누구에게나 "너는 특별히 똑똑하고 재능있는 아이라서 네가 원하는 무엇이든지 다 이룰 수 있다"는 자신감과 확신을 심어 주곤 했다. 그리고 아이들에게 요구했던 또 한가지 추가 덕목이 있었다. 그것은 아이들이 한국의 대학수능시험에 해당하는 HSCHigher School Certificate시험을 보기 위해 시험장소로 데려 가기 전에, 자녀 방에서 간단한 기도를 하며 재확인했던 아비의 간절한 소망이기도 했다. "혹시나 이 아이가 커서 자기 혼자 잘 먹고 잘 살겠다는 생각을 하면 시험에서 떨어지게 해 주시고, 혹시나 하나님께서 주신 자신의 달란트(재능)를 사용하여 이웃과 사회와 국가를 위해서 봉사헌신할 생각을 조금이라도 갖고 있다면 이 아이가 원하는 대로 합격시켜달라"고 기도했다. 그렇게 자녀들이 정말 잘 되어 주기를 바라는 아비의 기도를 참작해서 스스로 자신들의 진로를 선한 길로 잘 선택해 가기를 희망했던 것이다. 뿐만 아니라 나는 자녀들이 세상의 재물보다는 사람을 우선해 주기를 요청했다. 재물보다는 정직하고 성실한 삶이 더 중요하고 신의와 명예 또한 중요하다고 강조했다. 그리고 사람(특별히 남자)이 망하는 첩경으로 돈(도박), 여자(성), 마약이라고 가르쳐 주기도 했다. 그래서 사람은 지식Knowledge과 함께 지혜Wisdom가 있어야 한다고 늘상 이야기 하곤 했다.

아울러 자녀 교육과 관련하여 우리 3자녀들은 내가 대한항공 시드니지사장으로 3년 기간을 포함하여 호주로 이주해온 이후 롯데여행사를 경영했던 관계로 매년 긴 여름학교방학을 이용하여 한국을 방문하여 1달 이상 체류하면서 친지들과 함께 자연스럽게 한국어연습과 한국전통문화에 익숙해질 수 있었던 점을 빼어 놓을 수가 없다. 내가 대한항공 시드니지사장으로 근무하던 시절 다른 주재상사가족들이 가장 부러워했던 것 중의 하나가 모든 가족들이 필요할 때마다 언제나 한국방문을 할 수 있었던 것이었다. 돌이켜 보면 지금도 그렇지만 당시엔 전 가족의 한국방문 무료항공권제공은 매우 커다란 특혜였다. 물론 대한항공이 호주를 취항하기 이전에도 항공사 간의 협정에 따라 Qantas항공, Cathay Pacific Airways, Japan Airlines, All Nippon Airways 등 여러 항공사의 무료항공권이나 특별 할인항공권을 이용할 수 있었다. 우리는 호주로 이주해 왔던 1982년 12월부터 3년간 Marsfield 아파트에서 지내다가 주거환경과 자녀교육환경을 종합적으로 고려하여 1985년 12월에 West Pymble 단독주택으로 이사를 하여 현재까지 37년째 살고 있다. 3자녀들은 동네집 앞에 위치한 West Pymble Primary School(초등학교)에 다녔다. 지역적으로 호주주류사회 중산층주민들이 거주하는 동네라서 아이들은 물론 학부모와 교사, 학교의 모든 환경과 분위기도 좋았다. 우리는 이사를 해온 이후에 동네이웃들을 찾아 포도주를 선물하며 이사신고 겸 상견례도 가졌다. 모두들 친절하고 배려심이 많았던 이웃들었다.

호주에서 단독주택 경험이 없었던 우리를 위해 이웃들은 동네주변환경 안내는 물론 잔디깎는 법, 수영장 관리하는 법, 자녀교육과 관련하여 특별활동클럽 가입방법 등도 알려 주었다. 새로 이사를 하여 온 후 몇 달 동안은 집 관리에 필요한 장비를 구입하지 못했을 당시에도 이웃들은 내 집앞 잔디도 깎아 주었고 수영장 청소도 직접 도와 주곤 했다. 특별히 첫째 자녀인 막 7살이 되는 윤경을 위해서 같은 나이 또래 Netball(농구와 비슷한 여자구기종목) 지역팀을 추천해 가입시켜 주었다. 1983년 당시 West Pymble을 포함한 Ku-ring-gai City(2019년도 주거환경 종합평가에서 호주전역에서 가장 살기 좋은 지역으로 선정됨)지역엔 동양인이 별로 없었던 때였다. 그리고 두 아들은 Cricket(크리켓, 영연방국가에서 즐기는 구기종목)과 농구팀에 가입하여 친구들과 자연스럽게 어울리며 잘 성장했다. 우리는 토요일에 여행사업무를 하지 않았고 대신 세 아이들의 스포츠경기 장소로 바삐 움직여야만 했다. 그런 덕분에서인지 세 자녀들 모두, 건강하게 그리고 자기가 희망했던 분야로 진출하여 소신껏 열심히 일하고 있어 모두 대견하고 자랑스럽고 감사하게 생각한다. 우리 가족은 이렇게 좋은 이웃들의 도움을 받으며 잘 정착했다. 헌데 1992년경 바로 옆집의 의사가정이 떠나고 새 이웃이 왔다. 마침 세 아이들 나이 또래도 우리 아이들과 비슷했다.

첫째 나이젤은 지민과 같은 나이였다. 아이들끼리는 같은 West Pymble Primary 초등학교에 다녔고 몇 년 후 지헌과 지민 그리고 옆집 큰 아이 나이젤도 North Sydney Boys High School에 진학했다. 그들은 언제나 함께 어울려 수영도 하며 장난도 했고 담장으로 넘어와서 우리집 뒷뜰에서 크리켓놀이를 자주 했다. 그러던 어느 날 내가 막 귀가하여 주차를 하고 현관으로 들어서려는데 옆집 나이젤 아버지가 우리 현관 쪽을 향해 무언가 소리를 지르며 나에게 인사도 하지 않은 채 자기 집으로 가버렸다. 그 순간 내가 현관에 이르자

마침 지헌과 지민이 자기네 방으로 후다닥 들어갔다. 무언가 이상한 느낌을 받은 나는 집 안으로 들어가지 않은 채 아이들을 불러 자초지종을 물었다. 크릿켓게임을 하다가 나이젤 동생이 게임에 지면서 화가 났던지 공을 발로 차서 그 공이 수영장에 빠졌다고 한다. 그래서 공을 집어오라고 했는데도 말을 안들어서 몸을 밀치면서 가져오라고 했는데 균형을 잃어 넘어지면서 울기 시작했고 이 때문에 옆집 아이 아버지가 아이들 싸움 같지도 않은 상황에 개입을 하여 우리 아이들에게 소리지르며 야단을 쳤던 것이다. 그래서 나는 지헌과 지민을 데리고 옆집으로 가서 나이젤 부모를 찾았다. 물론 그 집 아이들도 모두 함께 자리했다. 나는 나이젤 아버지에게 우리 아이들과 마찬가지로 나이젤 형제들도 어떤 놀이나 게임을 할 때 분쟁이 있어도 스스로 해결하는 능력이 있다고 했다. 그런데 몇 년 동안 언제나 사이좋게 잘 지내는 아이들 놀이에 아버지가 끼어들어 아이들 관계만 악화시켰고 또한 일의 자초지종을 제대로 파악도 안하고 일방적으로 자기 우는 아이만을 위해 남의 집까지 와서 소리를 지르는 행태는 매우 잘못된 일이라고 강조하며 지헌과 지민에게 소리지른 것에 대해 사과하라고 요구했다. 일의 자초지종을 듣고있던 나이젤 어머니가 남편에게 "당신이 잘못했다며 지헌과 지민에게 사과하라"고 내 요구에 동의했다. 그래서 나는 나이젤 아버지로부터 우리 두 아들에게 공식사과를 받아내기도 했다. 나는 우리 아이들에게는 물어보지는 않았지만 아마도 우리 아버지가 정의롭고 용감한 사람이라고 생각했을 것 같아 마음 흐뭇했던 적도 있다.

아울러 우리 부부는 3자녀를 양육하는 용돈지급 원칙도 있었다. 용돈과 관련하여 나는 좀 부족할 수 있는 빠듯한 수준의 매 주당 지급할 용돈을 자녀들과 합의하여 정했다. 예를 들면 윤경이 중학교 2학년, 지헌이 초등학교 5학년, 지민이 초등학교 4학년 시절 경우, 윤경은 $10불, 지헌과 지민은 각 $5불씩 지급했고 더 필요한 용돈을 위한 일거리를 제공했다. 아빠 구두를 닦는 일 $2불, 집안 청소 $3불, 앞마당 청소 $3불, 수영장 청소 도우미 $5불, 잔디깍기 도우미 $5불 그리고 추가 필요한 일거리는 수의계약 형태로 합의 조정했다. 그리고 학업에 필요한 수업료, 교재나 도구의 구입은 무제한 지원 원칙이었다. 나

중에 자녀들이 대학교에 입학하면서부터 각자 스스로 알바자리를 구해 본인의 용돈을 충분히 해결했다. 그러나 해외여행이나 특별 세미나 참석 경우 사안에 따라 전액지원 또는 75%, 50% 지원 등 상호계약에 따라 지급했다. 돌이켜보면 우리 3자녀들은 각자 개성에 맞게 매우 독립적으로 성장을 한 셈이다. 결혼도 각자의 짝을 스스로 찾아 결정했고 결혼비용도 부모에게 일체 부담을 시키지 않으려고 했다. 그래서 우리는 부모 입장에서 결혼피로연과 정해진 결혼축하금만 제공할 정도였다. 모두가 자랑스러운 딸, 아들이다.

그리고 아이들이 성장하여 20살 성년식을 할 때에 나는 초청된 아들 동료친구들에게 학창생활을 통해 좋은 친구로서 이민자 부모들이 알 수가 없는 부분들까지 모두 잘 도와줘서 감사하다는 뜻을 전하며 앞으로 이웃과 사회를 위해서도 훌륭히 성장해 달라고 부탁했던 적도 있다. 결과적으로 보면 우리 부부는 단지 심었을 뿐, 오늘에 이르기까지 하나님께서 우리 세 자녀들을 잘 돌보아주시며 인도해 주셨다고 믿는다. 어디 자식문제를 부모 마음대로 할 수 있다고 했던가? 그저 고맙고 감사해야 할 뿐이다. "하나님, 무조건 감사합니다."

▲1981년 집 근처 Ashfield Park에서 놀던 윤경과 지헌 & 켄버라 연방국회의사당 앞 뜰에서 3자녀와 아내

▲ 1981년 Ashfield 집에서 3자녀와 아내 & 1981년 켄버라 Mount Ainslie에서 야생캥거루 관광 중 필자 가족

▲ 1981년 소형 항공기로 뉴질랜드 북섬 여행 중

▲ 1982년 부활절, 시드니 Show Ground에서 아내와 3자녀들

▲ 1982년 대한항공 시드니지사장 재임기간 중 Ashfield 아파트에서 가족들(윤경 6살, 지헌 3살, 지민 2살)

▲1982년 한국으로 귀국하기 전, 불루마운틴 세자매봉 관광 & 시드니항 하버크루즈여행 중 필자 가족들

▲1982년 12월 타이페이 중산공원에서 3자녀들 & 1981년 태국 방콕에서 코끼리타기 체험 중 가족들

▲ 1983년 5월 롯데여행사 창립기념 리셉션 때의 3자녀 윤경(7살), 지헌(4살), 지민(3살) &
1989년 호주관광청에서 발행한 호주안내책자 표지모델 촬영을 위해 Featherdale Wild Park에서의 가족들

▲ 1990년 켄버라 Cockington Green Garden에서 3자녀와 아내와 대전 이모 & 모국방문 겸 산업시찰단체여행 중 가족들

▲ 1995년 Australia Square Summit Restaurant에서 가족식사모임, 필자 부부와 지민, 지헌, 윤경

▲2002년 Snowy Mountain Thredbo 리조트 트레킹 코스에서 우리 부부와 3자녀와 사위 윤덕상

▲2014년 지민, 지나 결혼 때, 미국 애리조나주 북부의 그랜드캐니언 방문 중인 필자 가족들

▲2014년 10월 11일 미국 캘리포니아주 Palm Spring, 신랑 지민과 신부 이지나 결혼식에서 우리 3자녀 가족들

▲2019년 6월 홍콩에 거주하고 있는 장남 지헌, 혜영, 도윤 가족과 차남 지민, 지나, 데니 가족과 함께한 필자 부부

▲2019년 12월 둘째 손자 재윤의 첫돌기념잔치 후 우리 가족들(어머니, 3자녀 및 2손자 및 1손녀와 동생 부부)

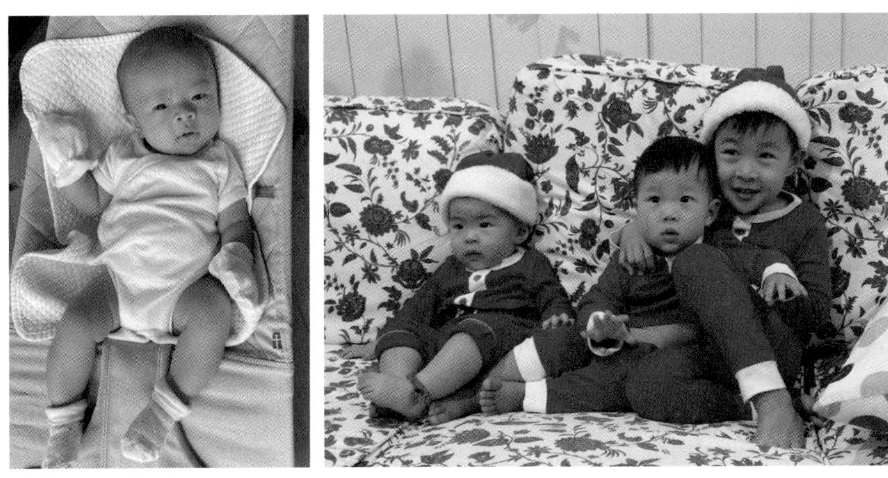

▲2021년 5월 넷째 손자 리오(만 2개월 때 Dylan, 2021년 4월생) & 2019년 12월 셋째 손녀 주연(만 9개월 때 Dani, 2019년 3월생), 둘째 손자 재윤(만 1살 때, Dominick, 2018년 12월생), 첫째 손자 도윤(만 4살 4개월 때, Jaden, 2015년 8월생)

3
|
2

첫째 자녀, 맏딸 윤경允慶, Maria

첫째 윤경은 내가 대한항공 김포국제공항 국제여객과에 근무하던 1976년 1월 12일 금호동 노타리에 있던 산부인과에서 태어났다. 당시만 하더라도 아들을 선호하던 시절이라 내 부모님은 처음에는 좀 서운했던 것 같이 느꼈으나 첫 딸은 살림 밑천이라는 옛말이 있다며 다소 위로를 받으며 첫 아이의 순산과 건강하게 태어난 것에 감사하며 기뻐했다. 윤경은 아내의 풍부했던 모유를 먹으며 집안의 웃음과 기쁨을 선사하는 재롱둥이 첫 딸로 건강하게 성장했다. 결혼하면서부터 아내는 서울대학교병원 간호사 직장생활을 끝내고 전업주부로서 가사와 첫 딸의 양육에 전념했다. 한글교육과 영어 알파벳 그리고 한자 천자문도 외우게 했다. 이렇게 영특하게 자라며 재롱을 부리던 딸 윤경이 1년 10개월이 되던 1977년 11월 나는 대한항공 사우디아라비아 제다지점으로 발령을 받아 중동으로 떠났고 매 3개월마다 1주일간의 정기휴가를 얻어

가족과 함께 재회의 기쁨을 누렸다. 그리고 1년 6개월 후, 나는 대한항공 시드니지사장으로 발령을 받고 한국으로 나와 호주입국비자 수속을 마치고 1979년 6월 22일 먼저 시드니로 부임했고 뒤이어 2달 후인 8월에 윤경은 엄마와 7개월 된 남동생과 함께 호주로 왔다. 그리고 만 4살이 되던 해인 1980년도에 Ashfield 집동네 가까운 곳의 St. John's Preschool 유치원에 다녔다. 나는 아침 회사 출근 길에 먼저 윤경을 유치원에 데려다 주고 회사로 출근했다. 윤경은 유치원에 첫 입학 후 처음에는 울면서 등교를 했다. 그리고 얼마 후엔 웃으면서 작별인사를 하고 돌아서서 교실로 들어갈 때 우는 모습을 보였고 내 마음도 편치 않았다. 그렇게 몇 달간 시간이 지나면서 친구들과 어울리며 자연스럽게 유치원 생활에 적응하며 영어를 듣고 말하기도 하며 재미있게 다녔다. 그리고 1981년도엔 Ashfield Public School(초등학교) K-Class(유치부)에 입학했다. Ashfield 초등학교에는 비영어권 학생들을 위한 ESLEnglish as a Second Language Class를 별도로 운영했다. 정규반에서 정상수업을 시키면서 과외로 교과목과 연계한 영어를 보충시켜 정상궤도까지 올라 갈 수 있도록 사다리 역할을 해 주는 좋은 제도였다. 아마도 윤경은 거의 5년 동안 한국어만 사용했기 때문에 초기 영어수업에 많은 어려움이 있었을 것이나 특별한 불평없이 즐거운 마음으로 학교를 다녔다. 그리고 1982년 8월 내가 대한항공 서울로 발령을 받아 한국으로 귀임하면서 금호동 집 근처의 금호국민학교 1학년 과정으로 편입하여 재미있는 학교생활을 했다. 그런데 내가 예정보다 훨씬 빨리 대한항공을 사직하고 호주이민을 결정하게 되면서 윤경은 한국에서의 초등학교 1학년 하반기 생활을 아련한 추억으로 남긴 채 또다시 호주로 돌아와 1983년 초에 Ashfield 지역과 전혀 분위기가 다른 Marsfield 아파트 집 근처의 Marsfield Public School 2학년으로 편입했다. 그리고 1985년 말에 West Pymble 주택으로 이사해 오면서 1986년도부터 West Pymble Primary School 5학년에 편입해 졸업하고 윤경은 집 가까이에 있는 당시 최고의 명문 공립학교였던 Turramurra High School에 입학했다. 그 이후 두 동생들이 명문 Selective High School인 North Sydney Boys High School에 입학을 하면서 나는 윤경에게 사립학교로의 전학을 제안해 보았다. 그러나 윤경은 당시 최고의 명문 공립학교이며 이미 친구들도 있는데 무슨 이유로 전학을 하느냐며 반대를 했다. 자기확신과 소신이 분명한 아이였다. 그렇게 윤경은 Turramurra High School에서 다양한 경험들을 하며 1993년도 말에 우수한 성적으로 졸업하면서 1994년도에 Sydney University에 입학하여 Economics & Law 복수전공 5년 과정을 마치고 1999년도부터 GIO회사 수습변호사로 시작하여 2000년도부터 합동법률사무소로 옮겨 중견변호사까지 열심히 일했다. 윤경은 시드니제일교회 청년부에서 IT분야 전공 유학생 출신 윤덕상을 만나 함께 교회봉사 활동하며 교제를 하다 2001년 3월 3일에 시드니제일교회에서 양가 가족과 친지, 교인들의 축복 가운데 콜빌 크로우 목사님의 주례로 결혼식을 올렸고 시내 ANA Hotel(현재 Shangri-La Hotel)에서 성대한 리셉션 피로연도 베풀었다. 9년여 변호사업무를 하던 윤경은 2009년 8월부터 합동법률사무소에서 독립해 AFL Recruitment Pty Ltd 개인회사를 창립하고 회계사Accounting, 금융인Financial과 변호사Legal를 위한 전문직업소개중계사업체를 운영하며 2013년도 최고의 직업소개사 우수상 Recruiter of the Year AwardCareers Multi List Limited에 선정되기도 할 정도로 열정적으로 일하며 자기 소신에 따라 자녀도 없이 남편 덕상과 함께 시드니에서 행복하게 살고 있다.

▲1978년 서울 금호동 집에서 윤경(2살)

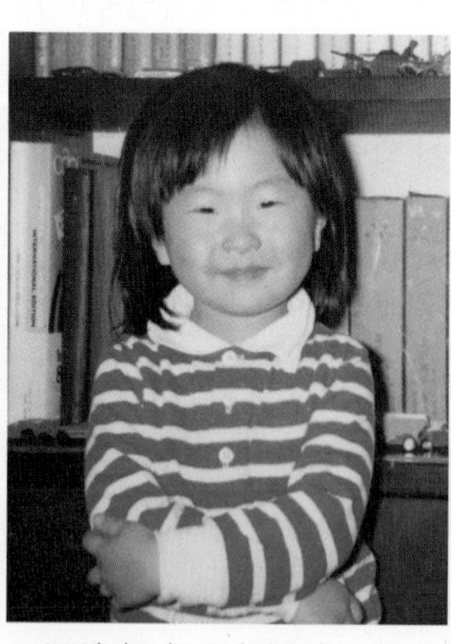

▲1979년 시드니로 오기 전 윤경

▲1980년 시드니 Ashfield 아파트에서 윤경(4살)

▲1980년 동생 지헌과 윤경

▲1981년 필자의 손가방을 들고 다녔던 윤경

▲1981년 호주 입양아이를 돌보고 있는 윤경

▲1981년 시드니한인연합교회 주일학교 어린이 발표회에서 사회를 맡은 딸 윤경(5살)

▲켄버라 여행 중 윤경

▲12월 여름방학 전 St.Johnes Preschool 유치원 선생님과 윤경

▲1981년, 한인연합교회 주일학교 유치부 교사, 친구들과 윤경(앞줄 맨 왼쪽)

▲1982년도 Ashfield 초등학교 1학년 교사, 반 친구와 윤경(앞줄 오른쪽 3번째)

▲1982년 8월 한국으로 귀국하기 전 딸 윤경 송별 기념사진 Ashfield 초등학교 1학년 담임 교사와 ESL교사와 친구들

▲1981년 소형 항공기로 뉴질랜드 북섬 여행 중
윤경(5살)과 지헌(2살)

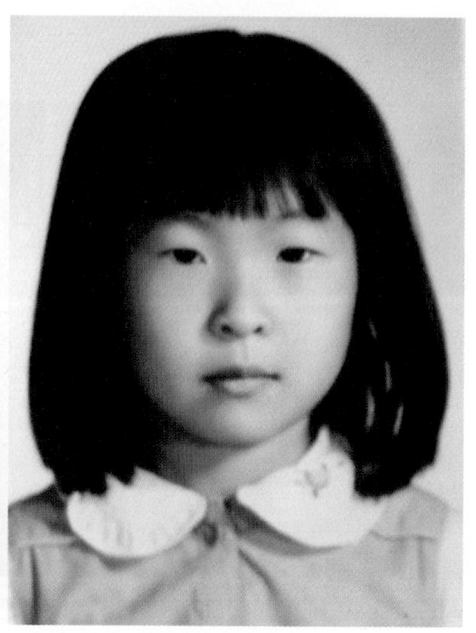

▲1982년 윤경의 여권사진(6살)

▲1982년 서울 금호국민학교
1학년에 편입, 가을운동회에서

▲12월 호주이민 전, 학급송별회에서의 윤경(앞줄 가운데)

▲ 1985년 West Pymble 초등학교, 부활절방학 전에 부활절 상징 모자를 만들어 쓰고 행진했던 특별 활동 모습 & 1985년 West Pymble 초등학교 3학년 시절 담임선생님과 윤경

▲ 1986년 우리 부부를 위한 깜짝 이벤트 연극을 하는 3자녀들

▲ 1987년 여름철 집 발코니에서 친구들과 함께 어울려 수영을 하며 생일파티를 즐기고 있는 윤경(오른쪽 2번째)

▲ 2001년 3월 3일 시드니제일교회에서 결혼예식, 신부 입장 윤경과 필자

▲ 주례 Colvil Crowe목사, 신부 윤경과 신랑 덕상

▲ 주례 Colvil Crowe 목사와 하객 앞에서, 신부 윤경과 신랑 덕상이 결혼예물로 반지교환 & 한상봉, 한선화 부부의 축가

▲ 2001년 3월 3일 시드니제일교회에서 Rev Colvil Crowe 목사님의 주례로 결혼식을 올린 딸 윤경과 사위 윤덕상

▲2001년 3월 3일 ANA Hotel(현 Shangrila Hotel)볼룸에서의 결혼리셉션, 신랑신부 케이크 컷팅 & 다함께 춤을

▲2001년 3월 신혼여행지로 덕상의 고향인 충청북도 제천 청풍ES레조트에서 윤경과 덕상 신혼부부

1993년도 어느 날, Turramurra High School 12학년(한국의 고3) 때 일이다. 언젠가 내가 좀 늦게 귀가했는데, 아내가 저녁에 있었던 윤경의 이야기를 하며 딸에게 많이 무안했던 일이 있었다며 들려 주었던 이야기를 소개한다.

윤경은 12학년 전체에서 학업성적이 최상위권을 유지하고 있었고, 또 다른 친한 친구들도 공부를 잘 하는 편에 있었다. 이 아이들이 가끔 돌아가면서 서로의 집으로 초대하며 여가시간을 보내는 경우가 있었는데, 오늘은 우리 집에 와서 시간을 보낸 날이었다. 그런데 아내가 평소 알고 있지 않은 한 아이도 함께 초청이 되었다. 이 아이는 보기에도 좀 미숙아처럼 보였고 행동 또한 정상 아이들과 같지 않게 무엇인가 어색해 보였다고 한다. 그리고 밤이 되어 보호자들이 우리 집에 와서 아이들을 픽업해 갔다. 그런데 이 아이의 어머니 또한 별 예의도 없고 좀 이상한 여자같이 보여 아이들이 모두 돌아간 뒤에 아내가 딸 윤경에게 이 아이는 어떤 아이냐고, 어떻게 너희 그룹에 끼었냐고 물었다고 한다. 딸의 대답은 너무도 간단했다. "어, 그 아이! 그렇지 않아도 엄마가 물어 볼 줄 알았다"고 하며 "걱정하지 말라"고 대답했다고 한다. 그래서 하도 궁굼하여 자초지종을 물었고 딸이 설명을 하는데 딸 앞에 좀 부끄러웠다고 했다. 그리고 우리 딸이 너무나 잘 자라주어 얼마나 기뻤었는지! 그 이야기를 전해 주었다.

호주에서도 12학년이면 한국의 고3처럼 대학입시준비로 공부하기에도 사실 바쁘다. 한국만큼은 덜 할 지 몰라도 당사자는 물론 부모들도 스트레스 받기는 마찬가지이다. 그래서 공부는 물론 가깝게 지내는 친구들에 관해서도 부모가 어느 정도 관심과 신경을 쓸 수 밖에 없다. 그런데 똘똘한 아이들 그룹에서 갑자기 좀 멍청(?)한 아이가 하나 끼었으니…. 엄마 입장에서 걱정이 안 될 수 없었겠지. 그런 부모의 마음까지도 이미 알고 있었으니 부모가 딸 생각하는 것이나, 딸이 부모를 생각하는 것이 입장과 상황의 차이가 있을 뿐 각자 서로에게 배려하며 신경 쓰기는 마찬가지 였었던 것 같다.

이 아이는 선천적 지능지수가 좀 낮았고 학교수업 또한 따라 가는 것조차 엄두도 못 내는 그런 형편인데다 주위에 가까운 친구 또한 있을 리 만무했다. 12학년 처지에 정말 안타까운 입장에 있는 동료를 위해 딸 윤경 그룹에서 이 아이를 각자 시간이 되는 대로 짬을 내어 서로 도와주자고 의견을 모았다고 한다. 그래서 학교에서 가끔 서로 돌보고 있다고 했고 마침 우리집에서 다 모이는데 이 아이를 떼어 놓는 것보다 함께 초청하는 것이 좋겠다고 생각하여 우리 집으로 초청한 것이라고 자초지종을 설명했다고 한다. 이 이야기를 들은 아내는 딸에게 미안하다는 말을 했다고 한다. 사실 어느 부모가 자기 자식 잘 안 되기를 바라겠냐마는 특별히 친구 사귀는 것도 좀 좋은 아이들을 골라 사귀기를 원하는 것이 우리 한국부모들의 일반적인 정서인 것 같다. 내 아내도 이런 면에서는 평범성을 그대로 드러냈고, 어려운 동료를 도와 주겠다는 박애주의적 생각을 갖고 있는 딸에게 오히려 무안을 당한 셈이다. 말로는 어려운 사람을 도와 주어야 한다, 이웃을 사랑해야 한다고 하면서도 실제 행동에서 어쩔 수 없이 이기주의자로 바뀌어져 있는 자신의 모습에서 더욱 미안했으리라 생각한다. 아무튼 영육간에 강건하게 자라준 딸이 고마울 뿐이다. 어쩌면 행동하는 선한 사마리아인의 모습이란 생각도 들었다.

그리고 한국에 어버이날처럼 호주에도 어머니날Mother's day과 아버지날Father's day이 있다. 한국인 교회에서는 나이 드신 어른들을 공경한다는 의미에서 카네이션 꽃을 가슴에 달고 노부모님들을 위한 특별순서를 갖기도 한다. 물론 이민자라는 특별한 상황 때문에 한국내 노부모와 떨어져 있는 가족들에게는 눈시울을 적시는 그런 시간이 되기도 한다. 더욱이나 영주권문제가 해결되지 않아 또는 경제적인 사유로 한국방문이 어려운 사람들에게는 여느 때와는 달리 부모와 떨어져서 찾아 뵙기는커녕 간단한 효도도 하지 못하는 애통함을 느끼게 하는 날이기도 하다.

나도 위로는 부모님(아버지는 2013년 9월 23일 94세로 소천했고, 어머니는 현재 94세로 한국인이 경영하는 양로원에서 생활하고 있다)을 모시고 자식노릇을 하지마는, 또 한편으로는 3자녀를 두고 있는 아비로서, 아이들에게 아비 대접을 받기도 한다. 보통 가족들과 함께 외식을 하면서 지나지만, 서로 스케줄이 안 맞을 때면 아이들이 별도로 작은 선물을 준비하기도 한다. 물론 카드에 간단히 몇 자를 적어 보내는 경우가 보통이다. 그래서 언젠가 아버지 날에 막 결혼한 딸에게서 받은 선물과 카드에 적힌 내용을 소개한다.

“Happy Father's Day.즐거운 아버지 날에

To my Daddy...아빠에게

Thank you for everything you have done for me in my life.

제 삶 속에 아빠가 해 주신 모든 것에 대해 감사 드려요.

You have taught me that I can be free to think and live the life of my dreams.

아빠는 제가 저의 꿈 실현을 위해 자유롭게 생각하며 자유로운 삶을 살아가도록 가르쳐 주셨습니다.

You will always be any great inspiration as long as I live because you have set a great example.

제가 살아가는 동안 아빠는 언제나 처럼 훌륭한 영감을 주실거예요. 왜냐하면 아빠는 이미 그 좋은 모범으로 살아오셨기 때문입니다.

I hope you enjoy this little gift from me and my husband.

저와 제 남편이 준비한 자그마한 선물 좋아하시리라 기대합니다.

Love 사랑해요 윤경 + 덕상."

내가 제26대시드니한인회장 2년 임기 중 1년 반을 지나고 2009년도로 접어들면서 제27대시드니한인회 회장직 연임을 해야만 하는지에 관해 여러 모로 복잡한 생각을 했다. 사실 시드니한인사회의 개혁과 발전을 위해서 추가 2년 임기를 더해 봉사하는 것도 한인동포사회를 위해 필요하겠다는 생각을 하면서도 현실적으로 제일 중요했던 고려사항은 한인회업무 그 자체보다는 한인회 운영을 위한 인건비 명목의 연간 $10만 불 이상을 개인이 출연해야만 하는 재정부담이 가장 큰 문제였다. 더욱이나 조만간 현업에서 은퇴를 할 계획을 하면서 노후대책문제까지 고려할 때 새롭게 변모되며 활성화 되어가는 한인사회를 위한 봉사 그 자체도 물론 중요한 일이 었으나 개인적으로 또다시 $20 만불 이상을 출연해야 하는 2년 임기의 시드니한인회장직 연임은 바람직하지 않다는 생각을 했다. 그래서 나는 아내와 함께 한인회장 연임을 위한 재출마 여부에 관해 다양한 논의를 했다. 우리는 한인사회의 새로운 변혁과 발전을 위해서 과거 투자용으로 구입을 했던 Homebush 아파트를 기쁜 마음으로 처분하고 재정적인 부담없이 제26대시드니한인회장으로서의 활동을 해왔으나 더 이상의 개인적 부담과 헌신은 차라리 무모하겠다는 느낌으로 재출마를 하지 않기로 결론을 내렸고 4월 중순에 한인언론매체를 통해 시드니한인회장연임 불출마선언을 했다. 혹여나 나의 시드니한인회장 연임가능성을 염려하며 말없이 걱정하고 있던 자녀들에게도 이 사실을 알렸고 이에 대한 딸 윤경이 내게 보내온 이메일 답신을 소개한다. 어리다고 생각했던 33살 된 딸의 성숙한 식견과 아빠를 아끼며 사랑한다는 존경의 글에 많은 위로와 기쁨의 감격을 맛 보았음을 고백하며 딸의 이메일 편지 일부 내용을 소개한다.

Subject: TO MY ABBA

아빠에게

Date: Thu, 23 Apr 2009 23:17:08 +1000

ABBA

(중략) You have done more than your fair share to the Korean community (even before you became President) and you can definitely be proud of all your achievements! You are a winner. I am sure there are some unfinished things you want to complete. However, it is good to take a wholistic (meaning "whole") view in the context of all the other areas of your life such as your health-both physical, mental and emotional health, family (especially our SUPER MUM), your business, your finances particularly with retirement coming up. Your physical health seems to have suffered a lot with no or little exercise because you were so busy with events and meetings.

(중략) 아빠는 한인사회에 기여해야 할 몫 이상의 많은 일들을 해 오셨어요(물론 한인회장이 되기 이전부터요), 아빠가 그동안 이룩해 오신 모든 업적들에 대해 자랑스러워 하셔도 되요. 아빠는 진정한 승리자이시니까요! 저는 아빠가 좀 더 완성하고 싶어하는 미완성된 것들도 있을거라고 생각해요. 하지만 아빠의 건강, 신체적, 정신적, 정서적 건강, 가족(특히 슈퍼엄마), 사업, 특히 은퇴를 앞두고 있는 아빠의 재정 등 인생의 다른 모든 영역에서 전체적인 관점을 고려해 보시는 것도 좋겠다고 생각합니다. 어쩌면 그동안 많은 행사와 회의로 너무 바쁘셨기 때문에 운동을 전혀 하지 못 했거나 거의 하지 않은 상태에서 신체적인 건강을 많이 해쳤을 거라고 생각합니다.

It's time to celebrate your achievements, acknowledge that some things are beyond your control (so no need to worry about these), relieve any tensions/stress, let go of any regrets and START breathing some fresh air, smelling the roses, exercising and taking care of your health and spend time doing all the things you enjoy doing and really enjoying life!

이제는 아빠가 그동안 이룩하셨던 업적들을 축하하시고, 어떤 것들은 아빠가 통제할 수 없다는 것도 인정하시고, 긴장/스트레스도 푸시고, 후회도 떨쳐버리고, 신선한 공기를 마시기 시작하며, 장미꽃 향기도 맡아보시고, 운동을 하고, 건강을 돌보기 시작하고, 아빠가 즐기고 정말로 즐기는 모든 것들을 하시면서 시간을 보내면서 인생을 즐기세요!

You are an amazing PERSON ABBA! I absolutely love and respect you for being such a great role model. I am SO grateful that you are such a liberal thinker who always told me and my 2 little brothers that we can do anything and succeed in anything that we decide to do. Because you gave us and continue to give us that strong belief, I know all 3 of us in our different ways have achieved success and continue to do so (and CONGRATULATIONS again to my little brother Ed on your recent promotion! Really happy and delighted for you).

아빠는 정말 놀랍도록 훌륭한 사람입니다! 저는 아빠가 삶의 훌륭한 롤모델이 되었다는 것에 대해 진정 사랑과 존경을 드립니다. 저는 아빠가 언제나 진취적인 생각으로 저와 두 남동생들에게 저희가 하기로 결정한 것은 무엇이든지 할 수 있고 또 성공할 수 있다고 항상 말해주셨던 것에 대해 진정으로 감사드립니다. 아빠 덕분으로 저희 세 사람 모두가 서로 다른 방식으로 성공을 거두었다는 것도 잘 알고 있으며, 앞으로도 계속 그렇게 할 것이라고 믿어요.(그리고 막내동생 지민Edward가 최근에 한국멕콰리은행에서 승진한 것을 다시 한번 축하한다! 정말로 반갑고 기쁘다.)

I am also grateful I inherited your communication/leadership skills, your passion, ambition and positive free-thinking attitude. They are truly great gifts that I make full use of every day.

또한 저는 아빠의 소통/리더십기술, 열정, 야망, 그리고 긍정적인 자유 사고 태도를 물려 받은 것도 정말로 감사드려요. 그런 것들은 제가 매일 일상생활에서 사용하고 있는 진정으로 훌륭한 선물들입니다.

I know I don't say this enough but I am truly really really PROUD of you ABBA-not because of what you do or don't do but more importantly because of who you ARE as a person-your substance, your character. I am sure Mum, Peter and Edward feel the same way!

DDAL

이런 말로 충분히 표현할 수 없다는 것도 잘 알고 있지만 저는 아빠가 정말로 정말 자랑스럽습니다 - 아빠가 하는 일이나 하지 않는 일 때문이 아니라, 더 중요한 것은 아빠가 한 인격체로서 어떤 사람인지, 아빠의 그 자체모습, 성격 때문입니다. 엄마, 피터, 그리고 에드워드도 같은 생각일 거라고 확신합니다! 딸 올림

▲2005년 Thredbo 트레킹코스에서 윤경 & 2010년 Canberra Telecom Tower전망대에서 지헌, 윤경, 덕상과 우리 부부

▲2013년 달링하버 불꽃놀이에서 윤경 덕상 가족

▲2005년 Snowy Mountains Thredbo에서 윤경 덕상 가족

▲2013년 아내 생일기념일에 윤경 덕상 가족과
저녁식사 회동을 하고 있는 필자 부부

▲2015년 아내와 윤경

▲2012년 윤경 생일기념일에 윤경 덕상 가족

▲2013년도 12월 Illawarra Fly Tree Top Walk에서 윤경과 덕상

▲2014년 미국 애리조나주 그랜드캐니언에서

▲2014년 미국 라스베가스 Wynn Hotel에서 윤경과 덕상 가족

▲2015년 12월 태국 푸켓에서 윤경과 덕상

▲2018년 일본 교토여행 중 윤경 덕상 가족

3
|
3

둘째 자녀, 장남 지헌志憲, Peter

둘째 지헌은 내가 대한항공 사우디아라비아 제다지점에 근무할 때인 1979년 1월 23일에 서울 금호동 산부인과에서 태어났다. 출산예정일에 맞춰 정기휴가를 받아 출산을 지켜보려고 했었는데 예정보다 일찍 세상에 나왔다. 나는 장남을 위해 당시 최고로 좋다는 네덜란드산 분유를 몇 박스씩 사서 공급했다. 그리고 내가 대한항공 호주 시드니지사장으로 발령을 받고 호주비자수속을 위해 한국으로 나와서 1달여 기간 동안 함께 지내다가 6월에 먼저 시드니로 부임했고 이어서 지헌은 8월에 첫돌도 되지 않은 생후 7개월 때 엄마랑 누나와 함께 시드니로 왔고 시드니 도착 5개월 후에 조촐했지만 이웃들과 함께 첫 돌잔치를 했다. 지헌은 1년 4개월 터울의 동생을 보면서 부모사랑을 나누며 누나와 함께 무럭무럭 성장했다. 내가 1982년 8월 대한항공 서울국제지점으로 발령을 받고 다시 한국으로 귀임하게 되어 한국생활을 하는 듯 했으나 회사 부서 지점장과의 예기치 못했던 충돌로 대한항공을 떠나기로 결정했고 다시 호주로 이민을 오게 됐다.

▲호주도착 5개월 후인, 1980년 1월 23일 시드니 Ashfield 아피트에서의 지헌 첫돌 기념을 하는 우리 가족

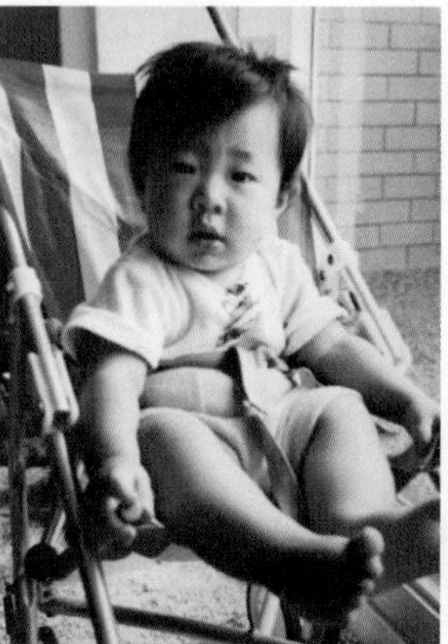

▲1979년 8월, 여권에 게재했던 윤경(3년 7개월)과 지헌(7개월) &1980년 지헌 (1년 6개월경) &
1982년 호주로 이민올 때 김포공항에서 장남 지헌(3살)과 필자

▲동생 지민과 지헌

▲1983년경 시드니에서 필자
승용차 위에 앉아있는 지헌

▲1982년 타이완 우라이 원주민
민속마을에서 지헌과 필자

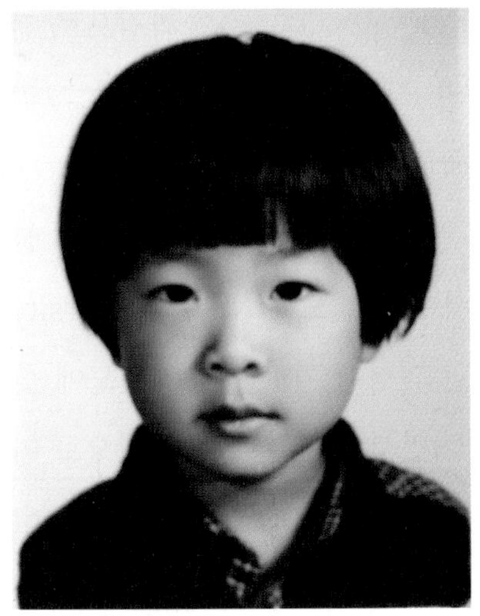

▲1982년 호주로 올 당시 여권사진

▲1983년 시드니시내 Blackfriars Kindergarden 유치원생 시절
사무실에서

▲1989년 Artarmon 초등학교 OC Class 5학년 시절

▲1989년 West Pymble 초등학교 3학년 시절
집 수영장에서 동생 지민과 지헌

지헌은 우리가 다시 호주로 이민해 왔던 다음 해인 1983년부터 시드니 시내에 있는 천주교에서 운영하는 Blackfriars Kindergarden 유치원에 입학하여 1년간 수업했고 1984년엔 누나랑 함께 Marsfield Primary School 초등학교 K-Class에 입학해 2년간 수업, 다시 1986년부터 새로 이사해 온 집 동네 West Pymble Primary School 초등학교 2학년에 입학해 3년간 공부를 하다 또다시 5, 6학년 과정으로 영재교육과정 OCOpportunity Class 입학시험에 합격하여

1989년도부터 Artarmon Primary School OCOpportunity Class 과정으로 전학하여 특수교육을 받았다. 지헌은 모두 3곳의 초등학교를 다닌 셈이다. 그리고 1991년도에 명문 Selective공립학교인 North Sydney Boys High School에 입학하여 명석한 또래 친구들과 학과수업은 물론 다양한 스포츠도 함께 즐기며 폭넓고 유익한 학창생활을 했다. 이어서 1997년도에 NSW University의 Commerce & Science(수학) 복수전공 5년 과정에 입학해 2002년도에 졸업하고 추가로 1년의 Honor Degree까지 마치면서 2003년에 첫 직장으로 미국계 투자금융회사인 JP Morgan 시드니지사에 입사하여 국제 Investment Banker로서 두각을 나타내며 2004년부터 2006년까지 뉴욕 본사로 진출해 근

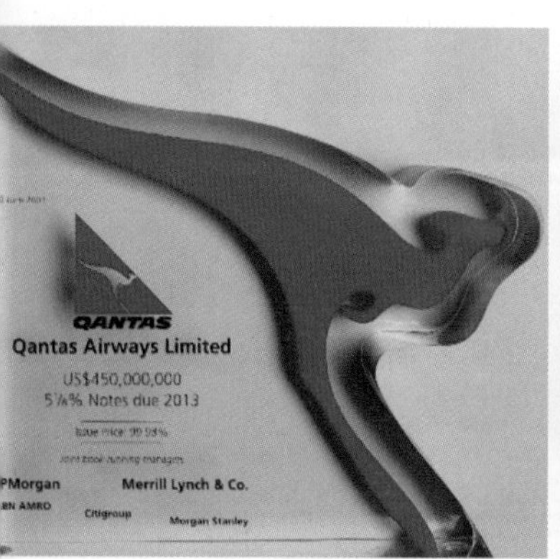

▲2013년 호주국영항공사 Qantas 항공 US 4억 5천만 불 투자유치기념패 & 1993년 지헌의 크리켓 게임 참여기념 크리켓볼 & 2010년 지헌의 연세대학교 한국어학당 졸업기념메달

무했다. 그 후 2007년에 시드니로 돌아오면서 RBCRoyal Bank of Canada로 옮겨 일했다. 그러던 중 나는 지헌이 장남으로서 한국어의 부족함을 보면서 애비로서 여러모로 책임감을 느끼고 있었기 때문에 어느 날 저녁식탁에서 지헌과 진솔한 대화를 했다. "한국인 후손으로 한국어를 잘 못하면 어떻게 하겠느냐? 나중에 결혼을 해서 자식을 낳아도 아버지가 한국어를 제대로 못하니 당연히 한국어로 소통을 못 할 것인데 어찌 한국인이라고 할 수 있겠는가? 혹여나 먼 훗날 내가 아들에게 한국어를 제대로 못 가르쳐 주었다고 비난을 받을 수도 있

다. 그리고 나도 왜 좀 더 확실하게 권면을 안했는지 후회를 할거다"며 "너는 실력도 능력도 있으니 직장이야 어디를 못 가겠느냐! 더 늦기 전에 한국연세대학교 한국어학당에 가서 2년코스 한국어를 배우라"고 권면했다. 덧붙여 "혹시나 One stone two birds라고 한국어를 공부하는 동안 네 아내감도 만날 수 있을지 어찌 알겠느냐?"며 심사숙고해서 결정하라고 권면을 했다. 며칠 후 지헌은 연세대학교 한국어학당에 가기로 용단을 내렸다. 이렇게 지헌은 부족한 한국어 공부를 위하여 한국으로 나가 연세어학당에 2년간 재학하던 기간 중에 프랑스계 금융권에 재직중이던 남혜영을 만나게 되었고, 연세대 한국어학당을 졸업하고 2010년 호주로 돌아와 다시 RBC에 복직해 근무했다. 두 사람은 번갈아 호주와 한국을 오가며 교제를 계속해 이어가다가 천주교 신자인 사돈댁의 요청에 따라 2011년 10월 7일 서울 방배동성당에서 결혼식을 올렸다. 그 후 남혜영도 싱가폴을 거처 홍콩으로 직장을 옮기게 되면서 2014년도부터 지헌도 시드니에서 홍콩 RBC로 옮겨 한국을 포함한 동남아지역 책임자로 근무하며 두 아들, 도윤Jaden과 재윤Dominick을 얻었다. 2019년 이후 경기침체와 중국의 홍콩정책으로 인해 지헌의 RBC투자금융관련업무 축소로 명예퇴직을 하고 홍콩에서 자유로이 일을 하며 2020년 이후 코로나19 사태에도 불구하고 6살과 3살 되는 두 아들을 교육하며 건강하고 즐겁고 행복하게 생활하고 있다.

▲2003년 장남 지헌과 아내 & 2003년 장남 지헌의 JP Morgan은행의 우수성과상패 & 2009년 연세어학당에서 한국어 수업을 하던 시기, 서울월드컵경기장에서 월드컵 남북한 예선전 관람을 하는 지헌과 남혜영

▲2013년 싱가포르에서 지헌과 혜영 & 2009년 속초에서 지헌과 혜영 & 2013년 싱가포르에서 지헌, 혜영과 아내

▲2013년 싱가포르 센토사섬에서 지헌과 혜영

▲2011년 10월 7일 서울 방배동 성당에서 신부대기실에서 혜영과 혜영 모친과 필자 아내 & 신랑 지헌과 신부 혜영

▲2011년 10월 7일 서울 방배동 성당에서 성당 주임신부님의 주례로 결혼식을 올린 지헌, 남혜영 신혼부부와 우리가족

▲2011년 10월 7일 서울 방배동 성당에서 성당 주임신부님의 주례로 결혼식을 올린 아들 지헌과 며느리 남혜영

▲2011년 10월 7일 서울 방배동 성당에서 폐백을 올리는 지헌 남혜영 신혼부부 & 신혼부부와 폐백을 받는 필자 부부

▲2011년 10월 7일 지헌 남혜영 신혼부부의 한복 차림

▲2012년 제주여행 중인 지헌과 남혜영 부부 & 제주 서귀포 올레길에서 지헌과 혜영

▲2013년 5월 혜영 생일을 맞아 집에서 생일축하 가족모임에서 지헌 혜영 부부

▲코알라파크에서 혜영

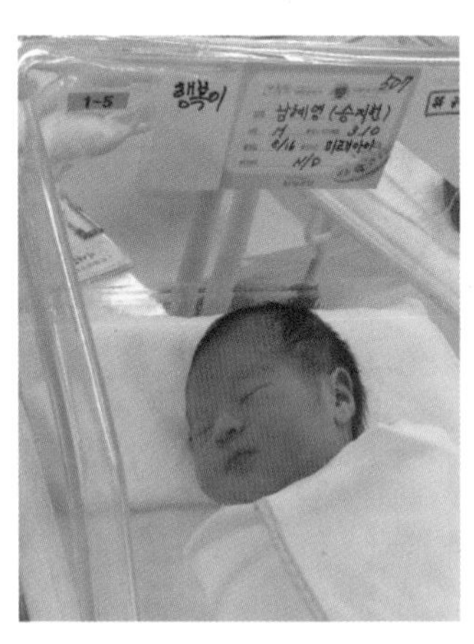

▲2015년 8월 갓 태어난 장손 도윤

▲출생 2주 후 첫 눈맞춤을 하는 필자와 장손

▲홍콩에서 출생 후 100일을 맞은 도윤

▲2016년 지헌 친구 발리 결혼식에서

▲서울에서 도윤과 지헌 혜영 가족

▲제일교회 조삼열 목사님 축도를 받는 도윤

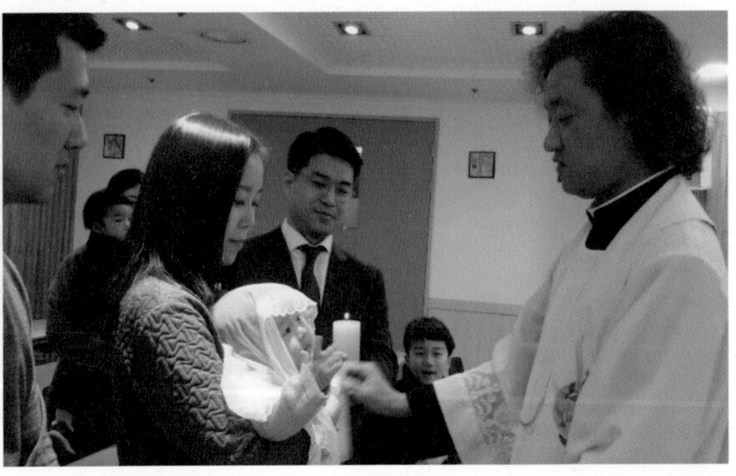

▲2016년 서울 방배동 성당 신부님으로부터 유아세례를 받고 있는 손자 도윤과 지헌, 며느리 남혜영과 도윤의 대부

▲2016년 8월 21일 첫 손자 도윤의 첫돌잔치에서 인사말과 덕담을 하는 지헌 & 첫돌잔치 초대장 & 첫돌맞이 도윤

▲첫 손자 도윤의 첫돌잔치 선물 & 2016년 8월 21일 첫돌맞이 장손, 도윤 & 첫 아들 첫돌잔치에서 지헌, 남혜영 부부

▲2016년도 홍콩에서 & 시드니 방문 중에 엄마랑 피아노 연습을 하는 도윤 & 2017년 시드니방문 중 지헌과 도윤

▲2018년 시드니 Hunter Valley 포도농장방문 중 Shiraz적포도품종을 가르키는 도윤 & 골프레조트의 지헌 혜영 가족

▲2018년 시드니방문 중 시드니가족모임에서 지헌, 혜영과 도윤 & 2018년 홍콩 유치원에서 도윤과 필자

▲홍콩 하교길에서 도윤과 필자 & 2018년 홍콩 쇼핑몰에서 도윤 & 2018년 시드니방문 중 집 뒷마당 수영장에 있는 망고나무에서 도윤

▲2019년 시드니방문 중 코알라파크에서 지헌과 도윤 & 선상에서 도윤 & 2018년 홍콩에서 지헌 혜영 도윤 가족

▲2018년 홍콩 아파트 부설 수영장에서 도윤과 필자 & 지헌과 도윤 & 2021년 홍콩 박물관에서 도윤

▲ 2019년 아내의 미술개인전시회에 참석한 지헌, 도윤과 필자 & 2021년 홍콩에서 LEGO 차조립을 마친 도윤과 재윤

▲ 2021년 그림그리기 수업 중 도윤 & 태권도를 시작한 도윤 & 홍콩 아버지날에 카드와 함께 메시지를 전달하는 도윤

▲ 2021년 홍콩에서 카약을 타는 지헌과 손자 도윤 & 홍콩 집동네 어린이축구교실에서 달리며 골을 시도하는 도윤

▲2019년 12월 20일 시드니에서의 둘째 손자 재윤의 첫돌잔치 때 엄마랑 재윤의 모습

▲2019년 12월 20일 시드니에서 둘째 손자 재윤의 첫돌잔치 & 재윤의 첫돌기념 케이크 컷팅을 하는 지헌 가족

▲2019년 첫돌맞이 재윤과 지헌 & 2019년 시드니방문 시의 도윤과 재윤 & 2021년 홍콩동네 축구장에서 도윤과 재윤

▲ 코로나팬데믹 상황 속에서 2020년 12월 홍콩에서 2돌을 맞은 재윤 생일피티

▲ 2020년 홍콩거주 장남 지헌(Peter)가족, 며느리 남혜영(Kelly)과 두 손자, 도윤(Jaden, 5살)과 재윤(Dominick, 2살)

▲2021년 홍콩 집동네에서 아이스크림을 먹는 도윤과 재윤 형제 & 형제우애를 보이는 형 도윤과 동생 재윤

▲2021년 홍콩 해안가비치에서 지헌과 재윤 & 2021년 세발자전거를 타는 재윤 & 2020년 크리스마스 시즌에 재윤

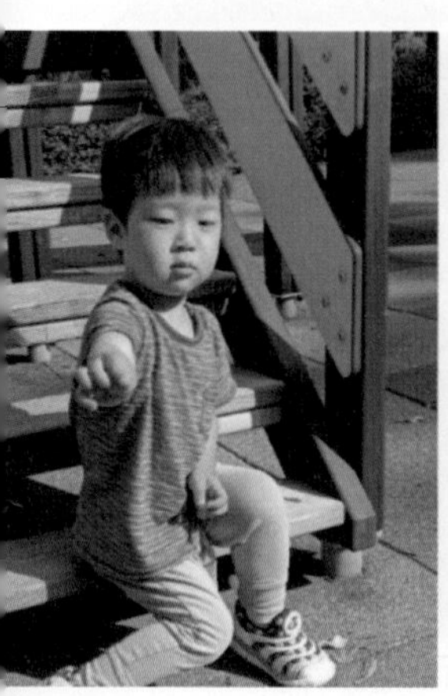

▲2021년 홍콩 집동네 놀이터에서 재윤 & 홍콩 해안가비치에서 재윤 & 2021년 홍콩에서 지헌과 재윤

▲ 2021년 홍콩 유원지에서 도윤 & 집안에서 다정하게 놀며 운동하는 도윤과 재윤

▲ 2021년 홍콩 비치에서 모래성을 쌓는 재윤 & 집 동네 어린이축구교실에 입문하여 형 축구 연습을 지켜보는 재윤

▲ 2021년 홍콩, 아빠 친구가족 파티에서 재윤 & 홍콩 디즈니랜드 레조트에서 재윤 & 집에서 음악을 듣는 재윤

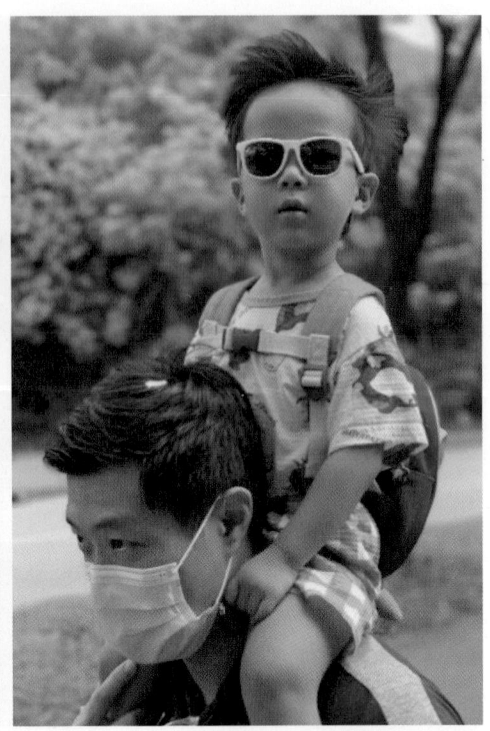

▲ 2021년 홍콩 집동네 산 트레킹 중 엄마 혜영과 두 아들 도윤과 재윤 & 2021년 홍콩에서 지헌과 재윤

▲2021년 홍콩 국제초등학교 1학년 재학 중인 형 도윤과 함께 하교하는 동생 재윤 & 도윤 재윤 가족

3
|
4

셋째 자녀, 막내아들 지민志珉, Edward

셋째 지민은 내가 대한항공 시드니지사장 재임기간 중이었던 1980년 5월 24일 시드니 시내 women's Hospital에서 출생했다. 그리고 1983년부터 롯데 여행사와 가까웠던 시내 Blackfriars Kindergarden 유치원에 2년 남짓 그리고 1985년 5월부터 누나와 형이 다니는 Marsfield Primary School 초등학교 유치부과정인 K-Class에 입학했다. 회사업무 관계로 가능하면 1985년 초에 입학을 시키고자 했으나 만 5살이 되지 않아 법적으로 입학시킬 수가 없었다. 그래서 나는 윤경과 지헌이 다니고 있던 Marsfield 초등학교 교장선생님을 집으로 초대하여 저녁식사를 하면서 이민초창기 사업운영과 함께 자녀교육문제를 이야기했고 가능하면 만 5살이 되는 5월에 중간입학을 허락해 달라고 요청했다. 그래서 신학기가 시작되고 3개월이 지난 5월 말에 초등학교 유치부과정인 K-Class에 입학시켜 3자녀가 함께 다닐 수 있었다. 사실 같은 학년 또래

보다 몇 개월이 부족하여 좀 일찍부터 학교에 보낸다는 생각은 있었으나 그래도 친구들과 잘 어울리며 학교생활에 잘 적응해 주었다. 그리고 1985년 말에 West Pymble로 이사를 하여 1986년부터 집 동네 West Pymble Primary 초등학교 1학년부터 시작해 졸업했고, 1992년에 형이 다니는 명문공립Selective High School인 North Sydney Boys High School 중고등학교에 입학하여 형의 도움도 받으면서 학창생활을 즐기면서 졸업했고, 1992년도에 형이 다니는 NSW University 상학과 Commerce & Marketing 3년 과정에 입학했다. 지민은 NSW대학에서 3년간 전공과정을 마치면서 1995년 초에 곧바로 미국계 컨설팅회계전문 법인 Arthur Anderson(2001년 엔론사 회계조작사건으로 도산하여 Ernst & Young에 흡수합병됐음) 컨설팅회사에 입사했다. 이 회사는 미국계 굴지의 회계컨설팅법인이라 매년 신입사원교육을 위해 시카고 본사로 4주간 연수과정에 보낸다. 지민도 미국연수를 마치고, 자기 맡은 바 업무에 성심껏 일하고자 했을 것이다.

지민은 간혹 회사에서의 근무상황을 이야기하며 나의 조언을 받기도 했다. 커다란 조직 내에서의 신입사원이니 처음에 곧바로 해야 할 마땅한 일들이 주어지지 못했던 모양이다. 그런데 지민이 보기에 파트너나 매니저급 사람들은 매우 분주히 왔다 갔다 하며 일하는 모습을 보았고, 지민은 그들에게 이메일을 보내 "왜 파트너나 매니저들이 그렇게 바쁘게 다니는지? 할 일이 있으면 자기에게 주면 잘 해 보겠다"는 의사를 전했다고 한다. 파트너나 매니저가 보기에 별 놈 다 있구나 생각을 했겠지만 아마 기특하다는 느낌도 받았을 것이다. 그래서 지민은 처음부터 파트너의 관심을 받게 되었고, 그러던 어느 날 켄버라에 출장 동행 지시가 떨어졌다고 한다. 아직 업무도 제대로 모르는 새까만 신입사원이 파트너와 출장을 가다니! 동료들의 의아스러운 관심 속에 파트너와의 출장은 매우 성공적이었다. 얼마 후, 캔버라 연방정부 프로젝트와 시드니공항운영 컨설팅팀 외 여러 프로잭트에 참여하여 재미있게 일을 배우고 있었다.

그러던 중 6개월쯤 지난 어느 날 우연히, 나는 지민 방에 써 붙여 놓은 "You can quit at any time"(너는 언제든지 그만둘 수 있다)는 글을 보게 되었는데 무엇을 그만두겠다는 뜻인지 심상치 않은 느낌이 들었다. 그리고 몇 개월이 지난 후 어느 날 저녁식탁에서 지민은 연착륙에 성공한 첫 직장을 그만두고 독립하여 새로운 자기 사업을 준비해 보겠다고 부모의 동의를 요청했다. 아니 요청이라기보다는 부모의 승낙을 받고 기분좋게 시작해 보겠다는 뜻이었다. 한국사람 으로서 한국인의 문화 관습을 존중하겠다는 의미였다. 나는 큰 직장에서의 충분한 경력(최소 3년 이상)이 새로운 사업 시작에 많은 도움을 받을 수 있을 것이라고 충고도 했다. 그러나 아직 젊은 나이(당시 26살)이니, 몇 년 동안 새로운 사업을 해보고 잘 되면 좋고, 실패를 해도 좋은 경험을 하게 되니 도움이 될 거란다. 하기야 한국 같으면 그 나이에 군대에 가서 2년은 보내야 될 거라는 생각도 들고. 본인의 말대로 대기업에서 주는 연봉에 매달려 지금 젊은 나이 때 해보고 싶은 새로운 도전을 안 해보면 평생을 후회할 거란 말에 사실 나는 격려와 성원 이외에는 더 할 말이 없었다. 왜냐하면 내 세대(나의 경우는 그랬다)의 사람들은 자기가 하고 싶은 일을 여러 가지 이유로 실천해 보지 못하고 시대 상황에 따라 적응하며 살아 온 세대 같다는 느낌도 들었기 때문이다. 그래서 나는 집사람의 반대에도 불구하고 아들에게 악수를 청하며 "잘 해보라"고 흔쾌히 허락을 했다. 물론 본인이 알아서 몇 년이 될지 모르지만 지난 1년여 정도 회사에서 받은 저축해 놓은 급여로 창업을 할 수 있어 부모에게는 일체의 경제적 도움을 받지 않고 자립할 수 있다고 했다. 나는 어차피 심사숙고 과정을 거쳐 가고 싶다고 결정한 길을 기쁜 마음으로 출발하라는 뜻에서 의기를 북돋우어 주었다. "너는 그만한 능력이 있는 사람이고, 이미 Arthur Anderson회사에 입사했던 것으로 네 능력을 증명한 사람이니 무엇을 하던지 반드시 성공할 것"이라며 "세상 모든 일이 생각하는 것처럼 그렇게 쉽지는 않다It is not so rosy as you think"며 신중하게 계획하고 실천하라고 충고해 주었다.

이렇게 지민은 많은 경제학도들이 선망하는 컨설팅회계전문회사인 Arthur Anderson을 사직했고 초,중고등,대학교 동창 3명과 함께 Elevate Education 회사를 공동 창업했다. 이들은 개인벤쳐사업가로서 창의적으로 교육사업분야에서 두각을 나타내며 1990년도 호주의 10대 Young Break(청년사업가)에 선정되기도 했다. 이들은 사업을 확장하며 대학 입시 수험생들을 위해 호주대학진학 HSC시험에서 98점 이상을 받을 수 있는 요령을 설명한 교재 『Science of Student Success』 책을 공저도 했고 명문 고등학교 학생들을 대상으로 시드니, 켄버라, 멜버른, 브리스베인으로 세미나 교육을 시키면서 날로 사업체가 성장하여 전문강사들만 10여 명 이상을 고용할 정도로 사세가 확장성장했다. 그런 가운데 지민은 모든 업무를 2 파트너에게 위임하고 고려대학교 어학당에서 한국어를 배우기 위해 한국으로 나갔다. 서울에서 지민은 벤쳐사업가로 성공한 호주사업가를 만나 잠시 웰비잉 스포츠계 새로운 사업을 추진하다가 호주계 투자은행인 멕콰리은행에 입사했다. 멕콰리은행 전성기에 지민은 한국과 두바이지점 거쳐 홍콩지점에서 일하다 은행업계를 떠나 독립했다. 그리고 영국으로까지 사업영역을 넓혀간 Elevate Education 회사 지분도 정리하고 2011년도부터 홍콩에서 Findings Group 회사를 창업하여 홍콩과 중국을 포함한 동남아시아 시장을 대상으로 Premium Lifestyle Brand 상품 도매사업으로 성장하며 열심히 살고 있다. 지민은 한국 멕콰리은행에서 근무할 당시 업무관계로 알게 되었던 미국교포 출신인 이지나와 교제를 해오다 2014년 10월 11일 미국 칼리포니아주 팜스피링에서 결혼식을 올렸다. 지민은 올해 2021년 회사 창업 10주년을 맞는 해로 사업의 꾸준한 성장발전과 함께 홍콩영주권도 취득했고 동남아지역으로의 사업확장을 위해 노력하면서 딸 Dani 주연과 아들 Dylan 리오를 얻고 즐겁고 행복하게 살고 있다. 뜻하지 않은 코로나19 팬데믹으로 인하여 2020년 3월 이후 해외여행이 금지되어 미국의 사돈댁과 함께 서울에서 갖기로 했던 지민의 첫 딸 주연Dani의 첫돌잔치가 자동취소되었고 홍콩에서의 첫돌기념과 둘째 리오Dylan의 출생 때에도 홍콩을 방문하지 못해 매우 서운했다. 그러나 하루에도 몇 차례씩 카톡메세지를 통해 올라오는 사진과 동영상 그리고 일상이 된 영상통화를 하며 모두들 건강하고 예쁘게 무러무럭 자라고 있음에 감사하며 기쁜 마음을 금치 못하고 있다.

▲1980년 5월 지민이 태어난 Sydney Women's Hospital에서 아내와 윤경, 지헌

▲Ashfield집에서 갓 태어난 지민과 아내

▲1981년 첫 돌을 맞은 지민과 형 지헌

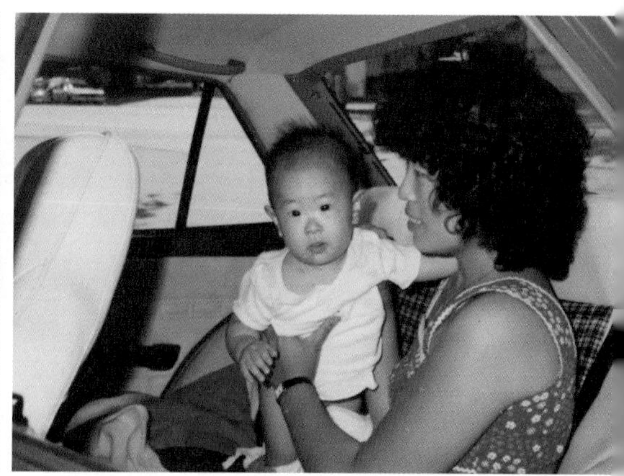

▲1981년 여행 중의 지민과 아내

▲1981년 소형 항공기로 뉴질랜드 북섬 여행 중 아내와 지민(만 1살 6개월경)

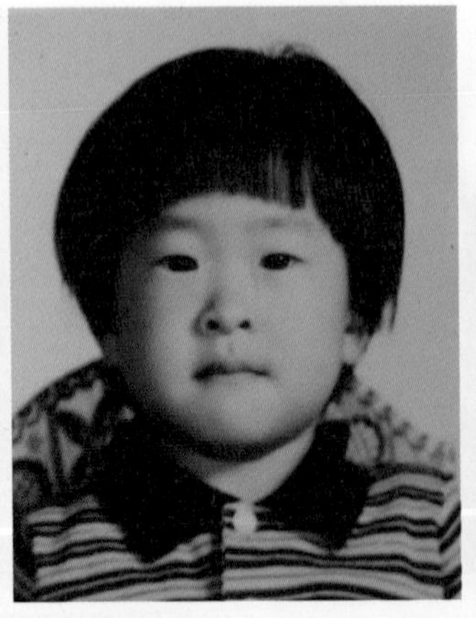

▲ 1981년 켄버라여행 중 지민과 필자 & 1982년 호주로 이민해 올 당시 여권사진의 지민 & 1984년 서울대동창회 모임에서 달리기하는 지민 & 1985년 지민

▲ 1983년 시드니시내 Blackfriars 초등학교 부설 유치부(Nursery) 교사, 어린이들과 만3살때 지민(앞줄 왼쪽 3번째)

▲ 1982년 타이완 우라이 민속촌에서 아내와 지민 & 1985년 놀이터에서 지민 & 웨더데일 파크에서 2자매와 지민

▲2002년 Nescafe Big Break선정 2002년도 청년사업가로 선정된 지민 & 1997년 지민회사 Elivate Education에서 펴낸 호주대학입시 HSC수험요령서

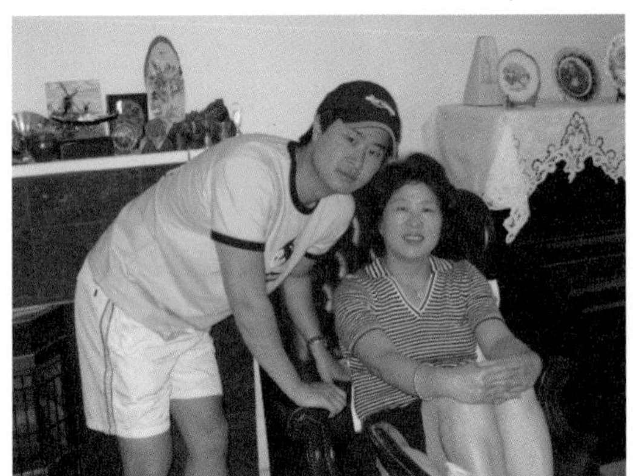

▲2000년 시드니집에서 아내와 지민 & 2002년 켄버라 Snowy Mountain Threbo 리조트 트레킹코스에서 지민

▲2014년 할머니 집에서 식사를 하는 아내와 지민과 지나 & 2013년 시드니를 방문한 지나와 지민

▲2013년 이탈리아 Sardinia 친구 결혼식에 참석한 지헌과 지민 & 2013년 시드니 달링하버 불꽃놀이에서 지민과 지나

▲2014년 홍콩 Findings Group의 소매상 상품진열대에서 지민 & 2013년 이탈리아 Sardinia에서 지민과 지나

▲2014년 10월 11일 미국 캘리포니아주 Palm Spring 결혼식장에서 지민 지나 결혼식에서 신부 지나와 함께 우리 부부

▲2014년 10월 11일 미국 캘리포니아주 Palm Spring 결혼식장에서 신부입장 & 결혼서약을 하는 신랑 지민과 신부 지나

▲2014년 10월 11일 미국 캘리포니아주 Palm Spring 결혼식장에서 두 손을 맞잡고 주례목사의 말씀을 경청하고 있는 신랑 지민과 신부 지나

▲2014년 10월 11일 미국 켈리포니아 Palm Spring에서 목사님 주례로 결혼식을 올린 아들 지민과 며느리 이지나

▲2014년 10월 12일 미국 켈리포니아 Palm Spring 결혼식 다음 날 친구들 앞에서 특별 행사를 하는 신랑 지민과 신부 지나

▲2014년 홍콩 트레킹을 하는 지민과 지나 & 2015년 일본 사포로에서 설경과 스키를 즐기는 지민과 지나

▲2015년 시드니를 방문한 지민과 지나 환영 저녁모임에서 윤경 덕상, 아내와 필자

▲ 2015년 시드니를 방문한 지민과 지나

▲ 2018년 시드니방문 중 Fish Market에서 지민과 지나 & 2018 미국 LA에서 지헌과 지민

▲ 2018년 서울에서 지민과 지나 & 2018년 태국 방콕에서 지민과 지나 & 2016 미국 하와이에서 지민과 지나

▲ 2019년 애견 메시슨과 주연 & 홍콩방문 중 첫 손녀 주연에게 그림을 보여주는 아내 & 홍콩방문 중 주연과 필자 부부

▲ 2019년 12월 형 지헌의 둘째 아들 돌잔치와 크리스마스 휴가겸 시드니를 방문한 지민 지나와 첫 딸 주연(Dani)

▲ 2020년 3월 지민과 이지나의 첫 딸, 주연(Dani)의 첫 돌잔치, 코로나 팬데믹으로 가족들과 함께하지 못했다

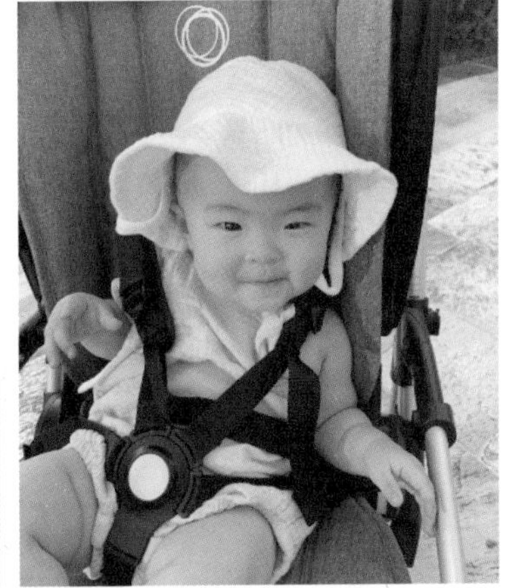
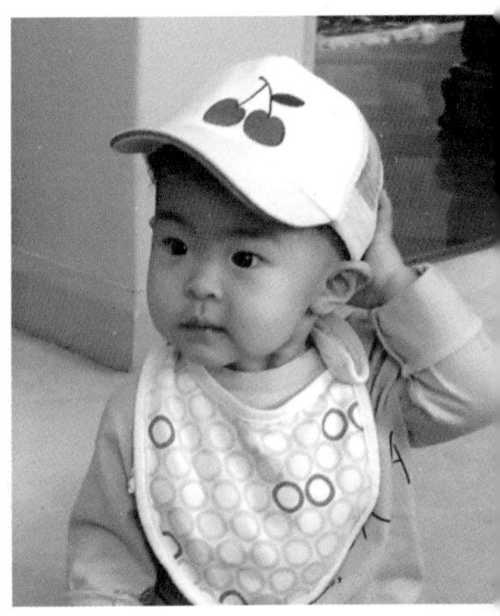

▲2020년 3월 첫돌을 맞은 주연과 지민 지나 & 2021년도 건강하고 예쁘게 잘 자라고 있는 주연(Dani)의 모습들

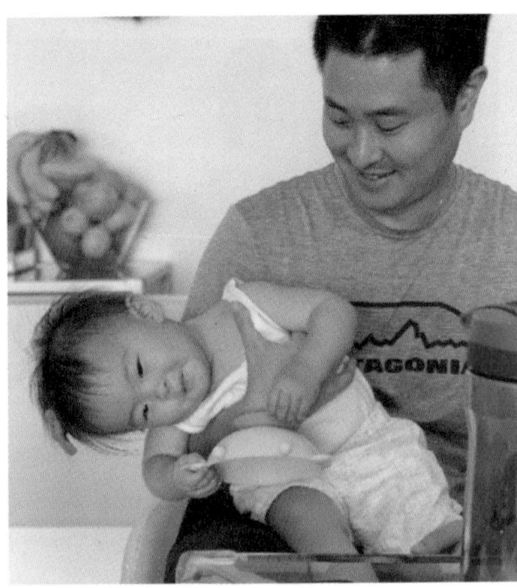

▲2019년 아빠 지민과 첫 딸 주연 & 아빠 지민과 첫 딸 주연 & 엄마 지나와 첫 딸 주연

▲2021년도 건강하고 예쁘게 잘 자라고 있는 주연(Dani)의 모습들

▲2021년도 건강하고 예쁘게 잘 자라고 있는 주연(Dani)의 활달한 모습과 엄마 지나

▲2021년도 건강하고 예쁘게 잘 자라고 있는 주연(Dani)의 활달한 모습과 엄마 지나

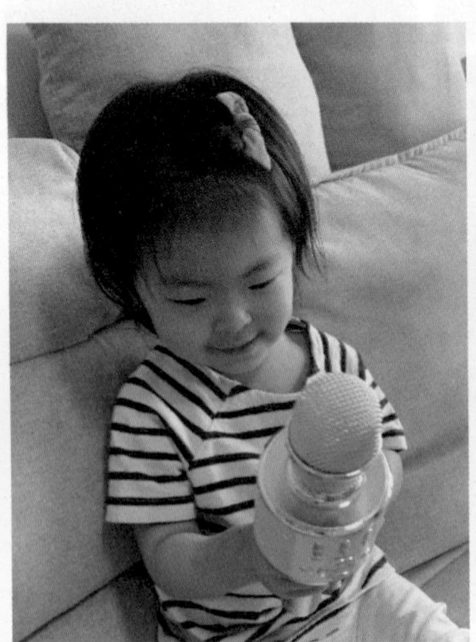
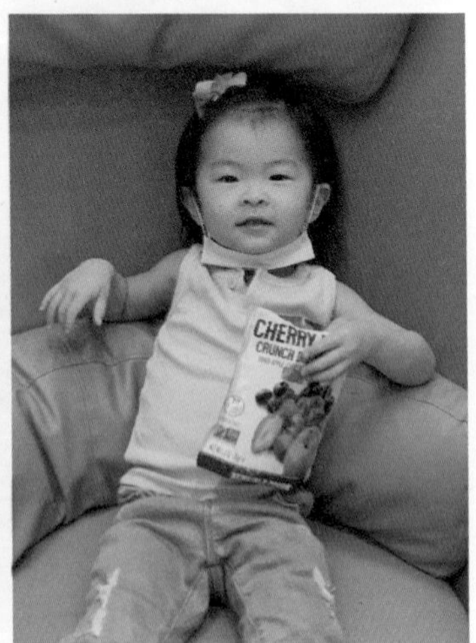

▲2021년 홍콩에서 건강하고 예쁘게 잘 성장하고 있는 섯 손녀 주연(Dani)

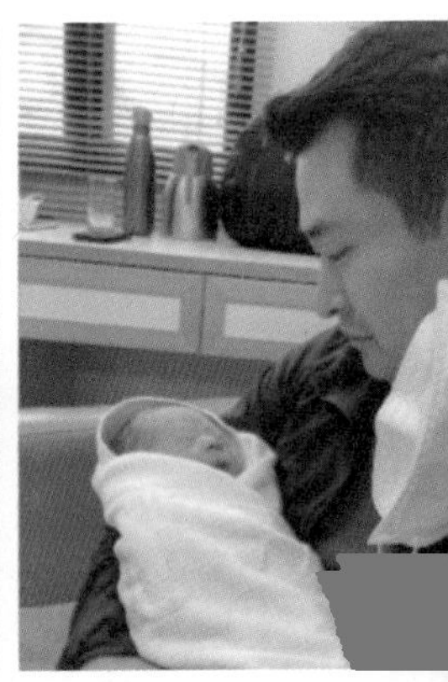

▲2021년 4월 둘째 자녀 분만을 위해 병원으로 가는 중 & 첫 아들 리오(Dylan)를 안아보고 있는 엄마 지나와 아빠 지민

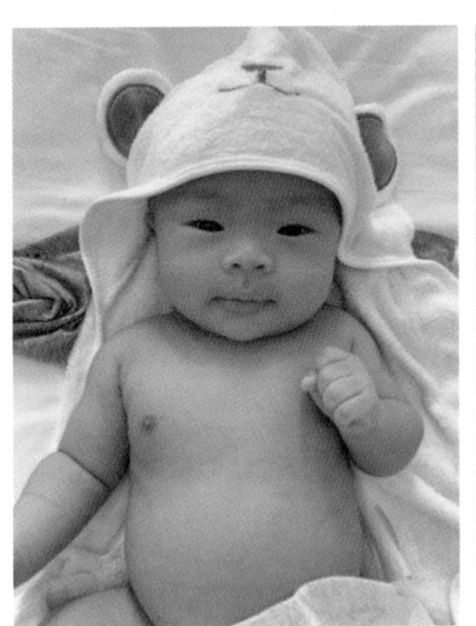
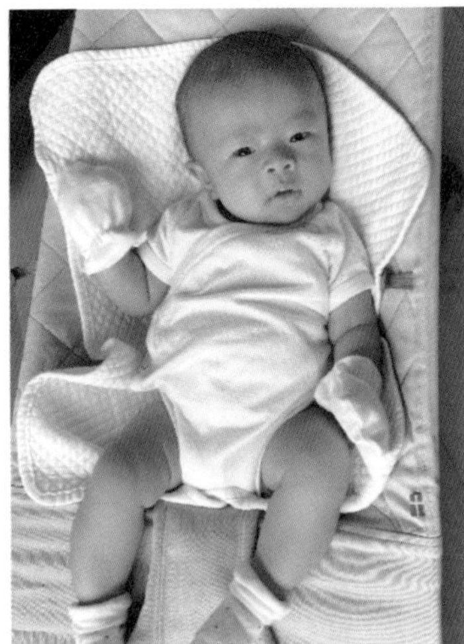
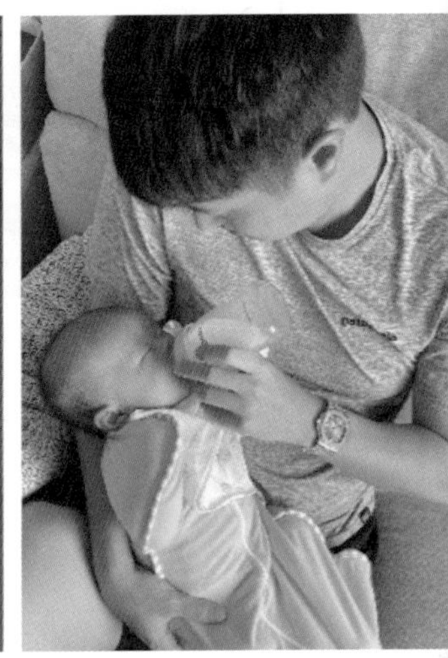

▲2021년 4월 2일 홍콩에서 태어난 지민의 첫째 아들 리오(Dylan) & 아들 리오에게 모유 젖병을 물리고 있는 아빠 지민

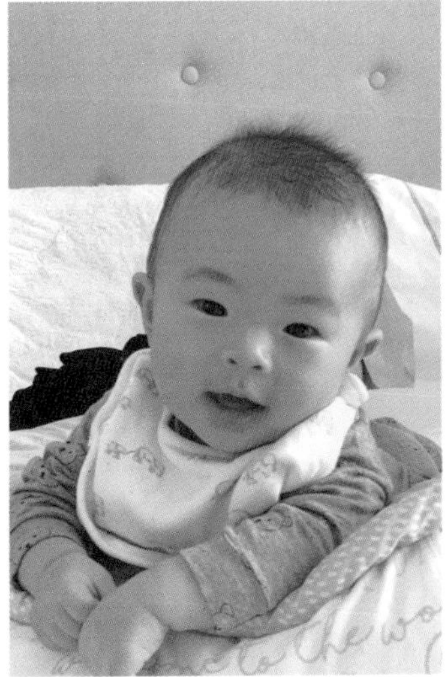

▲2021년 엄마와 눈맞춤을 하고 있는 리오 & 건강하게 자라고 있는 리오를 바라보고 있는 2살배기 누나 주연과 리오

▲2020년 12월 홍콩 집에서 성탄절을 맞이하는 지민, 지나가족 & 2021년 7월 만 3개월을 맞은 건강한 리오(Dylan)

▲2021년 5월 홍콩에 사는 지민, 지나 주연(Dani 만 2년 2개월) 리오(Dylan 만 2개월) 가족

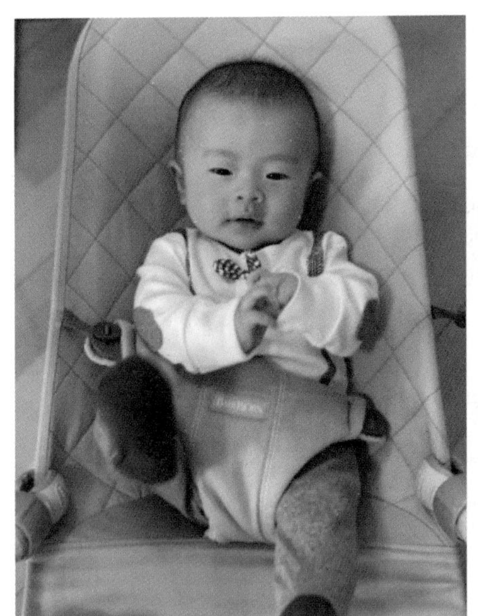

▲2021년 7월 11일 홍콩, 리오(Dylan)의 백일기념 케이크 & 출생 후 백일을 맞은 리오(Dylan) & 백일기념 데코레이션

▲2021년 7월 11일 홍콩, 리오(Dylan)의 백일기념일을 맞아 축하하는 지민, 지나와 딸 주연(Dani), 리오(Dylan) 가족

대학교본부 장학과장께서 대한항공에서 어문학부 출신 인재들을 추천해 달라고 요청이 왔는데 혹시 대한항공에서 일해 볼 생각이 없느냐고 내 의사를 물어왔다. 그래서 나는 어차피 유학을 떠날 때까지 1년의 기간도 족히 남아 있고 또한 졸업 후에라도 특별히 하는 일 없이 그냥 도서관에만 있는 것보다 차라리 일반직장에 들어가서 사회 경험도 쌓을 겸 유학 초기정착을 위한 용돈도 좀 벌어 갈 수 있다면 유학생활에 경제적으로도 많은 도움이 되겠다고 생각하여 일단 취업부터 하기로 결정했다. 입사 후 나는 김포국제공항, 본사 영업부, 사우디아라비아 제다지점, 호주 시드니 지사장을 역임했다. 그리고 나는 시드니 지사장으로 부임한 지 20개월 후, 대한항공 창사 12주년을 맞는 1981년 3월 1일 창사기념식에서 대한항공의 모범직원으로 표창을 받는 영예도 누렸다.

4장

첫 직장,
대한항공
(Korean Airlines)
9년 재직 후 떠나다

4-1

입사동기와 김포국제공항 국제여객과 근무 시절(1973.11.-1976.6.)

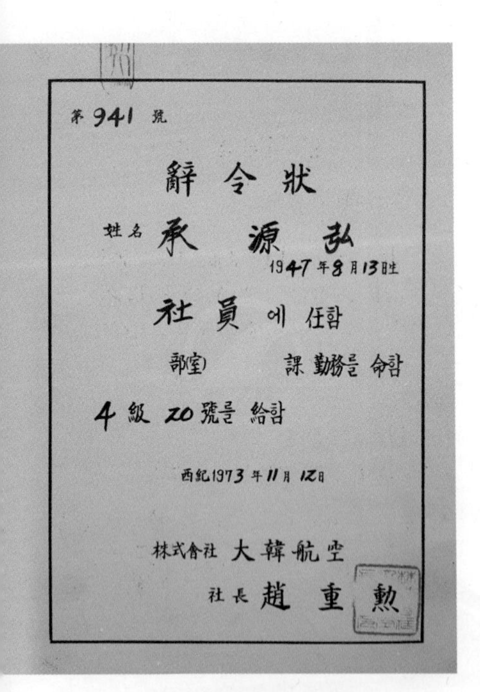
第941號

辭令狀

姓名 承源弘

1947年8月13日生

社員에 任함

部(室) 課 勤務를 命함

4級 20號를 給함

西紀1973年11月12日

株式會社 大韓航空

社長 趙重勳

▲1973년 11월 대한항공 입사, 사령장

1972년 10월 17일 초헌법적조치였던 유신헌법 선포로 서울대학교를 포함한 전국대학생들의 유신헌법반대 데모가 극심해졌고 결국 전교 휴교령까지 내려진 가운데 1973년도 여름방학이 끝나가고 2학기가 시작될 무렵이었다. 나는 1974년 2월 졸업예정이었으므로 어수선한 시국을 떠나 당시 중국어문학과 학과장이셨던 김학주 교수님의 추천으로 1974년 9월부터 신학기가 시작되는 대만 정치대학교 대학원으로 유학을 갈 계획으로 마음의 준비를 하고 있을 때였다. 그런데, 마침 대학교 본부 장학과장께서 대한항공에서 어문학부 출신 인재들을 추천해 달라고 요청이 왔는데 혹시 대한항공에서 일해 볼 생각이 없느냐고 내 의사를 물어왔다. 그래서 나는 어차피 유학을 떠날 때까지 1년의 기간도 족히 남아 있고 또한 졸업 후에라도 특별히 하는 일 없이 그냥 도서관에만 있는 것보다 차라리 일반직장에 들어가서 사회경험도 쌓을 겸 유학초기 정착을 위한 용돈도 좀 벌어 갈 수 있다면 유학생활에 경제적으로도 많은 도움이 되겠다고 생각하여 일단 취업부터 하기로 결정했다.

1973년도 대한항공은 1969년 민영화 이래 4년 기간을 지나면서 드디어 안정기로 접어들었고, 당기 순이익으로 총 7억여 원의 흑자를 기록하며 매년 기록적인 성장을 예고하고 있던 때였다. 그래서 1973년도 대한항공의 신입사원 모집 광고에도 "세계진출의 꿈은 대한항공에서"라는 케치프레이즈를 내걸고 당시 故 조중훈 사장이 직접 면접시험과정에 참여할 정도로 유능한 인재들을 선발하고 있을 때였다. 나는 필기고사면제로 바로 면접시험을 거쳐 영업운송직 사원으로 합격하여 9월부터 근무를 시작할 예정이었으나 예상치 않았던 당시 중동지역에서의 이스라엘과 아랍 산유국과의 불안정한 정세를 관망하던 회사 내부사정으로 10월 제1차 석유파동이 시작됐던 다음 달인 11월부터 4주간의 신입사원 교육을 시작하게 됐다. 나는 대만 유학을 준비하면서 처음 1년 정도 잠시 근무할 생각으로 대학선배의 조언을 받아 비교적 업무가 편하다는 김포공항 국제여객과로 배치를 받아 열심히 근무를 했다. 그런데 시간에 비례하여 회사업무도 차츰 익숙해졌고 직장동료와의 생활도 재미가 있었다. 장남이었던 나는 경제적으로 집안살림에 보탬도 되어야 했던 당시 상황에서 나 혼자만을 위해 유학길에 오르는 것도 커다란 부담으로 느껴져 결국 국비 장학생 유학의 기회를 포기하고 대한항공에 남기로 결정을 했다. 당시 김포국제공항은 한국의 해외여행제한으

▲ 1973년 11월 대한항공 김포공항 국제여객과 근무시절 명함

로 인해 내국인보다는 주로 일본인과 동남아(홍콩, 싱가포르, 말레이시아) 및 미국과 유럽계 관광객들이 주 고객이었고 더불어 미국행 이민자와 미군가족, 원자력발전소 건설 외국기술인력, 유럽행 입양아이 그리고 일부 한국인무역종사자들이 대부분이었다. 1970년대 당시는 법무부 출입국관리소, 세관과 검역소 직원들과 함께 중앙정보부와 경찰청 외사과 파견직원들이 나름대로 권세를 부리고 있을 때였다. 빈번한 항공기 연착과 연발로 인해 공식 업무시간 이외의 공무수행을 할 때마다 우리 국제여객과 과장과 계장은 금일봉을 들고 관계 기관을 찾아 다니며 업무협조를 요청했던 시절이다. 우리는 2교대로 근무를 했다. 오전 7시 출근 오후 3시 퇴근조와 오후 2시 출근 밤 9시 퇴근조로 나뉘어 오전 조와 오후 조로 번갈아 근무했다. 오후 3시 퇴근 날에는 동료들과 즐거운 회동을 하곤 했다. 당시엔 밤 12시부터 통행금지가 있었던 때였다. 오후조 근무 시에 어쩌다 항공편이 늦어져 예정된 시간에 제3국으로 환승을 시킬 수 없는 승객들은 한진관광의 도움을 받아 시내 KAL호텔로 나와 함께 숙박하고 다음 날 일찍 공항으로 출근하는 경우도 있었다. 나는 연대 출신 전창범(후에 전준범으로 개명했다), 외국어대 출신 오세룡, 한양대 출신 홍성범과 친목팀을 만들었다. 서로 의지하며 똘똘 뭉쳐 행동을 했으므로 다른 동기생이나 선배들도 우리와 함께 어울리려는 분위기도 있었다. 오후 3시 퇴근조로 근무하는 날엔 동기생들과 함께 퇴근버스로 명동 KAL본사로 나와 명동 일식집에서 정종 대포로 1차 회동, 그리고 2차 저녁식사 그리고 의기가 투합되면 3차 회동을 할 경우도 더러 있었다. 우리 동기 모임이 재미있다며 가끔 선배들도 합류했다. 이 당시엔 요즈음처럼 신용카드가 없던 시절이었고 물론 현금도 별로 많이 가지고 다닐 때가 아니었다. 그래서 보통은 단골집에 외상으로 싸인을 해 주고 월급 날에 갚아주곤 하던 낭만적인 시대였다. 특별히 당시 유행했던 3차 맥주홀 같은 업소에선 여러 명이 함께 동석을 해도 홀 마담은 특별히 내가 청구서에 서명해 주길 원했다. 그래야 매월 21일 월급날에 확실히 수금이 가능했기 때문이다. 나는 3차 비용은 참석인원에 따라 균등히 배분하여 월급날엔 서무관리를 맡고 있던 동기생에게 필요한 금액만큼씩 공제해 줄 것을 요청하여 확실하게 계산을 했고 수금하러 온 직원이 허탕을 치게 하는 일이 없었으므로 나는 맥주홀업소의 보이지 않는 중요고객이었던 셈이다. 대부분 20대 후반의 혈기 왕성했던 엘리트 젊은이들의 낭만이 있었던 우애 깊은 동료와 선배들이었다. 1년여 기간 동안 현장근무를 하고 있을 즈음에 故 김명진 동경지점장이 김포국제공항 지점장으로 부임했다. 그리고 일부 담당업무의 변경 지시로 나는 지점장실로 올라가 국제여객 업무는 물론 국제화물업무와 국내선업무까지 항공운송업무 전반에 관한 지점장 보좌역 업무를 담당했다. 이와 함께 중앙정부와 국회를 포함한 각계 VIP 인사의 환송과 영접업무도 주요 업무 중 하나였다. 나는 국제여객과 선배와 동기들과의 관계도 매우 좋았다. 특별히 4주간의 영업운송직 신입사원 교육과정에서 짧았지만 여러 다른 대학교 출신의 다양한 경험을 가진 동기생들과 많은 교류를 할 수 있었고 교육기간 이후에도 서로 다른 부서로 배속돼 있으면서 서로의 인연을 이어 갔다. 왜냐하면 영업판매와 예약업무 모두가 결국 공항업무와 직간접으로 연결되어 있었기 때문이다. 이런 친밀했던 관계 덕분에 나는 대한항공의 동기생들과 선배의 결혼식 사회도 많이 맡았다. 어떤 경우는 경남 삼천포 출신의 1년 위 국제여객과 선배가 결혼식 사회를 부탁해서 회사 동료 대표 겸 사회를 보러 삼천포로 출장을 간 적도 있다. 사실 나는 직장을 포함해서 고등학교, 대학교 친구들의 결혼식 사회를 꽤나 많이 보았다. 아마도 100쌍은 족히 될 듯 하다. 세월이 지나 우연히 부부동반으로 회동을 할 경우 친구 부인이 과거 자기네 결혼식 사회를 잘 해 줘서 고맙다는 인사를 종종 받기도 했다.

▲ 고교, 대학동창과 직장동료 결혼식 사회를 맡은 필자

공항업무 가운데 특별히 기억되는 일은 당시 싱가포르 이광요 수상의 친 여동생이 한국방문차 입국하던 날이었다. 나는 중앙정보부 직원과 함께 항공기 도착장에서 그녀를 영접하러 나갔다. 모든 VIP고객의 경우 CIQ(세관, 법무부, 검역)절차를 간소화하여 예우하곤 했다. 그녀의 경우도 일반여객과 함께 긴 줄에서 빼서 간략한 VIP서비스를 제공하려고 했다. 그런데 그녀는 자기의 한국방문은 공무가 아니라 개인적 방문이라서 특별 예우를 받을 수 없다며 특별 배려에 대한 감사와 함께 우리의 호의를 정중히 사양했다. 신선한 충격이었다. 1975년도의 일이다. 싱가포르는 이때부터 공무와 사무를 철저히 구분하는 선진제도를 정착시켰던 모양이다. 당시 한국의 실정과 현격히 달랐던 싱가포르의 정치상황이 많이 부럽다는 생각을 했다. 그리고 1974년도 크리스마스 즈음 때 중앙정보부에서 홍콩에서 입국하는 문서 전달용 파우치에 봉투 하나가 있다고 픽업요청을 해 왔다. 알려지기로는 박정희 대통령이 당시 주한유엔군사령관이었던 웨스트모어랜드 장군에게 전해 줄 크리스마스 선물용 장미뿌리로 만든 명품 담뱃대Tobacco pipe라고 했다.

나는 어차피 대한항공에서 직장생활을 하기로 결정을 한 이상 이왕이면 전문경영인으로 성장하여 부사장까지는 해보아야겠다는 생각을 했고 김포공항 운송업무에 추가하여 본사 영업부로 가서 일을 배워야겠다는 마음을 먹었다. 그리고 김명진 지점장께 먼저 양해를 구하고 공항에서 여러 차례 만난 적이 있던 송영수 영업이사께 나를 영업부로 부서이동을 시켜 달라고 직접 요청을 했다. 그리고 2년 7개월간의 김포국제공항에서의 국제여객과 화물운송에 관한 현장 실무경험을 쌓고 1976년 7월 본사 영업부 국제여객과로 이동했다. 이즈음 나는 해외주재근무 자격요건을 갖추어 놓기 위해서 중국어보완과 함께 일본어도 공부하면서 대한항공 사내에서 실시하는 영어2급 자격 시험에도 일찌감치 합격을 해 두었다.

▲ 1974년 김포국제공항 대한항공 VIP Room에서 필자

▲ 1975년 김포공항으로 퇴근 마중을 나온 김영옥

4-2

본사 영업부 국제여객과 근무 시절
(1976.7.-1977.11.)

▲1976년 대한항공 본사 영업부 국제여객과 근무 시절 명함

1976년 7월 본사 영업부로 이동한 후, 처음에는 해외지역의 여객총판매대리점GSA: General Sales Agent 관리업무와 한국지역 대리점담당을 겸했고 추가로 새로운 시장으로 주목 받기 시작했던 중동지역담당과 중동노선을 포함한 업무까지 관장하게 되었다.

대부분의 항공사의 경우 직접 취항을 하고 있지 않은 해외지역에서의 판매시장확대를 위하여 국가별 또는 지역별로 현지에 정치적 영향력과 영업판매 능력과 재력을 갖춘 현지여행사를 판매총대리점GSA으로 임명하여 간접판매망을 확보하여 영업을 한다. 나는 실무적으로 다양한 국가의 여객판매총대리점의 현황 파악은 물론 현지 판매독려를 위한 Telex메시지와 편지도 많이 보냈다. 그 당시까지만 해도 미주와 미주노선 그리고 일본과 일본노선의 판매 의존도가 매우 높았던 때였다. 그런데 중동지역 건설 붐으로 인하여 한국에서의 중동행 영업실적이 미국과 일본에 버금가고 있었다.

당시 나는 한국지역담당으로서 다양한 경제관련 통계와 미래예측자료들을 한국건설협회와 KOTRA에서 제공 받으며 한국건설업계 현황과 중동지역의 미래에 대해 많은 지식을 습득하며 대한항공 내 중동지역 마케팅 전문가로 변신해 가고 있었다. 특별히 사우디아라비아 동부지역에 집중됐던 현대건설을 포함한 여러 건설업체들의 토목건설 인력의 본격적인 수송을 위해 사우디 동부지역인 다란 공항으로 임시 전세기편을 주2, 3회 취항시키고 있을 때였다. 사실상 현대건설인력을 주 고객으로 하는 정기항공편이나 다름 없었다. 오죽하면 현대건설 측에서 외국항공사의 전세항공기편으로 자체 건설인력수송 운항을 하겠다고까지 하는 소문도 있을 정도였다. 대한항공 본사차원에서 혹여나 제2항공사 설립의 단초를 제공할 수 있는 심각한 상태까지 갈 것을 우려한 나머지 대한항공 영업이사와 현대건설 전무이사 그리고 나와의 3자 회동이 극비리에 추진되기도 했다. 마침 송영수 영업이사와 현대건설 K전무이사가 내 보성중고등학교 선배들이었으므로 대화는 진솔했고 합의도 신사협정형식으로 문서화하지 않고 쉽게 해결됐다. 한국의 중고등학교 선후배간의 끈끈한 인맥이 활용되었던 셈이다.

현대건설 K전무이사는 나에게 미래 전망이 좋은 현대건설로 이직하는 것은 어떠냐고 농담 같은 제안도 할 정도였다. 물론 현대건설 측은 자체 전세항공기 운항 계획을 포기했고 대신 대항항공측에서는 중동노선의 현대건설인력에 대한 항공요금을 거의 운항원가 실비에 준하는 요금으로 제공할 것을 합의할 정도였으니까! 그야말로 빅딜이었던 셈이었다. 그런 속사정으로 인해 대한항공 사내 분위기는 차라리 다란공항을 정기항공편으로 취항하자는 움직임도 있었다. 그즈음 나는 사우디 정기노선 취항도시 선정을 위한 마지막 검토 단계로 이근수 영업상무이사를 모시고 바레인과 사우디아라비아(다란, 리야드, 제다)로 출장을 다녀왔다. 그때 내가 쓴 중동지역 출장보고서는 명의택 영업전무이사가 '전부서장 필독'이라는 주서를 달아 명령을 내릴 정도로 나는 사내에서 엘리트 사원으로 유명세를 탔다. 요즈음 같이 인터넷이 발달된 시절이 아니라서 그 출장보고서 사본을 들고 각 부서장들을 직접 찾아 다니며 간단한 설명을 하기도 했다. 왜냐하면 사본을 전해주고 부서장 확인 서명을 내 기안지 원본에 병기를 해야 했기 때문이다.

내 출장보고서에는 당시 중동 산유국들의 고유가 정책으로 인한 중동지역의 경제성장은 급속한 붐을 이룰 것이라는 전망과 함께 중동건설인력의 항공수요증대 예측부분이 포함됐고 아울러 대한항공의 중동판매전략상 중장기적 정기항공노선의 전략적 계획이 주요 골자였다. 결론적으로 상업과 항공시장의 중심도시요 중동지역과 유럽을 연결시킬 수 있는 거점도시로 제다공항을 선점해 정기노선으로 먼저 취항시키고 추가로 다란공항은 절차상 번거롭기는 해도 전세기편으로 운항을 계속하자는 주장이 포함됐다. 새로운 발상의 전환었다. 왜냐하면 당시에는 한국과 사우디간 항공협정에 따라 대한항공은 정기항공편으로 사우디 내 1개 도시만 취항해야 한다는 전제 조건이 있었기 때문이다. 내가 본사 영업부로 오면서 우연한 기회에 기획실로부터 전달된 특별한 문건을 본적이 있다. 미국의 항공기제작사인 보잉사에서 대한항공에 제공한 한국과 주변국가의 중장기 경제성장과 항공수요를 예측한 자료를 토대로 대한항공이 연차적으로 구매해야 할 보잉사의 항공기 기종 별 숫자까지 예시하는 항공기판촉독려 문건이었다. 나에겐 정말 신선한 충격이었다. 후진개발도상국가의 경제발전예측에 따른 항공시장여건 변화에 맞춰 적정 항공기구매권유까지 하는 제안서였다.

나의 출장보고서 제안에도 이와 비슷한 논리가 적용됐다. 판매전략상 일본과 미국시장에만 크게 의존하고 있던 당시에 앞으로 10년간은 대한항공의 가장 중요한 판매시장이 될 거라는 내용을 출장보고서에 소신껏 기술한 것이다. 기존의 일본과 미국시장 위주의 저가판매 전략상의 파러다임을 전환하여 선진국 항공사로서의 발돋움을 하자고 예고를 했던 셈이다. 기존 틀을 깬 내 출장보고서를 본 대한항공 내의 항공영업전문가였던 명의택 영업전무이사의 눈에도 나의 미래지향적이고 입체적인 보고서를 신선하다고 느꼈던 모양이다. 영업전무이사 덕분에 나는 출장보고서를 들고 다니며 거의 모든 본사 부서장을 자연스레 만날 수 있었고 전사적으로 중동지역의 중요성을 설명할 수 있었던 좋은 계기였다. 그 뿐만 아니라 사우디 항공사와의 상무협정추진 과정에서도 실무자로서 열정과 실력을 발휘했다고 자부한다. 수치로 정확히 계량할 수는 없겠지만 적어도 사우디 항공사와의 상무협정과 사후 관리 면에서 내가 대한항공에 많은 수익을 가져오게 했던 것도 사실이다. 아마도 요즈음 같으면 꽤나 많은 특별 보너스를 받았을지도 모른다. 나는 사우디 항공사와의 상무협정 시행에 앞 서 조중건부사장이 배석한 전 영업관련 부서장 연석회의에서 상무협정제안 방식을 브리핑 했다. 내가 기획한 상무협정용 운항원가 계산방식에서 대한항공에 훨씬 유리하게 설정했던 계획안의 이해를 돕기 위하여 수학적 도표까지 그려가며 상세한 브리핑을 하여 조중건 부사장의 극찬과 격려를 받기도 했다. 물론 내가 기획했던 초안은 대한항공측의 제안서에 적극 반영하기로 결정됐고 사우디 항공사와 협의 결과 그들도 이 내용을 가감없이 수용하므로써 양사간 상무협정을 성공적으로 체결하게 됐다.

대한항공은 바레인 노선(1976년 5월 21일 취항)에 이어 1977년 4월 1일 마닐라와 바레인을 경유하는 제다행 정기노선을 취항했고 곧이어 나는 1977년 11월 11일 사우디 제다지점 판매관리담당으로 부임할 때까지 7개월 동안 매일 아침 영업전무이사는 내가 직접 일일보고를 하라는 특명을 내려 나는 매일 영업전무이사와 면담을 하기도 했다. 나는 비록 1년 4개월간의 짧았던 본사 영업부 경험만을 갖고 있었음에도 불구하고 전사적으로 많은 관심이 쏠리고 있었던 중동지역본부인 사우디 제다지점으로 부서이동 명령을 받아 중동지역 마케팅 실무자가 됐다.

내가 예측했던 데로 그야말로 폭증하는 중동노선 항공수요로 인하여 서울-다란노선은 전세기편으로 정기운항하면서 1976년 5월부터 취항했던 서울-바레인노선을 1978년 6월에 서울-바레인-제다노선으로 변경했고 곧이어 7월에 서울-쿠웨이트노선이 1979년 2월엔 서울-아부다비노선이 12월엔 서울-콜롬보-다란으로 변경 취항하게 되면서 대한항공의 중동지역영업 전성기가 열리게 되었다. 물론 항공기도 B747점보와 A300대형 항공기를 투입하며 중동 경기 붐에 힘입어 급속한 성장기를 맞이하게 됐다. 40년 이상의 오랜 세월이 지났지만 대한항공의 초기 중동지역마케팅과 중동노선 개설에 숨은 나의 업적을 회상하면 마음이 뿌듯하다.

4
|
3

사우디아라비아 제다지점 판매관리담당 시절 (1977.11.-1979.5.)

▲ 1977년 대한항공 사우디아라비아 제다지점 근무 시절 명함

나는 1977년 11월 가수 최백호의 '하얀겨울에 떠나요'라는 노래를 들으며 사우디 제다지점 판매관리담당으로 부임하여 중동지역 판매 증진을 위해 그리고 사우디항공사와의 상무협정집행 조정자로서 열성껏 일했다. 첫째는 사우디 제다지점의 판매증진을 위한 제반 활동이었고 둘째는 사우디를 포함한 중동지역 내 영업활동을 독려하며 지원하는 일이었다. 셋째는 사우디항공사와의 상무협정에 따른 Joint Venture 당사자로서 사우디항공사와의 협의내용 준수와 정산이었다. 당시 사우디항공사는 미국의 TWA

항공사에 자문역을 맡기고 있었고 사우디항공사 본사 각 부서마다 TWA파견 Manager급 직원이 함께 상근하고 있을 때였다. 그러나 실제로 내 업무파트너인 만수르 과장은 상무협정 내용에 대해서 별로 지식이 없었으므로 내가 그 기본합의정신과 이익배분방식 그리고 여러 배경 상황 등에 대해 설명을 해주며 분기별 실적에 따라 사우디 항공사가 대한항공에 청구할 액수까지도 정해 줄 정도였다. 아마도 요즈음 같으면 나는 꽤나 많은 보너스를 받았을 것이다.

중동지역판매에 관심이 많았던 본사 조중건 부사장(중동건설에 참여했던 한일개발의 사장직도 겸임)이 제다지점을 방문한 적이 있다. 이때 나는 의례적으로 중동지역판매 현황과 전망에 대한 브리핑을 하게 됐다. 브리핑을 마치고 부사장께서 애로사항이 없느냐고 물었다. 나는 영업직원 전용 차량이 필요하다고 건의했다. 판매직원은 있는데 마땅한 차량이 없어서 세일즈 콜을 다닐 수 없는 형편이라고 부연 설명을 했다. 조 부사장은 그럼 무슨 차종이 좋겠냐고 물어서 나는 기온관계상 에이긴 성능이 좋아야 하므로 배기용량이 큰 2600cc TOYOTA Crown 정도면 좋겠다고 답했다. 조 부사장은 그 자리에서 바로 그렇게 하라고 흔쾌히 승낙을 했다.

나는 브리핑 도중에 부사장께 백지를 들고 가서 부사장의 결재를 요청했다. 지점장이 나의 돌발행동을 말렸음에도 불구하고 나는 부사장께서 방금 구매 승인을 했으니 메모형식으로라도 구매 승인 결재를 해주면 본사 총무부와 자재부에서도 일 처리가 쉽지 않겠냐며 그의 결재를 요구했다. 본사 영업부시절부터 나를 잘 알고 있는 조 부사장도 어이가 없다는 듯이 결국 내 요청을 거절하지 못하고 나를 지켜보며 웃으면서 제다지점 영업용 TOYOTA Crown 차량 1대 구매 승인을 한다며 서명을 해 나에게 건네 주었다. 그 후 총무부와 자재부에서는 차량구매요청 공식절차를 밟지 않고 부사장께 직접 건의해 승인결재를 받았다며 불편한 심기를 드러내기도 했다. 어쨌든 내 덕분에 제다지점 영업직원들이 편하게 영업 활동을 할 수 있게 된 셈이다. 날로 성장하는 중동지역 영업실적으로 인해 내가 수립한 계획안에 따라 본사 지원도 원활하게 이루어졌다. 나는 중동 전 지역의 영업소장들에게도 판촉활동비를 여유롭게 지원하며 사기를 북돋아 주었다. 그들도 나의 적극적이며 활달한 영업판매관리 업무처리 방식을 좋아했다.

당시 사우디 제다지점엔 지점장을 포함해 공항소장, 관리, 판매, 운항 및 정비 담당 등 10여 명의 주재 직원들이 현지여건상 가족동반 생활을 할 수 없었던 관계로 본사는 우리들의 공동숙소생활과 식생활 지원을 위하여 제주KAL 호텔 요리사 2명을 지원해 주었고 매일 운항하는 항공편으로 신선한 한국식자재를 지원해 주어 가족이 함께하지 못한다는 것을 제외하곤 일상생활에는 전혀 불편함이 없었다. 나는 제다지점을 포함한 중동 전 지역의 판매관리와 광고선전업무까지 담당했다. 특별히 기억나는 것은 1978년 1월에 중동지역 광고확대계획수립을 위해 파리에 본사가 있는 광고대행사 Ogilvy & Mather 사와의 업무협의를 위한 출장 때 파리지점 김명진 지점장과의 반가운 재회로 얼마나 과음을 했었는지 호텔방으로 돌아오자마자 화장실에 모두 토했던 일과 날씨가 춥다며 입사동기 오산근이 빌려준 바바리코트를 입고 파리 주변 관광을 했던 추억이다. 그리고 레바논 내전이 끝나갈 즈음인 1978년 4월에 레바논 지역 판매총대리점 선정관계로 베이루트를 방문했고 시간을 내어 로마시대의 역사유적지 발벡Baalbek신전을 방문했던 기억들이다. 호주시드니에도 많은 레바논 출신 이민자가 있어 내가 1978년도 레바논내전 당시 베이루트와 발백신전까지 방문했다고 하면 매우 놀라며 부러워 하는 사람도 있을 정도이다.

1978년 대한항공 파리지점 출장 때 입사동기 오산근 대리와 함께 & 1978년 레바논 발벡 로마유적지에서의 필자 & 레바논 내전으로 폐허가 된 베이루트 시가지

아울러 제다지점의 직장동료들과 함께 생활하며 재미있게 지냈던 일, 3개월마다 정기 휴가차 한국으로 가져 갈 전자제품을 포함한 각종 물품들의 구매를 위하여 매장 규모가 엄청 컸던 쇼핑 센터로 동료들과 함께 쇼핑 다니던 일, 거의 매주 금요일(이슬람국가는 금요일이 휴일이다)엔 홍해 바다로 나가 스노쿨링을 하며 아름다운 산호초와 형형색색의 물고기를 감상하며 작살로 물고기와 문어를 잡아 회를 쳐서 초고추장에 찍어 먹던 일들이다. 우리의 식생활을 위해 제주 KAL호텔에서 파견된 두 명의 조리사들 덕분에 홍해에서의 즉석요리도 나름 데로 일품이었다.

안타까웠던 일은 공항화물담당을 하던 동기생인 故 방수환 대리의 홍해바다에서의 익사사건이다. 김태조 지점장의 용산고등학교 후배였던 그는 무언인가 불만도 많았고 항상 침울해 있었던 관계로 김태조 지점장은 동기인 나에게 특별히 잘 보살펴 주라는 부탁도 있었고 해서 나는 언제나 그에게 항상 따듯한 대화와 격려도 했었는데 어느 날 갑자기 홍해바다에서 결국 싸늘한 시신으로 발견되어 한국으로 운구했던 일이다. 삼가 고인의 명복을 빕니다.

▲대한항공 사우디아라비아 제다지점 영업장 전경

▲제다지점 사무실에서 일하고 있는 필자

▲1978년 주사우디 한국대사관에서 필자 & 사우디 항공사 Aref 영업부장 자녀들과 필자 & 홍해 바다에서 스노쿨링과 작살낚시를 즐겼던 필자

▲1978년 한일개발 제다지사 & 건설회사 현장을 방문하며 위문품을 전달하는 박우동 공항사무소장과 필자

4
|
4

시드니지사장 시절(1979.6.-1982.8.)

▲ 1979년 대한항공 호주시드니지사장 시절 명함

사우디 제다지점에서의 1년6개월간의 경험을 쌓고 1979년 4월 시드니주재원으로 발령을 받은 나는 호주입국비자수속차 한국에 잠시 나와 있다가 동남아지역본부 홍콩과 당시 시드니지역을 관할했던 싱가폴지점을 거쳐 1979년 6월 22일 시드니로 부임했다. 비가 내리던 금요일 오전에 나는 전임자를 따라 처음 방문했던 시드니 타운홀 근처 215 Clararence Street 1층의 대한항공 총대리점 Astrid International Travel 사무실을 방문했는데 사무실 여건은 너무 초라해 보였고 내 취향과는 전혀 어울리지 않겠다는 직감이 들었다. Astrid International 여행사는 호주재향군인회 성격의 NSW주 RSL의 공식지정 여행사 역할을 하고 있었다. 그러나 대한항공 구간의 판매실적은 매우 저조했었다. 설상가상으로 귀임준비로 바빠 보였던 전임자로부터 인계인수를 받은 중요한 내용도 별로 없었다. 나는 시드니 부임 전에 본사로부터 호주총대리점GSA의 실적이 부진하다는 이유로 현지상황과 내 판단에 따라 새로운 GSA임명도 가능하다는 송영수 영업이사의 사전위임을 받고 왔던 터라 모든 것을 새로 바꾸어야겠다고 생각했다. 부임 후에 나는 전임자 시절의 여객판매총대리점 Victor Williams사장에게 대한항공 여객판매총대리점 실적부진을 이유로 GSA임명해약을 통보했고 바로 호주내 3대 여행사의 하나였던 Tour World International 여행사를 새로운 여객판매총대리점GSA로 선정해 임명하겠다고 본사에 보고했다. 그리고 총대리점에서 나를 위해 제공해준 시드니 시내 중심의 명물 Australia Square Tower 빌딩 34층 사무실을 개설하고 본격적인 호주에서의 대한항공 여객판매마케팅을 새로이 시작했던 셈이다. 나는 호주내 3대 여행사 모두를 찾아 대한항공GSA 역할을 요청했으나 조건이 제일 좋고 회사 분위기가 좋아 보였던 Tour World사를 최종 확정했다. 당시 호주지역GSA는 호주 전지역에서 판매되는 우리 대한항공 판매분에 11%의 추가 커미션(GSA가 직접 판매할 경우는 판매여행사에 지급하는 정상 커미션 9%에 GSA공식추가커미션 3%에 추가 11%해서 모두 23%의 커미션을 받았다)을 주기로 확정했다. 본사 영업부에서 사전 승인된 나의 재량권은 총 30% 이내였다. 본사차원에선 7%나 절약했던 성공적인 계약이었다. Wholesale Agent였던 Tour World는 대한항공영업만을 위한 GSA International Pty Ltd라는 자회사 소매전문 여행사 Retail Agent를 별도로 설립했고 특별히 나를 위해 34층에 별도 사무실 준비와 아울러 32층의 Tour World 전 직원들을 활용할 수 있는 체제로 시작했다. 물론 나에겐 행운이었지만 결과적으론 대한항공과 Tour World 쌍방 간에 모두가 유익했던 Win Win 만남이 된 셈이다. 나는 GSA의 일반 판매에 추가해서 Tour World의 연간 시리즈 해외단체여행 구간 중 대한항공 취항구간을 적극 이용토록 요청했고 이로 인한 대한항공의 영업실적은 과거와는 비교가 안 될 정도로 급상승하는 호조를 보였다. 언젠가는 시드니GSA 판매가 쿠알라룸푸르 영업소보다 높았던 적이 있었다. 홍콩지역 동남아지역본부 판매회의 때 유상희 본부장은 쿠알라룸푸르 임관선 영업소장에게 호통을 친 적이 있다. 대한항공의 자체 영업매장에다 직원들의 인건비를 포함한 제반 경비를 얼마나 투자하는데 시드니 현지 여객판매총대리점 체제의 승원홍이 한 사람 판매실적보다 저조하냐며 심한 질타를 한 일도 있을 정도로 나의 호주 여객판매 영업실적은 투자비용에 비해 영업성과가 매우 높았던 셈이다.

/12 '98 15:33 ☎61 2 2512104 KNTO SYDNEY

Buddhist nun's drum dance. The skills needed to create this huge drum are some of those preserved by 'Human Cultural Assets' in Korea.

KAL in Aust market move

KOREAN Air Lines will launch its own program to Korea next year in conjunction with TourWorld.

This will be the first regular Korean package on the Australian market.

Departure dates are expected to be June, August, October and December.

Philippine Airlines will carry passengers to Manila where they will stay for three days before departing Korean Air Lines to Seoul.

After a week in Korea passengers will fly Korean Air Lines to Hong Kong and three days later they return to Sydney with Cathay.

Australian sales manager, Geoffrey King, said a brochure will be produced early in the New Year.

"We are waiting for new hotel tariffs which won't be available until January," Mr King said.

KAL is also currently promoting a Seoul Trade Show special ex-Sydney next April 11 with Tour World.

The 17-night/19-day tour includes stopovers in Hong Kong and Taipei and costs from around $1,389. This includes economy return fare, twin-share with private facilities, transfers, porterage and gratuities. A single room supplement for around $258 is available.

Passengers will stay at the Sheraton Walker Hill in Seoul.

Vast

They will have seven days to attend the trade fair which will be held at Seoul's vast Korea Exhibition Centre.

More than 450 Korean manufacturers will exhibit there.

Korean Air Lines, which was ten years old last year, is headed in Australia by Won Hong (known to everybody as William) Seung.

Mr Seung, who arrived here for a three-year posting in June last year, was previously stationed in Jeddah.

The airline's regional office is in Hong Kong.

Kyonghoeru Pavilion at Seoul's Kyongbok Palace retains the serene grandeur of the days when Yi Dynasty kings received foreign envoys beneath its graceful roof.

BA to fly to Seoul by '81

BRITISH Airways expects to fly to Seoul by mid-1981.

Inter-governmental talks are being held right now and *Travelweek* understands BA is pressing for fifth freedom rights for its flights from Hong Kong while KAL is after third freedoms for a direct Seoul/London service.

At the moment Korean Air Lines has four European ports — Paris and Zurich (passenger and cargo) and Amsterdam and Frankfurt (cargo only).

"We don't know what the routing will be," British Airways public relations manager in Australia, Ken Morton, said, "but the talks are serious on both sides.

"It's part of our push into Asia."

▲ 1979년 Travel Week에 소개된 필자 관련 보도기사

나는 현지 직원들의 요청에 따라 호주식 이름으로 William이라고 부르기로 했다. First name원홍의 첫 알파벳 글자가 W로 시작을 해서 Wiliiam이라고 했다. 그런데 본사에서 현지 광고에 내 이름을 왜 William이라고 썼냐며 시비를 걸어왔다. 나는 조중건 부사장도 Charlie라고 쓰는데 부사장은 되고 왜 나는 안 되냐며 항의를 했다. 그 이후엔 누구도 William 호칭에 아무런 시비가 없었고 오히려 임원들도 나를 William이라고 불러 주기도 했다.

나는 과거 김포공항 국제여객과에 근무할 당시에 국제공항내 세관, 출입국관리, 검역CIQ지역과 화물보세구역 출입증을 발급 받아 사용했던 경험을 되살려 국제공항 출입을 편하게 하기 위하여 호주교통부당국에 시드니국제공항 CIQ출입허가증과 국제화물보세구역 출입허가증도 신청해 발급을 받았다. 특별이 한국정부고위인사들과 주재상사 임원VIP시드니방문자들을 돕기 위해 자유로이 시드니국제공항을 출입했다.

▲ 시드니국제공항 CIQ출입허가증 & 국제화물 보세구역 출입허가증

그래서 켄버라 한국대사관과 시드니총영사관 그리고 주재 상사에서의 중요 인사 출장과 입국과 출국 때마다 공항출입국에 여러 모로 편의를 제공해 주어 전에 없었던 대한항공의 보이지 않는 또 다른 부대 고객서비스에 많이들 고마워 했다. 돌이켜 보면 대단한 성과였다. 그 결과 나는 유상희 동남아지역본부장의 전적인 신뢰에 따라 판매망 확장을 위한 지역기반을 계속 확장해 나갔다. 호주지역은 GSA와 Tour World는 법률과 회계상 전혀 다른 회사였으나 사실상 같은 한 회사였다. Tour World의 멜버른 브리스베인 퍼스 아델레이드 지역의 판매도 계속 증가했다. Tour World 본사는 멜버른에 있었으므로 업무협력을 위해서 당일치기 또는 1박 멜버른 출장도 많이 다녔다. 사실 처음부터 유상희 본부장이 나를 신임했던 것은 아니었다. 왜냐하면 시드니 YH사건이 있었기 때문이다. 고인이 된 전 대한항공 조양호 회장의 영문 이니셜이 YH였다. 1979년 8월 당시 한국에선 가발제조업체 YH무역 여성노동자 170여 명이 회사운영 정상화와 근로자 생존권보장을 요구하며 당시 야당이었던 신민당사 4층 강당에서 농성을 벌였던 사건이 있다. 이를 YH사건이라 불렀다. 당시 시드니를 방문했던 조양호 이사의 영문 이니셜에 빗대어 대한항공 시드니YH사건이라고도 했다. 내가 6월 시드니 부임 이후 몇 달이 지난 9월 미국지역에서 국내본사 정비본부와 시스템부담당 이사로 부임해 온 조양호 이사가 호주국영 Qanta항공사와의 정비협력을 위해 시드니를 방문했다. 이때 나는 조중훈 대한항공사장의 뒤를 이어 사장이 될 것이라고 생각했던 장남인 조양호 이사와 함께 한국의 민간항공 발전을 위해 일해야겠다는 생각으로 호주 전반의 상황

과 항공시장 여건 그리고 대한항공의 영업활동전망과 향후 호주취항 계획등에 관해 정성스런 브리핑을 했다. 그리고 이어 2가지 건의사항을 말했다. 첫째는 시드니에서는 주거지역이 사회적 신분 판별에 매우 중요한 요인이라는 것과 주택구매가 쉬웠던 당시 상황을 설명하며 대한항공에서도 좋은 지역에 사택을 구입해 주재원이 임차하여 은행 이자를 갚아가는 형식으로 사용하자는 건의였다.

돌이켜보면 사실 1979년도 그 당시 여건으로선 상상조차하기 어려운 획기적인 발상이었다. 어차피 주재원이 지불하는 주택 임차비로 은행이자를 갚아나가면 언젠가 대한항공이 취항을 할 때까지라도 좋은 이미지를 가질 수 있고 이미지가 좋은 지역에 회사 부동산도 확보할 수 있다고 강조를 했다. 둘째 봉급을 올려달라고 했다. 급여는 미국달러로 받아 호주달러로 환산했는데 당시는 호주 달라가 미국 달러보다 강세였으므로 실질 가처분소득이 상대적으로 작아졌던 이유에서였다. 현실여건을 감안해 달라는 내용이었다.

헌데 조양호 이사의 반응이 가관이었다. 나를 힐끗 쳐다보면서 "이 친구가 돌았나?"하며 빈정대는 말투였다. 아니 차기 대한항공의 사장이 될 사람이 이 정도의 건의에 환영과 격려는커녕 샐쭉해서 내뱉은 말에 정나미가 딱 떨어 졌다. 그러나 순간 나는 어차피 미래 비전도 없어 보이는 이 사람과는 대한항공에서 함께 일하기는 어렵겠다는 확신을 갖게 되었다. 그러나 3년의 시드니지사장 재직기간에 말없이 실력으로 뭔가를 보여는 줘야겠다고 마음을 먹었다. 헌데 문제는 우리끼리 있었던 헤프닝으로 간직했으면야 아무런 문제가 되지 않았다. 그런데 조양호 이사는 시드니출장을 마치고 방콕, 홍콩을 거쳐 본사로 귀임하면서 가는 곳마다 시드니 승원홍의 건의 내용을 이야기하며 나를 씹었던 모양이다. 제 얼굴에 침 뱉는다는 사실도 모르고. 가재는 게 편이라고 했던가! 방콕 최 지점장은 그나마 조양호 이사의 반응을 나에게 전하며 당분간 잠잠히 있어야겠다는 격려 메시지를 보내오기도 했다. 그러나 홍콩 지역본부장과 본사 영업부 중역들의 불호령 메시지가 시차를 두고 계속 날아들기 시작했다. "주재원은 신분을 망각하고…"로부터 시작하여 차기 사장에게 건의한 나

▲ Australia Square 빌딩 34층 사무실에서 & 시드니 방문 중 오페라하우스에서 故 조양호 이사 출장일행과 필자

의 돌출행동을 꾸짖는 내용이 대부분이었다. 이런 연유로 나와 조양호 이사와의 해프닝을 시드니YH사건이라 불렀고 더불어 많은 지인들로부터 내가 겁도 없이 미래 사장이 될 사람에게 할 말을 시원하게 했다는 유명세를 타기도 했다. 그런 사건이 있었던 이후에도 나는 정말 소신껏 일했다. 초기 호주여행업계 사장단 10여 명을 호주출발 항공사인 Qantas항공과 공동 협력으로 한국 방문을 주선하기로 하여 홍콩지역본부장께 싱가포르, 홍콩, 동경출발 어느 도시이던 대한항공에서 공동유치하자고 건의했는데 부결이 됐다. 나는 본부장께 재고요청 또 부결, 삼고요청 당연히 또 부결! 오죽했으면 사우디 제다지점에서 함께 근무했던 지역본부 김경환 담당과장이 개인적 메시지까지 보내왔다. 지역본부장이 그러지 않아도 YH사건으로 나를 보는 눈이 좋지 않은 상황에 한 번 안 된다고 했으면 그만하지 재고에 또 삼고요청까지 했다며 무척이나 심기가 좋지 않으니 이 선에서 그만 하라는 분위기 전달이었다. 나는 하도 기가 막혔다. 여행업계를 주도해서 열성껏 뛰는 주재원을 격려는 못 할 망정 거꾸로 역정을 내다니! 나는 그동안 공들인 노력이 아까워서 서울문리대 선배였던 관광공사 시드니지사 이광희 지사장을 찾아가 대한항공 조직의 보수적 영업행태 상황을 말했다. 이 지사장은 그럼 한국관광공사에서 대신 나서 한국초청을 주선하겠다고 했다. 결국 시드니-싱가포르-서울을 취항하고 있던 싱가포

르항공과 한국관광공사가 공동유치를 해갔다. 나는 Qantas항공과 상호보완 협력으로 영업할 수 있었던 기반을 만들 수 있었던 좋은 기회를 놓친 아쉬움을 감추지 못했다. 그런 좋지 않았던 일들이 있었던 이후 홍콩지역본부 판매회의 때마다 내가 보여준 적극성과 판매실적으로 증명했던, 영업소에 준하는 왕성한 판매활동과 실적에 따라 과거 전임자시절 별로 주목 받지 못했던 호주시드니의 영업판매실적이 지속적으로 급성장세를 보임으로서 지역본부장도 나의 쾌활한 성격과 능력을 십분 인정하며 나의 혁신적인 건의에도 적극 성원과 지원을 아끼지 않았다. 비 온 뒤에 땅이 굳는다 했던가. 물론 유 본부장은 일반관리비와 판촉비지원도 내 활동 역량에 맞게 충분하게 지원해 주었다. 차량도 TOYOTA CORONA 새 차로 교체해 주었고 그 비싼 Australia Square 빌딩 내의 전용주차장 확보까지 승인해 주었다. 뿐만 아니라 값비싼 시드니전용 여행사배포용 판촉물로 내가 요청했던 인터폰까지 제작지원을 해주었다. 그야말로 물심양면으로 전폭적인 성원과 지원에 힘 입어 호주 여행업계에서 대한항공의 판매기반을 든든히 쌓아 올렸다. 그리고 GSA총대리점 Geoffrey King 사장의 도움으로 시내 명문 사교클럽 City Tattersalls Club의 명예회원으로 영입되어 판촉활동을 위한 회동장소로 적극 활용하기도 했다.

▲ City Tattersalls Club 명예회원카드

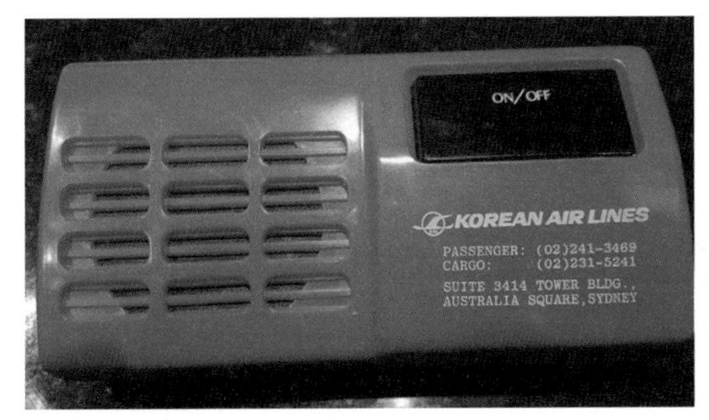

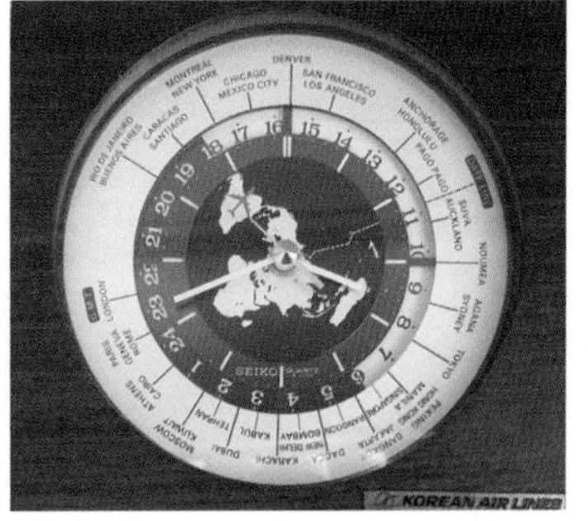

▲ 1980년 여행사 배포용 판촉물로 제작했던 당시 US$20. 고가의 무선 인터폰 & 대한항공 홍보판촉용 탁상시계

▲ 1980년 여행사 임직원들을 대상으로 대한항공과 한국관광홍보설명을 하는 필자 & 홍보설명회 참석자들

▲ 1980년 대한항공 호주 여객판매총대리점(GSA) Australia Square Tower 34층 사무실과 전담 임직원들과 필자

▲ 1979년 Qantas항공 Sir Lenox회장 주최 항공업계 파티에서 필자 & 1980년 대한항공 호주 여객판매총대리점 사장 Geoffrey King, Tour World General Manager Dennis Weatherall과 베테랑 판매 임직원들과 함께한 필자

내가 부임했던 1979년도엔 故 조수호 이사(故 조중훈 사장의 3남, 전 한진해운사장)와 이태희 대한항공 법률담당이사(조중훈 사장의 사위)의 시드니방문으로 이들과 대한항공 미래에 대한 많은 이야기도 나누었다. 물론 시드니YH사건에 대해서도 이야기를 했다. 그러나 이들은 조양호 이사와는 달리 나의 남다른 열정과 애사심에 감사와 격려를 아끼지 않았다.

1979년말 조중훈 사장이 비서실장을 대동하고 시드니를 방문했다. Qantas 항공과의 협력 그리고 호주재계 인사들과의 교류차원이었다. 물론 나의 업무적 활약에 비서실장의 극찬도 있었다. Qantas 항공 Sir Lenox경은 Wentworth 호텔에서 호주의 중진급 기업인사들을 초청하여 조중훈 사장 환영리셉션을 개최했다. 리셉션에 함께 했던 인사들은 시드니 시의 Alderman Sutherland 시장, Bank of NSW Sir Noel Foley 회장, Australia Meat and Livestock Cooperation R.G. Jones 회장, Rolls Royce E.S. Owens 회장 등 호주 재계의 거물급 CEO 인사들과 Qantas항공 정비본부 전무도 있었다. 마침 1980년 1월 1일 호주공휴일엔 아내가 끓여 준 설날 떡국까지 Wentworth 호텔로 가져가 신년맞이 조찬을 함께하기도 했다. 조중훈 사장은 2000명도 채 되지 않았던 호주시드니한인사회에서 새해 떡국까지 맛보리라는 생각은 꿈에도 못했다며 나와 내 아내의 각별한 배려와 성의에 감사의 뜻을 표했다. 그 이후 조중훈 사장은 고국과 먼 객지에서 혼자 노고가 많다며 매년 말이 되면 홍콩지역본부를 통해 20Kg들이 북한산 북어 세 상자씩을 보내줬다. 나름대로 큰 상자였다. 대사관과 시드니총영사관에 보내는 신년 선물용이었다. 한 상자는 내가 시드니 동료 주재상사원들과 나누어 먹었다. 이렇게 나는 조양호 이사를 제외하곤 조중훈 사장과 그의 가족 일부와도 두루 좋은 인상과 인연을 갖게 되었다.

호사다마라고 했던가! 그 이후 1980년부턴 순풍에 돛 단 듯이 영업활동 모든 면에서 승승장구 호조를 보였다. 이에 나는 1980년 지역본부장의 재가를 받아 Mitchell Cotts FreightAust Pty Ltd 항공화물대리점을 호주지역 항공화물판매 총대리점으로 그리고 뉴질랜드 오클랜드 소재의 Lees Industries Group

사 소속의 Travel Lees 여행사를 뉴질랜드 여객 및 화물판매총대리점으로 추가 임명했다. 아울러 파푸아뉴기나아 포트모르스비까지 시장조사 출장을 다니며 남태평양의 판매영역을 넓혀 나갔다. 대한항공 영업직제상 항공기가 취항하지도 않으면서 본국과 거리상 멀리 떨어진 호주시드니의 1인지사의 판매실적이 괄목할 만한 성과를 내고 있었기 때문이었다. 그리하여 나는 시드니지사장으로 부임한지 20개월 후, 대한항공 창사12주년을 맞은 1981년 3월 1일 창사기념식에서 대한항공의 모범직원으로 표창을 받는 영예도 누렸다.

KAL

KOREAN AIR LINES

表　彰

所屬 : 시드니駐在員

姓名 : 承 源 弘

위의 사람은 平素 맡은바 職務에 誠實하여 他의 模範이 되고 創意와 奉仕로써 會社 發展에 寄與한 功이 크므로 創立 12週年을 맞이하여 이에 表彰함.

1981年 3月 1日

株式會社 大韓航空

社長 [signature]

▲ 1981년 대한항공창사 12주년기념 모범직원 표창패와 부상인 탁상시계

▲ 대한항공 호주지역 국제화물판매총대리점으로 Michell Cotts AirFreight Co.임명축하파티에서 임직원과 필자 대한항공 국제화물판매총대리점 계약서를 들고 있는 Mitchell Cotts Freight(Aust) 국제항공화물판매총대리점 Bruce Johnston사장과 필자 & 대한항공 국제화물판매전담 Vince Pinto 시드니 Operation Manager와 필자 &호주국영항공사 QANTAS항공 회장, Sir Lenox경과 필자

그리고 유상희 동남아지역본부장의 남다른 총애를 받았던 나는 주재근무 3년이 다 되어 가던 1982년 3월경 지역본부판매회의 때 유상희 본부장이 단도직입적으로 "승 과장! 인사발령 나면 한국으로 들어올 거야?" 하고 물어왔다. 나는 "그럼요!" 하고 망설이지 않고 준비나 했다는 듯이 직답을 했다. 그러자 그는 "그럼 나랑 함께 일하자!"고 제안했다. 나도 "본부장님이랑 함께하면 좋습니다!!" 하고 반기듯 대답했다.

왜냐하면 1980년 초 호주이민성에서는 불법체류자의 체류합법화 조치를 위한 대사면령을 공표했었다. 물론 불법체류자를 포함하여 적법한 관광 및 일시체류비자 소지자에게도 영주권을 주는 조치였다. 이런 연유로 내가 호주영주권을 이미 취득하고 있었고 마음만 먹으면 대한항공을 떠나 호주에 체류할 가능성이 있다고 생각했을 것이기 때문이다. 왜냐하면 내가 호주영주권을 신청했을 당시 시드니한인회의 어떤 사람이 이 사실을 본사 인사부에 알린 적이 있어 자연스럽게 사내 소문을 타고 나는 호주영주권자임이 기정사실로 인정되고 있었기 때문이기도 했다. 더군다나 1981년 초 황창학 인사전무와 송영수 영업상무까지 참석했던 동남아지역본부 확대판매회의가 있었을 때였다. 회의 중간 잠시 쉬는 시간에 영업상무가 나에게 업무를 어떻게 하길래 한인회에서 자네가 영주권을 신청했다는 투서까지 들어오느냐면서 영주권을 신청한게 사실이냐며 나를 다그쳤다. 사실 영업상무는 나를 많이 성원해 주는 상사였다. 나는 영주권신청 사실에 대한 답을 대신해서 "제가 민간항공사 발전을 위해 얼마나 열심히 일하는데…. 아무 시드니교민에게나 물어 보세요"라며 답했다. 이때 황창학 인사전무께서 "영주권을 신청했는지 안 했는지가 중요하지 않고…!! 앞으로 더 소신껏 열심히 일 해!" 하면서 내 영주권신청문제 대화를 종식시켰다.

그래서 나는 그 순간 자리에서 벌떡 일어나 고개를 꾸벅이며 "감사합니다!" 하고 인사전무께 예를 표하기도 했었다. 돌이켜 보면 인사전무께서는 내가 김포공항시절과 본사 영업부에서나 사우디 제다지점에서의 활약을 누구보다 익히 잘 알고 계시는 분이었다. 오죽하면 인사부발령 초안에 나를 미국 시카고 영업소로 내정했었는데 영업상무께서 나를 미국에 보내면 미국에 주저 앉을 가능성이 커서 차라리 1인지사로 보내 고생도 좀 시키고 연단을 시켜 본사로 데려와야 한다며 시카고에서 시드니로 인사변경 조치를 했다는 후문도 있을 정도였다. 시드니YH사건을 통해 마음고생을 많이 했을 나를 마음 속으로 성원하며 긴 말 하지 않고 네 능력을 믿으니까 회사 있을 동안만이라도 열심히 일해 달라는 주문으로 느꼈다. 물론 시드니지사장으로 부임한 이후부터 내가 보여준 뛰어난 영업활동과 실적으로 내 능력을 이미 증명하고 있었기 때문이기도 했을 것이다. 사실 나는 타 항공사 직원들과도 긴밀하게 협력하는 한편 시드니총영사관과 한국 주재상사원들과 친목을 도모하면서 또한 호한상공회의소의 회원으로 가입하여 한국 기업체들과 직간접으로 교류하기를 희망했던 다양한 호주기업인들과 변호사, 회계사들과도 친분을 맺어가며 대한항공의 영업활동영역을 가능한 대로 확장해 나갔다.

▲ 필자와 주호주한국대사관 이한림 대사와 Austraia-Korea Society(호한협회), Ken Churchill 회장 & 시드니공항 VIP룸에서 이진연, 정석모(정진석 의원 부친) 국회의원 & 공항 출국장에서TBC봉두완 논설위원과 필자

▲ 본사 법무실 이태희 이사(조중훈 사장의 사위)와 동남아지역본부장 유상희 이사 부부와 함께 한 필자 & 뉴질랜드 국제여객, 화물 총대리점 Ted Lees 사장의 가정과 농장을 방문한 필자의 자녀들

▲뉴질랜드 국제여객, 화물 총대리점 Ted Lees 사장의 가정과 농장을 방문한 필자의 자녀들 & 1981년 뉴질랜드 여객/화물 총대리점 Travel Lees 여행사 대표 D.E. Ted Lees 사장이 제공해 준 소형 프로펠러 비행기로 뉴질랜드 북섬 로토루아를 포함 주요 관광지를 여행중인 필자 가족들

이렇게 호주주류 항공여행업계를 통한 적극적인 판촉활동을 하는 한편 한국교민시장 조성을 위해서도 아직 항공수요는 별로 없었지만 앞으로의 수요창출 동기부여를 한다는 생각에서 한국인고객들과의 의사소통을 위하여 나는 총대리점 Geoffrey King사장에게 한국어를 할 수 있는 비서채용을 요청하여 뉴질랜드 오클랜드 KOTRA지사에서 근무하며 시드니로 오기를 원한다는 편지를 보내온 김영희를 특별채용하기도 했다.

그리고 나는 한국인들의 모국방문 항공요금과 대한항공을 이용할 수 있는 다양한 경유노선들을 상세히 소개하는 안내홍보지를 만들어 배포하기도 했다.

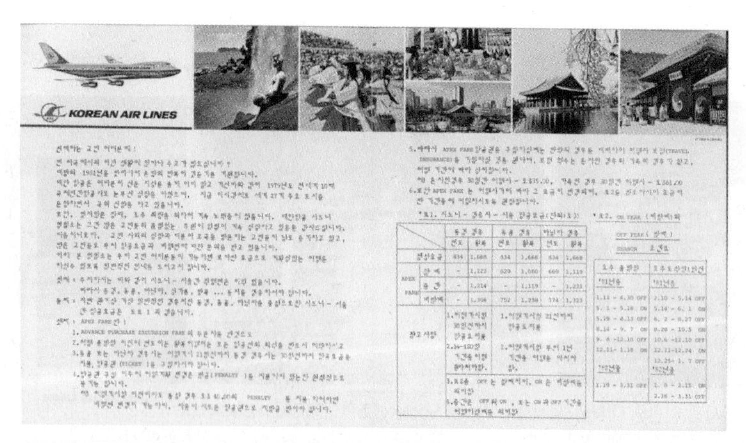
KOREAN AIR LINES

친애하는 교민 여러분께!

먼 이국 땅에서의 이민 생활이 얼마나 수고가 많으십니까?
대망의 1981년을 맞이하여 온 가정에 만복이 깃들기를 기원합니다.
대한항공은 여러분의 [illegible] 1979년도 전세계 10대 국제선 항공사로 눈부신 성장을 하였으며, 지금 이시간에도 세계 27개 주요 도시를 운항하면서 국위 선양을 하고 있읍니다.
또한, [illegible] 호주 취항을 위하여 계속 노력중에 있읍니다. 대한항공 시드니 영업소는 그간 많은 교민들의 [illegible] 계속 성장하고 있음을 감사드립니다. [illegible] 교민 사회의 성장과 더불어 모국을 방문하는 교민들이 날로 증가하고 있고, 많은 교민들로 부터 항공요금과 여행편에 대한 문의를 받고 있읍니다.
이에 본 영업소는 우리 교민 여러분들이 가능한 보다 저렴한 요금으로 [illegible] 여행을 하실수 있도록 일반적인 안내를 드리고자 합니다.

첫째 : 유감스럽게도 시드니 - 서울간 직행편은 아직 없읍니다. 따라서 동경, 홍콩, 마닐라, 싱가폴, 방콕 ... 등지를 경유하셔야 합니다.
둘째 : 지역 [illegible] 가장 일반적인 경유지인 동경, 홍콩, 마닐라를 중심으로한 시드니 - 서울간 항공요금은 표1과 같읍니다.
셋째 : APEX FARE란 !
1. ADVANCE PURCHASE EXCURSION FARE 의 [illegible]
2. 여행 출발일 [illegible] 모든 항공편의 좌석을 반드시 [illegible]
3. 동경 또는 마닐라 경유시는 여행개시 21일전까지 홍콩 경유시는 30일전까지 항공요금을 지불, 항공권(TICKET)을 구입하셔야 합니다.
4. 항공권 구입 이후에 여행계획 변경은 벌금(PENALTY)을 지불하지 않는한 원칙적으로 불가능 합니다.
예) 여행개시일 [illegible] 호주$ 40.00의 PENALTY 를 지불 하여야만 여행편 변경이 가능하며, [illegible] 항공권으로 [illegible] 합니다.
5. 따라서 APEX FARE 항공권을 구입하실때는 만약의 경우를 대비하여 여행자 보험(TRAVEL INSURANCE)을 가입하실 것을 권하며, 보험 액수는 독자인 경우와 가족의 경우가 있고, 여행 기간에 따라 상이합니다.
예) 독자인경우 30일간 여행시 - 호$35.00, 가족인 경우 30일간 여행시 - 호$61.00
6. 또한 APEX FARE 는 여행시기에 따라 그 요금이 변경되며, 표2를 참조하시어 요금이 [illegible] 기간에 여행하시도록 권장합니다.

*표1. 시드니 - 경유지 - 서울 항공요금(단위:호$)

		동경 경유		홍콩 경유		마닐라 경유	
		편도	왕복	편도	왕복	편도	왕복
정상요금		834	1,668	834	1,668	834	1,668
APEX FARE	비수기	-	1,122	629	1,060	669	1,119
	중간	-	1,214	-	1,119	-	1,221
	성수기	-	1,306	752	1,238	774	1,323
참고 사항		1. 여행개시일 30일전까지 항공표 지불 2. 14~120일 기간을 여행 하셔야함.		1. 여행개시일 21일전까지 항공표 지불 2. 여행개시일 부터 1년 기간을 여행할 수 있음.			
		3. 표2중 OFF 는 비수기이며, ON 은 성수기를 의미함 4. 중간은 OFF 와 ON, 또는 ON 과 OFF 기간을 여행하실때를 의미함					

*표2. ON PEAK (성수기)와 OFF PEAK (비수기) SEASON 요금표

호주 출발일	한국 출발일
'81년도	'81년도
1.11 - 4.30 OFF	2.10 - 5.14 OFF
5. 1 - 5.18 ON	5.14 - 6. 1 ON
5.19 - 8.13 OFF	6. 2 - 9.27 OFF
8.14 - 9. 7 ON	9.28 - 10.5 ON
9. 8 - 12.10 OFF	10.6 - 12.10 OFF
12.11 - 1.18 ON	12.11 - 12.24 ON
	12.25 - 1. 7 OFF
'82년도	'82년도
1.19 - 3.31 OFF	1. 8 - 2.15 ON
	2.16 - 3.31 OFF

넷째 : 성인, 아이, 유아구분
1. 상기표1에서 정상요금이란 성인 1인 요금을 의미하며, 항공권 발행일로부터 1년간 유효합니다.
2. 만 2~12세까지의 아이들은 성인 정상요금의 50%이며, APEX FARE 이용시 해당구간 APEX FARE의 75%에 해당구간 요금이 추가됩니다.
3. 만 2세 미만의 유아는 어느경우이든 정상요금의 10%입니다.
4. 만2세이상의 승객에게는 20kg의 무료 수하물(BAGGAGE) 허용됩니다. 따라서 허용량을 초과한 경우는 별도의 초과 수하물 요금이 부과됩니다.
다섯째 : 상기 어느 경우이든 대한항공의 항공권으로 여행할수 있읍니다.
[illegible] 대한항공을 [illegible] 모국을 방문할 때 [illegible] 표3의 여행시간표를 참조하시기 바랍니다.
여섯째 : 본 안내 이외에 보다 상세한 내용을 원하시면 고객여러분께서 대한항공 영업소로(전화(02) 231-3469)문의 하시기 바라며, 필요한 경우 본 안내를 시리즈로 편성해 나갈것을 약속 드립니다.
[illegible]
대한항공을 이용해 주시면 대단히 감사 하겠읍니다.

대한항공 시드니영업소장 송현동 드림

*표3 모국방문 여행 시간표 (1981년 3월 1일 이후 유효)

경유지	시드니 출발 (경유지 도착)	경유지 출발 (서울 도착)	서울 출발 (경유지 도착)	경유지 출발 (시드니 도착)
동경	월금 QF 2130/0705+1 화목토 JL 2130/0705+1	매일 KE 1330/1550, JL 1000/1220 월금토 KE 1050/1310	매일 KE 1000/1200, JL 1330/1530	월수금 JL 2030/0655+1 화토 QF 2030/0655+1
홍콩	월 QF 0915/1755 수 CX 1135/2100 목 QF 1110/1755, CX 1405/2055 토 QF 1400/2055, CX 1405/2055 일 CX 1135/2100	월수금일 KE 1330/1850 화목토일 KE 1310/1710 매일 CX 1100/1530	화목토일 KE 0910/1140 월수금 KE 1400/2040 화목토일 KE 1600/1950 매일 CX 1720/2115	월 QF 1930/0610+1 화 CX 2330/1005+1 수 CX 2330/1250+1 목 QF 1930/0610+1 금 CX 2330/1250+1 토 QF 2215/1045+1, CX 2330/1005+1
마닐라	월 PR 1235/1815 수 PR 1030/1730 금 PR 1235/1815 일 QF 1000/1730	화목토 KE 1310/1750 금 TG 1335/1925	화목토 KE 0900/1150 수 TG 1010/1420	화 PR 2245/0815+1 목일 PR 2115/0645+1 일 QF 2115/0640+1

비고 : KE/KAL, QF/QANTAS, JL/JAL, CX/CPA, PR/PAL
상기시간은 모두 현지 시간임. +1은 다음날을 의미함.

모국 방문 안내(1)

항공 요금 및 항공 시간표

KOREAN AIR LINES

◀1980년 제1차 호주교민용 항공여행 안내와 한국방문 항공일정 안내 브로슈어

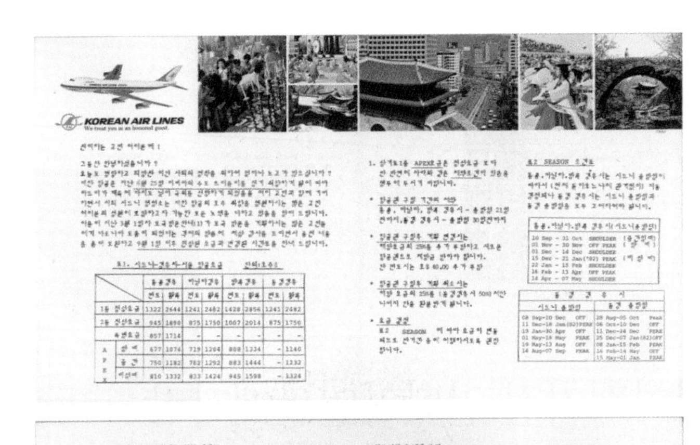

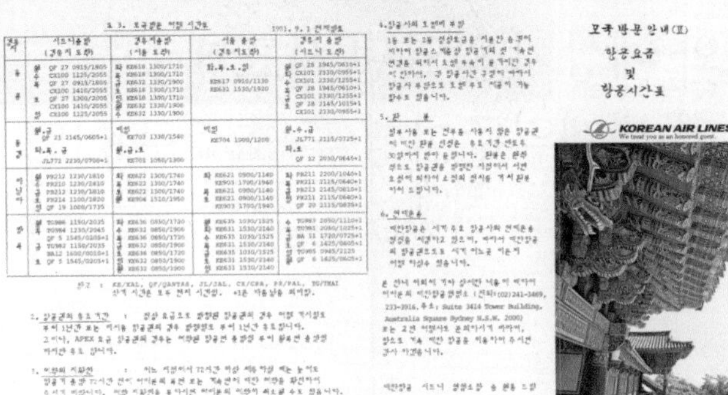

◀1981년 제2차 호주교민용 항공여행 일반안내와 한국방문 항공일정안내 브로슈어

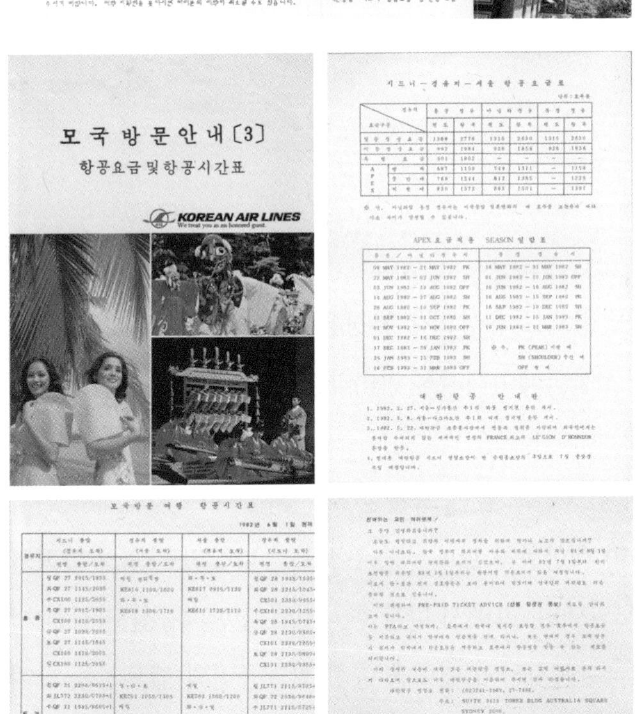

◀1982년 제3차 호주 교민용 한국방문 항공요금과 항공일정 안내 브로슈어

4
|
5

서울국제여객지점 인터라인판매과장 부임신고와 예상치 않았던 사표제출 그리고 33일간의 세계일주여행 후 호주로 이민

1982년 7월 정기인사발령으로 유상희 본부장은 한국지역본부 본부장으로 나는 한국지역본부산하 서울국제여객지점 인터라인판매담당과장으로 발령을 받았다.

유상희 본부장은 정기 항공편도 없는 광활한 호주 뉴질랜드 지역에서 현지 취항항공사들과 협력하며 대한항공 판매분을 확장시켜 나갔던 나의 친화적인 능력을 높이 평가했던 모양이다. 그래서 나를 한국지역의 판매중심 지점인 서울국제여객지점에서 외국항공사와의 협력을 통한 판매증진의 필요성을 느껴 특별히 나를 지목하고 함께 일하자고 제안을 했던 것으로 이해했다.

사실 한국발령을 받았던 1982년 7월 당시 호주내 한국교민인구 숫자는 7천 명 정도였고 시드니엔 5천 명 정도 인구로 추정할 때였다. 그 숫자도 1980년 초에 있었던 사면령으로 월남전 종전 후에 호주로 입국해왔던 대부분의 불법체류 인사들이 영주권을 취득한 후에 고국의 가족을 초청하여 재결합이 거의 끝나가고 있을 때였다. 그래서 나와 함께 1980년 사면령에 의해 영주권을 취득했던 대부분의 상사주재원들도 호주의 국토면적은 커도 인구수가 적은 관계로 특별히 생업을 하기가 어려웠고 교민을 상대로 생계를 유지하기에는 더욱 쉽지 않을 때였다. 특별히 무슨 기술을 갖고 있지 않으면 정착이 쉽지 않은 곳이었다. 그런 연유로 사실 나도 한국으로 가서 1년 이상 더 근무를 하고 대한항공에서 적어도 10년 이상 근속을 하고 막연하나마 적당한 시기를 보아 시드니로 돌아올 생각을 하고 있었다. 드디어 내 후임자인 정대용 과장이 호주입국비자를 취득하고 8월에 시드니로 부임했다. 나는 시드니지사장의 관할지역이 3개 국가를 포함하고 있고 아무리 GSA판매체제라 하더라도 대한항공과 긴밀히 업무협력을 해야 하는 중요한 인사들을 후임자에게 소개라도 해주고 떠나고 싶었다. 그래서 GSA본사격인 Tour World 멤버른 본사의 주요 인사를 포함하여 국제선 Qantas항공과 국내선 TAA의 인터라인담당과 한국인경영여행사와 교통부 시드니공항 관계자와 시드니총영사와 일부 주재상사원이라도 소개해 줄 생각으로 업무인수인계 2박3일을 이틀 더 추가로 진행하고 한국으로 귀임하겠다는 제안서와 귀임 전일정을 인사부, 영업부, 한국지역본부, 서울국제여객지점, 홍콩지역본부에 상신했고 인사부와 영업본부의 승인을 받아 모든 인수인계를 잘 마치고 한국지역 서울국제여객 지점으로 부임했다. 그런데 한국 도착 이후 곧바로 서울국제여객지점 이영일 지점장에게 부임신고를 할 때 전혀 예상치도 않았던 엉뚱한 사건이 생기면서 나는 부임신고 겸 사표를 제출하고 만 9년간 정들었던 첫 직장인 대한항공을 떠나게 된 것이다.

아마도 이영일 지점장은 나를 만나면서 초기에 내 기를 좀 꺾고 분위기 진압을 하고 싶어했던 것 같은데 나는 이에 항의하면서 그의 면전에서 바로 사표를 낸 것이다. 요즈음 같았으면 쉽게 이해했겠지만 그 당시의 나의 행동은 일반 상사에 대한 무조건 순응복종하던 관행을 파괴했다고 생각한다. 오죽하면 내가 부임인사를 하는 자리에서 인격적 예우를 갖추지 않은 상사에게 면박까지 주고 떠났으니까. 당시 선배들도 나의 돌출 행위를 무척 부러워 했다. 자기들도 언제 한 번 나처럼 상사에게 저렇게 당당하게 할 말을 다 하면서 봉급쟁이 생활을 할 수 있겠느냐며 한편으론 찬사와 격려를 하기도 했다. 당시 상황은 이러했다. 나는 한국으로 돌아온 바로 다음 날 아침 이영일 지점장께 지점 부임신고를 하기 위해 김맹령 판매관리과장의 안내를 받아 함께 지점장실로 들어갔다. 김 과장이 이 지점장께 시드니에서 승과장이 어제 귀국하여 부임신고 인사하러 왔다며 나를 소개했다. 나는 처음 뵙게 되어 반갑다며 앞으로 잘 부탁 드린다며 정겹게 부임신고를 했다. 헌데 지점장이 나에게 왜 이렇게 늦게 부임했느냐고 물었다. 나는 후임자의 호주입국비자수속 지연도 있었고 이미 전문을 통해 보고했던 대로 전임자로서 후임자에게 영업활동에 중요한 몇 몇 인사들이라도 소개를 시켜 주고 오는 것이 옳겠다고 생각하여 이미 본사에 승인을 받고 이틀 늦게 부임하게 됐다고 설명을 했다. 그랬더니 그는 나에게 "이 사람아 거기는 떠오는 곳인데 뭐 그렇게까지 신경을 쓰냐?"고 반문을 했다. 나는 곧바로 "지점장님, 거기도 대한항공입니다!"고 대답했다. 나는 비록 멀리 외 딴 지역에서 근무를 했어도 전체 회사를 생각하며 활동을 해왔기 때문이다. 머쓱해진 이 지점장은 잠시 머뭇거리더니 나를 지켜보며 "뭐! 뛴다 난다 하더니… 결국 들어왔어!" 한다. 나는 매우 불쾌했다. 이것은 인신공격성 발언이라고 순간 느꼈다. 물론 내가 회사 내에서 맡은 직책에서 열심히 일하며 내 나름대로 이름을 날렸다는 것을 인정해 주는 것은 고맙다. 그런데 호주영주권도 가진 사람이 현지에 정착(주저 앉지)도 못하고 결국 한국으로 돌아왔냐고 하는 비아냥이라고 순간 나는 느꼈기 때문이다. 그 순간 내 머릿속에 여러가지 생각들이 교차했다. 비굴하게 내가 잘못 판단했다고 인정하느냐 아니면 지점장 생각이 잘못 됐다고 고쳐 잡아야 할지? 나는 내 옆에 함께 서 있던 김 과장에게 "김과장! 사표 어떻게 내냐?"고 물었다. 그렇지 않아도 가시 돋힌 말들이 오가는 심상치 않은 신고분위기에서 초조해 하던 김 과장이 나에게 "야! 지점장님 좋은 분이야!"라고 했다. "그래도 나하곤 초면이야! 지점장이라는 사람이 이렇게 해서 민간항공이 발전하겠어? 나가!" 하며 내 팔을 잡는 김 과장을 뿌리치고 지점장실 문을 박차고 나와버렸다. 그리고 나는 유상희 본부장과 황창학 인사전무, 송영수 영업상무, 이태희 법무실장 사무실을 두루 찾아 다니며 귀국신고 겸 사표소식을 알렸다. 이유를 묻는 상사에게 나는 서울국제여객지점 이영일 지점장께 물어보시라고 답했다. 그리고 계속 회사에 나가지 않았다. 하도 귀찮을 정도로 매일 빨리 회사로 출근하라고 연락이 왔다. 시드니에서 선박 화물로 보냈던 이삿짐이 부산세관에 도착했다는 소식을 받고 나는 9월 20일 부산세관에서 이삿짐통관 수속을 마치고 아내와 함께 9월 28일 도쿄를 시작으로 해서 33일간의 세계일주(서울-도쿄-하와이-LA-뉴욕-런던-파리-암스테르담-스톡홀름-프랑크프르트-취리히-아테네-로마-방콕-홍콩-(마닐라)-서울) 해외여행을 떠났다가 10월 30일에 귀국했다. 미국, 유럽과 한국과의 시차문제도 있었으나 요즈음처럼 국제전화통화가 쉽지 않았던 시절이라 홍콩에서 서울 집으로 전화를 했었는데 둘째 자녀인 4살된 장남(지헌)이 엄마와의 통화를 거절했다. 자기네들을 떨쳐놓고 가버렸다는 삐침 때문이었다. 그래서 내 아내는 마닐라행을 취소하고 바로 귀국하자고 하여 우리는 서둘러 귀국을 했다. 그리고 나는 본사 인사부 동기인 김영준 과장에게 전화를 하여 내 사표를 빨리 수리하도록 요청했다. 드디어 1982년 11월 23일자로 사직 처리가 되었고 퇴직금으로 6,937,902원도 수령했다.

그리고 해외개발공사에서의 소양교육 등 해외이주 절차를 마치고 다시 이삿짐을 싸고 가족과 함께 12월 1일 타이페이에서 2박 그리고 쿠알라룸푸르에서 1박 여행을 하고 12월 5일 이민자로서 다시 시드니공항에 도착해서 새로운 이민자로서의 삶을 시작했다. 결국 나는 회사의 끈질긴 복귀 설득에도 불구하고 어차피 잠시 있다 떠날 거라면 차라리 이 기회에 떠나겠다고 마음을 먹었기 때문이다. 정든 대한항공을 떠나기에 앞서 본사를 찾아 많은 분들께 작별의 인사를 했다.

많은 직장 상사 동료 후배들의 따뜻한 격려와 성원을 받으며 나는 대한항공이 시드니를 취항할 때 다시 만나자고 했다. 특별히 황창학 인사전무는 "금년에 몇 살이냐?"고 물었다. 나는 만 35세라고 답했다. "그래, 그 나이에 회사를 떠나지 않으면 영원히 못 떠나지! 너는 능력이 있으니까 잘 할거야! 혹시 나중에라도 어려우면 다시 연락해!"라며 따뜻하게 격려해 주었다. 나는 혹여나 내가 시드니 정착에 실패할 경우에 다시 대한항공으로 복직시켜주겠다는 의미로 이해했다. 그래서 나는 "예! 그동안 여러모로 보살펴주시어 감사했습니다. 호주에서도 열심히 살겠습니다!"고 답하며 정중히 인사하고 나왔다. 돌이켜 보면 故 조양호 이사나 이영일 지점장(후에 뉴질랜드로 이주했다고 한다)도 내 인생여정에서 새로운 삶을 개척하도록 동기부여를 해준 매우 감사해야 할 사람들이라고 생각한다. 물론 나는 지금도 故 조중훈 사장, 조중건 부사장, 황창학 인사전무, 故 명의택 영업전무, 故 김명진 김포공항지점장, 이근수 영업상무, 송영수 영업상무, 이태희 영업이사, 김달회 영업부장, 강찬구 제다지점장, 김태조 제다지점장, 유상희 동남아지역본부장, 김경환 차장을 비롯한 여러 선배와 동료들께 깊은 존경과 감사의 마음을 간직하고 있다.

그리고 우리가 이민자로서 시드니공항에 도착했던 1982년 12월 5일 시드니 한인연합교회에서 함께 신앙생활을 했던 박고명 집사가 공항영접을 나왔다. 우리는 거처를 마련하기 이전에 잠시 며칠간 모텔에 있을 계획이었는데 박 집사가 누추하지만 자기 집 거실에라도 잠시 있으라고 강권을 하여 Lidcombe 그의 집에서 며칠간 체류했다. 박고명 집사 가족들의 사랑과 따뜻한 배려에 감사를 드린다. 그리고 우리는 곧바로 Marsfield에 있는 2 Bed Room Unit로 거처를 구해 3년간 살면서 이민자로서 새로운 정착을 시작해 나갔다.

▲ 1982년 호주이민 길에 오르는 가족과 함께 타이페이 중산공원과 쿠알라룸푸르 공항에서 아내와 세 자녀

1973년 11월에 입사했던 대한항공 영업운송일반직원 동기모임이 있다. 내가 1977년 이후부터 해외주재근무와 호주로 이민해 온 이후 결성되어 입사동기들간의 우의를 다지며 친목을 도모하는 모임이다. 인생의 황금기를 직장이라는 한 울타리 안에서 희로애락을 같이 하며 지낸 동기생들이 지난 1992년도부터 '창공'이란 이름으로 정기모임을 시작했다. 이제는 모두가 다 중역으로 퇴임을 하고 나름대로 취미생활도 즐기며 행복한 생활을 하는 것 같다. 그동안 기금도 많이 모아서 정기적으로 부부동반 단체여행도 하며 즐겁고 행복한 시간을 갖고 있어 보기가 좋다. 나도 한국방문 기간 중에 정기모임이 있을 때는 자리를 함께하며 정겨운 대화를 갖곤 한다. 지난 2017년 11월에는 대한항공 입사44주년기념으로 동기들의 글들을 모아 '아름다운 동행'이란 이름으로 단행본 책자도 발간했다. 나도 '대한항공 시드니주재원 이후의 삶'이란 제목으로 13페이지 분량으로 동참했다. 한국의 산업화와 경제발전이 본격적으로 시작됐던 시기에 민간항공 발전에 기여했던 인재들과 함께 아름다운 추억들을 공유하며 지낼 수 있었음에 감사할 따름이다.

▲70대 중반으로 접어든 나이의 대한항공 입사(1973년) 동기생들(오른쪽 4번째 필자)

◀아름다운 동행 책자 표지

나는 호주에서 최고 한국관광전문가라는 긍지를 갖고 1983년 5월 시드니 시내 중심가 Wynyard에 롯데여행사(Lotte Travel & Freight Service Pty Ltd.)를 창립하고 호주인들에게 조국을 소개하며 한국관광상품을 개발 판매하면서 호주여행업계에 한국이라는 새로운 관광지를 꾸준히 홍보하면서 창의적이고 혁신적으로 30여 년 경영했다. 또한 한국인동포와 우리2세들을 위해서 호주주류사회로의 성공적인 진입을 위해서 기회가 닿는 대로 열정적으로 참여하며 봉사해 왔다. 그래서 자그만 사업체였지만 하나님께서 내게 주신 천직이라고 생각하며 '언제나 믿고 찾는 롯데여행사'라는 표어까지 내걸고 정직하고 성실하게 운영을 했다.

5장

첫 사업,
롯데여행사 창립
(1983.5.)과
30년 경영활동

5-1

첫 사업, 롯데여행사 창립(1983.5.)과 30년 경영활동

나는 호주에서 최고 한국관광전문가라는 긍지를 갖고 1983년 5월 시드니시내 중심가 Wynyard에 롯데여행사Lotte Travel & Freight Service Pty Ltd.를 창립하고 호주인들에게 내 조국을 소개하며 한국관광상품을 개발 판매하면서 호주여행업계에 한국이라는 새로운 관광지를 꾸준히 홍보하면서 창의적이고 혁신적으로 30여년 경영했다. 또한 한국인동포와 우리2세들을 위해서 호주주류사회로의 성공적인 진입을 위해서 기회가 닿는 대로 열정적으로 참여하며 봉사해 왔다. 그래서 자그만 사업체였지만 하나님께서 내게 주신 천직이라고 생각하며 '언제나 믿고 찾는 롯데여행사'라는 표어까지 내걸고 정직하고 성실하게 운영을 했다. 여행사를 설립했던 1983년 당시에는 나도 일본인 장인들이 대를 이어가며 전통가계사업을 이어가는 것처럼 여행사업을 잘 성장시켜 가능하면 자녀들에게 승계해 주고 싶었다. 그러니 3자녀 모두가 내 뜻과는 달리 대학교에 입학하면서부터 자기가 좋아하는 전문분야인 법과와 상과로 진출하기를 원했다. 그래서 나는 60세를 전후하여 현업에서 은퇴를 할 생각으로 후계 구도를 생각했다. 그 후계자로 아시아나항공 시드니지점 손두상지점장을 낙점하고 그의 의사를 타진했으나 그는 한국 본사 귀임을 원했다. 그 후로 대한항공 시드니지점 양철남지점장이 한국으로 귀임을 했다 다시 호주로 이민해 왔다. 양 지점장은 롯데여행사 경영에 관심을 표명했고 그래서 나는 양철남을 부사장으로 영입하여 호주여행업계 현황파악과 롯데여행사의 한국방문 패키지 상품의 홍보를 위해 지방 순회 Road Show 등에도 직접 참여 시키며 여행사 현장업무 전반을 익히도록 도왔다.

그런데 뜻하지 않게 2007년도에 내가 호주시드니한인회장으로 선출되면서 60세 은퇴 계획이 늦어지게 됐다. 1년 정도의 여행사 경험을 토대로 양 부사장은 롯데여행사를 빨리 인수하고 싶어 했다. 그러나 한인회장이 경제활동을 하지 않는 무직자가 되면 안 되겠다고 생각했던 나는 양 부사장의 요청을 거절했다. 그런데 한인회 운영위원이었던 미션유학이민사 윤국한 사장이 마침 새로운 여행사 설립에 관한 문의를 해 와서 나는 새 여행사 설립이 어렵기도 하려니와 홍보에도 많은 투자를 해야 할 거라며 차라리 내 은퇴 후에 롯데여행사를 인수하라고 제안했다. 그는 그렇게 할 수 있으면 좋겠다고 동의했고 우리는 당시 여러 상황들을 고려해서 롯데여행사 25년 경력의 Good Will을 인정하여 이에 대한 비용만을 수수하고 양도하는 것으로 합의해 2008년 2월 21일 정동철 변호사 앞에서 롯데여행사 인수인계 계약서에 서명했다. 먼저 롯데여행사와 미션유학이민사를 합병하고 내가 두 회사의 회장으로 윤 사장은 두 회사의 사장으로 시내 Wynyard House에 있는 롯데여행사를 Town Hall 근처에 있는 미션유학이민사로 이전하고 2년간 양 사가 각기 독립적으로 운영한 후에 완전 양도하기로 했다. 이렇게 30년이 지난 2012년 말에 정들었던 롯데여행사를 윤국한 사장에게 완전 양도하고 여행업계 현장에서 은퇴를 했다. 한국관광공사 시드니지사에서도 호주여행업계에서 한국을 대표하며 왕성하게 활약을 해 왔던 나의 은퇴를 매우 서운하게 생각했다. 아마도 여행사 창업에서부터

30년 동안 여행사업을 추진해 오면서 일반적인 여행사 업무 이외에도 정말로 다양한 일들을 소신껏 추진했었기 때문이다. 한국인 호주이민자로서, 남북한 분단조국의 이산가족의 후예로서, 한국에서 최상의 교육을 받았다는 자존감 높은 엘리트로서의 긍지와 자신감을 갖고 정말로 내가 계획하며 해 보고 싶었던 다양한 활동들을 원 없이 소신껏 추진할 수 있었던 것은 그야말로 때를 따라 지혜와 용기를 주셨던 보이지 않는 손이 언제나 내 곁에서 함께 동행하며 보호 인도해서 가능했다고 확신한다. 이 어찌 감사하지 않을 수가 있겠는가! 또한 2012년 말에 호주여행업계에서는 공식 은퇴를 했으나 호주사회 내의 인권과 반차별 금지 활동을 위해서 그리고 호주다문화사회간 화합과 협력을 위해서 그리고 호주사회 내에서의 한국과 한인사회의 이미지제고와 권익증대를 위한 일에 적극 참여하며 자유로이 활동을 하며 지내고 있다.

▲필자가 한국관광공사로부터 수상했던 1997년 한국의 관광자원 개발과 관광산업홍보 공로 감사패 & 2006년 호주태권도인의 한국관광진흥 공로 감사패 & 2012년 경상북도관광 호주홍보사무소장으로서의 한국관광진흥 공로 감사패

5 | 2

롯데여행사 창립과 초기 영업전략과 이후 활동

만 9년간 재직하며 정 들었던 대한항공을 떠나 공식이민자로서 1982년 12월 시드니로 돌아온 우리 가족은 제일 먼저 Marsfield에 2 Bed room 아파트에 임시 보금자리를 정했다. 그리고 1983년 초부터 여행사 설립을 위한 사업체법인등록을 위해 회계법인을 통해 서류상으로 사업등록을 해놓은 회사를 인수하는 방법으로 회사설립 기간을 단축했다. 그리고 회사 주소지를 정하기 위해 여러 방안을 검토했다. 당시 시드니 거주 한인동포수는 대략 6천여 명 정도였고 Canterbery City의 Campsie지역을 중심으로 한인상권이 형성되어 가고 있던 이민정착초기였

다. 그리고 대한관광여행사와 민여행사, 두 한인여행사가 한국교민들의 여행 편의를 위해 영업을 해오고 있었던 까닭으로 나는 롯데여행사의 초기 주요 고객대상을 한국교민보다는 차라리 호주 현지인들을 주요 대상으로 설정했다. 그래서 영업장소도 한인상권지역보다는 시내 중심가에 자리잡는 것이 좋겠다고 판단하여 시드니의 비즈니스 중심지역인 시내중심가 Wynyard역 바로 위에 위치한 Wynyard House 7층 사무실을 구했다. 이 당시에 한인업체가 시내 중심가에 자리 잡는 일은 주재상사를 제외하곤 매우 이례적인 일이었다. 돌이켜보면 바둑게임으로 설명하자면 바둑판 가운데인 중천에 첫 한 점을 놓고 시작한 셈이다. 그래서 롯데여행사는 그 후부터 호주여행업계에서 한국행 호주 여행객 수요창출을 주도하는 중심적 여행사의 하나로 그 역할을 충실히 감당해 갈 수 있었다고 생각한다. 어쨌든 시드니시내 중심가 Wynyard House에 사무실을 정했고 이어 회사명을 Lotte Travel & Freight Service Pty Ltd.(롯데여행사)로 확정하여 등록을 했다. 그리고 롯데여행사 회사 명의와 내 개인 명의로 된 여행사업면허를 취득했다.

그리고 사무실 내부 칸막이와 여러 관광명소(서울, 동경, 로마, 아테네, 독일과 함께 미주, 동남아, 유럽) 판넬을 걸어 제법 여행사 분위기를 느낄 수 있게 준비했고 초심을 잊지 않기 위해 사훈(친절봉사, 성실근면, 창의인내)도 써서 잘 보이도록 걸었다. 이렇게 회사등록을 하고 사무실을 잡고 공식 상호등록도 하고 사무실 내부공사도 마치고 여행사업 허가까지 대략 4개월 정도가 소요됐다. 드디어 여행사로서 필요한 모든 허가 및 등록절차가 완료되어 롯데여행사 창업 리셉션을 준비했

TRAVEL AGENTS ACT 1973
(NEW SOUTH WALES)
TRAVEL AGENTS LICENCE
LICENCE No. B 1518

The Travel Agents Registration Board in accordance with the provisions of the Travel Agents Act, 1973 hereby grants to: LOTTE TRAVEL & FREIGHT SERVICE PTY. LTD. (the licensee) trading as LOTTE TRAVEL & FREIGHT SERVICE PTY. LTD. a licence under that Act to carry on the business of a travel agent

Granted this EIGHTH day of APRIL 197 83

REGISTRAR

▲1983년 4월에 취득한 호주정부 여행사업 면허장

다. 당시 한인사회 규모로서는 매우 보기 드문 커다란 영업장개점 축하행사였다. 나는 이민 후 대한항공 주재원 시절에 출석했던 시드니한인연합교회를 떠나 새로이 시드니제일교회에 출석을 하고 있었으나 아직 교인들과 교제가 많지 않았던 관계로 당시 남미에서 호주로 이주해 오셨던 연합교회 협동목사였던 故 김승룡 원로목사님께 창립예배 인도를 부탁했다. 대한항공 주재원시절에 가깝게 지냈던 지인들과 시드니총영사관, 주재상사 동료들과 신경선 시드니한인회장을 비롯한 교민사회 유지들 그리고 여러 항공업계와 호주여행업계 인사들이 축하객으로 참석하여 2일간 성황을 이루며 축하인사를 받았다. 창립예배에 참석했던 어떤 분들은 故 김승룡 원로목사님의 축복기도가 너무 좋았다며 롯데여행사의 발전을 진심으로 축원해 주었다. 이렇게 1983년 5월 롯데여행사는 한인사회여행업계 뿐만 아니라 미래 호주여행업계의 새로운 총아로 등장하고 있음을 세상에 알렸다.

▲ 1983년 5월 롯데여행사 창업 축하예배에 참석한 신경선 시드니한인회장과 교인들 & 축하예배에 참석한 故김승룡 원로목사, 교인들과 필자(안쪽 사무실 밤색 옷차림) & 축하예배에 참석한 교인들과 아내(뒷줄 서 있음)

▲ 롯데여행사창업 사훈(친절, 봉사, 성실, 근면, 창의, 인내), 축하리셉션에 대한항공총대리점(GSA)사장과 직원들

▲1983년 5월, 롯데여행사 창립 당시 아내의 집무실과 필자의 집무실

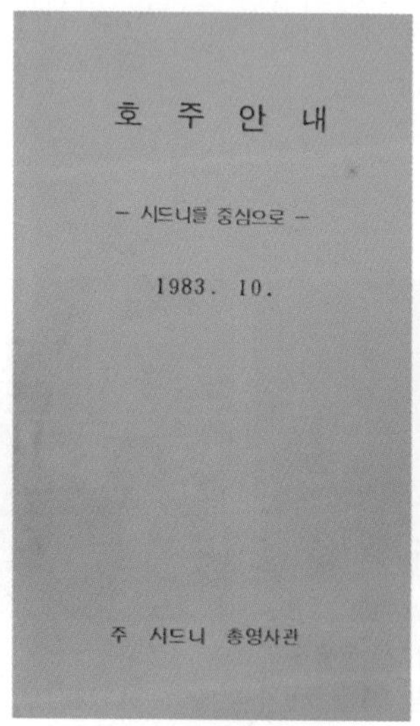

호 주 안 내

– 시드니를 중심으로 –

1983. 10.

주 시드니 총영사관

Ⅵ. 교민현황

1. 교민수

1) 호주전체 교민수 : 총 7,552명

- 칸베라 지역 : 66
- 시드니 지역 : 6,024
- 멜본 지역 : 690
- 퍼스 지역 : 541
- 브리스베인 지역 : 121
- 아델라이드 지역 : 90
- 다-윈 지역 : 20

2. 교민단체 현황(시드니 지역)

1) 한인회(호주 한인회)
2) 한인회관 건립 추진 위원회
3) 종교단체 : ① 시드니 한인 연합교회
② 한인 중앙 장로교회
③ 시드니 제일교회
④ 시드니 한인교회
⑤ 시드니 순복음교회
⑥ 시드니 영락교회
⑦ 한인 가나안 장로교회
⑧ 순복음 중앙교회
⑨ 화이브덕 장로교회
⑩ 한인 침례교회
⑪ 서부 동산교회
⑫ 한인 천주교회
⑬ 북부 한인교회
⑭ 벧엘교회
⑮ 불교 신도회

– 16 –

◀1983년 10월 시드니총영사관에서 발간했던 호주안내 소책자(1983년 10월 당시 시드니거주 한인동포수는 6,024명으로 명시되어 있다.)

내가 롯데여행사를 창업했던 당시 1983년 10월의 시드니총영사관 자료엔 시드니의 한국인 수는 대략 6천여 명으로 추산하고 있다. 대부분의 교민들은 1980년 6월 19일 2차 사면령 발표 이후 영주권수속을 마치면서 헤어져 있던 한국내 가족들을 초청하여 가족재결합을 하며 안정화 되어가던 시기였으므로 해외여행은 물론 국내여행조차 꿈꾸지 못하던 시기였다. 그래서 나는 여행사업 초창기부터 한국인 고객보다는 호주현지인들을 주 고객 대상으로 마케팅을 시작했다.

첫째로 한국무역공사KOTRA를 찾아가 한국의 수출상품을 수입할 가능성이 있는 미래 고객들을 찾는 작업을 했다. 이들을 대상으로 한국방문에 따른 일반 정보들을 우편으로 안내했다. 특별히 한국내 수출진흥을 위한 특별기획 상품 전시회가 있을 때에는 무척 바빴다. KOTRA에 문의해오는 고객 리스트를 받아 간단한 한국안내 자료와 함께 한국행 항공편 안내를 하며 양질의 고객들을 유치하기 위함이었다. 이들 고객들 가운데에는 훗날 한국 대기업체의 호주총판 수입업자가 되어 자기 가족과 회사 전 임직원의 한국방문을 포함해 다른 해외여행업무까지도 의뢰하는 경우도 있었다. 둘째로 한국태생 어린이를 입양하는 호주입양부모단체ASIAC를 후원하며 미래 입양부모들을 찾아 한국여행을 돕는 마케팅을 실시했다. 입양부모들간의 원활한 소통을 위해 그리고 입양해온 한국어린이 양육을 지원한다는 의미에서 나는 매년 두 차례씩 센테니얼 파크에서 코리언 바베큐파티를 열고 이들을 초청해 입양부모들간의 정보교환과 친교의 장을 만들어 주기도 했다. 뿐만 아니라 한국어린이를 수속해 호주로 보내주는 한국내 입양수속 대행업체인 동방아동복지회 故 김득황 이사장을 면담하며 호주인 양부모님들의 입양절차 편의를 위해 최선의 업무협조 지원까지 실행했다.

▲ 1984년, 한국내 호주입양아 수속 기관인 동방아동복지회 故 김득황 이사장과 업무 협의 후 함께한 필자 & 한국어린이입양가정초청 Korean BBQ파티에 참석한 입양한국어린이를 안고 있는 필자의 3자녀들.

셋째로 한국인 고객을 위한 최상의 서비스 제공이었다. 주호주한국대사관, 시드니총영사관과 한국주재상사 동료들이 비록 숫자는 많지 않았으나 여러모로 많은 도움을 주었다. 물론 나보다 먼저 여행사를 운영했던 두 여행사, 대한관광여행사(대표: 조기성)와 민여행사(대표: 민성식)가 있었으나 공관과 주재상사 식구들은 나의 3년여 대한항공 시드니지사장 시절 나와의 친분 관계로 주로 롯데여행사를 이용했다. 사실 친분관계도 중요했지만 항공권 가격 면에서 다른 두 여행사는 우리 롯데여행사와 가격경쟁을 할 수 없었던 중요한 이유도 있었다.

예를 들면 당시엔 가장 싼 항공요금인 Advance Purchase ExcursionAPEX Fare를 사용하려면 출발 최소 3주 이전까지 항공표를 예약발권해야 하는 조건이 있었다. 헌데 요즈음과는 달리 당시 한국인들의 생활현실 여건상 여행일 3주이전에 예약발권완료는 대부분이 현실적으로 불가능했다. 그 기본발권조건을 충족해야 가장 싼 항공요금을 사용할 수 있었으므로 다른 한국인경영 여행사도 조건이 맞지 않는 고객을 APEX Fare로 유치할 수 없었다. 그러나 나는 홍콩을 경유하는 CPACathay Pacific Airways항공사의 특별배려로 3주 이내 하루 전이라도 자리만 있으면 싼 APEX 항공요금을 적용해서 판매할 수 있도록 특별배려를 해 주었기 때문이다. 과거 대한항공 시드니지사장 시절에 맺어진 항공업계동료들이 내가 새로이 시작한 여행사를 도와주기 위한 특별조치였다. 그리하여 새로이 막 시작한 롯데여행사의 판매 경쟁력은 매우 높았고 창업과 함께 기대 이상으로 순조롭게 정착을 했던 셈이다. 너무나도 감사할 일이었다.

넷째로 일반호주인관광객들을 위한 한국방문유치였다. 이때는 아직 직행 항공편이 없었던 시절이라서 내가 대한항공 시드니지사장시절에 임명했던 대한항공 여객총대리점GSA과 호주국영항공사인 Qantas항공사가 한국행 고객을 위해 시장경쟁력이 있는 항공요금을 공동으로 책정할 수 있도록 상호협력관계를 유도하면서 호주인관광객들이 사용할 수 있는 경쟁력 있는 항공요금 책정에 깊이 관여하며 새로운 수요창출을 주도해 갔다.

▲1986년 대한항공 GSA(호주여객판매총대리점)가족초청 필자의 집 뒷마당에서의 BBQ파티 &
1991년 아내 생일 날에, 롯데여행사 초기 정착 성장기의 유능했던 직원(Venessa & Stella)과 필자 부부

▲2000년대 이후 롯데여행사 필자의 집무실과 초기 54평방미터에서 89평방미터로 확장된 영업장

▲2000년대 이후 롯데여행사의 89평방미터로 확장된 영업장

1980년대 당시 호주에서는 한국이라는 나라는 호주인관광객들에게 전혀 생소한 관광지였다. 물론 대한항공 시드니지사장 시절에 호주여행사를 통해 대한항공 운항노선 판매를 위해 열심히 노력을 했었으나 현실적으로 여행사업계 입장에선 고객을 상대로 한 일반 관광정보와 실제 한국관광상품이 없었기 때문에 현실적으로 판매가 쉽지 않았다. 그래서 롯데여행사의 초기 순조로웠던 정착과정을 거쳐 1988년 서울올림픽 때부터 호주인관광객을 위해서 한국관광 패키지상품을 개발 홍보 판매를 시작하게 되었다. 적어도 인터넷이라는 새로운 기술혁명적 문명의 이기가 등장하기 전까지만 해도 나는 호주 전역의 여행업계에서 한국관광여행에 관한 한 최고 전문가로서의 독보적 위치를 유지했던 셈이다. 그야말로 1980-90년대 당시의 블루오우션에 뛰어 들었던 선구자적인 여행사업자였다라고 평가할 수 있을 것이다.

이와 함께 나는 호주에서 한국을 방문하는 관광객 수요증대를 위하여 호주여행업계 인사들과 호주언론계 인사들의 관심과 협력을 얻기 위해서 또 다른 노력을 했다. 그 내용은 1990년도 한국취항을 시작했던 호주국영항공사 QANTAS항공사와 우리 롯데여행사가 매년 공동으로 주관하여 호주여행업체와 언론계 인사를 한국으로 초청해서 한국내 주요 관광지를 직접 답사시켜 한국에 관한 역사, 문화, 전통을 포함한 전반적인 이해를 높여, 여행업계 인사들이 일선 판매활동에 기여하게 했고 또한 언론계 인사들은 언론매체를 통해 다양한 한국관광 홍보기사를 게재케 함으로서 호주여행자들의 한국에 관한 보다 높은 관심과 참여를 유도했던 것이다. 나는 1990년도부터 시행했던 Qantas항공과 롯데여행사 공동주관 FAMFamiliarization Tour에 매년 8명의 여행업계 인사와 2명의 언론계 인사로 모두 10명을 초청하는 것을 원칙으로 하여 Qantas항공사에서 4명의 여행업계 인사를 내가 4개 여행업계 인사를 선정했다. 그리고 2명의 언론계 인사는 한국관광공사 시드니지사장의 추천을 받아 선정했다. 나는 롯데여행사의 한국관광 패키지상품을 판매해 주는 호주 여행사 임직원들을 대상으로 선정하며 호주여행업계에서 국영 Qantas항공사가 지원하는 한국관련 전문여행업자로서의 위치를 확고히 했다. 그런데 1997년 한국의 IMF 금융경제위기 이후로 QANTAS항공사는 한국 취항을 철수해 FAM Tour가 잠시 중단되었다가 2004년 말부터 내가 경상북도관광 호주홍보사무소장 직책을 맡게 되면서부터 다시 호주인 여행사와 언론계 인사를 대상으로 활발하게 초청활동을 재개할 수 있었다. 특별히 2005년 4월에 실시했던 FAM Tour에는 언론계 인사 몫으로 호주국영다문화TV방송 SBS의 Community Relations Executive, Ms Olya Booyar가 있었다. 한국어 방송 프로그램이 있는 호주국영TV, 라디오방송 SBS 주양중 PD를 통해 추천받은 SBS내의 영향력 있는 중요한 인사였다. 한국내 주요 관광지인 서울, 안동, 경주, 영주, 문경, 수원을 포함한 6박7일간의 여정을 함께 했던 덕분으로 나는 Olya Booyar와도 친숙하게 되었다. 헌데 다음 해인 2006년 제18회 독일World Cup이 개최되었을 때에 호주국영방송인 SBS TV에서 World Cup 실황 생중계와 함께 다른 경기들도 녹화 방영했다. SBS TV방송사는 6월 13일 예선 경기중 한국vs토고 그리고 프랑스vs스위스 경기가 같은 시간대에 진행되었기 때문에 한국vs토고 경기를 먼저 생중계하고 프랑스vs스위스 경기를 녹화중계 한다고 발표를 하여 우리 모든 한인동포들은 매우 반가워 했다. 헌데 무슨 사연이 있었는지는 몰라도 얼마 있지 않아 프랑스vs스위스 경기를 먼저 생중계하기로 변경했다는 발표가 있었다. 물론 우리 한인동포사회는 SBS TV방송사에 항의를 하며 원래대로 한국vs토고 경기를 먼저 생중계하라고 항의 요청했다. 그래서 나도 평소 친분이 있었던 Olya Booyar에게 전화를 했다. 그리고 한인동포사회의 위상과 호주다문화사회에서 한국vv토고 경기가 프랑스vv스위스 경기보다 더 많은 관심이 있어 시청률도 훨씬 높을 것이라며 생중계방송 일정을 재변경해 달라고 요청했다. 6박7일을 함께 지냈던 사람에게 긴 말은 필요하지 않았다. SBS TV내에 영향력이 있었던 OLya Booyar 덕분에서였는지 결국 한국vs토고 경기를 먼저 생중계하는 것으로 재확정했다는 연락을 받았다. 매우 기뻤던 순간이었다. 이렇게 중요한 의사 결정권 자리에 있는 SBS TV 호주주류사회 인사들과의 자연스런 인적 네트워크가 빛을 발하는 것 같았다. 매우 기뻤고 감사할 일이었다.

5
|
3

호주 In Bound; 한국인관광객을 위한 호주관광상품소개와 선제적 마케팅

나는 롯데여행사를 창립했던 1983년 이후부터 한국내 주요 여행사들과 긴밀하게 업무협력을 했다. 왜냐하면 해외여행자유화 이전이었던 당시에는 한국내 주요 여행사들도 호주여행을 원하는 다양한 형태의 고객편의를 위하여 한국여권발급과 호주대사관에서의 호주입국비자 취득을 위해 해외초청장을 필요로 했기 때문이다. 예를 들면 호주내과의사학회가 있을 경우 학회 참석겸 호주방문을 희망하는 한국내 내과의사들의 명단을 사전에 입수하여 학회주관처와 연락하여 2부의 초청장을 발급받아 한국내여행사에 전달하는 단계로 부터 호주내 여행안내까지 전 과정을 포함하는 랜드서비스제공이었다. 돌이켜보면 부가가치가 매우 높았던 시절이었다.

한편 나는 1988년 서울올림픽 성공 이후 한국정부는 곧바로 한국인해외여행자유화선언을 할 것이라고 확신하여 세2회 1988년 한국국제관광진흥전

▲ 1988년 서울 KOEX에서 개최된 '88Korea World Travel Fair전시관과 호주롯데여행사 호주홍보관에서의 필자

Korea World Travel Fair에 참가하여 한국내 여행업계와 미래 한국인해외관광객을 대상으로 호주롯데여행사 홍보를 겸해 선제적으로 호주관광홍보를 주도하기로 했다. 그래서 나는 KOTFA'88 서명석 집행위원장과 연락을 하면서 호주정부관광청을 비롯하여 호주국영항공사인 QANTAS항공에 한국관광시장 개척을 위하여 1988한국국제관광진흥전에 함께 참가하자고 제안을 했다. 그러나 당시 호주관광업계의 한국에 대한 부정적인 분위기 탓이었는지 모두들 냉담한 반응을 보였다. 나는 할 수 없이 롯데여행사 단독으로 참가하기로 결정하고 한국의 롯데여행사와의 구별을 위해 호주롯데여행사 이름으로 전시관을 확보하고 A4사이즈 6면짜리 호주여행홍보용 브로슈어를 제작했다. 한국내 여행업계에서의 반응은 매우 좋았다. 뿐만 아니라 나는 자연스럽게 호주여행업계를 대표하는 선발주자 위치를 확보했던 셈이다. 그리고 나는 주한호주대사관 영사겸 행정담당자 Algy Vaisutis영사를 만나 호주방문을 희망하는 한국여행객을 위해 그리고 가까운 미래의 호주여행 활성화를 위해 롯데여행사의 호주여행홍보 브로슈어를 대사관 고객대기실에 비치해 줄 것을 요청했고 그는 비공식적으로 배포할 수 있도록 허락을 했다.

▲ 1988년도 한국세계관광전시회를 위해 제작 배포한 호주롯데여행사의 첫번째 6면 호주관광홍보 브로슈어 서울, 주한 호주대사관의 양해를 얻어 호주대사관 일반 안내 간행물 열람 장소에 비공식 전시 배포되었다.

▲ 1989년 서울KOEX에서 개최된 '89Korea World Travel Fair전시관에서 호주정부관광청, 호주전시관에서 아시아담당국장 Andrew Reily와 필자 & 호주정부관광청, 호주홍보전시관에 진열된 필자의 3자녀 모습

나의 예상대로 1988서울올림픽은 평화올림픽으로 매우 성공적으로 개최됐다. 드디어 1989년 한국정부는 한국인의 해외여행자유화를 선언했다. 이에 힘을 얻은 나는 호주정부관광청과 QANTAS항공을 포함하여 여러 주정부 관광청에도 1989한국국제관광진흥전에 함께 호주관광홍보에 참여하자고 했다. 물론 성과는 대성공이었다. 호주정부관광청은 A4사이즈 28페이지의 “호주 AUSTRALIA” 호주 안내홍보책자 발간을 위하여 당시 홍콩에 주재하고 있었던 아시아담당국장 앤드류 라일리Andrew Reiley는 책자 표지모델로 한국계 어린이를 추천해 달라는 요청을 해왔다. 나는 당시 13, 10, 9살이었던 우리 아이들을 모델로 하자고 제안하여 승낙을 받았고 이이들과 함께 우리 부부도 모델로 참여했다.

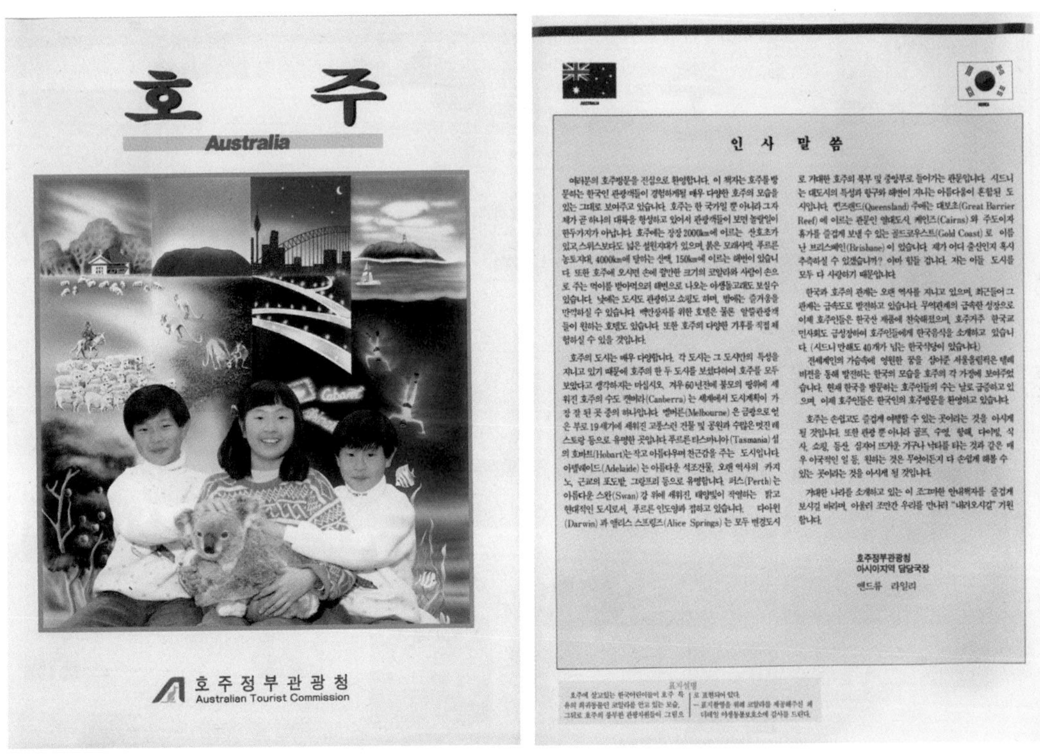

인 사 말 씀

여러분의 호주방문을 진심으로 환영합니다. 이 책자는 호주를 방문하는 한국인 관광객들이 경험하게될 매우 다양한 호주의 모습을 있는 그대로 보여주고 있습니다. 호주는 한 국가일 뿐 아니라 그자체가 곧 하나의 대륙을 형성하고 있어서 관광객들이 보면 놀랄일이 한두가지가 아닙니다. 호주에는 장장 2000km에 이르는 산호초가 있고, 스위스보다도 넓은 설원지대가 있으며, 붉은 모래사막, 푸르른 농토지대, 4000km에 달하는 산맥, 150km에 이르는 해변이 있습니다. 또한 호주에 오시면 손에 잡힐만한 크기의 코알라와 사람이 손으로 주는 먹이를 받아먹으러 해변으로 나오는 야생돌고래도 보실수 있습니다. 낮에는 도시도 관광하고 쇼핑도 하며, 밤에는 즐거움을 만끽하실 수 있습니다. 백만장자를 위한 호텔은 물론 알뜰관광객들이 원하는 호텔도 있습니다. 또한 호주의 다양한 기후를 직접 체험하실 수 있을 것입니다.

호주의 도시는 매우 다양합니다. 각 도시는 그 도시만의 특성을 지니고 있기 때문에 호주의 한 두 도시를 보셨다하여 호주를 모두 보았다고 생각하지는 마십시오. 겨우 60년전에 불모의 땅위에 세워진 호주의 수도 캔버라(Canberra)는 세계에서 도시계획이 가장 잘 된 곳 중의 하나입니다. 멜버른(Melbourne)은 금광으로 얻은 부로 19세기에 세워진 고풍스런 건물 및 공원과 수많은 멋진 레스토랑 등으로 유명한 곳입니다. 푸르른 타스마니아(Tasmania)섬의 호바트(Hobart)는 작고 아름다우며 친근감을 주는 도시입니다. 아델레이드(Adelaide)는 아름다운 석조건물, 오랜 역사의 카지노, 근교의 포도밭, 그랑프리 등으로 유명합니다. 퍼스(Perth)는 아름다운 스완(Swan)강 위에 세워진, 태양빛이 작열하는 밝고 현대적인 도시로서, 푸르른 인도양과 접하고 있습니다. 다아윈(Darwin)과 앨리스 스프링스(Alice Springs)는 모두 변경도시로 거대한 호주의 북부 및 중앙부로 들어가는 관문입니다. 시드니는 대도시의 특성과 항구와 해변이 지니는 아름다움이 혼합된 도시입니다. 퀸즈랜드(Queensland)주에는 대보초(Great Barrier Reef)에 이르는 관문인 열대도시 케인즈(Cairns)와 주도이자 휴가를 즐겁게 보낼 수 있는 골드코우스트(Gold Coast)로 이름난 브리스베인(Brisbane)이 있습니다. 제가 어디 출신인지 혹시 추측하실 수 있겠습니까? 아마 힘들 겁니다. 저는 이들 도시를 모두 다 사랑하기 때문입니다.

한국과 호주의 관계는 오랜 역사를 지니고 있으며, 최근들어 그 관계는 급속도로 발전하고 있습니다. 무역관계의 급속한 성장으로 이제 호주인들은 한국산 제품에 친숙해졌으며, 호주거주 한국교민사회도 급성장하여 호주인들에게 한국음식을 소개하고 있습니다. (시드니만해도 40개가 넘는 한국식당이 있습니다.)

전세계인의 가슴속에 영원한 꿈을 심어준 서울올림픽은 텔레비젼을 통해 발전하는 한국의 모습을 호주의 각 가정에 보여주었습니다. 현재 한국을 방문하는 호주인들의 수는 날로 급증하고 있으며, 이제 호주인들은 한국인의 호주방문을 환영하고 있습니다.

호주는 손쉽고도 즐겁게 여행할 수 있는 곳이라는 것을 아시게 될 것입니다. 또한 관광 뿐 아니라 골프, 수영, 항해, 다이빙, 식사, 쇼핑, 등산, 심지어 뜨거운 기구나 낙타를 타는 것과 같은 매우 이국적인 일 등, 원하는 것은 무엇이든지 다 손쉽게 해볼 수 있는 곳이라는 것을 아시게 될 것입니다.

거대한 나라를 소개하고 있는 이 조그마한 안내책자를 즐겁게 보시길 바라며, 아울러 조만간 우리를 만나러 "내려오시길" 기원합니다.

호주정부관광청
아시아지역 담당국장

앤드류 라일리

표지설명

호주에 살고있는 한국어린이들이 호주 특유의 희귀동물인 코알라를 안고 있는 모습. 그뒤로 호주의 풍부한 관광자원들이 그림으로 표현되어 있다.

— 표지촬영을 위해 코알라를 제공해주신 [illegible] 야생동물보호소에 감사를 드린다.

▲ 1989년도 호주관광청에서 발행 28면 호주관광홍보 책자 표지(내 3자녀)와 인사말

▲1989년 한국여행자유화에 따른 호주롯데여행사의 A4 사이즈 12면 호주관광판촉홍보 브로슈어

▲ 1989년 한국여행자유화에 따른 호주롯데여행사의 A4 사이즈 12면 호주관광판촉홍보 브로슈어

IANHO TIMES 6 October 1989

교포소식

롯데여행사 소식

롯데여행사 (대표 : 승원홍) 는 QANTAS항공사와 호주정부관광청과 함께 지난 9월 7일부터 10일까지 서울 삼성동에서 개최된 제4회 한국국제관광진흥전에 참가하여 한국정부의 관광자유화조치이후 증가일로에 있는 한국인 관광객을 대상으로 호주관광 홍보작전에 앞장을 섰다.

롯데여행사는 88년도 서울올림픽 이전인 제3회 한국세계관광진흥전에도 호주를 대표 (?) 단독으로 참가하여 호주정부관광청을 놀라게 한바 있다.

승원홍사장은 지난 경험을 토대로 한국내 주요 여행업계에 호주의 주요관광지와 일반적인 관광코스, 신혼여행, 골프관광, 연수관광등 다채로운 관광코스를 소개하는 12페이지의 호화사진 소책자를 "호주"라는 표제로 발간 배포 하였다고 한다.

롯데여행사에서는 우리 교민들 가운데도 한국에 있는 연고자들이 호주를 방문 관광하고자 할때 롯데여행사 전화 29-2985로 연락을 하면 적은비용으로 추억이 될 만한 관광을 주선할수 있다고 한다.

뿐만아니라 롯데여행사는 금년초부터 호주인 관광객들을 한국으로 보내는 한국관광 패케지 상품도 인기리에 판매하고 있으므로 주위의 호주인들에게 소개하여도 손색이 없는 한국관광이 될것이라 한다. 1990년도 출발예정 스케쥴이 담긴 "KOREA" 소책자도 발간 배포중이다.

아울러 금년말 모국방문 산업시찰 단체에 많은 교민 2세들과 가족들의 참여를 바라며, 혹시 재정적편의가 필요한 분은 내쇼날 오스트랄리아은행과 롯데여행사가 공동 개발한 저금리의 여행융자를 많이 참고하기를 권유하고 있다한다.

▲ 1989년10월 롯데여행사 홍보활동 소개 기사

그러나 1990년도부터 한인여행사들을 포함하여 여행안내 경험이 있던 가이드출신들도 인바운드 사업에 뛰어 들면서 가격 덤핑이 시작되었다. 주요 원인은 면세점과 선물가게가 선제적 고객유치를 위하여 인바운드 여행사에 선불로 제공했던 높은 리베이트와 연동된 인바운드여행사의 랜드서비스가격의 하락이었다. 한국관광객 수요는 날로 증가하는데 인바운드 랜드서비스가격은 계속 떨어져 갔다. 인바운드 여행사들간의 과당경쟁이 이를 부추긴 셈이다. 또 다른 문제는 면세점과 선물가게의 터무니 없는 바가지요금으로 호주관광 이미지의 추락이었다.

나는 면세품과 한국선물가게의 바가지요금 행태를 반대하며 적정한 서비스를 제공하고 적정한 이윤을 창출하며 건전한 경쟁을 통해 인바운드 여행업계 발전에 기여하자고 주장했다. 그러나 대세는 과당경쟁을 하면서라도 면세점과 한국선물가게로부터 받는 리베이트와 호주정부가 지원하는 수출장려금 성격의 지원보조금으로 수지를 맞춰 보려고 노력을 하였으나 결국 모두 다 망해가는 어처구니 없는 상황이 전개되고 있었다. 이 즈음에 한국 주요 일간지에 전면 광고를 통해 한국인 관광객의 호주송출에 두각을 나타내고 있었던 호주와인 수입 공급업자인 가자여행사의 김 회장을 만나게 되었다. 그는 여행업계의 평판과 업무적으로 신뢰할 수 있다고 판단했던 나와 사업협력을 하고 싶어했다. 그런데 그와 나의 사업 계산법이 근본적으로 상이했다. 예를 들면 나는 한국관광객 유치에 따른 실제 총비용은 인정하고 면세점과 한국선물가게로부터 발생하는 커미션을 똑같이 배분하자는 논리였고 그는 면세점과 한국선물가게로부터의 예측할 수 없는 가상의 수입까지 포함하여 손익분기점을 잡자는 무리한 요구를 했다. 나는 김 회장이 상업 도의상 매우 무례하다고 판단했고 이러한 사람 때문에 한국인관광객을 상대로 하는 양질의 인바운드사업은 기대하기 어렵다고 생각했다. 물론 우리 두 사람의 빅딜은 무산되었다. 그 후, 김 회장은 많은 한국인관광객 물량을 여기 저기 소규모 한인여행사에 선심을 쓰듯이 나누어 주었으나 결과적으로 한인인바운드여행사업자들의 경영상태는 피폐해져 갔다. 그리고 시간이 흘러 결국 가자여행사 자체도 흔적없이 사라지고 말았다.

물론 나는 불모지였던 한국관광객을 위한 호주 인바운드 시장 개척의 일등공신이었음에도 불구하고 결국 1991년도부터 인바운드 사업에서 미련없이 손을 떼기로 결정했다. 돌이켜 보면 악화가 양화를 구축한 한국인 인바운드 여행업계의 현실이었다. 이러한 한국인 인바운드 여행업계의 구조적 문제는 결국 호주연방정부와 주정부 관광청에서도 심각한 문제로 인식하고 있었으며 이의 시정을 위해 한국인 인바운드 여행업자들을 초청해 특별 개선방안회의를 주관하며 나도 함께 초청하곤 했다. 당시 Gold Coast의 Movie World와 Sea World의 International Marketing Manager겸 호주 인바운드여행업협회 회장이었던 Peter Doggett와 호주정부관광청 관계자들도 나의 인바운업계 복귀와 한국 인바운드업계의 정상화 공동노력의 요청을 받곤 하였으나 나는 날로 성장해 가는 아웃바운드업무를 핑계로 인바운드 업계로 다시 복귀하지 않았다. 왜냐하면 전혀 개선여지가 없어 보이는 구조적 병폐를 정상화하기에는 어렵다고 판단했기 때문이다. 그리고 세월이 흘러 내가 2007년도에 시드니한인회장에 당선된 후 나는 인바운드 여행사, 가이드, 면세점과 선물가게, 식당, 버스운송업자, 식당업계를 망라한 인바운드 한인여행업계의 정상화를 위해 잠시 노력도 해보았다. 그러나 너무도 뿌리깊은 인바운드 여행업계 인사들 간의 불신과 오래되고 부조리했던 관행들을 정상화하기에는 역부족이었다. 다만 여행업계 출신의 한인회장으로서 한국인인바운드 여행업계의 잘못된 관행과 덤핑으로 모국관광객들에세 훌륭한 호주관광자원도 소개하지 못하고 바가지 쇼핑이라는 오명만 남기며 결국 피폐해져 가는 인바운드여행업계의 현실에 대한 한번쯤의 반성과 재기의 기회를 갖고 싶었다는 나의 깊은 뜻을 이해해 주기 바란다는 마무리 인사로 회의를 종료했다. 동석했던 박영국 시드니총영사도 한인회장의 사려 깊은 배려와 노력에도 불구하고 아무런 결론을 못 낸 것에 대해 매우 아쉬워 했다.

▲2007년도 시드니한인회장으로 인바운드여행업계 대표자 초청 합동회의를 주재하는 박영국 총영사와 필자

나는 사실 1991년도부터 인바운드업계를 떠나 아웃바운드업계에만 전념하고 있었으나 호주연방정부관광청을 비롯하여 NSW주 관광장관실로부터 그리고 호주언론계에서도 한국관련 여행업자 대표격으로 예우를 해 주었다. 그래서 한국여행업계 관련 사안이 있을 때마다 나의 자문을 요청해 왔다. 나는 실제로 아무런 이해 관계가 없었으므로 현실을 직시하는 자문을 해 주곤 했다. 때론 호주관광청의 호주관광홍보를 위한 광고시안에 대한 한국인의 정서에 관한 자문요청도 받았다. 라디오 생방송에도 출연해 인터뷰를 하기도 했고 The Australian Financial Review지의 인터뷰에도 참여하곤 했다. 한국인 출신 여행업계 전문가로서 한국뿐만 아니라 호주에서도 상당한 예우를 받았던 흔치 않은 여행전문가로서 자부심을 느낀다. 이 또한 모두가 감사할 따름이다.

www.hojutopnews.com.au

28 AUG 2009

TOP

"호주의 이미지를 바꾼다" 새로운 국가 브랜드 공모

논란의 "Where the bloody hell are you?" 슬로건 용도폐기

호주가 새로운 국가 브랜드를 찾고 있다.
이를 위해 연방정부는 국내의 마케팅/홍보 회사 등을 대상으로 새로운 국가 브랜드 공모전에 돌입한다.
이로써 그간 논란이 됐던 'Where the bloody hell are you?'의 슬로건은 용도폐기된다.
새로운 국가 브랜드 공모전을 발표한 사이먼 크린 연방통상장관은 "국내외적으로 큰 논란이 됐던 지난번 브랜드 슬로건 'Where the bloody hell are you?'와는 전혀 다른 창의적이고 획기적인 슬로건을 원한다"고 말했다.
모델 라라 빙글을 내세웠던 2006년 의 'Where the bloody hell are you?' 캠페인은 주요 영어권 국가에서 광고가 금지되는 등 수모를 겪은 바 있다.
사이먼 크린 장관은 "호주하면 주로 캥거루나 서핑, 쪼리 등의 이미지를 연상하게 되는데, 이번에는 통상, 투자, 교육을 부각시킬 수 있는 이미지를 바란다"고 덧붙였다.
그는 또 "뉴질랜드의 '100% pure', 남아프리카 공화국의 'Rainbow Nation' 등에 필적할 수 있는 슬로건을 찾고 싶다"고 구체적인 견해를 밝히기도 했다.
이번 공모전을 통해 채택되는 새로운 브랜드는 향후 4년 동안 국내 관광산업 진흥을 위한 2천만 달러 규모의 홍보 캠페인에 사용되며, 내년 5월 개최되는 상하이 세계 엑스포에 세계무대에 첫 선을 보이게 된다.
한편 국내의 대표적 홍보회사 관계자들은 "호주 국가 브랜드는 우호적이고 여유로운 자연환경을 반영해야 한다"는 견해를 제시했다.
이번 공모전은 2주 후부터 시작되며 내년 2월 당선작이 발표된다.

aap ITOP

page 3

Bloody row over tourism ads

Elizabeth Kazi and Sue Mitchell

"Where the bloody hell are you?" doesn't translate well into Korean.

But that won't stop Tourism Australia using the controversial new slogan in its advertising in one of our fastest growing tourism markets – telling South Korean holidaymakers that that's how Aussies invite their friends over.

Tourism Australia's $180 million overseas advertising campaign – launched yesterday – features everyday scenes like drinking beer, walking camels, swimming in ocean pools and eating dinner at Uluru.

But it's the tagline – a bikini-clad young girl asking "so where the bloody hell are you?" – that's got people talking.

"It's not a word that's seen in quite the same category as other words that nobody ought to use in public or in the media or in an advertisement," said Prime Minister John Howard, who just weeks ago urged Australians to be more polite.

"Watching that young girl walking up the beach . . . I think it's a very attractive image and I don't think people will see that as in any way bad mannered, quite the reverse."

Federal Tourism Minister Fran Bailey agreed, saying the campaign had been tested on overseas focus groups, including South Korea, at a cost of $6.2 million and the word "bloody" would help attract visitors. "It's the great Australian adjective," she said. "We all use it. We're presenting Australia as it is. People are going to remember this ad."

But the managing director of South Korean tour operator Lotte Travel, William Seung, is concerned. "I don't think it's good," he said.

In South Korea, the print advertisement will not translate the English tagline but will have underneath written in Korean: "This is how Australians invite friends over."

"I think it would create a negative view of Australians."
Fred Nile

"The cultural differences mean they probably won't understand," Mr Seung said.

The advertisement "makes a strong point, but in Korea they usually express things in a more conservative way".

"Such a word is not good. It is very humorous in Australia, but in Korea that would not be understood."

South Korea is one of Australian tourism's fastest growing markets with an estimated 200,000 visitors a year.

The new campaign is the most expensive tourism campaign Australia has run – the softer 2004 "A Different Light" ads cost about $170 million – and is estimated to bring in $23 billion in tourist dollars by 2008.

Previous campaigns have starred celebrities such as Paul Hogan, Greg Norman, Jimmy Barnes and Delta Goodrem.

Tourism & Transport Forum Australia managing director Christopher Brown welcomed a return to the Paul Hogan-style ads that were used almost two decades ago. "It will get people talking," he said.

"The last campaign was an indulgence. If you don't feel proud to be an Aussie [after seeing the ad] then move your address."

But NSW Christian Democrat Fred Nile said the advertisements failed to create a positive image.

"I think it would create a negative view of Australians – crude, rough and unsavoury," he said. "It's not going to attract the right kind of people to Australia."

▲호주주요경제 전문지 Financial Review지에 게재된 호주이미지광고 내용이 한국의 전통보수적 성향에 맞지 않는 용어의 수정을 요청한 필자의 인터뷰기사

5
|
4

호주 Out Bound; 호주국내 및 한국을 포함한 해외 여행 상품개발과 홍보 및 영업활동

5-4-1. 호주국내여행상품 개발과 판매

▲ 1986년 부활절연휴 2박3일 교민단체관광단과 필자(앞줄 왼쪽 2째)

나는 해외여행고객들을 유치하는 한편 비록 숫자는 작았지만 가족 재결합 이후 안정기에 접어든 교민들을 위해 우리가 살고 있는 호주라는 나라의 역사와 문화에 관해 좀 더 식견을 넓혀 줄 필요가 있다고 생각했다. 그래서 부활절연휴를 이용하여 3박4일 단체관광을 시도했다. 일부 보수적인 교회인사들은 일요일에 교회예배(주일성수)를 안 드리고 여행을 한다는 데 대한 거부반응도 있었다. 그런 이유로 나는 여행 중 일요일의 일정을 참고하여 인근의 자그만 시골교회당 사용허가를 포함해 여러 사전 준비를 했다. 내가 예배인도를 맡고 피아노반주는 동행한 직원인 황은희가 맡아 우리 한인들만이 은혜롭게 예배를 드릴 수 있었다. 일요일을 포함했던 3박4일 여행의 반응은 매우 좋았다. 뿐만 아니라 참가자들은 200년의 짧은 역사 속에서나마 초기 호주개척자들의 정착과정과 숨은 호주역사와 문화를 다소나마 체험할 수 있었던 뜻 깊은 여행 프로그램이었다고 만족하며 나에게 고마움을 표하기도 했다.

▲Hunter Valley지역 와이너리에서 와인테스트를 하는 교민단체관광단, 옛 대장간을 견학하는 교민단체관광단

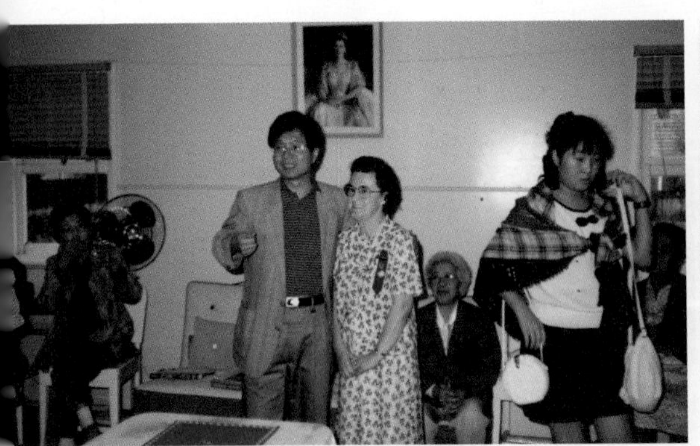

▲Hunter Valley지역 마을회관에서 옛 이야기를 듣는 교민단체관광단, 옛 개척시대 화장실에서 안내자와 필자

1988년은 호주건국 200주년을 기념하는 뜻 깊은 해였고 아울러 Queensland주 수도인 브리스베인에서 88World Expo가 6개월(4월30일-10월30일)동안 개최되었다. 또한 Expo조직위원회에서는 8월 15일이 포함되어 있는 주간을 한국주간으로 하여 다양한 한국관련 행사를 계획하면서 가능한 많은 한국인들이 참여 관람하도록 홍보를 했다. 나는 이 기회를 이용하여 시드니교민

88World Expo 참관단을 모집하여 최초 Queensland 2박3일 단체여행으로 성공적인 행사를 했다. 그리고 멜버른 2박3일, 타스마니아 3박4일 호주국내 단체여행들을 실시하며 시드니한인동포들의 호주사회에 관한 식견을 높이며 이민생활정착과 삶의 질을 높여가는데 기여했다고 자부하고 싶다.

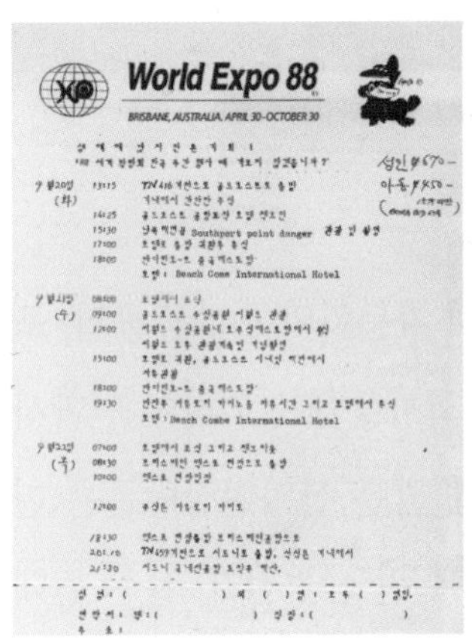

World Expo 88

BRISBANE, AUSTRALIA, APRIL 30-OCTOBER 30

13:15 TN416 ... Southport point danger ...

14:25

15:30

17:00

18:00 호텔 : Beach Come International Hotel

08:00

09:00

12:00

15:00

18:00

19:30 호텔 : Beach Combe International Hotel

07:00

08:30

10:00

12:00

▲ 1988년 Brisbane World Expo 전시장내 한국관 앞에서 시드니교민단체 참관단과 함께 한 필자와 가족

5-4-2. 교민자녀 정체성 확립을 위한 모국방문 산업체견학단체 운영

1988년 12월 호주엔 긴 여름방학이 시작됐다. 나는 한국인 2세 자녀들에게 올바른 조국관과 정체성확립을 위해, 과거 내가 대학생 시절 포항제철 산업현장을 견학한 후 많은 것들을 생각하며 새로운 비젼을 가졌던 경험을 기억하며, 여행을 통한 교육적인 프로그램이 필요하다고 생각했다. 그래서 발전해 가는 조국의 산업현장들을 직접 보여주고 싶었고 아울러 한국의 역사가 있는 문화유적들도 함께 소개해 주고 싶었다. 한국내 주요 역사문화 관광지로는 경주를 포함하여 용인 민속촌, 천안 독립기념관, 서울의 경복궁과 이태원, 판문점, 설악산과 한국전에서의 호주군 참전 격전지였던 가평을 포함 시켰다. 그리고 산

▲1988년 제1차 모국방문 및 산업시찰견학에 참가했던 교민가족들과 필자의 3 자녀들(앞줄 오른쪽 1, 4, 5번째)

업시찰지로는 수원 삼성전자, 한국타이어, 울산 현대 자동차와 현대중공업, 포항 포항제철, 부산 대우 방직공장까지 가능한 많은 회사들을 섭외하여 견학시키고 싶었다. 그러나 1주일 남짓의 일정으로 이렇게 많은 산업현장방문은 현실적으로 어려움이 많았기 때문에 1991년도부터는 수원 삼성전자, 울산 현대 자동차, 포항제철 공장만 견학토록 조정했다. 마침 보성고등학교 동창이 운영하고 있던 한국내 경춘관광에 차량지원과 안내 등 지상서비스를 부탁했고 여러 시드니주재상사를 통해 산업체 현장 견학을 요청하여 많은 협조를 받았다.

제1차 모국관광겸 산업체견학단체 안내광고와 함께 버스탑승인원을 고려하여 35명으로 마감했다. 물론 매우 성공적이었다. 그 이후 매년 꾸준히 실시했던 모국관광겸 산업체견학 프로그램에 참여했던 교민자녀들은 대부분 호주사회에 잘 적응하며 성공적인 삶을 살아가고 있는 것 같다. 어떤 면에서 보면 자녀들의 이 프로그램 참여가 부모입장에서 보면 교육목적의 투자라고 생각한다. 사실 그 당시만 해도 일반 교민들의 경제적 여건이 그리 윤택하지 못했다. 그래서 나는 귀여운 자녀, 훌륭하게 키우고 싶은 부모의 마음에 호소하며 교육에 투자하라는 홍보를 하기도 했다. 혹여나 경제적으로 어려운 가정을 위하여 National Australia Bank와 협의하여 'Fly Now Pay Later' 프로그램으로 융자분할상환이 가능한 여행금융상품도 만들어 소개했다.

아직도 생생하게 기억나는 광경 속에는 천안 독립기념관 관람 때에 일제시대의 감옥에 투옥되어 고문을 받는 모습이 재현된 현장을 보면서 흐느끼며 울

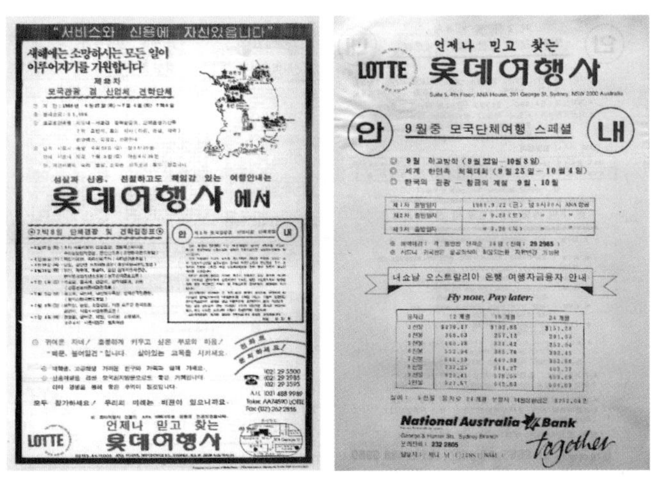

▲주간 한호타임즈 뒷면에 실린 전면광고 & 모국단체관광 은행융자 할부 안내 & 1991년도 모국관광겸 산업시찰 안내문

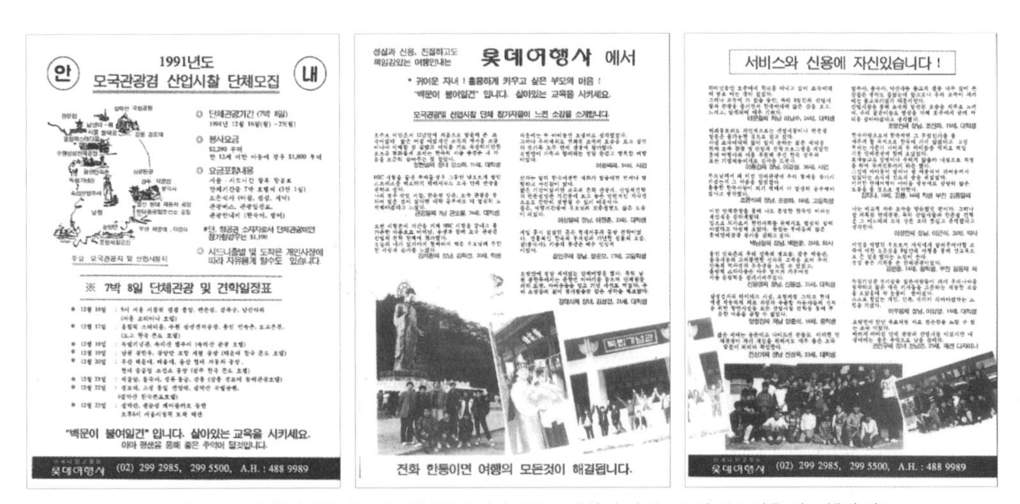

▲모국방문 산업시찰 프로그램 참가자들이 실제 체험했던 이야기를 소개하며 자녀교육의 중요성을 강조했던 광고

던 모습, 살아서 꿈틀대는 산낙지를 보면서 한쪽에서는 울기도 하고 또 한쪽에선 웃으면서 서로에게 던지면서 장난을 치던 모습, 산업현장마다 신기롭다는 듯이 눈이 휘둥그레져 경이로운 눈초리로 견학을 하던 모습, 판문점에서의 경직된 모습 등, 정서적으로 순수했던 우리 호주교민자녀들이 생각나기도 한다. 이제는 모두가 50대 나이 전후의 성년이 되어 가정을 이룬 부모들이 됐을 것이다. 나는 우리 호주교민자녀들의 미래를 위하여 정체성 확립과 조국관에 대한 나름대로 선한 영향력을 끼쳤다고 생각하여 마음 뿌듯하게 생각한다.

HANHO TIMES

교포소식

▲1988년 천안 독립기념관에서 모국방문 및 산업시찰견학 참가자들 & 모국방문 및 산업시찰견학 관련 기사

◀판문점에서 모국방문 및 산업시찰견학 참가자들

◀경주 불국사에서 모국방문 및 산업시찰견학 참가자들

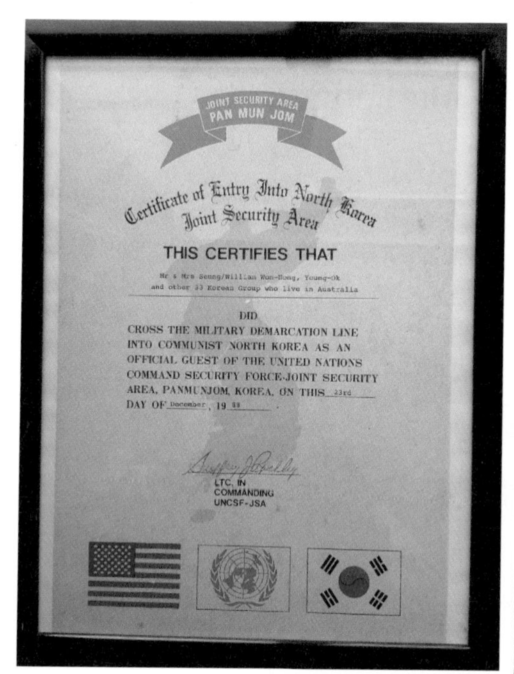

JOINT SECURITY AREA
PAN MUN JOM

Certificate of Entry Into North Korea
Joint Security Area

THIS CERTIFIES THAT

Mr & Mrs Seung/William Won-Hong, Young-Ok
and other 33 Korean Group who live in Australia

DID

CROSS THE MILITARY DEMARCATION LINE INTO COMMUNIST NORTH KOREA AS AN OFFICIAL GUEST OF THE UNITED NATIONS COMMAND SECURITY FORCE-JOINT SECURITY AREA, PANMUNJOM, KOREA, ON THIS 23rd DAY OF December, 19 88 .

LTC, IN
COMMANDING
UNCSF-JSA

1988년 모국방문 산업시찰단체 35명의
판문점 비무장지대 방문기념 증명서와
판문점 공동경비구역의 모습 ▶

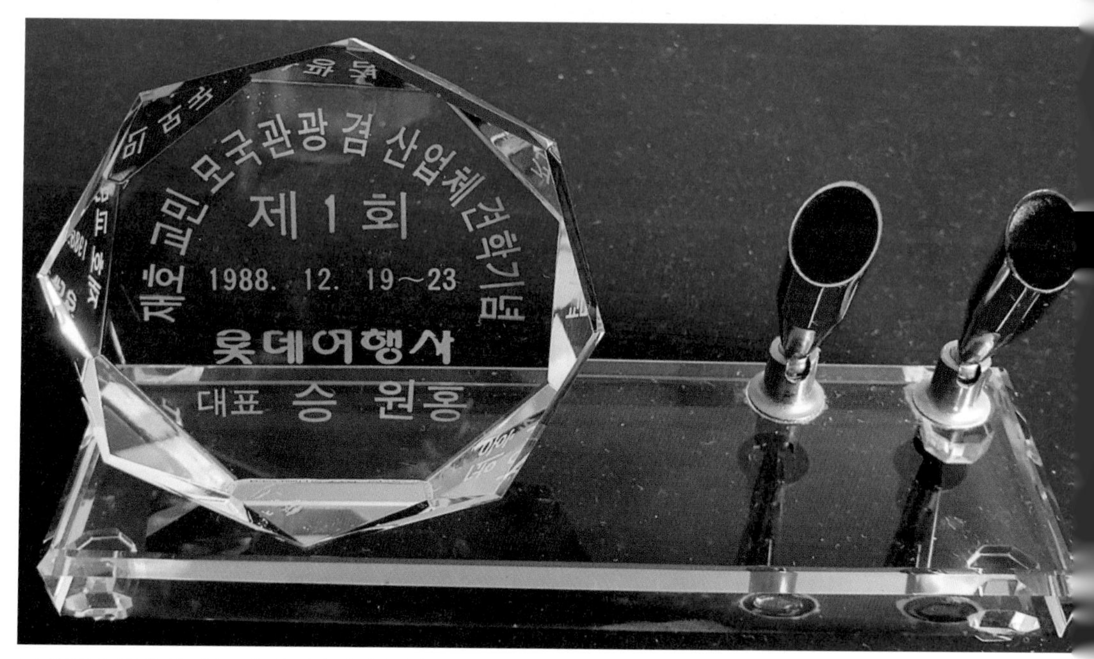

▲ 1988년 12월 세1회 재호교민모국관광 겸 산업체견학 기념선물을 제작해서 35명 모든 참가자에게 선물했다

5-4-3. 한국관광패키지상품개발 홍보와 도매영업 (Wholesale Marketing)

1983년 5월 창립된 롯데여행사는 호주인 한국방문여행자들을 유치하며 4년간 꾸준하게 성장하여 나름 탄탄한 기반을 구축해 갔다. 이에 새롭게 도약할 수 있었던 해가 1988년이었다. 1988년은 호주건국 200주년이 되는 해였던 동시에 한국에선 역사적인 1988 서울 올림픽(9월 17일 - 10월 2일)이 개최되는 해였다. 나는 호주인들의 한국방문 동기부여와 적극적인 88서울올림픽 홍보를 위하여 올림픽경기참관일정 소개와 함께 한국관광상품 프로그램을 개발해 호주관광업계에 소개했다.

호주에선 최초로 소개되는 한국여행패키지상품이었다. 당시 가장 어려웠던 부분은 호텔예약 문제였다. 그러나 지난 4년간 한국상품 수입업자, 한국방문관광객, 한국어린이 입양부모를 포함하는 호주인 한국방문객들을 꾸준히 송객하며 남다른 신뢰를 쌓아왔던 코리아나호텔 측에서 우리 롯데여행사가 유치하는 호주인 방문객들의 객실예약을 흔쾌히 받아주었다. 호주내에서도 올림픽에 참가하는 공식 임원들과 선수단을 포함한 일반 방문객유치를 위해 올림픽조직위원회의 공식지정 여행사는 Jetset Travel이었다. 그러나 공식지정 여행사의 항공요금과 호텔객실요금은 우리 롯데여행사의 가격에 비해 터무니없이 비싼 가격이었다. 그러나 일반 방문객들이 찾는 적정한 항공요금과 호텔객실요금으로의 예약은 결국 돌고 돌아서 우리 롯데여행사를 통해 그나마 쉽게 객실을 확보할 수 있었다. 이로서 롯데여행사는 짧은 6개월 기간내에 호주여행업계 한국여행상품도매업자Wholesaler로 자리매김을 할 수 있게 되었으니 이 또한 행운이요 신바람 나는 일이었다. 하늘은 스스로 돕는자를 돕는다는 격언을 또다시 실감했다.

이렇게 1988년 서울올림픽을 통해 한국관광패키지상품을 출시하며 여행상품도매업Wholesale 쪽으로도 진출했고 1989년도부터는 롯데호텔, 롯데월드호텔, 코리아나호텔, 헤밀턴호텔, 뉴설악호텔, 경주 콩코드호텔, 제주 그랜드호

▲1988년 서울올림픽 참관 겸 한국국내 대표적 관광명소 한국민속촌 관광패키지 상품안내 Brochure

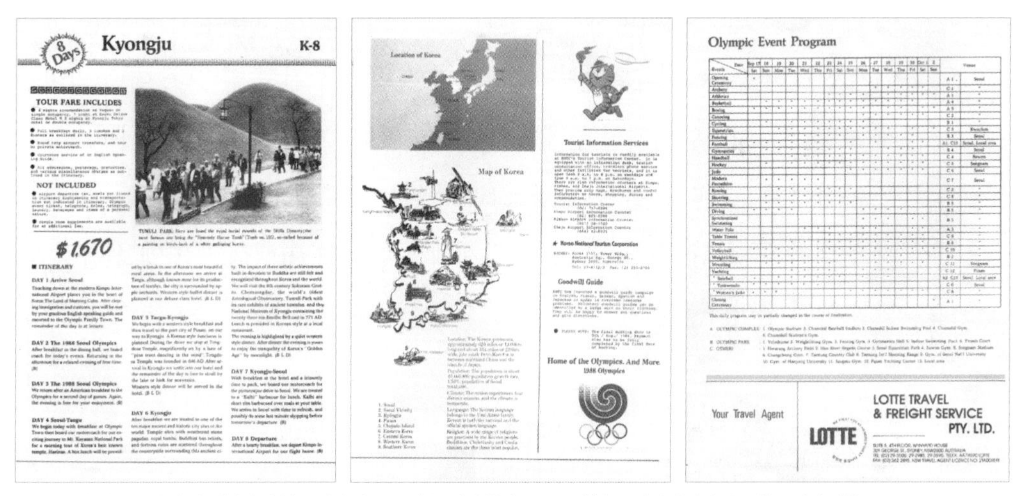

▲1988년 서울올림픽 경기참관과 한국관광상품 소개 롯데여행사 브로슈어(호주여행업계에서는 한국관광여행 안내 프로그램으로는 최초의 홍보인쇄물이었을 것으로 생각한다)

텔 등 서울, 경주, 설악산, 제주의 다양한 호텔시설들을 소개하며 아울러 좀 더 이용이 편리하도록 여행상품 내용을 보완했다. 또한 호주내 일반 여행사Retail Travel Agent를 대상으로 활발한 홍보마케팅과 시드니는 물론 멜버른과 타 도시에서도 Hyatt호텔과 같은 유명 호텔에서 조찬제공을 겸한 한국관광상품설명회를 개최하며 한국방문 호주인시장개척 마케팅을 계속 확대해 나갔다. 2000년도 전후한 그 당시만 하더라도 각 호텔의 영업부와 매년간 계절별 객실가격을 연간 계약을 해야만 했는데 각 호텔마다 타 호텔의 가격결정 눈치를 보면서 해외판매가격을 늦게 결정했던 관행과 한국과 호주의 일반회계연도의 차이로 호주 현지에서의 판매가격적용에 어려움이 많았다. 그럼에도 불구하고 호주 여행업계에서는 우리 롯데여행사를 통해 한국내 주요 호텔예약을 손쉽게 할 수 있었던 것만으로도 매우 만족해 했다.

당시는 텔렉스나 Fax를 사용했으므로 오늘날처럼 통신도 원활하지 못했고 개별 여행사가 한국내 호텔과 현지 랜드서비스 여행사에 관한 정보도 부족했던 상황에서 직접 한국내 호텔과 연락을 한다는 것도 문제였고 호텔비 지불을 위한 송금해결도 커다란 문제였으므로 우리 롯데여행사를 통해 손쉽게 예약도 하고 정해진 호텔비와 랜드서비스 가격의 10% 커미션을 빼고 롯데여행사에 지불만 하면 롯데여행사가 호텔과 랜드서비스바우쳐를 발급해 이를 고객에게 전달해 주는 손 쉬운 방법 이외의 다른 방법은 전혀 없었다. 어떤 의미에서 보면 호주여행업계에선 롯데여행사가 한국내 호텔 판매와 랜드서비스가격을 독점해 주도했다고 볼 수 있다. 그래서 나는 호주국영항공사인 Qantas항공과 긴밀하게 협력하면서 호주여행업계에서 한국행 여행객 유치에 선봉장 역할을 했던 셈이다.

▲호주내 일반 여행사들을 대상으로 롯데여행사의 한국 호텔, 관광상품 내용을 설명하며 시장개척을 하고 있는 필자

▲ 멜버른 여행상품 전시회에 참가하여 롯데여행사의 한국여행 패키지상품 안내와 마케팅을 하는 서준모와 필자 부부

▲ 호주여행사 임직원초청, 호텔조찬을 겸한 롯데여행사 한국관광패키지상품 설명회에서 상품설명을 하고 있는 필자

나는 Qantas항공사와 함께 매년 호주여행업계 인사 10명씩을 선정해서 한국방문 Familiarization Tour Fam Tour를 시행했다. Qantas항공사가 5개 여행사를 내가 5개 여행사를 선정했다. 그래서 호주 전역의 일반 여행업계에서의 한국행 관광패키지 상품판매 전문가로서 나의 영향력은 매우 컸다고 할 수 있다.

또한 나에게 특기할 만한 해는 한국에서 외환금융위기를 맞아 IMF로부터 구제금융을 받았던 1997년부터 2001년까지이다. 호주여행업계에서는 최초로 $1,000불 미만인 $999짜리 패키지 상품을 출시하며 호주주요 일간지인 Sydney Morning Herald지에 6개월간 연속 집중 광고를 하면서 한국쇼핑방문 호주여행객들을 유치했던 때였다. 시드니-서울 왕복항공요금+이태원 헤밀턴호텔 조식포함 2인1실 3박숙박요금+공항-호텔 왕복교통요금을 포함하는 파격적인 가격이었다. 왜냐하면 한국의 외환위기로 인하여 한국출발 관광객이 거의 없었던 상황이라 항공좌석은 그야말로 텅텅 비어 운항할 지경이 됐다. 이를 계기로 나는 먼저 Qantas항공과 빅딜을 시작했다. 패키지상품 Retail 가

격을 $999로 맞추어 3박숙식과 교통편 요금을 빼고 나머지 금액을 항공요금으로 결정하자는 파격적인 제안이었다. 결국 Qantas항공사 측은 내가 제안한 항공요금을 승인했고 이어서 대한항공에게도 Qantas항공과 같은 항공요금을 사용할 수 있도록 승인했다. 따라서 우리 롯데여행사는 Qantas항공과 대한항공, 일반 여행사와 고객의 선호도에 따라 항공사만 결정해 판매하면 됐다. 대부분의 호주내 여행사 Retail Agent들은 우리 롯데여행사의 파격적인 패키지상품을 팔 수 밖에 없었다. 오죽하면 Qantas항공 승무원들도 비번일 때 동료들과 함께 이 패키지상품을 이용하여 쇼핑목적으로 한국을 잠시 방문하기도 했다. 그러나 Qantas항공사는 급격한 항공수요 감소로 인해 결국 1998년도부터 영업수지가 맞지 않는다는 이유로 서울취항을 포기한 채 오늘에 이르기까지 직접 운항을 하지 않고 아시아나항공과 Code Share운항을 해오고 있다.

한국관광패키지상품 개발 초창기였던 1988년도엔 주로 5성급호텔을 이용했으나 세월의 흐름에 따라 호주달러의 약세와 함께 한국지상비상승과 한국원화 강세 환율관계에 영향을 받으면서부터 5성급인 롯데호텔, 잠실롯데월드호텔, 인터콘티넨탈호텔, 코리아나호텔에 추가하여, 4성급인 이태원 헤밀턴호텔 그리고 3성급인 청진동 서울호텔을 포함하여 경주와 부산까지 두루 계약을 하여 고객들에도 다양한 선택을 할 수 있도록 배려했다.

따라서 일반 호주여행사Retail Agent는 롯데여행사를 통하여 한국내 호텔과 현지관광랜드서비스를 예약하고 판매표시가격의 10% 커미션을 받을 수 있었고 고객은 롯데여행사가 발급하는 Hotel & Tour Voucher를 사용하여 한국내 호텔과 현지관광서비스를 손쉽게 해결할 수 있게 되었다. 이때로부터 적어도 인터넷이 대중화되어 모든 여행정보가 공개되기 이전인 2005년도까지 호주여행업계에서 한국행을 원하는 호주인여행객들의 호텔과 현지관광안내에 관한 정보제공은 결과적으로 롯데여행사가 주도했던 셈이다. 이리하여 일반 호주인관광객들이 한국관광공사 또는 Qantas항공, 대한항공이나 아시아나항공사에 직접 문의를 해도 돌고 돌아 결국 롯데여행사에서 모든 것이 해결되곤 했다. 돌이켜 보면 롯데여행사 Wholesale역사상 전무후무한 꿈만 같았던 아날로그 시대에 전설적인 이야기가 된 셈이다.

▲ 1989/90회계년도에 발행했던 롯데여행사 한국관광패키지 상품 안내 Brochure

▲ 1989/90회계년도에 발행했던 롯데여행사 한국관광패키지 상품 안내 Brochure, 한국관광 패키지상품내용

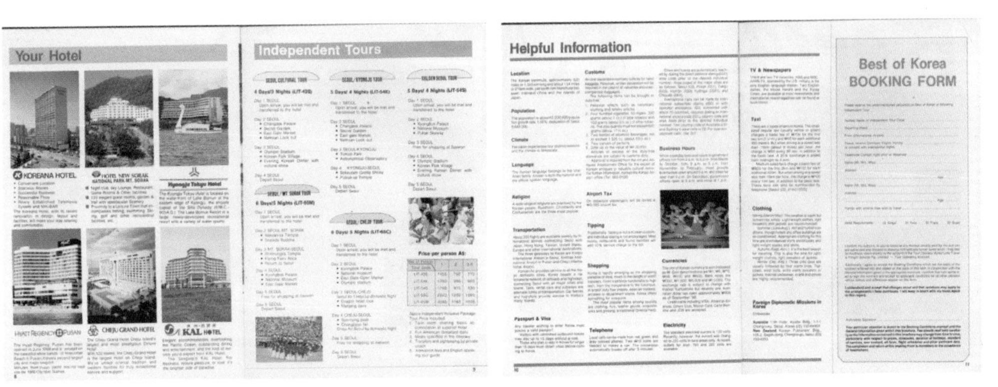

▲ 호주 일반 여행사 판매용으로 제작된 1989/90년 롯데여행사의 한국관광 패키지상품 안내 및 예약신청 브로슈어

▲한국관광상품홍보관에서 필자(오른쪽 2번째)

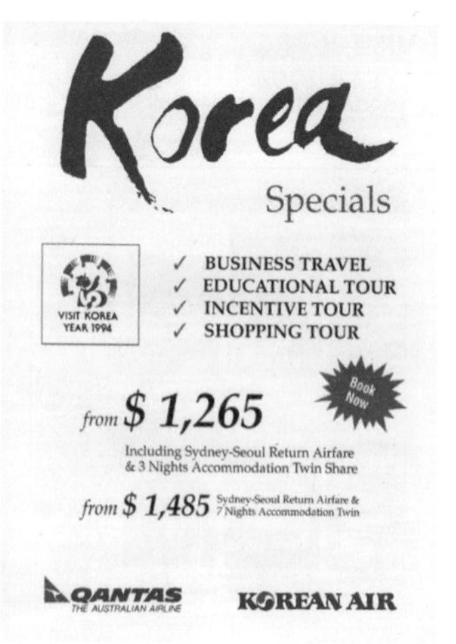

▲롯데여행사의 한국관광패키지 상품 안내 Brochure

WEEKLY TOP 17 FEB 2006
TOP Business
2006년 2월 17일
68면
· NZ로부터 도전받는 호주 은행들
· ABARE, 여름작물 풍년 예상

원조를 찾아서 7 롯데여행사

여행업의 블루오션! 호주에 '한국 관광' 상품을 판다

천혜의 관광자원으로 전세계 관광객들의 발길이 끊이지 않는 호주! '관광 대국' 호주에서 현지인을 상대로 '한국'을 상품화하여 자신만의 '블루오션'을 만들어 관광사업을 펼쳐나가는 이가 있다. 시드니 중심가 George St.에 위치한 롯데여행사 대표 승원홍(59세) 사장. 지난 79년 대한항공 시드니 지사장으로 부임해오면서 호주와 인연을 맺은 승 사장은 80년 호주 정부의 사면령으로 인해 영주권을 취득한 것이 계기가 되어 9년간의 직장생활을 정리하고, 82년 호주로 영주 이민을 왔다.

본격적인 이민생활이 시작되면서 그는 83년 5월 지금의 위치에 롯데여행사 간판을 내걸었다. 시드니 지사생활 당시 자신이 파악한 교민 수가 7천명에도 미치지 못하는 것을 잘 알고 있는 그였던지라 교민을 상대로 한 관광사업은 어쩌면 무모하기까지 했다. 게다가 그 당시 시드니에는 현재는 대표가 교체된 '대한관광여행사'와 지금은 사라진 '민여행사' 등 두 곳이 이미 활발히 영업을 펼쳐나가던 중이었다.

교민 수의 절대부족, 동업종 간의 과다경쟁, 활성화되지 못한 한국의 여행여건 등 비즈니스적 환경은 결코 그에게 긍정적인 해답을 주지 못했다. 하지만 이에 굴할 그가 아니었다. 그는 자신의 여행사업 고객 대상을 한국인이 아닌 현지인들로 하는 Local Market으로 사업방향을 바꾸기로 결정했다. 이러한 그의 결정이 오늘날까지 '롯데여행사'가 건재한 이유가 되었다.

88년 서울올림픽 개최가 확정되면서 그의 사업에도 날개를 달기 시작했다. 올림픽을 계기로 호주 현지인들에게 올림픽과 함께 한국을 대상으로 한 관광상품을 팔기 시작했고, 또한 해외여행자유화가 시행되기 이전이었던 한국에 호주를 처음으로 소개하기도 했다. '롯데'에서 제작한 호주안내 브로슈어가 주한 호주대사관에 비치돼 있을 정도로 좋은 반응을 보였다. 호주 현지인을 대상으로 한국을 소개하는, 이른바 그의 아웃바운드 마케팅은 호주 언론들로부터 지대한 관심을 불러모았고, 지역신문 등에 '롯데'의 관광상품과 함께 한국을 소개하는 글들이 줄지어 기사화되기에 이르렀다.

그 자신 숨쉬며 살아왔고 자라온 조국, 한국에 대한 남다른 애정을 지니고 있던 그인지라 관광업무를 통해 한국을 알리는 일에 그 어느 누구보다 많은 열정을 가지고 있는 승 사장이다. 88년 교민2세들을 대상으로 한 '모국관광 겸 산업체 시찰단' 모집을 비롯하여 89년 국립무용단 오페라하우스 공연 스폰서, 91년 교민사회 처음으로 한 이산가족 북한 방문 등 롯데여행사를 통해 벌여온 사업들은 그때마다 뉴스의 초점이 되었다.

매년 2,000명 이상을 '롯데여행사'를 통해 한국에 보내고 있다는 그는 최근 호주태권도협회와 공식지정여행사 계약을 맺어 한국의 국기(國技)인 태권도 알리기에 여념이 없다. 지난 해에는 호주 태권도 사범들을 한국의 '태권도 트레이닝 코스'에 보내는 일까지 하기도 했다. 구체적인 계획과 실행방안까지 세워두었다가 한국의 IMF로 인해 무기한 연기할 수밖에 없었던 '한국형 워킹할리데이' 프로그램을 다시 시작하는 게 그의 바람 가운데 하나이다.

▲롯데여행사의 한국관광패키지 상품 안내 Brochure

5-4-4. 한국전참전호주군인 및 고등학교군사훈련단 한국방문유치 사업

한국재향군인회에서는 1975년도부터 한국참전 유엔군 용사들을 무료 초청하여 과거 유엔군이 참전했던 전투현장들을 포함한 일반 관광 프로그램 행사를 진행해 오고 있었다. 그러나 한국전쟁에 참전했던 8,407명의 호주군에 할당된 공식초청 인원 숫자는 매년 30명 전후로 제한되어 있었기 때문에 한국재방문을 희망하는 Waiting 참전용사들이 너무 많았다. 더욱이나 1990년도만 해도 호주참전용사들의 평균 연령은 60대를 훨씬 넘기고 있을 때였다. 그리고 호주군 참전용사들에 대한 호주정부의 보훈제도는 너무 잘 되어 있었기 때문에 비록 은퇴는 했다 하더라도 경제적으로도 안정되어 있는 분들이 대부분이었고 항공료를 포함한 여행경비 일부를 자기부담 조건으로 한국방문을 하겠다는 수요도 많았다.

그래서 나는 세계 제2차대전과 한국전에 참전한 바 있었던 한국 및 동남아 참전협회의 호주 전국사무총장이었던 Frank Sachse OAM씨를 롯데여행사의 한국전참전 용사 한국재방문 프로그램 담당자로 영입하여 한국재향군인회가 진행하고 있는 공식초청 프로그램과 유사한 한국재방문 프로그램을 만들어 전체 경비중 일부를 참가자가 부담하는 조건으로 한국재향군인회의 공식초청을 기다리는 Waiting참전용사와 일반 참전용사에게 공개했다. 나는 한국

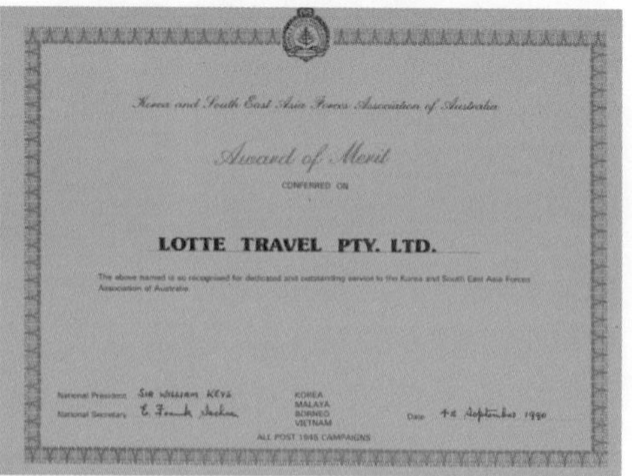

Korea and South East Asia Forces Association of Australia

Award of Merit

CONFERRED ON

LOTTE TRAVEL PTY. LTD.

The above named is so recognised for dedicated and outstanding service to the Korea and South East Asia Forces Association of Australia.

National President

National Secretary

KOREA
MALAYA
BORNEO
VIETNAM

Date

ALL POST 1945 CAMPAIGNS

▲호주 고등학교군사훈련단과 한국전참전군인들의 한국방문행사를 주도했던 Frank Sachse OAM과 필자 부부

재향군인회 참전국의 이동구 참전과장의 협조와 안내를 받아 호주군 전투지역방문일정에 도움을 받았고 나머지 일반 관광 프로그램도 우리 롯데여행사 전담 랜드 여행사를 통해 거의 실비 차원으로 지원 운영했다. 물론 한국재향군인회가 진행하는 공식초청 프로그램에도 참여한 바 있었던 Frank Sachse OAM씨가 매년 우리 프로그램의 시드니 출발부터 도착까지의 동행안내를 전담케 함으로서 차별화를 시도했으며 전세버스 좌석 수를 감안하여 매년 40명만 수용했다. 특별히 2010년 한국전 발발 60주년 특별행사를 위하여 7박8일 한국재방문단체 일정에는 DMZ 비무장지대, 제3땅굴, 도라산 전망대, 가평군 가평전투 지역과 '영연방 참전기념비'와 함께 연천군 마량산 전투지역 그리고 연천군 마량산 전투를 기리기 위해 2009년8월에 제막한 '태풍전망대' 방문까지 포함한 전세버스 2대 70명으로 대성황을 이루기도 했다.

나는 호주군 참전용사협회와 동남아 및 한국참전용사협회로부터 몇 차례 감사장도 받았다. 그러나 세월의 흐름 앞에 장사는 없었다. 1950년대 젊은 나이의 참전용사들은 2010년도를 전후하여 연로해가는 70대 중반의 나이만큼 10시간의 장거리 비행과 전투 현장과 추가 관광 프로그램 강행은 현실적으로 어려움이 더해졌고 결국 자연스레 이 프로그램은 소멸되고 말았다.

한편 우리는 과거 한국전쟁에 참여했던 참전용사초청 한국재방문 프로그램에 잇대어 한호 양국의우호증진을 책임질 미래 세대로서 호주사립고등학교 특활과목으로 군사훈련반Australian Army Cadet Corps 학생들을 대상으로 한국방문 프로그램을 만들기로 했다. 그래서 당시 한국 및 동남아참전협회 사무총장이었던 Frank Sachse OAM을 통해 회장인 Sir William Keys경의 연방정부 로비를 위해 적극적인 협조와 지원을 받았고 한국에서는 유엔한국참전국협회 UNKWAA 지갑종 회장의 도움을 받았다.

이렇게 해서 1990년 10월 시드니의 Barker College를 포함한 호주사립고등학교 군사훈련반Australian Army Cadet Corps 학생들을 대상으로 호주군 한국참전유적지 방문을 포함한 한국관광상품 Australian Army Cadet Corps Korean Tour를 개발 소개하게 되었다. 'Spirit of Youth'라는 명제로 43명 고등학생이 참가했던 첫 해, 1990년도엔 호주연방총리였던 The Hon. Bob Hawke연방총리로부터 그리고 이어 1997년도에도 The Hon. John Howard 연방총리로부터 축하격려의 메시지를 받기도 했다. 그러나 이 프로그램은 초창기에는 매 년 40명 전후 학생들이 참여하여 어느 정도 인기가 있었으나 시대흐름의 변화와 함께 대부분의 학생들이 부유층 자제였으므로 방학기간을 이용해 한국보다는 유럽여행을 선호하는 경향으로 2000년도로 접어들면서 충분한 참가인원 모객이 어려워지면서 자동 종료되고 말았다.

Teen-age Australian cadets get eye-opening war tour of Korea

BY RICH ROESLER
Stripes Taegu Bureau Chief

PUSAN, South Korea — In the spring of 1951, as the Chinese army surged south toward war-ravaged Seoul, three Australian, British and Canadian battalions, determined to halt the advance, dug in at the Kapyong River.

After three days of fierce fighting, the allied 27th Commonwealth Brigade broke the Chinese advance and protected retreating South Korean and U.S. troops.

"It is a typical irony of history that, because their battle ended in success at small cost in Commonwealth lives, it is little remembered," Max Hastings wrote in his 1987 book on the Korean War.

Some, however, do remember.

On Saturday, a contingent of Australian army cadets paid homage to their countrymen at the site of the Battle of Kapyong, joining veterans from Australia, Canada, New Zealand and the United Kingdom.

The 43 cadets, ranging from ages 13 to 18, are spending two weeks touring military installations and historical sites in South Korea. On Thursday, they were at the U.S. Army's Camp Hialeah, in Pusan.

The corps is similar to the U.S. Junior Reserve Officer Training Corps.

"They're seeing things for the first time in their lives: the aftermath of war, armed forces facing off against each other, the tremendous destruction that would result from a conflict," said Franch Sachse, retired Australian army sergeant major and leader of the tour.

The cadets toured the Demilitarized Zone, seeing miles of concertina wire, guard posts and explosives-laden deadfalls intended to stop a North Korean tank advance on the road to Seoul. For the cadets, whose country hasn't suffered an enemy attack since Japanese bombing raids during the 1940s, the reality of the standoff has been an eye-opener.

"We're not used to seeing searchlights and artillery pits and tanks. Nor soldiers, as we did at Camp Greaves, with their equipment set up and ready should it be needed," said Sachse.

The cadets visited Korea's national War Memorial Museum in Seoul, the ROK Naval Academy at Chinhae and the U.S. air base at Osan. They toured the so-called "Third Infiltration Tunnel," a North Korean invasion tunnel under the DMZ, discovered by the South and sealed during the late 1970s.

They also laid wreaths at the Korean National Cemetery in Seoul and the United Nations Memorial Cemetery in Pusan.

"I said 'Go around the plots and look at the plaques,'" Sachse said. "The biggest percentage of (the dead) were no older than these kids were when they were killed."

During their tour of Panmunjom, the youths saw North Korean guards tapping on the windows in one of the divided buildings.

"They were trying to scare everyone, and doing a pretty good job of it," said Cadet Troy Smith of Adelaide.

Many of the cadets, if not all of them, plan to enlist in the Australian Defense Forces. They said they were very impressed with the U.S. soldiers they met near the DMZ.

"They're ready to risk their lives," said Smith, "and they know they may not be around tomorrow."

▲1990년 호주사립고등학교 군사훈련단 한국단체방문 기념 페넌트 & 호주언론에 보도된 관련 보도기사

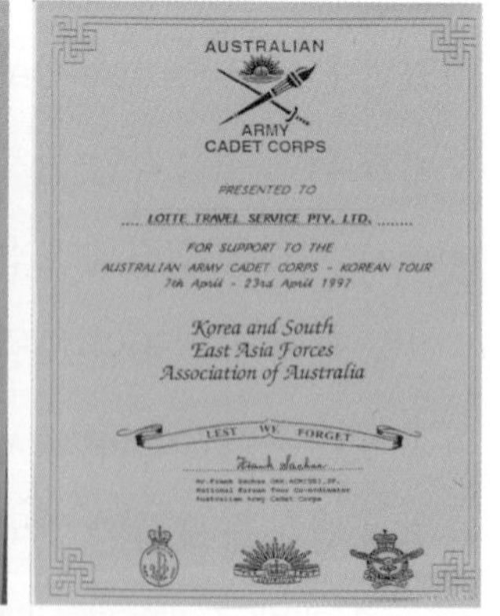

▲1990년 한국 및 동남아참전협회가 필자에게 수여한 공로패와 2000년 한국전참전협회가 필자에게 수여한 감사장

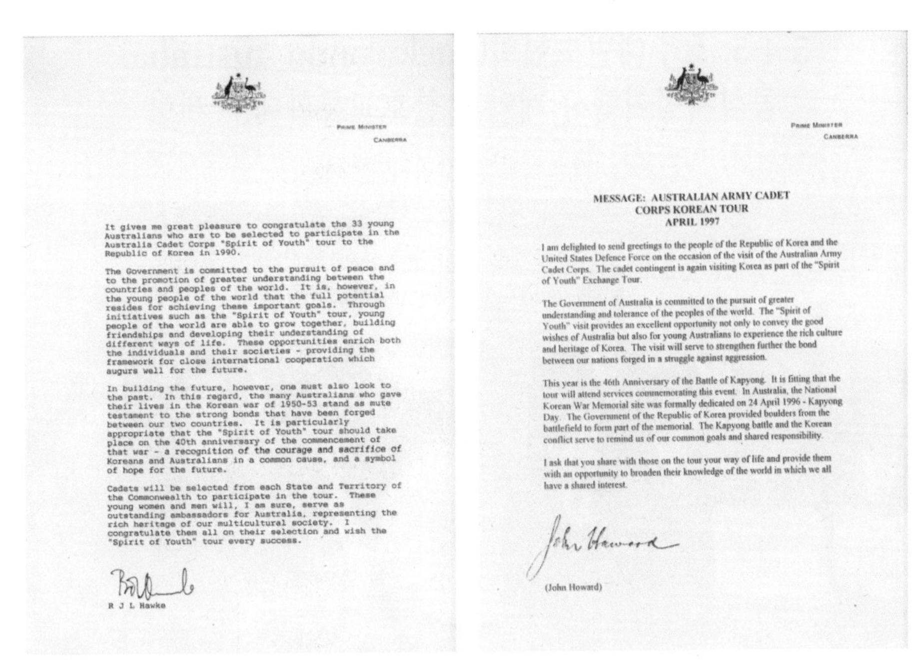

PRIME MINISTER
CANBERRA

It gives me great pleasure to congratulate the 33 young Australians who are to be selected to participate in the Australia Cadet Corps "Spirit of Youth" tour to the Republic of Korea in 1990.

The Government is committed to the pursuit of peace and to the promotion of greater understanding between the countries and peoples of the world. It is, however, in the young people of the world that the full potential resides for achieving these important goals. Through initiatives such as the "Spirit of Youth" tour, young people of the world are able to grow together, building friendships and developing their understanding of different ways of life. These opportunities enrich both the individuals and their societies - providing the framework for close international cooperation which augurs well for the future.

In building the future, however, one must also look to the past. In this regard, the many Australians who gave their lives in the Korean war of 1950-53 stand as mute testament to the strong bonds that have been forged between our two countries. It is particularly appropriate that the "Spirit of Youth" tour should take place on the 40th anniversary of the commencement of that war - a recognition of the courage and sacrifice of Koreans and Australians in a common cause, and a symbol of hope for the future.

Cadets will be selected from each State and Territory of the Commonwealth to participate in the tour. These young women and men will, I am sure, serve as outstanding ambassadors for Australia, representing the rich heritage of our multicultural society. I congratulate them all on their selection and wish the "Spirit of Youth" tour every success.

R J L Hawke

PRIME MINISTER
CANBERRA

MESSAGE: AUSTRALIAN ARMY CADET
CORPS KOREAN TOUR
APRIL 1997

I am delighted to send greetings to the people of the Republic of Korea and the United States Defence Force on the occasion of the visit of the Australian Army Cadet Corps. The cadet contingent is again visiting Korea as part of the "Spirit of Youth" Exchange Tour.

The Government of Australia is committed to the pursuit of greater understanding and tolerance of the peoples of the world. The "Spirit of Youth" visit provides an excellent opportunity not only to convey the good wishes of Australia but also for young Australians to experience the rich culture and heritage of Korea. The visit will serve to strengthen further the bond between our nations forged in a struggle against aggression.

This year is the 46th Anniversary of the Battle of Kapyong. It is fitting that the tour will attend services commemorating this event. In Australia, the National Korean War Memorial site was formally dedicated on 24 April 1996 - Kapyong Day. The Government of the Republic of Korea provided boulders from the battlefield to form part of the memorial. The Kapyong battle and the Korean conflict serve to remind us of our common goals and shared responsibility.

I ask that you share with those on the tour your way of life and provide them with an opportunity to broaden their knowledge of the world in which we all have a shared interest.

(John Howard)

▲1990년도 The Hon. Bob Hawke PM 연방총리와 1997년도 The Hon. John Howard PM 연방총리의 축하격려사

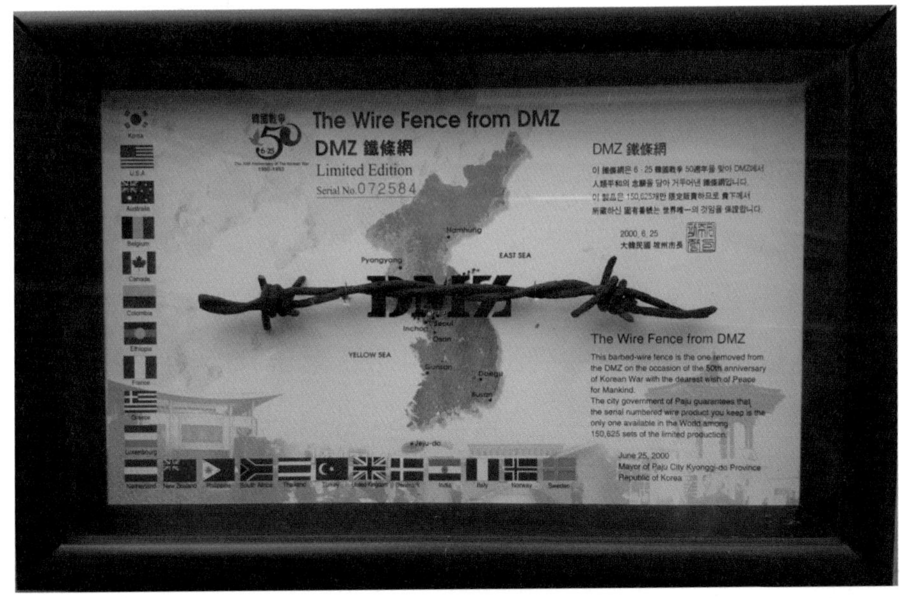

▲2000년, 한국전쟁 50주년 기념용품으로 제작한 한정판 DMZ철조망을 사용해 만든 남북분단의 상징 철조망 기념품

5-4-5. 호주태권도협회(Taekwondo Australia) 공식지정여행사 계약과 한호교류확대 마케팅

▲호주와 한국태권사범 친선교류를 위한 한국과 호주 태권도장 자매결연식 기념식에서 필자(뒷줄 맨 오른쪽)

내가 경영하던 롯데여행사에서는 1988년 서울올림픽 때부터 시작했던 한국 여행상품 Wholesale도매분야에서도 많은 성장을 했다. 2000년도 당시에 나는 호주전역의 일반여행사들이 한국방문관광상품들을 쉽게 판매할 수 있도록 한국내 다양한 호텔을 포함한 다양한 관광상품들을 상세히 소개하며 호주내 한국관광전문여행사 대표로 굳건히 자리를 잡아가고 있을 때였다. 나는 고객층 다변화를 위해 오래전부터 호주내 태권도분야를 주목해 오며 한인태권도 협회를 다방면으로 후원하며 태권도인들의 각종 행사와 한국방문을 도왔다. 그러나 한국인사범들간의 보이지 않는 경쟁심과 상호불신 분위기로 인하여 아무런 성과를 보지 못했다. 이런 경우도 있었다고 한다. 1970년대 초기부터 호주로 이민해온 한인태권도 원로사범들에게 훈련을 받았던 많은 호주현지인 태권도인 가운데 승단심사를 거처 나름대로 열정을 갖고 3단까지 오른 유단자들은 공식태권도사범자격으로 독립하여 자기 개인도장을 운영할 수 있는 자격이 주어진다. 그런데 초기 정착과정에서 일부 한국인 원로사범은 자기 제자가 독립하는 것을 의도적으로 지연시킨다는 분위기가 있었던 모양이다. 이렇게 한국인사범과 제자 간의 3단승단심사 지연문제로 인한 갈등분위기를 이용해 남의 제자를 빼어와 3단으로 승단시켜 자기 제자로 독립시키는 경우를 포함하여 한인원로사범들 간의 보이지 않는 불화와 불신 그리고 극심한 경쟁의식으로 인해 후배호주인사범들에게 한국인원로사범들에 대한 좋지 않은 선입견을 주었던 분위기도 있었던 것 같다.

그러던 중 국제올림픽위원회 IOC가 2000년 시드니올림픽경기에 태권도를 정식종목으로 채택하면서부터 호주태권도계 분위기가 바뀌기 시작했다. 먼저 호주체육회Australian Sports Commission가 호주태권도 국가대표선수를 양성하기 위해 다양하게 흩어져 있던 태권도단체들을 통합하는 작업을 했고 그 노력의 결과로 탄생된 조직이 호주태권도협회Taekwondo Australia였다. 당시만 해도 협회장은 한국인 원로사범9단 Grand Master이 맡았고 사무총장을 비롯한 거의 모든 임원들은 호주전역에 있는 영향력 있는 4단급이상의 호주인 사범들이 맡았다.

나는 롯데여행사가 호주태권도협회를 후원하는 조건으로 호주태권도협회의 공식지정여행사로 지정해 줄 것을 제안했다. 당시 2000년 시드니올림픽을 앞두고 태권도관련 호주체육회의 자문역이었던 황교순 사범을 통해 새로 꾸려지는 호주태권도협회 임원진 구성에 관한 정보와 조언을 받기도 했다. 초기 한국인원로사범들 간의 상호 경쟁적 분위기도 고려하면서 어수선했던 초기 호주태권도협회와 우호적인 협력관계를 유지해 오는 가운데 시드니올림픽이 성공적으로 끝났다. 그리고 시드니의 곽재영 원로사범이 새로이 회장직을 맡았다. 나는 1999년부터 브리스베인에서 태권도도장을 운영하고 있는 호주태권도협회 Russell Macarthur 사무총장과 호주국가대표 태권도코치로 멜버른에 거주하고 있던 정진태 사범과 협력하며 실질적인 호주태권도협회의 전담여행사 역할을 수행하며 호주태권도협회주최 호주전국태권도선수권대회와 해외에서 개최되는 각종 국제태권도대회 참가를 후원하며 호주전역의 많은 호주인사범들과 자연스럽게 직접 교류할 수 있었다. 그리고 2003년 1월에 호주태권도협회의 공식지정여행사로 임명돼 계약서에 서명했다. 2000년 시드니올림픽대회부터 공식종목으로 채택된 태권도종목에서 호주국가대표는

49Kg급 금메달 1개(여자; 로렌 번즈 Lauren Burns)와 80Kg급 은메달 1개(남자; 대니얼 트렌턴 Daniel Trenton)를 수확하는 쾌거를 이룩했다. 호주체육회와 호주올림픽위원회는 올림픽주최국으로서 태권도종목에도 적지 않은 투자와 지원을 했다. 메달획득을 위해 한국에서 초청해 왔던 정진태 감독은 호주체육회와 호주올림픽위원회로부터 능력과 성과를 인정받아 2004년 아테네올림픽 태권도종목 국가대표 코치로 재임명이 됐다. 호주태권도 국가대표팀은 기술체득과 경기역량 증대를 위해 호주국내는 물론 세계 각 국가에서 개최되는 선수권대회와 세계대회에 적극 참가를 했다.

무엇보다 세계대회를 통해 올림픽대회 참가 자동 출전권을 먼저 확보하기 위함도 있었다. 2001년도 제주, 2003년도 독일 가르미슈파르텐기르헨, 2005년도 스페인 마드리드 세계태권도선수권대회를 포함하여 유럽국가로의 전지훈련이 많았다. 특별히 2004년도 6월 전남 순천에서 개최된 제5회 세계쥬니어태권도선수권대회에는 태권도협회임원과 코치 그리고 선수와 선수가족들을 포함하여 100여 명이 참가했다. 그래서 나는 순천과 여수 중간지점에 있는 여천호텔을 통째로 1주일간 전세계약을 했다. 선수들의 연습을 위해 2층 연회장을 연습장으로 사용하도록 호텔측에 협조도 받았다. 모자라는 가족들의 객실확보를 위해서 여천호텔 측의 도움을 받아 인근의 숙박시설도 추가 활용해야 할 정도였다. 그리고 내가 경상북도관광 홍보사무소장으로 매년 시행하고 있던 7박8일 일정의 한국방문 Educational Tour Group에도 호주태권도사범 1명씩을 공개초청하는 인센티브 프로그램도 실시하며 호주전역의 호주인 태권도사범들과 친분을 넓혀 나갔다.

나는 호주태권도협회의 호주태권도 국가대표선수들의 세계대회 참석은 물론 일반 호주인 태권도사범이 운영하는 훈련생들도 가능한 최소의 경비로 한국방문 기회를 넓혀 주기 위하여 한국태권도협회의 초등연맹과 고등연맹을 포함하여 국제태권도아카데미, 청우체육관에도 협력 요청을 하기도 했다. 그러나 한국의 열악한 외국인초청 프로그램 수행능력으로 커다란 성과를 이루지는 못했다. 그러나 어느 정도의 훈련생 숫자의 규모가 있고 태권도지도에 열정이 있어 보이는 20명의 호주인 사범들을 선정하고 한국내에서 호주인 태권도사범과 교류를 희망하는 태권도 사범들을 서로 연결시키는 가교 역할을 수행하여 한국관광공사에서 한호 태권도도장 자매결연식 행사를 갖기도 했다. 이렇게 해서 호주태권도사범들이 자매결연한 한국사범들과 자율적으로 교류하면서 한국에서 매년 정기적으로 개최되는 진천군 세계태권도화랑문화축제, 충주 세계문화축제, 무주 세계태권도한마당에도 자연스레 참가하는 기회를 열어 주었다. 또한 호주에 관심이 많은 일부 한국인사범들은 한국어린이 호주방문훈련단체를 조직하여 자매 호주인 태권도훈련생 가정에 홈스테이를 하면서 호주훈련생들과 함께 공동훈련을 하기도 했다. 한국의 태권도를 활용하여 한호 양국 간의 우호증진과 상호방문 활성화에도 많은 기여를 했다고 생각하여 무한한 긍지를 느낀다. 뿐만 아니라 국기원 원로지도사범과 세계태권도연맹 총재인 조정원 경희대학교총장과도 한호태권도인들의 교류증진을 위해 논의한 바도 있다. 나는 호주전역에 산재되어 있는 8만여 명으로 추산되는 호주태권도 수련생들을 태권도종주국인 한국과 연결시켜 줌으로써 태권도기술의 향상을 위해서도 한국방문의 동기부여를 해주고 싶었다. 대부분의 태권도사범들은 자기 본업이 있었고 저녁시간과 주말 시간을 활용하여 학교 강당이나 커뮤니티홀에서 태권도교실을 열고 있었다. Full time 태권도사범은 손으로 헤아릴 수 있을 정도로 그리 많지 않았다. 그래서 호주인 태권도사범들을 위한 인센티브 성격의 프로그램을 만들어야겠다고 생각했다. 마침 2002년도 멜버른에서 개최됐던 국제MICE Meeting, Incentives, Convention, Exhibition 회의에 참석했던 문화관광부 송경희 사무관을 만나 호주인 태권도사범을 위한 인센티브 프로그램 시행에 대한 의견을 제시했다. 호주태권도협회의 공식지정여행사 자격으로 전국의 호주인

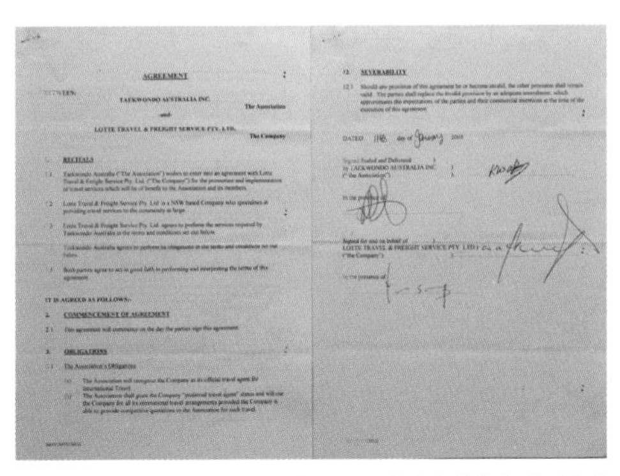
AGREEMENT

TAEKWONDO AUSTRALIA INC.
The Association
-and-
LOTTE TRAVEL & FREIGHT SERVICE PTY. LTD.
The Company

RECITALS

IT IS AGREED AS FOLLOWS:-

2. COMMENCEMENT OF AGREEMENT

3. OBLIGATIONS

12. SEVERABILITY

DATED ... day of January ...

LOTTE TRAVEL & FREIGHT SERVICE PTY. LTD.

▲호주태권도협회와 롯데여행사를 공식지정여행사 업무협약 계약서

태권도사범을 초청하여 태권도 총본산인 국기원을 포함한 주요 태권도훈련기관(용인대학교, 경희대학교, 충청대학교, 호국무도관, 미동초등학교, 골굴사)방문 훈련과 함께 한국관광(서울, 용인 민속촌과 에버랜드, 수원 화성, 영주 부석사, 경주 불국사, 부산 범어사, 설악 낙산사)기회를 제공하고 더불어 한국내 태권도사범과 상호 자매결연을 시켜 줌으로써 수련생들과 함께 정기적으로 상호방문을 할 수 있는 기회를 만들어주자는 내용이었다. 이렇게 한호양국 간 우호증진에 기여할 수 있도록 한국정부가 마중물 성격의 지원을 해달라는 제안이었다. 물론 매우 좋은 제안이라며 바로 추진해 보자고 했다. 이렇게 해서 문광부가 한국관광공사에 예산을 배정해 줌으로써 호주인 태권도사범 한국방문 Educational Tour 프로그램이 새로운 사업으로 2003년도부터 3년간 지속하면서 자리매김을 하게 되었고 호주 전국의 70여명의 호주태권도사범들이 한국을 방문하고 자체적으로 교류방문할 수 있도록 물꼬를 터 주었다.

그 당시에는 성인 15명 이상 단체 경우, 항공사로부터 인솔자 1명의 Free Ticket을 제공 받을 수 있었고 아울러 지상비는 당연히 인솔자 Free적용을 받았으므로 태권도사범 입장에서도 좋은 인센티브가 되었던 셈이다. 돌이켜 보면 많은 호주인 태권도사범들도 나와 가깝게 친분을 유지하려고 했으며 나도 최선을 다해 직간접으로 후원하면서 편의를 제공해 주었다. 아직도 이들 호주인 태권도사범들과는 SNS를 통해 소통하고 있는 좋은 인연을 만든 셈이다.

특별히 2003년도 첫 해의 경우 관광공사 우병희 과장이 6박7일 전 일정을 함께 동행하면서 참가자들의 개인노출 동의를 받아 비디오 영상을 제작했고 호주 전역의 태권도장에 배포를 했으며 아울러 한국관광공사의 전 해외지사를 통해 현지 태권도사범들에게 배포하기도 했다. 또한 나는 호주인 태권도사범 한국방문Educational Tour초청 프로그램에 관한 한국태권도업계의 관심을 유도하기 위하여 2000년 시드니올림픽 태권도종목 여자 49Kg급에서 금메달리스트 Lauren Burns(로렌 번즈)와도 공동 프로모션을 하면 좋겠다고 생각했다. 그래서 2002년 한일 월드컵 지역별 예선 한국과 호주경기가 열렸던 MCG(멜버른 크리켓 경기장) VIP룸에서 로렌 번즈와 그의 아버지를 만나 한국관광공사 민민홍 지사장과 함께 태권도홍보 공동프로모션 가능성에 대해 협의를 했다. 그러나 한층 인기가 높아가던 올림픽 태권도 금메달리스트로서 무술관련 홍콩영화계로 진출을 해보려는 그녀의 아버지 계획과 더불어 무리한 개런티 요구로 더 이상 진전을 할 수 없었다.

▲2002년 MCG, 2000년시드니올림픽 태권도 49Kg급 금메달리스트 Lauren Burns(로렌 번즈), 그녀 아버지와 필자

▲호주태권도사범 한국방문 설명회 및 상담 마케팅

▲호주태권도사범 한국방문단 한국의 집에서의 환영만찬

▲국기원 지도사범으로부터 전지훈련 후 국기원 엄운규 원장, 호주사범들과 필자(가운데 사진 뒷줄 맨 오른쪽)

▲국기원방문 특별 전지훈련을 마치고 국기원 원로지도사범과 함께한 호주인 태권도사범들과 필자

18 국민일보 | 사람들

호주 태권도 선수단이 13일 국기원을 찾아 파이팅을 외치고 있다. 앞줄 가운데 양복 차림이 승원홍씨, 둘째줄 오른쪽에서 세 번째가 클래슨스씨. 강민석 기자

"한국 태권도 한 수 배웠어요"

자매결연 호주 선수들 첫 방문-- 국기원서 강습

"태권도 종주국의 수준은 역시 다르군요."

23명으로 구성된 한-호주 태권도 교류협력 방문단의 일원으로 방한한 론 클래슨스(46)씨가 13일 국기원에서 강습을 받은 뒤 지른 탄성이다.

시드니 소재 매컬리대 교직원인 클래슨스씨는 "26년 간 태권도를 배워 나름대로 수준에 올라 있다고 자부했지만 한국에 와서 보니 품새도 좀 바뀌어서 또 한 수 배웠다"고 말했다.

공인 6단인 그는 부인과 두 아들까지 태권도 유단자인 태권도 가족. "태권도를 통해 가정이 화목해지고 아이들도 착하게 자라줬다"고 자랑한다.

이번 프로그램은 호주태권도협회와 한국관광공사가 공동으로 시드니 브리스번 케언스 등 호주 대도시의 태권도장 20곳과 한국 태권도장 20곳이 자매결연을 체결, 상호 교류협력토록 주선하면서 이뤄진 첫 행사.

방문단을 이끌고 온 승원홍 시드니한인상공회의소 전 회장은 "태권도를 매개로 한국과 호주의 민간인들이 상호 교류는 물론 청소년 홈스테이 등을 통해 서로를 더욱 이해하는 민간외교를 활성화하도록 지원하겠다"고 말했다.

승씨 일행은 지난 8일 입국해 관광공사 본사에서 자매결연 체결 행사를 가진 뒤 자매결연 도장 방문과 국기원 강습에 이어 서울 미동초등학교 태권도팀의 시범을 관람하고 14일 출국한다. 박강섭 기자 kspark@kmib.co.kr

▲한국내 국민일보에 소개된 호주태권도사범훈련 기사 & 경주 골굴사 선무도총본산 주지 적운스님과 필자

▲ 호주태권도협회로부터 필자가 받은 감사패 & 한국 올림픽태권도 시범단으로부터 필자가 받은 감사장

▲ 서울 미동초등학교 태권도시범단 방문기념, 한국관광공사 우병희 과장, 호주 사범, 이규영 원로사범과 필자

▲ 세계태권도연맹총재 조정원 경희대학교총장과 필자

▲ 서울 미동초등학교 태권도시범단 방문기념증서

▲경기도 용인, 용인대학교 태권도학과 학생들과 호주 사범의 공동 훈련 & 지도교수 류병관 원로사범과 필자

▲강원도 양양군 낙산사에서 템플스테이를 하며 태권도 훈련을 하고 있는 호주인 태권도 사범과 필자

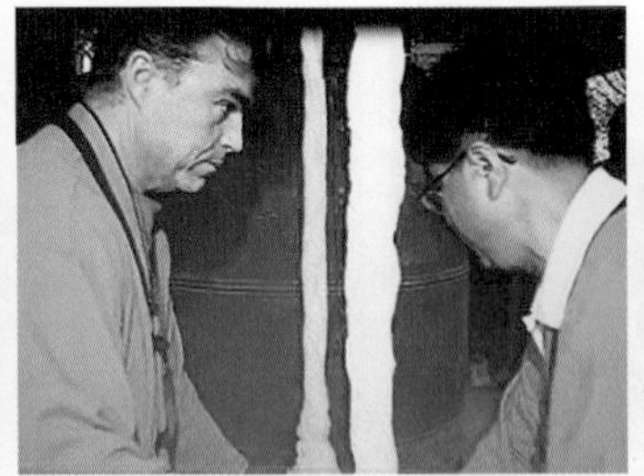
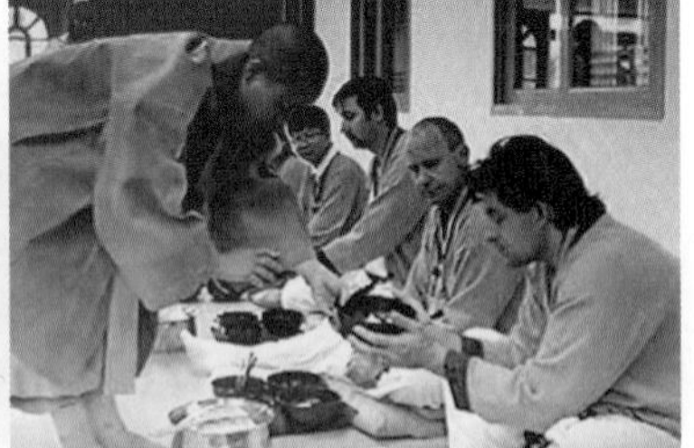

▲양양 낙산사 새벽 예불과 타종을 하는 호주인사범과 필자 & 사찰 음식 체험(발우공양) 중인 호주태권도사범

▲ 호주인태권도사범 청주 충청대학교 태권도학과 방문과 태권도학과 학생들과 합동훈련하는 호주사범 모습

▲ 전북 무주 태권도공원 사무국장으로부터 무주 방문기념 선물을 받고 있는 필자와 호주태권도사범들

▲ 한국방문초청 호주인 사범들이 한국방문 초청 감사의 뜻을 담은 참가자 서명이 된 태권도 도복과 감사장

▲호주인 태권도사범 한국방문초청 사범의 소개기사

▲2004년 호주인 태권도 사범들이 필자에게 준 감사카드

TAEKWONDO TOUR IN KOREA

TAEKWONDO AUSTRALIA'S GROUP TOUR

DATE	REGION	ITINERARY
Day 1	Sydney	• Leave for Seoul, Korea. Depart 7:30pm. KE 812
Day 2 (-/L/D)	Seoul	• Arrive 5:05am. at Incheon International Airport • Meet our representative(English speaking guide) • Transfer to Seoul by coach • Check-in at Dreamtel int'l Youth Centre or similar in Seoul(4-6person/room) • Short relaxation after check-in • half day Seoul city tour: Gyongbok Palace National Folklore Museum Namsan Park / Seoul Tower Namdaemun traditional open market etc.
Day 3 (B/L/D)	Seoul Yong-in Seoul	• American style breakfast at local cafeteria • Morning training of Taekwondo(at Kukkiwon) or Taekyon(Heal Centre) • Soojichim, Hand therapy experience in the afternoon • Dongdaemun market free shopping
Day 4 (B/L/D)	Seoul	• American style breakfast at local cafeteria • Full day tour: Korean Folk Village in Yong-in, Itaewon International Market, Jokyesa temple, Insadong Antique Allay in Seoul • Return to accommodation
Day 5 (B/-/-)	Seoul	• American style breakfast at local cafeteria • Free day
Day 6 (B/-/-)	Seoul	• American style breakfast at local cafeteria • Free day
Day 7 (B/-/-)	Seoul	• American style breakfast at local cafeteria • Transfer to Incheon International Airport by coach • Departure 8:35pm. KE 811
Day 8	Sydney	• 7:40am. Arrive in Australia

• Schedule can be changed according to flight schedules or local situations.

TOUR PRICE:
From $1,990
(Single Supplement from $390)

TOUR PRICE INCLUSIONS:
• Sydney-Seoul(Incheon) return economy class airfare. If you want to fly Ex-Melbourne or Brisbane, you may fly on Qantas Airways instead, but 1 additional night rate of A$100 including a breakfast will be applied due to the flight schedule.
• All applicable Sydney and Seoul Airport taxes and services charges
• 5 nights Youth Hostel accommodation or similar(4-6 person per room)
• After 4 hours of TaekwonDo training at Kukkiwon Authorized certificate will be conferred
• 5 Breakfasts, 3 Lunches and 3 Dinners are included(at local restaurant)
• All admission fees as specified on the itinerary
• English speaking guide

Instructors Travel for FREE when your group is greater than 16 on Korean Air and greater than 26 on Qantas Airways.

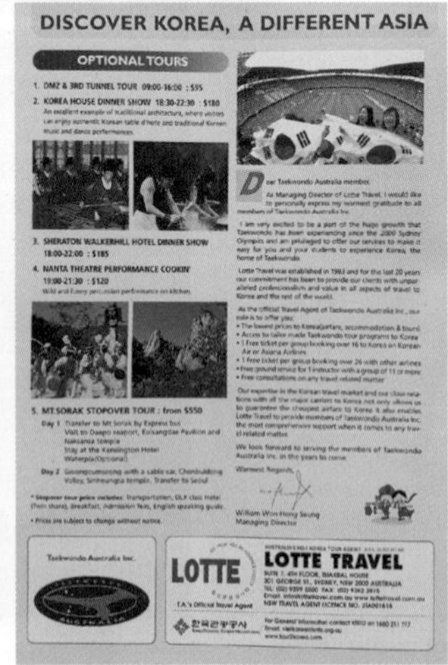

DISCOVER KOREA, A DIFFERENT ASIA

OPTIONAL TOURS

1. DMZ & 3RD TUNNEL TOUR 09:00-16:00 : $95
2. KOREA HOUSE DINNER SHOW 18:30-22:30 : $180
3. SHERATON WALKERHILL HOTEL DINNER SHOW 18:00-22:00 : $185
4. NANTA THEATRE PERFORMANCE COOKIN' 19:00-21:30 : $120
5. MT.SORAK STOPOVER TOUR : from $550

Dear Taekwondo Australia member,

William Won-Hong Seung
Managing Director

Taekwondo Australia Inc.

LOTTE TRAVEL

◀롯데여행사 태권도사범과 훈련생을 위한 한국단체관광 상품 안내 브로슈어

5-4-6. 중국관광여행개척과 '중국기행' 책 출판

세계 2차대전이 끝나고 1945년 일본의 패망으로 해방을 맞은 한반도에서 나는 1947년 8월에 세계 제2차대전 승전국인 러시아군이 점령하고 있던 평안북도 정주에서 태어났고 1948년 6월에 강보에 싸여 부모님과 함께 유엔군이 점령하고 있던 자유남한으로 이주해 온 실향민 이산가족의 후손이다. 그래서 어린시절부터 특별한 명절 때마다 내 아버지는 얼근하게 술에 취해서 북한에 있는 고향땅을 그리워하는 흘러간 옛 노래인 황성옛터, 눈물 젖은 두만강, 나그네 설움, 가거라 삼팔선, 꿈에 본 내고향 등을 소리내서 불렀고 가끔은 어렸던 나를 불러놓고 북한고향 땅에 살아 계실 친지가족들이 건강하게 생존해 계신지 궁금하다면서 내 증조할머니와 할아버지 그리고 삼촌 등 가족에 대한 이야기들을 들려주며 가보고 싶어도 갈 수 없는 북녁땅 고향에 대한 애틋한 그리움을 토로하곤 했다. 세월이 흘러 나도 성인이 되어 결혼을 하여 3자녀를 얻었고 내 자녀들을 바라보면서 나를 낳아준 부모님을 되돌아보게 되면서 내가 어렸던 시절 아버지가 나를 불러놓고 보고파도 가볼 수 없었던 그의 부모형제와 친지들에 대한 애틋한 마음을 헤아려 볼 수 있게 됐다. 그래서 나는 실향민 이산가족들의 말할 수 없는 깊은 아픔들을 직접 보았고 체험하며 이산가족들의 아픈 사연들을 내 마음 깊이 간직하고 살아왔다. 그래서 나는 남북이 분단된 냉혹한 현실 속에서나마 이 같이 수많은 이산가족들의 아픔을 해결할 수 있는 방법을 모색하며 추진해 보라고 하나님께서 나에게 머나먼 호주 땅으로 보내시고 자유로이 여행업을 하게 했다는 소명감과 사명감을 갖기도 했다. 그 후

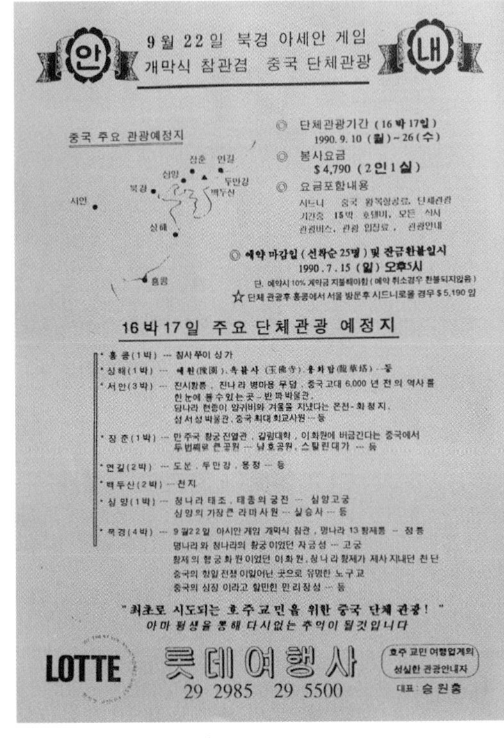

▲ 호주한인동포사회의 최초 중국단체관광안내문

나는 1986년도부터 켄버라 주호주한국대사관 전인섭 참사관에게 북한방문사업 가능성을 타진하곤 했다. 그러나 당시 모든 여건은 북한방문은커녕 북한에 관한 이야기조차도 금기시하던 때였다. 꿩 대신 닭이라고 했던가. 나는 북한 대신에 북한의 관문인 중국관광을 먼저 시도해 보기로 했다. 중국의 덩샤오핑鄧小平시대가 열리면서 중국정부는 일부지역의 개방정책시행과 1990년 9월 22일부터 10월7일까지 열리는 북경아시안게임을 통해 해외 외국인여행객들에게 중국관광 문호를 활짝 열기 시작했다. 나는 때맞춰 북경아시안게임 개막식참관을 포함해 17일간의 뜻깊은 중국단체여행을 개척할 수 있는 기회를 잡았다. 그리고 월간 대양주뉴스 김정엽 발행인의 권유로 여행중의 기록과 감상문을 10월부터 '중국기행' 연재를 시작했다. 얼마 지나지 않아 독자들의 성원과 후속편 기다림에 부응하고자 주간지인 TOP지로 옮겨 1년 동안 매주 연재를 계속하게 되었다. 그리고 1992년 8월 24일 한국과 중국의 국교정상화가 발표되었다. 나는 봇물처럼 터질 한국관광객을 위하여 중국의 역사와 문화소개를 겸한 나의 중국기행문을 '승원홍 사장의 중국기행'이란 책으로 발간해야겠다고 생각했다. 그런데 1992년 10월 한국방문 중에 가장 중요한 일로 책 출판사를 찾아 보려고 했으나 시도도 못 하고 돌아왔다. 그러면서 1993년이 되어 나는 가능하면 롯데여행사 창립10주년기념식을 겸해 책출판기념식도 할 수 있으면 좋겠다고 생각했다. 그리고 1993년 4월 한국방문 때에도 여행업관련 업무일정관계로 출판사를 찾는데 아무런 진전도 없이 그냥 시드니로 돌아와야 하는 날이 됐다. 그런데 보성고교동창 이정식 사장이 경영하고 있는 범양섬유회사에서 출국하는 날 오전에 점심식사라도 같이 하자는 연락이 왔고 내가 머물고 있었던 서울시

중국 기행

승원홍

1. 내가 가본 중국이라는 나라

▲1990년 대양주뉴스에 연재된 필자의 1회 중국기행

내 코리아나호텔 중식당에서 만나기로 했다. 우리는 식사를 하면서 이런 저런 이야기를 나누는 가운데 이 사장이 한국방문 일정은 잘 마쳤냐고 물었다. 그래서 나는 99%는 마쳤는데 아주 중요한 1%는 못 했다고 답했다. 사실 중국기행 책 출판 관련으로 출판사를 찾아보지도 못하고 그냥 돌아가게 됐다고 했다. 헌데 이 사장이 "우리 범양그룹 계열사에 책 출판부가 있다"고 했다. 자기 소관이 아니라서 책 출판부 책임자인 이만근 이사를 소개해 줄 테니 서로 상의해 보라고 했다. 나는 너무나도 기뻐서 쾌재를 부르며 마음 속으로 이것도 하나님께서 내게 예비해 준 평탄한 길이라고 생각하며 감사의 기도를 했다. 그리고 나는 시드니로 돌아와서 범양사출판부 이만근 이사와 전화통화를 했다. 그는 출판할 가치가 있는지를 판별하기 위해서 먼저 내 원고를 보내달라고 요청했고 나는 즉시 원고사본과 게재하고 싶은 사진들을 DHL항공편으로 보냈다. 그는 나를 질책이라도 하는 듯이 이런 원고를 왜 여태까지 그냥 갖고 있었냐며 마침 기다리고나 있었다는 듯이 내가 보내준 원고 그대로 당장 출판에 들어가겠다고 했다. 이렇게 해서 별다른 수고없이 부랴부랴 중국기행 책 출판을 하게 됐다.

▲ 1993년 발행된 중국기행 책의 표지와 뒷면

머리말

먼저 호주에 사는 교민의 한 사람으로서 자그마한 글들로 엮어진 나의 중국기행이 고국의 독자들에게 읽혀질 수 있도록 기회를 주신 하나님 아버지께 감사와 영광을 돌린다.

돌이켜 보면 핑퐁 외교라고 일컫는, 1971년 미국 닉슨 대통령의 중국 모택동 주석 방문은 역사적 사건이었다. 이보다 먼저 있었던 키신저 미국 국무장관의 중국 방문은 국제 외교의 전환점이었고 전세계를 놀라게 했다. 우리 나라에서도 철의 장막으로 가려진 중국에 대한 관심이 갑작스럽게 고조되었고 필자도 서울대학교 문리과대학 중국어문학과에 입학했다. 당시 우리 나라에서는 중국이 동족상잔의 6·25전란을 치룬 공산 적대국이었기 때문에 그들의 정치, 경제, 사회에 관한 연구조차도 마음대로 할 수 없었을 뿐만 아니라 동서간 이데올로기 경쟁이 한창 진행되고 있던 시절이었다.

그러나 나는 대학 생활을 통하여 오늘을 살고 있는 중국인들의 핏속에 면면히 흐르고 있는 그들의 혼과 정서가 담긴 중국의 고전을 읽었고 중국인의 특성과 지혜와 슬기를 조금이나마 맛보며 익힐 수 있었음을 퍽이나 다행스럽게 느껴오곤 했다. 그래서 중국이라는 나라는 나에게 있어서 언제나 꼭 한 번 가 보고 싶었던 동경의 나라였다.

마침 1990년 북경 아시안게임 기간중에 호주 교민 중국 관광단을 조직하여 처음으로 중국을 방문할 수 있게 되었음은 정말로 감격적이었다. 그래서 관광 기간중에 느꼈던 단상들을 녹음해 와서 그 기록들을 토대로 시드니 교민 신문인 월간 《대양주 뉴스》와 주간 《TOP》지에 연재를 했다. 필자는 1991년 해외 동포로서는 최초로 북한 순수 관광단을 인솔하고 또 한 차례 중국 땅을 밟았다.

1년 반 동안 호주 교민 독자들의 많은 관심과 격려를 받으며 열심히 쓴 글들을 한데 모아 필자가 창설한 롯데여행사(시드니 소재)의 창립 10주년을 기념하는 해에 범양사 이정식 부사장의 도움을 받아 한 권의 책으로 세상에 내놓을 수 있게 됨은 얼마나 감사한지 모르겠다.

특히 연변 지역 방문중에는 우리 한국 민족의 과거 암울했던 일제 시대를 연상해 볼 수 있었다. 그리고 어려운 시대 정말 많은 고생을 하시면서도 정직하게 살아오신 나의 부모님, 학창시절에 많은 꿈과 용기를 갖게 해주셨던 훌륭하신 선생님, 안정된 직장을 버리고 새로운 미래 창조를 위하여 겁없이 도전했던 지아비의 뜻을 좇아 시작된 힘겨웠던 이민 생활 가운데에서도 인생의 따뜻한 반려자로서 언제나 내 그림자처럼 함께 다니며 내조해 준 사랑스러운 아내에게 고마움을 표하지 않을 수 없다.

또한 이민자 생활을 하는 가운데 새로운 신앙을 갖게 해준 믿음의 선배들에게, 티없이 맑고 빛나는 눈동자로 열심히 공부하고 있는 미래의 일꾼 맏딸 윤경과 두 아들 지헌·지민에게, 이제는 어디에 내놓아도 손색없는 롯데여행사의 고마운 일꾼들에게, 그리고 오늘이 있기까지 항상 성원해 주시며 도움을 주신 모든 롯데여행사의 이웃과 고객들에게 그간의 고마움과 기쁨을 이 한 권의 책에 담아 드리고자 한다.

끝으로 한·중 수교 이전에 빛을 보았었더라면 하는 아쉬움도 없지는 않지만, 중국이라는 거대한 나라를 방문하는 많은 우리 한국인들에게 오랜 역사와 깊이 있는 문화를 가진 중국과 중국인에 대한 올바른 이해 증진과 더불어 여행 안내서로서 작은 도움이 된다면 저자에게는 더없는 영광이 될 것이다.

1993년 5월

시드니에서
승원홍(承源弘)

▲1993년 발행된 중국기행 책의 필자 머리말

나는 한국에서 발행되는 책이라서 책 추천사를 주한중국전권대사에게 부탁하고 싶었다. 그래서 평소 친분이 있었던 뚜안진段津 주시드니중국총영사에게 상황을 설명하고 짱팅얀張庭延(장정연) 주한중국대사에게 나를 소개하는 친서를 써 달라고 요청했고 그는 흔쾌히 허락했다. 장정연 중국대사는 한국어에도 능통한 직업외교관 출신이었다. 나는 5월 한국방문에 앞서 전화로 장정연 대사와의 면담 약속을 했다. 물론 장 대사는 뚜안진 중국시드니총영사의 친서를 읽은 후 나를 반갑게 환영하며 정겨운 대화를 했고 나의 요청대로 기꺼이 책 추천사를 써 주겠다는 확답을 했다. 이렇게 해서 나의 중국기행 책자에는 영광스럽게도 초대 주한중국대사의 추천의 글이 실리게 되었다. 그래서 뚜안진 시드니중국총영사와 짱팅얀 주한중국대사께도 무한한 감사의 마음을 지니고 있다.

그렇게 서둘러서 결국 1993년 8월 10일자로 발행되어 교보문고와 영풍문고를 포함하여 한국 내 유명 서점으로 배포돼 판매에 들어갔다. 한동안 한국을 방문할 때마다 광화문 교보문고와 영풍문고에 꽂혀 있는 내 '중국기행' 책을 볼 때마다 흐뭇한 감정을 느끼기도 했다.

어떤 의미에서 보면 나의 중국기행은 1992년 8월 한중수교 이후 한국인관광객을 위한 초기 중국관광안내서 역할을 충실히 했었고 또한 호주교민들에게도 중국관광을 시작하게 되는 중요한 계기를 만들었던 셈이다. 간혹 나에 대한 네이버나 다음, 구글 등 인터넷 검색창에서도 30여 년의 세월이 지났음에도 아직까지도 '승원홍 중국기행'이 국회도서관을 비롯하여 여러 한국 내 대학도서관의 이름으로 게재된 것을 보면 나도 한 때의 시대적 소명을 다했다는 생각을 하며 마음 뿌듯함을 느낀다.

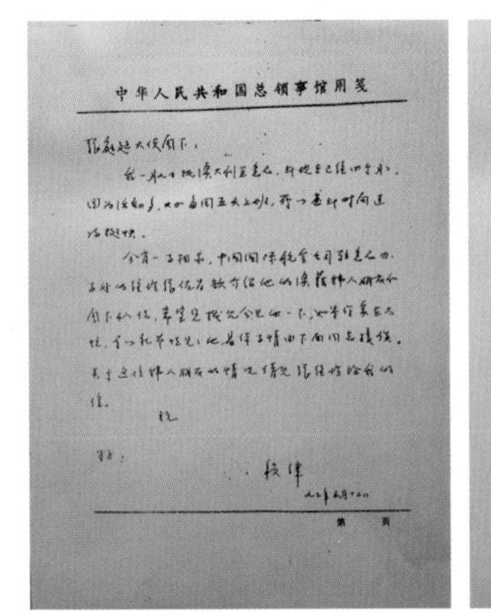

中华人民共和国总领事馆用笺

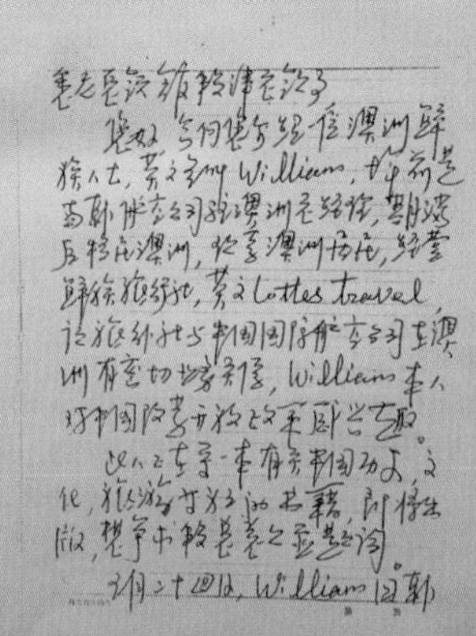

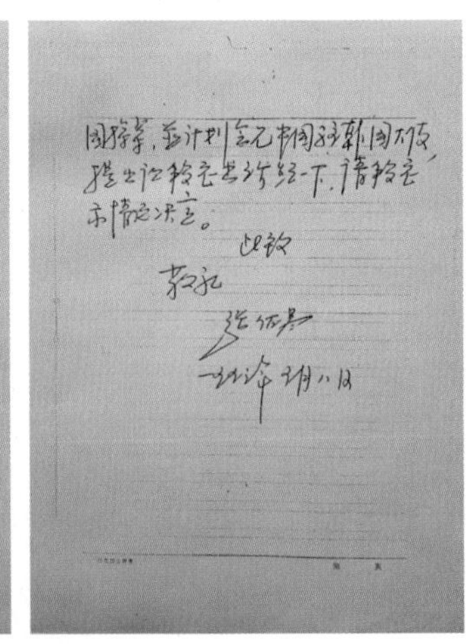

▲주시드니중국총영사가 주한중국대사에게 보낸 친서 & 주한중국대사가 주시드니중국총영사에게 보낸 친서

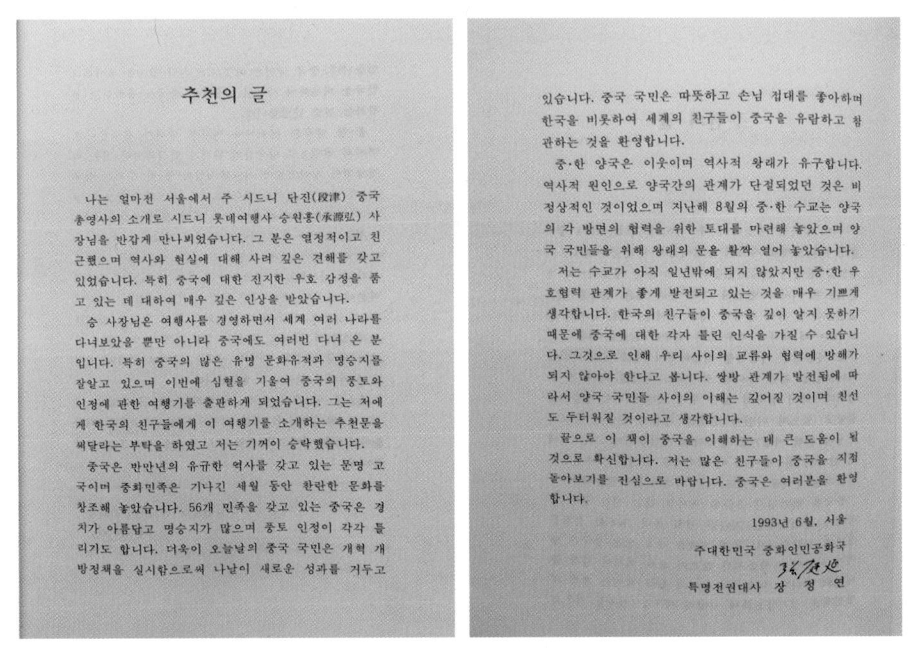

추천의 글

나는 얼마전 서울에서 주 시드니 단진(段津) 중국 총영사의 소개로 시드니 롯데여행사 승원홍(承源弘) 사장님을 반갑게 만나뵈었습니다. 그 분은 열정적이고 친근했으며 역사와 현실에 대해 사려 깊은 견해를 갖고 있었습니다. 특히 중국에 대한 진지한 우호 감정을 품고 있는 데 대하여 매우 깊은 인상을 받았습니다.

승 사장님은 여행사를 경영하면서 세계 여러 나라를 다녀보았을 뿐만 아니라 중국에도 여러번 다녀 온 분입니다. 특히 중국의 많은 유명 문화유적과 명승지를 잘알고 있으며 이번에 심혈을 기울여 중국의 풍토와 인정에 관한 여행기를 출판하게 되었습니다. 그는 저에게 한국의 친구들에게 이 여행기를 소개하는 추천문을 써달라는 부탁을 하였고 저는 기꺼이 승락했습니다.

중국은 반만년의 유규한 역사를 갖고 있는 문명 고국이며 중화민족은 기나긴 세월 동안 찬란한 문화를 창조해 놓았습니다. 56개 민족을 갖고 있는 중국은 경치가 아름답고 명승지가 많으며 풍토 인정이 각각 틀리기도 합니다. 더욱이 오늘날의 중국 국민은 개혁 개방정책을 실시함으로써 나날이 새로운 성과를 거두고 있습니다. 중국 국민은 따뜻하고 손님 접대를 좋아하며 한국을 비롯하여 세계의 친구들이 중국을 유람하고 참관하는 것을 환영합니다.

중·한 양국은 이웃이며 역사적 왕래가 유구합니다. 역사적 원인으로 양국간의 관계가 단절되었던 것은 비정상적인 것이었으며 지난해 8월의 중·한 수교는 양국의 각 방면의 협력을 위한 토대를 마련해 놓았으며 양국 국민들을 위해 왕래의 문을 활짝 열어 놓았습니다.

저는 수교가 아직 일년밖에 되지 않았지만 중·한 우호협력 관계가 좋게 발전되고 있는 것을 매우 기쁘게 생각합니다. 한국의 친구들이 중국을 깊이 알지 못하기 때문에 중국에 대한 각자 틀린 인식을 가질 수 있습니다. 그것으로 인해 우리 사이의 교류와 협력에 방해가 되지 않아야 한다고 봅니다. 쌍방 관계가 발전됨에 따라서 양국 국민들 사이의 이해는 깊어질 것이며 친선도 두터워질 것이라고 생각합니다.

끝으로 이 책이 중국을 이해하는 데 큰 도움이 될 것으로 확신합니다. 저는 많은 친구들이 중국을 직접 돌아보기를 진심으로 바랍니다. 중국은 여러분을 환영합니다.

1993년 6월, 서울

주대한민국 중화인민공화국

특명전권대사 장 정 연

▲1993년 발행된 필자의 중국기행 책 홍보를 위한 장정연 초대주한중국대사의 추천의 글

▲1990년 상해 임시정부청사로 사용했던 주택에서 & 1989-91년 외국관광객이 사용하던 US달러와 바꾼 돈

▲1990년 중국 장춘공항 여객기에서 내려 터미널로 가는 필자

▲1990년 중국 북경 만리장성에서

▲1990년 북경 아시안게임 개막식이 열린 주 경기장 입구와 경기장에서의 필자

▲1990년 백두산(장백산) 천지에서의 필자

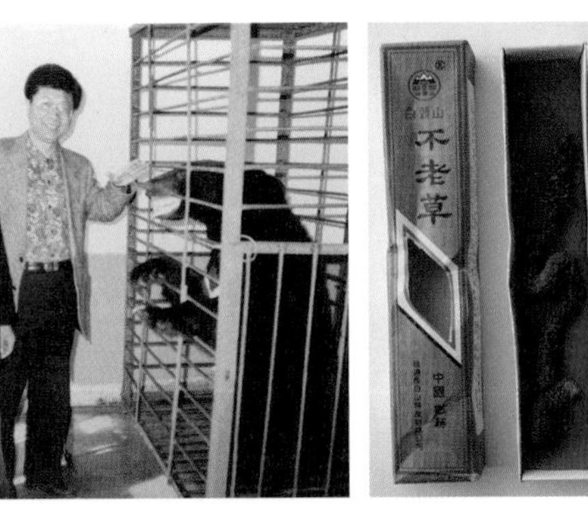

▲1990년 장백산(백두산)입구에서 필자, 1990년 웅담채취를 위해 사육하고 있는 곰과 필자 & 불노초 상품

▲1990년 연길 중국과 북한의 경계비에서

▲1990년 두만강에서의 뱃놀이

▲1990년 용정중학교 교장과 윤동주시인 기념관에서의 필자

▲1991년 북경 천단에서 호주교민 단체와 필자

5-4-7. 호주대학생 Working Holiday Maker 한국방문유치사업

1995년 7월 김영삼 대통령의 호주국빈방문을 계기로 한호 양국 간의 우호증진과 젊은 청년들의 인적교류 확대를 위하여 호주와 한국은 Working Holiday Visa 협정을 체결했다. 이로서 양국의 청년들(호주 19-25세, 한국 19-29세)에게는 상대국에 1년 동안 방문체류하며 영어연수와 자유여행을 할 수 도 있고 필요하면 현지에서 단기취업도 할 수 있는 아주 매력적인 입국조건의 비자가 마련된 셈이었다.

1996년 내가 재호한인상공인연합회 부회장 재임 당시부터 나는 한국방문 때마다 주한호주대사를 예방하여 상호 관심사에 대해 이야기하며 협력해 왔다. 당시 주한 호주대사는 His Excellency Mack Williams 대사였다. 그는 호주에 거주하는 한인동포사업인에게 매우 우호적이었고 가능한 정보와 도움을 주려고 노력했다. 우리는 재호한인상공인들의 다양한 사업분야에 관한 이야기를 포함하여 자연스럽게 내 전문분야인 여행업계 관련 이야기도 하게 되었다. 윌리암스 대사는 당시 Working Holiday Visa를 발급받아 호주로 입국하는 한국청년들이날로 증가추세에 있다며 반대로 호주청년들의 한국입국은 매우 저조하다고 말하면서 혹시 한국공관에서 호주청년들에게 Working Holiday Visa를 잘 발급해주지 않느냐고 물었다. 그래서 나는 그럴리가 있겠냐고 반문하며 귀국하는 대로 시드니총영사를 만나서 확인해 보겠다고 했다. 그래서 귀국 후에 민병규 총영사를 만나 Working Holiday Visa발급 관련 주한호주대사의

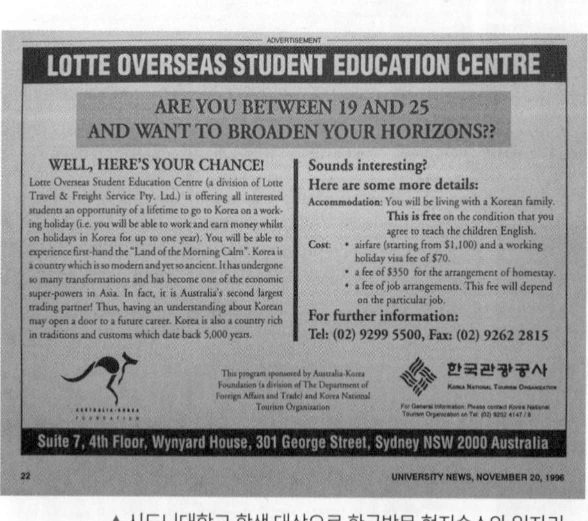

▲시드니대학교 학생 대상으로 한국방문 현지숙소와 일자리 제공을 포함한 Working Holiday Visa취득 안내 광고

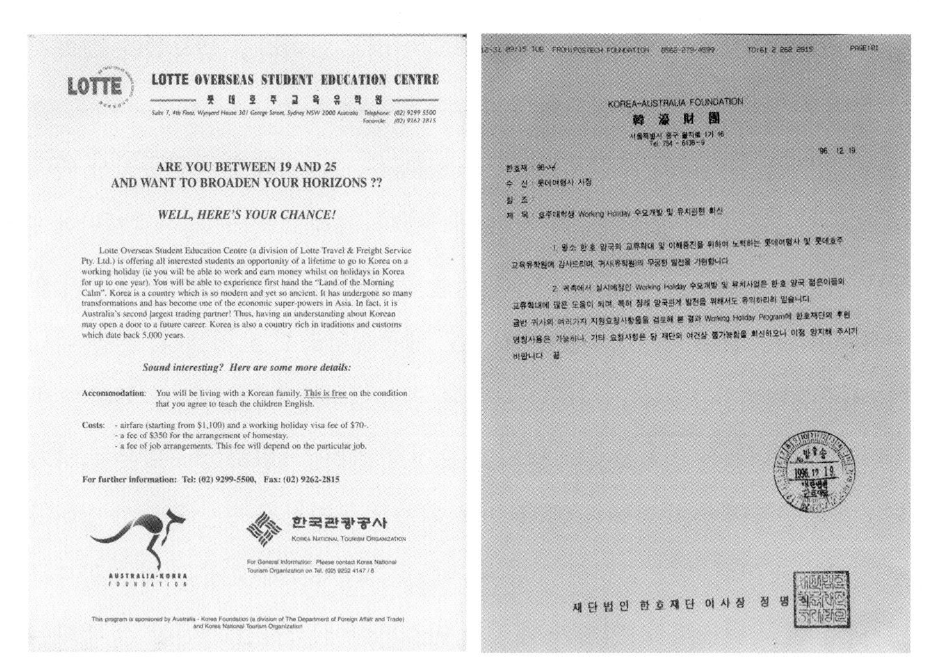

LOTTE OVERSEAS STUDENT EDUCATION CENTRE
롯 데 호 주 교 육 유 학 원
Suite 7, 4th Floor, Wynyard House 301 George Street, Sydney NSW 2000 Australia Telephone: (02) 9299 5500 Facsimile: (02) 9262 2815

ARE YOU BETWEEN 19 AND 25
AND WANT TO BROADEN YOUR HORIZONS ??

WELL, HERE'S YOUR CHANCE!

Lotte Overseas Student Education Centre (a division of Lotte Travel & Freight Service Pty. Ltd.) is offering all interested students an opportunity of a lifetime to go to Korea on a working holiday (ie you will be able to work and earn money whilst on holidays in Korea for up to one year). You will be able to experience first hand the "Land of the Morning Calm". Korea is a country which is so modern and yet so ancient. It has undergone so many transformations and has become one of the economic super-powers in Asia. In fact, it is Australia's second largest trading partner! Thus, having an understanding about Korean may open a door to a future career. Korea is also a country rich in traditions and customs which date back 5,000 years.

Sound interesting? Here are some more details:

Accommodation: You will be living with a Korean family. This is free on the condition that you agree to teach the children English.

Costs: - airfare (starting from $1,100) and a working holiday visa fee of $70-.
- a fee of $350 for the arrangement of homestay.
- a fee of job arrangements. This fee will depend on the particular job.

For further information: Tel: (02) 9299-5500, Fax: (02) 9262-2815

AUSTRALIA-KOREA FOUNDATION

한국관광공사
KOREA NATIONAL TOURISM ORGANIZATION

For General Information: Please contact Korea National Tourism Organization on Tel: (02) 9252 4147 / 8

This program is sponsored by Australia - Korea Foundation (a division of The Department of Foreign Affair and Trade) and Korea National Tourism Organization

12-31 09:15 TUE FROM:POSTECH FOUNDATION 0562-279-4599 TO:61 2 262 2815 PAGE:01

KOREA-AUSTRALIA FOUNDATION
韓 濠 財 團
서울특별시 중구 을지로 1가 16
Tel. 754 - 6138~9

'96. 12. 19

한호재 : 96-
수 신 : 롯데여행사 사장
참 조 :
제 목 : 호주대학생 Working Holiday 수요개발 및 유치관련 회신

1. 평소 한·호 양국의 교류확대 및 이해증진을 위하여 노력하는 롯데여행사 및 롯데호주교육유학원에 감사드리며, 귀사(유학원)의 무궁한 발전을 기원합니다.

2. 귀측에서 실시예정인 Working Holiday 수요개발 및 유치사업은 한·호 양국 젊은이들의 교류확대에 많은 도움이 되며, 특히 장래 양국관계 발전을 위해서도 유익하리라 믿습니다.
금번 귀사의 여러가지 지원요청사항들을 검토해 본 결과 Working Holiday Program에 한호재단의 후원 명칭사용은 가능하나, 기타 요청사항은 당 재단의 여건상 불가능함을 회신하오니 이점 양지해 주시기 바랍니다. 끝.

재단법인 한호재단 이사장 정 명

▲ 숙소와 현지취업포함 Working Holiday 한국방문 청년모객 안내장 & 1996년 호주청년 일자리 제공 업무협조 요청과 관련 홍보안내서에 한호재단 명칭 사용에 관한 한호재단의 답신 공문

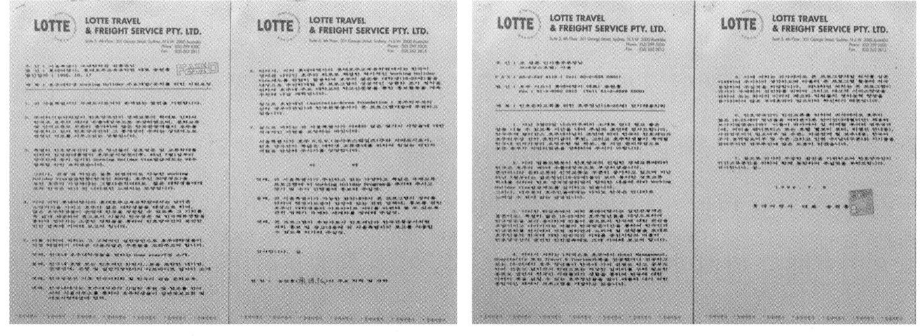

▲ 1996년 서울특별시청 국제협력관에 보낸 Working Holiday 한국방문 호주청년을 위한 업무협조 요청 공문 & 1996년 서울 르네상스호텔에 보낸 Working Holiday 한국방문 호주청년 일자리 제공 업무협조 요청 공문

염려를 전달했다. 민 총영사는 곧바로 비자담당 실무자를 불러 그 연유를 물어보았다. 비자담당 실무자는 호주청년들의 Working Holiday Visa 신청 자체가 거의 없다고 했다. 그래서 나는 이렇게 좋은 조건의 Working Holiday Visa제도를 활용하지 못하는 호주청년들을 대상으로 현실적인 문제를 어떻게 해결해 줄 수 있는지를 생각해 보았다. 첫째, 언어와 문화가 달라 현지생활 적응이 어렵다고 느꼈을 것이고 둘째, 아무런 연고가 없는 호주청년이 현지 취

업을 한다는 것도 하늘의 별 따기처럼 매우 어려운 일이라고 생각했다. 그래서 나는 이 사업추진을 위해 별도의 호주교육유학원Lotte Overseas Student Education Center 법인을 설립하고 호한재단Australia Korea Foundation과 한국관광공사 측에 이 문제 해결을 위해 상호 협력하자고 제안했다. 그리고 한국내 한호재단에게도 Working Holiday Visa를 받아 한국을 방문하는 호주청년들을 위하여 회원사들이 단순업무 아르바이트 자리라도 제공해달라고 요청했다. 뿐만 아니라 여러 유명 5성급호텔을 상대로 영어를 필요로 하는 아르바이트 자리를 만들어 호주청년들을 임시고용해 달라고 요청도 했다. 특별히 한국방문을 하게 될 호주청년들의 현지 안내를 해 줄 만한 거점을 마련하는 것도 중요한 일이라고 생각하여 먼저 가장 공신력이 있는 주한호주대사관에 요청을 해 보았으나 영사업무가 아닌 일반 사업자가 개입된 민간분야에는 직접 간여할 수 없다는 답을 받았다. 그래서 마침내 보성고등학교 동창 정건식의 사촌 형님 되시는 한호재단 정명식 이사장(포항제철)을 만나 한호재단 회원기업들을 통해 호주대학생들의 알바 자리를 확보할 수 있는 방안을 모색하였으나 한호재단 이사장도 현실적으로 회원기업에게 협조요청을 하기가 어려운 실정이었다. 그래서 나는 한호재단의 서울시청 옆의 서울사무소를 호주대학생들의 긴급임시연락처로 사용하기로 허락까지 받았다. 그러나 1997년말에 불어닥친 한국의 IMF외환위기사태로 말미암아 모든 사전 준비작업과 계획들이 물거품이 되고 말았다. 야심차게 준비했던 것만큼 아직도 많은 미련이 남아 있는 가장 아쉬운 프로젝트였다.

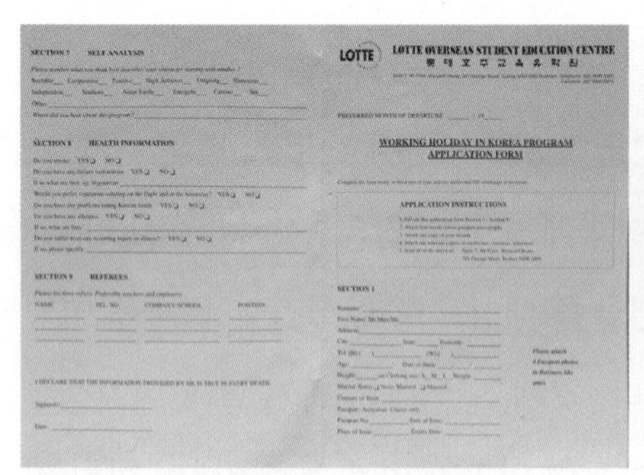

▲Working Holiday 한국방문 프로그램 참가 신청서 양식

5-4-8. Asiana항공사의 호주 총판매대리점(GSA) 신청

나는 대한항공 본사영업부 재직 당시 해외지역의 여객총판매대리점GSA 담당으로 일했던 경험이 있고 시드니지사장 시절에도 호주 유력 여행사를 대한항공 여객총판매대리점으로 임명하여 좋은 영업성과를 낸 바 있었다.

그리고 1983년 롯데여행사를 창립해 꾸준한 성장을 이룩해 왔고 1988년의 호주건국200주년과 '88서울올림픽을 계기로 한층 더 도약할 수 있는 전환점을 맞았다. 그래서 나는 1989년에 아시아나항공사 본사에 아시아나항공의 미래 판매망 확장을 위해서 롯데여행사를 호주지역(또는 남태평양지역포함)의 여객판매총대리점으로 임명해 달라고 요청했다. 그러나 아시아나항공사는 일본, 동남아지역 취항에 주력하면서 가까운 장래 호주취항을 검토할 단계에 이르면 그때 가서 긴밀히 협조하겠다며 GSA임명에는 큰 반응을 보이지 않았다. 그 후 1992년 3월 나는 또다시 아시아나항공 본사로 총대리점신청 공문을 발송하였으나 당시 아시아나항공 본사 영업부는 미취항지역의 선제 마케팅을 위한 GSA임명의 유익성에 관한 이해나 시장확장성 효과를 전혀 모르는 것 같이 느껴졌다.

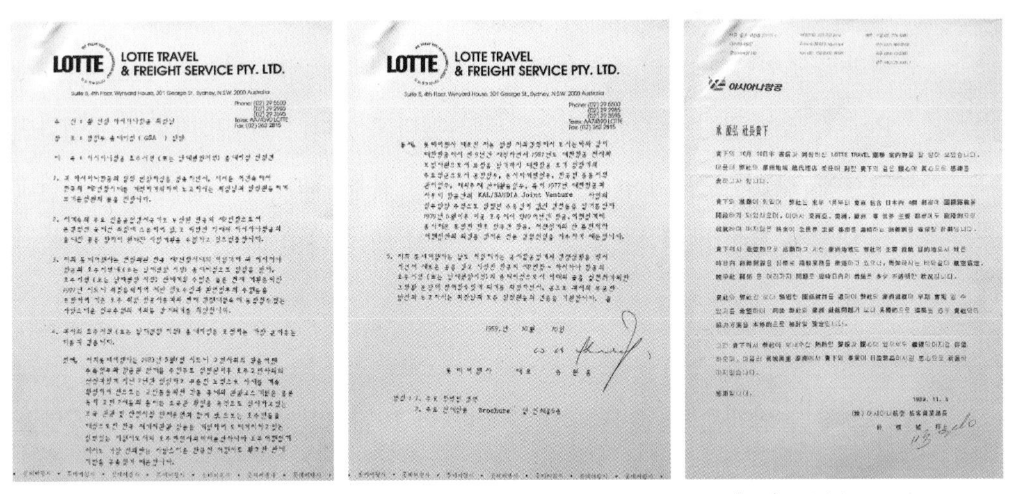
LOTTE TRAVEL & FREIGHT SERVICE PTY. LTD.
Suite 5, 4th Floor, Wynyard House, 301 George St., Sydney, N.S.W. 2000 Australia

LOTTE TRAVEL & FREIGHT SERVICE PTY. LTD.
Suite 5, 4th Floor, Wynyard House, 301 George St., Sydney, N.S.W. 2000 Australia

아시아나항공

▲1989년 아시아나항공 황인성 회장에게 보낸 필자의 아시아나항공사 호주지역 여객총대리점(GSA)임명제안 공문 & 1989년 11월 아시아나항공사가 롯데여행사에 보내온 답신

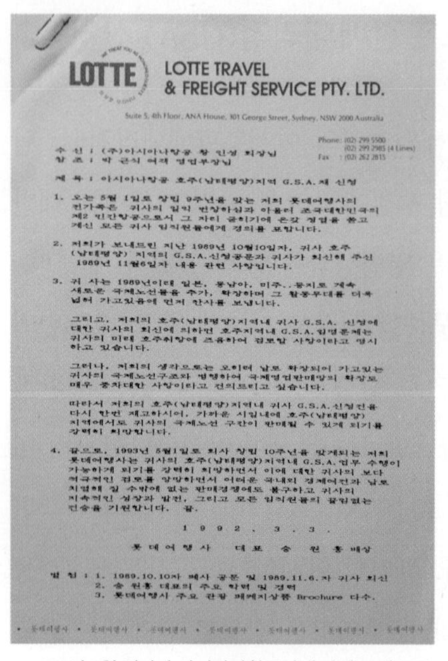

LOTTE

LOTTE TRAVEL
& FREIGHT SERVICE PTY. LTD.

Suite 5, 4th Floor, ANA House, 101 George Street, Sydney, NSW 2000 Australia

Phone: (02) 299 5500
(02) 299 2985 (4 Lines)
Fax : (02) 262 2815

수 신 : (주)아시아나항공 [illegible] 회장님
참 조 : [illegible] 여객 영업부장님

제 목 : 아시아나항공 호주(남태평양)지역 G.S.A.재 신청

1. 오는 5월 1일로 창립 9주년을 맞는 저희 롯데여행사의 전가족은 귀사의 날이 번창하심과 아울러 조국대한민국의 제2 민간항공으로서 그 자리 굳히기에 온갖 정열을 쏟고 계신 모든 귀사 임직원들에게 경의를 표합니다.

2. 저희가 보내드린 지난 1989년 10월10일자, 귀사 호주(남태평양) 지역의 G.S.A.신청공문과 귀사가 회신해 주신 1989년 11월6일자 내용 관련 사항입니다.

3. 귀 사는 1989년이래 일본, 동남아, 미주..등지로 계속 새로운 국제노선들을 추가, 확장하며 그 활동무대를 더욱 넓혀 가고있음에 먼저 찬사를 보냅니다.

그리고, 저희의 호주(남태평양)지역내 귀사 G.S.A. 신청에 대한 귀사의 회신에 의하면 호주지역내 G.S.A.임명문제는 귀사의 미래 호주취항에 즈음하여 검토할 사항이라고 명시하고 있습니다.

그러나, 저희의 생각으로는 오히려 날로 확장되어 가고있는 귀사의 국제노선구조와 병행하여 국제영업판매망의 확장도 매우 중차대한 사항이라고 건의드리고 싶습니다.

따라서 저희의 호주(남태평양)지역내 귀사 G.S.A.신청건을 다시 한번 재고하시어, 가까운 시일내에 호주(남태평양) 지역에서도 귀사의 국제노선 구간이 판매될 수 있게 되기를 강력히 희망합니다.

4. 끝으로, 1993년 5월1일로 회사 창립 10주년을 맞게되는 저희 롯데여행사는 귀사의 호주(남태평양)지역내 G.S.A.업무 수행이 가능하게 되기를 강력히 희망하면서 이에 대한 귀사의 보다 적극적인 검토를 앙망하면서 어려운 국내외 경제여건과 날로 치열해 질 수밖에 없는 판매경쟁에도 불구하고 귀사의 지속적인 성장과 발전, 그리고 모든 임직원들의 끊임없는 건승을 기원합니다. 끝.

1 9 9 2 . 3 . 3 .

롯데여행사 대표 송 원 홍 배상

첨 부 : 1. 1989.10.10자 폐사 공문 및 1989.11.6.자 귀사 회신
2. 송 원홍 대표의 주요 학력 및 경력
3. 롯데여행사 주요 관광 패케지상품 Brochure 다수.

▲1992년 3월 필자가 아시아나항공사에 다시 보낸 공문

1995년도 금호실업 시드니지사장으로부터 아시아나항공 본사 박찬용 고문이 시드니를 방문할 예정이라며 아시아나항공의 호주취항과 관련하여 자문을 구하고 한다며 저녁회동을 요청해 왔다. 박 고문은 내가 대한항공 본사 영업부 국제여객과 과장대리로 근무하던 시절 국제여객화물Tariff과 차장으로 근무를 하고 있어 서로 알고 있는 사이였다. 우리는 거의 17년만에 시내 Australia Square 47층 Summit 식당에서 반가운 만남을 가졌다. 박 고문은 아시아나항공의 호주취항 계획은 내부적으로 확정한 상태인데 다만 취항도시 선정을 놓고 마지막 숙고단계라며 나의 자문을 요청했다. 아시아나항공 본사차원에서는 대한항공과 같이 시드니와 브리스베인을 취항할지 아니면 시드니와 멜버른을 취항할지 검토 중이라고 했다. 나는 호주의 최대 상업도시인 시드니취항은 당연하겠지만 왜 하필 대한항공이 취항하고 있는 브리스베인 취항을 검토하냐며 차라리 멜버른으로 취항하여 남부호주까지 시장선점을 하라고 조언했다. 그리고 부연하여 나 같으면 세계 최대산호초 Great Barrier Reef가 있는 관광지로서 케언즈를 택하겠다고 했다. 그러면 미주와 유럽과의 연결에도 많은 도움이 될 수 있을 거라며 조언을 했다. 박 고문은 매우 놀랍다는 반응을 보이며 케언즈는 전혀 검토해 본 바 없다며 내 의견에 동조하는 느낌이었다.

그 후 놀랍게도 아시아나항공은 1995년 12월 3일부터 인천-케언즈 직행노선을 주2회(화, 일) 운항을 시작했고 곧이어 12월 7일부터 인천-시드니 직행노선을 주2회(화, 목) 운항를 시작했다. 케언즈취항에 대한 나의 제안을 심각하게 받

아드린 박찬용 고문과 또 그의 의견을 수용한 아시아나항공 본사의 결정을 보면서 매우 반가운 느낌이 들었다. 초기 인천-케언즈 노선은 신혼부부들이 선호했던 노선으로 인기를 누리다가 한국의 1997년 IMF외환위기를 맞으면서 노선이 취소되었고 아직까지 운항을 재개하지 않고 있다.

5-4-9. 북한관광개척과 이산가족 만남 그리고 북한노동당 대남담당 김용순 비서와의 만남

5-4-9-1. 북한관광여행 추진을 위한 지속적인 노력과 시도들

나는 북한에서 태어나 남한에서 성장하며 교육을 받았고 9년여 직장생활까지 하다 호주로 이민 온 이산가족으로서, 또한 해외동포이자 호주시민으로서 먼 훗날 남북통일로 가는 길목에서 뜻 있는 일을 해 보고 싶었다. 그리고 굳게 닫힌 북한의 문을 여는 방법은 오로지 해외동포들의 순수관광을 통해서만 그 물꼬를 틀 수 있다고 생각했다. 1987/88년도에도 시드니총영사관의 안전기획부 파견관 진본영 영사에게 북한관광추진 가능성을 문의해 보았으나 헛수고였다. 그리고 러시아 모스크바올림픽과 미국 로스엔젤스올림픽의 반쪽짜리 올림픽에 이어, 동서양 진영이 모두 참가했던 1988년 한국 서울올림픽게임이 전 세계의 이목을 집중한 채 매우 성공적인 올림픽게임이 됨으로써 한국의 위상은 한강의 기적을 이룬 경제성장과 함께 모든 면에서 자신감을 더해가고 있었던 해

▲ Bannink Travel의 북한관광안내 전시관에서 중국안내자 쩬양과 필자

이기도 했다. 이러한 시대적 흐름에 편승하여, 1989년도 초, 시드니총영사관 진본영 영사는 내가 매년 연중행사로 요청해 오던 북한관광시도 요청건을 추진해도 좋다는 승인을 했다. 그래서 나는 한국정부가 나의 신변보호를 책임지겠다는 양해각서를 써 달라고 요청도 했으나, 진 영사는 서면으로는 어렵지만 모든 상황을 잘 알고 있으니 그냥 추진해도 좋다고 했다.

그래서 북한과 아무런 연락처가 없었던 나는, 과거 Sydney Travel Show행사에 참석해 서로 환담을 한 바 있었던 중국국제관광여행사CITS북경본사의 쩬양이란 사람을 통하여 텔렉스(당시는 Fax도 널리 사용되지 않던 때임)로 교신을 시작하며 중국과 북한관광계획에 대한 도움을 요청했다. 중국국내 관광 부분은 CITS가 맡고, 북한관광 부분을 위하여 평양 또는 북경지사의 조직명칭, 책임자 성명, 전화, Fax번호등을 알려 달라고 요청했다. 그리고 평양 International Tourist Bureau of D.P.R.K., “RYOHAENGSA” Deputy Director, Kim/Do Jun의 주소와 연락 전화번호(3 5341과 3 5227)와 텔렉스 번호(5726 RHS KP)를 받았다. 그러나, 북한과의 첫 시도보다는 CITS에서 중국, 북한관광일정 모두를 관장할 수 있으면, 우리 쪽에서는 많이 편할 것이라 생각하여, 북한일정도 함께 CITS에서 담당해 달라고 재요청을 했다. 그랬더니 CITS의 답신은 북한내의 일정은 자기네들도 관장할 수 없다며 우리가 직접 북한 여행사 측과 연락해보라고 했다. 그리하여 1989년 3월 3일 드디어 평양의 김도준 씨 앞으로 내 자신과 롯데여행사 소개를 포함하여 호주한인동포단체 북한관광방문을 위하여 8월 6일 평양도착부터 8월 11일 평양출발까지 5박6일 일정의 견적을 요청하는 장문의 텔렉스를 보냈다.

북한의 현실을 전혀 몰랐던 나는 평양, 묘향산, 원산, 금강산, 개성, 판문점은 전 일정에 꼭 포함돼야 한다고 강조했고 아울러 세계청년학생 평양축전이 언제 개최되는지? 계획한 일정을 변경해서라도 가능하면 평양축전 개막식에 참석했으면 좋겠다는 요청도 했다. 그러나, 설레는 마음으로 학수고대하던 답신은 오지 않았다. 그래서 일주일이 지난 후 재확인 텔렉스를 보내며, 평양축전일정만이라도 미리 알려 달라고 요청했다. 또 한 주간이 지났다. 그래서, 나는 북경을 통해 또 다른 연락처, 조선국제공사사장 김기영씨의 연락 텔렉스 번호를 받아 현재 진행상황을 알려주고 어떻게 해야 호주한인동포들이 북한을 방문할 수 있는지 조언을 부탁하는 텔렉스를 3월 16일자로 다시 보냈다. 당시 호주에서는 북한방문을 위한 유일한 창구 역할을 하던 멜버른 소재 Bannik Travel이라고 있었는데 여행사 대표 Wim Bannik의 성을 따서 이름을 붙인 여행사였다. 마침 나는 3월 15일에 한국관광공사 시드니지사주최 한국행 관광여행상품Wholesale여행사 대표 모임에서 우연한 기회에 Bannik 씨를 만나 북한방문에 대한 개략적인 관심을 표할 정도로 가벼운 대화를 주고 받았다. 왜냐하면, Baniik Travel은 남한과 북한상품을 다 취급하는 Wholesale여행사였으나 Banink 씨는 당시 북한에 호주의 통신기기를 북한에 납품해 보려고 북한을 왕래하면서 북한 측으로부터 많은 환심을 사게 되었고 자연스럽게 호주내 북한방문여행 창구역할을 위임 받고 있던 때였다. 그리고 나는 같은 날인 16일, 김도준 씨 앞으로도 Bannink 씨를 만났다는 이야기를 전하면서, 호주사람을 통하지 않고 직접 연락하게 된 연유도 함께 설명하며 가능한 빠른 회신을 요청한다는 텔렉스를 다시 보냈다. 아울러 연락 가능한 Fax 번호도 알려달라고 했다. 드디어 16일 늦게서야 "승원홍 선생, 우리는 당신이 보낸 텔렉스를 받았음. 당신이 제의한 문제들에 대해서는 함재완 선생이 평양에 체류할 때, 토론하였으므로 그와 협조하기 바람. 우리는 선생이 함 선생과 함께 5월 초에 평양을 방문하기 바람. 경의(88-082). 려행사"라는 짤막한 답신 텔렉스가 들어왔다. 나는 그 당시 가깝게 알고 지내던 교민 함재완 사장이, 당시 노태우 대통령 시절 황태자라고 불렸을 정도의 실세였던 박철언 씨와 대구 동향출신으로서, 당시 한국에서 은밀하게 추진되고 있었던 북방정책에 대한 이야기를 귀 뜸해 준 적이 있었고 어쩌면 자신이 평양을 방문할 지도 모른다는 이야기를 한 적이 있다. 그래서, 나는 그에게 나의 여행사업에 대한 북방정책 비젼을 이야기 했고, 그것이 해외동포의 역할이라고 강조하며, 혹시 함재완 사장께서 북한 관계자를 만날 경우가 있으면, 나를 소개해 달라는 부탁을 한 적이 있다. 그래서 나는 함재완 사장 댁에 전화를 하여, 함 사장의 한국내 연락처를 알아, 상기

북측의 회신에 대한 배경을 확인하였는데, 당시 북한 측과 긴밀한 관계가 있다고 알려진 교민 K씨가 북측에 여행업무 사업권을 요청했으나 이를 허락치 않고, 북측에서는 함 사장에게 여행업무와 이산가족 찾기 문제를 맡아 달라고 허가를 했다고 한다. 그리고 롯데여행사가 함 사장 회사의 계열회사인것 처럼 하여 여행사 업무를 할 수 있지 않겠느냐는 이야기였다. 나는 함 사장에게, 북측에 여행업무 적임자로 나를 소개해 달라고 했지 중간에 끼라고 했느냐며 말도 되지 않는 소리라고 역정을 냈는데, 함 사장은 북측에서 나를 믿지 못하기 때문에 자기에게 위임을 한 것이라고 해명했다. 내게는 구차한 변명이라고 생각했다. 그리고 3월 28일, 평양에서 또 하나의 텔렉스가 날아왔다. "우리는 당신이 제기한 호주교포 관광문제에 대하여 함 씨를 만나 협조하기 바랍니다. 우리는 당신이 4월 말 5월 초에 평양을 방문하여 관광문제를 토의할 것을 희망합니다. 조선국제려행사 텔렉스 번호 5998 RHS KP, 앞으로 이 번호로 통신하여 주기 바랍니다. 안녕히 계십시요."라고.

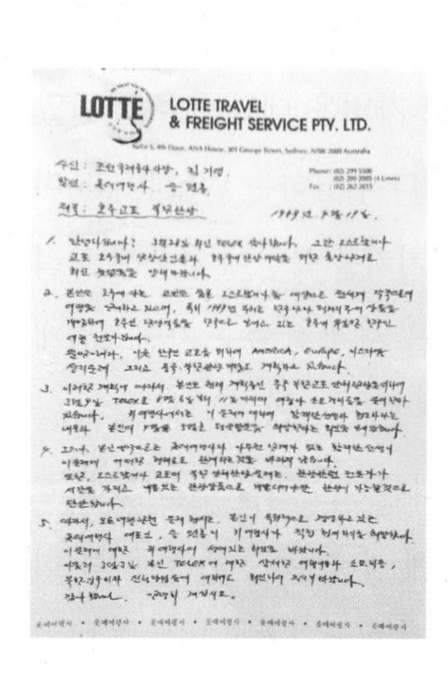
LOTTE
LOTTE TRAVEL
& FREIGHT SERVICE PTY. LTD.

나는 뜸을 좀 들이고 나서, 4월 19일에서야, 조선국제공사 김기영 사장에게 답신 텔렉스를 보냈다. 롯데여행사의 전문성과 내 개인 소개를 재강조하며 함 씨뿐 아니라 그 누구라도 롯데여행사와 관계없는 사람이 개입하면 나는 이 업무를 추진할 수 없고, 롯데여행사 대표인 나와 직접 협의하기를 희망하며 이 문제에 대한 귀 여행사 측의 성의 있는 회신과 3월 3일자 나의 텔렉스 문의에 대한 답신도 요청한다고 했다. 아마도 북측에서는 함 사장에게 위임했으니 무슨 진전이 있으리라 기대했었는지도 모른다. 또한 함 사장도 내가 본인의 뜻데로 움직이지 않기 때문에 시드니로 돌아온 후에 다른 한국인여행사와도 북한관광협조 문제를 상의했던 것으로 알고 있다. 그러나 북한문제가 그때나 지금이나 어디 그리 쉬운 일인가? 하기야, 내가 빠진 상황에서 북한관광문제에 관심을 갖고 덤비려는 사람이 있다손 치더라도 여행전문성문제는 그렇다 하더라도 실제로 누가 이 일을 주관하느냐에 따라 호주교민사회내의 인지도와 신용, 평판이 그 성사여부에 매우 중요한 관건이 될 수 있었기 때문이었다. 그러고 한동안 시간이 지났고, 8월 3일에 북측으로부터 함 사장에 대한 아무런 언급이 없이 오히려 나의 결단을 요청한다는 텔렉스가 오기에 이르렀다. “승원홍 선생, 안녕하십니까? 우리는 선생과 관광협조를 희망하면서 속한 시일 내에 선생이 평양을 방문하여 관광실무 문제들을 토의하는 것이 좋겠다고 생각합니다. 귀 여행사를 통하여 우리는 호주 사람들과 호주여권을 가진 교포들을 접수하고자 합니다. 선생의 신속한 긍정적인 회답을 바랍니다. 안녕히 계십시오. 려행사. 1989년 8월 3일”

그러나 이때는 7월 1일부터 8일까지 평양에서 개최되었던 제13차 세계청년학생축전으로 인하여 한국내는 말할 것도 없고 시드니 교민사회에서도 어느 정도의 이념적 갈등을 보이고 있었던 때였다. 전대협대표 평양방문에 대한 한국정부의 강경한 반대입장에도 불구하고 전대협의 대표 자격으로 평양을 방문했던 임수경 씨 문제로 인하여 한국 내에서는 커다란 충격과 논란을 불러일으키고 있던 때였다. 또한 호주한인사회에서도 평양축전에 참가했던 시드니 한겨레청년회 회원 4명(권기범, 박은덕, 김진엽, 김승일)의 이야기로 좀 소란스러울 때였다. 한국내 문제는 그렇다손 치더라도 비교적 보수성향이 강했던 호주교민사회 내에서의 분위기는 광주사태 진상보고나 한국민주화를 위한 서명운동 같은 재호정의평화위원회 주도의 단체행동에 별로 달갑지 않게 생각하고 있던 분위기였고, 그래서 이를 함께 주도했던 한인기독청년회KCYF가 중심이 되었던 한국민족자료실의 활동상황은 그들의 조국통일과 민주화의 바람에 대한 순수한 열정에도 불구하고, 마치 반한, 반체제 활동으로 인식되었으며, 조국의 민주화와 조국통일을 바라보는 호주동포사회에서, 보이지 않는 민족관, 조국관과 통일관등에 있어서, 어떤 의미에선, 서로 상반된 인식의 차이로 소모적 충돌을 하는 계기가 되었다. 그래서 나는 내가 추진하려고 했던 북한관광계획건이 아무리 선한 뜻을 가지고 시작했다 하더라도 이의 강행은 시기적으로 매우 적절치 않다고 판단하고 있을 때였다. 그런데 한동안 묵묵부답으로 임해 오던 북한에서 호주인과 호주동포들의 북한방문문제를 오히려 나에게 위임하겠다는 적극적인 뜻을 전하고 있지 않은가? 남북간 화해무드가 급냉각되고 있는 상황에서, 내가 장차 남북간의 화해에 조금이라도 기여할 수 있다면, 내 조국통일의 험난한 장정에 자그마한 주춧돌 하나라도 쌓을 수 있다면 하는 생각도 해보았다. 그러나 그것은 8.15해방 이후 남북간의 적대적 이념관계를 고려하면, 어쩌면 좀 무모하다는 생각이 들었으므로 당시 예비역 육군대령출신으로 안전기획부에 근무하던 먼 친척 되는 분에게 자문을 받고 나는 이 북한방문계획에 적극적으로 뛰어들지 않기로 결정했다. 일단 소나기는 피하고 보는 것이 좋겠다고 생각하여 새로운 때를 기약하기로 했다. 그래서 나는 북한 측의 호의적이고 적극적인 제의에 대하여 이번에는 내가 침묵하기로 마음을 굳혔다.

이리하여, 1989년도 북한관광 계획은 물론 수포로 돌아가게 되었고, 또다시 1990년도를 맞게 되었다. 나는 어차피 북한관광문제 해결은 남북한 정치상황에 따라 시간이 좀 더 지나야 가능할 것으로 생각했고, 꿩 대신 닭이라고, 1990년 9월 22일 북경 아시안게임 개막식 참관을 겸하여 중국관광 명소와 동북 3성과 백두산(장백산)을 다녀올 수 있는 전 일정 16박 17일짜리 호주교민중국관광상품을 한인사회에 처음으로 소개했다. 일정도 짧지 않았다. 긴 일정만큼이나 볼 곳도 많았다. 홍콩경유, 상해, 서안, 장춘, 심양, 연길, 도문, 용정, 백두산, 북경. 교민사회에서는 최초로 시도된 중국단체관광이었다. 이후 호주교민사회에서 한국방문에 곁들여 중국관광이 서서히 자리를 잡아가는 변곡점을 만들었던 셈이 되었다.

5-4-9-2. 최초 호주교민북한단체관광(1991.7.1.-8.)과 이산가족의 만남

나는 1990년도 중국관광시장을 개척하고 또다시 1991년도에도 전년도와 비슷한 내용의 중국관광일정으로 교민언론지를 통해 모객광고를 게재했다. 하늘은 스스로 돕는 자를 돕는다고 했던가! 나는 대학시절 중국어문학을 전공했

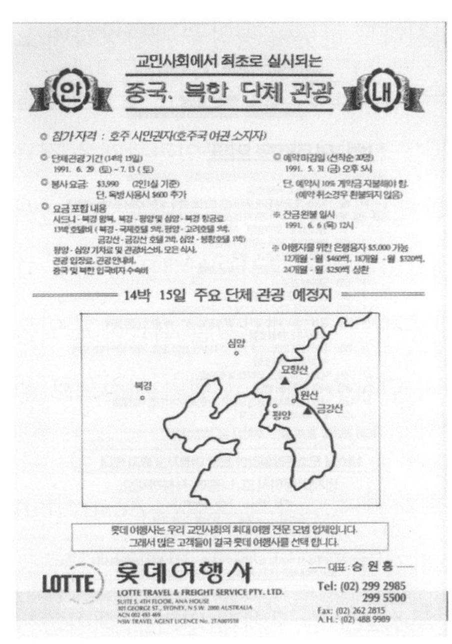

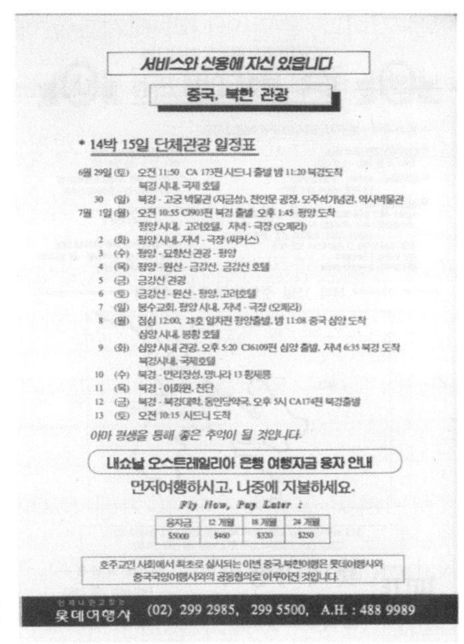

던 인연을 살려 대한항공 시드니지사장 시절 때나 그 이후 호주로 이민하여 여행사업을 하면서도 시드니주재 중국총영사관, 중국관광공사中國旅遊辦事處, 중국국제항공사 관계자들과 호감을 갖고 기회가 있을 때마다 서로 만나며 친분관계를 계속 유지해 오고 있었다. 그러던 중 중국관광공사 시드니지사장인 쭈선쫑祝善忠주임이 4월 초 어느 날, 중국관광공사 북경 본사회의를 다녀와서, 나에게 북한관광을 추진해 보지 않겠느냐고 물어왔다. 그래서 나는 내가 북한에서 태어나서 남한으로 이주하여 교육받고 성장하여 직장생활을 하다가 호주로 오게 된 과거 이야기와 함께 1986년도부터 북한관광을 실현하기 위해 노력해 왔던 그동안의 이야기를 들려 주었고, 어떻게 가능한 방법이 있는지, 조건은 무엇인지를 물었다. 쭈 지사장은 내가 관심이 있다면 본사를 통해 그 방법과 조건을 알아봐 주겠다고 했다.

1989년 베를린장벽의 붕괴를 시작으로 1990년 소련연방체제가 해체되었고 연이어 동구권 여러 공산독재국가도 몰락하게 되자 그동안 북한과 긴밀하게 지내왔던 소련과 동구권 공산국가들로부터의 관광객이 격감하게 되었을 것이다. 아마도 북한의 형식상 유일했던 외화벌이 외국인관광객의 감소는 큰 문제였을 것이다. 뿐만 아니라 세계를 향해 과시라도 하듯이 평양을 재단장하며 요란하게 치렀던 1989년 7월 세계청소년축전은 아마도 적지 않은 북한재정을 소모했을 것이고 이렇게 고갈된 재정회복을 위해서라도 외국인관광객을 적극 유치해 보고자 노력했을 것으로 짐작한다. 그래서 북한측은 체면을 구기면서까지 중국관광공사를 통해 외국인관광객유치협조를 공식요청했을 것이고 그 실행방안으로 중국관광공사 해외지사를 통해 중국단체관광을 취급하고 있는 해외여행사를 독려하여 북한관광으로까지 연장추진하려고 했던 시점으로 생각한다.

이리하여 쭈지사장은 자기네 본사를 통하여 북한측의 조건은 Australian Nationality 호주국적자, 즉 호주여권소지자면 된다고 했다. 그래서 나는 그렇다면 아무런 문제가 없다고 답했고 실무적으로 누구에게 연락을 해야하는지를 물었다. 소개를 받은 중국내 실무 파트너는 심양소재 중국요녕해외여행총공사 리꾸어찡李國慶총경리(사장)과 담당책임자로 꽁뚱쥔龔同軍부경리(부사장)이었다. 그래서 나는 2주간 중국체류 일정을 재변경하여 북한체류 7박8일을 포함해 전일정 14박15일로 대폭 수정을 했고 이에 대한 견적을 요청했으며 몇 차례 확인절차를 거쳐 지상비견적까지 확정을 했다. 다만 북한내 관광일정을 조정하는데 조금 애를 먹었다. 왜냐하면 북한여행 일정 중 7월 7일은 일요일이었고 크리스챤인 나는 이 역사적인 호주교민단체의 북한방문이 성사되었음을 감사해야겠다는 마음에서 필히 평양봉수교회에서 예배를 드리고 싶었다. 그런데 일요일에 자꾸 다른 행선지, 남포 갑문 또는 개성관광등을 권유해 왔다. 그래서 나는 다른 일정은 아무렇게나 조정되도 좋은데 7월7일 일요일엔 평양에 있으면서 봉수교회에서 반드시 예배를 드려야 된다고 못을 박았다. 물론 내가 원하는 대로 전체일정이 합의되었고 견적은 두말하지 않고 요구하는대로 전면 수용했다. 그런데 우리 일행의 북한입국사증 사전발급여부에 관한 문의에 아무런 해명도 없이 계속 늦어지고 있었다. 우리는 6월 29일 시드니를 출발 북경에 도착했고 30일 하루 북경시내관광을 하고 7월 1일 북경공항으로 가는 길에 북한대사관에 잠시 들러 북한입국사증을 픽업했다. 왜냐하면 우리의 북한입국사증발급에 다소 문제가 있었기 때문이다. 북한당국이 중국관광공사에 제시했던 여행허가조건으로 우리가 합의했던 Australian Nationality 호주시민권자 개념 때문이었다. 중국관광공사와 우리 측의 해석은 호주시민으로 호주여권을 가진 사람이면 된다고 판단했고 북한당국의 입장은 한국배경이 전혀 없는 외국인개념의 호주여권소지자를 뜻하는 것이었기 때문이다. 아마도 이 문제는 중국과 북한 간에도 전혀 예상치 못한 이견으로 노출된 첫 케이스였을 것이다. 그럼에도 불구하고 북한 측이 외화벌이가 아쉬워서 중국관광공사에 도움을 요청해서 성사된 호주여권소지자 단체였으므로 평양행 항공편 탑승수속을 위해 북경공항으로 가면서 북한입국사증을 받게되는 헤프닝이 되었던 셈이다. 그래서인지 우리 일행의 북한내 모든 관광일정은 매우 자유로웠고 외견상 어느 누구의 간섭이나 감시를 받지 않는 것 같았으며 가는 곳마다 외국인처럼 대접을 했던 것 같다. 이렇게 호주교민사회에서 최초로 실시된 북한단체관광의 서막이 오르게 되었다. 우리의 북한내 여행일정은 아래와 같다.

7월 1일(월) 오전 10:55 CJ903편으로 북경 출발, 오후 1:45 평양 순안공항 도착
고려호텔 체크인. 평양시내관광, 저녁식사 후 평양대극장 서커스관람
7월 2일(화) 평양시내, 모란봉, 을밀대, 만경대, 주체사상탑, 옥류관(냉면포함),
만수대, 대인민학습당, 면세점, 소년궁전, 저녁 소년궁전대극장 관람
7월 3일(수) 평양-묘향산-평양, 묘향산, 보현사, 국제친선전람관 관람
7월 4일(목) 평양-원산-금강산, 원산 송도원호텔 점심, 명사십리, 금강산호텔 체크인
7월 5일(금) 금강산 전일관광, 구룡폭포, 상팔담, 모란식당주변 계곡
7월 6일(토) 금강산-원산-평양, 삼일포, 고려호텔 체크인
7월 7일(일) 오전 봉수교회(예배참석), 평양 지하철, 고구려 동명성왕릉, 민속식당
7월 8일(월) 점심식사 후 12:00 출발 28호국제열차 평양-정주-신의주-심양

그런데 우리 호주교민단체북한관광이 성사되기 2년 전인 1989년 3월에 호주 시드니에서 개최됐던 세계아이스하키 선수권대회(1989.3.18.-27.)에 남북한 선

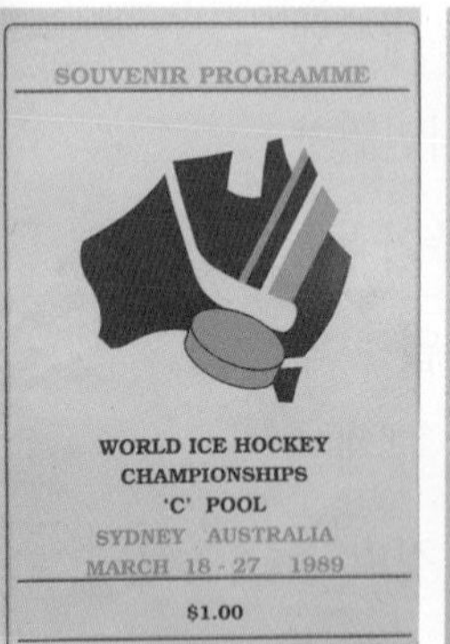
SOUVENIR PROGRAMME

WORLD ICE HOCKEY
CHAMPIONSHIPS
'C' POOL
SYDNEY AUSTRALIA
MARCH 18 - 27 1989

$1.00

REPUBLIC OF KOREA

YUGOSLAVIA

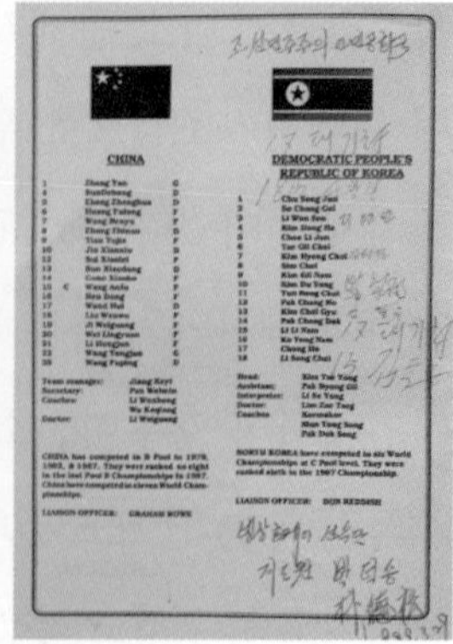
CHINA

DEMOCRATIC PEOPLE'S REPUBLIC OF KOREA

▲1989년 3월 세계아이스하키 선수권대회 Hawke호주연방수상의 축사 & 한국선수와 북한선수 명단

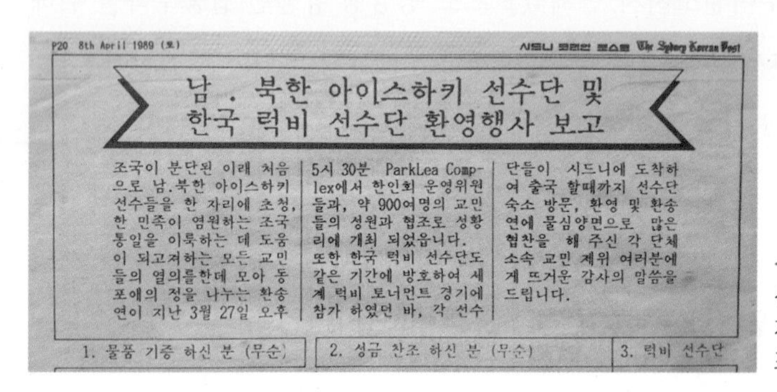
P20 8th April 1989 (토)　　　시드니 코리언 포스트 The Sydney Korean Post

남 . 북한 아이스하키 선수단 및
한국 럭비 선수단 환영행사 보고

조국이 분단된 이래 처음으로 남.북한 아이스하키 선수들을 한 자리에 초청, 한 민족이 염원하는 조국 통일을 이룩하는 데 도움이 되고져하는 모든 교민들의 열의를한데 모아 동포애의 정을 나누는 환송연이 지난 3월 27일 오후 5시 30분 ParkLea Complex에서 한인회 운영위원들과, 약 900여명의 교민들의 성원과 협조로 성황리에 개최 되었읍니다.

또한 한국 럭비 선수단도 같은 기간에 방호하여 세계 럭비 토너먼트 경기에 참가 하였던 바, 각 선수단들이 시드니에 도착하여 출국 할때까지 선수단 숙소 방문, 환영 및 환송연에 물심양면으로 많은 협찬을 해 주신 각 단체 소속 교민 제위 여러분에게 뜨거운 감사의 말씀을 드립니다.

1. 물품 기증 하신 분 (무순)　2. 성금 찬조 하신 분 (무순)　3. 럭비 선수단

◀남북한 아이스하키 선수단 환영행사보고를 게재했던 시드니코리언 포스트 관련 내용

수단이 참여하였는데 3월 21일에는 시드니근교 블랙타운 아이스하키링크 경기장에서 역사적인 남북한 경기가 있었다. 경기 결과는 7:4로 북한팀이 승리했다. 당시 제16대시드니한인회 조기덕 회장과 이주용 사무총장은 남북한 선수를 위한 교민공동응원단을 결성하여 대거 1,500명 정도가 참석했다. 소규모 경기장 수용인원의 한계로 입장을 못 해 밖에 서 있는 교민들도 많았다고 한다.

1989년 3월의 아이스하키 세계선수권대회에 남한선수단은 박갑철 단장과 김세일 코치를 포함해 23명, 북한선수단은 책임인솔자 김태영 단장과 박덕송 코치를 포함해 모두 25명이 참가했다. 특별히 몸싸움과 반칙이 많은 아이스하키 경기임에도 불구하고 남북한 양팀 선수들은 눈에 보일 정도로 반칙을 자제했고 상대방 선수가 넘어지면 서로 일으켜 세우며 매우 우호적인 경기운영을 하여 한 민족으로서 보이지 않는 정을 보여준 경기였다는 평가를 받기도 했다. 한겨레 신문은 이날 경기장 현장의 모습을 "(중략) 지난 3월 21일 밤 오스트레

일리아 시드니에서 남북 분단 이후 처음으로 겨레가 하나되는 감격적인 장면이 벌어졌다. 세계 아이스하키 선수권대회 4일째인 이날, 남한과 북한의 경기가 끝난 뒤, 응원하던 교민들과 남북한 선수 1천 5백 명이 승패를 떠나 서로 얼싸안고 아리랑을 합창해 세계 각국에서 모인 선수들과 관중을 감동시켰던 것이다. 현지 텔레비전은 남북한 사람들이 한마음이 되어 손에 손을 잡고 '아리랑'과 '우리의 소원은 통일'을 합창하며 남북한 선수들이 함께 경기장을 도는 감동적인 모습을 긴 설명과 함께 오랫동안 전국에 방송했다. <한겨레 신문 3월 23일자> 시드니에서 벌어진 이 아름다운 광경은 남북한과의 해외 각지에 살고 있는 7천만 동포들의 통일에 대한 염원을 상징적으로 표현한 것이다. 정치적 이념 때문에 나뉘어 살지만 그리고 그 이념이 사회적 구성원들의 삶의 내용을 규정한다는 점에서 중요한 것이기는 하지만 같은 문화를 가진 같은 핏줄의 민족이 하나가 되려는 갈망이 이념과는 별개로 강력히 자리잡고 있음을 확인했다는 점에서 그 경험은 대단히 소중한 것이었다. (중략)"고 1989년 4월 4일자 사설로 게재할 정도로 시드니에서의 첫 남북한 아이스하키 선수단의 우호적 경기메너와 같은 민족으로서 단합된 성원과 응원을 통하여 한 민족으로서의 동질성을 표현했던 역사적인 현장이 된 셈이다. 아울러 남북한경기 공동응원에 이어 시드니한인회는 경기 마지막인 3월 27일 오후에 북한선수 숙소 근처인 ParkLea Complex에서 약 900명의 교민들과 함께 남북한선수 공동환송BBQ파티를 개최하여 남북한 선수 모두를 응원하며 격려했다. 김태영 단장과 선수들은 시드니한인동포들로부터 경기장에서뿐만 아니라 공동환송파티에서 뜻하지 않은 선물공세까지 받으며 한 민족으로서의 따뜻한 정을 재확인하기도 했다. 이 때 이산가족이었던 일부 교민들은 김 단장에게 혹시 가능하면 북에 살아 있을 이산가족을 찾아봐 달라며 북한에 있을 가족들의 신상내용을 적은 쪽지를 전달했다. 아마도 시드니한인동포들로부터 융숭한 대접과 보여준 따뜻한 동포애 때문이었는지 김 단장의 노력을 통해서 몇몇 이산가족들은 북한에 생존해 있는 이산가족의 생사를 확인했다. 그리고 해외동포원호위원회 리학철 참사를 통해 북한의 생존가족의 소재지까지 알게 되어 편지왕래도

교계소식

재호한인교역자회 5월 월례회 가져

<안세훈 총영사 강사로 초빙>

호주한인교회 교역자회(회장: 김창식 목사)5월 정기월례회가 지난 5월 20일 오전 10시 30분 Ashfield에 있는 할렐루야장로교회당에서 있었다.

김창식 목사의 사회로 시작된 월례회는 먼저 기도회 순서를 가졌는데 김성진 목사는 "한인교회와 교회일치를 위하여", 임영순 목사는 "나라와 민족, 조국의 평화 통일을 위해" 이광수 목사는 "교민사회를 위하여" 각각 간절한 기도를 드렸으며, 이어 강사로 초빙한 안세훈 총영사의 강연을 듣고 질의 응답 시간도 가졌다 안총영사는 강연을 통해 먼저 총영사관 민원업무와 공지사항을 전달했으며, 민족의 나아갈 길과 교민사회의 단합 및 호주 지역사회를 한인들이 의로운 사회로 이끌어 나가자는 요지의 강연을 하였다.

강연 후 가졌던 질의 응답 시간에는 지난 1월 정초에 가졌던 신년하례회에 대한 취지와 목적에 대한 설명이 있었으며 앞으로 신년하례회를 교회와 더욱 긴밀한 유대를 갖고 발전시켜 나가자는 고무적인 의견들이 개진되었다.

또한 북한 여행에 대한 질의도 있었는데 영주권자는 북한을 포함한 8개 공산국가는 여행 한달 전에 공관에 신고, 사전허가를 받고 여행을 하여야 되며 신고를 하지 않을 경우 한국 입국시 간접적인 영향을 받을 수 있다고 하였다(호주 여권 소지자도 간접적인 영향을 받을 수 있음). 그러나 최근 롯데여행사(대표: 승원홍)에서 모집하고 있는 북한방문단은 사전에 당국으로 부터 승인을 받았기에 개별적으로 공관에 신고를 하지 않아도 무관하다고 밝혔다. 40어명의 목사와 시모가 함께 참석한 월례회는 안총영사 부부도 함께 참석, 교회와 공관이 대화를 나누고 서로 협력하는 뜻있는 시간으로 가졌다.

▲재호한인교역자회의 크리스천리뷰 기사

하고 있었다. 그러나 북한방문의 길을 전혀 찾을 수 없었던 당시 여건하에서 1991년 5월 롯데여행사의 호주교민북한단체관광 광고소식은 이들 이산가족들에게는 오랜 목마름의 샘물과도 같은 흥분되는 기쁜 소식이었을 것이다. 드디어 교민언론매체를 통해 북한단체관광객 20명 모객 광고가 나가기 시작했다. 북한관광에 호기심이 있었던 고객과 이산가족들의 관심과 문의가 쇄도했다. 아직도 남북한 간 긴장상태가 계속되던 시기였으므로 북한단체관광에 참여해도 신변안전상에는 문제가 없을지 또는 남한정부로부터 어떤 불이익을 받지나 않을까 하는 의구심들도 있었을 때였다. 그래서 나는 이 북한단체관광은 중국관광공사의 협력으로 이루어지는 관광이라서 신변안전엔 이상이 없을 것이고 또한 한국시드니총영사관을 통해 사전승인을 받은 단체관광이므로 한국정부로부터 아무런 불이익을 받지 않을 것이라고 답을 해야만 했다. 오죽하면 시드니지역 교회목회자들의 모임인 재호한인교역자회 5월 월례회에까지 안세훈 시드니총영사를 초청하여 롯데여행사의 북한단체관광에 참여해도 되는지에 대한 확답을 받기도 했다. 나는 이산가족들의 북한방문시 이산가족 만남을 성사시켜줄 수 있는지의 물음에 우리의 북한방문 목적은 순수관광이므로 이산가족만남은 할 수 없다고 못 박았다. 다만 북한방문 기간 중에 가능한 방법을 모색해 보겠으나 가족만남을 보장할 수 없다며 이산가족 만남만을 원하는 고객은 모객 대상에서 원칙적으로 제외시켰다. 다만 이산가족만남을 위해 최선을 다해 볼 테니 북한에 있는 이산가족에게 우리의 평양체류일정을 미리 알려주어 가능한 평양에 와 있도록 연락은 해 놓으라고 요청을 했다. 광고가 나가면서 18명 고객으로 바로 마감을 했다. 인솔자

▲1985년 8월에 개관한 45층 쌍둥이탑 형식의 평양 고려호텔 로비 & 외국인전용 US달러 외화와 바꾼 돈표

인 나와 내 아버지가 동행하기로 했기 때문이다. 왜냐하면 변화무쌍한 남북관계와 세월이 하도 수상해서 이번 북한방문 이후에도 계속 잘 진행될 수 있을까 하는 의구심도 있었기 때문에 당시 72세와 65세 나이로 연로해 가는 부모님과 함께 동행하는 것도 효도의 한 방법이라 생각했기 때문이다. 내 아버지는 마치 기다리기나 했다는듯이 동행에 찬성했으나 내 어머니는 손사래를 치며 "북한 공산당이 무슨 일을 할지 어찌 알겠느냐"며 과거 북한에서 당했던 아버지 숙청사건과 생사를 걸고 남한으로 도망해 왔던 기억 때문이었는지 동행을 완강히 거부했다. 이 18명 고객 중에 이문철, 방인선, 이종숙, 변용진, 박용철, 임용모 6명과 내 부친 승익표와 나 모두 8명이 북한에 고향을 둔 이산가족이었다.

나는 북한에 도착하면서부터 우리 관광안내원이었던 영어가이드 김철 책임지도원과 아랍어가이드 허동수 책임지도원을 통해 고려여행사 사장과 해외동포원호위원회 호주책임자와의 3자회동이 가능하도록 조치해 달라고 요청했다. 물론 우리의 여행목적이 관광이었으므로 불가능하다는 답이었다. 그럼에도 불구하고 나는 계속 졸라댔다. 그래도 계속 불가하다는 답변에 나는 비장의 카드를 내놓았다. 여기 우리 일행 중에 이산가족이 있는데 이산가족을 만날 수 있도록 도와 달라고 했다. 허락을 안 해주면 우리가 택시를 타고 직접 찾아가 볼 거라고도 했다. 이런 힘겹고 끈질긴 줄다리기 흥정을 통해서 드디어 평양도착 3일째인 7월 3일, 묘향산 일일관광을 마치고 저녁식사 후에 고려호텔로 돌아 왔을 때 해외동포원호위원회 김영수참사와 리명수참사가 호텔로 나를 찾아와 기다리고 있었다. 우리는 서로 반갑게 첫인사를 나누었고 고려호텔 45층 스카이라운지의 전망이 좋은 자리에 앉아 첫 회동을 했다. 나는 시원한 맥주와 마른 안주와 과일을 주문했다. 그리고 관광목적으로 와서 이산가족의 만남을 요청한데 대하여 깊은 이해와 함께 만나줘서 감사하다는 인사를 건네며 선물로 준비해 갔던 양주, 담배, 전자시계와 전자계산기 등을 두 사람에게 똑 같이 건네 주었다. 그리고 호주교민들 이야기와 내가 호주에 정착하게 된 이야기로 대화 분위기가 무루 익어갔다. 그래서 나는 미리 준비해간 협의사항을 내 놓으며 본격적인 대화를 시작했다.

1. 재호주 이산가족 찾아주기 문제를 위한 창구 일원화
   (합의내용: 현재 안기태, 배철상 두 분 대표를 해임시키고 새로 이문철 씨를 임명하기로 하고 안기태, 배철상 두 분에 대한 보상건은 승원홍, 이문철에게 전권을 위임한다.)
2. 재호주 이산가족 상봉 실천문제와 제반 수속 및 절차확인
   (합의내용: 조선해외동포원호위원회 승인을 먼저 받고 북경 북조선대사관 영접부에서 입국비자를 받기로 한다.)
3. 재호주 동포 순수관광단 운영과 이산가족 상봉자 합류 운영문제(추가 검토가 필요함)
4. 재호주 동포 사업투자 방문 운영문제
   (합의내용: 원칙적으로 승인, 승원홍에게 권한을 위임한다.)
5. 호주인 관광단 운영문제(문제 없음)
6. 재호주 동포를 위한 북조선방문비자 시드니에서 접수대행문제
   (합의내용: 아직은 2번항과 동일 적용)
7. 북조선 내 항공기 전세기운영 가능 구간?(연구 검토가 필요함)
8. 한국여권소지 호주영주권자 북조선 입국허가 가능성?(문제 없음)

상기 제반 사항들에 관해 우리는 허심탄회하게 폭 넓은 대화를 했고 추가 논의를 위해 내가 빠른 시일내에 다시 평양을 방문하기로 합의했다. 7월 4일은 평양을 출발하여 원산 송도원호텔에서 점심식사와 명사십리 해수욕장에서 휴식을 하고 금강산으로 가는 날이었다. 헌데 아침 일찍 김영수참사가 호텔로 나

를 찾아 왔다. 우리는 고려호텔 45층 스카이 라운지로 올라 가서 간단한 아침 식사를 주문하고 이야기를 시작했다. 김 참사는 나보다 1살 적은 1948년생이었다. 그는 어제 저녁 나와의 만남이 너무도 우호적이며 내가 마치 친형님과 같이 가족적인 분위기를 느껴서 늦은 밤에 다시 나를 찾아올까도 생각했었는데 여행 중인 내가 피곤할 것 같다고 생각해서 오늘 아침 일찍 다시 만나보고 싶어서 예고도 없이 찾아 왔다며 미안하다고 했다. 사실 나도 한 번의 짧은 실무적 만남이 너무 아쉬웠다며 오히려 잘 왔다고 반가이 맞이했다. 이렇게 조찬을 겸한 화기애애한 분위기 속에서 앞으로의 사업추진을 위해 서로 협력하기로 다짐을 했다. 그리고 9월 중순에 다시 나의 평양방문일정에도 합의를 했다. 나는 김 참사에게 업무수행 도움을 위해 사용하라며 금일봉도 건네 주었다. 그는 내가 요청했던 이산가족 만남을 위하여 우리가 금강산관광을 마치고 평양으로 돌아오는 7월 6일 저녁에 이문철(당시 60세) 씨의 동생 이문섭(당시 48세) 씨와 김인선(당시 75세) 씨의 딸 방춘자(당시 55세), 아들 방자룡(당시 52세), 딸 방애자(당시 49세), 딸 방영자(당시 46세) 씨를 만날 수 있도록 모든 준비를 해놓겠다고 약속을 했다. 이렇게 나는 은근히 부담스러웠던 이산가족만남 문제를 해결하고 홀가분해진 마음으로 일행들에게 기쁜소식을 전하며 금강산여행을 떠날 수 있었다. 그리고 우리가 7월 6일 토요일 저녁에 고려호텔로 돌아오니 해외동포원호위원회 리학철 책임지도원이 이산가족상봉을 위해 이문철씨와 김인선씨의 안내를 위해 기다리고 있었다. 그래서 나는 리학철 책임지도원께 나도 함께 가겠다고 했다. 그는 승 선생의 요구를 모두 들어주었으니 이 번에는 이산가족들끼리만 만나도록 하자며 자기네 요구도 들어 달라고 했다. 그래서 나도 흔쾌히 승낙하며 호주교민이산가족 만남을 위해 노력해 줘서 감사하다는 인사를 했다. 나중에 들은 이야기로는 과거 시드니를 방문했던 북한 아이스하키팀 단장이었던 김태영 씨가 일반 안내를 해 주었고 공원에서의 가족들만의 만남 때에는 자리를 비켜주어 40년 동안 애타게 그리워했던 이산가족들의 오붓한 만남으로 형제간의 그리고 어머니와 자녀 손자손녀들과의 따뜻한 정을 나누었다고 한다. 그러나 이렇게 고대하며 그리워했던 이산가족들의 만남도 잠시 또다시 헤어질 수밖에 없었던 남북한 분단의 현실 앞에 만남 그 이상의 아픔을 감내하지 않을 수 없었다.

우리 일행은 7월 7일 일요일 오전 예정대로 평양봉수교회 예배에 참석했다. 나는 뜻 깊은 호주교민단체 일행의 예배모습을 담기 위해 비디오 촬영을 하고 있었는데 마침 단상에서 미주동포단체 대표의 인사말이 있다고 했다. 그래서 나는 앞자리에 앉아 있는 김성봉 담임목사에게로 가서 호주동포단체 대표도 인사말을 하게 해 달라고 요청해서 승락을 받았다. 단상에서 인도를 하던 목사가 미주동포대표 인사에 이어서 호주동포대표의 인사말이 있겠다는 안내를 했다. 나는 비디오카메라를 임용모장로에게 건네주고 단상으로 올라 갔다. 나는 호주동포들의 따뜻한 인사를 전하고 한민족으로서의 남북통일을 위한 준비단계로 서로의 입장을 이해하고 돕기 위해서 가능한 서로 자주 왕래해야 한다고 강조했다. 그리고 나는 과거의 오랜 상처들을 치유하기 위해 주님의 크신 사랑으로 남과 북이 과감하게 서로를 용서하고 새로운 민족통일시대를 열어 가야만 한다고도 했다. 정말로 자랑스러웠던 순간으로 기억하고 있다.

▲평양 봉수교회교역자와 미국대표와 필자(오른쪽 2번째) & 1991년 평양 봉수교회연단에서 인사말을 하는 필자

7월 8일 12시 중국 심양으로 떠나는 28호 열차편 탑승가족의 환송을 위해 평양역을 떠나는 열차 창 밖으로 비치는 이산가족들의 통렬한 울부짖음에 이산가족은 물론 모든 일행들도 뜨거운 눈물을 흘리며 작별의 인사를 할 수밖에 없었다.

▲ 평양역에서 평양-심양 국제열차 탑승에 앞서 이문철, 김인선의 북한내 이산가족들과의 이별모습

나는 14박15일의 북한과 중국 관광일정을 마치고 7월 13일 호주로 귀국한 후, 호주동포사회에 우리의 북한방문 내용을 홍보함으로써 남북한간 상호 이해에 작은 도움이라도 줄 수 있으면 좋겠다고 생각하여 켐시 안방극장 임기현 사장의 도움을 받아 북한방문 7박8일간의 여정을 비디오 영상자료로 편집해 홍보하기로 했다. 아울러 단체관광에 참여했던 모든 분들과 함께 뜻을 모아 북한단체관광 기념 사진전과 비디오 시사회도 별도로 개최했다. 장소는 롯데여행사가 있는 원야드빌딩(당시는 ANA House라고 했다) 3층의 500평방미터의 특별 전시관을 임차하여 8월 15일부터 31일까지 17일간 운영하며 많은 호주교민들이 북한의 일부 실정이나마 객관적으로 볼 수 있는 자리를 만들었다.

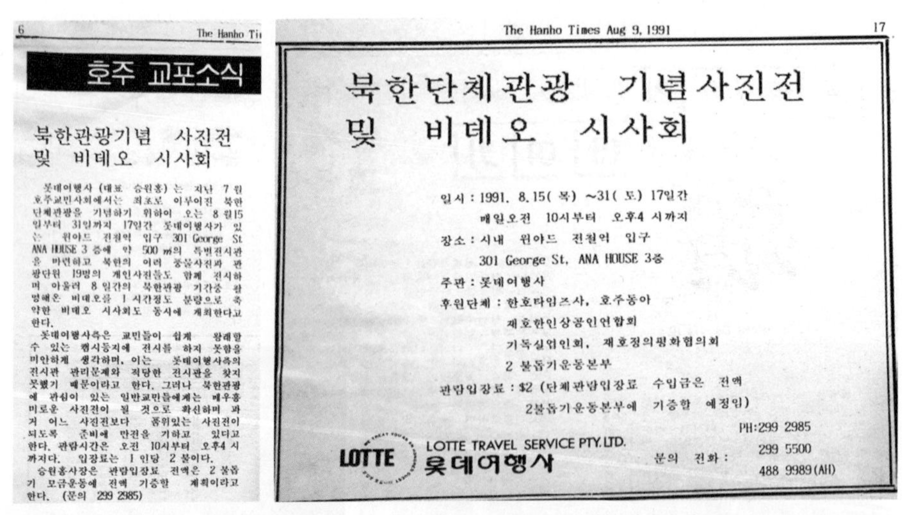

6 The Hanho Ti

호주 교포소식

북한관광기념 사진전
및 비데오 시사회

롯데여행사 (대표 승원홍) 는 지난 7월 호주교민사회에서는 최초로 이루어진 북한단체관광을 기념하기 위하여 오는 8월15일부터 31일까지 17일간 롯데여행사가 있는 윈야드 전철역 입구 301 George St ANA HOUSE 3층에 약 500㎡의 특별전시관을 마련하고 북한의 여러 풍물사진과 관광단원 19명의 개인사진들도 함께 전시하며 아울러 8일간의 북한관광 기간중 촬영해온 비데오를 1시간정도 분량으로 축약한 비데오 시사회도 동시에 개최한다고 한다.

롯데여행사측은 교민들이 쉽게 왕래할 수 있는 캠시등지에 전시를 하지 못함을 미안하게 생각하며, 이는 롯데여행사측의 전시관 관리문제와 적당한 전시관을 찾지 못했기 때문이라고 한다. 그러나 북한관광에 관심이 있는 일반교민들에게는 매우흥미로운 사진전이 될 것으로 확신하며 과거 어느 사진전보다 품위있는 사진전이 되도록 준비에 만전을 기하고 있다고 한다. 관람시간은 오전 10시부터 오후4 시까지다. 입장료는 1 인당 2 불이다.

승원홍사장은 관람입장료 전액은 2 불돕기 모금운동에 전액 기증할 계획이라고 한다. (문의 299 2985)

The Hanho Times Aug 9, 1991 17

북한단체관광 기념사진전
및 비데오 시사회

일시 : 1991. 8. 15(목) ~31(토) 17일간
매일오전 10시부터 오후4 시까지
장소 : 시내 윈야드 전철역 입구
301 George St. ANA HOUSE 3층
주관 : 롯데여행사
후원단체 : 한호타임즈사, 호주동아
재호한인상공인연합회
기독실업인회, 재호정의평화협의회
2 불돕기운동본부
관람입장료 : $2 (단체관람입장료 수입금은 전액
2불돕기운동본부에 기증할 예정임)

LOTTE
LOTTE TRAVEL SERVICE PTY. LTD.
롯데여행사
문의 전화 : PH:299 2985
299 5500
488 9989(AH)

▲최초로 시행된 호주교민 북한단체관광 기념사진전과 영상비디오 사진전 개최 기사와 광고문

나는 9월 5일 김영수 참사로부터 조속한 시일 내에 평양을 방문해 달라는 요청을 받고 평양체류 4박5일 일정으로 Air China 중국국제항공사 시드니지점장 짱쭈오창張佐昌에게 부탁하여 일자변경을 하지 못하는 조건의 단체특별가격 항공권을 9월 24일자로 발급해 구입했다. 그리고 김 참사의 지시에 따라 북경주재 북한대사관의 김순일 영사부장에게 나의 북한방문 비자발급도 요청을 했다.

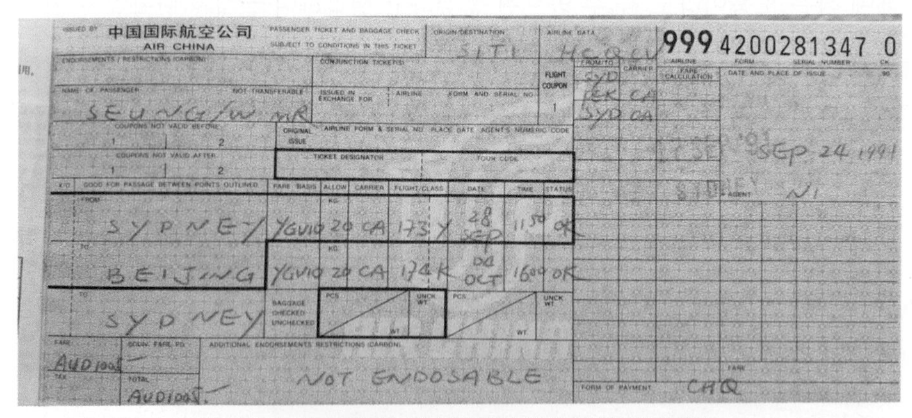

中国国际航空公司
AIR CHINA
PASSENGER TICKET AND BAGGAGE CHECK
SUBJECT TO CONDITIONS IN THIS TICKET
999 4200281347 0
NAME OF PASSENGER: SEUNG/W MR
FROM: SYDNEY / YGUIO 20 CA 173 Y 28 SEP 1150 OK
BEIJING / YGUIO 20 CA 174 K 04 OCT 1600 OK
SYDNEY
FARE: AUD1005
TOTAL: AUD1005
NOT ENDOSABLE
SEP 24 1991
FORM OF PAYMENT: CHQ

▲1991년 9월말 김영수 참사와 3박4일 평양회동을 위해 준비했던 시드니-북경왕복 항공권

그런데 1991년 9월 18일 열린 제46차 유엔 총회에서 회원국의 만장 일치로 남한과 북한이 각기 별개의 의석을 가진 회원국으로 유엔에 가입하는 뜻밖의 사건이 있었다. 그리고 나를 북한으로 초청했던 내 업무협의 파트너였던 해외동포원호위원회 김영수 참사가 유엔에서의 실무 담당자로 뉴욕으로 급파되면서 평양을 방문할 수 없게 되었고 7월 평양 체류기간 중에 추가 논의하기로 했던 모든 내용들은 결과적으로 아무런 흔적도 없이 그냥 없었던 일로 묻히고 말았다. 그러나 다행스러운 것은 호주교민 이산가족들의 북한내 거주 가족과의 만남을 위해 공식적인 새로운 창구를 개설해 놓음으로써 이산가족 만남이 계속 진행되었다는 것과 호주교민상공인들도 북한과 사업을 할 수 있는 가능성을 열어 놓았다는 것은 기대 이상의 커다란 성과였다. 그래서 재오스트레일리아 동포전국련합회(재오련) 10주년 기념식에서도 박용하 회장은 1991년도 롯데여행사의 호주교민북한단체관광 영상자료 일부를 소개하며 "호주교민들의 이산가족 만남과 사업방문이 가능한 오늘이 있기까지 롯데여행사 승원홍 사장의 공로가 컸다"라고 공표하며 나에게 감사의 뜻을 전하기도 했다.

아울러 신동아 2004년 7월호 568-577쪽에 게재된 윤필립 재호주 시인의 "성황을 이룬 평양예술단 첫 호주 공연" 기사 내용에서 나에 관한 이야기 '대북교류 물꼬 튼 북한관광단' 기사 일부분을 인용 소개한다. "(중략) 대북교류 물꼬 튼 북한관광단 호주 한인사회의 북한 관련 발자취를 더듬다 보면 1983년부터 시드니에 정착한 롯데여행사 승원홍 사장 얘기를 빼놓을 수 없다. 그는 1986년 서울 아시안게임을 지켜본 후 '북한여행 프로젝트'를 만들어 꾸준히 북한 방문의 길을 모색했다. 서울올림픽을 성공적으로 치러낸 한국 정부의 자신감을 바탕으로 한때 북한여행 프로젝트의 실현 가능성이 엿보이기도 했으나, '임수경 사건' 이후 공안정국으로 접어들면서 모든 게 물거품이 됐다. 남쪽과 북쪽 모두 불가 입장으로 돌변한 것. 북한 프로젝트를 사실상 포기했던 승 사장은 대신 1990년 9월 베이징 아시안게임을 계기로 중국 관광의 물꼬를 텄다. 1990년대 초 소련과 동유럽 체제가 붕괴하면서 그나마 북한의 외화벌이에 도움을 주던 이들 지역의 관광객이 급감하자 북한은 서방 관광객들을 적극 유치하기 시작했다. 그 과정에서 북한 당국은 중국관광공사에 도움을 요청했고, 서울대에서 중국문학을 전공한 승 사장과 친분이 있던 시드니주재 중국관광공사 지사장을 통해 승 사장에게 "북한여행 프로젝트를 추진해보지 않겠느냐?"는 뜻을 타진해왔다. 승 사장은 그 제안을 받아들였고, 마침내 1991년 6월 호주 한인사회에서는 처음으로 '북한 및 중국 단체관광'이라는 획기적인 관광상품을 내놓았다. 북한에 7박8일간 체류하는 프로그램이었다. 북한관광단의 여행 목적은 순수한 관광이었으나, 북한 해외동포원호위원회 김영수 참사에게 적극 건의해 북한에 머무는 8일 동안 평양, 묘향산, 원산, 금강산 등지의 관광은 물론 몇몇 이산가족들은 가족상봉의 기쁨을 맛보았고, 북한에 관심을 갖고 있던 교민 사업가들이 북한을 방문하는 전기도 마련됐다. 관광단은 대부분 실향민 출신이어서 후에 재오련이 탄생하는 산실이 됐다. 역대 재오련 회장단과 현 회장단이 거의 모두 승 사장의 북한방문단에 합류했던 인사들이다. 승원홍 사장은 첫 북한관광 후 '북한여행 사진전'을 통해 북한의 현실을 교민사회에 알렸고 더 많은 교민이 북한을 방문할 수 있도록 북한 당국자와도 협의를 계속했다. 그러나 남북한 유엔 동시가입 문제로 남북관계는 또다시 경색됐으며, 그 와중에 승 사장은 여러 가지 이유로 북한여행 프로젝트를 중단했다. 하지만 그는 보수적인 호주 한인사회에서 대북 교류의 물꼬를 텄다는 자긍심을 간직하고 있다. (중략)"

▲1991년 북한 금강산 상팔담에서 내려오는 구룡폭포에서 관광단 일행과 필자

▲북한 국보 제19호 평양 을밀대 평양 모란봉 청류벽 위에 있는 누정, 청류정에서의 일행과 평양 대동문

▲1991년 평양 김일성주석 생가 만수대 안내원과 일행 & 평양 만수대 창작사 작품전시실에서 일행과 필자 (오른쪽 2째)

▲1991년 평양 모란봉공원내 천리마동상, 소년궁전에서 일행과 필자 부자 & 평양채소(남새)가게와 교통순경

▲평양 소년궁전, 어린이 아코디언학습실 학생들과 교예발표회를 참관하는 일행, 기악연주를 참관하는 일행

▲1991년 평양대극장 입장권(구경표) & 평양교예단이 공연을 마치고 인사하는 단원

▲평양 대동강변에 세워진 북한의 혁명사적 기념비인 170m 높이의 주체사상탑, 일행과 필자(오른쪽 2번째)

▲1991년 평양 봉화역 지하철 내부에서의 일행 & 1991년 평양 건설공사 진행중인 105층 규모의 류경호텔

▲1991년 평양 시내 근교의 건축현장과 시내 평양역 모습

▲1991년 평양 시내 근교의 전차모습

▲ 1991년 고구려 동명성왕릉에서의 일행과 필자 & 평양 옥류관에서 일행과 필자(앞줄 오른쪽3번째 중앙)

▲ 1991년 묘향산 국제친선전람관 방명록에 '조국의 통일을 바라면서 묘향산방문기념 롯데여행사 사장 승원홍'이라는 메시지를 쓰고 있는 필자와 지켜보고 있는 일행(나의 부친, 변용진, 이문철, 박용철) & 1991년 묘향산 국제친선전람관 입구에서 황금색 가죽 장갑을 끼고 황금색 문고리 정문을 열고 있는 필자와 지켜보는 일행

▲ 묘향산 국제친선전람관 내에서의 일행, 호주에서 온 선물 전시관, 국제친선전람관입구에서 관광단 일행

▲ 묘향산 계곡을 따라 올라가고 있는 일행, 묘향산 계곡물에 발을 담그고 있는 일행 & 묘향산 향산호텔

▲평안북도 향산군 보현사 대웅전과 8각13층 석탑과 보현사내 서산대사를 추모하는 수충사 사당에서의 일행

▲1991년 원산 명사십리 해변가에서 탈의세면장과 수영하는 일행과 필자(맨 오른쪽) & 강원도통천 목욕탕

▲강원도 금강산의 빼어난 경관, 강원도 고성군 금강산호텔 & 금강산호텔에서의 일행과 필자(오른쪽 2번째)

▲1991년 금강산 구룡폭포에서 호주교민북한단체방문단 일행과 필자(뒷줄 왼쪽 4번째)

▲금강산 모란식당 입구, 단고기 BBQ특식 점심식사를 한 금강산 어느 계곡, 삼일포에서 일행과 필자

▲금강산 관할 교통경찰과 일행과 필자(왼쪽 3번째), 1991년 평양-신의주구간 여객열차 탑승 직전의 일행들

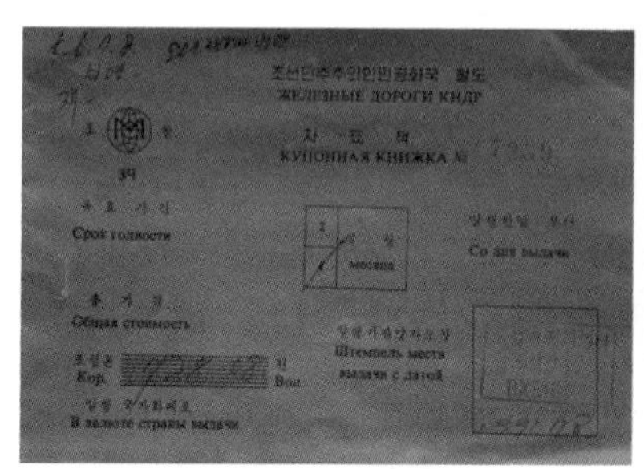
조선민주주의인민공화국 철도
ЖЕЛЕЗНЫЕ ДОРОГИ КНДР
КУПОННАЯ КНИЖКА №
Срок годности
месяца
Со дня выдачи
Общая стоимость
Кор.
Вон
В валюте страны выдачи
Штемпель места
выдачи с датой

▲1991년 평양-신의주 구간 여객열차 단체 탑승표와 식당칸에서의 봉사여직원과 관광단 일행과 서 있는 필자

▲1991년 7월 평안북도 정주역 구름다리 위에서 북한 군인, 주민들이 지켜보는 가운데 일행들에게 정주역 주변을 설명하고 있는 필자의 부친과 비디오 카메라로 촬영 중인 필자. 멀리 보이는 산 아래쪽이 필자의 출생지.

▲1991년 평안북도 정주역에서 필자와 일행 임용모 장로 & 정주역에서 역 안내원과 대화를 하는 필자의 부친

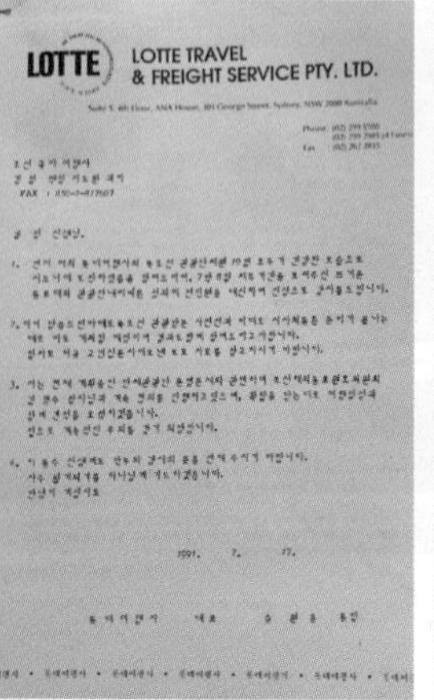

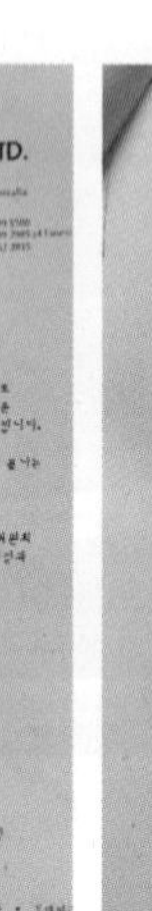

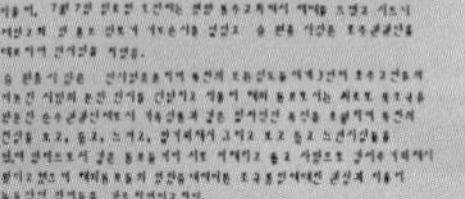

LOTTE TRAVEL & FREIGHT SERVICE PTY. LTD.

대양주 뉴스(Dae Yang Chu News) 30th. July 1991

교민북한 단체관광

▲북한단체관광여행 귀국 후 조선국제여행사에 보낸 필자의 서한 & 최초의 북한단체관광 성사관련 기사

The Hanho Times July 18, 1991

호주 교포소식

북한단체관광 성황리에 다녀와

롯데여행사 (대표 승원홍) 가 조직한 14박15일간의 중국·북한 단체관광 단원 19명은 미리 짜여진 관광일정에 따라 지난 6월 29일 시드니를 출발, 북경을 경유 평양, 묘향산, 원산, 금강산등지를 두루 관람하고 7월13일 전원 모두가 건강한 모습으로 돌아왔다고 한다.

롯데여행사측에 따르면 이번 호주교민 북한 단체관광은 호주에서는 물론 전세계 해외동포들로서는 최초로 성사된 순수관광단체였다고 하며 이번 관광을 통하여 북한의 현실을 이해하는데 많은 도움이 되었을뿐만 아니라 해외동포로서 조국의 통일을 위해서도 조그만 기여를 한 것으로 자부한다고 했다.

특히 이번 관광단원중 이산가족들의 주소를 이미 확인한바 있는 이문철 (평안도 도민회장) 씨는 40여년전에 헤어졌던 동생을, 방인선씨는 친아들과 딸 가족들을 상봉하는 감격을 맛보기도 했다. 또한 승원홍 사장은 7월7일 봉수교회에서의 예배순서중 인사말을 통하여 북한의 성도들에게 3만여 호주교민들의 따뜻한 사랑의 문안인사를 전달했으며 해외동포들의 조국통일에 대한 관심과 능동적인 동참을 강조하였다고 한다.

롯데여행사는 항공좌석확보등 몇가지 문제가 해결되는 대로 빠르면 금년 10월, 늦어도 내년 5월초쯤부터 1년에 두차례 (5월, 9월) 씩 본격적인 북한단체관광단을 보낼 계획이라고 한다.

(문의전화 : 299 2985)

호주교민19명 북한 다녀와

- 91년 7월 5일 촬영한 북한의 최신 사진 공개 -

평양 시가

금강산 팔선암에서

호주교포사회에서 최초로 시도된 북한 방문관광단 일행 19명이 7월13일 오후3시15분 차이나에어라인편으로 시드니 공항에 안착했다.

이들 일행은 롯데여행사가 마련한 관광일정에 따라 지난 6월29일 시드니를 출발, 북경을 경유, 평양, 원산, 묘향산, 금강산을 관광했다고 한다.

평양 체류 7일간 고려호텔에 투숙한 일행중 P씨는 "평양거리에 출근시간이후에는 차량통행을 거의 볼수 없었고 40년만에 방문한 평양은 옛 모습을 찾을수없이 변해있었다"고 말했다.

또 L씨는 "금강산의 절경은 아름다웠지만 암벽마다 새겨진 김일성 찬양 구호를 보고 마음이 아팠다"고 말했다.

R씨는 "평양에서 주로 고려호텔 식당에서 식사를 했지만 음식에 고추가루와 마늘이 섞여있지 않았는데 이것은 김일성 주석이 마늘과 고추가루는 건강에 좋지 않다는 지침에 따른것이라는 설도 있었다"면서 "그러나 육류는 풍족하게 제공되었다"고 밝혔다.

특히 이번 관광단 일행중에 가족의 주소를 미리 확인하고간 이문철씨(평안도 도민회장)는 40여년전에 헤어진 동생을 만났고 방인선씨는 아들과 딸 가족을 상봉하는 감격을 맛보기도 했다고 한다.

일행은 이산가족의 생사여부를 알고싶어 이들의 명단을 현지에서 직접 관계자들에게 제출했으며 북한당국으로부터 조속한 회신을 주겠다는 확답을 받았다고 한다.

승원홍씨(롯데여행사 사장)는 7월7일 봉수교회에서 예배중 인사말을 통해 북한의 성도들에게 3만여 호주교민들의 사랑의 문안인사를 전하고, 조국통일에 대한 능동적인 동참을 강조했다고 전해왔다.

시드니 교민 북한 단체관광

시드니 교민 19명이 단체관광으로 중국과 북한을 다녀왔다. 순수 단체관광으로서는 세계 최초로 북한을 방문한 이번 여행에서 일부 교민들은 이산가족과 상봉하는 재회의 기쁨도 맛 보았는데 이번 관광을 주선한 롯데여행사측에 따르면 빠른 시일내에 년 두차례의 호주교포 북한 단체관광이 실행될 예정이라고

▲1991년 7월 최초로 시행된 롯데여행사의 호주교민 북한단체관광 소식을 전하는 교민언론 기사

5-4-9-3. 북한노동당 중앙위원회 김용순 비서와의 만남

1991년 7월 북한의 유엔회원국 가입 움직임이 현실화되면서 한반도에서의 유일한 합법정부인 대한민국이 국제연합에서 사실상 2개의 독립국가를 인정하는 문제로 인하여 남북관계가 급냉각 되었고 따라서 북한관광 프로젝트도 무기한 연기될 수밖에 없었다. 더욱이나 나의 북한내 업무파트너였던 해외동포원호위원회 김영수참사가 뉴욕으로 가게 되므로서 폐쇄된 북한내부 조직운영상 현실적으로 새로운 업무파트너를 찾는 일도 쉬운 일이 아니었다. 결국 제46차 유엔총회 개막일인 9월17일 북한도 유엔에 가입을 했다. 그리고 11월 북한노동당 대남국제비서인 김용순비서가 호주노동당연방정부의 공식초청을 받아 호주를 방문하였고 어려운 관문을 통해 나는 김용순비서와의 뜻 깊은 만남을 갖게 되었다.

1991년 11월 6일(수) 시드니총영사관 진본영영사로부터 와라타호텔이 어디에 있느냐고 묻는 전화가 왔다. 그래서 나는 전화번호부 책을 찾아보면 쉬울텐데, 뭐 그런 것을 다 묻느냐며 무슨 일이 있느냐고 되물었다. 북한의 김용순비서가 호주 집권당인 노동당의 공식초청을 받아 현재 시드니 와라타호텔에 묵고 있다고 했다. 그래서 내가 좀 만나 봐도 되겠냐고 진영사에게 물어보았다. 글쎄 그게 가능하겠느냐며, 할 수 있으면 시도해 보라고 했다. 물론 불가능할 것이라는 전제로 말이다. 그래서 나는 방문목적과 동행자가 있는지를 물었다. 호주노동당정부의 공식초청으로 김용순(북한노동당 국제부장, 당비서)과 수행원으로 허섭(노동당 중앙위 국제부 과장), 주형순(대외문화연락위 국장), 리성철(노동당 국제부 지도원) 모두 4명이 왔다고 한다. 나는 초청자인 호주노동당 사무실 연락전화번호를 확인하여 사무총장인 Anthony Albanese(현 호주연방의회 노동당대표)에게 전화를 했다, 그리고 북한노동당 김용순 비서를 만나 볼 수 있는지를 문의했다. 알바니스 사무총장은 김용순 비서 일행은 호주노동당 정부의 공식초청방문자로 전 일정이 꽉 짜여 있어서 만나볼 수 없다고 일언지하에 거절했다. 그래서, 나는 내 이야기를 좀 들어달라고 먼저 정중히 양해를 구하고 내가 김 비서를 꼭 만나봐야만 하는 이유를 간략하게 설명했다. 나는 먼저 알바니스 사무총장에게 남북한 분단의 현실을 알고 있는지를 확인했다. 그리고 나는 1947년 북한(평안북도)에서 출생하여 생후 9개월 때, 부모님에 의해 1948년 5월 말에 남한으로 이주해 왔으며, 남한에서 성장하며 대학교육까지 마치고, 직장생활(대한항공)을 하다 시드니지사장으로 일했던 인연으로 호주에 정착한 한국인 이민1세대 호주시민이라고 소개했다. 그리고 나는 그에게 내가 지식인임을 강조하고, 이 분단된 조국의 장래 통일을 희망하면서, 이 시대에 무엇인가 할 수 있는 일이 있다면 한국계 호주시민으로서 당연히 해야 하지 않겠느냐고 그의 동의를 구했다. 알바니스 사무총장은 나의 조국에 대한 열정을 이해했는지 내 요청을 흔쾌히 받아 주었다. 그래서 나는 금년(1991년 7월)에 한국교민사회에서는 처음으로 북한관광의 물꼬를 텄으며, 북한방문 때 느꼈던 나의 소감들을 이야기해 주었다. 또한 북한과의 계속적인 교류는 매우 중요한 국제적 인도적인 사안임을 강조하며, 북한내 중요한 위치에 있는 김용순 비서를 좀 만나 이야기할 수 있게 주선해 달라고 간청했다. 그리고 공식일정으로 바쁘겠지만 가능하면 내가 점심이든 저녁식사이든 한 번 접대하고 싶다는 뜻도 전했다. 알바니스 사무총장은 최선을 다해 도와주겠다고 약속했다. 한편 전화를 끊고 가만히 생각해 보니, 혹시 알바니스 사무총장이 김용순 비서에게 나를 만나보라고 권유를 한다고 해도 김용순 비서가 싫다면 그만 아닌가! 그래서 나는 호주노동당 사무실로 다시 전화를 했다. 알바니스 사무총장께서 내가 김용순 비서를 만나고 싶어 한다고 이야기를 전해줘도 도대체 승원홍이라는 사람이 누구인지를 좀 더 상세히 알려 주는 것이 만남주선에 도움이 되지 않겠느냐고 물어 보았다. "Much better!" 물론이라는 대답에 나는 과거 호주교민사회 언론지를 통해 소개되었던 나에 관한 기사들과 롯데여행사관련 브로슈어를 모아 알바니스 사무총장에게 보내주겠다며 이를 김용순 비서에게 전달하며 나를 꼭 만나보라고 권유해 달라고 다시 부탁을 했다. 그리고 내가 경영하고 있는 롯데여행사의 한국과 호주를 소개판매하고 있는 대표적 관광상품안내 브로슈어와 함께 여러 교민 언론매체에 소개되었던 내 인터뷰기사들과 7월 1-8일 호주교민북한단체관광 보도기사들을 복사하여 쿠리어편으로 알바니스 사무총장에게 보내주었다.

1984年1月7日 土曜日 中央日

새해設計, 이것만은 꼭 해내겠다

온누리에 平和 넘칠수 있게 기도 하겠다

洪吉福씨

태권도 새 기술개발해 널리 보급 힘쓸터

양우영씨

濠洲에 良質의 우리상품 소개하는데 최선

신동섭씨

더욱 더 알찬 서비스로 고객을 모시겠다

承源弘씨

호주속의 한국인

<롯데여행사 승원홍사장>

THE HANHO TIMES

한호타임즈

REGISTERED BY AUSTRALIA POST PUBLICATION No. NBF 7229

31 OCTOBER 1986

P12 09th December 1989 (토)

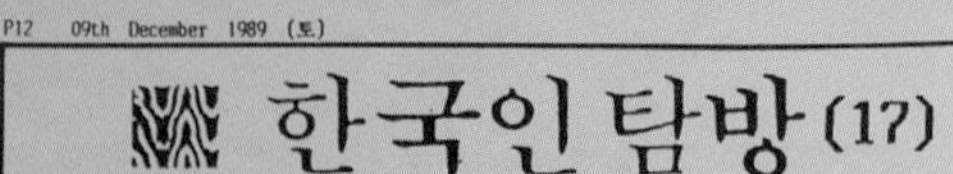

승원홍 사장과 함께

자유당 정권의 부패와 독재에 철퇴를 가했던 4.19학생의거는 대표적인 학생운동으로, 오늘은 물론 먼 후세에 이르기 까지 학생운동의 귀감으로 남겨 질 것이다. 최근 들어 학생운동이 폭력과 파괴, 심지어는 살인으로 까지 몰고가는, 과격성을 띄게 되자 학생운동에 대해 대체적으로 긍정적 시각을 지녀 왔던 국민들의 마음은 지난날 순수했던 학생운동 정신으로의 회귀를 갈망하기 까지에 이르렀다.

20세기의 막바지를 향하는 1990년을 며칠 남기지 않은 어느날 고국신문의 사회면마다를 장식하는 학생관련 기사를 뚫어지게 바라보다 자신의 학생시절을 반추하면서 깊은 생각에 잠기는 중년의 실업인이 있다.

6.3학생 운동을 시발로, 잇달아 공화당 독재정권의 부정부패에 대한 규탄을 두려워하지 않았던 순수한·애국 학생정신의 발로와 비교해 볼 때 작금의 세대는 그로하여금 인생무상의 진리를 새삼 깨닫게 한다.

한 때는 학생운동의 기수로 활약했으나, 현재는「LOTTE 여행사」라는 여행사를 설립, 사업에 전심전력을 다하는 승원홍 사장, 그가 오늘 한국인 탐방의 주인공이다.

지난 11월 27일(월) 기자는 시내 조지 스트리트의 즐비한 빌딩숲을 헤치고 그의 사무실을 찾았다. 강단에 서는 학자같은 첫인상을 외모에서 풍기는 승사장은 호주이민에 얽힌 뒷이야기를 묻는 기자의 첫질문에 이렇게 답했다.

"호주입국은 79년 6월 23일 대한항공 사우디지사에서 시드니 지사장으로 부임하면서 이루어졌어요. 호주영주권 문제도 다음해인 80년 6월 17일 호주정부의 사면령에 의해 우연찮게 취득, 해결할수 있어서 다른 분들과는 달리 호주정착에 큰 어려움을 겪지 않을 수 있었죠. 82년 약 3년 4개월의 시드니 생활을 마치고 서울로 입국을 하였지요. 오랜 세월을 해외에서 근무하다가 막상 귀국하고 보니 한국의 사회구조가 엄청나게 변모했더군요.

이때 4년 가까이 혼신의 힘을 쏟았던 호주땅으로의 이민이 강렬하게 떠올랐지요. 애들 엄마에게 의향을 물어 봤죠. 완강하게 반대하더군요.

왜 안정된 기반을 버리고 그런 생각을 하나는 거지요.

다음으로는 아버님께 말씀드려 보았죠.

잠시 생각에 잠기시던 당신께서는 의외로 적극 찬성을 해 주시더군요.

'국내 사정이 이렇게 어지러운데 아들 하나쯤은 외국에 나가 살아도 좋지 않겠나'는 거예요.

그 말씀에 용기를 얻었죠.

얼마후 마음의 결단을 내리고 만 9년동안 몸담아 왔던 대한항공에 사직서를 제출하고 돌아서 나오는데 마음이 그렇게 허전할 수가 없더군요. '10년은 채웠어야 하는데...'하는 후회도 들고.

승사장의 호주 재입국은 이후 바로 실행되지는 않았다.

"호주 이민결정은 보다 신중히 하자는 쪽으로 돌아 갔어요. 애들 엄마 의견도 충분히 검토하자는 생각에서 였죠. 사표를 내고 40일 정도의 시간을 내서 세계각국을 돌며 그중 가장 마음에 드는 곳을 선택하기로 결정 했어요. 이렇게 해서 난생 처음 세계일주여행을 떠나게 되었습니다."

승사장 부부는 유럽 각국과 미주, 동남아 등을 돌면서 한국교민사회를' 조심스럽게 돌아보게 된다.

THE HANHO TIMES 6 October 1989

교포소식

롯데여행사 소식

롯데여행사 (대표 : 승원홍) 는 QANTAS항공사와 호주정부관광청과 함께 지난 9월 7일부터 10일까지 서울 삼성동에서 개최된 제4회 한국국제관광진흥전에 참가하여 한국정부의 관광자유화조치이후 증가일로에 있는 한국인 관광객을 대상으로 호주관광 홍보작전에 앞장을 섰다.

롯데여행사는 88년도 서울올림픽 이전인 제3회 한국세계관광진흥전에도 호주를 대표 (?) 단독으로 참가하여 호주정부관광청을 놀라게 한바 있다.

승원홍사장은 지난 경험을 토대로 한국내 주요 여행업계에 호주의 주요관광지와 일반적인 관광코스, 신혼여행, 골프관광, 인수관광등 다채로운 관광코스를 소개하는 12페이지의 호화사진 소책자를 "호주"라는 표제로 발간 배포 하였다고 한다.

롯데여행사에서는 우리 교민들 가운데도 한국에 있는 연고자들이 호주를 방문 관광하고자 할때 롯데여행사 전화 29-2985로 연락을 하면 적은비용으로 추억이 될만한 관광을 주선할수 있다고 한다.

뿐만아니라 롯데여행사는 금년초부터 호주인 관광객들을 한국으로 보내는 한국관광 패케지 상품도 인기리에 판매하고 있으므로 주위의 호주인들에게 소개하여도 손색이 없는 한국관광이 될것이라 한다. 1990년도 출발예정 스케쥴이 담긴 "KOREA" 소책자도 발간 배포중이다.

아울러 금년말 모국방문 산업시찰 단체에 많은 교민 2세들과 가족들의 참여를 바라며, 혹시 재정적편의가 필요한 분은 내쇼날 오스트랄리아은행과 롯데여행사가 공동 개발한 저금리의 여행융자를 많이 참고하기를 권유하고 있다한다.

The Hanho Times July 18, 1991

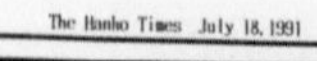

북한단체관광 성황리에 다녀와

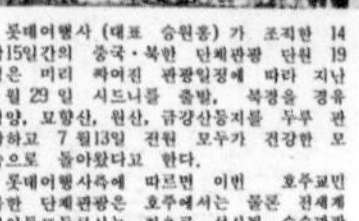

롯데여행사 (대표 승원홍) 가 조직한 14박15일간의 중국·북한 단체관광 단원 19명은 미리 짜여진 관광일정에 따라 지난 6월 29일 시드니를 출발, 북경을 경유 평양, 묘향산, 원산, 금강산등지를 두루 관람하고 7월13일 전원 모두가 건강한 모습으로 돌아왔다고 한다.

롯데여행사측에 따르면 이번 호주교민 북한 단체관광은 호주에서는 물론 전세계 해외동포들로서는 최초로 성사된 순수관광단체였다고 하며 이번 관광을 통하여 북한의 현실을 이해하는데 많은 도움이 되었을뿐만 아니라 해외동포로서 조국의 통일을 위해서도 조그만 기여를 한 것으로 소를 이미 확인한바 있는 이문철 (평안도 도민회장) 씨는 40여년전에 헤어졌던 동생을, 방인선씨는 친아들과 딸 가족들을 상봉하는 감격을 맛보기도 했다. 또한 승원홍 사장은 7월7일 봉수교회에서의 예배순서중 인사말을 통하여 북한의 성도들에게 3만여 호주교민들의 따뜻한 사랑의 문안인사를 전달했으며 해외동포들의 조국통일에 대한 관심과 능동적인 동참을 강조하였다고 한다.

롯데여행사는 항공좌석확보등 몇가지 문제가 해결되는 대로 빠르면 금년 10월, 늦어도 내년 5월초쯤부터 1년에 두차례 (5월, 9월) 씩 본격적인 북한단체관광단을 [illegible]

대양주 뉴스(Dae Yang Chu News) 30th. July 1991

교민북한 단체관광

롯데여행사(대표: 승원홍)가 조직한 14박 15일간의 호주 한인 중국-북한 단체 관광단 19명은 미리 짜여진 관광일정에 따라 지난 6월 29일 시드니를 출발 북경을 경유 평양, 묘향산, 원산, 금강산 등지를 구경하고 전원 모두 건강한 모습으로 시드니로 돌아 왔다.

롯데 여행사측에 의하면 이번 호주 교민 북한 단체 관광은 호주 교민사회에서는 물론 미국, 카나다, 남미...등을 포함한 해외 동포들로서는 최초로 시행된 순수 관광 단체였다고 한다.

승원홍 사장은 이번 관광기간중에 북한측 관련 고위 담당자와 두차례 단독 회담을 갖고, 이산 가족을 찾는 문제, 순수 관광단 운영문제..... 등을 포함한 해외 동포 현안 문제에 관한 심도 있는 협의도 하였다고 한다.

북한은 아직 해외 동포들의 순수 단체 관광을 허용해 오지 않았던 현실을 두고 승 사장은 호주 관광업계의 한 전문가 입장에서 해외 동포들이 순수 관광 단체의 일원으로라도 자유로이 북한을 방문 할 수있도록 하기 위해 노력을 경주하고 있다고 한다.

롯데여행사는 이미 10월 2일 시드니 출발, 10월 19일 시드니 도착 항공편 좌석까지 확보해 놓고 북한측으로 부터 롯데여행사가 주관하는 호주교민 순수 관광단체를 받겠다는 확답을 기다리고 있다.

이번 관광단원중 이문철(평안도 도민회장) 씨와 방인선씨는 과거 시드니를 방문한바 있는 아이스 하키 북한 선수 단장 김태영 씨를 통하여 북한의 가족 생사와 주소를 확인하고 갔기 때문에 관광기간중에 40여년전에 헤어졌던 동생 가족과 세딸과 아들 가족을 상봉하는 감격을 맛보기도 했다.

금강산 필선암 정상에서

이러한 극적인 가족 상봉은 원래의 북한 방문 목적에 위배 되나, 금번 상봉은 이문철 방인선씨의 개인적인 노력과 함께 관광단 인솔자인 승원홍 사장의 북한측 관계자들에 대한 끈질긴 설득으로 가능케 되었다는 후문이다.

또한 동 관광단은 7월 7일 일요일 아침에는 평양 봉수교회에서 예배를 드렸다. 승원홍 사장은 인사말을 통하여 북한의 모든 성도들에게 3만여 호주 교민들의 따뜻한 사랑의 문안 인사를 전달하고,

아울러 금번 관관단은 해외 동포로서는 최초로 북조국을 방문한 순수관광단체로 가족상봉과 같은 일차적인 목적을 초월하여 북한의 현실을 보고, 듣고, 느끼고, 알기 위해서, 그리고 보고 듣고 느낀 사실들을 밖에 알리므로서 같은 동포들끼리 서로 이해하고, 돕고 사랑으로 감싸주는 분위기를 만들기 위해 왔다면서, 해외 동포들의 영향력 증대에 따른 조국 통일에 대한 관심과 아울러 능동적인 참여등의 필요성을 강조 하였다고 한다.

이번 롯데여행사의 북한 방문은 9월로 예정된 남북한 유엔 동시 가입과 재개될 남북 총리 회담 그리고 김우중 대우그룹 회장 등 일련의 남북 경제 협력 움직임등 활발한 남북 화해 무드 시기에 이루어진 순수 관광 분야에서의 남북 통일 여건 조성을 위한 호주 교민 사회의 쾌거라고 통일 문제에 관심 있는 교민들은 평가 하고 있다.

롯데 여행사는 북한측으로 부터 다시 순수 관광 단체를 받겠다는 확답을 받는대로 제 2차 북한 단체 관광 계획을 광고 안내를 할것이라고 한다.

또한 8.15를 전후하여 8.15 기념 북한 관광 사진전 및 비디오 시사회를 롯데 여행사가 들어 있는 시내 중심사 원야드 전철역 입구 301 Geroge St. ANA House 4층에서 개최할 준비를 하고 있다고 한다.

(문의전화 : 299-2985)

그리고 추가로 나는 와라타호텔에 숙박하고 있는 김용순 비서에게도 직접 만나보기를 희망한다는 내용의 Fax 메시지도 보냈다.

그날도 나는 저녁 모임이 있어 집에 늦게 돌아왔다. 내 아내는 북조선노동당 국제부 지도원동무라고 하는 사람한테서 "승원홍 선생의 부인동무 되십니까?"라는 전화를 받아 놀랐다면서 "김용순 비서께서 나를 만나보고 싶어 한다"는 메세지를 전해 달라고 했다며 걱정을 하는듯이 무슨 일이 있었느냐고 물었다. 그래서 나는 바로 메모지에 적힌 전화번호로 다이얼을 돌렸다. 곧바로 리성철 지도원이 전화를 받았다. 밤 10시가 조금 지난 시각이었다. 리성철 지도원은 김용순 비서께서 승원홍 선생을 만나보고 싶어 하신다고 재확인을 해

To: His Excellency KIM, Yong-Sun (Room 1012-Waratah Central [illegible]

LOTTE

LOTTE TRAVEL
& FREIGHT SERVICE PTY. LTD.

Suite 5, 4th Floor, ANA House, 301 George Street, Sydney, NSW 2000 Australia

Phone: (02) 299 5500
(02) 299 2985 (4 Lines)
Fax: (02) 262 2815

김용순 당비서님께.

1. 멀리 이곳 호주 땅까지의 먼 여로 출장에 노고가 많으시겠지요? 저는 시드니에서 롯데여행사를 경영하고 있는 승연홍입니다. 오래전부터 이곳 호주를 방문하신다는 뉴스기사를 호주신문에서 읽은 바 있으며 오늘 오후에야 호주 노동당 안토니·알바니스를 통해 시드니에 오신 것을 확인, 연락드릴 수 있음을 기쁘게 생각합니다.

2. 별첨해드린 서류-①에서 처럼 저는 지난 7월 호주동포 19명 조국관광 이후 해외동포 원로 [illegible] 김영수 참사와 계속 교신을 하고 있는바, 바쁘시겠지만 [illegible] 지난 10월에 조국을 방문하려고 하였으나 아직 아무런 회신을 못 받고 있어 이에 대한 협조를 드리고 싶으며, 아울러 조국의 [illegible]에 관한 이야기 그리고 호주동포들에 관한 이야기 등을 개별적으로 이야기하고 싶습니다.
바쁘신 여정이지만 저에게 연락주시기 바랍니다.
제 사무실은 시드니 시내 중심가에 있습니다.
전화 - 299-2985. 저의 집 전화 - [illegible]-9989.

3. 처음 인사가 되었기 때문에 저에 대한 소개를 장황하게 쓸 수도 없고 하여 이곳 시드니 교포신문에 실려졌던 저 개인과 저의 롯데여행사의 활동상황이 게재된 신문기사 등을 함께 동봉합니다. 연락주시기 바랍니다.
(※ 모든 서류는 안토니·알바니스에게 전달했습니다) 승연홍 올림.

롯데여행사 • 롯데여행사 • 롯데여행사 • 롯데여행사 • 롯데여행사 • 롯데여행사 • 롯데여행사

▲김용순 비서에게 Fax로 보낸 필자와의 만남을 요청하는 친필 서한체 관광성사 관련 기사

주었다. 순간 나는 알바니스 사무총장이 얼마나 잘 설명해 주었을까 하는 고마운 생각이 스쳐갔다. 그리고 리성철은 김용순 비서께서 조금 전 잠자리에 들어가셨다며, 오늘은 너무 늦었고, 자기네 일행은 내일 오전 일찍 뉴질랜드로 갔다 3일 후에 다시 시드니로 와서 1박 하고 인도네시아로 갈 예정이라며, 그날 저녁에 만나보자고 했다. 그래서 나는 3일 후에는 물론 만나야 하고, 오늘 좀 늦긴 했지만 내 집에서 그 호텔까지 이 늦은 시간에는 20분 내로 달려갈 수 있으니 우리끼리라도 먼저 만나 보자고 제의했다. 그들은 나만 좋으면 모두 좋다고 했다. 나는 그동안 소장하고 있던 호주특산 오팔Opal 제품들을 아내에게 모두 꺼내달라고 해서 이들을 싸 들고 호텔로 달려갔다. 우리는 상견례를 한 후, 늦은 시간이라 마땅히 갈 만한 곳도 없고 하여 호텔 바로 갔다. 11시가 다 된 시간이라 바서비스를 곧 끝낸다며 주문할 것이 있으면 미리 주문하라고 한다. 여름철이었던 관계로 모두들 맥주를 마시겠다고 하여 맥주 12병과 마른안주를 시켜놓고 밤이 늦도록 이런 저런 이야기를 나누었다. 나는 준비해 간 오팔선물을 김용순 비서 것과 다른 세 분 것들을 구분하여 나누어 주었다. 그들은 모두 귀한 것이라며 나에게 극진한 감사의 인사를 했다. 나는 자그만 선물이지만 호주특산물인 오팔에 관하여 간단히 설명해 주고, 3일 후 저녁식사는 내가 접대하는 것으로 원칙적의 합의를 하고 호텔을 떠났다.

나는 3일 후인 11월 9일 오후 6시, 예정된 시간에 맞추어 와라타호텔 로비에서 김용순 비서 일행을 기다리고 있었다. 시간이 되어 김 비서 일행이 호주인사와 함께 작별인사를 나누면서 내 쪽으로 다가왔다. 나는 호주식으로 반가이 인사를 건네며 내 소개를 했다. 그는 호주사회당Socialist Party of Australia 대표, Jack McPhillips라고 했다. 우리는 서로 명함을 주고 받으며 작별인사를 했다. 김 비서는 미소를 지으며 북조국이 사회주의인민공화국이라 전통적으

로 각국의 사회당과도 친선교류를 해오고 있다는 부연설명을 했다. 그래서 나는 호주사회당은 연방의원과 주의원은 물론 지방정부 시의원도 없는 호주정치권에서 아무런 영향력이 없는 당이라며 그런 사회당당수는 무엇 때문에 만나느냐? 차라리 나를 만나는 것이 백 번 낫다고 대답했다. 그는 마치 나를 걱정이나 해주는 듯이 대한민국정부에서 뭐라 하지 않겠느냐고 물었다. 이젠 대한민국도 많이 달라졌다고 답하며 나는 시내 차이나타운에 있는 해물특선식당이 어떠냐고 물었고 김 비서도 좋다고 하여 차이나타운으로 가기 위해 모두 내 차에 올랐다. 내 Ford Fairlane 차에 탄 그는 차가 꽤나 넓다며 차 번호판이 'LOTTE'라며 회사 이름도 쓸 수 있냐고 물었다. 나는 다른 사람과 중복만 되지 않으면 추가등록비용을 더 내고 원하는 대로 개인용 차 번호판을 등록할 수 있다고 했다. 나는 커다란 바다가게 사시미를 비롯하여 각종 해산물을 푸짐하게 주문했다. 김 비서는 매우 흡족하다는 모습으로 이렇게 귀한 해산물 음식을 접대 받는다며 고맙다는 인사를 했다. 모두들 맥주를 얼마나 마셨는지 끝이 없다. 대단한 주량들이었다. 나는 김 비서 옆에 앉아 정말 많은 이야기를 진솔하게 했다. 나는 김 비서에게 북조국도 중국처럼 제한적으로라도 개방을 시작해야 경제발전을 할 수 있고 그래야 조국통일도 앞당길 수 있을거라는 생각을 한다고 말했다. 김 비서는 내 손을 꼭 잡으며 "우리 함께 조국을 위해 일합시다"라고 했다. 모두들 얼큰해진 시간에 나는 김 비서에게 두 가지 요청이 있다고 했다. 무엇인지 말해보란다. 그래서 9월 17일 북조국의 유엔회원국 가입 이후 변화된 남북관계와 내가 계획 추진하려던 북한방문이 어려워진 사정을 말하며 첫째 북조국 방문이 왜 이렇게 제한되고 어렵냐? 내가 필요하면 언제라도 방문할 수 있는 입국사증을 승인해 달라. 둘째 과거 내 할아버지께서 일제시대에 평안북도 정주 면장을 하셨는데 나를 정주 명예면장으로 임명해 달라고 했다. 김 비서

는 호탕하게 웃으며 승 선생은 꿈도 크고 참 재미있는 분이라며 북조국에 오면 꼭 자기를 찾아달라고 했다. 나는 지금도 김용순 비서가 내 손을 꼭 잡았을 때의 따뜻한 온기와 나를 바라보던 그의 눈동자를 통해 느껴왔던 그의 속마음을 기억하고 있다. 김 비서도 나같이 진솔하게 말하고 싶어도 듣기만 할 뿐 아무런 대답도 할 수 없는 북한의 여러 복잡한 사정들을 나는 그의 눈빛과 손의 온기를 통해 느꼈기 때문이다. 이렇게 김용순 비서와의 아쉬운 만남 이후 얼마의 기간이 지났을까, 북한노동당출판부로부터 김일성회고록과 김일성저작집을 포함하여 노동신문과 금수강산 월간지들을 정기적으로 나에게 보내주었다. 아마도 4년여 기간동안 노동신문과 금수강산을 받았던 것 같다. 그리고 북한노동당출판부로부터 1994년 2월 27일자 편지를 보내와 정기간행물의 유료화와 함께 송금처 안내를 보내왔다. 나는 송금절차도 귀찮다고 생각했고 유료로까지 정기 간행물을 구독하고 싶지 않았기 때문에 아무런 답신도 하지 않았고 결국 자연스레 1995년 하반기부터 북한의 정기간행물을 받아보지 못했다.

김용순 비서는 2000년 6월 13-15일 김대중 대통령과 김정일 국방위원장의 남북정상회담에도 배석을 했고 이후, 북한 특사자격으로 2000년 9월 11-14일의 서울 신라호텔에서 임동원 대통령 외교안보특보와의 특별 회담을 위해 남한을 방문한 바도 있었으나 그 후 북한의 공식보도에 의하면 2003년 6월 교통사고로 뇌를 크게 다쳐 수술 입원 치료 중 10월 26일 69세의 나이로 세상을 떠났다고 한다. 김일성과 김정일을 그림자처럼 수행하며 남북관계를 총괄해 오던 북한노동당 중앙위 비서, 아시아태평양평화위원회 위원장, 조국평화통일위원회 부위원장, 최고인민회의 제11기 대의원 등 여러 직책을 겸하고 있던 온건하고 합리적인 성격을 가졌다고 평가를 받았던 북한노동당의 실세 대남담당 총책이었다. 요즈음과 같은 스마트폰 시대가 아니었던 1991년 만남 당시에 카메라가 없어 기념사진을 남기지 못해 무척 아쉬움을 금치 못해 통일부 보도내용기록 자료에서 그의 사진을 찾아 편집해 게재한다. 삼가 고인의 명복을 빕니다.

▲故 김용순 비서의 영상자료 & 알바니스 사무총장에게 받은 노동당출신 호주연방수상 얼굴이 담긴 기념접시

▲1991년 11월 김용순 비서와의 만남 이후 조선출판물교류협회에서 우편으로 보내온 월간지 금수강산

▲1991년 11월 김용순 비서와의 만남 이후 조선출판물교류협회에서 우편으로 보내온 김일성관련 책자와 우표

▲ 1991년 11월 김용순 비서와의 만남 이후 조선출판물교류협회에서 우편으로 보내온 김일성 관련 영문책자

▲ 1994년 조선출판물교류협회에서 우편으로 보내온 편지봉투

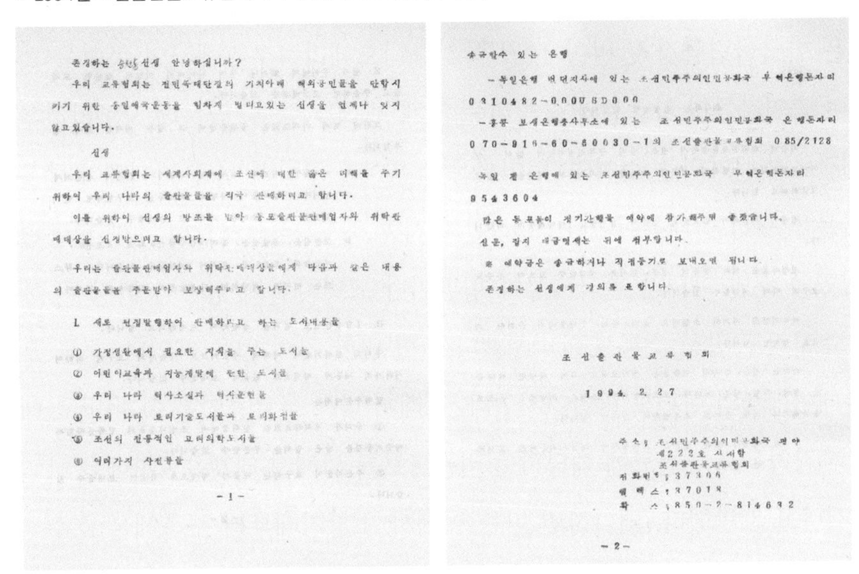

존경하는 송선생 안녕하십니까?

우리 교류협회는 전민족대단결의 기치아래 해외동포들을 단합시키기 위한 통일애국운동을 힘차게 벌리고있는 선생을 언제나 잊지 않고있습니다.

선생

우리 교류협회는 세계사회계에 조선에 대한 옳은 리해를 주기 위하여 우리 나라의 출판물들을 적극 판매하려고 합니다.

이를 위하여 선생의 방조를 받아 동포출판물판매업자와 위탁판매대상을 선정받으려고 합니다.

우리는 출판물판매업자와 위탁판매대상들에게 다음과 같은 내용의 출판물들을 주문받아 보장해주려고 합니다.

1. 새로 편집발행하여 판매하려고 하는 도서내용들

① 가정생활에서 필요한 지식을 주는 도서들
② 어린이교육과 지능계발에 관한 도서들
③ 우리 나라 력사소설과 력사문헌들
④ 우리 나라 료리기술도서들과 료리화첩들
⑤ 조선의 전통적인 고려의학도서들
⑥ 여러가지 사전류들

- 1 -

송금할수 있는 은행

- 독일은행 런던지사에 있는 조선민주주의인민공화국 무역은행돈자리 0310482-000USD000

- 홍콩 보새은행총사무소에 있는 조선민주주의인민공화국 은행돈자리 070-916-60-60030-1의 조선출판물교류협회 085/2128

독일 은행에 있는 조선민주주의인민공화국 무역은행돈자리 9543604

많은 동포들이 정기간행물 예약에 참가해주면 좋겠습니다.

신문, 잡지 대금명세는 뒤에 첨부합니다.

※ 예약금은 송금하거나 직접등기로 보내오면 됩니다.

존경하는 선생에게 경의를 표합니다.

조선출판물교류협회

1994. 2. 27

주소: 조선민주주의인민공화국 평양 제222호 사서함 조선출판물교류협회
전화번호: 37306
텔렉스: 37018
팍스: 850-2-814632

- 2 -

▲ 1994년 조선출판물교류협회에서 우편으로 보내온 편지, 출판물 정기구독 신청과 송금처 안내

5-5

한국국립극장단원초청 오페라하우스 공연 후원과 대한항공취항기념 두레패공연 유치활동

1989년 9월 초에 켄버라 한국대사관 이진배 공보관으로부터 연락이 왔다. 용건은 한국국립극장 단원이 11월쯤 시드니오페라하우스에서의 공연을 희망하며 출연자들의 항공료와 숙박비는 자체 해결을 할 수 있는데 오페라하우스 대관료가 문제라는 것이었다. 이유는 스폰서를 구하지 못해 어찌해야 좋을지 자문을 구하는 내용이었다. 1989년 당시만 해도 서울-시드니 직행 항공편도 없었을 뿐만 아니라 한국지상사 형편이나 교민사업체 형편이 이런 큰 행사에 누구라도 감히 스폰서로 나서겠다고 할 만한 곳이 없을 때였다. 물론 우리 롯데여행사의 형편도 마찬가지였다. 그래서 나는 무료공연을 하지 말고 대신 오페라하우스 대관료에 해당하는 비용확보를 위해서 티켓유료판매를 하면 어떻겠냐고 제안했다. 왜냐하면 나는 여행사 초창기때부터 구축해온 호주주류사회와의 훌륭한 네트워크를 갖고 있었기 때문에 보기드문 한국전통문화공

한국 국립무용단 시드니 공연

한국의 노태우 대통령과 호주의 호크 수사간의 한호정상회담 합의 결과에 따라 설치된 한.호 문화 공동위원회가 지난 5월 제 1차 서울 회의에서 결정했던 사항 중 하나인 한국국립무용단 시드니 공연이 오는 9월 30일(토) 저녁 8시에 오페라 하우스 콘서트 홀에서 개최될 예정이다.

한편 이 공연의 재정 스폰서인 롯데여행사는 입장권 예약 판매와 입장권 전달등에 따르는 제반 서비스 비용을 포함하여 A 좌석당 $25에 예약 판매를 하고 있다.

▲ 한국국립극장단원 오페라하우스공연 안내 포스터 & 한국국립극장단원 오페라하우스공연 보도기사

연의 티켓유료판매에 자신이 있었기 때문이다. 당시 현실을 생각하면 쉽지 않은 결정이었다. 그래서 나는 티켓유료판매액이 오페라하우스 대관료에 모자라면 롯데여행사가 보상을 할 수 있다고 했고 오페라하우스 측에서도 손실을 보는 공연이 아니었으므로 흔쾌히 합의를 했다. 가능한 스폰서수입재원 마련을 위해 대사관에서는 호한재단Australia Korea Foundation에서 일부 후원을 받았고 오페라하우스에서는 일반 티켓을 판매하기 시작했다. 나도 한국주재상사를 포함하여 주류사회 네트워크 인사들에게 보기드문 한국국립극장단원의 공연안내장을 보냈다. 모두가 기다렸다는 듯이 반응이 좋았고 나는 $30@A좌석만 826석 티켓의 판매를 직접 주도했다. 매우 성공적인 2일간의 흑자공연으로 한국대사관의 이창수대사와 이진배홍보관의 감사인사는 물론 오페라하우스 Lloyd Martin사장으로부터도 특별감사의 서한을 받기도 했다. 그 후에도 나는 오페라하우스 Ralph Bott과장을 비롯해 마케팅실무자들과 좋은 관계를 유지했다.

1990년도가 되면서 대한항공에서 4월부터 주3회 호주 시드니취항 예정이라

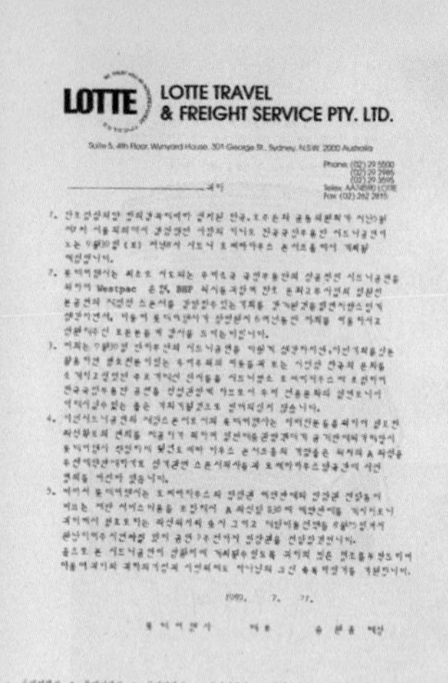

LOTTE TRAVEL & FREIGHT SERVICE PTY. LTD.

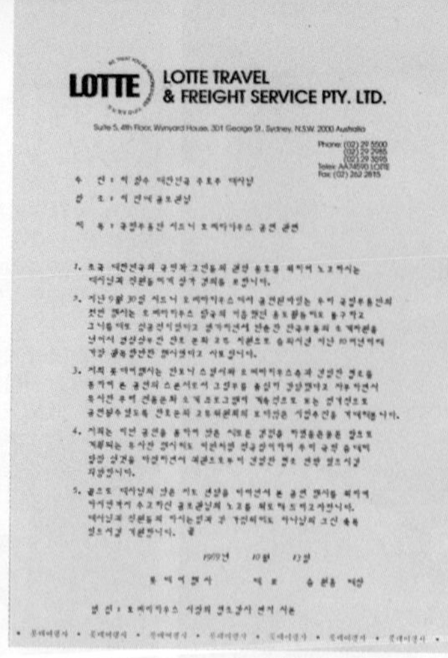

LOTTE TRAVEL & FREIGHT SERVICE PTY. LTD.

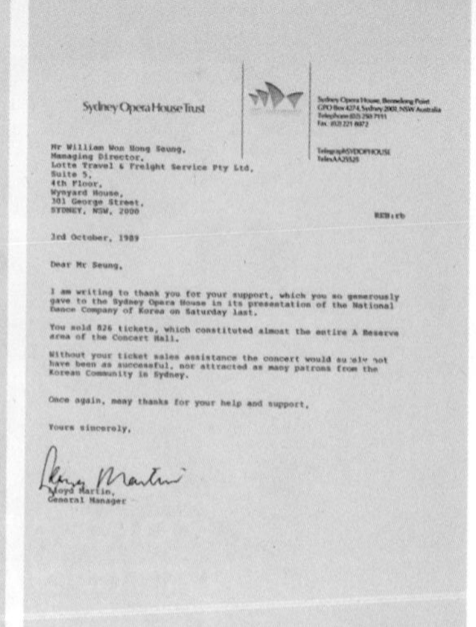

Sydney Opera House Trust

Mr William Won Hong Seung,
Managing Director,
Lotte Travel & Freight Service Pty Ltd,
Suite 5,
4th Floor,
Wynyard House,
301 George Street,
SYDNEY, NSW, 2000

REB:rb

3rd October, 1989

Dear Mr Seung,

I am writing to thank you for your support, which you so generously gave to the Sydney Opera House in its presentation of the National Dance Company of Korea on Saturday last.

You sold 826 tickets, which constituted almost the entire A Reserve area of the Concert Hall.

Without your ticket sales assistance the concert would surely not have been as successful, nor attracted as many patrons from the Korean Community in Sydney.

Once again, many thanks for your help and support.

Yours sincerely,

Lloyd Martin,
General Manager

▲한국국립극장 단원의 오페라하우스공연 안내 및 독려의 필자 서한 & 시드니오페라하우스의 감사 서한

는 발표가 있었다. 그리고 3월에 주호주한국대사관 이진배공보관이 또 다른 공연 협조요청을 해왔다. 1989년 11월의 한국국립극장단원의 시드니오페라하우스 공연 때처럼 4월초 대한항공의 첫 시드니취항기념 리셉션공연을 위해 시드니로 오는 6인조 사물놀이 '두레패' 시드니공연을 주선해 주면 좋겠다는 제안이었다. 왜냐하면 대한항공 시드니 취항초기에는 1주일에 3회만 운항했으므로 승무원들도 시드니에 도착하여 바로 돌아가지 못하고 다음 항공편 탑승을 위해 2-3일간의 대기시간이 필요했었기 때문이다. 두레패 측에서는 이 기간을 활용해서 몇 차례 저녁공연을 할 수 있으면 좋겠다는 요청이었다. 물론 준비시간이 매우 촉박하긴 했으나 4월 5, 6, 7일 3일 공연을 추진하기로 했다. 나는 오페라하우스공연으로 친분을 맺었던 마제리페퍼 프로덕션의 Margaret Pepper대표에게 또 다른 성격의 시드니공연을 추진하자고 제안했고 소형극장 공연장을 긴급수배하기 시작했다. 그래서 시드니대학 근처의 Seymour Center, Everest Theatre시모어센타 에베레스트극장 공연으로 확정했고 $20@티켓으로 3일간 총 600석 판매를 목표로 두레패와도 공연추진을 합의해 결정했다. 물론 시드니모닝헤럴드지의 호평을 받으며 한국전통문화를 호주사회에 소개하는 3일간의 공연은 전 좌석 매진으로 완전한 성공이었다.

나는 이렇게 오페라하우스와 연예기획사와도 긴밀한 협력관계를 갖고 있을 즈음에 시드니 삼성법인으로 잠시 파견을 나왔던 삼성개발 K부장으로부

터 급박한 전화를 받았다. 업무차 시드니를 방문하는 임원 부부가 시드니 MLC극장에서 공연하는 오페라의유령Phantom of Opera공연관람 입장권을 구매해 놓으라는 지시가 있어 예매를 하려는데 전 좌석 매진이라며 혹시 도움

극장에서의 승원홍사장, 김중신단장과 마제리페퍼

두레패 사물놀이 시드니공연 성료

지난 4월5,6,7일 씨어모어센타 에베레스트 극장에서는 한국에서 특별초청된 두레패 (단장 : 김중신) 의 사물놀이 공연이 매일 400여 관중들의 갈채속에서 3일간 계속 성황을 이루었다.

시드니모닝헤럴드지를 비롯한 시드니유수일간지들의 호평을 받으며 한국 전통문화를 호주에 소개하는데 남다른 관심과 열정을 갖고 있는 마제리페퍼 프로덕션 (대표 : 마제리페퍼) 과 롯데여행사 (대표 : 승원홍) 두 콤비가 짧은 기간에도 불구하고 대한항공 시드니 첫 취항기념 리셉션공연을 위해 초청된 '두레패' 6인조 사물놀이 공연을 호주의 일반 관객들을 대상으로 공연이 가능토록 했다는 것이다.

마제리페퍼와 승원홍 사장은 89년 9월 국립무용단의 시드니 오페라하우스 공연때도 함께 일한바 있으며 앞으로도 계속 한국전통문화를 호주사회에 소개할 계획이라고 한다.

을 줄 수 있는지를 물어왔다. 시드니총영사관을 비롯해 회사업무와 관련이 있는 영향력이 있을 만한 여러 기관에도 요청을 해 보았으나 헛수고였다며 마지막으로 나에게 연락을 했다고 했다. 그래서 나도 처음 겪는 일이었으므로 호주에서 이런 일이 가능하겠느냐며 반신반의하며 혹시나 하면서 오페라하우스의 Ralph Bott 마케팅과장에게 도움을 요청했다. 그는 잠시 기다려 보라며 MLC극장 측에 연락을 했고 티켓 몇 매가 필요하냐고 물어왔다. 나는 K부장에게 티켓 몇매가 필요하냐고 물었다. K부장은 마치 구세주를 만난듯이 기뻐하며 임원 부부와 함께 가능하면 자기네 부부 4명 모두 가능하면 좋겠다며 티켓 가격이 얼마인지도 물었다. 아마도 암표 가격을 생각했는지도 모른다. 나는 다시 Bott 과장에게 4매가 필요하다며 티켓가격을 확인했다. 헌데 그는 A좌석 4매를 MLC극장 티켓판매 카운터로 가서 오페라하우스 Ralph Bott 이름으로 A좌석 4매를 정상가격으로 구매하라고 했다. K부장은 내가 자기를 살려주었다며 얼마나 고마워 했는지 모른다. 나도 극장업계 간에 긴급한 상황에서 융통성 있게 티켓구매가 가능할 수도 있다는 사실을 알게 되었던 처음이자 마지막 경험이었다.

5-6

롯데여행사창립 10주년기념예배 및 '중국기행' 책 출판기념회

1983년 5월 창립된 롯데여행사는 꾸준한 성장과 발전을 거듭하면서 한인동포사회를 포함하여 시드니지역은 물론 호주여행업계에서 한국행여행패키지 상품 도매여행사Wholesale Travel Agent로 굳건히 자리를 잡아가고 있었다. 특별히 1993년은 창립10주년이 되는 뜻깊은 해였다. 그래서 나는 지나온 10년을 돌아보면서 앞으로의 또 다른 10년의 비전과 새로운 목표를 한인동포사회 인사들과 더불어 항공업계와 여행업계 인사들과 함께 공유하고 싶었다. 그래서 1992년 8월 한국과 중국이 외교관계를 재개하면서 곧이어 1993년 8월 출판예정으로 준비하던 '승원홍사장의 중국기행' 책 공수일정을 감안하여 8월 21일 롯데여행사 창립10주년기념예배와 '중국기행' 책 출판기념회를 갖기로 했다.

1부 기념예배의 인도는 시드니제일교회 홍길복 목사께서 맡았고, 성경 고린도후서 2장 14-17절을 주제로 '그리스도의 향기'라는 말씀을 증거했다. 축가

▲기념행사에 참석한 300여 명의 축하객들에게 감사와 미래10년에 대한 비전과 계획을 발표하고 있는 필자.

는 최난애 집사가 '그리운 금강산'을 열창했다. 계속된 2부 리셉션은 나의 환영인사에 이어 축사로는 이배근 시드니한인회장과 시드니 총영사관 정병국 영사 그리고 중국시드니 총영사관의 찐하이리양 공보영사가 맡았고, 격려사는 전임 시드니한인회장 조기덕 회장과 민주평통대양주협의회 박명호 회장이 맡았다. 300여 명의 축하객들을 위해 정성껏 준비된 Christopher's Catering Service의 풍성한 고급진 음식과 무제한의 주류와 음료가 제공되었다. 당시만 해도 조용했던 토요일 오후 시드니시내 중심가 George Street의 Wynyard House가 모처럼 평일처럼 북적거리는 인사들로 성황을 이루었다. 그리고 참석자 모두에게 제공된 라플티겟의 당첨자를 위해서 푸짐한 경품후원이 있었다. 대한항공에서 시드니-서울 왕복항공권, Qantas항공에서 시드니-싱가포르 왕복항공권, Japan Airline과 All Nippon Airline에서의 상품 다수와 한국관광공사에서 남, 여시계 외 상품 다수 그리고 Capital Hotel에서도 사우나 입장권 10매를 제공 받았다. 뜻밖의 많은 축하객들의 방문으로 인하여 시드니한인동포사회의 축제와도 같은 분위기였다. 지난 10년간의 열정과 봉사활동을 평가 받는 것 같은 느낌도 받았으며 앞으로의 10년을 향하여 더욱 열심히 성심껏 헌신해야겠다는 새로운 다짐의 자리였다.

▲창립10주년 격려사를 하고 있는 조기덕회장 & 창립기념예배에 말씀을 전하는 홍길복목사

▲필자의 환영사, 이배근 회장을 비롯한 내빈 축사를 경청하며 창립 축하예배에 함께하고 있는 축하객들

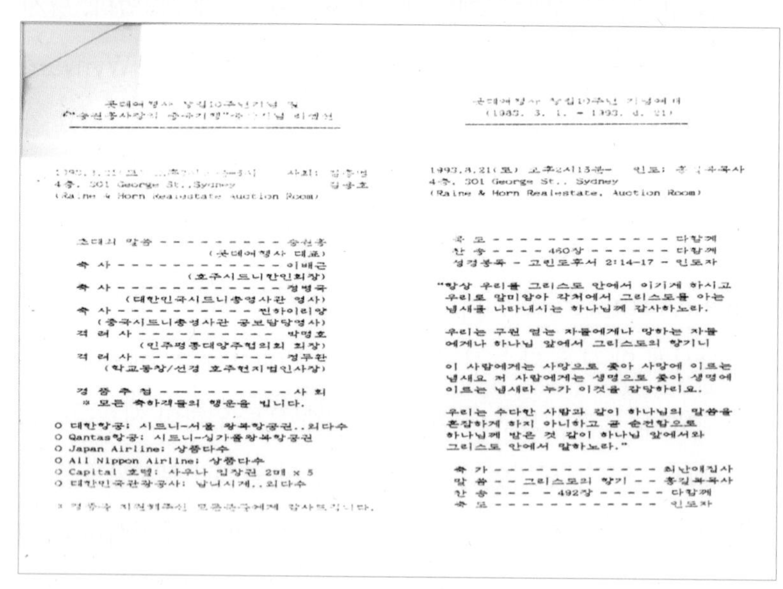

롯데여행사 창립10주년기념 및
"승원홍사장의 중국기행"출판기념 리셉션

[illegible] 사회: [illegible]
4층, 301 George St., Sydney
(Raine & Horn Realestate Auction Room)

초대의 말씀 - - - - - - - - - - 승원홍
(롯데여행사 대표)
축 사 - - - - - - - - - - - - - 이배근
(호주시드니한인회장)
축 사 - - - - - - - - - - - - - 정병국
(대한민국시드니총영사관 영사)
축 사 - - - - - - - - - - - 천하이리앙
(중국시드니총영사관 공보담당영사)
격 려 사 - - - - - - - - - - - 박명호
(민주평통대양주협의회 회장)
격 려 사 - - - - - - - - - - - - 정무환
(학교동창/선경 호주현지법인사장)

경 품 추 첨 - - - - - - - - - - - 사 회
※ 모든 축하객들의 행운을 빕니다.

O 대한항공: 시드니-서울 왕복항공권..외다수
O Qantas항공: 시드니-싱가폴왕복항공권
O Japan Airline: 상품다수
O All Nippon Airline: 상품다수
O Capital 호텔: 사우나 입장권 2매 x 5
O 대한민국관광공사: 남녀시계..외다수

※ 경품을 지원해주신 모든분들께 감사드립니다.

롯데여행사 창립10주년 기념예배
(1983. 3. 1. - 1993. 8. 21)

1993.8.21(토) 오후2시15분- 인도: [illegible]
4층, 301 George St., Sydney
(Raine & Horn Realestate, Auction Room)

묵 도 - - - - - - - - - - - - - - 다함께
찬 송 - - - - 460장 - - - - - - 다함께
성경봉독 - 고린도후서 2:14-17 - 인도자

"항상 우리를 그리스도 안에서 이기게 하시고
우리로 말미암아 각처에서 그리스도를 아는
냄새를 나타내시는 하나님께 감사하노라.

우리는 구원 얻는 자들에게나 망하는 자들
에게나 하나님 앞에서 그리스도의 향기니

이 사람에게는 사망으로 좇아 사망에 이르는
냄새요 저 사람에게는 생명으로 좇아 생명에
이르는 냄새라 누가 이것을 감당하리요.

우리는 수다한 사람과 같이 하나님의 말씀을
혼잡하게 하지 아니하고 곧 순전함으로
하나님께 받은 것 같이 하나님 앞에서와
그리스도 안에서 말하노라."

축 가 - - - - - - - - - - - - - - 최난애집사
말 씀 - - 그리스도의 향기 - - 홍길복목사
찬 송 - - - - 492장 - - - - - - 다함께
축 도 - - - - - - - - - - - - - - 인도자

▲1993년 롯데여행사창립10주년기념 및 중국기행 책출판기념식 순서지

언제나 믿고 찾는

LOTTE 롯데여행사

Suite 5, 4th Floor, 301 George Street Sydney N.S.W. 2000

회사창립 10주년 기념 및 "중국기행" 출판 기념에따른 인사의 말씀

1983년 5월 1일 시드니시내 중심가 윈야드 전철역입구, 지금의 ANA 빌딩에 자리 잡은지, 어언 10년이란 세월이 지났습니다. 우리 시드니교민사회가 그동안 성장된것 같이 저희 롯데여행사도 많은 발전을 거듭하여 우리 교민사회에서뿐만 아니라 호주 여행업계에서도 인정받는 자랑스러운 여행사로 성장하였습니다. 정직과 신용이 최고의 자본이라며 격려해주신 모든 분들에게 다시 한번 깊이 감사를 드립니다.

아울러 이 뜻깊은 회사 창립 10주년기념의 해를 맞으며, 지난 18개월동안 대양주 뉴스와 TOP지에 연재되었던 "중국기행"이 한권의 책자로 발행되어, 호주교민과 모국의 독자들에게 소개될 수 있었음도 롯데여행사를 이용하며 성원해 주신 뜻있는 많은 교민들의 사랑의 부산물이라고 말할 수 있겠습니다.

이러한 뜨거운 사랑의 조그만 보답으로서, 롯데여행사는 "중국기행" 저작권 인지수입을 근간으로 "롯데여행사 승원홍 장학금"을 제정하고, 내년부터 해당 대상자를 선정하여 장학금을 지급할 것입니다. 장학금 수혜대상자는 성적이 우수한 대학생으로서 가정형편상 재정보조를 필요로 하는, 소속 대학학과장의 추천을 받은자 중에서 선정될 예정입니다.

저희 롯데여행사의 모든 가족은, 여행에 관한한, 언제나 믿고, 다시 찾는, 롯데여행사가 되도록 항상 섬기는 자세로 성심성의껏 봉사하겠습니다. 언제나 정성껏 모시겠습니다.

1993년 8월

롯데여행사 대표 승원홍

롯데일일관광 ☎ 299 5500 Fax: 262 2815 A.H.: 488 9989

롯데 여행사 창립 10주년 및 출판 기념식 성황리에 개최

창립기념 행운권으로 증정된 한국왕복비행기티켓을 추첨중인 이배근 한인회장과 지창훈 대한항공 지사장

롯데 여행사(대표 승원홍)는 지난 21일 오후 동 여행사건물 4층, Raine & Horn Auction Room에서 여행사 창립 10주년 및 승원홍 사장의 중국기행책 출판기념회를 성황리에 개최했다.

이날 행사에는 이배근 한인회장, 총영사관의 정병국 영사, 진 하이리앙 중국영사 등 교민사회 내외 인사들을 포함한 300여명 축하객들이 참가했는데 승원홍 사장은 이번에 출판된 중국기행책 판매 저작권 인지수입을 근간으로 롯데 여행사 장학금을 창설하여 재정보조가 필요한 교민 대학생들을 돕겠다고 밝혔다.

승사장이 이번에 출간한 책은 「중국기행」이라는 제목으로 자신의 중국대륙 방문 체험과 느낌을 기행문식으로 정리한 250여 페이지 분량의 책이다. 호주와 한국에서 동시 판매되는 이 책은 한국에서는 5,000원에, 시드니에서는 롯데 여행사와 캠시 시드니 서적에서 $10에 구입할 수 있다.

문의: 299 5500

▲1993년 롯데여행사창립10주년기념 및 중국기행 책출판기념행사 안내장 & 관련 교민언론지 보도기사

▲김홍범사장이 Qantas 항공 판매부장, 롯데 가족과 함께 푸짐한 행운상 라플 티켓 당첨자를 호명하고 있다

▲축하객으로 참석한 한인사회 지도자들, 김홍범 사장, 지창훈 대한항공 시드니지점장, 필자와 故 필자 부친, 故조민구 시드니한인회장, 문동석 전 한인회장, 박덕근 재호한인상공인연합회장

▲필자의 가족 셋째 자녀 지민, 둘째 자녀 지헌, 아내, 필자, 모친, 故 부친, 아우 인홍 & 롯데여행사 가족 황은희, 이은주

만나봅시다

롯데 여행사
승원홍 사장

씨앗을 뿌리는 사람

지난 번 출판기념회에서 감사의 말을 하고 있는 승원홍 사장

지난 8월21일 토요일.
시드니 시내 죠지 스트리트에 위치한 롯데 여행사 건물에서 거창하지는 않지만 축하의 소리가 넘쳐 흐르는 축제 분위기가 연출 되었었다.
승원홍(롯데 여행사) 씨가 여행사 10주년 기념을 겸한 <중국기행> 책 출판 기념회를 연 것이다.
300여 축하객들은 "축하합니다"라고 곱으로 계산하여 말을 건넸으며 특히나 그가 저서 인세를 기초로 하여 장학금을 지속 지급 할 것이라는 소식에 진심에서 우러나오는 찬사를 보냈다.

승원홍씨.
1947년에 휴전선 저쪽 평안북도 정주에서 출생한 그가 당시에는 좀 엉뚱하다 싶게 서울대학교 문리대학에서 중국문학을 전공하고 호주와 인연을 맺게 된 것은 1979년도 였다.
정확하게는 79년 6월23일 대한항공 제2대 호주지사장으로 부임하여 인수인계 업무를 모두 마친 25일 정식 업무를 시작하면서 비롯 된 것이다.
"대학교 다닐 때 나는 줄곧 장학금을 지급 받으며 공부했습니다. 집안 형편이 썩 잘 사는 축이 못되었으니까 스스로 학비의 일부라도 해결해야겠다 싶어 둘러보니 두가지 길이 있더군요. 하나는 소위 과외 교습 등 아르바이트를 하는 것이고 두번째는 장학생이 되는 것이었습니다. 나는 단연코 두번째 길을 택했습니다. 우리가 사는 동안 부딪치는 많은 것들은 대부분 일생에 한번만 오는 것이지요. 대학생활도 마찬가지 아닙니까? 나는 대학시절에 아르바이트로 돈을 만들기 위해 쫓아다니는 것 보다는 내가 어차피 해야 할 공부를 열심히 해서 장학금을 받고 나머지 시간을 좀더 가치있는 일에 쓰겠다는 생각을 했던 것입니다. 그러니까 솔직히 말하면 장학금을 타기 위해 공부는 정말 열심히 했어요"
당시로는 상당한 금액의 장학금을 지속적으로 지급 받아 오히려 어떤 때에는 어머니 용돈을 주머니에 넣어 드릴 수 있었다고 한다.
그는 아무런 조건이 없었던 장학금을 받음으로 그가 원했던 대로 참 많은 '가치있는 경험'을 하면서 후회없는 대학생활을 보냈다.
"조건 없이 받았던 것 이제 또 조건 없이 조금씩이라도 돌려 줘야 한다는 생각을 오랫동안 하고 있었습니다. 처음 호주 생활을 시작하며 예상치 않은 도움을 주신 분들이 많이 있는데 그 감사의 마음까지 보태어 이제 또 나는 다른 곳에 씨를 뿌리고 싶어진 것이지요.
예전에 그 장학금, 은사들, 친구들, 또 이날까지 곁에서 도와주시는 많은 분들이 내게 씨를 뿌리셔서 이만큼 되었으면 이제 나도 또 다른 곳에 씨 뿌리는 일을 해야 되지 않겠습니까? 그 씨앗이 자라나면 또 여러 다른 방면으로 씨앗들이 뿌려지게 될 것이고 언젠가 아름드리 자라나 열매 맺을 수 있을 테니까요"
'중국기행' 책을 내고 중국문학을 전공한 사람답게 말 한마디 한마디가 적절한 표현으로 만들어져 나오는 것 같다.
그의 장학금 지급 마련이 씨 뿌리는 작업에 비유되는 것을 들으며 처음 그가 대한 항공의 제2대 지사장으로 왔었다는 것도 어쩌면 그 씨 뿌리는 작업의 하나가 아니었을까 하는 생각이 든다.
대한항공의 호주 운항이 없었던 1979년서 부터 82년 까지 대한항공 지사장이었다면 당연히 기초작업을 했을 터였다. 82년 임기가 끝나고 일단 한국으로 갔다가 같은 해 말에 이제는 <이민자>로서의 호주 생활을 시작해 오늘에 이르렀다.
83년에 여행사 업무를 시작하여 꼭 10년이 되었는데 실내에 붙은 액자 까지도 10년 전 시작 때 모습을 거의 그대로 간직하고 있다는 말에서 그의 변함없을 것 같은 성격을 엿볼 수도 있다.
교민 대학생을 대상으로 지급 될 장학금도 마찬가지가 될 것이란다. "큼직하게 몇번 주고 유명무실 해 지기 보다는 지속성"을 더 중하게 여기며 그것은 바로 훗날에 누군가도 그 받은 씨앗을 고루 퍼뜨리게 되었으면 하는 희망 때문인 것이다.
한・중 수교가 되기 전 북경 아시안게임에 참관하러 갔던 첫 여행을 기초로 몇 번 오가며 느낀 것들을 차곡차곡 모아 다른 많은 자료가 부족해서 힘들었던 것을 극복하며 한권의 책으로 묶어 내놓은 그는 또한 출판기념회때 그 책을 한글학교협의회 돕기 모금운동을 위한 무기(?)로 쓰기도 했다.
장학금 제정을 구상할 때 HSC, 한글 등 여러 분야를 생각해 봤으나 이미 그 방면으로는 좋은 일 많이 하시는 분들이 계시기도 하고 대학생활을 하는 교민 학생들이 뭔가 가치 있는 분야에 마음껏 몰두 해 보라고 대학생을 대상으로 정했다고 한다.

중국문학을 연구대상으로 삼았던 그의 대학시절에서 부터 호주와의 첫 인연, 그리고 흔하지 않았을 때의 중국여행, 기행문, 책 발간... 또한 여행업무를 시작했던 당시에도 한국 교민 수요는 많지 않았던 때여서 호주시장을 대상으로 전력 투구 했던 것 등 모든 것을 연결 시켜 볼 때 그는 분명 남이 잘 하지 않는 것을 시작했던 사람이기는 하다.
그러나 시종 조용조용 재미있게 설명하는 그와 마주하며 들은 이야기들은 처음 올 때 막연하게 도전하는 남편을 믿고 따라주는 아내에게 최소한 3년만 "바가지 긁지 않기로 약속 한다면 뭔가 기필코 보여주겠다고 했고 그 약속은 서로 잘 지켰다"는 농담 섞인 아내 자랑을 하는 남편의 따뜻한 마음에서 부터 아이들 이야기 책을 쓰던 이야기 그리고 혹시 사는데 도움이 될지도 모른다면서 들려주는 이야기들이 그를 '개척자'나 새로운 것을 시도 하기 좋아하는 '모험가'라는 느낌 보다는 역시 "씨 뿌리는 사람"으로 부르는 것이 어울린다는 확신이 들었다.
이후에도 그는 아마 열매를 따기 보다는 그가 그렇게 사랑한다는, 그래서 염려도 많고 관심도 많다는 교민사회를 위해 계속 씨앗을 뿌리고 살아갈 것 같다.
화창한 날에 화창한 마음을 결코 들어내지 않고 이웃에게 전염시키는 사람.
그는 자신이 받았던 씨앗을 소중히 여기고 있다가 이제 여러곳에 여러 모양으로 그것을 뿌려 갈 것이다. ■

◀1993.8.27. TOP주간지 김은경 기자(현 멜버른저널 발행인겸 편집인)의 필자 인터뷰 기사 "씨앗을 뿌리는 사람"

▲롯데여행사 영업장

▲롯데여행사 창립 10주년 당시 대표(필자) 집무실

5
|
7

롯데여행사 승원홍장학금

나는 롯데여행사 창립10주년을 맞으며 한인사회를 위해 무엇인가 보람된 일을 하고 싶었다. 마침 중국기행책 출판도 하게 되었고 출판사로부터 수입인 지세도 받을 수 있게 되었다. 그래서 우리 교민자녀 대학생들에게 어떤 의미로 던 향학열을 고취시켜 호주사회의 중요한 인재로 성장해 주기를 바란다는 뜻으로 장학금제도를 만들면 좋겠다고 생각했다. '롯데여행사 승원홍 장학금'이란 이름으로 1994부터 10년간 매년 2명의 한국자녀 장학생을 선발하여 장학금 $1,000씩과 장학증서를 수여했다. 장학생선발의 공정한 심사를 위하여 당시 울릉공대학교의 서중석 교수, 시드니대학교의 박덕수 교수, UNSW대학교의 김규진 연구 교수 3명(2명의 남성과 1명의 여성)의 심사위원회를 구성하고 장학생 2명 선발심사를 의뢰했다. 그 후 故 서중석 교수는 UNSW대학교로 합류를 했다. 10년 동안 배출했던 20명의 장학생들은 대체로 의대 및 치대생과 법대생

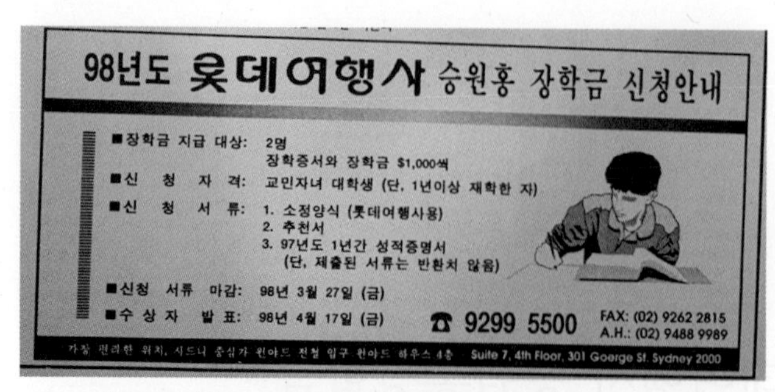

▲1998년도 롯데여행사 승원홍장학금신청 안내 광고내용

그리고 일반 문과생들로 기억한다. 언젠가 장학생 중 치대생 1명으로부터 감사의 편지를 받은 적이 있다. 자기도 졸업 후 의사가 되면 나와 같이 후배를 위해 기여하고 싶다는 포부를 전해온 적이 있다. 마음 뿌듯했다. 나도 과거 대학생 시절 년 100만 원씩 2년간 양영장학금 200만 원을 받았던 빚진 자로서 사회에 다시 $2만 불을 환원시켰다는 의미와 함께 또 내가 뿌린 씨앗이 후배들에 의해 다시 씨앗으로 뿌려질 수 있게 된다면 이 또한 감사할 일이 아니겠는가! 아래 장학생 명단을 보며 그저 감사할 따름이다.

1994년도 장학생: 이승혜(S. Lee, 시드니대학교 의과 3학년)
조형진(Hyong Jin Cho, NSW대학교 컴퓨터사이언스 4학년)
1995년도 장학생: 오의창(Alex Oh, NSW대학교 의과 4학년)
이원이(Wendy Lee, 시드니대학교 법과 4학년)
1996년도 장학생: 조배근(Dennis Cho, NSW대학교 환경공학과 4학년)
제윤정(Yvonne Jung, 시드니대학교 일어.중국어과 2학년)
1997년도 장학생: 최규용(Patrick Choi, 시드니대학교 의과 5학년)
김영미(Young Mi Kim, 시드니대학교 아시안학과 2학년)
1998년도 장학생: 장주연(Nelly Jang, NSW대학교 의과 3학년)
신의석(James Shin, 시드니대학교 치의과 4학년)
1999년도 장학생: 김영진(Young Jin Kim, NSW대학교 의과 2학년)
유경석(Stephen Yu, 시드니대학교 치의과 5학년)
2000년도 장학생: 스커먼진달래(Jindalae Kim Skerman, NSW대학교 법학과 3학년)
김은섭(Eun Sub Kim, 맥콰리대학교 보험회계학 3학년)

2001년도 장학생: 이희나(Hee Na Lee, NSW대학교 음대 피아노전공 3학년)

최지영(Joanne Choe, 시드니대학교 법과 5학년)

2002년도 장학생: 자료분실로 2명 미확인

2003년도 장학생: 이진경(Jean Lee, NSW대학교 의과 4학년)

1명 자료분실로 미확인

▲ 1994년도 장학생 조형진 군, 이승혜 양과 필자 부부

▲ 1995년도 장학생 이원이 양, 오의창 군과 교육원장

▲ 1996년도 장학생 제윤정 양, 조배근 군과 교육원장

▲ 1997년도 장학생 김영미 양, 최규용 군

▲ 1998년도 장학생 장주연 양, 신의석 군과 필자

▲ 1999년도 장학생 김영진 군, 유경석 군과 교육원장

▲2000년도 장학생 스커먼진달래 양, 김은섭 군과 교육원장 & 2001년도 장학생 이희나 양, 최지영 양

1994년 3월 18일(금요일) 〈日刊

교민자녀 대학생 장학금 지급

롯데여행사 승원홍대표 수상자 2명 1천불 전달, 격려

시드니 교민사회에서 교민자녀 대학생을 대상으로 첫번째 장학사업이 시작돼 화제를 모으고 있다.

롯데여행사 승원홍 대표는 교민자녀 대학재학생중 심사를 거쳐 선발된 이승혜양(시드니대 외예과 3학년)과 조형진군(NSW대 컴퓨터학과 3학년) 두명에게 14일(월) 시티 롯데여행사 사무실에서 각각 1천불의 장학금증서와 승사장이 집필 발간한 중국기행문책 한권씩을 전달하고 이들을 격려했다.

"많지 않은 액수지만 학창생활과 학업에 보탬이 되길 바라며 교민사회와 호주에 기여하는 자랑스런 일꾼이 되어달라"고 승사장은 장학금 수상학생들에게 당부했다.

호주한글학교협의회 회장을 맡고 있는 승사장은 올해부터 시작한 교민자녀대학생 장학금사업을 지속사업으로 더욱 발전시키겠다고 포부를 밝혔다.

장학금 전달식엔 이부웅 교원원장

승원홍사장, 조형진, 이승혜, 이부웅 교육원장 (왼쪽부터)

▲1994년도 롯데여행사 승원홍장학금 전달 관련보도기사

LOTTE TRAVEL

SEUNG, WON-HONG SCHOLARSHIP

No. 99-02

CERTIFICATE

NAME: YU, Stephen Kyung Suk
University of Sydney

This scholarship is conferred upon the above person who satisfised the selection requirements for 1999 Lotte Travel Seung, Won-Hong Scholarship, by showing exemplary results in the achievements and prospects for significant contributions to the Korean Communities in Australia.

4th May 1999

Seung, Won-Hong
LOTTE TRAVEL.

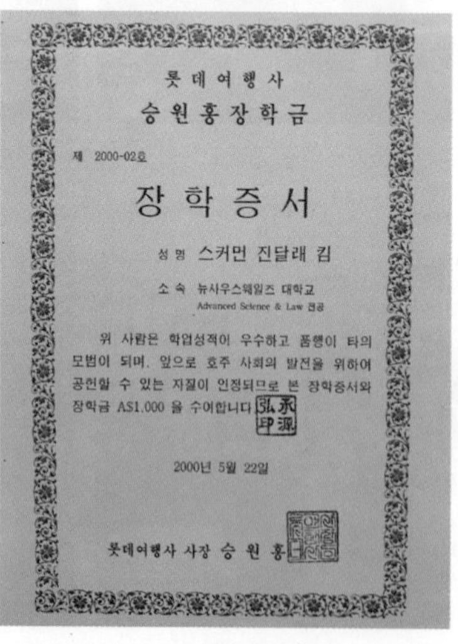

롯데여행사
승원홍장학금

제 2000-02호

장학증서

성명 스커먼 진달래 킴

소속 뉴사우스웨일즈 대학교
Advanced Science & Law 전공

위 사람은 학업성적이 우수하고 품행이 타의 모범이 되며, 앞으로 호주 사회의 발전을 위하여 공헌할 수 있는 자질이 인정되므로 본 장학증서와 장학금 A$1,000 을 수여합니다

2000년 5월 22일

롯데여행사 사장 승 원 홍

▲롯데여행사 승원홍장학금 장학증서 영문양식 ▲롯데여행사 승원홍장학금 장학증서 한글양식

WEEKLY
TOP
NEWSPAPER
The Korean Newspaper in Australia
195 LAKEMBA ST, LAKEMBA NSW 2195 TEL: (02) 9740 7222 FAX: (02) 9740 7511
15 MAY 1998 NO. 324

인터뷰 롯데여행사 승원홍 사장

매년 교민자녀에 장학금

▶ 미래의 주역을 키웁니다.

(8) 한국신문 COMMUNITY NEWS

'98 승원홍 장학금' 수여

올해로 5회째, 장주연양 · 신의석 군 수혜

호주에 거주하는 교민 자녀 대학생을 대상으로 매년 장학금을 지급해 온 롯데여행사(시드니) 승원홍 대표의 '승원홍 장학금'이 지난 4월29일 롯데여행사 사무실에서 장학금 수여식을 가졌다.

올해의 장학금 수혜자는 장주연 양(NSW 대 의과 3년, Carlingford 거주)과 신의석 군(Sydney 대 치의과 4년, Strathfield 거주)으로, 롯데여행사는 올해 초 장학금 신청자 접수를 받아 매년 심사를 맡아온 NSW 대 서중석 · 김규진 박사, Sydney 대 박덕수 박사에 의뢰, 서류심사를 통해 2명의 학생을 확정했다.

롯데여행사 직원 및 학생 가족들이 참석한 이날 승원홍 대표는 2명의 학생에게 장학증서 및 장학금을 전달했다.

이날 승원홍 대표는 "대학생들이 자기 전공분야에서 열심히 노력해 두각을 나타내는 것이 한인사회를 발전시키는 길"이라며 학생들을 격려했다.

또 "이번에 장학금을 신청한 학생들 모두가 우수한 학생들이었으며 이들을 통해 미래 한인사회의 밝은 전망을 확인할 수 있었다"고 말했다.

지난 94년 롯데여행사 창립 10주년 기념 및 승 대표가 몇 차례의 중국 취재여행을 바탕으로 펴낸 <중국기행>(범양사출판부 간) 인세를 기금으로 시작된 '승원홍 장학금'은, 이후 매년 2명의 교민자녀 대학생을 선발해 각 1천불의 장학금을 지급해 왔다.

승 대표는 "약소한 액수이지만 한인 커뮤니티가 서로 돕고 Sharing하는 자세가 중요하다는 생각에서 장학금을 지급해 왔다"고 말했다.

승원홍 대표는 현재 재호 한인상공인연합회 회장으로 활동하고 있다.

올해 '승원홍 장학금'을 받은 장주연 양과 신의석 군. 가운데가 롯데여행사 승원홍 대표

▲ 롯데여행사 승원홍장학금 시상식관련 TOP주간지 표지기사 & 한국신문 보도기사

1997년 4월 19일(토요일)

제4회 '승원홍장학금' 수여하는 롯데여행사 승원홍 사장

미니 인터뷰

한국인으로서의 '엘리트의식' 견지해야

"빚진 자로서 사회에 환원하는 일 일뿐"

장학사업 펼쳐오고 있는 롯데여행사 승원홍 사장

"장학금 더 많이 지원못해 부끄러워"

▲ 1997년 롯데여행사 승원홍장학금 수여관련 호주동아 보도기사

5
|
8

한국관광홍보를 위한 다양한 직책과 역할

나는 1988년 서울올림픽을 계기로 시작했던 한국관광패키지 상품개발 판매에 이어 1989년도부터는 호주 전역의 일반 소매여행사Retail Travel Agent들을 대상으로 한국관광 패키지상품 개발과 도매판매Wholesale와 마케팅에 역점을 두었다. 내가 롯데여행사를 창업했던 1983년도 초창기에는 한국행 직항항공편이 없었기 때문에 항공가격과 일반 고객들의 선호에 따라 싱가폴을 경유하는 싱가폴항공, 홍콩을 경유하는 CPA, 동경을 경유하는 JAL, ANA항공편을 이용하거나 또는 Qantas항공편으로 중간 경유지까지 그리고 한국까지는 대한항공편을 이용하기도 했다. 왜냐하면 내가 대한항공 시드니지사장으로 근무했던 시절에는 대한항공 운항구간 판매를 위하여 나는 대한항공 여객판매총대리점GSA여행사를 통해 Qantas항공과 상호보완 협력판매방식을 주도했었다. 그래서 타 항공사와의 가격 경쟁을 위해 우리는 공동판매가격을 결정했고

Qantas항공과 대한항공이 운송구간별로 운임을 나누는 방식으로 협력하며 공동판매를 했다. 나는 타 항공사와 판매경쟁력 있는 시장가격수준을 정하기 위하여 Qantas항공 Route Manager와 Agency Sales Support Team과 협의하며 공동판매가격을 결정했다. 사실상 내가 타 항공사의 판매가격을 조사했고 시장경쟁력이 있는 가격수준을 Qantas항공에 제안하여 합의 결정하는 방식이었다. 다시 말하면 Qantas항공구간가격도 사실상 내가 결정했던 셈이었다. 그런 연유로 Qantas항공사가 서울취항을 했던 1991년도 이전부터 한국의 IMF외환위기 때였던 1998년 취항철수 때까지 나는 Qantas항공과 깊은 인연을 유지했다.

더욱이나 대한항공과 아시아나항공이 직행편을 운항하고 있었을 때에도 일반 호주여행사와 호주인 고객들은 Qantas항공을 선호하는 경향이 있었으므로 어쩔 수 없이 Qantas항공편 판매에 관여할 수밖에 없었다. 그리고 나는 매년 Qantas항공사와 롯데여행사 공동주관으로 호주여행사 사장단을 초청해 한국방문 FAM-TOUR를 실시했다. 초청대상 여행사는 10곳으로 하여 Qantas항공사에서 5곳 그리고 내가 5곳 여행사를 선정하는 방식으로 합의했다. 물론 무료 항공권은 Qantas항공사에서 제공을 했고 나는 롯데여행사가 주로 이용했던 한국내 호텔을 통해 파격적인 특별가격을 제공받았으며 참가자가 한국내 체류비용 일부를 부담했다. 이 FAM-TOUR는 1998년도 Qantas항공이 한국취항을 철수한 이후 중단되었다.

그리고 내가 2004년도부터 경상북도관광 호주홍보사무소장직에 임명되면서부터 호주여행업계와 언론계 인사초청 한국방문 FAM-TOUR를 매년 다시 실시하게 되었다. 뿐만 아니라 나는 한국관광공사를 포함하여 여러 지방자치단체로부터도 관광홍보직책 임명을 받아 2014년 공식은퇴하기까지 호주여행업계에서 한국여행에 관한한 최고의 전문가요 권위자로서의 자리를 견지해 왔던 셈이다. 돌이켜 보면 호주여행업계의 한국관광홍보분야에서 오랜 기간 동안 이렇게 신망을 받으며 지내 올 수 있었던 것도 커다란 축복이라고 생각하여 감사할 따름이다.

5-8-1. 한국방문의해(2001-2002) 명예홍보사절 피위촉

대한민국문화관광부는 해외관광객 유치 활성화를 위해 2001년도를 한국방문의해로 정했고 도영심 전 국회의원을 위원장으로 임명해 한국방문의해 준비위원회를 구성하여 한국관광공사본사 건물 내에 준비위원회 사무실을 개설했다. 나는 당시 주한호주대사 임기를 마치고 호주로 귀임했던 멕 윌리암스 대사와 함께 2001년 5월 22일자로 문화관광부 김한길장관으로부터 2001년 한국방문의해 명예홍보사절로 위촉을 받았다.

나는 6월 1일 업무협의차 한국관광공사 본사를 방문했고, 마침 같은 건물에 있는 한국방문의해 준비위원회 도영심 준비위원장과 인사도 할 겸 회동을 하게 되었다. 도영심 위원장은 나에게 해외에서 여행업계에 오랫동안 종사해 온 여행전문가 입장에서 어떤 상품을 개발하면 좋을지 제안해 달라고 요청했다. 나는 한국문화에 뿌리 깊은 불교문화와 사찰생활을 접목한 체험관광프로그램을 개발하면 어떻겠냐고 제안했다. 왜냐하면 호주인 관광객을 대상으로 한국관광상품을 개발 판매해 온 경험에 비추어 볼 때, 사실 외국인관광객을 상대로 하여 한국에서 오래 머물 수 있게 할 만한 관광상품이 많지 않았다. 2001년도 당시만 하더라도 한국의 분단현장을 보여 줄 수 있는 판문점이나 제3땅굴관광, 이태원 또는 동대문, 남대문 쇼핑관광, 설악산 자연관광, 안동, 경주사적지

관광이 대세였다. 사실상 한국내 관광자원은 세계적 차원에서 볼 때 그리 매혹적이지 못한 현실을 감안하여 차라리 과거 1,700년 이상 불교문화와 함께 지켜온 사찰문화를 활용하는 프로그램을 만들면 어떻겠냐고 제안을 했던 것이다. 도영심 위원장은 그거, 참 좋은 생각이라며 함께 배석했던 실무부장과 김영욱 사무관에게 연구검토지시를 내렸다. 이렇게 해서 과거부터 불교신도들이 사찰에 묵으면서 힐링해 오던 관행들이 일반 외국인 관광객들에게도 개방되어 불교문화와 사찰체험이 가능한 템플스테이 프로그램으로 정착한 것으로 이해하고 있다. 그 이후 거의 모든 사찰에서 나름대로 특화된 템플스테이 프로그램을 홍보하며 국내는 물론 해외관광시장으로 확대하며 한국내 주요 관광상품으로 자리매김을 했다. 그래서 이런 연유로 해서 나는 일반 호주인 관광객을 포함하여 호주여행업계와 언론계, 태권도사범 한국방문 일정에 특별히 템플스테이 일정을 포함시켜 양양 낙산사, 부산 범어사, 영주 부석사, 합천 해인사에서 사찰체험을 시키기도 했다.

그리고 2001년 5월 대한민국 문화관광부장관으로부터 한국방문의해 명예홍보사절로 위촉을 받은 나는 한국홍보관련 일을 효율적으로 해야겠다는 생각을 하며 첫 작업으로 주요 인사들과 함께 홍보협의체를 만들기로 했다. 가칭 한국관광진흥위원회로 시작하여 동참했던 위원들과 함께 한국홍보협의회라 부르기로 했다. 나와 함께 협의회에 참여했던 인사들은 시드니총영사관 강석우 홍보담당영사, 시드니무역관 강석갑 관장, 한국관광공사시드니지사 민민홍 지사장, 시드니한인회 한용훈 홍보담당운영위원, NAB은행다문화사회지원부 고희진부장, (주)민교 김선영사장, SBS방송사 주양중PD, MBC FM방송 송현선사장, 9명으로 출발해 2002년까지 활동했다.

그 이후 2005년도에 한국관광마케팅위원회라는 이름으로 시드니총영사관 홍보영사, 관광공사 시드니지사장, KOTRA 시드니무역관장, 대한항공 시드니지점장, 아시아나항공 시드니지점장, SBS라디오 수석PD, 롯데여행사 대표인 내가 참여했고 후에 시드니총영사관이 주관하는 홍보전략회의로 계승 확대발전했다.

5-8-2. 경상북도 호주관광홍보사무소장 (2004.10.-2012.12.)

한국관광공사 시드니지사에서는 매년 일반적인 자체 관광홍보행사와 더불어 한국 내 여러 지방자치단체와 공동 주관하는 경우가 있다. 마침 2004년도 8월경에 경상북도관광홍보단 일행이 호주를 방문하여 관광공사와 함께 시드니와 브리스베인의 여행업계와 언론계 인사들을 초청한 홍보행사가 있었다. 나는 오래전부터 호주전역에서 활동하고 있는 호주인 태권도사범들과 6만여 명의 호주인 태권도수련생들을 주목하며 호주태권도선수들의 각종 국내외경기는 물론 태권도 종주국인 한국방문사업을 추진하기 위하여 2001년도부터 호주태권도협회Taekwondo Australia와 공식지정여행사 계약을 체결하고 호주전역을 방문하며 호주인 태권도사범들을 만나 한국방문 프로그램의 홍보판촉을 왕성하게 진행하고 있을 때였다. 마침 관광공사에서 시드니와 브리스베인 홍보행사에 나를 초청했다. 나는 우리 롯데여행사와 인연이 있는 몇 여행사를 포함하여 가능하면 호주인 태권도사범들도 함께 초청했으면 좋겠다며 테이블 2개(20명분)를 요청했다. 나는 관광공사와의 공동 행사주관을 위해 경상북도관광홍보단장으로 참석했던 윤용섭 문화체육관광국장과 자연스레 인사도 했고 한국인여행업자로서의 비젼과 활동상황을 설명하기도 했다. 그리고 나는 시드니와 브리스베인에서의 두 행사에 참석하여 일반 여행사 관계자들과 호주태권도 사범들과 어울려 홍보행사를 적극 도왔다. 그리고 경상북도 홍보팀이 한국으로 귀국한 후 김호섭 계장으로부터 전화연락을 받았다. 윤용섭 국장께서

나를 경상북도관광홍보 호주사무소장으로 위촉하고 싶다며 내 의사를 물어 왔다. 그래서 나는 특별한 직책이 없어도 한국관광홍보판촉을 위해 노력하는 사람이라며 물론 경상북도 관광홍보에 일조할 수 있겠다고 답했다. 그리고 나는 홍보사무소장 업무수행을 위해서 경북도청에서 일 년에 한 차례씩 호주에서 홍보행사를 개최해 줄 것과 아울러 호주내 언론기자들과 여행사 대표들을 경상북도로 초청해 주요 관광지를 답사하는 FAM-TOURFamiliarisation Tour를 주관해 달라고 요청해 승낙도 받았다. 헌데 홍보사무소장 위촉식을 해야 한다며 도청방문을 요청해 왔다. 나는 업무가 바쁘니 위촉패를 택배로 송부해달라고 했다. 그런데 경북도지사로부터 위촉패를 직접 수령을 해야 한다고 했다. 그래서 나는 잠시 한국으로 나가 경북도청을 방문하고 이의근 경북도지사로부터 경상북도 호주관광홍보사무소장 위촉패를 받아 왔다.

위 촉 패

롯 데 여 행 사
대표 승 원 홍

귀하를 2004.10.5~2005.12.31 까지 대한민국 경상북도 호주관광 홍보사무소장으로 위촉합니다.

2004년 10월 5일

대한민국 경상북도지사 이의근

Plaque of Commission

This is to certify that the Provincial Government of Gyeongsangbuk-do hereby appoints

Mr. William Won-Hong Seung
Lotte Travel Service

as the Director of the Tourism Office of the Province of Gyeongsangbuk-do Republic of Korea to assist in the promotion of tourism to Gyeongsangbuk-do in Australia for the period from October 5, 2004 to December 31, 2005.

October 5, 2004

Lee, Eui-Geun
Governor
Province of Gyeongsangbuk-do, Republic of Korea

▲ 2004년 필자에게 수여된 경상북도관광 호주홍보사무소장 위촉패

그리하여 2005년도부터 2012년도까지 8년간 호주여행업계에서 본격적으로 경상북도를 포함한 여러 지방자치단체 관광지를 홍보했다. 나는 매년 경상북도도청에서 제공하는 3박4일 일정에 추가하여 한국관광공사를 포함 경기관광공사, 강원도청, 인천관광공사, 경남도청에 추가 협조를 요청하여 1주일간의 여행일정을 만들어 호주여행업계와 언론계를 대상으로 열정적으로 홍보업무를 수행했다. 그리고 30년이 지난 2012년 말에 정들었던 여행업계 현장에서 은퇴를 했다. 한국관광공사 시드니지사에서도 호주여행업계에서 한국관광홍보를 대표해 왔던 나의 은퇴를 매우 서운하게 생각했다. 그리고 경상북도관광홍보사무소장으로서의 활발했던 공로를 기리며 한국관광공사 본사 사장 명의로 주는 3번째 감사패를 수상했다.

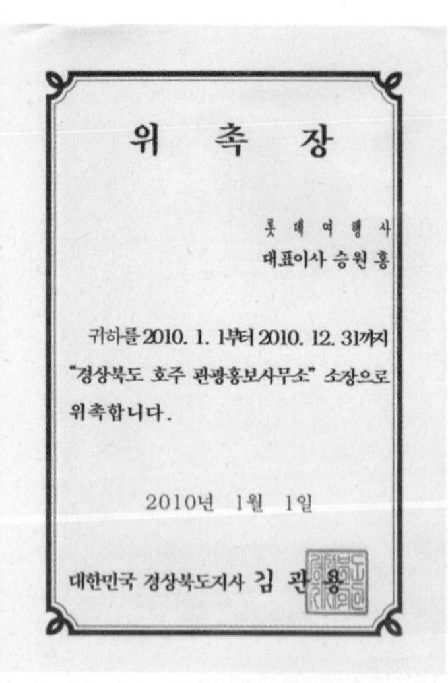

위 촉 장

롯 데 여 행 사
대표이사 승원홍

귀하를 2010. 1. 1부터 2010. 12. 31까지 "경상북도 호주 관광홍보사무소" 소장으로 위촉합니다.

2010년 1월 1일

대한민국 경상북도지사 김 관 용

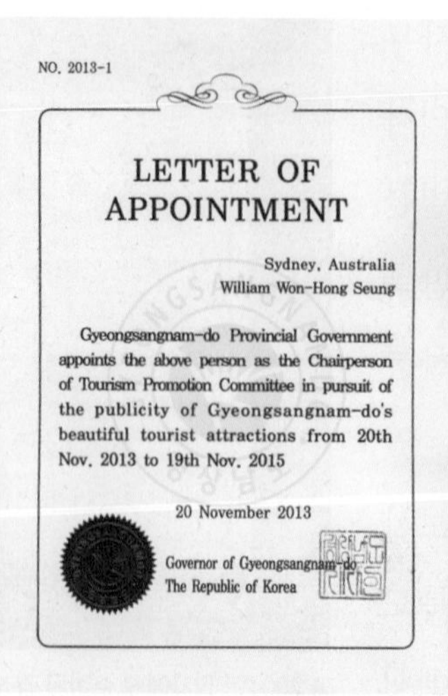

NO. 2013-1

LETTER OF APPOINTMENT

Sydney, Australia
William Won-Hong Seung

Gyeongsangnam-do Provincial Government appoints the above person as the Chairperson of Tourism Promotion Committee in pursuit of the publicity of Gyeongsangnam-do's beautiful tourist attractions from 20th Nov. 2013 to 19th Nov. 2015

20 November 2013

Governor of Gyeongsangnam-do
The Republic of Korea

Plaque of Appreciation

This plaque is presented to

WILLIAM WON-HONG SEUNG JP
Former Director,
Gyeongsangbuk-Do Tourism Promotion Office Australia

In recognition of your outstanding efforts and hard work in developing and promoting Korea as a tourist destination in Australia

December 31, 2012

President

Korea Tourism Organization

▲2010년 필자에게 수여된 경상북도관광 호주홍보사무소장 위촉장 & 한국관광공사 사장에게 수여받은 감사패

▲2007년 시드니 컨벤션 센터 국제관광전시회 경상북도관광홍보관 & 경상북도, 관광공사, 내빈과 필자

▲2008년 호주여행업계와 언론계 인사대상 한국 및 경상북도 관광안내 설명회 식전 행사와 2011년 참석자들

10 호주동아 Community & News

'경북 방문의 해' 홍보 본격 시동

도의회 사절단 시드니 설명회 개최
문화 역사 콘텐츠 등 다양한 관광상품 소개

▲2008년 호주여행업계와 언론계 인사 대상 경상북도관광안내설명회 관련 보도기사와 홍보설명을 하는 필자

▲2011년 호주여행업계 및 언론인 경주 불국사 & 공연장에서 일행과 아내 & 천마총 가는 길 일행과 필자

▲경주 라궁호텔에서 필자 부부 & 안동 월영정 다리에서 & 안동 도산서원 전교당에서의 필자 부부

▲2011년 호주여행업계 및 언론인 경상북도 의성 애플리즈 와이너리에서의 기념와인 병막음을 하는 필자

Korea —

FREEWAY TO CAIRNS

heart and Seoul

▲문경, 경주, 서울 보도기사 & 2006년 호주여행업계 언론인 문경 현지답사 설명회에서 참석 일행과 필자

▲문경 새재 제1관문으로 가는 일행, 문경 자연휴양림 레일바이크체험중, 문경 도자기요 작품을 만드는 필자

▲2011년 경상북도 봉화 청량산 하늘다리 위에서 필자 부부와 청량사 입구에서 필자

▲2011년 경북 영덕군 호주여행업계 및 언론인 환영오찬에서 아내 & 청도 소싸움 경기장에서 필자

▲2011년 호주여행업계 및 언론인 경상북도 청송 주왕산국립공원에서 일행들과 필자(앞줄 가운데)

▲필자의 울릉도 독도명예주민증 & 2011년 8월 경상북도 울릉도에서 독도방향을 바라보고 있는 필자 부부

▲2011년 8월 경상북도 울릉도 염분바위 동굴에서 맛을 보는 필자, 울릉도 관문 선착장인 도동항, 필자 부부

▲2011년 8월 13일 울릉도와 독도를 운항하는 여객선과 선착장에서 & 독도의 대표적 포토존에서의 필자 부부

여행기

| 울릉도, 독도 방문기(1회) |

울릉도의 독도박물관…최초 영토박물관

석달 장사로 1년 버티는 울릉도 상인들

| 울릉도, 독도 방문기(최종회) |

'대한민국 동쪽땅끝' 서 감격을 느끼다

생일에 독도 방문… 특별한 인연

▲필자가 경상북도 울릉도와 독도방문기를 게재한 한국일보 2011년 8월 26일자(상)과 9월2일자(하) 기사 내용

5-8-3. 경상남도 관광홍보위원장(2013.11.-2015.11.)

NO. 2013-1

LETTER OF APPOINTMENT

Sydney, Australia
William Won-Hong Seung

Gyeongsangnam-do Provincial Government appoints the above person as the Chairperson of Tourism Promotion Committee in pursuit of the publicity of Gyeongsangnam-do's beautiful tourist attractions from 20th Nov. 2013 to 19th Nov. 2015

20 November 2013

Governor of Gyeongsangnam-do
The Republic of Korea

나는 2012년도말에 호주NSW주정부 법무장관으로부터 비상근 3년 임기직인 NSW주 반차별위원회Anti Discrimination Board, NSW위원으로 추천하겠다는 의사를 통보 받고 동의를 한 바 있었다. 그래서 나는 2013년 초부터 여행업계에서 공식은퇴를 했다. 그리고 자연스럽게 경상북도관광 호주홍보사무소장직에서도 물러나게 됐다. 그런데 2012년도부터 경상남도도청 문화관광체육국 윤상기국장(현 경남하동군수)과 실무담당인 관광진흥과의 강임기계장이 나를 호주지역 경상남도관광홍보위원장으로 위촉하겠다고 제안을 해왔다. 그래서 2013

년도 5월 한국방문기간 중에 부산 롯데호텔에서 윤국장, 강계장과 회동을 했고 호주인 관광객 취향에 맞춰 경상남도 일원의 관광명소를 소개할 수 있는 방안과 호주여행업계대상 홍보전략 등에 관한 논의를 했다. 그리고 2013년 11월에 경상남도 관광홍보위원장으로 위촉을 받았다. 나는 함께 협력할 위원으로 옥상두, 이강훈, 양상수와 Matt Jones도 추천해 함께 임명장을 받았다. 그러나 경상남도도청의 현실은 외국인시장을 대상으로 한 지원예산은 전혀 없는 실정이었고 나의 호주여행업계와 언론계인사와의 네트워크를 활용하여 가능한 도움을 받고저 했던 상황이었다. 그래서 나는 홍보위원들만이라도 초청해 경상남도의 주요 관광지를 둘러볼 수 있도록 해달라고 요청을 했다. 그러나 그 요청도 예산상의 문제로 실현하지 못했고 다만 여행상품개발 가능성 확인차 나와 중국계 여행사대표, Matt Jones 3인만이 초청을 받아 방문할 수밖에 없었다. 그 후 내가 한국방문기간 중에 아내와 함께 통영, 진주 등을 추가로 여행하는 기회를 가졌다. 그리고 2015년도까지 미력이나마 호주여행업계 여행사들을 통해 일반 호주인 한국방문자들의 한국체류일정에 경상남도 내의 주요 관광지를 소개하며 적극판매할 수 있도록 각종 자료제공과 현지방문을 돕는데 최선의 노력을 다했다.

▲2013년 경상남도 합천 해인사 입구에서 필자, 해인사 8만 대장경판 보관소

▲합천 해인사에서 템플 스테이에 참가했던 호주 여행업계 및 언론계 인사들 & 해인사 경내 성철 스님 사리탑

▲경남 통영 미륵산 정상에서 필자 & 통영 동피랑 벽화마을 벽화에서 필자 & 통영 故박경리 작가 무덤에서 필자

▲거북선 내부에서의 필자 부부 & 경남 통영 앞 바다에 전시된 거북선에서의 필자

▲통영-한산도 정기여객선에서 & 이충무공 사당에서 분향하며 참배하는 필자 & 한산도 이충무공 유적지 표지석

▲경남 김해 봉하마을 故노무현 대통령 묘역에서 헌화 추모하는 필자 & 故노무현 대통령 생가와 주변 마을

▲경남하동군 윤상기군수와 환담을 하고 있는 필자부부 & 하동 전통대안학교 훈장과 필자

▲경남 장사도 해상공원 관리소장의 안내를 받고 있는 필자

▲경남 거제 외도로 가는 전세보트에서 필자 & 외도에서 경상남도도청 김경식 계장, 일행과 필자

▲2014년 경남 거제시 외도 해상식물공원에서 필자 & 경남 거제포로수용소 유적공원 입구에서의 필자

▲2014년 경남 진해 이 충무공 제단에 헌화하며 추모하는 필자 & 진해 초영함에서 필자

▲경남 남해 금산 보광사주지스님과 필자, 남해 보광사 경내 기도원 & 경남 진주 남강 유등축제

Welcome Australian Travel Agents Korea Visiting Group
Gyeongsangnam-do, Uiryeong-county

▲2014년 경남 의령군청에서 호주 여행업계와 언론계 인사초청 환영 만찬에 참석한 일행과 필자(앞 줄 중앙)

5-8-4. 대구광역시 관광홍보위원(2004.2.-2008.2.) 및 해외자문관(2009.5.-현재)

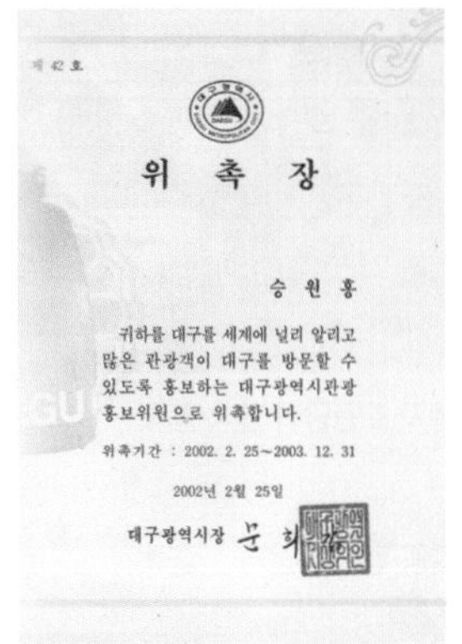
제 42 호

위 촉 장

승 원 홍

귀하를 대구를 세계에 널리 알리고 많은 관광객이 대구를 방문할 수 있도록 홍보하는 대구광역시관광 홍보위원으로 위촉합니다.

위촉기간 : 2002. 2. 25~2003. 12. 31

2002년 2월 25일

대구광역시장 문 희 갑

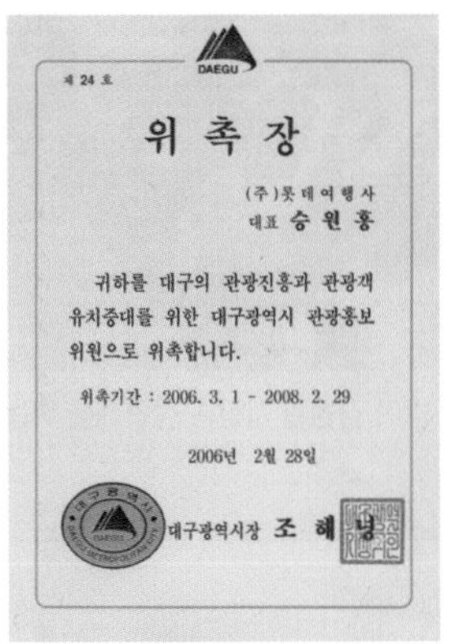
제 24 호

위 촉 장

(주)롯데여행사
대표 승 원 홍

귀하를 대구의 관광진흥과 관광객 유치증대를 위한 대구광역시 관광홍보 위원으로 위촉합니다.

위촉기간 : 2006. 3. 1 - 2008. 2. 29

2006년 2월 28일

대구광역시장 조 해 녕

◀ 대구광역시 해외자문관 대구방문 기념 손목시계

나는 한국방문의해 2차연도였던 2002년초에 대구광역시로부터 대구 관광 홍보를 맡아달라는 연락을 받고 어차피 통상 해오던 여행관련 업무였으므로 대구광역시 관광홍보위원 위촉제안을 흔쾌히 승낙하여 2008년도까지 지속했다. 그리고 김범일 대구광역시시장 임기 중이었던 2009년 5월부터는 대구광역시 해외자문관으로 위촉되어 대구시정에 직간접으로 도움이 되겠다고 생각하는 호주의 중요한 경제동향을 포함한 제반 상황들을 알려주며 소통하고 있다. 그리고 2010년도 우수해외자문관으로 선정되어 대구광역시의 초청을 받아 김범일시장을 만나 상견례와 함께 호주전반에 관한 브리핑도 했고 대구광역시내 전략 해외수출산업으로 주목을 받는 특수 스포츠용 안경제조공장과 경북대학교를 견학하기도 했다.

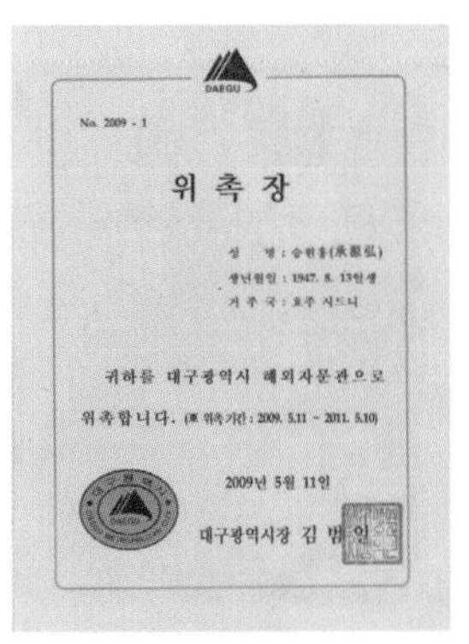
No. 2009 - 1

위 촉 장

성 명 : 승원홍(承源弘)
생년월일 : 1947. 8. 13일생
거 주 국 : 호주 시드니

귀하를 대구광역시 해외자문관으로 위촉합니다. (※ 위촉기간 : 2009. 5.11 ~ 2011. 5.10)

2009년 5월 11일

대구광역시장 김 범 일

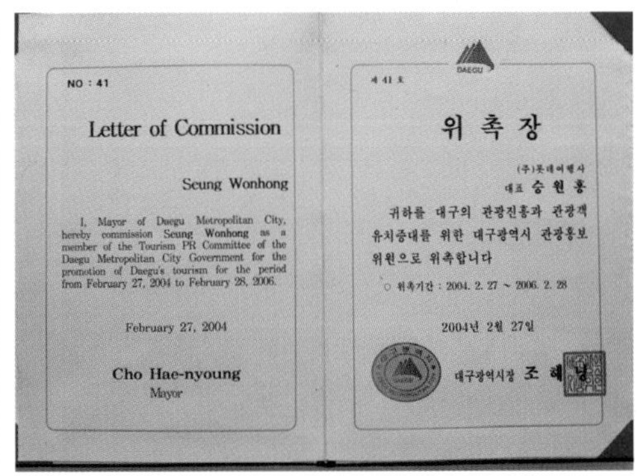
NO : 41

Letter of Commission

Seung Wonhong

I, Mayor of Daegu Metropolitan City, hereby commission Seung Wonhong as a member of the Tourism PR Committee of the Daegu Metropolitan City Government for the promotion of Daegu's tourism for the period from February 27, 2004 to February 28, 2006.

February 27, 2004

Cho Hae-nyoung
Mayor

제 41 호

위 촉 장

(주)롯데여행사
대표 승 원 홍

귀하를 대구의 관광진흥과 관광객 유치증대를 위한 대구광역시 관광홍보 위원으로 위촉합니다

○ 위촉기간 : 2004. 2. 27 ~ 2006. 2. 28

2004년 2월 27일

대구광역시장 조 해 녕

▲ 2009년 필자의 대구광역시 해외자문관 위촉장

▲2010년 대구광역시 우수 해외자문관초청을 받아 김범일 시장과 상견례를 하는 필자 & 간담회 참석 필자

▲2010년 대구광역시 우수 해외자문관초청을 받은 자문관들과 김범일 시장, 배영철 국장과 필자(왼쪽 2번째)

▲2016년도 대구광역시를 방문해 김연창 경제부시장, 배영철 국제협력관과 업무협의를 하는 필자

5-8-5. 충청북도 청주시 직지홍보대사(2005.9.-2007.9)

2003년도부터 시행했던 호주인태권도사범초청 한국방문 Educational FAM-TOUR프로그램을 통하여 충청대학교 태권도학과 오노균 교수와도 교류를 하게 되었고 자연스럽게 충청대학교에서 태권도전공 학생들과 합동훈련 시간도 가졌다. 오노균 교수(현 국기원 대외협력위원장)는 고려대학교에서 박사학위를 받고 충청대학교에서 제자양성뿐만 아니라 충청대에서 세계태권도문화축제와 코리아오픈대회를 개최하며 대전시 태권도협회장등 지역사회를 위해 다방면으로 활동을 하는 충청권의 유명인사였다. 나는 2004년도 이어 2005년 9월 24일 호주태권도사범들을 인솔하고 계획된 일정에 따라 충청대학교를 방문했다. 그런데 청주시에서 직지세계화추진단 김홍현 팀장과 정장현 행정지원팀장 외 몇 분의 관계 공무원들이 직접 충청대학교로 와서 나에게 직지홍보대사 임명식을 해야 한다며, 호주태권도사범과 충청대학교 태권도학과 학생들이 지켜보는 가운데 나에게 직지홍보대사 띠를 두르고 직지홍보대사 위촉패 전수식을 가졌다. 오 교수가 나를 위한 깜짝 이벤트로 청주시와 협의하여 나를 직지홍보대사로 추천 임명토록 했던 것이다. 오 교수는 나에게 아무런 사

전 정보도 주지 않은 채 "승 사장 같은 분이 진짜 애국자라며 청주시를 위해서 그리고 한국의 세계기록유산인 '직지直指' 홍보에도 힘써 달라"고 요청했다. 나는 계획된 태권도 합동훈련을 마치고 경주로 이동해야 하는 빠듯한 일정관계로 너무나 경황이 없이 치러진 홍보대사 위촉식 행사 후에 관련 사진들도 챙기지 못했다. 나는 직지홍보대사 임기가 끝난 이후 언젠가 청주시를 방문하고 청주고인쇄박물관을 견학하기도 했다. '직지直指'란 본래 제목은 '백운화상초록불조직지심체요절'이다. 현재 실물로 전해지는 세계에서 가장 오래된 금속활자 인쇄본이며 백운화상이 선의 요체를 깨닫는 데 필요한 역대 불조사들의 어록 중 중요한 대목을 초록한 책이다. 직지는 1972년 프랑스 파리에서 열린 '세계도서의 해' 기념 책전시회에 '직지' 하권이 공개되면서 금속활자발명의 역사가 다시 쓰여지게 되었다. 독일 구텐베르크의 '42행 성서'보다 78년이나 앞서 고려시대 청주에서 금속활자로 인쇄되었음이 공인되었다. '직지'의 마지막 장 발간기록에 '선광 7년 정사칠월일 청주목외 흥덕사 주자인시'라는 간행년도 1377년 7월, 간행장소 청주 흥덕사, 간행방법 금속활자인쇄가 명확히 기록되어 있기 때문이다. 그리고 '직지'의 뜻은 '직지인심견성성불直指人心見性成佛'에서 나온 말로 '참선하여 사람의 마음을 바르게 볼 때 그 마음의 본성이 곧 부처님의 마음을 깨닫게 된다'는 뜻이다. 즉 '직지'는 직접 다스린다, 바른마음, 직접 가리킨다, 정확하게 가리킨다 등의 뜻으로 쓰인다.

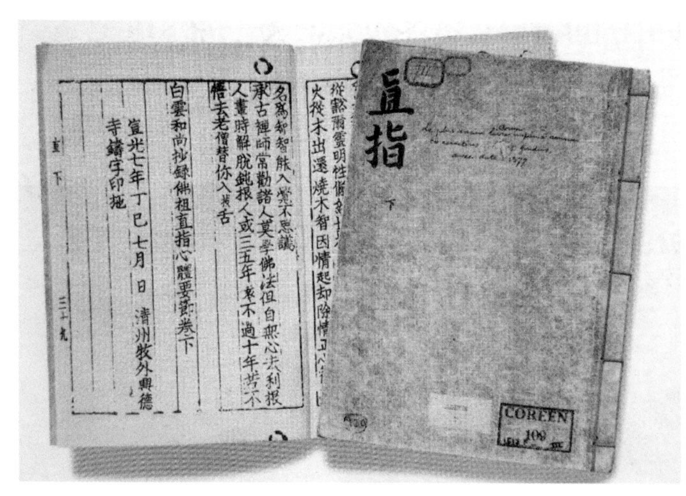

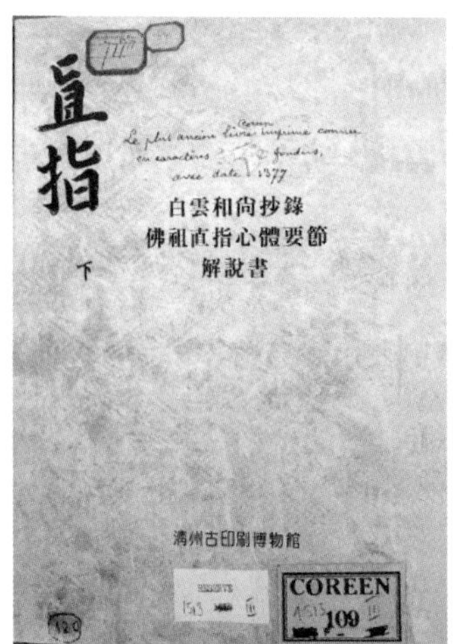

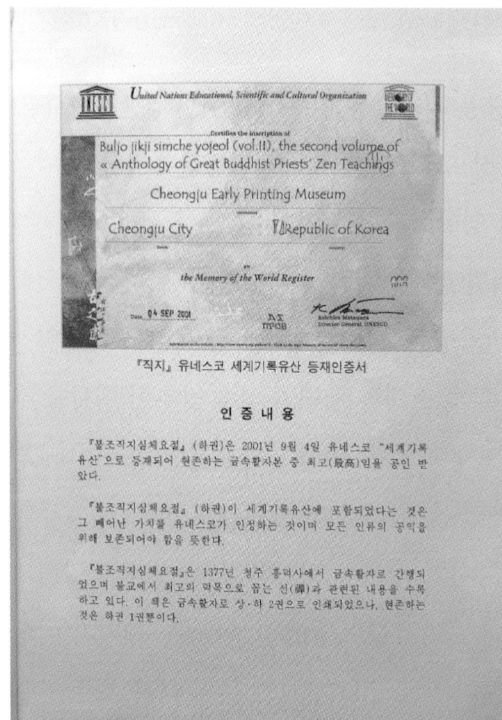

United Nations Educational, Scientific and Cultural Organization

Certifies the inscription of

Buljo jikji simche yojeol (vol.II), the second volume of « Anthology of Great Buddhist Priests' Zen Teachings

Cheongju Early Printing Museum

Cheongju City — Republic of Korea

on

the Memory of the World Register

Date 04 SEP 2001

Koïchiro Matsuura
Director-General, UNESCO

『직지』 유네스코 세계기록유산 등재인증서

인 증 내 용

『불조직지심체요절』 (하권)은 2001년 9월 4일 유네스코 "세계기록유산"으로 등재되어 현존하는 금속활자본 중 최고(最高)임을 공인 받았다.

『불조직지심체요절』 (하권)이 세계기록유산에 포함되었다는 것은 그 뛰어난 가치를 유네스코가 인정하는 것이며 모든 인류의 공익을 위해 보존되어야 함을 뜻한다.

『불조직지심체요절』은 1377년 청주 흥덕사에서 금속활자로 간행되었으며 불교에서 최고의 덕목으로 꼽는 선(禪)과 관련된 내용을 수록하고 있다. 이 책은 금속활자로 상·하 2권으로 인쇄되었으나, 현존하는 것은 하권 1권뿐이다.

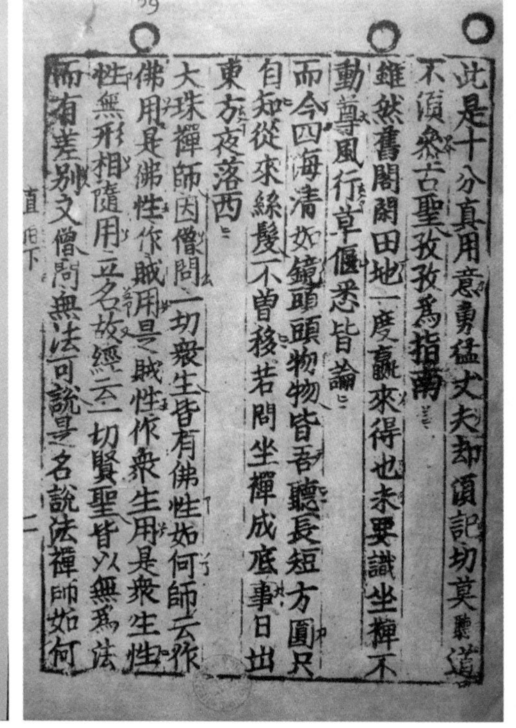

此是十分真用意勇猛丈夫却須記切莫聽道
不須參古聖孜孜爲指南
雖然舊閑閑田地一度贏來得也未要識坐禪不
動尊風行草偃悉皆論
而今四海清如鏡頭頭物物皆吾聽長短方圓只
自知從來絲髮不曾移若問坐禪成底事日出
東方夜落西
大珠禪師因僧問一切衆生皆有佛性如何師云作
佛用是佛性作賊用是賊性作衆生用是衆生性
性無形相隨用立名故經云一切賢聖皆以無爲法
而有差別文僧問無法可說是名說法禪師如何

▲ 유네스코 세계기록유산 등재인증서 내용 & 직지 책 내용 일부

5-8-6. 경기도 관광업무활성화협약(2007.4.) 및 인천광역시 관광홍보

▲2007년도 경기관광공사 임병수 사장과 경기도 여행사대표 4인과 호주 대표인 필자와의 업무협약 체결식

나와 서울문리대 동기인 경기관광공사 최달룡 전무이사는 한국관광공사 재임시절에 시드니지사 차장과 지사장 그리고 본사 국제관광본부장을 역임을 했다. 그는 내 호주여행업계에서의 영향력과 호주인 관광객 한국방문 유치실적을 누구보다 잘 알고 있는 대표적인 한국관광공사내 인사이다. 나는 특별히 호주여행업계와 언론계 인사초청 한국방문행사를 계획할 경우 짧은 체류일정에도 불구하고 가능한 많은 지역을 두루 소개하는 데 초점을 맞추어 행사를 추진했다. 물론 경기도내에선 용인 민속촌과 수원 화성이 대표적인 명소였다. 경기관광공사측은 호주지역 여행도매업Wholesale여행사인 롯데여행사가 호주인 관광객들의 경기도내 방문을 활성화시켜 주기를 바랐다. 경기도내 당일치기 방문에 추가하여 가능하면 경기도내 숙박시설도 활용할 수 있는 패키지 여행 상품개발도 희망하고 있었다. 이런 목적으로 2007년 4월 11일 나는 호주인 관광객들의 경기도내 방문 활성화를 위하여 경기관광공사 임병수 사장과 경기도내 여행업계 대표들과 우리 롯데여행사 간의 '인바운드 활성화 업무협약 체결식'을 갖고 상호 협력 분위기를 만들어 가기로 했다. 그러나 경기도내 일반 숙박시설의 인프라 여건과 한국내 체류 전체관광일정상의 순조로운 진행을 위해

서 그들이 내게 바랐던 것만큼 경기도 내 여행업계에 많은 기여를 하진 못했다. 또한 강화도를 포함하는 인천광역시관광 경우도 대체로 서울에 숙소를 두고 당일치기 일일관광으로 만족할 수밖에 없는 실정이었기 때문이다.

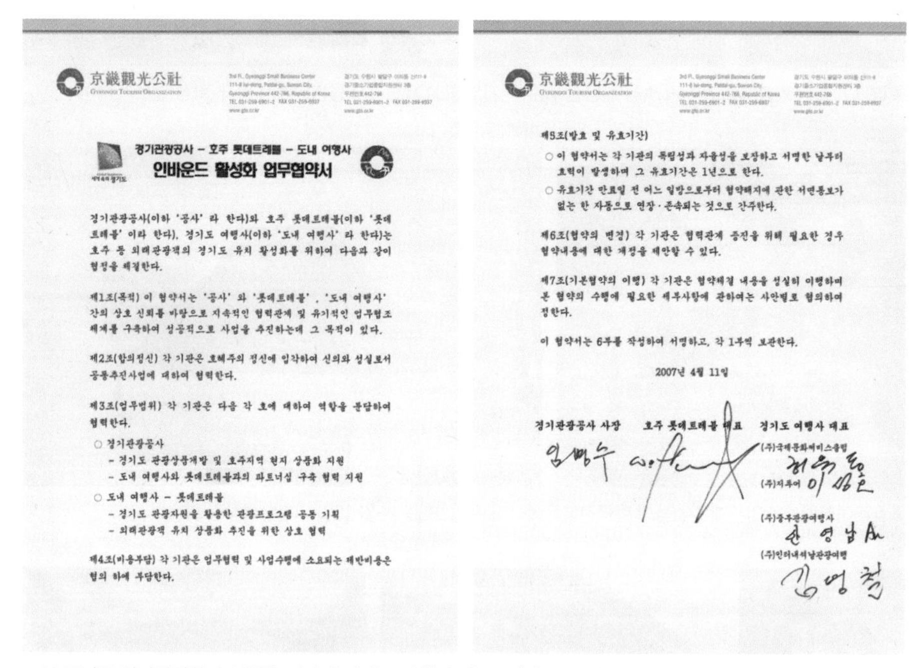

京畿觀光公社
Gyeonggi Tourism Organization

경기관광공사 – 호주 롯데트레블 – 도내 여행사
인바운드 활성화 업무협약서

경기관광공사(이하 '공사' 라 한다)와 호주 롯데트레블(이하 '롯데트레블' 이라 한다), 경기도 여행사(이하 '도내 여행사' 라 한다)는 호주 등 외래관광객의 경기도 유치 활성화를 위하여 다음과 같이 협정을 체결한다.

제1조(목적) 이 협약서는 '공사' 와 '롯데트레블' , '도내 여행사' 간의 상호 신뢰를 바탕으로 지속적인 협력관계 및 유기적인 업무협조 체계를 구축하여 성공적으로 사업을 추진하는데 그 목적이 있다.

제2조(합의정신) 각 기관은 호혜주의 정신에 입각하여 신의와 성실로서 공동추진사업에 대하여 협력한다.

제3조(업무범위) 각 기관은 다음 각 호에 대하여 역할을 분담하여 협력한다.

○ 경기관광공사
- 경기도 관광상품개발 및 호주지역 현지 상품화 지원
- 도내 여행사와 롯데트레블과의 파트너십 구축 협력 지원

○ 도내 여행사 – 롯데트레블
- 경기도 관광자원을 활용한 관광프로그램 공동 기획
- 외래관광객 유치 상품화 추진을 위한 상호 협력

제4조(비용부담) 각 기관은 업무협력 및 사업수행에 소요되는 제반비용은 협의 하에 부담한다.

京畿觀光公社
Gyeonggi Tourism Organization

제5조(발효 및 유효기간)

○ 이 협약서는 각 기관의 독립성과 자율성을 보장하고 서명한 날부터 효력이 발생하며 그 유효기간은 1년으로 한다.

○ 유효기간 만료일 전 어느 일방으로부터 협약해지에 관한 서면통보가 없는 한 자동으로 연장·존속되는 것으로 간주한다.

제6조(협약의 변경) 각 기관은 협력관계 증진을 위해 필요한 경우 협약내용에 대한 개정을 제안할 수 있다.

제7조(기본협약의 이행) 각 기관은 협약체결 내용을 성실히 이행하며 본 협약의 수행에 필요한 세부사항에 관하여는 사안별로 협의하여 정한다.

이 협약서는 6부를 작성하여 서명하고, 각 1부씩 보관한다.

2007년 4월 11일

경기관광공사 사장　　호주 롯데트레블 대표　　경기도 여행사 대표

(주)국제문화서비스클럽
(주)지투어
(주)중부관광여행사
(주)인터내셔날관광여행

▲ 2007년도 경기관광공사 임병수 사장과 경기도 여행사 대표 4인과 호주 대표인 필자가 체결한 업무협약서

▲ 경기 고양시, 중남미문화원 설립자 홍갑표 여사와 필자 부부 & 고양시 덕양산 행주산성 재이북조상망배단

▲ 호주여행업계와 언론계 인사들과 한국 방문 일정중 수원 김치공장 방문체험을 하고 있는 필자

▲경기도 수원 화성, 사도세자가 죽음을 당한 뒤주, 경기도 화성 사도세자 융건릉에서 필자, 화성 활쏘기 체험

▲호주여행업계와 언론계 인사들의 한국전통혼례식 체험 & 1950년 9월 15일 인천상륙작전 기념비

▲1882년 5월 22일 미국과 수호통상조약체결 기념비 & 인천광역시 China Town의 중식요리 식당거리, 월미도공원

▲인천 자유공원에 멕아더장군 기념비, 소원을 담은 등불을 띄우는 필자 & 강화도 제적봉 평화전망대

▲강화도 화문석짜기체험, 고인돌 유적지, 강화도 평화전망대 망배단에서 호주여행업계, 언론계 인사와 필자

5-8-7. 강원도 관광홍보

▲강원도 자연 속의 동양 문화를 소개하는 관광홍보자료 표지에 게재된 호주태권도사범과 필자(맨 오른쪽)

나는 문화관광부의 지원을 받아 2003년도부터 호주인태권도사범을 위한 한국방문 7박8일 일정의 프로그램을 3년간 시행했을 뿐만 아니라 경상북도관광 호주홍보사무소장으로 임명되었던 2004년도 이후부터 경상북도청의 후원으로 호주여행업계와 호주언론계 인사들을 위한 한국방문초청 프로그램도 8년간 시행했다. 경상북도지역에서의 4박5일을 기본 일정에 추가하여 한국관광공사에서 2박3일을 그리고 다른 지방자치단체에서 1박2일 또는 2박3일을 추

가하는 형태로 7박8일 일정으로 조정해 운영했다.

한국의 대표적인 자연 관광지로 설악산을 포함한 속초, 강릉도 중요한 지역이었다. 그래서 나는 평소 강원도청 동남아구미주 해외마케팅담당이었던 이정희 담당과 기회가 있을 때마다 연락을 해오던 중, 2003년도 호주인태권도사범 한국방문 프로그램에 강원도 양양 낙산사에서의 Temple Stay 체험 겸 태권도수련 일정을 포함하기로 결정했다. 이 당시만 하더라도 2000년도와 2001년도 한국방문의해를 시점으로 하여 새로운 관광상품으로서 Temple Stay 프로그램이 정착해 가던 초창기였다. 이정희 담당은 한국관광공사와 함께 우리 일행들의 사찰체험 현장 영상취재와 영상일반공개 동의를 요청했고 우리 참가자 모두가 좋다며 동의했다. 2004년도에 배포된 강원도 관광홍보자료에 나를 포함한 호주인 태권도사범들의 모습이 포함된 것을 보고 한편 놀랍기도 했고 한편으론 반갑기도 했다. 우리들이 한국을 대표하는 자연관광지 설악산과 낙산사에서의 Temple Stay 모습들이 강원도 관광홍보지의 표지와 내용에 함께 소개되었기 때문이다. 이렇게 낙산사와의 인연을 맺어 갔으나 불행하게도 2005년 4월 5일 강원도 양양 지역에 발생한 산불로 인하여 천 년 고찰 낙산사와 문화재가 소실되는 대참사 이후 강원도로의 여행 일정이 잠정 중단되기도 했다. 그 이후 나는 설악산과 오대산, 강릉지역을 한국방문일정에 포함시켰다. 그리고 2018평창동계올림픽 유치로 현지 시설점검과 공사현장을 두루 견학하기도 했다.

▲강원도 강릉역-정동진역을 운행하는 강릉관광열차에서의 필자 & 동해안 해변을 따라 설치된 철조망

▲강원도 속초시 설악산 신흥사 입구, 설악산 권금성으로 오르는 케이블카 & 권금성 정상 봉화대에서 필자

▲강원도 오대산 월정사 입구 & 강릉에서의 필자 부부 & 정동진 썬크루즈리조트호텔에서 필자부부

▲강원도 양양 낙산사 의상대 & 신사임당상에서의 필자 아내, 강원도 강릉 이율곡의 생가 오죽헌

▲강원도 평창군 봉평면에 있는 이효석 문학관에서의 필자

▲2018 평창 동계올림픽 알펜시아 스키점프장 타워에서의 필자 부부

5-8-8. 울산광역시 해외명예자문관(2016-현재)

위 촉 패

호주 시드니(Sydney)
승 원 홍

귀하를 대한민국 울산광역시
해외명예자문관으로 위촉합니다.

(위촉기간 : 2016. 3. 1 ~ 2019. 2. 28)

2016년 3월 1일

울산광역시장 김기현

2016년 초에 평소 친분이 있던 시드니총영사관 김노경 지방자치단체협력관으로부터 대구광역시 해외자문관인 나에게 울산광역시의 해외명예자문관으로도 봉사해 줄 수 있겠느냐는 제의를 받았다. 김노경 지자체협력관은 울산광역시청 국장급 인사로서 시드니로 파견근무를 하고 있었고 울산시의 국제관계 업무 협력을 위해 내가 적임자라고 생각했던 것 같다. 그래서 나는 울산광역시에 자그만 도움이라도 될 수 있으면 좋겠다며 그 제안을 수용했다. 곧바로 김기현시장 명의로 2016년 3월 1일자 울산광역시 해외명예자문관 위촉패를 전달받았다. 나는 분기별로 또는 수시로 호주관련 경제동향과 전반적인 사항들을 울산광역시에 보고하며 울산시의 국제업무에 협력하고 있다.

김기현 시장은 내가 시드니한인회장 재임기간이었던 2008년에 울산지역구 국회의원으로서 차세대지도자 일행 인솔단장으로 시드니를 방문하여 시드니 한인회장과의 만남을 요청해왔고 나는 일행들을 한인회관으로 성중히 초대하고 점심식사를 대접하며 시드니한인사회 소개와 함께 환담을 나누었던 적이 있다. 울산광역시와 특별한 연고가 없었던 나는 울산광역시출신의 김노경 협력관을 통해 울산광역시의 특성을 이해하고 싶다며 내가 한국방문을 할 때에 맞춰 울산시 방문을 주선해 달라고 요청했다. 그래서 이동시간을 감안하여 1박2일 일정으로 울산시를 잠시 방문했고 개략적인 느낌을 갖게 되었다.

울산광역시는 명예해외자문관의 울산시 방문에 따른 숙박지원 예산이 없다며 나의 요청에 따라 현지안내만을 해 주는걸로 했다. 나는 KTX편으로 울산에 도착하여 울산롯데호텔에서 1박을 하고 다음날 김기현 시장과의 상견례를 위해 먼저 울산시청으로 갔다. 시청입구 로비에 들어서니 “호주 승원홍 명예자문관님의 울산방문을 환영합니다”라는 안내전광판이 있어 매우 반가웠다. 그리고 시청사 엘리베이터 안내전광판에도 환영의 메시지가 있어 매우 인상적이었다. 나는 통상교류과의 김미경 과장의 안내를 받아 시장실로 갔다. 김기현 시장은 나를 반갑게 환영해 주며 과거 내가 시드니한인회장 재임 때 시드니한인회를 방문했던 이야기를 하며 재회의 기쁨으로 환담을 했다. 김 시장은 빠듯한 한국방문 일정에도 불구하고 울산시까지 방문해 줘서 감사하다며 김미경 과장에게 내 요청대로 울산시를 상징할 수 있는 많은 곳을 잘 안내하라고 지시를 했다.

▲2019년 울산시청로비와 엘리베이터 내 필자의 울산방문환영안내전광판& 2019년 울산광역시 태화강 십리대숲에서의 필자 & 울산광역시 태화강 대공원내 조성한 보리밭

▲2019년 울산광역시 해외명예자문관 자격으로 울산을 방문한 필자를 반갑게 환영해 주는 김기현 시장과 필자

나는 여행사업을 하면서 울산광역시는 현대자동차 공장견학차 몇 차례 방문한 적이 있었으나 그 외 별로 아는 지식이 없었으므로 짧은 방문을 통해서라도 개략적인 지식을 얻고 싶었다. 그래서 언젠가 TV방송을 통해 알게 된 국보 제285호로 지정된 울주 대곡리 반구대 암각화부터 찾아 보았다. 그러나 관광전문가인 내 눈에는 대중적인 관광지가 될 수 없는 곳이었다. 그리고 반나절 동안의 짧은 일정으로 장생포 고래박물관, 태화강공원, 십리대숲과 대왕암공원 등을 두루 살펴 보고 서울로 돌아왔다. 서울에서의 정해진 선약들이 없었더라면 내친김에 하루 정도 더 체류하며 시내 곳곳도 둘러보았으면 하는 아쉬움도 있었다.

▲2019년 울산광역시 울주군 대곡리 반구대 암각화를 망원경으로 상세하게 관찰하고 있는 필자 & 국보 제285호 울주군 대곡리 반구대 암각화를 상세히 관찰할 수 있도록 설명과 함께 전시한 암각화 & 울산 장미전시회장

◀울산광역시 대왕암공원 대왕바위에서의 필자

그리고 3년 후에 송철호 시장 명의로 2019년 3월 1일자 울산광역시 해외명예자문관 위촉패를 전달 받았다. 송철호 시장도 내가 시드니한인회장으로 선출되어 한창 바쁘게 일하던 2007년도 당시 국민고충처리위원회 위원장으로 시드니를 방문해 시드니총영사관에서 관계자들과 회의를 한 후 저녁식사를 하며 한인사회 업무관련하여 여러 이야기를 나눈 적이 있다. 특별히 막 추진하기 시작했던 코리언가든설립을 위한 재정확보를 위해 송 위원장은 현대자동차 정몽구 회장에게 요청해보라고 했다. 송 위원장은 그 당시 정몽구 회장이 옥고를 치르고 사면으로 석방되면서 사회에 1조 원을 기여를 하겠다는 공언을 한 바 있다며 해외동포사회를 위해서도 기여할 수 있으면 좋겠다는 생각을 하여 나에게 조언을 했고 자기도 간접지원을 해 보겠다고 했다. 그래서 나는 정몽구 회장 앞으로 시드니한인동포사회가 추진하는 코리언가든 프로젝트 성사를 위해 필요한 재원을 후원해 달라는 제안서를 현대자동차 본사로 보냈으나 아무런 성과를 이루지 못했다. 그런 인연이 있던 분이 울산광역시 시장으로 내게 해외명예자문관 위촉패를 보내주어 울산광역시 단체장과 나와의 각별한 인연이 있다는 느낌을 받기도 했다.

ULSAN
THE RISING CITY

위 촉 패

호주시드니(Sydney)
승 원 홍

귀하를 대한민국 울산광역시
해외명예자문관으로 위촉합니다.
(위촉기간 : 2019. 3. 1. ~ 2022. 2. 28.)

2019년 3월 1일

울산광역시장 송 철 호 [울산광역시장의인]

지난 4월 초에 울산광역시 조재철 국제관계대사로 부터 연락이 왔다. 이유는 울산광역시가 2022년 세계한상대회의 울산시 유치를 위하여 유치신청서를 재외동포재단에 제출했고 경쟁도시인 군산 새만금과의 최종 개최지 결정을 위하여 노력을 하는 중이라며 함께 도와달라는 요청이었다. 나는 조재철 대사로부터 투표권을 가진 전 세계 대의원 명단을 전달받아 지인들에게 안부인사 겸 울산광역시의 장점들을 강조하며 성원해 달라고 요청하기도 했다. 물론 도시 인프라와 주변환경 및 접근성 등 모든 면에서 우월한 울산광역시가 선정되어 기쁘기도 했다.

나는 1996년말에 4년 동안의 호주한글학교협의회장직과 1999년 7월 재호한인상공인연합회 회장 2년임기를 성공적으로 마쳤다. 당시 재호한인상공인연합회 회칙엔 회장 임기는 2년단임으로 되어 있었다. 모든 임원들과 전임 회장들의 회칙을 수정해서 한 차례 더 연임하라는 강권에도 불구하고 나는 특정인을 위한 회칙 개정은 바람직하지 않다며 연임을 거절했고 아울러 일부 임원들은 그럼 차라리 한인회장으로 봉사해 줄 것을 요청하기도 했으나 이것도 사양했다. 그리고 민주평통위원도 다른 사람에게 기회를 주는 것이 좋겠다고 생각하여 10년 동안 봉사하였으니 재임명을 받지 않겠다는 뜻을 백기문 총영사에게 말했고 하나님께서 내게 주셨다고 생각하는 천직인 롯데여행사 업무에 전념하기로 했다.

6장

다양한 교민단체 활동과 한국 및 호주정부기관업무 피위촉 봉사활동

6
|
1

호주한글학교협의회 창립과 협의회장(1993-1996) 활동

제일교회 한글학교

교사수련회겸 세미나 진행순서

일 시 : 1990년 6월9일 (토) 장 소 : United Theological College 16 Masons Drive,. North Parramatta
진 행 : 승 원홍 교감

오전	10시	개회 예배 .... 홍 길복 목사 (교장)
	10시30분	오주교민사회의 한글교육 현황과 바람직한 교육방향 .....이 부웅 교육원 원장
	11시	한글교육 방법 (1) ..... 한 상대 선생
	12시	점 심 (특별메뉴 - 사모님 제공)
오후	1시	한글교육 방법 (2) ..... 한 상대 선생
	2시	Tea Time
	2시30분	분임 토의
		A조 - 교재활용방법 (한 상대 선생인도)
		B조 - 학생의 자발적 참여유도 방안 (이 부웅 원장 인도)
		C조 - 한글학교운영의 이상적인 방향 (승 원홍 교감 인도)
	3시30분	Tea Time
	4시	분임토의 결과 보고 ..... 각조 인도자
	4시30분	수련회겸 세미나 총평가 ... 한 상대 선생
	5시	폐회

나는 1989년 시드니제일교회 한글학교 교감으로 임명되면서부터 우리 자녀2세들의 한글교육의 제도적 정착과 한글학교들 간의 협력을 위해 활발하게 봉사하기 시작했다. 1990년 2월 처음으로 시드니제일교회 한글학교교사를 위한 교사연수회를 개최하고 故 한상대 교수와 당시 시드니총영사관에 부임한 이부웅 교육원장을 강사로 초청했다. 이 교육원장은 부임 이후에 여러 한글학교를 방문하여 보았지만 우리 시드니제일교회처럼 비교적 체계를 갖추고 20명의 열정적 교사들이 부대시설이 잘 갖추어진 UTC신학대학 컨퍼런스룸에서 잘 준비된 교사연수회에 놀라움과 많은 감명을 받는 듯이 느꼈다.

나는 이 교육원장에게 시드니제일교회 한글학교 교사만을 위한 세미나로서는 너무 아쉬움이 많다는 생각과 다른 한글학교 교사들도 함께 참여시켰으면 좋겠다는 뜻을 전하며 가능하면 여러 한글학교들이 필요한 정보들을 상호 공유하며 협력하는 협의체를 만들면 좋겠다고 제안했다. 이 교육원장은 내 제안을 적극 환영하며 조만간 가칭 한글학교협의회를 구성하자고 했다. 나는 이 교육원장과 함께 토요 한글학교와 교회부설 토요, 일요 한글학교들을 대상으로 한글학교협의체 구성의 필요성을 말하며 함께 동참해 줄 것을 요청했고 대부분 학교책임자들의 적극적인 환영과 협조 속에 1990년 8월 창립총회를 개최했다. 사전에 몇 차례 조율했던 대로 명칭은 호주한글학교협의회Korean Language Schools Association in Australia Inc.로 정했고 기본 회칙도 확정했다. 초대 회장단으로 회장 시드니연합교회 한글학교교장인 이상택 목사, 부회장 시드니영락교회 문화학교 교장 임성일 장로를 추대하기로 합의하고 시드니제일교회 한글학교 교감인 내가 총무를 맡기로 확정했다. 그리고 2년 후인 1993년도부터 자연스럽게 내가 회장직을 맡았고 교육원장과 모든 한글학교의 전폭적인 지지를 받으며 재호한인상공인연합회 회장직을 위해 사임할 때까지 6년간 사명감을 갖고 열정적으로 헌신봉사했다.

나는 시드니의 모든 한글학교뿐만 아니라 호주 전역의 한글학교들이 가능한 대로 호주한글학교협의회의에 함께 동참하기를 원했고 개별 한글학교가 협의회의 일원이 되면 무엇인가 혜택을 얻을 수 있다는 것을 보여주고 싶었다. 그래서 첫째 한글학교 교사 연수회를 생각했다. 왜냐하면 교육인적 자원이 충분하지 못했던 1990년대 전후에는 교사 경력이 있었던 분들이 그리 많지 않았고 대부분이 자기 자녀교육 차원에서 자원하여 교사로 참여하는 분들이 많았던 시기였다. 그래서 모국어인 한글교육 지도방법도 교사의 능력과 경험에 따라 천차만별이었으리라 생각했다. 어떻게 하면 우리 차세대 자녀들에게 한글교육이 중요하다는 동기부여를 하는가와 함께 교사로서의 기본 교육자세와 방법 그리고 경험 있는 유능한 교사의 지도요령 사례들을 포함하여 카운슬링, 교육심리, 호주정부의 한국어교육 현황 정보도 공유하는 것이 중요하다고 생각했다. 일선 교사들의 반응은 가뭄의 단 비처럼 무척 좋아했고 한글학교 책임자들도 매우 만족해했다. 나는 교사연수회의 질적 향상을 위하여 한국 방문 중에 연세대학교부설 연세어학당도 방문하여 호주한글학교협의회를 기술적으로 후원 협력하는 방안도 추진했고 아울러 한국정부 교육부 사회교육국장과 재외국민교육과장을 직접 만나 호주동포2세들을 위한 교육지원을 위해 유능한 강사의 일정 기간 시드니 파견을 요청하기도 했다. 시드니공관장이었던 진관섭 총영사와 임영길 교육원장도 나의 남다른 열정적 행보와 헌신적 노력에 감사하며 가능한 지원을 아끼지 않았다.

1995년 10월 18일(수요일) 〈日刊〉

제5회 한글학교교사연수회

"한국어교육 체계적 지원 시급"

협의회산하 50여교사 참석, 호응도 높아져

▲1995년 연수회참여교사, 임영길 교육원장과 필자(뒷쪽 왼쪽 2번째) & 한글학교협의회 교사연수회 관련 기사

▲호주한글학교협의회 주최 한글학교교사 연수회에서 교사들과 임영길 교육원장과 필자(앞줄 오른쪽 2번째)

둘째 교과 과정을 통일하고 싶었다. 교과과정의 표준화를 통해 어느 한글학교로 가든 동일한 교육내용을 배울 수 있도록 하고 싶었다. 그래서 교재 통일화를 위해 두 가지 교재를 병행 사용하기로 합의했다. 하나는 한국의 국정 교과서 보급이요 또 다른 하나는 호주보다 먼저 이민사회로 정착했던 미국 한인사회에서 우리와 같은 고민을 하며 영어권 어린이들을 대상으로 만들어 낸 한국어 교재를 구입해서 보급하기로 했다. 때마침 국제교육진흥원에서 1991년에 영어권 재외동포자녀들의 한국어교육에 관심을 갖고 새로운 교재인 한국어 교재(1-4)를 발행하고 보급하기 시작했다. 이와 함께 한국의 국정 교과서도 시드니총영사관 교육원장을 통해 한국정부 교육부로부터 무상으로 공급 받았다. 헌데 총영사관 교육원이 각 한글학교로 직접 무상으로 공급하면 한글학교협의회의 역할이 축소된다고 생각하여 나는 이부웅 교육원장에게 한국의 국정 교과서는 무상으로 공급을 받지만 통관 및 운송비용을 한글학교협의회가 부담하고 한글학교협의회가 회원 한글학교에 공급해 주는 방식을 택하자고 건의해 승낙을 받았다. 그리고 한글학교협의회 일부 재정확보를 위해 국정교과서를 1권당 $1씩 판매하기로 한글학교협의회 소속 한글학교 대표자들과 합의를 했다. 그리고 매년 말쯤에 각 한글학교의 국정 교과서의 필요 수량을 조사하여 교육원을 통해 정확한 수량을 공급 받음으로 해서 불필요한 자원 낭비도 막았다. 그리고 재정 형편상 미자립 교회의 한글학교 경우에는 협의회에서 무상으로 교과서를 공급해 주기도 했다. 모든 한글학교들이 매우 협조적이었고 뿐만 아니라 호주정부에서 지원하는 한국어교육지원금 혜택도 잘 받을 수 있도록 서로 지도 협력하기도 했다.

▲ 1991년 국제교육진흥원에서 영어권 재외동포자녀들의 한국어교육을 위해 편찬발행한 한국어 교재(1-4)

셋째로는 한글학교 합동학예회 개최였다. 모처럼 모든 한글학교 학생들이 함께 어울려 자신들이 배우고 연마한 한글교육 발표와 평가의 장을 만들었다. 초기에는 경연방식을 택했다. 그러나 학교와 교사들 간에도 보이지 않게 과다한 경쟁심리가 작용하여 마치 학교 간 우열을 가리는 듯한 인상을 갖기도 했다. 그래서 각 한글학교의 다양한 형편들을 고려하고 더 많은 학생들의 다양한 발표를 성원한다는 의미에서 경연방식이 아닌 일반 발표회 형식으로 변경했다. 그래서 모든 한글학교 간의 화합과 단결로써 호주이민사회에서 모국어 교육의 중요성과 한인공동체로서의 일체감을 갖는 데 기여하고저 했다. 나는 한국대한노인회의 시드니지회 故 김종갑 회장과 상의하여 한글학교협의회 합동학예회에 손자 손녀들과 함께 참여하여 세대 간의 유대감을 갖도록 노력해보자고 제안했다. 그래서 한글학교합동학예회에서 한인노인회 회원들로 구성된 고전무용팀의 공연을 선보이기도 했다. 나는 지금도 3세대가 함께 어울린 매우 아름다웠던 모습으로 기억하고 있다.

▲1996년 제6회 호주한글학교협의회 합동학예회에서 임영길 교육원장, 협의회 임원과 필자(뒷줄 왼쪽 3번째) & 어린이들과의 세대 간의 연대감 공유를 위해 초청한 대한노인회의 고전무용팀 대표가 인사말을 하고 있다.

▲호주한글학교협의회 합동학예회에서 인사말을 하는 필자 & 신년하례회 축하케이크 컷팅하는 필자(맨 왼쪽), 임영길 교육원장과 시드니 순복음교회 한글학교 송진곤 교장과 김병욱 린필드 한글학교 교장

넷째로 한글 글짓기 대회 개최와 한국의 날 행사에 참가한 호주한글학교협의회 백일장과 그림그리기행사 개최였다. 한글학교협의회가 소속 한글학교에 다양한 도움이 되고 있다는 분위기 때문에 교세가 약했던 여러 교회에서도 자체 한글학교를 설립하고 협의회 활동에 참여를 하며 도움을 요청해 오기도 했다. 특별히 매년마다 정기적으로 시행했던 글짓기 대회나 한인회가 주최하는 한국의 날 행사에 백일장과 그림그리기대회를 개최하여 한글학교협의회 소속 한글학교들 간의 화합과 협력을 도모하며 또한 한인회 활동에도 적극 협조했다.

▲ 호주한글학교협의회 주최 한글 글짓기대회 입상자들과 상장 및 부상 전달식에서 축사를 하고 있는 필자
호주한글학교협의회 주최 글짓기대회 우수상을 받을 어린이들과 진관섭 총영사, 임영길 교육원장과 필자

▲ 호주한글학교협의회 주최 어린이 글짓기와 미술대회에서, 한글학교협의회 임원 및 임영길 교육원장과 필자

이렇게 한글학교협의회 창립으로부터 6년간 초기 한인이민사회에 2세 한글교육을 위한 전반적인 기본교육 협력체제를 만들어 놓고 떠나게 되어 많은 아쉬움도 있었지만 한편 든든하기도 했다. 내 후임 회장으로 시드니순복음교회 한글학교 교장이었던 송진곤 장로를 선출했다. 1997년도 재호한인상공인연합회 회장을 맡지 않았으면 좀 더 봉사했을 것이다. 왜냐하면 모든 한글학교책임

자들이 나의 리더십을 환영했고 한인사회에서도 한글학교협의회의 전반적인 활동에 적극 협력해주는 분위기였으므로 재호한인상공인연합회 회장과의 겸직을 원하기도 했다. 그러나 선택과 집중이라는 나의 평소 소신에 따라 호주한글학교협의회 회장직을 사임했다. 그 이후에도 여러 경로를 통해 함께 협력했던 교육원장(1대 이부웅, 2대 임영길)들마다 내가 앞으로 한인동포사회를 위해 더 많은 일을 하겠지만 나이들어 은퇴했을 때에도 다시 한글학교협의회를 맡아 일해 줄 것을 당부하기도 했다. 그만큼 나의 차세대 모국어교육사업에 대한 소명의식과 열정 그리고 헌신에 대한 찬사와 고마움의 표시였다고 생각한다.

이 자리를 빌어 초기 호주한글학교협의회 창립과 정착과정에서 함께 참여하셨던 시드니연합교회 한글학교 이상택 목사와 故 조왕현 교감, 영락문화학교 임성일 교장과 정낙흥 교감, 시드니순복음교회 송진곤 교장과 심갑천 교감, 한인중앙장로교회 한글학교 안병훈 교감, 체츠우드 한글학교 윤영호 교장, 호주한국학교 박명호 교장과 상선희 교감, 시드니 한인천주교회 김영심 교감, 파라마타 동산교회 한글학교 최성운 교장과 송영기 교감 이외 모든 분들의 수고와 협력과 헌신에 감사 드린다.

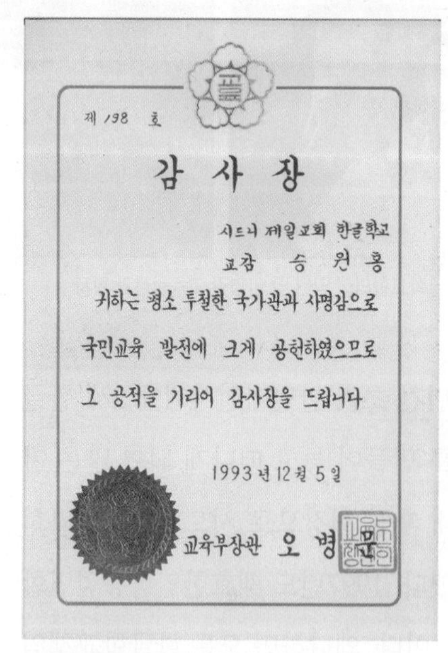

제 198 호

감 사 장

시드니 제일교회 한글학교
교감 승 원 홍

귀하는 평소 투철한 국가관과 사명감으로 국민교육 발전에 크게 공헌하였으므로 그 공적을 기리어 감사장을 드립니다

1993년 12월 5일

교육부장관 오 병 문

▲1993년 교육부장관이 필자에게 수여한 감사장

호주한글학교협의회
KOREAN LANGUAGE ETHNIC SCHOOLS ASSOCIATION

감 사 패
APPRECIATION

롯데여행사 대표 승 원 홍
LOTTE TRAVEL, MR. W. H. SEUNG

귀하는 본 협의회 제3, 4, 5, 6대 회장으로서 지난 1992년 12월부터 1997년 1월까지 만 4년동안 본 협의회의 초석을 다지고 아울러 본회 발전의 기틀을 세운 공로가 매우 크므로 모든 한글학교 관계자들의 뜻을 모아 뜻깊은 제7회 합동학예회 행사를 맞이하여 이에 감사패를 드립니다.

This is rendered in appreciation of your dedication and commitment to KLESA as the president for the past four years from December 1992 to January 1997, Your contribution to establish the foundation for the association's growth is truly appreciated.

1997. 5. 4

호주한글학교협의회 회장 송 진 곤
PRESIDENT Jin K. SONG M. Sc.

▲1997년 한글학교협의회가 필사에게 수여한 감사패

T.O.P.

TOP 06th Oct 1995 page 7

인터뷰

● 549돌 한글날을 앞두고 / 승원홍 한글학교협의회장에게 듣는다

"글자만 가르치는 것이 아니라 우리의 문화와 얼을 함께 심는다"

한글학교의 평준화 및 교재의 통일성이 당면과제

PEOPLE 승원홍 호주한글학교협의회 회장

▲ 1995년 549돌 한글날 TOP주간지와 인터뷰했던 기사 & 호주한글학교협의회장 교민언론 인터뷰 기사

▲ 1996년, 호주한글학교협의회 신년조찬회, 협의회 회장단 및 산하 한글학교 대표와 필자(앞줄 정 가운데)

1988년 서울올림픽 이후 조국 대한민국의 경제와 문화의 발전은 호주 한인 동포사회의 성장과 더불어 대다수 한인학부모들이 자연스럽게 자녀들에게 한국어를 가르치게 만들었다. 늘어나는 학생수에 비례하여 주말 한글학교 숫자도 늘어났다. 2020년 3월 현재 NSW, QLD, NT의 주말한글학교 숫자는 53개교이며 교사 숫자도 580여 명이나 된다. 뿐만 아니라 시드니총영사관 교육원의 지속적인 노력에 힘입어 제2외국어 과목으로 한국어를 채택하여 가르치는

호주교육부산하 전국의 초중고등학교 숫자도 68개교(NSW 42개교), 356학급(NSW 197학급), 학생수는 9,519명(NSW 5,724명)으로 다문화 호주사회에서의 제2외국어로 그 자리매김을 해 나가고 있는 상황이다. 특별히 한류문화에 힘입어 한국어를 배우려는 호주인들이날로 증가해가고 있음은 매우 고무적이라고 할 수 있다. 나는 롯데여행사를 경영하면서 일반 관광객들의 한국방문은 물론 특별히 호주여행업계와 언론계 그리고 태권도사범들의 한국이해를 돕기 위해 문화관광부와 한국관광공사, 경상북도를 포함한 여러 지방자치단체의 후원을 받아 다양한 한국연수방문프로그램을 운영했다. 그중 하나가 교육계종사자관련 프로그램이었다. 나는 호주 내 초등 및 중고등학교와 한국 내 초등 및 중고등학교 간의 자매결연으로 한호 간 상호방문의 물꼬를 터 준 카택교육Korea Australia Trade and Education Center의 김옥환 대표를 후원하며 항공관련업무를 도왔다. 그리고 한국관광공사 최성우 지사장에게 한국 내 학교와 자매결연을 맺고있는 호주 내 초등 및 중등학교 교장단과 한국어교사들을 별도 초청해서 맞춤형 홍보행사를 하자고 제안했다. 나는 이 자리에 조영운 교육원장도 함께 초청하여 호주교장단과의 자연스런 만남을 주선했다. 우리는 보다 많은 호주교장들과의 원활한 소통을 위하여 한국관광공사를 통해 호주NSW중고등학교교장협의회 회장을 역임한 Jim McAlpine을 한국관광명예홍보대사로 임명했다. 그리고 조영운교육원장에게 한국어교육 확대를 위하여 호주교장단초청 한국연수프로그램 추진을 교육부에 건의하여 실행해 볼 것을 권유했다. 이로써 한국정부 교육부의 지원으로 2010년도부터 호주교장단 한국초청방문연수프로그램

▲2012년 한국방문연수프로그램에 참여한 호주교장단

이 시작되어 코로나19팬데믹 이전인 2019년도까지 매년 20명씩 한국어를 정규과목으로 채택을 하고 있는 초등, 중고등학교 교장과 교육행정가를 초청했다고 한다. 이렇게 나는 여행업에 종사하며 호주 주류 교육계 인사들을 통한 한호 양국 간의 우호증진을 위해서 훌륭한 가교역할을 했다고 생각하여 마음 뿌듯하다. 아울러 내가 시드니한인회장으로 재임했던 기간(2007-2009) 중에 이명박 대통령내외의 호주국빈방문이 있었고 당시 시드니한인사회의 대정부 건의 1번항목으로 한국문화원 설치를 요청한 바 있다. 그리고 한호수교50주년을 맞는 2011년도에 한국문화를 알리는 전초기지 역활을 하게 될 시드니한국문화원이 개설되어 한국의 전통문화와 현대문화를 활발하게 소개하며 한국의 국위선양은 물론 호주 속에 문화민족으로서의 한국인들의 위상을 높이는 데 기여하고 있어 기쁘게 생각한다.

1990년대 시드니의 한글학교 실태와 몇 가지 에피소드

1990년대 당시는 1980년 초에 있었던 사면령으로 대부분의 이산가족들이 가족초청이민을 통해 본격적으로 가족재결합을 이룩했고 사업이민자 가족들도 합류하면서 한국인 인구수도 급속도로 증가하고 있었던 때였다. 초기 이민자 자녀를 대상으로 1978년 11월에 설립되었던 Redfern 토요한글학교(교장 박상규)가 점차 늘어나고 있던 주재상사 자녀들까지 교육을 담당하고 있었는데 주재상사 가족들이 많이 거주하고 있었던 North Shore지역에 새로운 Chatswood 토요한글학교가 개교하면서 같은 학생들의 유치를 놓고 Redfern 한글학교와 갈등이 표면화되었고 상호 보이지 않는 경쟁이 심화되었던 때였다. 이 문제는 결과적으로 이해 당사자였던 두 학교 교장이 해결을 하지 못하고 학교수업에까지 악영향을 미치게 되자 결국 일부 교사와 학부모들이 주도하여 1993년에 Chatswood 토요학교를 발전적 해체를 시키고 새로 Lindfield 한글학교를 설립하여 한국으로 돌아갈 주재상사 자녀들을 주 대상으로 과거 교사 경력자들이 한국의 교과수준의 교육방침을 준용하며 모든 주재상사 자녀들을 위한 한글학교로 자리매김을 했다. 그러나 대부분의 한글학교는 교회에서 운영하는 토요일 또는 일요일 한글학교였다. 시드니천주교회, 시드니순복음교회, 시드니제일교회, 시드니영락교회, 시드니연합교회, 시드니중앙장로교회, 파라마타동산교회가 나름대로 재정과 인적자원 활용에 규모있게 운영을 하였으나 교회숫자만큼 초라한 규모의 한글학교도 많았다.

여기에서 Lindfield 한글학교와 우리 가족과 관련한 몇 가지 숨은 이야기를 공개하고자 한다. 첫째는 왜 Lindfield한글학교가 지역적으로 좀 거리감이 있는 Turramurra High School에서 수업을 하고 있는지에 관한 이야기다. Lindfield한글학교는 초기 Chatswood한글학교에서 분리 독립하여 설립될 당시에는 Lindfield Public School에서 수업을 시작했다. 헌데 어린 학생들이 교실 기재들을 너무 험하게 사용해서였는지 Lindfield Public School로부터 나가달라는 통보를 받게 됐다. 그래서 당시 교장이었던 김병욱 변호사(현재 한국 율촌법무법인 소속)는 여러 학교를 찾아 문의해 보았으나 결국 허사였다고 한다. 그러던 중에 우연히 김 변호사와 내가 점심회동을 하게 되었는데 마땅한 학교를 찾지 못해 큰 걱정이라며 혹시나 도움을 줄 수 있는지 내게 물어왔다. 그래서 혹시 Lindfield와 좀 거리가 있지만 Turrumurra High School은 어떻겠냐고 물었다. 김 교장은 물론 접촉을 했으나 거절을 당했다고 했다. 나는 마침 금년도에 시드니대학 법대Economics & Law에 입학한 내 딸 윤경Maria이가 Turrumurra High School을 졸업했는데 Turramarra High School이 배출한 인재라서 Graeme McMartin 교장선생님과도 매우 가까운 사이라고 다시 신청해보자고 했다.

그래서 내 딸 윤경이 McMartin 교장에게 정중한 편지를 보냈고 곧바로 교실사용 승인을 받았다. 그리고 Lindfield한글학교는 1994년도부터 매주 토요일마다 Turramurra High School의 학교시설물을 사용하며 오늘에까지 이르게 된 것이다. 그런 연유로 김병욱 변호사는 대학교 1학년생인 내 딸 윤경이 Lindfield한글학교에 특별 입학을 하여 초등학교 3학년과정부터 6학년까지 전 과정을 마치면서 때로는 교사보조로 활동하도록 했다. 김 변호사는 이렇게 Lindfield한글학교 학생들이 환경이 좋은 Turramurra High School 교실

▲매주 토요일에 린필드한글학교가 사용하는 1968년에 개교된 Turramurra High School & 학예회에 참석한 학부모

▲2018년 린필드한글학교의 학기말 학예회에서 발표를 하는 학년별 어린이들

에서 수업을 할 수 있도록 소개해 준 일과 함께 대학생이면서도 초등학생들과 함께 수업을 했던 내 딸의 용기가 대단하다며 칭찬을 아끼지 않았다. 그래서 Lindfield한글학교와 Turramurra High School은 우리 가족과도 직간접으로 인연이 깊은 학교이기도 하다.

더불어 Lindfield한글학교 도서관이 왜 Lindfield Uniting Church부속 건물에 위치하고 있는가이다. 국민 여동생으로 불렸던 배우 문근영으로부터 기금과 도서기증을 받게 된 Lindfield한글학교는 5대 조영운 교육원장을 통해 책을 보관할 만한 장소를 찾고 있었다. 당시 내가 시드니한인회장으로서 Lindfield Uniting Church전 St.Davids Uniting Church의 시무장로였고 마침 교회 부속건물에 자그만 도서관으로 쓸 수 있는 충분한 크기의 시설에 세 들어 있던 Montessori교육기관 사무실이 켄버라로 이주하게 되어 이를 Lindfield 한글학교와 연결시키는 계기가 되었다. Lindfield한글학교 관계자들에게는 건물 내부는 물론 지역적으로도 전혀 손색이 없는 장소였다. 이런 연유가 Lindfield한글학교 도서관이 Lindfield Uniting Church부속건물에 위치하게 된 연유이다. 세월이 많이 흘러 잊혀진 사실이겠지만 어찌보면 Lindfield 한글학교는 내 딸 윤경과 나와의 오랜 인연을 소중히 간직해야 할 충분한 이유가 있다고 생각한다.

▲ 린필드한글학교 부속 도서관이 있는 린필드교회와 부속건물의 한글도서관 입구

▲ 2009년 린필드한글학교 부속도서관 개설기념식, 신기현 린필드한글학교 교장, 린필드교회 목사, 장로와 필자

▲ 2019년 린필드한글학교 부속도서관 개설 10주년 기념식행사에 참석한 홍상우 총영사와 필자 (둘째줄 오른쪽 3째)

또 다른 하나는 호주한국학교와 관련된 이야기다. 내가 호주한글학교협의회장 재임시절에 대한민국정부 차원에서는 호주에도 시드니근교 Terryhills에 위치한 일본인학교와 같은 전일제 한국학교설립이 필요하겠다는 의견이 있었다. 호주정부에 인가를 받은 전일제 한국학교로서 호주교육부가 요구하는 교과목과 함께 한국어를 특화한 학교운영모델을 검토한 것이다. 이민 초기 모국지향적인 사고방식을 가졌던 일부 인사들은 이를 환영하는 분위기였으나 나는 완강히 반대하는 입장이었다. 나는 호주정부의 공교육제도가 얼마나 잘 되어 있는데 어느 부모가 자기 자녀를 그 한국학교에 다니게 하겠느냐고 반문도 했다. 주거지 가까운 곳의 좋은 학교들을 놔두고 한국인 자녀라고 해서 먼 거리에 위치한 한국학교를 보낸다는 것 자체가 선진국 호주에는 현실적으로 무리가 있다고 생각했기 때문이다. 이러한 분위기 속에서 그럼 토요한글학교만이라도 차별화된 양질의 한글교육을 하면 좋겠다는 의견으로 집약되어 갔다. 그래서 만들어진 학교가 지역적으로 편리했던 Concord에 위치했던 호주한국학교였다. 초대 이사장에 이재경 회장, 교장에 故 이광순, 교감에 상선희 선생이었고 박명호 회장과 한글학교협의회장인 내가 후견인이 됐다. 그러나 이사진들이 학교운영자금의 지속적인 지원을 중단하면서 결국 호주한국학교는 실질적 운영책임을 맡고 있던 상선희 교감이 Pennant Hills지역으로 학교를 옮겨 지역학생들에게 실비의 수업료를 받으며 독립적으로 운영하게 되었고 일반 토요한글학교로 굳건히 자리를 잡아 운영해 가고있다.

▲2008년도 호주한국학교가 발행한 학교이야기 표지와 일부 내용

6
|
2

재호한인상공인연합회장과 세계한인상공인총연합회와 기타 활동

6-2-1. 재호한인상공인연합회 제9대 회장(1997-1999) 취임식

나는 대한항공 시드니지사장 재임시절 때부터 재호한인상공인연합회 초기 1982년창립부터 참여하여 초대 이배근 회장, 2대 문동석 회장, 3대 박명호 회장을 도와 초대총무직책을 맡으며 주재상사 지사장으로서의 경험을 활용하여 한인상공인연합회의 초석을 다지는 데 기여했다. 그리고 4대 이재경 회장, 5대 백남철 회장, 6대 조기덕 회장, 7대 오한영 회장, 8대 정인주 회장에 이어 상공인연합회창립 16년을 맞는 해인 1997년 7월 정기총회에서 나는 무역분과 위원장이었던 김용만 씨와 회장선거 경선을 했고, 회원들의 압도적인 지지를 받으며 제9대 회장으로 당선되었다.

WEEKLY
TOP
The Korean Newspaper in Australia
TEL : (02) 9740 7222 FAX : (02) 9740 7511
제293호 1997년 9월 26일

재호 상공인 연합회
신,구회장 이취임식
필립러독 이민장관 축사 "양국간 결속"강조

▲ 교민사회 최대 상공인들의 단체인 상공인 연합회의 신,구회장 이취임식겸 러독 장관 초청 만찬이 23일 노스라이드 스텐포드 호텔에서 열렸다.

▲ 이민부 장관, 연방의원과 필자가 함께 호주국기를 들어 호주시민임을 강조하고 있다

나는 재호한인상공인연합회를 우리 한인사회에서 명실공히 최고의 실력 있는 단체로서 우뚝 서게 하고 싶었고 무엇보다 모든 멤버들의 사업활동영역에 있어 한인사회 울타리를 넘어서 호주 주류사회 속으로 들어갈 수 있는 기회를 극대화시키고 싶었다. 그래서 60명 정도의 기존회원들을 중심으로 하여 시드니한인사회 각 사업분야에서 두각을 나타내고 있는 성공한 한인상공인들과 주재상사대표 그리고 1.5세대 전문인들까지 영입하고자 했다. 더불어 시드니 지역뿐만 아니라 호주 전역 각 도시의 한인상공인들도 영입하여 명실상부한 호주 한인상공인들을 대표할 만한 실력을 갖춘 상공인단체로 새롭게 도약시키고 싶었다. 이렇게 호주 내의 한인상공인들을 대동단결시켜 한인사회 차원을 넘어 우리의 조국 대한민국과 우리에게 새로운 기회를 제공해준 이민자의 나라 호주 두 국가를 위해서도 무엇인가 기여를 하고 싶었다. 돌이켜보면 나의 2년 한인상공연합회 회장임기를 통해 이룩했던 역동적인 활약상과 괄목할 만한 성과들로 멤버들에게는 한인상공인연합회 회원이라는 소속감과 자긍심을 고양시켰고 또한 사업체의 내용과 규모에 관계없이 많은 한인상공인들이 정

회원으로 가입하고 싶어 할 정도였다. 그래서 어느 누구도 내 후임 회장으로 나서고 싶어 하지 않을 정도로 내 회장임기 말까지도 차기회장 구도가 잡히지 않았다. 그런 상황에서 임원들은 물론 전임 회장들까지 거의 모든 회원들이 회칙상 2년단임의 회장임기규정을 개정해서라도 내가 한 차례 더 회장직을 수행해 주기를 강력히 요청받았다. 그러나 나는 특정인을 위해 회칙을 변경하자는 것은 옳지 않다고 주장하며 2년단임을 고수했다. 오죽했으면 나는 전임 회장들과 임원 연석회의를 갖고 나의 단임고수의사를 재확인하며 차기 회장 구도를 결정해 달라고 압박까지 했다. 그 결과 내 후임회장으로 박덕근 회장이 선임됐다. 2020년이 된 오늘에도 돌이켜보면 재호한인상공인연합회 40년 역사상 최상의 임원진들과 함께 전무후무한 최상의 전성기를 구가하였다고 생각하여 많은 긍지와 자부심을 느끼며 항상 새롭게 혁신하며 창의적으로 봉사할 수 있었던 기회를 가졌음에 무한한 감사를 하고자 한다.

(12) 한국신문 COMMUNITY NEWS

상공인聯 신임회장 취임

승원홍 회장, "한인사회 위상제고 앞장" 강조

호주에서 활동하는 상공인들의 모임인 재호 한인상공인연합회(회장 승원홍)는 화요일(23일) 저녁 노스 라이드 소재 스탠포드 호텔에서 전임회장 이임식과 함께 앞으로 2년간 상공인연합회를 이끌어 갈 신임회장 취임식을 가졌다.

70여명의 회원 및 이동석 한인회장, 필립 러독 연방 이민성 장관, 폴 재밋 레이드 지역 연방의원 등 귀빈들이 참석한 가운데 거행된 이날 회원들은 지난 2년간 상공인연합회를 위해 봉사한 정인주 전임회장(평통 자문위원)에게 감사패를 증정했다.

정인주 전 회장은 이임사를 통해 "회장직을 떠나지만 회원의 한 사람으로서, 또한 본 회의 자문위원으로 성실히 봉사할 것"이라면서 "한민족으로서 한국문화의 정체성을 지키면서 호주 주류사회의 일원이 되기 위해 상공인연합회가 더욱 노력해나가자"고 말했다.

이어 승원홍 신임회장은 "21세기를 앞둔 현재 상공인연합회는 각 회원의 역량을 하나로 모을 수 있도록 대동단결하고 서로가 협력체제를 구축, 힘을 키워나가며 아울러 호주사회 발전을 위해서도 적극 앞장서 나가겠다"고 밝혔다.

이와 함께 "호주사회의 정·재계·언론계 인사들과도 긴밀한 협조관계를 유지해나갈 것"이라고 말한 승 신임회장은 "한인사회 위상제고를 위해서는 상공인연합회가 강력한 로비·압력단체가 되어야 한다"고 강조했다.

현재 약 80여명의 사업자들로 구성된 재호 한인상공인연합회는 호주 내 각 소수민족 상공인 단체와 밀접한 교류를 갖고 사업정보·문화교류 활동을 펼쳐오고 있으며, 지난 85년부터는 HSC에서 우수한 성적을 거둔 교민자녀 3명을 선정해 장학금을 지급, 한인 우수인력 육성에도 힘을 쏟고 있다.

한편 신임 승원홍 회장은 서울대학교 문리대를 졸업했으며 대한항공(KAL) 사우디아라비아 지점 및 호주 시드니 지사장을 거처 지난 82년 호주로 이민, 롯데여행사를 창업했다. 또한 지난 93년에는 수차례의 중국여행을 토대로 중국의 역사·문화에 대한 이해를 돕는 〈중국기행〉을 발간(도서출판 범양사)했으며, 이 책의 수익금을 기금으로 승원홍 장학재단을 설립, 매년 2명의 교민자녀에게 장학금을 지급해오고 있다.

오복의 하나인 치아 복을 누리세요!!
조진호 치과병원
Tel: 9718 7907
124-128 Beamish St, Campsie 2194
(Campsie Sentry Medical Centre)

1997년 7월 11일

잠깐

신임상공인 연합회장 승원홍씨

"공약 실천 임기내에 꼭 이룰터"

창립 16년을 맞는 재호 한인상공인 연합회를 앞으로 2년간 이끌어나갈 승원홍(롯데여행사 대표) 회장을 만나 앞으로의 연합회 운영 방식과 계획들을 들어 봤다.

△앞으로의 협회운영방식은?

저는 단합된 모습의 협회운영방식이 중요하다고 생각합니다. 전직회장단과 고문단은 물론 일반회원들의 의견도 수렴해 단결된 연합회를 보여드릴것입니다.

△앞으로의 각오는?

제가 선거에서 공약한 공약들을 실천하기위해 최대한의 노력을 기울일것입니다. 이를 위해선 제노력도 중요하지만 회원들의 협조가 필수적이라고 생각하며 이러한 협조체제는 제 공약의 임기내 실천의 기초가 될 것입니다.

△가까운 시일내에 중요한 행사를 개최하신다는데?

내달 16일 유태 커뮤니티와 함께 공동 문화페스티벌을 개최할 계획을 세우고 있습니다. 이행사에서는 유태음식과 한국음식이 서로 교환되고 서로의 음식문화와 관습을 경험할수 있는 기회를 제공할수있게 될것이며 한국측에서는 민병규 총영사 정부측에서는 필립러둑 이민성장관과 헬렌 상호 NSW 상원의원이 참석하게 될것입니다.

저는 아무리 좋은 공약이나 약속도 실천되지못한다면 아무런 가치가 없다고 생각합니다. 제가 제시한 공약의 실천을 임기내에 꼭 이루도록 최선의 노력을 기울이겠읍니다.

▲재호한인상공인연합회 제9대회장 취임 관련 보도기사

나는 1987년 8월 23일 저녁 North Ryde, Stamford Hotel(현재는 재개발돼 아파트단지가 되었음) 대연회장에서 제9대 회장 취임식을 가졌다. 나는 신임 회장 취임식에 연방정부 이민다문화부장관을 초청하여 한인동포상공인들의 성장모습과 미래비전을 보여줌으로서 더 많은 한국인이민자들이 호주로 올 수 있으면 좋겠다고 생각했다. 그래서 켄버라 연방정부 이민다문화부장관실로 연락을 했다. 비서진에게 시드니거주 호주 한인상공인들에 대한 개괄적인 안내와 함께 나의 신임회장 취임식에 The Hon. Philip Ruddock MP 이민다문화부장관이 참석해 축사를 해주면 감사하겠다고 요청했다. 처음에는 장관의 일정을 확인하고 참석여부를 통보해 주겠다고 하더니 곧바로 장관의 일정상 참석이 어렵겠다고 통보를 해 왔다. 그러나 나는 떼를 쓰듯이 호주이민자 가운데 한국인이민자들의 중요성과 한인상공인들의 성공적 정착이 호주이민사회에 좋은 롤모델 케이스가 될 거라며 장관의 일정을 재조정해서라도 꼭 시드니에서의 한인상공인연합회 신임 회장취임식 행사에 참석해달라고 요청했다. 그리고 며칠 지나서 비서실로부터 장관께서 직접 참석하겠다는 의사를 확인해 주면서 대신 1시간 30분밖에 함께하지 못한다는 양해를 구해 왔다. 물론 신임 회장으로서 이민다문화부장관의 한인상공인들에 대한 각별한 관심과 배려에 감사한다고 전했다. 이렇게 해서 나의 회장 취임식에 시드니총영사관 이정기 영사, 필립 러덕 이민다문화부장관과 함께 The Hon. Paul Zammit MP for Lowe 연방의원, Austrade호주무역부 Greg Carmody 부장, 호한상공회의소 Doug Blunt 회장 그리고 KOTRA 강대철 관장, 한인동포사회 단체장과 주재상사 지사장들이 내빈으로 참석했다. 이렇게 시작된 특별한 인연으로 나는 아직도 The Hon. Philip Ruddock MP 연방의원이 1973년부터 2016년까지 43년간 몸 담아 왔던 연방의회정치계를 떠나 지역사회 봉사를 위해 Hornsby Shire Council 시장이 된 이후에도 계속 교류를 해오고 있다.

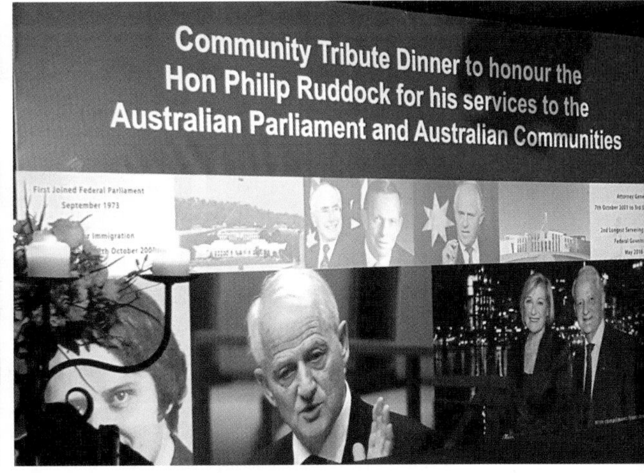

▲ The Hon. Philip Ruddock MP 43년간의 연방의원 정치생활에서 물러나 은퇴식을 가진 러덕 의원과 필자

나는 회장취임식인사를 통해 1982년부터 재호한인상공인연합회의 16년간의 정착과정과 이민1세대로서 다양한 직종에서 호주정착에 성공한 60여 명 회원들을 소개했다. 그리고 임기 첫 해에 100명 이상의 정회원 확보와 함께 시드니를 포함하여 멜버른, 브리스베인, 퍼스, 에델레이드, 호바트, 켄베라까지 호주전역으로 관할지역을 확장해 폭넓게 회원을 영입함으로써 명실상부한 재호한인상공인연합회로 발전시키겠다고 공약을 했다. 그래서 우리 2세들이 호주땅에서 떳떳한 호주시민으로 뿌리를 내리며 한국인 이민자의 후손으로서 확고한 정체성과 주인의식을 갖고 호주사회와 조국 대한민국을 위해 봉사할 수 있도록 하자고 강조했다. 아울러 다가올 21세기를 바라보면서 우리 모든 한인상공인들이 대동단결, 상호 협력하면서 한인사회를 위하여 그리고 우리에게 새로운 삶의 터전을 제공해 준, 복 받은 나라, 호주를 위하여 다 함께 열심히 봉사해 가자고 했다. 모처럼 이민다문화부장관과 연방정치권 인사를 포함한 호주 주류 사회인사들에게도 한인사회의 잠재력을 과시하며 새로운 희망과 포부를 선포한 자리였다고 회고하며 긍지를 느낀다.

"상공인들의 대동단결 및 호주위해 일하자"

23일 승원홍씨 취임식서 밝혀, 러독장관은 '양국의 결속력' 강조

▲재호상공인연합회는 신·구회장 이·취임식을 갖는 자리에서 복받은 나라에서 호주를 위해 봉사해 나갈 것을 다짐했다.

신임 임원단은 다음과 같다.
· 회장: 승원홍
· 부회장: 김흥범
· 사무총장: 김용호
· 기획부장: 김경준
· 재무부장: 서유석
· 홍보부장/서기: 성기주
· 섭외부장: 오수환
· 친교부장: 김종섭
· 무역유통 분과위원장: 유봉오
· 건설자원 분과위원장: 김성수
· 특수서비스분과위원장: 진용
· 감사: 조번휘, 정경희

日 報

인터뷰 / 재호한인상공인 연합회 신임회장 승원홍씨

전임회장단의 기틀위에서 발전 모색

〈승원홍 신임 재호한인상공인 연합회 회장은 회원의 단결을 기반으로 다양한 활동을 벌여 발전을 모색하겠다고 밝혔다〉

〈서종수 기자〉

◀재호한인상공인연합회 제9대 회장 취임 관련 교민 언론 보도기사

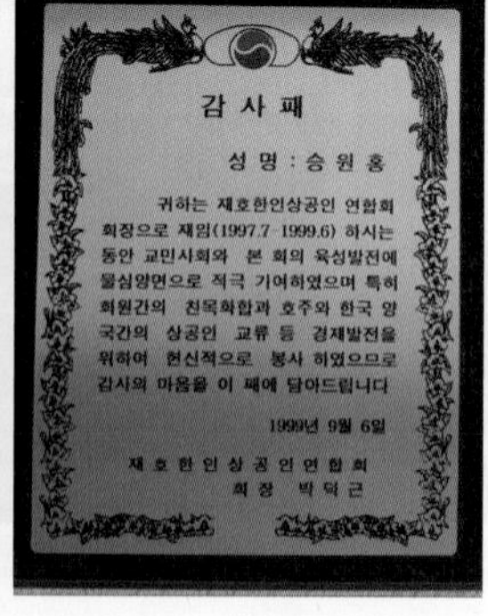

감 사 패

성 명 : 승 원 홍

귀하는 재호한인상공인 연합회 회장으로 재임(1997.7-1999.6) 하시는 동안 교민사회와 본 회의 육성발전에 물심양면으로 적극 기여하였으며 특히 회원간의 친목화합과 호주와 한국 양국간의 상공인 교류 등 경제발전을 위하여 헌신적으로 봉사 하였으므로 감사의 마음을 이 패에 담아드립니다

1999년 9월 6일

재 호 한 인 상 공 인 연 합 회
회 장 박 덕 근

◀1982-87년 5년간 초창기 총무직 퇴임 후 필자가 받은 감사패, 1997-99년 2년 회징임기 후 필자가 빋은 감사패

6-2-2. 재호한인상공인연합회 조직확장 활동과 홍보판(매주)발행

나는 회장취임과 동시에 새로운 임원진을 구성했다. 취임사에서 강조했듯이 60여 명 남짓한 회원을 100명 이상 회원으로 외연을 확장해 나가기 위하여 상공인연합회의 홍보가 매우 중요하다고 생각했다. 그리고 상공인연합회를 한인동포사회의 커다란 기둥 역할뿐만 아니라 호주 주류사회와 교류소통할 수 있는 실력을 갖춘 경제인단체로 성장시켜야겠다고 다짐했다.

그래서 우선 회원등록은 되어 있으나 수년간 회비를 내지 않고 회의에도 참석하지 않고 있는 일부 회원들을 제명정리했다. 1990년대 중반 당시만 해도 협회재정이 제일 든든하다고 했던 상공인연합회의 재정 상황은 1996.7.-1997.6. 회계연도 경우, 회원회비와 입회비는 $15,650이었고 특별행사 수입금이 $5,835로 총수입금은 $21,485 규모였다. 회계장부상 이월금은 $674.14 였다. 나는 서유석 재무에게 먼저 5천 불을 기부해 윤택하지 못한 재정에 활용하기로 했다. 나의 회장취임 첫 회계연도인 1997.7.-1998.6. 회계연도에 34명의 신입회원이 입회를 했으며 회원회비와 입회비가 전년도 대비 78%나 증가한 $28,250이었고 특별행사 수입금도 $10,125로 총수입금 $38,375이나 됐다. 오죽하면 서유석 재무는 회의 재정이 너무 윤택해졌다며 내가 회장임기 시작 때에 기부했던 5천 불 중에서 2천 불을 되돌려주기까지 했다.

이렇게 상공인회가 흑자재정 덕분으로 한인동포사회 여러 단체들의 필요한 후원요청을 받을 때마다 적극적으로 지원하며 시드니한인동포사회의 중요한 구심체 역할을 감당하게 되었다. 더욱이나 당시 시드니한인회의 제21대 이동석 회장 재임기간 중인 1998년 6월에 남기성 제2부회장과 사무총장이 한인회관을 점거하고 회관열쇠까지 바꾸며 부회장이 한인회장이 되었다며 켄터베리시 및 공관과 교민단체에 편지를 보내는 등의 쿠테타적 사태와 함께 제22대 한인회장 선출을 위한 선거관리위원회 구성과 선거절차까지도 무시한 잘못된 당선자발표로 인해 한인회확대 수습위원회가 구성되고 연이어 보궐한인회까지 출현하는 어려움을 겪게 됨으로써 자연스레 시드니한인사회를 대표하는 실질적인 단체는 재호한인상공인연합회가 되었다. 이와 비슷한 경우가 1983년에도 있었다. 당시 1983년 10월 전두환 대통령의 호주국빈방문 계획에 따라 시드니총영사관의 박종기 총영사는 한인사회관련 업무협의창구로 시드니한인회 대신 재호한인상공인연합회를 택할 수 밖에 없었다. 왜냐하면 제13대 민성식 회장은 불행하게도 1982년 10월부터 부회장을 비롯한 모든 운영위원들이 회장의 한인회비 유용의혹을 제기하며 회장직 직무정지를 요구하여 1984년 2월 제14대 한인회장 선출 때까지 한인회업무에 총체적 난항을 겪고 있었기 때문이다. 나는 전두환대통령의 호주국빈방문계획추진 준비를 위해 시드니총영사관의 실무담당 윤병세 영사(노무현 대통령 임기 중에는 외교안보수석으로 박근혜 대통령 임기 중엔 외교부장관을 역임했다)와 대통령과의 시드니동포간담회를 위한 초청인사 선정과 다양한 세부일정을 논의하기도 했다. 물론 1983년 10월 9일 북한의 미얀마 아웅산묘소 폭파암살사건으로 전 대통령의 호주방문은 자동취소되었으나 나에게는 귀한 경험이었고 내가 제26대 시드니한인회장 재임기간 중 이명박 대통령의 호주국빈방문을 위해 김웅남 시드니총영사와 2009년 3월 4일의 동포간담회 준비 등 다양한 업무협력을 하는 데도 도움이 되었다.

나는 내부조직을 정비하는 한편, 본격적인 1970년대 중반 이후 호주로 이주하여 정착한 초기 이민사업자들 가운데 다방면으로 두각을 나타내며 상공인 단체에 참여하고자 했던 분들과 2000년 시드니올림픽을 앞두고 유입되고 있는 사업이민자들을 대상으로 새로운 회원영입을 위하여 한인사회에 상공인연합회를 공개적으로 홍보해야 할 필요성을 절감했다. 그래서 매주 발행되고 있는 기존 한인언론매체 두 곳(한국신문과 주간생활정보지)을 선정하여 상공인연합회의 주간활동사항, 회원동정과 함께 1명의 정회원소개와 회원 사업체광고를 게재하는 전면광고형식의 홍보를 시작했다. 특별히 매주마다 소개할 정회원을 만나 인터뷰하는 일은 홍보담당이 맡아야 했다. 이를 위해 나는 전기사업체를 발판으로 건설업계로 진출, 한창 성장하고 있던 故 성기주 사장을 홍보담당 겸 서기로 발탁했다. 많은 회원들과 자연스런 만남을 통하여 한인상공인조직 내에서 자리도 잡고 한인사회의 미래 리더로 성장시키고 싶었다. 성기주 홍보담당은 개인사업경영도 바빴던 상황에서 내가 인터뷰할 회원 계획을 확정해주면 회원인터뷰기사와 함께 사업체광고문안까지 받아야 하는 과중한 업무였다. 그는 맡은 바 업무에 충실했고 생활정보를 경영하고 있던 김용호 사무총장과 함께 매주 홍보판 발행에 최선을 다했다. 그리고 그는 부회장을 거쳐 4년 뒤에 제11대 회장으로 선출되었으나 사업의 급성장에 따른 과로 때문이었는지 뜻하지 않은 췌장암으로 일찍 세상을 떠났다. 그는 한인동포사회의 위상제고와 호주 주류사회 진입을 위하여 내가 제9대상공인연합회 회장임기를 마치고 곧바로 시드니한인회장으로 봉사해 줄 것을 간절히 희망했던 측근인사였다. 아까운 인재였다. 삼가 고인의 명복을 빕니다. 이렇게 매주마다 호주한인사회에 공지되는 한인상공인연합회의 눈부신 활약과 회원동정과 회원인터뷰 소개와 사업체광고는 새로운 회원 영입에 커다란 동력이 되었다.

홍보판

재호한인상공인연합회

THE KOREAN CHAMBER OF COMMERCE AND INDUSTRY IN AUSTRALIA

홍보판

재호한인상공인연합회

THE KOREAN CHAMBER OF COMMERCE AND INDUSTRY IN AUSTRALIA

홍보판

재호한인상공인연합회

THE KOREAN CHAMBER OF COMMERCE AND INDUSTRY IN AUSTRALIA

홍보판

재호한인상공인연합회

THE KOREAN CHAMBER OF COMMERCE AND INDUSTRY IN AUSTRALIA

▲교민언론지 한국신문과 주간생활정보지에 게재됐던 홍보판

동포사회 1998년 1월23일~29일

교민자녀 장학금 지급

한인상공인연합회 · 승원홍 장학금 신청접수

학업성적이 우수한 교민자녀들에게 학비를 지원해오고 있는 재호 한인상공인연합회 및 롯데여행사(승원홍 장학금)에서 98년도 장학생을 선발한다.

지난 85년부터 교민자녀 가운데 HSC 고득점자를 선발해 장학금을 지급하고 있는 한인상공인연합회(회장 승원홍)는 올해에도 3명의 장학금 수혜자를 선정키로 하고 신청접수를 시작했다.

상공인연의 장학금 접수마감은 2월7일까지이며, 선정된 3명의 학생에게는 기념패와 1천불의 장학금, 대한민국 교육부장관의 표창장이 수여된다. 또 이 행사를 후원하는 아시아나항공에서는 최고득점자에게 시드니-서울 왕복항공권을 제공한다 문의 : 9299 5500(회장), 9718 7977(사무총장).

또 롯데여행사의 '승원홍 장학금'에서도 98년도 장학금 수혜를 원하는 교민자녀를 대상으로 신청을 받고 있다.

접수는 3월27일까지이며 97년도 1년간의 학교성적표와 교수추천서를 준비하면 된다. 승원홍 장학금의 수혜대상 선정은 신청서류를 놓고 서중석 · 박덕수 · 김규진 박사 등 3인의 현직교수가 맡으며, 2명을 선발해 각 1천불의 장학금을 지급한다. 문의 : 9299 5500.

재호 한인상공인연합회의 97년도 장학금 지급. 지난해에는 박혜연(오른쪽), 권오현, 조윤희 양이 이 단체의 장학금을 수여받았다.

SPECIAL 특집 The Sydney Korean Herald

제2회 신학 워크샵 주제발표 요지

한인사회 경제규모와 자금흐름에 대한 비공식 분석과 전망

승원홍 / 재호한인상공인연합회 회장

경기 위축으로 야기되는 한인사회의 어려움을 극복하기 위해 한인회는 물론 업계의 활동도 많아져야… 한인사회의 경제규모를 파악하고 문제는 스스로 진단하여 예방하는 연구노력이 추진돼야 한다.

◀1998년 재호한인상공인연합회 교민자녀 장학금시상 보도기사 & 필자의 한인사회 산학워크숍 참여관련기사

▲1983년 이래 대학입시HSC성적 우수 교민자녀학생에게 수여하는 재호한인상공인연합회 장학생과 필자

▲1998년 세계한인상공인대회에서 이경재 국회의원의 소개로, 자매결연을 한 재중한인상공인회 회장단과 임원 &
재중한인상공인회 장재국 회장, 세계한인상공인총연합회 김덕룡 이사장과 필자

▲1998년 1월 신년인사회 겸 모국과 한인사회를 위한 특별기도회 1998년 7월 정기총회를 진행하고 있는 필자 &
1998년 미국 오레곤주 임용근 상원의원 시드니방문환영모임에 참석한 전임 회장단, 임원들과 필자(왼쪽 3번째)

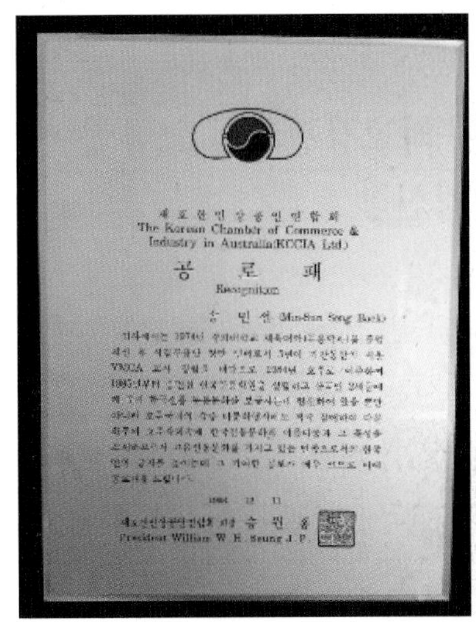

The Korean Chamber of Commerce & Industry in Australia(KCCIA Ltd.)

공 로 패

President William W. H. Seung J.P.

▲다문화사회에 한국전통무용보급에 힘쓰신 송민선에게 수여한 공로패 & 1998년12월 재호한인상공인연합회 송년회에서 인사말을 하고 있는 필자

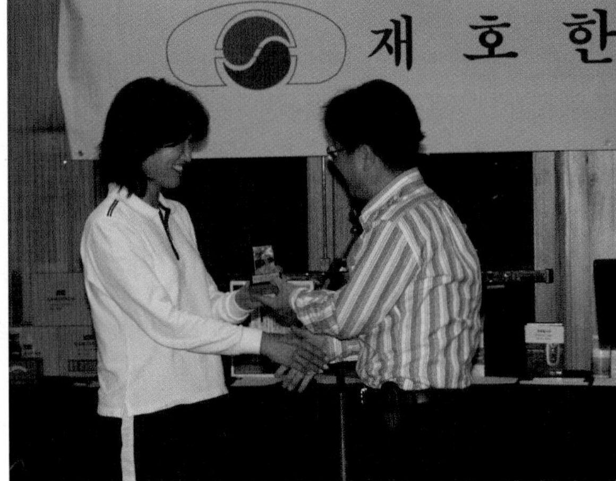

▲다문화사회에 한국전통 무용보급에 힘쓰신 송민선과 교민2세 음악인 수지 박에게 공로패를 수여하는 필자 & 여자부분 우수상을 시상을 하고 있는 필자

▲시드니총영사배 자선골프대회에서 축사를 하는 이휘진 총영사

6-2-3. 호주연방총리, 호주 이민장관, 외교장관과의 교류협력, 한인동포사회 권익신장

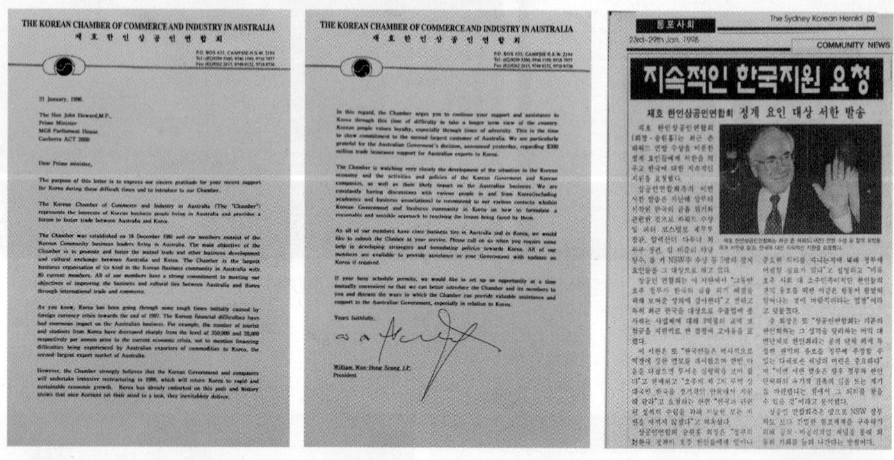

THE KOREAN CHAMBER OF COMMERCE AND INDUSTRY IN AUSTRALIA
재 호 한 인 상 공 인 연 합 회

P.O. BOX 633, CAMPSIE N.S.W. 2194

21 January, 1998.

The Hon John Howard,M.P.,
Prime Minister
MG8 Parliament House
Canberra ACT 2600

Dear Prime minister,

The purpose of this letter is to express our sincere gratitude for your recent support for Korea during these difficult times and to introduce to our Chamber.

The Korean Chamber of Commerce and Industry in Australia (The "Chamber") represents the interests of Korean business people living in Australia and provides a forum to foster trade between Australia and Korea.

The Chamber was established on 18 December 1981 and our members consist of the Korean Community business leaders living in Australia. The main objective of the Chamber is to promote and foster the mutual trade and other business development and cultural exchange between Australia and Korea. The Chamber is the largest business organisation of its kind in the Korean Business community in Australia with 85 current members. All of our members have a strong commitment to meeting our objectives of improving the business and cultural ties between Australia and Korea through international trade and commerce.

As you know, Korea has been going through some tough times initially caused by foreign currency crisis towards the end of 1997. The Korean financial difficulties have had enormous impact on the Australian business. For example, the number of tourist and students from Korea have decreased sharply from the level of 250,000 and 20,000 respectively per annum prior to the current economic crisis, not to mention financing difficulties being experienced by Australian exporters of commodities to Korea, the second-largest export market of Australia.

However, the Chamber strongly believes that the Korean Government and companies will undertake intensive restructuring in 1998, which will return Korea to rapid and sustainable economic growth. Korea has already embarked on this path and history shows that once Koreans set their mind to a task, they inevitably deliver.

THE KOREAN CHAMBER OF COMMERCE AND INDUSTRY IN AUSTRALIA
재 호 한 인 상 공 인 연 합 회

P.O. BOX 633, CAMPSIE N.S.W. 2194

In this regard, the Chamber urges you to continue your support and assistance to Korea through this time of difficulty to take a longer term view of the country. Korean people values loyalty, especially through times of adversity. This is the time to show commitment to the second-largest customer of Australia. We are particularly grateful for the Australian Goverment's decision, announced yesterday, regarding $300 million trade insurance support for Australian exports to Korea.

The Chamber is watching very closely the development of the situation in the Korean economy and the activities and policies of the Korean Government and Korean companies, as well as their likely impact on the Australian business. We are constantly having discussions with various people in and from Korea(including academics and business associations) to recommend to our various contacts whithin Korean Government and business community in Korea on how to formulate a reasonable and sensible approach to resolving the issues being faced by them.

As all of our members have close business ties in Australia and in Korea, we would like to submit the Chamber at your service. Please call on us when you require some help in developing strategies and formulating policies towards Korea. All of our members are available to provide assistance to your Government with updates on Korea if required.

If your busy schedule permits, we would like to set up an opportunity at a time mutually convenient so that we can better introduce the Chamber and its members to you and discuss the ways in which the Chamber can provide valuable assistance and support to the Australian Government, especially in relation to Korea.

Yours faithfully,

William Won-Hong Seung J.P.
President

동포사회 The Sydney Korean Herald (3)
23rd-29th Jan. 1998 COMMUNITY NEWS

지속적인 한국지원 요청

재호 한인상공인연합회 정계 요인 대상 서한 발송

▲필자가 The Hon. John Howard MP 연방총리에게 보낸 한인사회소개와 지원을 요청한 서한 & 관련 보도기사

나는 1997년 7월 회장에 취임하면서부터 내부조직을 정비하며 매주마다 교민언론매체 2곳을 통해 상공인연합회의 활발한 활동과 회원동정 그리고 회원소개 및 회원업체광고의 홍보효과를 통해 시드니한인사회의 많은 관심과 성원을 받고 있었다. 더욱이나 나의 호주 주류사회와의 소통과 교류의 왕성한 대외활동은 한국대사관, 시드니총영사관, 주재상사와 차세대 1.5세대 한인전문직종 종사자에게도 좋은 반응을 얻고 있었다. 그래서 나는 호주 주류정치권 인사나 경제계 인사를 만날 경우에 대체로 관계 임원과 1.5세대 전문직종회원들과 함께 다녔다. 그리고 필요한 서한을 보내야 할 경우 나는 변종성회계사에게 먼저 내가 쓴 한글 서한을 보내 영문으로 초안을 작성케 했고 영문초안을 받으면 내가 1차 수정보완을 한 후에 다시 방승규 변호사에게 최종 영문서한을 작성하도록 조치했다. 그러던 중 외환위기로 몰린 한국정부가 1997년 11월 1일 IMF에 구제금융을 발표하면서 조국 대한민국은 경제위기를 경험하게 되었다. 특별히 석탄, 철광석을 포함한 많은 원자재를 호주로부터 수입해가는 한국의 대기업들도 수입물품 대금결제가 어렵게 된 상황을 초래했다. 이때 호주연방정부의 The Hon. John Howard MP 연방수상은 호주의 원자재수출

업자에게 3억 불의 교역보험금 지원을 결정 공표함으로서 한호 양국 간의 교역에 차질이 없도록 조치했다. 그래서 나는 1998년 1월 21일에 즉시 호주연방총리에게 그리고 The Hon. Peter Costello 연방재무장관, The Hon. Tim Beazeley 연방야당대표, The Hon. Alexander Downer MP 외교통상부장관, The Hon. Bob Carr MP NSW주 수상에게도 참조수신으로 서한을 보냈다. 주요 내용은 1997년말부터 시작된 한국의 금융위기와 관련하여 그동안 호주연방정부가 한국의 금융위기 해결을 위하여 보여 준 즉각적이고도 우호적인 성의에 감사하고 특히 대 한국수출업체를 대상으로 3억 불 교역보험금 지원결정에 고마움을 표했다. 아울러 재호한인상공인연합회의 연혁과 역할을 소개하고 호주정부의 대 한국정책이 호주에 살고 있는 한인동포사회에도 중요한 영향을 미치고 있음을 감안하여 필요하다면 한인상공인연합회의 모든 회원이 적극적으로 협력할 수 있다고 했으며 가까운 장래에 서로 회동할 수 있는 기회를 갖자고 요청했다. 그리고 2월에 연방수상실 프로그램 담당자인 루실레 커스레이크로부터, 외교통상부 동북아담당 존 리차드슨으로부터 상호 긴밀하게 협력하자는 답신을 받았으며 아울러 NSW 주정부 The Hon. Bob Carr MP NSW주 수상은 비서를 통해 상호 긴밀히 연락하자는 회신을 보내왔고 이건 재무부장관도 조만간 회동을 하자는 요청을 받기도 했다.

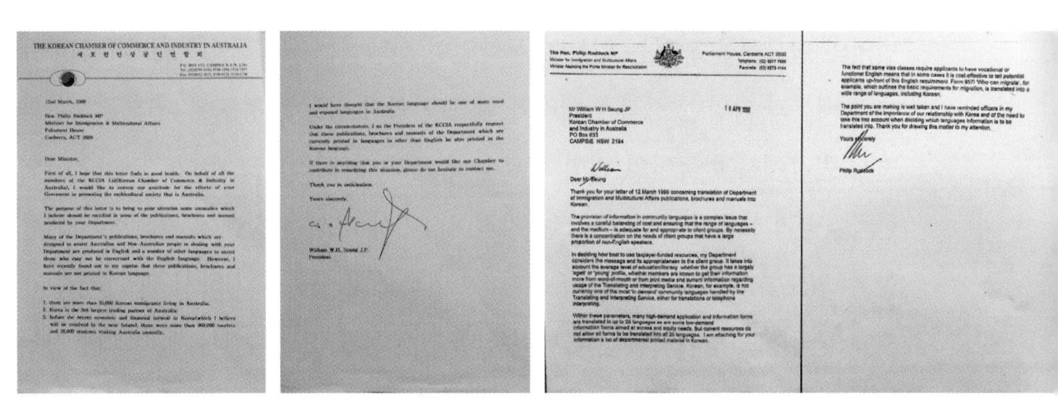

THE KOREAN CHAMBER OF COMMERCE AND INDUSTRY IN AUSTRALIA
재 호 한 인 상 공 인 연 합 회

22nd March, 1999

Hon. Philip Ruddock MP
Minister for Immigration & Multicultural Affairs
Parliament House
Canberra, ACT 2600

Dear Minister,

First of all, I hope that this letter finds in good health. On behalf of all the members of the KCCIA Ltd(Korean Chamber of Commerce & Industry in Australia), I would like to convey our gratitude for the efforts of your Government in promoting the multicultural society that is Australia.

The purpose of this letter is to bring to your attention some anomalies which I believe should be rectified in some of the publications, brochures and manual produced by your Department.

Many of the Department's publications, brochures and manuals which are designed to assist Australian and Non-Australian people in dealing with your Department are produced in English and a number of other languages to assist those who may not be conversant with the English language. However, I have recently found out to my suprise that these publications, brochures and manuals are not printed in Korean language.

In view of the fact that:

1. there are more than 50,000 Korean immigrants living in Australia;
2. Korea is the 3rd largest trading partner of Australia;
3. before the recent economic and financial turmoil in Korea(which I believe will be resolved in the near future), there were more than 300,000 tourists and 20,000 students visiting Australia annually,

I would have thought that the Korean language should be one of more used and exposed languages in Australia.

Under the circumstances, I as the President of the KCCIA respectfully request that these publications, brochures and manuals of the Department which are currently printed in languages in other than English be also printed in the Korean language.

If there is anything that you or your Department would like our Chamber to contribute in remedying this situation, please do not hesitate to contact me.

Thank you in anticipation.

Yours sincerely,

William W.H. Seung J.P.
President

The Hon. Philip Ruddock MP
Minister for Immigration and Multicultural Affairs
Minister Assisting the Prime Minister for Reconciliation

Parliament House, Canberra ACT 2600
Telephone: (02) 6277 7860
Facsimile: (02) 6273 4144

Mr William W H Seung JP
President
Korean Chamber of Commerce
and Industry in Australia
PO Box 633
CAMPSIE NSW 2194

1 6 APR 1999

Dear Mr Seung William

Thank you for your letter of 12 March 1999 concerning translation of Department of Immigration and Multicultural Affairs publications, brochures and manuals into Korean.

The provision of information in community languages is a complex issue that involves a careful balancing of cost and ensuring that the range of languages – and the medium – is adequate for and appropriate to client groups. By necessity there is a concentration on the needs of client groups that have a large proportion of non-English speakers.

In deciding how best to use taxpayer-funded resources, my Department considers the message and its appropriateness to the client group. It takes into account the average level of education/literacy, whether the group has a largely 'aged' or 'young' profile, whether members are known to get their information more from word-of-mouth or from print media and current information regarding usage of the Translating and Interpreting Service. Korean, for example, is not currently one of the most 'in demand' community languages handled by the Translating and Interpreting Service, either for translations or telephone interpreting.

Within these parameters, many high-demand application and information forms are translated in up to 26 languages as are some low-demand information forms aimed at access and equity needs. But current resources do not allow all forms to be translated into all 26 languages. I am attaching for your information a list of departmental printed material in Korean.

The fact that some visa classes require applicants to have vocational or functional English means that in some cases it is cost-effective to tell potential applicants up-front of this English requirement. Form 957I 'Who can migrate', for example, which outlines the basic requirements for migration, is translated into a wide range of languages, including Korean.

The point you are making is well taken and I have reminded officers in my Department of the importance of our relationship with Korea and of the need to take this into account when deciding which languages information is to be translated into. Thank you for drawing this matter to my attention.

Yours sincerely

Philip Ruddock

▲필자가 The Hon. Philip Ruddock MP 이민성 장관에게 보낸 한국어표기요청 서신과 필자에게 보내온 장관답신

10 The Korean Newspaper in Australia 호주뉴스

각 종 이민성 안내책자에 한국어 표기 요청

재호상공연 승원홍회장 러독장관으로부터 긍정적 답신 받아

재호 한인 상공인 연합회 승원홍 회장은 최근 필립 러독 연방 이민성 장관 앞으로 서한을 보내 현재 이민성에서 발행하고 있는 각종 안내책자 중 영어를 포함한 소수민족언어를 동시에 게재할 경우 모든 안내자료에 한국어도 함께 게재해 줄 것을 요청하는 서한을 보내 러독 장관으로부터 긍정적인 답변을 받았다고 알려왔다.

다음은 러독 장관이 보낸 답신 내용

존경하는 승회장님께

지난 3월12일날 이민성 발행의 한국어 안내서에 대하여 편지를 보내 준것에 대해 감사드립니다.

지역 언어에 대한 정보 규정은 복잡한 이슈로써 이것은 매우 조심하여야 할 부분으로 이 자료를 필요로 하는 사람들에게 적절해야합니다.

어떻게 하면 납세자가 낸 세금으로 충당된 기금을 잘 쓸 수 있나를 결정하는 과정에서 우리 부서는 우리 이민자들을 위해 메세지나 이것의 유용함을 생각하게 되었습니다.

이민자들이 나이가 많은지, 젊은지, 번역과 통역 서비스에 대해 지식이 있는지 아니면 언어화된 정보에 의해 아는지 교육정도 수준 정도에 관하여 보고하기도 했습니다.

그러나 유감스럽게도 한국어도 우리 통역및 번역 서비스에서 그리 많이 다뤄지는 언어는 아닙니다.

많은 요구의 신청서와 정보가 25개 국어로 통역되고 있습니다. 문의서는 필요로 하는 사람들을 위한 경로이며 평등을 위한 것 입니다. 하지만 현재 자료들은 모든 신청서가 25개 국어로 통역될 수 없습니다. 저는 한국 정부 관청들의 리스트를 동봉합니다.

또한 어떤 비자든지 신청자의 영어 구사력을 요구하는 점을 비추어볼 때 우리가 신청자가 될 사람들에게 영어 제한을 미리 가르쳐 주는 교과도 볼 수 있다고 생각합니다.

그러나 기본적인 문서 신청서 957; "누가 이민 올 수 있나"는 이민오기 위한 기본 요건들을 설명한 것으로 한국어는 물론 다른 많은 언어들로 번역되어 있습니다.

당신이 지적한 부분은 잘 받아들여 졌으며 내 부서 직원들에게도 한국과 우리 정부관계에 중요성을 얘기했고 정보를 번역할 때도 이 중요성을 인식하도록 했습니다.

이렇게 신경 써 주셔서 감사합니다.

▲1999년 필자의 이민성안내책자에 한국어표기요청 관련기사

나는 한인상공인연합회장 취임식에서 The Hon. Philip Ruddock MP 이민다문화부장관과의 첫 만남이 있었고 그 이후로 이민다문화부에서의 다양한 모임에 초대를 받아 참석하곤 했다. 그날도 참석자에게 배포해 준 각종 안내 브로슈어를 보면서 영어와 함께 불어, 독일어, 스페인어, 중국어, 아랍어, 베트남어, 태국어… 등 몇 개 언어가 간략하게 병기되어 있었다. 나는 불현듯 '왜 한국어는 없지?' 하는 느낌을 받았다. 한호 양국 간의 여러 우호적인 관계와 3대 교역국이요, 35,000명 이상의 거주자와 매년 26,000명의 관광객(IMF외환위기 이전)에 20,000명의 유학생 숫자를 고려할 때 당연히 이민다문화부의 공식 안내 브로슈어에 한국어가 병기되는 것이 마땅하다고 생각했기 때문이다. 그래서 나는 이민다문화부장관 수신으로 보낸 1999년 3월 12일자 서한을 통해 상기와 같은 근거를 이유로 호주이민사회부가 발행하는 각종 안내 성격의 브로슈어에 한국어도 다른 언어들과 함께 병기해 줄 것을 요청했다. 이민사회부장관은 1999년 4월 19일자 답신을 통하여 비영어권 이민자를 위하여 번역의 필요성을 느끼는 일부 다문화언어 선택에는 국민들이 내는 세금의 효율적 배분과 다양한 정책적 배려와 함께 번역의 필요성 정도에 따라 결정한다면서 현장에서 한국어의 번역 필요성 수요가 아직 적다고 했다. 그러나 나의 한국어병기 요청은 매우 중요한 지적이라면서 가까운 장래에 가능한 조치를 할 수 있도록 최선을 다하겠다고 했다. 그리고 몇 개월이 지나서 몇 가지 안내서에 한국어도 병기되었음을 확인했다. 2020년도 요즈음에는 일부 지방정부의 공과금 고지서 안내에도 한국어가 병기되기도 한다. 한인동포사회를 위한 나의 노력으로 한국어의 중요성을 강조하여 이루어 낸 성과로서 마음 뿌듯하다. 이 또한 감시한 일이 아니겠는가!

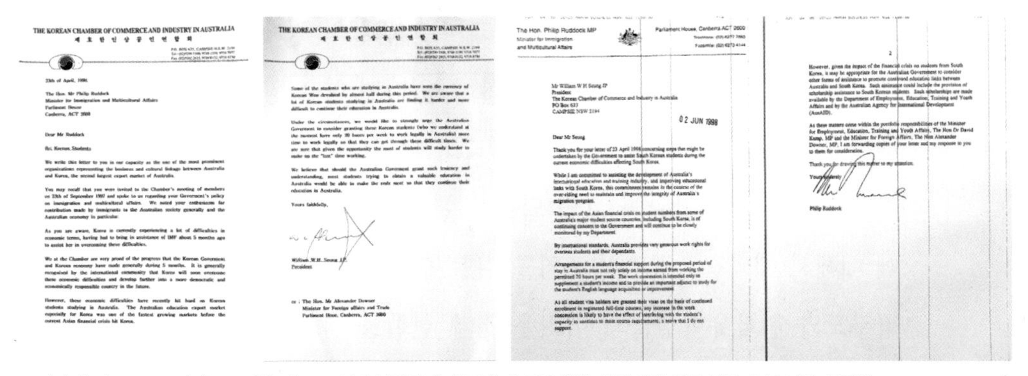

THE KOREAN CHAMBER OF COMMERCE AND INDUSTRY IN AUSTRALIA

The Hon. Philip Ruddock MP
Minister for Immigration and Multicultural Affairs

02 JUN 1998

▲필자가 The Hon. Philip Ruddock MP 이민성장관에게 보낸 한국유학생 취업시간 연장허용 요청 서신과 답신

25 JUN 1998

1998년 6월 19일

"더 많은 학생 장학금 받을 수 있도록 협력하겠다"

필립 러독 연방이민성장관 재호상공인연합회에 답신 보내와

"한국유학생 학업 도와달라"

상공인연합회, 호주 정부에 협조요청 서한 발송

The Sydney Korean Herald

"장학금 수혜 협력 하겠다"

필립 러독 이민성 장관, 학비부담 많은 한국 유학생대상

▲The Hon. Alexander Downer MP 외교부장관이 필자에게 보내온 한국유학생 장학금혜택 협력내용 답신 & 관련 교민언론 보도기사

1998년도로 들어서면서 호주연방이민성은 호주 전역의 불법체류자와 불법취업자 단속을 강화하기 시작하여 연초 3개월 동안에만도 약2,700명을 적발하고 약 1,900명을 추방 조치했다. 나는 한국의 IMF외환위기로 인하여 한국에서 송금을 받아야 하는 유학생들의 경우 모자라는 학비와 생활비를 보충하기 위하여 주 20시간의 법정허용근로시간을 초과하여 일을 해야만 하며 한국유학생들에게 학업을 계속할 수 있도록 불법취업단속에 예외적으로 관대한 처분을 해달라고 요청하는 서한을 4월 23일자로 The Hon. Philip Ruddock MP 연방이민부장관 수신에 The Hon. Alexander Downer MP 외교통상장관 참조수신으로 보냈다. 왜냐하면 한국의 어려워진 외환위기 사정으로 고

통을 받고 있을 한국유학생 부모들과 유학생들의 경제적 부담을 다소 도와주어 스스로 일하면서 학업을 계속할 수 있다면 한호 양 국가 간의 돈독한 미래를 위해서도 큰 도움이 될 수 있겠다고 생각했기 때문이다. 그리고 6월 2일자로 러덕 이민부장관이 그의 답신을 통해 내가 요청한 대로 한국인유학생에 대해서 예외적으로 특별조치를 취할 수 없음을 양해해 줄 것과 아울러 한국부모와 한국유학생들의 어려운 경제 현실을 감안하여 한국인유학생들이 Department of Employment, Education, Training and Youth Affairs(교육고용훈련청년부)와 Australian Agency for International Development AusAID로부터 보다 많은 장학금을 받을 수 있도록 협력해 주겠다고 했다.

아울러 러덕 이민부장관은 다우너 외교통상장관과 케뮤 교육고용부장관에게도 협조서한을 보냈다고 명시해 왔다. 또한 다우너 외교통상부장관도 그의 답신에서 한국과의 교육관계 증진은 매우 중요한 과제임을 강조하고 한국의 어려운 경제 현실을 고려해서 한국유학생들의 개별적인 처지를 검토하여 Case by case로 각종 혜택을 받을 수 있도록 협력하겠다고 했다. 그래서 나는 상공인연합회의 공지를 통하여 한국의 IMF경제위기와 관련하여 장학금을 꼭 필요로 하는 한국유학생이 개인신상명세서와 성적증명서와 함께 간단한 사유서를 상공인회로 보내주면 회장의 추천서를 첨부하여 장학금신청을 해 주겠다고 하여 그 결과로 몇 학생들이 장학금 혜택을 받을 수 있었다. 이 또한 경제적으로 어려운 한인동포유학생들을 도울 수 있는 일에 내가 앞장서 나설 수 있었음에 감사한다.

6-2-4. 유대인커뮤니티와의 친선디너문화교류행사 개최

8대 정인주 회장 임기시절 1996년 중반쯤에 우리는 유대인커뮤니티로부터 다음 해인 1997년 8월경 친선디너행사를 공동주최하자는 제안을 받았다. 사실은 유대인커뮤니티에서 시드니한인회로 첫 제안을 했었는데 제대로 성사가 되지 않아 다시 한인상공인연합회로 연락을 해온 것이었다. 임원회의 결과 공동주최를 환영했고 다만 시기적으로 어차피 9대 회장단에서 행사할 일이었으므로 업무의 연속성을 살리기 위하여 부회장인 내가 상공인연합회를 대표하여 유대인커뮤니티와 협의해 나가도록 전권을 위임 받았다. 이로서 유대인커뮤니티B'nai B'rith Australia-New Zealand의 Henry Krug 회장과 만나게 되었고 첫 만남에서 확인한 내용은 행사 일자로 1997년 8월 16일 토요일 오후 7시 30분부터 그리고 장소로 Chatswood역에 위치했던 Willoughby Town Hall(현재는 The Concorse로 재건축됨)을 확정했다.

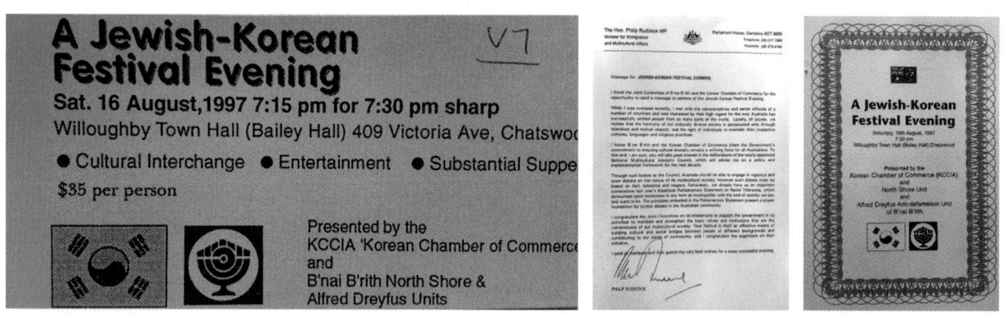

▲ Jewish-Korean Festival Evening 티켓 & The Hon. Philip Ruddock MP 이민다문화부장관의 유대인과 한국인 공동친선문화행사를 축하하는 메시지 & 유대인과 한국인친선모임 안내지 표지

이후 우리는 정기적으로 매달 둘째 월요일 저녁에 대부분 Killara에 있는 James Altman 사무총장 집에서 만나 행사준비를 위한 여러 의제들 가운데 한 가지 의제만을 선정해 협의하고 그 다음 달 회동에서 진행상황보고와 추가 의견을 듣고 조정 협의해 확정해 가는 방식으로 진행했다. 돌이켜보면 한 달에 한 가지 의제만을 갖고 관계자들을 초청해 함께 의견을 조정해 50:50 정신에 따라 결정을 해 나갔다. 예를 들어 프로그램 내용 중 음식종류, 문화소개 내용, 문화행사 종류, 초청대상과 인원수, 브로슈어제작 내용 및 광고주 선정, 사회 및 대표인사, 이렇게 하여 유대인 커뮤니티와 한인 커뮤니티 간의 친선문화교류행사를 성공적으로 마무리할 수 있었다. 우리는 이 행사가 두 소수민족 간의 친선문화교류 행사로서 이민다문화부장관도 초청하기로 했다. 러덕 장관은 직접 참석을 하지 못했으나 대신 축하의 서한을 보내 왔다. 이러한 유대인

커뮤니티와의 행사준비 과정을 통해서 나는 그들이 중장기적인 안목으로 다양한 의견을 청취하고 자유로운 토론을 거쳐 필요한 과제들을 확정해 나가는 모습 속에서 귀한 경험을 하게 되었다.

헌데 이 귀한 행사의 프로그램과 이민다문화장관의 축하 서한을 제외하고 추가 관련 사진을 찾지 못해 게재하지 못함이 너무 아쉽다.

6-2-5. 호주경마클럽에서 한국마사회 트로피 시상

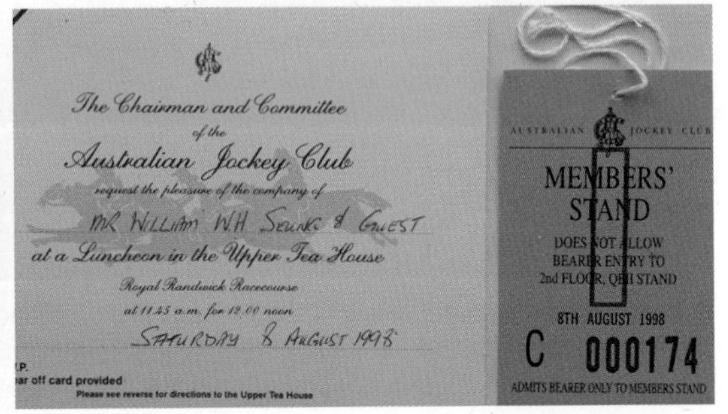

▲1998년 8월, 한국마사회 이경배 부사장 부부 환영 오찬 후, 호주져키클럽 회장단과 필자부부(앞줄 오른쪽 3, 4번째) & 1998년 8월, 호주져키클럽의 오찬 초청장과 입장표

내 삶 가운데 아주 흔치 않은 특별한 경험을 하는 행운이 있었다. 1998년 7월 나는 Australian Jocky Club(호주경마클럽) Chief Executive, AA King 씨로부터 8월 8일 Royal Randwick Racecourse에서 개최할 오찬에 초대를 받았다. 호주경마클럽이 한국마사회와의 국제친선교류를 위해 한국마사회 이경배 부회장부부와 마사회 관계자 일행을 초청한 환영오찬이었다. 사실 말 경주 관련하여 전혀 문외한이었던 나는 호기심도 있고 하여 아내랑 함께 호주경마클럽과 한국마사회 관계자들과의 친교를 위해 오찬회동에 참석한 적이 있었다. 이런 교류방문이 있은 후 한국마사회는 호주에서 경주마를 많이 구입해 간 것으로 알고 있다.

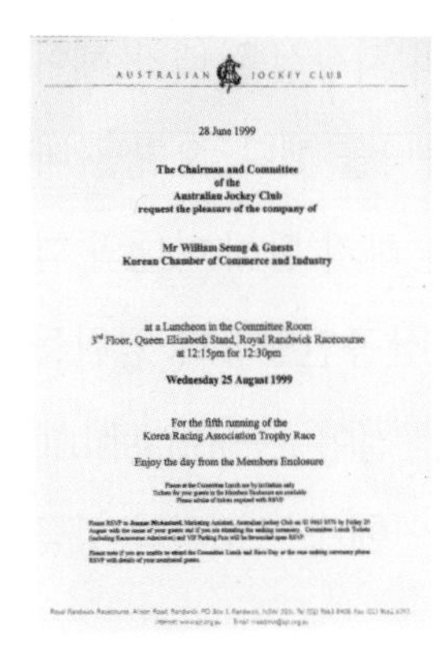
AUSTRALIAN JOCKEY CLUB

28 June 1999

The Chairman and Committee
of the
Australian Jockey Club
request the pleasure of the company of

Mr William Seung & Guests
Korean Chamber of Commerce and Industry

at a Luncheon in the Committee Room
3rd Floor, Queen Elizabeth Stand, Royal Randwick Racecourse
at 12:15pm for 12:30pm

Wednesday 25 August 1999

For the fifth running of the
Korea Racing Association Trophy Race

Enjoy the day from the Members Enclosure

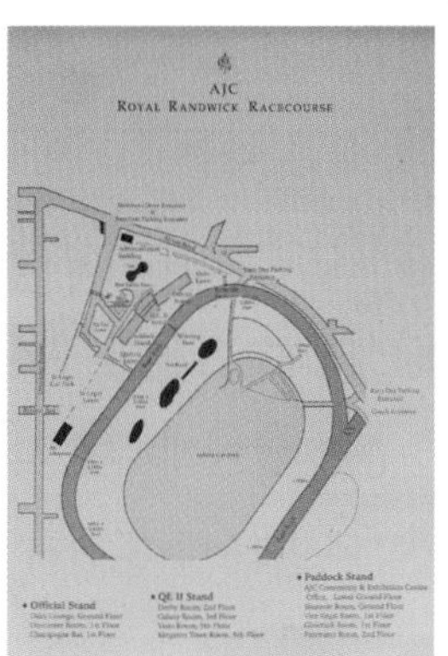

▲ 1999년 8월, Royal Randwick Racecourse 호주져키클럽 오찬 초대장과 Royal Randwick Racecourse 위치도

1999년 8월 25일, 나는 Australian Jockey Club에서의 또 다른 특별오찬회동에 초청을 받았다. 호주경마클럽이 Royal Randwick Racecourse에서 개최되는 정기적 말 경주 행사에 한국마사회를 특별 배려하여 Korea Racing Association Trophy Race(한국마사회 트로피 경기)를 추가 계획하면서 특별오찬과 경기 관람에 나랑 아내를 초청한 것이다. 나는 경기 참관에는 상공인연합회 임원 10여 명도 추가로 초청해 달라고 요청하여 함께 경기를 참관할 수 있도록 조치했다. 하루의 경기는 대략 50경기가 열리는 것 같았다. 예를 들어 시드니 경마장을 포함하여 각 도시별 경마장에서의 경기를 적당한 시간차이를 두고 연속으로 하루 종일 진행하는 방식이었다. 말 경주를 참관하며 경주마에 베팅을 한 사람들은 시드니에서의 말 경주를 제외한 타 도시의 말 경주를 대형TV화면을 통해 결과를 보면서 정해진 승률에 따라 베팅한 금액의 몇 배 또는 몇 십배의 배당이익을 즉석에서 받기도 하고 때론 몽땅 잃기도 한다. 이래서 말 경주에도 중독될 수 있겠다는 느낌도 받았다. 그리고 일반 서민 관람석과 클럽회원을 위한 별도의 VIP Room이 있어서 일반 대중과는 별도의 식당과 관람장소가 구분되어 있다. 그래서 클럽회원과 VIP Room에 입장하는 사람은 당연히 복장과 신발착용Dress Standards규정도 지켜야 한다. 나는 아내와 함께 Royal Randwick 경마장 Upper Tea House Committee Room 오찬장으로 갔다. 호주져키클럽 국제담당 Bernard Kenny 부장이 우리 부부를 반

기며 테이블로 안내를 하면서 한국마사회 트로피 경기의 시상식을 내가 해야겠다며 간단한 요령을 알려 주었다. 물론 나는 기꺼이 승낙을 했다. 오찬을 마치고 나는 한국마사회 트로피 경기시간에 맞춰 시상식을 하기 위해 아내와 함께 경기 관람도 할 겸 Q.E.II 관람석으로 이동해 우리 상공인연합회 임원들과 합류했다. 말 경주 시상식은 우승한 말에게 우승띠를 걸어주는 Shashing Ceremony와 아울러 기수Jockey, 말 주인과 말 훈련사 3인에게 트로피와 상금을 수여한다.

얼마 후, 한국마사회 트로피 경주가 끝나고 우승마가 기수와 함께 본부석 앞으로 들어왔고, 나도 경기운영자의 안내를 받아 Q.E.II Stand 앞으로 나가 시상대의 마이크 앞에 섰다. 먼저 내 소개와 한국마사회에 대한 간략한 소개를 하며 관객들에게 대표인사를 했다. 연이어 나는 우승마 등 위로 우승띠를 둘러주고 기수, 조련사와 말 주인에게 우승 트로피와 상금을 수여하고 기념사진을 찍었다. 특별히 말 주인은 우승의 기쁨을 금치 못했다. 그는 나에게 경주말에 투자를 시작해 보라고 권유를 했다. 왜냐하면 경기에 우승한 말은 그 자리에서 말 몸값이 엄청나게 뛰어오르고 또한 종마로서도 가치가 높아져 투자이득이 상당히 높아지기 때문이라고 했다. 호주에서는 일반인들도 투자용으로 경주용 어린 말을 사서 전문 조련사에게 위탁훈련을 시키며 주말취미 삼아 경주마를 키우는 사람도 더러 있다고 한다. 이렇게 경기성적에 따라 잘하면 로또 당첨에 해당하는 수익을 올릴 수 있기 때문이다.

특별히 매년 11월 첫째주 화요일, 호주 멜버른컵경기는 전 세계적으로 유명한 최고의 경주마와 조련사, 기수들이 참여하는 명마들의 대축제라고 할 수 있을 것이다. 내가 상공인연합회 회장으로 재임하던 기간을 전후하여 한국마사회에서는 호주에서 많은 종마를 수입해 갔다고 한다. 한국의 IMF외환 위기 영향으로 한국마사회와 호주경마클럽의 친선교류가 끊어졌고 말 경주에 별로 관심이 없었던 나는 그 이후 호주경마클럽과의 인연도 자연스레 끊어졌다. 그러나 나에게는 말 경주와 관련한 일반인으로서는 체험해 볼 수 없는 매우 흥미롭고 소중한 특별한 경험이었다. 그저 감사할 따름이다.

▲ 한국마사회 트로피 경기에 우승한 기수와 말 주인에게 트로피와 상금을 수여하며 축하해 주고 있는 필자 & Royal Randwick Racecourse Q.E.II 관람석을 향해 인사말을 하는 필자

▲ 1999 한국마사회 트로피 경기에 우승한 기수, 말 주인, 조련사 부부, 행사 진행자와 시상식에 참여한 필자

6-2-6. 세계한인상공인총연합회 참여활동과 무궁화상, 한국관광공사 사장 감사패수상

僑胞貿易人에 듣는 輸出戰略 ⟩10⟨

濠洲는 美못잖은 큰市場

우리關心너무不足, 進出서둘러야

濠洲韓國商工人聯合會

▲1982년 10월호 무역회보에 게재된 필자 인터뷰기사 & 교포무역인총회에 참석한 한진관광 김일환 사장과 필자

나는 1982년 9월 중순 서울 롯데호텔에서 개최된 교포무역인연합회 총회에 재호한인상공인연합회총무자격으로 참석했다. 왜냐하면 상공인연합회 초대 이배근 회장은 나의 대한항공 본사 귀임에도 불구하고 나를 초대 총무로 임명했고 내가 호주로 다시 돌아올 때까지 무기한으로 기다리겠다며 故 손상근 씨를 총무대행으로 회를 운영하고 있었다. 그리고 9월로 예정된 교포무역인연합회 총회에 재호한인상공인연합회 대표로 참석하라고 연락을 해 왔다. 그리고 나는 '일간무역'의 전신이었던 '무역회보'와 특별 인터뷰도 했다. 1980년대의 한국무역 기조는 대체로 미국과 일본 일부 유럽 국가로 제한돼 있던 시절이었다. 나는 호주시장도 가능성이 있는 무역대상국이라는 점과 호주도 미국과 같은 좋은 이민대상국가라는 점을 강조했다. 물론 나의 인터뷰기사도 무역회보 10월호에 게재가 됐다. 내가 호주, 뉴질랜드 대양주지역에서 온 유일한 참가자였기 때문이다. 헌데 한진관광의 김일환 사장이 시드니에서 참가한 나를 찾는다고 하여 그를 만났다. 본인이 출석하는 교회의 주정오 부목사가 시드니로 갔다며 가능하면 도움을 주면 좋겠다는 부탁이었다. 주 목사는 시드니열린문

▲'93세계한인상공인대회, 김덕룡 이사장으로부터 무궁화상을 수여받고 있는 필자 & 무궁화상 메달

MUKUNGHWA CITATION

Name: Won Hong Seung

The afore-named person is given this Citation in recognition of his outstanding achievement as a member of the World Federation of Korean Associations of Commerce.

September 20, 1993

World Federation of Korean Associations of Commerce,
'93 Seoul World Convention of Korean Associations of Commerce

Deog Ryong Kim

Myung Bak Lee

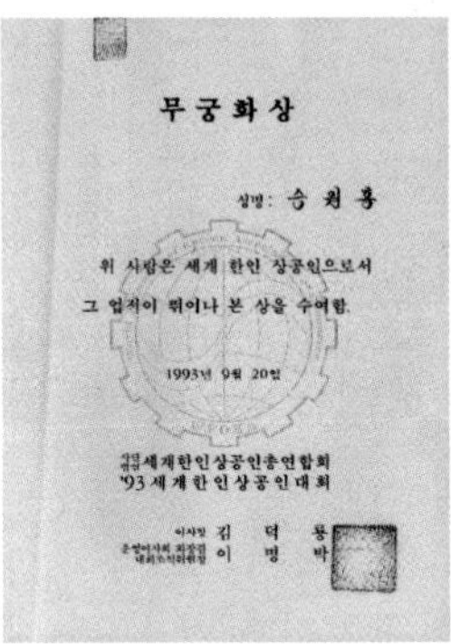

무궁화상

성명: 승원홍

위 사람은 세계 한인 상공인으로서
그 업적이 뛰어나 본 상을 수여함.

1993년 9월 20일

세계한인상공인총연합회
'93 세계한인상공인대회

이사장 김 덕 룡
이 명 박

커버스토리

'93 세계상공인대회 무궁화상 수상
롯데여행사 승원홍 사장

'93 세계 한인상공인대회(9월20일 한국 세종문화회관에서 개최)에서 세계상공인으로서의 업적이 뛰어난 공로로 미국, 캐나다 등 5명의 해외동포와 함께 김덕룡 정무장관으로부터 무궁화상을 받은 롯데여행사 대표 승원홍 사장. 호주 한글학교협의회 회장, 민주평화통일자문회의 대양주협의회 간사, 시드니 한인회 이사, 재호한인상공인연합회, 호주한인복지회, 한국기독실업인회…등을 통해 함께 더불어 잘 사는 사회를 만들고자 "경천애인(敬天愛人)을 좌우명으로 삼고 열심히 봉사하는 삶을 살고자 애쓴다.
또한 올해 회사 창립 10주년을 기념하면서 펴낸 "중국기행" 판매인지세 수입으로 교민2세 대학생을 대상으로 장학금을 제정하기도 한 그는, 한호 문화교류에도 뜻을 둬 최근 오페라하우스에서 있었던 '한국국립예술단'의 공연이 있기까지 숨은 노력을 기울였다.

24 주간생활정보

▲'93세계한인상공인대회, 필자에게 수여된 무궁화상장 & 필자의 무궁화상장 수상관련 교민언론 보도기사

교회를 창립하여 중견 교회로 부흥성장했고 나의 시드니한인회장 재임기간에는 가끔 교회 주일예배에도 참석했으며 주 목사는 내가 이끄는 제26대한인회와도 직간접으로 협력했다. 특별히 교내 실내 운동회날 경우에 한인회장의 특별 영상 축하메세지를 제작해 사용하기도 했다.

1982년 말에 호주로 정식 이민해 온 나는 1983년 5월 롯데여행사를 창립했고 재호한인상공인연합회 초대 총무로 5년간 봉사를 했다. 그 후에도 나는 1993년 2월에 창립한 세계한인상공인총연합회(김덕룡 이사장)의 행사에 적극 참여하며 세계 전역에서 성공한 상공인들과도 활발히 교류했으며 특별히 내가 재호한인상공인연합회장 재임기간이었던 1997-1999년도에는 호주한인상공인들의 서울대회 대거 참여를 통해 더욱 왕성히 활동하였다. 나는 세계한인상공인총연합회 창립 후 첫 서울대회였던 '93세계한인상공인대회에서 무궁화상을 수상하는 영예도 누렸다. 무조건 감사할 일이다.

▲'93세계한인상공인대회, 김덕룡 이사장, 정몽준 의원, 이명박 의원과 함께한 故 오한영 회장, 필자(앞줄 맨 왼쪽) & '94년세계한인상공인대회 이명박 대회장과 필자(맨 왼쪽) & 故 오직일, 권호균, 필자, 이명박 대회장과 노정언

LETTER OF APPRECIATION

Name Won-Hong Seung

This Letter of Appreciation is given to you in recognition of your distinguished contribution to the development of the Korean communities outside Korea as well as your outstanding service as a member of the World Federation of Korean Associations of Commerce in the successful holding of the '94 Seoul World Convention of Korean Associations of Commerce.

September 17, 1994

World Federation of Korean Associations of Commerce,
'94 Seoul World Convention of Korean Associations of Commerce

Deog Ryong Kim
Chang Woo Han
Chang Soo Lee

감 사 장

성명: 승 원 홍

귀하는 한인사회의 발전과 '94세계 한인상공인대회의 성공적 개최를 위하여 기여한 공이 크므로 이에 감사장을 드립니다.

1994년 9월 17일

세계한인상공인총연합회 이사장 김 덕 룡
'94세계한인상공인대회 한 창 우
이 창 수

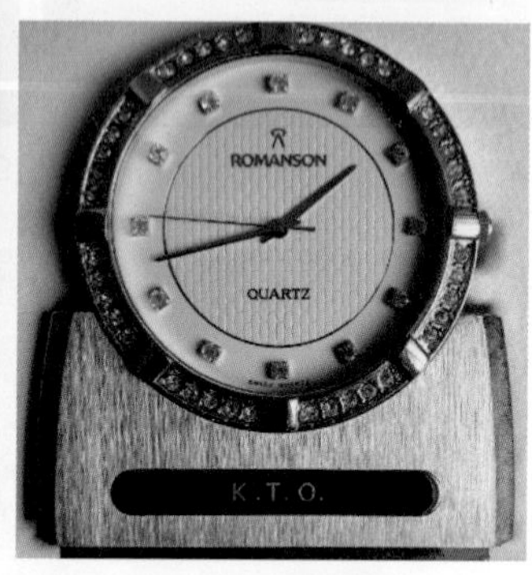

▲1994년 세계한인상공인대회에 필자가 수상한 감사장 & 김덕룡 이사장과 필자 & 필자가 수상한 1997년 관광공사사장 감사패 부상

그리고 호주한인상공인연합회 회원들이 세계한인상공인총연합회 조직과 연계하여 전세계에 흩어져 각 나라에서 성공한 한인상공인들과 폭넓은 교류를 하며 아울러 개인사업에도 도움을 받을 수 있도록 가교역할을 하고자 노력했다. 아마도 이런 의미에서 1994년도 세계한인상공인대회에서 감사장을 받았다. 그리고 세계한인상공인총연합회 차원에서 무역업, 건설업과 제조업에 추가하여 한국관광공사에서도 여행업계에서 두각을 나타내고 있는 스위스의 Song Travel의 송지열사장과 호주롯데여행사 대표인 나에게 특별 감사패를 수여했다. 이 또한 감사할 일이 아니던가!

감 사 패

롯데여행사 (호주)
대표이사 승 원 홍

귀하는 평소 확고한 신념과 투철한 사명감으로 교민사회를 위하여 헌신 봉사함은 물론 해외에서 모국의 관광자원 개발과 관광산업 홍보에 남달리 앞장서 왔기에 금번 '97세계한인상공인대회에 즈음하여 그 공로를 높이 치하하는 뜻에서 감사패를 드립니다.

1997. 9. 13

한국관광공사
사장 이 경 문

▲1997년 한국관광공사 사장이 필자에게 수어한 감사패

6-2-7. 한상대회 참여와 포항 해병 제1사령부 방문과 열병식

▲ 1998년 10월 재외동포재단 주최 '98해외한민족경제공동체대회에서 호주대표로 축사를 하고 있는 필자

나는 1998년 재외동포재단이 설립되면서 처음으로 개최되었던 해외한민족경제공동체대회에도 호주대표로 참석하여 축사도 했다. 그리고 재외동포재단이 매년 주최하는 한상대회에도 나의 한국방문일정이 허락하는 한 가끔 참석하곤 했다. 이렇게 나는 세계한인상공인총연합회와 계속 인연을 이어 오면서 이런 저런 행사에 적극 참여했다. 특별한 경험으로 2013년 세계한인상공인총연합회의 해병제1사단과 우수 전역사병을 위한 인센티브제도로 해외연수 프로그램업무를 수행하게 되었다. 이에 포항시 박승호 시장의 감사운동과 도서문화지원협회와 함께 공동으로 포항 해병제1사단을 예방하게 되었고 나는 포항 해병제1사단 전병훈 사단장, 포항시 박승호 시장, 도서문화협회장과 함께 세계한인상공인총연합회를 대표하여 해병제1사단 의장대의 열병을 받는 영광도 누렸다. 공군 예비역 병장출신으로 귀신잡는 해병의 열병을 받다니 감개무량했다. 하나님 무조건 감사합니다.

▲포항 해병제1사단 현황 브리핑 청취 후, 세계상공인총연합회 해외임원, 전병훈 사단장, 포항시장과 필자

▲포항 해병제1사단 방문, 모범장병해외인턴십, 도서/문화지원, 감사운동전파 행사에서 필자(앞줄 왼쪽 3번째)

▲2013년 포항 해병제1사단 열병식에서 거수 경례를 하고 있는 도서문화지원 이사장과 필자

▲2013년 포항 해병제1사단 열병식 차에서 도서문화지원 이사장과 필자 & 해병제1사단 전병훈 사단장과 필자

▲2015년 10월 경주, 제14차 세계한상대회에 참석한 안홍준 국회의원, 강흥원 재호상공인연합회장과 필자

▲2013년 포항 해병제1사단 열병식장에 도열해 서 있는 늠름한 모습의 자랑스런 해병들

6
|
3

민주평화통일자문회의 해외자문위원
(5-9기 1991.7.-2001.6. & 15-18기 2011.7.-2019.8.)

▲민주평화통일자문회의 자문위원증

민주평화통일자문회의(민주평통)는 제5공화국 초기였던 1981년 평화통일자문회의법에 따라 헌법기관이자 대통령자문기구이며 범민족적 통일기구로 발족했다. 내가 대한항공 시드니지사장으로 재임(1979.6-1982.8)하던 시절에 제1기 호주지역 평통위원 인선이 있었다. 당시만 해도 시드니 거주 한국인은 3천 명 정도였을 때였다. 1981년도에 시드니총영사관 변승국 영사로부터 호주지역 초대 평통위원으로 추천할테니 참여해보라는 요청을 받았으나 나는 주재원 신분이라서 정부기관의 직책을 맡는 것은 불가하다고 했다. 그리고 나는 본사 故 조양호 이사(故 조중훈 사장의 장남)와의 불편했던 시드니YH사건이 있었던 관계로 가능하면 영업활동에만 전력투구하는 것이 좋겠다고 판단하고 있었기 때문이다. 그러나 이미 영주권을 소지했던 주재원으로서 동산유지 지사장이었던 유준웅 씨는 제1기 평통위원 동남아지역 협의회 호주분회 몫의 4명에 포함됐고 내 대신으로 전 언론인 출신이었던 한인연합교회소속의 변용진 씨를 추천했다.

처음 4명으로 시작된 제1기 이후 해를 거듭하면서 평통인원수도 증가했으며 한인동포사회의 중요 단체장을 포함한 중진 인사그룹 모임의 성격을 띠어가고 있었다. 한인숫자가 많지 않았던 초기 호주이민사회 시절에는 비교적 이민정착에 성공적이었던 소수의 인사들이 주로 평통위원으로 임명되었으나 10만명을 넘어선 현재는 100명 전후로 증가됐다. 그럼에도 불구하고 제한된 해외지역별 평통 인원숫자로 인하여 매 2년마다 유임 및 새로운 인사를 선정하는 일이 1차 후보추천기관인 현지 총영사관과 대사관의 중요한 업무가 된 셈이다. 초기 평통위원들은 한인동포사회 내에서 당시 5공화국의 대변자 같은 입장에 있었음으로 일부 진보성향의 인사들로부터 평통은 밥통, 똥통이라는 비아냥까지도 받으며 논란을 일으킨 적도 있었다. 제6공화국 노태우 대통령 임기 후반이었던 1991년 제5기 평통위원 구성을 위해 당시 故 안세훈 시드니 총영사는 20여 명에 불과했던 호주지역 평통위원 구성을 위해 일부 세대교체를 한다는 의미에서 정인주, 김홍범과 함께 당시 44세였던 나를 추천에 포함시켰다. 동남아지역협의회 산하 대양주지회 지회장에 박명호 전 재호한인상공인연합회 회장이 그리고 내가 간사로 임명됐다.

그 당시에는 해외협의회 조직상 동남아지역협의회 산하 대양주지회로 돼어 있었으며 지리적으로나 역사, 문화적으로 동남아지역과는 성격이 완연히 달랐던 대양주지회입장에서 나는 박명호 지회장과 함께 동남아지역협의회에서 분리하여 독립된 협의회로 승격시켜 줄 것을 사무처에 줄곧 건의했고 첫 2년 임기 중이었던 1992년도에 대양주협의회로 독립승격조치됐다. 박명호 지회장은 협의회장으로 지회 간사였던 나는 협의회 간사로 그리고 뉴질랜드 분회는 지회로 자동승격됐다.

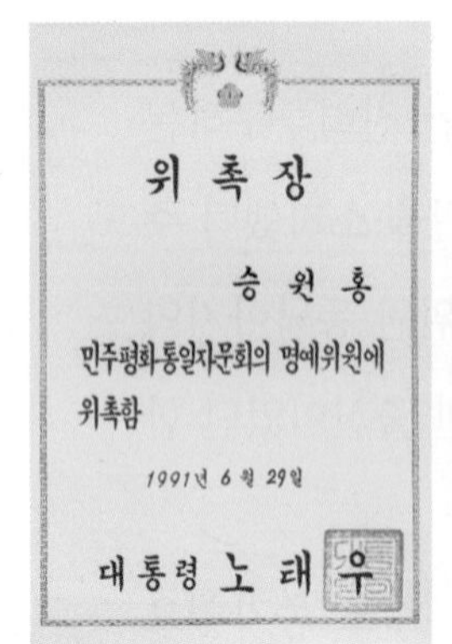

위 촉 장

승 원 홍

민주평화통일자문회의 명예위원에
위촉함

1991년 6월 29일

대통령 노 태 우

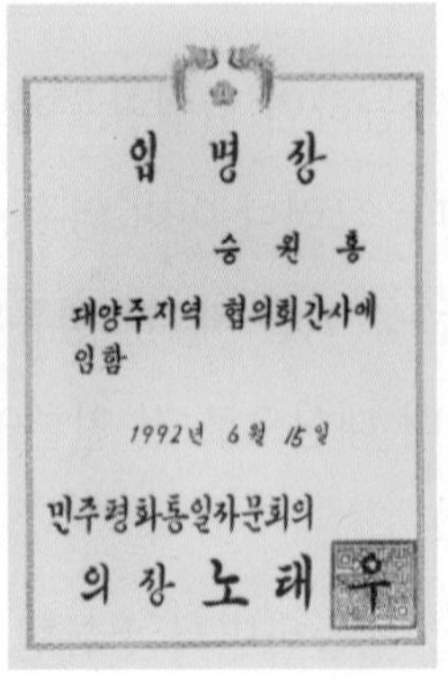

임 명 장

승 원 홍

대양주지역 협의회 간사에
임함

1992년 6월 15일

민주평화통일자문회의

의 장 노 태 우

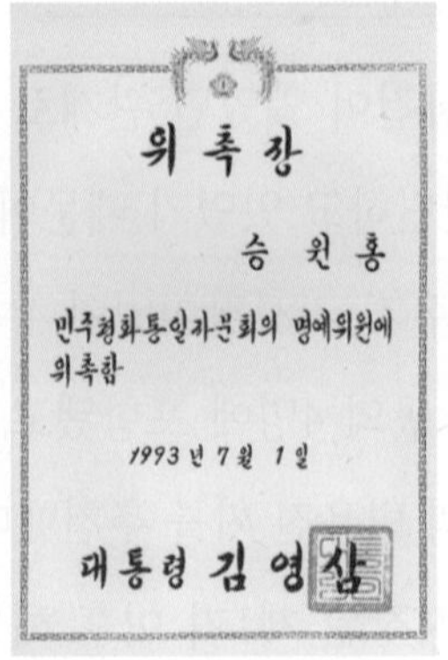

위 촉 장

승 원 홍

민주평화통일자문회의 명예위원에
위촉함

1993년 7월 1일

대통령 김 영 삼

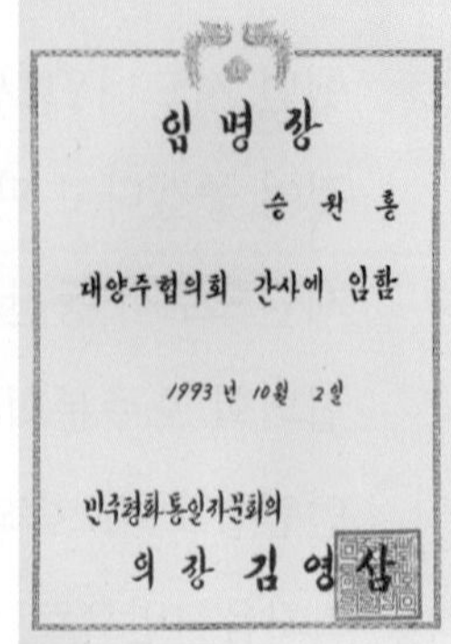

임 명 장

승 원 홍

대양주협의회 간사에 임함

1993년 10월 2일

민주평화통일자문회의

의 장 김 영 삼

▲ 제5기 민주평통위원 위촉장, 대양주협의회 간사 임명장 & 제6기 민주평통위원 위촉장, 대양주협의회 간사 임명장

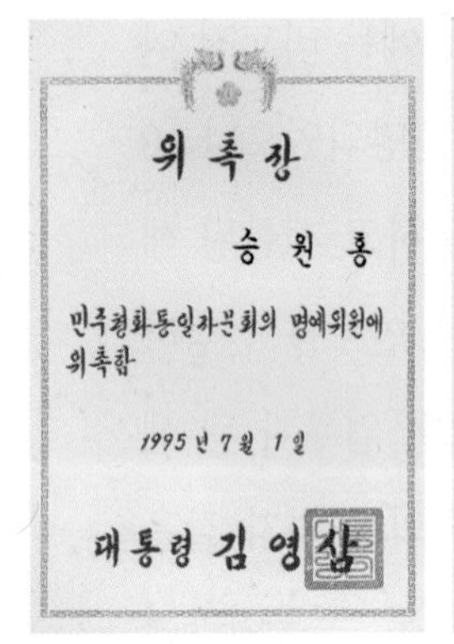

위 촉 장

승 원 홍

민주평화통일자문회의 명예위원에
위촉함

1995년 7월 1일

대통령 김 영 삼

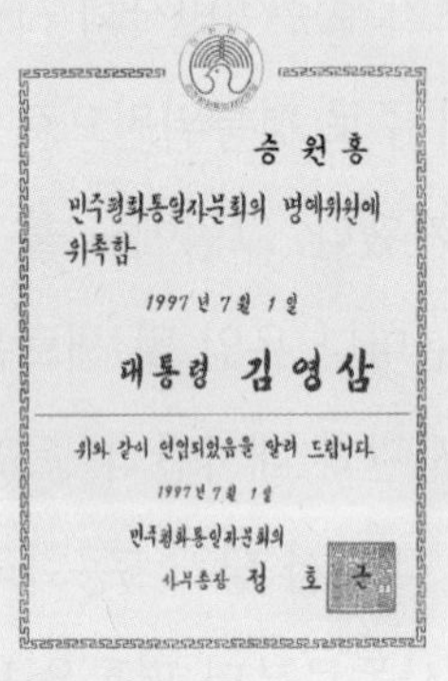

승 원 홍

민주평화통일자문회의 명예위원에
위촉함

1997년 7월 1일

대통령 김 영 삼

위와 같이 연임되었음을 알려 드립니다.

1997년 7월 1일

민주평화통일자문회의

사무총장 정 호

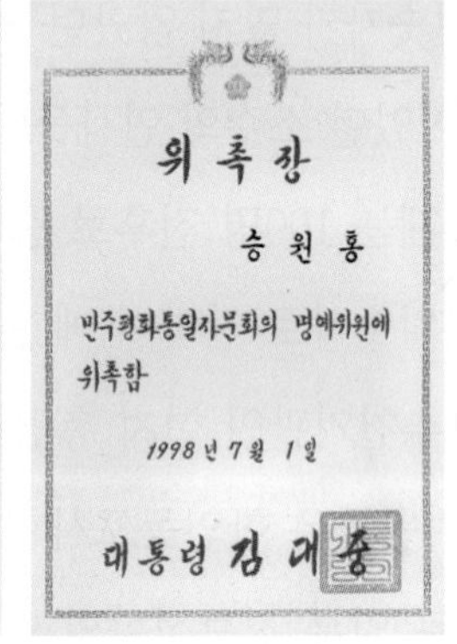

위 촉 장

승 원 홍

민주평화통일자문회의 명예위원에
위촉함

1998년 7월 1일

대통령 김 대 중

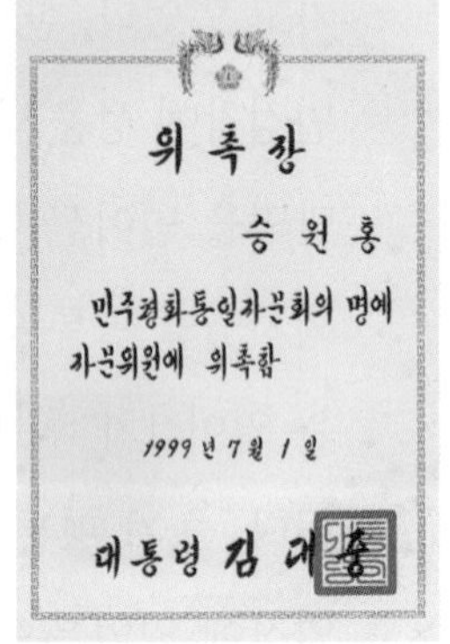

위 촉 장

승 원 홍

민주평화통일자문회의 명예
자문위원에 위촉함

1999년 7월 1일

대통령 김 대 중

▲ 제7기 민주평통위원 위촉장, 제8기 민주평통위원 위촉장 제8기 후반기 민주평통위원 위촉장, 제9기 민주평통위원 위촉장

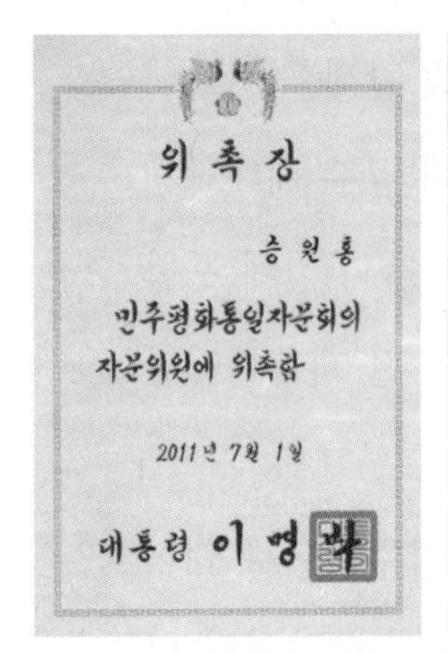

위 촉 장

승 원 홍

민주평화통일자문회의
자문위원에 위촉함

2011년 7월 1일

대통령 이 명 박

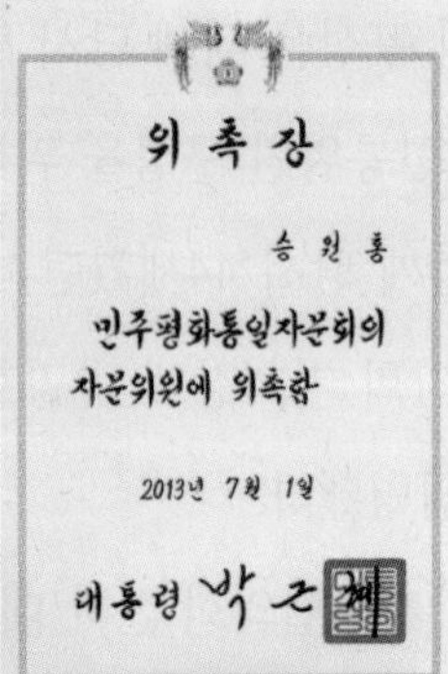

위 촉 장

승 원 홍

민주평화통일자문회의
자문위원에 위촉함

2013년 7월 1일

대통령 박 근 혜

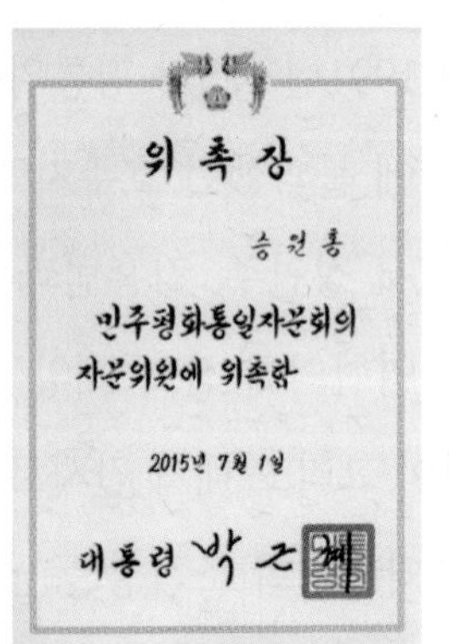

위 촉 장

승 원 홍

민주평화통일자문회의
자문위원에 위촉함

2015년 7월 1일

대통령 박 근 혜

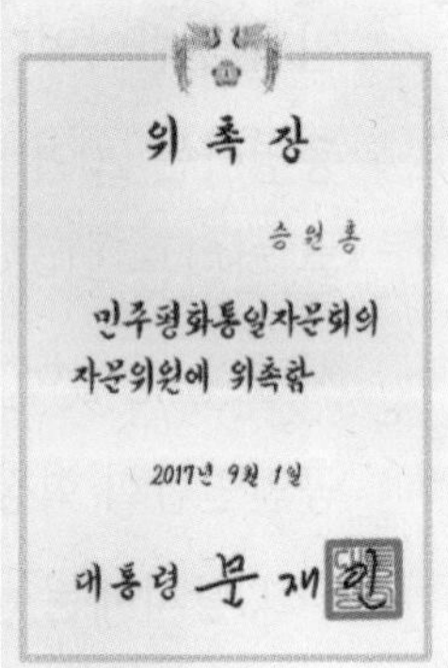

위 촉 장

승 원 홍

민주평화통일자문회의
자문위원에 위촉함

2017년 9월 1일

대통령 문 재 인

▲ 제15기 민주평통위원 위촉장, 제16기 민주평통위원 위촉장, 제17 기민주평통위원 위촉장, 제18기 민주평통위원 위촉장

나는 제5기와 제6기(1991.6.-1995.6.) 대양주협의회 간사직을, 제7기와 8기(1995.7.-1999.6.)엔 부협의회장직을 맡았고 제9기(1999.7.-2001.6.)엔 일반위원으로 2001년까지 10년간 봉사했다. 그리고 어느덧 10년이 지난 2011년이 되면서

김진수 총영사가 만남을 요청해 왔다. 전임 한인회장으로서 한인사회 전반에 관한 자문과 더불어 새로이 구성할 제15기 평통위원으로 나를 재추천하고자 한다는 용건이었다. 나는 과거 벌써 10년 전에 10년 기간 동안 봉사를 했었다며 사양을 했다. 그런데 오랜 기간이 지났어도 한인사회 중진급 인사가 평통위원으로 포함되는 것이 바람직하다며 자리만 지켜줘도 도움이 될 거라며 강권을 하여 평통위원 위촉을 승락했다. 이렇게 또다시 제15기(2011.7.-2013.6.)부터 일반 평통위원으로 위촉을 받아 제16, 17, 18기 종료인 2019년 8월까지 민간차원의 공공외교를 통하여 조국의 자유민주평화통일을 위하여 미력이나마 계속 봉사를 해왔다. 그런데 제19기 평통위원 위촉을 앞두고 2019년 초에 평통 사무처로부터 제19기 평통위원의 재임명을 희망하는 위원들은 별도로 재임명신청서를 내라는 공지가 있었다. 나는 후배들에게 기회를 주는 것이 바람직하다고 생각하여 재임명신청을 하지 않았다. 노태우 대통령으로부터 시작하여, 김영삼, 김대중, 이명박, 박근혜, 문재인 대통령에 이르기까지 6명의 대통령으로부터 10차례의 위촉장과 제5기와 제6기 두 차례의 간사 임명장을 받았다. 공교롭게도 노무현 대통령의 위촉장만 없는 셈이다. 그리고 평통위원으로 재임했던 기간 중에, 내가 경영하던 롯데여행사를 통해 1991년 7월 7박8일간의 호주교민 19명 단체의 순수북한단체관광을 성사시켰으며 북한노동당 중앙위원회 대남담당 김용순 비서를 만나기도 했다. 당시 시드니총영사관의 진본영 영사는 나의 북한방문 프로젝트의 성공을 야구에서 사용하는 용어로 "번트 홈런"이라고도 평가했다. 이어 1993년도 민주평통 의장인 김영삼 대통령으로부터 대통령 표창장과 부상으로 대통령 휘장이 새겨진 손목시계를 받았다. 조국 대한민국의 번영과 함께 한민족으로서의 자유민주평화통일을 위하여 9차례 18년 동안 헌신할 수 있도록 기회를 주신 역대 시드니총영사님과 대한민국정부 그리고 시대별로 함께 봉사했던 호주지역의 여러 평통위원들과 교제할 수 있었음은 나에게 또 다른 축복이라고 생각하여 감사드린다.

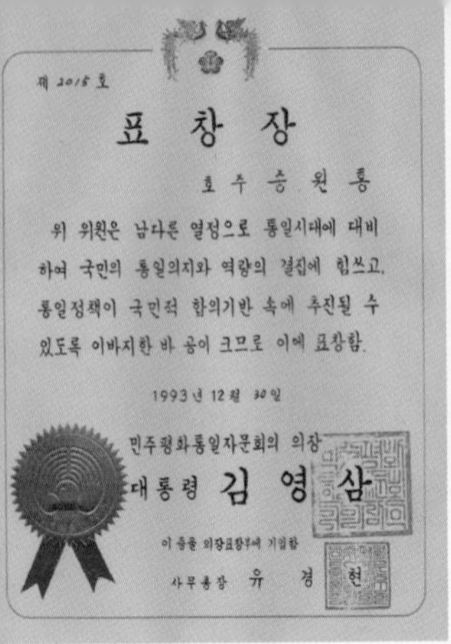

제 2015 호

표 창 장

호 주 승 원 홍

위 위원은 남다른 열정으로 통일시대에 대비하여 국민의 통일의지와 역량의 결집에 힘쓰고, 통일정책이 국민적 합의기반 속에 추진될 수 있도록 이바지한 바 공이 크므로 이에 표창함.

1993년 12월 30일

민주평화통일자문회의 의장
대통령 김 영 삼

사무총장 유 경 현

東亞日報 1994년 1월 28일(금요일) 〈日刊〉

잠깐…

대통령 표창받은 승원홍씨 인터뷰

"평소 노력 인정받아 기쁘다"

대통령 표창장을 수상한 승원홍씨

여행업.평통자문회의.한글학교등 다방면 활동 "성실성.추진력 돋보여"

▲1993년 민주평통 김영삼 대통령이 수여한 표창장과 부상 손목시계 & 대통령 표창장 관련 보도기사

▲1994년 타워호텔, 민주자유당 김종필 대표위원 주최 오찬, 민주평통사무처장과 제6기 대양주협의회 회장단과 필자(오른쪽 2번째) 故 김종필 대표위원은 필자의오른 손을 꼭 잡고 사진을 찍었다. & 충북 청주시 공군박물관을 방문한 박명호 협의회장과 필자

▲1995년 시드니 종교계 지도자 초청 통일간담회, 김영선 총영사, 박명호 협의회장과 간사인 필자(맨 오른쪽)

▲1995년 워커힐호텔, 민주평통 제7기 대양주협의회 소속 위원들과 필자(앞줄 왼쪽 3번째) &
1998년 성세현 동일부차관과 민주평통 제8기 대양주협의회 소속 위원들과 필자(두번째 줄 왼쪽 4번째)

▲1997년 김영삼 대통령 재임기간 중 청와대 녹지원에서의 제7기 해외지역 민주평통위원과 필자(앞줄 왼쪽 6번째)

▲이수성 민주평통수석부의장(전 국무총리)이 재호한인상공인연합회 회장이었던 필자에게 소주를 주고 있다. & 2000년 김대중 대통령 노벨평화상 수상 축하, 청와대 방문 시 민주평통 제9기 해외지역위원인 필자와 대통령 내외
나는 김대중 총재 야당대표 시절 1996년 9월 시드니대학교에서 명예법학박사학위를 받을 때에 처음 만났다

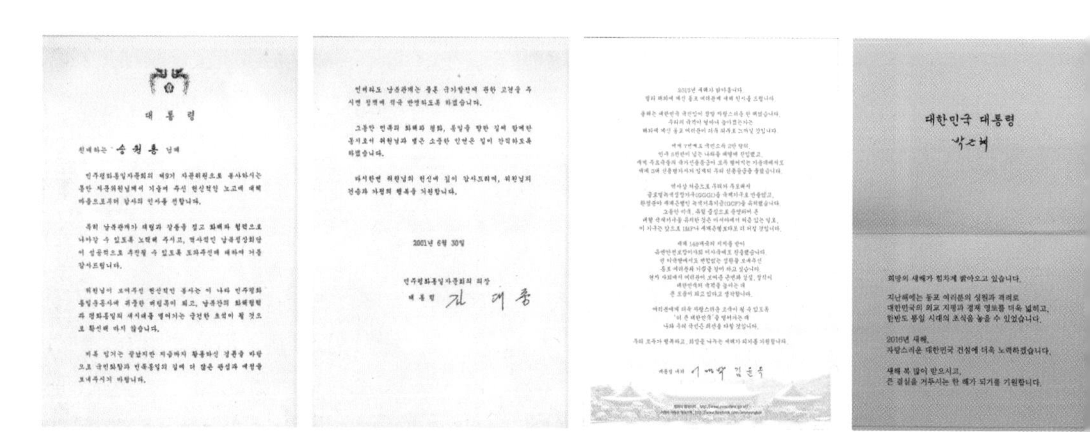

대 통 령

친애하는 송 원 홍 님께

민주평화통일자문회의 제9기 자문위원으로 봉사하시는 동안 자문위원님께서 기울여 주신 헌신적인 노고에 대해 마음으로부터 감사의 인사를 전합니다.

특히 남북관계가 대립과 갈등을 접고 화해와 협력으로 나아갈 수 있도록 노력해 주시고, 역사적인 남북정상회담이 성공적으로 추진될 수 있도록 도와주신데 대하여 거듭 감사드립니다.

위원님이 보여주신 헌신적인 봉사는 이 나라 민주평화통일운동사에 귀중한 이정표가 되고, 남북간의 화해협력과 평화통일의 새시대를 열어가는 굳건한 초석이 될 것으로 확신해 마지 않습니다.

비록 임기는 끝났지만 지금까지 활동하신 경륜을 바탕으로

언제라도 남북관계는 물론 국가발전에 관한 고견을 주시면 정책에 적극 반영하도록 하겠습니다.

그동안 민족의 화해와 평화, 통일을 향한 길에 함께한 동지로서 위원님과 맺은 소중한 인연은 길이 간직하도록 하겠습니다.

다시한번 위원님의 헌신에 깊이 감사드리며, 위원님의 건승과 가정의 행복을 기원합니다.

2001년 6월 30일

민주평화통일자문회의 의장
대통령 김 대 중

우리 모두가 행복하고, 희망을 나누는 새해가 되시길 기원합니다.

대통령 내외 이명박 김윤옥

대한민국 대통령
박근혜

희망의 새해가 힘차게 밝아오고 있습니다.

지난해에는 동포 여러분의 성원과 격려로
대한민국의 외교 지평과 경제 영토를 더욱 넓히고,
한반도 통일 시대의 초석을 놓을 수 있었습니다.

2016년 새해,
자랑스러운 대한민국 건설에 더욱 노력하겠습니다.

새해 복 많이 받으시고,
큰 결실을 거두시는 한 해가 되기를 기원합니다.

▲2001년 민주평화통일자문회의 제9기 임기를 마치며 의장인 김대중 대통령이 필자에게 보내준 감사서한 & 2013년 이명박 대통령 내외가 보내온 새해인사 서한 & 2016년 박근혜 대통령이 보내온 새해인사 카드

▲2000년 대양주협의회와 용산구협의회 자매 결연 기념탁상시계 & 2013년 민주평통 제16기 대양주협의회 출범식에서 축사하고 있는 The Hon. Bob Carr MP 외교부장관, 제16기 발대식에서 백낙윤, 이재경 전 한인회장과 필자

▲2014년 민주평통 제16기 대양주협의회 위원들, 박찬봉 사무처장과 현경대 수석부의장과 필자(앞줄 가운데) & 민주평통 제16기 대양주협의회 위원들의 청와대 방문 시 박근혜 대통령과 평통위원들과 필자(앞줄 맨 왼쪽)

▲켄버라 호주국회의사당에서 개최된 한반도통일안보 세미나에서 축사를 하는 호주연방정부 The Hon. Julie Bishop MP 외교장관 & 한반도통일안보세미나에서 발제자에게 질문과 제안을 하고 있는 필자, 현경대 수석부의장이 몸을 돌려 이숙진 협의회장, 참석자들과 함께 필자의 질문과 제안을 경청하고 있다.

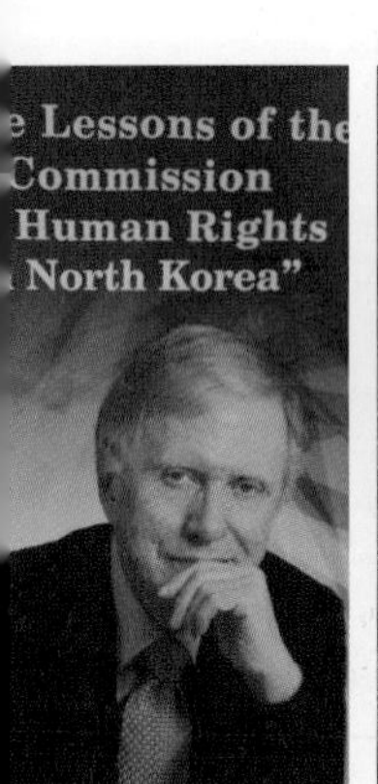

▲2015년, 북한인권현황에 관해 강연하고 있는 유엔인권위원회 마이클 커비 위원장(호주 대법관 출신) & 북한인권주간기념 영상시사회와 강연회에서의 필자(왼쪽 3번째)

▲ 평택 해군제2함대사령부 기지에 전시된 천안함 내부기관을 살펴보고 있는 민주평통위원들과 필자

▲ 천안함 전시관 & 제2연평해전에서 전사한 참수리357호정 6인의 영웅위령탑과 속초함 안보견학을 한 필자

▲ 2014년 청와대 대통령과의 통일대화에서 반갑게 만난 서울문리대 동기 故 주철기 외교안보특보 & 2016년 제17기 민주평통 유호열 수석부의장, 권태오 사무처장과 필자 & 청와대에서 故김정봉 민주평통상임위원과 필자.

▲ 2016년 민주평통 제17기 해외지역위원들을 청와대로 초청하여 통일대화를 하고 있는 박근혜 대통령 & 민주평통 제17기 호주협의회 위원들의 청와대 방문 시에 함께한 박근혜 대통령과 필자(둘째줄 맨 왼쪽)

▲강원도 철원 육군3보병사단장과 필자 & 백골부대 포병연대 조교에게서 탱크사격훈련을 받고 있는 필자

▲철원 평화전망대 & 조선노동당 옛 노동당사 건물 앞에서 필자 & '철마는 달리고 싶다' 철원역에서 필자

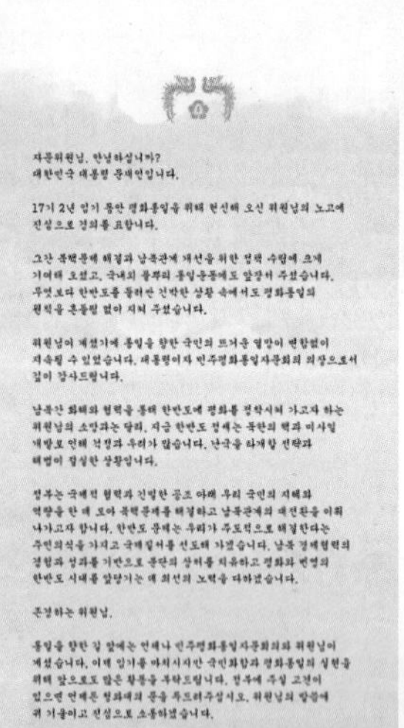

자문위원님, 안녕하십니까?
대한민국 대통령 문재인입니다.

17기 2년 임기 동안 평화통일을 위해 헌신해 오신 위원님의 노고에 진심으로 경의를 표합니다.

그간 북핵문제 해결과 남북관계 개선을 위한 정책 수립에 크게 기여해 오셨고, 국내외 동포의 통일운동에도 앞장서 주셨습니다. 무엇보다 한반도를 둘러싼 긴박한 상황 속에서도 평화통일의 원칙을 흔들림 없이 지켜 주셨습니다.

위원님이 계셨기에 통일을 향한 국민의 뜨거운 열망이 변함없이 지속될 수 있었습니다. 대통령이자 민주평화통일자문회의 의장으로서 깊이 감사드립니다.

남북간 화해와 협력을 통해 한반도에 평화를 정착시켜 가고자 하는 위원님의 소망과는 달리, 지금 한반도 정세는 북한의 핵과 미사일 개발로 인해 걱정과 우려가 많습니다. 난국을 타개할 전략과 해법이 절실한 상황입니다.

정부는 국제적 협력과 긴밀한 공조 아래 우리 국민의 지혜와 역량을 한 데 모아 북핵문제를 해결하고 남북관계의 대전환을 이뤄 나가고자 합니다. 한반도 문제는 우리가 주도적으로 해결한다는 주인의식을 가지고 국제질서를 선도해 가겠습니다. 남북 경제협력의 경험과 성과를 기반으로 분단의 상처를 치유하고 평화와 번영의 한반도 시대를 앞당기는 데 최선의 노력을 다하겠습니다.

존경하는 위원님,

통일을 향한 길 앞에는 언제나 민주평화통일자문회의와 위원님이 계셨습니다. 이제 임기를 마치시지만 국민화합과 평화통일의 실현을 위해 앞으로도 많은 활동을 부탁드립니다. 정부에 주실 고견이 있으면 언제든 청와대의 문을 두드려주십시오. 위원님의 말씀에 귀 기울이고 진심으로 소통하겠습니다.

그 동안 통일을 위한 위원님의 헌신에 거듭 감사드리며, 가정에 건강과 행운이 가득하기를 기원합니다.

2017년 7월 1일
민주평화통일자문회의 의장
대통령 문재인

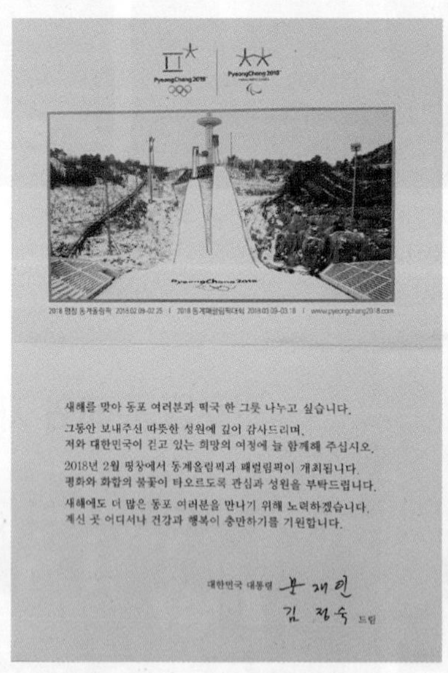

PyeongChang 2018

2018 평창 동계올림픽 2018.02.09-02.25 | 2018 동계패럴림픽대회 2018.03.09-03.18 | www.pyeongchang2018.com

새해를 맞아 동포 여러분과 떡국 한 그릇 나누고 싶습니다.
그동안 보내주신 따뜻한 성원에 깊이 감사드리며,
저와 대한민국이 걷고 있는 희망의 여정에 늘 함께해 주십시오.
2018년 2월 평창에서 동계올림픽과 패럴림픽이 개최됩니다.
평화와 화합의 불꽃이 타오르도록 관심과 성원을 부탁드립니다.
새해에도 더 많은 동포 여러분을 만나기 위해 노력하겠습니다.
계신 곳 어디서나 건강과 행복이 충만하기를 기원합니다.

대한민국 대통령 문재인
김정숙 드림

▲2017년 문재인 대통령이 필자에게 보내준 감사서한 & 2018년 문재인 대통령과 김정숙 영부인이 필자에게 보내온 평창동계올림픽 성원요청 서한 & 2018년 민주평통제18기 서울회의에서 필자

▲2018년 해외지역회의에서 김덕룡 수석부의장과 필자 & 2017년 민주평통제18기 호주협의회출범회의에서 필자

▲2018년 민주평통 신범철 아산정책연구원 초청 평화통일 시드니강연회, 신범철 평화통일안보센터장과 필자

▲2018년 민주평통 호주협의회 시드니 통일골든벨 행사장 & 문정인 외교안보특보 한반도비핵화와 평화강연회, 형주백 협의회장, 류병수 한인회장, 문 특보와 필자

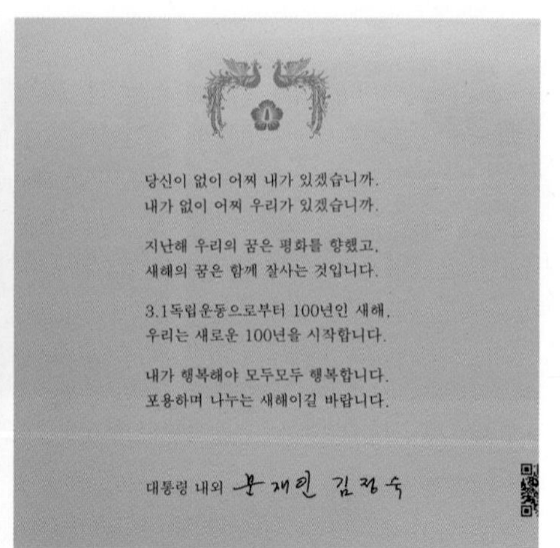

당신이 없이 어찌 내가 있겠습니까.
내가 없이 어찌 우리가 있겠습니까.

지난해 우리의 꿈은 평화를 향했고,
새해의 꿈은 함께 잘사는 것입니다.

3.1독립운동으로부터 100년인 새해,
우리는 새로운 100년을 시작합니다.

내가 행복해야 모두모두 행복합니다.
포용하며 나누는 새해이길 바랍니다.

대통령 내외 문재인 김정숙

▲2018년 민주평통 의장 문재인 대통령과 김정숙 영부인이 필자에게 보내온 신년 인사장

▲강원도 철원 DMZ 평화전망대에서의 필자 & 경기도 파주시 서부전선 군사분계선에 있는 통일안보관광지 도라산 전망대 & 통일안보관광지 임진각

▲2020년 민주평통 호주협의회 시드니올림픽 20주년 기념 기록사진 특별전시회, 형주백 협의회장과 필자 부부

6
|
4

재외동포재단OKF과 세계 한인회장대회 및 한민족대표자모임과 대양주한인회총연합회와 호주한인총연합회의 다양한 활동

6-4-1. 재외동포재단과 세계 한인의 날 제정(2007.10.5.)

재외동포재단Overseas Korean Foundation은 재외동포들이 거주국에서 민족적 유대감을 유지하면서 그 사회의 모범적인 구성원으로 살아갈 수 있도록 하는 데 이바지함을 목적으로 한다는 재외동포재단법의 목적에 따라 김영삼정부 시절인 1997년 10월 30일에 설립된 외교부 산하 공공기관이다. 그 주요사업으로는 재외동포 교류사업, 재외동포사회에 관한 조사연구사업, 재외동포를 대상으로 하는 교육문화사업 및 홍보사업 등이다. 그래서 전 세계에 흩어져 사는 해외동포들은 한인회, 한글학교를 비롯한 다양한 개인이나 단체들에 대한 재단의 다양한 지원, 초청, 협력사업들을 통해 현지 공관과 함께 재외동포재단과 직간접으로 연결돼 있다고 볼 수 있다. 그러나 전 세계에 흩어져 사는 750

만 재외동포 권익보호와 실질적 지원에는 만성적 예산부족으로 인해 인적 물적으로 많은 한계가 있으므로해서 재외동포재단을 '재외동포청'으로 조직확대를 해야 한다는 움직임도 있었고 또는 외교부 산하에서 벗어나 대통령 직속기관으로 승격돼야 제대로 해외동포사업을 수월하게 진행할 수 있을 것이란 제안도 있었다. 그래서 나는 시드니한인회장 재임시절이었던 2007년도부터 국회 외교통상통일위원회와 당시 집권여당이었던 한나라당과의 공동주최 '재외동포청' 신설 추진을 위한 해외동포지도자 의견수렴 공청회에도 대양주지역 대표로 적극 참여하여 의견을 개진하기도 했으며 특별히 세계한인회장대회를 통해 '재외동포청' 신설안을 대통령에게 직접 건의하기도 했다. 그러나 법을 제정하는 국회의원들 가운데 특별히 해외동포업무와 관련이 있는 외교통상통일위원회 소속이 아닌 대다수 국회의원들은 재외동포들의 무한한 잠재력과 역량에 대한 인식도 부족한 듯 보였고 더욱이나 각 정당별로 재외동포와의 친숙도와 선거에서의 유불리 이해관계가 달라서인지 지금껏 별다른 진전을 보지 못하고 있는 실정으로 안타깝게 생각한다.

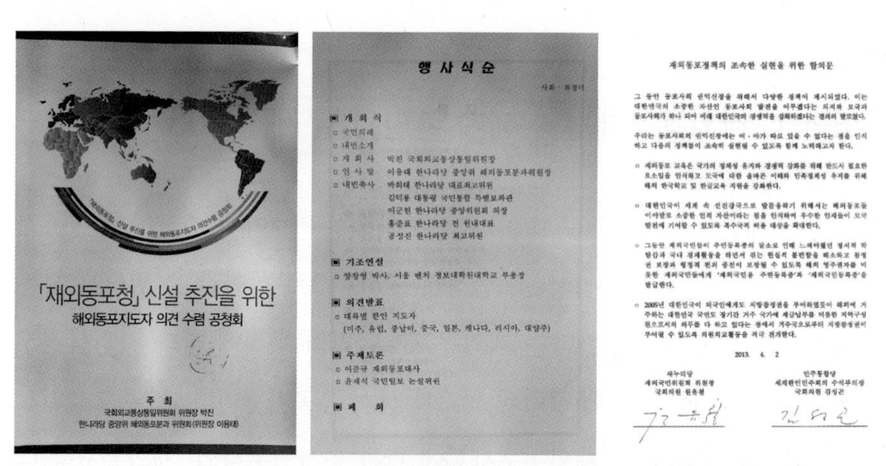
「재외동포청」 신설 추진을 위한
해외동포지도자 의견 수렴 공청회

주 최
국회외교통상통일위원회 위원장 박진
한나라당 중앙위 해외동포분과 위원회(위원장 이용대)

행 사 식 순

■ 개 회 식
□ 국민의례
□ 내빈소개
□ 개 회 사 박진 국회외교통상통일위원장
□ 인 사 말 이용대 한나라당 중앙위 해외동포분과위원장
□ 내빈축사 박희태 한나라당 대표최고위원
김덕룡 대통령 국민통합 특별보좌관
이군현 한나라당 중앙위원회 의장
홍준표 한나라당 전 원내대표
공성진 한나라당 최고위원

■ 기조연설
□ 양창영 박사, 서울 벤처 정보대학원대학교 부총장

■ 의견발표
□ 대륙별 한인 지도자
(미주, 유럽, 중남미, 중국, 일본, 캐나다, 러시아, 대양주)

■ 주제토론
□ 이준규 재외동포대사
□ 윤재석 국민일보 논설위원

■ 폐 회

재외동포정책의 조속한 실현을 위한 합의문

그 동안 동포사회 권익신장을 위해서 다양한 정책이 제시되었다. 이는 대한민국의 소중한 자산인 동포사회 발전을 이루겠다는 의지와 모국과 동포사회가 하나 되어 미래 대한민국의 경쟁력을 강화하겠다는 결의의 발로였다.

우리는 동포사회의 권익신장에는 여 · 야가 따로 있을 수 없다는 점을 인식하고 다음의 정책들이 조속히 실현될 수 있도록 함께 노력하고자 한다.

o 재외동포 교육은 국가의 정체성 유지와 경쟁력 강화를 위해 반드시 필요한 요소임을 인식하고 모국에 대한 올바른 이해와 민족정체성 유지를 위해 해외 한국학교 및 한글교육 지원을 강화한다.

o 대한민국이 세계 속 선진강국으로 발돋움하기 위해서는 해외동포들이야말로 소중한 인적 자산이라는 점을 인식하여 우수한 인재들이 모국 발전에 기여할 수 있도록 복수국적 허용 대상을 확대한다.

o 그동안 재외국민들이 주민등록증의 말소로 인해 느껴야했던 정서적 박탈감과 국내 경제활동을 하면서 겪는 현실적 불편함을 해소하고 참정권 보장과 행정적 편의 증진이 보장될 수 있도록 해외 영주권자를 비롯한 재외국민들에게 '재외국민용 주민등록증'과 '재외국민등록증'을 발급한다.

o 2005년 대한민국이 외국인에게도 지방참정권을 부여하였듯이 해외에 거주하는 대한민국 국민도 장기간 거주 국가에 세금납부를 비롯한 지역구성원으로서의 의무를 다 하고 있다는 점에서 거주국으로부터 지방참정권이 부여될 수 있도록 의원외교활동을 적극 전개한다.

2013. 4. 2

새누리당
재외국민위원회 위원장
국회의원 원유철

민주통합당
세계한인민주회의 수석부의장
국회의원 김성곤

▲2007년 재외동포청 신설추진 해외지도자 의견수렴을 위한 공청회 자료 & 재외동포정책실현 정당 합의서

나는 롯데여행사를 경영하면서 한국여행상품판매 마케팅을 위해 호주 여행사 사장단과 언론인들을 인솔하고 한국관광지 소개와 안내를 위하여 매년 1, 2차례 정기적으로 한국을 방문했다. 그리고 시드니한인회장으로 취임했던

한인회 '동포사회 알리기' 사업 박차

'한영문 디렉토리' '멀티미디어 홍보 패키지' 추진

2007년에 여행사업무 수행차 한국방문기간 중인 10월 15일에 국회 김원웅 외교통상통일위원장을 방문했다. 김원웅 의원은 유명한 독립운동가의 자제로서 서울문리대 정치학과출신 대학동기생이다. 1966년 서울대학교에 입학해 재학중 군복무를 마치고 다시 복학하여 1974년 초 졸업할 때까지 당시 군사독재와 유신에 항거하는 대학생 데모가 한창이던 시절에 함께 시간을 보냈던 오랜 대학친구이다. 대학졸업 6년 후, 내가 대한항공 시드니지사장으로 재임했던 1980년에 그는 민정당 청년국 부국장으로 민정당 국회의원과 중앙당 청년간부들과 함께 시드니를 방문하여 반갑게 만났었고 바쁜 일정에도 불구하고 잠시 내가 살고 있던 Ashfield 집에도 방문했었다. 그리고 내가 대한항공을 떠나 호주로 이민해 오기 전 1982년 말 나의 송별모임에서 본인의 대만유학 시절 은사가 그렸다는 물방울이 살아있는 듯한 동양화 한 폭을 기념품으로 주기도 했다. 또다시 25년의 긴 세월이 흘러 나는 시드니한인회장으로 그리고 김원웅 동문은 현직 3선국회의원으로 다시 반갑게 만나게 되었다. 나는 김 의원에게 한국입장에서 호주와의 상호보완적 국제교역관계는 물론 국제정치경제외교관계의 중요성을 설명하고 더불어 10만시드니동포사회의 발전이 한국의 국익에도 커다란 도움이 될 거라고 강조했다. 그래서 나는 그에게 한국정부의 예산책정권을 갖고 있는 국회에서도 호주한인사회발전에 관심을 갖고 특별히 시드니한인회 발전을 위해 적극 지원해 줄 것을 요청했다. 그는 나에게 어떻게 도와주면 되겠냐고 물

▲ 김원웅 국회의원(외교통일위원장)과 필자

▲재외동포재단 이구홍 이사장(2006.11.-2008.5.)과 필자 & 재외동포재단 금병목 기획이사, 이정미 한인회팀장, 박영국 총영사의 시드니한인회 방문기념과 필자(앞줄 가운데)

었다. 그래서 나는 김 의원이 직접 재외동포재단 이구홍 이사장에게 가능하면 호주시드니한인회를 잘 지원해 주라는 말 한마디만 해 주면 된다고 답했다. 그리고 나머지 후속 조치는 내가 이구홍 이사장과 잘 협의해서 추진하겠다고 했다. 이구홍 이사장은 오랜 기간 동안 해외교포문제연구소를 운영하면서 해외교포의 현실과 문제에 관해 폭넓은 이해와 지원의 필요성을 잘 알고 있는 인사였다. 그리고 때마침 서울대학교 중국어중국문학과 후배인 외교부출신 금병목 대사가 재외동포재단 기획이사로 부임해 왔다. 나는 22일에 재외동포재단 이구홍 이사장을 예방하고 호주한인사회 전반에 관한 설명과 함께 시드니한인회장으로서 전 세계 한인회 가운데 가장 모범적인 한인회로 또한 호주 다문화사회에서 가장 모범적인 커뮤니티를 만들고 싶다는 개인적인 비전과 실천방안 그리고 성공적인 결실을 위해 재외동포재단의 정책적 지원을 요청했다. 그리고 연이어 23일에 금병목 기획이사와 이종미 한인회팀장과 저녁식사회동을 하며 호주 국가의 정치와 다문화정책 상황과 시드니한인사회 전반에 관한 실태와 더불어 시드니한인회장으로서의 나의 포부와 계획을 설명했다. 금이사는 이 팀장에게 "세계 여러 국가와 도시에 여러 종류의 다양한 배경을 가진 한인회장들이 많지만 예외적으로 승 회장 같은 엘리트 회장도 있다"며 앞으로 시범 케이스로 잘 지원해 보자라는 말도 했다. 이렇게 해서 내가 시드니한인회장으로 재임하던 2년기간 동안 내가 추진했던 다양한 사업들, 연례 행사였던 한국의 날 행사 지원을 포함하여 시민권자연대 프로그램, 워홀러를 위한 Job Settlement 교육 프로그램, 차세대육성을 위한 Youth Forum과 Youth Symposium 프로그램, 영문 블리틴 발행 지원 등, 아마도 재외동포재단이 시드니한인회에 지원한 예산은 시드니한인회 역사상 가장 역동성 있는 다양한 활동만큼이나 다양한 지원을 했다고 할 수 있을 것이다. 그뿐인가? 나는 국회와 문화관광부와 한국관광공사의 지원을 받아 '난타' 공연팀을 초청하여 2007년과 2008년 두 차례의 한국주간행사 중에 주말 이틀 동안 시드니시내 중심가 달링하버에서 호주 주류사회를 향해 전무후무한 멋진 한국문화공연도 할 수 있었다.

그러나 가장 아쉽게 생각하는 것은 'KBS 열린음악회'의 시드니공연을 성사시키지 못한 것이다. 이의 추진를 위해 나는 서울대학교 정영사 후배인 KBSTV 이원군 부사장을 만나 협의도 해보았으나 대규모 해외공연행사로 엄청난 경비가 소요되는 시드니 해외원정을 위한 재정 스폰서 해결 문제로 인해 사실상 포기해 버렸다. 왜냐하면 그보다 급하고 중요한 사업들도 많았기 때문에서였다. 내가 시드니한인회장으로 취임했던 2007년 상반기는 한인회장 선거기간이었고 7월 회장취임식 전후의 다양한 모임과 8.15광복절 행사, 아프가니스탄 억류한인석방기원 촛불집회, 9월 22/23일 한가위맞이 시내 달링하버에서의 난타공연과 9월 29일 한국의 날 행사와 다양한 활동으로 무척 바빴던 해 였다. 그런 가운데 한국정부는 대통령 영으로 재외동포의 소중함을 일깨우고 재외동포들에게 한민족으로서의 정체성과 자긍심을 고취한다는 취지에서 10월 5일을 '세계 한인의 날'로 제정 공표했다. 그러나 재외동포재단이나 한국공관으로부터 세계한인의 날에 관해 아무런 추가 소식이 없었다. 나는 시드니 동포사회에서도 당연히 무엇인가 해외동포들의 중요성을 재확인하는 행사를 해야겠다는 생각을 했다. 마침 전남 보성군 정종해 군수가 보성군 예술단의 한국전통문화공연을 위해 호주방문을 희망한다는 소식을 전해 왔다. 나는 박영국 총영사와 함께 보성군 예술단의 호주공연을 세계한인의 날인 10월 5일에 맞춰 시드니공연이 가능하도록 추진했다. 평일 금요일 점심 시간대였음에도 불

▲시드니한인회주최 2007년 제1회 세계한인의 날 행사 기념식에서 전남 보성군 전통예술단원들과 어우러져 춤을 추는 교민들

6 | 교민 2007/10/12 금요일

'제1회 세계 한인의 날' 기념식, 한인회관서 개최

▲2007년 10월 5일 제1회 세계한인의 날 축하 기념식 기사

구하고 오랜만에 150여 명의 한인들이 시드니한인회관에서 판소리 명창, 국악공연, 남도 전통춤공연을 즐기며 신명나는 시간을 가졌을 뿐 아니라 뜻깊은 제1회 세계한인의 날 행사를 할 수 있게 되어 매우 기뻤다. 그러나 세계한인의 날 행사는 주로 모국에서 정부행사로만 자리를 잡고 현지 해외동포사회에선 특별한 행사가 없는 것 같다. 이렇게 내가 한인회장 재임 중에 시드니한인회관에서 가졌던 제1회 '세계 한인의 날' 행사가 처음이자 마지막 행사가 된 셈이라 씁쓸하기도 했다.

6-4-2. 세계한인회장대회와 세계한민족대표자대회 및 여러 모임행사

1997년 10월 재외동포재단이 설립되고 외교부 김봉규 대사가 초대 이사장(1997.10.-2000.10.)으로 부임했다. 아마도 재외동포재단으로서의 초기 조직과 사업방향의 기틀을 잡는 데 많은 시간과 노력을 했을 것이라고 생각한다. 그래서 첫 사업으로 1998년 10월에 해외한민족 경제공동체대회를 개최한 것 같다.

당시 나는 재호한인상공인연합회 회장으로서 세계한인상공인총연합회 김덕룡 이사장과 양창영 사무총장과 함께 세계한인상공인들의 결집과 확장을 위하여 긴밀하게 협력하고 있던 때였다. 나는 재외동포재단으로부터 '98해외 한민족 경제공동체 대회에 호주대표로 초청을 받고 참석해 개회식에서 격려사를 했다. 그 후 재외동포재단의 재외동포관련 가장 큰 연례사업으로 세계한상대회와 세계한인회장대회로 분리 발전시켜 정착된 것으로 이해하고 있다.

세계한인회장대회는 해외 거주 국내 한인사회 발전을 위한 역량결집과 모국과의 유대증진을 도모하고, 전 세계 한인회 간 상호교류 및 공통의 관심사를 토론하여 미래창조의 기반이 될 한인네트워크를 확대 심화하기 위한 장으로서 2000년도부터 시작하여 매년 재외동포재단이 주최하고 외교통상부가 후원해 오고 있다. 나는 시드니한인회장으로서 2008년과 2009년 대회에 참석했고 2011년에는 시드니한인회장선거로 김병일 회장을 대신하여 참석했다. 그리고 2012년, 2013년, 2014년엔 대양주한인회총연합회 상임고문과 옵서버 자격으로 참석하여 모두 6차례 세계한인회장들과 교류하며 시드니한인동포사회의 위상을 높이는 데 기여했다. 세계한인회장대회 참석자도 해를 거듭할수록 그 규모가 확대되어 내가 마지막으로 참석했던 2014년도에는 세계 각 나라의 70여 개 한인회와 지역별 협의회에서 380명 정도의 대표와 국내 인사 100명 정도로 모두 480여 명이 참석하는 대규모행사로 성장 발전했다.

초기에는 대체로 매년 6, 7월에 행사를 개최했었으나 2008년도부터는 10월로 옮겨 10월 5일 세계한인의 날 행사까지 전체 일정에 포함시켜 세계한인회장들과 함께 그 의미를 더하는 듯하다. 3박4일간의 짧은 일정에도 불구하고 전체회의 시간에는 재외동포 한인사회와 관련한 토론을 통해 전 참가자들의 의견을 모아 그 결과를 발표하는 시간과 함께 재외동포의 생활과 직간접으로 연관이 되는 외교통상부, 법무부, 국방부, 통일부, 선거관리위원회 등 한국정부 부처의 현안 설명회 및 주요 정당의 재외동포정책 안내도 한다. 아울러 각 지역별 공통 현안문제토론과 우수 한인회의 운영사례를 발표하여 유익한 정보를 공유하기도 한다.

2007년 10월에 내가 재외동포재단을 방문했을 때, 한인회팀을 비롯하여 여러 부서 담당자를 만나 시드니한인회에 관한 홍보를 많이 했다. 헌데 2008년 5월 초에 차세대사업 관련하여 재정지원에도 도움을 주었던 재외동포재단 차세대팀 김정혜 과장으로부터 전화연락이 왔다. 용건은 10월 초 2008세계한인회장대회 프로그램을 준비 중에 있다면서 혹시 차세대육성 관련하여 시드니한인회의 업무사례를 발표해 줄 수 있겠느냐는 것이었다. 내가 발표를 하겠다고 하면 전체 순서에 반영하겠다고 했다. 물론 나의 대답은 'Yes!'였다. 아마도 동포재단 차세대팀에서 볼 때, 세계 모든 한인회 가운데에서 시드니한인회의 차세대 육성사업이 매우 모범적이고 바람직한 활동이라고 판단을 했던 모양이다. 그리고 내가 2008년 6월 초 한국 방문시, 동포재단 차세대팀 김정혜 차장을 다시 만나 보다 구체적인 논의를 했고 시드니한인회에 귀한 시간을 할애해 주어 고맙다는 인사도 했다. 이렇게 해서 나는 처음으로 참석하는 2008년 세계한인회장대회에서 시드니한인회의 역점사업의 하나인 차세대지원 활동내용에 관한 이야기를 소개할 수 있었다. 특별히 미주지역 한인회장들이 많은 관심을 표하며 구체적인 내용에 관한 질의와 응답도 많았다. 매우 자랑스럽고 보람있는 일이었다.

▲2008년 세계한인회장대회 개막환영식에서 대양주지역 한인회장들과 함께 거주국 국기와 태극기로 환호하고 있는 필자(왼쪽 뒷편 회색 양복차림) & 2008년 세계한인회장대회 안내 및 회의자료책자, 일정안내

Sydney Korean Herald

승원홍 한인회장, 세계한인회장대회 참석

차세대 지원 활동 소개하기도

...제, 문화 등 모든 분야를 아우르는 재외동포 관련 현안 이슈들을 놓고 한인회장들이 직접 토론하는 공간이다.

세계한인회장대회는 이번 대회를 통해 대회 규정의 공론화를 시도하기도 했다.

승원홍 회장은 "이번 대회를 통해서 전세계적인 네트워크를 공고히 할 것으로 생각한다"고 말했다.

<시드니한인회>

▲2008년 세계한인회장대회 주제별 토론시간에 '지속 가능한 한인회 발전 전략' 주제발표를 하는 필자

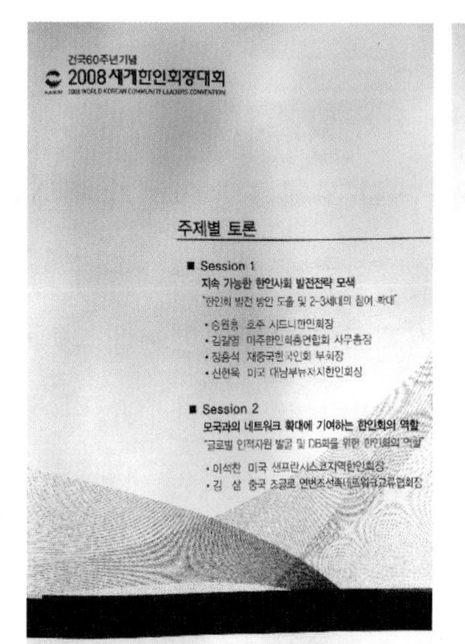

건국60주년기념
2008 세계한인회장대회
2008 WORLD KOREAN COMMUNITY LEADERS CONVENTION

주제별 토론

■ Session 1
지속 가능한 한인사회 발전전략 모색
'한인회 발전 방안 도출 및 2~3세대의 참여 확대'
· 승원홍 호주 시드니한인회장
· 김길영 미주한인회총연합회 사무총장
· 정용석 재중국한국인회 부회장
· 신현욱 미국 대뉴욕지구한인회장

■ Session 2
모국과의 네트워크 확대에 기여하는 한인회의 역할
'글로벌 인적자원 발굴 및 DB화를 위한 한인회의 역할'
· 이석찬 미국 샌프란시스코지역한인회장
· 김 삼 중국 조글로 연변조선족네트워크교류협회장

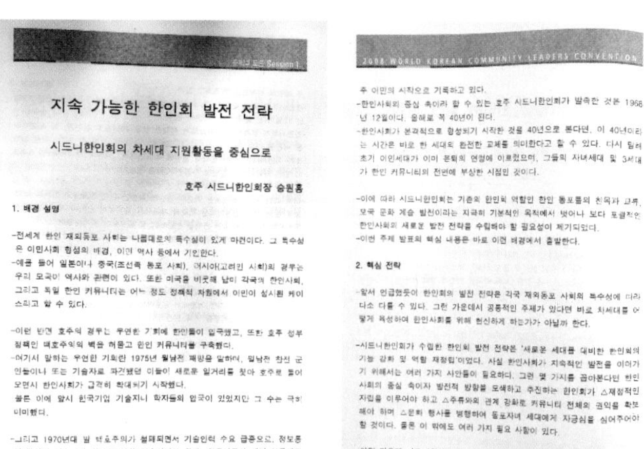

주제별 토론 Session 1

지속 가능한 한인회 발전 전략

시드니한인회의 차세대 지원활동을 중심으로

호주 시드니한인회장 승원홍

1. 배경 설명

-전세계 한인 재외동포 사회는 나름대로의 특수성이 있게 마련이다. 그 특수성은 이민사회 형성의 배경, 이민 역사 등에서 기인한다.
-예를 들어 일본이나 중국(조선족 동포 사회), 러시아(고려인 사회)의 경우는 우리 모국의 역사와 관련이 있다. 또한 미국을 비롯해 남미 각국의 한인사회, 그리고 독일 한인 커뮤니티는 어느 정도 정책적 차원에서 이민이 실시된 케이스라고 할 수 있다.

-이런 반면 호주의 경우는 우연한 기회에 한인들이 입국했고, 또한 호주 정부 정책인 백호주의의 벽을 허물고 한인 커뮤니티를 구축했다.
-여기서 말하는 우연한 기회란 1975년 월남전 패망을 말하며, 월남전 참전 군인들이나 또는 기술자로 파견됐던 이들이 새로운 일거리를 찾아 호주로 들어오면서 한인사회가 급격히 확대되기 시작했다.
물론 이에 앞서 한국기업 기술자나 학자들의 입국이 있었지만 그 수는 극히 미미했다.

-그리고 1970년대 말 백호주의가 철폐되면서 기술인력 수요 급증으로, 정보통신 분야의 기술인력 확보를 위한 기술이민이 확대, 한국인들이 대거 입국했고, 곧이어 투자이민자들이 또 한번 대거 이주하면서 호주 한인 인구의 빅뱅 현상을 일구었다.
-최근 호주 시드니한인회가 중심이 되어 편찬한 '호주 한인 이민 50년사'는 1957년 호주 연감 기록에 의거, 한 명의 Korean이 시민권을 취득한 것을 호

-15-

2008 WORLD KOREAN COMMUNITY LEADERS CONVENTION

주 이민의 시작으로 기록하고 있다.
-한인사회의 중심 축이라 할 수 있는 호주 시드니한인회가 발족한 것은 1968년 12월이다. 올해로 꼭 40년이 된다.
-한인사회가 본격적으로 형성되기 시작한 것을 40년으로 본다면, 이 40년이라는 시간은 바로 한 세대의 완전한 교체를 의미한다고 할 수 있다. 다시 말해 초기 이민세대가 이미 은퇴의 연령에 이르렀으며, 그들의 자녀세대 및 3세대가 한인 커뮤니티의 전면에 부상한 시점인 것이다.

-이에 따라 시드니한인회는 기존의 한인회 역할인 한인 동포들의 친목과 교류, 모국 문화 계승 발전이라는 지극히 기본적인 목적에서 벗어나 보다 포괄적인 한인사회의 새로운 발전 전략을 수립해야 할 필요성이 제기되었다.
-이번 주제 발표의 핵심 내용은 바로 이런 배경에서 출발한다.

2. 핵심 전략

-앞서 언급했듯이 한인회의 발전 전략은 각국 재외동포 사회의 특수성에 따라 다소 다를 수 있다. 그런 가운데서 공통적인 주제가 있다면 바로 차세대를 어떻게 육성하여 한인사회를 위해 헌신하게 하는가가 아닐까 한다.

-시드니한인회가 수립한 한인회 발전 전략은 '새로운 세대를 대비한 한인회의 기능 강화 및 역할 재정립'이었다. 사실 한인사회가 지속적인 발전을 이어가기 위해서는 여러 가지 사안들이 필요하다. 그런 몇 가지를 꼽아본다면 한인사회의 중심 축이자 발전적 방향을 모색하고 추진하는 한인회가 △재정적인 자립을 이루어야 하고 △주류와의 관계 강화로 커뮤니티 전체의 권익을 확보해야 하며 △문화 행사를 병행하여 동포자녀 세대에게 자긍심을 심어주어야 할 것이다. 물론 이 밖에도 여러 가지 필요 사항이 있다.

-이런 가운데 시드니한인회가 가장 중요한 요소로 꼽은 것이 바로 차세대 육성이다.
-호주라는 문화적 배경에서 성장한 이들을 한인 커뮤니티로 끌어들이고 이들로 하여금 커뮤니티 전체의 권익을 위한 활동가 그룹으로 조직하고자 하는 것이라고 말할 수 있다.

-16-

▲2008년 세계한인회장대회에서 필자가 발표했던 주제별토론 '지속 가능한 한인회 발전전략' 내용 15, 16면

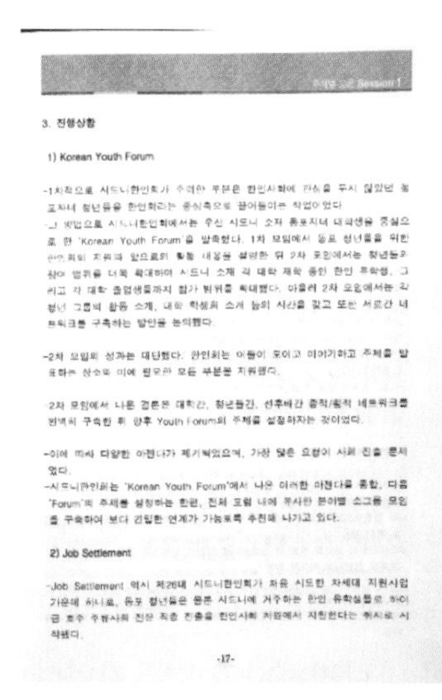

주제별 토론 Session 1

3. 진행상황

1) Korean Youth Forum

2) Job Settlement

-17-

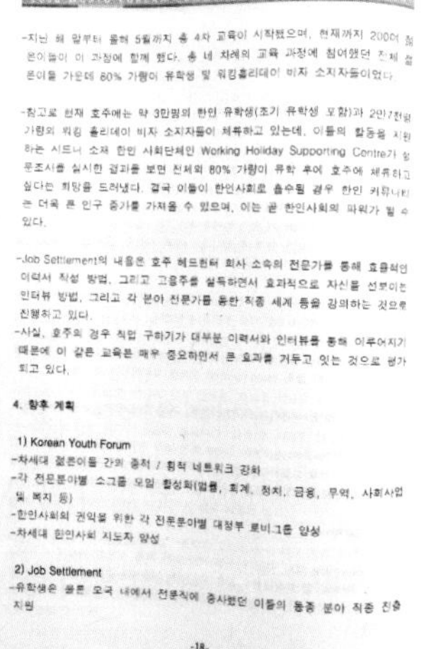

2008 WORLD KOREAN COMMUNITY LEADERS CONVENTION

4. 향후 계획

1) Korean Youth Forum

2) Job Settlement

-18-

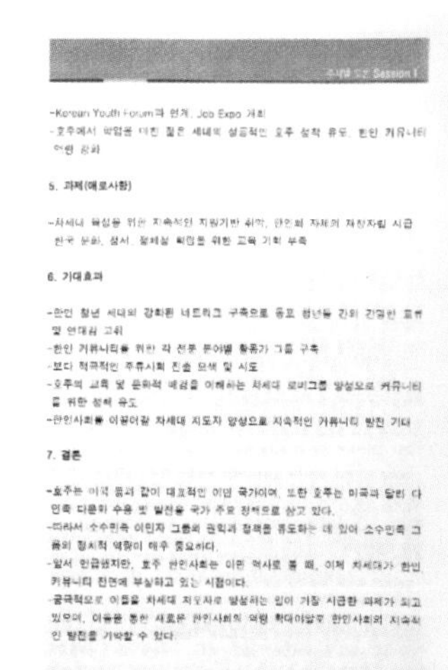

주제별 토론 Session 1

5. 과제(애로사항)

6. 기대효과

7. 결론

-19-

▲2008년 세계한인회장대회에서 필자가 발표했던 주제별토론 '지속 가능한 한인회 발전전략' 내용 17, 18, 19면

▲2009년, 일본민단 운영위 회장단회의 및 세계한민족대표자 대회에 참석한 대표들(오른쪽 5번째 서 있는 필자)

2009년도 1월 8일에 일본 민단본부의 신년하례회가 있었다. 일본민단에서는 한동안 표류상태에 있었던 해외한민족대표자대회 문제를 논의하기 위해 세계 여러 주요국가의 한인회장들을 초청했다. 왜냐하면 초창기에는 미주한인총연합회와 일본 민단측이 서로 번갈아 가며 전체회의를 주관했는데 과다한 경비문제로 주최지 선정이 쉽지 않게 되었던 모양이다. 더욱이나 1997년에 설립된 재외동포재단이 점차 자리를 잡아가면서 매년마다 행사하는 세계한인회장대회로 인하여 해외한민족대표자대회가 제대로 설 자리를 잃어가는 듯이 보였다. 이런 연유로 일본민단 중앙본부의 정진 단장이 중심이 되어 신년맞이 행사를 겸해 대표성이 있는 세계 여러 한인회장들을 초청한 것이다. 당연히 시드니한인회장인 나도 초청을 받아 회의에 참석했다. 해외 전현직 한인회장 30여 명과 민단중앙본부 회장단과 지부장, 그리고 주일한국대사관 권철현 대사와 국회 외통위원장인 박진 의원이 참석해 모두 50명 정도였던 것으로 기억한다. 논의되었던 주요 안건은 유명무실해가는 해외한민족대표자대회를 그대로 유지 발전시켜야 할 필요가 있는가? 하는 주제였다. 결론은 재외동포재단이 매년 한국에서 개최하는 세계한인회장대회는 한국정부의 지침에 따라 움직일 수밖에 없음을 고려하여 해외동포사회가 보다 주체성을 갖는 한편 한국정부에 해외동포사회를 대변하는 구심체가 절대적으로 필요하다는 의견에 따라 해외한민족대표자대회는 그대로 유지하는 것이 바람직하다고 결론지었다.

▲2009년, 일본 민단본부 역사관 견학과 사찰 관람, 일본민단 회장단 및 한민족 대표자들과 필자(왼쪽 2번째)
& 2009년, 일본 민단 중앙본부의 안내를 받아 동경 시내 사찰 관람을 하는 해외한민족 대표자들과 필자

그리고 해외한민족대표자대회 운영을 위해 한국정부의 재정지원을 요청하기로 했다. 그리고 2011년 북경에서 제9차 해외한민족대표자대회를 했고 그 이후부터는 특별한 진전 내용을 듣지 못했다. 사실상 유명무실한 조직이 되고 만 셈이다. 이날 동경회의에서 있었던 재미있는 이야기를 소개한다. 2008년 10월 세계한인회장대회에 참석해서 차세대육성 방안의 주제발표까지 했던 나는 개회식에 이명박 대통령께서 참석하지 않았다는 내용을 거론했다. 왜냐하면 이명박 대통령은 러시아순방을 마치고 귀국했던 관계로 그 다음 날에 개최되었던 세계한인회장대회 개회식에 참석하지 못했기 때문이다. 나는 한국정부가 750만 재외동포를 진정으로 한국의 중요한 인적자산이라고 생각한다면 모처럼 제 발로 걸어 들어온 세계 각 지역 한인회장들이 모인 대회에 당연히 참석해서 환영과 격려와 감사의 뜻을 전해야 할 것이라고 강조하여 모든 참석자들의 박수를 받기도 했다. 나 같으면 피곤하여 코피를 쏟고 쓰러지는 한이 있더라도 이런 중요한 회의에는 참석할 것이라고 하며 이명박 대통령을 포함해 청와대 참모들의 재외동포 대표자들을 대하는 잘못된 사고방식을 성토했다. 더불어 나는 친 이명박 대통령계 인사로 알려진 주일본 대사관 권철현 대사에게 대통령께서 한국에 체류하고 있다면 당연히 세계한인회장대회에 참석해서 그들을 환영과 격려를 해야 한다고 건의를 해달라고 요청도 했다. 권 대사도 자리에서 일어나 지극히 올바른 지적이라고 생각한다며 기회가 되는대로 이 대통령께도 전달하겠다고 약속을 했다. 물론 그 이후 내가 참석했던 5차례의 세계한인회장대회에는 이명박 대통령과 박근혜 대통령께서 직접 개회식에 참석하여 환영과 격려사를 했다.

▲2009년 세계한인회장대회 이명박 대통령 축사 & 2009년 세계한인회장대회 안내 및 회의자료책자 일정안내

▲2009년 세계한인회장대회, 이명박 대통령 내외

▲2009년, 이명박 대통령 내외와 함께한 기념사진, 아주지역과 대양주지역 한인회장과 필자(앞줄 오른쪽 3번째)

▲2011년 제9차 한민족대표자회의(북경)에서 서울대학교 종합기숙사 정영사출신 정운찬 전 국무총리와 필자
& 제주도 우근민 도지사와 함께한 대표자와 필자(제주도지사 옆, 왼쪽 5번째)

▲2011년 한민족대표자 북경 대회에서 제주 세계7대자연경관 선정 지지홍보캠페인에 참여한 한민족 대표들

▲홍순영 주중대사, 김덕룡 이사장, 박선영 국회의원, 필자(뒷줄 오른쪽), 정운찬 전 국무총리와 필자(왼쪽4번째)

▲제9차 한민족대표자대회(북경)에서 인도네시아 대기업 코린도 승은호 회장과 필자 & 김덕룡 이사장, 주중대사관 홍순영 대사와 필자 & 세계한인유권자총연 배희철 대표(왼쪽)와 필자

나는 2009년 8월에 제26대 시드니한인회장 임기를 충실히 마치고 퇴임했다. 그런데 대양주한인회총연합회와 관련하여 나는 2009년도에 대양주총연과 시드니총영사와의 불화문제로 인해 정회원에서 탈퇴한 적이 있다. 나의 정회원 복권과 관련하여 2011년 당시 시드니한인회장 선거일정 관계로 김병일 회장을 대신하여 내가 2011세계한인회장대회에 참석했다. 그리고 대양주한인회

총연합회 홍영표 총회장 재임기간에 상임고문으로 위촉되면서 2012년 세계한인회장대회에 참석하여 시드니한인회와 더불어 대양주한인회 관련 홍보와 대회기간 중 지역현안문제 토의를 주재하고 전체회의에서 발표를 하기도 했다. 모두가 다 뜻깊고 귀한 일이었다.

▲2011년 세계한인회장대회 안내 및 회의자료책자, 일정안내 & 워커힐무궁화홀 세계한인회장대회 회의모습

▲2011년 세계한인회장대회, 김성곤 국회의원과 대양주지역 한인회장과 필자(뒷줄 왼쪽 2번째) & 2011년 세계한인회장대회, 세계한인상공인총연합회 김덕룡 이사장과 대양주지역 회장과 필자(오른쪽 5번째)

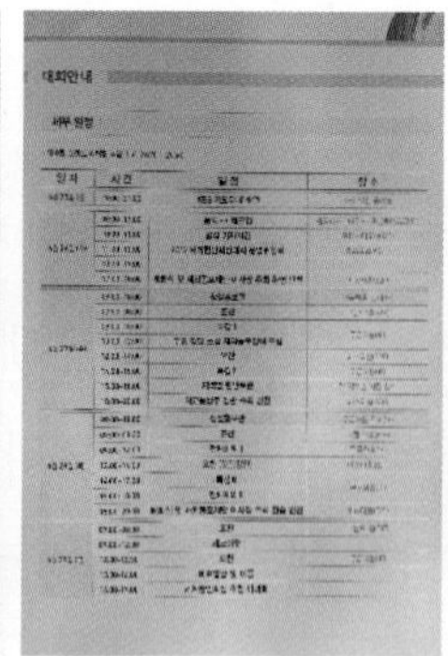

▲2012년 세계한인회장대회 안내 및 회의자료책자 & 홍영표 총회장, 박 다이아나 한국문화협회장과 필자

▲2012년 세계한인회장대회, 지역별(대양주) 현안토론, 대양주 지역회의를 주재하고 있는 필자 & 2012년 서울 워커힐호텔 무궁화홀에서의 세계한인회장대회 전체회의 모습

▲2012년 세계한인회장대회, 지역별 현안토론 의제 토론결과를 전체회의장에서 발표하고 있는 필자

▲2013년 세계한인회장대회에서 국민의례(국기에 대한 경례)를 하고 있는 세계 한인회장들과 필자(앞줄 중앙)

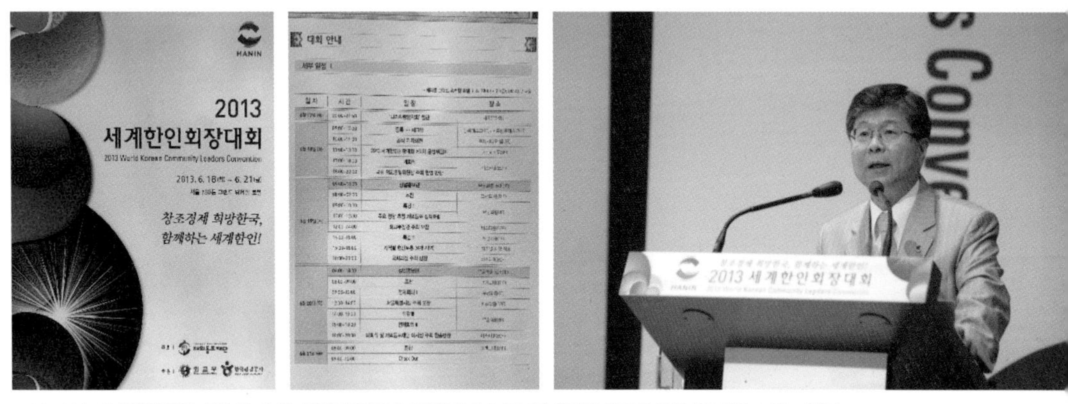

▲2013년 세계한인회장대회 안내 및 회의자료책자, 일정안내 & 2013년 전체회의장에서 발표하고 있는 필자

▲2013년 세계한인회장대회에서 축사를 하는 박근혜 대통령과 대양주지역 한인회장과 필자(맨 뒷줄 오른쪽 6번째)

▲2013년 세계한인회장대회 지역(대양주)별 현안토론 회의를 주재하고 있는 필자

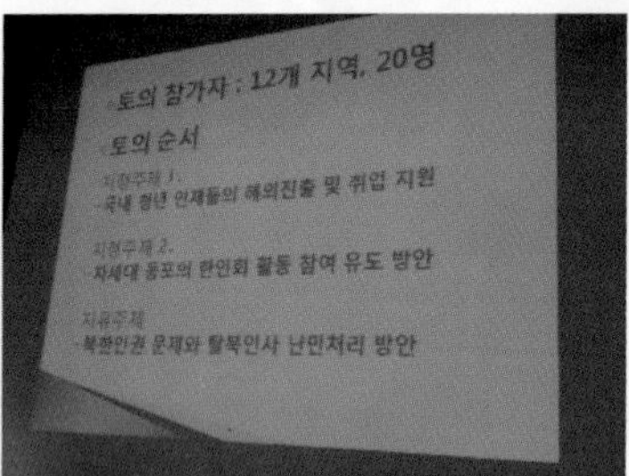

▲2013년 세계한인회장대회 지역(대양주)별 현안토론 회의를 주재하고 있는 필자와 대양주지역 한인회장들
& 2013년 세계한인회장대회 전체회의 지역별 현안토론 회의 결과 보고 준비 중인 필자

▲2013년 세계한인회장대회 전체회의 지역별 현안토론회의 결과 보고를 하고 있는 필자

▲2013년 세계한인회장대회 故 박원순 서울시장 주최 오찬 회동에서 대양주지역 한인회장들과 함께, 박원순 시장, 한명숙 국무총리와 필자 & 강창희 국회의장과 대양주지역 한인회장들과 필자(맨 오른쪽 첫 번째)

▲2013년 충청남도 글로벌평생교육협력체계 구축 간담회에서 대양주한인회장단, 김광식 원장과 필자(왼쪽 3번째) & 세계한인회장 일행들과 충남 글로벌 평생교육원장 협력체계 구축 간담회 참석과 법주사를 방문한 필자

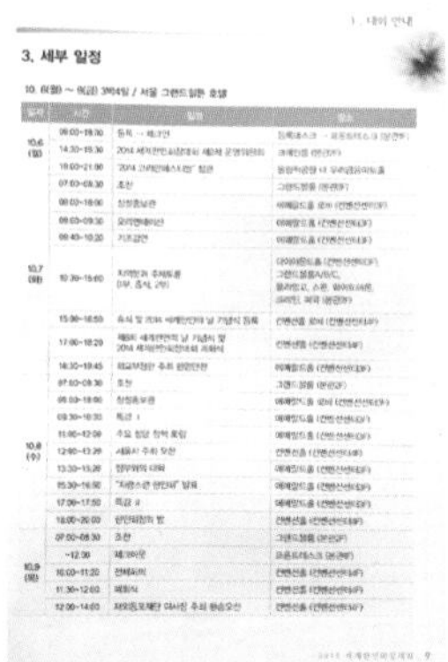

▲2014년 세계한인회장대회 안내 및 회의자료책자, 일정안내 & 박근혜 대통령 2014년 세계한인회장대회 축사

▲2014년 세계한인회장대회장에서 새누리당 김무성 대표와 대양주지역 한인회장과 필자(오른쪽 3번째) &
더불어민주당 김성곤 국회의원과 대양주지역 한인회장과 필자(앞줄 왼쪽 2번째)

▲윤병세 장관과 대양주지역 한인회장과 필자(앞줄 왼쪽 2번째)

▲2014세계한인회장대회장 박근혜 대통령과 대양주 및 남미지역 한인회장들과 필자(앞줄 왼쪽 3번째)

6-4-3. 대양주한인회총연합회와 호주한인총연합회 창립 및 기타 활동

대양주한인회총연합회는 내가 2007년 시드니한인회장으로 선출되기 이전이었던 2004년 2월 시드니한인회의 백낙윤 회장을 비롯한 대양주지역 내 한인회장들이 모여 발기대회를 가졌고 3월에 호주정부 Fair Trading과 재외동포재단에 공식등록을 하고 대양주지역 내 각 한인회와 함께 세계한인회장대회를 통해 유기적으로 협력하며 최고 연장자였던 백낙윤 시드니한인회장을 총회장으로 추대하여 활동을 시작했다. 그러나 총연합회는 총회소집을 위해 초기에는 총회장이 참석자들의 항공료와 체재비를 부담했었던 관계로 제2대 총연합회 회장후보가 없을 정도로 재정적부담 문제로 대체적인 분위기는 지역 한인회장들의 친목 차원을 넘어서지 못했던 것 같다. 그런 연유로 대양주한인회총연합회의 존재가 시드니동포사회에 공식적으로 알려진 것은 2007년 11월 제3대 총회장 선거를 앞두고 시드니동포사회 언론매체를 통해 총회장 입후보자 등록 공고가 발표되면서부터였다.

2007년 7월에 시드니한인회장으로 공식취임하여 호주 주류 정치권과 다문화사회 지도자를 대상으로 한 시드니한인회의 Vision Presentation으로 부터 시작하여 제62주년 8.15광복절 기념행사, 아프가니스탄 억류 한국인석방 기원을 위한 이슬람종교지도자, 이슬람청년들과 함께한 타운홀 광장에서의 촛불집회 개최, 영문과 한글 혼용 최초의 한인전화번호부 발행, 최초의 시드니한인회의 영문블리틴 발행, 한국주간 행사로서 9월 추석한가위 축제 달링하버에서의 난타공연과 한국의날 행사, 한국교민자녀가 많이 재학 중인 중고등학교 방문, 지역 경찰서 방문 등 숨 가쁠 정도로 비쁘게 활동을 했던 나는 대양주한인회총연합회에는 별로 관심이 없었다. 그러나 시드니한인회 운영위원회의에서 대양주한인회총연합회 총회장선거와 관련된 이야기가 나왔고 나도 교민매체에 공고된 입후보자 등록공지내용 이외에 전혀 아는 바가 없을 정도였다. 그러던 중, 아마도 8.15광복절 기념행사 즈음하여, 시드니한인회 전임 회장인 대양주한인회총연회 백낙윤 총회장과 정해명 사무총장이 시드니한인회관으로 나를 찾아왔다. 용건은 11월에 있을 대양주한인회총연합회 제3대 총회장 선거에 정해명 사무총장이 입후보를 하는데 시드니한인회장인 나의 지원을 부탁한다는 내용이었다. 나는 돕는 것은 어렵지 않으나 대양주한인회총연합의 회원이 누구냐고 물었다. 누가 대답을 했었는지 분명치는 않으나 그들은 대양주한인회총연합회 회칙에 따르면 소속 회원은 지역 한인회의 현 회장과 현 회장이 지명하는 1명의 대의원으로 각 지역 한인회마다 2명의 대의원으로 구성되있다고 했다.

그래서 나는 대양주총연의 회칙에 따르면 시드니한인회의 경우 내가 현직 한인회장이니까 나를 포함해서 내가 지명하는 1명이 시드니한인회의 대의원인데 회원도 아닌 정해명 사무총장이 어떻게 총회장 후보등록을 할 수 있느냐고 반문했다. 이들은 잠시 당황을 했던지 대양주총연 내부에서 대체적인 합의가 이루어졌다는 듯한 동문서답식의 이야기를 했다. 그래서 나는 정해명 사무총장은 시드니한인회 백낙윤 회장 재임 시에 지명된 시드니한인회 대의원이었으므로 시드니한인회의 대의원으로서의 자격을 계속 유지하고 싶으면 내가 다시 지명해 주겠다고도 했다. 이들은 대양주총연 회칙상으로 본인들의 입장이 무엇인가 잘못되었다는 것을 직감한 듯이 보였고 더 이상의 대화를 진행할 수가 없었다. 어쨌던 나는 이날 대양주총연 회장단과 첫 대면을 했고 제3대 총회장 입후보 자격과 관련된 대양주총연의 회칙 내용과 관련한 아주 기본적인 이야기를 나누었던 셈이다. 그리고 시간은 흘렀고 나도 대양주총연 총회장 후보등록에 관한 내용을 까마득이 잊고 있었다.

사실 나는 시드니한인회장으로서의 업무가 시작되면서부터 그야말로 역동적인 업무수행으로 바삐 지냈다. 한인회 운영위원회의를 하던 중, 대양주총연 총회장선거가 생각났고 대양주총연의 회칙상 잘못된 운영을 지적하고 시정조치를 해야겠다는 의미에서 총회장 후보로 등록하기로 했다. 나는 총회에서 의사진행발언을 통해 현 회칙상 회원자격이 없는 전임 임원들의 총회장 후보의 문제점을 지적하였으나 임시의장도 이미 조직적으로 잘 짜여진 호주의 정해

명 후보와 뉴질랜드의 박범도 후보를 지원하는 참가자들의 선거강행 요청에 따라 선거가 진행됐다. 나까지 참여한 3파전 선거에서 1차 투표결과 과반득표자가 없었고 호주와 뉴질랜드 두 후보의 결선투표를 통해 정해명 후보가 총회장으로 당선되었다. 어찌보면 당시 회칙상 탈법선거라고도 볼 수 있다. 내가 보기엔 그렇게 허술하게 4년을 지내왔던 셈이다. 그럼에도 불구하고 나는 대양주한인총연합회 3대총회장 취임식에 참석하여 축사도 했고 여러 대양주소속 회장들과 교제도 시작했다. 그리고 전 회원을 상대로 총회장은 반드시 지역한인회장 출신으로 입후보자격을 부여하자고 회칙개정을 요청하여 바로 반영하기도 했다.

▲2007년 대양주한인회총연합회 3대 정해명 총회장 취임식에서 축하객들과 함께한 필자(앞줄 왼쪽 6번째)

그러나 나는 한국의 재외동포재단을 중심으로 결성된 대양주한인회총연회보다는 차라리 호주연방정부를 상대로 한인공동체의 권익옹호와 신장을 위하여 호주한인총연합회 결성이 필요하다고 생각했다. 그래서 호주한인총연합회 결성의 필요성을 재외동포재단 금병목 기획이사와 이종미 한인회팀장의 시드니한인회 방문 시에 설명했다. 그리고 이어서 주호한국대사관 김우상 대사에게도 관련 설명을 하고 호주한인총연합회의 결성을 추진해 나가기로 했다.

The Hoju Dong-A Ilbo

'호주연방 한인회연합' 결성 추진

한인회장단 13일 동포재단 이사, 총영사에게 보고
회장 선출 앞둔 '대양주총련'과의 관계 정립 의문점

TOP NEWS WEEKLY No.808

2008년 화합과 약동의 해

▲2007년 호주한인총연합회 결성추진관련 보도 기사 & 2008년 새해를 맞으며 모인 호주 전역의 한인회장들

그러나 대양주한인회총연합회 정해명 총회장과 전임 백낙윤 총회장을 비롯한 대양주총연 임원들은 김우상 대사에게 호주한인총연합회의 결성은 한인사회의 분열을 초래한다는 주장을 하며 호주한인총연합회 결성추진 움직임에 제동을 걸었다. 그래서 학계출신이었던 김우상 대사는 혹여나 호주한인사회 지도자들 간의 분쟁을 우려해서였는지 나에게 호주한인총연 결성시기를 좀 늦추자는 조언을 해왔다. 사실상 나는 시드니한인회장업무 그 자체만으로도 할 일이 많았고 실질적으로 시드니한인회장으로서 호주한인총연 성격의 역할도 충분이 할 수 있다고 생각했었기 때문에 굳이 호주한인총연합회 결성을 서둘러야 할 필요가 전혀 없었다. 이럴 즈음에 시드니공관장으로 막 부임했던 김웅남 총영사도 대양주한인회총연합회의 실체를 알게 되었고 회칙상의 문제가 있음을 지적하기도 했다. 더욱이나 김 총영사는 대양주한인회총연합회가 재외동포재단에 재정지원요청을 하는 예산안제출과 관련하여 시드니총영사의 확인 전단계로서 시드니한인회장의 동의를 받아 제출토록 함으로써 대양주한인회총연합회 관련인사들과 김 총영사 간의 불편한 관계가 만들어지기도 했다.

2012년 경기도 고양시가 주최한 해외한인경제인 네트워크 활성화간담회에서 만난 뉴질랜드 오클랜드한인회 홍영표 회장이 제5대대양주한인회총연합회 총회장이 되면서 상임고문으로 위촉되어 또다시 세계한인회장대회 참석과 아울러 다양한 업무를 지원하며 유익한 시간을 가졌다.

그리고 총회장은 반드시 지역한인회장 출신으로 입후보자격을 부여키로 회칙을 개정했으나 총회장이 임명하는 여러 직책자들까지 모두가 정회원으로 인정하는 회칙개정으로 인해 대양주한인회총연합회의 성격 자체도 많이 변질

되어 운영되고 있는 실정에 이르렀다. 나는 대양주총연의 혁신과 보다 역동적인 활동을 위해 총회장후보로 나섰으나 현직 이동우 총회장의 조직력에 미치지 못해 낙선했다. 돌이켜 보면 내가 시드니한인회장재임 시기 때부터 대양주총연 총회장과의 잘못된 인연들이 만들어졌고 이러한 보이지 않는 대립적 분위기에 더하여 오랫동안 변화된 현실을 무시하고 불필요하게 도전을 했던 거라고 생각하여 차라리 잘된 일이라고 느꼈다. 이 또한 하나님께서 선한 길로 인도하셨다고 생각한다. 그저 감사하며 기뻐할 일이다.

▲홍영표 총회장, 박 다이아나, 전 미국정부 로비스트 박동선과 필자 & 2012년 고양시 초청 글로벌 경제인네트워크 활성화 간담회에 참석한 최성 시장과 해외참석자 및 필자(앞줄 맨 왼쪽)

▲ 필자의 대양주한인회총연합회 상임고문 명함 & 2013년 세계한인회장대회 환영 공연

▲2013년 대양주한인회총연합회 정기총회에서 홍영표 총회장 선출 후 기념사진(필자는 앞줄 오른쪽 2번째) & 2014년 대양주한인회총연합회 한인회장 수련회에서 지역 한인회장과 필자(가운데줄 왼쪽 첫 번째)

▲2015년 대양주한인회총연합회 지역 한인회장의 주한 뉴질랜드대사 예방 & 대사모(대양주를 사랑하는 모임)부부 동반 멜버른 여행에서 지역 한인회장과 필자(뒷줄 오른쪽 2번째)

세월이 흘러 2016년도가 되면서 호주한인사회 여러 전, 현직 한인회장들로부터 한국정부기관인 재외동포재단과 연결되어 있는 대양주한인회총연합회와 성격을 달리하여 호주연방정부를 상대로 할 수 있는 한인동포사회총연합회의 필요성을 공감하면서 화두로 떠올랐다. 멜버른한인회장 출신 안영규 회장, 시드니한인회장 출신 문동석 회장과 나 3인이 먼저 회동을 하여 총연합회 결성의지를 확인했고 발기인 총회 준비에 들어갔다. 서부호주한인회장 출신 최원식 회장이 간사를 맡아 전현직회장과 연락을 하며 드디어 2017년 11월 27-29일 20여 명의 각 지역 대표 전, 현직 회장들이 호주연방수도인 켄버라에 모여 창립발기인총회를 갖고 회칙 확정과 총회장을 선출하고 공식 출범을 했다. 나는 임시의장으로 선출되어 회무를 진행하며 호주한인총연합회 명칭과 회칙을 확정했고 아울러 총회장선거를 통해 초대 문동석 총회장의 당선을 선포했다. 그리고 주요사업으로 차세대포럼을 주최하며 차세대 네트워킹과 정치역량을 키우는 데 일조하고 있다.

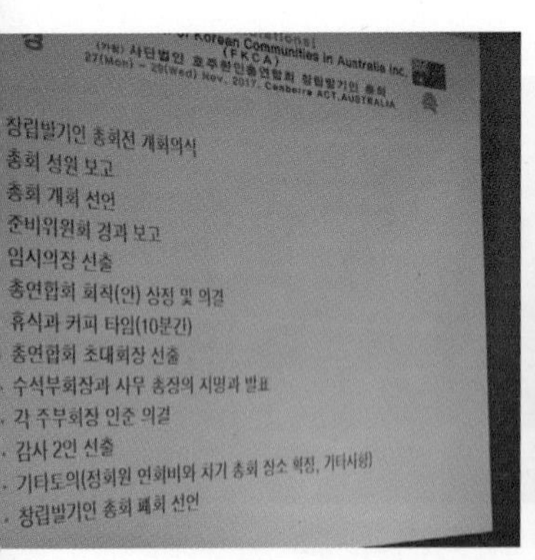

▲2017년 창립총회에서 임시의장으로 회의를 진행하며 초대 회장으로 선출된 문동석 회장과 악수하는 필자

▲2017년 호주한인총연합회 발기인창립총회에 참석한 호주지역 전, 현직 한인회장과 필자(앞줄 왼쪽 2번째) &
2017년 호주한인총연합회 총회에 참석한 호주지역 전, 현직 회장과 이슬기 ACT의원, 필자(앞줄 가운데)

▲2017년 호주한인총연합회 창립총회에 참석한 호주지역 전, 현직 한인회장이 한국전참전기념비에 헌화하고 있다

▲2018년 호주한인총연합회 주최 켄버라ANU대학교에서의 한인차세대 포럼 식전행사와 포럼 참가자들

▲2018년 호주한인총연합회 주최 켄버라ANU대학교 한인차세대포럼에 참석한 전현직 회장과 필자(앞줄 왼쪽 3번째)

평화와 번영을 위한
세계한민족공동체 재단
The Korean Network Foundation

위 촉 장

성명 승원홍

귀하를 '평화와 번영을 위한 세계한민족공동체재단' 호주지부 자문위원 로 위촉합니다.

2007년 3월 23일

평화와 번영을 위한
세계한민족공동체 재단
총 재 김 덕 룡

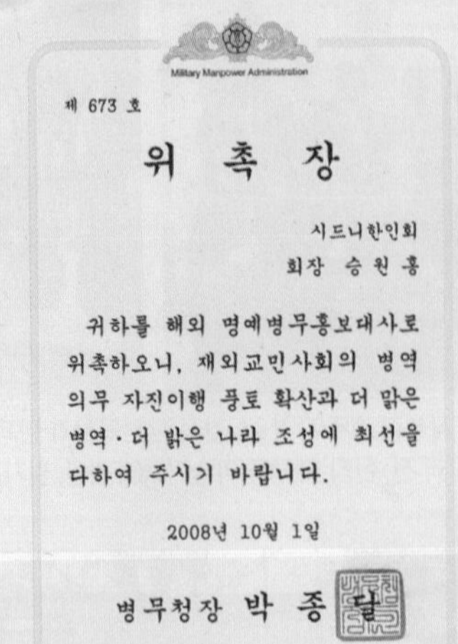

Military Manpower Administration

제 673 호

위 촉 장

시드니한인회
회장 승 원 홍

귀하를 해외 명예병무홍보대사로 위촉하오니, 재외교민사회의 병역 의무 자진이행 풍토 확산과 더 맑은 병역 · 더 밝은 나라 조성에 최선을 다하여 주시기 바랍니다.

2008년 10월 1일

병무청장 박 종 달

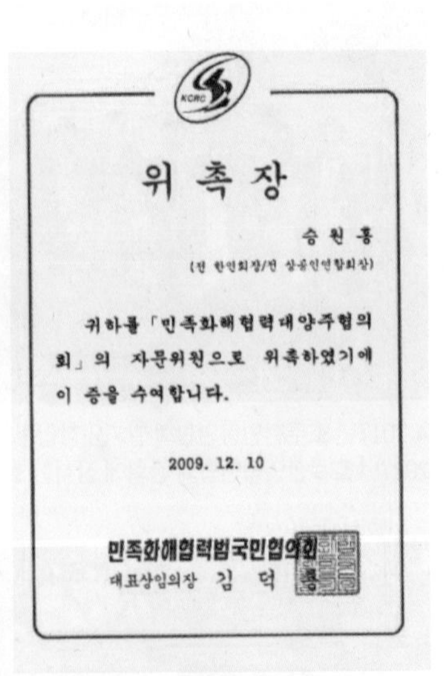

KCRC

위 촉 장

승 원 홍
(전 한인회장/전 상공인연합회장)

귀하를 「민족화해협력대양주협의회」의 자문위원으로 위촉하였기에 이 증을 수여합니다.

2009. 12. 10

민족화해협력범국민협의회
대표상임의장 김 덕 룡

▲2007년 세계한민족공동체재단 호주지부자문위원 위촉장 & 2008년 해외명예병무홍보대사 위촉장 & 2009민족화해협력범국민협의회 자문위원 위촉장

▲2007년 세계한민족공동체재단 호주지부창립, 사무총장, 김덕룡 이사장과 자문위원으로 위촉을 받은 필자 & 2009년한민족화해협력범국민대양주협의회 발족과 김덕룡 이사장으로부터 자문위원 위촉장을 받고있는 필자

▲2008년 병무청장으로부터 해외명예병무홍보대사 위촉장을 받고 있는 필자 & 교포출신 모범장병과 필자

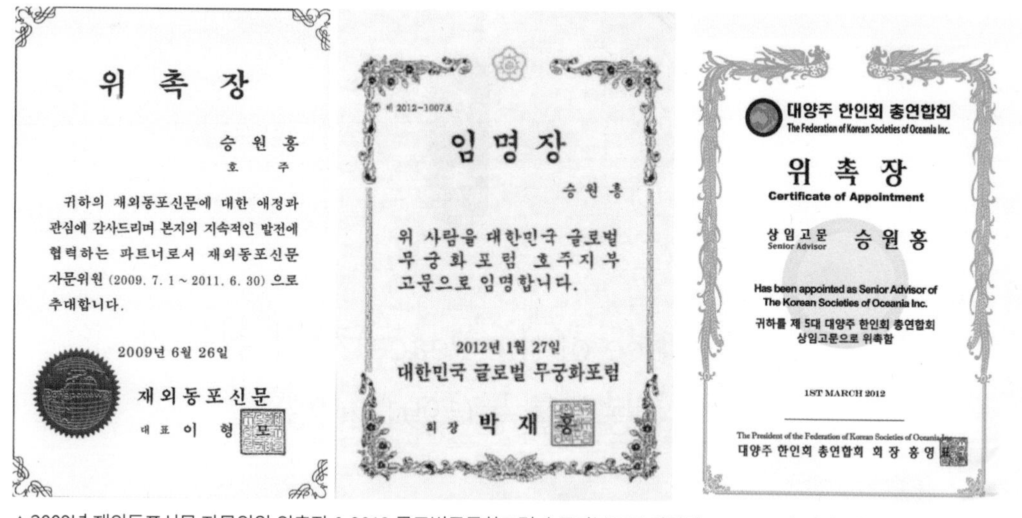

위 촉 장

승 원 홍
호 주

귀하의 재외동포신문에 대한 애정과 관심에 감사드리며 본지의 지속적인 발전에 협력하는 파트너로서 재외동포신문 자문위원 (2009. 7. 1 ~ 2011. 6. 30) 으로 추대합니다.

2009년 6월 26일

재외동포신문
대표 이 형 모

제 2012-1007호

임 명 장

승 원 홍

위 사람을 대한민국 글로벌 무궁화포럼 호주지부 고문으로 임명합니다.

2012년 1월 27일
대한민국 글로벌 무궁화포럼
회장 박 재 홍

대양주 한인회 총연합회
The Federation of Korean Societies of Oceania Inc.

위 촉 장
Certificate of Appointment

상임고문 Senior Advisor 승 원 홍

Has been appointed as Senior Advisor of The Korean Societies of Oceania Inc.
귀하를 제 5대 대양주 한인회 총연합회 상임고문으로 위촉함

1ST MARCH 2012

The President of the Federation of Korean Societies of Oceania Inc.
대양주 한인회 총연합회 회 장 홍 영

▲2009년 재외동포신문 자문위원 위촉장 & 2012 글로벌무궁화포럼 호주지부고문 임명장 & & 2012년 대양주한인회총연합회 상임고문 위촉장

재외동포신문

www.dongponews.net

700만 재외동포와 모국을 잇는 가교
재외동포신문 자문위원 대회

◀2009년 재외동포신문 주주자문위원 평창 워크숍 모임에 함께한 강원도 최문순 지사, 재외동포신문 이형모 회장, 김성곤 국회의원, 주주자문위원들과 필자(뒷줄 오른쪽에서 6번째)

▲2009년 재외동포신문 자문위원 위촉장을 수여하는 재외동포신문 이사와 필자 & KIC(내외정보센터) 방문, 재외동포신문 이형모 발행인, 내외정보센터 정영국 이사장과 필자

6
|
5

JP(Justice of the Peace)자격 취득과 봉사활동(1991-2023)

호주에는 JPjustice of the Peace라는 특별한 제도가 있다. 아마도 과거 호주정부는 광활한 호주 전 지역에서의 수많은 법률적 효력을 발생시키는 행위에 대한 행정력 지원이 절대적으로 부족했을 것으로 생각한다. 이것은 정부 행정기관이나 일반 국민들에게도 매우 불편했을 것이다. 이렇게 부족한 행정력을 보완하기 위하여 신망 있는 지역사회 유력인사에게 법적 효력을 갖는 일부 권한을 행사할 수 있도록 한 제도로 출발했던 것으로 생각한다. 아마도 오래전 미국 서부개척시대의 지역 보안관처럼 간단한 법적 행위도 했던 모양이다. 그래서인지 그 호칭도 다양하다. 중국커뮤니티에서는 태평신사太平紳士라고도 하고 어떤이는 치안판사治安判士라고도 부른다.

내가 1983년 5월 롯데여행사를 창립하고 여행사업무가 정상궤도로 진입했던 1988년 서울올림픽을 전후하여부터 새로운 사업이민자 유입과 더불어 한 국내

New South Wales

JUSTICE OF THE PEACE

Certificate of Appointment

WILLIAM WON-HONG SEUNG

was on this day appointed by His Excellency the Governor with the advice of the Executive Council, pursuant to the provisions of section 29 of the Imperial Acts Application Act, 1969, as a Justice of the Peace for the State of New South Wales, to act in accordance with the Commission of the Peace for the said State, a copy of which Commission appears on the reverse side.

Date of Appointment 12 DECEMBER 1990

John Dowd
Attorney General

The Oath of Allegiance and the Judicial Oath in the Office of Justice of the Peace for the State of New South Wales, were taken and subscribed by the abovementioned, before me on the Fifth day of February, 1991

Judge-
Magistrate.

Attorney General's
department of nsw

JUSTICE OF THE PEACE
CERTIFICATE OF APPOINTMENT
Justices of the Peace Act 2002

This is to certify that

WILLIAM WON-HONG SEUNG

has been appointed as a Justice of the Peace in and for the State of New South Wales in accordance with section 4 of the Justices of the Peace Act 2002.

DATE OF APPOINTMENT: 1 November 2006
REGISTRATION NUMBER: 173234
APPOINTMENT VALID TO: 31 October 2011

BOB DEBUS
ATTORNEY GENERAL

NSW GOVERNMENT | Justice

Justice of the Peace
CERTIFICATE OF APPOINTMENT

WILLIAM WON-HONG SEUNG

has been appointed a Justice of the Peace in and for the State of New South Wales in accordance with section 4 of the Justices of the Peace Act 2002

DATE OF APPOINTMENT: 12 December 1990
DATE OF REAPPOINTMENT: 05 March 2018
REGISTRATION NUMBER: 173234
APPOINTMENT VALID TO: 4 March 2023

Mark Speakman
Attorney General

▲ 1990.12.12일자 NSW주 총독(Governor)의 첫 JP임명장 & 2006.11.1일자 NSW주 법무장관의 JP 재임명장 & 2018.3.5일자 NSW주 법무장관의 JP 재임명장

가족을 초청하려는 한국교민들과 늘어난 유학생의 간단한 서류공증을 필요로 하는 법률적 서비스 수요가 무척 증가했다. 당시만 해도 대부분의 한국인들은 호주의 법률제도를 잘 몰랐었기 때문에 법률사무소 공증변호사를 찾아가서 비싼 수수료를 지불하고 서류공증을 받던 때였다. 그런데 공증변호사의 간단한 일반 서류의 값비싼 공증을 대신하여 JP도 똑같은 법적 효력을 갖는 무료공증을 할 수 있다는 정보를 알게 되었고 나도 한인동포를 위해 무료 법률적 서비스 제공을 해야겠다고 생각했다. 그래서 1990년 JP자격과 임명절차를 확인하고 2명의 보증인(Rev. Alan Russell 목사, Uniting Church, St.David's Church 당시 내가 출석하고 있던 시드니 제일교회가 함께 사용하던 호주교회담임목사, Mr Stephen Downes 내가 거래했던 NAB은행지점장)의 추천서를 받아 내가 거주하고 있는 West Pymble 지역을 관할하던 당시 Gordon선거지역구 The Hon. Tim Moore MP NSW주 의원(환경부장관)의 추천으로 JP임명 주무부처인 NSW주 법무장관에게 임명요청을 했다. 이렇게 나는 1969년부터 발효되던 당시 Imperial Acts Application Act법에 따라 1990년 12월 12일 NSW주 총독으로부터 공식 JP임명을 받았고 현재는 2002년도부터 개정된 JP법에 따라 임기만료 때마다 기간을 연장하여 2023년 3월 4일까지 NSW주 법무장관이 임명한 JP자격을 33년 동안 유지하고 봉사하고 있나.

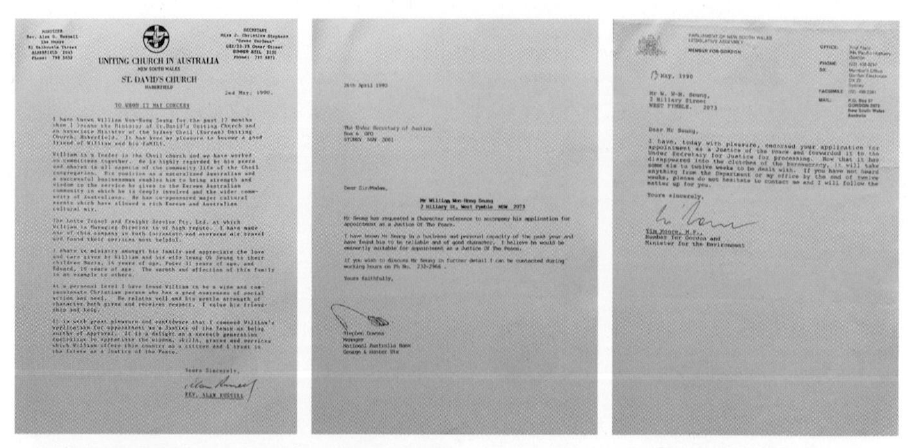

UNITING CHURCH IN AUSTRALIA
NEW SOUTH WALES
ST. DAVID'S CHURCH
HABERFIELD

2nd May, 1990.

TO WHOM IT MAY CONCERN

Yours Sincerely,

REV. ALAN RUSSELL

26th April 1990

The Under Secretary of Justice
Box 6 GPO
SYDNEY NSW 2001

Dear Sir/Madam,

Mr William Won-Hong Seung
2 Hillary St, West Pymble NSW 2073

Mr Seung has requested a Character reference to accompany his application for appointment as a Justice Of The Peace.

I have known Mr Seung in a business and personal capacity of the past year and have found him to be reliable and of good character. I believe he would be eminently suitable for appointment as a Justice Of The Peace.

If you wish to discuss Mr Seung in further detail I can be contacted during working hours on Ph No. 232-2966 .

Yours faithfully,

Stephen Downes
Manager
National Australia Bank
George & Hunter Sts

PARLIAMENT OF NEW SOUTH WALES
LEGISLATIVE ASSEMBLY
MEMBER FOR GORDON

13 May, 1990

Mr W. W-H. Seung,
2 Hillary Street
WEST PYMBLE. 2073

Dear Mr Seung,

I have, today with pleasure, endorsed your application for appointment as a Justice of the Peace and forwarded it to the Under Secretary for Justice for processing. Now that it has disappeared into the clutches of the bureaucracy, it will take some six to twelve weeks to be dealt with. If you have not heard anything from the Department or my office by the end of twelve weeks, please do not hesitate to contact me and I will follow the matter up for you.

Yours sincerely,

Tim Moore, M.P.,
Member for Gordon and
Minister for the Environment

▲ JP 자격 검증을 위한 지역사회 2명(Rev. Alan Russell목사 & Stephen Downes NAB은행지점장)의 추천서 & The Hon. Tim Moore MP NSW주의원의 JP임명 요청서

현재 JP의 주요 업무는 법적 효력을 갖는 공적 서류를 작성한 본인서명 확인증명이나 개인 진술서의 본인서명확인증명과 일반 서류 사본의 원본확인증명이 대부분이다. 여행사업무를 하면서 또는 내가 거주하고 있는 West Pymble 지역사회와 한인사회 내의 다양한 분들의 법적 효력을 갖는 다양한 서류들의 공증서비스 업무를 위해서 1990년 12월 12일부터 2023년 3월 4일까지 33년간 JP자격으로 봉사할 수 있음도 나름대로 보람있는 일이라고 생각한다. 이 또한 얼마나 감사할 일인가!

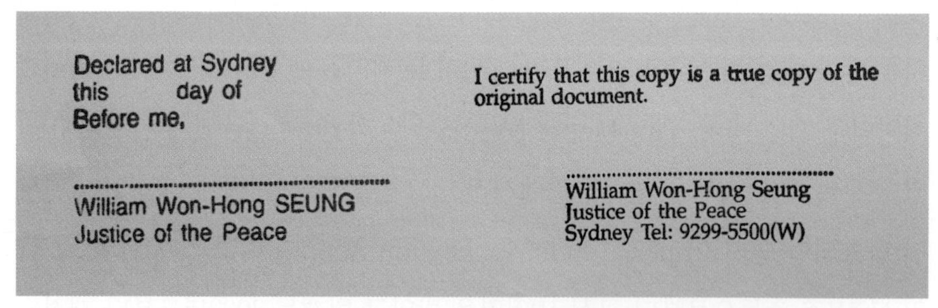

Declared at Sydney
this day of
Before me,

William Won-Hong SEUNG
Justice of the Peace

I certify that this copy is a true copy of the original document.

William Won-Hong Seung
Justice of the Peace
Sydney Tel: 9299-5500(W)

▲ JP공증을 위해 필자가 1990년대부터 사용하는 두 가지 종류, 본인서명확인용과 원본서류 확인용의 스탬프

6
|
6

붉은방패 모금(Red Shield Appeal)행사 참여봉사(2011-2016)

호주에는 대표적 자선구호기구인 적십자사를 비롯하여, UNICEF, Uniting Care, Smith Family, 구세군Salvation Army의 Salvos 등 여러 자선단체가 있다.

한국에는 매년 크리스마스와 연말이 되면 구세군제복을 입은 신자들이 자선냄비모금행사를 하고 있는 것을 볼 수 있다. 그러나 북반구와 달리 남반부에 위치한 호주는 계절 탓인지는 몰라도 한국에서처럼 자선냄비모금행사는 없는 것 같다. 대신 매년 5월 마지막 주 토요일과 일요일 이틀 동안에 구세군 신자와 함께 자원봉사자들이 간단한 모금요령교육을 받고 각 가정을 직접 방문하여 모금을 하는 붉은방패모금Red Shield Appeal행사를 전국적으로 일시에 진행하고 있다. 물론 이 모금행사기간 중에 세금혜택을 받는 각 기업과 개인도 적극 참여한다. 2019년 경우 전국적인 모금 목표액은 7,900만 불이였다. 나도 시드니한인회장 재임기간 중에(2007-2009) 구세군 김환기 사관과 지역모금 담

▲The Hon. Kevin Greene MP주의원 for Oatley & Area Chairman; Brian Robson Canterbury City Mayor 시장

당관으로부터 붉은방패모금을 위해 한 지역의 책임을 맡아주면 좋겠다는 제안을 받았으나 현직 한인회장 신분으로는 어렵다고 정중히 거절했던 적이 있다. 그런데 한인회장 임기를 마친 이후 재요청을 받고 어차피 도움을 필요로 하는 사람을 돕는다는 차원에서 Belmore 한인구세군교회를 중심으로 하는 Belmore Zone Chairperson으로 비교적 이슬람교도가 많이 거주하고 있다는 Belmore, Belfield, Wiley Park, Lakemba, Punchbowl 지역책임자로 합류하여 2010년도부터 2016년도까지 7년간 봉사했다.

본부로부터 매년 1만 불 선의 모금목표금액을 받고 한인구세군교회 성도들과 함께 유학생과 워홀러 자원봉사자 100여 명을 동원하여 목표액보다 조금 넘는 1만 3천여 불 정도의 모금을 했다. 이렇게 모금된 성금은 구세군 조직인 Salvos구제단체를 통해 다문화호주사회의 주요부문에 다각적인 사회서비스를 제공하고 있다. 노숙자지원, 알코올 및 마약중독재활서비스, 가정폭력피해자지원과 긴급재정지원, 영어교육, 법률지원 등 정부가 챙기지 못하고 있는 사각지대의 어려운 사람들을 돕는 구제사업을 하고 있다. 내가 참여했던 호주남부지역에는 Area Chairman산하 8개 구역으로 나누어 각 지역별 책임자Zone Chairperson가 임명됐는데 대체로 지역사회의 유명인사들로서 주의원, 시장, 시의원, 학교교장, 은행지점장, 커뮤니티지도자였다. 호주 주류사회에서 행해지는 전국적 모금행사에 다양한 인사들과 함께 협력할 수 있었던 귀한 시간들이었다.

특별히 나는 한인구세군교회 김환기사관과 함께 한인교회 학생부 학생들과 워홀러 청년들의 봉사활동 참여를 독려했다. 모금 현장에서의 생생한 체험들이 이들에게 많은 인생경험이 될 것이라고 생각했기 때문이다. 이렇게 동원된 100여 명의 학생과 청년들에게는 내가 직접 서명을 한 구세군 명의의 붉은방패모금 행사 참여 봉사 증명서와 맥도날드사가 후원하는 빅맥과 음료 교환권을 주곤 했다.

불우한 이웃을 돕겠다는모금행사에 참여했던 따뜻한 마음을 가진 봉사참여자들과 모금에 동참해 주셨던 많은 손길 위에 감사의 마음을 전하고 싶다.

▲ 구세군 호주지역사령관 Commissioner James Condon 사령관과 필자 & 2013년 붉은방패모금 공식 발대식 오찬 안내 전광판

▲ 붉은방패모금을 위한 가정방문 요령 사전 교육을 마치고 모금봉투와 백을 들고 현장으로 나가는 자원봉사자들

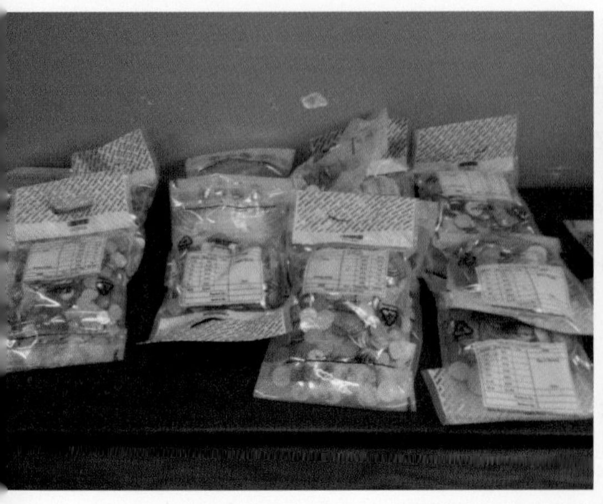

▲모금을 마친 후 정리한 동전 묶음과 모금액 계수를 돕고 있는 전직 은행원출신 자원봉사자와 필자

▲붉은방패모금 가정방문 Door Knock 모금을 마치고 붉은방패모금 참여 증명서를 받은 한인청년 자원봉사자들

THE SALVATION ARMY RED SHIELD APPEAL

Presented to:

Mr William Seung

In gratitude of your support and leadership given to The Salvation Army

2011 Red Shield Appeal

As

Zone Chairman

Belmore Zone

MR KEVIN GREENE
Area Chairman

MAJOR SUE WINTERBURN
Area Director

2011
The Salvation Army
Australian Eastern Territory

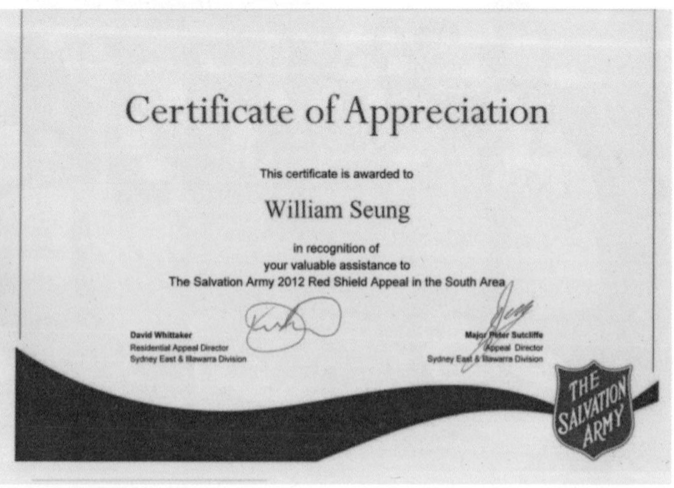

Certificate of Appreciation

This certificate is awarded to

William Seung

in recognition of
your valuable assistance to
The Salvation Army 2012 Red Shield Appeal in the South Area

David Whittaker
Residential Appeal Director
Sydney East & Illawarra Division

Major Peter Sutcliffe
Appeal Director
Sydney East & Illawarra Division

THE SALVATION ARMY

▲2011년 필자가 받은 감사장 & 2012년 필자가 받은 감사장

THE SALVATION ARMY

RED SHIELD APPEAL

Certificate of Appreciation

The Salvos thank God for You

Presented to

in recognition of the valuable assistance given to the Red Shield Appeal

Appeal Chairman　Date　Appeal Director

▲붉은방패모금 참여를 독려하는 피켓을 들고 있는 필자 & 모금활동에 참가한 자원봉사자에게 주었던 필자 서명의 감사증명서

THE SALVATION ARMY RED SHIELD APPEAL

CERTIFICATE OF APPRECIATION

THIS CERTIFICATE IS AWARDED TO

Mr William Seung

IN RECOGNITION OF VALUABLE SERVICE GIVEN TO

The Salvation Army Red Shield Appeal

SIGNATURE　DAVID RYAN (SOUTH AREA CHAIRMAN)

SIGNATURE　DAVID WHITTAKER　RESIDENTIAL APPEAL DIRECTOR

5th June 2013　DATE

▲2013년 필자가 받은 감사장

CERTIFICATE OF RECOGNITION

THE SALVATION ARMY

RED SHIELD APPEAL

Presented to

Mr William Seung

In recognition of the valuable assistance given to The Salvation Army Red Shield Appeal

31st May 2015

▲ 2015년 필자가 받은 감사장

▲Red Shield Appeal(붉은방패모금) 안내겸 기부용 봉투

6-7

호주NSW주정부 반차별위원회 (Anti Discrimination Board NSW, Statutory Board Member 2013-2015) 위원 활동

▲The Hon. Greg Smith MP 법무장관과 필자

William Won-Hong Seung JP
Statutory Board Member
Anti-Discrimination Board of NSW

Mob 0414 299 550 | whseung4@hotmail.com
Phone (02) 9268 5555 | Fax (02) 9268 5500 | Freecall 1800 670 812
PO Box A2122, Sydney South NSW 1235
Level 4, 175 Castlereagh Street, Sydney NSW 2000
www.antidiscrimination.lawlink.nsw.gov.au

▲필자의 NSW주정부 반차별위원회위원 명함

1996년 9월 10일 연방하원의회에서 폴린 핸슨 의원이 인종차별논쟁을 불러일으켰다. "호주는 지금 아시안 이민자들이 몰리면서 사회적으로 큰 위기에 처해 있다. 호주는 지금부터라도 반 아시아, 반 이민, 반 원주민의 3반정책을 통해 호주사회의 정체성을 되찾아야 한다"고 역설했기 때문이다. 이렇게 호주

연방정치권으로부터 촉발된 반 아시안, 반 원주민, 반 이민정서에 관한 논란이 계속되고 있던 때인 1998년 7월 3일 기독민주당 The Hon. Fred Nile 의원은 한인사회 지도자들을 초청해 NSW주의회 오찬모임을 주선했다. 연사로는 백기문 시드니총영사와 The Hon. Nick Greiner MP 전 NSW주 수상이 나왔다. 일부 몰지각한 정치권 인사들에 의한 잘못된 차별적 언행으로 인하여 다문화사회의 상처를 위로하고 호주국가에서는 어떠한 형태의 차별행위도 용납돼서는 안 된다고 재확인하는 자리였다. The Hon. Nick Greiner 의원에게 나는 과거부터 전통적으로 Liberal Party에 투표를 해왔는데 폴린 헨슨의 인종차별적 발언 이후 Liberal Party연방정부 The Hon. John Howard MP 연방총리의 방관적 미온적 대처방법에 실망했다며 Liberal Party지지를 철회하려고 생각한다고까지 말했다. 물론 닉 그레이너 전 NSW주 수상에게도 많은 오해가 있다며 계속 Liberal Party를 지지해 달라는 부탁을 받았던 적이 있다.

▲ The Hon. Fred Nile 상원의원, The Hon. Nick Greiner MP 수상과 한인사회지도자 오찬 간담회(맨 오른쪽 필자)

그리고 나는 시드니한인회장(2007-2009)임기를 마치고 롯데여행사 업무로 복귀하여 호주인들의 한국행 관광홍보와 판촉에 전념했다. 그러던 중 2012년 연말경 내가 시드니한인회장 재임 당시부터 줄곧 한인사회관련 현안에 관해 긴밀하게 협력해오던 친한파 Epping지역구 출신 NSW주의원 The Hon. Greg Smith MP 법무장관이 상의할 일이 있다며 만나자는 연락을 해왔다. 이 만남에서 스미스 법무장관은 법무부장관산하 독립기관인 반차별위원회가 있다며 업무성격을 알려주며 위원장을 포함해 3년 임기의 5명 위원으로 구성되어 있다고 했다. 현재 4명의 인선이 완료됐고 추가해서 처음으로 동양계 인사인 나를 임명하고저 한다며 먼저 나의 동의를 구한다고 했다. 나는 먼저 다문화사회를 지향하는 호주정부에서 귀한 자리에 나를 추천하겠다는 것에 감사했다. 그러나 나는 호주에서 교육을 받지도 않았고 법조계 인사도 아니잖냐며 반문했다. 다만 내가 대학교 재학 시절에 다양한 법률공부를 했고 나의 생활신조가 '경천애인'이라며 그 뜻을 설명하며 호주사회의 정의와 인권을 위해 도전해 볼 수 있다고 했다. 그는 내가 NSW주정부 반차별위원회 위원으로 추천제의를 선뜻 받아줘서 고맙다고 하며 내가 충분한 능력이 있다며 격려해 주었다. 다만 임명절차상 법무장관의 추천으로 NSW주정부 내각의결과 NSW주총독 재가를 받는 마지막 확정 때까지 기다려 달라고 했다. 그리고 2월 초순경 NSW법무부 법정임명직인사추천위의 Bob Morgan으로부터 나의 NSW주정부 반차별위원회 위원직 임명을 위한 절차가 진행되고 있다는 친절한 안내를 받았다. 그렇게 임명절차가 진행되는 가운데 나는 한국으로 업무출장을 나가 있었다. Bob Morgan은 2월 19일 NSW주정부 각료회의 의결 통과와 20일에 NSW주총독 재가 사실을 나에게 알려주었다. 이렇게 나는 3년 법정임기직의 NSW주정부 반차별위원회 위원으로 임명을 받아 일할 수 있는 기회를 얻었다. 호주정부 시스템을 통하여 일반시민들을 위해 각종 차별방지와 기회균등 실현을 위해 일할 수 있었던 좋은 기회였다.

나와 함께 일했던 3년 법정임기직의 반차별위원들은 CRCCommunity Relations Commission 의장인 Stepan Kerkysharian AO, 중동계 이민난민보호 운동가이며 이민여성보건서비스소장겸 CRC위원인 Eman Sharobeen, 변호사로서 호주유대인협회 회장 겸 CRC위원인 Peter Wertheim, 변호사로서 금융계의 CRC위원인 Taral Yasin 모두 5명이었으나 Taral Yasin은 건강상의 이유로 중도하차하였고 새로운 인사충원 없이 4명체제로 호주사회 속의 모든 종류의 차별방지와 기회균등 실현을 위해 화기애애한 분위기 속에서 성의껏 일했다. 참고로 호주연방정부와 다른 주정부는 인권위원회Human Right Commission라고 부르는데 유독 NSW주에서만 반차별위원회Anti-Discrimination Board라고 부른다.

특별히 기억되는 사례로서 인터넷뱅킹이 활성화되면서 2014년도부터 모든 은행들이 ATM사용과 인터넷뱅킹 위주로 사업장의 창구직원을 대폭 감축함으로써 인터넷이 익숙하지 않은 시니어들의 창구서비스를 받을 수 없게 되었다. 우리 반차별위원회에서 이러한 시니어고객들의 불편함을 덜어주기 위해 모든 은행들이 최소한의 은행창구직원을 유지해 줄 것을 권면했던 적이 있다. 그리고 안보관련 업체의 특수업무수행을 위하여 자격요건 중에 특정 국가 출신을 필요로 한다는 직원모집광고를 내야 하는 경우가 있다. 이런 경우에는 반드시 반차별위원회의 사전 심사승인을 받아야 직원모집안내를 할 수 있다. 그리고 다문화권에서 교육을 받고 있는 초, 중고등학생들을 대상으로 어떤 종류의 차별이라도 금지되어야 한다는 홍보를 위해 포스터공모행사를 하기도 했다.

어찌보면 요즈음 한국에서 회자되고 있는 정의와 공정에 관한 업무를 하게 된 셈이다. 그러나 영어가 모국어가 아닌 나에게는 회의준비를 위해 미리 보내주는 많은 서류들을 읽어내야 하는 일과 관련 내용 숙지와 내 의견발표를 위해 준비해야 하는 일이 만만치 않았다. 몇 시간씩 영한사전과 함께 내용파악을 위해 애쓰기도 했다. 나의 부족한 영어실력으로 가끔 스트레스를 받기도 했다.

2013. 3. 8일자 교민잡지

Interview

'호주사회 정의 구현에 헌신하겠다!'

동양계 1호 주정부 '반차별위' 위원 승원홍

나는 특별히 소수민족 이민자들이 생활현장에서 현실적으로 느끼고 있는 호주사회 내의 관념적 편견과 차별의식을 가능한 노출시켜 제도적으로 방지해 보려고 노력을 했다. 한국인으로서 다양한 배경의 호주 내 유명인사들과 함께 반차별위원회 위원으로 3년간 함께 일할 수 있었음에 자부심을 느낀다. 이 또한 얼마나 감사할 일이 아니던가!

보낸 사람: Bob_Morgan@agd.nsw.gov.au <Bob_Morgan@agd.nsw.gov.au>
보낸 날짜: 2013년 2월 20일 수요일 오전 2:17
받는 사람: whseung4@hotmail.com
제목: Re: 회신: RE: As discussed

Dear Mr Seung, the Governor-in-Council has approved of your appointment as a member of the Anti-Discrimination Board for the period commencing on 20 February 2013 and expiring on 18 December 2015. Formal advice from the Attorney General will follow in the mail in due course, and the President of the Board will contact you as well to give you more information.

보낸 사람: Bob_Morgan@agd.nsw.gov.au <Bob_Morgan@agd.nsw.gov.au>
보낸 날짜: 2013년 2월 19일 화요일 오전 5:37
받는 사람: 승원홍
제목: RE: As discussed

Dear Mr Seung, Cabinet has approved of your appointment proceeding to the Governor. I will hopefully have some news for you of the Governor's approval some time tomorrow afternoon.

Bob Morgan | Statutory Appointments Officer | Human Resources Branch | Attorney General's Division, Department of Attorney General and Justice
Email: bob_morgan@agd.nsw.gov.au | Phone: 02 8688 7628 | Fax: 02 8688 9645
Justice Precinct Offices, 160 Marsden Street, Parramatta, Locked Bag 5111, Parramatta NSW 2124

▲호주NSW주 총독이 필자를 반차별위원회 3년임기직책 위원으로 임명했다는 통지 메시지(임명장인 셈이다)

8 ANTI-DISCRIMINATION BOARD OF NSW ANNUAL REPORT 2014-2015

Anti-discrimination law in NSW

Discrimination occurs when a person with a particular personal characteristic is treated less favourably than a person who does not have that characteristic, or they are harassed because of that characteristic. The Anti-Discrimination Act 1977 (NSW) (ADA) makes it unlawful to discriminate on certain grounds, in certain circumstances.

Grounds of discrimination

Discrimination and harassment based on any of the following characteristics is unlawful in NSW:

- sex (includes pregnancy, childbirth and breastfeeding);
- race;
- age (includes compulsory retirement);
- marital or domestic status;
- homosexuality;
- disability (includes physical, intellectual and psychiatric disabilities, learning and emotional disorders and infectious diseases);
- transgender status;
- carer's responsibilities.

It is also against the law to discriminate against or harass someone because their relatives, friends or associates have any of these characteristics (except for carer's responsibilities), or because you think they are homosexual, transgender or have a disability, even if it isn't the case. Sexual harassment is also against the law.

Areas of discrimination

These types of discrimination are unlawful in five main areas:

- employment;
- provision of goods and services;
- state education, including schools, TAFEs and universities (sexual harassment and race discrimination are also unlawful in private education)
- the provision of accommodation;
- registered clubs (any club that sells alcohol or has gaming machines).

Carer's responsibilities discrimination is only against the law in employment.

Direct and indirect discrimination

Both direct and indirect discrimination are against the law. Direct discrimination occurs when someone is treated unfairly compared to someone else in similar circumstances – for example, refusing to hire a person because they have a disability.

Indirect discrimination occurs when there is a requirement which has a disproportionately negative impact on a particular group of people, and the condition is not reasonable in the circumstances, and the person concerned cannot comply with it. For example, requiring a person over a certain height for a job may discriminate against women and some ethnic groups.

Vilification

Vilification because of a person's race, homosexuality, HIV/AIDS or transgender status is also unlawful. The ADA defines vilification as any public act that incites others to hate, have serious contempt for, or severely ridicule a person or group of people who have the relevant characteristic.

Victimisation

It is unlawful to victimise a person because they have complained about discrimination or helped someone with a discrimination complaint. A victimisation complaint may be upheld even if the original discrimination complaint is not.

Other unlawful acts

It is unlawful to publish an advertisement that breaches the ADA, and to aid and abet a breach of the ADA. In some circumstances employers may be liable for the conduct of their employees.

Exceptions and exemptions

The ADA includes some specific exceptions where jobs and services can be targeted towards a particular group. These mainly relate to reasonable requirements for particular types of jobs, services aimed at the special needs of a particular race or age group, and some special categories such as sport and superannuation.

The President of the Board and the Attorney General can also grant exemptions from the ADA to permit discrimination in certain circumstances. For more information about exemptions, see pages 26-27.

10 ANTI-DISCRIMINATION BOARD OF NSW ANNUAL REPORT 2013-2014

Statutory Board

The Statutory Board members are community representatives with an interest in and knowledge of anti-discrimination issues in NSW. The President consults with the Board on current issues relating to discrimination, applications for exemptions under the Act, and the management of the Anti-Discrimination Board.

Stepan Kerkyasharian

AO, Hon DLitt **Attendance 9/9**

President

Stepan became President of the Anti-Discrimination Board of NSW in September 2003 and was reappointed in January 2014 for two years. He was the Chair of the Community Relations Commission of NSW from 1989 to 2014, and before that the foundation head of SBS Radio. He has been lauded many times for his role in fostering community harmony in NSW.

Stepan became a Member of the Order of Australia (AM) in 1992 and an Officer of the Order of Australia (AO) in 2011 for service to the community. In 1995 he was made a Fellow of the University of Technology Sydney. In 2000 he received the Olympic Order from the International Olympic Committee. In 2007 he was made Doctor of Letters (Honoris Causa) by the University of Sydney.

William Won-Hong Seung

BA **Attendance 9/9**

William migrated to Australia in 1982 and has a background in the travel industry. He has held multiple leadership roles in both Australia and Korea (President of the Korean Society of Sydney, the Korean Chamber of Commerce and Industry in Australia and the Korean Language Schools Association in Australia). A published author and a passionate proponent for helping the community, he seeks to use his contacts to add value to people's lives wherever he can.

Peter Wertheim

AM, BA, LLB, LLM **Attendance 7/9**

Currently the Executive Director of the Executive Council of Australian Jewry, Peter was recently appointed to the Australian Multicultural Advisory Council. Prior to this, he was a lawyer for 32 years, with major clients including trade unions, other not-for-profit organisations and charities. He has developed particular expertise in racial vilification law and has successfully represented the Jewish community in a number of racial vilification cases.

Eman Sharobeem

PhD **Attendance 6/9**

Eman has been an active advocate for migrants and refugees for 25 years, and has worked with governments, multilateral organisations and private foundations to advance gender equality and health both nationally and internationally. She is currently the Director of the Immigrant Women's Health Service, a member of the NSW Premier's Council on Preventing Violence Against Women, a Commissioner of the Community Relations Commission of NSW, Chair of Non-English Speaking Women's Housing and Chair of Macarthur/Liverpool regional Advisory Council.

L-R: William Seung, Eman Sharobeem, Peter Wertheim, Stepan Kerkyasharian

▲2014/2015회계년도 연간보고서 중에서

▲이휘진 시드니총영사 초청 관저 오찬에 참석한 NSW주 반차별위원회의 4인 위원들과 필자(맨 오른쪽)

▲반차별홍보용 포스터공모전 우승학생가족과 The Hon. David Clark MLC 주상원의원 & 반차별위원과 필자

▲NSW반차별위원회에서 매년 시행하고 있는 초중고등학교학생 대상 반차별 포스터 응모대회 수상식 모습

6-8

MCC NSW다문화협의회 (Multicultural Communities Council) 창립과 다문화커뮤니티와의 활동(2014-)

호주정부는 다문화정책을 표방 장려하며 지역사회의 조화와 사회결집 증대를 위하여 노력하고 있다. 이러한 다문화정책의 원활한 수행을 위하여 NSW 주정부는 다문화장관 산하에 소수민족단체 지원 및 자문기구조직으로 오랫동안 CRCCommunity Relations Commission를 운영해 왔다. 내가 시드니한인회장재임 기간에 박은덕 부회장이 CRC위원으로 위촉이 되기도 했다. 그러나 그 이후에도 여러 차례 정부조직의 개편으로 인해 지금은 Multicultural NSW로 부르고 있다.

▲2007년 박은덕 부회장과 함께 CRC Stephan Kerkysharian 위원장을 예방하고 한인사회 소개와 상호협력을 요청하고 한국 전통공예품을 선물하고 있는 필자.

▲다문화관계위원회주최 세미나에 참석한 호주동아 고직순 편집인, The Hon. Laurie Furgurson MP 연방이민부 차관 & The Hon Virginia Judge MP, 한인회 박은덕 부회장, 한인회 운영위원과 필자

2011년 3월 26일 NSW주 선거를 통해 노동당정부에서 자유당의 승리로 The Hon. Berry O'Farrel MP가 주 수상이 됐고 그는 한인밀집 주거상가 지역인 Ryde지역구 의원인 The Hon. Victor Dominello MP를 다문화장관으로 임명했다. Dominello 장관이 재임 중이던 2011년 말에 다문화장관산하 자문조직 성격으로 MCCMinister for Citizenship and Community Consultative Committee 라는 명칭으로 여러 소수민족지도자들을 MCC위원으로 위촉하여 담당 위원장 중심으로 운영을 했다. 우리 경우는 당시 한인밀집 지역 중 하나였던 Strathfield지역구 의원이었던 The Hon Charles Casuscelli MP가 한국·중국·인도MCC의 의장직을 맡아 매월 정기적인 모임을 갖고 모임 때마다 한인사회 주요 현안 의제토의와 함께 한인사회 내의 차세대를 소개하는 시간도 가졌다. 대체로 한인사회 전반에 관한 미래지향적 중요사항들을 논의했다. 한국커뮤니티의 경우는 앞에 Korean을 붙여 KMCC라 불렀다.

▲2011년 커뮤니티 지도자들에게 정부의 정책설명을 하는 The Hon. Victor Dominello MP 다문화부장관과 필자 & The Hon Charles Casuscelli MP KMCC의장 The Hon Gladys Berejiklian MP 교통부장관(현 NSW주 수상)

▲ 2012년 NSW CRC 산하, Multicultural March Advisory Board 회의에 참석한 필자(중앙 도미넬로 장관 오른쪽으로 2번째) & 2013년 The Hon Victor Dominello MP 다문화장관을 예방한 MCC회장단과 필자(맨 왼쪽)

그러나 Dominello 장관 후임인 The Hon John Ajaka MLC 장관은 MCC 조직을 없앴다. 그래서 다문화정책을 지지하는 여러 커뮤니티 지도자들이 공식적인 정부와의 대화창구의 필요성을 공감하여 중국계 Dr Tony Pun OAM, 코케이션계 David Dowson, 베트남계 Dr Peter Thang Ha, 마케도니아계 Tode Kabrovski, 레바논계 Raymond Arraj, 인도계 Amjer Singh Gill 그리고 한국계로 내가 공동참여하여 Multicultural Communities Council NSW를 창립하였고 그 이후 활동성격에 따라 다양한 소수민족대표들이 동참하여 호주정부의 다문화정책을 지지하며 호주사회 내의 여러 커뮤니티 지도자들과 함께 호주사회의 화합과 다문화 활성화를 위해 정부에 건의도 하고 사회적 공론화를 위하여 주류언론을 통해 제안도 하며 적극적으로 활동해 가고 있다. 나는 2018년 MCCNSW로부터 지난 25년 이상 한인커뮤니티와 다문화커뮤니티를 위해 봉사해온 것을 기념하여 다문화평생봉사상Community Life Award을 수상한 바 있다.

▲MCC 월례임원회의에 참석한 회장단, 임원들과 함께한 필자(앞줄 오른쪽 2번째) & 다문화 공연참가자들

▲ The Hon Tony Burke MP 연방의원(Shadow 이민다문화장관)이 세미나를 마치고 MCC 임원과 필자 & The Hon. Luke Forley MP 노동당대표와 MCC회장단 임원과 필자(오른쪽 4번째)

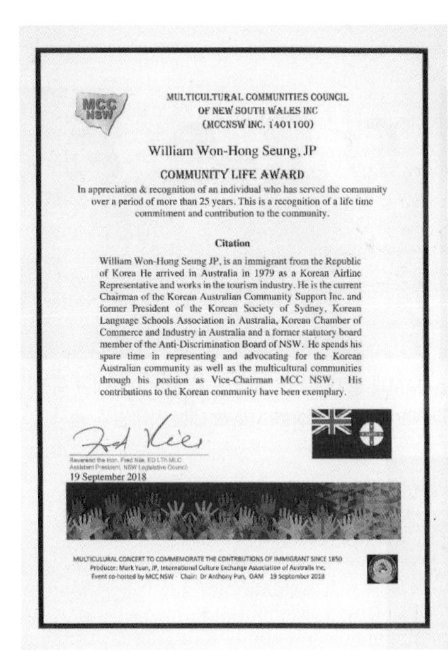

MULTICULTURAL COMMUNITIES COUNCIL
OF NEW SOUTH WALES INC
(MCCNSW INC. 1401100)

William Won-Hong Seung, JP

COMMUNITY LIFE AWARD

In appreciation & recognition of an individual who has served the community over a period of more than 25 years. This is a recognition of a life time commitment and contribution to the community.

Citation

William Won-Hong Seung JP, is an immigrant from the Republic of Korea He arrived in Australia in 1979 as a Korean Airline Representative and works in the tourism industry. He is the current Chairman of the Korean Australian Community Support Inc. and former President of the Korean Society of Sydney, Korean Language Schools Association in Australia, Korean Chamber of Commerce and Industry in Australia and a former statutory board member of the Anti-Discrimination Board of NSW. He spends his spare time in representing and advocating for the Korean Australian community as well as the multicultural communities through his position as Vice-Chairman MCC NSW. His contributions to the Korean community have been exemplary.

Reverend the Hon. Fred Nile, ED LTh MLC
Assistant President, NSW Legislative Council
19 September 2018

MULTICULURAL CONCERT TO COMMEMORATE THE CONTRBUTIONS OF IMMIGRANT SINCE 1850
Producer: Mark Yuan, JP, International Culture Exchange Association of Australia Inc.
Event co-hosted by MCC NSW Chair: Dr Anthony Pun, OAM 19 September 2018

▲ MCC에서 필자에게 수여한 25년 이상 커뮤니티 평생봉사상

▲ 2014년 The Hon John Ajaka MLC 다문화장관과 MCC 회장단 및 임원과 필자(맨 오른쪽) & The Hon. Sophie Cotsis MP Shadow 다문화장관 & 주정부 다문화정책 담당자와 함께한 MCC회장단

▲ 2015년 The Hon John Ajaka MLC다문화장관과 The Hon Mike Baird MP 주수상과 MCCNSW 회장단과 필자 & 호주 통계청 관리와 The Hon. Ray Williams MP 다문화장관, MCC의장 Dr Tony Pum OAM과 필자

▲2011년 ANZAC Day 기념 오찬에서, 군 관계 인사, 지역 의원, 커뮤니티 지도자들과 필자(앞줄 왼쪽 2번째) & 2019년 The Hon. Geoff Lee MP 다문화장관과 MCC회장단, 임원과 필자(앞줄 맨 왼쪽)

▲2018년 Multicultural NSW가 주최하는 Harmony Festival과 NSW Premier Harmony Dinner행사에서 다문화 인사와 The Hon. Scott Farlow MLC와 필자

▲2017년 NSW Premier Harmony Dinner 행사에서 Hugh Lee OAM과 필자 & 터키계 지도자 Ahmet Polat 회장 & 중국인 커뮤니티 지도자 Dr Anthony Ching, Hudson Chen 과 Nancy Liu Georges River City 시의원과 필자

◀2017년 MCC NSW가 주관한 다문화정책 토론회에서 MCC회장단과 임원과 필자 (앞줄 오른쪽 2번째)

◀2015년 네팔 지진복구 성금모금 행사에 참여한 정계 및 커뮤니티 지도자들과 필자 (앞줄 오른쪽 2번째)

▲2015년 MCC주최 ANZAC Day 100주년 기념행사, 중국계 호주인 2차대전 참전용사와 The Hon. Jodi McKay MP와 필자 & 이휘진 총영사와 다문화 지도자와 필자(앞줄 중앙)

▲2015년 MCC주최 ANZAC Day 100주년 기념행사 중국, 베트남문화공연 & 김철기 교수의 한국전통문화공연

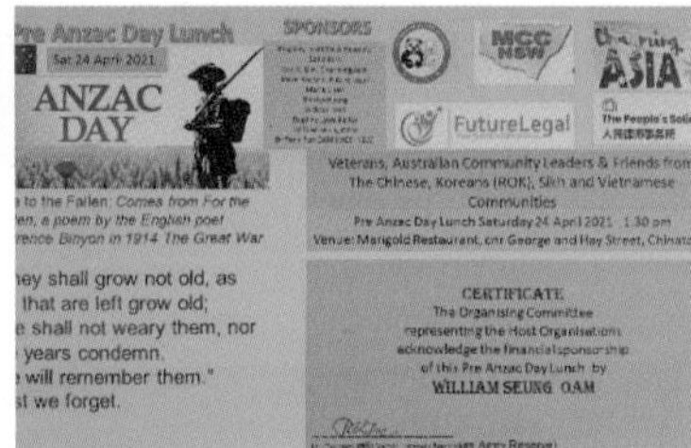

Pre Anzac Day Lunch
Sat 24 April 2021
ANZAC DAY

SPONSORS

MCC NSW

FutureLegal

Veterans, Australian Community Leaders & Friends from The Chinese, Koreans (ROK), Sikh and Vietnamese Communities
Pre Anzac Day Lunch Saturday 24 April 2021 1:30 pm
Venue: Marigold Restaurant, cnr George and Hay Street, Chinato

...to the Fallen: Comes from For the ...en, a poem by the English poet ...rence Binyon in 1914 The Great War

...ey shall grow not old, as
... that are left grow old;
...e shall not weary them, nor
... years condemn.
... will remember them."
...st we forget.

CERTIFICATE
The Organising Committee
representing the Host Organisations
acknowledge the financial sponsorship
of this Pre Anzac Day Lunch by
WILLIAM SEUNG OAM

▲2021년 MCC주관 ANZAC Day Pre Luncheon행사에서 ANZAC과 한국전쟁관련 연설을 하는 필자 & 필자가 받은 ANZAC행사후원 감사장 & MCC회장 Dr Tony Pun OAM, 호주 육군 대령과 중국계호주군 중령과 필자

▲2015년 MCC주최 다문화차세대포럼 The Hon. Chris Minns MP, MCC회장단, 발표자와 필자(앞쪽 왼쪽 4번째)

▲2020년 중국커뮤니티 구정축제 내빈과 함께 축하하는 필자(왼쪽 3번째) & 용춤공연 & 축제제단에 분향하는 필자

▲2020년 중국커뮤니티 구정축제 사자춤공연 시드니City행사에서 VIP내빈과 필자(오른쪽 5번째)

▲2020년 중국커뮤니티 구정축제 내빈과 함께 폭죽에 점화하는 필자(맨 왼쪽) & 용춤공연 & 용눈 점안식을 하는 필자

▲2015년 호주아시아상공회의소의 연말 우수상공인 시상식에서 우수 중국기업경영인에게 시상하고 있는 필자 &
2019년 중국호주 경제무역교류협회 제2차 시드니대회에 참석한 중국경제계 원로들과 필자(맨 왼쪽)

▲2018년 중국호주 수교 45주년 축하 기념 공연장 타운홀에서 시의원, 주상원 의원, 윤상수 총영사와 필자 & Miss Hong Kong 본선에 출전할 호주대표와 필자

▲2016년 호주중국사업인회 회장단과 필자(왼쪽 2번째) & 2019년 첫 여성호주연방총독 Her Excellency Quentin Bryce, 중국커뮤니티 인사와 필자(뒷줄 오른편 4번째)

▲2018년 베트남 커뮤니티 음력설축하 연회장의 연주자들 & 베트남커뮤니티 기금 조성을 위한 미술작품 경매모습

▲2015년 베트남 커뮤니티 음력설 축제에서 불교식 제단 앞에서 MCC회장단과 필자(맨 왼쪽) & The Hon Julie Owens MP, Dr Tony Pun OAM MCC 의장, 정계인사들과 필자(왼쪽 3번째)

▲2016년 베트남 커뮤니티 음력설 축제 입구의 축하 폭죽행사 & 2017년 Fairfield City 주최 호주베트남커뮤니티의 과거 월남국기를 베트남 Heritage Flag으로 명명식을 하는 행사에서 축사를 하는 필자

호주의 베트남 커뮤니티 정착엔 과거 슬픈 역사가 있다. 1975년 월남 패망 이후 호주로 이주했던 보트피플 1세대는 호주정부의 특별배려로 시드 니외곽 지역 Cabramatta지역을 중심으로 정착했다. 이들은 지금의 베트남공산정부 수립에 반대하여 정든 고국을 떠나 목숨을 걸고 자유를 찾아 망망대해로 피신해 호주로 왔던 대단한 사람들이다. 이런 연유에서인지 40여 년이 지난 오늘에도 이들은 베트남커뮤니티의 주요 공식행사 때마다 새로운 베트남공산정부의 국기를 사용하지 않고 과거 월남 국기를 사용하고 있다.

베트남공산정부는 호주연방정부를 통해 호주정부가 참여하는 호주베트남커뮤니티 공식행사에 과거 월남국기 대신 현 베트남공산정부의 국기를 사용해달라는 요청을 했던 모양이다. 이런 가운데 호주베트남커뮤니티 지도자들의 거센 반발이 있었고 급기야는 Fairfield City지방정부로 하여금 과거 월남국기를 베트남커뮤니티의 Heritage Flag로 공인하여 모든 베트남커뮤니티공식행사에 사용하도록 조치하기에 이르렀다. 당시 베트남커뮤니티 Dr Peter Thang Ha 회장이 나에게 이 Heritage Flag 명명식 공식행사에 축사를 해달라고 요청했다. 나는 과거 초등학교 4학년 시절 1957년 9월 월남 고딘 디엠 대통령의 한국방문 때에 노란바탕에 빨간 세 줄의 월남국기를 그렸던 기억이 아직도 생생하다는 옛 이야기와 한국과 월남의 전통적 우호관계를 소개하며 자유민주주의를 찾아 호주에 정착했던 보트피플 1세대의 노고를 위로하며 오늘날의 베트남커뮤니티의 정착과 발전을 칭송했다. 아울러 과거 월남인들의 국기를 Fairfield City지방정부의 특별배려로 Heritage Flag 명명식을 할 수 있도록 협력해 준 모든 Fairfield City 시의원과 Frank Carbone 시장에게도 특별 감사를 표했다. 이날은 베트남커뮤니티와 함께 나에게도 특별한 날로 기억된다. 이 또한 어찌 감사할 일이 아닌가!

▲2017년 Fairfield City 주최 호주베트남커뮤니티의 Heritage Flag 명명식 행사에서 필자를 소개하는 베트남커뮤니티 Dr Peter Thang Ha 회장과 필자 & Fairfield City Dai Le 시의원, Frank Carbone 시장, 베트남커뮤니티 Dr Peter Ha 회장가족과 필자 & Fairfield 베트남전쟁 참전기념비 앞에서 베트남전쟁참전 호주군협회 회장과 필자

▲2016년 이스라엘 커뮤니티 지도자와 전 자유당연방의원 The Hon. Brendan Nelson AO 전쟁박물관장과 필자 & 이스라엘 독립 68주년 기념식에서 축사하는 NSW주수상

▲이스라엘 커뮤니티 지도자, 그리스 Christos Karras 총영사와 필자 & Jewish Masada College 교장과 필자 & 이스라엘 커뮤니티 Lynda Ben-Menashe 사무총장외 지도자와 필자

▲Indian Sikh 군의장대, Parramatta시의회 Benjamin Barrak 시장과 필자 & The Hon. Jodi McKay MP와 필자

▲Indian Sikhs커뮤니티 전통민속공연

▲터키 커뮤니티 Affinity Intercultural Foundation, Ahmet Polat 회장, SBS TV방송인 & 신임회장과 필자

◀2018년 MCCNSW 주관 다문화교류 행사에 참여한 중국과 방글라데시 커뮤니티 예술인, 내빈과 필자

▲ MCCNSW와 다문화기구 간담회 & 방글라데시 상공인회에서 축사를 하고 MCC임원들과 함께한 필자

▲ 2018년 시드니한인회주최 한국의날 행사에 참석한 MCC회장단, 윤상수 총영사와 필자 & 2020년 MCC 회장단과 Dept. Home Affairs NSW Regional Director Sneha Chatterjee, Dr Tony Pun OAM과 필자

▲ 2020년 이민부장관 The Hon. Alan Tudge MP, Dr Tony Pun OAM, The Hon. Sham Ho와 필자

▲ 2020년 Dr Tony Pun, H.E. Russian Consul General Igor Arzhaev(러시아 총영사), MCC directors와 필자(중앙)

6-9

호주한인공익재단(KACS)창립과 사회봉사 활동

한호일보사의 전신이었던 호주동아일보사(발행인: 신이정)가 2014년부터 무료로 배포해오고 있던 주말홍보판을 유료화하여 판매수입금 전액을 교민언론발전을 위해 사용하기로 하고 11명의 이사진을 영입하여 독립적으로 운영해 나갈 (가칭)공익신문발전위원회 이사회(김병일, 김석원, 김성호, 김재원, 남기성, 송석준, 승원홍, 신이정, 전경희, 최성호, 홍관표 이상 11명)를 구성했다. 이사진들의 뜻을 모아 내가 초대 위원장으로 선임되었다. 그러나 공짜에 익숙해져 있는 교민사회에서의 신문 유료화 시도는 그 선한 뜻에도 불구하고 실패했다. 그럼에도 불구하고 신이정 발행인은 신문유료화가 성공했을 경우 예상했던 1년 수익예상금 $25,000을 대신 기여하겠다고 약속했다. 그 후 몇 차례 이사회를 통해 명칭과 규약을 만들고 호주한인공익재단Korean Australian Community Support Inc.으로 Fair Trading에 공식 등록을 했다. 주요사업으로 첫째 호주에서 언론학 관련전공 대학생을 장학생

2014년 3월 7일 금요일 유료화 특집 호주동아일보 3

승원홍 (가칭)공익신문발전위원회 초대 위원장 인터뷰

"역사적인 일 동참 기뻐.. 유가지로 對주류 영향력 강화"

▲ 2014년 (가칭)공익신문발전위원회 발족관련 인터뷰 기사 & 2019년도 예비언론장학생 모집 안내 브로슈어

으로 선발하여 한국방문연수프로그램에 참여시켜 한국, 한국인과 관련된 전반적인 이해와 지식을 가진 전문 호주 주류언론인을 양성하겠다는 목적의 사업 그리고 둘째 호주한인동포사회의 화합과 발전을 위하여 봉사, 헌신하고 있는 개인 또는 단체에게 여건이 허락하는 대로 지원금성격의 재정후원을 하자는 사업으로 확정했다. 특별히 언론전공 장학생들의 한국방문연수 프로그램 운영을 위하여 주시드니총영사관을 포함하여 한국문화원, 대한민국국회, 국제교류재단, 한국관광공사, 한국언론진흥재단, 주한호주대사관, 대한민국육군 제1사단 그리고 한국 내 주요언론매체들의 협력지원을 받아 해를 거듭하면서 발전하여 훌륭한 프로그램으로 자리매김을 해왔다. 그러나 해를 거듭하면서 몇 분 이사들만의 후원금으로 행사를 집행하기에는 재정적으로 많은 부담이 있었다. 매년 힘겨운 노력을 통해 국제교류재단에서의 서울체류 6박 호텔 비용밖에 지원을 받지 못했다. 나는 이러한 사업은 가능하면 대한민국 정부 차원에서 추진하는 것도 좋겠다고 생각하여 국회(원유철 의원: 사업시작 당시 국회 외교통일분과위원장)를 통해 근본적인 해결을 하려고 했다. 그러나 원유철 의원의 소극적인 노력만으로는 근본적인 해결을 볼 수 없겠다고 생각했다. 그래서 원 의원에겐 좀 미안하다는 생각을 하면서도 행사에 필요한 적정예산을 확보하는 것이

더 중요했던 내 입장에선 확실한 해결방안을 모색해야만 했다. 그래서 2017년 11월 초 한국방문 때에, 국제교류재단 인적교류사업부 서예지 과장과 최재진 부장과 긴밀히 협력하면서 정통 재정예산관료 출신으로 노무현정부 시절에 기획예산처장관을 지낸 4선국회의원인 장병완 의원(산업통상자원중소벤처기업 위원장)을 만났다. 장 의원은 서울대학교 정영사에서 1년간 함께 기숙사 생활을 했던 신망 받는 후배였다. 우리는 대학 졸업 이후 정영회를 통해 서로 소식만 주고 받았기 때문에 우리의 만남은 무척 반가웠다. 장 의원도 내가 호주동포사회에서 열정적인 활동을 하고 있음을 잘 알고 있는 터였다.

나는 호주한인공익재단의 설립 동기와 지난 3년 동안의 노력과 성과를 설명했고 이 사업의 지속적 운영과 확장을 위해서 국제교류재단에 국가예산을 반영해 주면 좋겠다고 제안했다. 이때는 모든 정부부처 예산안이 국회로 넘어와 해당 상임위(외통위)에서 심사를 마쳤고 이미 예결위원회로 넘어가 있던 때였다. 나는 국제교류재단을 통해 받은 예산관련 내용을 장 의원에게 전해 주었다. 장 의원은 비상 수단이라며 곧바로 기획재정부 담당관에게 전화를 하여 관련 내용을 알려주며 2018년도 예산에 반영토록 요청했다. 나는 장 의원의 즉각적인 선처에 너무나 감사했다. 훌륭한 후배 덕분에 느긋했던 나는 2018년 2월에 국제교류재단에 예산배정을 확인했다. 헌데 국제교류재단에선 관련 예산을 받지 않았다고 한다. 나는 장병완 의원실로 재확인을 해 본 결과 기획예산처에서는 너무 막바지에 처리했던 관계로 국제교류재단 상급 기관인 외교부의 예산증액으로 배정해 주었다며 외교부로 연락해 보란다. 결국 시드니총영사관의 김동배 부총영사를 통해 확인해 본 결과 외교부에서는 정체 모를 예산증액 배정을 갖고 그 연유를 확인도 하지 않은 채 자체적으로 필요한 부분에 선집행을 하는 바람에 죽 쒀서 개 준 꼴이 됐다. 그래서 나는 또다시 2019년 7월 제5차 KACS언론장학생 한국연수프로그램 진행과정도 확인할 겸해서 함께 한국방문을 했고 또다시 국제교류재단의 이정연 차장, 최현수 부장, 최재진 실장과 보다 확실하게 협력하면서 장병완 의원을 찾아가서 지난해의 상황설명을 했다. 장 의원은 기획예산처 담당과장에게 직접 전화를 하여 이 건을 국제교류재단 공식예산항목으로 반영토록 협조요청을 했다. 이렇게 우리 KACS언론장학생사업을 포함한 중견 5개국(한국 포함 호주, 터키, 멕시코, 인도네시아)청년을 위한 한국연수프로그램 예산을 확보하는 데 성공했다. 국제교류재단 인적교류사업팀의 긴밀한 협조와 해외언론장학생 한국방문 프로젝트의 깊은 이해와 적극적인 성원 그리고 예산확보 협력에 몸소 앞장 서 주신 장병완 의원에게 깊이 감사드린다. 앞으로 이 해외차세대언론장학생 한국연수프로그램사업이 국제교류재단의 중요한 사업으로 발전하기를 기대해 본다.

▲선발장학생 한국방문오리엔테이션, 환영사를 하는 필자 & 격려사를 하는 대표적 친한파 노동당 대표 의원인 The Hon. Jodi MacKay MP 의원과 대표적 친한파 자유당 소속 의원인 The Hon. Scott Farlow MLC 상원의원

일보

"한국 배울 매우 좋은 기회"

호주 대학 미디어전공학생 방한 연수 3기 10명 선발
8박 9일... 언론사, 기업, 정부 기관 등 방문

▲한국연수오리엔테이션에서 격려사를 하는 전 주한호주대사 H.E. Mack Williams 대사와 박소정 한국문화원장

▲2019년도 한국연수프로그램 오리엔테이션에 참석한 제5차 KACS언론장학생, 축하 연사, KACS이사와 필자

▲국제교류재단 인적교류사업부 최재진 실장, 서예지 과장 & 방문단, 국제교류재단 최현수 부장, 이정연 차장과 필자

▲2015년도 총영사관저 만찬에 초대된 한국연수 제5차 KACS언론장학생, KACS이사와 필자(앞줄 왼쪽 2번째) & 2015년도 한국연수프로그램 오리엔테이션에 참석한 제1차 KACS언론장학생, 호주한인공익재단 이사와 필자

▲2016년도 총영사관저 만찬에 초대된 한국연수 제2차 KACS언론장학생, 이사와 필자(오른쪽 3번째 중앙) & 2017년도 총영사관저만찬, 제3차 KACS언론장학생, KACS 이사와 윤상수 총영사와 필자(왼쪽 3번째)

▲2018년 제3차KACS언론장학생 총영사관저 만찬 & 2018년 한호정경포럼 갈라디너에 초대된 KACS언론장학생

커뮤니티

"매우 훌륭한 민간교류… 적극 돕겠다"

제임스 최 대사 '호주대학 미디어전공학생' 간담회, 조선 중앙 연합 KBS 뉴스타파 등 6개 언론사 방문

"소중한 방문 통해 한국 관심 커져"

호주 미디어 전공학생 9박10일 방한 연수마쳐
병영체험 & 6개 주요 언론사, 국회 등 방문
호주한인공익재단 주관, 올해 5회째

▲2017년 KACS호주예비언론장학생의 한국연수 관련 한호일보의 보도기사 & 2019년 한호일보의 보도기사

▲2019년 한국 육군 천하제1광개토부대 제1군단장 황대일 중장의 호주언론장학생 환영식에서 필자(앞줄 중앙) & 호주예비언론장학생 한국방문연수프로그램을 육군 제1군단장에게 소개하고 있는 필자

▲육군제1군단소속부대기 & 본부 입구 방명록에 서명 & 호주언론장학생 훈련과 교육을 맡은 실무자와 필자

▲판문점을 견학하는 호주언론장학생 & 탱크 위에서의 호주언론장학생 & 사격훈련 체험 중인 호주언론장학생

▲ 한국언론진흥재단 민병욱 이사장 & 중앙일보 본사 창업자 홍진기 회장 동상에서 호주언론장학생과 필자

▲ 조선일보사에서 세미나 & TV조선 보도본부 핫라인보도실 & 뉴스타파 뉴미디어팀장과 호주언론장학생, 필자

▲ 연합뉴스TV 라이브 투데이 보도실, 호주언론장학생 & KBS TV 인기프로 아침마당 녹화장에서 일행과 필자
& KBS TV 뉴스룸에서 고직순 한호일보 편집인과 필자

▲ 연합뉴스 본사, 호주언론장학생과 필자 & 연합뉴스 조성부 대표사장에게 호주 와인선물을 전달하는 필자
& 연합뉴스 북한 상황실을 견학하는 언론장학생과 필자(오른쪽 4번째)

▲ 2019년, 주한 호주대사관 제임스 최 대사와 언론장학생 & 연세대학교 언더우드관 빌딩, 언론장학생과 필자

▲ 국회 외통위 소회의실, 원유철 의원과 언론장학생 & 종로 주한일본대사관 앞의 평화소녀상에서 언론장학생 & 광장시장 먹거리골목을 관광 중인 언론장학생

▲ 율촌법무법인 세미나 & 진여림, 잔드 라이던, 김병욱 변호사, 윤세리 대표변호사와 필자, 최철수 고문, 언론장학생

▲ 아산 현대자동차 공장 견학 후 호주예비언론장학생과 필자(맨 왼쪽)

호주한인공익재단의 호주예비언론장학생 한국연수 프로젝트와 함께 또 다른 사업 하나는 호주동포사회의 화합과 발전을 위해 헌신봉사하고 있는 개인 또는 단체를 선정해서 소정의 지원금을 주는 사업으로 시작하여 한인사회를 포함하는 전체 지역사회와의 협력을 확대한다는 차원에서 지역공동체를 위해 봉사하는 다양한 단체에게도 지원금을 수여하게 되었다. 처음 시작하던 2015년도에는 교민언론을 통해 지원금 공개신청을 받았으나 복잡한 이해관계로 인해 내부적으로 추천을 받아 지원하는 형태로 변경했다. 그동안 호주한인공익재단이 지원을 했던 개인과 단체들이다.

샤인코러스(Shine Chorus합창단) $3,000(1차), $1,000(2차)
대한민국6.25참전국가유공자회 호주지회 $2,000
유인상 Happy Life 코치 $2,000
진우회(환경단체) $3,000
KCAS한인복지사업 $3,000
시드니평화소녀상건립추진위원회 $1,000
인권운동단체, 리치포 $1,000
시드니한인장애복지단체 코리안코카투 $1,000
호주호스피스협회 $1,000
시드니한인회 아리랑문화예술단 $1,000
뉴카슬한글배움터 $1,000
이스트우드 크리스천커뮤니티 $500
웨스트라이드 Neighborhood Watch $500
Eastwood Rotary Club 초등학생 프로젝트 $300
영 아티스트 페스티벌 서포터스 $2,000
정용문 박사(UTS대학교 연구원) $2,000
송민선 선교무용단 송민선 무용가 $1,000
Eastwood Uniting Church(새 이민자 영어교실 프로젝터구입비) $1,000
웨스트라이드 Neighborhood Watch $1,000

커뮤니티

호주한인공익재단 지원금 시상식

"과일나무 심는 자세로 봉사활동 지원할 것"

한인 단체 4개, 호주 커뮤니티단체 4개 수상

**코리안코커뮤, 호주호스피스, 아리랑문화예술단
뉴캐슬한글배움터, 웹워스리본교회, 크리스천 커뮤니티에이드
네이버후드 워치, 이스트우드 로타리클럽 지원금 전달**

▲2017년 호주한인공익재단 지역사회발전지원금 전달식 기사 & 호주한인통계 보고에서 환영사를 하는 필자

▲2015년 호주한인공익재단 한인사회발전 지원금을 수상한 단체 대표자, KACS이사와 필자(뒷줄 가운데)

▲2017년 호주한인공익재단 지역사회발전 지원금을 수상한 각 지역단체 대표자들과 필자(앞줄 왼쪽 4번째)

▲2018년 호주한인공익재단 지역사회발전 지원금 전달식에서 KACS소개와 환영사를 하는 필자 & 지역사회발전지원금 전달식 축사를 위해 참석한 Ryde City Council, Jerome Laxale 시장과 KACS이사 신이정, 고직순과 필자

▲2018년 Ryde City Council 지역사회봉사자 수상식 진우회 김석환 부부, KACS신이정 이사, Ryde시 의원 Bernard Purcell, Peter Kim, Jerome Laxale 시장과 필자 & Ryde City 2018지역사회봉사단체상 후보 KACS 확인증

호주한인공익재단은 재정적인 어려움에도 불구하고 2015년도부터 시행해 온 민간차원의 호주예비언론장학생 한국연수프로그램을 통하여 매년 10명씩의 장학생들과 인연을 맺게 되었고 코로나19팬데믹 이전인 2019년까지 50명의 장학생을 배출했다. 이제는 언론계를 포함하여 정부, 학계, 사업체 등의 역군으로 활약을 하고 있다. 그래서 2018년에 호주한인공익재단 장학생동아리 KACS Alumni를 결성했다. 그 첫 사업으로 2019년 시드니총영사관과 공동으로 2019한호청년친선포럼Australia-Korea Youth Friendship Forum을 개최했다. 앞으로 계속될 이 사업을 통하여 합류할 호주 주류인재들을 포함하는 친한파 언론인과 다양한 직업군의 인사들을 중심으로 한호친선협회 성격의 역할을 감당할 수 있기를 희망해 본다.

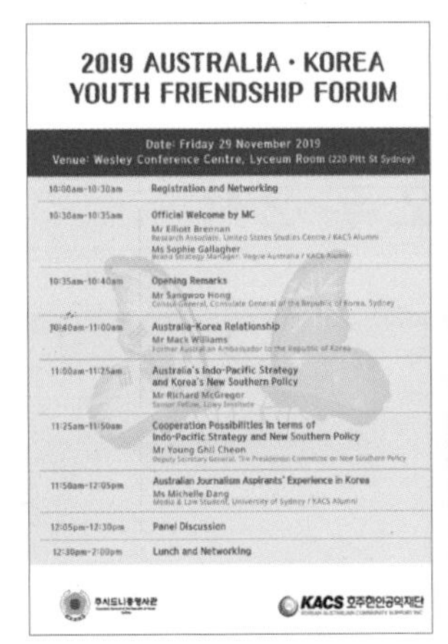

2019 AUSTRALIA · KOREA YOUTH FRIENDSHIP FORUM

Date: Friday 29 November 2019
Venue: Wesley Conference Centre, Lyceum Room (220 Pitt St Sydney)

Time	Programme
10:00am-10:30am	Registration and Networking
10:30am-10:35am	Official Welcome by MC Mr Elliott Brennan Research Associate, United States Studies Centre / KACS Alumni Ms Sophie Gallagher Brand Strategy Manager, Vogue Australia / KACS Alumni
10:35am-10:40am	Opening Remarks Mr Sangwoo Hong Consul-General, Consulate General of the Republic of Korea, Sydney
10:40am-11:00am	Australia-Korea Relationship Mr Mack Williams Former Australian Ambassador to the Republic of Korea
11:00am-11:25am	Australia's Indo-Pacific Strategy and Korea's New Southern Policy Mr Richard McGregor Senior Fellow, Lowy Institute
11:25am-11:50am	Cooperation Possibilities in terms of Indo-Pacific Strategy and New Southern Policy Mr Young Ghil Cheon Deputy Secretary General, The Presidential Committee on New Southern Policy
11:50am-12:05pm	Australian Journalism Aspirants' Experience in Korea Ms Michelle Dang Media & Law Student, University of Sydney / KACS Alumni
12:05pm-12:30pm	Panel Discussion
12:30pm-2:00pm	Lunch and Networking

주시드니총영사관 KACS 호주한인공익재단

▲2019년 주시드니총영사관과 KACS호주한인공익재단 공동주최로 진행한 호한청년친선포럼 & 행사 안내지

A6 커뮤니티 HANHO KOREAN DAILY 한호일보

한국 '신남방외교' - 호주 '아태 전략' 협력 모색하자

'한호 차세대 미래협력 포럼' 성료

총영사관-호주한인공익재단(KACS) 공동 주최

11월 29일 웨슬리센터에서

▲주시드니총영사관과 호주한인공익재단 공동주최로 진행한 2019호한청년친선포럼 관련 한호일보 보도기사

▲2018년 호주한인공익재단 KACS한국연수참가 장학생 동아리 KACS Alumni 창립과 선출된 회장단 임원

2007년 호주 시드니 한인회 정기 총회
25대 한인회 백낙윤회장 이임식 및 26대 한인회 승원홍 회장 취임식
한인회관, 2007년 7월 21일 오후 2시

나는 2007년 6월 9일 부재자투표와 10일 시드니 전역 6곳 투표소(Campsi, Sydney City, Chatswood, Eastwood, Strathfield, Parramatta)에서 동시에 실시된, 과거 시드니한인회가 설립된 이후 40년 동안 전례가 없었던 새로운 변화를 가져온, 획기적인 시드니한인회장 선거를 통해 당선된 첫번째 한인회장이 됐다. 2007년도 상반기는 호주 한인사회 전체가 시드니한인회장 선거분위기로 한인사회에 관한 관심과 참여가 그 어느 때보다도 높았고 신임 한인회장 행보에 대해서도 많은 관심과 기대 또한 고조돼 있는 듯이 보였다. 시드니한인동포사회를 대표하여 어디에 내놔도 손색이 없는 식견과 경륜을 가진 지도자를 바라는 오랜 목마름을 보는 듯했다. 나는 바로 내가 이 시대적인 요청에 가장 적합한 준비된 사람이라는 강한 느낌을 받았다.

7장

제26대
호주 시드니한인회장
(2007.7.-2009.7.)

7-1

시드니한인회와의 인연과 제26대 시드니한인회장 당선 (2007.6.10.)

7-1-1. 제15대 시드니한인회 문화담당운영위원(1985-1987)

나는 대한항공 시드니지사장으로 부임했던 1979년 6월부터 미래 대한항공의 고객으로 유치할 교민들과의 친분유지는 물론 한인회를 통한 협조관계를 맺고 싶어 인사를 겸해 만났던 분이 전임 한인회장이며 Qantas항공사의 정비사로 근무하던 이상찬 회장이었다. 1979년 제11대 이상찬 회장과 1980년 제12대 조기성 회장에 이어 첫번째 2년 임기 회장으로 1981년 제13대 민성식 회장(회장직 직무정지와 제명) 시절 한인회 파국과 마비상태를 지켜보기도 했다. 그러나 1983년 제14대 회장선거에서도 이상찬 선관위원장이 선거개표 후에 뒤늦게 회장 중임 관련 선거규칙 문제를 거론하며 9표를 적게 얻은 정장순 씨를 당선자로 선고함으로써 이에 다득표자인 조기성 씨가 불복하며 사실상 제14대 한인회장직을 수행하는 파행을 겪으며 명목상과 실제상의, 두 개의 한인회가 존재했던 셈이다. 이런 복잡했던 시드니한인회를 마음 아프게 지켜보면서 빠른 정상화에 지대한 관심을 갖고 있었던 재호한인상공인연합회 회장단과 임원들이 제15대 한인회를 맡아야 한다는 분위기가 고조되었다. 이에 당시 재호한인상공인연합회 조기덕 부회장이 앞장을 섰으나 문동석 회장의 동참으로 인하여 1985년 제15대 문동석 회장과 이어 1987년 제16대 조기덕 회장으로 이어졌다. 나는 재호한인상공인연합회 총무로서 주저함 없이 제15대 한인회 문화담당 운영위원으로 참여했다. 그리고 한인회관건립추진위원회(회장 이종철)가 모금했던 기금에 한인회장 $20,000, 부회장 $5,000, 11명 운영위원이 각 $500씩을 합쳐 1987년 2월 Croydon역 앞의 2층 건물을 $162,500에 구입하고 최초의 호주 시드니한인회관을 마련하기도 했다. 매우 보람된 일이었다. 아울러 문화담당운영위원으로 한국전통문화 유지와 홍보 그리고 한국과의 문화행사 유치섭외, 한국의날 행사에서의 다양한 문화행사 섭외와 유치하는 일을 주로 맡았다. 그러나 롯데여행사 사업의 확장과 다양한 업무추진 관계로 제16대 조기덕 회장 재임 시에는 부득이 운영위원으로 참여할 수가 없었다. 그런 나의 미안함을 대신하기 위하여 마침 호주법인을 철수하는 국제상사로부터 업무용 복사기를 구입해 한인회에 기증했다. 그 이후 나는 롯데여행사 업무 확장 관계로 한인회 운영에 전혀 관심을 가질 수 없었다.

▲ 1986년 호주 시드니한인회관 현판식, 김병식, 오진열, 필자, 안종상, 문동석 회장, 조기덕 부회장, 김석환, 진용 총무

승원홍씨 복사기 한인회에 기증

롯데 여행사 대표 승 원홍씨는, 지난 12월 18일 한인회의 원활한 업무운영을 위하여 복사기를 한인회에 전달하였다. 15대 한인회 운영위원을 맡아 수고하였던 승씨는, 아무쪼록 이 물품이 교민사회와 한인회의 발전에 쓰여지기를 바란다고 부탁하였다.

승원홍씨의 기증한 복사기

▲1987년 12월 필자가 제16대 한인회 이주용 총무에게 복사기를 기증 전달하고 있다.

7-1-2. 제19대 시드니한인회 초대이사(1993.10.-1995.7)

나는 날로 성장해 가는 여행사업무로 인하여 제16대 조기덕 회장 이래 몇 년간은 한인회 업무에 거의 관심을 두지 못했다. 그러던 중 처음이자 마지막으로 도입됐던 대의원 간접선거를 통해 당선된 제18대 추은택 회장이 제19대 한인회장부터 또다시 직접선거로의 복귀와 이사회를 신설하기로 회칙을 변경했다. 1993년 제19대 이배근 회장 재임시 주위분들과 홍성묵 박사의 끈질긴 권유에 따라 1993년 10월 2일 이사 12명을 선출하는 임시총회에서 2년 임기의 선출직 이사로 한인회 업무에 잠시 참여했다. 그러나 더욱 성장해 가고 있던 여행사 사업업무로 인하여 자연스럽게 또다시 한인회 업무와는 거리가 멀어지게 됐다.

그 이후 제19대 이배근 회장, 제20대 김재리 회장, 제21대 이동석 회장으로 이어졌다. 그런데 이동석 회장 재임기간 중에 제2부회장과 사무총장이 쿠테타적 한인회관 불법점거와 시드니총영사관과 켄터베리시 정부에 제2부회장이

TOP NEWS

톱 뉴스

총선이사 12명 선출

19명 입후보자 가운데 3명 기권 이용재씨 169표로 최다득표

지난 2일 토요일 임시총회에서 12명의 이사가 589명의 교민의 투표에 의해 선출됐다.

이 날 이사선출에는 당초 입후보자 중 기호 12번 윤용섭, 17번 이기동, 18번 한동일 후보가 기권하여 16명의 후보가 최종 경합을 벌여 평균 1.3대 1의 경쟁율을 보였다.

3년 이사에는 169표로 최다득표를 한 이용재씨를 비롯하여 홍성묵 양윤덕 이태화씨가 각각 당선됐으며 정해홍 강차민 승원홍 장해일씨가 2년이사에, 그리고 민태선 김용광 서창석 박승조씨가 1년이사에 선출됐다.

당선이 확정된 총선이사들은 월요일인 4일 모임을 갖고 호선을 통해 강차민씨를 의장으로 장해일씨를 부의장으로 선출, 정식으로 집행부를 구성해 앞으로의 이사회 업무를 위한 체제를 완비했다.

이사회는 한인회 정관에 규정된 바에 따라 앞으로 회원자격의 심사 및 확인, 한인회 주요재산의 취득, 관리 및 처분에 관한 심의, 예결산 심의, 특별위원회 결성 등에 관한 업무를 주관하게 된다.

당선된 12명의 총선이사들이 선관위와 한인회 임원의 축하 인사를 받고 있다.

총선이사 당선자 (입후보 기호순)

■ 3년이사:
홍성묵(50세, 대학교수) 양윤덕(48세, 회사원)
이태화(54세, 크리스탈 오팔 마이닝사 대표)
이용재(41세, 뉴 실톱사 대표)
■ 2년이사:
정해홍(50세, 사업) 강차민(59세, 사업)
승원홍(46세, 롯데여행사 대표) 장해일(57세, 사업)
■ 1년이사:
민태선(48세, 사업) 김용광(61세, 자영업)
서창석(59세, 운수업) 박승조(53세, 운수업)

▲ 1993년 시드니한인회 이사 선출관련 보도기사

▲ 필자의 1995년 호주 시드니한인회 초대 이사직 공로패

한인회장이 되었다는 공문까지 보내는 사태가 발생됐다. 가까스로 정상화를 시도하며 구성했던 제22대 한인회장 선거관리위원회도 선관위원 구성과 절차를 무시하며 파행을 하게 되면서 전직 한인회장들을 중심으로 '한인회확대수습위원회'와 '보궐한인회'까지 구성하면서 안정화시켰고 또다시 제22대 한인회장 선거관리위원회를 구성했다. 이즈음 나는 선거관리위원회의 폐쇄적이며 안일한 사고방식에 반대하여 가능한 많은 교민들이 참여하여 한인회장을 선출할 수 있도록 개방적으로 운영하는 것이 바람직하다는 기고문을 한국신문에 게재하기도 했다. 물론 내 의견은 곧바로 공론화되었고 선거관리위원회에서도 즉시 수용됐다.

(8) 한국신문 COMMUNITY NEWS 동포사회

선거일정, 특별조치 필요하다

상공인연합회 승원홍 회장 "많은 교민 참여시켜야..."

선관위에서 선거일정이 발표되기도 전인 3월31일로 선거권을 위한 회비납부 마감을 발표한 것은 재고되어야 한다는 의견이 한 단체장으로부터 제기돼 한인회 및 선관위의 조처가 주목되고 있다.

재호 한인상공인연합회 승원홍 회장은 수요일(14일) 저녁 본지로 발송한 팩스를 통해 최근 많은 반발을 불러온 한인회비 납부마감 발표는 수정되어야 한다는 의견을 피력했다.

한인회의 발표 이후 이 문제를 공식 거론한 단체 대표로는 승원홍 회장이 처음이다.

'제22대 한인회장 선거일정 공고 내용 수정 제안 건'이라는 제하의 글에서 승 회장은 "몇 차례의 임시총회와 특별총회까지 치르면서 2개의 시드니 한인회로 갈 뻔했던 어처구니 없는 상황 속에서 한인사회 주요 교민단체의 적극 참여와 성원에 힘입어 구성된 보궐회장단의 탄생은 불가피했다고 말할 수 있을 것"이라고 전제한 뒤, "본인은 '선거 및 피선거권자의 자격을 99년 3월31일까지 회비를 납부한 자'로 못박음으로써 축제분위기 속에서 새로운 1천년을 맞이해야 할 22대 회장단 선거를 하기도 전에 절차와 규정을 놓고 반대의견이 거세게 일고 있음을 직시하면서 또 다시 교민사회가 분열될 것을 우려, 한인사회의 단결과 한인

상공인연합회 승원홍 회장

상공인연합회 회장이라는 공인으로서, 보궐회장단 탄생에 직간접적으로 참여했던 한 교민단체장으로서 이문제를 거론한다"고 말했다.

이와 함께 승 회장은 "특별총회까지 해야 했던 한인회의 입장이라면 그리고 교민사회의 진정 단합된 모습을 원한다면 이 문제(선거 및 피선거권자)를 재삼 고려하여 참여하기를 원하는 모든 사람이 동참할 수 있도록 특별조치(선거권만이라도)를 취해줄 것을 심사숙고해 현명한 결정을 해 달라"고 당부했다.

이와 함께 승 회장은 "모든 한인들로부터 신망받고, 대표성을 지닐 수 있는 단합된 모습의 미래지향적 한인회가 되기를 희망한다"면서 "많은 교민들이 자발적으로 참여해 22대 회장단에게 힘을 실어주도록 하는 것이 보궐회장단이 해야 할 가장 중요한 일"이라고 건의했다.

이날(수) 저녁 팩스발송 직후 본지와 통화를 가진 승원홍 회장은 "상공인연합회 회장이라는 공인 입장에서 교민사회의 분열을 우려해 이런 의견을 제시한 것"이라며 "다음 월요일(19일) 열리는 상공인연합회 임원회의에서 공식의견으로 인준받을 것"이라고 말했다.

또 "회비납부 마감을 한인회가 못박은 것(3월31일)은 소급발표로서 문제가 있다고 생각한다"는 승 회장은 "선거와 같이 중요한 사안에 대해서는 리드타임(Lead time)을 주어야 한다"면서 "전체 그림을 그린 뒤 어느 방향으로 가느냐 하는 것이 중요하다"고 말했다.

한편 지난달 말 한인회가 선거권을 위한 회비납부 마감을 발표한 이후 많은 교민들이 이의 잘못을 지적하고 있는 가운데 주요 단체 대표의 공식 의견이 개진됨으로써 이 문제에 대한 논란은 더욱 거세질 것으로 보인다.

특히 선관위원장의 경우도 "이 문제는 한인회와 타협의 여지가 있다"고 밝힌 바 있어 선관위의 의견에도 관심이 쏠리고 있다.

7-1-3. 제26대 호주 시드니한인회장후보 출마선언(2007.3.2.)

새천년(2000년)을 앞두고 내가 재호한인상공인연합회장(1997-1999) 임기를 마친 이후 상공인연합회 회원들의 강력한 권유에 따라 제22대 시드니한인회장으로 출마할 뻔했던 상황도 있었다. Eastwood 한인상우회에서 과거 세방여행사 이정호 사장께서 Eastwood 상우회 의견을 전달하며 나의 한인회장 출마를 적극 권유한 적도 있었다. 그러나 제22대 한인회장 선거를 앞두고 있던 시점에서 제19대 한인회장선거에서 고배를 마셨던 이재경 씨가 한인회관건립을 위해 30만 불을 쾌척하겠다며 한인회장에 재도전할 의사를 공표했다. 그리고 직접 나에게도 한인회장 출마 의향이 있느냐고 묻기도 했다. 나는 이재경 씨의 한인사회를 위한 헌신결단에 감사를 표했고 사실상 그에게 재출마를 권유하기도 했다. 그리고 나는 그때부터 한인사회 단체에 관여하지 않고 여행사업 확장에만 전력하며 호주사회 내의 한국행 여행상품 개발과 판매에 집중했다. 아울러 호주여행업계 언론인들과 여행업자들에게 한국을 홍보판촉하는 역할을 충실히 감당했다. 물론 매 2년마다 시드니한인회장선거 때가 되면 내가 한인회장 후보 0순위라며 한인사회의 미래를 걱정하는 많은 분들이 전화로 또는 내 회사로 직접 찾아와 나의 한인회장 출마를 권유하기도 했었다.

특별히 2005년도엔 당시 김창수 총영사로부터까지 제25대 한인회장 출마를 직접 요청받기도 했다. 시드니총영사 입장에서 볼 때에 시드니한인회가 좀 더 획기적인 변화가 필요하다고 생각했던 모양이다. 당시 시드니한인회는 마치 캠시지역한인회 또는 캠시노인회 정도로 폄하돼 불리기도 했었기 때문이다. 한인동포사회를 위해 일하는 공관장 입장에서도 동반자격인 한인회장이 좀 더 업그레이드되었으면 하는 강한 바람이 있었던 듯 보였다. 그래서 후보마감까지 다소 시간이 있었던 5월 초에 김창수 총영사와 두 차례 진지한 만남을 갖기도 했다. 오죽하면 당시 학원사업으로 재력을 과시하던 이영수 씨까지 동행하여 내가 동의해주면 부회장 러닝메이트로 출마하겠다는 소신을 밝히기도 했었다. 김 총영사도 공관장이 이러면 안 된다는 것을 잘 알고 있지만 특별한 상황을 전제로 내가 출마 결심만 하면 본인이 앞장서서 한인단체장들을 설득하여 내 선거운동을 도와주겠다고까지 하며 적극적인 권면을 했다. 그러나 사실 나는 그 당시만 해도 여행사업에 전력투구하고 있었고 시드니한인회에는 별로 큰 관심을 갖고 있지 않았을 때였다. 한인회의 존재감을 별로 느끼지 못하고 있었기 때문이다. 더욱이나 5월 21일 출발하는 서유럽단체관광에 내가 직접 인솔할 예정이라고 광고까지 했던 터라 제25대 한인회장 후보로 나서는 것은 물리적으로도 문제가 있었기 때문에 그 두 분께 한인회장 출마를 정중히 고사를 한 적도 있다. 그리고 또다시 2005년, 2006년 2년이 지나고 2007년이 되면서부터 제26대 호주시드니한인회장 후보로 여러 사람들의 하마평이 있었고 한인사회의 질적 양적 팽창에 따른 한인회의 새로운 변화가 절실하다는 이야기도 많았다. 2007년 초 신년연휴와 긴 여름학교방학이 끝나고 2월 초부터 이미 3-4명의 예비후보가 교민언론에 보도가 될 정도로 활발한 움직임을 보이고 있었다. 2월 16일 저녁 재호한인상공인연합회 회의가 있었고 회의 후 전임 회장단과 임원단 간담회 자리에서 나에게 한인회장 후보로 나서 달라는 권유가 있었다. "아니 이미 3-4명의 후보가 있는데… 왜 거기에 나까지 끼어들겠냐"며 손사레를 쳤다. 그런데 이제야말로 한인회도 새로운 변화를 가져와야 되고 그래서 내가 그 개혁의 적격자라는 이유에서였다. 사실상 거의 막무가내라고까지 해야 할 정도였다. 그래서 나는 이미 계획된 2월 22일부터 시작되는 호주와 뉴질랜드 경상북도관광 홍보출장부터 마치고 나서 3월 2일부터 다시 만나 협의해 보자며 출마여부에 대한 결정을 잠정 유보했다. 왜냐하면 나는 경상북도 호주홍보사무소장 직책도 맡고 있었기 때문이다. 1주일간의 뉴질랜드 출장여행을 하면서 여러 가지를 곰곰히 생각해 보았다. 사실 나는 크게 성공한 사업가는 아니지만 내가 이민해 올 때 사업을 통해서 혹시 너무 재물이 많아서 교만하지 않게, 너무 재물이 없어서 비굴하지 않게 해 달라고 기도했던 그대로 이루어져 왔던 축복받은 행운아라는 생각을 하면서 항상 범사에 감사하며 살아왔다. 이젠 내가 다시 빚 진 자로서 내 동포 한인사회를 위해 내 재능과 내 재물이 필요하다는데 당연히 내어 놓아야 하는 것이 마땅하다고 생각했다.

나는 8년 전 2000년도에 한인회장 후보로 나서지 않았던 것도 또한 2007년 현재 한인회장 후보로 나서야 하는 것도 모두가 다 하나님의 섭리와 뜻이라고 생각을 했다. 어차피 피할 수 없는 운명이라면 당당하게 출마선언을 하기로 했고 결국 3월 2일 상공인연합회 전임회장단과 임원진 연석회동에서 제26대 한인회장후보로 출사표를 던졌다. 나를 포함하여 5명의 예비후보가 확정되는 순간이었다. 그리고 나는 제26대 한인회장후보로 결정했다는 소식을 전임 김창수 총영사께도 알렸다. 경상북도 자문대사로 재임하고 있던 김 대사는 반가움과 함께 이렇게 답신을 해 왔다.

"(중략) 승 사장님께서 드디어 출사하시는군요.

늘 믿음 가운데 행하시고 또한 오랫동안 기도로 준비해 오신 만큼,

주님께서 승 사장님께 가장 좋으신 것으로 주실 줄로 믿습니다.

그리하여 한인사회가 실로 믿음으로 나아가는 동포사회,

영적으로 호주사회를 이끌어 나가는 역할을 감당하는 동포사회가 되리라 믿습니다.(중략)"

2007년 3월 20일 선거관리위원회가 구성되었고 선관위원장으로 故 김순식 씨가 선출되었다. 나를 포함하여 김용만, 이용재, 유준웅, 옥상두 5명의 예비후보들이 40년 전통의 당시 시드니한인회를 평가했던 공통된 관점 중 하나가 지역적으로는 캠시한인회, 주요 구성원으로 보면 시드니노인회라고까지 폄하된 모습이었다. 그래서 2000년도 이후 한인동포들의 광역화된 거주지역을 감안하여 제26대 시드니한인회장 선거에는 한인회관을 포함하여 주요 한인밀집지역에서도 동시 선거를 할 수 있도록 준비해야 한다고 모든 예비후보들이 선관위에 강력요청을 했다. 그리고 투표도 사전등록을 하는 불편함을 없애고 선거 당일 투표장에서 시민권자, 영주권자 증명을 확인하고 자유로이 투표를 할 수 있도록 하자고도 요청했다. 그러나 8년 만에 치르는 시드니한인회장 선거준비를 위하여 당시 선관위 인력으로는 투표소간 실시간 정보공유를 할 수 없었던 이유로 이중 삼중투표 등 부정투표를 통제할 수 없다고 하여 선거참여를 위한 사전등록을 해야 하는 불편함을 감내할 수밖에 없었다. 그럼에

도 불구하고 시드니한인회장 선거를 위하여 최초로 6곳Croydon Park 한인회관, City, Chatswood, Eastwood, Strathfield, Parramatta의 투표소를 설치하고 거주지역에서 가까운 투표소에서 투표를 할 수 있도록 편의를 제공한 것은 획기적인 성과요 커다란 변화였다. 이러한 시대적 요청에 따른 예비후보자들의 강력한 요청을 과감하게 수용해준 故 김순식 선관위원장과 선관위원들에게 감사하다는 뜻을 다시 한번 전하고 싶다.

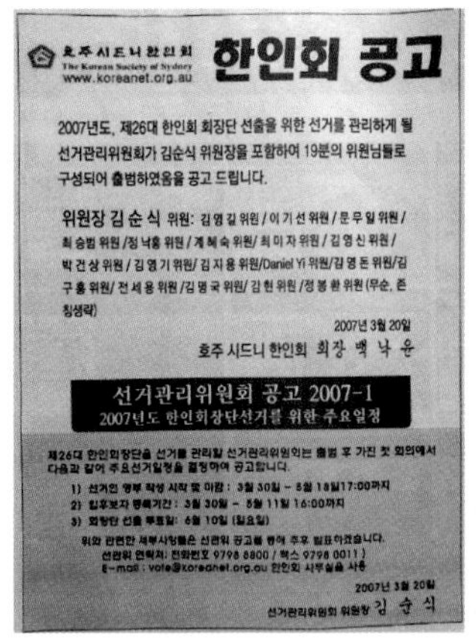

호주시드니한인회
The Korean Society of Sydney
www.koreanet.org.au

한인회 공고

2007년도, 제26대 한인회 회장단 선출을 위한 선거를 관리하게 될 선거관리위원회가 김순식 위원장을 포함하여 19분의 위원님들로 구성되어 출범하였음을 공고 드립니다.

위원장 김 순 식 위원: 김 영 길 위원 / 이 기 선 위원 / 문 무 일 위원 / 최 승범 위원 / 정 낙홍 위원 / 계 혜 숙 위원/ 최 미 자 위원 / 김 영 신 위원 / 박 건 상 위원 / 김 영 기 위원/ 김 지 용 위원/Daniel Yi 위원/김 영 돈 위원/김 구 홍 위원/ 전 세 용 위원 /김 명 국 위원/ 김 헌 위원 /정 봉 환 위원 (무순, 존칭생략)

2007년 3월 20일

호주 시드니 한인회 회장 백 낙 윤

선거관리위원회 공고 2007-1
2007년도 한인회장단선거를 위한 주요일정

제26대 한인회장단을 선거를 관리할 선거관리위원회는 출범 후 가진 첫 회의에서 다음과 같이 주요선거일정을 결정하여 공고합니다.

1) 선거인 명부 작성 시작 및 마감 : 3월 30일 – 5월 18일17:00까지
2) 입후보자 등록기간 : 3월 30일 – 5월 11일 16:00까지
3) 회장단 선출 투표일: 6월 10일 (일요일)

위와 관련한 세부사항들은 선관위 공고를 통해 추후 발표하겠습니다.
선관위 연락처: 전화번호 9798 8800 / 팩스 9798 0011)
E-mail : vote@koreanet.org.au 한인회 사무실을 사용

2007년 3월 20일

선거관리위원회 위원장 김 순 식

선거관리위원회 공고 2007-2
2007년도 한인회장단선거를 위한 주요사항

제26대 한인회장단을 선거를 관리할 선거관리위원회 3차 회의에서 다음과 같은 사항을 결정했기에 공고합니다.

투표소 설치 장소 (6개소)	Campsie(한인회관), Strathfield, Eastwood, City, Parramatta, Chatswood. **투표장 주소는 추후 발표하겠습니다.**
선거인 명부 작성 양식 및 방법	▶양식 : 성명, 생년월일, 주소, 전화번호, 투표장소 ▶등록방법: TEL : 9798 8800 / FAX : 9798 0011 / E-Mail : vote@koreanet.org.au 방문접수 : 한인회관내 선거관리위원회 우편접수 : 선거관리위원장 (82 Brighton Ave. Croydon Park NSW 2133) **정확성을 기하기 위해서 이메일이나 Fax, 우편등을 많이 이용해 주십시오.**
회장단 후보자 등록 구비서류	원서 (선관위 양식) / 공정선거를 위한 서약서 (선관위 양식) 이력서 및 최종학력증명서 (명함판 사진 첨부) / Police Check (호주 및 한국) 기탁금 예금 증서 (회장 $20,000, 부회장 $5,000) / 선거포스터용 사진 1매 (21cm X 15 cm)
투표 날짜 및 시간	투표일 6월 10일 (일요일) 08:00– 17:00

* 자세한 사항은 선관위로 문의해 주십시요. (9798 8800)
* 한인회 홈페이지 (www koreanet.org.au) 에 선관위 배너가 있사오니, 이 배너를 클릭하시면 선관위 공고들이 게시되어 있습니다. 참고해 주십시오.

2007년 3월 28일 선거관리위원회 위원장 김 순 식

그리고 선거관리위원회는 3월 28일 선거방법과 함께 후보등록을 위한 공고를 했다. 헌데 선거일자가 6월 10일 일요일이었다. 통상 선거일은 토요일이었는데 선관위는 생업에 종사하는 사람들의 편의를 위해서 일요일로 정했다고 했다. 그러나 교역자협의회를 포함하여 일요일의 선거는 불가하다는 주장도 많았다. 더군다나 6월 11일은 Queen's Birthday(여왕생신 기념일)로 법정 공휴일이었으므로 3일 황금연휴 기간의 중간 날짜는 아주 나쁜 결정이라는 여론도 있었다. 물론 예비후보들도 교민여론을 반영하여 차라리 6월 9일 토요일에도 투표를 할 수 있도록 배려하자고 요청을 했고 선관위는 인력부족을 이유로 하여 6곳 모든 투표장에서의 투표실시 대신 한인회관 1곳에서만 부재자 사전투표형식으로 투표할 수 있도록 배려하는 차원에서 합의를 했다. 그래서 제26대 시드니한인회장 선거는 6월 9일과 10일, 2일간 6곳 투표소에서 선거를 치렀던 진기한 기록을 갖게 되었다.

이렇게 3월 선거관리위원회가 구성되면서부터 과거 전혀 경험해 보지 못했던 10만 명 시드니동포사회로 확장되었던 시드니한인회장선거에 5명의 예비후보가 있었으니 교민사회는 한인회장선거 분위기로 고조되어 갔고 교민언론사들도 각 후보에 대한 취재 열기를 더했다. 무려 8년 만에 치러지는 한인회장 경선에다 그것도 5명의 예비후보가 나왔으니 매체마다 앞다투며 다양한 인터뷰 기사를 쏟아냈다. 5명 예비후보와 함께 배우자 인터뷰기사까지 게재됐다. 내 아내는 내가 회장으로 당선되면 그때에 인터뷰를 하겠다며 사양을 했는데 공교롭게도 다른 4명의 예비후보 부인들은 모두 인터뷰를 했다.

(6) 한국신문 MAIN NEWS

"한인회장 후보들에게 들어 보았습니다"

가장 중요한 포인트는?

"공명하고 명랑한 분위기"

러닝메이트는?

"전문능력 갖춘 참신한 1.5세대"로…"

22 인물 · NEWS

섬김의 자세, 리더십 갖춘 드림팀 구성 완료

"모든 한인들이 함께하는 '신바람 나는 한인회' 만들터!"

'단합하고 화합하는 한인사회로!'

2007년도 한인회장단 선거 요강

	회장	부회장
기호 1번	김용만 1939.9.10 (만 67세)	
기호 2번	이용재 1952.5.5 (만 55세)	
기호 3번	승원홍 1947.6.13 (만 59세)	

1. 투표일시: 2007년 6월 10일 (일요일) 08:00~17:00 까지
2. 선거권자 자격: 만 18세 이상 (1989년 6월 10일 이전 출생자) 영주권, 시민자
3. 투표시 신분 확인을 지참할 것
4. 부재자 투표일시: 2007년 6월 9일 (토요일) 10:00~17:00 장소-한인회관 방문 투표
5. 투표소 설치 장소 (6개소)
1) 캠시: 한인회관 82 Brighton Ave, Croydon Park 2133
2) 이스트우드: 이스트우드 국민학교 (H방록) CNR of SHAFTBURRY Rd & ROWE St, EASTWOOD
3) 스트라스필드: JAMES AN COLLEGE: 9763-7727 40 ALBERT Rd, STRATHFIELD
4) 씨티: JAMES AN COLLEGE: 9281-1501 1, 18 COOPER St, SURRY HILLS
5) 채스우드: JAMES AN COLLEGE: 9415-2455 Suite 2 Level 5, 8 Help St.
6) 파라마타: JAMES AN COLLEGE: 9632-2300 Level 2, 48 MACQUARIE St, PARRAMATTA
6. 후보자 정견 발표일정: 2007년 5월 26일 16:00~18:00 장소-한인회관

선거인 명부 확인 및 열람

선관위 연락처

2007년 5월 18일 선거관리위원장 김순식

'투표하고 상도 타고!!'

▲제26대 시드니한인회장 필자의 인터뷰 기사 & 선거관리위원회의 제26대 시드니한인회장 선거공지 포스터

7-1-4. 후원의 밤 개최(2007.5.23.)와 치열했던 선거운동 3파전

2007년 4월에 접어들면서 제26대 호주 시드니한인회장 선거관리위원회가 구성되었다. 나는 부회장후보로 1.5세대 여성인 박은덕 변호사를 지명해 함께 한인사회를 위해 봉사하자고 제안했다. 박은덕 변호사의 부군은 초기 한인사회 최초의 현장 정치인이라고 할 수 있는 한인밀집지역의 하나인 Strathfield Council의 시의원인 권기범 변호사였다. 이들 부부는 한인사회의 발전을 염원하면서 젊은 세대들을 중심으로 한인회의 변화를 추구해 온 젊은 엘리트 멤버였고 가끔 나에게 한인회장으로 앞장서 달라는 요청을 해왔던 사람들이었다. 나는 호주한인사회가 거의 40년 정도의 역사를 가지고 있는데도 차세대 1.5세대가 1세대에 밀려 전혀 앞장서지 못하는 현실과 여성들의 참여가 너무 적다는 점을 감안하여 1.5세대 여성을 부회장후보로 생각했던 것이다. 그런 의미에서 한인사회 개혁과 발전을 위해 함께 일하자는 나의 제안을 쉽게 받아준 경우였다. 그리고 주위에 후원자들을 찾아 지지자들을 영입해 나갔다. 한인회장선거관리위원회는 선거규칙을 공고했고 우리도 규정에 따라 한국과 호주에서의 경찰기록 증빙서류 등과 함께 회장후보 공탁금 2만 불과 부회장후보 공탁금 5천불을 납입하고 기호3번을 받았다. 결국 5명의 예비후보가 3명 후보조로 압축된 셈이다. 치열한 선거전이 예상되었다.

처음 우리는 외부식당에서 선거대책모임을 가졌으나 보안상의 문제와 경비절약을 이유로 교통편이 좋은 Strathfield 지역에 위치한 권기범, 박은덕 변호사 사무실 회의실을 선거본부로 사용키로 했다. 나는 선거운동을 조직적이고 체계적으로 운영하기 위하여 기획홍보담당에 김지환, 총무회계담당에 강병조를 Full time으로 영입했고 나는 주로 여러 인사들을 만나 지지세력을 확보하는 일에 전념하며 일과 후 매일 간단한 저녁식사와 함께 선거참모회의를 주재하며 추진해야 할 일들을 점검하며 단계별로 차분히 진행해 나갔다. 선거활동이 공식화되면서 우리는 선거분위기 주도를 위한 방책으로 2007년 5월 23일

Interview

'준비된 드림 팀에 맡겨달라!'

시드니 한인회장 승원홍 후보 예상자

"한인회 재정 문제 역시 한인회장 한 사람에게 의존하는 방법은 바람직하지 않다고 봅니다. 이렇게 되면 한인회가 한인회장의 전유물이 될 뿐 더러 다양한 동포들이 참여하는 데 걸림돌만 될 것입니다."

제3797호 음력 4월 16일 2007년 6월 1일 금요일

선거인 1만2천명 넘어

스트라스필드, 이스트우드 3천500여명 최대
정보 누락자 1천242명 5일까지 추가등록 받아

제 26대 호주시드니한인회장단 선거인이 1만2천명을 넘어섰다. 지역별로는 스트라스필드(Strathfield)와 이스트우드(Eastwood)가 각각 3천500명을 넘어섰다. 선거관리위원회(김순식 위원장)가 31일 현재 집계한 결과 1만2천312명이 선거인으로 공식 등록했다. 또 정보 누락으로 인해 사고처리된 인원이 1천242명이다. 사고자들은 오는 5일 17시까지 한인회 또는 선관위(전화 9798-8800)로 추가정보(생년월일, 전화번호, 주소 등)를 제공하면 선거에 참여할 수 있다.(사고자 명단 23면 참조)

이에 따라 최대 1만3천500여명이 이번 한인회장 선거 최종 선거인으로 확정될 전망이다.

사고자를 제외한 집계결과에서는 스트라스필드 선거인이 가장 많았다. 이 지역 선거인들은 3천583명으로 이스트우드(3천550명)를 간발의 차로 제쳤다. 뒤를 이어 한인회가 위치한 캠시(Campsie)지역이 2천749명, 파라마타(Paramatta)가 1천60명이었다. 최근 수년간 한인들이 급격히 증가한 채스우드 지역은 1천명에 조금 모자랐으며 시티지역은 400여명이 선거인으로 참여한다.

김순식 선관위 위원장은 "일부 정보 누락자들에 대한 명단을 신문들을 통해 공개했다"며 "오는 화요일까지 선관위로 연락하면 선거에 참여할 수 있다"고 말했다. 김 위원장은 이어 "사고자들이 모두 참여한다면 1만3천명이 넘어설 것"이라며 "최소 1만2천500명은 넘지 않겠나"라고 전망했다.

이번 회장 선거는 9일 부재자선거(한인회에서만 실시)와 10일 본선거로 치러진다. 본 선거는 캠시 소재 한인회를 비롯, 스트라스필드, 파라마타, 채스우드, 시티는 각 지역 소재 제임스 안 갤러리, 이스트우드는 이스트우드 초등학교에서 실시된다. 투표를 위해서는 호주여권 또는 영주비자가 부착된 한국여권 등 영주권 이상을 입증할 수 있는 사진이 부착된 신분증이 필요하다. 시민권 증서와 출생증명서의 경우는 운전면허증이나 학생증 등을 동반해야 한다. 자세한 사항은 한인회나 선관위로 문의하면 된다.

또 선거인으로 등록한 교민들은 시드니한인회에 위치한 선관위에 전화나 방문을 통해 명부를 열람할 수 있다.

한편, 선거를 일주일 앞두고 세후보가 마지막 유세로 총력전을 펼치고 있는 가운데 일각에서는 "벌써부터 모 후보가 두명을 앞서기 시작했다"말이 돌고있다는 제보가 들어오고 있다. 그러나 본보 취재진은 투표일까지 우세를 예측하기 힘든 대접전이 전개되는 것으로 파악하고 있다.

정동현 기자

기호 3번 승원홍-박은덕 후보

후원의 밤

사회 : 하태화

- 개회 선언 .... 사회자
- 후보 프로필 소개 .... 사회자
- 후보 지원 연설
  조기덕 / 전 한인회장
  최현섭 / 강원대학교 총장, 국공립대학교총장협의회 회장(영상자료)
  이혜경 / South Turramurra Uniting Church 담임목사
  조민지 / 변호사
- 식 사 (음악 / 피아노 바이올린 첼로)
- 정책설명(영상자료) .... 사회자
- 후보 인사말
  회장 후보 승원홍
  부회장 후보 박은덕
- 선거 관련 안내 .... 사회자
- 폐 회

▲필자 인터뷰와 선거참여 1만 2천 명등록보도기사 & 제26대 시드니 한인회장 기호3번 후보 후원의 밤 행사순서지

Burwood RSL Club에서 후원의 밤을 개최했다. 오랜 기간 동안 한인회장선거가 없었고 한인회에 별로 관심들이 없었던 탓이었는지 새로운 선거분위기와 새로운 변화에 대한 기대감을 가진 교민들이 의외로 많이 참석했다는 느낌이 들었다. 빈 좌석이 없을 정도로 클럽 대연회장을 꽉 채운 후원자들의 환호와 열기가 느껴졌다. 예상했던 기대 이상의 성공적인 후원의 밤이었다. 선거운동 시작의 분위기와 예감이 너무 좋았다.

나를 후원하는 연설자로는 제16대 한인회장을 역임했던 서울대학교 선배인 조기덕 회장과 영상자료로 서울대학교 동기인 한국국공립대학교협의회 회장인 최현섭 강원대학교 총장 그리고 박은덕 부회장 후보 지원연설자로는 Turramurra Uniting Church 이혜경 목사 그리고 청년인 조민지 변호사가 맡았다. 하태화 사회자의 정책설명회에 이어 내가 한인회장후보 연설을 시작했다. 나는 호주이민사회에서 왜 한인회가 필요한지? 왜 한인회장이 중요한지? 어떤 사람이 우리 한인사회를 대표할 수 있는 지도자로 선출돼야 하는지?를 강조했다. 그리고 한인사회 미래에 대한 희망의 메시지를 전하며 왜 선거참여가 중요한지?를 강조했다. 청중들의 환호와 박수가 쏟아졌다. 시드니한인동포사회를 대표하여 어디에 내놔도 손색이 없는 식견과 경륜을 가진 지도자를 바라는 오랜 목마름을 보는 듯했다. 나는 바로 내가 이 시대적인 요청에 가장 적합한 준비된 사람이라는 강한 느낌을 받았다.

▲기호3번 시드니한인회장후보 후원의 밤 행사장 Burwood RSL Club 대연회장에서 미래를 여는 한인회, 준비된 리더로 성원을 부탁하고 있는 필자

▲기호3번 승원홍, 박은덕 한인회장단 후보 후원의 밤 행사에서 후원등록을 하는 일반 교민들과 조기덕 회장

각계 인사 여러분들의 성원에 감사드립니다
한인 커뮤니티를 위해 정성을 다하는 것으로 보답하겠습니다
제26대 호주 시드니한인회 회장단 선거, 기호 3번 승원홍 - 박은덕 후보를 지지하는 후원 행사에 자리를 함께 해 주신 교민 사회 각계 인사분들께 깊은 감사를 드립니다.
아울러 이번 후원의 밤 행사를 마련해 주신 몇몇 지인들에게도 고마움을 표합니다.
초창기 한인 커뮤니티를 일구신 1세대 어르신, 현 한인회를 위해 고민하시는 동시대 여러분, 그리고 앞으로 우리 한인사회의 주역이 될 2세대 후배들 모두의 소중한 의견을 가슴 깊이, 오래도록 새길 것입니다.
덧붙여 말씀드리면, 끝까지 지켜봐 주실 것을 당부드립니다. 초기 세대 어르신들이 일궈놓은 기반 위에 더욱 굳건한 토대를 이루어 그 분들의 노고가 후대에 이어지고, 그리하여 2세대들이 안락과 편의를 공유하는 한인사회를 이룩하고자 최선의 경주를 다할 것입니다.
다시 한 번 머리 숙여 깊은 감사를 드립니다.
기호 3
승원홍-박은덕 후보
주소 / P.O.Box 54, Strathfield, 2135. 전화 / 9299 5500, 9715 2500 팩스 / 9715 2400
전자우편 / opilseungkorea@hotmail.com, opilseungkorea3@gmail.com

▲기호3번 시드니한인회장 후보 후원의 밤 행사에 참석하여 성원과 후원을 해주신 교민께 드리는 감사 광고

7-1-5. 본격적인 선거 캠페인과 후보 정견발표와 토론회

공식선거운동이 개시되면서부터 우리는 주요 교민언론신문의 광고지면 확보예약부터 시작했다. 일간지 호주동아(현 한호일보)와 주간지 TOP, 한국신문, 코리아타운, 주간생활정보, 교민잡지, 일요신문까지 일간지를 포함하여 매주마다 주간지 3곳에 전면광고를 게재하기로 했고 매주 다른 주제로 기획한 6차례 시리즈광고 캠페인을 시작했다. 주간지 한국신문 편집국장 출신 김지환 기획홍보담당은 한인사회 전반을 두루 이해하고 있었으며 어떤 내용들이 필요한지에 관한 통찰력이 있었으므로 우리의 광고는 다른 후보의 통상적인 광고와는 아주 차별화되었다.

또 다른 중요한 내용은 과거 한인회관에서 선거를 해오던 관행을 바꾸기 위한 후보들과의 공동 노력이 있었다. 故 김순식 선거관리위원장을 설득하여 한인회관을 포함 6곳 투표소에서 선거를 시행하도록 유권자들의 편의를 제공한 조치였다. 왜냐하면 당시 10만여 명 시드니동포사회라고 말할 정도였으니 한인동포사회가 광역화되었다는 점을 감안하여 한인밀집지역인 Strathfield, Chatswood, Esatwood, Parramatta, City 그리고 한인회관 6곳에 선거투표소를 설치하기로 했으나 선거참여를 위한 사전 등록제는 변경하지 못했다. 2007년 당시만 하더라도 6곳 선거투표소를 총괄하는 전산시스템을 갖추기가 현실적으로 불가능했고 더욱이나 이중투표 또는 부정투표 가능성을 방지할 수 없다는 선관위 측의 주장 때문에 불편을 감수하더라도 모든 선거참여자는 사전등록을 해야만 했다. 그래서 3후보들은 많은 지지자를 확보하기 위하여 선거참여 캠페인과 함께 선거인명부작성에 앞장설 수밖에 없었다.

나는 각종 단체모임과 여러 교회예배에 참석하여 한인회가 왜 필요한지, 왜 선거에 참여를 해야 하는지, 어떤 지도자를 한인회장으로 선출해야 하는지를 강조했다. 대체로 많은 교회 목회자와 성도들은 나에게 비교적 우호적인 분위기였다. 어떤 교회 담임목사는 노골적으로 나를 소개한 이후부터 다른 후보는 소개하지 않겠다고도 했다. 선거참모들과 함께 교회예배를 드리고 가능한 많은 성도들을 만나 선거캠페인 안내전단지 전달과 함께 성원과 지지를 호소했다. 그리고 여러 단체별로 모임이 있는 장소를 찾아 다니며 한인사회 공동체의 혁신과 발전을 위해 열성껏 봉사하겠다며 성원과 지지를 부탁하며 선거참여를 독려했다. 4월 25일 ANZAC Day기념행사 때에는 시내 Martin Place 정부행사에도 참석하여 함께 헌화하며 참전용사와 재향군인회 임원들의 지지도 요청했다.

미래를 여는 한인회, 준비된 리더
제26대 호주 시드니 한인회 회장단 선거 기호3
회장 후보 승원홍
부회장 후보 박은덕
선거본부 P.O.Box 54 Strathfield 2135
전화 9299 5500, 9715 2500 팩스 9715 2400
opilseungkorea@hotmail.com
opilseungkorea3@gmail.com
새로운 패러다임을 필요로 하는 21세기 한인회,
준비된 리더 승원홍-박은덕이 있습니다
I. 미래를 위한 준비 - 새로운 발전이념 제시
II. 호주 주류와의 연대고리 확보 -
관계 재정립을 통한 한인회 기능 강화
III. 신명 나는 한인회 - 동포사회 삶의 질 향상

▲제26대 시드니한인회장선거 기호3번 후보 명함

▲2007년 City Martin Place에서 호국수호용사에게 헌화하는 필자

▲제26대 시드니한인회장선거 기호3번 후보 약력소개 안내장 & 제26대 시드니한인회장선거 기호3번 후보 신문광고

(4) 한국신문 MAIN NEWS

제26대 한인회장 선거

기획시리즈 '후보 24시' ③ 승원홍 후보

"주변을 맑게하는 '푸른곰팡이'가 되고자…"

26대 시드니 한인회장 선거 기획시리즈 '후보 24시' 마지막은 승원홍 후보의 하루에 대한 이야기다. 승 후보의 "24시"는 당초 지난주 게재될 예정이었으나, 호주동아와 한국신문이 공동으로 주최한 한인회장 후보 정책토론회 기사가 넘쳐, 한 주 연기됐다. 승 후보에 대한 동행 취재는 지난 5월7일 있었다. <편집자>

07:30 웨스트 핌블의 힐머리 스트리트로 들어서자 곱게 물든 단풍이 눈에 들어왔다. 겨울이 한국보다 덜 추운 시드니의 주택가에서 단풍을 구경할 수 있다는 것도 커다란 행운인 듯하다.

승 후보는 보통 7시45분쯤 승용차로 고든역으로 가서 주차장에 차를 세워두고 8시10분 고든역에서 출발하는 기차로 시티 사무실로 출근한다. 역까지 가는 차 안에서 웨스트 핌블로 이사를 오게 된 사연을 소개한다.

"79년부터 82년까지 대한항공 1인 주재원으로 근무했는데, 처음에 에쉬필드에 살았어요. 그런데 일로 아는 호주인이 '호주에선 사는 지역으로 스테이터스가 갈린다'고 해요. 한국에선 학력, 돈, 배경 등을 중시하듯이… 그래서 전통적으로 중상층 호주인들이 사는 이곳으로 오게 됐죠. 한국 사람 한 사람도 없어 아내가 많이 고생했으나 이웃들이 많이 도와줘서 삼남매 잘 키웠죠." 힐머리 스트리트 주민들은 해마다 1월26일에 인근 공원에서 '스트리트 파티'를 할 정도로 친하게 지낸다고 했다.

동네 이야기를 하는 동안 고든역에 도착했다. 줄을 서서 티켓을 끊고 곧 바로 기차에 올랐다. 호주 정착 이야기는 기차 안에서도 계속됐다.

"주재원 근무를 마치고 들어갔다가 83년에 호주로 돌아와 두 달만인 5월쯤 롯데여행사를 오픈했죠. 나로선 호주인들을 한국으로 많이 보내는 것이 내가 태어나고 공부한 모국에 보답하는 길이라 생각했어요. 그래서 무역업자나 입양아 부모를 대상으로 마케팅을 했죠. 외국에서 생활하면서 한인사회가 건강하면 각자의 영업에 도움이 될 것이라 생각해요. 그런 의미에서 한인회장 선거에 뛰어들었어요. 한인회의 개선 개조 개혁에 참여하기 위해서죠."

화제를 잠시 바꿔 자녀들에 대해 물었다.

"큰 딸이 76년생이고, 장남이 79년, 그리고 막내가 80년생이예요. 아들의 21세 생일 파티 때 호주 친구들을 초청한 자리에서 제가 마이크를 잡고 우선 아이들에게 아빠로서 '호주적'인 것이 부족한 것에 대해 미안하고 친구들이 이를 보완해 준 것에 대해 고맙다고 했어요."

08:50 이런 저런 이야기를 하는 동안 기차는 윈야드역에 도착했다. 승 후보가 운영하는 롯데여행사 사무실은 윈야드 역 위에 세워진 빌딩(조지 스트리트 301) 4층에 위치하고 있다. 사무실 문을 열고 들어가자, 한 노인이 승 후보를 반갑게 맞는다. "아버님입니다. 20년 가까이 저희 사무실에서 함께 일하면서 자질한 일들을 도와주셨죠. 요즈음도 맨 먼저 출근하셔서 사무실 문을 열어 놓으시죠."

승 후보는 컴퓨터 책상에 앉아서 공휴일 동안 들어온 이메일과 팩스 등을 체크한다. 그 사이에 부사장과 직원이 차례대로 사무실에 들어왔다. 승 후보는 직원들이 들어올 때마다 큰 소리로 "Good morning!"을 외친다. 뭔가 기분이 좋아 보였다. 아이들도 말썽 피우지 않고 훌륭하게 자랐고, 본인도 호주 사회에 큰 어려움 없이 잘 정착해 그런지 승 후보에겐 어두운 그림자를 전혀 찾을 수 없었다. 늘 만나는 밝은 표정으로 사람마다 반갑게 인사를 하며, 걸음 걸이도 무척 빠르다.

승 후보는 이메일을 확인하다가, "오늘도 좋은 글이 들어왔습니다. 제가 읽을 테니 함께 감상하죠"라고 말한다. 그리곤 기자에게 "우린 아침마다 좋은 글을 함께 나누는 명상시간을 갖습니다. 제가 읽고 나중에 코멘트를 조금 하는 식이죠."라고 했다. 이날 글은 김진홍 목사가 보내준 글로, '삶의 의미'를 중요시 하는 내용이었다.

여행사인 만큼 주로 단체 여행객들의 문의와 항공권 가격과 구입, 여행 상품 등의 문의가 이어진다. 승 후보는 직원들에게 업무 지시를 하면서 한인회장 선거와 관련해 지인들에게 전화를 걸어 "6월10일 선거에 꼭 참여하셔서 신성한 한 표를 꼭 행사하셔야 합니다"라고 다짐을 받는다.

12:00 승 후보는 미리 약속된 손님들과 인근 한인 식당에서 점심을 했다. 이 자리에서도 한인회장 선거가 주 화제다. 한 사람이 "누군가 밀알이 되어 헌신적으로 일하지 않으면 안된다"고 했다. 그러면서 "영어 세대라고 할 수 있는 1.5세대들이 한인 신문들을 읽지 않으니, 이들에게 선거에 대해 알리기 위한 대책도 마련해야 한다"고 하자, 승 후보는 "본격적인 선거 운동이 시작되면 선거공약을 영어로도 만들어 알리겠다"고 답했다. (이번 주 승후보의 선거광고에 영문 공약이 포함됐다)

점심을 마친 뒤 인근 카페로 자리를 옮겨 커피를 마시면서 '왜 한인회장에 왜 나왔느냐'고 물었다.

"클린턴 전 미국 대통령이 호주 언론과 인터뷰에서 '난 대통령 직을 enjoy 했다. 사람들이 필요로 하는 제도를 만들고, 사람들이 불편해 하는 제도를 개선하고 그러면서 enjoy 하는 게 대통령의 역할이라 생각한다'고 했어요. 동감해요. 한인사회가 필요로 하고 한인사회에 도움이 되는 제도를 만들꺼예요."

▶18면으로 이어짐

약속없는 저녁엔 아내와 함께…

▲제26대 시드니한인회장선거 기호3번 후보 24시 한국신문 특별취재 기사

▲시드니 불교사찰 정법사 주지 법등 스님을 예방한 세 후보와 시드니시티상우회원들과의 간담회에서 필자

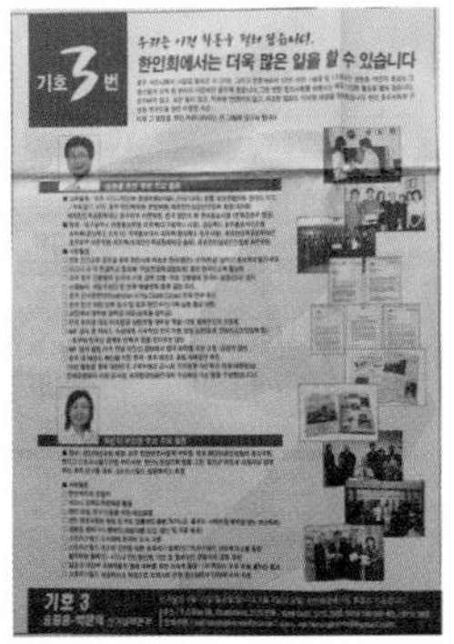

▲제26대 시드니한인회장선거 기호3번 후보 신문광고 시리즈 홍보내용

새 시대 한인회를 향한 새로운 선거문화

한인회장 후보 정견 발표회, TV Korea로 호주 전역 방송

새 시대의 한인회를 지향하는 제26대 한인회장 선거문화가 새로운 지평선을 열고 있다.

지난 26일 시드니 한인회관에서 한인회장 선거관리위원회(위원장 김순식) 주최로 열린 후보 정견 발표회 실황은 TV Korea를 통해 호주 전역의 한인동포 안방을 찾아감으로써, 공간적 제약을 뛰어넘어 전체 한인동포사회의 참여를 유발하는 기폭제가 될 것으로 기대된다.

또한 당일 정견발표회 실황은 SBS Radio 한국어 프로그램을 통해서도 호주 전역에 일부 방송되는 등, 호주한인동포사회에도 본격적인 미디어 선거문화가 확실히 정착되는 계기가 된 것으로 평가되고 있다.

즉, 당일 발표회장을 찾은 200여 명의 한인동포들 외에도 최소 1만여 명 이상의 한인동포들이 당일 정견 발표회 실황을 지켜보거나 들은 것으로 추정된다.

제26대 한인회 선거를 2주 남겨 둔 상황에서 열렸던 회장 후보들의 정견발표회 실황을 직접 또는 방송을 통해 지켜본 한인들의 반응은 사뭇 긍정적인 것으로 진단된다.

많은 한인들은 무엇보다 "후보자들 개개인의 소견을 직접 경청할 수가 있어 의미가 있었다"며 이를 통해 "부탁을 받아 투표에 임하는 것이 아닌 소신껏 투표할 수 있는 발판이 마련됐다"고 평가했다.

▶ 관련 기사 – 8면
'선관위 주관, 한인회장 후보 정견발표 및 패널토론'

<8면에 계속>

▲3명 후보토론회 모습, TVKorea 녹화방송으로 호주 전역에 방영되었음

뿐만 아니라 당시 한인TV에도 홍보영상을 만들어 방영하기도 했다. 무엇보다 중요한 캠페인으로서 타 후보와는 달리 나는 광역화된 시드니 외곽주택가 중심상가들을 방문하며 한인회에 별로 관심이 없었던 교민들을 대상으로 한인회가 왜 존재해야 하는지, 왜 한인회장선거에 참여해야 하는지를 강변했다. 이러한 다양한 노력들의 결과로 한인회장 선거에 대해 일반 교민들의 관심이 높아졌고 계속되는 교민신문 홍보광고를 통해 더 많은 인지도를 높여갈 수 있었다. 역시 하이라이트는 6월 9일 부재자투표와 10일 선거일 2주 전인 5월 26일 선거관리위원회가 주관한 한인회관에서의 한인회장후보 정견발표와 토론회였으며 TVKorea에서도 실황녹화로 호주 전역에 방영까지 함으로써 교민사회 전체의 큰 관심과 참여의식을 고취시켰다. 그러나 마감일자까지 선거참여등록을 하지 못한 교민들에게는 지지후보가 있어도 선거를 하지 못하는 아쉬움도 컸다.

▲제26대 시드니한인회장선거 기호3번 후보 신문광고 내용

▲제26대 시드니한인회장선거 기호3번 후보 신문광고 내용

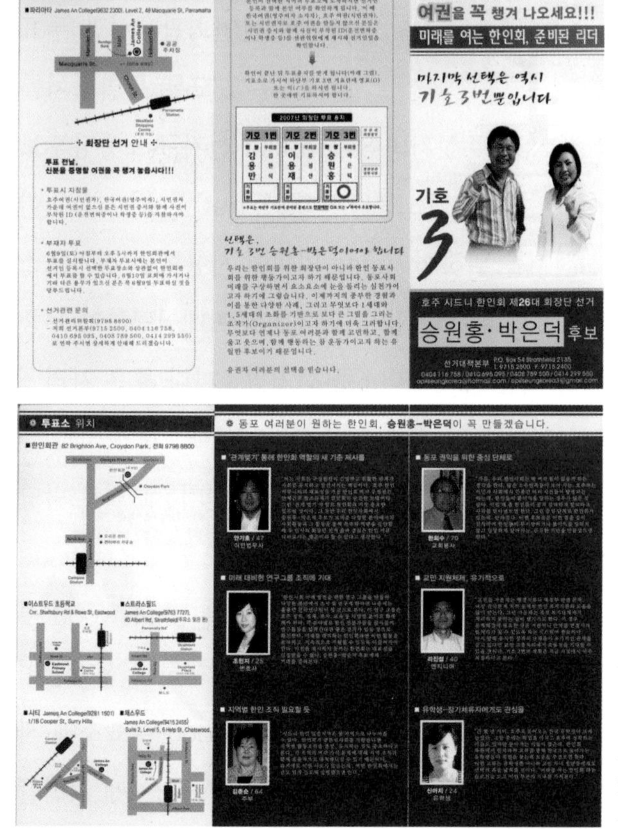

◀제26대 시드니한인회장선거 기호3번 후보 투표를 위한 투표방법과 6곳 투표소 안내서

7-1-6. 제26대 시드니한인회장 선거와 당선확정

號外版 호외판

한국신문

The Sydney Korean Herald

Korean Community's Largest Circulating & Best Quality Newspaper

제26대 시드니 한인회장 선거 특별판

제26대 한인회장 승원홍

총 4,087표 중 1,702표(41.6%) 얻어 당선

제26대 시드니한인회장 선거관리위원회는 선거일을 연휴기간 중인 일요일 6월 10일을 택해 공표했다. 그러나 세 후보는 물론 한인사회 특성상 일요일은 신앙생활을 하시는 분들에게 선거참여기회를 박탈한다는 의미가 있어 교역자협의회에서도 공식 항의가 있었다. 이에 선관위는 전날인 토요일 9일은 부재자투표 선거일로 한인회관에서만 투표를 할 수 있도록 특별조치를 하게 됐다. 마침 5월에 치러진 NSW주선거의 Strathfield 선거구 노동당후보 Virginia Judge 의원이 재선에 성공했다. 노동당원이요 Strathfield 시의원이었던 권기범 변호사는 우리 선거를 위하여 Judge 의원이 사용했던 선거포스터용 패널을 가져와 사용하기로 했다. 선거용 포스터를 라미네이팅하여 우중에도 만전을 기했을 뿐 아니라 이른 새벽부터 6곳 선거장소마다 좋은 자리에 우리 선거용 포스터 패널을 설치해 놓았다. 연휴인 6월 9일부터 계속 비가 내리고 있었다. 다행히도 6월 10일엔 비가 멈췄다. 우리는 각 선거참모별로 담당지역을 배정했고 나는 오전에 Chatswood 투표소를 거쳐 오후에 Eastwood Public School에 마련된 투표소로 가기로 돼 있었다. 그런데 Chatswood 투표소의 분위기가 좀 썰렁하여 바로 Eastwood 투표소로 직행하여 선거참여 교민들에게 인사를 하며 지지를 당부했다. 오후부터 Eastwood 투표소에 사람이 많다는 소식이 전해지면서 세 후보가 함께 포진하여 투표자에게 지지를

호소했다. 헌데 대부분이 나를 성원하며 지지하는 분들이 대거 투표장으로 몰려 왔다. 나는 일부러 이번에는 1번 후보에, 또 어떤 분에겐 2번 후보에 투표하라는 농담까지 했다. 나를 지지하는 어떤 분 중 엠뷸런스에 실려 병원으로 가는 도중에 투표소를 찾은 분도 있다. 선거관리위원이 엠뷸런스로 가서 투표를 할 수 있도록 도와주기도 했다. 너무나도 감사한 일이었다. 나는 한인동포사회가 그동안 한인회의 변혁을 위해 얼마나 목 마르게 고대했었나 하는 생각도 했었다. 어쩌면 시드니한인동포사회에서 전무후무하게 가장 치열했다는 선거에서 한인동포사회의 선택을 받아 나는 제26대 호주 시드니한인회장으로 당선되었다. 그리고 무엇보다 광역시드니동포사회 전체를 대표할 수 있다는 상징성을 갖도록 실시한 광역시드니의 6곳 투표소에서의 공명선거를 통해 당선된 최초의 시드니한인회장이었다는 점도 자랑스러운 일이다. 나의 시드니한인회장 당선 소식을 접한 경상북도 자문대사였던 전임 김창수 총영사의 6월 11일 축하인사 메시지이다.

"승 회장님께,

한인회장 선거에서 승리하심을 마음으로 축하드립니다.

주님께서 예정하신 계획이 마침내 이루어졌군요.

장로님께서 오랫동안 기도로 준비하셨기에 주님께서 좋으신 것으로 응답하셨습니다.

2년 전 이영수 장로님과 함께 Revolving Restaurant에서 나누었던 얘기가 실현되어 너무 반갑고 기쁩니다.

주님께서 회장님을 세우셨으니 귀하게 쓰시고 인도하시리라 믿습니다.

재임 중 크고 빛나는 업적 많이 남기시기 바랍니다. 그리고 영적으로 호주사회를 Lead 할 수 있는 동포사회로 이끌어 나가시기를 기원합니다.

오늘은 기쁜 소식에 접하고 축하인사를 드리고자 간단히 적습니다.

주님 은혜가 늘 함께하시기를 빕니다.

샬 롬 ! 김 창 수 드림."

WEEKLY TOP

No. 779 / 8 June 2007 / www.hojutopnews.com

| Tel. (02) 9746 2200 | Fax. (02) 9746 2322 |

기호1 개혁과 화합의 한인회

기호2 봉사정신의 선진형 한인회

기호3 미래를 여는 한인회

6월 10일(일) 제26대 한인회장 선거일

최종 유권자 11,392명으로 집계

선거 당일, 지정된 투표소에 여권 등 신분증 지참 당부

지역별 등록 및 후보별 득표 현황 (단위: 명)

	총등록인	김용만(김한식) 후보	이용재(류정선) 후보	승원홍(박은덕) 후보	무효	총투표인
총계	12,298	949	1404	1702	32	4087
부재자(사고자)	906	281	352	264	7	904
시티	417	32	38	30	1	101
체스우드	866	36	77	122	5	[illegible]
파라마타	941	58	108	131	1	298
이스트우드	3195	169	253	579	6	1009
캠시	2758	160	308	203	7	678
스트라스필드	3213	213	268	373	3	857

"한 단계 발전된 선거문화 이뤘다"

김 선관위원장 "선관위 상설화 필요"

제26대 한인회장 선거를 관장했던 김순식 선거관리위원장(사진)은 이번 선거를 "무난한 선거"라며 "선거문화를 한단계 격상시킨 것"으로 평가했다.

김 위원장은 14일 전화통화에서 "선거가 끝나면서 선관위의 임무는 종료됐다"며 전체적인 선거분위기에 대해 "불동이 들고 들어온 사람만 없으면 성공한 선거라고 생각했다"고 자평했다.

하지만 김 위원장은 초유의 등록 인원으로 선관위원들의 일손이 부족했던 점과 저조한 투표율, 개인후보자의 경력시비 등을 아쉽게 생각했다. 그는 "앞으로 회장선거에서 무투표 당선은 없을 것"이라고 단언하며 "투표 등록이 상당히 문제시 될 것"이라고 예상했다.

그는 "1만 여명의 선거인 등록을 관리하는 것은 엄청난 작업이었다"며 "마지막 2일 간 7500명 정도가 한꺼번에 몰려 들었다. 명부 수정, 대조작업에 상당한 시간과 비용이 필요했다"고 밝혔다. 또 명부 확인 작업 과정에서도 고성이 오가는 등 약간의 잡음이 있었다고 털어놨다.

그는 또 "앞으로는 명부 대신 일정한 등록 양식을 정식으로 만들어야 할 것"이라며 "선관위도 상설화 시켜야 할 것"이라고 주문했다. 선관위 상설화 방법으로 "최소한 선관위원장과 감사는 있어야 할 것"이라며 "평시에는 한달에 한 두번 정도 업무를 보고 선거철에는 선관위원을 보강하는 방식"을 추천했다.

김 위원장은 투표율 저조와 관련, "후보자와 운동원들이 세불리기 차원에서 등록을 지나치게 강요한 느낌이 있다"면서 "정말 투표하고 싶은 사람만 참여하도록 분위기가 조성돼야 한다"고 말했다. 또 항응제공과 관련, "교민경제엔 도움되겠지만 향후 척결돼야 할 사안"이라고 밝혔다.

마지막으로 김 위원장은 3개월 가까이 수고한 18명의 선관위원에게 감사의 뜻을 전했다.

권상진기자 info@hojudonga.com

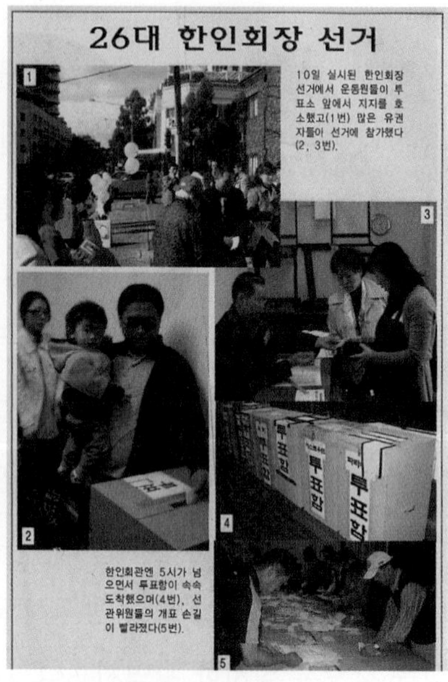

26대 한인회장 선거

10일 실시된 한인회장 선거에서 운동원들이 투표소 앞에서 지지를 호소했고(1번) 많은 유권자들이 선거에 참가했다(2, 3번).

한인회관엔 5시가 넘으면서 투표함이 속속 도착했으며(4번), 선관위원들의 개표 손길이 빨라졌다(5번).

▲2007년 6월 9일과 10일 제26대 호주 시드니한인회장선거 관련 한국신문 호외판 보도 기사

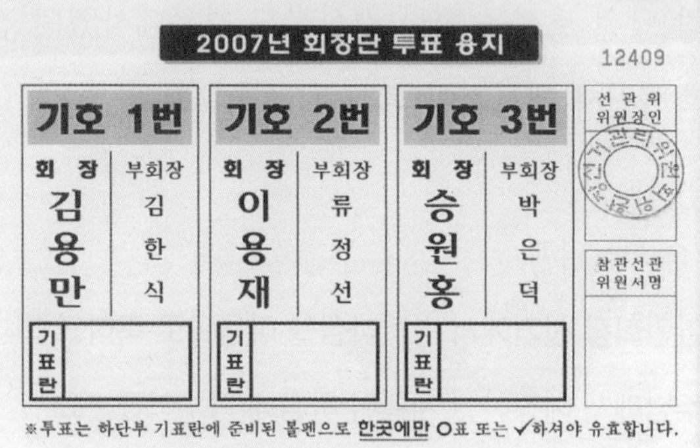

2007년 회장단 투표 용지

12409

기호 1번		기호 2번		기호 3번		선관위 위원장인
회 장	부회장	회 장	부회장	회 장	부회장	
김용만	김한식	이용재	류정선	승원홍	박은덕	참관선관 위원서명
기표란		기표란		기표란		

※투표는 하단부 기표란에 준비된 볼펜으로 **한곳에만** O표 또는 ✓하셔야 유효합니다.

▲제26대 시드니한인회장후보 김용만 후보, 이용재 후보, 故 김순식 선관위원장과 필자 & 선거투표용지

MAIN NEWS

모든 투표소 차분한 분위기… 명단 누락된 유권자 항의하기도

26대 시드니 한인회장 투표현장

선전한 모든 후보들에게 박수를…

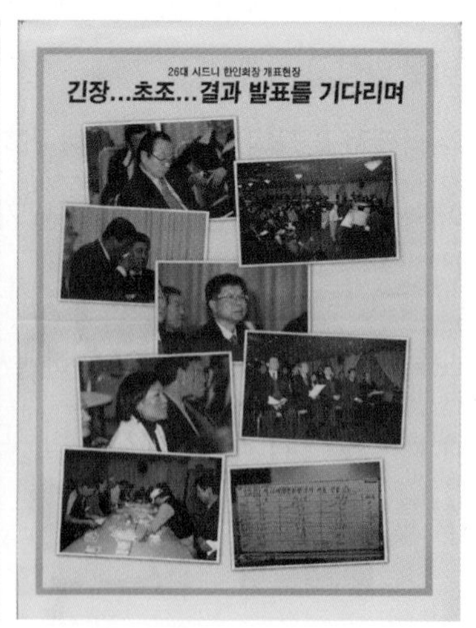

26대 시드니 한인회장 개표현장

긴장…초조…결과 발표를 기다리며

▲2007년 6월 9일과 10일, 제26대 시드니한인회 회장단선거일 한국신문 호외판 취재 보도기사

26대 시드니 한인회장 선거 특집

26대 한인회장 승원홍, 부회장 박은덕 당선

총 4천87표 중 1천702표(41.6%) 득표… 2위 이용재 후보와 298표 차

◆ 후보별 득표현황 (단위: 명)

	[illegible] 후보 [illegible]	이용재 후보 [illegible]	승원홍 후보 박은덕	무효	계
총득표	949	1,404	1,702	32	4,087
부재자(편의)	281	352	264	7	904
시티	32	38	30	1	101
채스우드	36	77	122	5	240
파라마타	58	106	131	1	296
이스트우드	169	253	579	8	1,009
캠시	160	308	203	7	678
스트라스필드	213	268	373	3	857

김인구 기자

8 호주동아 Community & News

기자 수첩

침묵하는 다수는 '미래'를 선택했다

한인회장 투표 결과를 보면서

▲제26대 시드니한인회 회장단선거 기호3번 후보 당선 관련 보도기사

당선 공고

선거관리위원회 규정 제 21조에의거
제 26대 한인회장 선거 개표결과
기호3번 회장 승원홍, 부회장 박은덕 후보가
당선 되었기에 공고합니다.

호주시드니한인회 The Korean Society of Sydney www.koreanet.org.au

2007년 6월 12일
선거관리위원회 위원장 김 순 식

※ 경품 당첨자 명단 (한국 왕복 항공권)

T-371 지청주 T-367 조종식 K-635 김진홍 P-191 김재호

▲선거관리위원회의 2007년 6월 9일과10일에 치러진 제26대 시드니한인회장, 부회장 당선자 공고
& 2008년 6월 9일과10일에 치러진 시드니한인회장선거 당선 감사 인사광고

승원홍-박은덕 회장단 당선자 인터뷰 호주동아 5

"한인사회 공동이익 확대가 최우선 목표"

젊은 세대 참여 위한 '틀' 마련, 잠재력 극대화 주력
이스트우드 압승으로 당락 결정, 관심과 지원 당부

▲시드니한인회장 당선자로서 박은덕 부회장 당선자와 교민언론 편집기자초청 간담회를 주관하고 있는 필자

7-2

제26대 시드니한인회장 취임식 전후의 다양한 활동

나는 2007년 7월 21일 정기총회에서 제26대 호주 시드니한인회장으로 취임하고 공식업무를 시작했다. 나는 6월 9일 부재자투표와 10일 시드니전역 6곳 투표소Campsi, Sydney City, Chatswood, Eastwood, Strathfield, Parramatta에서 실시된 과거 시드니한인회가 설립되고 40년 동안 전례가 없었던 새로운 변화를 가져온 획기적인 시드니한인회장선거를 통해 당선된 첫 번째 한인회장이 당선되었다. 2007년도 상반기는 호주한인사회 전체가 시드니한인회장선거 분위기로 한인사회에 관한 관심과 참여가 그 어느 때보다 높았고 신임 시드니한인회장 행보에 대해서도 많은 관심과 기대 또한 고조돼 있는 듯이 보였다. 나의 한인회장 당선은 모든 선거참모와 지지자들의 환호와 기쁨 속에서 지난 3개월 동안의 선거과정에서 축적된 피로조차 잊어버리게 했다. 그리고 선거참모장 역할을 감당했던 故 조일훈 재호한인상공인연합회장은 한인회장 당선자가 한인회운영위원 선정을 자유롭게 할 수 있도록 선거참모 모임의 해체를 제안했고 즉각 실행됐다. 故 조일훈 회장은 나의 한인회장 당선이 자기 일생 가운데 가장 기쁜 일이었다고 회고하며 기뻐했다. 그는 급작스런 췌장암으로 일찍 소천했다. 삼가 고인의 명복을 빕니다. 나는 박은덕 부회장 당선자와 제26대 한인회장단에 합류할 예정인 김지환 사무총장내정자와 함께 7월 21일로 예정된 한인회장 취임식 이후의 여러 사업에 대해 개략적인 일정과 계획을 논의하면서 공식취임식이전에 과거의 한인회 운영내용과 특별히 제25대 한인회장 임기중의 업무내용과 재정운영실태를 파악하기 위하여 백낙윤 회장에게 전화연락을 했고 취임 전 업무인계인수 일정을 잡자고 제안했다. 그도 좋다고 했다. 그래서 나는 사무총장 내정자인 김지환 외 몇 명과 참관인으로 서운학회계변호사로 이뤄진 한인회장업무인수팀을 구성하여 약속한 날짜에 한인회관으로 보냈다. 그런데 업무인수팀으로부터 제25대 한인회 조양훈 사무총장이 인계준비가 안 됐었는지는 모르겠으나 무슨 정복군이 왔냐는 식으로 항의를 하며 인수인계를 못 하겠다고 하는 전화가 왔다. 나는 급히 백 회장에게 상황설명 전화를 했다. 그의 입장도 마찬가지였다. 나는 제25대 한인회장단이 업무인계를 못 해 주겠다는 분위기라고 판단하고 우리 제26대 업무인수팀에게 "이게 현재의 우리 한인회의 부끄러운 현재의 모습이다. 그냥 철수하라. 우리 제26대부터 새롭게 다시 시작하는 마음으로 하자"고 했다. 그래서 나는 우리 제26대 한인회 사무총장에게 정기 월례운영회의 회의록도 잘 기록하게 했고 다음 월례회에서 전 회의록의 재확인도 하고 잘 보관하게 했다. 물론 이런 모든 기록들을 포함하여 상세한 한인회업무기록과 비품장부 일체를 내 후임인 제27대 한인회장단에게 철저하게 인계해 주었다. 그래서 후임 제27대 한인회 김석민 사무총장은 제26대회장단이 업무인계를 잘해 주어서 일상업무수행이 너무 편해 좋다며 감사하다는 이야기를 종종 하기도 했다.

한편 나는 한인회장후보시절부터 이미 한인회장에 당선될 것을 전제로 하여 연초부터 계획해 오던 난타초청 9월 22일과 23일 달링하버에서의 한가위축제 공연 추진을 위해 한국관광공사 최성우 지사장에게 본사와 업무진행을 해 달라고 요청했다. 아울러 9월 29일 한국의날 행사는 한인회장 선거에서 대승리를 가져다 준 Eastwood지역에서 개최하기로 잠정 결정했다. 나는 40일이나 남은 한인회장 취임식 이전이라도 당선자 신분으로 할 수 있는 일들을 하는 것도 바람직하다고 생각했다. 왜냐하면 한인회장 선거가 끝나면 현 한인회장단은 마지막 총회와 회장의 취임식준비로 사실상 개점휴업상태로 들어가기 때문이다. 현실이 그랬다. 한인회장선거를 통해 그렇게 많은 교민언론매체와의 인터뷰와 함께 회장후보 홍보 광고가 있었음에도 불구하고 한인회장 당선자로서의 새로운 인터뷰도 많았다. 한인회 업무에 관한 모든 관심이 한인회장 당선자의 미래 계획과 행보에 집중돼 있었기 때문이었다. 더욱이나 한인회장후보 정견발표와 후보토론회 실황을 녹화 방영했던 TVKorea 프로그램 편성 덕분에 호주 전역의 한인동포사회에도 자연스럽게 홍보가 된 영향도 있었다. 오죽하면 켄버라주재 북한대사관에서도 시드니한인회장 선거과정을 시청하며 관심을 가졌다고 한다. 훗날 북한대사와 공사를 만났을 때에 그들도 후보토론장면을 시청하면서 기호3번 후보인 내가 당선될 것으로 예상했다고 했다. 물론 켄버라 한국대사관의 조창범 대사께서도 전화로 나의 당선을 축하해 주었고 6월 22일 시드니에서 첫 상견례를 가졌다. 이어서 나는 28일엔 The Hon. Kevin Rudd MP 연방노동당대표, The Hon. John Wakins MP NSW주 부수상과의 만남을 가졌고 The Hon. Greg Smith MP, Epping 지역구의원과의 면담일정도 잡았다. 7월 2일에 처음으로 빌라우드수용소에 수감되어 있는 한국인재소자 실태와 현황파악을 위해 나섰고 몇 차례 계속하여 매주마다 빌라우드수용소를 방문하는 선교팀과 연결하여 동행하기도 했다. 그 후 나는 수용소 내에서 제공하는 영상비디오로 한국의 인기 드라마 대장금 축약본 비디오CD를 구해 수용소책임자에게 전달하면서 재소자들을 위해 방영해 달라고 요청하기도 했다.

그리고 7월 14일엔 한인동포사회 전반적인 실태파악을 위해 열린좌담회도 개최했다. 그리고 무엇보다 호주 주류사회와의 긴밀한 네트워킹을 구축하고 싶었다. 그래서 공식취임일 바로 직후인 24일엔 한국인자녀 160여 명이 재학한다는 Carlingford High School 교장과 한국인학생 만남을 추진했고 호주

한국일
2009년 11월 27일 창간 대표전화: (02) 9858 3010
The Korea Times A

한국인 불법체류자 2480명

작년 6월 기준, 5% 점유로 6위

총 4만7천명 추산, 중국 미국 말레이 순

▲ 2007년 불법체류자 현황 관련 보도기사와 필자가 불법체류자 구금시설에 제공해 방영했던 대장금 드라마CD

주류정치권 인사와 한국인이 많이 살고 있는 거주지역의 지방정부 인사들과 지역지도자를 초청하는 공문을 발송하여 27일의 Vision Presentation 일정 진행에 차질이 없도록 주도 면밀하게 사전준비를 했다. 이와 함께 나는 과거 호주신문발행인으로 시드니동포사회에 관한 식견과 통찰력이 있는 김삼오 박사에게 시드니한인사회에 관한 전반적인 진단과 시드니한인회가 추진해야 할 사안들에 대해 간략한 보고서를 만들어 달라고 주문했다. 물론 약소했지만 사례비를 지급했다. 김삼오 박사는 오랫동안 호주동포사회 언론계에 몸 담아 왔지만 이렇게 사례비를 받아본 것이 처음이라고 하면서 지식인에 대한 학문적 연구활동을 예우해주는 나의 배려에 감사하기도 했다.

6 호주동아 2007년 7월 13일 금요일 (일간)

'한인회 활성화를 위한 자문보고서' 전달

김삼오 박사 '신임 회장단 의뢰'로 건의서 제출

"교민사회 좋은 선례", 동참 공감대 중요성 강조

▶ 제26대 한인회 출범에 즈음하여 한인사회 언론인 김삼오 박사에게 의뢰한 자문보고서 관련 호주동아 보도기사

7-2-1. 취임식 이전에 개최한 열린좌담회(2007.7.14.)

INTERVIEW

'시드니 동포사회 미래 밝다'

26대 시드니 한인회장 당선자 승원홍

앞으로 한인회 운영에 따른 많은 교민들의 의견을 더 수렴하기 위해 가까운 시일 내 열린 토론회를 가질 예정입니다. 선거 기간중 동포들이 원하는 한인회상에 대해 폭넓은 의견을 들을 기회가 많았지만 이같은 공개 모임을 통해 26대 한인회의 방향을 제대로 잡을 생각이죠

6 호주동아 Community & News

"각계 의견 반영, 함께하는 한인회 만들자"

첫 '열린좌담회' 높은 참여열기 속 성료

회관건립, 투명성 효율성 제고, 회비 확충안 등 안건 쏟아져

▲2007년 제26대 시드니한인회장 교민잡지 인터뷰기사 & 회장취임 이전의 열린좌담회 관련 호주동아 보도기사

나는 백낙윤 회장에게 양해를 구하고 제26대 한인회장으로 공식취임하기 1주일 전인 7월 14일 한인회관에서 열린좌담회를 개최했다. 한인동포사회 내부적인 문제파악과 앞으로의 한인회 운영계획 구상을 위해서 한인사회 원로와 차세대까지 포함하여 한인사회 주요 단체장들을 중심으로 70여 명을 초청하여 한인동포사회와의 원활한 소통을 시작하기 위해서였다. 시대적 변화와 요구에 맞춰 다양한 이해집단의 다양한 목소리를 경청하겠다는 선언이었다. 여러 노인단체들의 한인회관 사용문제, 복지문제, 자녀 한국어교육문제, 노사문제, 차세대의 한인사회와의 협력문제, 한인회관 건립계획, 한인회비 현실화 및 모금운동방안, 한인회 운영에 관한 폭넓은 제안과 대화가 있었다. 나는 교민들과 함께하는 투명한 한인회 건설을 위해 다 함께 노력하자며 보다 많은 관심과 성원을 요청했다.

한인회장 당선자와 함께 하는 열린 좌담회

"한인단체를 통해 회비 받자"… "모든 노인들에게 회관 개방을"

1시간40분간 다양한 의견 쏟아져… "한인회관 건립 청사진 제시해 달라" 주문도

내일 정기총회서 한인회장 이.취임식 예정

"차기 한인회, 취임전 열린 좌담회 가져

▲2007년 제26대 시드니한인회장 취임 이전의 교민열린좌담회 관련 한국신문과 호주일보 보도기사

7-2-2. 제26대 호주 시드니한인회장 취임(2007.7.21.)

2007년 7월 27일 금요일 (일간) 2007 한인회 총회 호주동아 5

관심 높아진 '참여 한인회' 기치 올랐다

26대 회장단 출범, 총회서 운영위원 10명 선출

2007년도가 시작되면서 제26대 시드니한인회장 출마자 하마평을 시작으로 하여 수개월에 걸친 언론보도와 치열했던 선거과정을 거치면서 선출된 새로운 한인회장에 대한 한인동포사회의 관심과 기대는 매우 컸다. 그래서 제25대 회장단 업무보고와 재정보고를 위한 정기총회를 겸해 제25대 이임과 제26대 취임식을 갖게 되었다. 사실 정기총회는 여러 안건으로 지루할 정도로 논란도 있었다. 그러나 새로운 제26대 회장단 취임축하를 위해 한인회관을 꽉 채운 축하객들은 인내심을 발휘하여 새로운 제26대 회장단의 출범을 축하하며 성원해 주었다. 이렇게 열기 가득한 환호와 격려를 받으며 제26대 시드니한인회는 미래를 열며 힘차게 전진해 나갈 수 있었다.

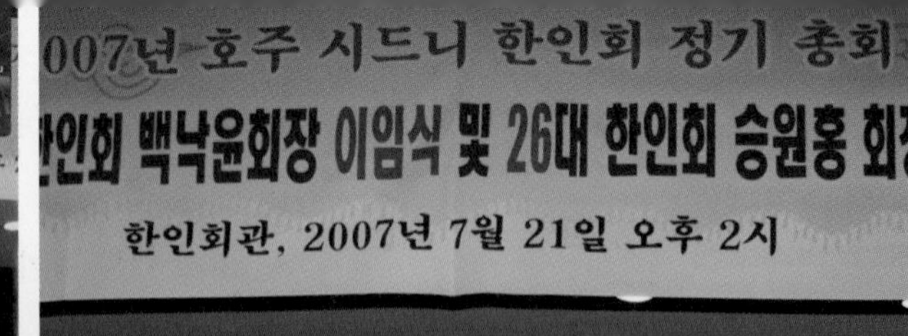

▲제25대, 제26대 시드니한인회장 이취임식 행사에서 제26대 시드니한인회장 취임 인사를 하는 필자

▲제26대 시드니한인회장 취임식을 마치고 장남(Peter 지헌)과 아내, 박은덕 부회장, 권기범 시의원과 필자

시드니한인회장실에는 언제부터인지는 몰라도 대한민국 현직 대통령의 존영을 걸어 놓았다. 내가 한인회장으로 취임했을 때는 노무현 대통령 재임시절이었다. 나는 호주 한인동포사회를 대표하는 한인회장실에 태극기와 호주국기만으로도 호주 속의 대표한인단체라는 정체성의 상징으로 충분하다고 생각했다. 그래서 호주동포사회를 이끌어가는 조국 대한민국과의 정신적 유대감을 상징하는 것으로 3.1절 독립선언서의 인류평화정신을 생각했고 독립선언 당시 태화관에서의 민족대표 33인모임 상상도가 적합하다고 느꼈다. 그래서 호주 시드니한인회 회장 의자 뒷면에 있는 노무현 대통령 존영을 내리고 대신

14 TOP ■ NATIONAL NEWS 2007년 7월 27일

특별대담 : 승원홍 제26대 시드니 한인회장

"이제 시작입니다. 저의 진정성, 순수성을 믿어주십시오"

TOP: 먼저 취임을 축하한다. 사실 공식적으로는 취임 후 이틀이지만 당선이후에도 많은 활동을 해 왔기 때문에 지금이 취임 첫주라는 것이 실감나지 않는 것 같다. 어떤가?

승: 당선 이후 나름대로 부지런하게 활동을 해 나가려고 많은 노력을 해 왔는데 그래서 그런지 많은 분들도 지난 토요일 취임했다는 것을 잊어버리신 것 같았다. 많은 분들이 이런 저런 걱정들을 하신다. 아직 많은 분들께 우리가 무엇을 하려고 하는지 보여드릴 시간 조차 없었다.

TOP: 취임후 가장 먼저 하겠다던 학교방문을 했다. 결국 가장 먼저 하겠다던 선거 당시의 약속을 지킨것이니 축하한다. 사실 그것 외에도 선거 당시에 많은 계획들을 발표했던 것으로 안다. 특히 조직 개편에 대해서도 새로운 의견을 제시 했던 것으로

〈편집자주〉 지난 21일 치러진 취임식을 기점으로 승원홍 제 26대 시드니 한인회장의 임기가 드디어 시작됐다. 본지는 이에 지난 24일 한인회관에서 승회장을 만나 제 26대 한인회를 시작하는 각오를 들어봤다.

기억한다.

승: 우선은 업무 파악부터 해야한다. 한인회관이 어떻게 관리되고 운영되는지 파악 중이다. 그리고 운영이사 선임도 다 끝나지 않았다. 먼저 이번 주말 계획된 행사를 치러놓고 한인회관 청소도 좀 할 계획이다. 하지만 조직 개편보다는 조직 활성화에 초점을 둘 것이다. 즉, 누구나 참여할 수 있는 한인회를 조직할 예정으로 자원봉사자들도 받고 한인회에 관심있는 분이면 누구든 함께 할 수 있도록 조직을 활성화 시킬 것이다.

TOP: 참여하는 한인회라고 사실 선거 때부터 들어왔다. 많은 사람들의 목소리를 수용하겠다고 했는데 그러다 보면 무엇을 하든 반대하는 목소리도 많을 것 같은데…

승: 사실 한인회장 직은 봉사직이라해도 잘해도, 못해도 욕을 먹는 자리다. 이에 대해서는 충분히 인지하고 있다. 하지만 민주적인 방식으로 투명하게 운영을 하면서 차근차근 한 명 한 명을 설득해 나갈 수 있을 것이라고 생각한다. 특히 중요한 점은 운영위원회와의 합의를 통해 실천해 나갈 것이며 만약 합의가 도출되지 않는다면 다시 시간을 갖고서라도 생각을 다시 한뒤 결정을 내리는 방침을 유지해 나갈 계획이다. 많은 분들이 우려를 하시지만 나의 진정성과 순수성을 좀 믿어줬으면 좋겠다. 나의 신조는 경천애인이다.

TOP: 이제는 한인회 운영에 대해 논의해야 할 것 같다. 지난 총회 때 남은 잔고가 건축기금 4만여 달러를 포함 7만여 달러였던 것 같은데 현재 시작하는 지금 재정은 어떤 상태인가?

승: 사실 지금은 제로다. 물론 총회때는 잔고가 있는 것으로 발표됐지만 그것은 6월 30일자로 마무리된 회계 보고였으므로 7월달 운영비가 이후에 지불됐을 것이다. 그래서 먼저 백회장께 과거의 계좌를 해지해달라고 부탁드렸다. 현재 벤디고 은행에 새로운 한인회 계좌를 오픈한 상태며 제로로 시작하고 있다. 물론 건축 기금은 차후 받게 될 것이라고 생각한다.

TOP: 제로라니 부담이 있을 것 같다. 몇몇 단체는 한인회관을 이용하고도 사용료를 지불하지 않고 있다는 사실도 백 전 회장은 강조했다. 한인회관 운영은 어떻게 할 생각인가?

승: 우선 현실성 있게 회관 임대료가 지불돼야 한다고 생각한다. 지금도 비한인과 한인이 차등된 가격으로 임대료를 지불하고 있다고는 들었지만 그 가격도 다른 시설에 비하면 턱 없이 낮은 가격이다. 그러니 사용 등급에 따라 정확한 임대 가격을 책정할 계획이다. 또한 무료 이용은 결코 없다는 것을 확실히 할 것이다. 만약 정말 임대료를 내지 못하는 단체가 있다면 차후에 회장이 따로 용돈을 드리는 한이 있더라도 임대료에는 예외가 없다는 방침을 고수할 작정이다.

TOP: 앞으로 많은 계획이 있는 것으로 안다. 다 해 나가려면 바쁘게 움직여야 할 것 같다.

승: 그렇다. 한국의 날 행사도 있고, 영문 소식지 작업도 있고, 주소록 사업도 있고 할일이 많다. 제 26대 한인회는 미래 지향적인 한인회다. 이후 우리 자녀 세대들이 한인회에 참여할 수 있도록 그 발판을 마련하는 것이 우리의 목표이기 때문이다. 물론 여러분들의 의견 차이로 힘든 순간도 있을 수 있을 것이다. 하지만 침묵하는 다수의 힘이 제 26대 한인회를 지지하고 있다고 믿고 열심히 해나갈 것이다.

이미진 사장 겸 편집인/ 나혜인 기자

▲ 제26대 시드니한인회장 취임식 이후 TOP주간지와 가졌던 인터뷰 보도기사

3.1절 독립선언 33인모임 상상도를 걸었다. 그리고 때마침 故 김인기 장로께서 무궁화 꽃씨를 가지고 묘목으로 키우는 데 성공하여 이 묘목들을 한인회관 입구와 안쪽 뜰에 촘촘히 옮겨 심었는데 이제는 제법 커서 철 따라 무궁화 꽃을 풍성하게 피우고 있다. 이렇게 내가 시드니한인회장으로 취임했던 2007년도부터 13년이 지난 오늘까지도 시드니한인회장실의 3.1운동을 주도했던 33인의 민족지도자들의 독립선언 회동 모습 상상도와 한인회관 뜰의 무궁화 꽃을 볼 때마다 마음 뿌듯함을 느끼곤 한다.

▲ 필자는 2007년 7월 21일 시드니한인회장으로 취임하면서 1919년 3월 1일 서울 태화관에서 민족지도자들의 독립선언식 장면 상상도를 한인회장실에 걸어 놓고 한인사회 지도자들도 3.1운동정신을 거울 삼고자 했다.
& 호주 시드니한인회관 입구에 선 필자 & 시드니한인회장 집무실에서의 필자

▲호주 시드니한인회관 입구에 전시된 역대 한인회장들의 모습과 제26대 한인회장 사진을 가리키고 있는 필자

▲2021년 3월 1일 한인회관 국기게양식 홍상우 총영사와 필자 & 시드니한인회관 안뜰과 입구에 심은 무궁화 꽃

7-2-3. 제26대 시드니한인회 Vision Presentation (운영계획 발표회)

나는 2007년 7월 21일에 취임식을 갖고 공식업무를 시작했다. 나는 회장취임 이전에 전임 회장에게 양해를 구하고 공식취임 이전이었던 7월 14일 열린 간담회를 갖고 한인동포사회 내부적인 문제파악과 한인동포사회와의 원활한 소통을 위하여 앞으로의 한인회 운영계획을 구상했었다. 그러나 시드니한인회는 40년 전통을 갖고 있었음에도 불구하고 사실상 부끄러울 정도로 호주 주류사회와의 소통은 매우 부진한 상태였다. 그래서 호주 주류사회와의 새로운 네트워크 구축이 시급하다고 판단하고 당선자 자격으로 호주 주류사회 인사들에게 미리 초청장을 보내 준비를 했고 새로이 출범하는 제26대 시드니한인

4 | 종합 2007/08/03 금요일

제26대 한인회 Vision Presentation

지난 7월27일 한인회관에서 새로 출범한 제26대 한인회의 사업 계획과 활동 방향을 설명하는 Vision Presentation 행사가 한인 거주지역 카운슬러, 주 의원 등 교민사회의 각계 인사들 250여명이 참석한 가운데 진행됐다.

승원홍 회장은 인사말에서 한인회 영문 소식지 발간과 한인 커뮤니티 주소록의 국.영문 발간사업 계획에 대해 발표했으며, "한인사회의 성장은 젊은 인재들을 육성하는 데에 달려있다" 며 차세대 육성을 강조했다.

NSW 주 다문화위원회(CRC)의 스테판 커키샤리안 의장은 축사에서 신임 한인회에서 역점을 두고 추진할 영문 소식지와 국.영문 한인 커뮤니티 주소록 발간사업에 관심을 표명하면서 "재호 한인사회가 다문화 커뮤니티 안에서 모범적으로 발전하기를 희망한다" 고 말했다.

이 밖에도 존 머피 연방의원과 그렉 스미스 주 의원, 로버트 휴렐로 캔터베리 시장의 축사가 있었다.

이날 행사에서는 원주민 음악인 디주리두의 공연과 남양우 이재숙 부부로 구성된 '사랑의 듀엣' 의 민요 공연 등 다양한 공연을 볼 수 있었다.

김미란 기자(0401 607 363)

▲ 제26대 시드니한인회장 취임식 이후 첫번째 행사, Vision Presentation(한인회 운영계획 발표회) 관련보도기사

회의 사업계획과 활동방향을 설명하는 Vision Presentation행사를 취임 1주일이 되는 7월 27일에 개최했다. 물론 공식취임 이전부터 한인동포사회 밀집지역을 중심으로 한인동포사회와 직간접으로 관련이 있는 연방의원, NSW주의원, 한인밀집지역의 시의원을 포함하여 여러 인근의 커뮤니티 지도자와 교민단체인사 250여 명을 초대한 행사로 대성황을 이루었다. 나는 호주 주류사회인사들을 대상으로 한인사회를 직접 소개도 하고 앞으로의 계획과 활동목표를 제시하며 다방면의 가능한 지원과 협력을 요청하는 중요한 자리라고 생각하여 회의 전체를 영어로 진행했다. 아마도 한인동포사회에서 영어로만 회의를 진행한 첫 번째 사례로 손꼽힐 것이다. 나는 특별히 한인동포사회와 호주 주류사회와의 원활한 소통과 보다 긴밀한 교류를 위하여 한인회 영문소식지(English Bulletin)를 정기발행하고 아울러 한인전화번호부책도 한글과 영문을 병기하겠다고 선언했다. 그리고 한인 차세대들이 커뮤니티 활동에 적극 참여할 수 있도록 Korean Youth Forum도 진행하겠다고 했다. 호주 주류 정치권 인사들과 여러 커뮤니티 지도자들은 마치 숨겨져 있던 보석을 발견했다는 듯이 제26대시드니한인회의 역동적인 계획과 활동방향에 찬사를 아끼지 않았으며 적극적인 지원과 협력을 약속했다. 이날 취재를 했던 기자들 간에는 '앞으로 시드니한인회장은 영어를 못 하면 입후보도 못 하게 될 것 같다'는 이야기를 했다고도 한다. 어쨌든 호주 주류 정치권인사들과 커뮤니티 지도자들

14 TOP ■ NATIONAL NEWS 2007년 8월 3일

26대 한인회, '비전 프리젠테이션'으로 출범

MAIN NEWS

“한인회와 호주사회간 커뮤니케이션 늘려 가겠다”

26대 한인회 Vision Presentation… 승원홍 회장 영어로 연설

▲제26대 시드니한인회장 취임식 이후 첫번째 행사, Vision Presentation한인회운영계획 발표회 관련보도기사

에게 시드니한인회를 주목하라는 메시지와 함께 신선하고 강력한 인상을 주었다고 자부한다. 이날 참석했던 주요 초청인사는 박영국 시드니총영사, The Hon. John Murphy MP 연방의원 for Lowe(오늘날 대부분의 Reid, Bennelong 지역구임), The Hon. Julie Owens MP 연방의원 for Parramatta, The Hon. Virginia Judge MP NSW주의원 for Strathfield, The Hon. Greg Smith MP NSW주의원 for Epping, The Hon. Judy Hopwood MP NSW주의원 for Hornsby, Dr Bill Carney Strathfield City 시장, Robert Furolo Canterbury City 시장, Nick Berman Hornsby Shire 시장, Dr John Brodie Holroyd City 시장, Keith Kwon(권기범) Strathfield City 시의원, Steven Zenos Strathfield City 시의원, Joshua Nam(남기성) Canterbury City 시의원, Mark Drury Ashfield City시의원, Marc Rerceretnam Ashfield City 시의원, Stepan Kerkysharian CRCCommunity Relations Commission 의장 외 다수의 커뮤니티 지도자였다.

7-2-4. 정기 운영위원회와 다양한 회의 및 정기총회

나는 박은덕 부회장과 함께 제26대 한인회를 함께 이끌어 갈 20명의 운영위원 인선을 했다. 물론 한인회칙에 따라 전임 회장이 주관했던 2007년도 정기

총회에서 회칙에 따라 10명을 먼저 발표했고 또 다른 10명은 총회에서 위임을 받아 추가로 임명했다. 사무총장 김지환, 사무장 고현주, 운영위원으로는 강병조, 강시형, 고직만, 고석우, 독고연, 박명순, 유현경(청년), 유형석, 윤국한, 윤수자, 이은재, 임경민, 정광덕, 조민지(청년), 최미자, 최종대, 하태화, 한상도, 한정아 20명이다.

7월 24일 첫 운영위원회를 개최했다. 나는 개회에 앞서 하나님께 기도를 하자고 제안했고 그 이후 운영회의 때마다 자연스럽게 기도를 했다. 혹시나 운영위원들 간의 신앙적 차별문제를 고려하여 특별히 불교 신자였던 박미자 위원께도 돌아가며 기도를 요청했다. 제26대 임기를 마치고 임경민 운영위원은 제26대에 참여에 너무 만족했는데 단 한 가지 불만이 있었다며 무신론자인 자기에게는 매 회의 때마다 기도를 하는 순서가 제일 싫었다고 회고하기도 했다.

나는 매월 첫째 화요일 오후 7시를 정기 월례운영위원회의 일시로 정했고 공식회의로서의 형식을 갖추기 위해 회의록 기록도 철저히 했고 의사봉까지 별도 주문해 사용했다.

▲제26대 시드니한인회, 대회의실에서 정기 월례 운영위원회의를 마치고 운영위원들과 필자(앞줄 왼쪽 4번째)

▲한인회 월례 정기운영위원회의를 주재하고 있는 필자와 운영위원들

▲한인회 월례 정기운영위원회의를 주재하고 있는 필자와 운영위원들

▲특별사안 발생 시 이해 관계자들을 초청해 한인회 운영위원과 함께 임시 확대운영위원회를 주재하는 필자

▲여러 노인 단체들의 화합과 발전을 위해 한인회관 공동사용을 위한 회의를 주재하고 있는 필자

▲한인 인바운드 여행업계 대표, 시드니총영사 초청 한인인바운드 여행업계 활성화 회의를 주재하고 있는 필자

▲이산가족의 북한방문 전망과 가능성을 의논하는 대한민국 정부 통일부 관계자, 이산가족 대표자들과 필자

▲2008년도 정기총회 모습

▲2008년도 정기총회 의장으로서 회의를 주재하며 상정된 안건심의와 의결을 확정하고 있는 필자

▲2008년도 정기총회에서 PPT영상자료를 활용하여 업무보고를 하고 있는 김지환 사무총장과 삼석사들

26대 한인회, 1년간 승원홍 회장 개인 돈 9만6천여달러 차입

2008-09 회계연도서 3만달러 상환계획… 1년간 총지출 36만5천586달러

26대 한인회의 첫 1년간의 살림살이가 지난 달 26일 정기총회를 통해 공개됐다.

하태화 운영위원이 보고한 '한인회 재무보고서'에 따르면, 2007-08 회계연도에서 총수입은 전기이월 2만8천471달러39센트와 한인회관 건립기금펀드 4만8천950달러96센트를 합해 총 46만7천915달러38센트였으며, 총지출액은 36만3천586달러9센트로 10만4천여달러의 흑자를 기록해 2008-09 회계연도로 이월됐다.

그러나 회계상 흑자 부분 중 한인회 운영자금으로 사용할 수 없는 회관 건립기금 펀드(1년간 이자 포함) 5만1천961달러44센트를 제하면 실제 흑자는 5만2천여달러인 셈이다.

수입에서 가장 큰 부분은 한인회비와 찬조금으로 12만4천504달러95센트였으며, 그 다음이 승원홍 회장 개인돈 차입금으로 9만6천114달러63센트였다. 한국의 날 행사 수입금은 6만3천57달러50센트, 전화번호부(주소록) 수입금은 5만9천213달러63센트였다.

26대 한인회는 전화번호부 수입 구좌와 한인회운영 구좌, 그리고 건축기금 구좌 등 세 구좌로 나눠 운영을 해왔다. 이 외에 손한주 군 지원 성금을 모아 둔 신탁구좌(6월30일 현재 1만1천59달러29센트)도 따로 관리하고 있다.

지출 부분에서 가장 많은 부분을 차지한 것은 인건비로 사무총장과 사무장, 블리틴 편집위원 임금으로 모두 9만2천550달러가 지출된 것으로 집계됐다. 그 다음이 한국의 날 행사 경비 5만9천742달러90센트, 전화번호부 제작비 4만6천616달러24센트, 회관운영비 4만3천530달러8센트 순으로 나타났다.

한편, 한인회는 2008-09 회계연도 예산안 편성에서는 건립기금 펀드를 제외했다.

전체 예산액은 이월금 5만2천367달러85센트(전화번호부 구좌와 운영비 구좌)를 포함해 38만7천367달러85센트로 책정했다. 이는 지난 1년간의 실제 지출규모를 감안한 예산 편성인 것으로 알려졌다.

내년 지출 부분에서는 승원홍 회장 차입금 중 3만달러를 상환하는 것이 포함돼 있다.

이와 관련 승 회장은 "26대 한인회는 사무국의 재정자립을 이루기 위해 노력해 왔다. 부득이 하게 회장 개인 돈을 '차입형태'로 쓰지만, 임기 기간에 일부라도 상환해 보려 한다"고 말했다.

이날 총회에서도 회장 차입금은 반드시 상환해야 하느냐는 질문이 있었다.

이에 대해 하태화 운영위원은 "회계법인에서 준 조언이며, 만약 회기가 끝나고 못 받으면 당연히 포기한다"고 답했으며, 승 회장도 추가 답변에서 "내년 임기가 끝날 때까지 (상환받지 못하는 부분이 있으면) 자연히 기부로 변한다"고 설명했다.

한편, 이날 정기총회에 참석한 김웅남 총영사는 인사말을 통해 26대 한인회가 한인사회 화합과 발전에 크게 기여했으며, 블리틴 발간도 한인 2, 3세대들의 정체성 찾기에 도움이 된다는 점에서 고무적이라고 말했다.

이날 총회에 앞서 경남 고성 오광대의 공연이 있었다.

김인구 기자
ginko@koreanherald.com.au

▲제26대 시드니한인회 2008년도 정기총회 관련 한국신문 보도기사

The Hoju Dong-A Ilbo 제391호 2008년 7월 29일 화요일

한인회 38만7천불 새 예산 승인

2008년 총회 '업무 재무 감사보고'

6 호주동아 커뮤니티

한인회 운영에 회장 사비 9만 6천달러 지출

정기총회 '재정자립, 후원확대' 논의 "십시일반 동참 절실"

▲제26대 시드니한인회 2008년도 정기총회 관련 호주동아 보도기사

7-2-5. 한인회장의 송년사와 신년사 및 한인회 주최 신년인사회

2008년 무자년(戊子年) 신년인사회
한인 이민 50년, 새로운 도약을 준비합시다!
2008년 1월 18일(금) 호주 시드니한인회

▲2008년 신년 인사회에서 인사말 하고 있는 필자

나는 시드니동포사회를 대표하는 한인회장으로서 여러 교민언론매체를 통하여 연말 송년사와 새해 신년사를 발표했다. 한인회의 추진 업무와 실적들을 소개하며 아울러 새로운 구상과 계획을 발표하여 한인사회와 소통하며 단합과 화합으로 다 함께 전진해 나가기를 희망했기 때문이다. 내가 한인회장으로 재임했던 2007-2009년도의 호주교민언론 매체들은 호주연방정부수상, NSW 주수상과 대한민국정부 공관장인 대사와 시드니총영사 그리고 시드니한인회장의 송년사와 신년사를 비중 있게 다루어 줘서 감사하게 생각한다.

나는 한인회장 취임 후 맞이하는 첫 새해인 2008년도 신년 인사회를 개최했다. 과거 노인단체회원들을 중심으로 했던 통상적인 단순한 새해인사 성격을 뛰어넘어 나는 한인회를 포함한 모든 한인단체들의 홍보와 함께 신년도의 계획과 일정을 소개하는 시간을 배려하기로 했다. 그 이유는 어떤 단체가 어떤 계획과 어떤 성격의 행사를 하고 싶어 하는지를 미리 파악하고 싶었고 아울러 각 단체마다 비슷한 시기에 유사한 행사들을 하고 있는 현실을 감안하여 유사

ITY NEWS 한국신문 (33)

한인회장 송년인사

"새로운 변화를 위한
마음가짐과 성원이 필요합니다"

호주 시드니한인회

회장 승 원 홍

▲2007년 시드니한인회장 송년사

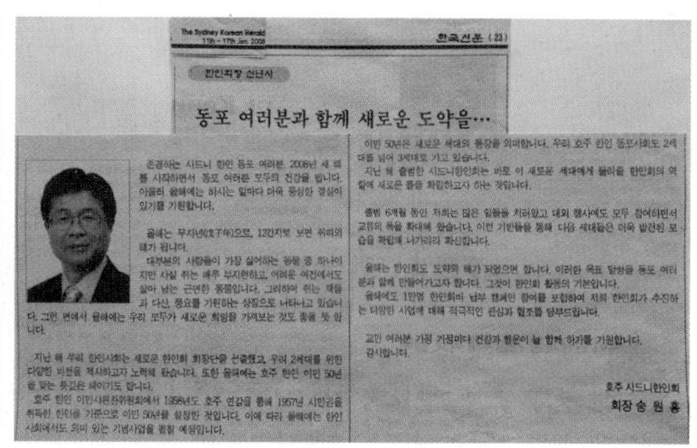
The Sydney Korean Herald
11th - 17th Jan. 2008
한국신문 (23)

한인회장 신년사

동포 여러분과 함께 새로운 도약을…

호주 시드니한인회

회장 승 원 홍

▲2008년 시드니한인회장 신년사

한 행사의 경우는 가능하면 적당한 기간의 간격을 두고 행사일정을 조정한다든지 또는 서로 합력하여 보다 큰 행사로 업그레이드 시켜 시너지효과를 내도록 하는 제안을 하고 싶어서였다. 박영국 시드니총영사도 2007년 7월부터 제26대 한인회가 출범한 이후 새롭고 획기적이며 다양하고 역동적인 모든 한인회의 활동에 매우 고무되어 있었고 한인회 활동을 적극 성원해주며 가능한 협력을 아끼지 않았다.

박영국 총영사는 나의 열정적인 행보에 깊은 이해와 공감을 하고 있었고 더불어 한인회장이 공관업무와도 긴밀한 협력보완관계를 가졌으면 했던 것 같다. 그래서 박 총영사는 매월 정기적으로 열리는 한국정부투자기업체(KOTRA, 대한광업진흥공사, 한국전력, 포항제철, 한국관광공사)와의 업무협의회의에도 한인회장을 옵서버자격으로 초청했다. 시드니한인회장도 공관과 한국정부투자기업체의 큰 틀에서의 움직임을 숙지하고 있는 것이 도움이 될 것 같다는 판단에서였을 것이다. 뿐만 아니라 한국대사관 조창범 대사께서도 한국지상사협의회 켄버라회의에 나를 초청하여 시드니한인회장과도 상호 간 정보를 공유하기를 원했던 것으로 이해했다. 적어도 내가 시드니한인회장으로 2년간 재임했던 기간의 긴밀했던 민관협력 분위기는 아마도 전무후무했던 사례라고 생각한다. 오죽하면 한인회장과 총영사가 밀월관계에 있다라는 소문까지 있을 정도였다.

▲2008년 1월 18일 시드니한인회 신년하례회, 2007년 7월에 출범한 제26대 시드니한인회의 미래지향적이며 획기적이고 역동적인 한인회 활동에 적극 협력하며 화합과 단결로 후원해 왔던 박영국 시드니총영사를 비롯하여 전임 한인회장, 각 한인단체장 그리고 청년대표와 한인회 운영위원들이 2008년 신년인사회에 참석하여 시드니한인회를 중심으로 서로 화합 단결하여 호주한인 50년을 기억하며 새로운 50년을 향한 도약 준비를 다짐했다.

6 호주동아 Community & News

승 회장 "이민 50년사에 걸맞는 한인회 건설"

신년인사회 '새 도약 준비' 강조, 각계 포부 밝혀

▲시드니한인회 2008년 신년회 행사 관련 호주동아 보도기사 & 2008년 신년하례회에서 인사를 하는 필자

▲2008년 신년 인사회에 참석한 시드니총영사관 총영사와 직원, 주요 한인 단체장, 임원 및 청년 대표들

▲2008년 1월 신년인사회, 개회사를 하는 필자 & 4대 박인순 교육원장에게 감사패를 수여하는 필자

▲2008년 12월 송년회 & 한인회발전기금 1만 불 후원 벤디고은행 윤창수 지점장에게 감사장을 수여하는 필자

7-2-6. 1만 명 한인회비 납부 캠페인

(30) 한국신문 MAIN NEWS The Sydney Korean Herald 18th ~ 24th Jan. 2008

올해도 '한인동포 1만명 회비 납부' 캠페인 계속

승원홍 회장 "많은 관심과 참여로 2개월간 1만9천690달러 납부"

시드니 한인회(회장 승원홍)가 한인회의 안정적이고 건전한 재정 운영을 위해 지난해 11월26일부터 펼치고 있는 '한인동포 1만명 회비 납부' 캠페인이 점차 활기를 띠고 있는 것으로 알려졌다.

승원홍 회장은 17일 한국신문과의 전화통화에서 "지난 11월26일 이후 시작한 한인회비 납부 캠페인에 동참한 총 인원은 492건(약 550명)에 총액 1만9천690달러가 납부됐다"면서 "주위에서의 많은 관심과 참여로 과거에는 상상할 수 없는 금액이 들어오고 있어 아주 좋은 현상이며, 시드니한인회의 앞 날이 매우 밝다"고 말했다.

승 회장은 2007-08 회계년도말까지 1만명 이상 돌파를 목표로 올해에도 계속 추진할 계획이라며, 많은 참여와 관심을 부탁드린다고 덧붙였다.

한인회가 지정한 지역별 납부처는 ▶캠시=시드니서적 ▶이스트우드=동원건강 ▶스트라스필드=스콜피오 ▶파라마타=다다 인터리어스 ▶채스우드=안방극장 ▶시티=미션유학원 ▶에핑=에핑건강식품 ▶혼스비=혼스비 건강식품 등 8곳이다.

한국신문은 한인회비 납부 캠페인에 동참하는 차원에서 매주 이름이 공개되기를 원치 않는 사람을 제외하고 한인회가 제공한 회비 납부자 명단을 모두 공개하고 있다.

▲2008년도 한인회비 납부 캠페인 계속추진 관련 한국신문 보도 기사

한인회는 정부기관이나 어떤 기관에 예속되어 있지 않은 임의적 민간독립 단체법인이다. 따라서 한인회에서 봉사하는 모든 인사들에 대한 인건비를 포함한 한인회 운영자금은 전적으로 한인회 구성원인 한인동포사회가 부담해야

하는 것이 기본이다. 물론 한인회의 특별한 사업을 위해서 호주정부 또는 한국정부로부터 약간의 지원금을 받을 수 있다. 그러나 그 지원금은 그 목적에 맞게 사용돼야 한다. 일반적으로 그 행사지원금에 추가 경비를 보태 넣어야 대부분의 행사가 가능하다. 한인회가 활동이 많을수록 그리고 행사가 많을수록 그 운영비와 인건비는 비례해서 늘어날수 밖에 없다.

그런데 내가 한인회장으로 취임했던 2007년도의 한인회비는 1년에 10불이었다. 아마도 30년 전에 정해진 그대로 유지되고 있었다. 그도 그럴 것이 별로 활동이 없는 한인회가 한인회비를 올릴 만한 명분도 없었을 뿐더러 그나마 많은 한인들이 년회비 10불조차도 자진납부할 만큼 한인회에 관심도 애정도 없었다고 보여진다. 그런 까닭에 한인회의 모든 운영비와 인건비는 당연히 한인회장 개인이 부담할 수밖에 없다는 불문율 같은 분위기가 형성되어 왔다. 사실 나는 여행사사업자로 성공한 편이었지만 큰 재력가는 아니다. 그럼에도 불구하고 나는 한인회장 후보로 나서면서부터 한인회를 성공적으로 운영하기 위해서 꼭 필요한 인력에 대한 인건비는 충당할 각오는 했다. 그러나 한인회 활성화를 위한 다양한 계획 실천을 위한 자금확보 해결은 여전히 큰 문제였다. 그래서 나는 한인회장으로 취임하면서부터 과거와는 전혀 차원이 다른 역동적인 한인회의 다양한 활동들을 통하여 한인동포사회의 지대한 관심과 성원을 끌어내야만 했고 그 결과 커다란 성과를 이룩한 셈이다.

이러한 분위기에 편승해서 나는 연 10불밖에 되지 않는 한인회비의 중요성을 강조하면서 '1만 명 한인회비납부' 캠페인을 전개했다. 매 주일마다 대형교회를 중심으로 종교지도자들과 교인들을 상대로 한인회존재의 중요성을 강조하며 재원 마련을 위한 한인회비 납부의 필요성을 강조했다. 혹시나 한인회비를 납부하려고 해도 한인회까지 찾아올 수 없는 분들을 위해서 각 교회별로 담당자를 임명했고 한인밀집지역의 특정 가게를 정해 한인회비수납대행을 해줄 수 있는 체제도 확립했다. 전반적으로 반응도 좋았고 많은 교민들로부터 한인회 활동에 대한 관심과 성원이 있었고 회비납부 캠페인에 적극 동참을 하기 시작했다. 그래서 한인회장 첫 해였던 2007/08년도 회계연도 한인회비 및 후원금액 보고에 따르면 4만불에 육박했고 2008/2009년도 회계연도에도 3만불이 넘었다. 가까운 지인들로부터의 성금을 포함하여 이런 경우도 있었다. 시드니순복음교회의 경우는 1, 2, 3부예배에 모두 참석했고 故 정우성 목사는 나에게 한인회장으로서 교인들에게 이야기할 수 있는 시간을 특별배려해 주었다. 그런 가운데 어느 성도는 특별기도를 위한 헌금으로 준비해 온 1천 불을 한인회를 위해 써달라고 내놓기도 했다. 또 어떤 분은 한인회 행사에 식사비를 모두 부담해 준 분도 있었다. 한인회장의 전방위적으로 역동적인 활동들이 매 주 발행되는 한인언론매체를 통해 보도가 되었기 때문에 자연스럽게 시드니동포사회의 구심점이 되었고 후원과 성원이 이어졌다. 1만 명 한인회비납부 캠페인에 적극 참여해 주신 종교계 지도자와 모든 후원자, 단체, 개인에게 무한한 감사를 드린다. 특별히 벤디고은행 스트라스지점 1만 불, 26대한인회장단과 운영위원 7천 불, 새순장로교회 3천 5백 불, 월드낚시 2,550불, 재호한인상공인연합회 故 조일훈 회장 1,500불, 베이크스하우스 김재균 사장 1,500불, 재호주볼링협회 1,100불, 와이타라한인성당 1천 불, 시드니순복음교회성도 무명 $1천 불, 팔도김치 김현봉 사장 $1천 불, 실로암교회 5백 불을 포함하여 기쁜 마음으로 성금을 보내주신 모든 분들께 사랑의 감사인사를 드린다.

금액의 액수를 떠나 이런 경우들도 있었다. 나는 과거 Eastwood 바오로이발관을 이용했다. 바오로 씨는 교민신문을 통해 시드니한인회의 활동을 지켜보면서 자기도 무언가 돕고 싶다며 내 이발비를 받지 않겠다고 했다. 첫 번엔 그 성의에 감사하여 공짜로 이발을 했고 대신 한국의날 행사 때에 이발서비스권을 몇 장 제공해도 된다고 설득하여 그렇게 시행했던 적이 있다. 어떤 경우는 우리 부부가 식당에서 식사를 하고 있을 때 어느 교민은 한인회장님 수고하시는 데 크게 도움이 못 돼서 미안합니다. 회장님 식사비를 지불하고 갑니다. 화이팅! 하면서 인사하는 교민도 있었다. 뿐만 아니라 어쩌다 한인식품점에 들리면 우리 한인회장님 정말 수고하신다며 박카스나 홍삼정 같은 드링크를 제공해 주기도 했다. 모두가 마음으로나마 한인회를 성원하고 있다는 아름다운 표현들이라고 생각하며 새로운 에너지를 얻기도 했다. 아름다운 마음을 표현해 주셨던 모든 분들께도 감사의 마음을 전하고 싶다.

2007년도 한인회비를 냅시다
"여러분의 성원이 자녀들을 지원하는 한인회를 만듭니다"

• 한인회비 : ______ 외 ___ 명 X $10 = $ ______
• 후원금 : $ ______ 한인회비 + 후원금 합계: $ ______
• 납부자 성명: (한글) ______ (영문) ______
• 전화 : ______ E-mail: ______

•납부자 본인의 이름(한/영문), 전화, 이메일은 Korean Community Directory(전화번호부)에 등록할 것입니다.
•등록 동의 □ •등록 안함 □

• 주소 : (주소를 기입해 주시면 영수증을 보내 드립니다.)

•지역별 한인회비 납부처: 캠시 / 시드니서적(9787 4545), 이스트우드 / 동원건강(9858 3266), 스트라스필드 / 스콜피오(9746 6333)
파라마타 / 다다 인테리어스(9890 9417), 채스우드 / 안방극장(9413 3454), 시티 / 미선유학원(9261 0809)
에핑 / 에핑건강식품(9876 6071, 혼스비 / 혼스비 건강식품(9482 1001)
•수표(cheque)로 납부할 경우 payable to: The Korean Society of Sydney로 하시면 됩니다.

The Korean Society of Sydney, Australia
호주시드니한인회
82 Brighton Avenue, Croydon Park NSW 2133 Australia
Phone : (02) 9798 8800 Email : sydney@koreanet.org.au
Fax : (02) 9798 0011 Website : www.koreanet.org.au

▲2007년도 1만 명 한인회비 납부 캠페인을 펼치며 각 교회와 지역별 납부처에 배포된 한인회비납부 봉투 & "함께하면 참 멋진 그림이 될 수 있는데 말입니다." 한인회비납부 캠페인 홍보 광고내용

2007년 12월 7일 금요일 〈일간〉

한인회 회비납부운동 본격 전개

승회장 교회, 성당 방문 후원 독려

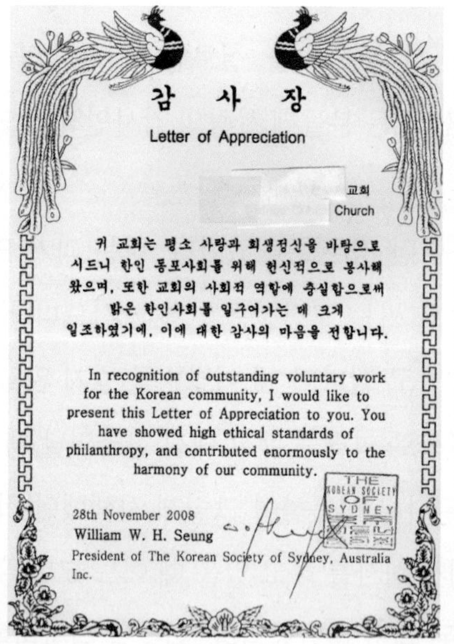

감 사 장

Letter of Appreciation

교회
Church

귀 교회는 평소 사랑과 희생정신을 바탕으로 시드니 한인 동포사회를 위해 헌신적으로 봉사해 왔으며, 또한 교회의 사회적 역할에 충실함으로써 밝은 한인사회를 일구어가는 데 크게 일조하였기에, 이에 대한 감사의 마음을 전합니다.

In recognition of outstanding voluntary work for the Korean community, I would like to present this Letter of Appreciation to you. You have showed high ethical standards of philanthropy, and contributed enormously to the harmony of our community.

28th November 2008
William W. H. Seung
President of The Korean Society of Sydney, Australia Inc.

THE KOREAN SOCIETY OF SYDNEY

2008년 1월 25일 금요일 〈일간〉

'한인회비 납부운동' 열기 확산

1만명 동참 추진 "2세 발전 밑거름"

시드니한인회(승원홍 회장)가 교민사회 구성원의 공동체 인식 제고와 재정기반 마련을 목적으로 지난해부터 시작한 '한인회비 1만명 납부운동'의 열기가 확산되고 있다.

교민사회와 차세대의 발전을 위한 사회운동 성격의 근본 취지에 많은 교민들이 공감하면서 자발적인 참여가 꾸준히 증가하고 있다.

한인회에 따르면 지난해 11월 26일 시작한 한인회비 납부 캠페인에 동참한 총인원은 17일 현재 492건(약 550명)에 1만9,690달러가 납부됐다.

승 회장은 18일 신년인사회에서 "1만명 회비납부운동은 모든 교민들의 참여와 관심으로 한인회가 발전하고 2세들도 호주 땅에 더욱 튼튼하게 자리잡는 동인이 될 것"이라며 동참을 호소했다.

최소한 1만명 이상의 교민이 자발적으로 한인회비를 납부하는 토대를 구축함으로써 2,3세대가 한인회를 이끌게 되더라도 변함없는 튼튼한 후원자로 남아 후세대가 교민사회를 위해 전력투구할 수 있는 밑거름이 된다는 것.

한인회는 별도의 회비와 후원금 납부 봉투를 제작해 종교계와 단체별로 배부하고 있으며, 지역별로 8개의 한인 사업체를 지정해 성금을 접수하고 있다.

지역별 납부처는 시드니서적(캠시), 동원건강(이스트우드), 스콜피오(스트라스필드), 다다인테리어스(파라마타), 안방극장(채스우드), 미선유학원(시티), 에핑건강식품(에핑), 혼스비 건강식품(혼스비) 등이다.

권상진 기자 nlo@hojudonga.com

▲2007년 12월 한인성당 사목회장으로부터 성금을 전달받는 기사 & 한인회후원 교회에 수여한 감사장 & 한인회비납부 캠페인 전개 관련 기사

7-2-7. 처음으로 시도한 한글과 영문 병기 한인전화번호부 제작

▲2008년도 이전에 발행된 시드니한인전화부

COMMUNITY NEWS (36) 한국신문 The Sydney Korean Herald 2nd ~ 8th Nov. 2007

한인사회 디렉토리 온라인서도 열람

내년도 상반기 발행을 목표로 추진중인 2008년 Korean Community Directory가 한글, 영문 혼용으로 발간될 뿐만 아니라, 온라인으로도 열람이 가능하게 된다.

시드니한인회(회장 승원홍)는 한인사회 디렉토리를 단행본으로 출판함은 물론 CD와 DVD를 이용한 전자출판으로 가정은 물론 사무실, 개인사업체, 휴대용 컴퓨터(랩탑)에 저장하여 손쉽게 한인 비즈니스 업체를 검색할 수 있도록 한 예정이다.

또 이 전자출판 자료를 한인회 웹사이트에도 별도로 수록, 온라인 상에서도 열람할 수 있으며, 특히 인터넷을 통해 영문으로 된 한인 업체들을 소개해 다른 소수민족 커뮤니티를 대상으로 한 홍보와 마케팅에도 효율성을 제공한다는 방침이다.

한인회는 또 모국은 물론 호주 주류사회에 호주 한인 커뮤니티의 역동적인 활동상을 널리 알리기 위해 한글과 영문 혼용판으로 DVD와 CD, 팜플릿 등 종합적인 멀티미디어 홍보 패키지 발간을 추진할 계획이다.

한인회는 지난달 29일 열린 운영이사회에서 재호 한인사회의 위상을 높이고 호주사회에 한국 전통문화와 예술을 소개하는 차원에서 이같이 결정했다.

지난달 15일부터 25일까지 한국을 방문하고 돌아온 승원홍 회장은 "시드니 한인회에서 제작하는 동영상 DVD와 CD, 팜플릿은 한국어-영어 자막과 나래이션이 병행되어 해외에서 민간차원으로 펼치는 본격적인 한국 국가 브랜드 홍보물이 되기를 희망한다"고 말했다.

■ 디렉토리 발간 관련 문의
시드니 한인회 9798 8800(5 lines)
최종대(0403 478 085),
정광덕(0433 79 5500),
박명순(0413 281 179)

▲2008년도 시드니한인전화번호부 관련 한국신문 보도기사

지금은 모든 정보가 인터넷 포털사이트를 통해 손쉽게 검색을 할 수 있게 된 세대라서 과거에 유용하게 사용되었던 전화번호부가 좀 생소할 수도 있다. 그러나 내가 시드니한인회장으로 재임했던 2007-2009년도는 인터넷이 대중화되기 이전이었던 아날로그 시대에 걸쳐 있던 때였으므로 나름대로 한인전화부 책자가 유용하게 활용되었다. 과거 한인사회 전화번호부는 3곳 무지개인쇄소, 한국인쇄소, MBC기획이 매년 발행해 오던 것을 1990년도 제17대 한인회 조민구 회장이 한인회 재정마련 목적으로 3발행인들을 설득해 전화번호부제작 사업권을 시드니한인회가 인수를 받아 사업이익으로 한인회 재정에 도움을 받도록 기여했다. 나도 한인회장 임기 2년 기간 중에 시드니한인전화번호부를 두 차례 발행했다. 나는 과거 한글로만 된 연락처에 영문도 함께 병기하는 방식을 처음으로 도입시켰다. 왜냐하면 호주 주류사회 인사들도 손쉽게 한인사회 상권과 연결되면 좋겠다고 생각했기 때문이다. 예를 들어 한국식당이나 한국식품점을 찾는다든가 또는 한국과 관련된 특정 분야의 사업자를 찾는

다든가 할 때 한인전화부를 통해 가장 손쉬운 방법을 제공해 주고 싶었기 때문이다. 뿐만 아니라 날로 성장해 가고 있는 한인사회를 호주 주류사회에 소개도 하고 상호교류할 수 있는 가능성을 제공해 주고 싶어서였다. 그래서 한인전화번호부에의 광고효과도 어느 정도 늘릴 수 있었다.

2008년판 시드니 한인전화번호부 발간

한인 비즈니스 현황 영문판도 병행

시드니한인회(회장 승원홍)가 지난해부터 추진해 온 2008년 시드니 한인 전화번호부가 발간됐다.

변형 국배판 총 320페이지로 제작된 전화번호부는 한인회 소개, 시드니 한인 비지니스 디렉토리(Yellow Page), 한인 인명록(White Page), 영문판 한인사회 소개 및 업종별 한인 사업체 현황 등을 담았다.

한인회가 국영문 겸용 전화번호부를 선보인 것은 소수민족 이민자 그룹에도 한인 업체를 소개하는 등 다방면의 활용도를 높이기 위한 취지이다.

한인회는 또 이번에 작업된 사업체 현황을 한인회 자체 홈페이지(www.koreanet.org.au)에 등록해 인터넷으로 각 업종별 한인 사업체를 확인할 수 있도록 할 예정이다. 홈페이지에 등록된 비즈니스 디렉토리는 각 개인이 내려 받을 수도 있다.

한인회는 "이번 전화번호부 제작 과정에서 약 1800개 한인 단체 및 사업체에 일일이 전화 확인작업을 해야 했다"면서 "애초 계획대로 완벽한 전화번호부 발간이 어려웠지만 매년 부족한 부분을 보완해 나갈 수 있을 것으로 본다"고 말했다.

이어 "이번 작업에서 누락된 교민업체들도 많다"며 "한인회에서 파악하지 못한 경우가 대부분인 만큼 모든 사업체들이 등록해 한인 비즈니스 정보를 알차게 했으면 한다"고 덧붙였다.

전화번호부는 이번 주부터 동포단체, 종교계 및 각 지역 한인 사업체를 통해 배부된다.

권상진 기자 info@hojudonga.com

▲제26대 시드니한인회 발행 2008년도 시드니한인전화번호부 관련 호주동아 보도기사

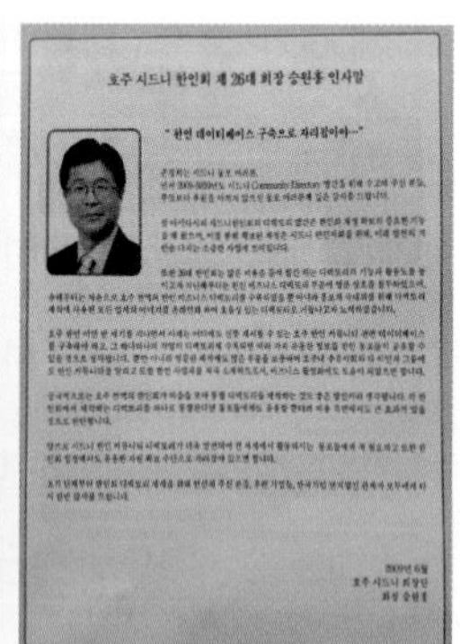

▲2007/2008년도 & 2008/2009 회계연도에 발행한 시드니한인전화번호부 표지와 필자의 인사말

7
|
3

호주(연방, NSW주, 지방) 정부인사 및 주한호주대사와 교류협력

7-3-1. The Hon. John Howard MP 존 하워드 호주연방총리와 45분면담

나는 2007년 7월 21일 제26대 시드니한인회장으로 공식취임하고 한인회 업무를 시작했다. 그러나 취임 이전 한인회장 당선자 신분으로 이미 6월 28일 연방야당인 The Hon. Kevin Rudd MP 노동당대표와의 만남을 가진 바 있다. 과거 어느 때의 연방선거와는 달리 현직 연방수상의 지역선구인 Bennelong 지역구가 11월 24일로 예정된 호주연방총선 최대 관심지역구로 급부상하여 전국의 국민여론도 뜨거워지고 있을 때였다. 호주동아일보 고직순 편집인으로부터 The Hon. John Howard MP 연방수상이 조만간 시드니지역구 사무실로 와서 자유당지지자 만남과 지역언론사와 인터뷰를 가질 예정이라고 알려왔다. 그래서 나는 지역구사무실 비서를 통해 시드니한인회장과의 만남시간도 잡아달라고 요청했다. 이렇게 해서 비가 부슬부슬 내리던 8월 3일 오전

▲The Hon. John Howard MP 연방총리에게 정겹고 진지하게 한인사회 소개와 중요현안 건의를 하고 있는 필자

에 Gladesville에 있는 Bennelong 지역구사무실을 방문해 The Hon. John Howard MP 연방수상과의 만남이 성사됐다. 연방선거를 앞두고 바쁜 일정의 현직 연방수상과 한인동포사회 지도자와의 의례적인 만남 정도로 예상을 하고 나는 박은덕 부회장과 영문 블리틴 편집인 고직만 운영위원을 대동하고 호주동아 고직순 편집인과 함께 연방수상 비서의 안내를 받아 Howard 연방수상 집무실로 들어갔다. 먼저 우리는 서로 반갑게 악수를 나누며 나를 포함해서 함께한 일행을 소개했다. 그런데 Howard 연방수상이 한 의자를 집어 돌려 바로 자기 옆자리에 놓으며 나에게 자리를 권했다. 자연스레 우리일행들은 맞은편 소파에 앉았다. 나는 차분하게 Howard 연방수상에게 한인사회 전반에 관한 소개와 아울러 몇 가지 한인사회의 커다란 현안들에 관한 설명과 함께 건의를 시작했다. 나는 연방수상의 이해를 돕기 위해 한인사회의 초창기였던 1970년대 중반부터 Redfern과 Campsie 지역을 중심으로 형성된 한인사회가 함께 2000년대로 접어들면서 한인수 증가와 함께 보다 활성화된 한인동포상권의 발전과 한인거주지역의 확장을 간략히 소개했고 아울러 그의 지역선거구

인 Bennelong 지역에 가장 많은 한인들이 거주하고 있다는 사실도 강조했다. 그리고 현재 한인회관이 초기정착과정과 연관되어 Canterbury City Council 관할의 Croydon Park에 있게 됐다고 설명하면서 가능하면 한인동포거주지역의 중간지대인 Bennelong 지역구에 마땅한 정부부지를 받아 새로운 한인문화회관을 건립하고 싶다고 제안하며 연방수상의 각별한 관심과 지원을 요청했다. 그는 당장 실현은 어렵겠지만 계속 함께 노력해보자며 옆에 서 있는 비서에게 메모를 지시했다. 그리고 나는 2007년 당시 호주 내의 한국어교육과정 실태를 개략적으로 소개하며 교육부 내 한국어자문관 자리가 없어질 위기에서 한인동포사회의 강력한 요청과 한국정부 측의 재정후원조건으로 간신히 자리를 유지할 정도로 신설 한국어코스 존립 자체가 위협을 받고 있는 현실을 설명했다. 물론 한호 양국 간의 정치경제교역 현실과 미래지향적 관계를 고려하여 한국어교육지원의 정책적 배려와 과감한 지원책강구도 요청했다. 그는 이해에 많은 도움이 되었다며 잘 알겠다고 답했다. 이어서 나는 한국은 물론 전 세계의 이목이 집중돼 있었던 2007년 7월 아프가니스탄 단기선교봉사활동에 나섰던 한국샘물교회 성도 19명이 탈레반에 의해 피랍되어 있는 사건을 거론하며 다문화 다민족이 공존하는 호주에서 이들의 조기석방을 위해서 함께 노력할 수 있으면 좋겠다고 제안을 했고 연방수상에게 탈레반 인사와 대화를 할 수 있는 무슬림 지도자를 나에게 소개해 주면 고맙겠다고 부탁했다. 그리고 나는 일본군 위안부문제의 근본적 해결을 위해 호주정부도 국제외교를 통해 앞장서 줄 것을 요청했다. 일본군위안부 문제와 관련해 박은덕 부회장이 추가 보충설명을 했다. 이렇게 예상치 않았던 연방수상과의 진지하며 화기애애했던 45분간의 긴 대화를 통해 한인사회의 현실과 현안문제를 건의함으로서 시드니한인회장으로서 무척이나 보람된 날이라고 생각했다.

이 회동에 함께했던 영문홍보팀장 고직만 운영위원은 언젠가 교민언론매체에 이날의 회동에 대해 아래와 같이 술회하고 있다. (중략) “2007년 8월 초, 승원홍 회장과 박은덕 부회장이 필자와 저의 아우인 고직순 호주동아 편집국장이 배석한 채 하워드 전 호주총리와 면담한 바 있습니다. 당시 승 회장이 한인사회의 발전을 위해 하워드 전임총리께 건의하던 모습은 지금까지 생생한 '즐거운' 기억으로 남아 있습니다. 존 하워드 전임총리를 만난 일 자체가 '가문의 영광'이란 뜻이 아니고, 호주연방총리와의 면담 도중 시드니한인회장이 재호 한인사회의 발전을 위해 논리 정연하게 대화를 전개했다는 사실이 자랑스럽다는 것입니다. 그리고 이런 내용을 제1호 Sydney Korean Society Bulletin이란 한인회 영문소식지에 자세히 보도함으로써, 또한 제1호 블레틴 내용이 유력지 시드니 모닝 헤럴드와 전국지인 The Australian지에 인용 보도될 때 한인회에 봉사하는 자부심이 있었습니다." (중략) 나는 커뮤니티의 지도자는 언제 어떠한 상황에서 누구에게라도 소속 커뮤니티를 잘 소개할 수 있을 만큼의 식견이 있어야 하고 필요한 경우 적절한 도움과 지원을 받아낼 수 있는 능력도 있어야 한다고 생각한다. 돌이켜 보면 이렇게 호주한인사회 50년 역사 가운데 현직 한인회장으로서 현직 연방총리와 45분간의 면담을 할 수 있었음도 나의 특권이었고 매우 영광스럽고 자랑스럽다고 생각한다.

2007년 8월 10일 금요일 (일간) 인터뷰 호주동아 5

26대 한인회회장단 존 하워드 총리 면담

정부 소유지 99년 임대 가능성 타진
승회장 요청에 하워드 총리 검토 약속

한인회 회장단, 캔터베리시 다민족 자문회의 참가
"지역 다문화 발전 위해 노력하겠다" 밝혀

▲필자의 호주 연방총리와의 면담 내용을 보도한 호주동아 보도기사

이렇게 제26대 시드니한인회장단과 존 하워드 연방총리와의 면담이 있은 후부터 어쩌면 집권여당 존 하워드 연방총리의 한인사회에 대한 인식의 변화가 있었을거라고 생각한다. 그래서였던지 존 하워드 연방총리는 North Ryde RSL Club에 박영국 시드니총영사, 한인사회 지도자들과 지역 한인유권자만을 초청한 최초의 선거캠페인 자리까지 만들고 한인들의 환심을 사려고 노력했었던 것 같이 느껴졌다.

▲Head Table에서 박영국 시드니총영사, The Hon. John Howard MP 연방총리와 환담하는 필자의 모습 & The Hon. John Howard MP연방총리 초청 한인유권자대상 선거캠페인 만찬에 참석한 한인사회 지도자, 조기덕 전임회장 부부, 이재경 전임회장 부부, 백낙윤 전임회장, 박영국 시드니총영사와 함께한 필자 부부

7-3-2. 호주연방정부 총리 및 연방의원(장관)과의 교류협력

한국신문
The Sydney Korean Herald
Korean Community's Largest Circulating & Best Quality Newspaper

사진/한인회장 당선자와 야당 당수의 만남(기사 6면)

한인 5만31명…5년간 2만여명 증가

▲2007년 6월 28일 노동당 Bennelong지역구 선거사무실 개소식에서 Maxine McKew 연방의원후보 출정식에서 Maxine McKew 후보, The Hon. Kevin Rudd MP 야당대표(2007-2010 & 2013 연방총리)와 환담하는 필자 & 2007년 Bennelong지역구 Maxine McKew 노동당후보 선거캠페인 만찬건배사를 하고 있는 필자

내가 제26대 시드니한인회장 당선자 신분이었을 때에 호주동아 고직순 편집인으로부터 연락이 왔다. 11월 24일에 있을 호주연방선거에서 The Hon. John Howard MP 현직 연방수상에 맞서 싸울 Bennelong지역선거구에 호주노동당이 전략공천한 호주국영ABC TV의 주요시사프로그램 Lateline 진행

여성앵커언론인 출신 Maxine McKew 선거사무소 출정식이 있는 6월 28일에 야당 당수인 The Hon. Kevin Rudd MP 노동당대표가 참석해 지역구 노동당지지자와 함께 언론기자간담회를 가질 예정이라고 알려왔다. 나는 박은덕 부회장당선자에게 함께 참석하자고 연락했다. 박은덕 부회장당선자의 남편은 노동당원으로서 한인상가 밀집지역인 Strathfield Council의 재선 시의원이었다. 물론 Maxine McKew 후보와 The Hon. Kevin Rudd MP 노동당대표는 언론취재팀과 지역 지도자와 노동당지지자들에 둘러 싸여 경황이 없어 보였다. 나는 주변 사람들을 제치며 Rudd 노동당대표 앞으로 가서 시드니 한인회장당선자라고 내 소개부터 했다. 그는 호주국립대학교 아시아학과에서 중국어중문학을 전공했고 중국어도 매우 유창한 수준으로 외교부 재직시절 베이징에서도 근무했던 친아시안계 외교통 정치인이었다. 그래서 나는 Rudd 대표에게 나도 서울대학교에서 중국어문학을 전공했다고 말하자 그는 곧바로 친근함을 느꼈는지 매우 반가워하는 모습이었다. 그리고 나는 간략한 한인사회 정보와 Bennelong선거구에도 많은 한인들이 거주하고 있다며 한인사회에 관해 많은 관심을 가져 달라고 부탁하며 앞으로 서로 긴밀한 협력을 하자고 제안했다. 동행했던 기자가 사진포즈를 요청하자 그는 우리 일행과 함께 반가워하며 기념사진을 찍었다.

그 이후 Bennelong선거지역구 노동당후보 Maxine Mckew 후원만찬모임에 초대를 받은 나는 건배사 요청을 받고 짤막한 후보지원 연설도 했다. 이런 나의 적극적인 행보를 보며 일부 인사와 교민언론은 한인회장이 정치적 중립을 지켜야 한다는 비판을 제기하기도 했다. 그러나 나는 집권여당인 자유당은 물론 야당인 노동당 주류정치권인사와도 친분을 유지할 필요가 있다고 생각하여 한인회장 2년 임기 기간을 포함하여 퇴임 이후에도 한인동포사회의 공동이익을 위하여 연방정부 집권여당인사들은 물론 야당인사들과도 긴밀한 관계를 유지하며 활발한 행보를 취해 오고 있다.

▲The Hon. Malcolm Fraser MP(1975-1983 연방총리) & The Hon. Bob Hawke MP AC (1983-1991연방총리)와 권기범 Strathfield 시장(첫 번째 한인출신 시장), 뒤로 Blanche d'Alpugey(Hawke 수행전기작가로 후에 Hawke는 Hazel과 이혼하고 결혼했음) 박은덕 부회장, Mrs Hazel Hawke와 필자(왼쪽 4번째)

▲The Hon. Malcolm Tunbull MP(2015-2018 연방총리) & The Hon. Brendan Nelson AO, MP 연방의원(야당대표) & The Hon. John Murphy MP 연방의원(내가 한인회장 재임기간 중 한인회행사에 연방총리 대신 참석했다)

▲The Hon. Julie Owens MP 연방의원 & The Hon. Julian Leeser MP 연방의원 & The Hon. John Alexander OAM, MP연방의원, 이에리사 의원과 필자

▲The Hon. Laurie Ferguson MP & The Hon. Bill Shorten MP 연방의원 야당대표 & The Hon. Penny Wong MLC 연방상원의원과 필자

▲ The Hon. Alan Tudge MP 연방의원과 필자 & The Hon. David Coleman MP 연방의원 & The Hon. David Clarke MLC, The Hon. Kevin Andrews MP

▲ The Hon. Craig Laundy MP 연방의원 & The Hon. Fiona Martin MP 연방의원 & The Hon. Julie Bishop MP, The Hon. Julian Leeser MP 연방의원과 필자

MAIN NEWS

The Sydney Korean Hera
4th ~ 10th July 200

한인회, 이민성 정무차관 초청 세미나 개최

시민권 시험 · 비자 관련, 한인사회 의견 개진도

시드니한인회(회장 승원홍)가 호주 한인시민권자연대와 공동 주관으로 시민권 시험제도를 비롯해 발급요건이 강화된 457비자, 그리고 학생비자 발급 관련, 세미나를 개최한다.

연방 이민 관계자를 직접 초청하여 갖는 이번 세미나에는 각 분여 실무자들이 참여해 관련 사항을 설명할 예정이며 또한 이민의 비자 관련 정책을 위해 한인 동포사회의 의견을 수렴, 서면으로 제출할 계획이다.

오는 15일(화) 저녁 7시 한인회관에서 갖는 이번 세미나에는 연방 이민 로리 퍼거슨(Laurie Ferguson, 사진) 정무차관(이민, 다문화 및 정착)을 비롯해 개빈 맥케언즈(Gavin McCairns) 연방 이민 NSW 주 최고 책임자 및 조세 알바레즈(Jose Alvarez) 부책임자가 참여한다.

또한 한인회는 타 소수민족 주요 인사들도 초청, 시민권 시험 및 발급 요건이 강화된 비자 부문에 대한 다른 소수민족 이민자 그룹의 의견도 들어볼 계획이다.

이날 세미나에 참가하는 타 소수민족 그룹 인사들은 소수민족위원회(Ethnic Communities Council)의 테드 콴(Ted Quan) 회장과 저스틴 리(Justin Li) 부회장, 중국 호주포럼(Chinese Australian Forum) 토니 팽(Tony Pang) 회장 외 임원 3명, 호주 다문화포럼(Australian Multicultural Forum) 수사이 벤자민(Susai Benjamin) 회장과 임원들이 자리를 함께 한다.

이날 세미나는 시민권 시험

제도에 관한 독립위원회의 재검토 내용 설명, 그리고 장기취업비자와 학생비자에 대한 설명과 질의응답으로 진행되며, 한인회는 이날 제기된 내용들은 정리하여 이민성 정책에 반영되도록 이를 정식 문서로 제출할 예정이다.

<시드니한인회>

바로 잡습니다

한국신문은 지난 6월27일자 798호의 위 세미나 관련 기사에서 로리 퍼거슨 차관을 '앤드류 퍼거슨 차관'으로 잘못 보도했습니다. 앤드류 퍼거슨은 호주건설노조(CFMEU) NSW주 사무총장이며 로리 차관과는 형제간입니다. 앤드류 총장과 독자 여러분께 사과드립니다.

◀ 2008년 한인회 호주이민성 정무차관 초청 세미나 개최 관련 보도기사

▲이민성 주최 다문화사회 지도자 초청 정책설명회에서 The Hon. Laurie Furguson MP정무차관, Hose Albares 이민성 NSW부국장과 필자 & 이민성 간부들과 여러 다문화 지도자들과 함께한 필자

▲2008년 7월 시드니한인회 주최 이민세미나에서 참석한 다문화 인사들과 한인회 운영위원

나는 한인회장 재임기간에는 보다 많은 한국인들의 호주이민유입을 위한 정보제공을 위해 다방면으로 노력했다. 특별히 친한파 의원이었던 이민성 차관 The Hon. Laurie Furguson MP와는 비교적 긴밀하게 협력하며 도움을 많이 받았다. 뿐만 아니라 이민성에서 주관하는 다양한 정보제공을 위한 모임에도 적극 참석하여 이민성 고위 관료들과 호주다문화사회 성장을 위해 헌신하는 여러 인사들과도 폭넓게 교분을 쌓을 수 있었던 기회가 있어 매우 유익했다.

7-3-3. NSW주정부 주수상 및 주의원(장관)과의 교류협력

호주의 잘 발달된 정치제도로서 연방정부와 함께 NSW주정부 집권여당인사와 야당인사와도 긴밀한 협조를 해야 한인사회와 관련해 필요한 지원을 손쉽게 받을 수 있다. 그래서 나는 시드니한인회장 재임 때부터 연방의원은 물론 NSW주수상과 주의원과도 여야당 관계없이 친숙한 관계를 유지해 왔다. 특별히 한인밀집지역인 Strathfield지역구, Ryde지역구, Epping지역구, Hornsby지역구, Parramatta지역구, Canterbury지역구 의원들과는 언제라도 서로 전화로도 직접 연락하며 소통할 수 있는 관계까지 유지했었다. 모두들 협조적이었고 친근한 정치인들이었다. 이렇게 좋은 인연들을 맺을 수 있었음도 또한 감사할 일이다.

이런 사례도 있었다. 2009년 Youth Symposium 행사를 준비하고 있을 즈음에 Strathfield시정부에서 음력설행사를 주말에 개최했던 적이 있다. 나는 내 옆자리에 앉아 있던 당시 다문화업무를 관장하던 The Hon Virginia Judge MP 장관에게 이미 신청한 바 있던 5천 불 예산의 추가증액을 요청했다. 버지니아 장관은 '오케이' 하면서 월요일에 다시 알려달라고 했다. 그렇게 해서 곧바로 1만 불의 지원금을 받았던 일도 있다. 뿐만 아니라 2008년도 교육부차관 업무를 관장하고 있던 당시 나는 롯데여행사 은퇴를 계획하면서 윤국한사장이 경영하던 미션유학이민과 합병했었다. 윤 사장은 유학원 운영 현안문제로 교육부산하 TAFE와의 Agent계약신청을 했는데 계속 승인을 못 받고 있다고 했다. 그래서 나는 버지니아 교육부차관에게 내용을 설명하고 도움을 요청했다. 곧바로 교육부 TAFE 고위담당자로부터 연락이 왔고 미션유학원도 TAFE의 공식 Agent로 등록을 시켰던 적이 있다. 물론 윤 사장은 숙원과제를 풀어 무척 기뻐했고 TAFE 등록을 원하는 유학생들도 더러 유치했던 것으로 알고 있다. 그리고 Epping지역구 자유당 The Hon Greg Smith MP주의원과의 인연도 깊다. 나는 자유당이 야당이던 시절 Smith 의원과 연락을 하여 그의 지역구사무실로 찾아가 상견례를 갖고 한인사회와의 긴밀한 협력관계를 구축했고 Smith 의원은 한인사회와 NSW주 자유당과의 의사소통창구 역할을 감당했다. 후에 자유당이 집권하고 법무장관직을 수행하면서 법무장관산하 NSW반차별위원회Anti Discrimination Board NSW 5인위원으로 동양계로서는 처음으로 나를 추천해 주총독으로부터 위촉임명을 받기도 했다. Smith 의원은 아일랜드출신의 독실한 천주교도로서 신앙적 신념도 강했으며 NSW검찰차장직에서 전략공천으로 주의원을 하게 된 매우 낙천적 성격의 소유자로 몇 동료들과 함께 Greg Smith Korean Friends모임을 계속 유지해 가고 있다. 사실상 이 모임이 확대발전하여 한인사회 내 자유당 지지모임Korean Friends of Liberal Party이 결성되기도 했다.

▲ The Hon. Nicholas Greiner MP(1988-1992 NSW주수상) & The Hon. Bob Carr MP(1995-2005 NSW주수상) & The Hon. Morris Iemma MP(2005-2008 NSW주수상)과 필자

한국신문
The Sydney Korean Herald
Korean Community's Largest Circulating & Best Quality Newspaper
호주달러 미화와 1:1 눈앞에...
총선기획③
언제나 여당 같은 자유당
보수의 길로 가는 노동당

▲ The Hon. Morris Iemma MP(2005-2008 NSW주수상) & The Hon. Kristina Keneally MP(2009-2011 NSW주수상)과 필자 & The Hon. Nathan Rees MP(2008-2009 NSW주수상)

"자유당, 2011년 NSW 집권할 것"

그렉 스미스주의원 후원오찬 성료

왼쪽부터 앤토니 로버츠 주의원, (한 사람 건너) 브랜든 넬슨 연방 의원, 그렉 스미스 주의원, 승원홍 한인회장, 피터 데브남 주의원, 빅토 도미넬로 주의원

NSW 야당의 대표적인 친한파 정치인 그렉 스미스주의원(에핑)이 한국과 중국 커뮤니티 등을 상대로 2011년 주선거 '정부교체' 필요성을 역설했다. 멜번컵데이인 4일(화) 에핑클럽에서 후원금 모금 오찬행사를 연 스미스 주의원은 노동당 실정, 특히 에핑을 포함한 시드니 북서부 교통난을 신랄히 비난하며 현 노동당 주정부를 '무능, 비능률, 몰염치' 집단으로 몰아세웠다. 이날 스미스 의원 후원 오찬에는 인근 지역인 레인코브의 앤토니 로버츠 의원과 보궐선거에서 당선된 빅토 도미넬로 의원(라이드)이 함께해 '3총사'의 우애를 과시하면서 차기 주선거에서 필승을 다짐했다. 또 브랜든 넬슨 전 연방 야당당수와 피터 데브남 전 NSW 야당당수도 참석해 스미스 주의원을 후원했다. 한인 커뮤니티에서는 승원홍 시드니한인회장 부부의 초청으로 이규영 이스트우드 한인상공인연합회 회장, 윤창수 벤디고은행 스트라스필드 지점장 등이 함께 했다. 지역내 중국커뮤니티 관계자들도 한 테이블을 잡아 자유당 의원 및 시의원들과 교분을 나눴다.

이번 주 여론조사결과 NSW는 자유-국민 연립당 지지율이 노동당을 크게 앞섰다. 그러나 내이산 리스 주총리의 지지율이 상승해 베리 오파렐 야당당수를 능가했다.

고직순 기자 info@hojudonga.com

▲2011년 NSW주선거에서 자유당이 집권했다. The Hon. Berry O'Farrell MP(2011-2014 NSW주수상)과 필자

▲한인사회발전을 위한 간담회에 참석한 The Hon. Gladys Berejiklian MP(2017-현재 NSW주수상)를 환영인사하는 필자 & The Hon. Mike Baird MP(2014-2017 NSW주수상) & NSW주정부행사에서 글라디스 주수상과 필자

▲The Hon. Victor Dominello MP Ryde지역구 선거 지원유세를 위해 교육계에 종사하는 교사와 학부모와의 간담회에 참석한 NSW주수상 The Hon. Gladys Berejiklian MP, 류병수 한인회장과 필자(앞줄 오른쪽 2번째)

▲ The Hon. Kayee Griffin MLC NSW주 상원의원(내가 한인회장재임 중 NSW주 수상을 대리하여 한인행사에 참여했다) & The Hon. Virginia Judge MP NSW주의원 & The Hon. Greg Smith MP NSW주의원과 필자
또한 집권노동당 Virginia 의원과 야당자유당의 Smith 의원이 나의 중요한 정부소통창구 역할을 담당했다.

그렉 스미스 의원 – 한인회장 당선자 상견례

"한인사회 관심 많아, 계속 불러 달라"

현안 청취, 자유당 '새내기 친한파'로 정평

14/3 108

저지 의원, 정무차관실 개소식 가져

승원홍 회장, 박영국 총영사, 권기범 시의원 등 참석

대표적인 친한파 정치인인 버지니아 저지 스트라스필드 주의원이 정무차관실 개소식을 7일 가졌다.

NSW 주정부의 교육부빌딩 연회실에서 열린 행사에는 각국 총영사, 스트라스필드 지역구 소수민족 주요인사, 교육 관계자 등 50여명이 참석했다.

교민사회의 승원홍 한인회장, 박영국 총영사, 권기범 시의원, 박은덕 한인회 부회장, 이경규 전 통합노인회 회장 부부, 이상근 뉴칼리지 원장 등이 자리를 같이했다.

NSW 교육부, 산업관계부 및 재정부의 정무차관을 겸하고 있는 저지 의원은 하객들에게 일일이 감사인사를 전하며 보다 성실히 정치에 임할 것을 약속했다.

버지니아 저지 NSW 하원의원(왼쪽 두번째)이 정무차관실 개소식에서

▲ 한인밀집지역 Epping지역구 The Hon Greg Smith MP주의원을 예방한 필자 & Strathfield지역구 The Hon Virginia Judge MP주의원 정무차관 사무실 개소식에 시드니한인회장단 참석 보도기사

▲ 한인회관을 예방한 The Hon. Greg Smuth MP 법무장관, Strathfield시 Scott Farlow 시장과 환담하는 필자

8 호주동아 종합

"한인사회 행사 적극 지원"

그렉 스미스 주의원 한인회 방문

▲ The Hon. Linda Burney MP주의원(현 연방의원)과 함께 원주민혈통의 지역사회봉사부장관에게 감사패를 수여하는 필자 & 관련 보도기사 & 한인회관을 예방한 The Hon Greg Smith MP주의원, Strathfield시 Scott Farlow 시장에게 한국전통인형을 선물하는 필자

▲ The Hon. Charles Casuscelli MP주의원 & The Hon. Marie Ficarra OAM, MLC주상원의원 & The Hon. Victor Dominello MP, The Hon. Dominick Perrottet MP재무장관과 필자

▲ The Hon. Geoff Lee MP NSW주의원 다문화장관과 필자 & The Hon. Ray Williams MP 다문화장관 & The Hon. Mark Speakman MP법무장관, The Hon. Nathaniel Smith MP주의원

▲ The Hon. Dominick Perrottet MP, The Hon. Matt Kean MP & The Hon. Scott Farlow MLC, The Hon. Alister Henskens MP주의원 & The Hon. Damien Tudehope MLC상원의원과 필자

▲ Dr Tony Pun OAM, The The Hon. Sophie Cotsis MP, Amjer Singh Gill & The Hon. Chris Minns MP주의원(야당 대표)과 필자 & The Hon. John Sidoti MP(다문화장관)

▲ The Hon. Anthony Roberts MP & The Hon. Mark Coure MP주의원과 필자 & The Hon. Kevin Greene MP와 필자

▲ Dr Tony Pun OAM, The Hon. Luke Foley MP NSW주 야당대표 & The Hon. Jodi McKay MP 야당대표 & The Hon. Shaoquette Mosalamane MLC주상원의원과 필자

The Hon. Jodi McKay MP 주의원은 내가 시드니한인회장 임기 기간 중엔 Newcastle 지역구 의원이었는데 2선을 위한 2011년 주선거에서는 Newcastle지역 내의 사업자들과 노동당원 간부들 간의 이권다툼의 희생양으로 고배를 마셨다. 그리고 2015년 주의원 선거에서 한인밀집상가 지역인 Strathfield 지역구로 옮겨 현역의원인 자유당의 The Hon. Charles

Casuscelli MP와 맞서 선전하여 재선에 성공했다. 죠디 멕케이 의원은 선거를 통해 한인들의 중요성을 느꼈었는지 NSW주선거 직후 중국커뮤니티 상공인 행사에서 내빈으로 함께 참석했던 나에게 한인지도자들과 NSW주 의사당에서 만남의 자리를 주선하겠다는 제안을 해왔다. 그래서 나는 조만간 시드니한인회장 선거가 있어서 가능하면 선거 이후로 일자를 잡자고 역제안을 했고 멕케이 의원도 좋다고 했다. 이렇게 해서 NSW주 노동당대표 The Hon. Luke Foley MP의 초청형식으로 이휘진 총영사와 송석준 한인회장의 후임으로 선출된 백승국 회장 그리고 나를 포함해 전임 한인회장 4명이 한인사회발전을 위해 서로 도우며 협력하자며 NSW주의회 귀빈식당에서 오찬회동을 갖기도 했다. 그런데 2019년 NSW주의원선거 당시 The Hon. Luke Foley MP 대표의원의 아시안계 폄하발언이 커다란 문제가 되면서 대표직 사임을 했고 노동당내 대표경선을 통해 3선의 The Hon. Jodi McKay MP의원이 대표로 선출되어 한인사회에 많은 도움을 주고 있다.

▲The Hon. Luke Foley MP 야당대표, The Hon. Sophie Cotsis MP, The Hon. Jodi McKay MP, 이휘진 총영사와 시드니한인회 전임회장 이경재, 백낙윤, 송석준, 백승국 한인회장과 필자(뒷줄 오른쪽 2번째)

▲ The Hon. Jodi McKay MP의 안내로 NSW주 하원 의사당 의석에 앉아 있는 전임 한인회장과 필자(오른쪽 2번째)

나는 전 시드니한인회장으로서뿐만 아니라 NSW다문화협의회MCC의 부의장으로서도 이런 저런 다문화단체의 행사에서 여러 정치인들과 자연스런 만남을 갖는다. 특별히 한인밀집지역인 Strathfield지역구 의원인 The Hon. Jodie McKay MP 노동당 대표의원과도 매우 친근하게 교류하는 편이다. 특별히 2019년 초 내 처가 미술작품 개인전시회를 Strathfield Latvian Hall에서 개최할 때 마침 야당대표 경선으로 매우 바빴을 시기에도 불구하고 부부동반으로 아내의 미술개인전시회에 참석해 Strathfield시 Gulian Vaccari 시장과 함께 축사까지 해 주는 성의와 우정을 보여주어 매우 감사하게 생각한다.

▲ The Hon. Jodi McKay MP주의원의 미술전시회 축사 모습 & Strathfield시 Gullian Vaccari 시장의 축사 모습

7-3-4. 주한호주대사와의 만남과 교류협력

1997년 나는 호주 한인상공인들을 대표한다는 긍지를 가지고 한국방문에 앞서 주한호주대사관에 나의 한국방문 일정소개와 함께 서울체류기간 중에 호주대사와의 가능한 면담일정 약속을 요청하곤 했다.

내가 재호한인상공인연합회장 임기를 시작했던 때의 주한호주대사는 His Excellency Mack Williams 대사(1994-1998)였다. 나는 시드니출발 전에 첫 만남약속을 했던 1997년 9월 8일 오후3시 광화문 교보빌딩 주한호주대사관에서 정인주 고문, 김홍범 부회장과 함께 그의 집무실로 James Casey 상무공사의 안내를 받아 처음 상견례를 갖고 환담을 시작했다. 거의 1시간 동안의 만남이었다. 그는 우리에게 호주 대사 입장에서 파악하고 있는 한국 전반에 대한 호주정부의 관심사와 최근 호주 내 한인커뮤니티에서 제기되고 있는 현안과 관련하여 호주경찰당국의 이해를 돕기 위한 막후활동사항 등에 관한 이야기를 들려 주었다. 매우 인상적이었다. 그리고 나는 재호한인상공인연합회의 배경을 간략하게 소개했고 아울러 다양한 제반 활동 등에 관해서도 호주대사관의 각별한 관심과 상호 협력관계를 유지하자고 제안했다. 그리고 11월에 여행업무차 잠시 한국을 방문했을 때에도 나는 윌리암스 대사와 면담을 가졌다. 특별히 그가 12월에 치러질 제15대 대통령선거운동과 관련하여 이회창 후보와 이인제 후보의 보수분열 효과에 힘입어 김대중 후보의 조심스런 신승을 예측했던 이야기가 매우 흥미로웠다. 왜냐하면 그때 당시의 대체적 분위기는 이회창 후보가 압승할 것이라고 예측하고 있었기 때문이다. 나는 윌리암스 대사가 호주로 귀임했을 때에도 호주한인사회와의 긴밀한 협력관계 유지를 위해 The Australia-Korea Roundtable모임을 주도하면서 많은 교류를 했다. 그리고 그의 후임으로 1998년 4월에 부임한 His Excellency Tony Hely 주한호주대사(1998-2001) 내정자의 시드니방문 때에도 만나 상호 협력을 요청했고 한국방문 때마다 계속하여 주한호주대사 His Excellency Peter Rowe 대사(2006-2009), His Excellency Sam Gerovich 대사(2009-2013), His Excellency James Choi 대사(2016-2020)와도 만남과 교제를 통해 계속 친분을 유지해 오고 있다.

▲H.E. Mack Williams 주한호주대사(1994-1998) & Carla Williams 부부와 오랜 인연을 이어 오고있는 필자 부부 & H.E. Tony Hely 주한호주대사(1998-2001)와 필자

▲H.E. Peter Rowe 주한호주대사(2006-2009) & H.E. Sam Gerovich 주한호주대사(2009-2013) & H.E. James Choi 주한호주대사(2016-2020)와 필자

7-3-5. 한인사회와 긴밀하게 협력했던 Local government (지방정부) 인사들과의 만남과 교류

호주 NSW주의 주도인 시드니는 일반적으로는 주변 지역 Suburb까지를 포함한 광역시드니를 의미하지만 행정관할지역으로서는 CBD시내중심 주변지역만을 의미하기도 한다. 1990년도 이후 급격하게 늘어나는 영어연수생과 호주이민을 목표로 입국한 직업기술훈련교육생 및 일반유학생과 더불어 1995년부터 시행된 한호 양국 간의 워홀러Working Holiday Maker협정으로 급증한 워홀

러 수요와 함께 비교적 생활이 편리한 시드니CBD 주변으로 많은 한국인들이 모여들었고 이들을 주 고객으로 하는 유학원, 회계사, 변호사, 식당, 각종 서비스업을 포함해 다양한 사업체가 모여들면서 더욱 성장발전했다. 이들 한인 사업체들의 정보공유와 권익보호를 위해 시드니시티 한인상우회도 발족하여 시드니시청과도 긴밀하게 협력을 하면서 한인축제도 개최했다. 드디어 시드니시청은 2012도부터 인근 China Town과 구별하여 Korea Town표지판을 설치하기도 했다. 그리고 Sydney City(시드니시)와 더불어 한인들이 많이 거주하며 한인상권이 형성된 지역으로 Strathfield City(스트라스필드시), Eastwood지역관할 Ryde City(라이드시), 초기 한인사회 정착과정에 맺어진 인연으로 자리를 잡게 된 시드니한인회관 관할지역인 Canterbury City(켄터베리시), 점차 한인 수가 증가하며 주목을 받고 있는 Hornsby Shire(혼스비시), Parramatta City(파라마타시), Auburn City(어번시)와 내가 거주하고 있는 West Pymble관할지역인 Ku-Ring-Gai City(구링가이시)를 포함하여 여러 시정부에서도 한인사회의 중요성을 인식하고 중요한 문화행사를 후원하며 지역한인상우회와 한인사회 지도자들과의 회동을 통해 시 정부와 한인사회와의 상호교류발전을 도모하고 있다. 나도 2007-2009년도 시드니한인회장 재임기간 이래 여러 도시의 시장과 시의원 그리고 커뮤니티업무 관련자들과 계속 친근한 관계를 유지해오고 있다.

7-3-5-1. Sydney City Council(시드니 시정부)

▲2009년 Lunar New Year Festival 시드니 시내 퍼레이드 길놀이에 참가한 관광공사 지사장과 청년, 어린이들

▲2009년 Lunar New Year Festival 시드니 시내 퍼레이드에 참가한 한복차림 행렬 & 전통고적대 행진 모습

한국신문
The Sydney Korean Herald
Korean Community's Largest Circulating & Best Quality Newspaper

'시드니 한인회'
한인 중심으로.. '발상의 대전환' 필요

▲시드니시티한인상우회 송석준 회장, 시의원과 김웅남 총영사와 함께 길거리 청소에 앞장선 필자 & 2012년 시드니 한인상우회의 노력으로 시드니시청에서 설치한 한인상가밀집지역 Koreatown표지판

▲2011년 시드니시티상우회 주최 Sydney Korea Town Festival에서 축사를 하는 Clover Moore 시드니시장 & Sydney Korea Town Festival에서 축사를 하는 김진수 총영사 & 어린이 춤공연

▲2011년 Sydney Korea Town Festival에서 & 시행사에서 Lord Mayor Clover Moore Sydney 시장과 필자

▲2012년 시드니시티상우회 주최 Sydney Korea Town Festival에서 공연 관람객 & 길놀이 사물놀이패 행진모습

▲2013년 시드니시티상우회 주최 Sydney Korea Town Festival에서 영동 난계국악단원의 국악연주 공연 &
2014년 시드 시티상우회 주최 Sydney Korea Town Festival에서 사물놀이 공연

▲2019년 The Lord Mayor Clover Moore Sydney 시장이 홍상우 총영사와 한인사회 지도자들을 초청한 간담회에서 필자(클로버 무어 시장 바로 뒤편)

▲2020년 Sydney Lunar Festival 개막식행사에서 Clever Moore 시장 & Craig Chung, 양상수 시의원과 필자

7-3-5-2. Strathfield(스트라스필드)시정부 & Burwood(버우드)시정부

▲Strathfield시장실에서 환담을 한 후에 필자가 권기범 Strathfield 시장에게 선물 증정, David Backhouse 행정관

▲2008년 Strathfield City 페스티벌 중 한인청소년 공연경연대회 우승자 시상식에서 필자(앞줄 왼쪽 5번째)

▲ 2009년 Strathfield City 주최 음력설 축제행사에서 축사를 하는 필자 & 공연을 관람하는 필자(오른쪽 3번째) & 음력설 축제행사 태권도 시범 공연

▲ 옥상두 Strathfield 시장 & Lesley Furneaux-Cook Burwood 시장 & Gulian Vaccari Strathfield 시장과 필자

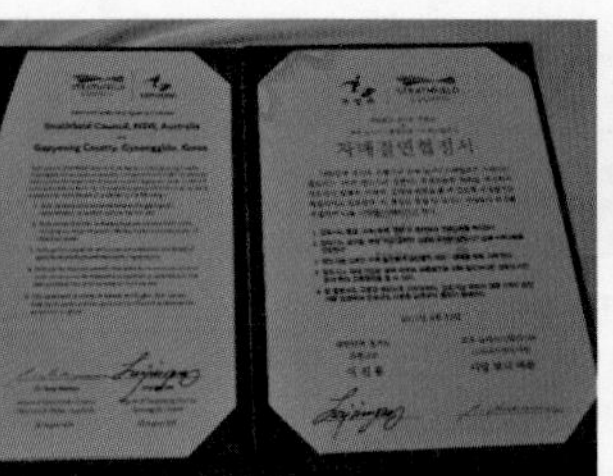
자매결연협정서

▲ 2011년 스트라스필드시와 가평군의 자매결연협정서 & 자매결연협정서 서명 후 관계자와 필자(오른쪽 2번째)

▲ Dr Tony Pun OAM, Tony Maroun Strathfield 시장과 필자 & 스트라스필드 시정부의 태극기 게양식 행사

▲ 2015년 스트라스필드 광장에 호주국기와 태극기 게양식에 참석한 Strathfield City시청 옥상두 시장과 관계자, 이휘진 총영사, 지역주민, 지역 고등학교 학생들과 함께한 필자(앞 둘째줄 오른쪽 7번째)

7-3-5-3. Ryde(라이드)시정부

▲ Ivan Petch Ryde 시장, Rotary International 이동건 회장과 필자 &, 양상수 시의원, Roy Magio Ryde 시장과 필자

▲ 2008년 Eastwood도서관 한국도서기증식에서 축사를 하는 필자 & Eastwood도서관 한국어 책 코너에서 도서담당자에게 설명을 듣고 진열된 한국어 책을 열람하고 있는 필자

▲2008년 Eastwood 한인상우회 이규영 회장과 임원, 지역사회 지도자와 함께한 필자(오른쪽 4번째)

▲Eastwood지역 한국 및 중국커뮤니티와 지역 경찰 친선축구팀과 함께한 연방의원, 시장과 필자(뒷줄 중앙)

▲2015년, Eastwood Rowe Street 한인상가 공용주차장 확장 로비를 시작했던 초기 주요 인사들, 고직순 한호일보 편집인, MCCNSW Dr Tony PUN OAM 회장, Ryde City Roy Magio 시장, Ryde Forum Tony Tang 회장, 시드니한인여성회 심 아그네스 회장과 필자(왼쪽 3번째)

▲ 2016년, Eastwood 한인상가 주차장 부족문제 해결을 위해 NSW주정부의 예산확보 승인을 얻기 위하여 Ryde지역구 의원인 The Hon. Victor Dominello MP와의 협조요청 미팅에 참석한 중국계 커뮤니티 지도자들과 백승국 한인회장을 비롯한 Eastwood 한인상공인 대표와 필자(오른쪽 4번째)

▲ 2016년, Eastwood 한인상가지역의 주차장 부족문제 해결을 위하여 NSW주정부의 거주자를 위한 주차장 승인조치에 반대하며 상가방문고객용 시간제 주차장으로의 승인변경조치를 위한 청원 시위에 참가한 Ryde City Jerome Laxale 시장을 비롯한 시의원들과 중국인 커뮤니티 대표들과 Eastwood 한인상공인회 임원들, 백승국 한인회장과 필자(앞줄 왼쪽 5번째)

▲ 2018년, Eastwood 한인상가 공용주차장 확장을 위한 전방위 노력으로 Ryde City와 NSW주정부의 공동 지원으로 공사 윤곽과 예산확보 단계에서 NSW주 수상 The Hon. Gladys Berejiklian MP의 현장 방문에 함께한 Ryde 지역구 의원 The Hon. Victor Dominello MP, Ryde City Roy Magio 시장과 MCCNSW Dr Tony Pun OAM 의장 & Eastwood 한인상공인회 임원과 Ryde City Roy Magio 시장, MCCNSW Dr Tony Pun OAM 의장, Ryde Forum Tony Tang 회장, 고직순 한호일보 발행인과 필자(왼쪽 3번째)

▲ 2019년, Eastwood지역 한인상권발전을 위한 공용주차장 확장요청 모임, Ryde시청 최종승인에 환호하는 Jerome Laxale 시장과 Peter Kim 시의원, 교민들과 필자(맨뒷줄 오른쪽 3번째)

▲ Ryde시의회에 참석하여 한인사회 현안 해결방안을 제안하고 있는 필자 & 필자와 Jerome Laxale Ryde 시장

▲ 2019년 Eastwood 행사에 참석한 Ryde시 Jerome Laxale 시장, 시의원과 The Hon. Damien Tudehope MP, 다문화협회 Dr Tony Pun 회장과 필자(앞줄 왼쪽 3번째) & The Hon. Damien Tudehope MP, Ryde Community Forum Tony Tang 회장, Ryde시 Jerome Laxale 시장과 필자(오른쪽 2번째)

▲ 2015년 Eastwood Lunar New Year Festival 실행위원회 주관 감사장 수여식과 구정축제 성공 자축파티 모습

▲ 2018년 Eastwood구정축제 실행위원회, Jerome Laxale 시장, Hugh Lee OAM 위원장, Justin Lee 시의원과 필자
& 음력설날 기념축제 개막식전 리셉션에 참석한 중국 시드니총영사, 대회장, 고직순 한호일보 편집인과 필자

▲ 2018년 Eastwood구정축제 주최측인 Ryde City Jerome Laxale 시장과 Hugh Lee OAM 축제준비위원장과 필자
& Eastwood구정축제 실행위원회, The Hon. John Alexander MP, 중국 주시드니총영사와 필자(오른쪽 3번째)

▲ Eastwood Plaza광장에서 2018년 구정축제 공식선언과 VIP 축제테이프 컷팅을 하는 필자(앞줄 오른쪽 3번째)

▲Eastwood Plaza 광장의 2018년 구정축제에서 중국 전통연주팀 & 한국 전통사물놀이팀 & 중국 전통공연팀

▲Eastwood Plaza광장에서 2018년 구정축제 김철기 교수 장구공연 & 한국 전통 고전무용 & 사물놀이공연

▲Eastwood Plaza광장 2018년 구정축제 용춤놀이 & Hugh Lee OAM 축제준비위원장, Justin Lee 시의원과 필자

▲Cooking Competition(요리경연대회) 심사위원인 필자와 Laxale 시장, Alexander MP 연방의원, Dominello MP 의원 & Ryde시가 주관하는 Eastwood Plaza광장에서의 Lunar New Year축제와 관련해 인터뷰를 하고 있는 필자

▲2015년 Eastwood Plaza광장에서 구정축제 요리경연대회 참가 수상자와 심사위원, 필자(앞줄 가운데)

Eastwood
Lunar New Year Celebration

2015
LUNARNEWYEAR
Thank you for your invaluable support to the Eastwood Lunar New Year Celebration 2015

WILLIAM SEUNG

Clr Bill Pickering
Mayor
City of Ryde

Hugh Lee OAM, JP
Chairman, Ryde Lunar New Year Celebration Committee

City of Ryde
Lifestyle and opportunity @ your doorstep

大汉口
Hankow
嘴边的记忆

CERTIFICATE
OF APPRECIATION

with special thanks to

William Seung

in support of

City of Ryde 2015 Lunar New Year Cooking Competition

City of Ryde
Wuhan Hankow Food Co.,Ltd
Rockman (Australia) Pty Ltd

▲2015 Eastwood 구정축제 실행위원회와 Ryde시가 필자에게 수여한 감사장, 요리경연대회 심사위원 감사장

▲김영종 서울 종로구청장과 Ryde City 시장이 우호협력도시 체결을 마친 후 관계자들과 함께한 교민축하객들 & 윤광홍 한인회장, 김영종 종로구청장과 한인사회 지도자들에게 두 도시 우호협력발전 협조를 요청하는 필자

▲2020년 COVID-19 관련 Eastwood 한인상권 보호 활성화 대책회의에 참석한 Dominello MP 경찰서장과 필자 & 2020년 COVID-19극복을 위한 지역사회지도자 간담회, 일렉산더 연방의원, 도미넬로 주의원, 시의원과 필자

7-3-5-4. Canterbury(켄터베리)시정부

▲커뮤니티 지도자들과 커뮤니티 지원금 발표를 하고 있는 The Hon. Robert Furolo Canterbury 시장과 필자

▲2008년 Canterbury City 주최 음식축제에 참여하여 시드니한인회 음식 판매대에서 봉사하는 한인회 운영위원 & Canterbury시정부와 은평구청의 자매결연도시 약정서 앞에서 Brian Robson Canterbury 시징과 필자

▲ 2008년 Canterbury시 행사에 참석해 축사를 하는 필자 & 시드니한인회 감사패를 수상한 Canterbury시정부, Robert Furolo 시장, Jim Montague 행정관, 한인회관 관리담당자와 필자

은평구, 자매결연 20년 기념 대표단 방문

켄터베리 한국주간 설정 "교민 영향력 징표"

▲ 은평구와 켄터베리시 자매결연 20주년 기념 보도기사 & 은평구 정규태 부청장이 필자에게 선물증정 모습 & 켄터베리시와 은평구 자매결연 20주년 기념행사에서 두 도시 간 확대발전을 위해 건배하는 필자

▲ 2008년 Canterbury City Council을 방문한 켄터베리시 자매도시인 서울 은평구청 정규태 부청장 일행과 함께한 켄터베리 Robert Furolo 시장과 시의원, 시드니한인회 전임회장, 문동석 회장, 이재경 회장, 운영위원들과 필자 (앞줄 왼쪽 5번째)

7-3-5-5. Hornsby(혼스비)시정부

호주, 한국 등 아시아지자체장

"습지보전, 기후정책 국제 공조"

창원-시티넷-이클레이 'CCI선언'

▲한국 습지보전 기후정책회의에 참석했던 Nick Berman Hornsby 시장 & Philip Ruddock Hornsby 시장과 필자

7-3-5-6. Parramatta(파라마타)시정부

TOP SYDNEY COMMUNITY NEWS

16 TOP ▪ NATIONAL NEWS 2007년 10월 12일

'펄럭'이는 태극기

파라마타 시에서 게양식

지난 7일 파라마타 시에서 태극기 게양식이 열렸다.

이날 행사를 주최한 폴 바버 파라마타 신임 시장은 "자매도시 지역 서울 중구와 다각적인 교류를 추진 중이며 한국의 국경일인 개천절을 기념해 태극기를 게양하는 것은 자랑스런 전통"이라고 밝혔다. 또한 "최근 파라마타시에 거주하는 한인들이 크게 늘어나 지역 경제와 문화 활동에 역동적인 다양성을 제공하고 있다"고 평했다.

지금 현재 파라마타시는 서울 중구와 자매결연을 맺은 도시로 지난 10년간 매년 개천절 즈음에 태극기 게양식을 거행하고 있다.

한편 이날 게양식에는 박영국 총영사, 정인화 지방자치화재단 시드니 소장, 승원홍 한인회장, 이윤화 재호주 베트남전참전 유공 전우회 회장을 위시로 50여명의 동포 각 단체 관계자가 참가해 연례 행사로 뿌리내리는 데 성공했다는 평가를 받았다. 또한 '디딤소리' 여성풍물패가 이날 공연 축하를 위해 무대에 섰다.

행사에 참석한 연방 선거구 Reid 출신 노동당의 로리 퍼거슨 의원은 "전세계 지구촌 이민사회를 형성한 중국계 이민자나 인도계 이민자처럼 한인 이민자가 네트워킹을 구축하며 협동을 도모하는 것은 고무적인 현상"이라고 말하며 "한국의 민주주의 전통은 아시아에서 민주주의를 전파하는 데 좋은 모범을 보이고 있다"고 밝혔다.

▲The Hon. Laurie Furguson MP, 박영국 총영사, Paul Barber 파라마타 시장, 필자와 이윤화 베트남참전전우회장

▲2016년 시드니를 방문한 Indian Sikh 군의장대와 The Lord Mayor Benjamin Barrak Parramatta 시장과 필자

7-3-5-7. 기타 Ku-ring-gai(구링가이), Auburn(어번), Fairfield(페어필드), Georges River(조지스리버)시정부

▲LIONS Club 자선행사에서 & Ku-Ring-Gai시 행사에서 Jennifer Anderson Ku-ring-gai 시장과 필자 & Kevin Greene Georges River 시장과 필자

▲어번시 시청사의 태극기 게양식 & 어번시와 부산 수영구 우호협력도시 체결식을 마친 후 관계자들과 필자

▲Brendon Zhu Willoughby 시의원, The Hon. Scott Farlow MLC와 필자 & Peter Ha Vietnamese 커뮤니티 회장, Frank Carbone Fairfield 시장과 필자

▲2019년 5월 3일 한호평화증진 및 태평양전쟁 희생자추모비 제막식, 한국 행정안전부 산하 일제 강제동원 피해자 지원재단 김용덕 이사장, 블랙타운시정부 부시장, 시의원, 한인사회 지도자들과 필자(앞줄 오른쪽 6번째)

▲2019년 5월 3일 한호평하증진 및 태평양전쟁 희생자추모비 제막식 기념행사에 참석한 호주 고등학교 학생들

7-3-6. 한인사회 정치력 신장을 위한 시민권자연대 노력과 자유당 한인모임(KFLP) 결성

The Sydney Korean Herald
25th ~ 31st Jan. 2008

MAIN N

시드니한인회, '시민권자연대' 결성 추진

특위 구성 가결, 위원장에 승원홍 한인회장

한인사회의 정치적 역량을 확산하기 위한 '호주 한인시민권자연대'(가칭) 구성이 시드니한인회 차원에서 추진된다.

한인사회의 시민권자모임 결성 움직임은 이번이 처음은 아니다.

지난해 4월 당시 25대 한인회 최원규 부회장을 준비위원장으로 한 '호주한인시민권자협의회'(당초 명칭은 '호주한인유권자협의회') 구성을 위한 준비모임이 2차례 열렸으나 더 이상 진전이 없었다.

시드니한인회(회장 승원홍)는 23일 저녁 한인회관에서 가진 제12차 운영위원 회의를 통해 '호주 한인시민권자연대' 추진을 위한 특별위원회 구성을 만장일치로 가결했다.

아울러 한인회 운영위는 시민권자연대 추진 특위 위원장에 승원홍 회장을, 부위원장에는 박은덕 부회장을 각각 선임하고 추가로 동포사회에서 부위원장 및 집행위원을 영입키로 했다. 하태화 한인회 운영위원도 특위 위원으로 선임됐다.

승원홍 특위 위원장은 "한인 동포사회의 정치적 힘을 신장하는 것은 26대 한인회의 주요 사업이자 목표 가운데 하나였다"면서 "지난 해 11월 연방 선거에서 한인회 나름대로 각 정치 인사들을 만나 한인사회의 이익을 위한 여러 가지 제안을 해 왔으며, 어느 정도 성과를 거둔 것으로 평가된다"고 말했다.

특위는 오는 2월중 조직 구성을 마친 뒤 '호주 한인시민권자연대'를 공식 출범하고 제반 활동 계획을 수립, 본격적인 활동에 들어갈 예정이다. 특위는 다양한 연령대의 인사들과 동포 2세 활동가들을 중심으로 조직 구성을 시작한 것으로 전해졌다.

한인회는 '시민권자연대'(가칭)가 구성될 경우, 한인회 산하 특별위원회로 운영할 방침인 것으로 전해졌다.

시민권자연대가 구성되면 우선 오는 9월 예정된 지방의회 선거에 나서는 한인 후보들을 지원하여 동포 밀집지역의 주요 인사들과의 관계 강화와 동포 2세들의 정계 진출 도색은 물론 한인사회의 주요 로비그룹으로의 역할도 기대할 수 있을 것으로 보인다.

▶관련기사 9면

김연구 기자
ginko@koreanherald.com.au

"교민사회 정치적 역량 조직화"

'한인시민권자연대' 특위 구성 착수

한인사회의 정치적 역량을 확산하기 위한 '호주 한인시민권자연대'(가칭)가 추진된다.

시드니한인회(회장 승원홍)는 23일 한인회관에서 제12차 운영위원회를 열어 '호주 한인시민권자연대' 추진을 위한 특별위원회 구성을 만장일치로 가결했다고 24일 보도자료에서 밝혔다.

이날 한인회 운영위는 시민권자연대 추진 특위 위원장에 승원홍 회장, 부위원장에 박은덕 부회장, 위원에 하태화 기획이사를 선임하고, 부위원장과 집행위원은 추후 교민인사를 영입하기로 했다.

시민권자연대 특위는 오는 2월중 조직 구성을 마친 뒤 시드니한인회 특별위원회로 '호주 한인시민권자연대'를 공식 출범하고 제반 활동 계획을 수립, 본격적인 활동에 들어갈 예정이다.

특위는 '제26대 시드니한인회가 중점 사업으로 추진하는 동포사회 차세대 육성을 기반으로 호주 주류사회 진출을 장려하고 동포사회의 권익신장을 도모한다'는 데 뜻을 같이 하는 교민 인사들을 적극 영입한다는 방침 하에 동포 2세를 포함한 다양한 연령대의 인물들을 중심으로 조직 구성에 착수했다.

특위의 승 위원장은 "동포사회가 정치력을 신장하는 것은 26대 한인회의 주요 사업이자 목표 가운데 하나"라면서 "지난해 11월 연방 선거에서 한인회 나름대로 각 정치인사들을 만나 한인사회의 이익을 위한 여러 가지 제안을 해왔으며, 어느 정도 성과를 거둔 것으로 평가된다"고 말했다.

이어 "지난해 활동을 토대로 동포사회 각계 인사들의 역량을 집중할 필요성을 느꼈으며, 각계 인사들과 함께 조직화한다면 보다 체계적인 활동을 펼칠 수 있을 것"이라고 덧붙였다.

한인회는 시민권자연대가 출범하면 오는 9월로 예정된 지방의회 선거에서 한인후보 지원, 동포 밀집지역 주요 정계 인사들과의 관계 강화, 동포 2세들의 정계 진출 모색은 물론 한인사회의 주요 로비그룹으로의 역할도 기대하고 있다.

권상진 기자 info@hojudonga.com

▲2008년 1월 한인사회의 정치역량 강화를 위한 호주한인시민권자연대 특별위원회 구성 관련 보도기사

나는 제26대 시드니한인회장으로 취임한 이래 역동적인 활동을 전개하면서 연방총리(자유당)와 야당당수(노동당)를 비롯하여 한인밀집지역의 호주정치권 인사들과 다문화관련 정치인들과의 다양한 만남들을 계속 갖게 되었고 또한 지방정부시장과 시의원들과의 긴밀한 협력을 위하여 자연스럽게 한인정치역량 강화를 위한 호주한인시민권자연대 결성의 필요성을 느꼈다. 사실 호주한인시민권자연대 결성을 위해 내 전임회장단에서도 이미 실행했던 바 있었으나 제대로 승계되지 못했고 제26대 시드니한인회에서 또다시 특별위원회 성격으로 한인회장인 내가 위원장으로 운영하는 형태를 취했다. 그러나 호주정치권은 자유당과 국민당 연립과 노동당으로 양분된 현실 정치권에서 개인의 정당 선호에 따라 한인사회도 양분된 상황으로 호주한인시민권자연대 이름으로 통합된 정치활동을 전개하기가 사실상 어려웠다. 그런 가운데 2008년 9월로 예정되었던 지방정부 시의원선거에 무려 8명의 한인후보가 현실정치권에 출사표를 던졌다. 나는 매우 희망이 있다고 생각했다. 그래서 실제로 당선가능성이 높다고 생각했던 노동당의 권기범과 자유당의 옥상두 스트라스필드시의원 출

마자 후원회에도 한인회 운영위원들과 함께 참석하여 격려사를 통해 성원하며 후원했다. 그리고 한인밀접지역의 하나인 라이드시의회에 출마한 하태화 운영위원의 아들 하준수를 위해서도 적극 후원했다. 뿐만 아니라 시드니한인회 차원에서 “한인 차세대 정치인 우리 손으로 키워냅시다”란 슬로건을 내걸고 8인 후보를 위한 격려 및 후원의 밤 행사도 개최했다.

▲2008년 8월 시드니한인회 주최 NSW주 지방의회선거 출마 한인예비후보 격려의 밤 행사에서 축사를 하는 필자

그러나 결과는 Strathfield City의 권기범 후보와 Canterbury City의 남경국 후보 두 후보만 당선되었다. 2011년 지방선거에선 Strathfield City의 옥상두후보와 Auburn City의 양상수 후보 두 후보가 당선되고 2017년에 Ryde City에 피터김 후보가 당선되었다. 코로나19팬데믹으로 연기조치된 2021년도 지방선거에 여러 명의 후보가 주요 정당의 공천을 위해 사전준비를 하고 있는 걸로 알고 있다. 자유당이던 노동당이던 모두들 좋은 결과 있기를 기대해 본다. 지방선거에서 시장을 별도로 선출하지 않고 당선된 시의원들이 돌아가면서 1년 임기의 시장을 선출하는 Strathfield City의 경우 다행스럽게도 노동당의 권기범 시의원이 첫번째 한인 시장으로 선출되었고 후에 자유당의 옥상두 시의원이 시장으로 선출된 바 있다.

한인 차세대 정치인, 우리 손으로 키워냅시다!

오는 9월, NSW주 지방의회 선거를 맞아 시드니 지역 한인 밀집거주 선거구에서 여러 한인동포가 출마합니다. 2000년대 들어 캠시와 스트라스필드에서 한인 이민역사상 처음으로 한인 동포들이 지방의회에 입성한 이후 정계 진출 움직임이 활발하게 일어나는 것은 바람직한 일이 아닐 수 없습니다.

지금 중요한 것은 한인사회 전체가 한인동포 후보들을 적극 지원함으로써 시드니 한인사회의 응집력을 보이고, 나아가 이들을 중심으로 보다 활발한 정계와의 교류를 통해 한인사회의 권익 도모를 모색해야 할 것입니다.

이에 따라 시드니한인회에서는 다음과 같이 이번 지방의회 선거에 도전하는 한인 후보들을 위한 **'한인 후보 격려의 밤'** 시간을 갖습니다. 특정 개인, 정당을 떠나 선거에 임하는 후보들을 격려하기 위한 이날 모임에 많은 동포들이 참석하시어 한인 후보들에게 힘과 용기를 주시기를 당부드립니다.

\- 다 음 -

- 일 시 : 2008년 8월22일(금) 오후 6시
- 장 소 : 한인회관(82 Brighton Ave, Croydon Park)
- 기 타 : 식사준비 관계로 RSVP 바랍니다(8월19일 / 화 오후 4시)
- 문 의 : 9798 8800 / sydney@koreanet.org.au

호주 시드니한인회 · 호주 한인시민권자연대

The Hoju Dong-A Ilbo

2008년 8월 26일 화요일

"한인 정치력 신장 계기되길"

한인회 '후보 격려의 밤' 주최

▲2008년 9월 NSW주 지방의회선거 출마 한인예비후보자 격려의 밤 행사 광고 & 한인예비후보 관련 보도기사

▲2008년 8월 시드니한인회 주최 NSW주 지방의회선거 출마 한인예비후보 격려의 밤 행사에서 축사를 하는 필자

9월13일 지방정부 선거… 스트라스필드 노동당 선거사무소 열어

재선 도전 권기범 의원 등 6명 출사표, '지역민에 봉사와 헌신' 강조

▲2008년 9월 NSW주 지방의회선거 출마 한인예비후보자, 김웅남 총영사, 전임 한인회장과 필자(앞줄 오른쪽3번째) & 2008년 9월 NSW주 지방의회선거, 스트라스필드 노동당선거사무소 개설 축하행사관련 보도기사

▲2008년 9월 지방정부선거를 앞두고 노동당 선거사무소 개소축하식에서 The Hon. John Murphy MP 연방의원, 김웅남 총영사, 노동당 시의원들과 필자. 필자는 권기범 시의원에게 최선을 다하고 하늘의 뜻을 기다리라는 뜻의 진인사대천명(盡人事待天命) 휘호를 선물했다 & 노동당 선거사무소에서 권기범 시의원과 필자

나는 Epping지역구 The Hon. Greg Smith MP주의원과 김기덕, 김영필, 심 아그네스와 함께 매우 친근한 관계를 유지하며 아일랜드 출신인 스미스의원의 초대로 매년 St. Patrick's Day 축하파티에 참석하여 Irish문화를 접하기도 했고 Epping지역구 사무실에서의 X-mas파티에도 참석해 지역구민들과 함께 캐롤송을 부르며 친목 이상의 우정을 나누었다. 스미스 의원은 많은 자유당의원들과 한인사회와의 교류를 위해 많은 기회를 제공했고 우리는 자연스럽게 Korean Friends of Greg Smith라고 불리우게 됐고 이 모임은 아직도 계속되고 있다.

스미스 의원의 정계은퇴로 Epping지역구를 물려받은 The Hon. Damien Tudehope MP와도 자연스런 회동을 하게 되면서 언젠가 튜드호프 의원이 한인사회엔 왜 아직까지 공식적인 자유당 지지모임이 없느냐고 하면서 조직결성을 위해 본인도 자유당사무처를 통해 가능한 지원노력을 하겠다고 했다. 그런가운데 우리(김기덕, 김영필, 심 아그네스와 나)는 자유당출신 옥상두 시의원과 양상수 시의원, 강태승과 몇 차례 회동을 하면서 Korean Friends of Liberal Party(자유당한인친구들) 결성을 구체화했다. 이 과정을 위해 나는 자유당에 입당했다. 그래야 모임을 주도해 갈 수 있겠다고 생각했기 때문이다. 그런 과정을 거쳐 2016년 6월 22일 NSW주의회 소극장에서 나는 임시의장을 맡아 '자유당한인친구들' 회칙을 확정짓고 스미스 의원과 튜드호프 의원실에서 근무를 했던 김기덕과 옥상두 시의원, 양상수 시의원을 3인공동의장으로 그리고 켄버라의 이슬기예비후보(현 켄버라 준주의원 겸 야당대표)를 켄버라지부장으로 추대했다. 사실 나는 자유당한인친구들 조직 탄생을 위한 산파역할을 맡았던 셈이다. 그러나 나는 아직 정치력이 약한 한인사회의 실정을 감안하여 한인사회를 지원하며 도와줄 수 있는 어느 정치인도 당적을 초월하여 성원하고 후원해야 한다고 생각하여 자유당적을 계속 유지하지 않았다. 그래서 좀 더 자유롭게 내가 좋아하는 여러 후보들을 성원하며 후원하고 있다.

▲2016년 6월 22일 NSW주 의회소극장, 자유당한인친구들 발기인총회에서 임시의장으로 회무를 진행하는 필자 & 자유당한인친구들 3인 공동의장 양상수,옥상두,김기덕과 켄버라 지부장 이슬기와 필자(왼쪽 2번째)

▲2016년 6월 22일 NSW주 의회소극장, 자유당한인친구들 발기총회 축하리셉션 이슬기 켄버라지부장의 사회로 The Hon. Damien Tudehope MP, The Hon. Greg Smith 전 법무장관, The Hon. Victor Dominello MP의 축사

▲2016년 6월 22일 NSW주 의회소극장, 자유당한인친구들 발기인총회에 참석한 한인 자유당원과 내빈과 필자(중앙) 자유당 The Hon. Julian Leeser MP 연방의원과 NSW주의원 The Hon. Greg Smith, The Hon. Victor Dominello MP, The Hon Geoff Lee MP, The Hon Alister Henskins MP, The Hon. Scott Farlow MLC와 백낙윤, 승원홍, 송석준, 백승국, 류병수 전·현임 한인회장과 다수 한인단체장들이 참석했다.

▲ 켄버라준주 이슬기후보 후원의 밤에서 이연형과 필자 & 정견발표 중인 Ryde City시의원후보 피터 김

▲ Korean Community Forum에서 한정태 자유당 예비시의원후보의 공천지지발언을 하는 필자

7-3-7. 호주(연방, NSW주, 지방)정부선거와 한인사회의 역량

호주 헌법은 호주시민권자만이 선거를 할 수 있도록 규정하고 있다. 광역시드니에 거주하는 만18세 이상 한인시민권자는 대략 4만 명 정도로 추산한다. 다행스럽게도 한국인들은 호주정치권의 양대 정당인 자유당과 노동당이 첨예하게 접전을 벌이는 연방의원선거구 Bennelong지역구와 Reid지역구 그리고 NSW주선거구 Strathfield, Ryde, Epping, Auburn지역구처럼 다문화중산계층 지역에 주로 많이 살고 있기 때문에 적은 한인유권자 숫자에도 불구하고 경우에 따라서는 스윙보터로 당락을 가를 수도 있는 중요한 지위를 갖고 있다.

그래서 양대 정당은 선거 때는 물론 평상시에도 한인사회의 지지와 후원을 받기 위해 공들이며 한인사회 지도자들과 교류하고 지지기반 확보에 많은 노력을 하는 것 같다. 나도 시드니한인회장 재임 2년 기간을 통하여 얻어진 인적자산을 계속 확대발전시키며 소속정당과 관계없이 한인사회에 도움이 될 수 있도록 최선의 노력을 다하고 있다.

제38호 음력 9월 9일 2007년 10월 19일 금요일

하워드 총리 한인사회 '구애' 작전

▲ 2007년 호주연방의원선거 Bennelong지역구, 자유당 현직 연방총리 존 하워드와 노동당 멕신 멕큐 선거전에서자유당과 노동당 양당으로부터 한인사회의 중요성을 부각시켰던 기념비적 연방선거전이었다.

▲ 2007년 호주연방의원선거 Bennelong지역구 멕신 멕큐 후보 지원에 나선 전임 노동당 연방총리 The Hon. Bob Hawke MP AC (1983-1991연방총리)와 한인회 박은덕 부회장, 운영위원과 필자 부부(왼쪽 2, 3번째)

▲2007년 호주연방의원선거 Bennelong지역구 봅 호크 전 연방총리, 멕신 멕큐 후보, 후원건배사를 하는 필자

▲이슬기(Elizabeth Lee) 후원모임에서 부친 이연형과 필자, 켄버라준주 이슬기 의원 지역구후원모임에서 필자

▲2016년 연방의원선거 Reid지역구 재선을 위해 한인사회의 지지를 호소하는 크레이 그러운디의원과 존 하워드 전임연방총리

▲ 2019년 연방의원선거 Bennelong지역구 존 알렉산더 의원의 4선을 위해 한인사회 지지를 호소하는 말콤 턴블 연방총리 & 2019년 NSW주선거 Ryde지역구 4선도전의 빅토 도미넬로 의원과 상원의원에서 하원의원도전을 위해 Epping지역구로 공천을 받은 도미니크 페로테트 후보 지원모임에서 Epping지역구 데미안튜드호프 의원과 한인지도자들과 필자(왼쪽7번째)

▲ 2019년 NSW주 선거 Ryde지역구 4선 도전의 빅토 도미넬로 의원과 Bennelong연방지역구 존 알렉산더의원 지지 BBQ모임에서 필자(오른쪽4번째) & Berowra연방선거구 재선에 도전하는 쥴리안 리서 의원의 유대교 전통에 따라 랍비의 기도로 시작하는 선거지지모임

▲ 2019년 Bennelong연방지역구 4선에 도전하는 존 알렉산더 의원 지지 한인모임에서의 필자(왼쪽 4번째)

▲2019년 Bennelong연방지역구 탈환을 위하여 노동당이 전략공천한 크리스티나 케넬리 전NSW주 수상을 후원하는 농악춤놀이에 이어 한인사회 지지를 호소하고 있는 크리스티나 케넬리후보(낙선 후 현 연방상원 재임 중)

▲2019년 Bennelong연방지역구 탈환을 위하여 노동당이 전략공천한 크리스티나 케넬리 전NSW주 수상과 한인사회 지지를 호소하는 봅카 전임 NSW주 수상 & 봅카 전주 수상, 크리스티나 케넬리 후보와 한인사회 지지자들

▲2019년 Reid연방지역구 자유당의 크레이 그러운디 의원의 정계은퇴 선언으로 전략공천된 의사 휘오나 마틴 후보를 위한 한인사회 후원모임에서 지지연설을 하는 필자(멀리 베레지클리안 NSW주수상과 마틴후보와 전임자인 러운디 의원, 양상수 시의원 부부가 서서 지켜보고 있다)

▲지지를 호소하는 휘오나 마틴 후보 & 후보지지연설을 하는 필자와 글레디스 베레지클리안 NSW주 수상

▲2019년 Reid연방지역구 노동당 Sam Crosby 후보 지지 농악대가 스트라스필드 상가를 돌고 있다 & 스트라스필드 역 앞 광장에서 샘 크로스비 후보 지지를 호소하는 토니버크 연방의원과 조 디멕케이 NSW주의원

▲2019년 Reid연방지역구 노동당 Sam Crosby 후보 지지호소를 위해 Burwood상가지역을 중심으로 중국계와 한국계 지도자초청 오찬모임에 참석한 페니 웡 연방상원의원과 필자(앞줄 왼쪽 3번째)

7-4

한국 대통령, 중앙정부, 지자체인사, 국회의원, 공관장과의 교류협력

7-4-1. 이명박 대통령 호주국빈방문과 대통령내외분 환영 동포간담회

2009년도가 되면서 이명박 대통령의 호주국빈 방문일정이 확정되었고 연방정부 케빈 러드 총리와의 정상회담을 비롯하여 베리오파랄 NSW주수상과의 일정과 호주 정치경제 분야 일정의 행사준비를 위해 켄버라 대사관과 시드니총영사관이 바빠지기 시작했다. 아울러 호주동포사회와 관련하여 대통령과의 시드니동포간담회 일정도 확정되었다. 물론 모든 준비과정은 관련자 이외에는 대외비밀로 진행했다. 김웅남 총영사와 나는 1차로 250명 초청인원 선정을 했는데 대통령 내외와 동석할 Head Table에 누구를 선정하느냐가 가장 큰 숙제였다. 전체 인원 숫자의 제한으로 인해서 특별한 경우를 제외하

▲ 2009년 이명박 대통령 내외 호주 국빈 방문환영 교민간담회장, 이 대통령 내외를 환영하는 어린이화동과 필자

고 부부동반초청을 하지 않기로 원칙을 정했고 우선 민주평통호주협의회 소속위원, 호주 전지역의 현직 한인회장과 시드니한인회의 전임회장과 주요 운영위원, 시드니의 주요 단체장 중심으로 1차 확정을 하고 추가해 나가기로 했다. 그리고 Head Table의 10명도 선정했다. 이명박 대통령 내외, 시드니한인회장 내외, 민주평통 호주협의회장 내외 6명은 이의가 없었다. 김웅남 총영사가 교민 원로인 이재경 회장 내외를 추천했고 나는 한국인 최초 기초단체장인 Strathfield Council 권기범 시장 내외를 추천해 모두 10명으로 확정했다. 헌데 Head Table에 부부동반을 하지 말고 가능한 다양한 인사들로 선정했으면 좋겠다는 청와대의 요청이 있었다. 우리는 청와대의 요청에 따라 Head Table의 인원선정을 다시 해야 했다. 그렇게 해서 이명박 대통령 내외를 포함하여 시드니한인회장, 민주평통 호주협의회장, 교민원로 이재경 회장, 오페라하우스 솔리스트 권혜승, 청각장애인 박영주, 한국입양아 출신 니키 해몬드, 유학생 황용운 9명으로 재조정하고 이 대통령과 영부인 사이 간격을 넓히는 것으로 확정했다. 그리고 내 처는 유명환 외교부장관과 함께 Head Table 옆의 2번 테이블로 배정을 했다. 또한 시드니 주요 단체 가운데 특별히 6.25참전국가유공자와 베트남전참전 국가유공자회 회원들에 대한 국가적 예우차원에서 전현직 회장을 포함하여 임원까지 가능한 대로 초청하기로 했다. 결국 250명 목

표를 훨씬 넘겨 300명을 초과해 초청하게 되었다. 이런 대통령 행사에는 안전 문제를 포함해 VIP경호를 최우선으로 하기 때문에 초청 예정자에 대한 한국 신원조회 과정을 거쳐야 하는데 일부 인사는 초청예정자 명단에 포함을 시켰으나 신원조회에 문제가 있어 실제 초청이 되지 못한 인사들도 있었다. 이렇게 초청인사들의 명단이 확정되고 신원조회가 마무리되어 갈 무렵 청와대에서 시드니한인회장의 대통령 내외 환영사 원고를 사전에 볼 수 있겠냐는 요청이 왔다. 나는 환영사 원고를 총영사관을 통해 송부했고 얼마 후 청와대로부터 원고 분량을 조금 줄여 주었으면 좋겠다는 답신을 받았다. 그래서 나는 시드니 한인동포사회 형성과정은 간략하게 축약을 했고 중요 단체들의 활동 내용을 모두 삭제하여 원고분량을 대폭 줄였다.

또 다른 재미있는 대통령 경호 업무와 관련된 에피소드를 소개한다. 내가 먼저 호주한인동포사회를 대표하여 이명박 대통령 내외의 호주국빈방문 환영사를 했고 이어서 이명박 대통령께서 단상에 올라 가 이야기를 시작했다. 헌데 단상 바로 앞 자리에 앉아 있었던 내가 보기에 이 대통령께서 목이 매우 말라 보이는 듯했다. 그래서 나는 연단 옆에 서 있는 경호원에게 손짓으로 신호를 보내 대통령께 물을 전달하라는 신호를 보냈다. 경호원은 재빨리 눈치를 채고 Head Table에 놓인 이 대통령의 물컵을 날라 단상으로 전달했다. 이 대통령도 기다렸다는 듯이 물을 마셨다. 그리고 나는 내 물컵을 이 대통령 자리로 밀어 놓았다. 잠시 후에 경호원이 새 물컵을 가지고 와서 이 대통령 자리에 놓고 내 물컵은 다시 내 자리로 돌려놓고 갔다. 순간 나는 대통령 경호원은 대통령이 마실 물 한 컵에까지도 세심한 경호 태도를 보이고 있음을 직감하며 대통령 경호의 엄중함을 재인식했다.

3월 4일의 이 대통령의 공식일정은 너무도 빡빡했다. 점심 때엔 Shangri-la Hotel에서 한국과 호주의 정상급 경제인을 위한 비즈니스포럼 오찬 참석과 그 후엔 에너지분야 대학연구소 방문에 이어 저녁엔 Four Seasons Hotel 에서의 교민간담회 만찬 그리고 연이어 Hilton Hotel에서의 The Hon. Nathan Rees MP Premier NSW주 수상 초청 만찬 일정이 연이어 잡혀 있었던 관계로 호주교민들과는 저녁식사를 하며 충분한 대화시간을 갖지 못했다. 이런 시간적인 제약을 감안하고 효율적 행사진행을 위해 사전에 몇 분의 질의내용을 받아 진행함으로써 현장에서의 생동감 넘치는 대통령과의 깊이 있는 간담회가 되지 못한 점이 매우 아쉬웠다. Head Table에서도 대통령이 여러 참석자들과 충분한 대화를 할 수 없었음은 마찬가지였다. 물론 나는 이 대통령의 바로 옆 자리에 앉아 있었기 때문에 이 대통령께서 다른 참석자와 대화를 할 때마다 자연스레 도움을 주기도 했으며 아울러 나의 환영사에 소개했던 호주동포사회에 관한 축약된 여러 이야기도 할 수 있었다. 특별히 한국문화원 개설 요청과 차세대 육성 지원과 교민자녀 한글교육 지원을 포함해 한국어의 호주제도권 교육 확대와 한국인의 호주이민정책 확대를 요청하는 건의 문서도 직접 전달할 수 있었다. 그리고 이 대통령 내외분은 300여 명의 호주한인동포들에게 NSW주수상 초청 만찬 행사약속 관계로 많은 시간을 함께하지 못하게 되었다는 양해를 구하고 자리를 떠나야 했다. 물론 나도 아내랑 함께 NSW주 수상 초청 만찬에 참석하기 위하여 Hilton Hotel로 이동했다.

또 다른 에피소드를 소개한다. 우리가 이 대통령 내외 환영 교민간담회 준비를 하는 중에 김 총영사는 호주건설노조가 한국 내 노동자권리보장을 요구하며 이 대통령의 호주방문 반대시위를 준비하고 있다는 소식이 있다며 걱정을 했다. 그래서 나는 김 총영사에게 너무 걱정하지 말라고 했다. 그리고 나는 한인건설노조 고직만 조직가에게 직접 연락을 했고 모처럼의 고국 대통령 호주국빈방문 환영분위기를 망치지 않도록 자유롭게 반대의사는 표현하되 소란하지 않게 소규모 인원으로 준비해 달라고 특별 부탁을 했다. 그래서 실제 규모도 15명 전후 인원으로 한국 노동권리보장 피켓을 들고 평화롭게 시위를 했다. 마침 Hilton Hotel 입구는 George Street 쪽과 Pitt Street 쪽, 양쪽으로 입구가 있어서 George Street 입구의 시위대를 피해 이 대통령 내외는 Pitt Street쪽 입구로 이동했고 나는 George Street 쪽 입구로 시위대와 인사를 하고 행사장으로 들어갔다. 시드니한인회장으로서 다양한 이해 집단과 대화의 창구를 유지할 수 있다는 것도 또한 감사할 일이라고 생각한다. 이명박 대통령은 귀국후에 시드니교민간담회에서 호주교민들이 보여준 동포애적 환영에 대한 감사의 편지를 보내왔다. 사실 나의 시드니한인회장 임기 2년 기간 중에 모국 대통령을 맞이할 수 있는 기회가 흔치 않은데 나는 호주연방수상과 한국대통령 두 분 모두를 직접 가까이 만나 환담하며 맞이할 수 있었던 특권도 누렸던 셈이다. 이 또한 감사해야 할 일이 아니던가!

16 TOP · COMMUNITY 2009년 3월 13일

이명박 대통령 동포간담회, 헤드 테이블의 젊은 주인공들

"문화 예술 분야에서의 한인 활동이 활발해지길..."

이명박 대통령의 호주 국빈 방문과 함께 지난 4일 진행된 동포 간담회에는 약 300여 명의 한인 동포들이 자리를 같이 했다.

그 가운데 이 대통령과 같은 테이블에 앉아 잠깐이지만 환담을 나눌 수 있던 이들은 승원홍 시드니 한인회장, 서유석 민주평화통일 자문회의 대양주 회장, 이재경 전 시드니 한인회장 등 한인 사회 지도자를 비롯 오페라 오스트레일리아의 솔리스트 권혜승 씨(본지 자매지 Top Woman 14호 표지모델), 청각장애인으로 호주 도지국에서 근무하고 있는 공무원 박영주 씨(본지 자매지 Top Woman 17호 표지모델), 리크루트 회사에서 근무하는 한국 입양아 출신 니키 해몬드 씨(본지 자매지 Top Woman 37호 표지모델) 그리고 유학생인 황성운 씨 등이었다.

청와대 측이 요청한 엄격한 기준에 근거해 헤드 테이블 좌석에 배치된 이들은 일정상 약 5분에 지나지 않는 짧은 시간 동안 이 대통령과 환담을 나눈 관계로 대부분이 자기소개를 하는 것으로 끝내야만 했다.

이 대통령은 오페라 가수 권혜승 씨에게 "뉴질랜드에서 가진 총리 면담 때 한인 골프 선수 대니 리 씨를 만났다"며 "한국 사람으로 외국에서 활동하는 게 쉽지 않겠지만 문화예술 분야에서 활동이 활발해지길 바란다"고 당부했다.

이 대통령은 이어 "문화예술에서의 활동이야말로 한국을 알리는 것"이라고 강조했다.

이 대통령은 입양아 출신으로 한국말이 서툰 니키 해몬드 씨에게는 "몇 살이냐"고 질문을 던졌다. 해몬드 씨는 당황한 나머지 "스물"이라고 엉뚱한 나이를 답해 버렸고, 이 때문에 테이블은 웃음바다가 되기도 했다.

니키 해몬드 씨는 하루 전부터 "저는 니키 해몬드 입니다. 6개월 때 쌍둥이 언니랑 호주에 왔습니다. 한국말은 잘 못합니다" 등의 인사말을 외워왔지만 정작 간담회에서는 긴장해서 아무 말도 할 수 없었다며 안타까움을 나타냈다.

해몬드 씨는 이어 "비록 대통령과 많은 말을 할 수는 없었지만 그래도 태어난 고국의 대통령을 만나고 다른 많은 한인들을 한 자리에서 만나게 돼 더욱 한국이 가깝게 느껴졌다"고 말했다.

나혜인 기자

◀ 이명박 대통령내외 환영 교민간담회 관련 보도기사

성숙한 일류국가건설, 호주동포들도 함께 하겠습니다.
2009. 3. 4(수) 재호주 동포일동

▲ 2009년 3월 4일, Four Season호텔, 이명박 대통령 호주국빈방문환영 호주동포긴담회에서 환영사를 하는 필사

승원홍 시드니한인회장 환영사

“선진 한국 창조에 호주 동포들도 힘을 모을 것입니다”

존경하는 이명박 대통령님 내외분.

13만 호주 한인 동포를 대신하여 대통령님 내외분의 호주 국빈 방문을 진심으로 환영합니다. 아울러 바쁜 일정 속에서도 호주 한인동포들에 대한 애정과 관심을 가지시고, 귀한 만남의 시간을 할애하여 주신 데 대해 깊은 감사를 드립니다.

존경하는 이 대통령님.

한인 동포들의 호주 이민은 이제 반세기에 접어들고 있습니다. 1960년대 호주 정부 초청의 유학생, 연수생 입국에서 시작된 한인 동포들의 호주 정착은 70년대 베트남전쟁 참전 용사 및 파월 기술자들의 대거 이주로 한인사회 형성의 기초를 이루게 되었습니다.

이어 80년대에는 호주 정부가 자국 내 기술인력 충당을 위해 문호를 개방하면서 기술이민으로 다시 한 번 한인들이 대거 입국했으며, 사업이민의 물결도 한인사회를 확대한 하나의 축이 되고 있습니다.

그리고 현재 호주 한인사회는 영주이민자 수가 7만을 넘어섰으며, 기술 취업, 유학생, 그리고 워킹홀리데이 젊은이들이 각각 2~3만 명에 달하는 커다란 커뮤니티를 이루고 있어, 몇 년전부터 10만여 시드니동포사회라 칭하고 있습니다. 특히 7만여 명의 이민자 수치는 약 140여 소수민족으로 구성된 대표적 이민국가인 호주에서 29번째로 많은 소수민족 수가 되고 있습니다.

아울러 호주 한인사회는 각 소수민족의 다양한 문화를 수용하는 호주의 국가적 정책에 부응하면서 우리 한민족 고유의 문화를 호주사회에 접목시키는 데 노력해 오고 있습니다. 또한 우리 한민족 특유의 근면과 창조적 능력을 발휘하여 호주 주류사회에서도 매우 좋은 이미지 형성과 평가를 받아 왔으며, 모든 동포들이 힘을 합하여 호주 한인사회의 위상을 확고히 하면서 더불어 모국의 발전에 조금이나마 기여하고자 하는 마음을 항상 견지해 오고 있습니다.

존경하는 이 대통령님.

호주 한인사회가 오늘과 같이 비교적 큰 소수민족 그룹을 형성하고, 이민자로서의 삶의 정착 단계를 지나 사회적 역량을 발휘할 수 있게 되기까지는, 무려 2세기 가까이 이어져 왔던 백호주의 시절의 어려운 여건하에서, 초기 이민1세대의 큰 희생과 피나는 노력이 있었습니다. 호주 한인동포 사회는 그야말로 맨주먹으로 시작하여 어렵게 뿌리를 내린 땀과 눈물의 결실이었습니다.

한국인 특유의 근면과 성실함은 호주사회에 한국에 대한 좋은 이미지를 심어주었고 한국인들의 기술이민, 사업이민으로의 문호를 넓혀 나가는데 기여했다고 감히 자부합니다. 또한 이러한 어려움 속에서도 시간이 되면 서로 만나 친목을 다지고, 새로이 호주로 입국하는 이들을 도와주면서 오늘날의 한인 공동체를 발전시켜 나가고 있습니다.

존경하는 이 대통령님.

이민 반세기라는 물리적인 시간은 한 세대의 교체를 가져 왔습니다. 실질적으로 호주 한인 동포사회는 이제 이민 초기세대의 뒤를 이어 1.5세대와 2세대가 주역으로 부상했습니다. 이 시점에서 호주 한인사회를 대표하는 시드니한인회는 크게는 호주 주류와의 관계를 더욱 공고히 해 나가면서 안으로는 차세대 동포 젊은이들을 육성하는 데 주력하고 있습니다.

올해로 저희 시드니한인회는 창립 41년째를 맞고 있습니다. 이제 40년이 흐른 지금, 한인회의 기능은 한인 동포들의 친목과 교류, 정착을 위한 정보교류의 기본적 기능에 추가하여, 시대적 변화와 세대의 교체에 따라 변화된, 새롭고 다양한 미래지향적 활동들을 펼쳐 나가고 있습니다. 이러한 한인회 차원의 노력에 동조하고 협조하는 동포들이 날로 늘어가고 있으며, 특별히 한인사회를 위한 종교계의 적극적인 한인회 지원 동참 움직임은 참으로 주목할 만합니다.

앞으로도 저희 한인 동포들은 우리 모국과 호주라는 국가 간 상호 이익을 위한 것이라면, 또한 모국의 발전을 위한 일이라면, 기꺼이 그 역할을 다할 것입니다. 모국의 발전은 한인 커뮤니티의 위상과도 직결되기 때문입니다. 또한 우리 모국의 발전이 이민자 사회에서 한인 커뮤니티의 위상과 공동의 이익을 끌어내는 길이라 인식하면서 이 대통령님께서 추구하시는, '선진화를 통한 세계 일류국가' 실현에도 일조할 것을 약속드립니다.

존경하는 이 대통령님.

이번, 이 대통령님의 호주 국빈 방문의 KEY WORD가 경제와 환경, 자원외교라고 언론들은 보도하고 있습니다. 물론 호주가 보유하고 있는 막대한 자원을 안정적으로 공급 받는 일은 매우 중요합니다. 그러나, 호주에 살고 있는 호주한인동포라는 인적 자원 또한 매우 귀중한 자원이라고 새롭게 인식하는 귀중한 시간이 되기를 바라마지 않습니다.

그래서 호주 한인동포들을 위한 모국 정부의 지원정책에도 각별한 관심을 가져주실 것을 건의 드리고 싶습니다. 차세대를 위한 다양한 분야의 지원과 교류정책이 필요하며 호주정부가 추진하고 있는 한국어교육 지원정책에 병행하는 우리정부의 지원을 호주 교민들은 간절히 바라고 있습니다. 또한 다문화 국가에 걸맞는 다양한 한국문화 소개를 위한 한국문화원 개설, 그리고 보다 많은 젊은 숙련기술인력들이 호주로 이민 올 수 있도록 적극 장려하는 이민정책이 필요합니다.

다시 한번, 바쁜 일정 속에서 한인 동포들과의 만남의 시간을 할애해 주신 데 대해 깊이 감사 드리며, 선진한국 창조에 호주동포들도 힘을 함께 보태겠습니다. 귀국하시는 그날까지 대통령님 내외분의 성공적인 국빈방문을 위해 저희 모두 함께 기도 드리겠습니다. 아울러 한번 더 뜨거운 박수로 대통령님 내외분을 환영합니다.

감사합니다.

2009년 3월4일

호주 시드니한인회 회장 승 원 홍

▲ 호주교민간담회에서 동포들의 단합을 강조한 이명박 대통령, 헤드테이블에서 이 대통령과 건배하는 필자

▲ 호주교민간담회에서 한인동포사회의 발전을 위해 건배하는 이명박 대통령 내외와 소프라노 권혜승과 필자

(6) 한국신문 MAIN NEWS The Sydney Korean Herald

이명박 대통령 호주 국빈방문 특집

"물질적인 것은 못 나눌지언정 마음은 나누고 살아야…"

이 대통령 동포간담회 "경제위기 오래가지 않을 것" 희망 강조

이은형 기자

4 호주동아 이 대통령 방호

이명박 대통령 시드니 일정

"한호 양국 거리는 멀지만 마음은 가깝다"

"경제위기 오래 안갈 것"

'포용과 화합' 메시지 강조

▲ 이명박 대통령 내외 호주국빈방문과 Four Seasons Hotel에서의 교민간담회 관련 보도 기사

▲ Shangli-La호텔에서의 한-호그린비즈니스포럼 오찬에 참석한 한인동포 지도자들과 필자(오른쪽 2번째) & Hilton 호텔 밖에서 이명박 대통령의 노동정책에 반대하는 호주건설노조의 시위대원들

▲ 시드니 Hilton Hotel에서의 나탄 리스 NSW주 수상 초청, 이명박 대통령 내외 환영만찬장에서 필자 부부

이 대통령, 승 회장에 '감사 서한' 보내

"한인동포 권익증진 위해 관심과 지원" 약속

이명박 대통령은 최근 시드니한인회 승원홍 회장 앞으로 서한을 보내, 지난 3월4-5일 호주 방문 기간 중 한인회 주관으로 마련됐던 동포 간담회에 대한 감사의 뜻을 전해 왔다.(사진)

3월23일자로 된 이 서한에서 이 대통령은 "호주 방문을 따뜻하게 환영해 준 데 대해 감사한다"면서 "재호 동포 여러분의 성원으로 호주 방문 일정을 무사히 마치고 좋은 성과를 얻을 수 있었다고 생각한다"고 말했다.

이 대통령은 이어 "동포간담회에서의 열기가 매우 인상적이었으며 모국을 잊지 않고 호주에서 모범적인 공동체를 이끌어가는 동포 여러분의 모습에 큰 감동을 느꼈다"고 전했다.

이 대통령은 호주 방문 성과에 대해 케빈 러드 총리를 비롯한 호주 지도자들과 양국간 우호협력 관계를 포괄적으로 발전시킬 수 있는 다양한 방안에 대해 의견을 나누었으며, 국제금융 위기의 조속한 극복을 위한 방안도 긴밀히 협의했다고 소개했다.

이 대통령은 또 "1997년 외환위기를 극복했던 것처럼 모국과 동포사회가 합심하면 좋은 결과가 있을 것"이라며 "정부도 경제위기의 성공적 극복을 위해 최선의 노력을 다할 것"이라고 말했다.

특히 이 대통령은 "시드니한인회에서 건의한 사항을 잘 검토하여 재호 한인들의 권익증진으로 연결될 수 있도록 정부로서 관심과 지원을 아끼지 않을 것"이라고 약속하면서 "한인회의 계속적인 발전을 기원한다"고 맺었다.

승 회장은 지난 3월4일 포시즌 호텔에서 열린 동포간담회에서 이 대통령에게 △한인 차세대 육성사업 △호주 정규 교과과정에서의 한국어 교육 확대 △한국문화원 개설 △기술인력의 호주 이민(장기 취업) 장려 등을 핵심 사업을 추진하고 있다고 설명했었다.

<시드니한인회>

대한민국 대통령

2009년 3월 23일

승원홍 회장 귀하.

이번에 본인의 호주 방문을 따뜻하게 환영해 주신데 대해 감사드립니다. 회장님 이하 재호 동포 여러분들의 성원으로 호주 방문 일정을 무사히 마치고 좋은 성과를 얻을 수 있었다고 생각합니다.

특히, 3월 4일 동포간담회에서의 열기는 매우 인상적이었으며, 모국을 잊지 않고 호주에서도 모범적인 공동체를 이끌어가고 계신 동포 여러분들의 모습에 큰 감동을 느꼈습니다.

본인은 이번 호주 방문 중 케빈 러드 총리를 비롯한 호주의 지도자들과 한-호 우호협력관계를 포괄적으로 발전시킬 수 있는 방안에 대해 다양한 의견을 나누고, 특히 최근의 국제금융위기를 최대한 신속히 극복하기 위한 협력 방안에 대해서도 긴밀히 협의하였습니다. 97년 당시 외환위기를 극복하였던 것처럼, 모국과 동포사회가 합심하면 큰 좋은 결과가 있으리라 믿으며, 우리 정부도 경제위기의 성공적 극복을 위해 최선의 노력을 다할 것입니다.

아울러, 동포간담회시 시드니 한인회에서 건의하신 사항을 잘 검토하여 재호 한인 여러분의 권익증진으로 연결될 수 있도록 정부로서 관심과 지원을 아끼지 않을 것입니다.

우리 동포사회의 따뜻한 환영에 다시 한 번 감사드리며, 회장님의 건승과 한인회의 계속적인 발전을 기원합니다.

이 명 박

시드니 한인회
승원홍 회장 귀하

▲ 이명박 대통령 내외분 호주국빈 방문기사, 기념선물 탁상시계, 이명박 대통령의 시드니방문 환영감사편지

7-4-2. 대통령 및 국무총리 행사참석과 대통령의 선물과 인사장

나는 1991년 민주평통위원과 간사로서 노태우 대통령과의 만남으로부터 시작하여 김영삼 대통령, 김대중 대통령을 만날 수 있었다. 그리고 재호한인상공인연합회 회장재임 당시, 임원들과 함께 1998년 2월 25일 서울 여의도 국회의사당 앞 광장에서 개최됐던 제15대 김대중 대통령 취임행사와 김종필 국무총리 주최 해외동포환영리셉션에 처음으로 참석했었다. 그리고 민주평통위원으로서 또는 시드니한인회장과 대양주한인회총연합회 상임고문으로서 대통령 및 국무총리를 만나볼 수 있는 기회도 많았다. 일반적으로 청와대를 찾아 대통령을 방문할 경우 대체로 청와대 문양과 대통령 자신의 이름이 새겨진 시계를 선물 받았다. 노태우 대통령 때는 이름이 없었고 김영삼 대통령 재임 시 받았던 대통령표창 시계에도 청와대 문양만 있었고 일반적인 방문 경우에만 대통령의 이름이 새겨진 시계를 받았다. 그래서 가족과 친지들에게 선물용으로 사용하기도 했다. 그러나 박근혜 대통령은 손목시계 대신 동대문상권을 보호하자는 취지에서였는지는 몰라도 한국전통문양의 필통 용도로 쓰일 것 같은 여성용 주머니와 남자용 지갑을 선물했다. 그래서 손목시계를 예상했던 많은 분들이 실망을 하기도 했다.

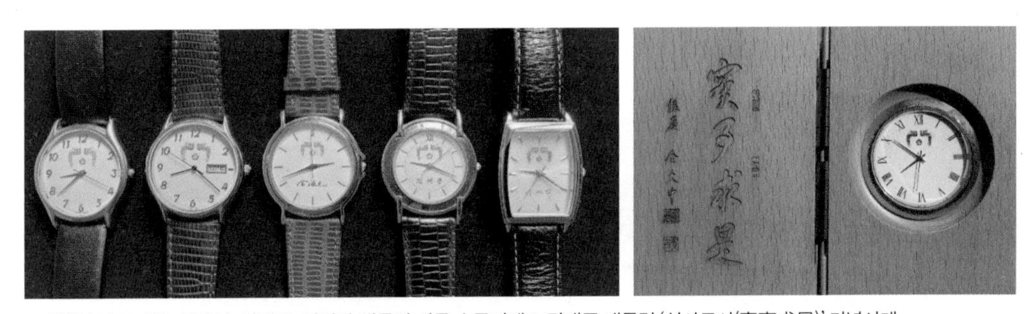

▲ 왼쪽부터 노태우, 김영삼, 김대중, 이명박 대통령 선물 손목시계 & 김대중 대통령 '실사구시(實事求是)' 기념시계

2008년 4월 제17대 대통령으로 이명박 대통령이 취임한 후, 5월 5일 박근혜 국회의원실 이춘상 보좌관이 전화를 걸어왔다. 용건은 박근혜 국회의원이 11박12일 일정으로 호주 뉴질랜드 방문을 계획하고 있으며 5월 13일 시드니방문시에 시드니한인회에서 대대적인 공항 환영행사와 교민 간담회 주선을 요청하는 내용이었다. 나는 한인회 차원에서 공항에서의 국회의원 환영식은 전례가 없었고 앞으로 한인회 의전행보에도 문제가 많다며 원칙적인 거부 의사를 표명했다. 그러나 한국의 정치 지도자로서 최소 규모의 환영 교민간담회는 당연히 준비해야 하지 않겠느냐며 정확한 시드니 체류 일정을 알려달라고 요청했다. 그때는 여러 방문지역 일정이 확정되지 않아 조율 중에 있었다. 나는 참고로 나도 해외여행 계획이 있어 5월 15일 오전에 출국할 예정이라고 귀뜸을 해주었다. 그리고 나는 이 내용을 박영국 시드니총영사에게 알렸고 한인회 임원들과 상의를 거처 샹그릴라호텔 소연회장인 Cambridge Room을 예약하기로 했다. 헌데 서부 호주 정치권 인사와의 일정변경으로 시드니 방문일정이 5월15일로 변경된다며 이춘상 비서관이 마지막 확인 전화를 해왔다. 나는 긴급히 샹그릴라호텔 측에 연락하여 일자 변경을 했다. 마침 같은 방으로 사용이 가능하다고 했다. 아울러 시드니총영사관과 한인회 임원진에게 연락을 하여 초청된 인사들에게 일자 변경소식을 통보하라고 지시했다. 나는 이춘상 보좌관에게 과거 서울대학교 재학 시절 정영사正英舍 출신으로 학생회장도 했다며 영부인 육영수 여사와의 인연도 이야기를 하며 안타깝게도 내가 15일 아침 항공편으로 출국을 하게 되어 박근혜 의원을 직접 환영하지 못하고 대신 박은덕 부회장이 잘 모시도록 조치하겠다며 아쉬움을 전했다.

▲청와대 마크가 새겨진 남자용 지갑 선물 & 박근혜 대통령의 한국전통문양이 있는 소박한 선물

The Sydney Korean Herald
15th ~22nd May 2008

박근혜 전 한나라당 대표 교민 간담회

친박의원 복당 "한국 돌아가서 입장 정리할 것"

호주를 방문중인 박근혜 전 한나라당 대표는 15일 친박(친 박근혜) 의원들의 복당과 관련, 한국에 들어가 실상을 파악한 후에 입장을 정리하겠다고 밝혔다.

박 전 대표는 이날 시드니에 도착, 시티 샹글릴라 호텔에서 가진 시드니 한인들과의 간담회에서 '한나라당이 선별 복당 쪽으로 가닥을 잡고 있다'는 질문에 대해 "본인이 호주를 방문해 (서울에) 없는 동안 벌어진 일이라, 일단 한국에 들어가 파악한 후에 입장을 정리해야 할 것같다"고 답했다.

박 전 대표는 또 미국산 쇠고기 수입 협상과 관련, 국민들의 저항이 거센 것에 대한 해결책을 묻는 질문에는 "정부가 협상을 했고 모든 정보를 갖고 있기 때문에 국민의 안전을 고려한 해결책을 제시할 것으로 본다"고 했으며, '한나라당이 어떤 대책을 갖고 있느냐'고 묻자, "당정협의를 하고 있다"고만 답했다.

박 전 대표는 또 해외교포들의 눈에 한국 정치가 고비용, 저효율이라는 지적에 "상식에 근거한 생산적인 정치를 위해 정당 민주화가 필요하며, 원칙과 법이 공정하게 지켜져야 한다"고 말했다.

그는 또 "명품 대한민국을 위해 국민이 안전하고 자유롭고 행복한 나라를 만들어야 한다"고 말했다.

박 전 대표는 이어 '자연인 박근혜'와 '정치인 박근혜'의 차이를 묻는 질문에는 "다르지 않다. '모든 일을 바르게 지혜롭게 하자'가 신조"라고 밝혔으며, 이명박 대통령과의 면담에 대해 묻자, "인터넷을 보면 다 나온다"라고만 답했다.

박 전 대표는 12-14일 사흘간 서호주(WA) 퍼스 일대의 산업시설을 시찰한데 이어, 14-15일 캔버라 방문기간 중 케빈 러드 호주총리와 면담을 갖고 러드 총리의 한국방문에 대해 의견을 나누었으며, 16일 시드니에서 모리스 에마 NSW주 수상과 면담한 뒤, 17일 뉴질랜드로 떠난다.

박 전 대표는 이번 호주방문에서 "자원개발을 위해 기술을 발전시키고 있는데서 호주의 저력을 느꼈으며, 동시에 문화재와 환경을 보호하면서 그런 개발을 하는 게 인상적이었다"고 말했다.

▶관련 화보 38면

김안구 기자
ginko@koreanherald.com.au

▲2008년 박근혜 국회의원 시절 시드니방문, 시드니 한인회 주최 샹그릴라 호텔에서의 교민간담회에서 박근혜 의원

▲2008년 박근혜 국회의원(전 대통령) 시드니 방문, 시드니한인회장 주최 박근혜 의원 환영리셉션(샹그릴라호텔)

2009년 5월 23일 노무현 전 대통령의 불행한 서거소식이 전해졌다. 시드니 노사모를 중심으로 분향소 설치문제를 상의하던 중 정부 차원에서 시드니총영사관에 그리고 한인사회 차원에서 시드니한인회관에 분향소를 설치하고 추모행사를 거행했다.

▲2009년 5월 23일 노무현 대통령의 서거 소식에 따라 시드니한인회관에 걸린 근조 플래카드와 관련 보도기사

▲2009년 5월 23일 노무현 대통령의 서거소식에 따라 호주 노사모와 협력하여 시드니한인회관에 마련한 빈소에서 분향 추모하는 필자 & 2014년 경남 김해 봉하마을을 찾아 故노무현 대통령의 묘소에 헌화하고 참배하는 필자

▲경남 김해 봉하마을 故 노무현 대통령 묘소 가까이에 조성된 쉼터에서의 필자

▲2008년 이완구 충남도지사(전 국무총리), 2011년 정운찬 전 국무총리, 2016년 정세균 국회의장(국무총리)와 필자

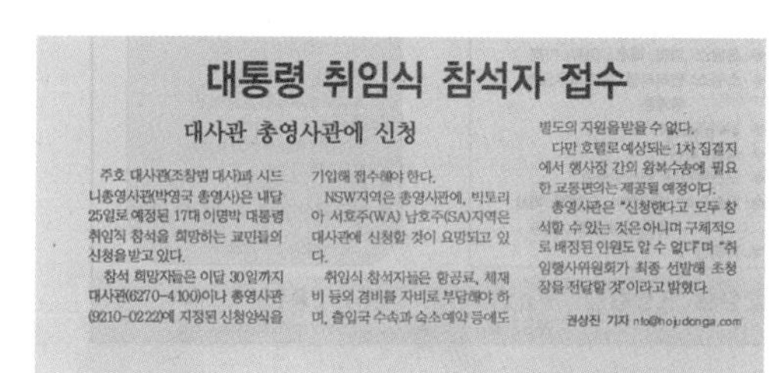

대통령 취임식 참석자 접수

대사관 총영사관에 신청

주호 대사관(조창범 대사)과 시드니총영사관(박영국 총영사)은 내달 25일로 예정된 17대 이명박 대통령 취임직 참석을 희망하는 교민들의 신청을 받고 있다.

참석 희망자들은 이달 30일까지 대사관(6270-4100)이나 총영사관(9210-0222)에 지정된 신청양식을 기입해 접수해야 한다.

NSW지역은 총영사관에, 빅토리아 서호주(WA) 남호주(SA)지역은 대사관에 신청할 것이 요망되고 있다.

취임식 참석자들은 항공료, 체재비 등의 경비를 자비로 부담해야 하며, 출입국 수속과 숙소예약 등에도 별도의 지원을받을 수 없다.

다만 호텔로 예상되는 1차 집결지에서 행사장 간의 왕복수송에 필요한 교통편의는 제공될 예정이다.

총영사관은 "신청한다고 모두 참석할 수 있는 것은 아니며 구체적으로 배정된 인원도 알 수 없다"며 "취임행사위원회가 최종 선발해 초청장을 전달할 것"이라고 밝혔다.

권상진 기자 nto@hojudonga.com

제17대 이명박 대통령 취임식 때에는 참석 희망자들이 대사관이나 총영사관을 통해 참가희망 신청을 하도록 했다. 나는 10만 명 시드니한인동포사회를 대표하는 상징성 있는 시드니한인회장의 경우는 본인의 참가여부와 관계없이 한국정부에서 당연히 공식초청장을 보내와야 한다고 생각했고 적어도 한국 내 지방자치단체장에 준하는 예우를 해야한다고 생각했기 때문이다. 그래서 나는 참가희망신청을 하지 않았고 물론 취임식에도 참석하지 않았다. 이에 대한 나의 소신을 교민언론지에 발표하려고 하였으나 혹여나 찰떡궁합으로 시드니한인회를 지원하고 있는 박영국 총영사의 입장만 난처해지지 않겠느냐는 한국신문 김인구 편집인의 만류와 권고로 공론화하지 않았다. 그후 나는 2013년 제18대 박근혜 대통령 취임식의 초청장을 받고 여의도 국회의사당에서의 취임식행사에 참석했다.

▲대한민국 제18대 박근혜 대통령 취임식 초청장 & 대한민국 제18대 박근혜 대통령 취임식장 입장카드

제18대 대통령 취임을 경축하기 위하여 모국을 방문하신 재외동포들을 모시고 아래와 같이 리셉션을 개최코자 하오니 참석을 부탁드립니다.

일 시 : 2013년 2월 26일(화) 12:30
장 소 : 소공동 롯데호텔 2층 크리스탈볼룸
복 장 : 평 복

국 무 총 리

연락처 : 외교통상부
재외동포과(02-2100-0825)

▲국회의사당에서 제18대 대통령취임 축하 기념식 & 제18대 대통령취임 축하 국무총리주재 리셉션 초청장

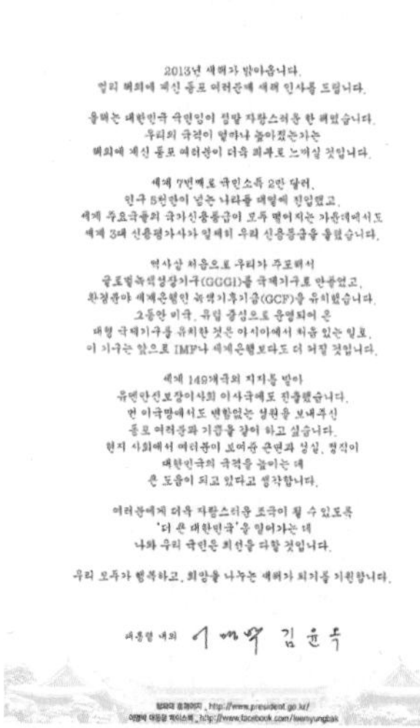

2013년 새해가 밝아옵니다.
멀리 해외에 계신 동포 여러분께 새해 인사를 드립니다.

올해는 대한민국 국민임이 정말 자랑스러운 한 해였습니다.
우리의 국격이 얼마나 높아졌는가는
해외에 계신 동포 여러분이 더욱 피부로 느끼실 것입니다.

세계 7번째로 국민소득 2만 달러,
인구 5천만이 넘는 나라들 대열에 진입했고,
세계 주요국들의 국가신용등급이 모두 떨어지는 가운데에서도
세계 3대 신용평가사가 일제히 우리 신용등급을 올렸습니다.

역사상 처음으로 우리가 주도해서
글로벌녹색성장기구(GGGI)를 국제기구로 만들었고,
환경분야 세계은행인 녹색기후기금(GCF)을 유치했습니다.
그동안 미국, 유럽 중심으로 운영되어 온
대형 국제기구를 유치한 것은 아시아에서 처음 있는 일로,
이 기구는 앞으로 IMF나 세계은행보다도 더 커질 것입니다.

세계 149개국의 지지를 받아
유엔안전보장이사회 이사국에도 진출했습니다.
먼 이국땅에서도 변함없는 성원을 보내주신
동포 여러분과 기쁨을 같이 하고 싶습니다.
현지 사회에서 여러분이 보여준 근면과 성실, 정직이
대한민국의 국격을 높이는 데
큰 도움이 되고 있다고 생각합니다.

여러분에게 더욱 자랑스러운 조국이 될 수 있도록
'더 큰 대한민국'을 일궈가는 데
나와 우리 국민은 최선을 다할 것입니다.

우리 모두가 행복하고, 희망을 나누는 새해가 되기를 기원합니다.

대통령 내외 이명박 김윤옥

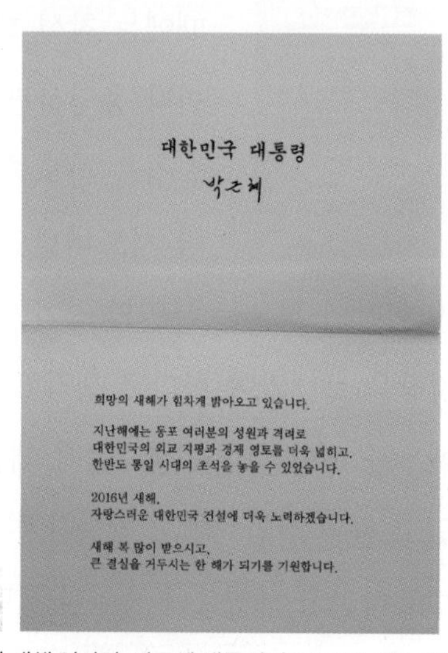

대한민국 대통령
박근혜

희망의 새해가 힘차게 밝아오고 있습니다.

지난해에는 동포 여러분의 성원과 격려로
대한민국의 외교 지평과 경제 영토를 더욱 넓히고,
한반도 통일 시대의 초석을 놓을 수 있었습니다.

2016년 새해,
자랑스러운 대한민국 건설에 더욱 노력하겠습니다.

새해 복 많이 받으시고,
큰 결실을 거두시는 한 해가 되기를 기원합니다.

새해를 맞아 동포 여러분과 떡국 한 그릇 나누고 싶습니다.

그동안 보내주신 따뜻한 성원에 깊이 감사드리며,
저와 대한민국이 걷고 있는 희망의 여정에 늘 함께해 주십시오.

2018년 2월 평창에서 동계올림픽과 패럴림픽이 개최됩니다.
평화와 화합의 불꽃이 타오르도록 관심과 성원을 부탁드립니다.

새해에도 더 많은 동포 여러분을 만나기 위해 노력하겠습니다.
계신 곳 어디서나 건강과 행복이 충만하기를 기원합니다.

대한민국 대통령 문재인
김정숙 드림

▲이명박 대통령의 2013년 새해 인사장, 박근혜 대통령의 2016년 새해 인사장, 문재인 대통령의 2018년 새해 인사장

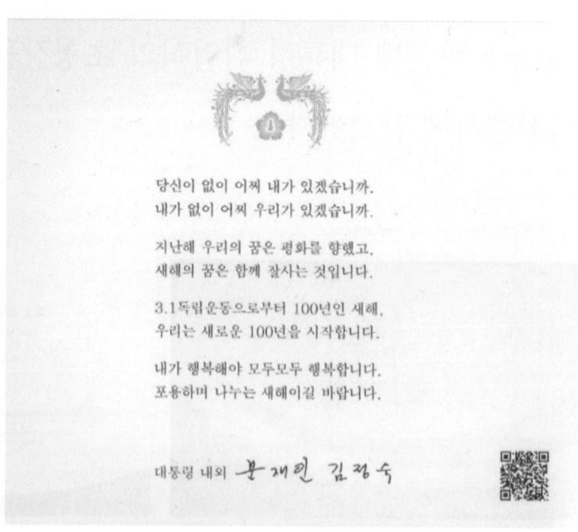

당신이 없이 어찌 내가 있겠습니까.
내가 없이 어찌 우리가 있겠습니까.

지난해 우리의 꿈은 평화를 향했고,
새해의 꿈은 함께 잘사는 것입니다.

3.1독립운동으로부터 100년인 새해,
우리는 새로운 100년을 시작합니다.

내가 행복해야 모두모두 행복합니다.
포용하며 나누는 새해이길 바랍니다.

대통령 내외 문재인 김정숙

▲3.1독립운동 100주년 기념을 맞는 문재인 대통령의 2019년도 새해 인사장

7-4-3. 공관장(대사와 시드니총영사)과의 긴밀한 교류협력

나는 1977년 11월 대한항공 사우디아라비아 제다지점의 판매관리담당으로 부임하여 시드니지사장으로 부임하기 이전에는 주사우디아라비아 한국대사관의 유양수 대사와 업무관계로 몇 차례 만날 기회가 있었다. 그리고 1979년6월 대한항공 시드니지사장으로 부임하면서부터 오늘까지 계속해서 한국 공관장과는 여러 면에서 가깝게 지내온 편이다. 1979년 부임 당시 주호주 한국대사관 제4대 이한림 대사(1977.6.-1980.7.) 그리고 나보다 몇 주 늦게 시드니로 부임한 제4대 김기수 총영사(979.7.-1981.3.) 때로부터이다.

▲ 1980년, 제4대 이한림 대사(1977.6.-1980.7.)와 필자

1979년 10월 27일 오전 11시부터 켄버라 한국대사관에서 이한림대사주재로 주재상사 지사장회의가 예정돼 있었다. 나는 이른 아침 출발 항공편 탑승을 위해 시드니공항으로 가는데 라디오에서 한국 대통령의 유고가 발생했다는 긴급뉴스가 계속 보도되고 있었다. 나는 한국에서 무슨 사태가 벌어졌는지 아무런 영문도 모르고 켄버라 공항에 도착하여 한국대사관으로 갔다. 나는 먼저 이한림 대사 집무실로 가서 이 대사께 정식 부임인사를 했다. 헌데 반가운 악수를 하면서도 수심에 찬 분위기가 심상치 않았다. 나는 아침에 들었던 라디오 긴급 뉴스 관련한 이야기를 꺼냈다. 이 대사께서도 대통령 유고 상태는 확실한 것 같은데 본부로부터 아무런 훈령이 없어 그 이상 아는 바가 없다며 매우 혼란스러워하는 듯이 보였다. 나는 대회의실로 나와 미리 도착한 동료 지사장들과 인사를 하며 삼삼오오 모여 의견을 나누었다. 물론 이날 예정됐던 주재상사 지사장회의는 제대로 진행되지 못했고, 이 대사는 각자 맡은 바 업무에 충실해 줄 것을 당부했고 아울러 한국정부로부터 훈령을 받는대로 바로 공지해 주겠다는 걸로 마무리하고 간단한 오찬 후에 헤어졌다. 이렇게 한국

공관장과의 인연이 시작되어 제5대 윤하정 대사(1980.7.-1983.6.), 제6대 김상구 대사(1983.7.-1984.10.), 제7대 임동원 대사(1984.11.-1987.11.), 제8대 이창수 대사(1987.12.-1991.3.), 제9대 이창범 대사(1991.4.-1994.2.), 제10대 권병현 대사(1994.3.-1996.11.), 제11대 문동석 대사(1996.11.-1999.1.), 제12대 신효헌 대사(1999.3.-2001.8.), 제13대 송영식 대사(2001.9.-2003.5.), 제14대 조상훈 대사(2003.6.-2006.3.), 제15대 조창범 대사(2006.4.-2008.5.), 제16대 김우상 대사(2008.5.-2011.8.), 제17대 조태용 대사(2011.9.-2013.5.), 제18대 김봉현 대사(2013.9.-2016.5.), 제19대 우경하 대사(2016.5.-2018.2.), 제20대 이백순 대사(2018.2.-2020.5.), 제21대 강정식 대사(2020.5.-현재)까지 이어져 왔다. 특별히 호주와 같이 광대한 영토를 보유하고 있는 국가의 경우 외교부는 교민업무에 관한 지역을 분할관장하고 있어서 켄버라 대사관은 켄버라, 빅토리아주, 타스마니아주, 남부 호주, 서부 호주를 관장하고 시드니총영사관은 뉴사우스웨일즈주, 퀸즈랜드주, 노던테리토리를 관할함으로써 시드니한인사회는 시드니총영사와 긴밀하게 협력하며 한국정부와 소통하는 셈이다.

나는 시드니총영사관의 제4대 김기수 총영사(1979.7.-1981.3.), 제5대 장휘동 총영사(1981.3.-1983.6.), 제6대 박종기 총영사(1983.6.-1986.11.), 제7대 진관섭 총영사(1986.11.-1989.6.), 제8대 안세훈 총영사(1989.6.-1992.3.), 제9대 김영선 총영사(1992.3.-1995.2.), 제10대 민병규 총영사(1995.2.-1997.10.), 제11대 백기문 총영사(1997.11.-2001.2.), 제12대 이영현 총영사(2001.2.-2003.3.), 제13대 김창수 총영사(2003.3.-2006.10.), 제14대 박영국 총영사(2006.10.-2008.5.), 제15대 김웅남 총영사(2008.5.-2010.2.), 제16대 김진수 총영사(2010.3.-2013.7.), 제17대 이휘진 총영사(2013.8.-2016.4.), 제18대 윤상수 총영사(2016.4.-2019.5.), 제19대 홍상우 총영사(2019.5.-현재)와 긴밀한 협력관계를 유지해 오고 있다. 특별히 시드니 한인동포사회를 위하여 대사 또는 시드니총영사와 긴밀하게 서로 도움을 받기도 하고 주기도 하면서 또한 자문을 하며 협력했던 사례들을 소개한다.

대한항공 시드니지사장 시절이었던 1980년 5.18민주화운동이 한창 고조되고 있었을 당시 Australia Square 34층에 위치한 내 사무실의 옆 사무실엔 일본 통운회사 지사가 있었다. 우리는 그렇게 가깝지는 않았지만 서로 반갑게 인사를 하며 간혹 호주에 관한 간단한 이야기 정도를 하던 사이였다. 당시 일본계 지상사원을 위해 매일 프린트 형식으로 발행, 배포되던 소위 찌라시라고 하는 '시사통신時事通信'이 있었는데 내 옆 사무실 일본 통운회사에서도 매일 구독을 하고 있었다. 노무라 지사장은 연일 톱뉴스로 게재되었던 광주사태에 관한 기사를 내게 알려주기 위해서 자기가 본 시사통신지를 내게 갖다주며 참고하라는 친절을 베풀어 주었다. 나도 대학재학 시절 외국어학원에서 일본어 중급까지 공부했던 적이 있어 말하기는 어려워도 한자가 많이 섞여 있는 문서는 대충 읽고 뜻을 이해할 수 있는 정도 수준은 됐다. 그래서 광주사태관련 속보 기사를 읽고 매일 김기수 총영사(1979.7.-1981.3.)에게 전화로 개략적인 소식을 전해 주곤 했다. 김기수 총영사는 물론 호주 일간신문을 통해 관련 기사를 보기도 했겠으나 일본 '시사통신'이 전하는 12.12사태 이후에 전두환 장군이 이끄는 신군부 동향에 관한 상세한 찌라시뉴스에도 많은 관심을 갖고 계속 알려달라고도 했다. 1981년 2월 김 총영사는 김동조 외무부장관 부임 이후 곧바로 외무부 기획조정실장으로 영전하기 이전까지 매우 친근감을 갖고 협력을 했다. 그리고 나는 시드니공항 내 CIQ(세관, 출입국관리소, 검역)지역을 출입할 수 있는 출입증을 소지하고 있었기 때문에 간혹 시드니총영사관의 도움 요청을 받아 호주를 방문하는 한국정부의 주요 VIP인사들의 공항입출국 편의제공을 위해 적극 협력하기도 했다. 김 총영사는 가끔 총영사 초청 저녁회동에 부부동반으로 나를 초청했는데 당시는 1980년 5월 태생의 셋째 아이가 있어 현실적으로 아내는 저녁회동에 참석할 수 없었으므로 나는 언제나 혼자 참석을 했다. 김 총영사와 부인께서는 해외주재 근무를 하면서 상황에 따라서는 Babysitter도 활용할 줄 알아야 한다며 권면해 주기도 했다.

제5대 윤하정 대사(1980.7.-1983.6.) 임기중에는 신년인사차 조중훈 사장이 보내 온 말린 북어 선물전달을 위해 대사관을 방문하곤 했다. 윤 대사는 임기만료 후 본국으로 귀임했다 퇴임하면서 대한항공 고문으로 잠시 일했던 관계로 한국본사출장 때마다 찾아 인사를 하곤 했다.

1981년 3월 김기수 총영사 후임으로 제5대 장휘동 총영사(1981.3.-1983.6.)

가 부임했다. 나는 지상사협의회 모임에서뿐만 아니라 시드니공항업무 관련해서도 가끔 장휘동 총영사를 만났다. 당시는 제5공화국 전두환 대통령 시절이었고 1980년 5월 광주민주항쟁사건 이후 호주정부는 줄곧 한국정부의 인권탄압문제를 제기하며 전두환정부에 외교적 압박을 가하고 있던 때였다. 언젠가 장휘동 총영사가 내게 Rev John Brown(변조은 목사)에 관해 내 개인적인 견해를 물어본 적이 있다. 왜냐하면 호주정부가 한국정부를 향해 계속 인권문제를 제기하고 있는 배후 세력으로 변조은 목사의 영향력이 컸다고 판단했던 모양이다. 나는 당시 시드니한인연합교회에 출석하고 있던 때였다. 변조은 목사는 가끔 시드니한인연합교회에서 설교를 했다. 나는 그의 설교 내용은 물론 뛰어난 한국어 구사 실력에도 감탄을 했다. 어려운 한자성어를 포함한 적재적소의 한국어 표현은 그의 뛰어난 재능과 남다른 노력의 결과이기도 했겠지만 나는 하나님의 특별한 은사라고 생각하곤 했다. 그리고 변 목사의 한국 사랑에 대한 과거 이야기도 알게 되었다. 그는 멜버른대학교 재학 시절 한반도에서 발발했던 한국전쟁 때로부터 한국에 특별한 관심을 가지고 선교사지원을 할 정도였고 장로교신학대학을 마치고 목회를 하다 1960년에 한국선교사로 파송돼 12년간 경상남도지역에서 주로 활동을 했으며 한국농촌의 빈곤퇴치운동과 도시빈민운동, 노동자인권운동, 정치민주화운동에 직간접으로 간여하며 한국을 위해 기도하며 몸을 바쳐 사랑한 선교사요 장로교 신학대학 교수를 역임한 친한파 인사였다. 참고로 그의 신학대학 제자로 도시산업선교회 총무를 지낸 인명진 목사와 활빈교회를 설립한 김진홍 목사가 있다. 헌데 장휘동 총영사가 혹시 변조은 목사는 반한파 인사가 아니냐는 의미로 내게 물어본 것이라고 생각한 나는 변조은 목사만큼 한국을 사랑한 사람이 얼마나 되겠냐며 반문을 하며 오히려 한국정부 입장에선 호주정부가 제기하고 있는 인권탄압문제를 나쁜 의미가 아니라 정말로 한국을 사랑하는 사람이 해 줄 수 있는 충언으로 생각해야 할 것이라고도 했다. 장휘동 총영사는 내가 그렇게 생각하냐며 더 이상 아무 말도 하지 않았다. 장휘동 총영사는 나에게 건강관리를 위해 가끔 괄약근운동을 하는 것이 좋다는 권면을 해주기도 했다. 아울러 한국정부 기관에서의 호주현장방문 경우에도 가끔 나의 동행을 요청해 왔고 나도 성심껏 협력했다. 그리고 나는 시드니지사장 3년여 임기를 마치고 작별인사와 함께 1982년 8월 한국으로 부임했다 다시 12월에 이민자로 시드니로 돌아와 반가운 재회의 인사를 하기도 했다. 그리고 115 Pitt Street로 이전했던 시드니총영사관과 지근 거리에 있는 301 George Street에 내가 1983년 5월 롯데여행사를 창립했을 때 장휘동 총영사는 나의 사업성공을 기원하며 진심으로 축하해 주기도 했다.

제6대 김상구 대사(1983.7.-1984.10.)는 육사 제15기 출신으로 처형의 남편인 전두환 대통령의 부름을 받고 1년 3개월 임기를 끝으로 경북 상주지역 국회의원 출마를 위한 선거운동을 위하여 조기 귀국을 했다. 김 대사는 켄버라에서 시드니경유 한국방문 때마다 나에게 직접 전화를 하여 본인의 필요사항들을 요청하기도 했다. 당시엔 직항노선이 없었으므로 주로 홍콩경유의 CPA항공을 이용했으며 김 대사 가족들이 호주로 오고 귀국할 경우에도 여행편의를 위해 동행할 수 있는 한국인 고객을 소개해 주기도 했다.

1983년 6월에 부임한 제6대 박종기 총영사(1983.6.-1986.10.) 재임기간이었던 1983년 10월에는 전두환 대통령의 호주국빈방문이 예정돼 있었고 당시 제13대 호주 시드니한인회 민성식 회장은 한인회 운영비 유용의혹 사건으로 인해 1982년 10월부터 부회장과 운영위원들이 민성식 회장의 직무정지를 요구하며 오랫동안 파행을 거듭하고 한인회의 정상적 기능이 마비되어 있을 때였다. 그래서 박종기 총영사는 전두환 대통령 호주방문기간 중에 계획된 시드니 교민 환영행사와 교민간담회 준비를 위해 한인사회 대표 파트너로서 시드니 한인회 대신 차선책으로 당시 활발하게 자리를 잡아가고 있던 재호한인상공인연합회(회장 故 이배근, 부회장 문동석)를 선택했다. 시드니총영관의 실무자로 윤병세 영사(박근혜 정부시절 외교부장관)와 재호한인상공인연합회 실무자로 총무인 내가 10월 중순, 전두환 대통령의 교민환영행사와 교민간담회 관련 모든 실무협의를 하게 됐다. 그러나 10월 9일 북한의 미얀마 아웅산묘소 폭파 암살테러사건으로 인하여 전두환 대통령의 호주국빈방문은 취소되었고 모든 행사준비사항들도 물거품이 되고 말았다. 그 후, 1986년 3월 노신영 국무총리 내외의 호주 방문 시 호주동포간담회가 있었고 박종기 총영사의 귀임 때까지 나는 여행사업무와 병행하여 재호한인상공인연합회 업무 협의를 하며 다양한 조언과 후원을 받았다.

▲1986년, 노신영 국무총리 내외 환영 호주교민간담회에서 총리, 박종기 총영사와 인사를 하고 있는 필자 부부

그리고 박종기 총영사 후임으로 제7대 진관섭 총영사(1986.11.-1989.6.)가 부임했다. 나는 당시 제15대 시드니한인회(회장: 문동석) 문화담당 운영위원이었으므로 한인회 행사와 뽀빠이 이상용 연예인 초청과 한국영화 상영 등 관련 업무협의를 위해 총영사관을 찾아 가끔 회동하며 후원을 받았다.

1989년 6월에 부임한 제8대 안세훈 총영사(1989.6.-1992.3.)와는 당시 내가 호주한글학교협의회 회장직을 맡고 있었으므로 이부웅 교육원장과 함께 여러모로 협조를 받았다. 특별히 안세훈 총영사는 나와 서울문리대 동기였던 최달룡 한국관광공사 지사장과 보성고등학교 동창인 정두환 선경지사 법인장과의 4인 회동을 즐겨했다. 가끔 우리는 정겨운 저녁자리로 늦도록 흉금없는 자리를 가졌고 안세훈 총영사의 명령에 따라 모두가 얼근하게 취했으므로 택시를 타고 귀가해야 하는 날이었다. 안세훈 총영사는 연세대학교 재학 시절 축구동아리 주요 멤버였음과 외무부 직원 축구모임 회장도 역임했을 정도로 축구를 사랑하는 뚝심있는 스포맨이였음을 자랑하기도 했다. 안세훈 총영사는 민주평통위원 구성에도 젊은세대 참여가 필요하다며 40대 초반이었던 나를 1991년 6월 제5기 평통위원으로 추천했다. 뿐만 아니라 당시 내가 롯데여행사를 경영하면서 먼 훗날 남북한 통일을 염원하면서 북한과의 교류 물꼬를 트기 위해 추진했던 최초의 호주교민단체 북한방문 계획에 대해서도 적극적으로 성원하며 협조를 아끼지 않았다. 안세훈 총영사는 시드니교역자협의회에 참석하여 내가 추진하고 있는 북한관광 프로그램은 한국정부가 승인한 내용이라며 단체여행참가자가 총영사관에 별도로 보고할 필요가 없다며 성원해주기도 했다. 그는 외교부 본부와도 소통을 원활히 했던 덕분이었는지 그의 임기 중이던 1990년경에 시드니 부촌 Bellevue Hill에 위치한 현재의 시드니총영사관저도 430만 불에 구입을 했다. 그 이후 IMF외환위기 때에 대부분의 한국기업들은 공들이며 구입했던 광산조차 모두 팔아야 했던 상황에서도 이 관저는 다행히도 팔지 않고 보유하여 지금은 3천만 불 정도의 가치가 될 정도라고 한다. 특별히 안세훈 총영사 사모님께서도 부부동반 행사 때마다 내 아내를 반겨 맞이했고 내 아내의 특별한 의상을 보면 혹시 앙드레김 디자인 옷이냐고 물으며 호의를 표시하기도 했다. 안세훈 총영사는 독실한 크리스천이었고 한국 귀임 후 외무부에서 정년퇴직을 하고 한동안 호스피스 봉사를 하다 소천했다는 소식을 전해 들었다. 삼가 고인의 명복을 기원합니다.

▲1990년, 총영사관 주최 행사, 시드니무역관 관장, 제8대 안세훈 총영사, Kevin Moss 켄터베리 시장과 필자

1992년 3월 안세훈 총영사 후임으로 제9대 김영선 총영사(1992.3.-1995.1.)가 부임했다. 나는 호주한글학교협의회 회장직과 민주평통 대양주협의회 간사직을 수행하면서 김영선 총영사와는 매우 친근하게 지냈던 편이다. 특별히 호주 정치권 인사들과 관저 회동이 있을 때면 언제나 나를 초대했고 만찬 이후의 여흥을 위해 김 총영사는 자연스럽게 나에게 분위기를 주도하도록 요청했다. 김영선 총영사는 관저에 노래방 기기까지 새로이 갖춰 놓을 정도로 흥이 많았다. 그런데 1994년 11월 김영삼 대통령 내외의 호주국빈방문을 준비하면서, 김 총영사는 주재상사협의회를 한국상공회의소Korean Chamber of Commerce Inc.라고 법인등록을 시켜 대외적으로도 비중 있는 명칭으로 바꾸고 주재상사 가족들이 김영삼 대통령의 시드니공항환영모임에 적극 참여토록 계획을 했다. 그러나 당시 주요 교민단체였던 재호한인상공인연합회Korean Chamber of Commerce and Industry in Australia Inc.가 주재상사협의회의 한국상공회의소라는 비슷한 명칭 사용을 문제 삼아 김 총영사에게 항의를 했다. 당시 재호한인상공인연합회 故 오한영 회장을 비롯한 초대 회장직을 수행했던 당시 시드니한인회 故 이배근 회장과 여러 전임 회장들이 김영선 총영사를 만나 주재상사협의회가 한국상공회의소라는 이름으로 환영대회에 참석하면 재호한인상공인연합회에서는 환영행사를 보이콧 하겠다고 선언했다. 결국 김영선 총영사의 양보로 대통령의 호주방문 기간중엔 주재상사협의회가 한국상공회의소란 명칭을 사용하지 않기로 했다. 물론 그 이후부터 주재상사협의회는 한국상공회의소라는 공식 등록된 명칭을 사용했다.

그러나 오랜 기간 동안 한국인 상공인과 호주인 상공인이 협력하며 유지해왔던 한호상공회의소Korean Australian Chamber of Commerce Inc.에 주재상사 회원들이 모두 빠져나가면서 결국 한호상공회의소의 간판을 내리게 되어 많이 아쉽다. 왜냐하면 호주 측의 주요 회원이었던 호주계 은행, 회계법인, 법률법인들은 한호상공회의소를 통해 많은 주재상사와의 교류와 협력, 다소의 비즈니스를 할 수도 있다는 가능성 때문에 상부상조할 수 있었으나 주 고객 대상이 모두 빠져나감으로써 경쟁사들끼리 더 이상 회원으로 남아 있을 이유가 없어졌기 때문이다. 그래서 나는 한호상공회의소의 복원을 위해 다방면으로 노력도 해 보았다. 오죽했으면 나는 주한 호주대사직 임기를 마치고 호주로 귀임했던 H.E. Mack Williams 대사에게 한호상공회의소 회장직을 맡아 재건에 앞장서 줄 것을 요청하기도 했다. 그러나 그는 자신의 여러 입지를 고려하여 현실적으로 회장직을 맡기는 어렵고 대신 뒤에서 도움을 주겠다고 약속을 했다. 결국 지금껏 한호상공회의소의 복원은 이루어지지 못하고 있음에 안타까운 마음을 금할 수 없다. 그리고 김영삼 대통령의 시드니공항 도착 때에 누가 비행기 트랩으로 가서 영접을 하느냐 하는 의전상의 문제로 시드니총영사관 김영선 총영사와 호주대사관의 권병현 대사 간의 힘겨루기가 노골화되었다. 결국 외교부가 정한 공식 관할지역에 따라 김영선 총영사가 의전상 환영과 영접을 하며 대통령 바로 옆에 서서 환영나온 인사들을 소개하기도 했다. 그래서 권병현 대사는 호주 측 정부인사들과 함께 환영인파를 지켜보고 있어야만 했다. 아마도 외교부의 공관 관할지역을 놓고 가장 예민하고 첨예한 대립을 했던 시기가 김영선 총영사 재임기간으로 기억된다.

▲ 1994년, 시드니항에 입항한 한국해군훈련함 전단장, 제9대 김영선 총영사(중앙), 무관, 해군 구축함장과 필자

그리고 김영선 총영사 후임으로 1995년 2월에 제10대 민병규 총영사(1995.2.-1997.10.)가 부임했다. 나는 호주한글학교협의회를 계속 성장시키기

위하여 이부웅 초대 교육원장에 이어 새로 부임한 임영길 교육원장과 함께 호주 내 한글학교들의 질적 양적 향상을 위해 긴밀하게 협력하면서 민병규 총영사와도 서로 교류하며 협조를 받기도 했다.

▲1996년, 제10대 민병규 총영사와 한글학교협의회 주최 한글글짓기대회 우수작품 입상자들과 필자

그리고 내가 1997년 7월 재호한인상공인연합회 회장으로 선출되어 활발한 활동을 하고 있을 즈음인 11월에 민병규 총영사의 후임으로 제11대 백기문 총영사(1997.11.-2001.1.)가 부임했다. 나는 재호한인상공인연합회의 역동적인 활동과 더불어 백기문 총영사와 긴밀히 협력하며 호주정부와 한인사회 주요 행사에 함께 참석하는 경우도 많았다. 왜냐하면 1998년 6월에 제21대 시드니 한인회 이동석 회장 임기 중에 있었던 제2부회장과 사무총장의 쿠테타적 사태로 인하여 한인회의 위상이 추락돼 있었고 한인사회의 대외적 주요 행사엔 주로 백기문 총영사와 내가 참석을 했다. 백기문 총영사는 어느 식사만남 자리에서 나에게 한인회장으로 봉사를 하면 좋겠다고 권면을 했다. 사실 그때나 지금이나 "한인회장은 잘해야 본전이다"라는 말이 있듯이 과거 한인회장들은 개인적 희생을 하며 헌신하였음에도 불구하고 대부분 좋은 평판을 갖고 있지 못했다. 그래서 나는 한인회장도 한국의 국회의원처럼 세비를 받으면서 일을 할 수 있다면 당연히 봉사할 수 있다는 말을 하며 웃기도 했다. 어쩌면 백기문 총

영사는 한국의 IMF경제위기와 2000년 시드니 올림픽을 앞두고 시드니 동포사회에도 능력있고 참신한 한인지도자가 있었으면 하는 바람이 강했던 것 같다. 특별히 한국정부의 IMF외환위기 당시 나는 백기문 총영사와 긴밀히 협의하며 한국의 경제위기를 돕는다는 차원에서 재호한인상공연합회 회원들부터 모국으로 송금하기 캠페인을 벌였다. 그래서 내가 외환은행을 통해 제1번으로 $10만을 송금했고 이어서 많은 회원들과 교민들도 함께 동참하여 고국의 경제위기 회복을 위해 적극 참여했던 바 있다. 돌이켜 보면 고국의 경제위기를 돕기 위해 송금했던 돈이 높은 이자율 적용과 보낼 때와 가져올 때의 환율차액으로 인해 아마도 원금의 70% 전후의 추가이득을 얻었던 것으로 기억하고 있다. 어쨌든 고국의 어려움 앞에 해외동포로서 미력이나마 도움의 손길을 내밀 수 있었음에 감사할 따름이다.

▲ 1998년 호주한인미술협회 & Power House Museum 허동화 한국자수박물관장 부부, 백 시드니총영사와 필자

나는 1999년 7월 재호한인상공인연합회회장 2년 임기를 성공적으로 마쳤다. 당시 재호한인상공인연합회 회칙엔 회장 임기는 2년 단임으로 되어 있었다. 모든 임원들과 전임 회장들의 회칙을 수정해서 한 차례 더 연임하라는 강권에도 불구하고 나는 특정인을 위한 회칙 개정은 바람직하지 않다며 연임을 거절했고 아울러 일부 임원들은 그럼 차라리 한인회장으로 봉사해 줄 것을 요청하기도 했으나 이것도 사양했다. 그리고 민주평통위원도 다른 사람에게 기회를 주는 것이 좋겠다고 생각하여 10년 동안 봉사하였으니 재임명을 받지

않겠다는 뜻을 백기문 총영사에게 말했고 하나님께서 내게 주셨다고 생각하는 천직인 롯데여행사 업무에 전념하기로 했다. 그래서 제12대 이영현 총영사(2001.2.-2003.2.) 재임 기간 중엔 교민사회업무와 관련하여 서로 긴밀하게 협력할 일이 별로 없었다. 다만 당시 내가 서울대학교 총동창회 시드니지부지회장으로 봉사하고 있었을 때라 이영현 총영사는 나의 역동적인 동창회장직 활동을 성원해 준다는 차원에서 매년 정해진 회비를 납부해 주는 정도였다. 그리고 이영현 총영사 후임으로 부임한 제13대 김창수 총영사(2003.3.-2006.5.)와도 업무적으로 긴밀하게 협의할 일은 별로 없었다. 그런데 호주시드니한인회 제24대 회장 임기가 끝나갈 무렵이었던 2005년 초에 새로운 한인회장 후보가 없는 가운데 백낙윤 한인회장이 연임할 의사가 있다는 보도가 있었다. 이에 김 총영사는 시드니한인사회의 발전을 바라는 간절한 마음으로 나에게 제25대 한인회장 선거 출마를 강권하며 두 차례 진지한 만남을 갖기도 했다. 김창수 총영사는 시드니한인회의 주류사회 진입을 희망하면서 새로운 교민지도자의 한인회 진출을 물색하며 여러 사람들과 회동하며 자문을 받은 결과 적임 후보자로 특별히 나를 지목하여 내가 제25대 시드니한인회장 후보로 나선다면 총영사 자신도 교민 단체장들을 설득하여 적극 지원하겠다고 할 정도였다. 그러나 당시 나는 롯데여행사를 천직으로 생각하며 호주여행업계에서 왕성한 활동을 하고 있었던 상황이라 한인회장 후보로 나서기에는 아무런 마음의 준비가 되어 있지 않아서 부득이 사양할 수밖에 없었고 감사의 뜻만 전했다. 그리고 2007년도 제26대 시드니한인회장 선거에 뛰어들면서 김창수 경상북도자문대사에게 출마의사를 전했다. 그는 나의 결정을 환영하며 좋은 결과가 있기를 희망했다. 곧이어 나는 한인회장 당선 소식도 김 대사에게 전했고 그는 나에게 하나님의 크신 축복이 있기를 기원하면서 호주한인사회에서의 크리스천으로서의 복음 확장에도 힘써 줄 것을 당부하기도 했다. 그 후 내가 경상북도 관광호주홍보사무소장 직책을 수행하면서 경상북도 도청을 방문하여 반가운 재회를 하기도 했다. 김 대사의 나에 대한 각별한 성원과 기도에 감사를 드린다.

그리고 김창수 총영사의 후임으로 제14대 박영국 총영사(2006.10.-2008.4.)

가 부임했다. 2007년도 초를 전후해서 제26대 시드니한인회장 예비 후보들의 이름, 4명(김용만, 이용재, 옥상두, 유준웅)이 거론되고 있었다. 나도 재호한인상공인연합회의 회장 임원진과 전임 회장들의 강권에 따라 결국 출사표를 내게 되었고 최종 3명의 후보가 후보등록을 마치고 치열한 경선과정을 통해 내가 제26대 시드니한인회장으로 당선됐다. 8년의 오랜 기간 동안 한인회장선거가 없었던 탓으로 제26대 시드니한인회장 선거는 아마도 시드니한인회장선거 역사상 가장 치열했고 가장 모범적인 축제와도 같았던 전무후무한 한인회장 선거였다고 평가하고 싶다. 더불어 나는 캠시한인노인회라고까지 폄하됐던 시드니한인회를 명실상부한 시드니 광역지역 한인회로 새로 태어날 수 있도록 2일간에 걸쳐 처음으로 시작했던 교민밀집지역 6곳 투표소에서의 선거를 통해 당선된 첫번째 시드니한인회장이라는 긍지와 자부심을 갖고 있다. 특별히 거의 모든 한인언론매체를 통한 선거관리위원회와 3명 후보들의 대대적인 홍보효과와 당시 막 활성되기 시작했던 한인TVKorea 채널에서의 후보정책 연설과 합동후보기자회견 장면도 녹화 중계까지 했던 덕분에 호주 전역의 한인동포들에게는 물론 시드니총영사관, 대사관, 주재상사와 켄버라 주재 북한대사관 파견 인사들에게까지 많은 관심과 성원이 있었다고 들었다. 이런 덕분이었는지 켄버라 주호주 한국대사관의 제15대 조창범 대사(2006.4.-2008.5.)도 나에게 당선 축하인사를 전해왔고 곧이어 상견례도 가졌다. 내가 한인회장으로 공식취임한 이후에도 조 대사는 시드니한인회관을 예방하면서까지 '미래를 여는 한인회'라는 슬로건을 내걸고 새롭게 시작하는 제26대 시드니한인회의 역동적인

2007년 6월 29일 금요일 〈일간〉

News &

차기 회장단 초석다지기

한인사회 실태 파악, 대외관계 강화 위해 '발품'

14일 '열린좌담회' 각계 여론 청취

▲제26대한인회장단 출범 전후관련 호주동아 보도기사

행보를 격려해 주었고 뿐만 아니라 대사관에서 열리는 주재상사대표회의에도 나를 특별 초청해 참석토록 할 정도로 시드니한인회의 발전을 위하여 각별한 관심을 보였고 여러모로 성원해 주었다.

▲2007년, 한인회업무 격려차 시드니한인회관을 방문한 조창범 대사와 운영위원과 필자(앞줄 왼쪽 첫 번째) & 이임하는 제15대 조창범 대사에게 감사패를 전하는 필자

박영국 총영사도 교민업무와 관련하여 시드니한인회장인 나에게 각별한 신뢰와 존경과 함께 전폭적인 성원과 지원을 아끼지 않았다. 돌이켜 보면 나의 시드니한인회장 임기 2년 동안 드림팀 운영위원들을 만나 함께 일하며 다채롭고 뛰어난 성과를 이룩할 수 있었던 완벽한 내부와 외부의 인적 조합이었다고 생각한다. 이렇게 시드니한인동포사회를 위해 소신껏 봉사 헌신할 수 있도록 최상의 환경을 만들어 주신 하나님께 감사할 따름이다. 특별히 박영국 총영사는 2007년 3월부터 3개월여 기간 동안의 본격적인 시드니한인회장선거 과정과 내가 한인회장으로 당선된 이후부터 한인동포사회지도자로서 보여 준 다양하며 역동적인 행보들에 각별한 관심을 갖고 현장을 직접 지켜보면서 함께 참여했던 공관장이었다. 아마도 이 정도의 능력과 품격을 갖춘 한인회장이라면 공관장으로서의 일부 업무영역도 함께 공유하는 것이 민관협력에도 유익하다고 생각했었는지 박 총영사는 매 분기별로 개최되던 정부투자기업 기관장회의에 나를 옵서버 자격으로 초청해 참석하도록 했다. 한국무역진흥공사, 한국관광공사, 대한광업진흥공사, 포항제철, 한국외환은행 현지법인장, 지사장들과 시드니총영사 그리고 시드니한인회장이 매 분기별로 사업현황보고와 현재 추진 중인 중요 사업내용과 앞으로의 계획에 관한 정보를 공유하는 자

리였다. 한인회장으로서 한국정부 투자기업의 사업방향과 계획을 공유한다는 점에서 매우 유익한 자리였다. 박 총영사는 매우 과묵한 성격의 소유자로서 자기 의견을 말하기보다는 주로 상대방의 이야기를 경청하며 지원해 주려는 입장에 있었고 나와 함께 시드니한인사회의 각종 행사에도 거의 빠짐없이 참석할 정도로 시드니 동포사회에 깊은 애정을 가지고 성원하며 후원했던 공관장이었다. 그리고 박 총영사는 2008년도 3월경에 한국정부의 국민훈장 포상 대상자 선정을 위해 나를 추천하겠다고 했다. 그는 내가 한인회장으로 선출되는 선거과정을 지켜보았을 뿐만 아니라 한인회장 당선 이후부터 호주 주류사회와의 긴밀한 소통을 위하여 Vision Presentation으로부터 시작하여 The Hon. John Howard MP연방수상과의 회동 그리고 과거 1일 한국의날 행사를 한국주간으로 확대하고 한국에서 '난타' 공연팀을 초청해 시내 중심지 달링하버에서의 주말 2일간의 공연추진을 포함하여 최초의 한인회 영문블리틴 발행과 한인업소록을 한글과 영어 공용으로 발행하는 등 획기적인 활동과 아울러 차세대지원과 Youth Forum 개최 등 미래지향적 활동을 지켜보면서 전 세계 모든 한인회의 모범이 된다고 생각했던 것 같다. 그러나 나는 현직 한인회장이 국민훈장을 수훈한다는 것 자체가 모양새가 좋지 않다고 생각했다. 그래서 나는 내 전임자였던 백낙윤 회장을 대신 추천했다. 그리고 나의 4월 초 잠시 해외출장 기간 중에도 박 총영사는 나에게 긴급전화통화를 요청해 올 정도로 나의 확답을 재촉하기까지 했다. 그래서 나는 시드니총영사관으로 전화를 했고 마침 박 총영사가 부재중이라 대신에 손치근 부총영사와 통화를 했다. 손 부총영사는 국민훈장포상 추천 관련건이라며 나의 최종 의사를 물어왔다. 나는 몇 차례 이야기했던대로 제24, 25대 한인회장으로 4년 동안 수고한 내 전임자 백낙윤 회장을 추천해 달라고 확답을 했고 총영사관에서도 그럼 하는 수 없이 내 요청대로 백 회장을 추천 진행하겠다고 했다. 그리고 나는 백낙윤 회장에게 전화를 하여 국민훈장 포상 대상자로 백 회장을 추천했다고 알려 주었고 그는 나에게 감사하다는 인사를 몇 차례나 했다. 나는 무엇보다 박 총영사가 한인회장인 나에게 보여주었던 신임과 존경의 마음을 행동으로 보여주고 있다고 생각하며 무척이나 감사하는 마음을 가졌다. 이렇게 내가 박영국 총영사와 함께 시드니한인사회의 변혁과 성장을 위해 협력해 가고 있던 2008년 4월에 제17대 대통령으로 취임한 이명박 정부의 외교부 춘계 공관장 인사가 있었고 1년 6개월 재임기간의 박영국 시드니총영사 후임으로 제15대 김웅남 총영사 임명소식이 전해졌다. 시드니한인회장으로서 나는 1년 6개월 재임기간의 공관장 조기교체는 사실상 현지 업무파악을 마치고 한층 더 높은 성과를 낼 수 있는 시기라고 생각하여 교민언론매체를 통해 공관장 조기교체에 반대한다는 의사를 피력하기도 했다. 그러나 공관장이야 정부의 인사명령에 따라 움직일 수밖에 없는 처지였고 박영국 총영사도 매우 서운해했다. 그래서 나는 박영국 총영사에 대한 고마움의 표시로 전임 회장들과 모든 한인 단체장들을 초청하여 한인회관에서 송별이임식을 성대하게 정성을 다해 준비했다. 박영국 총영사는 이임사를 하면서 그동안 정들었던 시드니동포사회와의 이별이 아쉬웠던지 못내 눈물을 참지 못했다. 그는 시드니한인사회 발전을 위하여 당시 추진되고 있었던 한국전참전비 추진을 위하여 개인 명의로 3천 불을 전달하기도 했다. 그 후 박 총영사는 나이지리아 대사 역임 후 본부로 귀임했다 퇴임을 했다. 과거에 비해 시드니한인동포사회의 미래를 위해 새로운 바람을 일으키며 선출된 제26대 한인회장이 보여준 개혁적이며 창의적이고 미래지향적인 활동으로 다양한 프로그램들을 추진할 때마다 언제나 존경과 신뢰를 담아 묵묵히 성원하며 모든 가능한 지원을 아끼지 않았던 박영국 총영사와의 첫 인연에 깊은 감사의 마음을 전하고 싶다.

▲ 2007년 아프간 억류한인 석방기원 촛불집회에 동참한 박영국 총영사 & 2007년 한국의날 행사에서 축사를 하는 박영국 총영사 & 2008년 신년회에서 축사하는 박영국 총영사

lbo 제3812호 음력 9월 23일 2007년 11월 2일 금요일

"한호 관계 증진에 함께 기여"

총영사관 주최 '국경일 행사' 성료
친한파 의원, 시장, 공관장 등 대거 참석

상사 대표들도 참석해 축하를 했다. 오른쪽부터 여수동 현대자동차 호주법인장, 승원홍 한인회장, 박영국 총영사 내외, 우선문 포스코 호주법인장

▶ 관련기사 14면

▲ 호주연방총리 The Hon. John Howard MP 초청 한인동포와의 간담회에서 환담을 하는 박영국 총영사와 필자 & 2007년 개천절행사, 박영국 총영사 내외, 지상사협의회장단(포철 우선문, 현대자동차 여수동 법인장)과 필자

▲ 박영국 총영사, NSW주 수상 The Hon. Morris Iemma MP와 필자 & 박영국 총영사에게 감사패를 증정하는 필자

2008년 4월 18일 TOP

시드니 총영사 조기 교체에 교포사회 '뒤숭숭'

승원홍 한인회장 "한인사회 발전에 저해"
서유석 평통회장 "이런 식의 인사는 지양돼야"

차기 시드니 총영사로 임명된 김웅남 전 브루나이 대사.

한국 외교통상부가 최근 단행한 '춘계' 공관장 인사의 후 폭풍이 거세지고 있다.

특히 이번 인사 파문의 여파는 미주한인 동포사회에 이어 호주로까지 불어 닥치고 있다.

호주에 부임한지 1년 6개월, 즉, 통상적인 3년의 임기를 절반밖에 채우지 않은 현 박영국 총영사를 뚜렷한 이유나 명분도 없이 교체했기 때문.

한국의 외교통상부는 이번 공관장 인사를 통해 "브루나이 대사를 역임한 김웅남(56) 현 전라남도 국제관계 자문대사를 차기 시드니 총영사로 임명했다"고 발표한 바 있다.

이처럼 단 1년6개월 만에 총영사를 교체한 사례는 거의 전례가 없을 뿐만 아니라, 더욱이 외교통상부 차원에서 큰 과오가 드러나지 않는 한 공관장에 대해 이같은 파격 조치를 취한 적이 없다는 점에서 동포사회의 불만이 거세질 전망이다.

실제로 박영국 총영사의 교체 소식이 지난 15일 www.hojutopnews.com를 통해 보도된 이후 동포사회의 주요 단체장들을 중심으로 한인사회에서는 무척 '뒤숭숭'한 분위기가 감지되고 있다.

즉, 박영국 현 시드니 총영사가 별다른 과오도 없이 전임 총영사들에 비해 동포사회 문제에 더욱 헌신적인 노력을 기울여온 것으로 평가 받고 있기 때문인 것.

승원홍 시드니 한인회장은 "정말 안타깝다"면서, "이 같은 사례가 자칫 동포사회 발전의 걸림돌이 될 수 있을 것"이라고 경고했다.

〈4면에 계속〉

16 TOP ▪ CO

박 총영사, 시드니 한인회 등 6개 단체서 감사패 수여

지난 달 조기 교체가 발표된 박영국 시드니 총 영사를 환송하기 위한 환송회가 지난 5일 시드니 한인회의 주최로 진행됐다.

승원홍 시드니 한인회장과 서정권 퀸슬랜드 한인회장 그리고 이상찬, 이재경, 백낙윤 등 전직 한인회장들과 각 기관장 등 총 70여 명이 참석한 환송회에는 시드니 한인회를 비롯 대양주 한인총연합회, 퀸슬랜드 한인회, 6.25 참전용사 협의회, 베트남 참전용사 협의회, 재호주대한체육회가 박 총영사에게 감사패를 증정하는 시간이 마련됐다.

다음주 귀국을 앞두고 있는 박 총영사는 "처음에는 과연 임기 중 1년이라도 다 채울 수 있을지 걱정을 해 매일 아침 공무에 대해 그리고 한인동포사회에 대해 기도했다"며 "시드니 총영사 재직 중 대통령 방호, APEC 등 굵직굵직한 행사들이 많았던 관계로 한국에서도 나쁜 소리를 많이 듣고, 첫번째 행사 때는 상관이 사표를 쓰기까지도 해 늘 불안했다"는 심경을 털어놨다.

송별사를 하면서 목소리가 떨리기까지 한 박 총영사는 "2년이라도 임기를 채워 유종의 미를 거두자라는 생각도 있었지만 얼마 전 학생 피살 사건 등이 일어나면서는 '이제 가야할 때인가'라는 생각이 많이 들었다"고 말을 이었다.

그는 세계의 한인들은 한국이란 전기줄에 메달려 여러 곳에서 빛을 바라고 있는 전구라는 상델리아론, 떨어져 있지만 본국과 연결돼 있다는 수지침론, 한국의 얼 등 지킬 것은 심두암을 통해 지켜간다는 심두암 론을 설명하며 호주 한인 동포들의 앞날에 건승을 빌었다.

박 총영사는 끝으로 "군단체, 노인단체들의 문제를 남겨두고 또한 한국전 참전비 건립을 끝까지 추진하지 못한 점이 아쉽다"며 "그 마음을 성금으로 나마 전달하려고 한다"며 한국전 참전비 추진 위원회 백낙윤 회장에게 $3,000를 전달했다.

박 총영사는 다음 주 초 한국으로 귀국하고 차기 총영사로 임명된 김웅남 전 브루나이 대사는 다음 주 말미에 호주로 입국한다.

나혜인 기자

▲ 2008년 4월 시드니총영사 인사발령, 박영국 총영사 이임 관련 보도기사

2008년 4월에 발령을 받은 제15대 김웅남 총영사(2008.5.-2010.2.)는 5월에 시드니총영사관에 부임했다. 나는 2007년도에 시드니한인회장 선거에 출마하여 선거를 치르는 바람에 내가 경영하고 있는 롯데여행사의 2007년도 유럽여행 단체와의 동행 약속을 지키지 못해 부득이 2008년 5월 서유럽단체여행에 동참해야만 했다. 나는 귀국 길에 한국에 잠시 들러서 시드니한인회 운영과 관련하여 유관부서인 국회 외통위, 재외동포재단, 국민생활체육회, 한국관광공사, 은평구청, KBS TV방송국 등을 두루 방문하며 시드니한인회가 계획 추진하고 있는 업무협의를 마치고 6월 7일 주말에 시드니로 귀국했다. 그런데 5월 중순에 먼저 시드니로 부임해 왔던 김웅남 총영사는 시드니한인회장과의 만남을 위해 나의 빠른 귀국을 기다리고 있었다. 그래서 나는 월요일에 신임 총영사에게 문안인사전화부터 했다. 그리고 나는 급한대로 거의 1개월 동안 미결된 중요사항들을 챙기고 한국방문 중의 업무진행사항 보고를 겸한 운영위원회와 기자간담회부터 갖고 6월 12일 목요일 오전에 총영사관을 방문했다. 김웅남 총영사는 시드니로 부임한 후에 제26대 시드니한인회가 이룩한 업적과 시드니한인회장의 활약사항들을 잘 챙겨 보았다며 감사하다는 칭찬과 함께 나를 반겨 맞으며 환영해 주었다. 그리고 한인회관도 예방하고 싶다고 하여 내 일정을 고려하여 그 다음주 화요일 17일로 정했다. 김 총영사는 시드니한인회관 건물을 바라보면서 뿌듯함을 느끼는 것 같았다. 그리고 대 회의실에서 호주 한인사회 전반과 제26대 시드니한인회의 비전과 이룩한 업적과 계획에 관한 브리핑을 했다. 김 총영사는 매우 고무적인 표정을 지으며 시드니한인회장과 운영위원들의 그동안의 눈부신 활약과 성과를 치하하며 앞으로 시드니총영사관에서도 시드니한인회 후원을 위해 가능한 힘껏 돕겠다고 했다. 사실 김 총영사는 시드니동포사회 일이 아닌 사항들에 관해서도 나의 자문을 요청하곤 했다. 심지어 김웅남 총영사는 어떤 교민행사에서 축사를 하면서 "본인의 해외 외교경험을 통해 승 회장처럼 이렇게 실력과 능력을 겸비한 한인회장을 만나본 적이 없다"며 "시드니한인사회 여러분들은 참 복도 많다"는 이야기를 하여 나를 깜짝 놀라게 했던 적이 있다. 그래서인지 김 총영사는 많은 일들에 대해 나와 상의하기를 원했으며 매 주일 한 차례 이상 점심회동을 하며 시드니동포사회 발전을 위해 숙의했다. 그래서 박은덕 부회장은 한인회장이 총영사와 연애를 하냐는 농담을 하기도 했다. 그러나 김웅남 총영사는 대양주 한인회총연합회 회장단과 한호문화재단 회장과 다소 불화하는 일들이 생겼고 특별히 서울시 전통국악단 초청 오페라하우스 공연 이후 단장이 퇴임하는 사태까지 있었고 그 후에도 그들과 계속되는 불화문제로 김 총영사는 조기 귀임을 외교부에 건의할 정도였다. 이런 가운데 나는 한인회장으로서 모국정부와 긴밀한 소통창구로서의 시드니총영사 입지를 보호하는 차원에서 국회 외통위원장인 박진 국회의원과 유명환 외교장관에게까지 시드니총영사의 조기귀국으로 인해 외교부로 하여금 시드니한인동포사회가 마치 커다란 문제가 있는 것처럼 평가받고 싶지 않다며 총영사의 최소한의 임기유지를 해줄 것을 건의해 확답을 받기도 했다. 그러나 나는 한인회의 발전과 주류사회와의 네트워크 강화는 물론 특별히 막 자리를 잡아가고 있는 차세대로의 패러다임 전환을 위해 2년 더 연임하는 것도 바람직하다는 생각을 하였으나 현실적으로 한인회 상근직원들에 대한 인건비로 2년 임기 중 20만 불 이상의 회장 개인지출로 인해 나의 노후은퇴자금에 영향을 받고 싶지 않았기 때문에 제27대 회장 연임을 포기했고 2009년 8월에 시드니한인회장직에서 퇴임함으로써 더 이상 김 총영사를 보호할 수가 없었다. 그리고 김 총영사 자신도 오히려 빠른 귀임을 본부에 요청해 1년 10개월 임기를 마치고 2010년 2월에 본부로 귀임한 후 정년퇴임을 하고 국제교류관리센터 대표이사를 역임했다. 김 총영사는 공인으로서 원칙과 기본에 충실한 합리적인 소신을 갖고 있는 것 같았다. 언젠가 국제로타리클럽 이동건 회장이 시드니에서의 국제로타리클럽 회의에 참석했을 때, 현지 로타리클럽을 통해 공항도착 시 총영사가 직접 영접해 줄 것을 요청했는데 선약이 있다는 이유로 이 요청을 거절하여 연세대학교 동문인 두 사람 간에 의전문제로 다소 물의가 있기도 했다. 김 총영사는 외교부에서 공식 요청이 없는 사적 활동에 대학교 선배라는 이유만으로 공관장의 의전 지원요청은 문제가 있다며 나에게 불평을 토로하기도 했으나 후에 본부로부터 특별배려요청을 받고 출국 때에 의전을 잘해주어 원만히 해결한 적도 있었다. 이 자리를 빌어 내가 시드니한인회장 재임기간 중 협력하며 도움을 받았던 한국국회 외통위원장이었던 김원웅(현 광복회장), 박진 국회의원과 재외동포재단 이구홍, 권영건 이사장, 금병목 기획이사, 이종미, 이순규 한인회팀장, 김정혜 차세대팀차장을 포함하여 시드니총영사관 박영국 총영사와 김웅남 총영사께 깊은 감사의 뜻을 전하고 싶다.

▲2008년 김웅남 총영사의 Croydon Park 호주시드니한인회관 예방, 회관 안내를 하고 있는 운영위원과 필자

▲김웅남 총영사에게 시드니한인사회 전반과 제26대시드니한인회 비전과 운영 계획을 브리핑 하고 있는 필자

▲2008년 한국주간행사, 달링하버 난타공연장에서 김웅남 총영사 축사 모습 & 시드니한인회관을 첫 방문한 김웅남 총영사, 김영수홍보영사와 한인회운영위원과 필자(왼쪽 3번째)

▲2008년 한국의날 행사장에서 김웅남 총영사 & 시드니제일교회의 한국전참전용사 보훈행사에 참석한 김웅남 총영사 & 서울 인사동에서 김웅남 대사와 필자

▲제16대 김우상 대사(2008.5.-2011.8.)와 필자

주호주한국대사관에도 조창범 대사 후임으로 연세대학교 정치외교학과 교수로 이명박 대통령 선거캠프 국제정치외교 분야에서 활약했던 제16대 김우상 대사(2008.5.-2011.8.)가 부임했다. 나는 김 대사에게 재외동포재단의 산하기관인 대양주한인회총연합회 조직과 달리 호주 각 지역의 한인회장들과 함께 호주연방정부를 상대로 하는 호주한인회총연합회 조직의 필요성과 역할을 강조하며 창립계획을 설명했다. 김 대사도 호주한인회총연합회 창립계획에 찬동하며 후원을 약속했다. 그러나 대양주한인회총연합회 회장단이 호주한인총연합회 창립계획을 극심하게 반대한다는 입장을 견지하였기 때문에 정통 외교관이 아닌 학자 출신의 김 대사는 혹여나 한인동포사회 지도자들 간에 있을지도 모르는 반목과 분쟁을 염려했었는지 나에게 호주한인총연합회 창립 계획에 있어 천천히 시간을 좀 더 갖고 창립준비를 하자고 제안했다. 이런 분위기 속에서 나도 시

드니한인회 업무만으로도 바빴던 탓에 사실상 더 이상 진전하지 않고 손을 뗐다. 그러나 김 대사는 시드니한인회의 역동적인 활동을 성원했고 특별히 호주 주류사회를 대상으로 한 영문블리틴 발행과 차세대를 위한 Youth Forum과 Youth Symposium행사에 남다른 관심과 애정을 보였다. 그는 이명박정부에서 호주대사직에 이어 국제교류재단 이사장까지 역임하고 연세대학교 교수로 복귀하여 왕성한 활동을 하고 있다. 나는 호주한인공익재단KACS 이사장으로서 호주 주류 예비언론장학생 한국연수 프로그램을 진행하면서 그리고 한호정경포럼 상임고문으로서 김 교수와 긴밀하게 교류하며 도움도 받았다. 정통 외교관이 아닌 국제정치외교 학계에서 호주와 한인동포사회에 관한 깊은 이해와 통찰력을 가진 학자와 교류할 수 있음에 감사할 따름이다.

한편 김웅남 총영사가 귀임하고 후임으로 제16대 김진수 총영사(2010.3.-2013.7.)가 부임했다. 김 총영사는 재임기간 중에 내 후임인 제27대 김병일 시드니한인회장과 여러 행사 진행과정에서 의견충돌이 있었고 각자의 입장에서 불만을 토로하며 원만한 화해와 조정을 원하기도 했다. 그래서 전임 한인회장들도 이를 무마하고저 노력을 했으나 너무나도 상반된 주장으로 이해관계를 좁히지 못했다. 드디어 시드니한인회는 모국 정부에 "소통과 화합의 공관장을 원합니다."라는 건의서를 내기까지 했다. 뿐만 아니라 한인회장 자신도 시드니총영사관 건물 앞에서 피켓시위까지 벌이는 지경에 이르렀다. 그러나 김 총영사는 이러한 시드니한인회장과의 긴 갈등관계에도 불구하고 더욱이나 일부 교민언론에서조차 불통의 총영사라는 비난을 받으면서도 이에 전혀 굴하지 않고 현직 외교관으로서 호주 주류언론에 기고도 하며 모국정부로부터 큰 행사들도 유치해 오며 소신껏 업무를 추진했던 것 같다.

특별히 김 총영사는 2010년 3월 부임 이래 한인동포사회관련 업무추진을 위해서 전임 한인회장이었던 나에게 많은 자문을 요청했고 나도 대한항공 시드니지사장 시절부터 오랜 기간 동안의 호주생활과 한인동포사회의 중요 단체인 호주한글학교협의회장, 재호한인상공인연합회장, 시드니한인회장 경험들을 통해 얻은 지혜들을 공유하며 자문했다. 그리고 2011년도가 되면서 민주평통 제15기위원 추천을 위해 김 총영사는 나를 평통위원으로 재추천하기를 원했다. 나는 과거 1991년도부터 10년간이나 이미 봉사했다며 사양을 했다. 그러나 한인사회 중진급 인사도 함께 포함되야 평통의 위상을 살릴 수 있다며 강권을 하여 나도 결국 동의를 했고 이어서 2019년까지 8년간 봉사할 수 있었다. 더욱이나 김 총영사는 대한민국 국민훈장 수훈 대상자 선정을 위해 내 후임 김병일 한인회장으로 부터 이미 추천의뢰를 받은 J인사가 있었지만 나의 다양한 직책을 통한 봉사와 헌신을 높이 평가하고 있던 차에 내가 아직껏 대한민국 국민훈장을 받지 않았음에 매우 놀라워하며 나의 국민훈장 수훈을 추천하겠다고 했다. 그러나 나는 당시 김 총영사가 현직 한인회장과 심한 갈등을 빚고 있어 오히려 또 다른 오해가 있을 것을 염려하여 김 총영사에게 나를 대신하여 다른 분을 추천하자고 했다. 그는 나 대신 추천할 만한 인사가 있냐고 물었다. 그래서 나는 주저함 없이 문화영역에서 오랫동안 헌신해온 한국전통무용가 송민선 씨를 추천했다. 그리고 오래전 내가 재호한인상공인연합회 회장 재임시절에 공로패를 수여한 바도 있다고 부연설명했다. 김 총영사는 결국 나의 완강한 국민훈장 수훈 고사 의지를 받아들여 대신 송민선 씨를 추천했고 후에 국민훈장 모란장이 수여됐다. 김 총영사는 시드니총영사 재임기간 동안 많은 값진 경험들을 했다며 특별히 나에게는 빚만 지고 떠나게 되었다며 많이 미안하다고 했다. 아마도 김 총영사는 본인 재임기간 내내 현직 한인회장과 불편했던 관계로 인하여 전임 한인회장인 내가 결과적으로 국민훈장수훈까지 고사할 정도로 불이익을 받고 있다는 생각을 했던 모양이다. 그러고 보니 나는 박영국 총영사 때와 김진수 총영사 두 분 공관장으로부터 국민훈장 추천요청을 받았으나 모두 고사한 셈이다. 잠시 머물렀다가 떠난 현직 공관장으로부터 나에 대한 신임과 경륜을 인정받는 것만으로도 그저 감사할 따름이다. 김 총영사는 3년여 임기를 마치고 외교부로 귀임했다. 그리고 얼마 있지 않아 주사우디아라비아 대사직을 마치고 정년퇴임 이후에도 한국-아랍소사이어티의 사무총장으로 민간외교에 기여하고 있다.

▲원유철 국회의원, 김진수 총영사 & 해군 시드니타운홀 공연, 시티구정축제에서 환영사를 하는 김진수 총영사

▲시드니 호주해군기지항에 정박 중인 한국해군 구축함, 한국전 참전에 감사의 뜻을 전하는 해군사관학교 졸업생도

▲시티타운홀에서 해군사관학교 졸업생도 시드니방문단과 함께 온 한국해군 연예대의 공연장면

▲2013년 시드니와 브리스베인 켄버라 교민단체장의 김진수 총영사 송별회, 필자(뒷줄 오른쪽 10번째 중앙)

2013년 8월, 김진수 총영사 후임으로 파푸아뉴기니아 대사였던 제17대 이휘진 총영사(2013.8.-2016.4.)가 부임했다. 이 총영사는 매우 온유한 성격의 학자다운 공관장으로서 외교부를 통해 시드니총영사관의 소식도 전해 들었겠지만 전임자였던 김진수 총영사와는 달리 비교적 친교민적인 입장을 취하며 다양한 그룹과의 원활한 소통을 위해서 많은 한인단체 모임에 직접 참석하여 소통하며 신망을 쌓아 갔다. 특별히 이 총영사는 총영사관저에 가능한 많은 한인단체장들과 호주 정치권인사들을 초청하며 외유내강의 친화력을 보였다. 또한 한인동포사회 지도자들과 호주 주류 정치권인사들과의 만남을 주선했고 지역사회 한인지도자들에게도 가능한 도움을 주려고 노력을 했다. 나는 전임 한인회장 자격으로 또는 호주한인공익재단 이사장으로서 많은 부분에서 함께 협력하며 서로 도왔던 사이였다. 이 총영사는 내가 호주NSW주 정부 법무장관산하 반차별위원회Anti Discrimination Board NSW 3년 임기직 위원으로 일하고 있을 때도 많은 관심을 갖고 성원해 주었다.

▲The Hon. John Howard PM 연방수상과 총영사 & 뒷줄 이휘진 총영사, The Hon. John Alexander MP 연방의원, 필자와 부인들(앞줄) & 호주 주류정치인 초청 시드니총영사관저 만찬과 환영사를 하는 이휘진 총영사

▲한인밀집지역중 한 곳인 Eastwood지역상가에서 함께한 지역 한인지도자 뒷줄 왼쪽부터 심 아그네스, 이복길, 고직순, 김영필, 김기덕과 앞줄 오른쪽부터 김석환, 이휘진 총영사, The Hon. John Alexander MP와 필자 & 2016년 이휘진 총영사 이임 송별회 사전행사와 이임사를 하는 이휘진 총영사

▲이휘진 시드니총영사 송별모임에 참석한 교민단체 지도자들과 필자(오른쪽 4번째)

그렇게 인연이 되어서인지 내 아내도 총영사 부인과 가깝게 지냈으며 한국 방문 때마다 부부동반 오찬을 하기도 했다. 이 총영사는 외교부 귀임 이후에도 몇 대학교에 강의를 했고 동국대학교에서 박사학위까지 취득하는 학구적인 모습을 보였다. 그리고 내가 상임고문으로 참여하고 있는 한호정경포럼의 한국내 상임고문직을 맡고 있으며 아울러 최근에는 자유와상생네트워크 외교분과위원장으로 활약을 하고 있어 멀리서나마 서로 소통하며 교류하고 있다.

켄버라대사관에도 김우상 대사 후임으로 제17대 조태용 대사(2011.9.-2013.5.)가 부임했는데 재임 기간 중 나는 만나 볼 기회가 별로 없었다. 이어서 조태용 대사 후임으로 부임한 제18대 김봉현 대사(2013.9.-2016.5.)와는 여러 차례 만나기도 했고 필요한 경우 전화통화를 받기도 하고 내가 직접 하기도 했다. 2014년 언젠가 한국 국회 이석현 부의장 일행이 호주를 방문한 적이 있다. 어느 날 김봉현 대사가 직접 전화를 해왔다. 김 대사는 국회 부의장의 호주방문이 예정돼 있는데 부의장 일행의 일정상 어느 특정일에 시드니에서 친한파 The Hon. Craig Laundy MP 연방의원과 The Hon. Philip Ruddock MP 연방의원을 만났으면 좋겠다고 요청하여 대사관에서 연방의원실로 만남을 신청했는데 아직 확답을 받지 못했다고 했다. 그런데 본국에서는 계속 만남약속 성사여부가 어찌되었는지 문의를 해와서 답을 하지 못해 곤란한 지경이라고 했다. 그래서 승 회장이 연락을 좀 해 봐 달라는 부탁이었다.

나는 김 대사에게 잠시 기다려 달라고 했고 즉시 켄버라 The Hon. Craig Laundy 연방의원실로 전화를 했다. 용건을 재확인하고 특정일에 시드니에서 한국국회 부의장과의 만남이 가능하도록 조치해 달라고 요청했다. 비서관이 잠시 기다려 달라고 했고 아마도 5분 이내 답변이 바로 왔다. 러운디 연방의원이 연방의회 회기 중이지만 시드니로 내려가서 부의장을 만나 보기로 확정했다고 전해 왔다. 나는 곧바로 김 대사에게 이 소식을 전했다. 김 대사는 너무나 고마워하며 승 회장처럼 현지 유력인사를 통해 이렇게 쉽게 해결할 수 있는 일을 대사관에서는 모든 의전절차를 밟아 문서로 의사소통을 하니 어떨 때는 너무 늦어 답답할 때도 있다면서 어려움을 토로한 적이 있다. 이렇게 김 대사의 어려운 처지에서 체면치레라도 할 수 있도록 내가 손쉽게 도와 줄 수 있었음을 뿌듯하게 생각했고 유력 정치인인 연방의원도 나를 신임하여 내 부탁을 즉석에서 수용해 주었음에 감사했다.

▲제18대 김봉현 대사(2013.6.-2016.5.)와 필자 & 호주한인복지회의 세미나 강사로 초청된 김봉현 대사와 필자

▲켄버라 연방의회당에서, The Hon. Craig Laundy MP, 김봉현 대사, The Hon. Philip Ruddock MP와 필자

김봉현 대사와 이휘진 총영사가 3년 임기를 마치고 외교부로 귀임했고 시드니총영사관엔 제18대 윤상수 총영사(2016.4.-2019.5.)가 켄버라 대사관엔 제19대 우경하 대사(2016.5.-2018.2.)가 부임했다.

그즈음 나는 호주한인공익재단에서 매년 시행하고 있던 호주 주류 예비언론 장학생 선발과 한국연수일정 오리엔테이션 준비와 5월 중순 보성고등학교 졸업 50주년 기념 부부동반여행 참여를 위해 출국준비 등으로 바쁜 가운데 있었으나 해외여행 출국 이전에 윤 총영사를 먼저 예방하고 상견례를 가졌다. 나는 호주한인공익재단의 호주 주류 예비언론 장학생 한국연수프로그램의 목적과 계획에 관해 설명을 했고 전임 총영사 때와 마찬가지로 한국정부차원에서도 호주예비언론장학생들을 후원하고 있다는 상징적 의미로서 이들을 위한 총영사관저 만찬도 베풀어 줄 것을 요청했다. 윤 총영사는 부임 초기였으므로 공관

운영 실태를 좀 더 파악하고 적당한 시기를 잡아 관저만찬을 시행하겠다고 약속했다. 윤 총영사는 나를 전임 한인회장으로서뿐만 아니라 여러 면에서 한인동포사회의 지도자로 여겨 교민관련 모임행사는 물론 호주 주류 정치권 인사들과의 모임행사에 초대하곤 했다. 특별히 내가 호주국민훈장OAM 수훈한 이후의 한국영화제 시사회 같은 공식 행사장에서 호주측 VIP인사와 함께 나를 소개하기도 했다. 그리고 내 처도 윤 총영사 부인과 가끔 회동을 하며 친분을 이어 왔다. 모두가 귀중한 인연이요 감사할 일들이다. 윤 총영사는 3년 임기를 마치고 외교부로 귀임했고 인천광역시 자문대사를 거쳐 현재 주샌프란시스코 총영사로 재임하며 외교관 생활을 이어가고 있다.

▲ Korea-Australia Friendship Dinner(한호우호만찬)장에서, 류병수 회장, 윤상수 총영사, The Hon. Scott Farlow MLC, The Hon. Jodi McKay MP, Ian Crawford AC 제독과 필자(오른쪽 3번째)

▲ 대한민국 개천절기념행사에서 피터 김 Ryde 시의원, 윤 총영사 내외, 조디 멕케이 의원과 필자(맨 왼쪽) & 2019년 NSW Art Gallery, 대한민국 임시정부 수립 100주년 기념식에서 기념사를 하는 윤상수 총영사

▲원광대학교 서예작가 여태명 교수와 필자, 대한민국임시정부 수립 100주년 기념식, 윤상수 총영사와 필자 부부

▲캄보디아돕기 특별사진전시회, 윤상수 총영사, 캄보디아 총영사 부부, 안신영 문화원장과 필자(맨 왼쪽)

▲2018년 제9회 한국영화제 시사회 출품작품 '소공녀' 전고운 감독과 독일 영사관 공보담당 영사 부부, 박소정 문화원장과 필자 & 한국영화제 개막식 시사회, 출품영화 '소공녀' 전고운 감독의 언론 관객과 인터뷰 모습

▲ 연예기획사 대표 Sonia Gandhi와 필자 & 한국영화제 개막시사회에 참석한 윤 총영사 부부, The Hon. Scott Farlow MLC, 한국관광공사 지사장과 필자 & 제9차 한국영화제, 권순형 작가, 필자, 박소정 문화원장, 김태환 관광공사지사장

한편 거의 같은 시기에 켄버라 대사관으로 부임한 우경하 대사는 시드니동포사회 지도자들과도 가능한 교류를 갖고 싶어 했다. 재호한인상공인연합회 회장단, 회원들과도 1박2일 친선골프모임을 갖고 대사관저만찬에 초대하기도 했다. 우 대사는 문재인 대통령이 집권한 이후 20개월의 짧은 재임기간을 마치고 외교부로 귀임해 곧바로 부산시 국제관계대사로 임명돼 지방자치단체의 국제화에 기여하고 있다.

▲ 제18대 윤상수 총영사(2016.4.-2019.5.)와 필자 & 시드니총영사관 청사이전 기념 리셉션에서 필자(왼쪽 2번째)

▲ 2017년, 재호한인상공인연합회 회장단 초청 켄버라 대사관저만찬에서 우경하 대사(2016.5.-2018.2.)와 필자

우경하 대사 후임으로 제20대 이백순 대사(2018.2.-2020.5.)가 부임했다. 이 대사는 박근혜정부 당시 주미얀마대사 시절에 현지이권관련 사업에 실세 최순실의 청탁요청을 들어주지 않아 소환됐다는 설이 있을 정도로 강직한 성격의 소신 외교관으로 알려진 분이다. 이 대사는 문재인정부 시절 문희상 국회의장 외교특임대사를 거처 주호주대사로 부임했다. 이 대사도 여느 대사들과 마찬가지로 최대규모의 호주한인동포사회가 형성된 시드니동포사회 지도자들과 만남을 갖고자 했다. 그래서 호주 부임 후 시드니 공식방문 때에 시드니교민단체장들과 상견례를 갖기도 했다. 그러나 지역적 거리감과 외교부의 영사업무 관할지역 분리정책으로 인하여 현실적으로 자주 오고가고 할 수 없었다. 그럼에도 불구하고 한호정경포럼 갈라디너 행사와 호주한인총연합회 차세대 세미나 행사에는 직접 참석하여 축사와 함께한국정부의 위상을 높이고저 노력했다. 특별히 과거 주미한국대사관 참사관 근무경험을 토대로 미주 한인사회와 비슷한 성격의 호주 한인사회에서의 차세대의 정치력 향상을 희망하면서 한인사회 발전에 도움을 주고저 노력했다. 이 대사는 2년 3개월의 임무를 마치고 외교부로 귀임하여 정년퇴임을 했고 나의 서울대학교 정영사 후배들이 대표 변호사로 있는 한국 최대 규모의 세무업무전문법률사무소 율촌의 고문으로 영입되었다는 소식을 듣고 반갑기도 했다.

▲2018년 시드니 교민지도자와의 상견례에서, 제20대 이백순 대사(2018.2.-2020.5.), 이백순 대사와 필자

▲ 2018년 한호정경포럼 갈라디너행사에서 이백순 대사, The Hon. Philip Rudock MP 혼스비 시장과 필자 & 2020.5월 코로나19거리두기 제약조치 중 시드니동포단체장과의 이백순 대사 이임간담회, 필자(앞줄 오른쪽)

▲ 제19대 홍상우 총영사(2019.6.- 현재) & 시드니한국교육원 개설 30주년 기념행사에서, 홍상우 총영사와 필자

▲ 시드니한국교육원 개설 30주년 기념식 행사에서 김기민 교육원장, 윤광홍 한인회장, 내빈과 필자(왼쪽 3번째)

▲2019년 '선비의 식탁' 전시회 개막식에서 황인석 작가가 빚은 도자기에 서명을 하고 있는 필자 & 한국문화원, '선비의 식탁(A Scholar's Feast: Old and New)' 전시회에 차려진 전시용 식탁에서 박소정 문화원장과 필자

▲2020년 2월, 한복의상 디자이너 작품전시회에서, 홍상우 총영사, 윤광홍 회장, 한복차림의 Lord Mayor Clover Moore 시드니시장, The Hon. Scott Farlow MLC, The Hon. Jodi McKay MP, 필자와 Rober Kok 시드니시의원

그리고 3년 임기를 마친 윤상수 총영사 후임으로 제19대 홍상우 총영사(2019.6.-현재)가 부임했다. 홍상우 총영사는 매우 겸손한 성격으로 시드니한인동포사회의 단합과 발전을 위하여 한인동포지도자들을 존중하며 모국 정부 내의 인적 네트워크까지 잘 활용하여 최선의 성과를 내는 실무형 총영사로 느껴졌다. 헌데 뜻하지 않은 Covi-19 팬데믹으로 호주정부의 강력한 거리두기 시행 정책과 해외여행 전면금지조치로 인하여 계획됐던 굵직굵직한 모든 행사들을 취소해야 하는 상황에서도 재외동포재단으로부터 시드니주재 영사를 파견받는 성과와 브리스베인총영사관 설치를 확정시키기도 했다. 이로써 시드니동포사회의 재외동포재단과의 긴밀한 소통과 이해증진을 통하여 효과적이고 능률적인 성과를 기대하게 됐다. 그만큼 시드니동포사회가 전 세계 해외

동포사회에서 차지하는 비중이 커졌다는 반증이기도 하여 기쁘기도 하다. 앞으로 홍상우 총영사의 활약을 기대해 본다. 한편 이백순 대사 후임으로 제21대 강정식 대사(2020.5.-현재)가 부임했다. 코로나19 팬데믹으로 호주정부의 강력한 사회적거리두기정책이 시행되고 있던 10월에 시드니동포단체장들과의 간담회 성격으로 마스크를 착용한 채로 상견례를 가졌다. 강 대사는 호주 시드니의 여건과 매우 비슷한 영연방 캐나다의 최대도시인 토론토 총영사 경험을 토대로 한호 양국 간의 국익신장과 한인동포사회의 성장과 발전에도 많은 기여를 할 것으로 기대해 본다.

▲제21대 강정식 대사(2020.6.-현재) & 시드니동포단체장 간담회, 윤광홍 회장, 강정식 대사와 필자(맨 오른쪽)

▲2020년 10월, 강정식 주호주대사 부임 상견례를 겸한 시드니동포단체장 간담회에서 필자(앞줄 오른쪽 5번째)

7-4-4. 한국 국회의원과 중앙정부 및 지방자치단체 인사와 교류협력

▲서울 여의도, 대한민국 국회의사당 광장에서의 필자

▲1981년 고흥문 국회부의장 시드니방문단 일행인 이진연 의원과 정석모 의원(정진석 국회의원의 선친) 시드니공항 VIP룸에서 필자

나는 과거 대한항공 시드니지사장 재임 시절로부터 호주를 방문했던 한국정부인사들과 국회의원들을 만날 기회가 많았다. 세월이 흘러 호주 한인동포사회의 여러 단체장과 특별히 시드니한인회장 역임 이후 재외국민참정권 취득 과정을 거치면서 또한 다양한 재외동포지도자 회의에서 자연스럽게 여러 국회의원들과의 만남이 많았고 비교적 가깝게 여러 차례 회동을 하며 업무협력

을 했던 재외국민위원회 업무담당이었던 원유철 의원, 김성곤 의원, 그리고 외교통상위원장이었던 김원웅 의원, 박진 의원 그리고 호주한인공익재단 호주예비언론장학생 한국연수프로그램 국제교류재단예산확보를 위해 기획예산처 장관을 역임했던 서울대학교 정영사 후배인 장병완 의원이 대표적 인사라고 할 수 있겠다. 모두들 여러모로 깊은 이해와 함께 협력하며 기회를 따라 후원해 주셨음에 감사의 뜻을 전한다.

▲ 시드니총영사 관저오찬에 참석한 유명환 외교부장관, 김상우 주호한국대사와 김웅남 총영사와 필자(맨 왼쪽)이 오찬자리에서 유 장관은 나를 따로 불러 시드니교민사회 일부 인사들의 김웅남 총영사 교체 건의에 관한 내용 실체를 물었고 나는 쌍방 간의 옳고 그름에 대해 재확인했다. 그럼에도 불구하고 시드니동포사회를 대표하는 현직 한인회장으로서 대한민국 정부가 존재하는 한 앞으로도 계속해서 부임해 올 시드니총영사 자리가 외교부에서 기피하는 지역이 되지 않고 호평을 받는 지역이 되기를 희망한다며 최소한의 임기를 마치고 귀임토록 해달라고 건의했고 유 장관도 나의 뜻을 충분히 이해하겠다며 내 제안을 흔쾌히 승낙했다.

▲ 국회의장 시드니방문기념 넥타이핀 선물 & 박희태 제18대 국회의장(2010.6.-2012.2.) &
정갑윤 제19대 국회부의장(2014.5.-2016.5.) & 정세균 국회의장(제20대 2016.6.-2018.6.) 손목시계 선물

▲정세균 국회의장 & 김원웅 국회의원(외교통일위원장) & 박진 국회의원(외교통일위원장)과 필자

▲김성곤 국회의원(민주당 재외국민위원장) & 김문수 지사 부인 설란영 여사 & 김문수 경기도지사와 필자

▲안상수 인천광역시장 시드니 방문, 박영국 총영사, 귀빈 & 나경원 국회의원과 김웅남 총영사, 귀빈과 필자

▲시드니한인회관을 방문한 김기현, 안형환 국회의원과 차세대 정치지도자 일행과 한인회 운영위원들과 필자

▲김기현 국회의원과 필자 & 강성종 국회의원과 필자 & 안형환 국회의원과 필자

▲이상득 의원과 필자 & 문학진 의원, 홍정욱 의원, 권기범 시장과 필자

▲김무성 국회의원(새누리당 대표), 이완구 국회의원(국무총리), 원유철 국회의원(재외국민위원장)과 필자

▲장병완 국회의원(산업통산자원위원장) & 탈북민 출신 조명철 국회의원 & 이재정 통일부장관과 필자

▲ 윤상현 국회의원과 필자 & 박선영 국회의원과 필자 & 윤병세 외교부장관과 필자

▲ 2013년 새누리당 중앙위원회 의장 이군현 국회의원(제18대 대통령선거 당시, 새누리당 재외선거대책위원회 대양주 위원장)을 예방한 호주지역 한인회장단과 제18대 대통령선거 당시, 대양주 부위원장을 맡았던 필자

▲ 심윤조 국회의원(새누리당 재외동포위원장), 이석현 국회의원, 이상민 국회의원 김경협 국회의원과 필자

▲ 노웅래 국회의원과 필자, 안홍준 국회의원과 필자, 울산시장 재임 시의 김기현 국회의원과 필자

▲ The Hon. John Alexander MP, 이에리사 국회의원과 필자 & 2008년, 임동원 전 주호주한국대사, 대통령외교안보특보의 시드니 통일강연회, 전 한인회장, 동포지도자와 박영국 총영사와 필자(앞줄 오른쪽 2번째)

▲ 국회 장병완 위원장, 김수민 의원, 최연혜 의원 환영 총영사관저 만찬, 윤상수 총영사와 필자(왼쪽 3번째)

▲ 국회 주승용 부의장 초청 시드니한인동포단체장 간담회에서 윤상수 총영사와 필자(앞줄 오른쪽 2번째)

▲ 심재철 국회부의장과 필자 & 황영철 국회의원과 필자 & 진영 국회의원(행정자치부 장관)과 필자

▲ 이재명 경기도지사와 필자 & 양창영 국회의원과 필자 & 최성 경기도 고양시장과 필자

▲ 2015년 한국통일강연회 초빙강사 문정인 교수와 필자 부부 & 강연회에 참석한 The Hon. Jodi McKay MP, The Hon. Damien Tudehope MP, The Hon. Geoff Lee MP와 필자, 국정원장 시드니방문기념선물 손목시계

7-4-5. 한국정부 및 지방자치단체와의 교류협력

TaLKTeach and Learn Korea영어봉사장학생 프로그램이라는 제도가 있다. 한국의 교육실정은 지역에 따라 학력 차이가 크다. 특별히 영어교육은 더욱 심할 것이다. 이에 교육부가 획기적인 방안으로 영어권 대학생들을 영어지도교사로 초빙하여 교육여건이 좋지 못한 농어촌지역 초등학교로 배치해 방과 후 학교 시간에 영어 듣기 말하기 능력향상을 위한 영어를 가르치면서 한국을 배우도록 한다는 취지로 2008년 9월부터 시작했다. 장학생으로 선발된 학생에게는 월 150만 원의 장학금과 항공권, 숙소가 제공되고 한국문화를 체험할 수 있는 기회도 주어진다. 2011년 한국교육원 제5대 조영운 원장 후임으로 제6대 김한주 원장이 부임했다. 당시 중국통 외교관 출신이었던 정상기 대사가 국립국제교육원 원장으로 부임하여 TaLK영어봉사장학생 프로그램 강화를 위해 영어장학생 선발 주요 국가에 명예홍보위원을 위촉해 TaLk프로그램의 홍보와 함께 보다 양질의 장학생을 선발하려고 했었던 것 같다. 교육원 김한주 원장이 나에게 TaLK영어봉사장학생 프로그램 내용을 설명하며 명예홍보위원으로 봉사해 줄 수 있는지를 물어왔다. 나는 흔쾌히 승락을 했고 다방면으로 지원노력을 했다. 특별히 당시 한국어를 배우려는 대학생들이 증가하는 분위기를 이용하여 나는 NSW대학교 한국어학과 신기현 교수에게 한국어 수업시간을 이용하여 TaLK프로그램 홍보를 할 수 있도록 도움을 요청했고 학과수업시간에 들어가 150여 명의 대학생들을 대상으로 TaLK영어봉사장학생프로그램 참여를 독려하며 홍보하기도 했다. 그리고 국립국제교육원 초청으로 명예홍보위원 연수에도 참여하여 국제교육원 관계자들과 타 지역 홍보위원들에게 호주의 상황을 설명하며 상호교류의 폭을 넓혔다. 김한주 원장은 나와 함께한국어교육을 하는 고등학교를 방문하기도 했으며 언젠가 나를 TaLK명예홍보위원으로 위촉했던 것

이 본인이 한일 가운데 가장 잘 한 일이였다며 우스갯소리를 한 적도 있다. 잠시나마 호주대학생들의 TaLK영어봉사장학생 참여홍보를 위하여 일할 수 있었음에 감사한다. 호주에서도 지난 2009년도부터 매년 2-30명씩 2020년까지 490명의 TaLK영어봉사장학생을 배출했다고 한다.

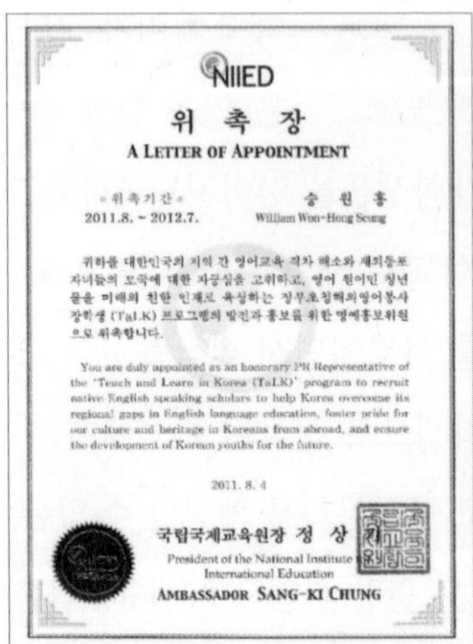
NIIED

위 촉 장

A LETTER OF APPOINTMENT

• 위촉기간 • 2011.8. ~ 2012.7.

승 원 홍 William Won-Hong Seung

귀하를 대한민국의 지역 간 영어교육 격차 해소와 재외동포 자녀들의 모국에 대한 자긍심을 고취하고, 영어 원어민 청년들을 미래의 친한 인재로 육성하는 정부초청해외영어봉사장학생 (TaLK) 프로그램의 발전과 홍보를 위한 명예홍보위원으로 위촉합니다.

You are duly appointed as an honorary PR Representative of the 'Teach and Learn in Korea (TaLK)' program to recruit native English speaking scholars to help Korea overcome its regional gaps in English language education, foster pride for our culture and heritage in Koreans from abroad, and ensure the development of Korean youths for the future.

2011. 8. 4

국립국제교육원장 정 상

President of the National Institute for International Education

AMBASSADOR SANG-KI CHUNG

▲TaLK영어봉사장학생 안내책자 표지, 필자의 TaLK명예홍보위원 위촉장, 2011년 TaLK명예홍보위원연수증

해외수출 시험무대 된 고창 농특산품홍보전

무농약 쌀, 복분자주, 풍천장어 등 인기 "일회성 행사 되지 않길"

▲2008년 전북 고창군 농특산물홍보전시회 개막 테이프 컷팅을 하는 김웅남 총영사, 이강수 고창군수, 의전홈플러스 정진규 대표, 고창군 물품전시 관계자들과 필자(왼쪽 4번째) & 관련 보도기사

고성오광대 한인회관서 공연

호주 지자체에 '풍자극' 소개

▲고성오광대 민속공연팀의 시드니한인회관 공연 관련 보도기사 & 함께 어우러져 춤사위를 보이는 필자

▲2008년 7월, 경남 고성군 부군수, 오광대보존회 이윤식 회장 민속놀이팀, 김웅남 총영사와 필자(둘째줄 중앙) & 고성오광대 민속공연팀과 시드니동포들과 함께 어우러져 손에 손 잡고 춤을 추고 있는 정겨운 모습

▲고성오광대 보존회 이윤식 회장과 필자 & 경남 고성군 부군수에게 호주한인50년사 책자를 전달하는 필자 & 울릉도 영어장학생 한인회방문단 박성식 대표로부터 선물을 전달받고 있는 필자

▲2008년 울릉도 영어장학생 한인회 방문단에게 특강을 해준 필자(앞줄 중앙) & 2019년 충북 영동군과 호주 시드니 한인회가 우호교류협력협약식을 체결, 박세복 영동군수와 이기선 부회장

7-4-6. 재외국민참정권행사 및 재외국민투표권리 취득 및 행사

2007년 12월에 제17대 대통령선거가 있었고 이어 2008년 4월에 제18대 국회의원 총선거를 치루면서 그동안 재외동포 사회에서 꾸준히 제기해 왔던 재외국민 참정권 문제가 본격적으로 불거졌다. 사실 재외국민들이 한국 내 투표에 참여토록 하는 문제는 이미 오래 전에 수면 위로 부상되었으며 2007년 6월 헌법재판소가 재외국민에 대한 참정권문제에 대해 헌법 불합치 판결을 내리면서 재외국민들에게 참정권을 주지 않는 것은 헌법정신에 위배된다고 했다. 이에 노무현 정부 때에 각 정당별로 이 문제가 본격적으로 공론화되기도 했었으나 각 정파마다의 이해관계 상충으로 법률제정을 이루지 못했다.

이런 가운데 제17대 대통령선거 기간 중에 시드니 동포사회에서는 고려대학교 동창들이 중심이 되어 한나라당 이명박 후보 후원회가 결성되었다. 재외국민이 직접 선거에는 참여하지 못하지만 대신 고국에 있는 친지를 통해서라도 직간접으로 선거에 영향력을 행사하겠다는 강한 의지의 표현이라고 볼 수 있다. 박영선 이명박 후보 후원회장은 당시 시드니한인회장이었던 나에게도 상임 고문직을 맡아 달라는 요청을 하였으나 나는 현직 한인회장이 특정 정당의 후보를 위해 직책을 맡는 것은 한인회의 정치적 중립성 유지에 문제가 있다며 정중히 사양했고 대신 후원의 밤 행사에서 시드니한인회장으로서 축사로 대신하겠다고 했다. 나는 축사를 통해 "호주에서 모국의 대통령후보 지지 모임은 처음이다. 한 번도 훌륭한 지도자를 가져보지 못한 한국에서 퇴임 후에라도 후손들의 기억에 남는 대통령이 나오길 바란다. 지지도가 40%대를 유지하는 후보로서 좋은 결과가 나오리라고 본다. 미국과 유럽 크기만한 호주를 미국같이 동등하게 대우해 줄 것과 한국과 여러모로 중요한 상호보완적 협력관계에 있는 호주에 거주하고 있는 호주동포사회를 기억해 달라"며 이명박 후보를 대신해 참석했던 한상림 정무특보에게 요청도 했다. 이명박 대통령 당선인은 시드니한인회가 여러모로 협조해 준 것에 대한 감사장을 보내 왔다.

그 이후로 나는 호주 시드니한인회장 자격으로 또는 시드니한인회장 퇴임

8 호주동아 Community News

이명박 후보 '후원회 밤' 성료

"경제 대통령 당선돼야" 당위성 설명

한국의 대통령 선거 열기가 잠시 시드니를 달궜다.

호주지역 이명박 후보 후원회(회장 박영선)는 지난달 30일 시드니 한인회관에서 '이명박 대통령후보 후원회 밤'을 열어 '실천하는 경제 대통령'의 당위성을 역설하며 지지를 결의했다.

행사는 국민의례, 후원회 발족 경과보고, 임원 임명장 수여, 내빈 인사, 이 후보 정책 슬라이드 감상, 지지결의 등의 순으로 진행됐다.

이 후보와 고려대 동문인 박 회장은 인사말을 통해 "조국의 정치적 안정과 경제적 번영은 바로 이민자들의 생활과 직결되기 때문에 해외교민이 조국에 대한 관심과 참된 지도자 선출에 염려하는 것은 지극히 당연하다"면서 "참정권은 없지만 올바른 지도자 선출에 한 목소리를 내 조국에 전달해야 한다"고 행사의 배경을 설명했다.

이어 박 회장은 "조국의 앞날을 확 바꿔놓을 차세대 지도자인 이명박만이 한국의 경제번영과 산업성장으로 고용을 창출할 수 있다는 구체적인 메시지를 고국에 보내야 한다"면서 "친지나 가족들에게 전화나 편지, 이메일로 동포들의 뜻을 전달하는 운동에 적극 참여하자"고 주문했다.

승원홍 한인회장은 축사에서 "호주에서 대통령 지지모임이 처음인 것 같다"면서 "한번도 훌륭한 지도자를 가져보지 못한 한국에서 뒤일 후라도 후손들의 기억에 남는 대통령이 나오길 바란다"고 기대했다. 이어 "지지도가 40% 대를 유지하는 후보로서 좋은 결과가 나오리라 본다"며 "상당히 중요한 위치에 있는 나라에 거주하는 호주동포를 기억해 달라"고 당부했다.

승 회장은 "호주는 땅덩이가 미국이나 유럽에 버금간다. 그 크기에 맞게 대우해 달라"면서 "다문화 국가인 호주만 잘 다루면 전세계 국가와 연결될 수 있는 네트워크 구축도 가능하다. 교민들이 많은 역할을 할 수 있다"고 중요성을 전했다.

이 후보를 대신해 방호한 한상필 정무특보는 대독한 이 후보의 메시지를 통해 "좋은 대통령이 돼 꼭 보답하겠다. 정권교체와 경제 대통령이 되기 위해 최선을 다하겠다"고 다짐하면서도 "BBK사건과 관련해 공인으로서 주변을 제대로 관리 못한 것 사과한다"고 밝혔다.

한 정무특보는 재외동포 정책과 관련, "여당이 거부하고 있는 참정권은 단기체류자나 영주권자도 행사하는 것이 당연하다"면서도 "이중국적 허용은 병역문제 등과 맞물려 민감한 사안이지만 중장기적 과제로 긍정적으로 검토할 것"이라고 전했다. 또 "한국은 인구 대비 해외동포 숫자가 1위다. 해외인재 활용이 필요하다"며 "재외동포청 설립을 긍정적으로 검토하고 있다"고 밝혔다.

이날 행사엔 이재경, 백낙윤 전 한인회장, 고희진 전 민주평통 회장 등도 참석했다. 행사장 곳곳엔 이 후보 선거 표어와 포스터나 붙었고, 선거 유세 로고송과 광고도 간간이 선보여 활기를 불어넣었다. 이 후보 후원회는 시드니, 멜번, 골드코스트, 아들레이드, 캔버라 등 호주 내 6개 지부에 약 200명의 회원을 확보한 것으로 알려졌다.

대통령 후보 지지모임 결성에 대해 교민사회를 분열시키는 행위라는 우려의 시각도 일부에서 제기되고 있다.

권상진 기자 nto@hojudonga.com

감 사 장

승 원 홍

지난해 대통령 선거에서
적극 지지하여 주신데 대해 감사드리며
앞으로도 대한민국 선진화를 위해
함께 노력해 주실 것을 당부합니다.

2008년 1월

대한민국
제17대 대통령 당선인 이명박

제17대 대통령직인수위원회

이후에도 재외동포지도자 자격으로 재외국민참정권 획득을 위한 공청회, 정당정책토론회나 세미나, 재외동포전문가포럼등에 적극 참석하여 호주동포사회 홍보와 함께 전세계 재외동포지도자들과 연대하며 활동을 했다. 아울러 한국정부의 65세 이상의 재외국민에게 허용되는 복수국적제도 확정에 따라 한국국적도 2014년에 재취득하여 한국 대통령 선거와 국회의원 선거에 적극 참여하며 재외국민으로서의 참정권 행사도 하고 있다. 그리고 나는 2012년 제18대 대통령선거 당시에 새누리당으로부터 여러 직책(중앙선대위 의장 해외특보, 재외선거대책위원회 대양주 부위원장, 중앙선거대책위원회 국민화합총괄본부 국민행복실천본부 재외국민위원회 대양주 위원장)을 임명 받았다. 그래서 호주지역과 뉴질랜드 동포사회의 선거권자 대상으로 현지 지도자들과 협력하면서 특별히 유학생과 워홀러의 적극적인 선거참여를 독려하며 박근혜 후보의 당선을 도왔다. 그리고 2017년엔 호주한인공익재단의 호주예비언론장학생 한국연수프로그램 지원을 위해 국제교류재단 사업으로 예산확보에 힘써준 국민의당 장병완의원의 요청에 따라 국민의당 재외국민위원회 대양주회장 임명장을 받고 활동을 하기도 했다.

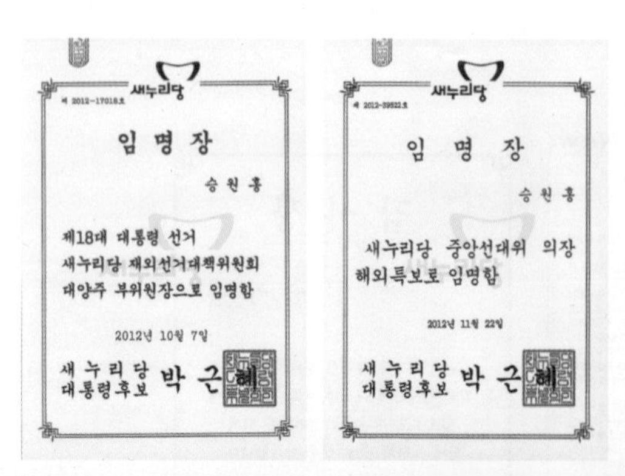

새누리당

임 명 장

승 원 홍

제18대 대통령 선거
새누리당 재외선거대책위원회
대양주 부위원장으로 임명함

2012년 10월 7일

새 누 리 당
대통령후보 박 근 혜

새누리당

임 명 장

승 원 홍

새누리당 중앙선대위 의장
해외특보로 임명함

2012년 11월 22일

새 누 리 당
대통령후보 박 근 혜

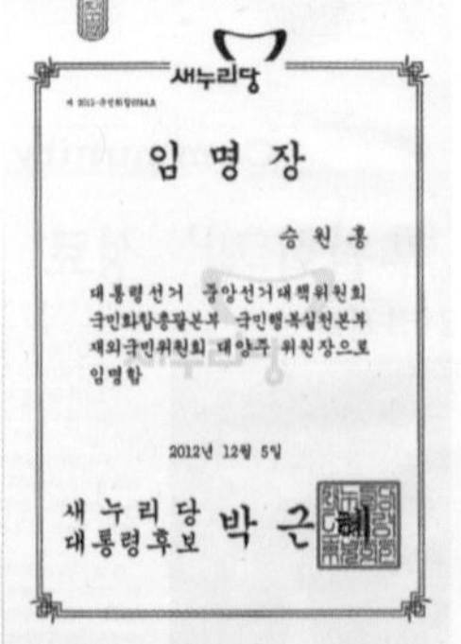

새누리당

임 명 장

승 원 홍

대통령선거 중앙선거대책위원회
국민화합총괄본부 국민행복실천본부
재외국민위원회 대양주 위원장으로
임명함

2012년 12월 5일

새 누 리 당
대통령후보 박 근 혜

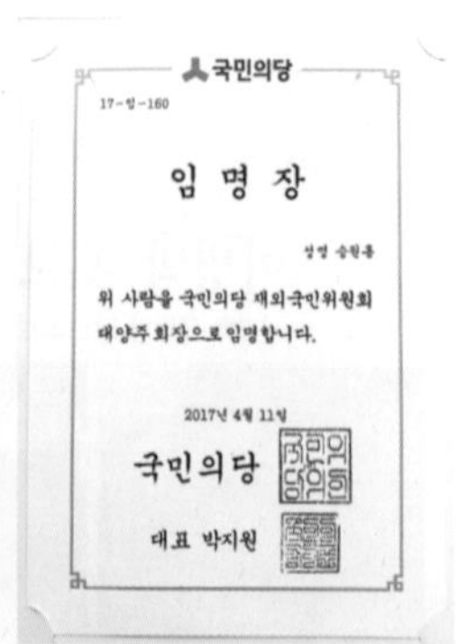

국민의당

임 명 장

위 사람을 국민의당 재외국민위원회
대양주회장으로 임명합니다.

2017년 4월 11일

국민의당

대표 박지원

▲2012년 6월 재외국민 대선투표율 제고를 위한 심포지엄 & 2013년 6월 새누리당 맞춤형 동포정책토론회

▲2013년 새누리당 재외국민위원장 주최 글로벌 간담회, 재외동포 지도자들과 함께한 필자(앞줄 왼쪽 2번째)

▲2013년 10월 새누리당 재외국민위원회 글로벌간담회 & 제18대 대통령선거 새누리당 정책홍보설명회에 참석한 원유설 국회의원과 필자(앞줄 오른쪽)

▲2015년 7월 새누리당 재외국민위원회 시드니교민간담회, 2014년 10월 새누리당 재외국민위원회 글로벌간담회

▲2015년 8월 프레스센타에서 개최된 광복70주년 기념 재외동포전문가포럼

한국신문
The Sydney Korean Herald
Korean Community's Largest Circulating & Best Quality Newspaper

Daylight Saving, 이번 일요일 해제 A4면

시드니 재외국민 투표 개시
4월4일까지 총영사관 투표소서

▲2016년 4월 제20대 국회의원 총선 재외국민투표소에서 이휘진 총영사 부부, 한인회장과 투표를 하는 필자 & 2017년 5월 제20대 대통령선거와 2020년 4월 제21대 국회의원 총선 재외국민투표에 참여한 필자

7-5

영문블리틴 Korean Society of Sydney English Bulletin 제작

호주시드니한인회는 초기 이민자 20여 명이 모여 1968년 12월 27일 모임을 갖고 회원 간의 친목도모와 정보교환을 주목적으로 활동해 왔던 때로부터 시작된 것으로 인정되고 있다. 내가 시드니한인회장으로 당선되었던 2007년도에는 한인인구수가 10만을 넘었다며 10만 명 시드니한인동포사회라고 불렀다. 이러한 한인동포 수의 양적 증가에도 불구하고 거의 40년이나 지났던 2007년에까지 한인사회가 호주주류사회와 원활하게 소통할 수 있는 영문소식지를 만들지 못했다. 그래서 나는 가능한 재원을 투입해서 호주 주류사회와 소통을 하기 위해 한인회영문소식지English Bulletin를 발행해야겠다고 결심했다. 한국신문 편집인 경험이 있던 김지환 씨를 사무총장으로 그리고 한국코리아헤럴드 기자경력이 있는 고직만 씨를 영문편집책임자로 영입했다. 기본 계획은 매 2개월마다 발행하는 것으로 추진을 했었으나 주류사회와 소통해야 할 만한 가치가 있는 충분한 소식의 양과 기획기사 준비관계로 임기 2년 동안 32페이지의 Tabloid Format판으로 4차례 발행한 것으로 만족해야 했다. 영문소식지는 호주연방정부, NSW주정부, 한인동포들이 많이 거주하는 지역카운슬과 경찰서와 도서관, 학교 그리고 한인사회 내의 주요 행사장소와 대형 한인교회에 배포됐다. 그러나 내가 임기를 마친 2009년 7월이후 영문소식지 발행은 지속되지 못했다. 결과적으로 시드니한인사회 역사 50여 년 기간 중에 전무후무했던 시드니한인회 영문소식지Korean Society of Sydney, English Bulletin가 되고 만 셈이다. 새로운 시드니한인회장마다 재정문제를 포함한 여러 사정이 있겠으나 어느 누구도 주류사회와의 긴밀한 소통을 위하여 영문소식지 발행을 시도하지 못하는 것 같아 실행경험이 있는 전임 시드니한인회장으로서 자부심을 느끼기도 하지만 너무나도 아쉽고 안타깝게 생각한다. 아래 4차례 발행했던 영문소식지의 주요면들을 게재 소개한다.

2007년 9월 28일 금요일 〈일간〉 Community & News

한인회 영문 '블레틴' 창간호 발간

"격월간 예정, 교민-주류사회 가교역할"

시드니한인회(회장 승원홍)가 야심차게 추진해 온 영문 한인회보(The Sydney Korean Society BULLETIN)가 21일 첫 발행됐다. 한인회는 지난 주말 달링하버서 치뤄진 한가위 축제에 이어 29일 이스트우드파크서 개최되는 한국의 날 행사장에서 이를 배부할 예정이다.

한인회보는 1만부 발행되며 교민 식품점과 카운슬 도서관을 위주로 무료배포된다. 또 주류사회에 5백부 NSW를 제외한 기타 지역에 200부 발송된다.

창간호 작업에는 로브 럭(Rob Luck, 호주 한인문화재단 정미옥 부이사장 부군)씨가 편집 고문으로 자원 봉사했으며, 중요 원고의 윤문과 교정을 담당했다.

창간호엔 승원홍 회장과 존 하워드 총리의 면담, 2006년 호주 인구조사에서 드러난 한인사회 규모와 발전 과정, 호주 연방 상원의 '일본군 종군 위안부' 문제 결의안 처리 과정, 아프간 한인인질 석방 촉구 촛불집회 등 한인 사회의 최근 현안들이 자세히 소개돼 있다.

특히, 'Korean Community Special'이란 제목의 한인사회 특집에서는 2000년도 이후 급증하고 있는 한인 이민자에 대한 심층분석과 함께 2006년 호주 입국 한국인 '워홀러' 들의 수가 무려 2만 3천 536명에 달했다는 워홀러 입국 현황을 통계를 바탕으로 제시해 주목받았다.

연방 상원의 '일본군 종군 위안부' 문제 결의안 특집에서는 호주의 유일한 생존 증인인 얀 러프 오헌 여사의 상원 증언 내용 전문, 호주 역사학자 행크 넬슨(Hank Nelson)의 상원 브리핑 내용 요약, 페니 웡 노동당 상원의원의 결의안 및 한국신문 임경민 기자의 페니 웡 의원 인터뷰 내용이 수록됐다.

경제 뉴스로 호주 국제경제학센터(Centre for International Economics)에서 아시아태평양 경제협력체(APEC) 정상회담에 즈음해 발표한 논문 'Impact of KORUS on Australian agriculture'의 내용이 발췌되어 소개됐다.

이 논문에서 호주 경제학자들은 한미 자유무역협정으로 호주의 對한국 농산물 수출이 줄어들 것이라고 우려하며 호주와 한국간에 자유무역협정이 하루 빨리 체결되어 호주 농산물이 가격 경쟁면에서 우월한 고지를 유지해야 한다고 강조했다.

사회면에서는 베네롱 선거구가 2000년도 이후 한인최대 밀집지역으로 부상되고 있는 배경과 한인 유권자 성향 분석 및 2007년 연방선거에 대한 분석기사가 실렸으며, 오피니언 페이지에는 페니 웡 연방 상원의원의 '아시아계 호주인의 정체성(Asian-Australian identities)'에 관한 연설문과 시드니 대학 경제학 박사 과정에 있는 신준식씨의 '한인사회의 인적 자원' 그리고 호주한인상공인연합회 조일훈 회장의 기고문, 재호주 대한체육회 강대원 회장의 기고문이 수록됐다.

문화면에서는 한인 교포 연예인 박 선씨가 주연한 영화 'The Jammed'에 대한 소개와 함께 '2007 한가위 축제' 그리고 '2007년 한국의 날' 축제 프로그램이 집중적으로 소개됐다.

시드니한인회 승원홍 회장은 "한인회의 영문블레틴 발간은 재호 한인사회와 호주 주류 사회와의 다리를 놓기 위한 사업으로 제26대 한인회의 중요한 성과"라며 "보다 안정적인 재원확보를 바탕으로 향후 격월간으로 자리매김되기를 바란다"고 말했다.

승 회장은 "영문 블레틴은 정기적으로 연방 정부 부처, 연방 의원 사무실, 주 정부 부처 및 주 의원 사무실 그리고 뉴 사우스 웨일즈 주의 주요 카운슬에 우편으로 배달되어 재호 한인사회의 의견을 전달할 계획이며, 캔버라 국립 도서관을 비롯해 각 주립 도서관과 주요 대학 도서관, 교민 밀집지역 카운슬 도서관에도 비치하도록 협조를 요청할 계획"이라고 밝혔다.

또한 시드니한인회의 영문 블레틴은 공관의 협조를 얻어 캔버라 한국 대사관, 시드니 총영사관, KOTRA 시드니 지사, 한국관광공사 시드니 지사 등 공관에도 비치될 예정이며 한인학생 수가 많은 시드니 소재 초중등 학교와 대학교에서 전달될 예정이다.

권상진 기자 info@hojudonga.com

4 THE SYDNEY KOREAN SOCIETY BULLETIN — Korean Community Specia

Congratulatory Message

Korean Society of Sydney Launch of the English Bulletin

It gives me great pleasure to send my best wishes to all the staff and readers of the first edition of the Korean Society of Sydney's English Bulletin.

I am sure that the publication of this bulletin will offer both news coverage and entertainment to the Korean community in New South Wales, as well as provide Korean-Australians with local information that assists them to participate actively in the broader Australian community. I also hope that the bulletin will act as a bridge between the Korean and Australian communities and enable them to share their rich history and culture with other Australians in the spirit of harmony and tolerance.

Australia's cultural diversity is one of its key strengths and, as Australians, we pride ourselves on our heritage, democratic traditions and the right to express our culture and beliefs. The genuine commitment of all Australians to a nation united by shared values, including equality of opportunity, peacefulness and compassion for those in need, continues to build and strengthen this country.

I send my warmest wishes to all current and future readers of the English Bulletin and I congratulate everyone involved in the launch for what I am sure will be a highly enjoyable and successful paper.

Prime Minister **John Howard**

▲ 시드니한인회 영문소식지 발행 보도기사 & The Hon. John Howard MP연방총리의 시드니한인회 영문소식지(English Bulletin)발행 축하메시지

THE SYDNEY KOREAN SOCIETY
BULLETIN
1

Korean Community's Letter to Prime Minister
'Comfort Women', proven case of sexual slavery, war crime

Korean Society of Sydney
Launch of the English Bulletin

Congratulations on the publication of the English Bulletin

Community Issue
PM John Howard meets leaders of Korean Society, briefed on Korean Culture-Welfare Centre project

Community Issue

Community News
Vigil gathering shows multicultural harmony, humanitarian solidarity in hostage crisis issue

On Korea's National Liberation Day, Pray for Humanitarian Spirit of Love

Photo News

Community News
Democracy, driving force for Korean-Australian community new leader Seung disclosing 'New Visions' in gala ceremony

Role as go-between to produce Golden eggs for Korean society

THE SYDNEY KOREAN SOCIETY
BULLETIN
2

A New Wave in the Sydney Korean Society

YOUTH FORUM

The Publication of '50 Year History of Koreans in Australia'

The First Korean Commissioner of Community Relations Commission

A Korean University Student in Ryde Council Election

The formation of the 'Korean Australian Citizens Association' will be promoted

Support for comfort women resolution requested

Greg Smith promised to support elderly Korean residents in Epping

Immigration and Multiculturalism Policies under the Rudd's Labor Government

THE SYDNEY KOREAN SOCIETY BULLETIN

The Korean Working Holiday Supporting Centre Inc.

워킹홀리데이 지원센터

A wayfarer says he's coming back

By James Kang

Korean Society to strengthen ties with CRC

By Hyun-Tae Choi

Keith Kwon launches re-election bid

By Ken Lim

The first Korean Rotary International president visit

By Ken Lim

Vice President Pak called for toughening of police patrol

By Ken Lim

Friend of Working Holiday Makers:

Working Holiday Supporting Centre

By Ken Lim

SKS hosts a seminar on visa schemes

"IELTS requirement too high and against Asians"

By Ken Lim

Korean Society meets with NSW Police

By Ken Lim

Korean young political leaders visit the Korean Society

By Ken Lim

Foreign Affairs and Trade Commission visits the Korean Society Hall

By Ken Lim

BULLETIN

Sydney Korean Society passes next year's budget package

By Ken Lim

THE SYDNEY KOREAN SOCIETY BULLETIN

4

Darling Harbour comes alive with Korean Fever

By John Ha

MAIN NEWS

The 3rd Korean Youth Forum : Young Koreans Making a Difference

By Michael Kim

MAIN NEWS

50 years of Korean Immigration: a quest for history

By Ken Lim

Korean Society celebrates 63rd Korean Independence Day

By Ken Lim

MAIN NEWS

Sydney Korean Society submit Korean education initiatives to Minister

Vice president Pak to join NSW Ambulance Advisory Council

By Ken Lim

NSW Police Recruitment Promotion Night

By Michael Kim

MAIN NEWS

2007 Korea Chuseok Festival

Broadway hit 'Nanta' rocks Palm Grove in Darling Harbour 'Korea Chuseok Festival' at 10 am to 5 pm on Sept. 22-23,

KOREAN AUSTRALIAN

Koreans in Australia – An Overview

KOREAN AUSTRALIAN

Koreans in Australia – An Overview

Dr Myong Duk Yang

KOREAN AUSTRALIAN

Koreans in Australia – An Overview

Dr Myong Duk Yang

7
|
6

아프가니스탄 억류 한국인 석방 요청 시드니시청사 앞 촛불집회

나는 2007년 7월 21일 시드니한인회장으로 공식취임을 한 후 Vision Presentation을 비롯하여 Carlingford High School 방문, NSW경찰청 범죄수사대와 Eastwood경찰서 방문 일정을 소화하며 8.15 광복절 기념행사와 함께 '난타' 공연팀 초청 달링하버에서의 9월 추석맞이 한가위잔치 2일 공연과 Eastwood Park에서의 한국의날 행사준비로 눈코 뜰 새 없이 매우 바쁠 때였다. 그런 가운데 한국의 샘물교회 단기선교봉사팀 21명이 아프가니스탄 탈레반에 인질로 잡혀있다는 소식이 호주 주류 방송과 언론매체를 통해서 계속 보도되고 있었다. 호주연방정부 차원에서도 ASEAN지역포럼 제14차회의에서 8월 2일자로 탈레반의 인질행태를 비난하며 피랍한국인의 조속한 석방을 호소하는 성명서를 발표하기도 했다.

나는 호주에 사는 이슬람 종교지도자를 통해 해결방책을 찾을 수도 있겠다는 직감을 갖고 한인회장 당선 직후 한인회관의 관리를 맡고 있던 Canterbury City Multicultural Advisory Committee에서 만났던 레바논계 시의원 Karl Saleh에게 연락을 했다. 내 사정을 들은 살레 시의원은 호주 Lebanese Muslim Association의 Mohammed Safi 회장을 나에게 소개했고 그는 호주연방총리자문역인 호주 이슬람 원로사제인 Sheikh Taj-el-Din Al Hilaly를 소개해 주었다. 힐랄리 사제는 자기가 아프가니스탄 탈레반 2인자와 교분이 있다며 호주정부와 한국정부에서 승인을 해주면 직접 아프가니스탄을 방문해 도와줄 수도 있다고 했다. 나는 이 반가운 소식을 시드니총영사관 박영국총영사와 국정원파견관 석효성 부총영사에게 전했다. 그리고 석 부총영사와 나는 힐랄리 사제를 만나기 위해 Lakemba 이슬람사원으로 갔다. 힐랄리 사제는 매우 호의적이었으며 특별한 보상은 필요없다며 다만 본인의 아프가니스탄 방문을 위한 일체 여행경비만 부담해 주면 된다고 했다. 석 부총영사도 매우 기뻐서 흥분한 듯 보였다. 나는 시드니한인회장으로서 다문화사회 호주에 살면서 이슬람종교 지도자를 한국정부에 소개하여 아프가니스탄 피랍인질 한국인을 구출할 수도 있겠다는 긍지와 자부심을 느꼈다.

더불어 8월 7일 시드니한인회 운영위원회는 8.15 광복절 기념행사를 하고 오후에 시내 Town Hall시청 앞 광장에서 아프가니스탄 피랍인질 한국인의 조기석방을 기원하는 촛불집회Candle Light Vigil를 갖기로 의결했다. 그리고 곧바로 NSW경찰청에 집회신고와 함께 호주 공영TV방송사인 ABC, SBS, Ch7과 주요 일간지 The Australian지에 취재보도를 요청했다. 아울러 연방정부 총리실에도 우리의 촛불집회 계획을 알리며 연방총리의 격려사를 보내달라고 요청했다. 또한 Lebanese Muslim Association의 Mohammed Safi 회장, Islamic Friendship Association의 Keysar Trad 회장과 Muslim Egyptian Community의 Muhammed Amer 회장을 통해 가능한 이슬람계 청년들도 촛불집회에 참석할 수 있도록 도와달라고 요청했다. 호주 다문화사회에서 한국인들과 이슬람계 인사들이 협력하는 모습을 보여주는 것도 유익하다는 말도 했다. 비록 8일간의 짧은 준비기간에도 불구하고 거의 빈틈없이 모든 절차가 순조롭게 진행됐다. 나는 이번 촛불집회가 아프가니스탄에 사로잡힌 한국인 인질뿐 아니라 전 세계 무력분쟁지역에 구금되어 있는 무고한 민간인들의 석방도 기원하는 자리라고 강조했다. 또한 한국인 인질사태를 슬기롭게 해결하기 위하여 인도주의적인 노력과 평화적인 방법으로 호주 내 이슬람계 지도자들의 협조가 필요하다고 호소도 했다. 그리고 The Hon. John Howard MP연방총리의 촛불집회 성원의 메시지도 낭독됐다.

이날의 촛불집회는 첫째 한국인과 중동계 인사들과의 협력을 이끌어 낸 모범적인 사례였고 둘째 인질위기를 평화적으로 해결하기 위하여 서로 다른 종교를 가진 다양한 국가 출신 이민자들이 손에 손잡고 어깨를 나란히 하며 관용과 존경 그리고 평화를 호소하는 뜻깊은 행사였다.

No. 789 / 17 August 2007 / www.hojutopnews.com
| Tel. (02) 9746 2200 | Fax. (02) 9746 2322 | sales@topnews.com.au editor@topnews.com.au

시드니를 밝힌 한인들의 염원

아프간 피랍 한인들의 무사귀환 기원 촛불집회

존 하워드 수상, 피랍 한인 석방 촉구 성명 전달

'아프간 피랍 한인들의 무사귀환'을 기원하는 촛불집회가 시드니 한인회 주최로 15일 저녁 시드니 타운홀 앞에서 열렸다.

이날 집회에는 시드니 한인들과 이슬람 지도자 그리고 한인밀집 지역 카운슬 및 노조 관계자 등 50여 명이 참석했다.

특히 이번 한인피랍사태에 대해 침묵으로 일관해 왔던 존 하워드 수상도 피랍 한인들의 조속한 석방을 촉구하는 성명을 시드니 한인회 측에 전달했다.

이번 연방총선에서 존 하워드 수상과 대결하는 노동당의 백신 맥큐 베넬롱 지역구 후보 역시 인질들의 무사귀환을 기원하는 서한을 보냈다.

존 하워드 수상은 이날 성명에서 "한국인 피랍사건 및 피살에 대해 대단한 슬픔을 금치 못한다"며, "피랍자 가족들과, 특히 참변을 당한 희생자 유족들에게 호주정부의 깊은 애도의 뜻을 표명한다"고 밝혔다.

하워드 수상은 또 "이번 촛불집회가 한인사회의 우려와 한국인 인질들의 무사 귀환에 대한 기원이 표출되는 중요한 계기가 될 것으로 평가한다"면서 존 하워드 수상 자신 역시 "인질과 그 가족들을 위해 기도할 것"이라고 말했다.

이날 집회의 참석자 수는 많지 않았지만 행사의 내용과 분위기는 다소 진지했고 호주 주류언론의 취재 열기도 뜨거웠다. <3면에 계속>

승원홍 한인회장은 이날 스피치를 통해 "이번 촛불집회는 아프간에 사로잡힌 한국인 인질뿐 아니라 전세계 무력 분쟁지역에서 구금중인 무고한 민간인의 석방을 함께 염원하는 자리"라고 말했다.

▲2007년 7월 시드니타운홀에서의 촛불집회 보도기사

이러한 긴박한 상황전개 속에서 국정원 김만복 원장이 아프가니스탄으로 가서 직접 인질들을 구출해 옴으로써 우리들의 긴박했던 모든 일들도 종료가 됐다. 돌이켜 보면 어찌 이렇게 중요하고 큰 행사를 효율적으로 멋지게 치를 수 있었는지 상상이 안 된다. 그야말로 제26대 한인회의 드림팀 운영위원들과 해낼 수 있었던 한인사회 초유의 빅이벤트였다는 자부심을 갖고 있다. 자랑스러운 제26대 시드니한인회 운영위원들의 헌신적인 봉사에 진심어린 고마움을 전하고 싶다. 아울러 칼살레 시의원과 이슬람종교지도자를 포함하여 레바논계과 이집트계 지도자와 이슬람 청년들에게도 감사의 뜻을 전하고 싶다. 특별히 촉박했던 행사일정에 맞추어 격려의 메시지를 보내준 존 하워드 연방총리께 한인사회를 대표하여 깊은 존경과 감사의 마음을 전한다.

Candlelight vigil for the safe return of Korean Hostage held in Afghanistan

The Australian Government participated in the 14th Association of South East Asian Nations (ASEAN) Regional Forum meeting in Manila on 2 August, which adopted a ministerial statement condemning the hostage taking and expressing solidarity with the people and government of South Korea.

The Minister for Foreign Affairs, the Hon Alexander Downer MP, released a statement on 3 August condemning the terror tactics of the Taliban and calling for the immediate release of Korean hostages. Mr Downer's remarks to the media on 2 August also signalled Australia's willingness to assist the Korean Government where possible and indicated that Australia did not, as a matter of principle, support giving in to the demands of kidnappers. In addition, Australia has shared our consular experience with Korean officials and has expressed our support and condolence as the crisis has unfolded.

I appreciate that the candlelight vigil will be an important event for the Korean community to express its deep concern and wish for the safe release and return of the Korean hostages. My thoughts and prayers are with the hostages and their families.

John Howard

Prime Minister **John Howard**

▲2007년 8월 15일 아프간피랍 한인석방기원 촛불집회 The Hon. John Howard MP 연방총리의 격려 메시지

2007년 8월 17일 TOP ■ MAIN 3

〈표지에 이어서〉 **아프간 피랍 한인들의 무사귀환 기원 촛불집회**

당일 행사는 호주 공영 ABC와 SBS 방송, 민영 Ch7과 중앙일간지 The Australian 지 등이 취재를 펼쳤고, 호주의 대표적 통신사인 AAP는 당일 밤 자정경 "아프가니스탄 한인 피랍 및 피살 사태에 대한 염원이 시드니 거리에 도달했다"며 촛불집회 소식을 세계 각국에 긴급 타전했다.

이날 행사를 주최한 시드니 한인회의 승원홍 회장은 "이번 촛불집회는 아프간에 사로잡힌 한국인 인질뿐 아니라 전 세계 무력 분쟁지역에서 구금중인 무고한 민간인의 석방을 함께 염원하는 자리"라고 강조했다.

승회장은 또 "박애정신은 인도주의의 근간을 이루고 있으며 인도주의는 종교적 편견과 집단적 광기에서 벗어날 수 있는 인류의 신성한 가치"라고 강조하고, 인도주의적인 노력과 평화적인 방법으로 한국인 인질 사태를 슬기롭게 풀기 위해 아랍권 회교 지도자들의 협조가 필요하다"고 역설했다.

특히 이날 촛불집회는 한인사회 지도자들과 이슬람 커뮤니티 지도자들이 공동으로 참가하면서, 정치적이거나 종교적인 색깔을 배제한 채 인도주의적인 차원에서 진행하려는 의도가 돋보인 것으로 평가됐다.

이런 점을 의식한 듯 이날 집회에 참석한 호주 이슬람권의 대표적 원로 사제인 세이크 알 힐라리(Sheikh Taj el-Din Al Hilaly)씨는 "아프간에 가서 한국인 인질 석방을 돕겠다"고 전격 제안해 또 한번 눈길을 끌었다.

알 힐라리 사제는 "주호 한국 대사관에서 정식 승락할 경우"라는 전제조건을 달며, 자신이 아프간에 가게 되면 "한국인 인질이 마지막 한 명이 풀려날 때까지 남아서 인질 석방을 위해 탈레반 지도자들을 설득하겠다"고 말했다.

한편 아프가니스탄 피랍 한국인 21명 가운데 여성 인질 두명이 풀려난지 24시간만에 호주 외무부가 국내 언론사 취재진의 현지 방문에 대해 높은 단계의 주의보를 발효했다.

외무부는 "탈레반 세력이 납치대상으로 언론인들을 노리고 있다는 첩보를 입수했다"며, 국내 언론사의 모든 현지 취재 일정을 보류할 것을 당부했다.

외무부는 또 "현지를 방문하는 호주인들의 경우 확실히 신뢰할 수 있는 여행 가이드와 버스 기사가 동행하는 안전한 교통수단을 이용할 것"을 강력히 주문했다.

한편 이날 촛불시위 행사장에는 박영국 시드니 총영사관도 '개인 신분'으로 참석해 행사진행자들을 '마음으로' 격려했다.

박영빈 기자

▲ 촛불집회에 참석한 시드니 무슬림 사회 지도자들은 끝까지 자리를 함께 했으며 집회를 마친 뒤에도 한인 동포들과 인사를 나누며 억류된 이들과 가족들을 위해 기도하겠다고 말했다.

▲ 이날 한인사회 이민 2세들이 참여해 자신들의 목소리를 전했다. 이날 마지막 스피치에서 강압적인 억류에 대해 강력한 반대 목소리를 낸 존 하 군.

▲ 아프간에 억류 돼 있는 한국인들의 조속한 석방을 촉구하는 촛불집회에는 거리를 지나다 집회의 메시지를 보고 무슬림계 젊은이들 자발적으로 참여했다.

▲2007년 8월 15일 아프간피랍 한인석방기원 촛불집회 관련 TOP주간지 보도기사

▲2007년 8월 15일 아프간피랍한인석방기원 촛불집회 레바논계 칼 살레 시의원, 촛불집회 성명서를 낭독하는 필자

6 호주동아 **8월 15일 시드니 타운홀 앞 '촛불집회'** 2007년 8월 17일 금요일 (일간)

아프간 피랍 한국인, 조속한 석방 촉구
한국, 중동계 지도자 '한 목소리'

아프가니스탄 탈레반에 납치돼 억류 중인 한국인 19명의 조속하고 안전한 석방을 촉구하는 평화적 촛불 시위가 8월15일 저녁 광복절(수)을 기해 시내 타운홀 앞에서 펼쳐졌다. 존 하워드 호주총리의 특별 성명서(메시지 본지 8월 16일 字 참조)가 낭독되는 순서로 진행된 호주시드니 한인회 주최 '아프간 피랍 한국인 인질의 무사귀환을 호소하는 촛불집회'에서 시드니 한인사회 지도자들과 원로 회교 지도자들은 인도주의적인 박애 정신으로 피랍사태를 해결할 것을 촉구했다.

이날 하워드 총리는 '아프가니스탄에 억류된 한국인들의 무사귀환을 위한 촛불집회에 보내는 메시지'(Candlelight Vigil for the Safe Return of Korean Hostages held in Afghanistan)라는 제목의 특별 성명서에서, "최근 아프가니스탄에서 발생한 한국인 납치 사건 및 피살에 대해 매우 슬픈 심정으로 호주 정부의 깊은 애도의 뜻을 피랍자 가족들, 특히 참변을 당한 희생자 유가족들에게 보낸다"고 밝혔다.

하워드 총리는 이어 "호주 정부는 지난 8월2일 필리핀 마닐라에서 열린 아세안(ASEAN) 지역 포럼 14차 회의에 참석했으며, 이 회의에서 참가 장관급 명의의 피랍사태 규탄 성명을 채택했고 한국 국민과 정부에게 연대감을 표명한 바 있다"고 말했다. 총리는 "알렉산더 다우너 호주 외무장관이 8월3일 성명을 통해 탈레반의 테러행위를 규탄하며 한국인 인질의 조속한 석방을 촉구"한 사실을 다시 한번 강조하며, "지난 2일 다우너 장관은 호주가 가능한 분야에서 한국 정부를 지원하겠다는 의지를 밝혔고, 호주는 원칙적으로 납치자들의 요구 사항 굴복을 지지하지 않는다는 것을 언론에 표명한 바 있다"고 강조했다.

지난 8월3일 승원홍 신임 시드니 한인회장 및 박은덕 부회장과 약 45분간 면담을 가진 바 있는 하워드 총리는 시드니 한인회에서 주최하는 "오늘의 촛불 집회가 한인 커뮤니티의 심각한 우려감과 남은 한국인 인질들의 무사귀환을 기원하는 것을 표명하는 중요한 계기가 될 것"이라고 말하며, "본인 역시 인질로 억류된 분들과 그 가족들을 위해 기도할 것"이라고 전했다.

8.15 광복절을 맞이해 시드니 도심 타운 홀 광장에서 촛불집회를 개최한 승 회장은 정부 차원으로 풀기 힘든 탈레반의 한국인 인질 사태에 대한 보도를 접하며 호주 내 무슬림 사회와의 인맥을 통해 재호 한인사회에서 아프간 피랍 한국인들의 무사귀환을 촉구하는 촛불집회를 준비하게 됐다고 집회 배경을 설명했다.

승 회장은 8월3일 하워드 총리와의 면담에서 "베네롱 선거구가 호주 최대의 한인밀집 지역으로 성장하고 있다"는 센서스를 인용하며 한인사회에 대한 총리의 관심을 유도하였으며 아프간 피랍 한국인 인질 문제가 정부차원의 협상으로 진척이 되지 않는 상황에서 호주에서 아랍권 세계에 영향력을 행사할 수 있는 이슬람 지도자를 소개해 줄 것을 요청한 바 있다.

광복절 촛불집회에 대한 본격적인 구상은 승 회장이 총리를 예방하고 난 이후에 결정된 것으로 알려졌다. 승 회장은 이번 8.15 촛불집회를 준비하면서 이례적으로 총리의 특별 성명서가 발표된 것은 그만큼 한인 사회의 위상이 향상되고 있는 반가운 일이라고 말하며, 이번 촛불 집회를 한인들만의 행사가 아니며 호주 무슬림 사회 지도자들도 함께 초청해 아프간 한인 인질의 무사귀환을 염원하는 촛불 모임에서 한인사회와 무슬림 사회와의 연대감을 조성하는데 의의가 있다고 설명했다.

승 회장은 또한 호주의 이슬람 사회 지도자들의 협조를 받아 아프간에 구금중인 한국인 인질의 무사귀환을 바라는 재호 한인사회의 염원을 전달하기 위해 이번 촛불 집회를 준비했다고 강조했다. 승 회장은 "이번 촛불집회는 아프간에 사로잡힌 한국인 인질뿐 아니라 전세계 무력 분쟁지역에서 구금중인 무고한 민간인의 석방을 함께 염원하는 자리"라고 설명해 호주 다민족 사회의 지도자들의 뜨거운 환영을 받았다. 승 회장은 "박애정신은 인도주의의 근간을 이루고 있으며 인도주의는 종교적 편견과 집단적 광기에서 벗어날 수 있는 인류의 신성한 가치"라고 강조하며, 인도주의적인 노력과 평화적인 방법으로 한국인 인질 사태를 슬기롭게 풀기 위해 아랍권 회교지도자들의 협조가 필요했다"고 전했다.

승 한인회장 '인도주의' 호소, 하워드 총리 특별 성명서 발표
쉐이크 알-힐랄리 "알자지라 TV 이용, 현지서 교섭 지원" 제안

을 발표하며 기도와 찬송가 등의 종교적 집회로 오해 받을 수 있는 프로그램은 배제한다는 원칙을 세웠다.

이슬람 원로 사제인 前 호주 머프티(mufti) 쉐이크 타즈 알 힐랄리(Shaikh Taj el-Din Al Hilaly)는 이날 집회에 참석, "아프간에 가서 한국인 인질 석방을 돕겠다"고 밝혔다.

이집트 출신의 쉐이크 알-힐랄리 사제는 주호 한국 대사관에서 정식 승락할 경우라는 전제조건을 달며, 자신이 아프간에 가게 되면 "한국인 인질이 마지막 한 명이 풀려날 때까지 남아서 인질 석방을 위해 탈레반 지도자들을 설득하겠다"고 말했다.

그는 "인질 피랍 사태는 인류에 대한 불명예스러운 수치(shame)이며 어떤 종교에서도 허락되지 않는다"라면서 "인도주의에 대한 피랍으로 인질 사태를 해결해야 할 것"이라고 강조했다. 또 그는 조지 부시 미 대통령이나 존 하워드 호주 총리 등 정치인들은 탈레반에 피랍된 한국인 인질 사태를 푸는데 평화적인 해결책을 제시할 수 없다고 말하며, 자신은 피랍 한국인들의 안전한 귀환을 위해 첫 번째 실용적인 방법으로 아랍권의 CNN으로 알려진 알-자지라 텔레비전 방송을 통한 비디오 콘퍼런스에서 탈레반 지도자들에게 한국인들의 무사귀환을 호소하는 방안을 제시했다.

알-자지라 텔레비전 방송은 중동뿐 아니라 호주를 통한 전세계 아랍계 사회를 하나로 묶어낼 수 있는 영향력 있는 위성방송이란 점을 감안하며, 알 힐랄리 사제의 제안은 설득력이 있어 보인다. 그의 두 번째 제안은 자신이 직접 아프간을 방문해 탈레반 지도자들을 직접 설득하는 것이라고 말하며 이를 위해서는 한국 대사관을 통한 한국 정부의 공식적인 허락이 필요하다고 덧붙였다.

쉐이크 알 힐랄리는 전세계에서 특히 중동지역이나 아프간에서 전쟁은 종식되어야 한다고 강조했다. 이날 그는 아랍어로 메시지를 전달했으며, 시드니 이슬람커뮤니티의 대변인으로 통하는 케이사르 트라드(Kaysar Trad) 씨가 이를 영어로 통역했다.

트라드씨는 호주 회교 친선협회 소속으로 이날 초청연사로 참석했지만 힐랄리 사제와 같은 의견이라며 본인의 연설은 사양했다.

前 호주 머프티 쉐이크 알-힐랄리 "현지로 가서 한국인 인질 석방 돕겠다"

이날 촛불집회는 박영국 총영사와 시드니 거주 한인사회 지도자들과 이슬람 커뮤니티 지도자들이 공동으로 참가해 아프간 피랍 한국인들의 무사 귀환을 촉구하는 자리였으며, 정치적이며 종교적인 색깔을 완전히 배제한 인도주의적인 차원에서 진행함으로써 그 순수한 의도를 살려냈다. 시드니 한인회는 촛불집회 개최 시 아프간 피랍 한국인들의 안전과 무사귀환을 염원하는 인도주의적인 메시지만

1. 쉐이크 알-힐랄리(가운데)등 시드니 무슬림 지도자들은 한인들과 함께 한 후 "인질과 가족들을 위해 기도하겠다"고 전했다' 2. 시티에서 집회 메시지를 보고 자발적으로 참여한 무슬림계 젊은이들이 십 수명에 달했다. 3. 촛불집회 시작 전 시드니 한인사회와 시드니 무슬림 사회의 대표가 악수를 나눴다. (왼쪽 승원홍 한인회장, 오른쪽 칼 살레 캔터베리 시의원) 4. 촛불집회에 한인 2세들이 대거 참가해 함께 호소했다. 감압적인 억류를 강력히 성토한 존 하(John Hah)군.

한편, 시드니의 한인 밀집지역 중 하나인 캠시를 포함하고 있는 캔터베리시의 로버트 퓨롤로(Robert Furolo) 시장 대신 참가한 중동계 칼 살레(Karl Saleh) 시의원은 시드니 한인회 승원홍 회장 등 한인 지도자들과 친분이 두터운 사이이다. 살레 시의원은 120여 국가 출신의 다민족 사회로 구성된 캔터베리시를 대표해 아프간의 한국인 인질의 조속하고 안전한 석방을 촉구하는 메시지를 전달하며, 한편 구금 과정에서 피살된 두 명의 한국인에 대한 조의를 표시했다.

"시드니의 한인 사회와 함께 연대를 표명하며 탈레반에 억류된 한국인들의 무사귀환을 염원한다"고 말한 살레 시의원은 "오늘 촛불집회 행사에 참가한 사람들이 기독교인과 회교도인 그리고 한인들과 중동 출신 등 다양한 국가 출신의 이민자들이 손에 손을 잡고 어깨를 나란히 하며 인질 위기를 평화적으로 해결하기 위해 관용과 존경 그리고 평화를 호소하는 모임을 보고 감명받았다"고 전했다.

살레 시의원은 호주사회에서 캔터베리시는 120여 국가 출신으로 구성된 모범적인 다문화 사회를 이루고 있어 다문화적인 풍부한 유산으로 새롭고 독특한 문화를 창달하고 있다고 소개하면서 "다시 한번 호주 사회와 세계 어느 곳에서도 무고한 시민들이 살해되는 것과 한국인 인질들이 안전하게 귀환하기를 기원한다"는 메시지로 초청 연설을 마쳤다.

채널 7 TV, AAP통신, SBS 라디오 오스트랄리안紙 등 언론사 취재

또한 한인 건설 근로자들과 밀접한 관계를 유지하고 있는 NSW주 건설 노조(CFMEU)의 앤드류 퍼거슨 사무총장도 초청연사로 참가해 한인 사회와의 연대감을 과시해 주목을 받았다. 퍼거슨 사무총장은 분쟁 지역에서 민간인 피랍 사태는 인권문제로 포괄적으로 접근해 국경을 초월한 국제적인 노력이 필요하며, 아프간에 구금중인 한국인 인질들이 아무런 조건 없이 무사하게 석방되어야 한다고 강조했다.

이날 호주채널7 텔레비전 뉴스팀과 전국지 디 오스트랄리안(The Australian), AAP통신사, SBS 라디오 등을 비롯해 동포 언론과 지역신문(Local Papers)에서 취재 열기를 보일 정도로 시드니의 한인 촛불집회는 주류 언론의 관심을 이끌어 내는데 성공했다. 15일 밤 AAP통신은 가장 먼저 촛불집회 소식을 타전하는 기동성을 발휘했다.

동포 2세대 참여, 한인사회 새로운 동력 제공 조민지씨 진행 호평, 한인학생 대표도 참석

한편 이날 촛불집회의 사회를 맡은 동포 2세대의 조민지씨는 차분하고 논리적인 영어로 행사를 진행, 참가한 많은 교민들로부터 찬사를 받았다. 조민지 변호사(20)는 재호상공인연합회의 조일훈 신임 회장의 장녀로 26대 한인회 운영위원으로 참여해 활동하고 있다. 조민지씨는 당당한 자세로 인간의 생명을 해치거나 무고한 민간인을 살해는 행위는 어떠한 상황에서도 있을 수 없는 일이며, 폭력은 결코 정당화될 수 없다고 강조했다. 또 NSW대 한인 학생회 부회장인 이 아그네스(Agnes Lee) 양과 조셉 유(Joseph Yoo) 군, 존 하 (John Hah) 군 등 모두 20대 초반 학생들이 연사로 나서 한인 사회의 새로운 동력을 제공했다.

(기사 제공=시드니 한인회 고직만 영문 홍보팀장)

▲2007년 8월 15일 아프간피랍 한인석방기원 촛불집회 관련 호주동아 보도기사

Sep. 21st, 2007 Community News THE SYDNEY KOREAN SOCIETY BULLETIN 21

Candlelight vigil for the safe return of Korean Hostage held in Afghanistan

Prime Minister John Howard

Muslim community leaders join in solidarity

Hand in hand for multicultural harmony

20 THE SYDNEY KOREAN SOCIETY BULLETIN Community News Sep. 21st, 2007

Vigil gathering shows multicultural harmony, humanitarian solidarity in hostage crisis issue

On Korea's National Liberation Day, Pray for Humanitarian Spirit of Love

▲2007년 8월 15일 아프간피랍 한인석방기원 촛불집회 관련 시드니한인회의 영문보도 기사

이날 촛불집회에서 전달한 나의 메시지 전문을 소개한다.

Title: Genuine Humanitarian Support Needed for Safe Return of All Civilian Hostages held in the Middle East and Afghanistan

By: William Seung/President of the Korean Society of Sydney, Australia Inc.

On the Occasion of Candlelight Vigil in front of Sydney City Town Hall on Aug. 15, 2007

Tonight, we are here to express our genuine and sincere wish for the immediate release and the safe return of 19 remaining South Korean civilian hostages in Afghanistan. And tonight, we are also here to express our humanitarian solidarity, support and sympathy towards all innocent civilians of many different nationalities captured by military forces in all over the world.

There are not only Koreans, but also many people of different nations who are captured as hostages in many parts of the world. So, tonight, our candle lights are lit for the safe return of not only Korean hostages in Afghanistan, but also for the safe homecoming for all innocent civilian captives, particularly in the Middle East and in Afghanistan. For tonight's gathering for the candlelight vigil, there are many people from Christian churches and also from Muslim communities in Sydney.

Tonight, we are here to show harmony between religions and community harmony between different cultural backgrounds. Therefore, we'd better refrain from singing Christian hymns or chanting Islamic verses. Our gathering has nothing to do with religious purposes.

Tonight, we are here to prove this candlelight vigil is not a political rally. Therefore, we'd better refrain from denouncing somebody, some groups or some nations on the grounds of any political rightness. Our candlelight vigil has nothing to do with political messages.

We are here not to reiterate political rightness neither religious rightness. Tonight, we are here to express our simple but sincere and significant humanitarian wish for the safe return of those people whose lives are in great danger. Therefore, it is not proper on this occasion of the candlelight vigil to sing John Lennon's utopian-themed song titled, "Imagine." It is because that tonight's candlelight vigil should have nothing to do with anti-religious or anti-nationalistic messages.

Today marks the 62nd anniversary of Korea's National Liberation from Japanese colonial occupation which lasted 35 years. Today celebrates the glorious Victory Day for the United States of America and Australia. Today also marks the End of the Pacific War against Japan. There are mixed sentiments today. But, most important fact is that today, August 15th, is the day when the war was over and peace came back to the world. Wherever we are, down here in Sydney, or up there in Seoul of South Korea or Pyongyang of North Korea, we Koreans are easy to fall in somewhat nationalistic sentiments on the Aug. 15th National Liberation Day. However, I am refraining from showing off Korean nationalistic sentiments. Instead, I am concerned on how express my genuine humanitarian hope for the safe return of those my compatriots whose lives are in danger.

On the occasion of Korea's National Liberation Day, I'd like mention one particular aspect about Koreans' independence fighting during the Japanese colonial rule. Under the Japanese imperialist yoke, many Koreans did show the spirit of non-violent independence movement. We Koreans believed someday we would be liberated and free from the Japanese colonial rule. In a long and winding march for the national liberation, we Koreans did show non-violent independence movement in the past.

Currently, in the national division of the Korean peninsula, many Koreans in the South and in the North believe someday Korea will be united. Now and in the future, we Koreans are urged to keep this tradition of non-violent movement for Korea's national unification. We don't want any more tragic fratricidal war in the long march for Korea's national unification and eventual peace in the whole Korean peninsula.

During the Korean War, the majority of heavy casualties were innocent civilians. In military conflicts all over the world, especially in the Middle East and Afghanistan nowadays, we witness many innocent civilians are massacred, because of different political ideologies and different religious beliefs. I express my sincere condolence for those innocent civilians fallen in military conflicts all over the world, especially in the Middle East and in Afghanistan. One thing clear in the case of Korean hostages and other civilian captives of different nationalities in Afghanistan is the fact that those captured are innocent civilians.

I am urging Islamic leaders in Middle East and Afghanistan to express genuine humanitarian solidarity, support and sympathy for those innocent civilians captured during military conflicts who should return home safely, wherever they come from: from Seoul to Sydney, from Baghdad to Kabul. The genuine humanitarian spirit and the divine humanity are what we have to keep and preserve under any circumstances.

Let's show that tonight's candlelight is a ray of hope for the safe return of those innocent civilians captured in military conflicts all over the world. I believe humanism and humanitarian spirit will overcome controversies over political rightness, over nationalistic interests, over religious differences. I believe the spirit of humanism and tolerance is the foundation of all religions.

I also believe the spirit of humanism and tolerance is the basis of Australian values.

Here in Australia, the nation of multicultural diversities, we are in a better situation to seek humanitarian solidarity and support from our neighbour communities, particularly in this matter of hostage crisis. But, here in Australia, the nation of cultural or religious differences, we are easy to fall into the stereotype of religious prejudices.

It's the two sides of coin. Which side we are looking for? Which side we are working for?

Let's take the positive side of the coin.

Let's take the sound and strong face of multiculturalism of Australia.

Tonight may be a good example of community harmony and community cooperation between Korean community and Muslim community. Without the cooperation from Muslim community leaders, I would find it difficult to deliver the Korean community's wish to world Muslim leaders.

Let me introduce once again Councillor Karl Saleh from Canterbury Council who is very supportive in our efforts for networking with Muslim leaders. Very recently, on 1st of August, I met Councillor Karl Saleh of Canterbury Council, when I was invited to attend Canterbury Council's Multicultural Advisory Committee. As I was elected as new president of the Korean Society of Sydney, Australia Incorporated in June, I attended the Multicultural Advisory Committee's meeting, to say hello. But, I had to raise an issue on how Korean community could get support from our neighbour Muslim community in delivering my genuine humanitarian wish for the safe return of Korean hostages in Afghanistan.

Councillor Karl Saleh chairs the Multicultural Advisory Committee of Canterbury Council. Mr. Saleh did wonderful job in encouraging Muslim leaders to join tonight's candlelight vigil.

Thank you Councillor Karl Saleh for your genuine support.

And on August 3rd, I visited the federal electorate of Bennelong for Prime Minister John Howard to deliver the Korean community's wish for the safe return of Korean hostages in Afghan. I appreciate Prime Minister's special message tonight for Korean community in expressing his wish for the safe return of Korean civilian hostages in Afghanistan. And also, it's my honour to introduce again those respected leaders from the Muslim community who are joining tonight's candlelight vigil: Mr Mohammed Safi, the former president of the Lebanese Muslim Association, Mr Keysar Trad from the Islamic Friendship Association of Australia Inc., and Mr Muhammed Amer from the Muslim Egyptian Community.

And thank you, Mr Andrew Fergurson, secretary CFMEU. Mr. Fergurson, You are always in solidarity with Korean friends, not only in labour union issues, but also in many humanitarian causes. Thank you again.

Finally, I'd like to deliver my wish to world Muslim leaders and Christian leaders to work together on the basis of humanitarian spirit for the safe return of all innocent civilian hostages in the Middle East and Afghanistan.

I also would like to express our sincere message for militant captors who hold innocent civilians as hostages for any political reasons: Please show your mercy and sympathy towards those innocent civilians whose lives are in great danger.

Love is to show mercy

Mercy is the basis of humanitarian spirit.

Thank you very much. May God bless you all.

William Seung/President of the Korean Society of Sydney, Australia Inc.

7-7

한인밀집지역 경찰서장과 NSW경찰청장과의 교류와 협력

내가 제26대 시드니한인회장으로 취임했던 2007년도엔 한인 수도 많이 증가하여 10만 명 시드니한인동포사회라고 했다. 개략적으로 분류하여 영주권자 및 시민권자 65,000명과 언어연수, 유학생, 영주목적의 직업훈련자와 워홀러Working Holiday Maker 등을 합친 단기체류자가 35,000명으로 구분했다.

나는 2007년 7월 21일 제26대 시드니한인회장 공식취임을 전후하여 다양한 활동을 전개하면서 과거와 달리 급성장한 한인사회 내의 안전과 범죄예방도 중요한 현안이라고 생각하여 가능한 빠른 시일내에 한인밀집지역관할 경찰서장들을 방문하여 한인사회를 소개도 하고 상호신뢰관계를 구축하여 경찰관계자들과 보다 긴밀하게 협력할 수 있는 분위기를 만들고 싶었다. 그래서 먼저 한국인 1.5세대 출신 경찰요원으로 당시 NSW경찰청 본부에서 근무를 하던 홍준하Detective Senior Councilor를 방문하고 경찰업무와 관련해 자문을 구하기도 했다. 2000년 시드니올림픽을 전후하여 NSW경찰당국은 한인사회와 한인방문자들의 치안문제와 범죄예방을 위하여 소수민족연락관ECLO으로 캠시경찰

2007년 8월 17일 금요일 〈일간〉

8 호주동아 Community & News

"경찰 믿고 적극 신고해 달라"

한인커뮤니티 이스트우드 경찰서 방문

"대민관계에서 중요한 것은 한인들과 경찰의 상호 신뢰관계 구축이다. 작은 사건이라도 경찰에 신고를 하는 분위기를 조성해야 주민들을 괴롭히는 범법자들을 한인사회 주변에서 솎아낼 수 있다. 언어 소통에 어려움이 있다면 소수민족 연락관을 이용해 달라. 커뮤니티가 힘을 합칠 때 범죄를 추방할 수 있다."

이스트우드 경찰서를 방문한 한인사회 관계자들(왼쪽부터 던컨 에딩턴, 유창인 변호사, 이복길 사장, 승원홍 회장, 피터 마르콘 서장, 켈리 쿠퍼, 안젤라 장)

고직순 기자 info@hojudonga.com

▲필자의 이스트우드 경찰서장 방문 관련 보도기사

서에 김숙영, 스트라스필드지역 관할 플레밍톤경찰서에 캐시 장 그리고 이스트우드경찰서에 안젤라 장 3명의 한국인을 채용한 바 있다. 그러나 내가 시드니한인회장으로 취임했던 2007년도 당시엔 무슨 연유에서였는지 모르겠으나 이스트우드경찰서의 안젤라 장 1명만 현직에 남아 있었다. 나는 안젤라 장을 통하여 이스트우드경찰서장과의 만남 일정을 잡아달라고 요청했고 8월 14일 이스트우드 상우회의 이복길 사장, 유창인 변호사와 한인회 고직만 홍보담당과 함께 피터 마르콘 이스트우드경찰서장을 비롯 던컨 에딩톤 범죄수사국장, 켈리 쿠퍼 행정관 등을 만나 심도 있는 브리핑을 받았다. 피터마르콘 이스트우드경찰서장은 이탈리아계 이민자 2세 출신으로 특별히 나에게는 경찰무기고와 최첨단 과학정보시스템을 활용한 과학수사실 내부로까지 안내하며 상세한 설명을 할 정도로 친절을 베풀었다. 그는 자기 관할지역인 이스트우드, 에핑, 페난트힐스지역이 강도와 절도, 교통사고, 마약사범 등 모든 범죄유형에서 NSW주 내 80개 경찰서 가운데 가장 낮은 범죄발생지역이라며 자랑도 했다. 그는 한인사회가 매우 모범적인 준법사회로 알고 있으나 한인사회 구성원들이 범죄신고엔 너무나 소극적인 경향이 있는 것 같다며 경찰을 신뢰하고 범죄행위에 대해서 보다 적극적으로 신고해 줄 것을 요청하기도 했다. 이렇게 우리는 분기별 또는 최소 1년에 두 차례라도 정기적인 회동을 하자고 약속을 했다. 그리고 곧이어 있을 9월 27일 Eastwood Park에서의 한국의날 행사에 가능한 많은 경찰요원들이 참여하여 함께 축제를 즐기자는 제안도 했다.

▲2007년 9월 Eastwood Park에서 열린 한국의날 행사 줄다리기게임에 이스트우드 경찰팀과 한인팀의 경기장면

▲2007년 지역사회 치안현안 설명을 하고 있는 Peter Marcon Eastwood 경찰서장 & 경찰보안실 안내를 받는 필자 & 2008년 Peter Marcon Eastwood 경찰서장과 간부들, 필자와 The Hon. Greg Smith MP 주의원(법무장관)

Neighbourhood Watch is launched into cyberspace

Gladesville Superintendant John Duncan has invited residents to get involved in 'Project Eyewatch', an internet-based project updating Neighbourhood Watch.

Designed to share information between police and residents, the Eyewatch project fosters an exchange information about crime, using co-ordinated homepages like Facebook.

"Project Eyewatch will allow us to talk about police activity and operational outcomes, to post images of people we'd like to speak to regarding crimes and to reinforce our public messages like personal responsibility when it comes to drinking," Superintendent Duncan said.

"Many people in the Gladesville Local Area Command lead busier lives than they ever have before," he said, "That's why it makes sense to update the Neighbourhood Watch concept."

Superintendant Duncan said the Eyewatch program also enables motorists to report criminal activity to the Gladesville Police Project Eyewatch site.

"Gladesville is a busy area that features an extensive transport hub, so we're working to further engage those he said.

"Instead of attending community meetings some distance away, people can simply log onto the Gladesville "Project Eyewatch" site and share information at their own convenience.

"The information could take the form of police messages about safety or it could relate to tips from the community about how police could better serve the public."

Gladesville's Superintendant added that "Project Eyewatch" will allow general duty police and highway patrol officers to discuss traffic issues, major events or crime-related matters with each other and with the Gladesville and HuntersHill communities much faster.

"Of course, if it's an urgent matter, we would still advise them to contact police directly through Triple Zero (000) or Crime Stoppers on 1800 333 000 to provide anonymous information and the Police Assistance Line 131 444 to report non-urgent crime," he said.

"I would urge everyone to support this initiative

▲2009년 Eastwood경찰서 Peter Marcon 경찰서장과 Edington 범죄수사국장, 김병일 회장, 안젤라 장과 필자 사진과 함께 시드니한인회장의 Eastwood경찰서 방문 협력관련 현지지역신문 보도기사

▲Jeoffery Roy Campsie 경찰서장과 Campsie지역 한인사회 인사, 한인회 운영위원과 필자(앞줄 왼쪽 3번째)

TOP SYDNEY COMMUNITY NEWS

16 TOP ▪ NATIONAL NEWS 2007년 11월 16일

캠시 경찰, 경찰 보조 자원봉사 프로그램 고민

한인 사회와 교류 중요성 강조

한인교민 사회 범죄 예방을 위한 간담회가 지난 8일 캠시 경찰서에서 열렸다.

캠시 경찰서 개축 기념행사를 앞두고 캠시 경찰서에서는 한인 커뮤니티를 첫 방문 대상으로 초청했다. 이에 한인회 승원홍 회장을 비롯 강현범 TV Korea 회장, 강계형 이민 법무사 등 지역 한인사회 인사들이 참석했다.

승 회장은 "캠시 경찰서 관할 지역 가운데 한인 교민들이 밀집된 캠시와 벨모아 지역이 상대적으로 범죄 발생률이 높아 범죄 피해 예방을 위한 치안 강화가 더욱 필요 한 것"으로 알렸다.

특히 캠시 경찰서의 경우 한국어 구사 능력이 있는 소수민족 연락관이 없는 이유로 경찰 업무 보조를 위한 자원봉사가 프로그램이 요구되는 실정이다. 자원봉사 대상으로는 노년층으로 영어능력이 일정 수준에 달하며 경찰과 함께 지역을 방문하여 경찰의 업무를 설명하고, 지역 주민들의 협조를 촉구하는 역할이 주어진다.

제프 로이 경찰 서장은 "한국에서 온 유학생들이나 워킹홀리데이 비자 소지자들이 호주 사정에 어두워 범죄 피해를 입을 위험이 높다"며 "이에 캠시 경찰서에는 한국 청년이 모여 있는 곳이라면 시티를 방문해서라도 범죄 피해를 줄일 수 있는 캠페인성 정보를 전달할 용의가 있다"고 전했다.

그는 또한 "캠시 경찰과 한인사회의 만남이 체계적인 틀을 갖추고 지속적인 교류가 이뤄질 때 한인 커뮤니티의 범죄 예방 및 범죄 피해를 줄이기 위한 프로그램이 효과를 거둘 것"이라고 강조했다.

이날 캠시 경찰과 한인 사회와의 대화를 주선한 엘리사 무크타 소수민족 연락관은 경찰 보조 자원봉사자 프로그램 등에 대한 업무에 대해 한인사회의 적극적인 협조를 부탁했다.

이어서 8월 21일 플레밍톤경찰서 소속 소수민족연락관ECLO인 석홍옹 등 치안관계자를 한인회관으로 초청하고 한인동포사회의 안전문제와 피해발생 시 대책문제 등에 관해 폭넓은 협의를 했다. 뿐만 아니라 한인사회와 일시 체류자들의 사건 사고와 관련하여 필요한 부분에서 관할 경찰서와 긴밀히 협력하면서 시드니총영사관의 경찰청파견 이봉행 영사와도 긴밀하게 소통하며 협력했다. 이렇게 나는 시드니총영사관의 경찰담당 이봉행 영사와는 한국국적의 교민과 워홀러들의 사건사고와 관련하여 서로 협력했고 불의의 사고를 당하여 절실한 도움을 필요로 하는 워홀러 청년들을 직접 찾아가 위로하며 성금을 전하기도 했다. 그리고 한인밀집지역의 Eastwood경찰서, Flemington경찰서를 비롯하여 Campsie경찰서, Burwood경찰서와도 긴밀하게 협력했다. 특별히 한인회관이 있는 Croydon Park지역을 관할하는 Campsie경찰서와 최대 한인밀집지역의 Eastwood경찰서와는 비교적 친근한 관계를 유지했다.

▲Andrew Scipione NSW 경찰청장과 필자 & Peter Lennon Campsie 경찰서장, Robert Furolo Canterbury 시장

The Sydney Korean Herald
7th ~ 13th Nov 2008 MAIN NEWS 한국신문 (15)

"캠시 치안에 한인사회 적극적 협조 필요"

"캠시 지역의 안전을 위해 한인 커뮤니티의 적극적인 협조가 절대적으로 필요하다."

피터 레논(Peter Lennon) 신임 캠시 경찰서장은 지난 3일 지역 내 소수민족 커뮤니티 리더들과 주민 대표들을 초청, 상견례를 겸한 간담회를 갖고 주민 대표는 물론 여러 커뮤니티 리더들과 경찰서간의 긴밀하고 신속한 공조체제 수립의 필요성을 강조했다.

레논 서장은 본격적인 간담회에 앞서 승원홍 시드니한인회장과 만나 "2005년 부산 APEC 정상회의 참석을 위해 일주일간 한국에 머문 적이 있었다"고 소개하면서 "한국 사람들은 참 친절하고 한국에 대한 좋은 인상이 아직까지 남아 있다"고 회고했다.

이에 대해 승 회장은 "캠시는 이민 초창기 한인들의 삶의 터전이었다"면서 레논 서장의 한인회관 방문을 초청했다. 승 회장은 "주민 대표자들과 커뮤니티 리더들을 초청해 서장이 직접 관내 현황을 브리핑하는 것은 보기 드문 일"이라면서 "신임 서장이 상당히 의욕적이라 잘 해 낼 것이란 믿음이 간다"고 말했다.

레논 서장은 간담회에서 캠시 경찰서의 조직에 대해 설명하면서 "50여개 국가 출신의 다양한 언어를 사용하는 ECLO(연락관)가 근무하고 있다"고 소개했다. 또 관할 지역내 범죄 발생과 관련해 "강도, 절도, 차량 탈취, 사기 등의 범죄가 2005년에 비해 비교적 줄어들었다"고 말했다.

이날 간담회에는 최근 라켐바 지역 보궐선거에서 당선된 로버트 푸롤로 NSW주 의원(전 캔터베리 시장)과 지역 대표와 커뮤니티 리더, 지역 언론 관계자 등 120여명이 참석했다.

이은형 기자
catherine@koreanherald.com.au

▲Campsie경찰서건물 개축 축하행사에서 Karl Salle 시의원과 Andrew Scipione NSW 경찰청장과 환담하는 필자

(10) 한국신문 MAIN NEWS

버우드 경찰서 지역사회 안전 포럼

'000' '131 444' '1800 333 000'

호주에서 살면서 반드시 알아 두어야 할 위급 상황에서 도움을 요청하는 전화번호들이다.

버우드경찰서는 지난 11일 버우드 RSL클럽에서 한인들을 위한 '지역사회 안전포럼'을 개최했다. 경찰서 관계자는 한국인 ECLO 안젤라 장의 통역으로 범죄 현장에서의 안전요령, 범죄 신고 요령, 도로 안전 및 NSW경찰의 지역사회를 위한 각종 서비스 등을 자세하게 설명하였다.

경찰 측은 자신의 안전이 최우선으로 생각해 범인에게 절대로 맞서지 말고 인상 착의나 특이 사항을 잘 기억해 경찰에 알리는 것이 중요하다고 했다.

로드니 스미스 경찰서장은 "경찰은 혼자 일할 수 없고 정보 없이 일할 수도 없다"고 강조했다.

범죄 신고는 4가지 채널로 가능하며 범죄에 따라 각각의 신고를 분류해주면 시간과 노력을 훨씬 절약할 수 있어 보다 정확한 경찰의 서비스를 받을 수 있다. 영어로 의사소통이 어려우면 'Interpreter(통역사)'라고만 말하면 전화 통역사가 연결될 것이며, 직접 방문한 경우는 정식 통역사를 연결 시켜준다. 다음은 긴급 상황을 알리는 전화번호들이다.

△000(경찰, 화재, 앰뷸런스) : 모든 응급상황 혹은 진행중인 범죄 신고

△131 444(PAL: Police Assistance Line) : 자동차 도난, 분실, 경미한 자동차 사고, 도난, 기물 파손, 절도 등과 같이 경찰이 즉각 출동할 필요가 없는 범죄 신고

△1800 333 000(Crime Stoppers) : 범죄활동에 관한 정보를 수집하는 곳으로 제보로 인해 범인이 구속되면 최고 1000달러 현금보상금도 있다. 익명제보도 가능.

△지역 내 경찰서에서는 이 모든 사건들의 신고가 가능하다.

이날 포럼에는 권기범 스트라스필드 시장과 레슬리 퍼녹스 룩 버우드 시장, 승원홍 한인회장, 옥상두 호주한인문화재단 이사장 등이 참석했으나 일반 한인 참석자는 20여명에 불과해 아쉬움을 남겼다.

이은형 기자
catherine@koreanherald.com.au

◀Burwood 경찰서가 주최한 지역사회 안전을 위한 각종 경찰 서비스 설명회에서 격려사를 하는 필자

▲지역사회안전을 위한 경찰 서비스를 설명한 Rodney Smith Burwood 경찰서장 & 안전관련 질문을 하는 필자

▲참가자들과 질의 응답시간에서 질의하는 박은덕 부회장과 필자, 답변을 하는 Rodney Smith 버우드 경찰서장

입원 한 군, 따뜻한 '교민 성원'에 감사 인사

"모르는 분들 격려로 회복 빨라"
승 한인회장 병문안 "범죄 예방 경각심 고취"

무단침입한 강도를 피하다가 워털루 아파트에서 추락한 한인학생 한 모군이 병상에서 교민들의 따뜻한 성원에 감사의 인사를 전했다.

12일 오후 승원홍 한인회장과 고지만 건설노조(CFMEU) 조직가의 병문안을 받은 자리에서 한 군은 "뒤에서 조용히 도와주고 찾아와줘서 고맙다"며 "덕분에 심적 정신적으로 안정되고 몸도 좋아지고 있다"고 밝혔다. 그는 이어 "친구나 잘 모르는 교민들도 격려 편지나 카드를 많이 보내 준다"며 "몸과 마음이 안정되니까 회복이 빨라 일어나는 것도 잘 되는 것 같다"고 말했다.

그는 "타국에서 이렇게 도움을 받는다는 것이 고맙고 어쩌면 한국보다도 더 많은 도움을 받는 것 같다"며 "도움을 준 분들에게 감사의 말이라도 전하고 싶다"고 밝혔다.

한 군에게 친형 같다는 박태양 군도 "모르는 사람은 물론 경찰과 정부의 성의있는 자세 등 따뜻한 관심이 너무 많았다"며 "큰 사랑에 보답하기 위해 한 군이 호주에 남아서 활동하고 싶어 한다"며 영주할 의사를 비쳤다.

추락사고로 중상을 입은 한 군은 침상에 누워 가슴까지 이불을 덮은 채 방문객을 맞았으며, 얼굴은 건강한 모습이었다. 왼쪽 팔은 깁스를 했지만 대화하면서 웃음도 짓는 등 정신적 안정을 되찾은 듯 했다. 한 군의 어머니와 박태양 군, 친구 이종찬 군이 함께 병실을 지키고 있었다.

승 회장과 고 조직가는 한 군을 위로하고 빠른 쾌유를 빌며 향후 다각도로 최대한 협조할 것을 약속했다. 또 건설노조와 한인회가 모금한 성금전달 의향을 밝히고 호주 사회문화 제도에 생소한 한인 학생들의 치안문제에 대해 주의를 환기시켰다.

고 조직가는 "건설노조와 한인회가 공동으로 1만여 달러의 성금을 모금했고 지금도 모금운동이 계속되고 있다"며 "십시일반의 성금모금은 한인사회의 아름다운 자산"이라고 말했다.

이에 승 회장은 "빨리 찾아와 동족으로서 함께한다는 위안을 주고 싶었다"며 "받는 쪽이 마음의 준비가 되는대로 교민사회의 작은 성의 표시로 성금을 전달하겠다"고 밝혔다.

승 회장은 "워홀러를 포함한 적지않은 장단기 한인 유학생들이 호주 시스템을 잘 몰라 범죄 피해를 입는다"며 "공관과 경찰 주재관이 치안관련 홍보를 많이 하지만 유학생들이 접촉기회 부족으로 잘 몰라 사고를 당한다"고 설명했다.

그는 또 "유학생들도 잠시 체류하더라도 우리 한인사회의 소속원이라고 인식해달라"며 "많은 사람의 관심을 끌고 있는 이번 사고는 교민사회에 경각심을 주고 다시는 이런 일이 발생하지 않도록 주의하고 예방하는 효과를 줄 것"이라고 말했다.

권상진 기자 info@hojudonga.com

승원홍 회장이 한군을 방문했다.

말 / 씀 / 과 / 할 / 께

그러므로 내가 너희에게 이르노니 목숨을 위하여 무엇을 먹을까 무엇을 마실까 몸을 위하여 무엇을 입을까 염려하지 말라 목숨이 음식보다 중하지 아니하며 몸이 의복보다 중하지 아니하냐

(마태복음 6장 25절)

▲무장강도 피해학생이 입원한 병실을 찾아 한인사회의 위로와 성금을 전달하는 필자 관련보도기사

뿐만 아니라 주거 아파트에 무단 침입한 강도를 피하기 위해 아파트에서 뛰어내려 부상을 당한 유학생에 이어 2008년 3월 한인유학생 이준엽 군의 사망사건이 있은 후 나는 날로 증가하는 한인이민자를 포함하여 유학생과 워홀러의 안전과 범죄예방 협의를 위하여 2007년 11월 Ashfield경찰서 신축건물 입주기념식장에서 만나 환담을 한 바 있는 NSW경찰청 Andrew Scipione 경찰

▲NSW경찰청을 방문하여 David Hudson NSW 경찰부청장, Mark Murdoch 시드니경찰서장과 함께한인사회 현안 설명과 한인커뮤니티의 안전보호대책 업무협의와 한인경찰요원의 정책적 모집충원을 요청하고 있는 필자

청장과의 만남을 요청하는 서한을 보냈다. 이렇게 해서 2008년 6월 16일 NSW경찰청장과의 만남일정이 확정됐다. 마침 Scipione 경찰청장이 휴가 중이었으므로 경찰청장을 대신한 David Hudson 부경찰청장과 Mark Murdock 시티경찰서장이 함께 회동을 했다. 나는 허드슨 부경찰청장에게 한국어를 할 수 있는 소수민족연락관ECLO의 추가 증원요청과 한인밀집지역 우범지대에 감시카메라CCTV 설치와 함께한인동포 2세들의 경찰요원의 정책적 채용의 필요성을 강조 건의했다. 허드슨 부청장은 매우 진지한 태도로 나의 제안들을 경청했고 사안마다 경찰청 내부에서 충분한 시간을 갖고 검토 해결해 가겠다고 했다. 아울러 CCTV설치문제는 해당지역 카운슬과도 협의하겠다고 했다. 매우 유익하고 건설적인 만남이었다.

2008년 6월 20일 금요일〈일간〉 커뮤니티 호주동아 9

"한인 소수민족연락관 확충, 치안 강화

한인회, NSW 경찰청 고위관계자 면담서 요구

시드니한인회(회장 승원홍)는 16일 시드니 시티의 NSW 경찰청 본부에서 열린 경찰 고위 관계자들과의 회동에서 한인 출신 소수민족연락관(ECLO) 확충을 위한 경찰청의 정책 변화를 요구했다.

승원홍 회장은 "언어 문제가 있는 한인들의 경찰 관련 민원을 청취해 줄 한인 소수민족연락관의 존재가 절실하다"며 "캠시 등 각 지역마다 한인 출신 소수민족연락관이 있었으면 좋겠다"고 말했다.

왼쪽부터 김석민 소장, 데이비드 허드슨 부청장, 승원홍 회장, 마크 머독 서장, 윤국한 운영위원.

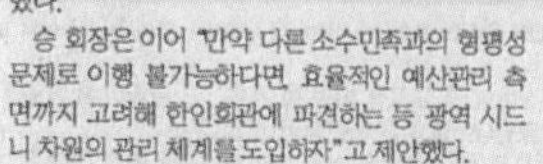

승 회장은 이어 "만약 다른 소수민족과의 형평성 문제로 이행 불가능하다면, 효율적인 예산관리 측면까지 고려해 한인회관에 파견하는 등 광역 시드니 차원의 관리 체계를 도입하자"고 제안했다.

현재 각 지구별로 두고 있는 소수민족연락관을 주 차원이나 광역 시드니 차원에서 주요 소수민족별로 선임하는 새로운 시스템으로 정책 변화를 요구한 것이다.

이에 데이비드 허드슨 부청장은 "이 제안은 기존의 소수민족연락관 제도 자체의 전면적인 변화를 의미하는 것"이라며 "경찰청 내부에서 충분한 시간을 갖고 검토하겠다"고 답변했다.

승 회장은 또 스트라스필드와 버우드 사이에 있는 파넬스트리트 공영 주차장(2006년 한인 부자 납치미수 사건이 발생한 곳)을 비롯한 교민 밀집지역 인근의 우범지대에 감시카메라(CCTV) 설치가 필요하다고 지적했다.

승 회장은 "물론 이 문제는 각 지역 카운슬과 경찰서의 소관 업무지만 주 정부와 주 경찰청도 관심을 가져주었으면 좋겠다"고 언급했다.

허드슨 부청장은 "한인회에서 경찰청에 6월말 제출하기로 한 정책제안 보고서에 이 내용도 담아주길 바란다"며 "각 지역 카운슬과 경찰서에 한인회의 제안을 전향적으로 검토하도록 보고서를 전달하겠다"고 말했다.

이번 회동은 지난 3월 한인 유학생 이준엽씨 사망사건 후 한인회가 치안대책 강화를 요구하는 공식 서한을 NSW 경찰청장 앞으로 발송함으로써 이뤄졌다.

이날 회의에는 현재 휴가 중인 앤드류 스키피오네 청장을 대신해 데이비드 허드슨 부청장과 시티 경찰서의 마크 머독 서장이 참석했다.

한인회에서는 승원홍 한인회장, 윤국한 운영위원이 참석했고, 워킹홀리데이서포팅센터의 김석민 소장이 참관인자격으로 배석했다.

권상진 기자 info@hojudonga.com

▲2008년 6월 NSW경찰청 부경찰청장 회동 관련 보도기사

▲2008년 한인청년포럼, 경찰청 인사채용관 토니 말론 경감이 참석하여 한국계 경찰 특별채용 설명을 했다

내가 2008년 6월 16일 NSW경찰부청장을 직접 방문해 한인사회의 안전과 치안확보를 위한 정책건의를 한 2008년 10월 17일 시드니한인회관에서 개최된 제3차 한인청년포럼에 NSW경찰청 인사채용관인 토니 말론 경감과 실무자가 직접 참석하여 소수민족 출신 경찰지원자를 환영한다며 경찰직과 속성 검사직 채용관련 설명을 해주기까지 했다. 그동안 나의 꾸준한 한인사회 차세대 육성방안이 실현돼 가는 느낌을 받으며 매우 보람된 성과였다고 생각했다.

8 호주동아 2008년 11월 7일 금요일(일간) 커뮤니티

NSW경찰청, 한국계 경찰 특별 채용

속성 검사직 제안 "상호 유대강화 필요"

NSW경찰청이 한국계 경찰 지원자를 애타게 찾고 있다.

경찰청은 3일 보도자료에서 "한인사회로부터 잠재력있는 인재를 유치하기 위해 새로운 채용 운동을 전개할 것"이라며 "처음으로 한인 법학 전공자에게 속성 검사프로그램(Prosecutors Program)을 제시한다"고 밝혔다.

이 프로그램은 대졸자에게 최저 5만 3000달러의 연봉을 제공하며, 12개월의 수습기간을 성공적으로 수료하면 검사로서의 법정 경험을 쌓는 것도 허용된다.

이런 혁신적인 도입안은 NSW경찰이 한인사회와 더 강력하고 우호적인 유대를 형성하기 위한 일환이며, 최근 한국 경찰청이 서울에서 주최한 국제경찰회의에 참석했던 데니스 클리포드 부청장의 영향이 컸다고 보도자료는 밝혔다.

북서지역을 총괄하는 클리포드 부청장은 "국제경찰회의에서 세계 각국 경찰들간의 연대구축과 공조 강화 방안을 고찰했고 호주에 살거나 방문하는 한인들을 보다 잘 보호하는 방안을 알아봤다"고 말했다.

그는 "한인들이 범죄의 표적이 되는 것을 방지할 전략 중 하나는 경찰이 한인사회와 더 돈독한 관계를 형성하고 네트워크를 구축하는 것"이라며 "상호간의 벽을 허물고 경찰이 범죄를 신속하고 효과적으로 해결할 수 있다는 교민들의 신뢰를 쌓을 필요가 있다"고 설명했다.

지난달 17일 한인회관에서 열린 경찰채용설명회에서 NSW 경찰청 인사부의 토니 말룬경감은 "약 1만 5000명의 경찰이 활동하고 있으며 추가로 1000명 정도 필요하다"며 "한인사회를 대표해 공동체에 헌신할 경찰 지원자를 찾고 있다"고 말했다.

그는 또 "경찰조직 내에 수색견 부대, 헬기 부대, 법의학 수사대 등 100여개의 상이한 세부 업무 영역이 있다"며 "최저 연령은 18세 이상이고 최고 연령은 제한없다"고 밝혔다.

최근의 인구조사에 따르면 NSW 내 한국계는 2만 8000명(시민, 영주권자), 4%로 4번째 큰 소수민족 공동체이지만 경찰조직에 몸담고 있는 교민은 경찰 4명, 소수민족연락관 4명 등 8명에 불과하다.

문의 8835-9878(속성 검사프로그램), 1800-222-122.

권상진 기자 info@hojudonga.com

▲ NSW경찰청 인사채용관 토니 말론 경감의 한국계 경찰과 속성 검사직 특별채용 설명회 관련 보도기사

The Sydney Korean Herald
24th ~ 30th Oct 2008

MAIN NEWS

한국신문 (15)

"소수민족 출신 경찰 지원자 환영"

17일 경찰채용 설명회, 제3차 한인청년 포럼도 열려

NSW주 경찰청은 지난 17일(금) 시드니 한인회관에서 한인 청년을 대상으로 경찰채용 설명회를 가졌다.

현재 1만5천명 수준인 NSW주 경찰 인력은 1만6천명으로 1천명 정도 증원할 것으로 알려졌으며, 새로 증가되는 경찰 채용에 소수민족 출신 청년들에게 기회를 제공하기 위해 이번 설명회가 마련됐다고 주 경찰 관계자는 말했다.

이날 설명회에서는 경찰이 되는 과정과 자격 조건에 대한 상세한 설명에 이어, 경찰의 다양한 활동을 소개하는 영상 자료가 상영됐다.

경찰 교육 훈련 책임자인 토니 말론은 "한인사회가 좋은 평판을 가지고 있는 만큼 원활한 치안 활동과 한인사회에 보다 나은 경찰 서비스를 제공하기 위해 능력 있는 한인 경찰들이 요구되고 있다"고 강조했다. NSW주 경찰에는 현재 남자 4명과 여자 경찰관 1명 총 5명의 한인이 근무하고 있다.

설명회에 참석한 홍준화 형사는 "한인 커뮤니티의 위상이 커지면서 한국 경찰들의 수요가 높아졌으나, 설명회에 대한 호응이 생각보다 저조한 것 같아 안타깝다"고 말했다. 그는 경찰이라는 직업자체에 대한 이해 부족과 잘못된 선입견으로 한국의 젊은이들과 부모님들이 경찰지망을 회피하고 있는 듯하다고 했다.

이어 열린 제3차 한인 청년 포럼은 '젊은 세대의 목소리(Voice of New Generation)'이라는 주제로 다른 소수민족 커뮤니티 단체에서 활동하고 있는 3명의 청년 리더들이 연사로 나서, 각자의 활동에 대해 설명했다.

6세때 중국에서 이민을 와, 현재 시드니대학에서 경제학과 사회과학, 법학을 전공하고 있다는 미미 조(Mimi Zou)는 여러 시민단체의 젊은 리더로 사명감을 갖고 일을 해오고 있다고 밝혔다. 이민자의 부모들은 대부분 변호사나 의사 등 전문 직종을 선호하는데 미미 조도 이와 관련해 부모님과의 적지 않은 갈등을 겪었다고 말했다.

환경 단체인 Australia Youth Climate Coalition의 코디네이터로 활동 중인 아나 로즈(Anna Rose)는 가족농장에 가뭄이 들었던 개인적인 경험을 소개하면서 기후환경 변화는 나와 우리 '가족만의 문제가 아니었고 호주만의 문제도 아니고 범 세계적인 문제라고 강조했다. 그는 기후환경변화는 젊은이들의 이슈라면서 지속적인 활동이 기후환경변화 피해를 하루빨리 줄일 수 있을 것이라고 지적했다.

Sydney Alliance에서 일을 하고 있다는 루테이너 지(Rethana Chea)는 우리 인생에서 무엇을 염두에 두고 살아가야 하는지 어떤 열정을 가지고 어떻게 살아가야 하는지에 대한 문제제기를 하면서 삶의 가치에 대한 폭 넓은 조언을 했다.

이날 포럼에는 150여명의 한인 청년들이 참석, 다른 소수민족 청년들의 이야기에 귀를 기울였다.

시드니대학 상대 1학년 이현진군은 "지난 2차 때 보다 실용기술적이 아닌 정서적인 내용이 중심이 되어 인생의 지침이 되는 흥미로운 시간이었고 살아가는 데 힘이 될 것 같다"고 했으며, 맥콰리대학 언어학 졸업반인 김화진양은 "유학생으로서 졸업 후 취업의 길을 찾고 있는데 이런 기회에 네트워크를 통해 인생선배를 만나게 되어 도움이 많이 됐다"고 했다.

한편, 이날 행사에서 승원홍 한인회장은 새순장로교회(담임목사 이규현)이 시드니대학, UNSW, UTS, 맥콰리대학 등 4개 대학을 위해 마련한 기부금을 전달했다.

각 대학의 학생 대표들은 재정적으로 도움을 주신 한인회와 교회에 감사의 뜻을 전하며, 한인 학생들을 위한 복지 시설이나 세미나, 이벤트 등을 활발히 하는데 활용하겠다고 말했다.

이에 대해 승 회장은 "한인 커뮤니티 활동에 교회가 참가하기는 이번이 처음"이라며 감사의 뜻을 전했다.

이은형 기자
catherine@koreanherald.com.au

▲NSW경찰청 인사채용관 토니 말론 경감의 한국계 경찰과 속성 검사직 특별채용 설명회 관련 보도기사

▲호주경찰에 관심있는 자녀와 학부모의 NSW경찰대학 오픈데이에 참석한 청년과 한인회 운영위원

이러한 NSW경찰청의 한인사회를 향한 적극적인 성원과 후원정책에 힘입어 나는 청년포럼을 통해 한인 2세들과 학부모들에게 다양한 직업군 소개와 더불어 경찰직과 검사직을 적극 추천하기도 했다. 그래서 마침 Goulburn에 위치한 NSW Police Academy(경찰전문대학)에서의 오픈데이에 경찰직에 관심이 있는 차세대 학생들과 부모들의 견학을 독려하기도 했다. 이런 한인사회 초기 정착과정을 통해 경찰직 공무원으로 근무하게 된 차세대 청년들이 꾸준히 늘

어나고 있으나 정확한 숫자는 알지 못한다. 뿐만 아니라 호주국방부에서도 비영어권 출신의 군인력 확보에 나섰고 호주군 내에서의 다문화주의 실현을 위해 다양한 홍보를 하고 있다. 그 결과 한인청년들도 간혹 호주군에 취업하고 있는 것으로 알고 있다.

교민 청년 NSW 경찰대학 견학

일반인에게 학교 개방 소개

NSW의 치안을 책임지고 있는 경찰 양성학교가 10일 일반에 공개됐다.

경찰대학(Police College)은 학교 공개행사(Open Day)를 통해 경찰학교 교육과정과 훈련시설 등을 상세히 설명했다.

행사를 앞두고 플레밍턴 경찰서는 시드니한인회를 통해 교민들의 적극적인 참여를 당부했다.

이에 한인회 이사들이 대동한 한인청년 4명과 개별적인 교민 참가자들이 경찰 직종에 관심을 보이며 경찰대학을 견학한 것으로 알려졌다.

NSW 경찰지원에 관한 사항은 경찰청 홈페이지(www.police.nsw.gov.au)를 참고하면 된다.

권상진 기자 nfo@hojudonga.com

"비영어권 출신에게 군 문호 활짝 열려"

국방부, 병력 다문화반영 홍보 착수

"앵글로-켈틱계의 전유물인 호주군 병력이 비영어권 출신으로 다양화되야 한다. 군 인력에서 다문화주의(multi-culturalism)가 반영되도록 소수민족그룹 언론들의 홍보를 당부한다" 호주 국방부가 병력의 다문화주의를 위한 커뮤니티 홍보를 시작했다. 워렌 스노우든 연방 국방과학및 인력부 장관(왼쪽)은 8일(화) 오후 시티 윌링스트릿 소재 연방정부 청사에서 주요 소수민족 그룹및 언론사 관계자들을 초청한 홍보 간담회를 가졌다. 소수민족그룹과 친분이 두터운 로리 퍼거슨(다문화및 정착서비스 정무차관, 사진 오른쪽)이 주선한 이 모임은 국방 인력의 다문화주의 반영을 위한 첫 시도였다.

스노우든 장관은 "군에 대한 오해와 편견 보다 미래를 지향하는 시각에서 200개 이상의 직종이 참여하는 국방 인력에 비영어권 소수민족그룹이 관심을 갖게 되기를 희망한다"고 설명했다. 이 모임에 모병홍보관으로 배석한 에드리안 리스터 해군 중령은 "현재 호주 군병력(약 5만5천명) 중 비영어권 출신은 5% 미만으로 절대 소수에 불과하다"면서 "비영어권 2세들의 군 인력 지원에는 부모세대의 권유가 큰 비중을 차지할 것"이라고 지적했다. 군 병력 중 여성의 비율은 13%다.

군 지원에는 17세 이상의 영주권자(지원 후 시민권 취득 약속)로 군내 직종에 따라 학력과 경력 제한의 폭이 매우 넓다. 봉급도 공무원 중 높은 실정. 국방부는 또 캔버라 소재 NSW대 분교인 호주국방대학교(ADFA)를 통해 장학제도와 지난해부터 12학년 졸업생을 상대로 1년 시험 복무 후 진로를 결정하는 갭(GAP)제도를 실시하고 있다. 2009년 갭제도에 1천명의 자리가 마련돼 있다. 또 4년 이상 복무자에게는 주택마련에서 금리 2% 인하 우대혜택을 준다.

스노우든 장관은 "외부에서 보는 것과 달리 군에는 청년들에게 새로운 세계 경험과 특유의 유대관계, 또 높은 우대가 보장돼 있다. 비영어권 지원자들에게 문호가 활짝 열렸으니 관심을 가져 주기를 당부한다"고 말했다. 국방부 지원 문의는 홈페이지 www.defencejobs.gov.au또는 전화(13 1901)로 할 수 있다.

고직순 기자 info@hojudonga.com

▲ NSW경찰대학 오픈데이에 참석 관련 보도기사 & 국방부의 비영어권 출신 군인력 모집 홍보 관련 보도기사

▲ Tony Boyd Granville 경찰서장, The Hon. Victor Dominello MP, 지역 한인지도자에게 지역치안 협조요청 중이다.

▲ 이승열 영사, Peter Glynn Eastwood 경찰서장, 고남희 회장, 필자, Matt Nicholls Eastwood경찰서 범죄수사국장

7
|
8

호주 초·중고등학교방문 및 교민자녀 격려와 한국어교육확대 노력

2007년 5월에 제26대 시드니한인회장 선거유세 기간 중에 어느 교민언론지와의 인터뷰에서 한인회장으로 당선되면 가장 먼저 하고 싶은 일이 무엇이냐?는 질문을 받은 적이 있다. 그래서 나는 한국학생이 가장 많이 재학하고 있는 중고등학교를 찾아가서 우리 미래세대 자녀들을 만나 희망과 꿈을 주며 격려해 주고 싶다고 답했다. 그리고 나는 6월 9일과 10일 6곳 투표소에서 실시된 선거에서 당선됐고 2007년 7월 21일 제26대 시드니한인회장으로 취임했다. 나는 회장당선자로서 여러 계획된 일들을 추진하면서 한국인자녀학생들이 가장 많이 재학 중인 중고등학교를 수소문해 찾았다. 그 학교가 바로 호주의 전형적인 중산층 거주지역의 Carlingford High School이었다. 한국의 학제에 비교하면 중학교 4년과정과 대학입시 2년과정을 합쳐서 모두 6년과정에 1,200여 명 재학생이 있고 한국학생은 150여 명이 재학 중이었다. 그래서 학

신임 한인회장 칼링포드고교 방문 '자부심' 강조

한인학생들에 "최선 다할 것" 당부

승원홍 신임 한인회장은 칼링포드고등학교를 방문해 교민 자녀들에게 한인회를 홍보하고 한국인의 자부심을 고취시키며 공식 일정을 시작했다.

승 회장은 24일 고직만 운영위원과 교민 자녀 150명이 재학중인 칼링포드고교를 찾았다. 전교생 1200명의 칼링포드고교는 재학생의 60%가 비영어권 출신이며 한국계는 중국계 다음으로 큰 비중을 차지하고 있다.

승원홍 회장은 칼링포드고교를 방문해 만남의 시간을 가진 후 학교 관계자 및 한인 학생 대표들과 기념촬영을 했다.

승 회장은 전교학생회 대표자로 있는 김형석(11학년), 강병휘(10학년), 류지현(8학년) 학생과 주정신 한국인담당 지도교사의 안내로 도서관, 음악실, 강당 등을 차례로 돌아본 후 교민학생 100여명 및 로버트 클락 교장과 학교 관계자들을 만났다.

승 회장은 학생들에게 영어로 "여러분은 한국어와 영어를 구사할 수 있는 이중언어의 장점을 가지고 있다"면서 "자신의 개성을 살려 미래를 개척할 수 있도록 장기적인 목표를 설정해라"고 주문했다.

승 회장은 "한인회가 선배학생이나 기성세대와 필요한 네트워킹을 만들어 정보제공과 어려움 해결에 나설 수 있다"면서 "자부심을 가지고, 절대 포기하지 말며, 최선을 다해 성실히 생활할 것"을 당부했다.

승 회장은 "왜 한인회장이 되려 했느냐"는 한 학생의 질문에 "더 좋은 교민사회를 형성하기 위해 뜻한 바가 있었다"며 "학생들도 본인, 가족, 교민사회의 발전을 위해 적극 한인회 활동에 동참해야 한다"고 답했다.

승 회장은 학교를 둘러보고 "칼링포드고등학교가 1명의 신체장애 입학생을 위해 엘리베이터를 설치하고 장애인 보호시설을 보완한 것을 보고 감탄했다"며 "클락 교장과 한국어 과정 개설에 상호 협조하기로 했다"고 밝혔다.

김형석 대표학생은 "한인회와 교민사회에 대해 인식할 수 있는 계기가 됐다"며 "앞으로 우리들이 잘 성장할 수 있도록 많은 관심을 가져달라"고 부탁했다.

권상진 기자 info@hojudonga.com

▲2007년 필자의 칼링포드고등학교 방문 관련 보도기사

교당국에서 한국학생들을 배려하는 차원에서 한국학생담당 지도교사로 주정신 선생까지 두고 있을 정도였다. 나는 주정신 선생을 통해 Robert Clarke 교장선생님 예방일정과 한국학생을 가장 많이 만나볼 수 있는 일자와 시간을 조율해 달라고 부탁했다. 시드니 한인회장으로 공식취임한 지 3일째 되는 날이었다. 나는 먼저 클라크 교장선생님을 만나 호주한인사회 형성과정과 한국인 부모들의 자녀교육열 그리고 시드니한인회에 관한 간략한 설명을 했고 호주교육제도를 알지 못하는 학부모들과의 소통을 위해 한국학생 지도교사를 두기까지의 특별배려에 감사했다. 그리고 교장선생님과 함께 간단한 음식이 준비된 회의실로 옮겨 각 학년 학생대표들을 포함해 100여 명의 학생들을 만나 학생들의 미래의 희망과 꿈에 대한 이야기를 묻고 조언했고 한인회의 존재와 필요성과 역할에 대해서도 소개를 했다. 특별히 2세자녀들이 영어와 한국어 이중언어를 할 수 있다는 장점을 살려 용기를 갖고 미래를 개척하라고 격려했다. 그리고 학교 내 여러 시설들을 돌아보면서 휠체어를 타야만 하는 한 학생의 입학으로 인하여 학교 내 장애자전용 특별 엘리베이터 시설을 갖추었다는 설명을 들으며 이렇게 학창시절 때부터 장애인우대조치 정책의 필요성을 체감하도록 교육시키는 호주교육제도에 감탄을 금치 못했다. 특별히 학교도서관에 소장된 한국관련 도서와 한국어로 된 책들도 찾아보았다. 미래 꿈나무들과 함께했던 즐겁고 보람된 일정이었다.

▲2007년 칼링포드고등학교 교장, 학년별 한국학생대표들과 필자 & 도서관에서 한국어 책을 살펴보는 필자

▲2007년 칼링포드 중고등학교를 방문한 시드니한인회장과의 만남과 대화에 참석한 재학 중인 한국인학생들

나는 과거 시드니제일교회한글학교 교감직과 호주한글학교협의회 회장직 봉사경험을 회상하며 호주교육부 산하 공교육기관인 초중고등학교에서도 제2외국어로 한국어를 가르쳤으면 좋겠다고 생각하여 지역 학교를 방문하고 교장과 학부모를 대상으로 한국어교육의 장점을 홍보도 하고 교내 행사에 참석하여 전교학생들을 대상으로 한국문화와 다문화의 장점을 소개하는 기회도 가졌다. 특별히 Denistone East 초등학교에서는 교장선생님과 한국어담당교사 그리고 학부모들이 헌신적으로 협력하여 잘 짜여진 프로그램으로 한

2008년 8월 8일 금요일〈일간〉

‘한국어 과정 개설’ 학교 설명회

한인회장, 교육원장 등 에핑웨스트초교 방문

한인회와 한국교육원 및 NSW 교육부의 한인 대표들이 한 공립초등학교를 방문해 한국어 과정 개설과 교민사회 홍보를 위한 설명회를 가졌다.

승원홍 한인회장, 김숙희 NSW 교육부 소속 한국어 자문관 및 시드니 한국교육원의 조영운 교육원장은 4일 저녁 7시 반 경 에핑웨스트공립초등학교를 찾아 테레시 헌더 교장과 학부모, 교사 및 지역사회 대표로 구성된 학교협의회 회원들과 대화하는 시간을 가졌다.

승원홍 한인회장, 김숙희 자문관, 조영운 교육원장은 에핑웨스트초등학교를 방문해 한국어 개설과 교민사회 홍보를 위한 설명회를 가졌다.

헌더 교장은 "전교생은 35개국 출신의 630명으로 구성됐으며, 이들 중 한인 학생이 70명 정도로 많은 편"이라며 "근년들어 한국 학생이 계속 증가 중"이라고 밝혔다.

약 30분간 진행된 모임에서 승 회장은 한호관계의 긴밀함과 교민 이민역사 및 한인들의 강인하고 성실한 근성을 설명하고 '호주한인 50년사'와 영문 불리틴을 소개, 전달했다.

김 자문관과 조 교육원장은 한국어 과정 개설에 대한 전반적인 정보를 제공하고 주정부나 한국 정부에서 학교, 학생, 교사 등에게 지원하는 혜택들을 소개했다.

캐이스 콜호프 교감을 비롯한 참석자들은 방문자들의 설명을 진지하게 경청한 뒤 '한국어 개설 현황과 장점 및 관련 자료 찾는 법, 한국 전통문화와 접목된 교육방법' 등의 질문을 던지며 관심을 나타냈다.

승 회장은 "교민사회와 교육원 차원에서 가능하면 많은 학교서 한국어를 가르쳤으면 하는 마음에서 이런 설명회를 기획하게 됐다"며 "다음에 스트라스필드사우스고교를 방문할 예정"이라고 전했다.

김 자문관은 "현재 NSW의 7개 초등학교에 한국어 과정이 개설돼 있다"며 "한인 교사의 고용증대는 물론 교민 2세들의 한글보급에 기여하는 한국어 과정 개설을 위해 무엇보다 학부모들의 적극적인 후원이 필요하다"고 밝혔다.

권상진 기자 nfo@hojudonga.com

▲필자의 Epping West초등학교 방문 관련 보도기사

국의날 행사를 준비하여 전교 학생들이 다양한 한국문화를 즐기며 직접 체험할 수 있도록 배려하여 한국문화 알리기에 앞장서고 있는 모습이 매우 인상적이었다.

그리고 제5대 조영운 교육원장, NSW교육부 김숙희 한국어교육 자문관과 함께 Epping West 초등학교 교장 학부모회의에 참석하여 제2외국어로 한국어를 채택하여 자녀들의 미래교육에 도움을 주도록 권면하기도 했다. 뿐만 아니라 제6대 김한주 교육원장과 함께 울릉공 근교의 Tarrawanna초등학교와 대전 버드내초등학교와의 자매결연 현장에도 찾아 다녔던 모든 일들이 다 보람되고 즐거웠던 추억들이다.

이렇게 한인동포사회와 한국정부가 호주초중고등학교에서의 한국어교육 확대를 위하여 상호 협력하며 노력한 결과 호주 공교육기관에서 한국어를 제2외국어 학과목으로 채택하여 가르치고 있는 학교 숫자가 2020년 3월 말 현재 호주 전역에 68개 학교 356학급 9,519명 학생(NSW주 42개 학교, 185학급, 5,992명)으로 꾸준히 증가하여 한국어도 제2외국어로 굳건히 그 자리매김을 해가고 있어 마음 뿌듯하다.

▲2008년 에핑웨스트 초등학교 교장,학부모 회의에 참석하여 한인회 소개와 한국어교육 홍보를 하는 필자

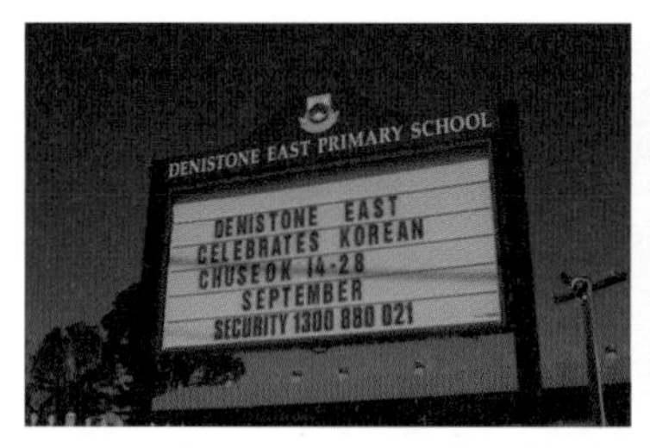

▲2008년 데니스톤이스트 초등학교 한국의날 축제에서 장구공연 시범을 보이는 어린이와 학교 관객들

▲2008년 데니스톤이스트 초등학교 한국의날 축제에서 대강당에 모인 400여 명의 어린이들에게 한국문화와 한국어를 포함한 호주다문화교육의 혜택과 장점을 활용해 미래 훌륭한 호주시민이 되어 달라고 강조하는 필자

▲2008년 데니스톤이스트 초등학교 한국의날 축제에서 태권도시범, 한국전통무용, 부채춤 공연모습

▲2008년 데니스톤이스트 초등학교 한국의날 축제에서 한국어교실 & 한국교사, 조영운 5대 교육원장과 필자

자매결연 협정서

GENERAL AGREEMENT FOR COOPERATION

between

Daejeon Budnae Elementary School, Daejeon, Republic of Korea — Tarrawanna Public School, Tarrawanna, NSW, Australia

In order to develop a program of curriculum exchange and learning between Daejeon Budnae Elementary School and Tarrawanna Public School, both schools have agreed to enter into discussions on the following programs based upon the principles of mutual equality and reciprocity of benefits:

1. Both schools will exchange curriculum and academic materials etc. for understanding of both country's culture and elementary education.
2. Both schools will make suitable arrangements for the exchange of staffs and/or students.
3. In addition to the above, both schools will consider further exchange programs in other appropriate fields.
4. Agreements concerning specific details of the above articles will be [illegible] and determined through further discussions and negotiations between [illegible] representatives from the participating schools through [illegible] visits, and [illegible] email / letter exchanges.
5. This agreement may be modified through mutual discussions and consent [illegible] both schools. The agreement shall remain in effect unless either party [illegible] written notice to terminate the agreement.

This agreement is being drawn up in two valid versions, one in Korean and [illegible] English. A copy of both will be given to each school.

Na, Jang-gwon (나장권), Principal, Daejeon Budnae Elementary school, (signature)

Norma Blinkhorn, Principal, Tarrawanna Public School, (signature)

▲웅릉공 Tarrawanna초등학교 Norma Blinkhom 교장, 김한주 제6대교육원장과 필자 & Tarrawanna초등학교와 대전 버드내초등학교와의 자매결연협정서

7-9

Youth Forum 시작과 Youth Symposium 개최, KAYLeaders 창립

내가 제26대 시드니한인회장으로 봉사해야겠다고 생각했던 몇 가지 이유 중 하나는 차세대육성사업 때문이었다. 왜냐하면 적어도 2007년도 내 임기 시작 이전의 한인회에선 차세대육성의 필요성을 실감하면서도 공약뿐이었지 실질적으로 아무런 실행을 하지 못했기 때문이다. 그래서 나는 이민초기 1세대를 중심으로 한 기성세대중심에서 호주에서 교육을 받고 자라난 1.5세대와 2세대를 중심으로 하는 차세대중심으로 한인회 운영의 패러다임도 바꿔 보완해야겠다고 생각했다. 그래서 나는 1.5세대인 박은덕 부회장과 차세대 운영위원(조민지, 유현경)을 중심으로 먼저 한인회로 차세대를 모아들여야겠다고 생각했다. 첫 작업으로 나는 시드니대학교, NSW대학교, UTS 그리고 멕콰리대학교 4개 대학교의 한인학생회장단과 연락을 시작했다. 심지어 2008년도엔 각 대학교 신입생환영회 모임에도 쫓아다니며 한인회소개와 차세대모임의 중요성

"각계 진출한 한인들 네트워킹 활성화 시급"

한인회, '한인사회 청년 포럼' 개최
40여명 참석 다양한 의견 제시

▲2007년 시드니한인회 역사상 처음 시도한
청년포럼준비모임 기사

을 강조했다. 지성이면 감천이라고 했던가! 드디어 각 대학교 학생회 임원진들이 먼저 소모임에 참석하기 시작했다. 그래서 각 대학교 학생회장단과 나름대로 한인사회 미래를 생각하며 한인회 운영에도 관심을 갖고 있는, 사회에 진출한 청년들을 한인회관으로 초청하여 2007년 8월 23일에 첫 Youth Forum을 개최하게 됐다. 첫번째 모임의 숫자는 비록 40여명에 불과했으나 Forum형식의 모임이 필요함을 느끼고 있었던 참석자 모두가 대만족을 하는 느낌을 받았다. 나는 호주 다문화사회에서 왜 한인회 존재가 필요한가? Korean Youth Forum은 왜 필요한가? 그리고 선배들이 학창생활에서나 사회생활적응에서 겪었던 어려움을 후배도 꼭 같이 겪지 않도록 해야 한다고 강조했다. 그래서 우리 한인동포사회가 호주진출에 좀 늦긴 했어도 호주 주류사회 일원으로 당당히 우뚝 서야 할 것이라고 강조했다. 그리고 나는 각자가 가지고 있는 꿈의 실현을 위해 서로 협력하며 선배는 후배를 당겨주고 후배는 선배를 밀어주며 함께 가자고도 했다. 우리는 자연스럽게 각 대학교 한인학생회 그룹별 성격과 활동내용들에 관한 정보교환을 할 수 있었고 한인회가 주도하려고 하는 청년포럼을 위한 네트워킹을 확대해 가며 상호 협력해 갈 수 있는 첫 단추를 끼웠던 셈이다.

한편 차세대사업을 포함한 전반적인 한인회운영을 위한 재원 마련을 위해 나는 당시 한인회 연회비 10불 1만 명 납부 캠페인을 벌이는 한편 새순장로교회 이규현 담임목사를 두 차례 방문했다. 첫 번 방문에선 한인회운영목표에 대한 전반적 안내와 제26대 시드니한인회의 여러 사업 가운데 차세대사업분야 후원은 새순장로교회가 맡아 동참해 달라는 부탁이었다. 두번째 방문에선 1차

▲2007년도 첫 Youth Forum 준비모임에 참석한 각 대학교 학생회 회장단, 한인회 운영위원과 필자(앞줄 중앙)

청년포럼에서 보여준 성과와 가능성을 토대로 새순장로교회가 재정지원해 주었으면 하는 구체적 내용을 협의하기 위해서였다. 나는 평소 신자가 많고 재정도 윤택한 대형 한인교회들은 선교와 일반 구제사업뿐 아니라 한인사회를 돕는 데도 인적 물적 지원을 해야 한다고 줄곧 주장해 왔던 사람이다. 그래서 4개대학교 7개 한인학생회에 최소 $500씩(총 $3,500)을 지원해 줄 것과 2008년 4월 청년포럼 참석자 300명을 위한 저녁식사 제공과 함께 교역자를 보내서 차세대를 위한 축복기도를 해달라고 요청해 승낙을 받았다. 아마도 한인교회에서 한인회 사업을 위해 이렇게 인적 물적 지원(총 $7,000 상당)을 한 경우를 찾아보기가 쉽지 않을 것 같다. 그래서 나는 아직도 이규현 담임목사(현 부산수영로교회 담임목사)와 새순장로교회 당회원 장로들께 감사하는 마음을 간직하고 있다. 그러나 나의 한인회장 임기 이후에는 이런 후원이 없어져서 아쉽게 생각한다.

이렇게 몇 차례 청년포럼을 거치면서 운영위원회에선 Forum과 함께 심포지엄으로 업그레이드 시킨 행사를 개최하기로 결정했다. 그리고 청년포럼 명칭도 Korean Australian Youth LeadersKAYLeaders로 확정했다. 모든 운영과 행사비는 한인회가 전액 후원하면서 청년들이 자율적으로 운영해 갈 수 있도록 리더십을 세우며 조직기반을 구축해 나갔다. 한인사회 전반에 걸친 역동적인 제26대 시드니한인회의 활동을 후원한다는 차원에서 임기 첫 해였던 2007/08회계연도의 한인회비와 후원금만도 4만여 불에 이르렀다. 이렇듯 차세대사업을 위한 다양한 한인사회 후원과 함께 그 다음 해인 2008년도 한국의

날 행사장에서 지역사회 은행인 Bendigo Bank, Strathfield Branch에서 시드니한인회에 1만 불을 후원하는 이벤트도 있었다. 이렇게 커뮤니티은행의 귀한 후원금 중 5천 불은 박은덕 부회장을 통해 Youth Forum 운영비로 사용하도록 조치했다. 의욕적으로 시도했던 첫 2008년도 심포지엄을 통해 40년 역사를 가진 시드니한인사회는 과거에 없었던 새로운 경험들을 하기 시작했고 나름 성과도 많았다. 무엇보다 중요했던 것은 우리 한인차세대들도 상호협력을 하면 어떤 일도 훌륭히 해 낼 수 있겠다는 가능성의 확인이었다.

나는 심포지움 행사에 호주정부를 대표하여 참석한 연방이민부 차관 The Hon. Laurie Furguson MP 연방의원에게 시드니한인사회가 자리 잡은 지 40여 년 동안에 이러한 차세대 모임이 이제야 시작하게 되어 시기적으로 많이 늦었다는 고백을 하며 호주정부 차원에서도 앞으로 많은 관심과 후원을 해달라고 요청했다. 헌데 이민부 차관은 오히려 한인사회가 앞장서 있다면서 가능하면 다른 이민자 단체와 함께 확대해가면 좋겠다고 권면해서 한인회장으로서 다소 위로를 받기도 했다. 그러나 2년 임기의 한인회장으로서 한인회 사무요원들의 인건비 충당만을 위해서 연간 10만 불 이상의 개인적 지출부담으로 인하여 나는 제27대 시드니한인회장 재임을 하지 않기로 가족들과 의견을 모았다. 그리고 나는 지난 2년간 시드니한인회 청년분과모임 성격이었던 Youth Forum 정착과정을 지켜보며 대부분의 과정에 함께 참여했던 사회초년생인 KAYLeaders의 핵심 멤버들을 주축으로 하여 스스로 자립해 갈 수 있도록 시드니한인회 조직에서 분리독립시켜주어야겠다고 생각했다. 그래서 2009년 4월 청년심포지엄은 형식상 KAYLeaders가 주최하고 시드니한인회가 후원하는 형식으로 행사를 했고 곧바로 안승표를 KAYLeaders임시회장으로 선출하여 사실상 독립운영체제로 돌입시켰다. 그러나 내가 제26대 시드니한인회장으로 임기를 마치게 됨에 따라 KAYLeaders는 제27대 한인회와의 협력과 후원을 받는 데도 어려움이 있었던 것처럼 보였고 한동안 리더십 문제와 재정문제를 포함하여 운영에도 어려움이 많았던 걸로 알고 있다. 그 후 세월이 많이 흘렀음에도 불구하고 내가 제26대 시드니한인회장 재임 중에 4개 대학교 재

The Hoju Dong-A Ilbo 제3911호 음력 2월 28일 2008년 4월 4일 금요일

한인회관 300여 한인청년들로 북적

▶ '한인청년포럼' 관련기사 9면

▲2008년 4월 시드니한인역사 40년 가운데 처음으로 개최된 Youth Form 관련 호주동아의 1면 기사

학생들과 호주정착을 희망하는 유학생들까지를 포함하여 이미 사회에 진출한 선배청년들과 함께 역동적으로 협력하며 활동했던 정도에까지 전혀 미치지 못하는 것 같아 많은 아쉬움이 있다. 앞으로 뜻있는 한인차세대 청년지도자들의 자성과 분발과 용기와 도전정신을 기대해 본다.

▲2008년 Youth Forum 환영사를 하는 필자 & 격려사를 하는 박영국 총영사 & 2008년 Youth Forum현장 모습

▲2008년 Youth Forum 각 대학교(시드니대학교, NSW대학교, UTS대학교, 멕콰리대학교) 학생회 현황 소개

▲2008년 Youth Forum 직장생활 소개 & 2008년 Youth Forum 직장생활 소개와 취업 요령 설명

▲2008 Youth Forum, NSW경찰청 인사채용담당 토니 말론 경감 & Forum 청년 발제자 3명과 함께한 필자

6 호주동아 커뮤니티

한인청년포럼 "공동체 기여도" 공감

시민운동가 강연, 경찰 채용설명회 등 '열기'

시드니한인회(회장 승원홍)가 중점육성사업으로 시행하고 있는 한인청년포럼(KYF)이 17일한인회관에서 성황리에 열렸다.

일부 한인회 관계자와 NSW 경찰청의 경찰 3명을 제외하고 시드니대, NSW대, 맥쿼리대, UTS에 다니는 한인 학생과 졸업생 약 150명이 자리를 같이했다.

이날 NSW 경찰청 인사부의 교육훈련을 담당하는 토니 말론 경감 외 2명이 참가자를 대상으로 채용설명회를 가졌고, 뒤이어 시민운동에 헌신하고 있는 3명의 젊은이가 차례로 경험담을 발표하며 사회운동에 대한 지원과 관심을 당부했다.

승 회장은 인사말에서 "한인들이 호주 땅에 더 많이 뿌리내릴 수 있으면 좋기 때문에 청년포럼은 상당히 중요하다"며 "젊은이들이 주류사회에 연착륙할 수 있도록 돕는데 고민하고 있다"고 밝혔다.

이어 "한인사회의 미래를 보면서 중요성이 인정받기 시작했다"며 "새순장로교회(이규현 목사)가 재정적으로 후원하기로 약속했다. 교회와 공동체가 차세대 선도에 뜻을 공유해야 밝은 미래가 있다"고 덧붙였다.

새순교회는 이날 시드니대 3개, NSW대 2개, 맥쿼리대 1개, UTS 1개 등 7개 한인 학생회에 각각 500달러씩의 후원금을 전달했다.

저녁 식사 후 젊은 사회운동가들의 강연이 이어졌다. 20대 초반의 나이에도 불구하고 3명의 연사들은 사회문제 인식에 대한 뚜렷한 주관과 놀라운 발표력으로 참가자들을 몰입시켰다.

첫 발표자로 나선 미미 조 양은 중국계로 시드니대 경제학과를 2007년 우수 졸업하고 동 대학에서 경제학과 강사를 역임하고 법학과 학사학위를 공부하며 봉사활동까지 가담하고 있었다.

조 양은 한국의 김치, 비빔밥 등의 음식, 드라마 등 한류문화는 물론 한인 친구들까지 좋아하는 열광적인 한국팬이었다.

그녀는 성장과정을 설명하며 "인종차별을 당하는 어린이들을 보면서 사회정의를 실현하기 위해 사회활동에 본격적으로 관심을 갖기 시작했다"며 "좀 더 나은 미래를 공동체에 제공하기 위해 우리가 가진 모든 능력과 힘을 활용해야 한다"고 역설했다.

근년에 시드니대를 졸업하고 기후변화문제 해결을 위한 젊은이들의 단체를 결속시키기 위해 호주청년연합(AYC)을 만든 애나 로스 양은 기후변화의 위험성을 알리며 국제공조에 동참할 것을 강조했다.

캄보디아계로 시민단체에서 활동중인 라다나 채 군은 '내가 누군가', '내 삶의 가치는 무엇인가' 등의 선문답 같은 질문을 던지며 공동체를 위한 희생의 참의미를 전달했다.

한편 박은덕 한인회부회장은 "향후 청년포럼을 위한 독립된 단체를 한인회 산하에 구성할 예정"이라고 밝혔다.

권상진 기자 nlo@hojudonga.com

▲2008 Youth Forum 관련 호주동아 보도기사

8 호주동아 커뮤니티 뉴스 2009년 2월 20일 금요일 〈일간〉

'알토란' 처럼 성장하는 청년심포지엄

주제별 워크숍, 토론회, 이민사 설명회, 음악회 등 다양

4월 4일 웨슬리센터, 내실화 대형화 추세

▲2008 Youth Forum 관련 TOP주간지 보도기사

2008년 4월 4일 금요일 〈일간〉 커뮤니티 호주동아 9

내실 다져지는 '한인청년포럼'

2일 2차 대회 300명 참석 대성황
재학생-졸업 직장인 '밤을 잊은' 친교 열기 후끈

한인회의 차세대육성 역점사업인 '한인청년포럼'이 열린 한인회관이 젊음의 열기로 가득찼다. 2일 저녁 한인회관을 점령한 약 300명의 젊은이들은 개인과 교민사회의 미래와 희망을 논하며 밤을 잊은 교류의 장을 만들었다.

한인회가 주최한 이번 청년포럼은 지난해 8월 23일의 1차에 이은 두번째 공식행사였다. 한인회 차세대 담당 운영위원인 조민지 변호사와 유현경 변호사 및 청소년 담당 운영위원인 최정현 시드니대 학생의 공동사회로 진행된 행사는 시종 화기애애한 분위기였다.

저녁 6시부터 한인회관에 몰려든 맥쿼리대, 시드니대, NSW대, 시드니공대(UTS) 학생들과 전문직 종사자들은 밤 10시가 넘도록 떠날 줄 모르고 선후배 및 타교생들과 대화하며 정보교환과 유대관계 형성에 목말라했다.

승원홍 한인회장, 박영국 총영사, 서윤학 변호사협회 회장 및 일부 한인회 운영위원을 제외하면 대부분 20, 30대의 Y세대였다. '경로당'의 오명이 붙은 한인회관에 이렇게 많은 젊은이들이 들어찬 것은 처음이었다.

참가자들은 저마다 "너무 유익하고 소중한 시간이 됐다" "좀 더 다각화 시켰으면 좋겠다"고 전하며 다음을 기약했다. 지난 1차 행사 때보다 훨씬 많은 인원이 참가해 보다 짜임새 있게 진행됐으며, 선후배 및 학생 간 친교 필요성을 절감하고, 네트워킹 확대의 성공 가능성을 확인한 것은 큰 소득이었다.

◇ "우리에게 꿈이 있다" = 승 회장은 환영사에서 루터킹 목사가 흑백의 화합을 주창하면서 말한 '나에게 꿈이 있다'는 명연설을 인용하며 "우리에게 꿈이 있다. 호주의 새로운 주인공으로 나가야 한다"고 역설했다.

승 회장은 이어 "꿈꾸는 자들이 만들어가는 사회를 통해 여러분의 꿈을 간직하고 잘 키워가길 바란다"며 "좀 늦었지만 지금부터 시작이다. 할 수 있고, 해야 하고 그렇게 가야한다"고 격려했다.

그는 또 "새로운 제3의 물결, 미래가 오고 있다. 선배들이 범한 동일한 실수를 후손들에게 물려줘선 안된다"며 "한인회가 어디에 있고, 무엇을 하는지 알고 구성원으로서 좋은 역할을 해달라"고 당부했다.

박 총영사는 인사말에서 "여러분은 미래의 주인공이자 선봉장이고 한국에서 생활하는 한인보다 복받은 사람들"이라며 "호주에 살지만 조국은 잊을 수가 없다. 음식, 언어 등의 한국문화가 호주에 정착하는데 기여한다"고 밝혔다.

박 총영사는 이어 차세대 지원의 중요성을 언급한 후, 최근 시티에서 발생한 한인 유학생 피살사건과 관련해 당부의 말을 전했다.

그는 "중국계에 의한 한인 피살이라는 감정적 대응을 자제하고 호주인 범죄자에 의한 유학생 피습사건이란 인식으로 피해를 최소화 해야 한다"며 "범죄 발생이 빈번한 시간대와 우범지역을 피하고 건전한 문화활동에 노력해 달라"고 부탁했다.

◇ 학생회 소개 = 영상화면을 통한 학생 의견을 시청하는 순서에선 일부 학생들의 유스포럼에 대한 견해와 건의, 바람 등 재미있고 진지한 목소리를 전했다.

이날 참석한 4개 대학의 학생회 대표들이 나와 학생회를 소개하는 시간도 주어졌다. 맥쿼리대의 권광현 회장은 한인학생회 먹사(MUKSA)와 클럽생들의 모임인 먹파(MUKPA)의 전반적인 현황을 설명했다.

NSW대의 김남진 회장과 김예정 부회장은 한인 학생회(KSA)와 한인유학생회(KOSA)의 역사와 통합과정을 소개했다.

시드니대에 공존하는 3개의 학생회가 공개됐다. 송재희 회장이 케서스(KESUS)를, 허지욱 회장이 키스유(KISSU)를, 최현태 회장이 클러스(KLUS)를 각각 소개했다.

시드니공대의 유형탁 회장은 학교소개와 한인학생회를 설명하며 적극적인 관심을 부탁했다. 대부분의 학생회는 학생간, 선후배간 또는 주류사회 학생과의 친목도모와 유대강화를 통한 단합에 초점을 맞추고 있었으며 그 세부적인 방법에는 다소 차이가 있었다.

행사 중간에 두 차례 가진 경품추첨에는 이날 식사메뉴와 다과준비에 수고한 한인회의 ... 여성복지 운영위원과

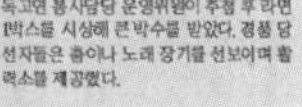

독고연 봉사담당 운영위원이 추첨 후 라면 1박스를 시상해 큰 박수를 받았다. 경품 당선자들은 춤이나 노래 장기를 선보이며 활력소를 제공했다.

◇ 전문직 선배의 조언 = 이날 초청된 전문직 종사자들은 변호사, 컨설턴트, 회계사, 건축가, 정보통신 프로젝트 관리자, 상담사, 상품 분석가, 감사, 에너지 트레이더 등 각계를 대표했다.

이들 중 유형석 회계사, 이소정 변호사, 김세일 변호사가 후배들을 위해 발제자로 나섰다.

바이런즈(Byrons) 회계법인의 유 회계사는 회계업계와 회계사에 대한 일반적인 실무정보를 전하며 "학창시절에 전공과 무관하더라도 직장 경험을 가지면 취업에 도움이 될 것"이라고 조언했다.

바티어페리(Bartier Perry)의 이 변호사는 중 2학년 때 유학와서 영어를 정복하기까지 겪었던 어려움을 차분하게 회고하며 "항상 배운다는 자세의 겸손함과 끊임없는 노력의 중요성을 깨달은 것이 유학생활의 가장 큰 자산"이라고 밝혔다.

헤드헌팅업체인 인마크그룹(Inmark Group)의 김 변호사는 구직정보를 전해주며 "교민사회를 벗어나 파트타임 잡을 가져라, 첫 30분이 중요하다, 자신감을 가져라, 인간관계를 소중히 하라, 기초부터 차근차근 시작하라" 등의 요점을 강조했다.

◇ "전공 선배 없어 아쉬워" = 선 채로 자유롭게 대화하는 친교시간에는 주로 학생들이 관심있는 분야의 전문직 선배를 찾아가 다양한 궁금증을 해소했다.

학생들은 이력서 작성법, 면접방법 등 취업과 관련된 질문을 많이 던졌으며 선배들은 실제 경험담 위주로 성공적인 구직방안을 전수했다. 학생들은 실무 경험에 도움이 되는 인턴제에도 관심이 많았다.

대부분 참가자들은 행사의 취지와 필요성에 공감하며 흡족함을 표했지만 자기 전공분야 선배를 찾지 못한 일부 학생들은 약간의 불만을 나타냈다.

지난 1차 포럼에도 참석했던 김세일 변호사는 "너무 좋다. 후배들을 많이 도와주고 싶다"고 말했다. 맥쿼리대 초대 학생회장 출신인 김민준 금융전문 헤드헌터는 "앞으로 이런 기회가 많아지고 전문가들이 많이 참석했으면 좋겠다"며 "주류사회 한인 파워와 영향력이 중국계를 넘어섰으면 한다"고 기대했다.

맥쿼리대의 학생회의 이아람 부회장은 "교육학을 공부하는데 전공한 선배가 없어 아쉽다"고 했고, UTS에서 패션디자인을 전공하는 조아라 양도 "패션 관련자가 없어 특별히 유익한 정보는 얻지 못해 아쉽지만 사람 만나는 것은 좋았다"고 소감을 피력했다.

이외에 "성공한 기업가들도 참가해야 한다" "누가 누군지 알 수 있으면 더 좋겠다" "서로 섞어서 앉자" "부스를 만들자" 등 여러 의견이 건의됐다.

이번 포럼을 주도한 박은덕 한인회 부회장은 "내용적인 의미보다도 만나 서로 알게 될 기회의 장을 엮어 준 것에 자부심을 느낀다"며 "피드백을 통한 평가 후 다음을 준비할 것"이라고 전했다.

한인회는 향후 분기별로 한번씩 청년포럼을 개최할 예정이다. 젊은 전문직 종사자를 위한 포럼(Young Professional Forum)은 8월에 가질 계획이다.

권상진 기자 info@hojudonga.com

▲2008년 제2차 한인청년포럼 Youth Forum개최 관련 보도기사

(10) 한국신문 MAIN NEWS The Sydney Korean Herald

'차세대 한인들이 성장판' 역할 기대

호주 한인 청년 심포지엄 2009, 내일 개최

KOREAN AUSTRALIAN YOUNG LEADERS IN ASSOCIATION WITH THE KOREAN SOCIETY OF SYDNEY IS HOLDING A FREE YOUTH SYMPOSIUM THAT WILL GATHER LEADERS IN NSW AND YOUNG KOREAN AUSTRALIANS.

THE FOCUS WILL BE ON EMPOWERING THE YOUTH. THERE WILL BE MANY NEW FACES TO MEET AND VALUABLE SKILLS SUCH AS LEADERSHIP SKILLS AND MEDIA SKILLS TO BE LEARNED.

REGISTER NOW AT

Youth Symposium Saturday 4 April 2009 9.00am - 4.30pm WESLEY CONFERENCE CENTRE 220 PITT STREET SYDNEY

▲2009년도 Youth Symposium 준비모임에 청년대표와 필자 & 2009년 Youth Symposium 개최 안내기사

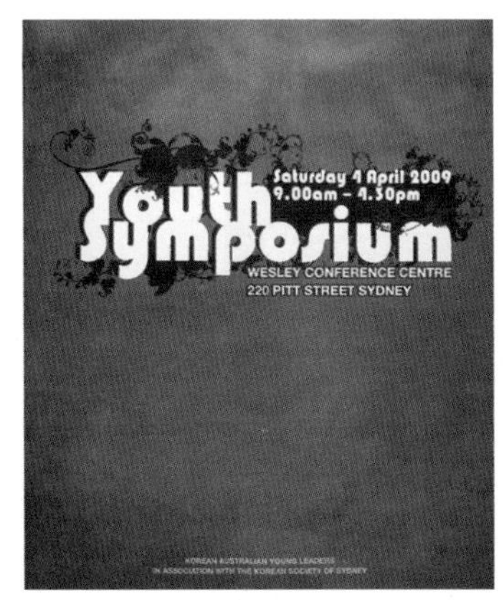

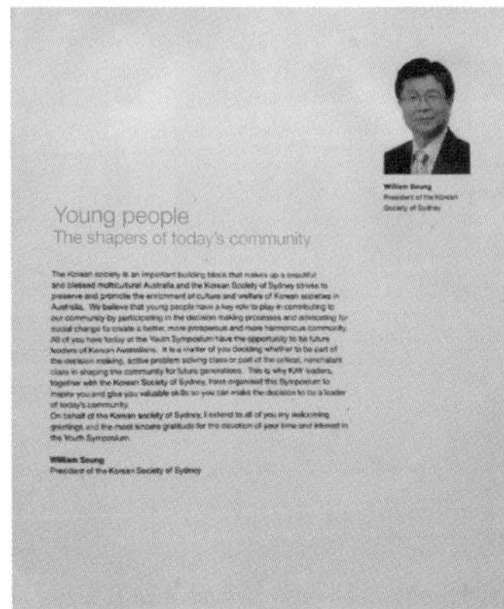

◀2009년 Youth Symposium Brochure 표지와 필자의 Youth Symposium 환영 인사말

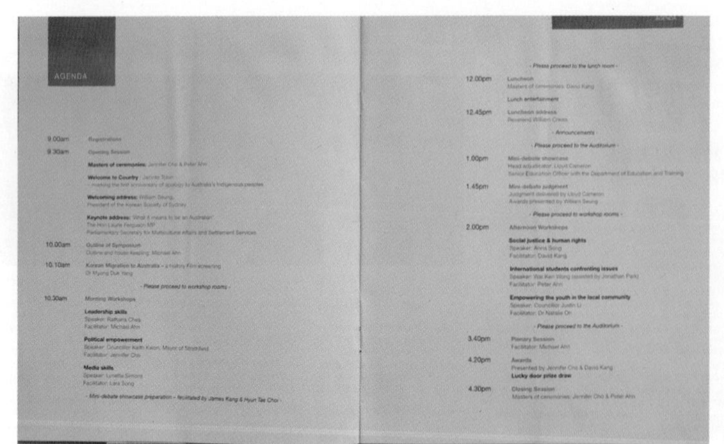

AGENDA

9.00am Registrations

9.30am Opening Session

Masters of ceremonies: Jennifer Cho & Peter Ahn

Welcome to Country: Jennie Tobin
– marking the first anniversary of apology to Australia's Indigenous peoples

Welcoming address: William Seung,
President of the Korean Society of Sydney

Keynote address: 'What it means to be an Australian'
The Hon Laurie Ferguson MP
Parliamentary Secretary for Multicultural Affairs and Settlement Services

10.00am Outline of Symposium
Outline and House Keeping: Michael Ahn

10.10am Korean Migration to Australia – a history Film screening
Dr Myung Duk Yang

- Please proceed to workshop rooms -

10.30am Morning Workshops

Leadership skills
Speaker: Raffuana Chea
Facilitator: Michael Ahn

Political empowerment
Speaker: Councillor Keith Kwon, Mayor of Strathfield
Facilitator: Jennifer Cho

Media skills
Speaker: Lynette Simons
Facilitator: Lara Song

- Mini-debate showcase preparation – facilitated by James Kang & Hyun Tae Choi -

- Please proceed to the lunch room -

12.00pm Luncheon
Masters of ceremonies: David Kang

Lunch entertainment

12.45pm Luncheon address
Reverend William Crews

- Announcements -

- Please proceed to the Auditorium -

1.00pm Mini-debate showcase
Head adjudicator: Lloyd Cameron
Senior Education Officer with the Department of Education and Training

1.45pm Mini-debate judgment
Judgment delivered by Lloyd Cameron
Awards presented by William Seung

- Please proceed to workshop rooms -

2.00pm Afternoon Workshops

Social justice & human rights
Speaker: Anna Song
Facilitator: David Kang

International students confronting issues
Speaker: Wai Kan Wong (assisted by Jonathan Park)
Facilitator: Peter Ahn

Empowering the youth in the local community
Speaker: Councillor Justin Li
Facilitator: Dr Natalie Oh

- Please proceed to the Auditorium -

3.40pm Plenary Session
Facilitator: Michael Ahn

4.20pm Awards
Presented by Jennifer Cho & David Kang
Lucky door prize draw

4.30pm Closing Session
Masters of ceremonies: Jennifer Cho & Peter Ahn

◀ 2009년 Youth Symposium Brochure 행사 프로그램 진행 순서안내

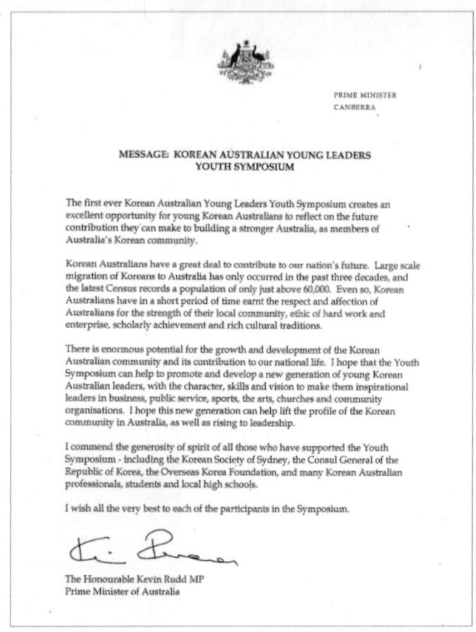

PRIME MINISTER
CANBERRA

MESSAGE: KOREAN AUSTRALIAN YOUNG LEADERS YOUTH SYMPOSIUM

The first ever Korean Australian Young Leaders Youth Symposium creates an excellent opportunity for young Korean Australians to reflect on the future contribution they can make to building a stronger Australia, as members of Australia's Korean community.

Korean Australians have a great deal to contribute to our nation's future. Large scale migration of Koreans to Australia has only occurred in the past three decades, and the latest Census records a population of only just above 60,000. Even so, Korean Australians have in a short period of time earnt the respect and affection of Australians for the strength of their local community, ethic of hard work and enterprise, scholarly achievement and rich cultural traditions.

There is enormous potential for the growth and development of the Korean Australian community and its contribution to our national life. I hope that the Youth Symposium can help to promote and develop a new generation of young Korean Australian leaders, with the character, skills and vision to make them inspirational leaders in business, public service, sports, the arts, churches and community organisations. I hope this new generation can help lift the profile of the Korean community in Australia, as well as rising to leadership.

I commend the generosity of spirit of all those who have supported the Youth Symposium - including the Korean Society of Sydney, the Consul General of the Republic of Korea, the Overseas Korea Foundation, and many Korean Australian professionals, students and local high schools.

I wish all the very best to each of the participants in the Symposium.

The Honourable Kevin Rudd MP
Prime Minister of Australia

▲ The Hon. Kevin Rudd MP 연방총리의 2009년 Youth Symposium 축하 메시지 & 개회 환영사를 하는 필자

6 호주동아 커뮤니티 2009년 4월 14일 금요일(발행)

한인 청년들 '미래 비전' 활짝 펼치다

심포지엄 기획 '알찬 내용' 돋보여, 참가자 부족 '해결 과제'

2009년 4월 10일 TOP ▪ MAIN NEWS

호주 한인청년 리더, "사회의 주역을 향하여"

2009 YOUTH SYMPOSIUM 성황리 개최

▲ 2009년 Youth Symposium 성공적 개최 관련 호주동아와 TOP주간지 보도기사

한국신문 MAIN NEWS The Sydney Korean Herald

"함께 배우고, 함께 고민하자!" 한인청년 심포지엄 '성공'

다양한 주제를 놓고 열띤 토론… "Everybody can do it" 자신감 가져

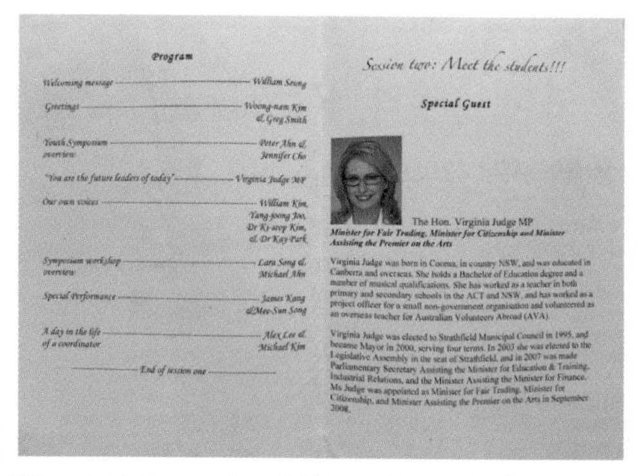
Program

Welcoming message	William Seung
Greetings	Woong-nam Kim & Greg Smith
Youth Symposium overview	Peter Ahn & Jennifer Cho
"You are the future leaders of today"	Virginia Judge MP
Our own voices	William Kim, Yang-joong Joo, Dr Ki-seop Kim, & Dr Kay Park
Symposium workshop overview	Lara Song & Michael Ahn
Special Performance	James Kang &Mee-Sun Song
A day in the life of a coordinator	Alex Lee & Michael Kim

End of session one

Session two: Meet the students!!!

Special Guest

The Hon. Virginia Judge MP

Minister for Fair Trading, Minister for Citizenship and Minister Assisting the Premier on the Arts

Virginia Judge was born in Cooma, in country NSW, and was educated in Canberra and overseas. She holds a Bachelor of Education degree and a number of musical qualifications. She has worked as a teacher in both primary and secondary schools in the ACT and NSW, and has worked as a project officer for a small non-government organisation and volunteered as an overseas teacher for Australian Volunteers Abroad (AVA).

Virginia Judge was elected to Strathfield Municipal Council in 1995, and became Mayor in 2000, serving four terms. In 2003 she was elected to the Legislative Assembly in the seat of Strathfield, and in 2007 was made Parliamentary Secretary Assisting the Minister for Education & Training, Industrial Relations, and the Minister Assisting the Minister for Finance. Ms Judge was appointed as Minister for Fair Trading, Minister for Citizenship, and Minister Assisting the Premier on the Arts in September 2008.

▲2009년 Youth Symposium 성공적 개최 관련 보도기사 & 2009년 Youth Symposium 2부 'Meet the Student' 프로그램과 초청연사 The Hon. Virginia Judge MP 인사말

16 TOP = COMMUNITY 2009년 4월 10일

호주 한인청년 리더, "사회의 주역을 향하여"

(3면에 이어서)

오프닝 섹션 후, 양명득 목사가 '호주 한인 이민역사'라는 주제의 영상자료를 소개했으며, 린넷 시몬스 전 ABC라디오 국장이 '매스미디어의 효율적 활용'에 대해 그리고 라타나 치아 시드니연대 사무총장의 '리더십', 권기범 스트라스필드 시장이 '정치력 신장 강화와 차세대 역할'이라는 내용으로 분과 워크샵을 진행했다.

오후에는 "Australia is truly the country of fair go?"라는 주제로 6명의 고등학생들의 찬반토론회(debating)이 열렸다.

찬반 연설회를 마친 후에는 오전과 마찬가지로 송애나 코디네이터(위안부 할머니들을 위한 호주 친구들)의 '사회정의와 인권', 저스틴 리 라이드 카운슬 시의 '주류 사회 참여란?', 와이 캔 윙 호주유학생연합회 회장의 '유학생들의 실상과 당면과제' 분과 워크샵이 진행됐다.

오후 6시부터는 타운홀의 팰리스 중국 레스토랑에서 디너 프로그램이 열렸다. 이 자리에는 버지니아 저지 공정거래부 장관, 그렉 스미스 에핑 지역구 의원 등이 참석했다.

만찬에서는 윌리엄 김 변호사와 주양중 SBS 라디오 한국어 책임 PD를 비롯, 김기범 한국병원 원장, 치과병원 덴탈 포커스의 박현경 원장 등이 사회에서 경험을 바탕으로 참가자들에게 조언을 하는 시간을 가졌다.

이 자리에서 윌리엄 김 변호사는 '신참 변호사로서의 경험과 더불어 변호사로서 나아가야 할 방향'에 대해 의견을 개진했으며, SBS Radio의 주양중 PD는 '동포 1.5세 2세대들의 선호 직업 편중 현상을 지적하고, 저널리즘 분야로의 적극적인 진출'을 적극 당부했다.

또한 한인 의사 1호(GP)인 김기섭 박사는 '당시 한인사회의 추억담과 더불어 유일한 한국계 의사로서 겪었던 애환'을 되짚었으며, 박현경 치과의사는 "전문직종 종사자일수록 정직성과 완결성을 갖춰야 한다"는 점을 적극 강조했다.

이번 심포지엄 준비를 이끌어온 박은덕 시드니 한인회 부회장은 "이번 심포지엄은 미래의 주역이 될 인재들이 이렇게 와서 참여하는 것에 의의가 있다"며, "이런 프로그램은 한인 사회에서 처음 열린 것이며, 이런 기회를 통해 젊은이들이 성장해 한인사회, 호주 주류사회의 주역이 되었으면 한다"고 전했다.

이어 박은덕 부회장은 "참가자가 예상보다는 저조했던 것이 아쉽지만 한인 청년초석을 다지는 데 초석이 된 것이 분명하다"며, "심포지엄 내용을 책자로 발간해 한인 사회뿐만 아니라 주류사회, 교육 관련 기관 등에 홍보할 것"이라고 덧붙였다.

KAY leaders 측 역시 "이러한 행사가 일회성으로 끝나는 것이 아니라 이러한 한인 청년들끼리 후속 네트워킹을 다져 올해 연말쯤에는 호주 한인 청년들의 모임을 창립할 예정"이라고 밝혔다.

시드니에서 대학을 다니는 1.5세 한인이라고 밝힌 한 참석자는 "온라인에서 우연히 홍보자료를 보고 별 기대 없이 참여했는데, 평소에 생각하지 못했던 이야기들을 서로 나눌 수 있는 좋은 기회가 됐다"고 전했다.

한 유학생 참석자 역시 "낯선 나라에서 스스로 주인공이 되어 활약하고 있는 선배들의 이야기를 직접 들으니 더 와 닿는 것 같다"며, "다만 더 많은 사람들이 참여해서 듣는 것뿐만 아니라 활발하게 토론할 수 있는 자리가 됐으면 더 좋겠다"고 소감을 밝혔다.

김인아 기자

2부 디너 프로그램 후 KAY Leaders와 그렉 스미스 의원, 승원홍 시드니 한인회장, 버지니아 저지 NSW주 공정거래부 장관, 박은덕 시드니 한인회 부회장 (아래줄 좌 둘째부터)

심포지엄에 참여한 한인 청년들

▲2009년 Youth Symposium 후 2부 만찬, 2007년도 첫 Youth Forum을 준비하면서부터 함께했던 주요 멤버들과 The Hon. Greg Smith MP, The Hon. Virginia Judge MP와 박은덕 부회장과 필자(앞줄 왼쪽 3번째)

8 호주동아 커뮤니티

봅 카 전 주총리, KAY Leaders '자문역' 약속

8월 출범, 내년 '2020 Youth Summit' 등에 조언

봅 카 전 NSW 주총리가 8월 발족 예정인 KAY Leaders(재호한인청년회, 회장 안승표)의 활동에 조언과 자문을 아끼지 않겠다고 약속했다. 특히 카 전 주총리는 KAY Leaders가 내년개최 계획인 '2020 Youth Summit(청년연석회의)'에 깊은 관심을 갖고 도움을 줄 것이라고 말했다.

'2020 Youth Summit'은 기존 러드 정부에서 진행됐던 형식을 취하는 것으로 2020년의 미래를 바라보며 기존 논의에서 소홀히 다뤘던 다문화주의 및 다양한 청년 문제를 주제로 논의하게 될 계획이다.

카 전 주총리는 19일 주의회의사당에서 KAY Leaders 발족위원들과 만나 지난 4월의 심포지움에 참석하지 못한 것에 대해 아쉬움을 나타내며 이처럼 밝혔다.

그는 "힘든 일을 수행하면 자신감이 더 붙고 그를 통해 겪는 실수는 가르침이 되고 성공은 성장을 위한 양분이 된다"며 쉽지 않은 도전이 이어질 KAY Leaders 청년들을 독려했다.

이어 "작은 소수민족 그룹에서 성장하는 젊은 세대들을 보면 매우 인상적"이라며 "잔존하는 약간의 차별(benign discrimination)을 극복하고 성장하는 한인사회가 될 수 있도록 노력해 달라"고 말했다. 카 전 총리는 또 "한인사회를 대변하는 데에 그치지 말고 다른 소수민족 젊은이들과도 적극적으로 교류해 호주사회의 근간인 다문화주의(Multiculturalism)에 기여해 달라"고 당부했다.

안승표 회장은 오는 8월의 발족식에 봅 카 전 수상을 정식 초청하면서, 그의 조언대로 다른 소수민족 청년그룹과의 교류에도 적극 나서겠다고 말했다.

발족준비위원회의 최현태 위원은 이날의 만남에 대해 "같은 뜻을 가진 젊은이들 몇 명이 모여 이제야 작게나마 호주사회를 향한 적극적인 커뮤니케이션을 시작하려고 한다"며 "봅 카 전 주총리 같은 영향력 있는 인사가 관심과 성원을 보내주어 큰 활력소가 된 것 같다"고 뜻깊어 했다.

강병관 위원은 "정말 신선한 자극(inspirational)이 됐다"면서 "호주사회와의 교류뿐만이 아니라 한인사회 내부에서 1세대와 2세대 사이의 커뮤니케이션도 중요한 것 같다"고 말했다.

장동현 기자

▲ KAYLeaders 의 자문역을 맡아 준 전 NSW주 수상 The Hon. Bob Carr, The Hon. Kayee Griffin MLC, Community Relations Commission Stephan Kerkisharian 의장과 KAYLeaders 주요멤버와 필자(왼쪽 8번째)

▲ 2009년 KAY Leaders가 필자에게 수여한 감사패

7 | 10

워홀러 청년지원 취업직업교육안내 프로그램 시행과 여러 활동

한국과 호주는 김영삼 정부 시절 1995년 양국 간 인적교류확대를 위하여 Working Holiday 워킹 홀리데이(417) 비자협약을 맺었다. 호주방문을 원하는 30세 미만의 청년들이 손쉽게 호주에서 취업도 가능한 조건의 비자 협약으로서 더욱이나 비자인원수의 제한도 없었다. 내가 시드니한인회장으로 재임했던 2007-2009년도는 한국의 어려워진 경제여건과 취업난으로 인해 많은 한국의 청년들이 워홀러 비자로 비교적 인건비가 높다는 호주로 왔고 여러 업종에서 일할 수 있었던 시기였다. 시드니에도 3만여 명의 워홀러가 있다고 할 정도였다. 나는 이 많은 워홀러 청년들도 유학생과 마찬가지로 미래의 잠재적 교민들이라고 생각하여 각별한 관심과 배려가 필요하다고 판단했다. 그래서 나는 워홀러를 대상으로 현지 적응을 위한 호주의 제도와 법규, 취업을 위한 간단한 인터뷰 요령들을 지도하는 Job Settlement교육세미나를 정규적으로 시행

2008년 7월 25일 금요일(일간) 커뮤니티

워홀러 지원 첫 '민관협의체' 발족

웹페이지 통해 취업, 생활, 사건사고 정보 제공
"성공적 호주체류 지원", 교민업체와 마찰 우려도

▲2008년7월 워홀러지원 민관협의체 발족 관련 보도기사

하면서 당시 워홀러들을 상대로 자체 멤버십제도를 활용하여 기본적인 호주체류를 돕기 위한 각종 정보를 제공하며 워홀러들과 긴밀하게 소통하는 김석민 목사를 지원하게 됐다.

한편 날로 증가해가는 워홀러 인원수에 비례하여 여러 사건사고가 발생했고 한국국민 보호 차원에서 공관인 시드니총영사관에서도 워홀러 관련 업무가 확대되었다. 그즈음부터 경찰청 파견 영사업무도 상시 가동을 했고 잠시나마 사법부에서도 영사를 파견했던 적도 있다. 이런 상황 속에서 나는 김석민 목사의 워홀러사업을 한국정부 차원의 사업과 접목시켜 보다 효율적으로 일하면 시너지효과도 기대할 수 있겠다고 생각하여 김웅남 총영사에게 반관반민 형태의 워홀러지원센타를 설립하면 좋겠다고 제안했다. 김 총영사도 총영사관의 경찰영사 인력만으로 광대한 지역의 3만여 워홀러를 보호하기에는 역부족이었고 민간단체와 협력하면 업무에도 많은 도움이 될 것이라고 판단하여 2008년 7월에 시내에 워홀러지원센타를 공식 설립하게 됐고 아울러 총영사관은 워홀러지원을 위해 시드니한인회, 시티상우회, 관광공사와 한인 변호사들 간의 정기 협의체를 구성해 협력하기 시작했다.

이렇게 시드니한인회가 시드니총영사관과 협력하며 워홀러지원시스템을 강화해 가고있는 가운데 워홀러비자를 활용한 매우 희망적인 프로젝트가 진행되고 있었다. 그것은 충정남도 이완구 도지사의 충남도내 실업고등학교 학생들의 향학열고취를 위한 방안으로 해외호주로의 직업교육연수장학생 선발 프로잭트 시범운영이었다. 운영방식은 이러했다. 먼저 왕복항공료와 6개월간의 체류비용과 3개월간의 영어와 직업교육학비 포함 장학금지원제도였다. 호주로 온 장학생들은 첫째 달엔 기본영어연수, 둘째 달엔 반나절 직업영어연수

▲워홀러 통합 지원을 위한 워홀러센터의 웹사이트 개설 시연회에서 설명을 듣는 김웅남 총영사와 필자(맨 오른쪽)

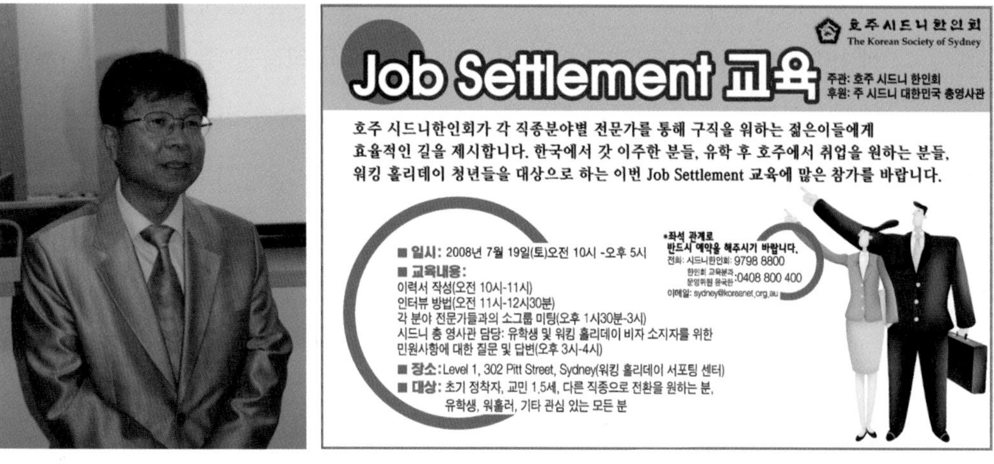

▲워홀러 통합 지원을 위한 워홀러센터의 웹사이트 개설 시연회에서 축사를 하는 필자 & Job Settlement교육 광고기사

▲2008년 발행한 호주 워킹홀리데이 가이드 소책자 & 시드니한인회주관 워홀러를 위한 Job Settlement 교육현장

와 반나절 전문직업연수, 셋째 달엔 전문직업연수 그리고 넷째 달부터는 자기 전문분야의 직업현장에 취업하여 일을 하며 생활할 수 있도록 한것이다. 문제는 이 프로젝트 기본계획에 맞추어 줄 연수처를 찾는 것과 취업장소를 찾는 일이었다. 첫째 건은 충청남도청과 North Sydney TAFE와 업무협약으로 쉽게 해결됐고 가장 중요한 둘째 건은 직장을 구하는 일이었다. 이에 2008년 6월 충

남도청 정재근 기획관리실장이 나에게 도움요청 전화를 해왔다. 시드니한인회장께서 3개월 TAFE교육을 마친 장학생들의 직장을 책임지고 알선해 달라는 것이었다. 나는 워홀러비자를 활용한 전문기술인력의 호주진출은 매우 바람직하다고 생각했고 이 프로젝트의 안정적인 정착을 위해 당분간 가능한 최선을 다해 협력하겠다고 했다. 그리고 이 프로젝트를 전담관리하는 호주 내 에이전트를 선정하라고 요청했다. 그래서 이들의 직장을 주선해주기 위해 한인건설협회 양상수 회장과 선도모터스의 김선도 사장을 비롯해 정비, 배관, 용접, 제과제빵 등 관련한 여러 지인들에게 협력을 요청하기도 했다. 나는 2008년 10월 9일 충남도청 이완구 지사를 예방하고 이 지사의 호주 워홀러비자를 활용한 전문기술고등학교 학생들의 해외호주연수장학생제도를 높이 평가하고 충남도만의 특화된 기술인력들의 호주이민 문호개발에도 많은 관심을 가져달라고 부탁하며 호주한인 50년사 책을 전달했다. 이 지사는 매우 의욕적이었으며 이 프로젝트가 성공하면 청와대에도 보고하겠다고 했다. 그 이후 나무교육의 류식대표가 장학생관리와 함께 이 프로젝트를 전담했고 충청남도의 성공적 모델을 토대로 다른 지방자치단체로도 확장운영하며 전문기술인력들이 호주에 잘 정착하도록 돕고 있으며 더러는 영주권도 받는 모범 사례들도 늘어나고 있다고 한다. 모두가 두루 감사할 일이다.

내가 시드니한인회장으로 재임했던 2007-2009년도엔 3만여 명이 넘는 워홀러 청년들이 비교적 임금이 높다는 호주 전역의 농장과 도축장에서 활동하고 있었고 더불어 한인업소들도 손쉽게 워홀러를 채용하여 영업에 많은 도움을 받았다고 할 수 있다. 그러나 임금문제로 업주와 다소 다투는 사례가 있어 언론매체를 통해 워홀러 보호 차원에서 공론화시켜 워홀러와 한인업주들과의 오해예방과 조정을 위해서도 노력했다. 불행하게도 사고를 당하는 경우도 있어 한인회장으로서 병문안을 하며 위로금을 전달하기도 했다.

▲ 2008년 10월 충남도청 이완구지사를 예방하고 청년 일자리 관련 협의 후에 호주 한인 50년사를 증정하고 있는 필자 & North Sydney TAFE 학장과 충남도 정재근 기획관리실장의 충남도기술고등학교장학생 영어와 기술교육 협력 MOU 체결

▲ 2008년 9월 충청남도 내 공업고등학교 해외인턴십 참가 학생의 영어교육과 기술교육을 맡을 TAFE와 충청남도 간의 상호협력 MOU체결 기념식에서 TAFE학장, 충남도 정재근 기획관리실장, 내빈과 1차 참여 학생과 필자 (앞줄 왼쪽 4번째)

The Sydney Korean Herald
14th ~ 20th Nov 2008 MAIN

"너무나 많은 분들의 도움에 감사…"

'워털루 아파트 추락' 한인 남학생 빠른 회복

"몸의 안정 못지 않게 마음의 안정이 필요한 데 지금은 마음이 많이 안정됐습니다."

지난 달 26일 워털루의 아파트에서 추락해 심한 부상을 당해 로얄 알프레드 프린스 병원에 입원중인 한인 유학생 한모(19) 군이 빠른 회복세를 보이고 있다.

지난 12일 오후 병원에서 만난 한 군의 상태는 많이 완쾌된 모습이었다.

여러 차례 수술을 거쳐 일반 병실로 옮긴 한 군은 왼팔에 깁스를 했으며 아직 몸을 자유롭게 움직이지 못했으나 허리와 척추, 다리도 얼마전 시작한 물리 치료를 통해 많이 좋아지고 있다고 했다.

이날 승원홍 한인회장과 호주건설노조(CFMEU)의 고직만 조직가와 함께 기자의 예정에 없던 병문안에 한 군은 조금은 놀란 듯 했으나, 이내 밝은 표정을 지으면서 대화를 나누었다.

"너무나 많은 사람들이 뒤에서 도와 주시고 계시는 것을 알고 있기에 감사합니다. 한국인 뿐만 아니라 신문을 통해 소식을 접한 익명의 호주인들이 꽃이나 카드와 편지 등을 보내 주시고 응원해 주고 계십니다. 빨리 회복되어 보답하고 싶습니다."

한군의 병상 옆 TV 아래에는 사건 이후 한 군의 짐을 옮긴 집 주인의 손녀가 직접 그린 예쁜 무지개 그림이 붙어 있었다.

▶4면으로 이어짐

이은형 기자
catherine@koreanherald.com.au

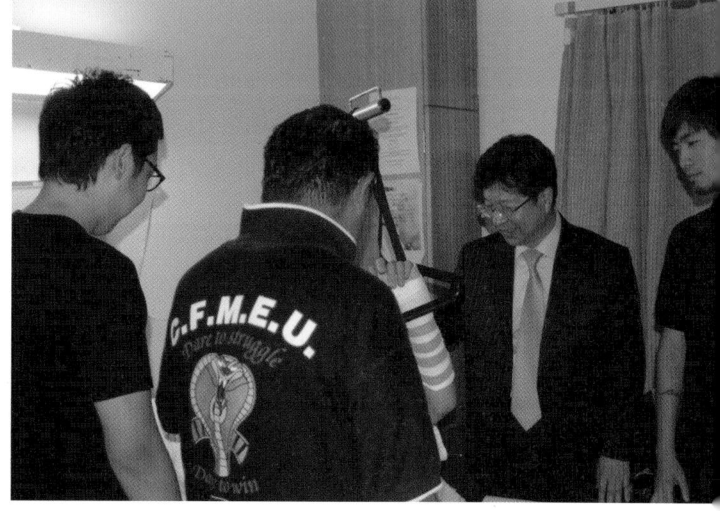

▲ 불의의 사고로 아파트에서 추락한 유학생이 치료 중인 병실을 찾아가서 위로와 성금을 전하는 필자(오른쪽 2번째)

7
|
11

한국주간 선포와 난타초청 달링하버 주말 2일 공연과 한국의날 행사

7-11-1. 2007년도 한국주간행사(2007.9.22.-29.)

나는 평소에 한인회의 다양한 역할 가운데 중요한 하나는 한국의 고유전통 문화를 유지발전시키는 일과 호주 주류사회에 한국문화를 소개하는 일이라고 생각해왔다. 그래서 매년 추석기간을 전후하여 추진해 오던 한국의날 1일 행사만으로는 매우 부족하다는 느낌을 갖고 있었고 가능하면 1주간 정도의 행사를 하면 좋겠다고 생각해왔다. 헌데 한인회장선거가 6월에 있으니 전통적으로 추석이 들어있는 9월 마지막 주 전후로 시행될 한국의날 행사준비기간에 많은 어려움이 있을 것임을 예상하여 내가 한인회장으로 당선될 거라는 전제로 무언가 사전작업을 해야겠다고 생각했다. 그래서 나는 한인회장 후보로 나서기로 결심했던 3월 초에 한국관광공사 시드니지사 최성우 지사장에게 주류 호주

▲2007 한국주간 한가위축제와 한국의날 행사 안내 브로슈어와 필자의 환영사와 관광공사 시드니지사장 인사

인들을 대상으로 한 추석맞이 문화행사Korean 한가위 Festival를 시드니한인회와 공동추진하자고 제안했다. 가능하면 '난타' 공연단을 초청하여 한인회팀과 함께 시내관광명소 Darling Harbour에서 주말 2일간 주류호주인과 관광객을 상대로 멋진 한국전통문화공연을 하자고 제안했다. 물론 소요예산관계는 내가 국회와 문화관광부를 통해 관광공사가 집행할 수 있도록 최선의 지원노력을 해주겠다고 약속을 했다.

이리하여 관광공사 시드니지사에서는 추석맞이 '난타' 공연행사계획을 본사로 올렸다. 그리고 2007년 3월과 4월 두 달 동안 5명의 예비후보들이 여러 교민언론매체를 통해 각종 인터뷰와 함께 소개가 되었으나 5월 들어 3명의 후보만이 공식후보등록을 마쳤다. 최성우 지사장은 혹시 내가 한인회장으로 당선되지 않으면 어떻게 하겠느냐며 묻기도 했고 나는 내가 당선될 거니까 그리 걱정하지 말고 행사계획에 차질이 없도록 준비하라고 요청했다. 그리고 나는 6월 9일(토)의 한인회관에서의 부재자투표에 이어 10일(일) 처음으로 실시하

▲2007년 관광공사 최성우 지사장에게 감사패를 수여하는 필자

는 시드니 전역 6곳 투표소에서 시행된 3인후보 간의 치열했던 선거전을 통하여 당당하게 제26대 호주시드니 한인회장으로 선출, 당선되었다. 그리고 한인회장 당선자 신분으로 한인사회 전반활동에 참여하면서 7월 21일에 제26대 호주 시드니한인회장으로 취임해 공식 활동을 시작했다. 취임 후 곧바로 함께 일할 20명의 운영위원 확정과 선거기간 중에 공약했던 계획공표를 위한 7월 27일의 Vision Presentation Day에서 주류사회 인사들과 한인사회를 향해 영문블리틴 발행과 영문과 한글로 병기될 한인주소록발간을 포함하는 다양한 새롭고 신선한 계획들을 소개했다. 아울러 한인동포사회에선 처음으로 실시될 '난타' 공연을 포함한 한국주간Korea Week행사계획도 발표했다. 이렇게 후보 시절부터 주도면밀하게 준비를 해왔던 탓에 9월 22일(토)과 23일(일)의 Darling Harbour, Palm Grove(ICC재개발로 현재는 탐바롱공원 옆 자리에 위치했음)에서의 한가위축제Korean Chuseok Festival 2007와 9월 29일(토)의 Eastwood Park에서의 한국의날Korean Festival 2007 행사를 성공리에 치를 수 있었다. 돌이켜 보면 3개월 이상의 치열했던 한인회장 선거과정을 통하여 많은 교민들로 하여금 한인회의 존재가치에 대한 인식을 이끌어 낼 수 있었고 더불어 새로운 제26대 한인회장단의 역동적인 활동들이 한인사회와 교민 각 개인들에게도 선한 영향력을 끼칠 수 있었고 그 결과로 교민단체와 많은 교민들의 적극적인 성원과 참여를 이끌어 낼 수 있는 커다란 원동력이 되었다. 뿐만 아니라 호주 주류사회와 자연스런 소통은 물론 중국커뮤니티와 베트남 커뮤니티와의 다문화사회의 적극적인 동참도 이끌어 낼 수 있었다. 정말로 감사할 일이다.

▲2007 한가위축제 홍보용 포스터

▲필자의 2007 한가위축제 축제 오프닝과 환영사

▲NSW주 수상대리 The Hon. Kayee Griffin MLC & 김웅남 총영사 & The Hon. John Murphy MP 연방의원 축사

▲The Hon. John Murphy MP, The Hon. Kayee Griffin MLC & 김웅남 총영사와 Hornsby City Nick Berman 시장

▲시드니 시내 중심, Darling Harbour Palm Grove에서의 2007 한가위축제 공연을 지켜보는 내빈과 관람객들

▲2007년 한국주간 한가위축제 시드니시내 중심 달링하버에서의 난타 공연모습

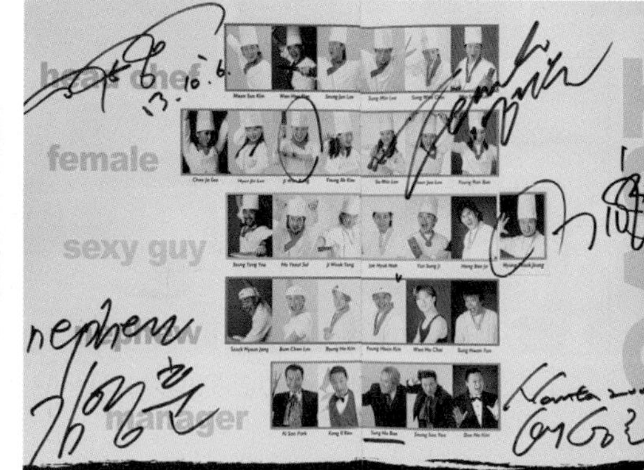

▲2007년 한국주간 한가위축제 달링하버에서의 난타 공연모습 & 시드니 난타공연 출연자가 서명한 프로그램

▲2007년 한국주간 한가위축제 시드니 시내 중심 달링하버에서의 한복전시회와 전통무용, 사물놀이 공연모습

▲2007년 한국주간 한가위축제 시드니 시내 중심 달링하버에서의 태권도시범, 전통무용과 비보이 공연모습

▲2007년 한국주간 한가위축제 시드니시내 달링하버에서의 부채춤 전통무용, 한복체험, 한국홍삼 홍보판매 모습

▲2007년 한국주간 한가위축제 시드니시내 달링하버, 입양가족 점심모습, 쉴 틈 없는 음식판매대와 한복공연모습

Column　　호주동아 3

時論

'한류' 가능성 보인 한가위 축제

한인회-관광공사-지상사 후원 '3박자' 시너지 효과
호주인 함께 즐기는 페스티발로 정착 힘써야

지난 주말(22, 23일)부터 이번 주 29일(토)까지 펼쳐지는 시드니 한국주간 축제는 질과 양적으로 한국문화 소개의 장(場)에 새로운 전기를 마련할 것으로 보인다. 충실한 내용의 이같은 행사가 반복될 경우 시드니의 '한류'가 시작될 수 있다. 한국관광공사와 시드니한인회가 공동으로 주관하고 한국 지상사의 후원을 받은 '2007 한가위 축제' 다링하버 행사는 우선 호주인들에게 생소한 추석 문화를 알리는 더 없이 좋은 계기였다. 난타와 한복입기, 디딤소리, 제기차기, 비보이, 한국음식판매 등 행사 내용도 매우 풍성해 이틀동안 연인원 5만여 명이 관람한 것으로 알려졌다. 특히 현장 체험을 할 수 있는 한복입기, 제기차기 행사는 호주인들에게 장래해야 할 문화 아이템이 되고 있다는 느낌을 주고 있다. 고운 색상의 한복 물결이 다링하버와 어우러져 호주인들로부터 '원더풀' 소리가 이어졌다. 시드니 관광명소이자 시민들의 휴식처인 다링하버에서 공연을 펼친 것도 주효했다. 과거 한국의 날 행사가 주로 변두리의 한인 밀집지역 주변 공원에 국한돼 아쉬움이 많았었다. 한 주 간격으로 시티와 한인밀집지역인 이스트우드에서 잇달아 열리는 한국주간 행사는 연륜이 쌓이면서 더욱 참신한 기획과 매끄러운 진행으로 발전할 것으로 기대된다. 콘텐츠가 좋아지면 관람객과 후원, 참여, 호주 미디어의 보도가 뒤따르게

말레이 10만명에 달한다. 볼거리, 먹거리, 쇼핑, 놀이, 장기자랑, 커뮤니티 단체 소개 등 매우 다양하며 가족 동반 나들이로 제격이다. 아마도 이번 주 이스트우드 공원에서 열리는 '한국의 날' 페스티발의 벤치마킹 대상일 것이다.

그라니스미스 축제의 경우 20년의 관록이 생기면서 시드니 지방자치단체에서 주관하는 축제 중 가장 성공한 지역 축제로 손 꼽힌다. 이 축제도 초기에는 별 볼일 없는 카운슬 행사에 불과했다. 그러나 콘텐츠를 내실화하면서 온 가족이 즐길 수 있는 기획과 공연, 전시, 놀이를 복합하면서 인기를 끌기 시작해 지난 5년전부터 완전히 자리를 잡았다. 스톨이나 부스 신청도 3~6개월 전부터 서두르지않으면 잡기힘들 정도가 됐다. 한국의 날 축제도 상당한 연륜을 갖고 있지만 전문성과 리소스의 부족을 벗어나지 못했다. 어떤 해는 한국의 날 행사도 없이 다른 공연으로 지나친 해도 있었다.

이제 한국의 날 축제도 전문성과 공감대 바인드를 바탕으로 콘텐츠 경쟁으로 나아가야 할 것이다. 시드니 시티 카운슬과 대기업들의 큰 지원을 받는 중국계의 구정 축제, 페어필드 카운슬이 후원하는 베트남계의 풀문(Full Moon) 페스티발 등으로부터 [illegible]

고 직 순 편집국장
sydkoh@gmail.com

2007년 9월 28일 금요일 (일간)　　교민 행사

'한가위 축제' 이틀간 5만명 관람 '대성공'

"시드니 사상 최대 한국 관광 홍보" '격찬' 받아
"한국문화 자부심, 연례행사 정착 모색"

지난 주말(22, 23일) 시드니 도심 달링하버 팜 글로브(Palm Grove)에서 처음으로 개최된 '2007 한가위 축제' (Korean Chuseok Festival)가 성공리에 막을 내렸다. 주최측은 이틀간 수만명 관객이 참관해 역대 시드니에서 열린 한국문화 및 관광홍보를 위한 행사에서 사상 최대의 성과를 거뒀다고 밝혔다.

시드니 한인회와 한국 관광공사 시드니 지사(지사장 안덕수)가 공동주최한 '2007년 한가위 축제'는 민간(시드니 한인회), 공공기관(한국관광공사) 그리고 기업(현대자동차 및 기타 후원기업)이 합동으로 이루어낸 기념비적인 역작이란 평가를 받고 있다.

시드니한인회의 승원홍 회장은 "달링하버 행사는 호주 교민사회 홍보와 한국 관광 촉진을 위한 프로그램을 마련해 역대 한국의 날 행사와 차별화시킨 것이 성공요인"이라고 진단했다.

승 회장에 따르면 관광공사가 매년 연례행사로 추석을 맞이해 실내에서 소규모로 진행한 행사에 대한 한계에 봉착해 진임 최성우 한국관광공사 시드니지사장과 한인회가 올해 4월부터 이번 행사의 기획에 착수했다.

이번 행사에서 한국관광공사는 '난타' 공연팀 초청과, 한국문화 체험 프로그램, 달링하버 행사장 섭외를 맡았으며, 시드니 한인회는 기타 모든 프로그램의 참가와 진행을 담당했다.

주최측은 흥겹고 아름다운 한국의 추석 풍습을 알리기 위해 전통적인 프로그램에 무게를 두면서도 역동적인 한국과 시드니 한인사회를 알리기 위한 젊은이들의 참여 프로그램을 병행해 좋은 홍보효과를 보았다.

전통 결혼식 행차와 사물놀이 연주, 난타 특별공연, 비보이 공연, 태권무 시범, 사물놀이와 모듬북, 한국전통무용, 태권도 시범, 제기차기 등으로 꾸며진 일정은 교민과 외국인들의 시선을 단번에 사로잡았다. 많은 관객들은 흥겹고 보기드문 장면을 카메라에 담기 바빴다.

한복입고 무료 사진찍기는 외국인으로부터 최고의 인기를 누렸으며 도자기 제작 시연, 액팔화와 연꽃등 판매장도 북적이는 관객들의 한국문화 체험에 일조했다. 또 한국의 먹거리 문화를 제공한 부스도 문전성시를 이루며 이틀 동안 신나는 시간을 보냈다.

특히 난타공연은 최고의 인기프로그램으로 자리매김하며 축제 열기를 고조시키는 데 결정적인 기여를 했다. 난타 팀 관계자는 '난타'의 해외 공연이 많았지만 이번처럼 바닷가 앞에서 야외무대를 펼치게 된 것은 처음이며 엄청난 관객 규모와 상상을 초월한 열띤 반응에 공연팀도 놀랄 지경이라고 전했다.

호주 유력지 신문 광고를 통해 이날 행사를 알게 돼 관람하게 됐다는 한 제미교포 여성은 "미국에서는 한인 관계 행사가 한인 밀집지역에서만 열리고 있지만 시드니처럼 대도시 관광명소에서 한국축제가 열리는 것을 직접 참관하게 돼 감격스럽다"고 말했다.

일본인 워홀러인 히카리 양은 "한복을 처음 입어보았다"며 "일본의 키모노는 장식이 너무 많이 입기가 힘든데 한복은 착용이 너무 편하고 어울렸다"고 찬사를 보냈다. 또 난타 공연을 보고 "매우 재미있다"며 "일본의 타이코(북의 일종) 연주에 비해 훨씬 정열적이고 힘있는 공연이었다"고 비교했다.

한국인 입양아 유권 군(4세)을 아들로 둔 영국계 수잔 로빈슨 씨는 택병화 작품 한 점을 구입한 후 "재미있는 나라 한국에 2번 가봤다"며 "한국 플레이그룹에서 행사 정보를 들었다"고 전했다. 그녀는 또 "한국인 입양아 부모로서 이런 행사에 자부심을 느낀다"면서 "이스트우드보다 시티에서 행사하는 것이 훨씬 더 좋은 것 같다"고 말했다.

하지만 일부 외국인은 달링하버 텀바롱 파크를 행사장으로 잘못 알고 가 중국인 축제와 브라질 축제 등이 열리고 있어 헛걸음을 한 것으로 알려져 아쉬움을 남겼다. 잘된 홍보에 비해 장소가 너무 협소해 다양한 한국적 미와 가치를 보여주기에 부족함이 있었다는 것과 어린이를 비롯해 참가자들이 직접 참여할 수 있는 행사가 별로 없었다는 지적도 새겨 들어야할 대목이다.

안덕수 한국관광공사 시드니 지사장은 "시드니 한인동포들의 적극적인 협조와 참가로 행사가 성공할 수 있었다"며 "올해 행사의 성공을 바탕으로 달링하버 한가위 축제가 연례행사로 자리잡기를 희망한다"고 말했다.

[illegible] 기자 info@hojudonga.com

Korea Week 2007, 내일 마지막 행사

한국의 날 축제… 풍성한 참여마당 마련
한인회, 주차공간 부족…대중교통 이용 권유

지난 주말 달링하버 팜 그로브(Palm Grove)에서 마련된 한가위 축제(Korean Chuseok Festival)에 이어 내일(29일, 토) 이스트우드에서 올해 Korea Week 마지막 행사인 한국의 날 축제가 개최된다.

호주 시드니한인회가 매년 준비해 온 '한국의 날' (Korean Festival)은 다문화사회인 호주에 한국 전통문화와 예술을 소개하고 더불어 한인 동포들이 한 자리에 모여 화합을 다지는 시간으로, 특히 이날 펼쳐지는 다양한 공연 예술은 동포 2세들에게 한민족의 정서를 심어주는 소중한 시간이 되어 왔다.

시드니한인회는 올해 행사에서 이 같은 취지를 살리는 동시에 그 동안 소홀했던 한인 커뮤니티를 폭넓게 소개하기 위해 9월 한 주간을 'Korea Week'로 설정, 지난 주말 달링하버에서 한가위 축제를 개최한 데 이어 이번 주말에는 이스트우드(Eastwood Park)에서 한국의 날 본 행사를 마련한다.

이번 행사에서는 예전과 같은 다양한 공연 및 전시 프로그램과 행사장의 한인 동포들이 누구나 참여할 수 있는 프로그램을 마련, 더욱 풍성한 볼거리와 흥겨운 놀이마당이 마련될 것으로 기대된다.

또한 전체 스톨(Stall) 가운데 30% 가량을 음식 코너로 장식, 푸짐한 음식을 저렴한 가격에 즐길 수 있게 했다. 이 밖에도 다양한 전시, 홍보 스톨이 마련돼 다양한 물품을 저렴하게 구입할 수 있다.

〈한국의 날 행사 관련 공지사항〉

■ 대중교통 이용 권유

올해 한국의 날 행사에서는 행사장 주변의 주차문제 등으로 무료 셔틀버스 운행이 불가하게 되었습니다. 승용차를 이용하시는 교민 여러분들은 Eastwood Park 주변 주차시 제한시간 위반에 주의해 주시기 바랍니다. 행사장은 이스트우드 기차역 바로 앞이므로 대중 [illegible]

▲2007년 한국주간 한가위축제 달링하버에서의 성공적인 난타공연과 한국전통문화공연 관련 보도기사

▲2007 한국의날 행사 식전행사인 풍물패, 전통 혼례가마 행렬, 한국의날 행사 참석 호주연방, 주정부대표와 내빈

▲2007 한국의날 행사 개회선언과 환영인사를 하는 필자 & 원주민 환영의식(디저리두 공연)

▲2007 한국의날 행사, 국민의례를 하는 단상내빈들, Ivan Patch, 라이드 시장축사, 개막식 겸 환영사를 하는 필자

▲박영국 시드니총영사 축사, The Hon. John Watkins MP, Deputy Premier 축사, The Hon. Greg Smith MP 축사

▲현직 연방수상에게 도전한 TV방송앵커 Maxin McKew 후보 축사, 디딤소리 공연, 맥신 맥큐 후보와 필자

▲2007 한국의날 강형국 태권도 훈련생의 태권도시범공연 & Eastwood경찰팀과 한인들 간의 친선 줄다리기

▲2007 Eastwood Park 한국의날 행사 B-Boy 공연, 중국커뮤니티의 사자춤 우정출연, 다양한 공연 관람객들

▲2007 한국의날, 자선모금 한인회 안내부스에서 아내(가운데)와 필자 & 음식물 판매대에 줄서있는 고객들

▲2007 한국의날 행사, 어린이놀이터, 2007년 연방선거 자유당 John Howard 선거캠페인 모습

▲2007년 연방선거 노동당 Maxim McKew 선거캠페인, 2007 한국의날 행사 현대자동차 기증, 경품당첨자 전달

TOP SYDNEY COMMUNITY NEWS

28 TOP ■ GLOBAL NEWS

"2007 한국의 날" 8천 동포들 한자리

동포들과 소수민족 함께 어우러져

동포들과 타 소수민족과 함께 어우러진 2007 한국의 날 축제가 지난 29일 이스트우드 공원에서 열렸다.

풍물패 공연단을 앞세워 옛 선조들의 혼례를 재연한 가마행렬 등장을 시작으로 진행된 이번 행사는 한국 전통문화 공연과 함께 동포들이 참여하는 프로그램이 이어지면서 동포들 간 친목을 다지는 시간이 됐다.

이 날 행사 공연 프로그램에서는 전통무용인 화관무를 비롯해 모듬북 공연, 태권도 시범 등이 펼쳐졌으며 이웃 소수민족 공연으로 중국 커뮤니티 공연팀의 사자춤, 베트남 전통무술 등이 이어졌다.

또한 청소년을 위한 프로그램으로 호주 최고의 평가를 받고 있는 B-Boy 공연팀의 브레이크 댄스, 세계 청소년 연합 호주 지부 소속 청년팀의 태권무와 댄스 등도 선보였다.

가족과 함께 행사장을 찾은 이탈리아계 호주인 팀 씨는 한국의 날 축제에 대해 "지난 해 처음 한국의 날 행사를 보고 올해에도 다시 찾게 됐다"면서 "한인들의 축제지만 지역민들이 즐길 수 있는 프로그램으로 진행돼 흥미롭다"고 말했다.

한국의 날 행사를 특별히 찾은 참석자로는 동포사회 각 단체 대표를 비롯해 존 왓킨스 NSW 주 부수상 등 정계 인사들이 상당수 참석해 축하의 메시지를 전했다.

특히 개막식 전부터 행사를 찾은 교민들은 모든 프로그램이 끝나는 저녁 어스름해질 무렵까지 대부분 자리를 지킴으로써 '2007 한국의 날' 행사에 대한 높은 관심을 보였다.

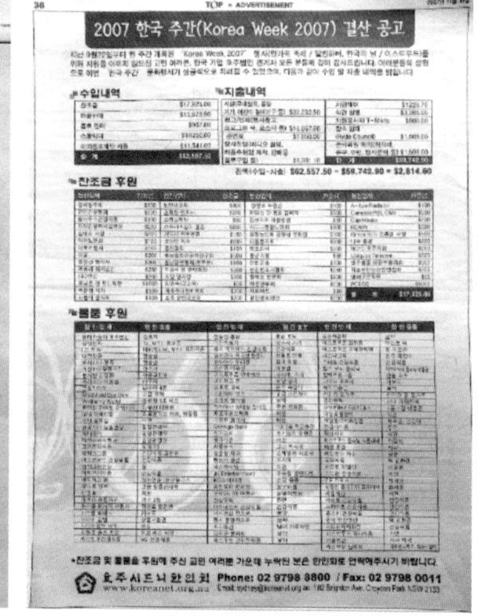

36 TOP ■ ADVERTISEMENT

2007 한국 주간(Korea Week 2007) 결산 공고

수입내역

지출내역

잔액(수입-지출) $62,557.50 - $59,742.90 = $2,814.60

찬조금 후원

물품 후원

호주시드니한인회 Phone: 02 9798 8800 / Fax: 02 9798 0011

www.koreanet.org.au

▲2007년 한국의날 행사 관련 TOP주간지 보도기사 & 2007년 한국주간 한국의날 행사 결산보고

7-11-2. 2008년도 한국주간행사(2008.9.20.-27.)

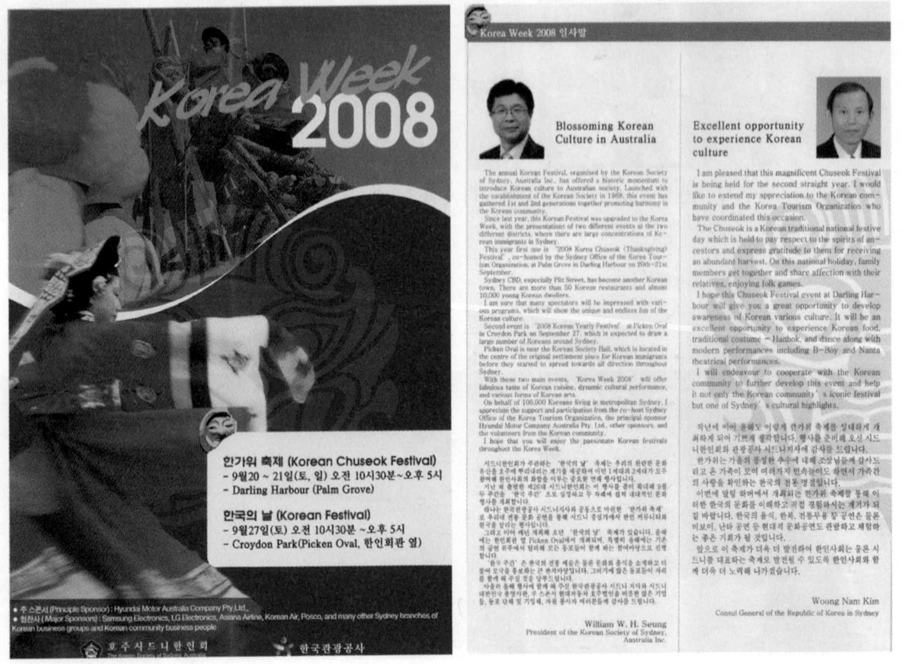

Korea Week 2008 인사말

Blossoming Korean Culture in Australia

The annual Korean Festival, organised by the Korean Society of Sydney, Australia Inc., has offered a historic momentum to introduce Korean culture to Australian society. Launched with the establishment of the Korean Society in 1968, this event has gathered 1st and 2nd generations together promoting harmony in the Korean community.

Since last year, this Korean Festival was upgraded to the Korea Week, with the presentations of two different events at the two different districts, where there are large concentrations of Korean immigrants in Sydney.

This year first one is '2008 Korea Chuseok (Thanksgiving) Festival', co-hosted by the Sydney Office of the Korea Tourism Organization, at Palm Grove in Darling Harbour on 20th-21st September.

Sydney CBD, especially Pitt Street, has become another Korean town. There are more than 50 Korean restaurants and almost 10,000 young Korean dwellers.

I am sure that many spectators will be impressed with various programs, which will show the unique and endless fun of the Korean culture.

Second event is '2008 Korean Yearly Festival' at Picken Oval in Croydon Park on September 27, which is expected to draw a large number of Koreans around Sydney.

Picken Oval is near the Korean Society Hall, which is located in the centre of the original settlement place for Korean immigrants before they started to spread towards all direction throughout Sydney.

With these two main events, 'Korea Week 2008' will offer fabulous taste of Korean cuisine, dynamic cultural performance, and various forms of Korean arts.

On behalf of 100,000 Koreans living in metropolitan Sydney, I appreciate the support and participation from the co-host Sydney Office of the Korea Tourism Organization, the principal sponsor Hyundai Motor Company Australia Pty. Ltd., other sponsors, and the volunteers from the Korean community.

I hope that you will enjoy the passionate Korean festivals throughout the Korea Week.

William W. H. Seung
President of the Korean Society of Sydney, Australia Inc.

Excellent opportunity to experience Korean culture

I am pleased that this magnificent Chuseok Festival is being held for the second straight year. I would like to extend my appreciation to the Korean community and the Korea Tourism Organization who have coordinated this occasion.

The Chuseok is a Korean traditional national festive day which is held to pay respect to the spirits of ancestors and express gratitude to them for receiving an abundant harvest. On this national holiday, family members get together and share affection with their relatives, enjoying folk games.

I hope this Chuseok Festival event at Darling Harbour will give you a great opportunity to develop awareness of Korean various culture. It will be an excellent opportunity to experience Korean food, traditional costume - Hanbok, and dance along with modern performances including B-Boy and Nanta theatrical performances.

I will endeavour to cooperate with the Korean community to further develop this event and help it not only the Korean community's iconic festival but one of Sydney's cultural highlights.

Woong Nam Kim
Consul General of the Republic of Korea in Sydney

▲2008 한국주간 한가위축제와 한국의날 행사 안내 브로슈어와 필자의 환영사와 시드니총영사 인사말

2007년 9월 23일부터 29일까지 8일간의 한국주간행사는 과거엔 그 누구도 실험해 보지 못했던 전혀 새롭고 확장된 규모로 선보인 제26대 시드니한인회의 성공적인 한국전통문화홍보행사였다. 헌데 '난타' 공연초청을 위하여 수고해 준 관광공사 최성우 지사장은 본사로 귀임하고 새로 부임한 안덕수지사장이 2008년 추석맞이 행사를 함께 주관했다. 나는 2008년도 행사를 위해 과거처럼 안덕수 지사장에게 2007년도처럼 한인회와 공동으로 달링하버에서 주말 2일간 '난타' 공연을 준비하자고 제안했고 안덕수 지사장도 좋다고 했다. 혹시 내가 국회와 문광부를 통해 예산승인을 위해 별도로 돕지 않아도 되겠냐고 물었고 그는 자기가 책임지고 본사승인을 추진하겠다고 했다. 그런데 행사 2달을 앞에 둔 7월 초에 안덕수 지사장이 예산규모가 커서 본사예산확보에 문제가 생겼다며 시드니 난타공연의 본사승인이 어렵게 됐다며 미안하다는 말을 했다. 그래서 2008년 행사를 시작하면서 혹시 내가 전년도처럼 예산확보를 위

해 도움을 줘야 하냐고 재확인까지 하지 않았냐며 늦었지만 내가 다시 국회와 문화관광부에 재요청을 하겠다고 했다. 사실 나는 2007년 9월 행사를 위해 한인회장 후보로 나서면서부터 나의 당선을 기정사실로 생각하며 한국문화 행사를 위해 관광공사를 통해 이 프로젝트를 성사시키는 데 국회를 통해 관련 예산 확보를 위해 노력했다. 그래서 2008년도에도 마찬가지로 그리고 국회를 통해 2007년도와 같은 수준의 난타초청 시드니공연 예산지원을 요청해야만 했다. 헌데 2008년도 예산은 이미 확정되어 있던 때이고 더욱이나 2008년 4월 제18대 총선거 이후 새로운 국회 원구성도 하지 못하고 있던 때라 어느 국회의원이 문화체육관광위원회에 배정될지도 모르던 때였다. 고심을 하던 차에 마침 과거 워싱턴 주미대사관에서 3년 근무했던 경력이 있는 행정자치위원회 백환기 전문위원이 다른 용무로 내게 전화연락이 왔다. 백 위원은 국회 내에서도 나름 영향력이 있었기 때문에 국회 문화체육관광위원이 확정되기 이전이라 국회의원의 도움을 받지 않고 백 위원이 바로 문화체육관광부 실무진을 통해 한국관광공사를 통한 난타 초청 시드니 2일 공연 예산의 별도 지원문제를 손쉽게 해결할 수 있었다. 한국관광공사 안덕수 지사장은 나의 예산문제 해결에 무척이나 감사하다며 본사 예산지원승인을 받아낸 나의 로비능력에 놀라기까지 했다. 위급해진 상황에서의 보이지 않는 손을 통해 어렵게 꼬인 관광공사 예산문제를 단칼에 해결했던 감사할 일이었다. 이렇게 2008년도 한국주간의 주말 2일간의 난타 공연도 무사히 치를 수가 있었다. 그러나 나의 2년 시드니한인회장 임기 이후에 그 누구도 이런 대규모 행사를 유치하지 못하고 단 하루뿐인 한국의날 행사만을 하고 있는 상황에 전임 한인회장으로서 당연히 그 아쉬움도 크다 할 것이다. 그럼에도 불구하고 내가 살아 오면서 만났던 귀한 인연들을 통하여 맺어진 인적자산들을 통해 시드니한인회장 업무를 수행하면서 절실하게 필요로 했던 적재적소에 인재들과 재원을 결집시켜 괄목할 만한 성공적인 결실을 이끌어 낼 수 있도록 보이지 않는 손길의 도움에 무한 감사를 드린다. 하나님 무조건 감사합니다!

▲2008 한국주간 한가위축제에서 개막선언과 환영사를 하는 필자

▲2008 한국주간 한가위축제에서 김웅남 시드니총영사의 축사, 연방총리를 대리한 The Hon. John Murphy MP 연방의원의 축사, NSW주 수상을 대리한 The Hon. Kayee Griffin MLC의 축사

▲2008 한국주간 한가위축제 행사를 관람하는 한인상공인연합회 故 조일훈 회장과 필자, 내빈 & The Hon. John Murphy MP, The Hon. Kayee Griffin MLC과 필자 & 김웅남 총영사와 Hornsby 시장

2008년 9월 19일 금요일(일간)

러드 총리, 한국주간 축하 메시지

"풍성한 한국문화 체험할 멋진 기회"

케빈 러드 연방총리가 "시드니 한인사회와 2008년 한국주간 축제에 참가하는 모든 이들에게 평안을 기원할 수 있어서 매우 기쁘다"며 한가위 축제와 한국의 날 행사에 대한 축하 메시지를 시드니한인회에 전했다.

러드 총리는 서신에서 "한인사회는 호주에서의 새로운 인생을 꿈꾸는 신규 이민자들을 조력하는 사회복지 서비스 정보를 제공함으로써 많은 한인가족의 정착을 도왔다"며 "이런 중요한 일에 헌신한 한인사회를 칭찬하고 싶다"고 밝혔다.

러드 총리는 "이달 20일 열리는 한가위축제와 27일 한국의날 행사는 더 넓은 공동체가 음악, 음식, 공연을 통해 풍성한 한국문화를 경험할 훌륭한 기회"라며 "다문화사회에 생활하는 즐거움 중 하나가 각 소수민족들이 고유의 전통을 공유함으로써 다양한 문화적 측면에 동참할 수 있는 것이며 한인사회가 이를 잘 보여주고 있다"고 치하했다.

이어 "문화적 다양성은 호주사회의 본질적인 부분이고 국가의 통합력"이라며 "한인 공동체는 작금의 호주를 구성하는 소중한 역할을 담당하고 있다"고 밝혔다.

러드 총리는 "기회균등, 약자를 위한 평화와 박대 등을 포함한 공통 가치에 의해 뭉쳐진 국가에 대한 모든 국민들의 진정한 헌신은 끊임없이 국가를 살찌우고 강하게 만들 것"이라며 한국주간 행사를 주최하는 시드니 교민사회에 축하와 행복을 기대했다.

권상진 기자 info@hojudonga.com

▲2008 한국주간 한가위축제와 한국의날을 맞이하여 The Hon. Kevin Rudd MP 연방총리의 축하메시지 & 2008 한국주간 한가위축제와 한국의날 행사의 성공적인 개최 보도 한국신문 기사

The Hoju Dong-A Ilbo 2008년 9월 23일 화요일

한가위 축제 '한류' 진수 선보여

난타, 한복 패션쇼 등 호주인 눈길 사로잡아

커뮤니티

관객 모두 하나된 '한가위 축제'

'뷰티풀' 연발, 난타 한복패션쇼 비보이 등 눈길 "시드니 대표 한류 축제로 만들자"

▲2008 한국주간 한가위축제의 성공적인 개최 호주동아의 보도기사

한국의 날 '한마당 잔치' 열기 '후끈'

27일 오전 11시 30분부터, 한인회관 옆 공원서

(18) 한국신문 MAIN NEWS The Sydney Korean Herald 3rd – 9th Oct 2008

호주 유력 정치인사 참석, 높아진 한인사회 위상 실감

27일 '한국의 날' 행사, 한인들이 참가하는 '잔치 한마당'으로 진행

"감사합니다" … "안녕하세요" … "축하합니다" …

27일 따가운 봄 햇볕 속에서 시드니 한인회관 옆 공원인 피켄 오발(Picken Oval)서 열린 올해 '한국의 날' 행사는 호주 이민 반세기를 맞은 시드니 한인사회의 위상을 실감케 했다.

NSW주 네이선 리스 총리를 대신한 케이 그리핀 상원의원, NSW주 야당인 자유당의 배리 오파렐 당수, 그렉 스미스 주의원(자유당), 로버트 푸를로 캔터베리 시장 등 호주의 유력 정치인사들이 대거 참석했으며, 여러 명이 축사를 하면서 경쟁적으로 한국말로 인사를 했다.

오파렐 당수는 개회식 축사에서 한인 커뮤니티가 호주에서 잘 정착하고 발전하며, 호주의 발전에 기여해 온 것을 하나 하나 거론할 때마다 "감사합니다"란 말을 반복해, 행사에 참석한 많은 한인들로부터 웃음과 함께 박수를 받았다.

최근 한인들이 많이 거주하는 에핑 지역구의 그렉 스미스 의원도 이에 질세라 "안녕하세요"란 한국말로 축사를 시작했으며, 한인회관이 위치한 캔터베리의 푸를로 시장은 "감사합니다", "축하합니다"라는 말로 축사를 마감했다. 특히 푸를로 시장은 캔터베리시와 서울 은평구 간의 자매결연이 올해로 20년이 됐음을 지적하면서 한국과 호주간의 이해와 존경이 커지고 있음을 강조했다.

또한 NSW주 정부 산하 소수민족 관련 업무를 다루는 다민족관계위원회(CRC)의 스테판 커키아샤리안 위원장이 처음으로 한국의 날 행사에 참석해 축사를 하는 등 축사에 나선 호주 인사 모두가 한인 커뮤니티가 호주에서 중요한 위치를 차지하며, 그 위상이 날로 높아지고 있는 점을 치하했다.

승원홍 한인회장은 "한인 최초의 시장 배출을 계기로 한인사회가 호주에서 폭넓게 뿌리를 내릴 수 있고, 펫펫한 호주 내에서 주체적인 커뮤니티로 발전할 수 있게 될 것을 믿는다"고 말했다.

김웅남 주시드니 총영사는 권기범 시장의 당선으로 한인사회의 위상이 점차 높아짐을 지적하고, '한가위 페스티벌'과 이날 행사가 한국 문화를 호주인들에게 이해시키고 한인 커뮤니티가 단합하며, 호주 사회와 조화를 이루는데 도움이 될 것이라고 말했다.

시장 당선 이후 처음으로 한인들과 공식적으로 만난 권기범 스트라 시장은 "감사합니다. 열심히 하겠습니다. 지켜봐 주십시오"라고 짤막하게 인사를 한 뒤, "언제든지 도움이 필요하면 연락을 해달라"고 말했다.

한인들이 이사회를 구성하고 있는 벤디고은행 스트라스필드 지점(이사장 조일훈, 지점장 윤창수)은 한인회가 추진하는 차세대 육성사업 지원을 위해 1만달러의 기금을 한인회에 전달하는 행사를 가졌다. 조 이사장은 "이익금의 일정 부분을 한인 커뮤니티 발전을 위해 사용한다는 것이 벤디고 스트라스필드 은행 설립 당시부터의 취지였다"고 말했다.

이날 한국의 날 행사는 한인회가 연례적으로 갖는 한인사회 최대의 축제로, 올해는 예전과 같은 다양한 공연 프로그램을 진행하되 공연 위주에서 탈피, 동포사회의 '잔치 한마당'으로 모든 한인이 참여하는 게임 위주로 진행됐다. 여성들의 제기차기, 줄다리기, 2인3각 달리기, 단체 줄넘기, 팔씨름, 신발 멀리 던지기, 숟가락으로 골프공 나르기, 노래 자랑 등 다양한 게임이 이어졌다.

이와 함께 우리 전통 무용과 태권도 시범, 구세군 교회의 브라스 밴드 공연 등이 행사 분위기를 고조시켰으며, 종교단체에서는 노인들에게 점심 식사를 무료로 제공했다.

그러나 행사가 열린 한인회관 옆 공원이 한인들의 밀집지역에서 지리적으로 먼 데다, 승용차 외에는 접근하기가 여의치 않기 때문인지 지난 2년간 개최지였던 이스트우드 파크보다 참가한 한인들이 적어 보였다.

김연구 기자 ginko@koreanherald.com.au

▲2008 한국주간 한국의날 행사 성공적인 개최 호주동아와 한국신문 보도기사

▲2008 한국의날 행사에서 애국가와 호주국가를 제창하고 있는 연방, 주정부와 켄터베리시정부 VIP인사들

▲2008 한국의날 행사 개회선언과 환영인사를 하는 필자 & 축사를 하는 김웅남 시드니총영사

▲2008 한국의날 행사 NSW주 수상대리 The Hon. Kayee Griffin MLC, 야당 대표 The Hon. Berry O'Farrell MP, 켄터베리시장 The Hon. Robert Furollo MP의 축사

▲ 2008 한국의날 행사 The Hon. Greg Smith MP, Strathfield 권기범 시장과 Stepan Kerkysharian CRC 의장의 축사

▲ 2008 한국의날 행사에 VIP내빈으로 참석한 김웅남 시드니총영사, 필자와 The Hon. Berry O'Farrell MP, The Hon. Greg Smith MP, Stepan Kerkysharian CRC의장

▲ 2008 한국의날 행사에서 시드니한인회의 발전을 위하여 후원금 1만 불 수표를 기증하고 있는 Bendigo Bank 스트라스필드지점 故 조일훈 이사장, 윤창수 지점장과 필자 & 박은덕 부회장, 내빈과 필자

▲2008 한국의날 행사 현대자동차 전시장에서 김웅남 총영사, 스트라스필드 시의원, 켄터베리 시의원과 필자

▲2008 한국의날 행사 시니어 게임 & 어린이들의 신발 멀리 보내기 대회

▲2008 한국의날 행사 팔씨름대회 & 제기차기대회 & 우승상품 교환권을 받고 있는 참가자와 행사진행위원

▲2008 한국의날 행사 전통무용공연 & 일반 공연 & 전통무용공연

▲2008 한국의날 행사 태권도시범단 태권도시범모습 & 행사 공연행사를 관람하는 관객들

▲2008한국의날 행사에 참가한 호주Girl Scout 학생들, 우정출연한 중국사자춤공연, 그림그리기 대회참가 어린이

▲2008 한국의날 행사 어린이, 학생 미술실기대회 본부 & 시드니총영사관 안내부스 & 한국관광공사 안내부스

▲2008 한국의날 행사 참석내빈들을 초대하여 도시락 점심식사를 나누며 환담하고 있는 모습

▲2008 한국의날 참가자들

▲2008 한국의날 행사 벤디고은행 안내부스, 시니어 300명분 육개장을 제공한 와이타라성당 부스와 봉사자

▲2008 한국의날 행사 경품당첨자를 뽑고있는 박은덕 부회장 & 빈 손을 들어 확인하며 경품당첨자를 뽑는 필자

▲2008 한국의날 행사 삼성전자 대형TV경품당첨자, 대한항공 한국왕복항공권 경품당첨자, 현대자동차 경품당첨자

10 호주동아 커뮤니티 2008년 10월 3일 금요일(일간)

'한국의 날' 한국주간 대미 장식

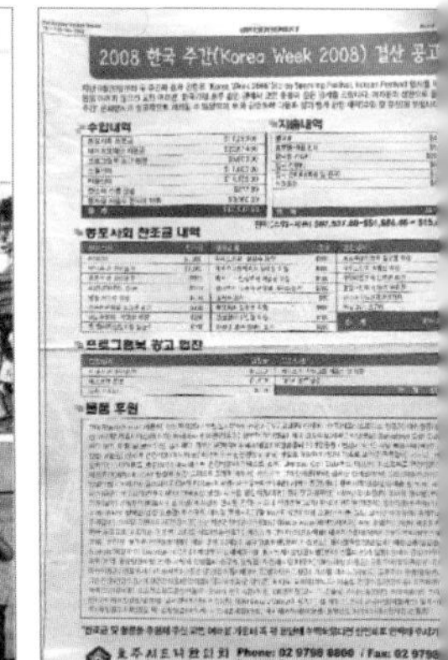

2008 한국 주간(Korea Week 2008) 결산 공고

▲2008년 한국의날 행사 폐막을 선언하는 필자 & 2008년한국의날 대미장식 보도 호주동아 기사와 결산보고서

CERTIFICATE OF APPRECIATION

This Certificate is awarded to

승원홍, 26대 한인회장

In grateful acknowledgement of your sponsorship and support towards the Korean Society of Sydney and 2011 Korean Festival on 8th October at Croydon Park in Sydney, It was much pleasured to make a great success festival with you. Thank you for all of your effort and support.

Byung Il Kim, President
Namhee Ko, Vice President

호주시드니한인회
www.koreanet.org.au

CERTIFICATE OF APPRECIATION

This Certificate is awarded

승원홍 전 한인회장

In grateful acknowledgement of your sponsorship and support towards the Korean Society of Sydney and 2012 Korean Festival on 6th October at Eastwood Park in Sydney.
It was much pleasured to make a great success festival with you.
Thank you for all of your effort and support.

Byung Il Kim, President
Namhee Ko, Vice President

호주시드니한인회
www.koreanet.org.au

▲2011년 한국의날 후원 감사장

▲2012년 한국의날 후원 감사장

스칼 총회 참석차 방호한 이 참 한국관광공사 사장(왼쪽)이 한국의 날 행사장을 찾았다. 오른쪽은 승원홍 전 한인회장

▲2011년 시드니를 방문한 한국관광공사 이참 사장과 필자 & 2018년도 한국의날 행사장에서 필자

7
|
12

호주한인50년사와 호주한국 120년의 역사 발간 및 호주한인 50주년 기념 전통한복쇼와 전통국악공연 및 호주이민50주년 기념사업계획

7-12-1. 호주한인50년사 책출판 기념회

오래 전부터 호주한인이민사 편찬에 관심을 가지고 있었던 제18대 추은택 회장은 제25대 백낙윤 회장 재임 중에 특별위원회를 구성하고 비교적 호주한인사회에 깊은 지식과 자료수집이 가능했던 양명득, 박정태, 조양훈, 김지환, 남기영, 김원화, 김진욱, 신두용, 이춘봉, 한세욱, 이화선, 곽기성, 이경숙, 강기호, 김인기, 송홍자, 신기현, 김익균, 조학수, 이경규 등으로 편찬위원을 구성해 2년의 짧은 집필기간을 거쳐 내가 한인회장으로 재임 중이던 2008년초에 한국에서 발행했다.

내가 한인회장으로 선출되었던 2007년 7월쯤 책 출판을 위한 원고가 완성되었다. 내가 한인회장으로 취임해 일을 시작했던 9월 중순경 호주한인50년사 출판을 앞둔 마지막 편찬위원회의가 있었고 물론 나도 참석했다. 추은택 회장은 곧바로 출판에 들어가기를 원했다. 그러나 나는 현직 한인회장으로서 편집위원들의 그간의 노고를 치하하면서 한편 오래된 자료 추적과 확인 그리고 방대한 분량에 비추어 미비되었거나 일부 기술된 내용의 관계자들의 서로 다른 시각과 견해들까지 모두 포함하기에는 역부족이라는 사실을 인정하면서 일각에서 문제제기를 하고있는 조기출판 문제불식을 고려하여 대신 출판절차상 하자가 없도록 하자고 제안했다. 그래서 최소 1주일 기간만이라도 관심있는 일반 교민들의 초고 열람을 허용해 마지막 검증을 할 수 있도록 조치하자고 설명했다. 모든 편집위원들이 좋다며 찬성했다. 그래서 9월 28일부터 10월 5일까지 한인회관에서 출판 직전의 원고를 열람하고 이의나 수정요청을 받기로 했다. 이렇게 초고 공개검증 절차를 거쳐 출판을 했지만 중요한 사실의 누락이나 일부 균형감을 잃은 듯한 서술 등은 후진들의 몫으로 남길 수밖에 없음이 아쉽기도 했다.

ews 2007년 9월 21일 금요일 〈일간〉

한인이민사 초고 '공개 검증'

9월 28일부터 10월 5일까지

교민들의 과거 이민 역사인 호주 한인이민사 초고가 모습을 드러낸다.

호주한인이민사편찬위원회(위원장 추은택)는 20일 보도자료를 통해 9월 28일(금)부터 10월 5일(금)까지 오전9시부터 오후5시까지 이민사 공개 검증 기간을 가진다고 발표했다. 한국의 날인 29일만 제외된다.

보도자료는 "지난해 2월 편찬위가 출범한 이후 편찬작업은 순조롭게 진행돼 이제 그 원고를 동포사회에 공개하게 되었다"면서 "기술상 오류, 중요한 사실의 누락, 보는 시각에 따른 해석상의 문제, 서술 자체의 균형감 부족 등의 문제점을 시정하기 위해 원고를 공개하여 검증받고자 한다"고 이유를 설명했다.

보도자료는 또 "전쟁기념관과 국립문서박물관 등 편찬위원들은 한인동포 사회와 관련된 자료를 한 개라도 놓치지 않기 위해 국내외를 가리지 않고 방문해 철저한 사료 조사작업을 수행했다"면서 "우리들의 지난 50년 이야기가 잘 정리돼 후손들에게 바른 역사를 물려줄 수 있도록 많은 교민들의 참여와 조언을 부탁한다"고 당부했다.

열람장소는 각 지역 한인회 사무실 및 한인회 지정 장소며 열람방법은 편찬위가 마련해 놓은 원고를 지정된 장소에서만 열람할 수 있다. 복사는 절차상 어렵고 사진촬영은 가능하다. 의견개진은 지정된 양식에 의거 제출해야 한다.

이민사 초고의 공개 검증은 사실상 초판 발행 전에 교민들이 의견을 개진할 마지막 기회다. 특히 편찬위가 외부 감수가 아닌 자체 감수를 거쳤기 때문에 내용의 객관성이나 진실성 등 균형감각에 대한 교민들의 관심이 지대할 것으로 기대된다.

편찬위는 이민사 편찬을 위해 그간 10회의 전체회의와 10회 이상의 소위원회를 거쳐 이민사 전체 골격과 시간계획을 수립하고, 지난 일년 동안 6 차례의 워크샵과 퍼스, 브리스베인, 켄버라, 멜번을 직접 방문하는 등 각주 편찬위원들 및 집필자들과 긴밀히 협조해왔다.

권상진 기자 info@hojudonga.com

▲호주한인 50년사 책 출판에 앞서 마지막 공개검증 관련 보도기사

시드니 빅쇼 성황리에 마무리

이민사 편찬기금 후원에 도움 돼

지난 11일 City Recital Hall 에서 호주 한인사 편찬기금 마련을 위한 2007 시드니 빅쇼가 열렸다.

최현, 장미화, 진미령 등 인기가수들이 초청돼 열린 이번 시드니 빅쇼는 많은 관객들의 호응속에 성황리에 막을 내렸다.

이민사 편찬위 한 관계자는 "이번 공연은 성공적이으며 편찬기금 마련에도 도움이 되었다"고 전하며 깔끔한 진행을 도운 소피아 스포렌과 많은 자원봉사자들에게도 감사를 전했다.

한편 지난해 초부터 시작된 호주 한인사회의 지난 50년 세월을 객관적이고 정통성 있는 역사책 만들기 작업이 마무리 단계에 들어섰다.

이민사의 골격이 되는 년표는 지난 7월 31일 언론에 발표됐으며 조언을 통해 수정 중에 있다. 또한 이민사 초고는 출간 이전인 9월 말경 공개할 예정이다.

▲2007년 8월 호주한인 50년사 편찬기금 마련을 위한 2007시드니빅쇼 공연 모습과 관련 기사

The Sydney Korean Herald
29th Feb. ~ 6th Mar. 2008
MAIN

첫 이민사 '호주한인50년사' 출간

27일 주한 호주대사관, 3월19일 시드니서 기념회

51년전인 1957년 어느날 한 '코리안'이 호주 정부로부터 시민권을 받았다. 그의 이름도 직업도 모른다. 어떤 경로로, 왜 호주에 도착했는지, 얼마동안 호주에서 살았는지 아무 것도 밝혀지지 않았다. 다만 호주 정부가 발행하는 1958년 연감에 기록만 있을 뿐이다.

그렇지만 그는 지난 2월27일 출간된 '호주한인50년사'에 '첫 코리안 호주 시민권자'로 올랐다. 그로 인해 이민사의 제목이 당초 '40년사'에서 10년 소급돼, '50년사'로 바뀌게 됐다.

이름도 성도 모르는 이 '루리'에 대한 추적은 과제로 남겨 두었다.

호주 한인들의 이민역사를 담은 '호주한인50년사'는 책의 주인공인 호주에 사는 일반 한인들 앞이 아니라, 서울에 파견된 호주 정부관계자들과 호주와 인연있는 한국인들, 그리고 편찬위원회(위원장 추은택)와 한인단체 관계자들 앞에서 첫 모습을 드러냈다.

책 속의 주인공들이 책을 만나려면 20여일은 참아야 한다. 시드니에서의 출판 기념회는 오는 3월19일에 열린다.

지난 2006년초부터 시작돼, 2년여 만에 모습을 드러낸 '50년사'는 572페이지로 1부 '호주 한인 동포사회의 정착과 발전', 2부 '한인사회의 분야별 발전', 3부 '호주 각 지역의 한인사회', 4부 '한인동포사회의 단체 활동'과 에필로그, 부록으로 구성돼 있으며 400여장의 사진을 수록하고 있다.

27일의 출판기념회는 주한 호주대사관에서 편찬위원회 초청인사 60여명, 호주 대사관측 초청인사 20여명, 한국의 언론·출판 관계자 10여명 등 90여명이 참석한 가운데 열렸다고, 조양훈 편찬위 간사가 밝혔다.

▶8면으로 이어짐

김인구 기자
ginko@koreanherald.com.au

NEWS
The Sydney Korean Herald
29th Feb. ~ 6th Mar. 2008

572페이지에 4부로 구성…사진 400여장 수록

▶3면에서 받음

추은택 위원장은 인사말에서 "호주와 한국관계 발전 속에서 호주 한인사회가 끊임없이 성장해 왔고 이제 질적 변화를 모색하고 있다"면서 "이번 50년사 발간은 이러한 변화의 방향과 그 역사성을 확립하는데 단단한 바탕을 마련해 주었다고 생각한다"고 말했다.

추 위원장은 이어 "50년사 발간이 호주에 사는 한인으로 스스로의 정체성을 확인하는 계기를 마련해 주었다는 점과 앞으로 1.5세, 2세들이 호주 주류사회로 본격 진출하는데 있어 의미있는 동력으로 작용할 것으로 믿어 의심치 않는다"고 덧붙였다.

이어 피터 로우 주한 호주대사는 "50년사 출간으로 돈독해지고 있는 한-호관계를 축하하는 최고의 시간을 맞았다"고 했으며, 27년전 3년 남짓 호주에 머물렀던 인명진 한나라당 인권위원장은 "나의 어려웠던 3년이 이 책에 담겨 있고, 귀한 시간들이 담겨 있어 의미가 깊다"고 말했다.

이어 캔터베리시와 자매결연을 맺고 있는 은평구의 노재동 구청장은 "한호관계 발전에 큰 힘이 될 것이며 호주 한인동포사회가 도약하는 계기가 될 것"이라고 말했다.

시드니 총영사를 지낸 김창수 경상북도 국제관계자문대사는 "이민사 발간은 모든 이민사회에서 할 수 있는 것은 아니란 점에서 이번 50년사 출간이 호주 한인사회의 힘과 능력을 보여주는 것"이라고 치하했다.

▲2008년 서울 주한호주대사관에서 호주한인 50년사 책출판기념회 관련 보도기사

2008년 초에 한국에서 인쇄발행된 호주한인50년사 출판기념식을 위해 상징적인 장소로 주한호주대사관을 택했고 추은택 회장은 나의 참석을 요청해 왔다. 그러나 2월 27일의 출판기념회에는 호주 내 중요한 선약들로 인해 한국출장이 불가능하다고 답했다. 추 회장은 대신 주한호주대사인 H.E. Peter Rowe 대사께 책출판기념회를 주한호주대사관에서 할 수 있도록 업무협조를 맡아달라고 요청하여 이를 승락했다. 나는 2007년도 한국방문 당시 주한호주대사관 H.E. Peter Rowe 대사를 예방하고 환담한 적도 있었기 때문에 전화로 직접 Rowe 대사께 한국방문 중인 추 회장과 협력하여 뜻깊은 출판기념회가 될 수 있도록 도와달라고 요청했다. 추 회장은 전임 시드니총영사였던 김창수 경상북도국제관계자문대사, 켄터베리시와 자매결연된 은평구 노재동 구청장, 과거 시드니에서 잠시 목회를 했던 인명진 목사, 민주평통 호주협의회 서유석회장과 백낙윤 전임 시드니한인회장 등과 함께 호주대사관 관계자를 포함한 여러 인사들을 초청하고 호주대사관에서 뜻깊은 출판기념회행사를 했다.

그리고 3월 19일 시드니한인회 주최로 조창범 대사, 박영국 총영사, The Hon. Virginia Judge MP, Strathfield City Council Paul Barron 시장, Auburn City Council Le Lam 시장, Canterbury City Council Faad 시의원과 Jim Montague 행정관을 비롯한 200여 명의 한인동포들이 참석한 가운데 칵테일파티 형식으로 편찬위원들의 노고를 치하하며 한인사회의 화합과 발전을 위하여 서로 격려하며 화기애애한 분위기 속에서 성대한 출판기념회

▲2008년 3월 18일 호주한인 50년사 책 출판기념회, (왼쪽부터)Strathfield City Council Paul Barron 시장, 박영국 시드니총영사, Auburn City Council Le Lam 시장, 필자, 조창범 주호한국대사, 켄터베리 Faad 시의원, 추은택 위원장, 백낙윤 회장, 한국전참전 호주회장

를 가졌다. 나는 환영사를 통해 호주한인50년사는 특히 잘 알려지지 않은 초창기 한인들의 발자취 등 여러 연구와 기록의 역사적 가치는 물론 호주사회에 정착한 초기 한인이민자들의 노고를 기리고 우리 사회의 주역으로 등장할 새로운 세대들이 그 보답으로 더 좋은 한인사회를 일구어 나가야 하겠다는 새로운 마음가짐을 갖도록 하는 데 큰 의미가 있다고 했다. 나는 가능하면 발행된 호주한인50년사를 수정보완하여 영문판으로 출판하면 좋겠다는 생각을 했으나 그 일도 만만치 않아 실행에 옮기지는 못했다.

호주 한인 50년사 출판 기념회 열려

▲호주한인50년사를 편찬한 집필위원들의 모습

지난 18일 한인회관에서 호주한인50년사의 출간을 축하하는 출판기념회가 열렸다. 이 날 행사에는 추은택 편찬위원장을 비롯 승원홍 시드니한인회장과 버지니어 저지 의원, 조창범 재호 대한민국대사 등 200여명이 참석했다.

유현경 한인회 운영위원과 양명득 편찬위원이 사회를 하면서 한국어와 영어를 동시 통역해 행사에 참석한 외국인들을 배려하는 모습도 보였다. 또한 이 날 파드와 케빈 캔터베리시의원은 한복을 입고 참석해 사람들의 눈길을 끌었다.

추은택 편찬위원장은 인사말 및 경과 보고에서 "2년 전인 2006년 3월, 전 호주동포의 관심 속에서 시작되었던 이민사 편찬을 끝내 호주 이민 1세대의 한 사람으로서 감개무량하다. 이것은 선장과 선원 모두가 한 팀이 되어 지혜를 모은 결과다" 고 말하며 "이민사를 통해 호주에 사는 한인으로서 스스로의 정체성을 확인하는 계기를 마련하고 호주 이민 1.5세대와 2세대들에게 의미 있는 동력이 될 것임을 믿어 의심치 않는다" 라고 말했다.

승원홍 한인회장은 환영사에서 "이번에 발간된 한인 50년사는 특히 잘 알려지지 않은 초창기 한인들의 발자취 등, 여러 연구와 기록의 역사적 가치는 물론 호주사회에 정착한 한인 이민자들의 노고를 기리고, 우리 사회의 주역으로 등장한 새로운 세대들이 그 보답으로 더 나은 한인사회를 일구어 나가야 한다는 새로운 마음가짐을 갖는 데에 큰 의미가 있다" 고 말했다.

이번 호주한인50년사를 출간 하기 위해 편찬위원회와 집필위원회는 15번의 전체회의와 2번의 워크숍을 가졌다고 알려졌는데 수고를 아끼지 않은 16명의 위원들에게 이 날 공로장이 수여되었다.

문지현기자
amber1002@hojuilbo.com.au

"교민사회 성장 기록 중요한 출발점"

한호관계 정리도 큰 의미

▲2008년 3월 18일 시드니한인회관에서의 호주한인 50년사 책 출판기념회 보도 기사

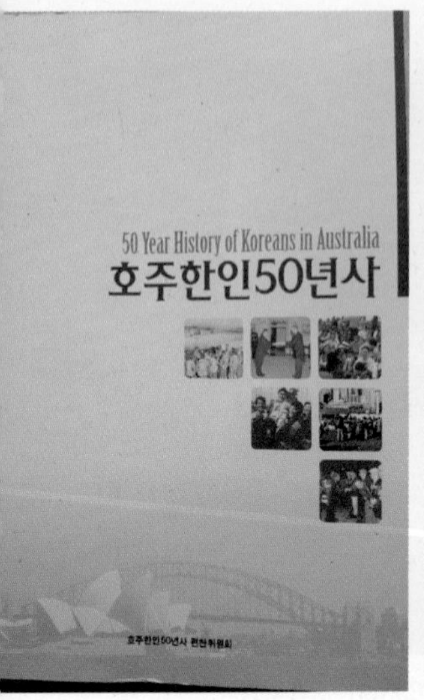

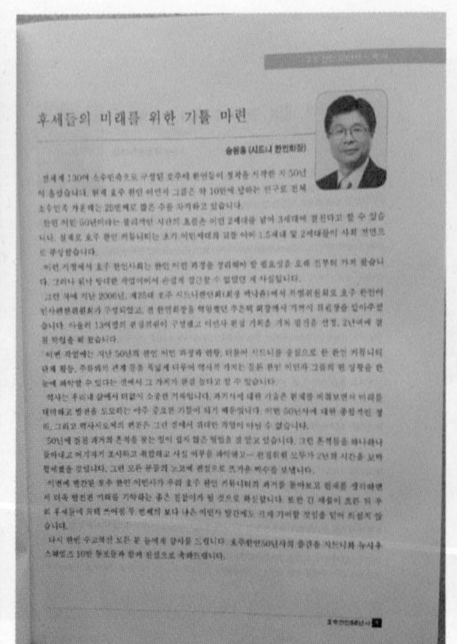
후세들의 미래를 위한 기틀 마련
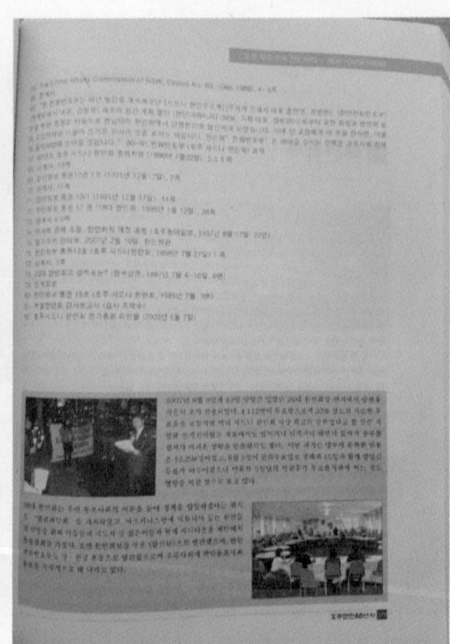

▲ 호주한인 50년사 책자 표지 & 5페이지에 필자의 축사 & 제26대 시드니한인회 활약상이 기술된 319페이지

7-12-2. 호주한인이민50년기념 전통한복쇼와 서울시립국악단 오페라하우스공연

1991년도에 서울시와 호주NSW주 정부는 자매결연을 했다. 한국정부 차원과 호주NSW주정부 간에도 양 도시 간의 우호교류증진을 위하여 간혹 뜻있는 문화행사가 있었다. 이 자매결연 18주년 기념과 호주한인이민50년을 기념하기 위하여 2008년 9월 7일 시드니컨벤션센터 Parkside Ballroom에서 한국전통의상쇼가 성대히 개최됐다. NSW주와 자매결연 도시인 서울특별시가 주최한 매머드급 한국전통의상패션쇼였다. 호주정계와 재계 및 외교단을 포함해 호주주류인사 500여 명을 대거 초청한 가운데 이서연 한복디자이너의 화려한 의상 디자인 작품들이 소개됐다. 특별히 김웅남 시드니총영사 내외분과 NSW주정부 시민사회부장관인 The Hon. Virginia Judge MP 의원도 모델로 참여하여 박수갈채를 받았다.

16 TOP = COMMUNITY

김 총영사, NSW 예마 주 수상 예방

NSW-서울시 자매결연 강화, 한국전참전비, 한국어 지원 등 논의

김웅남 주호 시드니 총영사는 지난 7일 모리스 예마 NSW 주 수상을 예방, 한호 관계에 있어 교역 증대와 문화 교류 강화에 대해 논의를 나눴다.

NSW 주 수상실에서 약 30분간 진행된 면담에서 예마 주 수상은 김 총영사의 부임을 축하하며 "김 총영사의 부임이 NSW주와 한국 관계에 중요한 역할을 할 것"이라고 기대했다.

예마 주 수상은 "NSW주는 한국과 중요하고, 지속적인 교역관계를 유지해 왔으며 한국과의 우호는 절대적으로 중요하다"고 강조했다.

그는 이어 "그런만큼 NSW주는 서울시와의 자매결연 관계를 더욱 더 강화시켜가길 기대한다"며 "호주한인이민 50주년을 기념하기 위해 계획된 서울시립국악관현악단의 호주 공연 정식 초청장을 오세훈 서울 시장에게 전달하고 싶다"고 의사를 밝혔다.

서울시립국악관현악단의 호주 공연은 주호 시드니 총영사관의 주최로 9월 8일 시드니 오페라 하우스 대공연장인 콘서트 홀에서 진행될 계획에 있다.

면담 중 예마 주 수상과 김 총영사는 무어 파크에 세워질 한국전참전비의 진행 상황에 대해서도 논의를 나눴다.

예마 수상은 "곧 한국전참전비에 대한 DA(개발허가) 신청이 시드니 시티 카운슬에서 진행될 것"으로 "이는 연말쯤 공사가 시작될 것을 뜻한다"고 밝혔다.

김 총영사는 한국전참전비에 대한 NSW 주 정부의 35만달러 재정지원에 감사를 표했으며, 이에 예마 수상은 "한국전참전비 건립에 공헌할 수 있다는 것이 주 정부로서는 영광"이라며 "호주한인 커뮤니티가 성금을 모아 절반의 재정을 부담하려는 것은 관대하고 감동적인 결정"이라며 이를 높히 평가했다.

이와 관련 김 총영사는 "지난 주 관계자 회의에서 미국 등 다른 나라와 마찬가지로 참전비 명칭에서 호주를 빼자는 안이 결정됐다"며 '호주측 참전용사들이 간곡히 호주 한국전참전비를 희망하긴 했지만 결국 '한국전참전비(Korean War Memorial)'로 변경됐다"고 말했다.

또한 면담에서 김 총영사는 "한호 교역관계의 중요성 등을 감안해 NSW주의 4대 아시아언어(한국, 중국, 일본, 인도네시아어) 교육 정책에서 한국어가 더 배려되도록 관심을 가져달라"고 예마 주 수상에게 당부했다

한편, 18년 전 한국을 방문한 경험이 있는 예마 주 수상은 김 총영사의 한국 재 방문 권유에 대해 "긍정적으로 검토하겠다"는 의사를 밝힌 것으로 알려졌다.

Korean Traditional Fashion show for The 50th Anniversary of Korean immigration to Australia
Seoul Metropolitan Government Cultural Mission
FESTIVAL DAY 7th Sep 2008, 6PM ~ 8PM
VENUE Sydney Convention Centre, Parkside ballroom
HOST Seoul Metropolitan Government Cultural Mission
PROGRAM Fashion Show, Korean Tea ceremony, Exhibition
INQUIRY 9210-0229 (The Consulate General of the Republic of Korea in Sydney, Commonwealth of Australia)
Cocktail buffet will be served only for 500 persons.
For more information, please contact 9210-0229

▲ 호주NSW주와 서울특별시 자매결연18주년 관련기사 & 2008년 9월 한국전통의상 쇼 홍보 Brochure

▲ 한국전통의상 쇼에 특별 출연한 김웅남 총영사 내외 & 전통한복 의상 쇼

▲ The Hon. Virginia Judge MP 시민부장관과 필자 부부(맨 왼쪽) & 한국전통의상 쇼 관객과 YTN TV 인터뷰 모습

▲2008년 9월 7일, 시드니 컨벤션센터에서 한국전통의상 쇼를 마치고 특별초청된 이서연 디자이너와 모든 출연자, 김웅남 총영사 내외, The Hon. Virginia Judge MP시민부장관과 필자(앞 오른쪽 4번째)

The Sydney Korean Herald
12th ~ 18th Sep 2008
MAIN NEWS
한국신문 (15)

한복의 고운 자태에 호주인들 감동… 7일 한복 패션쇼 열려

김웅남 총영사, 버지니아 장관 한복 차림으로 무대에 올라

"한복이 너무 예쁘다. 이렇게 직접 입을 수 있는 기회를 주셔서 감사하다."

지난 7일 일요일 저녁 시드니 달링하버 컨벤션 센터에서 열린 '한복 패션쇼'에서 버지니아 저지 NSW주 의원은 한복을 곱게 차려 입고 기뻐 입을 다물지 못했다. 노동당 소속인 버지니아 의원은 이날 주정부 장관에 처음 임명돼 겹경사를 맞았다.

그는 한인 밀집지역인 스트라스필드가 지역구로 그동안 각종 한인사회 행사에 적극적으로 참석해 왔다. 2005년 8.15 광복절 행사 때에는 한복 차림으로 참석할 정도로 한국에 대해 열성적이며, 같은 노동당의 권기범 스트라스필드 시의원의 주선으로 한국을 방문한 뒤, '한국 마니아'로 변신한 몇 안되는 '친한파'이다.

이날 한복 패션쇼는 한인들의 호주이민 50년을 기념하기 위해 주시드니 총영사관(총영사 김웅남)이 주관하고 '서울시 문화 사절단'이 기획한 행사로 500여명의 호주인들이 초청됐다. 패션을 전공하는 학생들이 다수 참석해 눈길을 끌었다.

문화사절단의 고정균 명예단장(서울시 의원)은 인사말에서 "한국의 아름다운 전통문화를 전달하여 많은 외국인들이 앞

으로 한국을 꼭 한번 방문하고 싶은 마음을 갖도록 해주고 싶다"고 설명했다.

이날 행사는 한국 전통 문화의 우수성과 고유성을 널리 알려 우리 것만을 고집하기 보다 다문화 속의 한국 문화가 균형을 잃지 않고 혼합되면서 새로운 문화와 충돌 없이 융합되어 발전되어 나가는 것을 목적으로 한다고, 문화 사절단 측은 밝혔다.

버지니아 의원은 "호주는 다민족들이 모여 사는 나라로 서로 다른 문화를 존중하는 것이 중요하며, 여러 문화가 공존할 수 있도록 각각의 고유 문화예술이 그 빛을 잃지 않고 발전돼야 한다"고 강조했다.

승원홍 한인회장은 "호주 주류사회에서 한인들의 기여도가 점점 커지고 있으며 이런 행사를 통해 호주사회에 한 단계 업그레이드된 한국의 인상을 심어주고 싶다"고 말했다.

이날 행사는 예명원의 전통다례 시연으로 시작됐으며, 패션쇼에서는 드라마 <황진이>와 <일지매>의 의상담당이었던 디자이너 이서윤의 아름다운 궁중의상과 기생의상 퍼레이드가 관중들을 압도했다. 서울시 무용단원, 호주에서 선발한 호주인과 한인 30~40명이 모델로 나섰으며, 특히 김웅남 총영사가 한복 차림으로 버지니아 의원과 함께 무대에 올라 관심을 끌었다. 서울시 무용단은 행사 말미에 '화선무'를 통해 고운 한복의 선과 우아한 전통 춤의 조화를 유감없이 보여주었다.

행사장 밖 로비에서는 '석보요'의 다기세트 전시회, 김동원 명설차 전시회, 김시인 자수전시회가 열려 호주 현지인들의 눈길을 끌었으며 특히 단아하고 예쁜 다기잔에 담아 마셔보는 매화차 시음은 많은 사람들의 관심을 모았다.

이은형 기자

▶10면에서 받음

한편, 이날 공연에서는 서울시 국악관현악단을 정식으로 초청한 NSW 주수상을 대신해 버지니아 저지 장관이 축사를 하기로 돼 있었으나, 관현악단 측에서 공연의 분위기를 저해한다는 이유로 반대해 무산됐다. 저지 장관은 공연장에 나오지 않았으며, 이 때문인지 김웅남 총영사도 불참했다.

▲ 2008년 9월 8일 오페라하우스에서 호주원주민 전통환영의식과 박상진 단장이 지휘하는 서울시 국악관현악단

▲ 서울시 국악관현악단과 사물놀이 공연 & 서울시 전통무용단의 공연

그리고 서울시 국악관현악단 40여 명과 전통무용단 25명 등 거의 모든 단원이 참가하여 2008년 9월 8일 오페라하우스에서 공연을 했다. 이 시드니공연은 당시 호주한인문화재단 간사 겸 호주한인골프협회 민영진 회장이 ROTC 동기생인 서울시 국악관현악단 박상진 단장과 협의를 하여 물꼬를 트면서 시작되었으며 호주한인문화재단과 재호주베트남 참전유공자회가 한인골프협회와 공동준비협의회를 조직하여 후원을 했다. 물론 민영진 회장의 비공식적인 작업 위에 시드니총영사관 김웅남 총영사가 NSW주정부 The Hon. Moris Iemma MP 주수상을 통해 오세훈 서울시장 앞으로 정식 제안초청장을 보내면서 공연단의 항공료와 시드니 체제비 등을 서울시가 부담하게 됐다. 이로서 서울시문화사절단 주최, 세종문화회관과 준비협의회 주관으로 서울시, NSW 주정부, 주시드니 총영사관과 시드니한인회가 후원하는 형식을 갖춰 손쉽게 성사된 대형 오페라하우스에서의 국악공연으로 뜨거운 박수갈채를 받았다.

▲2008년 9월 8일 오페라하우스에서 박상진 단장이 지휘하는 서울시 국악관현악단의 연주 모습

(10) 한국신문 MAIN NEWS The Sydney Korean Herald 12th ~ 18th Sep 2008

'한국의 소리', 오페라 하우스 사로 잡아

호주인들 세 시간 동안 국악관현악 공연에 매료

끊어질 듯 이어지는 애절한 소리에 이어 아이들이 깡총깡총 뛰는 듯한 가벼운 비트, 그리고 거센 폭풍우가 몰려오는 듯한 웅장하고 강한 타악기 소리…

지난 8일 저녁 호주 시드니의 명소 오페라 하우스에서 세 시간 남짓 펼쳐진 한국 전통 국악관현악 공연은 콘서트 홀 2층 객석 중간까지 가득 메운 1천500명이 넘는 청중들을 완전히 사로 잡았다. 우리 가락에 맞춰 화려하게 선 보인 전통무용 역시 뛰어난 한국 문화를 한껏 뽐냈다.

서울시 국악관현악단과 서울시 무용단의 이날 합동 공연은 오랜기간 고국을 떠나 온 한인들에겐 고향의 정취를 듬뿍 느끼게 했으며, 파란 눈의 호주인들에겐 잠시라도 눈과 귀를 떼지 못할 정도로 강한 인상을 준 듯 했다. 특히 처음 접하는 한국의 전통악기들이 동서양의 소리를 함께 낼 수 있다는 데 대해 신기해 했다.

이날 공연은 궁중연례와 무용반주 음악인 관악합주곡 '수제천'으로 막이 올랐다. 소금, 대금, 피리 등 관악기와 해금과 아쟁, 가야금과 거문고 등의 현악기, 그리고 드럼을 연상케 하는 각종 타악기들이 완벽하게 조화를 이루어 장중한 분위기를 연출했다. 그리고 무용단의 화려하면서도 아름다운 동작들은 한국 전통문화의 진수를 느끼기에 충분했다.

콘서트 홀의 대형 무대가 작아 보이게 한 임이조 무용단장의 '한량무'는 풍류를 즐기는 선비의 멋스런 모습을 보는 듯한 느낌을 주었으며, 북한의 공훈예술가가 환상곡 풍으로 만든 '아리랑' 연주는 마치 일반 오케스트라 연주라는 착각이 들게 했다. 실제로 이 곡은 지난 2월 평양을 방문한 뉴욕 필하모닉 오케스트라에 의해 연주됐었다.

이어진 해금협주곡 '공수받이'와 가야금 병창협주곡 '가자 어서가'와 '관대장자'는 연주가 끝난 뒤에도 환호와 박수가 이어져, 공연장을 뜨겁게 달구었다. 애절한 해금 소리는 관객들의 가슴을 녹아내리게 했으며, 한국 전통의 판소리는 호주인들을 매료시켰다.

2부 첫 곡인 관현악 '비상'은 슬픔과 아픔을 뒤로 하고 기쁨과 힘찬 전진을 위해 삶속의 충분한 휴식 안에서 비상하고자 하는 우리 인생과 삶을 그려 넣은 작품이라고 한다. 사회자는 "이 자리에 참석하신 모든 분들이 이 곡을 감상하면서 올해는 꼭 '비상'하기를 기원한다"고 말했다.

이어 최초로 이루어진 호주 원주민의 대표악기 '디저리두'와 한국의 국악관현악의 협연은 저음과 경쾌하고 간결한 비트가 잘 어우러져 묘한 매력을 느끼게 했다. 또 '디저리두'의 소리를 배경으로 펼쳐진 원주민들의 춤은 객석의 관객은 물론, 잠시 연주를 멈췄던 국악관현악단 단원들의 눈과 귀를 시원하게 했다.

이어 펼쳐진 △관현악과 창 '성주풀이' '개고리타령' '흥타령' △관현악과 춤 '은하수' △사물놀이 협주곡은 공연장 분위기를 점차 고조시켰다. 특히 마지막 북, 쇠, 징, 장고 등 4개의 타악기만으로 절묘한 소리를 내는 전통의 사물놀이 공연 때에는 관객들의 박수가 계속 이어졌다. 사물놀이 협주곡은 콘서트 홀 전체를 뒤흔들 정도로 웅장함을 느끼게 했다.

관객들은 뭔가 미진한 듯 박수로 '앵콜 연주'를 청했으며, 국악 관현악단은 이에 아바의 '댄싱 퀸'과 '마마미아'로 보답했다. 특히 이날 창을 했던 박애리씨가 부른 '댄싱 퀸'은 호흡이 서로 달라 조금 어색하긴 했지만 묘한 매력을 느끼게 했으며, 국악관현악으로 듣는 '마마미아'는 음악은 시간과 공간을 초월해 하나로 통한다는 것을 보여주었다.

공연이 끝난 뒤 박상진 국악관현악단장은 "제 등 뒤로 여러분들이 느끼신 열기와 감동을 충분히 느낄 수 있었다"고 말했다. 박 단장은 이번 공연을 마련한 서울시 공연단 호주 준비협의회의 민영진 회장에게 감사패를 전달했다.

▶15면으로 이어짐

김인구 기자
ginko@koreanherald.com.au

7-12-3. 호주와 한국 120년의 역사 책출판(2009.12.2.)

내가 한인회장 재임 중 호주한인50년사 단행본이 출간되었고 이의 수정보완과 영문번역본 출판계획을 해보면서 나는 호한재단에 요청하여 1만 불의 재정후원금을 확보해 놓았다. 그러나 이 작업이야말로 너무 방대한 사업이었으므로 사실상 아무런 후속조치를 하지 못했다. 그런데 나는 2007년 말 시드니한인회 운영위원회에서 호주한인이민50주년 사업추진 특별위원회를 별도로 구성하기로 의결했고 내가 위원장으로 양명득 목사를 특별위원회 사무총장으로 임명한 바 있었다. 그 후에 양명득 목사는 사진작가인 크리스천리뷰 권순형 발행인과 '호주와 한국 120년의 역사' 책을 한글과 영문으로 연세대학교 호주연구소와 공동출판을 계획하여 많은 진전을 보고 있을 때였다. 양 목사는 가끔 필요한 자료에 관하여 나에게 검증과 자문을 요청하곤 했으며 부족한 재원보충을 위해 나는 호한재단에 양해를 구하고 호주한인50년사 번역본 출판 후원금 1만 불을 호주와 한국 120년의 역사 책 출판에 전용사용했다.

한호 120년 교류사 화보집 출간

왼쪽부터 송원홍 전 한인회장, 김우상 대사, 양명득 박사, 권순형 발행인, 김병일 한인회장

양명득 박사, 권순형 사진작가 집필
연대 호주연구소-시드니한인회 공동 발간

120년간 지속된 한국과 호주의 인적 교류를 담은 화보집이 출간됐다. 연세대 호주연구센터와 시드니한인회가 공동으로 '호주와 한국 120년의 역사(Australia and Korea: 120 Years of History)'를 한국에서 발간했다. 연세대 출판부가 산뜻한 디자인으로 133쪽으로 펴냈다.

1882년 10월 2일 호주빅토리아 장로교단이 파송한 선교사 조셉 헨리 데이비스 목사(한국명 덕배시)와 누이 메리의 부산항 도착으로부터 약 40건의 한호 교류사가 수록됐다. 1921년 9월 첫 한국인 유학생 김호열의 멜버른 스콧칼리지 유학, 1930년대 한국인 여성들의 호주간호대학 유학, 카우라 수용소(40년대)를 거쳐 한국전 참전으로 이어지는 초기 한호 인적교류의 역사가 어렵게 찾은 사진, 기록물과 함께 편집됐다.

2008년 출간된 '호주한인 50년사'의 집필위원 양명득 박사(UTC 호주연합신학대학 겸임교수)가 선택된 주제에 대해 글을 썼고 사진작가 권순형 크리스천리뷰 발행인이 사진 부문을 맡았다. 양 박사(사진)는 "책을 준비하면서 한호 관계에서 사료적 가치가 있는 초기 인적 교류를 확인한 것도 큰 수확"이라고 평가했다.

시드니한인회는 2일(수) 저녁 한인회관에서 출판기념회를 가졌다. 김병일 한인회장은 기념회 환영사를 통해 "많은 노고를 통해 출간된 이 책은 후세에 남길 유용한 기록으로 큰 가치가 있다"면서 "120년 동안 한국이 받은 축복에 보답하는 길은 호주에서 모범시민으로 살면서 감사하는 마음을 갖는 것"이라고 말했다. 이어 임우상 주호주 한국대사와 클라이브 피어슨 UTC 학장, 정해명 대양주한인회 총연회 회장이 축사를 전했다. 김 대사는 "공관장의 주요 임무 중 하나가 호주 국민들에게 한국을 제대로 홍보하는 일"이라고 운을 떼면서 이 책은 호주사회에 한국을 알리기에 훌륭한 계기가 될 것"이라고 축하했다. 최근 한국을 첫 방문했다고 밝힌 피어슨 학장도 한국어-영어 동시로 발간돼 호주인들에게 한국을 홍보할 수 있게 됐다고 반겼다.

김 한인회장은 책 발간을 지원한 호한재단, 집필자인 양명득 박사와 권순형 사진작가, 책 발간에 기여한 송원홍 전 한인회장에게 감사패를 전달했다. 이 책은 한인회에서 $10로 판매하고 있다.

고직순 기자 editor@koreatimes.com.au

46

■ 2세들과 함께 발전합시다

호주 140여 개의 소수민족 중 한인은 29번째로 비교적 큰 민족으로 성장하고 있다. 2007년의 시드니한인회는 후세지도자 양성과 양성을 우선 사업으로 선언하며 시작하였었다. 그 일환으로 한인회 회보를 전격적으로 영문으로 발행하여 2세들과 주류사회가 한인사회를 이해하도록 하였으며, 청년포럼을 준비하여 그들의 꿈과 비전을 나누는 작업을 하였다. 특히 2009년 초에는 호주한인청년심포지움을 2세 리더들이 기획하여 '한국인으로서 호주시민으로 산다는 의미'에 대해 발제하고 토론하였다.

호주 인구조사에는 호주에서 태어난 한인 2세들의 생활이나 문화가 반영되지 않으므로 이들에 관한 학문적인 연구가 현재 전무한 현실이지만, 이들의 존재와 공헌은 한인사회와 호주사회 전반에 점차로 부각되고 있는 모습이다.

1.5세와 2세들 중에 전문화된 직업을 가진 지도자들이 많이 있는데 사업가, 언론인, 의사, 변호사, 회계사, 종교지도자, 정치인, 교육가, 학자, 노동운동가, 복지사 등이다. 이들의 전문적 분야 진출은 일세대가 할 수 없었던 직종으로 일세대들의 희생과 희망으로 그 자리에까지 와 있는것은 물론이다.

한인청년심포지움을 주도하던 한 청년은 한 인터뷰 자리에서 다음과 같은 의미있는 말을 하고 있다. "이제 2세들도 할 수 있습니다. 호주사회 속에 우리가 전문 직업을 가져도 한인사회는 우리를 여전히 아이 취급하고 있습니다. 이제는 파트너로 서로 협력하여 호주사회에 튼튼히 뿌리를 내리는 길이 우리 전체가 함께 발전하는 길입니다."

■ Second generation: Let us work together

Among more than 140 ethnic groups in Australia, Korean is listed on the 29th. When a new leadership team came to the Korean Society in Sydney in 2007, they proclaimed that working with 2nd generation leaders was a priority. And they published a newsletter in English and arrange a series of youth forums. In early 2009, an Australian-Korean Youth Symposium was organized by the young Koreans and shared a topic "what it means to be a young Korean in Australia".

It is true that current statistics do not illustrate the life experience of Australian-born Koreans. Little research has been done in this area. Perhaps it is too early to engage in such an activity but it is becoming impossible to ignore the existence of this significant community. In fact, the contribution of the second-generation to the Korean community and to Australian society in general is becoming more apparent. Among the 1.5 generation (those who came to Australia at a young age and have been influenced by both Australian and their parents' culture) and second-generation Koreans, there are highly qualified professionals such as business entrepreneurs, journalists, doctors, lawyers, religious leaders, politicians, teachers, union and welfare workers.

The bridge roles of these bilingual leaders in a multicultural society are an invaluable asset to the Korean community and the wider Australian community. One youth at the Symposium said to the first generation that "Do not treat us as children. Many of us are professionals in the society. Let us work together."

Korean Students at Carlingford Highschool, Sydney

Australia and Korea: The 120 Years of History 107

▲필자가 Carlingford High School을 방문하여 학교장의 특별배려 요청과 한국인 학생들을 격려했던 기념사진

7-12-4. 호주이민50주년 기념사업 계획(안)

나는 호주한인이민50년이라는 특별한 시기적 중요성을 고려하여 2007년 11월 13일, 한인회 제10차 운영위원회에서 '호주이민50주년 기념사업회' 구성을 결의한 바 있다. 그런데 일부 한인언론매체는 호주한인이민 역사와 관련하여 50년이라는 역사적 근거에 대해 이의를 제기하기도 했다. 그래서 과연 2008년이 호주한인이민50년이 되는지에 대한 역사적 근거와 학술적 이론의 보충도 시급한 현안으로 부상되었다. 이 문제 해결을 위하여 우리는 호주이민성에 공문을 보내 자문을 받기로 하는 한편 한인사회 내에서도 공론화 작업을 병행하기로 했다.

당시 우리 제26대 시드니한인회의 이민50년에 대한 근거는 이러했다.

1. 호주정부 발행 연감에 1957년에 한국인 1명이 시민권을 받았다는 기록
2. 이민 40년으로 알려진 1968년 이전에 이미 정착한 한인이 다수 있었다.
3. 1957년 이전에 한국인이 시민권을 받았다는 기록 연감이 없다는 것. (연감은 호주정부 기록으로 출신 국가별로 시민권을 받은 기록이 정확하게 명시되어 있음)
4. 한인 유학생과 방문자는 1921년부터 있어 왔기 때문에 호주한인 역사로 보면 2008년은 87년이 된다.
5. 1957년 이전의 미확인 한인이민 자료가 있을지도 모른다는 열린 자세 유지도 필요하다.

   그리고 업무 수행을 위하여 시드니한인회 조직과 별도로 특별 위원회를 구성하기로 했다.

1. 고문: 전임 한인회장
2. 자문: 각 한인언론매체 발행인(일간지 호주동아, 주간지 TOP, 한국신문, 호주일보), 2명 시의원, 각 주 한인회장
3. 추진위원회 회장단 및 임원:

   회장: 승원홍(시드니한인회장)

부회장: 박은덕(시드니한인회 부회장), 황기덕(호주교역자협의회장), 주양중(SBS라디오PD)

사무총장: 양명득, 협동사무총장; 김지환(시드니한인회 사무총장)

위원: 하태화, 유현경, 서중석, 한성주, 윤필립, 권순형, 서운학

그러나 시드니한인회의 과다한 업무량으로 인하여 실질적으로 50주년사업은 전혀 추진하지 못했다. 다만 KBS TV의 인기 프로그램인 '열린 음악회'나 '전국 노래자랑'의 시드니 유치를 위하여 나는 서울대학교 기숙사 정영사출신 후배인 KBS TV 이원군 제작본부장을 만나 가능성을 협의했으나 기본 제작비용과 해외공연에 따르는 엄청난 비용충당을 위해 후원광고주 물색에 부담을 느껴 포기하였다.

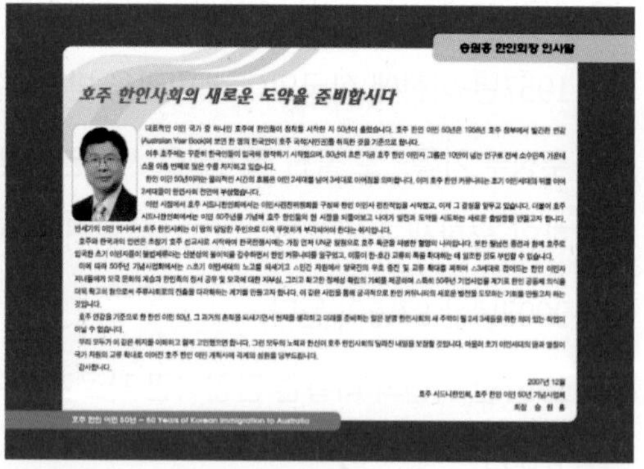

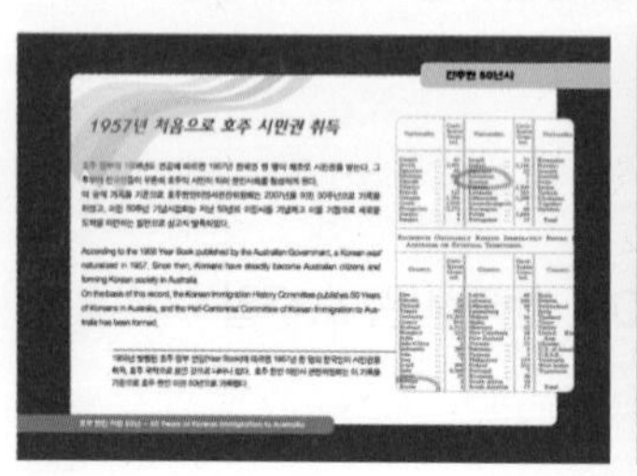

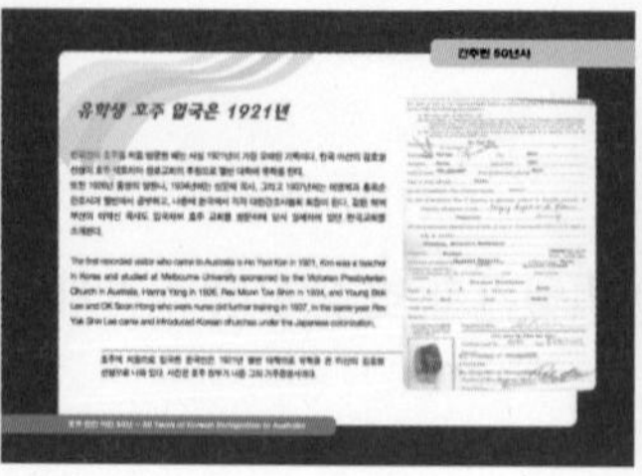

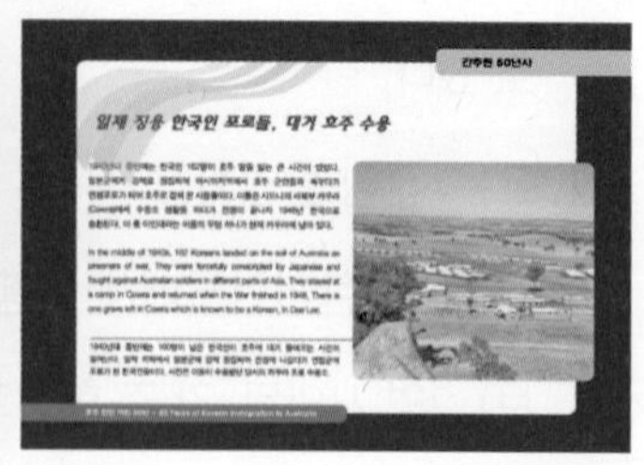

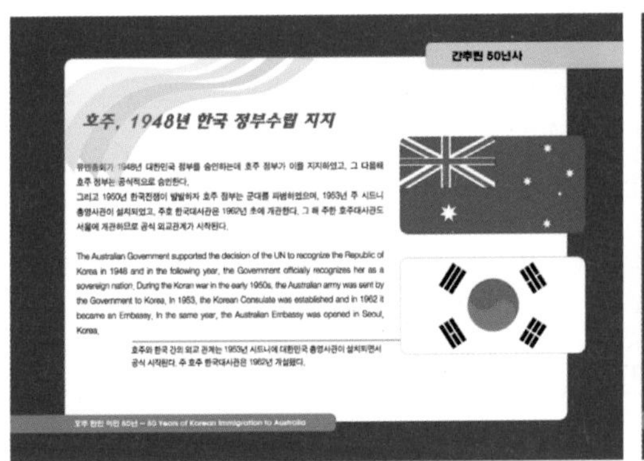
간추린 50년사
호주, 1948년 한국 정부수립 지지
유엔총회가 1948년 대한민국 정부를 승인하는데 호주 정부가 이를 지지하였고, 그 다음해 호주 정부는 공식적으로 승인한다.
그리고 1950년 한국전쟁이 발발하자 호주 정부는 군대를 파병하였으며, 1953년 주 시드니 총영사관이 설치되었고, 주호 한국대사관은 1962년 초에 개관한다. 그 해 주한 호주대사관도 서울에 개관하므로 공식 외교관계가 시작된다.
The Australian Government supported the decision of the UN to recognize the Republic of Korea in 1948 and in the following year, the Government officialy recognizes her as a sovereign nation. During the Koran war in the early 1950s, the Australian army was sent by the Government to Korea, In 1953, the Korean Consulate was established and in 1962 it became an Embassy, In the same year, the Australian Embassy was opened in Seoul, Korea,
호주와 한국 간의 외교 관계는 1953년 시드니에 대한민국 총영사관이 설치되면서 공식 시작된다. 주 호주 한국대사관은 1962년 개설됐다.
호주 한인 이민 50년 – 50 Years of Korean Immigration to Australia

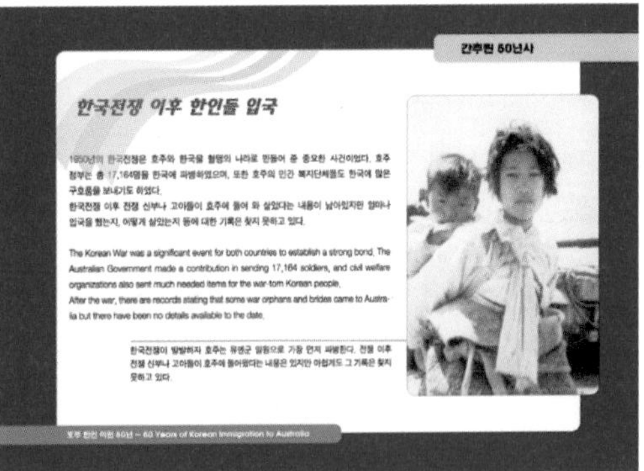
간추린 50년사
한국전쟁 이후 한인들 입국
1950년의 한국전쟁은 호주와 한국을 혈맹의 나라로 만들어 준 중요한 사건이었다. 호주 정부는 총 17,164명을 한국에 파병하였으며, 또한 호주의 민간 복지단체들도 한국에 많은 구호품을 보내기도 하였다.
한국전쟁 이후 전쟁 신부나 고아들이 호주에 들어 와 살았다는 내용이 남아있지만 얼마나 입국을 했는지, 어떻게 살았는지 등에 대한 기록은 찾지 못하고 있다.
The Korean War was a significant event for both countries to establish a strong bond. The Australian Government made a contribution in sending 17,164 soldiers, and civil welfare organizations also sent much needed items for the war-torn Korean people.
After the war, there are records stating that some war orphans and brides came to Australia but there have been no details available to the date.
한국전쟁이 발발하자 호주는 유엔군 일원으로 가장 먼저 파병한다. 전쟁 이후 전쟁 신부나 고아들이 호주에 들어왔다는 내용은 있지만 아쉽게도 그 기록은 찾지 못하고 있다.
호주 한인 이민 50년 – 50 Years of Korean Immigration to Australia

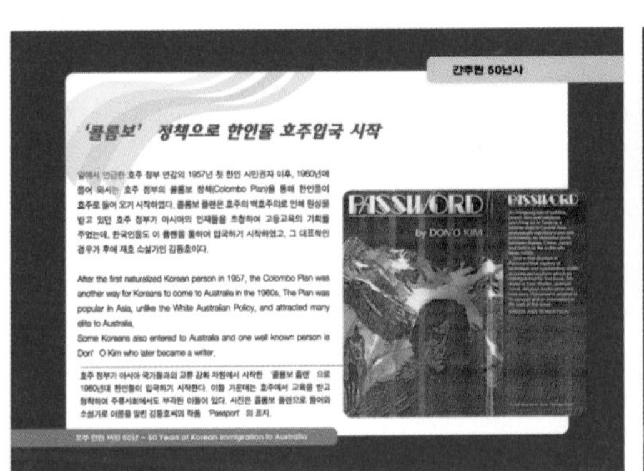
간추린 50년사
'콜롬보' 정책으로 한인들 호주입국 시작
앞에서 언급한 호주 정부 연감의 1957년 첫 한인 시민권자 이후, 1960년에 들어 와서는 호주 정부의 콜롬보 정책(Colombo Plan)을 통해 한인들이 호주로 들어 오기 시작하였다. 콜롬보 플랜은 호주의 백호주의로 인해 원성을 받고 있던 호주 정부가 아시아의 인재들을 초청하여 고등교육의 기회를 주었는데, 한국인들도 이 플랜을 통하여 입국하기 시작하였고, 그 대표적인 경우가 후에 재호 소설가인 김동호이다.
After the first naturalized Korean person in 1957, the Colombo Plan was another way for Koreans to come to Australia in the 1960s, The Plan was popular in Asia, unlike the White Australian Policy, and attracted many elite to Australia,
Some Koreans also entered to Australia and one well known person is Don' O Kim who later became a writer,
PASSWORD
by DON'O KIM
호주 정부가 아시아 국가들과의 교류 강화 차원에서 시작한 '콜롬보 플랜' 으로 1960년대 한인들이 입국하기 시작한다. 이들 가운데는 호주에서 교육을 받고 정착하여 주류사회에서도 부각된 이들이 있다. 사진은 콜롬보 플랜으로 들어와 소설가로 이름을 알린 김동호씨의 작품 'Passport' 의 표지.
호주 한인 이민 50년 – 50 Years of Korean Immigration to Australia

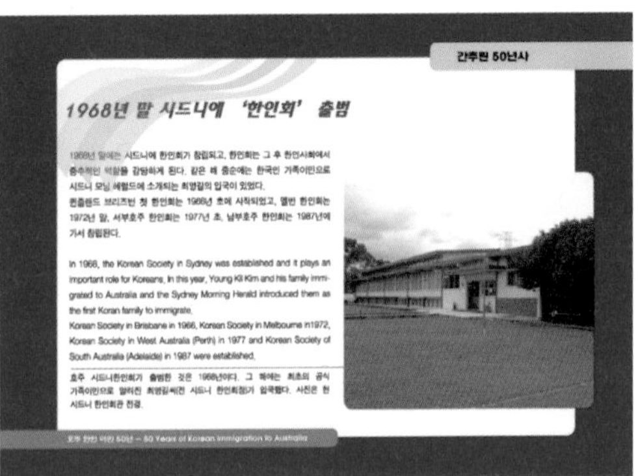
간추린 50년사
1968년 말 시드니에 '한인회' 출범
1968년 말에는 시드니에 한인회가 창립되고, 한인회는 그 후 한인사회에서 중추적인 역할을 감당하게 된다. 같은 해 중순에는 한국인 가족이민으로 시드니 모닝 헤럴드에 소개되는 최영길의 입국이 있었다.
퀸즐랜드 브리즈번 첫 한인회는 1968년 초에 시작되었고, 멜번 한인회는 1972년 말, 서부호주 한인회는 1977년 초, 남부호주 한인회는 1987년에 가서 창립된다.
In 1968, the Korean Society in Sydney was established and it plays an important role for Koreans, In this year, Young Kil Kim and his family immigrated to Australia and the Sydney Morning Herald introduced them as the first Koran family to immigrate,
Korean Society in Brisbane in 1968, Korean Society in Melbourne in1972, Korean Society in West Australia (Perth) in 1977 and Korean Society of South Australia (Adelaide) in 1987 were established,
호주 시드니한인회가 출범한 것은 1968년이다. 그 해에는 최초의 공식 가족이민으로 알려진 최영길씨(전 시드니 한인회장)가 입국했다. 사진은 현 시드니 한인회관 전경.
호주 한인 이민 50년 – 50 Years of Korean Immigration to Australia

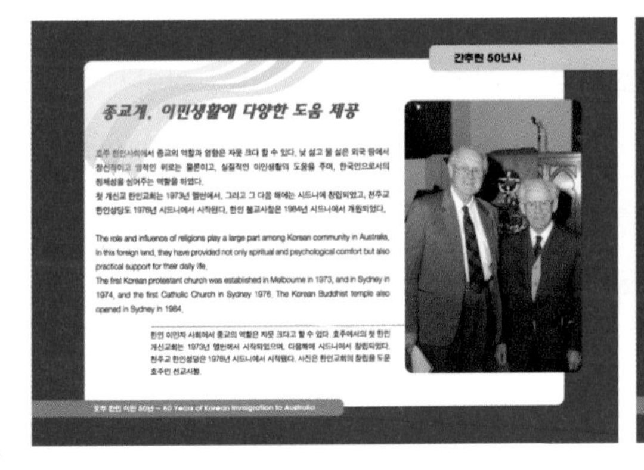
간추린 50년사
종교계, 이민생활에 다양한 도움 제공
호주 한인사회에서 종교의 역할과 영향은 자못 크다 할 수 있다. 낯 설고 물 설은 외국 땅에서 정신적이고 영적인 위로는 물론이고, 실질적인 이민생활의 도움을 주며, 한국인으로서의 정체성을 심어주는 역할을 하였다.
첫 개신교 한인교회는 1973년 멜번에서, 그리고 그 다음 해에는 시드니에 창립되었고, 천주교 한인성당도 1976년 시드니에서 시작된다. 한인 불교사찰은 1984년 시드니에서 개원되었다.
The role and influence of religions play a large part among Korean community in Australia. In this foreign land, they have provided not only spiritual and psychological comfort but also practical support for their daily life.
The first Korean protestant church was established in Melbourne in 1973, and in Sydney in 1974, and the first Catholic Church in Sydney 1976. The Korean Buddhist temple also opened in Sydney in 1984.
한인 이민자 사회에서 종교의 역할은 자못 크다고 할 수 있다. 호주에서의 첫 한인 개신교회는 1973년 멜번에서 시작되었으며, 다음해에 시드니에서 창립되었다. 천주교 한인성당은 1976년 시드니에서 시작된다. 사진은 한인교회의 창립을 도운 호주인 선교사들.
호주 한인 이민 50년 – 50 Years of Korean Immigration to Australia

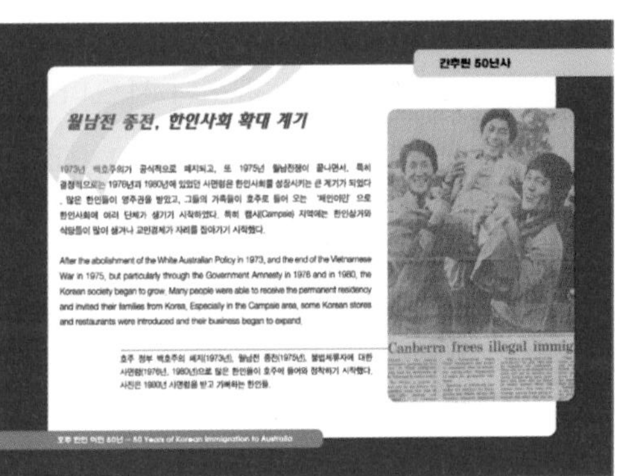
간추린 50년사
월남전 종전, 한인사회 확대 계기
1973년 백호주의가 공식적으로 폐지되고, 또 1975년 월남전쟁이 끝나면서, 특히 결정적으로는 1976년과 1980년에 있었던 사면령은 한인사회를 성장시키는 큰 계기가 되었다. 많은 한인들이 영주권을 받았고, 그들의 가족들이 호주로 들어 오는 '체인이민' 으로 한인사회에 여러 단체가 생기기 시작하였다. 특히 캠시(Campsie) 지역에는 한인상가와 식당들이 많이 생겨나 교민경제가 자리를 잡아가기 시작했다.
After the abolishment of the White Australian Policy in 1973, and the end of the Vietnamese War in 1975, but particularly through the Government Amnesty in 1976 and in 1980, the Korean society began to grow. Many people were able to receive the permanent residency and invited their families from Korea, Especially in the Campsie area, some Korean stores and restaurants were introduced and their business began to expand.
Canberra frees illegal immig
호주 정부 백호주의 폐지(1973년), 월남전 종전(1975년), 불법체류자에 대한 사면령(1976년, 1980년)으로 많은 한인들이 호주에 들어와 정착하기 시작했다. 사진은 1980년 사면령을 받고 기뻐하는 한인들.
호주 한인 이민 50년 – 50 Years of Korean Immigration to Australia

간추린 50년사
유학생, 관광객 증가… 90년대 한인사회 팽창

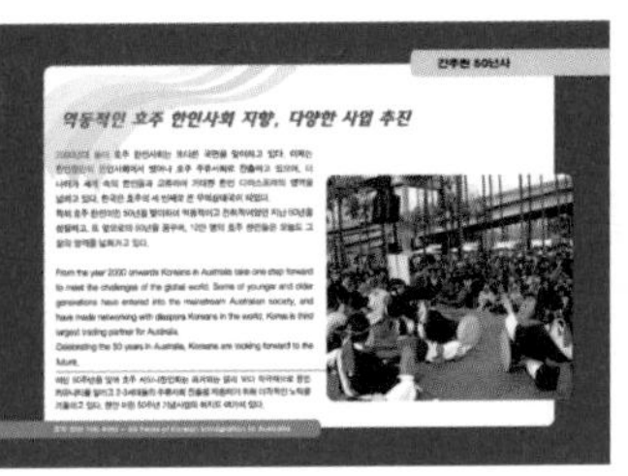
간추린 50년사
역동적인 호주 한인사회 지향, 다양한 사업 추진

한 내
호주한인이민50년 기념사업회 후원
Donation for 50 Years Celebration
Bank: Bendigo Bank

7
|
13

Korean Garden 한국정원설립 계획

2007월 6월 제26대 시드니한인회장으로 선출된 나는 7월 공식 취임식 이전부터 한인회장 당선자 자격으로 사실상 한인회장으로서의 업무를 시작했던 셈이다. 왜냐하면 선거기간 중에 한인사회와 약속했던 사안들의 추진도 있었고 공식취임 1달 후 8.15 광복절 행사와 2달 후에 있을 한국의날 행사준비가 있었기 때문이다. 그것도 과거 단 하루의 한국의날 행사가 아닌 한국의날과 함께 시드니시내 Darling Harbour에서의 '난타' 초청 공연을 포함한 한국주간 행사준비를 해야 했기 때문이다.

이렇게 나는 한인회의 여러 중요한 행사들을 사전준비하는 가운데 7월 한인회장으로 공식취임을 했고 한인밀집지역 중 한 곳인 스트라스필드 한인사업인연합회로부터 연합회가 Strathfield City Council과 협의추진해 오고있는 한국정원Korean Garden 조성 계획추진을 위하여 시드니한인회장인 나에게 추진위원장을 맡아달라는 요청을 해왔다. 나는 Strathfield 한인사업인연합회의 한국정원 조성 프로젝트 구상과 Strathfield City Council과의 그동안의 협의 사항 등의 노고를 치하했고 전 교민사회적으로 후원을 얻어내기 위해서라도 당연히 시드니한인회장이 앞장을 서야 할 것이라며 Korean Garden설립추진 위원장직 제의를 수락했다. 그리고 나는 한인회 8월 정기운영위원회에서 이 내용을 공식추인하고 공표했다.

The Korean Ti
호주
Across the Country - Sydney Brisbane Goldcoast M
VOL.8 NO.554 2007년 08월 24일(금) www.hojuilbo.com.au thekorean

한인회 월례회 및 기자간담회 개최

승회장 "코리안 가든 추진위원장 맡겠다"

시드니 한인회는 지난 21일 한인회관에서 '시드니한인회 월례보고회 및 기자간담회'를 통해 '한국의 날 행사' 및 시드니 한인회 영문판 소식지 발간사업에 대한 계획을 발표하고, 각 단체장들의 의견 수렴과 협조를 요청하는 자리를 가졌다.

승원홍 회장은 이날 모인 각 단체장 및 언론사 기자들에게 "한 마음으로 한인사회 발전을 위해 힘쓰자"라고 말하며, 이번 '한국의 날' 행사는 한인사회 내에서 만으로 그치지 않고 다른 소수민족 사회와 연계하여 한국문화 행사를 통해 한인 커뮤니티와 한국을 소개하고 관광한국을 홍보하는 데에도 주력할 것이라고 말했다.

이번 한국의 날 행사는 예전과는 다른 방식으로 '코리안 위크'라는 이름으로 2주의 주말에 걸쳐 진행되는데 오는 9월22일과 23일에는 '코리안 추석 페스티벌'이 달링하버 (Darlingharbour Palm Grove)에서 진행되며, 29일에는 '한국의 날' 행사가 이스트우드 파크에서 진행될 예정이다.

한인회는 또한 호주 주류사회에 한인 커뮤니티를 알리고자 계획한 영문판 소식지의 초판이 9월 첫주에 발행될 예정이라고 밝혔으며, 내용은 호주 한인 이민자 현황 및 광역 시드니 지역 한인동포 밀집 거주지역 그리고 한인동포 거주지역 Small Business 현황이라고 밝혔다.

김미란 기자(0401 607 363)

▶ 3면에 계속

▲ 2007년 8월 필자의 한국정원 건립 추진위원장 수락 보도기사 & 한국정원 예상부지 답사 관련 보도기사

내가 한국정원설립추진위원회 위원장을 맡고 3명의 부위원장으로 Strathfield한인사업인연합회 권순재 회장, 한호문화재단 옥상두 이사장, 시드니한인회 하태화 기획이사를 선정했고 Strathfield Council에도 실무자들로 Task Force Team을 구성해 달라고 요청했다. 그리고 업무의 효율적인 추진을 위해 우리들과 Strathfield Council시장과 행정관, 실무자와 함께

12 호주동아 Community & News 2007년 9월 21일 금요일 〈일간〉

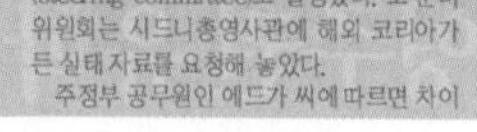

"타당성 조사 주민 결정이 중요"

코리아가든 준비위 차이니즈가든 답사

코리아가든 건립을 위한 행보가 본격화되고 있다.

코리아가든 건립 준비위원회 위원장인 승원홍 시드니한인회 회장, 부위원장인 권순재 스트라스필드사업인연합회 회장과 옥상두 한인문화재단 이사장은 11일 시티에 위치한 차이니즈가든에서 준비위원회 회동을 갖고 차이니즈가든 건립 및 관리 현황에 대한 기초자료를 수집했다.

이날 준비위원회는 차이니즈가든 관리 책임자인 마이클 에드가 씨로부터 차이니즈가든과 관련된 다양한 정보를 청취했다. 이번 회동은 20일 스트라스필드카운슬에서 진행될 공동추진위원회 모임의 사전 준비 차원에서 이뤄졌으며, 코리아가든 건립 예정지로 지정된 홈부쉬 브레싱톤파크 현장 방문으로 이어졌다.

준비위원회는 코리아가든 관련 최근의 진행상황도 설명했다. 교민사회를 대표해 준비위원회가 구성됐으며 스트라스필드카운슬을 대표해 전담반(taskforce team)이 발족된 것으로 전해졌다. 준비위원회 위원장과 부위원장 3명과 카운슬의 시장을 비롯한 주요 인사들이 포함된 공동 추진위원회(steering committee)도 결성됐다. 또 준비위원회는 시드니총영사관에 해외 코리아가든 실태자료를 요청해 놓았다.

주정부 공무원인 에드가 씨에 따르면 차이니즈가든은 1985년에 제안돼 88년에 건립된 주정부 소유물이다. 주정부가 약 5천만불의 건축비를 부담했고 관리도 주정부가 담당하고 있다. 중국교민과 정기적인 교류로 가든의 관리, 활동, 행사 등에 대한 다각적인 조언을 제공받는다. 중국인 설계자 2명이 가담했고 아시아산 각종 식물과 재료가 사용됐다. 검역상 문제가 없는 일부 재료나 식물은 수입됐다.

연간 약 20만명이 방문하며 해외 관광객 45%, 내국인 55% 비중이다. 재정적으로 연간 약 1백만불의 관리비가 지출되지만 수입은 이보다 약간 더 많아 흑자운영 된다. 수입원은 입장료, 결혼이나 연회를 위한 장소 임대, 구내 커피숍, 기념품 판매 등이다. 커피숍 2명을 포함해 5명의 풀타임 직원이 고용돼 있으며 일부 전문가는 필요할 때마다 부른다.

권 부위원장은 "타당성조사 결과는 주민들이 결정한다고 생각한다"고 말했다. 이에 승 위원장은 "누구든 협력자로 만들어 목표를 성취하는 것이 중요하다"면서 "교민들이 평소에 청소를 한다든지 해 지역사회에 좋은 이미지를 심어줘야 결정적인 순간에 빛을 발한다"고 당부했다.

준비위원회는 브레싱톤파크에서 조경 전문가인 박순근 씨를 만나 현장을 둘러보고 디자인 등 설계와 관련한 전반적인 협조를 당부했다.

권상진 기자 info@hojudonga.com

▲한국정원 예상부지 답사 관련 보도기사

공동추진위원회 Steering Committee도 가동하기로 합의했다. 그리고 Strathfield Council 실무자와 공원부지 선정을 위해 몇 차례 회의를 가진 결과 Strathfield Council이 소유하고 있던 Bressington Park 둔덕 위의 공터를 활용하기로 최종합의를 했다. 이 공터는 2000년 시드니올림픽공원을 조성하면서 나왔던 토사들을 쌓아 방치해둔 공원 둔덕 위의 공터로서 사실 건축공사를 위해 땅 표면을 다지는 작업 자체만도 큰 일이라고 생각했으나 비교적 넓은 공간으로 다목적으로 활용할 수 있겠다는 판단으로 이를 수용했다. Strathfield Council은 이 공터부지 위에 과연 한국정원을 설립할 수 있는지에 관한 타당성부터 먼저 조사해 보고 지역주민 동의를 받는 등의 후속조치를 하자고 제안했다. 우리는 각자 바쁜 일정들을 조율해가며 건설전문가를 초청해 함께 현지 답사를 하며 공원조성 가능성을 조사하는 한편 시드니시내 중국공원 관계자를 만나 중국공원 조성 때의 계획과 자금지원 방안 등을 확인하기도 했다. 더불어 시드니총영사관을 통하여 해외지역의 한국정원이 조성되어 있는 도시와 정원규모 등을 알아 달라고 요청해 일부 자료를 받아보았으나 별로 도움이 되지 못했다.

▲Bressington Park 한국정원 예정부지를 실사하는 추진위원들 & 시드니시내 중국공원 운영자와 추진위원들

▲한국정원설립추진위원회 회의를 주재하는 필자 & 한국정원조성추진을 위한 공청회를 주재하는 필자

한국정원건립추진위원회는 Strathfield Council과의 공동실무협의추진위원회Steering Committee로 처음에는 매주 그리고 이어서 격주마다 한국정원 개념도와 예산규모 논의를 위해 Strathfield시 회의실로 관련 전문가들을 초청하여 설명을 들었다. 사실 한국정원 개념도 논의도 보통 작업이 아니었지만 사실 얼마가 될지도 모르는 재정확보 또한 커다란 문제였다. 그래서 스트라스필드 사업인연합회 권순재 회장(추진위 부회장)은 한국정원개념도를 구상하면서 한국정원 조성과 더불어 정원주변상가를 조성해 상가입주 및 영업권을 보장하는 방법으로 재정수입을 확보하고 정원관리비로 충당했으면 했다. 그러나 나는 한국정원 예정지인 둔덕땅 위에 정원이나 건축물을 짓기 위해 아마도 수천만 불이 소요될 거라고 판단했고 이런 대규모사업 추진을 위한 자금마련으로 한국정원 주변상가 임대수입과 한인동포사회로부터의 성금 그리고 호주정부와 한

16 TOP ■ NATIONAL NEWS

TOP SYDNEY COMMUNITY NEWS

국민고충처리위원회 '설명회' 개최

지난 7일부터 3일간 NSW에서 개최된 국제 옴브즈맨 협회 연례 이사 회의에 참석하기 위해 시드니를 방문한 한국 국민고충처리위원회의 송철호 위원장은 한인회 및 동포 언론 관계자들이 참석한 가운데 시드니 총영사관에서 간담회 겸 설명회를 가졌다.

지난 7일 열린 모임에서 해외동포들의 고충 민원을 접수할 수 있는 방법에 대한 안내가 이뤄졌으며 더불어 즉석에서 해외 민원을 제기하는 자리가 마련됐다.

지난 1994년 국무총리 소속 기관으로 설립된 국민고충처리위원회는 2004년 대통령 소속 기구로 승격됨으로써 독립성을 강화하고 국내 정부 민원을 전체적으로 포괄하는 기구로 재 조정된 바 있다.

현재 한국 국민고충처리위원회는 세계에서는 최초로 정부민원안내 콜센터 110과 온라인 국민참여포털 참여마당신문고를 운영함으로써 정부민원통합시스템을 체계적으로 운영해 오고있다는 평가를 받고 있다.

정부와 관련 행정 민원이 있는 경우 한국 내에서는 110으로 전화를 걸어 상담을 받을 수 있으며 상담 직원은 문의사항을 시스템에 입력한 뒤 이를 직접 답변해 주거나 그럴 수 없을 경우에는 해당 정부 기관에 이를 연결해 주는 시스템을 구축했다.

또한 인터넷(www.epeople.go.kr)으로 정부관련 고충을 접수할 경우 문의자는 최대 60일 이내에 이에 대한 답변을 제공받도록 규정돼 있다.

인터넷으로 민원을 접수할 경우 접수자는 주민등록 번호를 등록, 실명으로 이를 등록해야하나 주민등록번호가 없는 해외동포의 경우는 www. ombudsman. go. Kr / oversea에서 민원을 접수할 수 있다.

또한 110을 대체하는 국제 전화는 82-2-2012-9110으로 팩스는 82-2-360-8710 으로 운영되고 있다.

국민고충처리위원회에 민원을 접수할 경우 한글 외에도 영어로도 접수가 가능하나 그 문의 사항은 대한민국 정부와 관련된 사항이어야만 해결이 가능하다.

국제 옴브즈맨 협회 아시아지역을 대표하는 지역부회장을 역임하고도 있는 송 위원장은 "정부민원안내콜센터와, 인터넷 참여마당신문고는 NSW 옴부즈먼부의 브루스 바버(Bruce Barbour)위원장을 비롯 각국 옴브즈맨 실무진이 놀랄만큼 체계적인 시스템"이라며 "행정과 관련한 해외동포들의 고충까지도 최대한 빨리 해결해 줄 수도 있도록 최선을 다할 것이므로 믿고 이용해달라"고 강조했다.

나혜인 기자

▲국민고충처리위 송철호 위원장 방문 관련 보도기사

국정부로부터의 지원금으로는 택도 없을 거라고 생각했다. 그러던 중 2007년 말경 한국의 국민고충처리위원회 송철호 위원장(현 울산광역시시장)이 시드니를 방문하여 시드니총영사관에서 한인사회 지도자들과의 간담회가 있었다. 그리고 함께 저녁회동을 하게 되었는데 자연스럽게 나는 시드니한인사회의 현안 이야기와 더불어 한국정원설립 계획과 재원확보문제를 이야기했다. 송 위원장은 좋은 아이디어가 있다며 얼마전 현대자동차 정몽구 회장이 옥고를 면하면서 1조 원 상당의 사회기부를 약속했다며 현대자동차에 후원을 요청해보라는 제안이었다. 나도 참 좋은 생각이라며 당시 현대자동차 호주법인 여수동법인장을 통해 정몽구 회장에게 시드니한인회가 추진하고 있는 한국정원 조성을 위한 재정후원요청 제안서를 송부했다. 그러나 아무런 반응이 없었다. 아무리 사회환원을 한다고해도 시드니한인회사업까지 도와줄 수 없을거라고 생각은 하고 있었기 때문에 실망하지도 않았다. 그런 일이 있은 후, 시드니정법사 주지 법등스님으로부터 대한불교조계종단에서 해외지역 불교포교 겸 외국인을 위한 Temple Stay(사찰체험)사업의 확장을 위하여 시드니한인회에서 추진하고 있는 한국정원 조성사업에 참여할 의사가 있다고 알려왔다. 과거 나는 시드니교민과 인척관계가 있는 통도사 주지 정우 큰스님이 시드니를 방문하여 만난 적이 있다. 양산 통도사는 한국 3대사찰 중 한 곳으로 불교조계종단에서의 정우 큰스님의 영향력은 매우 컸던 것으로 들었다. 시드니정법사는 통도사의 해외지역 말사였다. 정우 큰스님은 당시 문화체육관광부 유인촌 장관과도 매우 친근한 관계에 있었던 것으로 들었으며 나는 이런 시기적 상황에서 아마도 통도사가 해외지역 말사인 시드니정법사를 통해 한인사회와 긴밀히 소통하며 협력관계를 맺는 방법으로 한국정원조성사업에 직접 참여하고 싶었던 것으로 이해했다. 그래서 조계종단은 해외관광객유치상품으로서의 Temple Stay(사찰체험)의 해외진출을 위해 문화체육관광부로부터 예산을 지원받아 시드니에 한국정원을 조성하면서 이 정원 내에 정법사 사찰(절)도 재건립할 계획이었던 것으로 이해했다. 더욱이나 한국정원관리비도 조계종단에서 책임을 지겠다고 했다. 사실상 소요예산 문제는 한방에 해결된 셈이었다. 나는 시드니정법사 주지 법등 스님의 제안설명에 원칙적으로 공감했고 환영했다. 그런데 한국정원조성 프로젝트를 수행하면서 한국조계종단의 중요한 요구사항이 있었다. 그것은 한국조계종단에서 아마도 수천만 불 상당의 건축재정투입과 한국정원건립 후 시설관리비용부담에 앞서 관리주체를 먼저 확약받고자 한 것이다. 그래서 한국정원조성 추진과 정원관리위원회의 최고의결기구로 문화체육관광부를 통한 정부재정투입 관계로 한국정부를 대신하는 시드니총영사, 시드니한인동포사회를 대표하는 시드니한인회장 그리고 정원시설관리를 책임질 한국조계종단을 대표하며 시드니정법사 주지스님을 포함하는 3인대표 최고의결기구를 만들자는 것이었다. 나는 한국정부와 조계종단이 앞장서서 시드니에 한국정원을 조성해 줄 수 있다면 3인대표 최고의결기구 구성은 너무도 당연한 것으로 판단해 문제가 없을거라고 했다. 그래서 나는 조계종단이 계획하는 한국정원조성 개념도를 먼저 만들어 달라고 요청했고 법등 스님은 동국대학교 건축학과에 의뢰해 개념도 모형을 보내왔다. 그래서 5월 7일 우리 한국정원건립추진위원회 임원(나와 박은덕, 권순재, 옥상두부회장)들은 스트라스필드 권순재 변호사사무실에서 정법사 법등 스님과 시드니총영사관문화담당 김영수 영사 모두 6명이 만나 정법사가 만들어온 한국정원개념 모형을 보며 대체로 만족했다. 그러나 문제는 한국정원과 함께 사찰(절)까지 포함해 건축하겠다는 모형도였다. 나는 Strathfield지역주민 정서상 한국정원조성이야 반대할 이유가 없지만 더하여 사찰(절)을 짓는다는 것은 또 다른 종교적 갈등문제로 지역주민동의를 얻는 데 부정적일 거라고 판단하여 사찰(절) 대신 3층짜리 종합건물로 대체하여 한 층은 시드니한인회 전용, 또 한 층은 시드니정법사 전용으로 Temple Stay(사찰체험) 장소를 삼고 또 다른 한 층은

Strathfield지역주민용으로 개방사용하자고 요청했다. 헌데 추진 내용을 확실히 알지 못하는 일부 인사들은 나를 음해하려고 했었는지는 모르겠으나 교회 장로인 한인회장이 사찰(절)을 건축한다는 소문까지 퍼뜨리고 있어 기독교신문인 크리스천투데이 1면 톱기사로 다루어지기도 했다. 물론 나는 사찰을 건축한다는 것이 아니라 한국의 전통문화로서의 사찰체험장과 함께한국정원 조성을 위해 3층짜리 종합건물건축을 위해 한국조계종단과 협의중이라는 내용을 설명했다. 이런 가운데 나는 5월 15일 서유럽여행을 떠났고 귀국길에 한국에서의 시드니한인회 현안문제 협의차 국회, 재외동포재단, 국민생활체육협회, 관광공사, 은평구청, 세계한인총연들 여러 곳을 두루 방문하고 6월 8일에 시드니로 돌아왔다. 헌데 스트라스필드사업인연합회측에서는 내가 자기들이 먼저 제출했던 상업성을 곁들인 한국정원개념도를 무시하고 마치 사찰(절)이라도 건축하겠다는 의미로 생각했었는지 내 부재기간 중에 나에게 한국정원설립추진위원장직에서 물러나라고 요구했던 것이다. 하도 어이가 없어 나는 위원장직에서 사퇴를 했다. 시드니한인회장이 빠지고 나니까 조계종단을 대표하는 정법사 법등스님과 한국정부를 대표하는 시드니총영사관 문화담당 김영수 영사도 연이어 손을 떼고 말았다. 그래서 그 귀중한 자료였던 동국대학교 건축학과에서 공들여 만든 시드니한국정원개념모형도를 챙기지 못했고 오랜 세월이 흘러 이 회고록을 집필하면서 정법사에 문의하였으나 그 모형도 소재를 찾을 수 없어 애석하게

크리스천투

1 Friday, APR 25, 2008. Vol 179

http://au.chtoday.co.kr Simply let your 'Yes' be 'Yes', and yo

'코리아 가든, 특정 종교의 색채 띄나'

승원홍 위원장, 불교계측 제안 사실이나 결정된 바 없어

최근 급물살을 타고 있는 '코리아 가든(Korea Garden) 조성'의 불교계 자금 지원설과 관련해 코리아 가든 조성추진준비위원회 승원홍 위원장(시드니한인회 회장)이 입을 열었다.

코리아가든 조성추진준비위원회 승원홍 회장은 본지와의 전화통화를 통해 "불교계측에서 제안 받은 것은 사실이나, 아직 그 어떠한 사항도 결정된 바가 없다"며 "코리아 가든은 한 종교 혹은 한 단체의 색채나 성격을 띄지 않을 것"이라고 확고히 못박았다.

승원홍 위원장은 "아직 확정되지 않은 상황이 언론에 보도되면서, 많은 분들이 오해하고 계시다"며 "코리아 가든 조성과 관련해 정확히 구체적으로 결정된 사안은 아무것도 없다. 코리아 가든은 지역사회 주민과 스트라스필드 카운슬의 의견 종합, 그리고 공청회를 통해 최종 결정되게 될 것"이라고 해명했다.

아울러 "코리아 가든 조성은 전체 한인사회의 의견수렴과 동의를 통해 진행해 나가겠다"고 덧붙였다.

최근 스트라스필드 카운슬(Strathfield Council)은 한인사회를 위해 브레싱턴 파크(Bressington Park) 지역의 1만여 평 대지를 무상 지원했다.

이에 한인회는 이 대지 위에 호주 사회에 한국을 잘 알리며 표현할 수 있는 '코리아 가든'을 조성하기로 결정하고, '코리아가든 조성추진준비위원회'를 조직했다.

현재 한인사회로부터 '코리아 가든 조성'을 위한 아이디어를 공모 중이다.

하지만 조성추진준비위원회는 한 불교단체로부터 "코리아 가든 일부에 불교교리 강연 혹은 불교 행사를 진행할 수 있는 '템플 스테이(Temple Stay)'를 세울 수 있다면, 코리아 가든 조성 자금에 적극 지원하겠다"는 제안을 받았고, 이러한 제안이 언론화되면서 한인교회 목회자들의 거센 반발을 받았다.

시드니한인교역자협의회 회장 유충오 목사(시드니행복한교회)는 "한인사회를 대변하는 코리아 가든이 특정 종교의 색채를 띄어서는 절대 안 된다"고 밝히며, "한인교역자협의회 회원들과의 의논을 통해, 한인교계의 입장을 밝힐 예정"이라고 말했다.

김근혜 기자 khkim@chtoday.co.kr

▲2008년 4월 불교계제안관련 크리스쳔투데이 보도기사

생각한다. 나는 아직도 당시 문화체육관광부 유인촌 장관, 통도사 주지 정우 큰 스님과 한국 내 주요인사들과 인적자산이 많았던 내가 좀 더 긴밀히 협력했더라면 현실적으로 무언가를 만들어 낼 수 있지 않았을까 하는 아쉬움도 남아 있다. 모처럼 물 들어왔는데 배를 젓지 못한 것이 후회스럽기도 하다. 내가 시드니한인회장 2년 임기를 마치고 난 이후에도 이 문제는 시드니한인사회의 사람만 바뀌어 계속 추진해 왔으나 요란한 소리만 내었지 결국 아무런 성과를 이루지 못했다.

16　TOP ▪ COMMUNITY　2008년 6월 13일

공중분해 코리안 가든 추진위원회 '좌충우돌'

승원홍 추진위원장 "손 떼겠다"

승 회장, 권순재 스트라 연합회 회장 주장 조목조목 논박

코리안 가든 추진 위원회(이하, 추진위)가 부 위원장인 권순재 스트라스필드 사업인 연합회 회장의 독자 추진 선언으로 공중분해된 것에 대해 동 위원회의 위원장을 맡고 있는 승원홍 시드니 한인회장은 "코리안 가든 추진에 관한 모든 일에서 완전히 손을 떼겠다"고 12일 동포 언론사 기자 회견을 통해 확실한 입장을 밝혔다.

9일 해외출장에서 돌아온 승 회장은 "본인이 부재 중인 틈을 타 권 회장이 일방적인 추진을 공포하고 스트라스필드 사업인 연합회가 코리안 가든과 관련 독자적 추진에 강한 의욕을 보이고 있는 만큼 잘 추진해 나가길 바란다"며 불편한 심기를 드러냈다.

승 회장은 "먼저 이러한 사태가 추진위 내부의 주도권 다툼으로 비쳐지는 등 동포사회에 심려를 끼쳐드린 점은 송구스럽지만 본인의 월권 때문에 추진위를 해산한다는 권 회장 측의 주장에 대해서는 반박한다"며 자신의 입장을 설명했다.

먼저, "범 교민적 단체를 지향하는 과정에서 창설된 추진위가 스트라스필드 사업인 연합회 산하 단체라는 주장은 상식적으로 말이 되지 않는다"고 시작한 승 회장은 "본인이 월권을 했다는 권 회장의 주장에 대해서도 권 회장이 4월 29일 합의되지 않은 개념도를 독자적으로 스트라스필드 카운슬에 제출했다"며 "한구 불교계가 지원을 약속함으로써 불교계 안을 제출해 재정적인 면을 보장 받고 좀 더 현실적인 개념도를 제출키로 한 추진위의 내부 결정을 무시하고 개념도 마감이 5월 30일임에도 독자적으로 1달이나 먼저 개념도를 제출한 쪽은 권 회장"임을 적극 부각시켰다.

승회장은 이어 "본인이 불교계의 편을 들었다는 주장에 대해서도 먼저 정법사와의 접촉을 시도한 것도 권 회장이었으며, 이는 종교적인 차원을 넘어 스트라스필드 카운슬이 자금 조달 문제로 추진위에 대해 우려하는 부분이 있었으므로 자금 조달이 좀 더 유리한 개념도를 전달해 부지 확보를 우선적으로 하자는 의도였을 뿐"이라고 해명했다.

적태화 코리안 가든 추진위 부위원장과 승원홍 코리안 가든 추진위 위원장.

불교계가 코리안 가든에 참여하는 것과 관련 승회장은 "코리안 가든을 현실화 할 만한 안들이 불교계를 통해 진행되고 있었다"며, "정법사 법등스님이 수백억에 이르는 코리안 가든 조성 사업에 대한 한구 조계종의 재정적 지원을 확답받아옴으로써 재정적인 어려움이 해소될 수 있었음"을 설명했다.

더불어 승회장은 "한인회가 해야 할 일들이 많기 때문에 당분간은 코리안 가든 조성을 신경쓰지 못할 것 같다"고 말하며 "추후 9월 지방선거 이후 스트라스필드 카운슬이 새롭게 구성되고 난 뒤 다시 동 사업에 참여할 의향이 있나?"는 기자의 질문에 대해서는 "한인회가 관여하지 않고서는 범 교민적인 형태의 사업이 성공할 수 없고, 모든 별도 기관들이 한인회 산하가 아니라면 개인 사업체 등으로 전환되는 경향이 있고 제대로 된 통제력을 상실하므로 결국 코리안 가든이 추진된다면 카운슬에서 먼저 한인회의 참여를 바라게 될 것"이라고 말했다.

승회장은 끝으로 "본인이 부재 중이라 반론을 펼 수 없는 상황에서 '독자 추진'을 발표한 권 회장에 대해 안타까움"을 표하며 "한인 사회에서 사업을 추진한다는 이들이 기본적인 절차를 무시하고 독선적인 행태를 보이는 것에 대해 가슴 아프게 생각한다"고 덧붙였다.

코리안 가든 추진위, 결국 '명목상의 단체?'

한편, 이번 기자회견을 통해 승 회장이 권 회장의 주장에 대해 공식 반박함으로써 양측의 공방은 결국 상사됐지만 양측 주장의 진위 여부는 결국 투명하게 밝히기가 어려울 것으로 보인다.

범 교민적인 차원으로 사업을 추진하기 위해 조성됐다는 거창한 이름의 코리안 가든 추진위가 제대로 된 레터헤드 하나 만들어 놓지 않은 것은 물론 조직 구성에 대한 최소한의 원칙과 회의록도 존재하지 않는 등 명목상으로만 운영됐기 때문이다.

이와 같은 주먹구구식 사업 진행은 한인사회 내부뿐 아니라 스트라스필드 카운슬과의 접촉에서도 별반 다르지 않았던 것으로 파악됐다.

한인회 및 스트라스필드 사업인 연합회가 각각 카운슬내 다른 창구를 통해 코리안 가든 추진에 대해 사실상 확답을 받았다고 큰소리를 치고 있지만 공식적으로 해당 카운슬에서 발표한 내용은 '코리안 가든에 대해 타당성 조사를 실시하겠다'는 것이 유일한 것이기 때문.

어쨌든 추진위 위원장이었던 승회장은 이번 기자회견을 통해 '코리안 가든 추진에서 손을 떼겠다'는 입장을 확실히 함으로써 스트라스필드 사업인 연합회 측에 코리안 가든 사업 추진을 사실상 일임하게 됐고, 그 정당성을 부여한 것으로 풀이된다.

나혜인 기자

▲2008년 6월 코리언가든추진위원장 사퇴관련 보도기사

▲Strathfield Bressington Park 내 한국정원건립 예정지로 선정되었으나 결국 주민들의 반대로 모든 계획이 무산됐다

시드니한인회장 취임식 이후 25일 만에 맞이하는 뜻깊은 행사였다. 그래서 나는 8.15 광복절 기념행사 프로그램 준비를 하면서 과거에 없었던 새로운 의미 있는 사업을 추가하기로 결정했다. 그것은 시드니 한인동포사회 내에 거주하는 독립유공자 후손들을 찾아 교민사회에 널리 알리고 예우를 해드렸으면 좋겠다는 뜻에서 시드니한인회 이름으로 교민언론지를 통해 8.15 광복절 기념행사 안내와 함께 독립유공자 후손들은 한인회에 신고해 줄 것을 공지했다. 이렇게 8.15 광복절 기념행사와 3.1절 기념행사를 통해 독립유공자 후손들이 몇 차례 소개되었고 자연스레 그 숫자가 늘면서 호주광복회가 결성되는 계기를 제공했던 셈이다. 이 또한 매우 보람된 일이라 생각하여 감사할 따름이다.

8장

시드니한인사회의 주요 기념행사와 여러 단체 모임,행사, 강연 및 기타

8-1

8.15 광복절 기념행사

2007년 7월 21일 제26대 시드니한인회장취임식 전후하여 바쁜 행보를 하며 첫 번째로 맞는 한국국경일이 62주년 8.15 광복절 기념행사였다. 시드니한인회장 취임식 이후 25일 만에 맞이하는 뜻깊은 행사였다. 그래서 나는 8.15 광복절기념 행사 프로그램 준비를 하면서 과거에 없었던 새로운 의미있는 사업을 추가하기로 결정했다. 그것은 시드니 한인동포사회 내에 거주하는 독립유공자 후손들을 찾아 교민사회에 널리 알리고 예우를 해드렸으면 좋겠다는 뜻에서 시드니한인회 이름으로 교민언론지를 통해 8.15 광복절 기념행사 안내와 함께 독립유공자 후손들은 한인회에 신고해 줄 것을 공지했다. 이렇게 해서 2007년도에 처음으로 62주년 8.15 광복절 기념행사에 독립유공자 후손으로 박창노, 김병숙, 이제민 3명과 국가유공자로 김용광, 강영식, 안창성, 김민건, 송재호 5명을 교민사회에 공식적으로 소개를 했다. 이를 계기로 나는 8.15 광복절 기념행사와 3.1절 기념행사 때에, 과거 일제의 압제 속에서도 주권을 빼앗긴 나라를 되찾아야겠다는 결의를 다졌던 옛 광복군의 군가, 압록강 행진곡을 포함해 여러군가를 청취하는 시간도 가졌다. 행사 참석자들도 제26대 시드니한인회의 새로운 시도에 매우 만족해하는 듯했다. 이런 행사를 통해 독립유공자 후손들이 몇 차례 소개되었고 자연스레 그 숫자가 늘면서 호주광복회가 결성되는 계기를 제공했던 셈이다. 이 또한 매우 보람된 일이라 생각하여 감사할 따름이다.

▲ 2007년 광복절 행사를 준비하면서 확인한 독립유공자 후손들과 박영국 총영사와 필자(뒷줄 왼쪽에서 3번째)

▲ 2008년 광복절, 뉴라이트 고동식 호주지회장, 김웅남 총영사, 건국회 계지묵 호주지회장, 뉴라이트 노시중 고문과 필자(중앙) & 김웅남 총영사, 독립유공자 후손들과 필자(맨 오른쪽)

▲ 2019년 8.15 광복절 노래를 부르고 있는 필자

▲ 2018년 승병일 애국지사를 예방한 필자

▲2019년 8.15 광복절 행사에서 만세삼창을 하고 있는 한인단체장, 내빈, 참석자들과 필자(앞줄 왼쪽 2번째)

▲2017년 제72주년 광복절 기념행사에 참석한 윤상수 총영사, 류병수 한인회장,
한인단체장과 필자(앞줄 오른쪽 2번째)

▲2019년 제74주년 광복절 기념 사진 행사 & 홍상우 총영사, 윤광홍 한인회장, 운영위원과 필자(앞줄 왼쪽 5번째)

8
|
2

3.1절 독립운동 기념행사

2008년 3월 1일, 제26대 시드니한인회장으로 맞은 첫 번째 제89돌 3.1절 행사에는 박영국 총영사와 지난 8.15 광복절 행사를 하면서 찾아 낸 독립유공자 후손들을 포함하여 한인사회 지도자들과 교민들 그리고 호주정치권 인사로는 자유당의 The Hon. Greg Smith MP, 노동당의 The Hon. Virginia Judge MP가 참석했다. 나는 한인회장 기념사를 통하여 3.1운동정신을 통해 한민족 역량의 자부심을 갖고 동포사회의 화합으로 이어져야 한다고 강조했다. 그래서 한인회장 사무실에 있던 한국 대통령 존영을 대신하여 3.1운동 지도자 33인의 태화관에서의 독립선언 모습 상상도를 걸어 놓았다고도 했다. 특별히 과거 항일독립운동 당시 널리 불려졌다는 '용진가'와 '압록강행진곡'을 들어보는 순서도 가졌다. 그리고 매년 시드니동포사회 지도자와 차세대 자녀들과 함께 조국의 국권회복운동을 위해 헌신하셨던 애국지사들의 독립운동 정신을 되새기며 호주 주류사회와 다문화사회 속에 한국인으로서의 정체성을 재확인하며 떳떳한 호주시민으로서 자리매김을 해가고 있다.

(16) 한국신문 MAIN NEWS

제89주년 3.1절 기념행사

"선열들의 독립 정신 보전해야"

"평화와 자주 독립을 외쳤던 선열들의 숭고한 정신을 그대로 이어받아 동포사회에 확산시켜야 합니다."

지난 1일 제89주년 3.1절을 맞아 시드니한인회가 주관한 기념행사에서 승원홍 한인회장은 "비록 3.1운동이 독립을 가져오지는 못했지만 민족의 저력과 의지를 세계에 펼치고 민족 역량에 대한 자부심을 갖도록 한 중요한 계기였다"며 "3.1운동의 정신이 동포사회의 화합으로 이어졌으면 한다"고 당부했다.

이명박 대통령은 박영국 총영사가 대독한 기념사에서 실용의 정신을 강조하며 "역사의 진리를 포기해서는 안되지만 언제까지 과거에 얽매여서는 안 된다"고 했다.

기념사에 이어 독립선언문 낭독, 3.1절 노래 합창, 만세삼창이 진행됐다.

한편 이날 이 자리에서는 시드니에 거주하는 독립유공자 후손들이 소개되어 눈길을 끌었다.

'조선국권회복단' 활동을 주도했던 박영모 선생의 후손인 박창노씨, 중국 호남성 일대에서 참전했던 정보장교 황갑수 선생의 후손인 황명하씨, 청산리 전투에서 부대장을 지냈던 김연군 장군의 후손 김병숙씨, 애국지사 이제민 선생의 후손 최금봉씨, 만주에서 활동을 펼쳤던 전성걸 선생의 후손 전춘희씨, 파리회담 대표 우두기 선생의 후손 우의현씨 등이 참석했다.

또한 6.25참전유공자회 호주지회 강영식 회장을 비롯한 국가유공자들도 함께 했다.

이날 기념식에서는 독립운동 현장에서 가장 많이 불려졌던 '용진가'와 '압록강 행진곡'을 들어보는 순서도 마련됐다.

한편 이날 시드니한인회는 한인 동포사회에 봉사활동의 귀감이 되는 김인기 전 한인회 이사와 해병전우회 호주지회 임재봉 사무총장에게 공로패를, 그리고 한인사회를 위해 노력하는 NSW 주 버지니아 저지 의원과 그렉 스미스 의원에게 감사패를 증정했다.

저지 의원은 인사말에서 "한인회관 장소를 물색하는 데에 도움이 되고 싶다"고 말해 큰 박수를 받았고 스미스 의원은 자신의 고향인 아일랜드도 독립투쟁을 했었다며 공감을 표현했다.

임경민 기자
kenlim@koreanherald.com.au

▲2008년 제89돌 3.1절 기념행사관련 보도기사 & 2007년 7월 필자가 제26대 시드니한인회장으로 취임한 후 한인회장 집무실에 걸어놓은 서울 태화관에서의 독립선언 33인모임 상상도

▲2008년 제26대 시드니한인회장으로 맞은 첫 번째 89돌 3.1절 행사에 참석한 독립유공자 후손, 내빈들과 가운데 The Hon. Greg Smith MP, 박영국 총영사, The Hon. Virginia Judge MP와 필자(앞줄 오른쪽 5번째)

▲2008년 3.1절 행사, 독립유공자 후손들의 자기 소개와 함께 과거 독립유공자의 활동내용 설명을 경청하며 지켜보고 있는 The Hon. Virginia Judge MP 의원과 메모를 하고 있는 필자

▲2008년 만세삼창을 하고 있는 참석자들, 신기현 교수, 김웅남 총영사, 서유석 평통협의회장과 필자(앞줄 왼쪽 2번째)

▲2017년 제98주년 3.1절 기념식에 참석한 윤상수 총영사, 백승국 한인회장, 내빈과 필자(앞줄 오른쪽 5번째)

▲2017년 제98주년 3.1절 기념식에서 독립선언서를 낭독하는 교민학생 & 독립선언서를 낭독하는 학생들과 내빈, 필자

▲2021년 제102주년 3.1절 기념식에 앞서 한인회관 국기게양식에서 홍상수 총영사와 태극기를 게양하고 있는 필자

▲조기덕 회장의 만세삼창 선창에 따라 만세를 외치는 차세대 학생참석자들

8-3

5.18 광주민주화운동 기념행사

1980년 5월 18일을 전후하여 민주주의의 실현을 요구하며 전개한 광주민중항쟁의 역사를 기억하며 희생자를 추모하는 모임이 시드니동포사회에서도 언제부터인지는 확실치 않으나 호남향우회를 중심으로 매년 계속 개최되어 왔는데 한국정부가 1997년 5월을 법정기념일로 제정하고 국가 차원에서 기념추모행사를 시작한 이후 2010년도부터 3.1절, 8.15 행사와 함께 시드니한인사회의 공식 기념행사로 자리매김을 했다.

내가 시드니한인회장 재임 기간 중이었던 2008년 10월에 전라남도 주최로 제89회 전국체전 개막식 행사가 여수시에서 개최됐다. 나는 강대원 체육회장과 함께 호주지역대표 VIP로 초청되어 개막식 행사의 하이라이트인 선수임원단이 경기장에 입장할 때에 본부 단상에서 호주 선수임원단을 환호하며 격려를 했었다. 그리고 호주선수단의 숙소로 정해진 나주시를 찾아 함께 1박을 하면서 선수단을 격려하고 강 회장에게 선수들과 함께 식사라도 하라며 금일봉을 전달했다. 그리고 나는 다음 날 일찍 서울에서의 선약 관계로 나주를 떠나 서울로 올라가는 도중에 광주 5.18 민주묘역을 찾아 1980년 민주항쟁에 희생된 영령께 참배를 하고 싶다는 생각이 들었다. 그래서 과거에 한번도 가본 적이 없는 광주의 5.18 민주묘역을 찾아 분향 참배를 하였으나 서울에서의 선약 시간 때문에 광주의 옛 전남도청 자리와 금남로까지 찾아가 볼 시간이 없어 매우 아쉬웠다. 그러나 현직 호주 시드니 한인회장으로서 우리 모국의 지나간 아픈 역사의 현장을 잠시나마 찾아보고 지난 역사를 되돌아볼 수 있는 시간을 가질 수 있었음에 감사한다.

▲2008년 광주 국립 5.18 민주묘역 내에 광주민주화운동추모탑 전경 & 추모탑 제단에서 분향 참배하는 필자

▲2018년, 시드니 한인회관에 마련된 희생자 추모제단에 묵념을 하기 위해 헌화하고 있는 이경재 선생과 필자

▲2017년, 광주민주화운동 37주년 기념식에 참석한 내빈, 윤상수 시드니총영사와 필자(앞줄 오른쪽 6번째)

▲2018년, 광주민주화운동 38주년 기념식에 참석한 주요 교민단체장, 내빈과 필자(둘째줄 오른쪽 4번째)

8
|
4

한국전쟁 참전기념비 건립과 가평전투 및 ANZAC Day 행사와 보훈행사

8-4-1. 한국전 참전기념비 건립추진회 모금활동과 건립비 제막(2009.7.26.)

내가 시드니한인회장으로 선출되기 몇 년 전부터 한국전 참전기념비건립 문제는 시드니총영사관 김창수 총영사와 호주NSW주정부 보훈처의 원칙적인 합의가 이루어져 있었고 후속조치로 장소선정과 기념비디자인 윤곽과 재원조달에 관한 논의를 계속하면서 시드니 한인사회에도 공론화되었다. 물론 장소선정과 디자인에 관한 다양한 의견 조정과정과 함께 이런 저런 이유로 다소 지연된 느낌도 있었다. 그러다 내가 시드니 한인회장으로 선출된 2007년 이후 건립될 기념비 장소로는 시내 Moore Park 시내방향 끝쪽에, 디자인은 태극문양의 원모양 안에 1.5-2.5m 깃대모양 석재 136개를 세워 제작하고

▲ 2008년 9월 한국전 참전기념비 건립추진을 위한 Strathfield, Cook Park 모임, The Hon. John Murphy MP 연방의원, The Hon. Linda Burney MP 주의원, 손치근 부총영사, Darren Mitchell NSW주정부 보훈국장 및 관계자와 한국 측 건립추진위 핵심 인사들과 필자(앞줄 오른쪽 5번째)

기념비 석재는 호주참전용사들의 건의에 따라 호주군이 가장 많이 희생된 경기도 가평군에서 공수해 오기로 확정했다. 드디어 2008년도 9월이 되면서부터 시드니한인사회에도 본격적인 모금활동이 시작되었다. 나는 현직 한인회장으로서 당연히 추진위 모임에 참여하게 됐고 관계자들과 함께 Strathfield Cook Park에서의 첫 BBQ모임을 가졌다. 호주정부 측에선 The Hon. John Murphy MP연방의원, The Hon. Linda Burney MP 주의원, NSW주정부 Daren Mitchell 보훈국장, 시드니총영사관 손치근 부총영사 그리고 한국 측 추진위원들이 함께 모여 NSW주정부 보훈처의 진행현황보고 청취와 한인사회에서의 모금준비계획에 관한 의견을 나누었다. 이런 과정을 거쳐 건립기념비추진위원회 임원들도 확정됐다. 나는 현직 한인회장으로서 상임 명예회장으로 추대되었고, 추진위원회 회장은 백낙윤 전임회장이 그리고 부회장 3명은 강영식 6.25 참전국가 유공자협회 호주지회장, 김태홍 재향군회 호주지회장, 이윤화 베트남 참전전 우회회장 그리고 모금추진위원장은 정장순 전임회장이 맡기로 했으며 "나에게는 보람! 호주참전용사에게는 존경! 조국에는 영광!"이란 표어로 본격적인 범교민모금활동이 시작됐다. 그리고 11월 27일 Burwood RSL Club에서 '참전비건립 자선모금의 밤' 행사를 개최하면서 범교민사회적 모금에 박차를 더해 갔다. 현직 한인회장으로서 상임 명예회장인 나도 백낙윤 건립추진위원장에게 개인 성금 3천 불의 전달식도 있었다. 시드니 한국전 참전기념비는 6.25전쟁 당시 UN군으로 참전했던 호주군용사들의 희생정신을 기리기 위하여 한국정부 국가보훈처가 25만 불, 호주NSW주정부가 Moore Park공원 내 부지와 35만 불을 공동 지원했고 교민사회 성금 20만 불 총 80만 불을 투입해 나의 시드니한인회장 임기 말에 완공되어 2009년 7월 26일에 기념비 제막식행사를 갖게 됐다. 한국전 참전 호주군인, 호주NSW주정부 보훈처, 6.25참전국가유공자 그리고 한국정부와 한국재향군인회를 비롯한 군단체는 물론 호주교민사회의 커다란 숙원이 해결된 셈이었다. 물론 마침 내가 시드니한인회장 임기 중에 역사적인 현장에 있었음도 보람되고 행복한 일이었다. 이 또한 얼마나 감사할 일인가!

▲2008년, 한국전참전기념비 건립기금 모금 행사에서 국민의례를 하는 내빈, 임원 및 참석자들과 필자(맨 앞줄 가운데)

한.호 한국전 참전 기념비 건립 추진회

건립추진회 임원 구성

한국전 참전비 건립 추진회 회장 백낙윤

▲한국전참전비건립추진회 임원 및 계획발표 광고 & 한국전참전기념비건립기금 모금행사에서 축사를 하는 필자

▲ 김웅남 총영사가 NSW주정부 보훈처장관에게 한국전참전기념비 건립을 위한 한국정부 성금을 전달하고 있다 & 한국전 참전기념비 건립추진 모금의 밤 행사에서 참석자들의 성원과 후원에 감사하며 건배 제의하고 있는 필자

▲ 2008년 11월 한국전 참전기념비 건립기금 모금행사에 참석한 손치근 부총영사, NSW주정부 보훈처 Darren Mitchell 보훈국장과 직원, 권기범 시의원, 백낙윤 추진위원장, 재향군인회 김태홍 호주지회장, 베트남참전전후회 이윤화 호주지회장, 추진위원회 고남희 위원과 함께 담소하며 축배를 들며 환호하는 필자(맨 왼쪽 첫번째)

▲ 2008년 한국전참전기념비 건립추진위원회 백낙윤 위원장에게 성금 3천 불을 전달하고 있는 상임명예회장인 필자

▲ 한국전참전기념비 건립추진위원회 회장단이 NSW주정부 보훈처장관과 보훈처국장에게 교민성금을 전달했다

한국전쟁이 끝나고 오랜 기간 동안 잊혀진 듯했던 한국전쟁 참전호주용사들에 대한 감사의 표현과 역사적 교훈을 위하여 호주정부와 한국정부의 후원에 힘입어 뜻있는 많은 시드니동포사회 원로분들과 재향군인회, 한국전참전국가유공자회, 베트남참전전우회 등의 적극적인 협력과 후원으로 2009년 7월 25일 한국전 참전기념비가 무어파크에 건립됐다. 그리고 2010년 5월 호주정부의 The Hon. Peter Primrose MP NSW보훈처장관은 한국전참전기념비 건립에 공헌한 한·호 양국 관계자 95명(금상 23명, 은상 26명, 동상 46명)에게 호주NSW재향군인회장을 통해 감사장을 전수했다. 한국전 참전비 건립공헌자 금상 23명은 상임명예회장인 필자를 포함하여 박영국 전임 시드니총영사, 김웅남 시드니총영사, 권영건 재외동포재단 이사장, 손종목 해군소장(순양함), 강만희 보훈처실장, 이진용 가평군수, 최병태 대한언론인연맹 대표이사 등 한국 정부 측 인사가 모두 7명이고 호주교민이 16명이다. 필자는 해외출장 관계로 시상식엔 참석하지 못했다.

4 호주동아　　특집 한국전참전기념비

'잊혀진 전쟁' 불명예 벗었다

특집 화보 한국전참전기념비　　2009년 7월 31일 금요일(일간)

'전우애'로 갚은 50여년 '추모의 빛'

시드니 시티에 '한호 혈맹의 상징'으로 우뚝
26일 감동적 제막식, 무궁화로 NSW 전사자 상징

The Government of New South Wales

In recognition of your contribution
to the building of the
New South Wales Korean War Memorial in Moore Park, Sydney
Unveiled and dedicated on 26 July 2009

A tribute to those who served and died in the Korean War 1950-1953
A symbol of the enduring friendship between
Australia and the Republic of Korea

Awarded to
Won Hong SEUNG

In remembrance and gratitude

The Hon Peter Primrose MLC
Minister Assisting the Premier
on Veterans' Affairs
State of New South Wales
21 May 2010

▲2010년 5월 NSW보훈처장관이 한국전참전비 건립공헌자인 필자에게 수여한 감사장

2010년 5월 28일 금요일〈일간〉

주정부 한국전참전비 기여자 포상

총 95명 수상, 백낙윤 회장 영구 관리인 임명

한국전참전기념비 건립 공헌자 '금상'

김웅남 전 총영사, 권영건 재외동포재단 이사장, 백낙윤 참전비 건립추진회 회장, 이재경 전 한인회장, 정장순 참전비 건추회 모금 위원장, 승원홍 전 한인회장, 김병일 시드니한인회 한인회장, 강영식 참전비 건추회 부회장, 김태흥 참전비 건추회 부회장, 이윤화 참전비 건추회 부회장, 김영신 참전비 건추회 사무총장, 우동훈 참전비 건추회 사무총장, 고남희 참전비 건추회 코디네이터, 박영국 전 총영사, 손종목 해군 소장 (순양함), 강 만희 보훈처 실장, 이 진용 가평 군수, 최 병태 대한언론인연맹 대표이사, 고희진 전 평통 회장, 정해명 대양주한인회 회장, 김용안 월드키카 회장, 김구흥 골프협회 회장, 나창환 아시아나 항공 지사장

NSW 보훈처 장관이 지난해 7월 말 시드니 무어파크에 준공된 한국전참전기념비 건립에 공헌한 한호 관계자들을 포상했다.

수상자는 금상(Gold) 20명, 은상(Silver) 29명, 동상(Bronze) 46명 등 총 95명이었지만 지난21일 주정부청사인 거버너맥쿼리타워 41층 연회실에서 열린 시상식엔 약 50명이 참석했다.

피터 프림로즈(Primrose) 보훈처장관을 대신해 참석한 다렌 미첼NSW총리실 보훈담당 국장이 사회를 진행했고, 참전비건립추진위의 코디네이터였던 고남희 씨가 통역을 맡았다. 돈 로우NSW 재향군인회(RSL) 회장이 시상했다.

최고 등급인 금상 수상자엔 백낙윤 참전비건립추진위 회장, 김병일 시드니한인회장, 김태흥 이윤화 강영식 참전비건립추진위 부회장, 정장순 참전비건립추진위 모금 위원장, 김영신 우동훈 참전비건립추진위 사무총장 등이 포함됐다.(왼쪽 명단참조)

프림로즈 보훈처 장관이 백낙윤 회장과 헤리 스파이서 한국전 참전용사를 한국전참전기념비의 영구 관리인으로 임명한 임명장도 수여됐다.

권상진 기자 info@hojudonga.com

▲감사장 전달 기념식 보도 기사

▲한국과 호주 양국 정부의 지원과 한국전 참전 호주군인들과 호주동포사회의 후원으로 2009년 7월 26일(한국전쟁 정전협정 56주년이 되는 7월 27일 하루 전날) 시드니 시내 무어파크에서 거행된 한국전참전기념비 제막식에서 양국 보훈처장관과 내빈들이 참석한 가운데 한국전쟁 기간 중 전몰장병들의 영혼을 추모하는 한국 전통예식과 호주 원주민 전통의식이 함께 행해졌다

8-4-2. 가평전투와 ANZAC Day 퍼레이드 및 지역 기념행사

1951년 4월 23일과 24일, 춘계대공세를 펴며 경기도 가평을 점령할 목적으로 파죽지세로 남하하던 중공군 1사단의 인해전술에 맞서 치열한 전투 끝에 가평 방어선을 사수하며 수도 서울을 지킬 수 있었고 연합군의 보급로를 확보할 수 있었던 기적같은 승리를 거둔 호주 육군제3대대! 중공군은 가평전투에서 1만 명 이상이 전사하는 큰 피해를 입었으나 영연방 4개국(영국, 캐나다, 호주, 뉴질랜드)연합군 소속 호주 3대대의 피해 상황은 전사 31명, 부상 58명, 실종 3명뿐이었다. 이로써 중공군 사령관 팽덕회가 춘계대공세 실패를 자인했고 모택동에게 작전 상황을 보고했다고 한다. 그 공로로 호주 육군3대대는 미국 트루먼 대통령으로부터 부대표창을 받았고 가평대대라는 별칭도 얻게 됐다. 또한 호주 최고의 정예부대로 인정받아 붉은 베레모를 쓰는 공수부대가 되었다. 호주 육군은 가히 기적이라고 말할 수 있는 가평전투를 기념하기 위하여 ANZAC Day 하루 전날인, 4월 24일을 '가평의 날'로 정하고 매년 가평 퍼레이드 행사를 하며 호주군인의 용맹스런 정신을 기려오고 있다. 이런 연유로 한국전쟁 참전 호주용사 특히 육군3대대 가평부대는 오래 전에 경기도 가평군 어린이학생들에게 장학금을 보내기도 했으며 특별한 관계를 유지해 오고 있다. 뿐만아니라 가평군은 한국인 밀집 상권지역인 Strathfield City Council과 자매결연도시협약을 맺고 정기적인 왕래를 하며 인적 물적교류를 확대해 오고 있다.

▲ 2016년, 가평전투 기념행사에 참석한 NSW주정부 보훈처장관과 재향군인회관련 인사들과 한인 대표 & 기념 케이크 컷팅 행사에서 이휘진 총영사와 필자(왼쪽 3번째)

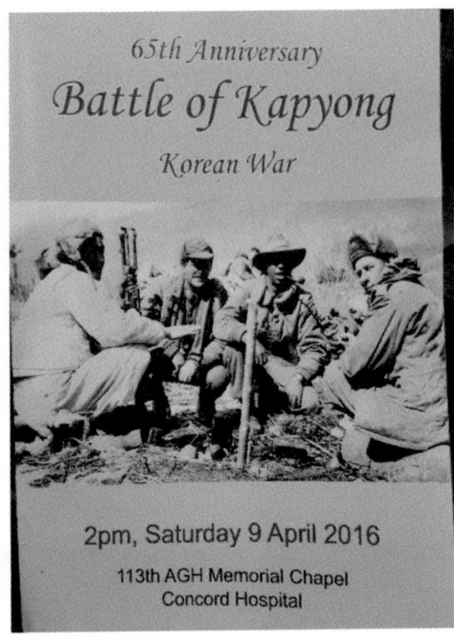

▲한국전 참전 호주부대 연합기 & 가평 영연방참전기념비에서 필자 & 2016년 가평의날 65주년 기념행사 안내서

TOP • HOT ISSUE

4월 24일은 '가평의 날'

'호주 속의 한국' 가평대대-육군 제3대대

2009년 4월 24일 TOP • HOT ISSUE 9

백호주의의 땅 호주로, 뉴 프런티어 최영길 씨

한국전쟁으로 인한 호주와의 운명적인 인연

▲4월 24일 가평의날 특집 보도기사

제1차 세계대전 기간 중 1915년 4월 25일 터키의 갈리폴리반도 상륙작전에 연합군과 함께 투입된 ANZACAustralian and New Zealand Army Corps 호주뉴질랜드연합군단은 독일과 오스만 제국(현 터키)연합군에 의해 무참히 살해되었으며 8천여 명의 호주군도 몰살 당했다. 이런 비참했던 4월 25일 갈리폴리Gallipoli전투에서 용감하게 싸운 ANZAC호주뉴질랜드연합군단의 군인들과 호주군인이 참전한 모든 전쟁과 분쟁, 작전에 참전하여 희생된 군인들을 추모하는 날로 ANZAC Day라고 부른다. 이날을 호주법정공휴일로 제정하여 호주 전역에서 연방정부, 주정부, 지방정부 차원에서 호주재향군인회RSL주관으로 동시에 기념행사를 하며 참전용사들도 가족과 함께 전 국민이 함께 퍼레이드에 참여한다. 물

론 한국전참전용사와 베트남전참전용사들도 호주 참전용사들과 함께 퍼레이드에 참여하며 이 시기에 맞춰 한국재향군인회 故 채명신 회장, 故 박세직 회장과 김진호 회장도 시드니를 방문해 퍼레이드에 직접 참여한 적도 있다. 나도 가끔은 시내 퍼레이드행사에 나가 환호와 박수로 성원을 하기도 하며 내가 거주하고 있는 West Pymble집동네 Ku-Ring-Gai시정부주관 ANZAC Day새벽 추모행사와 한인밀집지역 시정부주관 행사에도 참여한다.

▲ANZAC 퍼레이드에 참여한 한국전 참전 호주군인들 & 베트남전 참전 용사들의 퍼레이드 장면

▲ANZAC 퍼레이드에 참여한 6.25참전국가유공자회 호주지회 회원들 & 퍼레이드에 참여한 故 박세직 재향군인회장

▲ANZAC Day 퍼레이드에 참가한 어린이와 학생밴드팀 & ANZAC 퍼레이드에 참가한 한국전 참전 호주군인과 가족들

▲2018년 Ryde시정부 주최 ANZAC Day기념행사에 참석한 Ryde시장과 김진호 재향군인회장 일행과 필자 (오른쪽 2번째)

▲ Ryde City Council시 ANZAC 기념행사안내장 & 기념행사에서 필자 & Ku-Ring-Gai시 ANZAC Day기념 새벽추모행사안내장

▲2018년, 내가 살고 있는 West Pymble지역인, Ku-Ring-Gai 시정부 주최 West Pymble Bicentenial Park에서의 ANZAC Day기념 새벽 추모행사에 동네 주민들과 함께 참가한 필자

8-4-3. 한국 정부의 한국전쟁참전 호주군인초청 감사보훈행사

한국 정부 보훈처와 재향군인회에서도 매년 한국전쟁참전 호주 군용사들을 위로하며 감사의 뜻을 전하는 보훈행사를 꾸준히 실행해 오고 있다. 특별히 재향군인회가 매년 몇 명씩을 선정하여 평화의사도 메달과 감사장을 수여해 왔다. 또한 정부차원의 보훈행사로서 매년 시드니총영사관 주최로 한국전쟁참전 호주용사초청 오찬리셉션과 함께 특별한 해에는 호주군참전용사와 가족들을 초청하여 한국정부의 감사와 위로를 전하는 대규모 리셉션과 콘서트 보훈행사를 개최하기도 한다.

▲2020년 한국전 종전기념 한국전참전호주군인초청 위문 공연단의 연주 & 故 박세직 재향군인회장과 환담하는 필자

▲2008년, 한국전 참전호주용사에게 감사장을 전달하는 필자 & 한국전 참전호주군인에게 평화의사도 메달수여식 행사에서 박영국 총영사, 故 박세직 재향군인회장과 필자

▲2018년 한국정부 보훈행사개최에 감사의 인사를 하는 호주군 대표 & 시드니타운홀에서 개최된 한국전쟁휴전 65주년기념 2018년 한국전쟁참전용사 위로와 감사 콘서트 겸 VIP리셉션과 가야금 공연

▲2018년 한국전쟁휴전 65주년기념 시드니타운홀에서의 보훈 콘서트 연주장면

▲켄버라한국전참전기념비 헌화후 이백순대사, 권태섭무관 & Rear Admiral Crawford AO 제독,홍상우총영사와 필자

▲한국전 참전용사와 필자 & 한국전참전호주군 NSW협회 사무총장 Harry Spicer OAM과 필자

8-4-4. 시드니 제일교회의 한국전쟁참전 호주군인가족초청 감사보훈행사

▲2009년 시드니제일교회에서 한국전참전 생존 호주 군인과 가족을 초청하여 감사의 예배를 드리고 있는 모습

1980년에 창립돼 시드니 Concord에 자리한 시드니 제일교회에서는 1993년도부터 매년 한국전 참전 호주군인과 가족들을 초청하여 감사예배 겸 보훈행사를 개최했다. 또한 7월 27일 한국전 종전기념일에 보훈병원인 Concord Hospital에서 개최되는 한국전 참전용사를 위한 호주정부의 보훈행사에 찬양사역으로 후원하고 있다. 지태영 담임목사 재임 때였던 1993년 지 목사의 제안에 따라 한국전 참전용사인 한국공군예비역 중령 출신 황백선 집사가 호주정부 보훈처와 한국전 참전호주군인회와 긴밀히 연락을 취하면서 한국전참전 호주용사들을 초청해 위로감사예배를 드리고 조촐한 잔치를 베풀기 시작하여 오늘에까지 좋은 전통을 이어오고 있다. 마침 나도 시드니 제일교회 은퇴장로로서 예배순서 중 대표기도와 함께 섬김이로 봉사할 수 있어 기쁘고 감사하게 생각한다. 그러나 호주참전용사들의 평균연령도 90세를 훌쩍 넘어가므로 많은 분들이 이미 타계했고 생존자들도 거동이 쉽지 않아 2020년과 2021년엔 코로나 팬데믹 사태로 자동 취소됐고 앞으로의 행사는 아마도 실현되기 어려울 것 같아 세월의 흐름 앞에 안타까움이 더해진다.

▲2009년 지태영 목사, 황백선 예비역 공군중령, 김웅남 총영사, 이안 크로포드 제독, 변조은 목사, 필자(오른쪽 2번째)

▲ 호주군 3대대장 미망인 올윈그린 여사와 필자 부부

▲ 2018년 한국전쟁발발 68주년 보훈예배 대표기도하는 필자

▲ 2019년, 시드니 제일교회 교육관 다과회 후, 한국전 참전 생존 호주군인 및 가족들과 함께한 필자 (뒷줄 오른쪽 2번째)

8-4-5. H2O품앗이운동본부의 호주군참전용사방문과 감사편지 전달식

(사)H2O품앗이운동본부는 한국 고유의 미풍양속인 품앗이 정신으로 나눔과 봉사를 실천하는 비영리 사단법인으로 특별히 미래의 주역이 될 어린이와 청소년들이 감사와 나눔의 마음을 가슴에 품고 올바르게 성장해 가도록 하기 위한 뜻깊은 프로그램을 이어가고 있다. 1998년부터 Thank you from Korea, 국회동심한마당, 포럼, 편지쓰기(꿈, 사랑, 감사) 등 나눔과 봉사사업을 매년 정기적으로 진행하며 품앗이 정신을 전세계에 알리고 실천하여 지구촌 화합과 평화에 기여하고자 하는 단체이다.

나는 재호한인상공인연합회 회장재임 시절이던 1998년 세계한인상공인대회에서 이경재 국회의원을 처음 만났다. 그는 재중국한인상공인회의 장재국 회장을 나에게 소개해 주었고 자매결연을 맺도록 중매도 해 주었다. 이런 인연으로 내가 시드니 한인회장 재임기간 중에도 그의 초대를 받아 품앗이운동본부 임원간담회에 참석했던 적이 있다. 다방면에서 열정적으로 봉사하고 있는 분들의 집합체 같다는 인상을 받았다. 특별히 과거 세계한인상공인총연합회 사무총장이었던 장문섭 씨가 사무총장을 맡고 있어 나름 친근감도 있었다. 그런데 2015년이 되면서 한국문화협회 박다이아나 회장으로부터 품앗이운동본부의 2015년도 7월 중 사업계획으로 호주방문일정이 있다며 한국전참전호주군협회와의 연락과 모임을 주선해 달라는 협조요청이 왔다. 그래서 품앗이운동본부 김한종 사무차장과 필요한 사항들을 확인하며 한국전 참전호주군협회 인사들과 협의를 시작했다. 평소 친분이 있는 한국전참전협회 호주회장인 Ian Crawford AO제독에게 연락을 하였으나 마침 영국방문 중이라며 대신 사무총장인 Harry Spicer OAM에게 연락을 할 터이니 그와 협의하라는 답신이 왔다. Harry Spicer OAM은 한국전참전용사이며 또한 태권도사범으로 오랫동안 현역으로 왕성하게 활동을 했던 인사로 내가 2003년도 호주인태권도사범초청 한국방문단원으로 그를 초청을 한 바 있어 친분이 있는 인사였다.

▲시드니 호주군한국참전기념비 참배와 품앗이운동본부 이경재 이사장일행환영 시드니총영사 관저만찬에서 필자

▲ 2015년 품앗이운동본부의 호주지역(시드니, 뉴캐슬, 켄버라) 한국전 참전호주군 용사에게 감사의편지 전달행사 만찬에 참여했던 재호한인상공인연합회 강흥원 회장, 민주평통 호주협의회 형주백 회장, 품앗이운동본부 이경재 이사장, 필자와 한국문화협회 박다이아니 회장 그리고 6.25참전국가유공자회 백낙윤, 김진기 회장

▲ 6.25참전 국가유공자회 김진기회장의 답사 & 어린이대표가 한국전참전용사에게 감사의 편지 낭독에 이어 6.25참전국가유공자 회원들의 발을 씻어주고 있는 품앗이 대표 어린이들

그러나 90살 나이 전후의 노병들에게 시기적으로 6월 25일 한국전참전기념 행사에 이어 7월 중 또다시 모임을 갖는 것도 커다란 부담이었다. 그래서 결국 시드니에선 한국전 참전국가유공자 회장단으로 최소한의 인원 참여로 만족할 수 밖에 없었다. 다행스러웠던 것은 켄버라지역은 주호한국대사관의 무관의 도움으로 몇 분의 호주참전용사를 초청할 수 있었다. 그리고 뉴캐슬지역의 호주 공군77전투비행대대 방문은 공군 예비역출신인 나에게도 또 다른 특별한 경험이었다. 비행대대장의 환영과 비행대대 현황브리핑과 어린이 감사편지 전달 행사 등이 차질 없이 진행됐다. 아울러 이휘진 총영사도 관저만찬을 베풀며 품앗이운동본부 이경재 이사장과 임원과 어린이들을 환영해 주어 뜻깊은 마무리를 할 수 있어 보람된 행사로 기억하고 있다.

pumassi

감 사 장
Certificate of Appreciation

Presented To
송 원 홍 회장
In Appreciation For Your Outstanding Service
And Dedication To
2015 "Thank You From Korea"

귀하는 2015 "Thank you from Korea"
행사의 성공적인 개최를 위하여 헌신 하신 바
깊은 감사의 마음을 전합니다.

July 30, 2015

(사)H2O 품앗이운동본부
H2O Pumassi Headquarters
이사장
Chairman 이 경 재

▲한국전참전 호주군인께 감사편지 전달과 켄버라 참전비헌화에 참석한 필자 (앞줄 맨 오른쪽)

▲필자가 받은 품앗이운동본부 감사장

▲켄버라 한국전참전 호주용사에게 감사편지를 낭독 전달하는 품앗이운동본부 어린이들과 감격한 호주군참전노병들

▲호주공군77전투비행대대 장병에게 품앗이운동본부의 한국전참전호주군 방문, 감사편지 전달취지를 설명하는 필자

▲한국전참전호주공군77전투비행대대들 찾아 위문편지를 전달하는 품앗이운동본부 어린이들과 함께한 호주군인들

▲호주공군77전투비행대대 부대 마크

▲호주공군 전투기 조종사와 필자

▲호주공군77전투비행대대에서 품앗이운동본부 어린이방문단일행과 대대장, 전투기 조종사와 필자 (앞줄 오른쪽 2번째)

8
|
5

재향군인회, 6.25한국전참전국가유공자회, 베트남전참전 전우회, 해병전우회의 다양한 행사

230여 년밖에 안 된 짧은 역사를 가진 호주국가는 전 세계인의 자유와 정의를 위해 거의 모든 전쟁에 참가했다고 해도 과언이 아닐 정도로 참전용사가 많다. 그런 연유에서인지 호주정부는 참전용사들을 위한 보훈차원의 복지연금 혜택지원은 물론 각 지역마다 퇴역군인을 위한 RSLReturned and Service League of Australia Club을 통해 다양한 활동들을 지원하고 있다. 특별히 한인사회와 관련해서 한국전쟁과 베트남전쟁 참전용사들 간의 교류와 활동도 많다. 내가 대한항공을 떠나 호주로 이민하며 롯데여행사를 창립했던 1982년 이듬해인 1983년 5월에 대한민국 재향군인회 호주지회가 창립되었고 초대 이종윤 회장을 중심으로 본격적인 활동을 시작했다. 초기 호주지회 창설 당시 나도 공군 예비역출신으로 창설 멤버로 참여했다. 그 후에도 재향군인회장 선출 때 가끔 대의원으로 초청되어 회장선거에 참여했던 적도 있다. 그러나 나는 군대의 규율적 분위기보다는 자유분방한 분위기를 좋아했으므로 군 관련 단체에는 깊이 참여하지 않았고 다만 멀리서 성원하며 후원하는 입장을 견지해 왔다. 언젠가 공군 예비역 출신의 모임인 보라매회도 잠시 있었는데 지속되지 않았다.

나는 한국과 호주 관계에서 한국전 참전용사를 매개로 한호 양국 간 우호관계 증진은 매우 중요한 현안이라고 생각하여 내 사업체인 롯데여행사를 통해서 직간접으로 많은 기여를 했다고 자부하고 싶다. 또한 내가 2007년 3월 제26대 시드니한인회장 후보로 출사표를 던지며 4월 ANZAC Day를 맞아 시드니 시내 Martin Place의 호국전몰장병기념비에 헌화를 시작으로 장차 시드니한인회장으로서 호주 속의 한국인들의 권익증진은 물론 한호 양국 간의 우호증진을 위해서도 봉사와 헌신을 하겠노라며 다짐을 하기도 했다.

▲ 2007년 4월 시드니한인회장 출마선언 후 시드니 시내 Martin Place 호국장병기념비에 헌화부터 시작했던 필자

이런 나의 마음가짐 때문이었는지 나는 호주호국영령의 도우심 덕분으로 제26대 시드니한인회장에 당선됐고 재향군인회, 6.25참전 국가유공사회, 베트남참전전우회, 해병전우회 회장단과 함께 상호 유기적으로 협력하면서 시드니한인회장 직무를 수행했다. 그러나 호주한인사회에서 비교적 나이(당시 80세 전후)가 많았던 한국전참전 국가유공자회가 분열 양분화되어 서로 반목하며 여러면으로 한인사회 분위기를 어렵게 만들어 안타까움도 많았다. 나는 내 임기 2년을 마치며 2009년도 정기총회 때, 양분된 두 회장단에게 화합하며 단합된 모습으로 시드니한인사회에 모범을 보여달라고 요청을 했고 원칙적으로 합의를 했다. 그러나 총회 시작 바로 직전에 나는 한인회장 집무실에 모인 양측 회

장단에게 화해 의지 최종확인을 위해 새로운 시작을 위한 악수를 요청했으나 한쪽에서 또 다른 추가 조건을 제시하는 바람에 사실상 화해 합의는 결렬됐다. 나는 한인사회 어르신답지 못한 그들의 모습에 정말 실망했다며 양측 회장단을 질책도 했다. 그러나 베트남참전 전우회와 해병전우회는 한인회 업무에 언제나 적극적으로 협력했다. 특별히 해병전우회는 시드니한인회관에서 큰 행사가 있을 때마다 자원하여 한인회관 주변 교통정리를 도왔고 호주전역의 Clean Up Day 때마다 한인회관 주변 청소를 위해 젊은 해병들은 궂은 일들을 마다하지 않고 한인회관 옆의 Cook River 물 속까지 들어가 커다란 쓰레기들을 건져내며 헌신했다. 그래서 나는 2007년 송년회에서 시드니한인회장의 특별 감사패를 수여했다. 해병전우회원들은 요즈음도 나를 만나면 "충성!" 하며 거수경례로 친근감을 표현하고 있다. 이 또한 얼마나 감사해야 할 일이 아니던가!

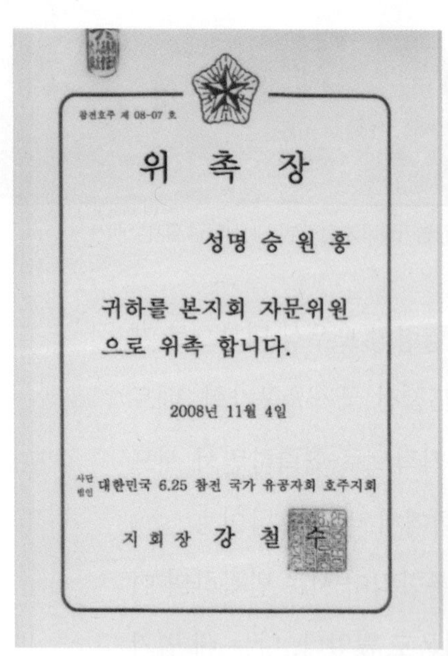

참전호주 제 08-07 호

위 촉 장

성명 승 원 홍

귀하를 본지회 자문위원으로 위촉 합니다.

2008년 11월 4일

사단법인 대한민국 6.25 참전 국가 유공자회 호주지회

지회장 강 철 수

▲ 6.25참전국가유공자회 호주지회 자문위원 위촉장 & 2021년6월25일 한국전참전기념추모공원에서 헌화추모 후 재향군인회 호주지회장 방승일회장, 홍상우 시드니총영사와 필자

▲ 2010년 3월 26일 북한 잠수함의 어뢰공격으로 침몰된 천안함 46명의 희생자 추모식에서 묵념하는 필자

▲ 2010년도 6.25참전국가유공자회 호주지회 총회에 참석한 참전용사 회원들과 필자(둘째줄 오른쪽 2번째)

▲ 2018년 ANZAC Day 퍼레이드에 참여한 6.25참전국가유공자회 호주지회 대표임원들을 격려하는 필자(왼쪽 2번째)

▲2008년 호주 베트남참전국가유공전우회 주최, 한호 우호친선행사의 사전 축하 공연 & 축사를 하는 필자

▲2008년 베트남참전유공전우회 한호참전용사 친선행사, 故박세직 재향군인회장, 박영국 총영사와 필자(오른쪽 2번째)

▲2008년 호주 베트남참진유공전우회 한호우호친선행사에서 故 박세직 회장, 박영국 총영사와 필자(맨 앞줄 가운데)

▲해병전우회 양재봉 총무에게
감사패를 수여하는 필자

▲2008년 해병전우회 호주지회 행사에서 축사를 하는 필자

▲2008년, Clean Up Day에 참석해 수고를 아끼지 않았던 젊은 해병전우회 회원들, 박은덕 부회장과 필자
(뒷줄 가운데)

▲2008년, Clean Up Day 행사에 참가하여 한인회관 주변과 Cook River에 들어가서 말끔히 청소를 하는 해병전우들

8-6

모국방문 한민족축전과 2000년시드니올림픽과 교민 체육관련 행사

8-6-1. 국민생활체육협의회의 모국방문 한민족축전

1980년대는 호주 한인들의 숫자가 증가하면서 자연스럽게 한인사회에도 건전한 스포츠 활동 장려 움직임이 있었고 1987년에 재호주대한체육회가 창립되어 모국의 대한체육회 호주지부로 승인을 받아 전국체전에도 참가하게 되었다. 그 이후 내가 시드니한인회장으로 선출되었던 2007년도 당시 10만 명 한인동포사회라고 불릴 만큼 양적 질적으로 성장한 동포사회에는 각종 스포츠 단체들이 재호주대한체육회의 가맹단체로 활발한 활동을 전개해 가고 있었고 다양한 체육행사에 참여하며 체육인들과 친근하게 교제하며 후원과 함께 상호 협력할 수 있는 기회를 가질 수 있었음에 감사한다. 특별히 모국의 국민생활체육협의회가 매년 해외동포를 초청하는 한민족체전 행사가 있었다.

이 행사의 참가자 추천과 관련하여 과거엔 시드니한인회장단을 중심으로 주변 인사들이 주로 참석하는 관행이 있었는데 나는 모국정부의 행사 목적에 맞게 해외동포 가운데 여러 여건으로 모국방문이 어려운 인사들이 가능한 많이 추천되는 것이 바람직하다고 생각하여 이 잘못된 관행을 시정하고 싶었다. 그래서 나는 국민생활체육회 한민족축제 해외동포 선발을 책임 맡고 있던 박민규 담당을 만나 호주지역 초청자 120여 명 숫자 가운데 시드니지역 이외에 40명을 할당하고 나머지 80명은 행사 취지와 목적에 맞게 시드니한인회가 책임지고 참가자를 선정하겠다고 제안했다. 물론 처음에는 어렵다는 의견을 표명했으나 나는 시드니지역 참가자 선정 권한을 시드니한인회에 넘겨주지 않으면 이 문제를 공론화하여 부조리를 시정토록 하겠다며 완강한 태도를 보였다. 내 느낌으로는 국민생활체육회 내부에서도 해외지역 초청 인원과 선발 문제로 많은 어려움이 있는 듯이 보였고 그런 이유에서 였는지는 몰라도 관련 담당국장은 나와의 만남을 회피하는 듯이 생각됐다. 결국 국민생활체육회는 나의 제안을 받아들여 합의안으로 참가자 신청은 이미 공지한 대로 온라인으로 국민생활체육회가 직접 접수를 받고 접수마감 후에 시드니지역 신청자의 인적 내용을 시드니한인회로 송부하여 시드니한인회 책임으로 최종 초청자를 선발하기로 했던 것이다. 국민생활체육회는 나에게 조심스럽게 다른 지역 한인회에게는 이 내용을 말하지 말라는 부탁도 했다. 이렇게 해서 나는 제26대 시드니한인회에 5명의 운영위원으로 2008년도 한민족체전 참가자 인선을 위한 특별위원회를 구성하여 전권을 위임했다. 여기에서 재미있는 에피소드를 소개한다. 어느 주말에 아내와 함께 외출했다 귀가를 했는데 집문 앞에 과일 박스와 메모지가 놓여 있었다. 오래 전부터 알고 있던 분이지만 왕래는 없던 분이었다. 메모지에는 본인이 누구이며 이번 한민족축전 참가를 위해 국민생활체육회에 신청을 했다는 내용도 있었다. 옆에서 아내가 청탁성 과일을 받으면 안된다며 바로 돌려주라고 하기까지 했다. 그래서 나는 바로 그분께 전화를 하여 안부와 감사인사를 하며 보내주신 과일이 한민족축전 참가자 선발과 관련이 있으면 받을 수 없다고 했다. 더욱이나 한민족축전 참가자 선정은 시드니한인회 특별인선위원에 전권을 위임하여 한인회장인 나도 누가 신청을 했는지 누가 선정될런지 전혀 관여하지 않기로 했기 때문에 아무런 영향력을 행사할 수 없다고도 했다. 그는 자기가 승 회장의 성격을 잘 이해한다며 도리어 미안하게 됐다는 말을 하며 우리 서로 아는 처지에 청탁성 과일이 아니므로 그냥 받아달라고 하여 감사히 받았던 적이 있다. 그러나 내 후임자들은 어떻게 했는지 알지 못하고 몇 년 후부터 체육회와 국민생활체육회 문제로 한민족축전이 없어진 걸로 알고 있다. 돌이켜 보면 사실 별거 아닌 문제로 그냥 추천자로 선정해 줄 수도 있는 사안이라는 생각도 했었지만 요즈음 한국사회에서 제기되고 있는 공정과 정의 차원에서 볼 때 누구에게도 부끄럽지 않게 매우 잘 한 처사였다고 생각한다. 이 또한 감사할 일이다.

8-6-2. 2000년 시드니올림픽과 재호주대한체육회의 전국체육대회 참가

1987년 대한체육회 호주지부로 승인을 받은 재호주대한체육회는 제68회 광주 전국체육대회에 안종상 초대 체육회장과 故 김정배 선수단장이 이끄는 임원 8명과 축구선수 17명이 첫 출전을 하며 모국의 체육계와 본격적으로 교류협력을 시작했다. 새 천년 들어 처음으로 열린 제27회 하계올림픽이 2000년 9월 15일-10월 1일 호주 NSW주도 시드니에서 개최됐다. 1993년 9월 모나코 몬테카를로에서의 2000년 올림픽 개최지 선정을 위한 IOC위원의 투표에서 호주는 중국과 치열하게 유치경쟁을 하며 3차투표에서 호주 시드니 37표, 중국 베이징 40표로 과반득표 도시가 없어 결국 4차투표로까지 가며 영국 맨체스터 표를 유치하여 시드니 45표대 베이징 43표로 가까스레 막판 뒤집기에 성공했다. 시드니올림픽은 '하나의 목표를 향한 수천 가지의 마음, 함께 나누는 정신, 꿈을 향한 도전(Thousands of hearts with one goal, Share the Spirit, Dare to Dream)'이란 목표로 28개 종목 300개 세부 종목에 199개국

10,651명 선수가 참가했다. 윌리엄 딘 총독의 개회선언으로 시작하여 17일간 올림픽 성화가 밝혀진 가운데 종합순위 미국이 1위, 러시아가 2위, 중국 3위, 주최국인 호주가 4위 그리고 한국은 금 8개, 은 10개, 동 10개 메달로 12위를 했다.

2000년 대한체육회에서 받은 손목시계

특별히 2000년 시드니올림픽 개막식에서 여러 어려움을 극복하며 남북한 선수가 한반도기를 들고 공동입장을 하는 역사적 쾌거를 이룩했다. 더욱이나 한국의 국기인 태권도가 정식 종목으로 채택되어 처음으로 올림픽 무대에서 경기를 시작했던 뜻깊은 올림픽이었다. 또한 호주교민사회에서도 많은 분들이 자원봉사자로 참여했으며 올림픽에 참가하는 한국 선수단 후원과 각종 경기의 교민 응원단 지원을 위하여 당시 이재경 시드니한인회장과 차재상 체육회장도 가맹단체 임원들과 시드니한인회와 공조하며 많은 노력을 했던 것으로 알고 있다.

▲ 2000년 시드니올림픽 개막을 앞두고 The Hon. John Howard MP 호주연방수상 주최 만찬행사 기념 접시와 마스코트, 개최도시 Sydney와 바늘두더지(Millie) 모양은 새로운 천년을 쿠카부라 Olly는 올림픽을 상징했다고 한다.

마침 2020년 9월 15-17일에 민주평통 호주협의회가 2000년 시드니올림픽 20주기를 맞아 남북한 단일팀 개막식 입장을 주제로 한 특별 사진전을 올림픽 파크 풀만호텔에서 개최하여 나도 아내랑 함께 당시의 감동적인 장면들을 뒤돌아보며 올림픽과 체육경기를 통해 분단된 조국의 민족화해 분위기 형성과 국제사회 간의 평화조성 분위기에 많이 기여했음을 상기하며 꿈같은 이야기 일런지는 몰라도 북한이 비핵화를 선언하고 평화체제를 확립하여 내가 만 85살이 되는 12년 후인 2032년에 남북한 공동으로 서울.평양올림픽을 유치하는 쾌거를 희망해 보면서 그 의미를 한층 더 했다. '꿈은 이루어 진다'는 기적같은 현실을 또 다시 희망해 본다.

The Daily Telegraph

역대 최고의 올림픽이 선사한 최고의 순간

'남북공동입장'

데일리 텔레그라프는 "후안 안토니오 사마란치 국제올림픽 위원장은 올림픽 폐막식에서 시드니 올림픽 게임이 역대 최고의 올림픽으로 극찬했다"라는 말을 전하면서, 자체 선정한 **시드니 올림픽 최고의 15대 순간에 남북공동입장**을 포함시켰다. 통일된 유니폼에 단일 깃발 아래 이뤄진 **남북 선수단의 공동입장은 2000시드니 올림픽 게임의 가장 극적인 장면**이었다는 것. 남북 공동 스포츠 팀 구성은 처음은 아니었지만 올림픽 게임에서는 첫 번째 기록이었다. 남북 선수들은 경기는 별개 팀으로 펼쳤지만 개막식에서는 하나가 돼 입장했다.

▲2000년 9월 16일 시드니올림픽 개막식에서 극적인 막후 교섭을 통해 이룩한 남북한 단일팀 선수 입장식을 다룬 호주 현지 유력 일간지 Daily Telegraph기사 내용과 관련 사진 모음

▲2020년 9월 민주평통 호주협의회가 주최한 2000년 시드니올림픽 개막식에서 남북한 공동입장 20주년기념 기록사진 전시회에서 관련 기사와 남북한 선수 공동 입장 모습 사진 앞에 선 필자 부부

매년 모국에서는 전국체육대회가 개최된다. 나는 시드니한인회장 임기 중 첫번째로 맞은 2007년 10월 8-14일 광주광역시에서 개최된 제88회 전국체육대회와 두번째 2008년 10월 10-16일 여수를 비롯해서 목포와 나주의 전라남도 주요 도시에서 개최됐던 제89회 전국체육대회 호주참가선수 결단식에서 호주선수들의 좋은 성적과 모범적인 스포츠맨십 발휘로 호주동포사회를 빛내 달라는 격려사와 함께 물심 양면으로 헌신하는 봉사후원자들에게 각별한 감사의 뜻을 전했다. 특별히 내가 시드니한인회장이었던 첫 해 2007년 제88회 전국체전에서 우리 호주팀은 축구, 볼링, 골프, 테니스종목에서 선전을 하여 전국체육대회 참가 20년 만에 처음으로 16개 해외선수단 가운데 처음으로 종합우승을 하는 쾌거를 이룩하기도 했다. 그래서 나는 2008년도 제89회 전국체전 기간중에 한국방문을 했고 우리 교민선수들을 격려 후원하기 위하여 여수시 진남종합운동장 개회식에도 참석했다. 강대원 호주체육회장의 특별노력으로 나는 이명박 대통령 내외를 포함한 VIP석이 마련된 발코니 본부석 중앙에 마련된 여러 지방자치단체장들과 함께 정해진 본부석 중앙 왼편 뒷자리에 앉았다. 개회식 행사에 이어 먼저 국내 선수단의 입장이 있었고 뒤이어 해외동포선수들이 입장했다. 호주선수단이 입장할 때 나는 강대원 호주체육회장과 함께 행사진행자의 안내를 받아 대한체육회장과 전남도체육회장이 서있는 중앙 발코니 쪽으로 가서 이명박 대통령 내외가 앉아 있는 본부석 중앙 앞쪽을 향하

여 입장하고 있는 호주선수단을 향하여 손을 흔들며 환호의 박수를 보냈다. 이 귀한 장면을 찾기 위해 당시 현장중계 KBS 녹화 DVD 자료를 찾아 보았으나 호주를 포함한 해외선수단의 짧은 입장 광경만 있었고 내가 본부석에서의 환영모습은 없었다. 아마도 재외동포선수임원단의 숫자가 적어 몇 초간의 짧은 행진시간 관계로 본부석에서 환영하는 각 국가의 체육회장과 재외동포단체장의 모습까지 방영을 하지 못했던 것 같다. 전국체전 본부석 단상 중앙발코니에서의 역사적인 호주선수단의 입장을 환영하는 나의 기록영상 자료가 없어 너무 아쉬웠다. 그러나 나에게는 매년 모국에서 개최되는 전국체전과 관련하여 남다른 매우 귀하고 소중한 경험을 했으니 이 또한 매우 감사할 일이다.

▲2007년, 제88회 전국체전(2007년 10월 8-14일) 참가선수 결단식에서 격려사를 하고 있는 필자

▲2007년 전국체전 참가 호주선수단 김구홍 단장에게 호주체육회기를 전달하고 있는 강대원 체육회장 & 대한체육회 임원의 호주체육회 방문으로 강대원 체육회장과 함께한 필자(가운데)

2008년 제89회 전남도주최 제89회 전국체전 진남종합운동장 식전행사에 이어 고적대와 체전참가선수임원 입장식

▲2008년 제89회 전남도 주최 제89회 전국체전 재호주선수임원단 입장식 장면 & 2012년 해외동포 종합3등 상패

▲2008년 제89회 전국체전 호주교민선수 임원 입장식 장면 & 전라남도 여수시 진남종합운동장에 운집한 관람객 모습

▲2007년 제88회 광주광역시주최 전국체전, 호주체육회 임원선수단원이 입장 모습 & 2008년 제89회 전남도 주최 제89회 전국체육대회 개회식 입장카드 & 제89회 전국체육대회 펜던트

▲2008년 제89회 전남도 주최 제89회 전국체전 진남종합운동장 중앙에 마련된 본부석과 VIP, 내빈들
필자도 호주대표선수임원들이 입장할 때, 호주체육회장과 함께 본부석 단상 중앙에서 손을 흔들며 호주선수팀의 입장을 환호하며 격려를 했는데 우리의 모습은 KBSTV실황중계 화면에 포함되지 않았다.

▲2008년 대한체육회장이 호주체육회 강대원 회장에게 수여한 감사장을 전수하고 있는 필자와 체육회 임원

8-6-3. 교민 축구 활동과 2015 아시아축구연맹 AFC아시안컵경기 홍보대사

1970년대부터 호주로 이주정착을 시작했던 한인들의 숫자는 1974년 월남전 패망후 호주로 이주했던 기술자들이 합류하여 1980년에 있었던 2차 사면령으로 영주권을 받고 모국의 가족들을 초청하여 가족 재결합을 하면서부터 5천

명대로 부쩍 늘어났다. 더불어 축구를 좋아했던 많은 분들이 자연스럽게 여러 이름으로 축구동호회를 만들어 주말마다 가족들과 함께 야유회 겸 축구경기를 즐겼다. 이런 연유로 축구선수층도 두터워졌고 축구협회 성격의 축구인의 밤 행사도 개최했다. 당시만 하더라도 크게 성공한 기업인도 별로 없었을 뿐만 아니라 한국의 기업체도 주로 무역중심의 주재 상사만 있을 때였다. 그래서 롯데 여행사를 경영했던 나는 요즈음처럼 교민단체 행사에서 가장 인기있는 최고가 상품으로 모국왕복 항공권을 제공했다. 사실 여행사 입장에서도 항공권을 구매해서 시상을 해야 했으므로 현실적으로 보면 꽤나 많은 기여를 했던 셈이다. 1986년 축구인의밤 행사 노래자랑 최우수상으로 롯데여행사가 모국왕복 항공권을 제공했다. 이렇게 단합된 축구동호인들의 저력에 힘입어서 1987년 제68회 광주 전국체전에 축구경기에 참가할 수 있었다고 생각한다. 호주이민정착 초창기에 내가 경영했던 롯데여행사를 통해서 한인사회 여러 곳에 후원을 하며 기여할 수 있었던 특권을 누릴 수 있었음에 또한 감사할 따름이다.

▲1986년 축구인의밤 행사, 노래자랑 경연에서 최우수 수상자에게 상품으로 한국왕복항공표를 시상하는 필자

▲전 한국축구국가대표 조광래 감독과 필자 & 1986년 한인축구협회가 필자에게 수여한 감사패

▲한인축구협회가 시즌별로 주최하는 팀리그 경기의 우승컵들

▲한인축구협회 시즌 개막식 행사

▲한국체전 참가선수를 선발하는 한인축구협회 마지막 시즌에서 선전하고 있는 선수들

나는 한인축구협회 김선도 회장, 강흥원 회장, 조종식 회장, 권기범 회장 등 축구 관련 인사들과 친근하게 지냈다. 그래서 시드니한인회장 재임기간은 물론 축구협회가 주관하는 시즌별 결승전에 내빈으로 초대를 받아 격려사도 하고 함께 경기를 관람하며 즐기기도 한다. 특별히 조종식 회장 재임기간 중에는 한인축구협회의 외연을 넓혀주고 싶다는 마음에서 한인축구팀도 Eastwood 지역 친선축구대회에 적극 참여하기를 권면했고 한인축구팀도 몇 차례 경기에 동참했다. 오늘날의 축구협회로 발전하기까지 모든 한인축구인들의 그간의 노고와 헌신에 감사한다.

▲2014년 Eastwood Park Oval경기장에서 개최된 한국팀, 중국팀, St George 은행팀, Eastwood 경찰팀 친선축구경기에 참여한 각 팀 선수들과 The Hon. John Alexander MP, Ryde City 시의원, Hugh Lee OAM과 필자(뒷줄 가운데)

2015년 1월에 AFC(아시아축구연맹) 아시안컵 대회가 호주에서 개최됐다. 나는 호주축구협회로부터 한인축구협회 회장을 비롯한 스포츠관련 인사들과 함께 한인커뮤니티 홍보대사로 임명을 받았다. 모처럼 호주에서 개최되는 아시안컵 경기의 성공을 위하여 호주축구협회는 아시아축구연맹 회원국가 중 대표 16개국의 커뮤니티 지도자들에게 후원과 응원단 동원을 위한 홍보요원으로 위촉했다. 나는 한인커뮤니티 홍보대사로서 시드니오페라하우스에서 개최됐던 각 국가별 조별리그 추첨행사를 시작으로 대부분의 한국팀의 경기를 참관하며 응원을 할 수 있었다. 특별히 축구를 좋아 하는 한인사회의 뜨거운 성원에 힘입어 많은 응원단을 동원하는 데 일조했다.

마침 홍콩에 주재근무를 하고 있던 장남, 지헌이 회사업무출장을 겸하여 축구경기 관람차 휴가를 내서 시드니로 왔다. 장남, 지헌은 어린 시절부터 축구를 좋아 했는데 언젠가부터 유럽 리그를 포함한 전 세계 주요 경기를 거의 섭렵할 정도로 주요 리그팀의 경기 일정과 선수들의 인적사항까지 줄줄이 꿰고 있을 정도였다. 오죽했으면 뉴욕에 주재근무할 때 유럽리그 결승전 관람만을 위해 이태리 밀라노까지 다녀 올 정도였다. 그래서 나는 AFC아시안컵 한인커뮤니티 홍보대사로서 장남과 함께 자연스레 한국팀 응원을 위해 시드니는 물론 브리스베인과 멜버른까지 다니며 여러 경기를 관람했다. 예상치 못한 4강의 경기장 결정에 따라 멜버른에서의 일반석 입장표를 구하지 못해 장남 회사의 VIP관람석에서 식사도 하며 관람을 하기도 했다. 오페라하우스에서의 조별 리그 추첨 행사에서부터 흥미를 더해 가며 한국팀의 거의 모든 경기 일정에 응원차 관람했던 즐거운 경험이었다. 다행스럽게도 주최국인 호주와 한국은 시드니에서 손색없는 멋진 결승전을 치뤘고 한국이 아쉽게 패하였으나 경기 전체 흐름으로 보아 주최국인 호주가 우승국이 된 것도 반가운 일이었다.

▲2014년 3월 26일 오페라하우스, 2015년 1월 9-31일 아시아축구연맹(AFC) 아시안컵 대회 조별 리그 추첨 행사 장면

▲필자는 2015년 1월 9-31일 아시아축구연맹(AFC) 아시안컵 대회 조별 리그 추첨 오페라하우스 행사에도 참석했다

▲2015년, 아시아축구연맹 AFC아시안컵 앞에서 포즈를 취한 필자

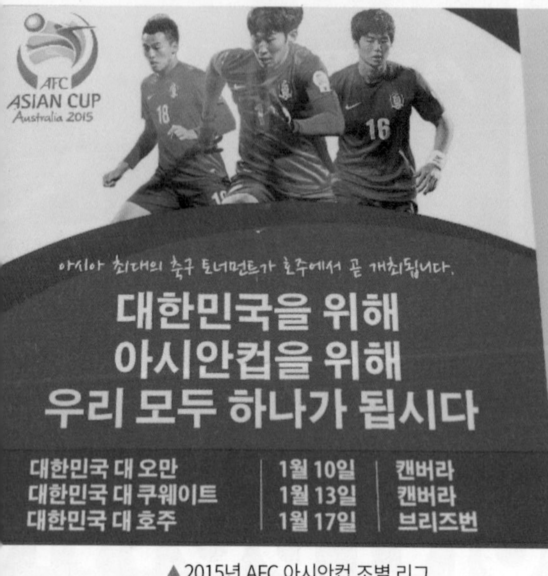

▲2015년 AFC 아시안컵 조별 리그 일정 안내 홍보 포스터

▲아시안컵경기 관련 IMN TV와 인터뷰 하는 필자

▲2015년 1월 17일 브리스베인 스타디움에서의 한국 vv 호주 예선조별리그 관람을 하고 있는 장남, 지헌과 필자

▲2015년 1월 22일 한국의 8강 진출로 한국 vv 우즈베키스탄 경기가 멜버른 렉탱귤러 경기장으로 확정되어 멜버른으로 가기 위해 시드니공항에서 항공편 탑승 대기중인 장남, 지헌과 필자 & 멜버른 렉탱귤러 경기장 입구에서 장남과 필자

▲ 멜버른 렉탱귤러 경기장 입구에서 인터뷰를 하는 장남, 지헌 & 경기장의 교민 응원단과 장남, 지헌과 필자

▲ 일반석 구매를 못 하고 대신 장남 회사의 도움으로 VIP특별석에서 식사도 하고 응원 중인 장남, 지헌과 필자
& 2015년 1월 26일, 장남, 지헌은 회사업무로 홍콩으로 떠났고, 한국 vs 이라크 준결승전을 홀로 응원하는 필자

▲ 2015년 1월 31일 시드니 ANZ Stadium 입구, AFC Asian Cup 한국 vs 호주 결승전 경기 한국팀 응원단의 모습

▲ 2015년 1월 31일 시드니 ANZ Stadium, 8만 3천 석을 꽉 채운 AFC Asian Cup 결승 한국 vs 호주 경기 관람객

▲2015년 1월 31일 시드니 ANZ Stadium에서의 AFC Asian Cup 결승전 한국 vs 호주 경기를 응원 관람하는 필자와 관람객

8-6-4. 교민 탁구 활동

시드니한인사회의 탁구협회 역사도 오래된 편이다. 대한항공 탁구팀 코치였던 이재화 감독이 호주팀 코치로 초청돼 호주로 이민해 오면서부터 자연스럽게 1988년 9월 재호주대한탁구협회가 창립되었다. 그 이후 호주 탁구 국가대표팀 감독을 지낸 오남호 감독이 2003년도부터 개인 차원의 탁구교실을 운영하며 2008년도에 교민탁구대회를 개최하기도 하여 시드니한인회장으로 축사를 했던 적이 있다. 특별히 한국탁구계를 대표하는 이에리사 선수가 제19대 국회의원으로 일하던 2015년 이후 호주탁구협회가 매년 주최하는 이에리사배 탁구대회를 통하여 스포츠를 통한 한호 간 우호증진에도 기여한 바 크다. 이렇게 이 에리사 국회의원과의 교류를 위한 가교역할을 맡았던 당시 호주탁구협회 하장호 회장의 헌신적인 노력이 컸던 것으로 이해하고 있다. 그 이후 호주탁구협회는 교통이 편리한 시드니근교 Rydalmere 전철역 근처에 탁구전용경기장을 확보하고 시드니한인탁구클럽을 운영하면서 이 지역이 포함된 연방선거구인 Bennelong 지역구 의원인 전 호주대표 테니스선수 출신 The Hon. John Alexander MP와 호주탁구협회 인사와도 긴밀하게 협력하며 차세대 선수육성에도 많은 기여를 하고 있다.

▲2008년 오남호 탁구교실과 재호주대한체육회 주최 교민탁구대회에서 격려사를 하고 있는 필자 & 2016년 이에리사배 탁구대회, The Hon. John Alexander MP 연방의원, 이에리사 국회의원과 필자

▲2016년 제7회 이에리사배 한인탁구대잔치 행사에서 축사를 하는 호주탁구협회 임원과 이에리사 감독

8-6-5. 교민 배구 활동

내가 대한항공 시드니지사장으로 부임하기 6개월 전인 1979년 1월 26일 호주건국기념일에 시드니한인연합교회 주최로 4개팀이 한인친선배구대회를 가졌다고 한다. 이를 계기로 매년 시드니한인연합교회 주최로 한인친선배구대회를 개최해 오다가 내가 시드니한인회장 임기를 마친 2009년 이후 언젠가부

터 이민정착 초창기와는 달리 개교회 차원에서 행사주최가 사실상 어려워 지면서부터 한인배구협회 주최로 변경되었다. 호주이민 초창기였던 1970년대 개신교와 천주교에서 일반 스포츠 대회를 분담 주최하므로서 교민사회의 친목은 물론 건전한 스포츠 정착에도 많은 기여를 한 셈이다. 과거 내가 지사 생활을 하며 시드니한인연합교회에 출석할 때는 선수 겸 후원자로도 참여했었고 특별히 내가 10만 명 시드니동포사회 시드니한인회장 임기중이던 2008년과 2009년도 한인친선배구대회는 20여 개팀 250여 명의 선수들이 출전했고 2천여 명 교민들이 모처럼 한 자리에 모이는 축제 성격의 대잔치로 확대 발전하였다. 물론 나는 시드니총영사를 비롯한 내빈들과 함께 참석하여 시드니동포사회를 대표하여 참가 선수들을 격려하며 시드니동포사회의 화합과 발전을 기원하는 축사를 하곤 했다. 모두가 다 즐거웠던 추억들이다.

16 TOP ■ COMMUNITY 2008년 2월 1일

한인친선배구대회 대성황

제29회 한인 친선배구대회가 오스트레일리아 데이인 지난 26일 스트라스필드 파크에서 열렸다. 이번 배구대회에는 선수 250여명을 비롯해 2000여명이 넘는 교민이 자리를 함께해 명실공히 한인사회 최고 전통의 스포츠 행사임을 보여줬다.

개회식은 오전 11시 25분경 열렸는데, 이상태 본부장의 개회선언과 함께 호주국가와 대한민국국가가 연주됐다. 유종오 목사(시드니 교역자협의회 회장)가 대회 기도를 한 후, 류성춘목사(시드니 연합교회)의 개회사와 축사, 격려사로 이어졌다.

▲ 배구대회 개회식.

▶ 격려사 중인 스캇팔로우 스트라스필드 시장

이날 행사에 참석한 박영국 주시드니 총영사는 "한인 친선배구대회는 11만 교민을 단합과 화합으로 이끄는 중요한 행사로 자리 잡았다"며 축하의 메시지를 전했다.

또한 스콧 팔로우 스트라스필드 시장 역시 개회식에 참석 한국어로 "안녕하세요"라고 인사를 한 후, 격려사를 통해 "이러한 스포츠 행사는 한인들이 우정을 쌓는 중요한 계기"라고 말했다.

이번 배구대회에는 20여 팀이 출전했으며, 20대 초반으로 구성된 남성팀인 YH와 여성팀 그리고 20대 후반 이상으로 구성된 OB남성팀으로 나누어 진행됐다. YH 대결에서는 작년 3회 연속 우승으로 우승기를 거머쥐었던 성당팀이 다시한번 기염을 토하며 4년연속 우승이란 금자탑을 쌓았다. 그 뒤로 순복음팀과 싸이드아웃팀이 각각 2, 3위를 차지했다. 여성팀은 순복음팀이 우승했으며, OB 대결에서는 다시 한번 성당팀이 우승했다.

이번 배구대회는 시드니 한인 연합교회에서 주최하고 주시드니 대한민국 총영사관, 호주 시드니한인회, 재호주 대한체육회, 재호주 대한 배구협회, 대한항공에서 후원했다.

	YH	여성	OB
1위	성당팀	순복음팀	성당팀
2위	순복음팀	인사이드아웃팀	연합팀
3위	싸이드아웃팀	연합팀	순복음팀

김인아 기자

한인이민의 역사와 맥을 같이하는 한인친선배구대회

올해로 29회를 맞은 한인 친선배구대회는 1978년 시드니한인회(회장 신경선, 부회장 권상달)에서 당시 교민들의 화합을 도모하고 건전한 교민사회를 만들어 가지는 의미에서 각종 체육대회 등의 행사를 개최키로 하면서 태동됐다.

축구, 탁구, 배구, 테니스대회 및 웅변대회 등을 각 교회와 단체, 성당 등에서 맡기로 하여 1979년 1월 26일(호주건국기념일)에 최초로 배구대회가 주최측인 시드니 한인 연합교회의 운동장에서 열렸던 것.

당시 연합교회 김상우 담임목사가 대회장을 역임했고, 한윤주 씨가 총괄해 제1회 배구대회를 주최했다. 역사적인 첫번째 친선배구대회에는 총 4개 팀이 출전했다. 친선배구대회 역사상 가장 성황리에 치뤄졌던 1987년 제 9회 배구대회에는 3천여 명의 교민이 모였으며 42개팀이 치열하게 우승을 다퉜다. 2000년도에는 재중동포(조선족)팀이 참가한 바 있다.

2007년 제28회 친선배구대회는 스트라스필드 카운슬이 공식적으로 참가하여 호주인으로 구성된 남성팀, 여성팀과 친선경기를 열어 한호간의 스포츠 펠로우십을 보여줬다.

제1회와 2회 배구대회는 시드니 한인 연합교회 운동장에서 열렸으며, 3회에는 엔필드 파크, 4회에는 스트라스필드 파크에서 열렸다. 현재는 주로 홈부쉬의 메이슨 파크와 스트라스필드 파크에서 열리고 있다.

그후 주시드니총영사관, 시드니한인회, 재호주 대한체육회, 재호주 배구협회 등의 후원으로 발전하여, 한인 친선배구대회는 현재 해마다 2천여 명이 참석하여 한인행사 중 가장 규모가 큰 행사 중 하나로 꼽히고 있다. 뿐만 아니라 스트라스 필드 카운슬에서도 이미 한인 친선배구대회가 지역사회의 주요 행사로 알려져있다.

김인아 기자

▲2008년 시드니한인연합교회 주최 제30회 한인친선배구대회에서 축사를 하는 스트라스필드 권기범 시장과 필자

▲1979년도부터 매년 개최되었던 시드니한인연합교회주최 한인친선배구대회 경기장면들

8-6-6. Terrey Hills Golf Country & Club 오프닝 회원권 구입과 교민 골프 활동

호주의 전반적인 골프 환경은 매우 좋다. 한국에서처럼 멀리 이동하지 않고도 집 동네 가까이 있는 퍼블릭 골프장을 이용하면 되기 때문에 골프를 즐기는 교민들이 많다. 특별히 시니어골퍼들에게는 호주가 골프천국이라고 해도 과언은 아닐 것 같다.

나는 골프를 그렇게 좋아하며 즐기는 편이 아니다. 그래서 실력이라고는 할 수도 없고 다만 함께 플레이하는 동료들에게 폐를 끼치지 않을 정도이다. 18홀 가운데 파3, 2-3홀에서 파를 하고 대체로 더블 보기 또는 보기 수준의 게임으로 만족하며 플레이를 한다. 그래서 파4홀 기준으로 3온 2퍼터 작전으로 플레이를 한다. 1980년도부터 시작을 한 골프이지만 실력보다는 구력으로 친다고 해야 할 것이다. 과거 내가 재직했던 대한항공의 故 조중훈 사장께서는 사실상 골프 금지령을 내린 것이나 마찬가지로 골프 치는 직원은 물론 임원까지도 싫어할 정도여서 자유로이 골프를 할 수 있는 분위기가 못 됐다. 그래서 나도 시드니지사장으로 부임했던 1979년 6월 이후 주재상사골프모임에도 바로 가입을 못 했다. 그런데 동료 주재원과 함께 김기수 총영사와 KOTRA의 이정재 무역관장까지 심한 핀잔을 주는 바람에 부임한 지 1년이나 지난 후에 참가하면서부터 명실상부한 주재상사 친선골프회가 됐다고 했을 정도였다.

왜냐하면 1980년 2월 음력 설날을 전후해서 시드니를 방문한 대한항공 故 조중훈 사장을 환영하기 위하여 Qantas항공 Sir Lenox 회장께서 마련한 리셉션장에서 있었던 생생한 기억 때문이었다. 나는 리셉션 도중 호주 내 사업계의 여러 유력인사들과 인사를 하던 중 Qantas항공 정비본부 부사장을 만나 환담을 하던 중 자기가 얼마 전에 한국을 방문하여 대한항공 정비본부 전무를 만났었다고 알려줬다. 그래서 나는 故 조중훈 사장 곁으로 가서 이분이 얼마 전 정비본부 이원복 전무이사님을 만나보고 왔다는 이야기를 전했다. 그런데 故 조중훈 사장이 대뜸 “그 사람 골프밖에 모른다”며 비난하는 듯한 이야기를 해서 무안하기도 했지만 정말 놀랐던 적이 있다. 함께 동행했던 비서실장은 자기에게 미리 알려주지 그랬냐며 조 사장께선 골프를 매우 싫어한다고 했다. 골프를 잘하려면 필연적으로 업무를 소홀히 할 수밖에 없다는 편견 때문이었다. 대한항공 내의 골프에 대한 이런 편견은 아마도 1990년도쯤 없어지기 시작하여 시드니지점에서도 여행사초청 골프대회를 주최하기도 했고 교민골프대회를 후원하기 시작했다. 그 후 나는 대한항공을 떠나 1983년 롯데여행사를 창업했고 내 집에서 차로 20분 거리에 위치하며 1994년도에 개장을 한 호주 명문사설골프장인 Terrey Hills Golf and Country Club 창립회원으로 가입했다. 이 테리힐 골프장은 호주 최초로 주주제 회원권을 팔고 살 수 있도록 허용한 고급 골프장이었다. 당시 개인 회원권은 $2만 5천 불이었고 법인의 경우 회원권은 $5만 불로서 당시로는 매우 높았던 가격이었다. 나는 여행사업을 하면서 한국에서 시드니를 방문하는 귀한 손님이나 사업차 접대용으로 유용하게 활용하면서 주말에는 아내랑 함께 호젓한 분위기에서 낭만적인 라운딩을 하면서 즐기기도 했다. 특별히 사우나 시설을 포함한 클럽 부대시설이 좋았고 클럽 식사 메뉴도 수준급이어서 좋았다. 또한 한국에서 결혼식을 했던 장남 지헌과 맏며느리 남혜영의 시드니에서의 결혼 축하리셉션도 테리힐 골프클럽에서 했다. 그러나 골프 이용료가 높아서 초대한 사람의 골프비를 내주는 것도 쉽지 않은 일이고 더욱이나 초대자에게 비싼 골프비를 내라고 부담을 주는 것도 어렵다는 생각이 들어 친구들을 많이 초대하여 라운딩을 하지 못해 아쉬움도 있었다. 그래서 주로 멤버들과 사교적 라운딩을 하게 됐고 은퇴 이후부터는 별로 골프를 하지 않게 됐다. 더욱이나 매년 연회비 5천 불을 내는 것이 아깝기도 하여 골프회원권을 2017년도에 팔아버렸다. 그래서 친구들의 초청을 받아 값 싸고 부담없는 골프장이나 사위 윤덕상이 회원권을 갖고 있는 Monash Golf Club 사설 골프장에서 가끔 라운딩을 하고 있다. 그리고 가깝게 지내는 동료들과 가끔 번개팅 친목골프모임을 갖기도 한다. 과거 외환은행의 주요 고객들로 구성됐던 장미회 회원으로 각 회원의 소속골프클럽으로 매번 돌아 가며 라운딩을 했었으나 요즈음은 여러가지 이유로 그 모임 횟수가 줄어 들었다. 또한 재호한인상공인연합회의 장학사업의 일환으로 시행하는 자선골프대회와 친목 골프모임에 참여를 한다. 호주한인들의 골프모임으로 재호주한인골프연합회가 있고 나도 2005년도 한 차례 시드니에서의 전국대회에 참가했던 적이 있으나 그 이후 별로 참여하지 않아 소식조차 모르는 실정이다.

▲Terrey Hills 골프클럽,
로비에서 장남과 아내

▲1994년 오프닝 회원으로 가입 메달

▲골프코스에서 막내 지민과 아내

▲Terrey Hills Golf Club에서 라운딩하는 필자

▲Terrey Hills Golf Club에서 아내랑 함께 라운딩하는 필자 & 라운딩하는 아내와 막내 아들 지민

▲ Terrey Hills Golf Club에서 라운딩하는 필자

▲ Terrey Hills Golf Club에서 라운딩하는 필자의 아내

▲ Terrey Hills Golf Club에서 라운딩하는 필자 & 해변가 St.Michael Golf Club에서 라운딩하는 필자

▲ 재호한인상공인연합회 주최 자선골프대회 홀인원 상품으로 제공된 현대 승용차 앞의 필자와 필자의 퍼팅 모습

▲교민친선경기우승자에게 시상하는 필자 & 엔터테이너와 여흥을 즐기는 필자

8-6-7. 교민 수영 활동

호주는 세계적 수영 강국이다. 자연환경 탓도 있겠지만 초등학교 시절부터 수영은 필수 스포츠 과목으로 긴 여름철에 모두가 즐기는 운동이기도 하다. 이러한 환경 덕분인지 많은 학부모들도 자녀들의 수영 실력 향상을 위하여 과거 수영선수 경력의 수영코치에게 직접 특별 과외학습을 시키기도 한다. 또한 2004년도 3월에 발족한 한인수영연맹에서도 한인수영 꿈나무육성을 위해 매년 수영대회를 갖곤 했다. 마침 내가 시드니한인회장 재임중이던 2008년 1월 한인수영연맹의 제4회 한인수영연맹회장배 수영대회가 Burwood MLC 학교 수영장에서 개최되었다. 때마침 2008년 제29회 베이징 올림픽 수영 200미터와 400미터 자유형종목에서 금메달을 목표로 시드니 올림픽 수영장으로 전지훈련을 와 있던 박태환 선수가 동료 선수들과 함께 호주의 수영 꿈나무들을 격려하기 위하여 경기장으로 와서 직접 시범 경기를 보여주어 많은 학부모와 관중들의 환호를 받기도 했다. 나는 시드니한인회장으로서 한인사회를 대표하여 박태환 선수와 동료들에게 감사의 뜻을 전했다.

내 3자녀(윤경, 지헌, 지민)도 집 가까이 걸어서 5분 이내 거리에 위치한 West Pymble Public School 시절부터 호주의 긴 여름기간 동안에는 학교에서 다녀오면 바로 수영장으로 들어가 살 정도로 수영을 즐겼다. 특별히 여름기간에는 오랜 시간 동안 수영을 하여 눈알만 반짝일 뿐 온몸은 새까맣게 되곤 했었다. 이렇게 자녀들이 한껏 즐기던 집 수영장도 3자녀가 모두 결혼해 독립한 이후로 사용하는 사람이 없어서 수영장 청소관리만 하며 눈요기로 만족하고 있다. 그나마 여름철에 홍콩에 거주하고 있는 손자들이 시드니방문 할 때에나 한몫을 하고 있을 따름이다.

▲2008년 재호주한인수영회장배 수영대회에서 참가선수들을 격려하며 선수, 임원 선수들과 필자(오른쪽 4번째)

▲호주 전지훈련중인 박태환 선수와 필자

▲ 어린이 선수권대회에서 우승을 한 어린이 선수들

(32)한국신문 COMMUNITY NEWS The Sydney Korean Herald 1st ~ 7th Feb. 200

사진으로 본 지난 주 한인사회

4회 수영연맹회장배 수영대회… 박태환 시범경기

시드니 올림픽 수영장에서 전지훈련 중인 '마린보이' 박태환은 지난 1월26일 버우드 MLC 수영장에서 열린 제4회 재호 한인수영연맹회장배 수영대회에 참석, '수영 꿈나무'들에게 시범경기를 선보였다.

박태환은 전지훈련에 함께 참가하고 있는 동료, 전국체전 메달리스트인 구범모 등과 개회식 직후 200미터 개인혼영 경기를 펼쳤다. 박태환은 150미터 지점까지는 2-3위를 달리다, 주종목인 자유형 50미터 구간에서 힘찬 스퍼트로 2위와 격차를 벌이고 1위로 터치해 열렬한 박수를 받았다.

박태환은 시범경기 후 승원홍 시드니한인회장, 강대원 재호 대한체육회장, 공명숙 전 수영연맹회장, 정봉환이사 등과 기념촬영을 가졌다.

이날 대회에서 남자 자유형 50미터에서 29초82로 골인한 유재욱과 여자 접영 50미터에서 37초42를 기록한 남지영이 각각 최우수선수상을 받았다.

강대원 회장은 인사말에서 "수영은 신체발달에 도움을 주고 끈기와 인내심을 키워준다"면서 "수영으로 매사에 자신감을 키워가길 바란다"고 말했다.

강 회장은 이어 훌륭한 기량으로 "제2의 구범모 선수가 나오길 바라며, 비록 기록이 나빠도 실망하지 말고 다음을 기약하라"고 당부했다.

김인구 기자
ginko@koreanherald.com.

8-6-8. 교민 볼링 활동

호주교민사회 내에도 볼링 동호인들을 중심으로 정기적인 경기모임을 가져오다가 1993년 권용남 초대회장을 중심으로 호주볼링협회가 창립되었다.

그 이후 실력을 갖춘 선수들이 전국체전에도 참가하기 시작했고 해를 거듭하면서 호주팀 메달 획득의 효자 종목이 되었다. 내가 시드니한인회장으로 재임하던 시기에도 특별한 행사가 있을 때 초대를 받아 선수들을 격려도 하며 볼링경기에 참여하기도 했다. 특별히 호주볼링협회 전성기였던 2012년 대구 제93회 전국체육대회에선 볼링협회를 이끌었던 김선호 회장과 구재옥 선수 부부가 남, 여 개인종목 금메달과 남자 5인조 단체전에서도 금메달을 차지할 정도였다.

▲2008년 호주볼링협회 주최, 대한체육회장배 볼링선수권대회 참가 선수들과 함께한 필자(맨 뒷줄 중앙)

8-6-9. 교민 야구 활동

시드니한인회장 재임기간 중 언젠가 한인야구협회가 발족되었고 축사와 함께 첫 경기에 앞서 시구도 했다. 그러나 너무 오래된 일이라 당시 관계자였던 김수환 임원을 통해 나와 관련된 사진들을 찾아 보았으나 실패하여 매우 아쉬웠다. 그리고 2014년 호주야구시즌 개막에 앞서 한국의 류현진 선수가 포함된 미국의 LA Dodgers팀을 초청하여 호주 대표팀과의 친선경기가 있어 마침 시드니방문 중이었던 장남, 지헌과 함께 SCG시드니크리켓그라운드를 찾아 경기를 관람했던 적이 있다. 그러나 호주에서는 크리켓 경기에 밀려 야구는 그 존재가치가 별로 없는 편이다.

▲2014년 시드니크리켓 경기장에서 개최된 LA Dodgers팀 초청 호주대표팀과의 친선경기 광고판

▲2014년, 다양한 스포츠를 좋아하는 장남, 지헌과 LA Dodgers 팀의 시드니방문 호주팀과의 친선경기를 참관했던 모습

8-6-10. 제1회 시드니한인회장배 교민낚시대회

2008년 한인회가 주최한 신년인사회 이후 시드니동포사회는 2007년도에 선출된 제26대 시드니한인회에 많은 성원과 후원이 이어졌다. 특별히 과거와는 달리 시드니동포사회가 한인회를 중심으로 결집해 가려는 변화된 분위기가 확연했다. 이런 가운데 2월 초 월드낚시 박경하 대표가 나를 찾아왔다. 박 대표는 시드니한인회장배 교민낚시대회를 개최하면 좋겠다며 힌인회장이 우승자에게 한국왕복 항공권을 제공해 줄 것을 요청했다. 물론 나는 기꺼이 승락했다. 그리고 박 대표는 참가비를 받아 운영을 하되 혹시 흑자가 나면 수익금 전액을 시드니한인회에 기증하겠다고 했다. 어쨌든 나는 박 대표의 한인회를 위한 그 따뜻한 마음만이라도 감사히 받겠다며 대회의 흑자운영이 되기를 바란다고 격려했다. 이렇게 해서 시드니에 있는 월드낚시, 벨모아낚시, 캠시낚시, 신신낚시점을 중심으로 왕성하게 활동을 하고 있던 낚시 동호회가 적극 참여 후원을 하며 제1회 호주시드니한인회장배 교민낚시대회가 개최되었다. 더불어 20여 명의 안전요원도 확보했고 NSW주정부 1차 산업부 수산업담당 공무

원도 초청 참여케 하여 앞으로의 협력관계도 모색했다. 날씨도 무척 좋았고 모든 참가자들의 협조로 첫번째 교민낚시대회 결과는 대성공이었다. 나는 시드니한인회장 몫으로 한국왕복항공권과 다수의 선물을 상품으로 제공했고 주최측은 행사 운영 정산후 $2,550 흑자액을 약속대로 한인회에 기증을 했다. 매우 모범적 사례라 할 수 있을 것이다. 그러나 여러 낚시 업체와 동호회 간의 서로 다른 이해 관계와 박경하 대표의 켄버라로의 이주로 인하여 교민낚시대회는 매년 계속 되지 못해 많은 아쉬움이 남아 있다.

▲ 2008년 시드니한인회장배 교민낚시대회에 운영진과 참가 선수들과 필자(우승컵을 든 선수 뒤쪽 둘째줄 가운데)

▲ 제1회 시드니한인회장배 교민낚시대회 안전수칙과 진행 안내를 경청하는 참가자들 & 격려사를 하는 필자

▲낚시대회 장소인 울릉공 베스 포인트에서 낚시에 열중인 참가들과 낚시터 주변을 돌며 참가자를 격려하는 필자

▲낚시대회 각 부문별 우승자와 함께한 필자

▲낚시대회에 앞서 기본 수칙사항안내를 경청하는 본부석에서 필자

▲ 낚시대회 우승자에게 한국왕복항공권을 시상하는 필자

▲ 낚시대회 흑자금을 기증하는 박경하 대표와 필자

2008년 2월 29일 금요일 (일간)

한인회장배 교민낚시대회 성료

"국경 나이 초월해 단합 과시"

교민친선 낚시대회가 23일 울릉공 베스포인트에서 성황리에 열려 낚시 애호가들로부터 호응을 얻었다.

제 1회 시드니한인회장배 교민친선 낚시대회에는 80여명의 참가자, 20여명의 안전 진행요원 등 110여명이 몰려 낚시에 대한 애정을 과시했다.

새벽 6시 웰스트라이드에 집결한 참가자들은 월척의 꿈을 안고 약 2시간 거리인 목적지로 이동했다. 8시 30분 개회식을 시작으로 오후 1시까지 진행된 대회는 승패를 떠나 화합과 안전의 중요성을 일깨운 자리였다.

교민들의 활발한 참가를 유도하기 위해 낚시 방법은 프리스타일로 결정됐고, 교민은 물론 호주 지역민들도 동참해 대회의 의미를 더했다. 안전요원들은 낚시터 곳곳에 배치돼 참가자들의 든든한 후원자역할을 했다.

낚시가 시작되자 바닷가를 수놓은 참가자들은 파도소리 속으로 깊이 빠져들었다. 오전 10시를 기점으로 만조가 다가오자 바람과 파도가 거세졌다. 휘어지는 낚싯대에 실린 기대감의 무게만큼 이어지는 탄성과 탄식도 커졌다.

대회를 마감한 결과, 루디 씨가 2.3kg으로 대어상, 이태경 씨가 준우승, 로저 씨가 준준우승을 차지했다. 장주석 씨가 영예의 대상을 수상하며 한국 왕복항공권을 부상으로 받았다.

행사장을 찾은 승원홍 한인회장과 NSW 1차산업부의 수산업 담당자 조지 만하 씨는 대회의 잠재력을 높이 평가했다.

승 회장은 "교민사회 단합 도모와 시드니 내 최고의 낚시 대회로 자리매김하기 위해 개최된 이번 대회는 각 동호회 및 교민사회의 협조가 아니었다면 이루어질 수 없었다"고 밝혔다.

승 회장은 또 "서로를 도와가며 위해주는 모습, 국경과 나이를 초월한 낚시인들의 우정을 보며 한마음으로 즐기는 모두를 위한 대회라는 것을 알 수 있었다"며 "자신들의 열정과 함께 살아가는 한인들의 모습이 자랑스러웠다"고 소감을 피력했다.

낚시에 대한 소양과 안전 교육, 그리고 지역 사회와 문화에 대한 이해를 높이기 위해 대회에 동참한 만하 씨도 대회 진행에 만족을 표하며 교민사회의 협조를 당부했다.

권상진 기자 info@hojudonga.com

'월드낚시' 2550불 한인회 기부

지난달 23일 개최된 제1회 시드니한인회장배 교민낚시대회를 주관했던 낚시업체 '월드낚시' (대표 박경하)가 대회 수익금 전액을 한인회 후원금으로 기부했다.

월드낚시의 박 대표는 10일 한인회관을 방문해 수익금 2,550달러를 "한인회 활동을 위해 사용해 달라"며 승원홍 한인회장에게 전달했다.

이번 낚시대회는 총 81명의 강태공이 경합하고 약 25명의 행사진행 자원봉사자들이 지원하는 성공적인 행사가 됐다.

월드낚시 박경하 대표(왼쪽)가 승원홍 한인회장에게 제1회 한인회장배 낚시대회의 수익금 전액을 기부했다.

낚시협회는 만약의 사태에 대비한 수중 안전요원을 배치해 안전사고 예방에 대한 경각심 고취는 물론, 참가자들로부터 신뢰도 받았다. NSW정부의 해양수산부 관계자도 "한인 낚시 동호인들의 안전의식이 매우 높다"고 평했다.

월드낚시는 대회 참가자들의 참가비와 교민들의 행사 후원금 등에서 대회 진행비를 차감한 전액을 후원금으로 전달함으로써 대회의 취지를 높였다.

올바른 낚시문화와 안전의식 고취를 위해 마련된 이번 대회는 시드니 지역 동포 낚시업체인벨모어낚시, 캠시낚시, 신신낚시가 후원사로 참여했다.

한편 월드낚시를 비롯한 동포 낚시 동호인들은 향후 낚시터 대청소 활동 등을 펼침으로써 건전한 레저문화 창달에도 기여한다는 계획이다. 권상진 기자

▲ 시드니한인회장배 교민낚시대회 관련 보도기사

8
|
7

한호정경포럼Australia Korea Politics and Business Forum창립과 활동

2013년 9월 연방총선 Reid선거구에서 친한파 자유당 재도전자였던 호텔 재벌가문 42세의 Craig Laundy가 현직2선의원이었던 노동당 친한파 The Hon. John Murphy MP를 따돌리고 당선됐다. Craig Laundy는 2010년도 연방선거에서 The Hon. John Murphy MP에게 고배를 마신 이후, NSW주 정부 법무장관인 친한파 The Hon. Greg Smith MP 법무장관의 지원을 받으며 한인동포사회와 인연을 쌓기 시작했다. 특별히 내가 시드니한인회장 임기를 마치고 난 2년 후인 2011년도부터 그는 2013년도에 있을 Reid지역구 재출마를 목표로 한국인들의 표가 선거당락에 결정적인 역할을 할 수 있다는 인식을 했었는지 시드니한인동포사회의 주요 행사에 적극 참여하며 한인사회 지도자들과 폭넓은 친분을 쌓아 갔다. 이런 분위기 속에서 2013년도 연방선거 운동이 시작되었다. 당시 Auburn City Council의 시의원이었던 자유당 양상

Certificate for the
Korean Community Leader Advisory Panel
Presented to
William Won-Hong Seung
In recognition of your outstanding contribution to the local community
Craig Laundy MP
Federal Member for Reid

▲ The Hon. Craig Laundy MP 연방의원이 한인사회 지도자들과 필자에게 수여한 한인사회 자문단 증서 &
2014년 The Hon. Craig Laundy MP 지역구 사무실에서 한호정경포럼 창립에 동참했던 참석자와 필자(앞줄 맨 오른쪽)

수 시의원과 Auburn한인상우회 류병수 회장이 적극 지원에 앞장 서면서부터 Reid지역구의 노동당과 자유당의 선거분위기가 반전되기 시작했고 그 결과 치열한 격전 끝에 친한파 노동당 후보인 현역 The Hon. John Murphy MP와 재대결에서 친한파 자유당 Craig Laundy 후보가 1,460표 차로 힘겹게 당선되었다. 이러한 선거과정을 몸소 체험했던 The Hon. Craig Laundy MP 연방의원은 개인적으로 양상수 시의원과 류병수 상우회장에게 많은 고마움을 느끼고 있었으며 정치적으로도 한인 유권자들을 계속 확보해 두고 싶었을 것이다. 이러한 분위기 속에서 비교적 자유당 지지 성향이 강했던 한인사회 지도자들이 무엇인가 정치적 성격의 모임을 갖고 체계적인 활동을 하였으면 좋겠다는 분위기가 자연스레 형성되어 갔다.

2014년 9월 나를 포함하여 당시 시드니한인회 송석준 회장, Strathfield City 자유당 옥상두 부시장, Auburn City 자유당 양상수 시의원 등 10여 명이 The Hon. Craig Laundy MP 연방의원을 만나 한인사회를 대변하는 정치경제 포럼을 준비하는 계획과 관련하여 폭 넓은 협의가 있었다. 이 자리에서 11월 제1차 한호정경포럼 행사 추진을 목표로 자유당 옥상두 부시장을 위원장으로 하는 회장단과 임원 인선을 포함한 조직이 만들어졌고 제1차 포럼에 초청할 호주정치권 인사는 명예회장으로 추대되었던 크레이러운디 의원이 맡기로 했으며 한국인 측은 옥상두 위원장이 양상수 시의원과 협의해 전담키로 했다. 이렇게 해서 한호정경포럼이 자연스럽게 창립되었고 나는 전임 시드니한인회장으로 상임고문직을 맡았다. 이런 과정을 거쳐서 창립된 한호정경포럼은 2014년부터 매년 포럼과 Gala Dinner 행사를 주최해 왔으나 2020년 코로나19팬데믹으로 아무런 행사를 하지 못했다.

2014년 제1차 포럼 연사로 한국에서 김문수 전 경기도지사, 서상목 전 보건복지부장관이, 호주에서 The Hon. Andrew Robb MP, Minister for Trade and Investment통상투자장관과 The Hon. Scott Morrison MP, Minister for Immigration이민성장관(현 호주연방총리)이 참여했다. 그리고 제2차포럼 호주 연사로 참석했던 The Hon. Malcolm Turnbull MP(전 호주연방총리), Minister for Communication통신장관은 포럼 며칠 후 바로 연방총리가 되기도 해 놀라움을 금치 못했던 적도 있다. 이 2차 정경포럼에는 당시 한국정부의 윤병세 외교장관과 주한호주대사관 김봉현 대사도 포럼에 참석할 예정이었으나 일부 인사들의 잘못된 조언에 따라 참석하지 못했던 것으로 알고 있다. 그날 늦은 밤에 윤병세 장관은 과거 시드니총영사관 영사로 재임하던 시절 업무적으로 가깝게 지냈던 인사로서 문동석 회장, 조기덕 회장, 박명호 회장 그리고 내가 함께 참석하여 김봉현 대사와 이휘진 총영사의 배석하에 옛 정을 나누며 환담하는 자리를 만들었다. 나는 이 자리에서 윤병세 장관에게 시드니방문 중에 있으면서도 이날 한호정경포럼에 참석하지 못한 것은 큰 잘못이라고 지적하기도 했다. 왜냐하면 2차정경포럼 행사일자를 정하게 된 것도 김봉현 대사의 요청에 따라 한호 2+2 외교국방장관 회의 일정에 맞춰 정했었기 때문이다. 헌데 2일 후에 호주연방수상이 되었으니 이렇게 예정되었던 좋은 만남의 자리를 활용하지 못해 아쉬움을 금치 못했던 외교적 사례였다고 볼 수 있다. 특별히 2017년 제4차 포럼은 처음으로 한국에서 개최하므로써 한호 양국의 정치 경제 문화교류증진에 기여한 바 컸다. 2017년도의 Keynote 연사로 한국 측에서는 전 주호주한국대사를 역임한 김우상 교수와 호주측에선 NSW 주수상을 대신하여 The Hon. Scott Farlow MLC 친한파 NSW주 상원의원이 직접 참석했고 이휘진 상임고문(직전 시드니총영사) 부부도 자리에 함께하여 한호정경포럼의 가치를 더했다.

▲2013년 초선 연방의원으로 켄버라 의회에서 첫 연설 후 가진 리셉션에서 크레이 러운디 의원

▲류병수 회장과 필자

▲2014년 제1차 한호정경 포럼 행사에서 초청연사 서상목 전 보건복지부장관 , The Hon. Victor Dominello MP, The Hon Craig Laundy MP 대회장

▲2014년 제1차 한호정경 포럼에서 , The Hon Craig Laundy MP 대회장과 초청연사 The Hon Scott Morrison 이민성 장관

▲2015년 제2차 한호정경포럼 Keynote 연사로 The Hon. Malcolm Turnbull 통신장관이 참석했고 2일 후 자유당 내 당권경쟁에서 승리하며 연방총리로 취임했다.

▲2017년 서울에서 개최된 한호정경포럼, 청인 박세준 대표, 옥상두 회장, The Hon. Scott Farlow MLC, 이휘진 전 총영사, 정경포럼 임원들과 필자(왼쪽 2번째)

▲정경포럼 테이블에 놓인 필자의 명패 & 정경포럼 내용을 소개한 한국산업뉴스TV방송 화면을 켑쳐한 필자의 모습

▲2017년 정경포럼에서, Mrs 이휘진 총영사, The Hon. Scott Farlow MLC, 청인 박세준 대표,
이휘진 전 총영사와 필자

▲2018년 호주한인총연합회 차세대 포럼에서 정경포럼 회장단과 The Hon. Alan Tudge MP 장관과 필자(오른쪽 3번째)

▲2018년 정경포럼을 준비하며 시드니총영사 면담, (좌로부터) 민경목 고문, 오 크리스티나 부회장, 윤상수 총영사,
김 바네사 사무총장, 옥상두 회장, 오혜영 부회장, 김동배 부총영사와 필자(왼쪽 2번째)

▲2018년도 제5차 정경포럼 등록 카운터에서 등록을 하는 참가자와 지켜보는 필자(맨 오른쪽) & 포럼 명찰

▲2018년 정경포럼 연사들의 발제를 경청하고 있는 참석자들과 연사

▲2018년도 정경포럼을 마치고 발제 연사들과 함께한 윤상수 총영사와 정경포럼 임원진과 필자(뒷줄 왼쪽 5번째)

▲2018년도 정경포럼 갈라디너 행사 등록 카운터에서 임원 & The Ray Williams MP다문화장관을 맞이하는 임원과 필자

▲2018년도 갈라디너 행사에서 축사를 하는 주호한국대사관의 이백순 대사와 The Hon. David Coleman MP 이민장관

▲2018년도 갈라디너 행사에서 축사를 하는 The Hon. Ray Williams 다문화장관 & The Hon. Jodi McKay MP야당대표

▲2018 한호정경포럼 GALA Dinner에서 The Hon. Ray Williams MP 다문화장관, 호주한인총연회 문동석 회장, MCC 회장단 Dr Tony Pun OAM, Dr Pter Ha 베트남커뮤니티회장, David Dowson MCC사무총장과 필자 (왼쪽 4번째)

▲2018년도 갈라디너 행사에서 이백순 대사가 필자에게 공로패를 수여하고 있는 모습

▲2018년 한호정경포럼 Gala Dinner행사에서, 호주한인공익재단이 주관하는 예비언론장학생 2018년도 한국방문단과 이백순 대사, 윤상수 총영사, The Hon. Phillip Ruddock Horsby Shire City 시장, The Hon. Jodi McKay MP, 서강석 한국무역관 관장과 필자(왼쪽 2번째)

▲2018 한호정경포럼 Gala Dinner 행사에서 자원봉사자들과 정경포럼 옥상두 회장, 회장단임원과 필자(뒷줄 오른쪽 5번째)

8
|
8

광복회 호주지회

나는 광복회 호주지회 창립과도 특별한 인연이 있다고 할 수 있다. 내가 시드니한인회장으로 취임하면서 25일 만에 맞이하는 뜻 깊은 8.15 광복절 기념행사 프로그램을 준비하면서 과거에 없었던 새로운 뜻있는 사업을 추가하기로 했다. 그것은 시드니 한인동포사회 내에 거주하는 독립유공자 후손들을 찾아 교민사회에 널리 알리고 예우를 해드렸으면 좋겠다는 뜻에서 교민언론지를 통해 8.15 광복절 기념행사 안내와 함께 독립유공자 후손들은 한인회에 신고해 줄 것을 공지했다. 이렇게 해서 2007년도 제 62주년 8.15 광복절 기념행사에 신고를 받은 독립유공자 후손으로 박창노, 김병숙, 이제민 3명과 국가유공자로 김용광, 강영식, 안창성, 김민건, 송재호 5명을 교민사회에 공식적으로 소개를 했다. 이를 계기로 기념행사일정으로 과거 일제의 압제 속에서도 주권을 빼앗긴 나라를 되찾아야겠다는 결의를 다졌던 옛 광복군의 군가 '압록강 행진곡'을 포함 여러 군가를 청취하는 시간을 갖기도 했다. 기념행사 참석자들도 제26대 시드니한인회의 새로운 시도를 매우 흡족해 하는듯 보였다. 그 이후에

▲2008년 3.1절 행사에 소개한 독립유공자 후손과 총영사

▲2007년 8.15기념행사에서 소개된 독립유공자 후손

2008년 3.1절 행사와 8.15 행사를 거치면서 모여진 독립유공자 후손들이 중심이 되어 2008년 11월 재호주 광복회를 결성했고 2014년 1월에 광복회 호주지회로 공식 승인을 받아 활동해 오고 있다. 광복회 호주지회는 더욱 발전하여 호주한인사회 차세대를 대상으로 시드니 한국교육원과 함께 협력하여 재호광복장학회와 호주한인차세대네트워크를 설립했고 주요사업으로 청소년민족캠프 프로그램을 시행하며 차세대를 위한 역사교육과 한민족으로서의 긍지를 갖고 조국사랑 교육을 시행하고 있다. 그래서 나는 초창기 호주광복회 설립에 자그마한 동기부여를 했다고 생각하여 뿌듯한 마음을 갖고 있다.

2019년 7월 호주한인공익재단 주류예비언론장학생 한국방문연수팀과 함께 한국을 방문했던 나는 마침 6월에 광복회장으로 선출된 서울대 동문 김원웅 회장을 예방하고 우정을 나누며 계속 발전해가는 호주지회의 성원과 후원을 요청하기도 했다.

▲2019년 광복절 행사에서 광복회호주지회 황명하회장과 필자 & 2019년 김원웅 광복회장 당선축하 예방한 필자

▲2009년 광복64주년 기념식행사 내빈과 필자 (앞 왼쪽 4번째)

▲2009년 제70회 순국선열의날 독립유공자후손들

▲2009년 해공 신익희 선생 53주기 추모식 겸 김국주 전임 광복회장초청 강연회에서 필자(앞줄 오른쪽 5번째)

시드니한인회장 퇴임 이후 내게 특별하게 기억되는 2010년 11월 17일 재호주광복회 주관 제71회 순국선열의 날 기념행사가 있다. '태극기 안에 내가 있다'라는 프로젝트를 전개하며 과거 1944년 1월 20일 한반도 전역에서 학도병이란 미명하에 강제입대를 당했던 4,385명의 학도병을 추모하며 순국선열의 숭고한 희생정신과 태극기에 담긴 참 뜻을 되새겨 보겠다는 의미로 가로 7m, 세로 4m 크기의 대형 태극기 안에 호주교민 4,385명이 참여해 직접 자기 이름을 써넣은 태극기를 캡시 오리온센터 벽면에 걸어놓고 만세삼창을 했던 기억이다.

▲2010년 11월 17일 켐시 오리온센터, 제71회 순국선열의날 '태극기 안에 내가 있다'프로젝트 축하행사에서 축사를 하는 필자 & 벽면에 걸린 가로 7m X 세로4m크기의 대형 태극기를 향해 만세삼창을 하는 참가자들

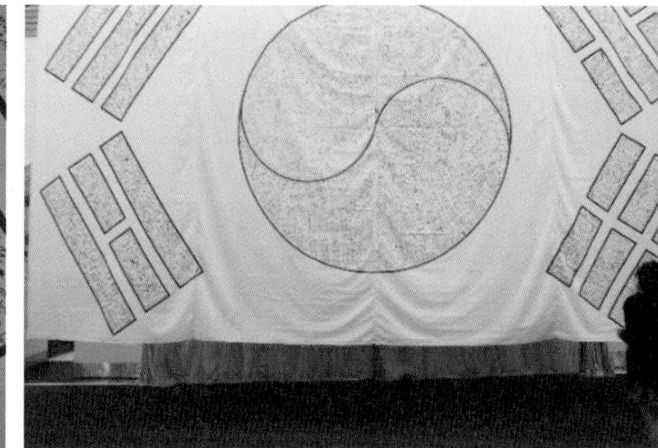

▲2010년 11월 제71회 순국선열의날 기념행사 '태극기 안에 내가 있다' 태극기에 필자의 서명을 가리키고 있는 필자

▲2010년 11월 제71회 순국선열의 날 '태극기 안에 내가 있다' 프로젝트 참여 광복회원과 필자(앞줄 오른쪽 2번째)

8
|
9

나라사랑 독도사랑 호주연합회 활동

조국사랑 독도사랑 호주연합회는 2010년 5월 15일에 뜻있는 몇 분들이 고동식 회장을 중심으로 창립한 호주교민단체로서 호주에 살고 있는 모든 사람들에게 독도가 한국 땅임을 홍보하며 차세대에게도 한국의 언어 역사와 문화를 일깨워 조국과 독도를 지켜나가는 데 앞장설 수 있도록 가르치는 일을 주목적으로 하고 있다. 그 뿌리는 한국의 노무현 정부시절이던 2005년 말에 결성된 보수우파단체인 뉴라이트전국연합이 호주동포사회로도 확장하면서 호주지부가 생겼고 고동식이 지부장으로 임명되어 활동을 했다. 그러던 중, 내가 시드니한인회장 재임(2007-2009)기간에 일본 정부 내 극우 인사들이 독도가 일본 영토라고 주장하며 드디어 일부 초등학교 교과서에 독도가 일본 영토에 속한다는 왜곡된 내용을 싣기 시작했다는 뉴스가 전해 졌다. 물론 한국 내에서도 일본정부의 왜곡된 역사교육에 항의하는 강력한 규탄대회가 있었고 호주

시드니동포사회에서도 뉴라이트전국연합 호주지부가 앞장을 섰다. 그래서 일본 시드니총영사관이 있는 시내 Martin Place 광장에 많은 교민들이 모여 독도수호 평화시위 규탄집회에 참여했고 일본 시드니총영사관의 강력한 요구에 따라 고동식 지부장 1명만이 일본 시드니총영사관으로 들어가서 항의 서한을 전달했다. 일본 총영사관의 가능한 외부노출을 경계하는 집요한 전략에 뉴라이트 호주지회 주최측에서도 제대로 대처를 못했다는 느낌이었다. 가능한 대로 시드니한인회장과 함께 언론매체에서도 적극 동참할 수 있도록 협의 공조했어야 한다는 아쉬움을 남겼던 행사였다. 그 이후 조국사랑 독도사랑 호주연합회라고 개칭을 했고 한국 동북아역사재단의 직·간접 후원을 받아 강연회와 홍보 행사를 여러 차례 진행하며 호주에서도 독도가 한국땅이라는 홍보를 꾸준하게 이어가고 있다. 나도 창립 초창기부터 고문과 자문역을 맡아 함께 조력하며 성원해오고 있다.

한국신문

The Sydney Korean Herald

Korean Community's Largest Circulating & Best Quality Newspaper

Vol.XVII No. 806(호) 2008년 8월 22일(금) - 2008년 8월 28일(목) Tel: (02) 9

일본 총영사관 앞에서 '독도수호' 평화집회

기사 10, 27, 28, 29면

이규영 후보 "카운슬 벽을 낮추겠다"

기사 4면

www.koreanherald.com.au / E-mail: herald@koreanherald.com.au

▲ 2008년 8월 독도수호평화집회 보도기사에 실린 필자(오른쪽)

▲ 독도관련 강연 중인 세종대학교 호사카 유지 교수

▲2008년 8월 뉴라이트 호주지회가 주관, 독도수호평화집회에 참가한 한인지도자들과 필자(앞줄 오른쪽 4번째)

10 호주동아 커뮤니티

일본 총영사관에 '독도 항의서' 전달

뉴라이트 18일 시티서 평화시위

일본의 독도영유권 주장을 규탄하는 항의서가 일본 시드니총영사관에 전달됐다.

뉴라이트호주지부(회장 고동식, 위쪽사진)는 18일 마틴플레이스 일본 총영사관 앞에서 '독도수호 평화집회'를 열어 교민들의 독도사랑 의지를 과시하고 그 뜻을 결집한 항의서를 타다히코 야마구치 일본 총영사에게 전했다.

쌀쌀한 날씨에도 불구하고 행사장을 찾은 90여명 교민들은 애국가, 독도는 우리 땅, 아리랑 등의 노래를 합창하며 독도 바로 알리기 열기를 이어갔다.

한글과 영어로 쓴 피켓과 현수막 및 소형 태극기를 든 참가자들은 '독도는 한국땅' '독도를 넘보지 마라' '독도를 지키자' '일본 독도침탈행위 규탄한다' 등의 구호를 뉴라이트의 김원본 사무국장의 선창에 따라 힘차게 외쳤다.

또 일본의 역사왜곡과 영토확장 야욕을 질타하고 인류역사에 과오를 범하지 않길 경고하는 항의서를 이애숙 씨와 정재니 씨가 각각 한글과 영어로 낭독하고 '대한민국 만세' 삼창 순서도 가졌다.

승원홍 한인회장은 인사말에서 "우리가 전하는 메시지는 명확하다. 독도는 우리땅이다. 독도를 지키자"고 목청을 높였다.

고동식 회장은 행사 열기가 한창 고조된 시점에 내려온 일본 영사의 안내를 받아 총영사관 사무실로 올라가 항의서를 전달하고 내려왔다.

한글과 영문 항의서를 한부씩 전달한 고 회장은 "일본 총영사에게 직접 항의서를 전달했다"며 "일본 영사들은 독도가 일본 시로 되어있는 일본 영토라고 주장했다"고 밝혔다.

고 회장은 "앞으로도 독도 지키기를 계속 추진하고 조상으로부터 물려받은 땅을 지켜야겠다는 결심을 하게 됐다"며 "일본인의 증언이 효과가 클 것으로 예상해 양심있는 일본 학자의 호주 초청을 추진 중"이라고 밝혔다.

행사장인 시드니의 금융중심지를 왕래하는 호주인들에겐 영어로 된 독도홍보 전단지가 배포됐고 길가던 한인들은 큰 관심을 보이며 동참했다.

일본 여성과 결혼해 일본에 거주한다는 윤 모씨는 "독도가 한국 땅임은 당연한 사실이다"면서도 "일본 언론이 한인들의 감정적인 장면을 부각시키기 때문에 보다 논리적인 접근법에 치중했으면 좋겠다"고 말했다.

권상진 기자
info@hojudonga.com

14 한국신문 MAIN NEWS The Sydney Korean Herald

"위안부 문제처럼 독도 문제도 국제적 이슈로 만들어야 한다"

호사카 유지 세종대 교수, 일본 정부의 '역사 왜곡' 부각시켜야

▲2008년 일본총영사관 앞 독도관련 집회보도 기사 & 2009년 세종대학교 호사카 유지 교수초청 강연 보도기사

▲2009년 독도는 우리땅을 열창하는 고동식 회장과 호사카 유지 교수와 필자 부부 & 호사카 유지 교수 강연 참석자들

▲2009년, 시드니강연을 위해 초청된 호사카 유지 교수와 뉴라이트 고동식 지부장과 필자 부부(오른쪽 2, 3번째)

▲2014년, 독도 박물관에 소장된 역사적 자료 사진 시드니전시회 개막 테이프 컷팅에 참여한 필자(왼쪽 4번째)

▲2014년 독도 박물관에 소장된 역사적 자료사진 시드니전시회 & 시드니 오페라하우스로 향하는 독도 행진팀원들

▲2014년 나라사랑 독도사랑 호주연합회 주관 시드니시내 오페라하우스에서의 독도 행진에 참여한 시드니청년들

▲2007년 8월 3일 The Hon. John Howard MP호주연방총리와 진지하고 뜻깊은 45분간의 면담 후 기념사진 (필자 왼쪽 2번째)

이렇게 호주한인사회 차원으로 연방총리와의 회동에서 일본군위안부문제를 공식 제기한 이후 우리는 '일본군 위안부 피해자와 함께하는 친구들' 단체와 함께 NSW주정부 차원에서 한인밀집지역 Strathfield지역구 The Hon. Virginia Judge MP 버지니아 저지 주의원을 통하여, 그리고 연방정부 차원에서 여성활동가 출신의 The Hon. Penny Wong MLC 페니웡 연방상원위원을 통하여 일본군위안부피해자문제 해결을 위한 일본정부의 사과를 촉구하는 성명서를 채택해 달라는 몇 차례의 끈질긴 노력을 적극 성원하며 응원했다. 그러나 정당한 인권보호 차원의 정의로운 사안이었음에도 불구하고 과거사 문제 제기로 인해 일본정부와의 정치 경제적 우호관계를 해치고 싶지 않다는 호주정부차원의 국익보호 우선주의의 움직임으로 실질적인 정치 외교적인 성과를 이끌어 내지는 못했다. 그러나 호주정부 정치권 인사들과 호주주류사회를 상대로 일본전쟁범죄로 인한 여성인권피해사례의 과거사 문제를 사회문제로 이슈화 하는 데는 커다란 성과가 있었다고 생각한다. 그때나 지금이나 '일본군위

▲2014년, 독도 박물관에 소장된 역사적 자료 사진 시드니전시회 개막 테이프 컷팅에 참여한 필자(왼쪽 4번째)

▲2014년 독도 박물관에 소장된 역사적 자료사진 시드니전시회 & 시드니 오페라하우스로 향하는 독도 행진팀원들

▲2014년 나라사랑 독도사랑 호주연합회 주관 시드니시내 오페라하우스에서의 독도 행진에 참여한 시드니청년들

8
|
10

일본전쟁위안부문제와 시드니평화소녀상건립 및 전쟁범죄규탄대회

8-10-1. 일본전쟁위안부문제 제기와 호주정치권 결의안통과 노력들

2006년 8월 국제엠네스티Amnesty International호주지부초청으로 호주를 방문한 일본군위안부피해자 장점돌 할머니와 정대협, 윤미향 대표의 시드니, 멜버른, 에델레이드, 호바트 순회증언 및 강연을 통해 강한 영향력을 받았던 호주시민과 한인동포들에 의해 일본군위안부피해자와 함께하는 친구들Friends of Comfort Women in Australia; FACA이 결성됐다. 당시 FACA의 대표였던 박은덕 변호사는 내가 시드니한인회장으로 재임했던 2007-2009년도에 한인회 부회장으로 함께 활동하면서 일본전쟁위안부문제를 호주주류사회 정치권 인사들에게 호주한인사회 차원의 중요 현안 과제로 부상시켰다고 할 수 있다. 나는 시드니

▲네덜란드 출신 호주인으로 일본군종군위안부 Ruff O'Hern여사를 성원하며 일본정부를 규탄하는 에델레이드 시위

한인회장으로 2007년 7월 21일 공식취임하고 곧이어 8월 3일에 우리는 The Hon. John Howard MP 존 하워드 호주연방총리와 뜻깊은 만남의 자리를 가졌다. 이 자리에서 우리는 연방총리에게 호주한인사회의 중요 현안문제로 제기했던 여러 사안 중 하나로 일본군종군위안부 문제 해결을 위한 일본 아베정권의 피해 당사자에 대한 공식사과를 이끌어 낼 수 있는 호주정부와 호주의회의 적극적인 역할을 요청했다. 물론 존 하워드 연방총리도 이 문제의 심각성을 인식하고 있었으며 아베 총리와의 정상회담에서 아베정권의 국제사회에 대한 진솔한 사과의 필요성을 제안한 바 있다고도 했다.

om left: journalist Jason Koh, chief editor of the Korean vernacular daily Hoju Dong-A, Mr William Seung, the Prime Minister John Howard, Ms ian Pak. As leader of FCWA (Friends of 'Comfort Women' in Australia), Ms Vivian Pak briefs on the projected motion in the Senate on the issue of Comfort Women".

▲2007년 8월 3일 The Hon. John Howard MP호주연방총리와 진지하고 뜻깊은 45분간의 면담 후 기념사진 (필자 왼쪽 2번째)

이렇게 호주한인사회 차원으로 연방총리와의 회동에서 일본군위안부문제를 공식 제기한 이후 우리는 '일본군 위안부 피해자와 함께하는 친구들' 단체와 함께 NSW주정부 차원에서 한인밀집지역 Strathfield지역구 The Hon. Virginia Judge MP 버지니아 저지 주의원을 통하여, 그리고 연방정부 차원에서 여성활동가 출신의 The Hon. Penny Wong MLC 페니웡 연방상원위원을 통하여 일본군위안부피해자문제 해결을 위한 일본정부의 사과를 촉구하는 성명서를 채택해 달라는 몇 차례의 끈질긴 노력을 적극 성원하며 응원했다. 그러나 정당한 인권보호 차원의 정의로운 사안이었음에도 불구하고 과거사 문제제기로 인해 일본정부와의 정치 경제적 우호관계를 해치고 싶지 않다는 호주정부차원의 국익보호 우선주의의 움직임으로 실질적인 정치 외교적인 성과를 이끌어 내지는 못했다. 그러나 호주정부 정치권 인사들과 호주주류사회를 상대로 일본전쟁범죄로 인한 여성인권피해사례의 과거사 문제를 사회문제로 이슈화 하는 데는 커다란 성과가 있었다고 생각한다. 그때나 지금이나 '일본군위안부 피해자와 함께하는 친구들'의 대표 박은덕 변호사와 송애나 대표를 포함한 모든 관계자들의 헌신적 노력에 감사한다.

내가 시드니한인회장으로 재임(2007-2009)했던 기간 중에도 위안부 결의안 채택촉구 캠페인을 통해 연방의회 차원에서 2006년 8월 9일, 2007년 2월 28일, 2007년 9월 19일과 2008년 8월 19일 연방의회 차원에서 4차례 결의안 채택 시도가 있었으나 모두 부결되었다. 특별히 2007년 9월 19일 노동당 페니웡 의원, 민주당 데스포야 의원, 녹색당 네틀의원 3인의 공동발의 상원회의에서 찬성 34표 반대 35표 단 1표차로 부결되어 그 아쉬움을 금치 못했다.

제3780호 음력 8월 4일 2007년 9월 14일 금요일

위안부 결의안 19일 호주의회 표결

집권 연립당 '반대 당론' 고수로 통과 불투명
본지 하워드 총리실에 항의문 발송 "재고" 촉구

다음 주 19일(수) 연방 상원에 세 번째 위안부 결의안(Senate motion no. 882)이 상정돼 표결이 진행될 예정이지만 집권 자유당이 또 다시 반대 당론을 고수함에 따라 통과 여부가 불투명해 보인다. 위안부 결의안 통과를 위해 의회를 상대로 로비를 해 온 '위안부를 위한 호주친구들(FCWA, 이하 호주친구들)'의 박은덕 대표(변호사, 시드니 한인회 부회장)는 며칠 사이에 캔버라에서 3번째 상정이 추진된 경위를 12일 본지에 설명했다.

호주 의회에서 세 번째인 이번 상정은 유일한 동양계 연방 의원인 페니 웡(Senator Penny Wong, 노동당)상원의원이 발의해 다음주 수요일 표결 처리될 예정이다. 지난 두 번의 표결은 모두 부결됐는데 케리 네틀 녹색당 상원의원(Senator Kerry Nettle)이 발의한 두 번째 표결에서는 노동당과 녹색당 의원들은 찬성을 했지만 자유-국민당 의원들의 반대로 2표 차이로 아깝게 부결됐었다.

문제는 3번째 표결을 앞두고 알렉산더 다우너 외무장관 보좌관이 네틀상원의원에게 발송한 공문에서 분명하게 반대를 표명한 것. 이 공문에 따르면 호주 정부(연립당)는 1951년 호주가 서명한 평화조약(1951 Peace Treaty)에 따라 전범처리가 종료됐기 때문에 위안부 결의안을 지지하지 않을 것이란 진부한 명분과 93년 고노담화, 이번 주 사임한 아베 신조 총리의 사과성 발언, 2007년 하워드 총리가 아베 일본 총리의 고노담화 계승 지지 확인 등을 거론해 이것으로 충분하다고 설명했다. 또 이 관계자는 일본 정부가 피해 여성 보상을 위해 면피용으로 제의한 아시아여성기금(Asian Women's Foundation, 미화 570만불)을 지원한 것도 거론하며 추가 사과요구는 득이 될 것이 없다는 결론을 내렸다. 그러나 이 공문은 일본 지도자들의 거듭된 부인 발언과 미 의회의 만장일치 통과(7월 말)에 대해서 일체의 설명도 없었다. 결론적으로 호주-일본 관계 악화를 우려한 '눈치보기' 측면에서 반대당론을고수하고 있는 것으로 판단된다.

본지는 13일 '편집국장' 명의로 하워드 총리실로 항의문을 발송했다. 이 서한에서 본지는 하워드 총리에게 미 의회 만장일치 통과를 상기시키며 19일 의회 표결을 앞두고 자유당의 반대 당론 재고를 요청할 것을 촉구했다. 또 선거가 임박한 시점에서 이번 표결 결과를 한인 유권자들에게 신문을 통해 알릴 것이며 쟁점화해 선거에 감안하도록 할 것임을 분명히 통보했다. 박 부회장에 따르면 시드니 한인회도 이 사안과 관련, 이번 주 안에 하워드 총리에게 지지 당부 서한을 발송할 것으로 알려졌다.

자유-국민 연립 여당의 반대로 또 다시 부결되는 경우 한인회를 중심으로 지역구 의원에게 항의 편지 발송 등 대대적인 캠페인을 전개해 결의안 통과의 중요성을 이해시키면서 선거와 연계하는 방법을 모색해야 할 것이란 의견이 대두되고 있다.

고직순 기자 info@hojudonga.com

8 호주동아 Community & N

"아름다운 한인들의 아름다운 음악회"

'위안부 피해자 위한 자선 콘서트' 감동무대 연출

아름다운 공연이 되기 위한 조건은 무엇일까. 주최측의 순수한 의도, 출연자의 무료봉사, 관객의 따뜻한 정성, 이런 삼박자에 환희와 행복이 넘치는 공연장이 연출된다면 최상의 아름다운 공연이 아닐까.

이런 보기드문 음악회가 교민사회에서 개최됐다. 26일 스트라스필드연합교회에서 열린 '일본군 위안부 피해자들을 위한 자선콘서트'는 교민사회의 위안부 이슈에 대한 공감대를 확인할 수 있는 흐뭇한 자리였다. 혹시나 하던 주최측의 우려와 달리 300여 객석은 빈틈없이 채워졌고 모자란 좌석은 입석으로 대신했다. 자선 행사에 교민들은 때묻지 않은 손을 내밀었다.

해바라기 멤버로 최고의 음유가수로 인정받았던 유익종과 교민사회 노래 전도사인 사랑의 듀엣, 남양우 이재숙 부부는 어느 때보다 뿌듯하게 노래하고 부담없이 관객을 대했다. 중년의 관객들은 시종 감미롭고 애틋한 화음에 푹 빠지며 박수갈채와 앵콜로 화답했다.

자연스럽고 친근한 공연에 참가자는 한마음으로 노래하고 웃으며 화합의 장을 연출했다. 이렇게 위안부 할머니들을 위한 사랑은 아픈 과거를 보듬고 꺾이지 않는 미래의 힘이 되었다.

위안부 사진과 그림 및 자막이 담긴 슬라이드 감상으로 서막이 올랐다. '나에게도 젊음이 있었고 내게도 꿈이 있다'는 위안부들의 무언의 절규가 가슴에 와 닿았다. 이어 암울한 일제치하에 꺼지지 않는 희망을노래한 '봉선화'가 이재숙 씨의 맑은목소리로 울려퍼졌다.

사랑의 듀엣이 전하는 '8월의 어느 멋진 날에'와 베이스 이태준의 '마이 웨이' 및 색스폰 연주의 '험한 세상에 다리 되어' 등 가요와 팝송 명곡들이 다양한 음색으로 감동의 무대를 선사했다.

가수 유익종은 변함없는 부박한 말투와 부드러운 노래로 대미를 장식했다. '사랑의 눈동자' '그저 바라볼수만 있어도' 등은 여전히 최고의 발라드곡으로 인기 만점이었다. 유익종은 "좋은 행사에 초대해 줘 감사하다"며 객석을 향해 사의를 표했다.

승원홍 한인회장은 "재능있는 교민들이 타인을 위해 그 능력을 발휘하는 모습이 너무 아름답다"며 "이런 모습을 보는 우리 스스로도 아름다워지고 있다"고 격찬했다.

승 회장은 "어언 광복 62년이지만 일본은 만행에 대해 공식 사과를 않고 있다"며 "호주친구들(FCWA, 대표 박은덕 변호사)의 역동적인 활동으로 미국 의회에서 위안부 결의안이 통과되고 캔버라에서 광복절 기념 위안부 설명회가 개최됐다"고 치하했다.

승 회장은 또 "호주 교민들이 이렇게 위안부 이슈를 주도한 것이 너무 자랑스럽다"며 "참가한 모든 교민들 서로를 위해 감사의 박수를 칩시다"며 훈훈한 분위기를 이끌었다.

호주친구들의 송애나 간사는 "콘서트는 한국 위안부 박물관 건립을 위한 기금 모금을 위해 추진됐다"고 취지를 설명하고 "위안부 할머니들이 멀리 호주에서 모으는 성금을 기쁘게 받아들일 것 같다"고 밝혔다.

성황을 이룬 위안부 피해자를 위한 자선 음악회에서 이태준, 남양우, 유익종, 이재숙 씨(왼쪽부터)가 열창을 하고 있다.

권상진 기자 info@hojudonga.com

▲2007년 9월 호주연방의회의 일본군위안부 결의안 제출 관련 보도기사 & 2008년 일본군위안부 피해자를 위한 자선콘서트 보도기사, 자선콘서트를 마치고 한인회장인 나는 콘서트를 빛내준 가수 유익종, 노래하는 부부 남양우, 이재숙 교민가수 이태준께 감사의 인사를 전하며 "아름다운 한인들의 아름다운 음악회"라 불렀다.

▲일본군위안부 피해자와 함께하는 호주친구들, 윤미향 대표, 박은덕, 송애나 대표 & The Hon. Virginia Judge MP, 길원옥 할머니, 브렛보윈, 송애나 대표

"노동당 주도로 호주의회 통과 지지" 당부

-박 부회장 필버섹 여성지위부 장관 예방

8/11/08

왼쪽부터 타니 필버섹 장관, 모니카 휠리 보좌관, 박은덕 부회장

"위안부 결의안 호주의회 통과를 지지해 달라" 위안부 피해자와 함께하는 호주친구들(이하 호주친구들, FCWA) 시드니 대표인 박은덕 CRC(커뮤니티관계위원회) 위원장 한인회 부회장이 7일 오전 타냐 필버섹 연방 여성지위부 겸 주택부 장관을 예방해 올해 후반기 의회연방 하원에서 위안부 결의안이 통과되도록 협조해 줄 것을 당부했다.

박 부회장은 관련 자료파일을 필버섹 장관에게 건네주면서 과거 불법적 의회연방 상정 결의안 발의 배경을 설명했다. 여성지위부 수장인 필버섹 의원은 당내 영향력이 상당한 노동당 출신으로 시드니시티 지역구의 하원의원이다.

신중한 자세로 박 부회장의 설명을 경청한 필버섹 장관은 호주인 생존자 잰 러프 오헌 여사를 만난 경험이 있다면서 이 이슈에 관심을 나타내고 맥신 맥큐 의원 등 노동당 여성의원들과 연방 하원에서 결의안을 상정하는 방안을 논의해 보겠다고 말했다. 박 부회장은 미국과 EU, 캐나다 의회처럼 호주에서도 하원에서 집권 노동당의 주도로 결의안이 통과돼야 한다는 중요성과 국내외적 의미를 강조했다.

호주친구들은 위안부 이슈를 주도하고 있는 한국 정신대문제대책협의회(이하 정대협)의 윤미향 상임대표와 생존 피해자인 길원옥 할머니, 조시현 교수(건국대) 등을 초청해 멜번과 시드니에서 홍보활동을 갖는다. 시드니에서는 16일(토) 오후 6시부터 시드니한인회관에서 "일본군 위안부 명예와 인권을 위한 전쟁과 여성인권박물관" 건립 후원의 밤을 개최한다. 시드니한인회와 시드니민족교육문화원이 공동 후원한다.

고직순 기자 info@hojudonga.com

연방 하원 '위안부 결의안' 통과 추진

저지주의원 "NSW주의회 상정 노력" 약속

연방 의회(하원)와 NSW주의회에서 위안부 결의안 통과를 위한 움직임이 전개되고 있다. 버지니아 저지 주의원(스트라스필드)는 16일 시드니한인회관에서 열린 '전쟁과 여성인권박물관 건립 후원의 밤'에 참석, 길원옥 할머니와 윤미향 정대협 상임대표, 정대협 법률전문위원인 조시현 교수, 미츠코 나카하라 교수 등 한국 관계자들을 만나 대화를 나눈 후 주의회에서 결의안을상정을 위해 노력하겠다고 약속했다.

NSW 정치인 중 대표적인 친한파인 저지 주의원은 특히 길 할머니를 위로하면서 "러드 총리가 원주민 빼앗긴 세대에 공식 사과를 한 것처럼 이 문제에 대해서 일본 정부의 진정한 사과와 적절한 후속 조치(배상, 재발방지 약속 등)를 촉구하는 NSW주의회 결의안이 통과되도록 힘쓰겠다"고 말했다. 호주를 방문한 조시현 교수와 나카하라 교수는 저지 주의원의 연설에 감동했다고 밝혔다.

한편, 호주친구들은 9월 연방 의회 개회기간 중 호주의회 결의안 통과를 추진하고 있다. 아직 구체안이 확정되지 않았지만 이 문제를 맡고 있는 박은덕 변호사에 따르면 노동당의 맥신 맥큐 의원(총리보좌 정무차관)이 휴회시간 발의(Adjournment Speech)를 통해 이 이슈를 제기하고 타니아 플리버섹 의원(여성지위부 장관)이 동의안을 상정하는 방식을 논의 중인 것으로 알려졌다. 고직순 기자 info@hojudonga.com

▲ 감동적인 연설을 한 버지니아 저지 주의원(왼쪽부터 저지 주의원, 스트라스필드 시의원에 출마한 호프 브렛-보윈 변호사(노동당 후보) 송애나 간사)

▲2008년 8월 박은덕 부회장 여성지위부장관 예방 보도기사 & 연방하원 위안부 결의안 제출관련 보도기사

6 호주동아 | 광복절 특집(2) | 2008년 8월 22일 금요일(일간)

전쟁과 여성인권박물관 후원의 밤

"불행한 역사 반복 안 되도록 고통을 증언"

길원옥 할머니 "호주결의안 통과" 당부
호주친구들 후원금 5천여불 전달

시드니에서 위안부 피해자 증언을 한 길원옥 할머니.

"다시는 나 같은 사람이 없어야 합니다. 호주를 두 번씩 방문해 여성으로서 말 못할 수치를 이렇게 밝히는 이유도 바로 이 때문입니다. 일본은 우리들이 죽으면 그냥 끝이 날줄로 알겠지만 이렇게 많은 젊은이들이 관심을 갖는 한 역사는 단절되지 않을 것입니다. 일본의 진실된 사과로 죽기 전에 하루라도 빛을 보고 싶은 것이 소원입니다"

생존 위안부 피해자 중 한 명인 길원옥 할머니가 조용하지만 단호한 어조로 호주 동포들과 호주인들에게 자신이 겪은 '아픈 역사'를 증언했다. (본지 18일자 관련 기사참조)

위안부 피해자와 함께하는 호주친구들(이하 호주친구들, FCWA)은 16일 시드니한인회관에서 '전쟁과 여성인권박물관' 건립을 위한 후원의 밤을 주최했다.

이 행사는 8.15를 맞아 전세계 행동의 날(global day of action) 참여, 위안부 호주의회 결의안 통과 촉구 캠페인, 위안부 문제 연계 사업인 전쟁과 여성인권박물관 건립 후원을 목적으로 열렸다. 시드니한인회와 시드니민족교육문화원(이사장 윤종인)이 공동 후원을 했다. 호주친구들은 후원의 밤을 통해 모금된 5천여불을 한국정신대문제대책협의회(이하 정대협)에 전달했다.

후원의 밤에서 위안부 피해여성인 길원옥 할머니(82), 정대협의 윤미향 상임고문과 조시현 법률전문위원(건국대 교수), 미츠코 나카하라 일본인 운동가(전 와세다대 교수) 등 한국과 일본 관계자들이 시드니 동포와 호주인들에게 메시지를 전했다.

길 할머니는 약 100여명의 참석자들 앞에서 위안부로 2번 끌려가 약 5년간 겪은 참상을 증언했다. 평양 출생인 길 할머니는 13살 때 돈을 벌게 해준다는 꼬임에 넘어가 중국내 위안소로 끌려간 후 병에 걸려 귀국 했다가 두 번째로 끌려가서 숱한 고초를 당했다. 길 할머니는 "여성으로서는 말로 설명하기 힘든 치욕이었지만 내 몸이 없어지기 전에 나같은 사람이 안생기도록 여러나라에 알리려는 목적으로 이 아픔을 증언하는 것"이라고 절규했다. 호주인 참석자들을 위해 사회자인 호주친구들의 송애나 간사가 길 할머니의 생생한 증언을 통역했다. 증언 순간 장내 분위기는 숙연했고 곳곳에서 혀를 차거나 고개를 끄덕이는 참석자들이 많았다. 호주인들도 길 할머니의 고통을 이해한다는 표정이 역력했다. 증언 후 참석자 모두가 기립박수로 길 할머니의 용기를 격려했다.

호주 행사를 위해 방호한 한국 관계자들(왼쪽부터 송애나 간사, 나카하라 교수, 윤미향 대표, 길원옥 할머니, 뒷줄 왼쪽 조시현 교수 그옆은 한인 청소년들)

호주인 중에는 후원금 마련을 위해 그림을 기증한 여성 화가들이 포함됐다. 또 교민 중견화가 이호임 화백(시드니한인여성미술협회 회장)과 부군인 서유석 평통대양주협의회 회장도 직접 참석해 유화작품을 기증했는데 현장 경매를 통해 8백여불의 후원금을 조성했다. 이번 행사에는 한인회의 무료 장소제공, 이영대 목사의 노래 인도 음식제공 등 뜻을 같이 하는 여러 교민들이 후원으로 참여했다.

송 회장의 인사말 후 내빈으로 참석한 버지니아 저지 NSW 주의원(스트라스필드)은 격려사에서 "주의회에서도 이 문제를 거론해 호주 정치인들에게 알리고 결의안 통과를 위해 노력하겠다"고 약속했다. 저지 주의원은 상기된 표정으로 길 할머니를 포옹하며 격려했다. 이어 위안부 문제를 수록한 '지워질 수 없는 역사' 비디오가 상영됐다. 길 할머니 증언, 조시현 교수의 유엔인권이사회와 일본군 위안부 문제에 대한 국제사회 반응과 협력, 일본인 미츠코 나카하라 운동가(전 와세다대 교수)의 오키나와 위안부 추모비 건립 추진 등 일본 지식인들의 캠페인 보고, 윤미향 정대협 상임대표의 박물관 추진현황 보고가 이어졌다. 이 행사에는 한인 청소년들과 대학생 등 젊은층이 많이 참여해 부모세대의 아픈 역사 교육을 체험하는 기회가 됐다.

'후원의 밤' 참석자들(일부)의 단체 기념 사진.

위안부 피해자와 함께하는 호주친구들은 후원의 밤'을 통해 모은 $5,385의 후원금을 한국정신대문제대책협의회(상임대표 윤미향)에게 전달했다. 호주친구들의 시드니코오디네이터인 박은덕 변호사는 20일 보도자료를 통해 기금전달 소식을 발표하면서 "앞으로도 지속적으로 모금운동을 병행 계획"이라고 밝혔다.

모금 접수처는 FCWA(PO BOX 54, Strathfield NSW 2135)이고 수표 발송시 'FCWA' 명의로 만들면 된다. 온라인 송금은 벤디고 은행(BENDIGO BANK, 계좌명 Account Name: Friends of "Comfort Women" in Australia (FCWA), 지점번호 BSB:633-000, 구좌번호Account No: 129-895 678)을 이용하면 된다.

고직순 기자 info@hojudonga.com

▲2008년 8월 시드니한인회관에서의 전쟁과 여성인권 박물관건립 후원의밤 관련보도기사

▲2008년 8월 '전쟁과 여성인권 박물관건립을 위한 후원의 밤' 행사에 참석한 길원옥 할머니와 '일본군위안부 생존자와 함께하는 호주친구들'과 정대협, 윤미향 대표, 길원옥 할머니와 함께한 필자(앞줄 왼쪽 5번째)

"위안부결의안 지지해 달라"

호주친구들 박은덕 대표 맥큐의원에 협조 요청 호주의회 통과 중요성 역설

호주 의회 위안부 결의안 통과를 위한 움직임이 다시 시작됐다. 위안부 피해자를 위한 호주친구들의 박은덕 대표(변호사, 시드니한인회 부회장, 오른쪽)는 2일 맥신 맥큐 연방 하원의원(베네롱, 왼쪽)을 면담하고 의회 결의안 상정을 위한 협조를 부탁했다.

박 대표는 전임 하워드정부 시절 몇차례의 상원 결의안 상정이 집권당(자유국민 연립)의 반대로 아깝게 무산된 과정을 맥큐 의원에게 상세히 설명하고 새 집권당인 노동당 의원들의 주도로 호주 의회 결의안 통과가 꼭 올해 중 성사되도록 협조를 해 줄 것을 요청했다. 이에 의회의 총리보좌 정무차관인 맥큐 의원은 "우선적으로 반은 자료를 검토한뒤 외교장관 등 관계자들과 논의를 해 보겠다"고 답변했다.

호주친구들은 호주 의회 결의안 통과를 위해 7전8기의 정신으로 계속 도전할 계획인데 반대 당론을 고수했던 자유당이 물러나고 지지를 했던 노동당이 집권함에 따라 통과가 현실화될 것으로 기대하고 있다. 호주친구들은 올해 8월 15일(광복절) 전후로 호주에서 잰 오헌 여사 등 생존 피해자들이 참석하는 집회를 계획하고 있다.

박 대표는 지난해 7월 신임 한인회장단으로 승원홍 회장과 존 하워드 총리를 예방한 자리에서 위안부 이슈에 대해 자유당이 관심을 갖고 지지안 통과를 지지해 줄 것을 당부했었다. 하워드 총리는 개인적으로는 약간의 관심사를 보였지만 정작 의회에서는 무관심으로 일관했다. 상원 표결에서 노동당과 녹색당, 민주당 의원들은 결의안 통과에 찬성했지만 자유당이 반대 당론을 고수해 1-2표 차이로 부결됐다. 노동당의 페니 웡 상원의원은 결의안의 역사적 중요성을 역설하며 통과를 호소한바 있다.

위안부 결의안은 지난해 미의회(하원) 만장 일치 통과 이후 캐나다, EU, 네덜란드 의회에서 통과됐지만 호주는 부결돼 아쉬움을 남겼다. 올해 호주에서 다시 시도할 것이며 영국, 필리핀 의회 상정이 예상되고 있다.

고직순 기자

제4028호 음력 8월 20일 2008년 9월 19일 금요일

맥큐 의원 '위안부 이슈' 의회서 제기

17일 자유발언, "강도 약해 아쉬움"

아동조기교육및 보육담당정무차관인 맥신 맥큐 연방 의원(시드니 베네롱)이 17일(수) 오전 연방 의회에서 자유발언을 통해 위안부 이슈를 쟁점화시켰다. 연방 의원들을 상대로 위안부 이슈를 공론화시켰지만 그 강도가 너무 미약했다는 지적이 나오고 있다. 맥큐 의원은 문제제기와 한국 정대협 및 호주친구들의 노력 인정을 강조했지만 일본 정부의 진정한 사과 및 보상, 재발 방지를 촉구하는 강력한 메시지가 발언에 포함되지 않아 아쉬움을 남겼다. 맥큐 의원은 새 일본 총리와 내각이 93년 고노담화와 무라야마 총리의 사과 발언, 아시아여성기금 발족 등에 이어 사과가 이루어져야 한다고 말했다.

맥큐 의원은 "2차대전 종전 63주년 기념일인 8.15를 맞아 호주에서 위안부를 위한 국제행동의 날 행사가 호주를 포함해 전세계적으로 거행됐다"면서 한국 정신대문제대책협의회(이하 정대협)와 호주친구들이 오랜 기간동안 이 이슈를 위해 노력해온 것에 찬사를 보냈다.

맥신 맥큐 의원이 17일 의회에서 위안부 이슈를 제기했다

그는 이 두 단체가 지난 10여년간 콘퍼런스와 항의 집회, 시위 등을 통해 위안부 문제를 전쟁범죄와 여성인권유린 차원에서 국제적인 이슈로 공론화시켰고 재발을 방지하기 위해 국제적으로 주의를 환기시키려는 노력을 해왔다고 말했다. 그는 또 이 단체와 자신의 베네롱 지역구의 한국계 호주인들의 노력에 경의를 표하기 위해 일본의 강제점유시기에 한국과 중국인을 비롯 아태지역과 네덜란드인 등 약 20만명이 전쟁성노예로 극심한 고통을 당한 사실을 인정하며 정대협과 호주친구들의 위안부 피해자 후원 활동과 문제제기를 지지한다고 밝혔다.

지난 8월 NSW주의회에서 [illegible] 버지니아 저지 의원이 개인발언을 통해 위안부 이슈를 제기한 바 있다.

고직순 기자 [illegible]

▲2008년 8월 연방의회 위안부결의안 지지요청관련 보도기사

라이드 카운슬, 위안부 결의문 통과

라이드 카운슬은 지난 10일 저스틴 리 의원과 니콜 캠벨 의원의 발의로 한국 위안부 문제에 관한 결의문을 통과시켰다.

라이드 카운슬에서 통과한 결의문은 △2009년 3월 8일 세계 여성의 날과 2009하모니 데이에 라이드 카운슬은 제2차 세계대전에서 희생된 위안부 여성 애도할 것, △연방정부와 일본 정부에 대해 위안부 문제에 대해 인지시킬 것, △'the Friends of Comfort Women Australia'와 호주의 한인 여성에게 안타까움을 전하고 국제적인 바른 역사교육을 강조할 것 등을 내용으로 하고 있다.

저스틴 리 의원(사진)은 발의문을 통해 "제2차 세계대전 당시 20만 명의 한국, 중국, 대만, 인도네시아 등의 여성이 위안부로 성 착취를 당했고 이 중 현재 86세가 된 호주인도 포함돼있다"며, "작년 호주를 방문한 길원옥 할머니를 비롯해 많은 이들이 아직까지 고통받고 있다"고 설명했다.

김인아 기자

▲한인밀집지역 중 하나인 라이드시정부에서 위안부결의안 통과 관련 보도기사 & 길원옥 할머니와 호주후원인사

8-10-2. 시드니 평화의 소녀상 건립 제막과 그 이후

2015년 12월 28일 한국과 일본 정부 간의 일본군위안부 문제에 관한 합의에 반대하는 일부 한인동포사회 인사들은 일본 시드니총영사관 앞에서 수요시위를 진행하면서 한일협상 전면철회를 요구하며 시드니에도 소녀상을 설립할 목적으로 시드니 평화의 소녀상 건립추진위원회(시소추)를 결성했다. 이런 시소추의 끈질긴 노력과 활동으로 2016년 8월 6일 시드니한인회관 앞 마당에서 시드니 평화의 소녀상 제막행사를 갖게 되었다.

원래 목표은 한인밀집상권지역인 Strathfield City Council 앞마당에 설치할 예정으로 추진하였으나 일본정부측의 노골적이며 다양한 반대로비 활동으로 인하여 초기 목표를 이루지 못하고 대신 Rev. Bill Crews AM 빌크루스 목사의 도움을 받아 Ashfield Uniting Church 뒷마당에 임시 설치하기로 결정하고 다만 상징적인 차원에서 시드니한인회관 앞 마당에서 공식제막식행사를 갖기로 했다. 빌크루스 목사는 호주연합단소속 Ashfield Uniting Church 담임목사로서 Bill Crews Exodus Foundation을 설립하고 활발한 인권운동과 빈민자를 위한 무료식사제공 및 쉼터제공등 사회봉사활동으로 호주전역에서도 비중있는 유명 인사이다. 시드니 평화의 소녀상을 Ashfield Uniting Church에 설치하는 문제로 일본정부의 집요한 반대로비로 인하여 Uniting Church교단 주총회에서도 일부 논란이 있었고다고 하는데 결국 빌크루스 목사의 사회적 명성과 비중으로 이런 반대까지도 극복했던 것으로 전해 들었다. 이러한 우여곡절을 겪으면서 시드니한인회관 앞 마당에서 시드니 평화의 소녀상 제막식행사를 성대히 마치게 됐고 그나마 다행스럽게도 Ashfield Uniting Church 뒷마당에 임시 설치할 수 있게 됐다. 나는 호주정부의 중요한 행사나 시드니총영사관과 인권관련 한인사회행사 때에 가끔 빌크루즈 목사를 만날 때마다 한인사회를 성원해주며 특별히 평화의 소녀상을 잘 관리해주어 감사하다는 인사를 하곤 한다. 오래 전 내 아내는 교회봉사팀으로 빌크루즈 목사가 운영하는 빈민자를 위한 무료급식봉사원으로 참여했던 적도 있다.

▲2016년 8월 6일 시드니 평화의 소녀상 제막 축하기념식에 참석한 호주인권단체 인사들과 호주교민

▲2016년 8월 6일 시드니 평화의 소녀상 제막 축하기념식에서 이지언 님의 살풀이 춤

▲2016년 8월 6일 시드니 평화의 소녀상 제막 축하기념식에서 이지언 님의 살풀이 춤과 제막식 모습

▲2016년 시드니 평화의 소녀상 제막식에서 축사를 하는 린다 버니 연방의원과 빌 크루즈목사

▲2016년 시드니 평화의 소녀상 제막축하식에서 선보인 평화의 소녀상

▲2016년 시드니 평화의 소녀상에서의 필자 & 길원옥 할머니, 축하 내빈들과 필자(앞줄 오른쪽 2번째)

▲2016년 시드니 평화의 소녀상 제막식 행사에 참석한 박은덕, 윤미향 대표와 필자 & 이재명 경기도지사, 양상수

▲2017년 시드니 평화의 소녀상 Ashfield Uniting Church 유치 1주년 기념식 축하행사 식전공연과 Ashfield Uniting Church 담임목사 빌 크루즈 목사의 축사와 죠디 멕케이 NSW의원의 축사

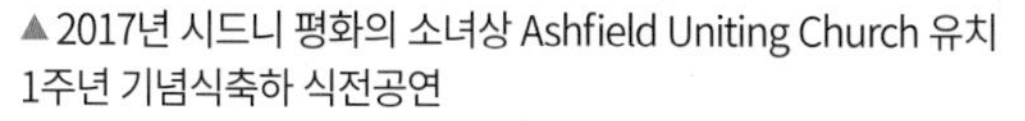
▲2017년 시드니 평화의 소녀상 Ashfield Uniting Church 유치
1주년 기념식축하 식전공연

▲죠디 메케이 의원과 필자

▲ 2017년 Ashfield Uniting Church에 유치한 시드니 평화의 소녀상에서 함께한 빌 크루즈 목사, 죠디 메케이 NSW 의원, '일본군위안부 생존자와 함께하는 호주친구들'과 필자(가운데 평화의 소녀상 뒤쪽 중앙)

▲ 일본군위안부피해자 오헌 할머니를 주인공으로 한 단편영화 장면 & 일본군위안부피해자 오헌 할머니 손녀 Ruby Challenger가 제작한 일본군위안부 단편영화 시사회 후 인터뷰 모습 & 위안부피해자 오헌 할머니의 딸과 손녀 영화 감독 Ruby Challenger 와 필자

▲ Ruby Challenger가 제작한 일본군위안부 단편영화 시사회에 참석한 교민들과 홍상우 총영사, 필자(둘째줄 중앙)

▲Ashfield Uniting Church 담임목사 겸 The Exodus Foundation(무료급식지원재단)설립자인 빌 크루즈목사와 필자 부부

8-10-3. 일본군전쟁범죄 규탄 한중연대모임

2010년도를 전후하여 일본정부의 침략과거사문제에 대한 무반성 태도로 인하여 주변국과 외교적 마찰까지 생기면서 호주에서도 한국인과 중국인교포들 간의 연대 움직임이 현실화되었다. 한국 측엔 옥상두 위원장, 중국 측엔 양동陽董 Yang Dong이 맡았고 나도 자문위원으로 위촉을 받아 한인동포사회 지도자들과 함께 활동했다.

▲2013년 8월 재호 한중동포연대의 일본전쟁범죄역사반성촉구규탄대회 참가 한중대표자와 필자(앞줄 왼쪽 4번째)

▲2014년 8월 15일 일본전쟁범죄규탄 대회, 재호 한중동포연대 한인위원회 한국 측 관계자들과 필자(앞줄 왼쪽3번째)

▲일본전쟁범죄규탄 재호한중연대에서 태극기에 손도장을 찍는 필자와 탄원엽서 UN에 보내기운동에 참여한 아내

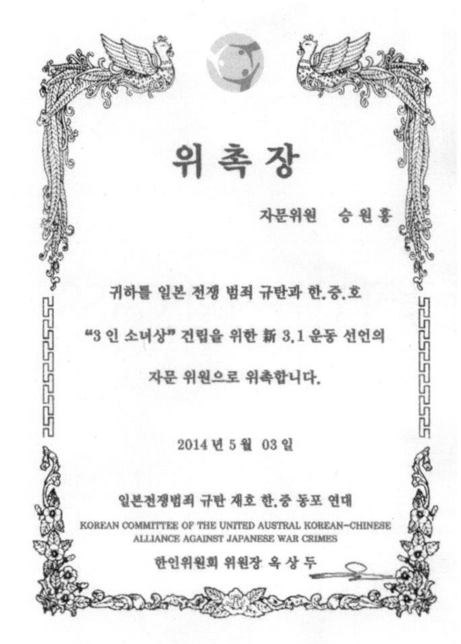

위촉장

자문위원 승원홍

귀하를 일본 전쟁 범죄 규탄과 한,중,호
"3 인 소녀상" 건립을 위한 新 3.1 운동 선언의
자문 위원으로 위촉합니다.

2014 년 5 월 03 일

일본전쟁범죄 규탄 재호 한,중 동포 연대
KOREAN COMMITTEE OF THE UNITED AUSTRAL KOREAN-CHINESE
ALLIANCE AGAINST JAPANESE WAR CRIMES
한인위원회 위원장 옥 상 두

▲2014년 일본전쟁범죄규탄 재호한중연대의 한,중,호 3인소녀상건립을 위한 신3.1운동선언 자문위원 위촉장과 필자

▲2014년 일본전쟁범죄규탄 재호한중연대 한인위원회 실내 행사와 야외 한중 합동규탄대회

▲2014년 3월 1일 일본전쟁범죄규탄 재호한중연대 대회에서 지지 연설을 하고 있는
The Hon. Craig Laundy MP연방의원

8
|
11

호주한인복지회와 호주중국인복지회 CASS

8-11-1. 호주한인복지회 (Australian Korean Welfare Association)

호주한인복지회Australian Korean Welfare Association는 시드니 한인동포사회 정착 초창기였던 1974년도에 이민사회정착에 어려움을 당하고 있는 한국인들을 돕기 위해서 故 유준학, 우제린, 이경재, 유의규, 유병헌 등 서울대학교 동문들의 봉사정신으로 시작하여 비영리단체로 발전했다.

나는 1979년 6월 대한항공 시드니 지사장으로 파견되어 서울대학교 선배였던 이경재, 유의규 선배의 초청으로 초기회원으로 동참했고 연회비 $40불을 내며 필요한 부분에서 도움을 주곤 했다. 그 이후 1983년도부터 이민정착서비스를 위한 호주연방정부 지원금을 받으면서부터 유성자, 박은덕, 최무길 등이 이민정보, 사회복지, 세무관계, 호주교육안내 등 복지실무를 담당하며 조직을 확대해 나갔다. 특별히 1993년도 유의규 회장 당시 사무실 장소물색에 문제가 많다고 하여 내가 출석하는 시드니제일교회 교육관 부속건물을 잠시 사용하도록 주선했던 적도 있다. 그 이후 나는 더욱 바빠진 롯데여행사 업무와 호주한글학교협의회 회장직을 수행하면서 호주한인복지회 업무와는 자연스레 멀어지게 되었다. 관대한 의미로 보면 나도 호주한인복지회창립 초기회원으로 10년 이상 봉사를 했었다고 간주하여 2009년 호주한인복지회창립 30주년 기념식에 10년 이상 봉사자 자격으로 초대를 해줘서 한인복지업무를 위해 꾸준히 봉사해 왔던 이경재, 유의규, 이용재, 김석환선배를 비롯한 여러 봉사자 동료들과 함께 축하를 하기도 했다. 오늘의 호주한인복지회는 비교적 비중이 컸던 이민정착지원 정부지원금이 중단되면서부터 이용재 회장을 중심으로 일반복지서비스업무만을 위해 활동하면서 매년 후원의밤 행사를 개최하고 있다. 어떤 의미로는 호주정부입장에서 볼 때 한인동포사회는 새로운 한인이민자를 위한 이민정착서비스를 제공하지 않아도 될 만큼 이미 성장발전한 커뮤니티로 보고 있다는 증거이기도 하여 반갑게 느껴지기도 한다.

▲ 2009년, 호주한인복지회 창립30주년 기념행사, The Hon. Tony Burke MP, 이용재, 이경재 회장과 필자 (오른쪽 첫 번째)

▲2009년도 호주한인복지회 창립30주년 기념 행사장에서, 복지회 관련 지역주민들과 오랜 봉사자들과 함께한 필자

▲2011년 호주한인복지회 새 복지공간 입주 축하 모임에 참석한 복지회 관계자와 필자(둘째줄 왼쪽 2번째)

▲2018년 호주한인복지회 후원의 밤 행사에 참석한 복지회 이용재 회장, 전임 임원진, 내빈과 필자(앞줄 왼쪽 5번째)

8-11-2. 호주중국인복지회 CASS (Chinese Australian Service Society)

내가 시드니한인회장(2007-2009)으로 봉사했던 2년 기간중에 나는 시드니한인회관과 가까운 위치에 있는 중국인복지센터CASS와도 긴밀하게 협력을 했다. 한국인보다 훨씬 일찍 호주로 건너 온 중국인들의 호주이주 역사는 1850년부터 1900년 초까지의 빅토리아주 골드러시 때로 거슬러 올라간다. 사실 슬픈 역사이지만 당시 중국인들은 인종차별을 당하면서도 억세게 살아 남았다. 백호주의가 철폐된 1960년대 이후 중국인들은 호주정부의 복지확대정책에 힘입어 뜻있는 분들에 의해 Campsie에 1980년도부터 CASSChinese Australian Service Society호주중국인복지회를 설립하고 중국인 이민자들의 새로운 정착과 도움이 필요한 중국인들의 복지혜택을 지원하는 기구로 확고히 자리를 잡았다. 내가 한인회장 임기 중 언젠가 CASS에서 중국인과 함께한국인에 대한 복지지원업무 확장을 위해 연방정부에 지원금을 신청해야겠다며 시드니한인회장의 추천서를 요청해 왔었다. 나는 한국인을 위한 전문적인 복지지원은 호주한인복지회가 잘 수행하고 있기 때문에 추천서를 해줄 수 없다고 했다. 그래도 같은 동양계로서 상호 교류하면서 친근하게 지냈던 CASS측에서는 내 입장을 이해는 한다면서도 매우 서운해 했던 적이 있다. 그 이후 호주정부의 과감한 복지지원금 확대정책에 따라 CASS는 2002년도부터 비영리공익자선기구Public Benevolent Institution를 설립, 중국과 한국을 포함해 베트남, 인도네시어 커뮤니티를 대상으로 광역시드니 전 지역과 울릉공에서 양로원운영, 장애인복지, 어린이돌봄, 그룹 홈, 데이케어 프로그램 운영과 이민정착 및 각종 교육 서비스를 제공하는 다민족사회복지기관으로 그 활동영역을 넓혔다. 특히 한인 커뮤니티 서비스 영역까지도 공격적으로 확대해 가고 있다. 세월이 많이 흘러 오늘날 CASS의 광범위한 지역으로의 확대와 역동적인 복지활동을 지켜보면서 차라리 내가 시드니한인회장으로 재임했던 2007-2009년도 당시부터 CASS와 보다 더 긴밀히 협력했더라면 한인복지회와 더불어 한인사회를 위해 더 많은 복지지원을 할 수 있지 않았겠나 하는 아쉬움도 남아 있다. 2021년 3월 7일 Canterbury Leagues Club에서 CASS창립 40주년 행사가 개최되었다. 과거 창립 초창기에서 부터 헌신봉사해온 Henry Pan OAM, Dr Lang Tan과 현 회장 Dr Bo Zhou 그리고 실무책임을 맡고 있는 Anthony Pang에게도 축하와 감사의 뜻을 전했다. 특별히 중국, 한국, 베트남, 인도네시아를 포함한 동남아시아 출신 이민자들의 복지향상을 위해 특화된 다문화복지기관으로 확고한 자리매김을 했음에 축하하며 앞으로 더욱 더 확장 발전하기를 기원해 본다.

▲2021년 CASS창립 40주년기념 케이크

▲2007년, CASS창립 27주년 기념식에 참석한 CASS와 호주 정부 인사, 중국 주시드니총영사와 필자 (앞줄 오른쪽 첫째)

▲ Brian Robson 켄터베리시 시의원과 필자 & 중국 시드니총영사관 Hu Shan총영사, CASS의 Dr Lang Tan회장과 필자

▲ The Hon. Scott Farlow MLC, CASS Deputy Chairperson Anthony Pang,
Founding Chairperson Henry Pan OAM, Chairperson Dr Bo Zhou와 필자(오른쪽 2번째)

▲ 2021년 3월 CASS창립 40주년 기념행사 참석 CASS 임원, 호주연방, NSW주정부, 시의원 VIP내빈과 필자
(둘째줄 왼쪽 8번째)

8
|
12

세계한인무역협회OKTA 행사

세계해외한인무역협회World-OKTA는 한국정부의 무역증대 활성화와 국위선양을 위해 1981년 4월 2일 미국과 일본을 중심으로 세계 각국의 한인 무역인들이 조직 결성하여 모국과의 긴밀한 무역 경제 유대강화에 기여하며 전 세계 회원 상호 간에 이익증진과 공조협력을 도모하기 위하여 모국 정부 통상부의 지도와 KOTRA지원으로 출범하여 국익과 해외동포사회에 대한 봉사와 공익사업을 하는 해외 한민족 최대의 조직을 가진 경제단체로 성장했다. 과거 내가 재호한인상공인연합회KCCIA회장 재임기간이었던 1997-1999년도에는 OKTA 시드니지부장은 재호한인상공인연합회의 무역분과위원장을 맡아 서로 협력하며 활동을 했었다.

2007년 10월 26일 제12차 해외한민족경제공동체대회가 시드니 컨벤션센터 파크사이드 연회장에서 월드옥타 주관으로 개최되었다. 당시 월드옥타 천용수회장의 노력으로 시드니대회를 유치했고 때마침 10월 2-4일 평양에서의 남북한정상회담을 통한 평화무드에 힘 입어 주호한국대사관 조창범대사와 주호북한대사관 방성해 대사도 개회식에 함께 참석하여 남북한 경제교류차원에서 그 의미를 더했던 뜻있는 자리였다. 나도 시드니한인회장으로 초청을 받아 세계무역인들과 함께 교제할 수 있는 유익한 시간을 가졌다. 그리고 세계한인무역협회가 주력하는 사업 가운데 하나인 차세대무역스쿨이 있다. 2008년도 나는 초청강사로 초대되어 차세대 무역인을 꿈꾸는 한인청년들에게 축사 겸 격려사를 통하여 호주에서의 꿈 Australian Dream성취를 위해 철저한 시장조사와 성실함으로 자기만의 특화된 상품 품목을 개발하여 포기하기 말고 꾸준히 정진하면 좋은 결과가 있을 것이라고 권면하기도 했다. 이제는 OKTA주최 주요 행사나 연말행사에 초대를 받아 덕담으로 후배들을 격려하며 응원하고 있다.

6 호주동아 Community News 2007년 11월 2일 금요일 (일간)

옥타, 시드니 해외한민족대회 성료

남북대사 화합 과시, 무역강국 발전 기원

천용수 옥타회장, 이규택 한나라당 국회의원, 승원홍 시드니 한인회장 등의 귀빈들이 폐회식장에서 건배를 하며 웃고있다(사진 위). 조창범 주호 대사(좌측)와 방성해 북한대사(우측)가 악수하며 포즈를 취했다(하단 왼쪽 사진). 천용수 옥타회장(우측)과 고석화 이사장(좌측)이 무역인 대상을 수상한 박병철 LA지회장(가운데)과 함께 섰다(하단 우측 사진).

월드옥타(회장 천용수, 우측 사진)가 개최한 12차 해외한민족경제공동체대회 개회식에 참석한 조창범 한국대사와 방성해 북한대사가 돈독한 우의를 과시했다. 주빈석에 나란히 앉은 두 사절은 행사 내내 환담을 나누며 친밀한 모습을 보였다.

조 대사는 축사에서 방 대사의 참석과 10월 초에 있었던 남북정상회담을 통한 해빙무드를 언급했다. 조 대사는 또 "세계 방방곡곡에 진출해 있는 경제인들이 모국과 현지의 경제발전과 경쟁력 강화에 큰 역할을 한다"면서 "시드니 한복판의 대표적인 건물에서 치르는 행사는 한국의 국제적 위상을 반영한 것"이라며 감개무량함을 표했다.

방 대사는 소감을 묻자 "내빈들의 인사말에 모두 동감한다"면서 "한국이 외국 나와서 내로라하고 잔치 벌이니 이 이상 더 자랑스러울 수 없다. 이 얼마나 좋소"라고 찬사를 보냈다. 이어 "남북을 편가를 때가 아니고 통일된 조선민족이 세계 번영 강국을 만드는 것을 고민할 시기다"면서 "마음합쳐서 세계 굽어보는 강국 조선을 만드는데 힘써야 한다"고 화합을 강조했다.

지난달 26일 컨벤션센터 파크사이드연회장에서 펼쳐진 개회식과 28일 컨벤션센터 대연회장에서 열린 폐회식에서 내빈들은 이번 행사의 중요성을 역설했고 참석 회원들은 상호 친목을 다지며 역동적인 시간을 가졌다.

천 회장은 개회사에서 "국제 경쟁력 향상을 위해 해외동포의 역할이 중요하다"면서 "이번 대회를 통해 옥타의 재도약을 확신하며 희망찬 미래를 위해 한마음 한뜻으로 최고의 국제 네트워크를 확인할 것"이라고 자긍심을 고취시켰다.

노무현 대통령은 축하 메시지를 통해 "7백만 해외동포는 한국의 든든한 자산이고 한국위상 증진에 크게 기여하고 있다"며 "네트워크 더욱 확대해 경쟁력 향상에 일조하기 바란다"고 기대했다.

존 하워드 총리는 축하 메시지에서 한호간 긴밀한 무역관계의 유지 발전 필요성을 언급하며 한국과 교민사회가 호주의 정치 경제 문화 등 다방면에 긍정적으로 기여하고 있음을 강조했다.

직접방호한 이규택 한나라당 의원은 축사에서 "대한민국 수출의 주춧돌인 한상이 세계에서 가장 우수한 무역인이라 장담한다"고 치하했고 이엠마 NSW총리는 축하 메시지에서 "한호간 경제적 문화적 교류가 더욱 공고해지는 날"이라고 행사에 의미를 부여했다.

4일 간의 공식 일정을 마무리하는 폐회사에서 천 회장은 "개회식에서 남북대사가 나란히 앉아 있는 모습과 옥타지회가 있는 51개국 국기가 입장할 때 가슴이 뭉클했다"면서 "이번 행사가 질적, 양적인 면에서 옥타의 재도약을 위한 커다란 모멘텀이 됐다"고 평가했다.

재미 기업가인 고석화 옥타 이사장은 폐회식장에서 "경제력, 조직력, 네트워크, 인프라를 확인하는 대회를 통해 자신감을 얻었다"면서 "스스로의 사업과 조국을 위해 경제적 첨병역할을 할 수 있다는 확신을 가졌다"고 전했다.

반면 한 회원은 "참석 회원 1인당 평균 1만불 정도를 사용한다"면서 "외화낭비이나 구호성 행사가 되지 않도록 항상 경계해야 한다"고 꼬집었다.

권상진 기자 info@hojudonga.com

▲2007년 11월 World OKTA가 주관했던 제12차 세계한민족경제공동체대회 관련 보도기사

▲2007년 11월 World OKTA가 주관했던 제12차 세계한민족경제공동체대회, 천용수 회장, 내빈과 필자(오른쪽 5번째)

▲2007년 제12차 세계한민족공동체대회, KOTRA사장 주최 친선의밤, 참석한 내빈들과 필자(맨 오른쪽 첫 번째)

▲2008년 World-OKTA 차세대스쿨 미래 지도자 참가자들에게 꿈을 갖고 포기하지 말라는 격려사를 하는 필자

▲2019년 OKTA 시드니지회 정기총회 및 송년회에 참석한 OKTA 회원들, 축하내빈들과 필자(앞줄 왼쪽 2번째)

8
|
13

세계한민족여성네트워크재단KOWIN과 시드니한인여성회 활동

8-13-1. 세계한민족여성네트워크재단(KOWIN)

세계한민족여성네트워크KOWIN는 초대 여성부장관이었던 한명숙 전 총리 시절에 여성부가 전세계에서 활약하고 있는 한민족여성들의 인적자원을 개발하여 교류와 연대를 구축하고 공동번영을 추구한다는 목적으로 창립되었다. 마침 2007년도에 KOWIN호주지역 전임회장인 이경희 회장이 초대 세계재단총회장으로 추대되었고 KOWIN주최 제1회 시드니 컨벤션대회를 개최하여 전세계한민족여성대표들이 참가하여 정보교류 및 연대를 강화하는 뜻깊은 자리에 시드니한인회장으로서 아내랑 함께 참석하여 교제도 하며 축사를 하는 영예를 누렸다.

▲2007년 세계한민족여성네트워크 재단의 제1회 시드니 컨벤션대회에서 환영사와 축사를 하고 있는 필자

▲2007년 세계한민족여성네트워크 재단의 제1회 시드니 컨벤션대회에서 참석한 각 나라별 대표

▲2007년 세계한민족여성네트워크 재단의 제1회 시드니 컨벤션대회에서 축사를 하고 있는 필자와 필자 부부

▲2007년 세계한민족여성네트워크 재단의 제1회 시드니 컨벤션대회에서의 축하 공연 모습

▲KOWIN주최 전쟁위안부 '김복동' 영화를 상영한 한국문화원에서, 박은덕 회장, 임원들과 필자(앞줄 왼쪽 4번째)

8-13-2. 시드니한인여성회 (Sydney Korean Women's Association)

한국정부와 연계되어 창립된 세계한민족여성 네트워크KOWIN과는 달리 내가 제26대 시드니한인회장 후보 시절이었던 2007년도 5월경 시드니지역사회 여성으로 구성 창립된 시드니한인여성회Sydney Korean Women's Association는 지역사회 봉사활동에 적극 참여하며 한국여성들의 아름다움과 한국전통문화보존과 전수 노력을 하고 있다. 특별히 Ryde시정부가 매년 10월 셋째 토요일 한인 밀집지역 Eastwood지역에서 개최하는 Granny Smith Festival에 심아그네스 회장과 함께 60여 명의 회원들이 한복 퍼레이드에 참가하여 관객들에게 많은 인기를 누리며 활동하고 있다.

◀ 2007년, 시드니한인여성회 회원 전통무용 행사 & 일본인들과 함께 구성된 전통 무용팀 격려차 함께한 필자

▲2008년, Community Relations Commission주최 다문화 행사 축하를 위하여 참석한 CRC Stephan Kirkisharian 회장, 박영국 총영사, 시드니한인여성회 회원과 함께한 시드니한인회 운영위원과 필자(뒷줄 왼쪽 4번째)

▲Ryde 시정부가 매년 10월 3째 토요일 한인밀집 상가지역인 Eastwood지역에서 개최하는 Granny Smith Festival에 60여 명의 회원들이 한복 퍼레이드에 참여하여 관객들의 환호를 받고 있는 모습

8
|
14

한인 문학 예술단체의 다양한 문학활동과 예술활동

8-14-1. 한인 문학단체의 다양한 문학활동

호주한인사회에서의 문학활동은 1990년도쯤 초기이민생활 적응과 안정기에 접어들면서 문학에 소질이 있거나 관심이 많았던 인사들을 중심으로 책읽기와 글쓰기모임들이 시작되면서 아동문학가 이 무 작가와 윤필립 시인을 중심으로 하는 1989년 재호한인문인협회 창립과 소설가, 수필가인 이효정 작가를 중심으로 하는 호주수필문학회가 창립되어 활동을 했다. 그리고 내가 시드니한인회장으로 선출되었던 2007년도에 수필가, 시인인 이기순 작가를 중심으로 하는 시드니한국문학협회가 창립해 활발한 활동을 시작했다. 이렇게 한국의 문단과 인연이 있었던 문인지도자들이 이끄는 문학단체들을 통해 호주교민사회에서도 많은 분들이 수필작가와 시인으로 등단을 하기 시작했고 호주이민문학이라고 해도 과언이 아닐 정도로 수준 높은 작품과 함께 문학계 인사층도 두터워졌다. 특별히 나는 시드니한국문학협회가 매년 주최했던 회원들의 작품 출판기념회에 초대되어 축사를 하며 교민 문학인들과 교류할 수 있는 기회를 가질 수 있어 행복한 시간이었다. 시드니 호주한국문학협회처럼 매년 협회 소속회원들이 공동으로 수필, 시를 소개하는 책 출판과 더불어 개인 자격으로 수필집이나 시집을 발간하는 사례들도 종종 있었다. 내가 참석했던 개인 출판기념회 중 9순을 맞는 故 노시중 장로와 8순의 유성자 권사 부부, 조재극 최옥자 부부, 마이클 박의 출판기념회, 문예춘추 시부문 신인문학상을 수상한 지용권 시인 등단축하 그리고 한호일보주관 신춘문예작품 당선작 시상식 등을 비롯한 여러 기념행사들이 있었다. 아울러 크리스천리뷰 월간지 발행인인 권순형 사진작가의 시드니영상 사진전시회도 있었다. 뿐만 아니라 초기엔 시드니동포를 대상으로 한 연예인들도 몇 분이 있었으나 안정된 생활이 어려워 대부분 한국으로 귀국했고 대신 교민연예기획사에서 한국 내 연예인들을 초청한 행사가 많았고 조용필, 비, 김범수 가수 등 한국 내 유명 연예인초청 대규모 기획공연들도 가끔 있었다.

▲2008년 시드니 한국문학협회 글짓기 시상식, 한국문학협회의 수고를 치하하며 축사를 하는 필사와 수상사들

▲ 2009년 시드니한국문학협회 등단문예시상식에 참석한 등단 시인과 작가와 함께한 필자(앞줄 오른쪽 2번째)

▲ 2009년 등단 시인과 작가와 함께한 필자 & 시드니한국문학협회 이기순 회장의 작품 설명을 경청하는 필자

▲ 2011년 고려대학교 민용태 교수 초청 호주한국문학협회의 세미나 참석한 내빈과 필자(앞줄 오른쪽 3째)
& 2014년 나향 이기순 작가 도자기시화 전시 및 시집 출판기념과 호주한국문학 9집 출간 축사를 하는 필자

▲2017년 한호일보와 한국문예창작협회 공동 주최, 시드니 국제문학 심포지엄에서 강연과 열띤 토의가 있었다.

▲2019년 호주한국문학 창립12주년 및 합동출판기념회 축사 & 내빈들과 케이크 컷팅을 하는 필자(오른쪽 2번째)

▲2020년 문예춘추시부문 신인문학상 수상 지용권 시인 축하행사에서 축사를 하는 필자와 한국문학협회 회원들

▲2011년 심원 유성자 작가 출판기념회에서 내빈과 필자(앞줄 왼쪽 2번째) & 2017년 조재국 최옥자 부부 책 출판기념회

▲2015년 마이클박 책 출판기념회에서 필자(앞줄 오른쪽 첫째)

▲2017년 신춘문예당선자에게 시상을 하는 필자

▲2017년 한호일보 신년문예 공모 당선 수상자와 한호일보 신이정 발행인과 필자(앞줄 왼쪽 2번째)

8-14-2. 한인 미술단체와 음악인의 다양한 예술활동

▲2007년 한인미술협회(KWASS)회원의 단체 미술작품전시회에서 축사를 하는 필자와 The Hon. Greg Smith MP와 회원들

▲2007년 한인미술협회(KWASS) 회원들, The Hon. Greg Smith MP 주의원, 이호임 회장, 내빈과 필자(맨 왼쪽)

▲2008년 한인회관 소회의실에 전시된 한인여성미술협회 임원들과 작가로부터 작품 설명을 듣고 있는 필자

▲2019년 호주한인여성미술협회 그룹전시회에 출품한 시드니 여성작가들과 아내(앞줄 오른쪽 2번째)

▲2008년 전쟁위안부돕기 자선음악회에 재능기부를 해 주신 가수 유익종, 노래하는 부부 이재숙, 남양우와 필자 부부(맨 왼쪽)

▲2009년 수지박 바이올린 독주회 & 2014년 시드니오페라하우스 공연 후 귀국하는 가수 김범수와 필자

▲2009년 수지박 독주회, 김웅남 총영사, 수지 부모, The Hon. Greg Smith MP, 전경희 사장과 필자(맨 왼쪽 첫 번째)

▲2019년 크리스천리뷰 발행인, 권순형 사진작가의 시드니영상사진전시회 축하객과 필자(뒷줄 왼쪽 4번째)

8
|
15

재오스트레일리아동포연합회(재오련)의 활동

나는 북한에서 태어난 이산가족이요, 호주시민으로서 여행사업을 하며 모국의 먼 훗날 통일을 염원하며 각별한 소명의식을 갖고 시도했던 사업이 북한단체관광과 북한방문교류 프로젝트였다. 여러 어려움 가운데 다행스럽게도 1991년 7월에 최초의 호주교민 북한단체관광을 성공리에 성사시켰다. 뿐만 아니라 북한방문 기간 중에 여행사 안내원을 통해 억지까지 부려가며 해외동포원호위원회 김영수 참사와의 두 차례 회동을 갖게 되었고 극적인 이산가족상봉의 기회를 만들었고 호주에서의 이산가족찾기 창구도 재정립시키는 쾌거를 이룩했다. 그러나 남북한의 해빙무드가 다시 경직화됨으로써 나는 자연스레 북한 프로젝트에서 손을 떼게 됐다. 아마도 이때를 시점으로 하여 북한의 이산가족들을 재회했던 일부 교민들과 북한과 여러 형태의 사업을 시도했던 교민들을 중심으로 1997년도에 재오련(재오스트레일리아동포연합회)이 창립되었다.

그래서 내가 시드니한인회장으로 선출되었던 2007년도에 재오련은 창립 제10주년기념식 행사를 갖게 되었고 주호주 북한대사관의 방성해 대사와 박명국공사 부부를 포함한 북한대사관 직원과 시드니한인회장인 나도 함께 초청되었다. 이 기념식에서 특별히 내가 인상 깊었던 것은 과거 1991년 7월의 호주교민북한단체관광 기록비디오 영상을 잠시 보여주면서 재오련창립10주년 역사를 회고했던 박용하 회장은 오늘날의 재오련 탄생에는 롯데여행사 경영자인 필자가 여러가지 현실적 어려움을 극복하고 최초로 호주교민북한단체관광을 성사시키면서부터 그 연원을 찾을 수 있을 것이라며 나의 열정과 노력에 감사한다는 인사말이었다. 나는 비교적으로 보수적 성격이 강한 호주한인사회에서 객관적으로 친북단체라고 알려진 재오련에서조차도 나의 북한단체관광 프로젝트의 좋은 평가에 놀랍기도 했고 한편으로 나의 노력이 인정을 받는 것 같아 흐뭇하다는 느낌도 받았다.

나는 축사를 통해서 호주교민사회에서의 재오련에 대한 편향된 시선을 따뜻한 마음으로 이해하며 볼 수 있기를 기대한다며 호주교민사회의 분열은 바람직 하지 않다는 말도 했다. 아울러 나는 재호주 북한대사관의 방성해 대사와 박명국 공사와도 반가운 인사를 했고 여러 화제를 갖고 환담을 했다. 박명국 공사는 3개월 전인 6월 9일과 10일 양일에 있었던 제26대 시드니한인회장 선거 당시 TVKorea를 통해 호주전역에 녹화 방영된 시드니한인회장후보 정견발표와 토론회를 관심있게 지켜보았다면서 필자가 토론을 쉽고도 논리정연하게 설득력있게 잘 하였다고 칭찬을 하면서 북한대사관 직원들도 기호 3번인 필자가 당선될 것을 예견했다고 한다.

나는 방성해 대사에게 과거 1991년도의 호주교민북한단체관광 성사와 관련된 여러 이야기들을 들려 주었고 호주에서의 생활에 어려움은 없는지에 대해서도 물었다. 방 대사는 사실 어려움이 많다며 시드니교민들이 많이 도와주면 고맙겠다는 말도 했다.

한국신문

The Sydney Korean Herald

Korean Community's Largest Circulating & Best Quality Newspaper

2007년 9월 21일(금) - 2007년 9월 27일(목) Tel: (02)

무늬만 위안부 결의안... 연방상원 채택

기사 3, 6면

사진/재오련 10주년 행사장서 만난 시드니한인회장과 북한대사

"편견 깨고 민족화해와 통일 앞당기자..."

기사 14면

(14) 한국신문 | The Sydney Korean Herald 21st ~ 27th Sep. 2007 | MAIN NEWS

"편견을 깨고 민족화해와 통일 앞당기자"

재오련 10주년 기념식, 한인회장 · 북한대사 참석

20일 저녁 스트라스필드골프장에서는 호주지역 이산가족들의 북한가족 찾기와 방북상봉을 주선해 오고 있는 재오스트랄리아동포연합회(이하 재오련) 10주년 기념식이 열렸다.

이날 행사장에는 방성해(사진) 캔버라주재 북한대사와 승원홍 시드니한인회장이 참석했으며, 재오련 회원들이 모여 '쉽지 않은' 시간을 견뎌온 재오련의 지난 역사를 축하했다.

박용하 재오련 회장은 인사말에서 "외세에 의한 분열과 냉전으로 인해 호주에서의 재오련의 활동도 색안경을 끼고 보는 사람들에 의해 냉대와 무시를 받아왔다"면서도 "북한을 자주 방문하는 우리들은 북한에 대한 편견과 고정관념에서 벗어날 수 있었다"고 말했다.

그는 이어 "이러한 소중한 경험을 가지고 남북간의 적대감과 편견을 깨고 민족의 화해와 통일을 앞당기자"고 강조했다.

이에 승원홍 한인회장이 축사에서 "재오련에 대한 차가운 시선이 따듯하게 바뀔 수 있도록 우리 함께 노력하자"고 화답했다.

방성해 북한대사는 축사에서 "지난 10년 동안 이산가족 상봉과 평양예술단 초청, 지원사업 등에서 애써온 재오련의 노고를 치하한다"고 격려하고, "6.15 선언으로 시작된 통일시대에는 무엇보다도 민족중시 사상이 중요하다"고 말했다.

방 대사는 한국신문 기자와의 현장 인터뷰에서도 민족자주를 강조했다.

그는 제2차 남북정상회담의 전망에 대해 "6.15 북남공동선언의 정신을 이어받아 민족이 하나되고 통일문제가 해결되어 나가는 것에 하나의 디딤돌이 될 것"이라고 말했다. 그는 또 호주 내에서의 남북협력 가능성에 대해, "같은 민족으로서 자주 만나고 이어져서 오해를 가시게 해야 한다"며 "사상과 이념을 초월해 민족의 대단결을 이루어내자"고 강조했다.

기자가 "만약 시드니한인회 차원에서 행사를 열고 초대를 한다면 이에 응하겠느냐"고 묻자, 그는 "당연하다. 민족의 화해를 위한 길에 주저하지 않는다"고 명확하게 밝혔다.

방 대사는 북한과 호주와의 민간차원의 교류에 대한 질문에 대해서는 "지금도 몇몇 호주인들이 관광차원에서 입국하고 있다"며 "앞으로 더욱 적극적으로 홍보해 나가겠다"고 말했다.

임경민 기자
kenlim@koreanherald.com.au

▲2007년 9월 재오련 창립10주년 행사에서 첫 상견례를 가졌던 재호주 북한대사관 방성해 대사와 필자 & 관련 보도기사

▲ 방성해 대사와 환담하는 필자 & 2007년 재오련 창립10주년 행사 재호주 북한대사관 방성해 대사, 박명국 공사 가족

호주-북한관계 개선 기대

방성해 대사 '재오련 10주년 기념식' 참석

켄버라 주재 북한대사관의 방성해 대사가 20일 저녁 시드니에서 열린 재오스트랄리아동포연합회(이하 재오련, 회장 박용하) 10주년 행사에 참석, 화기애애한 분위기에서 교민들과 환담했다. 시드니 교민사회에 생소한 방 대사는 대부분의 참석자들과 일일이 악수를 하며 인사를 했고 사진 촬영을 위해 포즈를 취하는 등 여유있고 챠분한 모습을 보였다. 스트라스필드 골프클럽하우스에서 열린 재오련 10주년 기념식은 회원 30여명과 방 대사, 박명국 공사 등 북한 대사관 관계자 4명, 승원홍 시드니한인회장, 교민 언론등이 참석했다.

박명국 공사, 승원홍 회장, 방성해 대사, 박용하 회장(왼쪽부터)

박용하 회장은 인사말에서 "재오련에 대한 편향된 시각이 바로잡히도록 노력할 것이며 이를 위해 북한 방문(관광)을 적극 권장할 것"이라고 말했다. 격려사에서 방성해 대사는 "재오련의 이산가족 상봉, 평양예술단 초청, 현재 진행 중인 수해모금 등 지원사업의 노고를 치하한다"면서 민족간 협력을 강조했다. 방 대사에 이어 승원홍 회장과 재오련의 김은실 증경 회장이 축사를 했다.

만찬 후 방 대사는 본지 기자와 별도의 대담을 통해 재오련이 시작한 수해피해 모금운동에 대해 "마음에서 비롯된 도움에 감사의 뜻"을 전했다. 또 10월초의 남북정상회담과 6자회담의 결과로 경색된 호주-북한관계의 개선을 기대한다고 밝혔다. 방 대사는 일부 호주기업인들이 북한의 석탄과 금융분야에서 합영을 논의하고 있다고 말했다.

고직순 기자

▲2007년 재오련 창립 10주년 기념식 행사관련 보도기사

사단법인 재오스트랄리아 동포 전국 연합회

▲2007년 재오련 창립 10주년 기념식 행사에 참석한 재호주북한대사관 대사, 공사가족, 내빈과 필자(앞줄 중앙)

그런데 3개월 후인 2007년 12월에 주호주 북한대사관은 재정난을 이유로 방성해 대사가 먼저 북한으로 돌아 갔고 이어서 박명국 공사도 2008년 2월 공식적으로 대사관을 철수하고 귀국했다. 언젠가 한국TV뉴스보도에서 북한소식관련 뉴스를 보던 중, 평양을 방문한 고위직 외국사절을 영접하는 북한외교부의 박명국 부부장의 모습을 본 적이 있어 반가웠다.

호주와 북한은 1974년 7월에 외교수교를 했으나 1975년 10월 북한측의 석연치 않은 이유로 일방적인 북한대사관 철수가 있었고 그 이후 1999년 당시 에반스 외교장관을 대표로 하는 호주연방의회 대표단이 평양을 방문했을 때, 호주와의 외교관계 복원을 희망한다는 북한 최고위층의 친서가 존하워드 연방수상에게 전달됐다. 이어서 2000년 1, 2월에 호주와 북한 외교 실무자 협의를 거쳐 2000년 시드니올림픽 개최 이전인 5월에 호주와 북한의 외교관계가 복원됐고 2001년 6월 북한 백남순 외상이 호주를 방문하여 양국간 상호 대사관 개설에 합의하면서 2002년 7월 켄버라에 북한대사관 천재홍 대사가 부임했다. 이어 2007년 2월에 천대사의 후임으로 방성해 대사가 부임했다 결국 1년 후에 재정난으로 대사관을 철수하게 된 것이다. 그 기간 동안 호주정부는 북한에 대한 인도적 지원과 식량지원과 함께 북한의 핵 포기 촉구를 위해 많은 노력을 하며 자유서방국가를 대표하는 창구역할을 했던 것으로 이해하고 있다.

'재정난' 주호 북한 대사관 철수

박명국 북한공사 본지에 전화, "항의성 철수는 왜곡" 해명

캔버라에 소재한 북한대사관(대사 방성해)이 '자금 문제'로 철수한다.

호주 주재 북한대사관의 박명국 공사는 15일 오전 11시 경 본지에 직접 전화를 걸어 이 같은 사실을 확인하고, 일부 언론에 '항의성 철수'라는 주장이 제기된 것에 대해 "사실과 전혀 다른 왜곡이다"라고 말하며, "재정문제로 인해 부득이 철수하게 됐다"고 밝혔다.

박 공사는 "재정난만 해소되면 언제든지 북한 대사관을 다시 개설하게 될 것"이라며 "이런 입장은 호주정부에 이미 공식 통보됐고, 우리 공화국은 호주와의 쌍무적 선린관계 유지를 바란다"고 거듭 강조했다.

그는 또 "이런 우리의 입장을 호주정부도 충분히 인식해주기를 바라고 있다"고 덧붙였다.

그는 "이런 중요한 이유로 시드니에서 한인 언론사들과의 기자회견을 통해 우리 대사관 측의 입장을 직접 밝히려 했으나 예정된 날(16일) 불가피한 사정이 생겨 (시드니에) 올라가지 못하게 돼 톱 신문사에 전화하게 된 것"이라고 거듭 설명했다.

이에 기자가 지난 75년 북한 대사관의 일방적인 철수 상황을 언급하자 박 공사는 "당시는 외교단절의 상황이었지만 지금은 단순한 자금난으로 대사관만 잠정 철수하는 것일 뿐 상황은 전혀 다르다"고 강변했다.

즉, 이번 철수는 '외교적 문제'가 결코 아닌 '단순한 재정 문제'라는 것.

▶4면에 계속

▲2007년 12월 주호주북한대사관 철수 관련보도 기사

8
|
16

평안도민회와 이북오도민회 창립 및 우리민족서로돕기운동 참여

8-16-1. 평안도민회, 일천만이산가족재회추진위원회 호주지부, 이북오도민회 창립

1947년도에 평안북도 정주에서 출생한 나는 남북한 이산가족의 후손이다. 나는 1982년 호주로 이민하여 정착을 하면서 한국에 계시던 부모님을 1986년 5월에 호주로 이민초청했다. 그러나 호주에 아무런 연고가 없는 부모님은 영어소통에 문제가 있었으므로 활동에도 제약이 많았고 특별히 손자들마저 학교로 가고 나면 온 동네가 마치 절간 같다며 외로워 했다. 어머니는 나름대로 집안가사와 텃밭 일들로 나름대로 소일거리가 있었던 편이지만 아버지의 경우는 매우 적적해 하셨다. 그래서 당시 운영하던 롯데여행사의 고객편의제공 서비스업무로서 한국영사관 비자서류업무와 호주이민국 재입국허가서류업무 그리고 여러 항공사와의 업무연락을 위한 쿠리어(심부름) 일을 제안했고 아버지도 출퇴근하며 시내에서 일할 수 있다며 흔쾌히 승낙했다. 용돈도 벌어 가면서 걷기운동도 할 겸 소일하기에는 적당한 직책이었다. 그리고 우리와 함께 일요일엔 시드니제일교회 예배에도 출석하며 세례도 받게 했으며 동년배 어르신들과 교류의 폭도 넓혀 갔다. 특별한 평안도 동향 출신들과 친근감을 느끼며 자주 만나 오던 어르신들이 정기적으로 만나면 더욱 좋겠다고 했다. 그래서 나는 총무 역할을 자원하며 모든 행정적인 업무를 맡겠다는 조건으로 동두천 친목회장을 역임한 백석노 회장과 상의하여 평안도민회를 창립, 초대회장직을 맡아 달라고 제안했다. 그리고 비교적 원로 그룹에 있었던 내 아버지와 故 변용갑 장군(육군 소장 예편), 故 장 송, 故 이윤상 씨를 고문으로 추대했고 부회장에 이문철 씨 그리고 조석일, 박용철, 김현봉, 선우천, 안창성, 김영돈, 박도현, 김병숙, 황춘산 씨 등을 초청하여 1987년 10월 Ashfield Park에서 호주평안도민회를 공식 창립해 친목계도 함께 조직하여 매월 활발하게 친목모임을 지속했고 추석 망향예배와 망향제도 시행했다. 이어서 1988년도가 되면서 과거 시드니한인회장을 역임했던 신경선 회장께서 한국에 본부를 둔 일천만이산가족재회추진위원회 호주지부장을 맡고 내가 사무총장을 부회장에 이문철, 이재경, 유준웅 그리고 각 도를 대표하는 인사 21명으로 이사와 감사로 구성해 3월 25일 호주지부로 공식등록을 했다. 그리고 첫 사업으로 센테니얼파크에서 추석 망향예배와 망향제를 실행했다. 평안도민회를 비롯한 함경도민회와 황해도민회도 활발한 활동을 하게 되면서 1993년도에 이북5도민회 결성의 필요성을 느끼고 있었다. 이에 물밑 대화를 거쳐 11월 30일 캠시소재 뉴서울식당에서 각 도민회를 대표하는 회장단 임원 24명(평안도 12명: 백석로, 조석일, 이문철, 안창성, 박도현, 황춘산, 이윤상, 김영돈, 박종문, 김병숙, 임종길, 승원홍, 함경도 7명: 신경선, 임흥제, 조일원, 이형섭, 이진, 전영철, 조재극, 황해도 4명: 민중원, 이수영, 조태희, 박승렬)이 모여 이북5도민회 창립 발기총회를 갖고 초대 회장에 평안도민회장 출신 백석로 씨를 선출하고 활동에 들어 갔다. 그 이후 나는 여행업에 전념하면서 도민회 업무 일선에서 물러났다.

▲1987년 Ashfield Park에서 평안도민회 공식 창립에 함께 했던 인사와 필자(뒷줄 오른쪽 2번째)

▲1989년 9월 정기총회에 백석노 회장과 사전협의중인 임원과 필자(오른쪽 3번째) &
故 장송, 故 승익표, 故 변용갑 고문

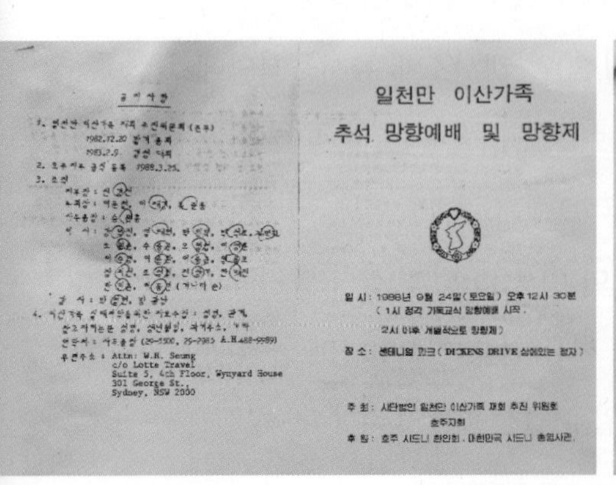

Attn: W.H. Seung
c/o Lotte Travel
Suite 5, 4th Floor, Wynyard House
301 George St.,
Sydney, NSW 2000

일천만 이산가족

추석 망향예배 및 망향제

일 시 : 1988년 9월 24일(토요일) 오후 12시 30분
(1시 정각 기독교식 망향예배 시작.
2시 이후 개별적으로 망향제)

장 소 : 센테니얼 파크 (DICKENS DRIVE 상에있는 정자)

주 최 : 사단법인 일천만 이산가족 재회 추진 위원회
호주지회

후 원 : 호주 시드니 한인회 . 대한민국 시드니 총영사관.

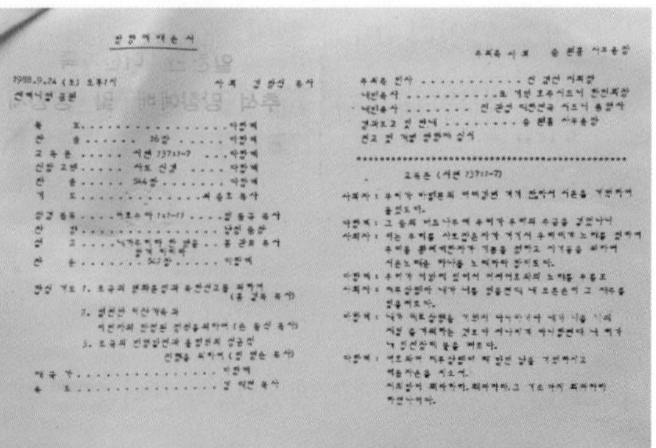

▲1988년도 일천만이산가족 재회추진위원회 호주지부에서 개최했던 추석망향예배 및 망향제 행사 순서지

[illegible]

[illegible]	[illegible]	전화(댁, 사업)
회장	[illegible]	971-5789
[illegible]	[illegible]	53-8880, 331-4505
[illegible]	[illegible]	798-4277, 755-4171
총무, 서무	[illegible]	498-9589, 29-5500
[illegible]	[illegible]	632-3545,
[illegible]	[illegible]	988-2130
[illegible]	[illegible]	449-4748, 355-7557
[illegible]	[illegible]	449-8443
[illegible]	[illegible]	309-2952
[illegible]	[illegible]	622-8427
[illegible]	[illegible]	796-9357, 799-3061
[illegible]	[illegible]	787-3597
고문	[illegible]	773-9009
고문	[illegible]	759-4091, 29-2985
고문	[illegible]	558-8158
고문	[illegible]	797-3017
고문	[illegible]	637-4074

MEMO:

재호평안도도민회
PYONG AN DO ASSOCIATION IN AUSTRALIA
P.O.Box 2486, North Parramatta, NSW 2151, Australia

추석 망향예배
및 망향제

일 시: 1990년 10월 6일 (토) 12시부터
장 소: ASHFIELD PARK

[illegible]

1990.10.6.(토) 오후 12시 30분 [illegible]
[illegible]

묵도 . . . . 다함께
찬송 . . 542장 . . . . . 다함께
교독문 . . 57. [illegible] . . 다함께

51. [illegible]

[illegible]

[illegible] . . [illegible] . . . . 다함께
[illegible] . . . . [illegible]
[illegible] . . [illegible] . [illegible]
[illegible] . . [illegible] . [illegible]
[illegible] . . . 297장 . . . . 다함께
[illegible] . . . . 다함께
[illegible] . . . . [illegible]

[illegible]

MEMO:

▲ 1990년도 재호평안도 도민회에서 개최했던 추석망향예배 및 망향제 행사 순서지

▲ 호주이북5도민 연합회의 추석 망향제에 축사를 하는 이휘진 총영사 & 추석망향제 제단

▲ 호주이북5도민 연합회의 추석 망향제, 망향제단에 절하는 5도민회 회장단

감 사 패

승 원 홍 귀하

귀하는 재호 평안도 도민회 총무로서 재임 (1988년3월 - 1994년2월) 하시는 동안 본회에 깊은 관심을 가지시고 회원간의 친목을 도모함은 물론 본회의 발전과 향상을 위하여 적극적으로 열과성의를 다하시고 아울러 협조하여 주심으로서 본회발전에 기여하신바 크므로 감사의 뜻을 이 패에 담아 드립니다.

1995 년 2월

재호 평안도 도민회
회장 박종문

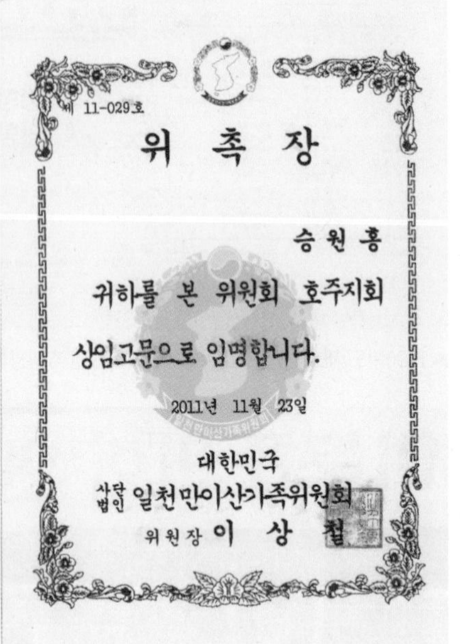

제 11-029호

위 촉 장

승원홍

귀하를 본 위원회 호주지회 상임고문으로 임명합니다.

2011년 11월 23일

대한민국
사단법인 일천만이산가족위원회
위원장 이 상 철

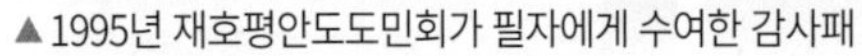

▲1995년 재호평안도도민회가 필자에게 수여한 감사패

▲2011년 일천만이산가족위원회의 필자 상임고문 위촉장

8-16-2. 우리민족서로돕기운동 참여

한국 내 경제정의실천시민연합(경실연)에서 활동하던 서경석 목사와 나는 비록 살아온 경력의 차이에도 불구하고 서울대학교 1966년도 입학동기생으로서 그는 공과대학 나는 문리과대학 출신으로 같은 시대를 경험하며 공감대가 많은 동문이었다. 그는 1996년 6월 8일 세종문화회관 소회의실에서 한국 내 정치계, 종교계, 사회계 지도자들과 함께 굶주리는 북한동포를 돕기 위해 우리민족서로돕기운동의 발족을 선언했다. 그리고 본부 실무책임자인 집행위원장직을 맡아 북한돕기 범국민운동 전개와 북한 수해지역 주민들에게 구호물품 전달등 북한동포돕기 캠페인을 활발하게 전개했다. 아울러 미국을 포함한 해외조직 구성을 하면서 나에게 호주지역 사무총장직을 맡아 호주 내 활동조직을 만들어 달라고 요청했고 나는 사무총장직을 수행하는 조건으로 대신 북한선교에 관심이 많았던 시드니제일교회 담임목사였던 홍길복 목사를 우리민족서

로돕기운동본부의 북한담당 선교사자격으로 중국에 파견하는 조건을 제시하여 상호 합의했다. 그래서 나는 한국 내 범민족적 차원의 조직을 참고로 하여 범호주교민적 조직을 만들기로 했다. 고문으로 홍관표 목사와 존브라운 목사, 의장에 김창식 목사 실행위원장에 당시 한인교역자협의회장이었던 이광수 목사 그리고 종교계, 사회단체, 언론사, 학계, 한인회를 총망라했고 멜버른엔 지태영 목사, 브리스베인엔 김만영 목사 공동대표 20명으로 조직을 했다. 첫 사업으로 젖염소 보내기운동 등에 참여를 했고, 한국에서의 모임엔 이광수목사가 전담키로 했다. 그러나 홍길복 목사가 시드니제일교회를 떠나 우리 교회를 새로 개척하게 되므로서 전제 상황의 변화를 가져왔고 나도 서경석 목사에게 양해를 구하고 사실상 모든 업무를 실행위원장에게 인계하고 조직을 떠났다. 내가 조직을 떠난 이후에도 한인교역자협회 이광수 목사는 모국과 연계하여 활동을 이어갔던 것으로 보았으나 남북간의 분위기 경색으로 주춤했다가 요즈음 호주에선 활동이 전혀 없는 것 같아 보인다.

8
|
17

기타 한인사회의 다양한 모임, 행사와 강연회 및 공연사진과 기사

▲ 2007년 한인건설협회 창립8주년 기념 단합대회, The Hon. Laurie Furgurson MP 다문화 정무차관, Strathfield City 권기범 시의원, 시드니한인회 박은덕 부회장, 한인건설협회 양상수 회장과 필자(오른쪽 첫 번째)

한인회, '시드니연대'와 협력 관계 모색

시드니한인회의 승원홍 회장은 지난 12일 시드니연대(Sydney Alliance) 관계자들과 만나 향후 필요한 사안에 따라 협력을 아끼지 않기로 약속했다.

호주연합교회, 호주건설노조 등 다양한 단체들이 회원사로 가입해 있는 시드니연대는 종교, 커뮤니티 등 시드니 시민사회 전체의 협력을 강화하기 위해 만들어진 시민단체 연합회이다.

승 회장은 이날 한인사회 현황을 소개하며 "앞으로 한인 2세대, 3세대들이 주류사회로 활발히 진출할 수 있도록 돕는 것이 한인회의 가장 큰 과제 중의 하나"라고 설명했다.

시드니연대 관계자들도 최근 한인회의 활발한 움직임에 주목하고 있다며 그런 활동이 호주사회 전반에도 도움이 될 수 있도록 쌍방향 의사소통을 강화할 필요가 있다고 공감했다.

승 회장은 이번 주 들어 시드니연대 외에도 로터리 인터내셔널, 구세군 관계자들과 만나 유대를 강화하고 함께 진행할 수 있는 과제를 검토하는 등 한인회의 대외협력사업에 주력한 것으로 알려졌다.

왼쪽부터 승원홍 회장, 호주연합교회 NSW주 총회 니알 레이드 회장, 시드니연대 라타나 치아 간사.

권상진 기자 info@hojudonga.com

▲2007년 시드니한인회는 사회의 정의와 공정을 위한 연대운동을 위해 '시드니연대'와의 협력시도 관련 보도기사

▲Uniting Church NSW주총회 Rev. Neil Reid 주총회장을 예방하고 사회의 정의와 공정을 위한 연대운동에 동참한 필자

▲2008년, NGO 세계총회 행사 시드니 유치를 위한 지역사회 관계자들과의 회의에 참석한 필자(뒷줄 중앙)

▲시드니성시화운동 퍼레이드에 참여한 The Hon. Fred Nile MLC 상원의원을 비롯한 기독교계 지도자와 교인들

▲시드니성시화운동 퍼레이드에 참여한 The Hon. Fred Nile MLC 상원의원을 비롯한 기독교계 지도자와 다문화교인들

'시드니 성시화 대회' 3월7일 개최

지난해 이어 두번째 호주와 다민족 교회도 참가

"전 교회가 전 복음을 전 시민에게…"

호주 시드니 전체를 거룩하게 만들겠다는 취지의 '시드니 성시화 대회'가 지난해에 이어 오는 3월7일부터 10일까지 열린다.

지난해 3월에 열린 첫 대회(가운데 사진)는 한인들을 대상으로 했으나, 올해 대회는 한인들을 비롯해 호주 교회와 다민족 교회들이 연합해 행사를 추진한다.

16세기 중반 칼빈에 의해 제네바에서 시작된 '성시화 운동'은 18세기 영국, 19세기 미국 등을 거쳐 전 세계로 확산됐으며 한국에서는 민족복음화 운동의 일환으로 1972년 춘천에서 김준곤 목사의 주도로 처음 시작됐다.

최근에는 포항과 서해안 7개 시·군 등 약 50여개 도시로 확산됐으며, 지난해 167개 도시에서 이 운동이 열렸고 전남 지역에서는 19개 시·군 대표들이 모여 전남 성도화 운동을 발족하기도 했다. 또 해외에서도 LA 등 한인 밀집지역 도시에서도 이 운동이 창립되고 있다.

시드니 성시화 대회(대표 회장 정우성 목사, 부회장 이규현 목사) 주최측은 지난 14일 한인 언론을 상대로 간담회를 갖고, 행사 내용과 배경에 대해 설명했다.(오른쪽 사진)

올 행사는 3월7일 저녁 시드니 순복음교회에서 환영예배를 시작으로 △댄스경연대회(8일 오후 2시, 카슬힐의 힐스 센터) △시드니 성시화 대회(8일 오후 5시, 카스힐의 힐스 센터) △다민족 성시화 행진(9일 오후 3시부터, 타운홀-벨모아 파크) △다민족 찬양 축제(9일 오후 5시, 시티 벨모아 파크) △기독교민주당 주최 세미나(10일 NSW주 의사당) 등이 진행된다.

주최측은 올해 행사에는 한국 대표단 15명을 포함해 2천500-3천명 정도가 참석할 것으로 예상했다. 시드니 한인 교회 50여개가 이번 행사에 참가한다. 한국에서는 '깡통목사'로 알려진 전주안디옥교회의 이동휘 원로 목사와 CCM 가수 조수아씨

가 참석할 예정이다.

주최측은 특히 올해 행사는 젊은이들의 참여와 관심을 이끌어 내기 위해 CCM을 배경음악으로 한 댄스 경연대회를 갖는 것과 호주와 다문화 교회들을 참가시킨 것이라고 했다.

한 관계자는 "댄스 경연대회는 앞으로 10여년 후 이민 2세들에 의해 성시화 운동이 활성화되기를 기대해 마련한 것"이라며 "시드니-서울 왕복 항공권 등 다양한 상품도 걸려 있다"고 말했다.

주최측은 원활한 행사 진행을 위해 본선 참가팀을 10개 팀으로 한정했다. 참가를 희망하는 팀이 이 보다 많을 경우 3월 1일 오후 2시 열린문교회에서 예선대회를 갖는다.

김인구 기자
ginko@koreanherald.com.au

▲시드니성시화대회 관련 보도기사

▲2007년, Ryde City Council, Civic Hall에서 개최된 유도회 주최 효도잔치에서 축사를 하고 있는 필자

▲2007년 호주한인유도회 주최 효도잔치 행사진행하는 뽀빠이 이상용

▲효도잔치에 참석한 어르신들

▲2007년 호주한인유도회 주최 효도잔치에서 어르신들과 함께 흥겹게 행사를 진행하는 뽀빠이 이상용

14 2007년 11월 16일 TOP ■ NATIONAL NEWS

KIA, 출로라(Chullora)에 새 매장 개장

호주 126번째, NSW주 43번째 매장

호주 상륙 10년째를 맞이한 KIA 자동차가 시드니에 새로운 매장을 개장하고,시드니 서부지역에서의 판매 공략을 강화한다.

KIA는 14일 전국에서 126번째이자 NSW주 내의 43번째 매장을 출로라(Chullora, Noble KIA)에 공식 오픈했다.

개장식에는 KIA 자동차의 이수길 법인장과 출로라 매장(Noble KIA) 의 스테픈 드레인(Stephen Drane) 사장을 비롯 승원홍 한인회장과 본지 이미진 사장 등 내외빈 인사 40여 명이 참석했다.

KIA 자동차는 지난해 호주 전역에서 총 20,770여대의 판매고를 올렸으며, 최근 강세를 보이고 있는 카니발을 비롯 스포티지, 소렌토의 신형 모델을 선보이면서 더욱 뜨거운 반응을 얻고 있다.

특히 테니스 그랜드 슬램의 첫 대회인 호주 오픈의 스폰서로 호주인들에게 강렬한 인상을 심어준 KIA는 유럽에서 크게 각광받고 있는 씨드의 에코 버전을 2009년 초 출시할 것으로 알려져, 호주의 패밀리 카 시장에 '바람'을 예고하고 있다.

▲2007년 KIA자동차 호주법인의 새로운 판매대리점 매장 개장식에 VIP로 초청돼 테이프 컷팅을 하는 필자 관련 보도기사

2007년 12월 14일 금요일 〈일간〉 Community Ne

SK그룹, 시드니에 철강회사 준공

"향후 각 주마다 공장 건립할 것"

한국 SK그룹이 자원강국 호주에 철강회사를 건립했다.

SK스틸오스트렐리아(SK Steel Australia, 사장 김용석)는 시드니 동부 이스턴크릭의 1만 3500스퀘어메타 부지 위에 연간 설비능력 8만 메트릭톤의 철 가공공장을 5일 준공했다. 이는 호주 내 한인 철강 가공배급업체 중 최대규모다.

15명의 직원을 보유한 SK스틸은 기존의 철강 무역업을 가공배급까지 확대하게 됐다.

SK그룹이 시드니에 철강가공공장을 세우고 5일 준공식을 가졌다. 승원홍 한인회장, 김용석 사장, 박영국 총영사(오른쪽에서 3, 4, 5번째) 등 주요인사들이 테이프를 자르고 있다.

앞으로 포스코(POSCO)를 비롯한 한국산 제품 및 보산/안산강철의 중국산 제품을 수입하여 제품 자체판매와 절단 가공판매에 주력한다.

취급 품목은 열연제품, 냉연 제품, 아연 도금 제품, 전기 아연도금제품, 칼라 도장 강판, 전기 강판, 스테인리스 강판 등이다.

주요 수요처는 자동차 부품 제조 업체, 에어컨 등 전자 제품 제조 업체, 온수기 제조 업체, 각종 건축 자재 업체, 광산 관련 업체 등이며 약 300여개 수요자에게 공급 중이다. 수요자는 NSW 지역을 위주로 빅토리아와 서호주까지 광범위하다. 현지의 블루스콥(Blue Scope) 계열 원스틸(One Steel)과 스모곤(Smorgon) 등이 경쟁업체다.

김용석 사장은 "시장에서 수요자들의 반응이 좋아 향후 사업 기회가 늘어날 것으로 전망된다"고 말했다.

나윤채 과장은 13일 "NSW내 철강 가공업체 중 5번째인 회사 입지를 5년 내에 3위로 끌어올리는 것이 목표"라며 "4, 5년 내에 호주 전체를 커버할 수 있도록 각 주마다 하나씩 철강 가공공장을 건립할 계획"이라고 밝혔다.

권상진 기자 info@hojudonga.com

▲2007년 SK그룹 시드니 철강회사 건립기념개막식 테이프 컷팅 SK그룹 대표, 박영국 총영사와 필자 관련 보도기사

▲2008년, 시드니 정법사, 부처님 오신 날 기념법회에서 축사를 하는 필자 & 내빈들과 함께한 필자(왼쪽 5번째)

▲2008년, 시드니 정법사, 부처님 오신날 정법사 신도, 한인회 운영위원과 필자 부부(오른쪽 2번째와 4번째)

▲2008년 한호문화재단 주최 페스티벌 공연 수상자들과 문화재단 관계자, Strathfield 권기범 시장과 필자
(왼쪽 6번째)

▲2020년 NSW Art Gallery에서 호주3대대 그린중령의 미망인 故Olwyn Green OAM 추모행사,
故 올윈그린 여사 딸과 필자

▲2008년, World-KICA 대양주 호주지역동포를 위한 사랑의 양사 및 문화CD전달식에서 축사를 하는 필자

▲2008년, World-KICA 이사장 김영진 국회의원이 참석한 대양주 호주지역 대표들과 필자(앞줄 왼쪽 2번째)

▲2000년 재호한인청소년 웅변대회 참가 학생들, 대회장 추은택 회장, 성하창 교육원장, 내빈과 필자(앞줄 오른쪽 4번째)

▲2009년 재호주한인청소년웅변대회 참가자들과 함께한 내빈, 미국 워싱턴주 신효범 상원의원과 필자(뒷줄 중앙)

▲2009년, 故 신효범 미국 워싱턴주 상원의원 시드니초청강연회

▲2009년, 故 신효범 미국 워싱턴주 상원의원 초청강연회, 김웅남 총영사, 질의 응답을 하는 신효범 의원과 필자

▲2015년 호주연방의회에서의 북한인권결의안 채택 축하 및 탈북민 강연회에서 북한인권개선 호주운동본부 총무 최효진 목사, 류병수 한인회장, 호주운동본부회장 김태현 목사, 의회 결의안 공동 제출자인 The Hon. Craig Laundy MP 연방의원, 한호정경포럼 옥상두 회장, 송석준 전 한인회장, 백승국 전 한인회장과 필자(왼쪽 3번째)

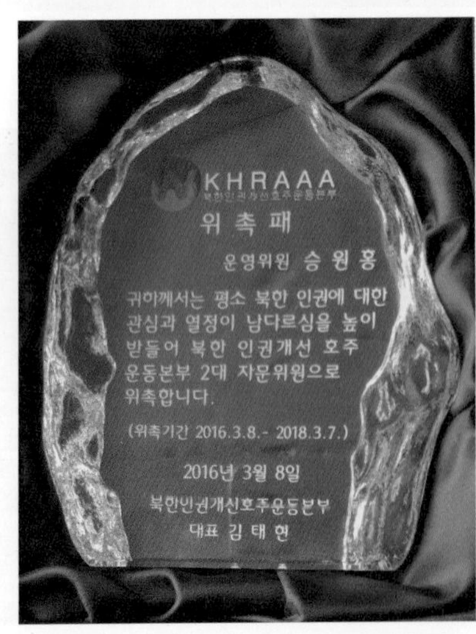

▲북한인권개선호주운동본부의 운영위원 위촉패

▲기독문서선교지 기독세계사에서 필자에게 수여한 감사패

▲2008년, 시드니 강연에 앞서 가진 시드니총영사관저 오찬 후의 나경원 의원, 김웅남 총영사와 필자(맨 왼쪽)

▲2008년 한나라당 나경원 국회의원 초청 특별 강연회, 김웅남 총영사, 내빈과 필자(앞줄 오른쪽 6번째)

▲2008년 UTC대강당에서 개최된 호주한인50년심포지엄에서 한인 디아스포라에 관한 발표회에서 축사를 하는 필자

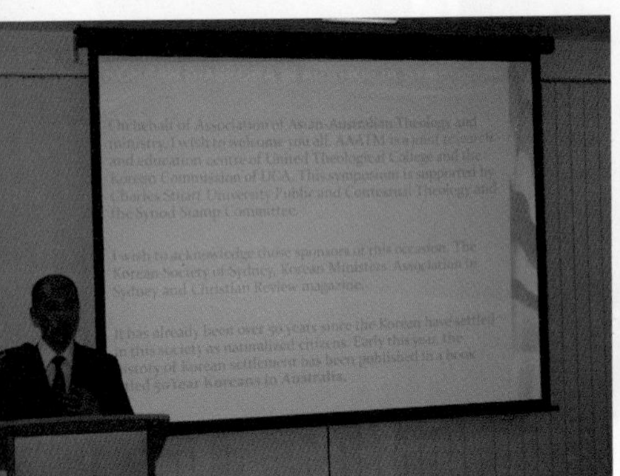

▲2008년 호주한인50년심포지엄에서 한인 디아스포라에 관한 세미나에서 발표를 하는 양명득 목사 & 한길수 교수

The Sydney Korean Herald
7th ~ 13th Mar. 2008

COMMUNITY NEWS

"한국문화 제대로 설명할 수 있어요"

한국 홍보봉사단 '참 알리미' 1주년 행사

"예전에는 막연히 한국을 소개해야겠다는 생각을 하긴 했지만 막상 어떻게 해야 하는 것인지 잘 몰랐습니다. 하지만 참 알리미 활동을 시작하면서 관광공사가 제공하는 DVD 등 홍보물을 이용하니 정말 놀라우리 만치 효과적으로 한국과 한국 문화에 대해 설명할 수 있게 됐습니다."

지난달 29일 노스 스트라스필드에 위치한 베이크 하우스 가든에서 열린 대한민국 참 알리미 한국홍보 대양주 자원봉사단 창립 1주년 기념식에서 만난 참 알리미 회원들이 입을 모아 전한 내용이다.

한국관광공사의 인덕수 시드니지사장은 "이 같은 자발적인 활동은 세계 최초"라며 "앞으로도 회원들과 함께 머리를 맞대고 대한민국 홍보에 대해 논의하겠다"고 말했다.

승원홍 시드니한인회장도 "참 알리미의 활동으로 호주사회를 향한 자랑스러운 한국, 한국인, 한인사회의 홍보에 있어 날개가 달린 것 같다"고 치하했다.

시드니총영사관을 대표해 조영운 신임 한국교육원장이 참석하기도 했다.

이날 모임은 지난 1년간의 경과보고와 참 알리미 역할 홍보에 관한 논의에 이어 앞으로의 보다 활발한 활동을 다짐하는 순서로 진행됐다.

안덕수 지사장은 마성렬 회장, 안현정 부회장, 노현상 사무총장에 대한 감사패를 전달하며 보다 충실한 지원을 약속했다.

임경민 기자
kenlim@koreanherald.com.au

▲2008년 한국관광공사 시드니지사의 한국참알리기운동 행사에서 축사를 하는 필자와 감사패 수상자를 축하하는 모습

지구 남반부대륙, 호주 전역에선 간혹 극심한 가뭄과 폭염이 지속될 경우가 잦아서 산불로 인한 많은 인명과 엄청난 재산 피해를 입는다. 특별히 검은 토요일Black Saturday이라고 불리는 2009년 2월 7일 호주 Victoria주 멜버른 동북부의 산에서 동시다발적으로 발생한 400건 이상의 산불과 2020년 1월 서울 면적의 66배 면적을 불태운 재앙급 호주 전역의 산불 피해가 역대 최악이라고 할 정도로 대표적 호주산불이다. 물론 해당 주정부의 비상사태 선포와 전국에서의 전국민적 산불진화와 구제 노력은 눈물겨울 정도였다. 2009년 극심한 가뭄으로 잦은 산불이 발생할 즈음에 내가 살고 있는 NSW주 Ku-Ring-Gai시 West Pymble 지역과 접해 있는 Lane Cove National Park에도 산불이 났었다. 공영TV방송사 중계송신차가 집 바로 앞 거리에 자리잡고 실황 중계를 한 적도 있다. 당시 NSW주정부 소방 당국은 필요할 경우 내 집 수영장의 물을 소방 헬기가 응급용 소방수로 사용할 수 있도록 동의를 요구하여 허락했던 적도 있다. 그러나 실제로 그런 비상상황까지 전개되지는 않았다.

이런 호주의 전국적 산불진화 작업과 동시에 유명인사와 연예인들까지 나서 산불피해지원복구성금모금 독려에 나설 정도였다. 우리 시드니한인회에서도 산불피해복구 성금 모금에 들어갔고 2009년 5월 26일까지 모금된 약 6만 불의 성금을 구세군 관계자를 통해 전달한 바 있다.

▲ 2009년 내 집 앞 가까이로 보이는 Lane Cove National Park 에서의 산불 연기와 집동네에서 소방용 헬기의 진화 모습

▲State Emergency Service(SES)지역응급대처팀의 지역 홍보장을 방문하여 SES요원들을 격려하는 필자(오른쪽 2번째) & 2009년 호주전역의 산불 피해자를 돕기 위한 전국민적 구호의 손길 참여를 독려하는 켐페인에 참여한 유명인사들

▲2009년 5월 26일, 2009년 2월 7일 빅토리아주에서 발생한 호주 역사상 최대 180명의 희생자를 낸 산불피해자를 돕기 위한 성금모금액 $5만9천불을 호주구세군 커뮤니티 홍보담당 Philiip Maxwell 참령에게 전달하는 운영위원들과 필자

▲2009년 7월 14일, 모닝글로리 호주지사장이 한글학교 어린이용 노트를 한인회장에게 기증하고 있는 모습 이 한글학습용 노트는 호주한글학교협의회에 전달하여 해당 초등학교 어린이가 사용하도록 배려했다.

▲HKBA(홍콩-호주상공인회)모임에서 축사를 하고 있는 필자 & HKBA Peter Sinn회장과 필자

MAIN NEWS

'청결한 환경과 정직한 분위기'··· 치과 선택 제1 기준

DENTAL FOCUS 치과 이용자 대상 설문조사에서 드러나

kenkim@koreanherald.com.au

▲2007년 Strathfield Plaza내 덴탈포커스를 포함한 종합의료기관입점 기념행사에 참석한 내빈과 필자 (앞줄 왼쪽 3번째)

▲2008년 국제로타리클럽 이동원 세계총재 시드니방문 환영 리셉션에서 내빈들과 필자(뒷줄 오른쪽 3번째)

▲Ku-Ring-Gai 시지역 LIONS클럽의 지역사회를 위한 자선 디너행사에 참석한 Ku-Ring-Gai시 J. Anderson시장과 필자

▲호주 DOOSAN법인의 호주현지인 임직원을 위한 한국에 관한 세미나 연사로 초청 받은 필자와 호주 두산 임직원

▲호주국영SBS라디오, 방송사 음력설 축하행사, 주양중 PD, 이숙진 평통 호주협의회장, 이미진 TOP지 사장과 필자

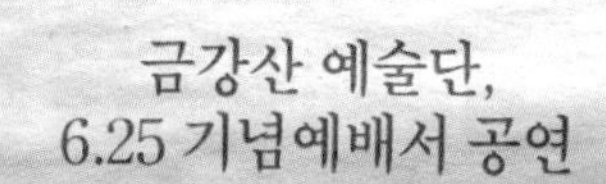

금강산 예술단, 6.25 기념예배서 공연

호주를 방문한 금강산 예술단이 지난 25일 시드니 연합교회서 열린 6·25 전쟁 발발 58주년 기념예배에서 공연을 선보였다.

이번 기념예배는 기독군인회와 예수마을, 6·25 참전 국가유공자회, 시드니교역자협의회 북한선교위원회, 시드니 한인연합교회 등이 함께 했으며, 이상진 목사의 집도로 한반도 평화를 위한 통성 기도 등이 진행됐다.

예배 후에는 4회에 걸친 시드니 공연을 준비 중인 금강산 예술단이 '반갑습니다' 등 2곡을 선보여 실향민과 6·25 참전용사 등 예배 참석자들의 박수 갈채를 받았다.

6월 27일부터 30일까지 시드니에서 공연을 보여줄 금강산 예술단은 탈북 전문예능인으로 구성된 그룹으로 3년 전 결성돼 활발하게 활동 중이다.

금강산 예술단을 이끌고 있는 양옥 대표는 "6·25를 맞아 어르신들과 참전 용사들 앞에서 공연을 하려니 왠지 미안한 마음도 든다"며, "같은 민족, 형제끼리 총부리를 겨누는 일이 다시는 발생하지 않았으면 하는 마음을 담아 이번 공연을 준비했다"고 전했다.

덧붙여 "6·25 기념예배에서 두 곡을 선보였는데도 여러 어르신께서 눈물을 보이시는 것을 보고 가슴이 찡했다"면서, "6월 27일부터 열릴 공연에서 많은 분들께 감동을 선사할 것"이라고 말했다.

공연을 주최하는 시드니교역자협의회 북한선교위원회의 손 아브라함 목사는 "지금까지 북한선교위원회는 북한 적십자 보수공사 지원, 나진선봉 밀가루 25톤 지원 등 여러 가지 북한 동포 대상의 선교사업을 진행해왔다"며, "이번 공연을 통해 모은 수익금은 북한 동포들에게 결핵검진차량을 기증하기 위해 쓰일 것"이라고 취지를 설명했다.

금강산 예술단 공연은 27일부터 4일간 시드니 한인회관 및 버우드 RSL 클럽 등에서 열릴 예정이다.

▶ 문의: 0421-08-7979, 0433-99-7582, 0425-835-650

김인아 기자

▲2008년, 시드니한인회관에서의 제58주년 6.25기념 금강산예술단초청 공연관련 안내 포스터 & 관련 보도기사

▲2008년, 시드니한인회관에서의 제58주년 6.25기념 금강산예술단초청 공연 모습

▲2008년, 국가 무형문화재 제27호 승무(이매방류), 이매방 선생 초청 한국전통 승무무용 공연 참가자들과 포스터

(6) 한국신문 MAIN NEWS The Sydney Korean Herald 4th ~ 10th July 2008

탈북자로 구성된 금강산 예술단 시드니 공연 성황리에 마쳐

북한에 결핵차량 지원 목적… 주최측 "티켓 3천장 매진" 밝혀

탈북자들로 구성된 한국 금강산 예술단의 첫 해외공연이 지난달 27일부터 30일까지 교민들의 큰 호응 속에 성대하게 진행됐다.

시드니 한인교회 교역자협의회 북한선교위원회(위원장 손 아브라함 목사) 주관으로 북한에 결핵검진 차량을 보내기 위해 열린 이번 행사는 주최측에서 준비한 공연티켓 3천장이 공연 전 모두 판매될 정도로 교민들의 호응이 높았다.

나흘간 시드니 한인회관과 버우드 RSL 클럽에서 진행된 공연을 통해 금강산 예술단은 교민들이 쉽게 접할 수 없었던 북한의 전통 무용과 현대 무용을 비롯해서 우리에게 친숙한 노래를 선보였으며, 교민들 또한 뜨거운 반응으로 화답했다.

특히 우리나라의 사계절을 주제로 공연 중에 의상이 변하는 계절춤은 관객들의 많은 호응을 불러 일으켰다. 또한 공연 중간 북한 관련 영상을 소개하며 북한의 실상을 알리는 시간에는 장내가 잠시 숙연해 지기도 했다.

지난달 30일 마지막 공연을 관람한 김웅남 총영사는 "예술단이 우리 교민들에게 눈물과 감동을 선사했다. 자유를 찾아 한국에 온 탈북자들에 대한 지원 또한 필

요하다고 느꼈다"고 전하며 "행사를 준비한 시드니교역자협의회를 비롯한 여러 단체에 수고의 말씀 전한다. 이번 행사가 교민 단합의 기회로 이어지길 바란다"고 말했다.

나흘 간 각각 실향민, 교민, 참전용사, 교역자를 위해 진행된 네 차례 공연 모두 관객들이 들어차, 좌석이 모자라 뒤에 서서 공연을 관람하기도 했다고 주최 측은 전했다.

이번 행사를 준비한 북한선교위원장인 손 아브라함 목사는 "앞으로 결핵검진차량 구입을 위한 모금운동을 이어 나가며, 북한 동포를 계속해서 도울 계획" 이라고 전했다.

이번 공연을 위해 시드니를 찾은 금강산 예술단은 북한에서 예술분야에서 종사했던 탈북자들을 주축으로 결성된 예술단체이다. 단원 중에는 하루 중 한 시간 동안만 해를 볼 수 있는 비인권적인 수용소에서 1년 이상을 생활하다 탈북한 단원들도 있는 것으로 알려졌다.

예술단의 김유경 단장은 "처음 올 때 시드니에 계시는 교민분께서 우리 공연을 좋아하실지 많은 걱정이 있었던 것이 사실이다. 하지만 첫날 공연 이후 교민 여러분들의 반응을 보고 용기를 얻었다"며 공연이 성공적이었다고 평가했다.

특히 "공연을 통해 북한에 대해 관심을 보여주신 교민 여러분께 감사 드리며, 예술단 또한 북한 결핵어린이 돕기에 계속 힘쓰겠다" 고 전하며, "단원들 모두가 해외에서 북한을 돕는 교민들의 마음에 고무 되었을 뿐 아니라, 북한의 예술문화도 함께 나눌 수 있다는 생각이 더 커졌다" 고 밝혔다.

예술단의 김진우 단원은 "이런 기회가 계속 이어져 더 열심히 하고 싶다. 교민들의 호응에 놀랐다."는 말을 전했다.

한편 이번 공연을 통해 얻은 수익금은 모두 결핵검진차량 구입 지원에 사용될 예정이며, 공연의 총수익금은 아직 집계되지 않은 상황이다.

안창언 기자
lkeawood@koreanherald.com.au

▶3면에서 받음

◆ 문의
- 공동 대표: 9635-1404, 0448 040 331
- 정영란(실무총무) 0421 046 626
- 이메일: jyran76@hanmail.net
- 팩스: 9635-1275

◆ 발기인
강병조, 권기범, 김경희, 김금숙, 김대홍, 김마리아, 김승일, 김승재, 김용수, 김유미, 김춘순, 리진섭, 문희경, 박은덕, 박종화, 박희수, 배기홍, 배 윌리엄, 백시현, 송명희, 송영달, 신준식, 신제임스, 신창학, 안명례, 안종수, 안지홍, 윤종인, 윤필립, 윤효정, 이봉희, 이승희, 이연정, 이영대, 이종재, 이현숙, 이회정, 장철수, 장홍선, 정도란, 정영란, 정진호, 제임스 안, 조종춘, 최석봉, 한성주, 한순연, 한신환(7월3일 현재)

▲2008년, 시드니한인회관에서의 제58주년 6.25기념 금강산예술단 초청 공연관련 보도기사

호주 언론, 바이올리니스트 '박수지' 큰 주목

헤럴드紙 "천부적 연주자" 대서특필

▲2009년 2세 바이올리니스트 수지박 귀국 연주회에서 수지박 부모, The Hon. Greg Smith MP, 김웅남 총영사와 필자

▲ 2019년 명창 정남훈 효 콘서트, 정남훈 명창과 필자 & 2019년 배일동 명창 강연회, 배일동 명창, 김철기 교수와 필자

◀ 2008년 호주 일본다도 협회가 주관하는 협회 회원과 내빈을 초청한 다도예절 시연회에 참석한 필자 부부 (뒷줄 중간)

여러 호주국민훈장 수훈자들 가운데 어떤 이유로 내가 단독으로 선정되어 호주 주류 언론매체인 The Daily Telegraph지 인터넷판에 내 사진과 인터뷰기사까지 소개되었는지 아직도 궁금하다. 그리고 The Daily Telegraph 자매지인 시드니 북부 지역신문인 Northern District Times지 1면에도 'Our Best and Brightest Citizen(최고로 빛나는 우리 시민)'이라는 제목으로 내 사진과 함께 2면에 인터뷰기사가 게재되는 영광을 누렸다. 그리고 Ryde시의원이 내가 Ryde시정부로부터 지역봉사상을 수상했다고 Facebook에 올린 글을 보고 어떤 댓글에 '역대 최고의 한인회장'과 '한인사회에서 최고로 존경받는 사람'이라는 나에 대한 평가의 글을 보면서 한편 기쁘면서도 또 한편으로 겸허해질 따름이었다.

9장

호주국민훈장(OAM)
수훈 및 다양한
언론매체 인터뷰
보도내용과
추억의 사진들

9
|
1

호주국민훈장 OAM(Order of Australia Medal) 수훈(2019.1.26.)

나는 2019년 1월 26일 호주 건국일을 맞으며 오랜 기간 동안 한인사회를 위해 다방면으로 헌신봉사해 온 공로를 인정받아 호주국민훈장OAM 수훈자로 선정, 공표됐다. 홍콩에 거주하고 있는 장남, 지헌이 먼저 호주 주요 일간지인 The Daily Telegraph 인터넷판을 보고 나의 호주국민훈장 수훈 소식과 인터뷰기사가 게재됐다며 그 내용을 알려주었다. 많은 수훈자들 가운데 어떤 이유로 내가 호주 주류 언론매체에 단독으로 선정되어 인터뷰기사까지 소개되었는지 아직도 궁금하다. 그리고 Daily Telegraph 자매지인 시드니 북부 지역신문 Northern District Times지에도 'Our Best and Brightest Citizen'이라는 제목으로 1면에 내 사진과 함께 2면에 인터뷰기사가 게재되는 영광을 누렸다. 2019년 1월 중순 어느 날, Northern District Times의 Joanne Vella 기자가 나의 호주국민훈장 수훈 축하와 함께 인터뷰를 하고 싶은데 내 사진도 필요하

The Daily Telegraph
NEWS SPORT ENTERTAINMENT OPINION
news local Northern Times

William Seung in the Korean heartland of Eastwood. Picture: Jordan Shields

NORTHERN DISTRICT TIMES

William Seung awarded OAM for service to Sydney's Korean community

Joanne Vella, Northern District Times

WILLIAM Seung lives at West Pymble but he is equally at home in Eastwood.

It has long been a stronghold of Sydney's Korean community and Mr Seung has been part of its heart and soul since he moved to Australia from Korea in 1979.

"In Korea there are some limitations," he said.

William Seung has been active in the Korean community. Picture: Jordan Shields

Peter Kim

Congratulations Mr **William Won Hong Seung** OAM. Tonight Mr Seung was acknowledged with Certificate of Excellence at the City of Ryde, Council meeting.

2019 CITY OF RYDE EXCELLENCE AWARD

좋아요 댓글 달기 공유하기

회원님, 성은제님 외 26명

김하종
역대 최고의 한인회장이셨던 분으로 기억합니다. 이분의 늘 미소띤 얼굴을 거친 광장에서 상면하기를 기대합니다.
1일 좋아요 답글 달기

Vanessa Kim
Most respectable man in Korean community!

댓글을 입력하세요...

▲ 호주국민훈장 수훈소식과 함께 나의 인터뷰기사를 소개한 호주 주요일간지 The Daily Telegraph인터넷기사 & Ryde시 Peter Kim 시의원이 Facebook에 게재한 글과 댓글(역대 최고의 한인회장, 최고로 존경받는 한국인이라는 댓글평가가 마음에 들어 캡쳐해 올렸다)

Northern District

WEDNESDAY JANUARY 30, 2019 | NORTHERNDISTRICTTIMES.COM.AU

INSIDE

OUR BEST AND BRIGHTEST CITIZENS - P2

In search

Australia Day 2019

'I have achieved my dream'

Joanne Vella

WILLIAM Seung lives at West Pymble but is equally at home in Eastwood.

It has long been a stronghold of Sydney's Korean community and Mr Seung has been part of its heart and soul since he moved to Australia from Korea in 1979.

"In Korea there are some limitations," he said.

"Australia is a very free country and the environment was nice to teach education ... my children's future led me to Australia."

North Korea-born Mr Seung has been awarded the Medal of the Order of Australia for service to the Korean community.

He has been the president of the Korean Society of Sydney, Korean Chamber of Commerce and Industry in Australia and the Korean Language Schools Association.

One of the highlights was starting the Korean Festival at Darling Harbour in 2006.

Mr Seung worked in marketing for Korean Airlines and started a travel agency, Lotte Travel Service in Wynyard, a role that allowed him to show his homeland how great his adopted country was.

He is passionate about teaching and upholding Korean traditions, including the language and alphabet.

He is also proud of his heritage.

"Koreans are very hardworking people and they are very religious," he said.

For Mr Seung and his wife Youngok, moving to Australia paid off when they proudly reflect on what their daughter (a lawyer) and sons (investment bankers) have accomplished.

"So I have achieved my dream," Mr Seung said.

William Seung in Eastwood. Picture: Jordan Shields

▲ 시드니지역 Northern District Times지의 1면 표지인물사진과 2면에 게재된 필자의 국민훈장 수훈 인터뷰기사

다며 사진작가 Jordan Shields를 보낼 테니 사진촬영장소로 어디가 좋겠냐고 물어왔다. 그래서 나는 내 집도 편하지만 가능하면 한인커뮤니티의 상징성이 있는 한인밀집지역으로 Eastwood 한인상가 쪽이 좋겠다고 답했다. 그래서 Jordan Shields 사진작가를 Eastwood 한인상가 Rowe 거리에서 만나 찍은 사진들이 내 인터뷰기사와 함께 게재된 것이다. 특별히 Northern District

Times 표지에서 내 사진과 함께 'Our Best and Brightest Citizen(최고로 빛나는 우리 시민)'이라는 최상급의 찬사로 나를 소개한 부분이 너무 기쁘고 자랑스럽다. 그리고 Ryde시 Peter Kim 시의원이 Facebook에 올린 Ryde시로부터 내가 지역봉사상을 수상했다는 소개글에 대한 댓글에서 '역대 최고의 한인회장'과 '한인사회에서 최고로 존경받는 사람'이라는 나에 대한 평가의 글을 보면서 한편 기쁘면서도 또 한편으로 겸허해질 따름이다.

이렇게 귀한 호주 주류 언론매체를 통한 공개축하와 더불어 호주 주류 정치권 인사들로부터도 많은 축하서한과 화분도 받았다. NSW주 총독 General The Hon. David Hurley AO, 시드니 총영사관 윤상수 총영사, 나의 연방선거지역구의원인 The Hon. Paul Fletcher MP 통신부장관, NSW주정부 The Hon. Gladys Berejiklian MP주 수상, Ryde시 Jerome Laxale 시장, The Hon. Damian Tudehope MP 재정 및 소규모비즈니스장관, The Hon. Conetta Flerravant MLC 상원의원, NSW다문화위원회 Prof. Sev Ozdowski AM 의장을 비롯하여 많은 정계인사들과 한인동포사회로부터 SNS와 전화로 축하인사를 받았다. 정말 감사할 따름이다.

2019년초에 연방총독과 NSW주 총독의 새로운 인사이동이 있었다. NSW주총독이었던 His Excellency General the Honorable David Hurley AC가 5월 초부터 후임 호주 연방총독으로 영전하게 되었고 자동으로 공석이 된 NSW주총독으로 연방법원 판사출신 Her Excellency the Honorable Margaret Beazley AC가 영전부임하였다. 그래서 호주건국기념일인 1월 26일에 호주국민훈장 수훈자의 명단을 공표하고서도 호주국민훈장메달 전수식은 자연스레 5월로 연기조치되었다. 나의 호주국민훈장은 5월 22일 NSW주총독관저에서 호주연방총독을 대신한 NSW주 총독이 전수했다. 이날 약 30명의 호주국민훈장 수훈예정자들은 총독관저에서 보훈처 관계자들의 안내를 받으며 영문이름 알파벳 순서대로 행사장으로 입장해서 NSW주 총독으로부터 호주국민훈장메달을 전수받았다. 먼저 수훈자의 이름이 호명되면 의전행사장으로 입장하여 출입구에서 주 총독을 향해 서서 잠시 동안 사회자가 수훈자 개인의 공적을 낭독했다. 대부분의 수훈자들은 특정한 한 분야에서 오랜 기간 동안 헌신하신 분들이었다. 그러나 나의 공적은 매우 다양하고 이채로웠다고 생각했다. 그래서인지 사회자가 나의 긴 공적을 낭독할 때 참석자들이 많은 박수를 보내며 성원과 감사의 뜻을 표현해 준 것 같았다. 사회자가 길게 낭독했던 나의 공적은 이러했다.

1. 1993-1996년도 호주한글학교협의회장으로 한인자녀들의 모국어교육을 통한 호주 다문화사회 발전에 기여했다.
2. 1997-1999년도 재호한인상공인연합회장으로 한인상공인들을 도와 시장개척과 정착에 기여했다.
3. 1996-2006년도 승원홍장학금을 제정하여 매년 한인자녀 대학생을 2명씩 선발하여 $2000의 장학금을 10년간 지급하며 한인자녀들의 대학교육을 장려했다.
4. 1983-2012년도 롯데여행사 사업을 통하여 한국전 참전용사, 군사훈련 고등학생, 호주 태권도 훈련생, 호주 언론인들을 위한 한국방문프로그램 개발, 시행을 통해 한호 양국 간 우호 증진에 기여했다.
5. 2007-2009년도 호주 시드니 한인회장으로 시드니 한인사회 영문소식지를 발행하여 한인사회와 호주 주류사회와의 원활한 상호소통을 위해 크게 기여했다. Moore Park에 호주 한국전 참전기념비 제막을 위해 물심양면으로 기여했다. 한인 차세대들의 호주 주류사회 진출을 독려하고 서로 도우며 협력하기 위하여 호주한인40년 역사에 최초로 Youth Forum과 Youth Symposium을 개최했다. 한인회의 한국주간을 이용하여 한국의 유명 난타초청공연을 달링하버에서 이틀간 공연하며 호주 주류사회에 대한 한국문화 소개에 앞장섰다. Victoria 산불 피해자 지원을 위해 $59,500의 성금을 모아 전달했다.
6. 2011-2015년도 구세군에서 매년 시행하고 있는 붉은방패모금행사(Red Shield Appeal)에 지역 Chairman으로 참여하여 매년 $11,000 정도 모금활동에 기여했다.
7. 2010-2013년도 NSW주 정부 반차별위원회 위원으로 위촉되어 3년간 호주사회 내의 인권보호와 기회균등 실현에 기여했다.

8. 2014-현재까지 호주한인공익재단을 창립하여 매년 호주 언론전공대학생 10명씩을 장학생으로 선발하여 한국 방문 연수프로그램을 진행하며 한호 양국 간 우호증진에 기여했다. 아울러 한인사회와 지역봉사자들에게 재정지원을 함으로써 지역사회 화합과 발전에 기여했다.

사회자가 나의 공적내용을 낭독할 때 나는 Beazley주 총독과 눈이 마주쳤다. 주총독은 흐뭇한 미소를 지으며 나에게 반가운 눈길을 보내왔다. 그리고 나의 긴 공적내용 낭독이 끝나자 나는 주총독 앞으로 다가가서 간단한 목례인사를 하고 정겨운 악수를 했다. Beazley주 총독은 나에게 호주국민훈장을 달아주며 이민자 1세대로서 너무나 많은 봉사와 헌신을 해줘서 감사하다며 축하와 격려를 해 주었다. 또다시 참석자들로부터 축하의 박수가 터져 나왔다. 그 순간 '하나님 아버지! 아버지의 영광을 위하여 제게도 호주주류사회와 한인사회의 화합과 발전을 위해 이렇게라도 봉사할 수 있는 기회들을 주시어 감사합니다.'라는 기도가 절로 나왔다.

▲ 사회자가 필자의 호주국민훈장 서훈 공적을 낭독하는 동안 NSW주 총독을 바라보며 대기하고 있는 필자 & 호주국민훈장을 필자에게 전수해준 Her Excellency the Honorable Margaret Beazley AC NSW주 총독과 필자

▲ NSW주 총독관저 정원에서 NSW보훈부장관 The Hon. Anthony Roberts MP와 필자 부부

한호일보 2019년 5월 24일 금요일 HANHO KOREAN DAILY

승원홍 이사장, 호주국민훈장 메달 받아

22일 비즐리 NSW 주총독 전수식 거행

승원홍 호주한인공익재단 이사장이 22일 주총독 관저에서 마가렛 비즐리 NSW 주총독으로 호주국민훈장 메달을 전수받았다

2019년 오스트레일리아데이(Australia Day, 1월 26일) 때 호주국민훈장 (Order of Australia Medal: OAM) 수훈자로 발표된 승원홍 호주한인공익재단(KACS) 이사장이 5월 22일(수) 마가렛 비즐리 NSW 주총독으로부터 메달을 받았다.

호주 동포 중 승 이사장과 이용재 호주한인복지회장이 올해 OAM 수훈자로 발표됐다. 22일 약 30여명의 수훈자들이 등급별로 메달을 받았다. NSW 수훈자들은 몇 개 그룹으로 나누어 메달을 받는다.

호주국민훈장 전수식에서 사회자가 수훈자의 개별 공적을 낭독한 뒤 비즐리 주총독이 한명씩 메달을 전수하고 기념사진을 찍었다. 메달 전수 후 주총독 관저에서 가든 칵테일 파티가 열려 수훈자들은 가족과 지인들의 축하를 받았다. 전수식에는 앤소니 로버츠 NSW 보훈부 장관이 배석했다.

승원홍 이사장과 이용재 회장은 호주 한인 커뮤니티에 대한 봉사 활동과 기여를 인정받았다.

승 이사장은 26대 시드니한인회장(2007-2009년), 재호한인상공인연합회장, 호주한글학교협의회장, NSW 반차별위원회(Anti Discrimination Board) 위원, NSW 다문화커뮤니티협의회 부의장 등을 역임했고 현재 호주한인공익재단 이사장 등으로 활동하고 있다.

메달 전수 후 승 이사장은 "개인적으로 너무 기쁘다. 앞으로 많은 분야에서 봉사와 기여를 인정받는 동포들이 많아지기를 기대한다"고 소감을 밝혔다. 한인들과 친분이 있는 로버츠 보훈장관도 승 이사장의 수훈에 축하 인사를 건넸다.

고직순 기자 editor@hanhodaily.com

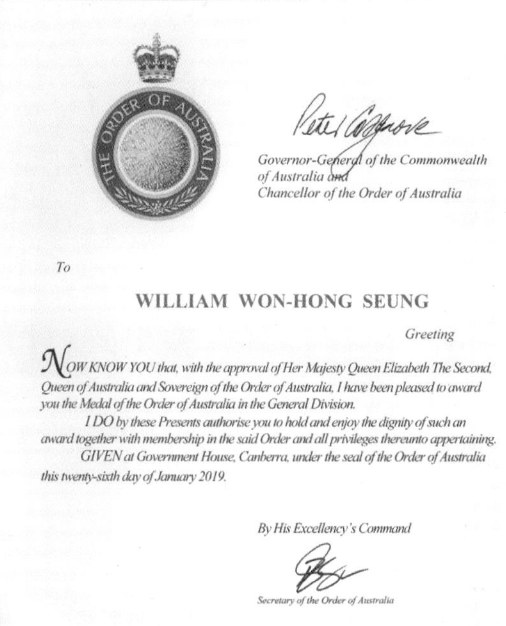

Governor-General of the Commonwealth of Australia and Chancellor of the Order of Australia

To

WILLIAM WON-HONG SEUNG

Greeting

NOW KNOW YOU that, with the approval of Her Majesty Queen Elizabeth The Second, Queen of Australia and Sovereign of the Order of Australia, I have been pleased to award you the Medal of the Order of Australia in the General Division.

I DO by these Presents authorise you to hold and enjoy the dignity of such an award together with membership in the said Order and all privileges thereunto appertaining.

GIVEN at Government House, Canberra, under the seal of the Order of Australia this twenty-sixth day of January 2019.

By His Excellency's Command

Secretary of the Order of Australia

▲ 필자의 호주국민훈장 수훈 관련 보도기사 & 영연방 Elizabeth The Second 여왕의 재가로 Sir Peter Cosgrove AK 호주연방총독이 필자에게 수여한 국민훈장증서

▲호주국민훈장(OAM)의 약장과 배지, 공식메달과 축소메달 & 공식메달 뒷면에 필자의 이름과 고유번호

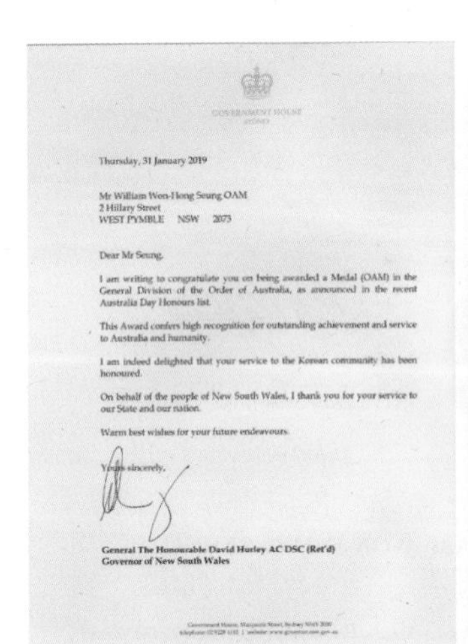

Thursday, 31 January 2019

Mr William Won-Hong Seung OAM
2 Hillary Street
WEST PYMBLE NSW 2073

Dear Mr Seung,

I am writing to congratulate you on being awarded a Medal (OAM) in the General Division of the Order of Australia, as announced in the recent Australia Day Honours list.

This Award confers high recognition for outstanding achievement and service to Australia and humanity.

I am indeed delighted that your service to the Korean community has been honoured.

On behalf of the people of New South Wales, I thank you for your service to our State and our nation.

Warm best wishes for your future endeavours.

Yours sincerely,

General The Honourable David Hurley AC DSC (Ret'd)
Governor of New South Wales

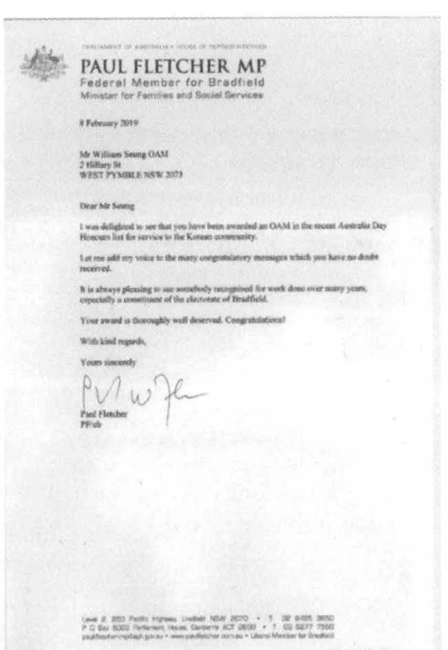

PAUL FLETCHER MP
Federal Member for Bradfield
Minister for Families and Social Services

8 February 2019

Mr William Seung OAM
2 Hillary St
WEST PYMBLE NSW 2073

Dear Mr Seung

I was delighted to see that you have been awarded an OAM in the recent Australia Day Honours list for service to the Korean community.

Let me add my voice to the many congratulatory messages which you have no doubt received.

It is always pleasing to see somebody recognised for work done over many years, especially a constituent of the electorate of Bradfield.

Your award is thoroughly well deserved. Congratulations!

With kind regards,

Yours sincerely

Paul Fletcher
PF/eb

▲NSW주 총독 General The Hon. David Hurley AO의 축하 서한 & 윤상수 한국 주시드니 총영사의 축하 화분 &
나의 지역구 The Hon. Paul Fletcher MP 연방정부 통신부장관의 축하 서한

POSTAGE PAID
AUSTRALIA

New South Wales

Dear Mr Seung

Congratulations on receiving a Medal of the Order of Australia in the 2019 Australia Day Honours.

On behalf of NSW, I am pleased your service to the Korean community has been recognised.

This acknowledgment of your achievement is to be commended and I would like to personally thank you for your dedication to our community.

Gladys Berejiklian MP
Premier of New South Wales

City of Ryde

Cr Jerome Laxale
Mayor

From the Office of the Mayor

Mr William Seung OAM

18th February 2019

Dear Mr Seung,

I write on behalf of myself and my fellow Councillors to congratulate you on your recent receipt of an Australia Day Honour for service to the Korean community.

It is wonderful that your work and dedication over many years has been recognised in the recent Australia Day Honours List.

I would like to also recognise the five City of Ryde residents who received Awards in the recent Honours List at the Council meeting to be held on Tuesday 26th February 2019.

A small presentation will be made to thank you for the contribution you have made to the local and wider community.

The presentation to Australia Day Honour recipients will be made near the beginning of the meeting.

Please advise Linda Smith if you are available to attend the Council meeting which will commence at 7.00pm. Linda can be contacted on the number below or by email.

Yours sincerely

Jerome Laxale
Mayor

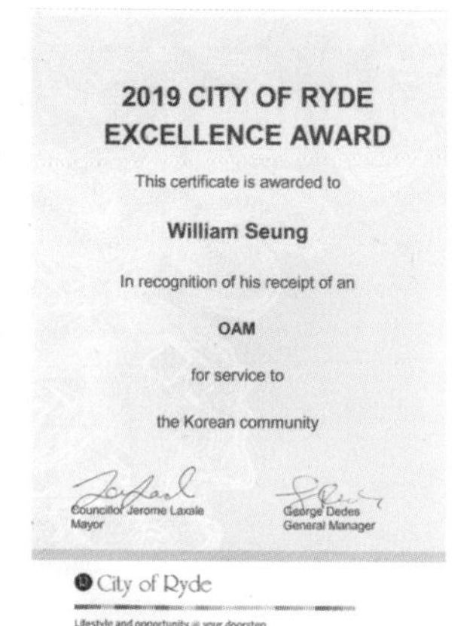

2019 CITY OF RYDE
EXCELLENCE AWARD

This certificate is awarded to

William Seung

In recognition of his receipt of an

OAM

for service to

the Korean community

Councillor Jerome Laxale
Mayor

George Dedes
General Manager

City of Ryde
Lifestyle and opportunity @ your doorstep

▲ The Hon. Gladys Berejiklian MP NSW주 수상의 축하 서한 & Ryde시 Jerome Laxale 시장의 축하 서한 & Ryde시 정부가 필자의 호주국민훈장수훈을 축하하는 2019년도 Ryde시 우수상장

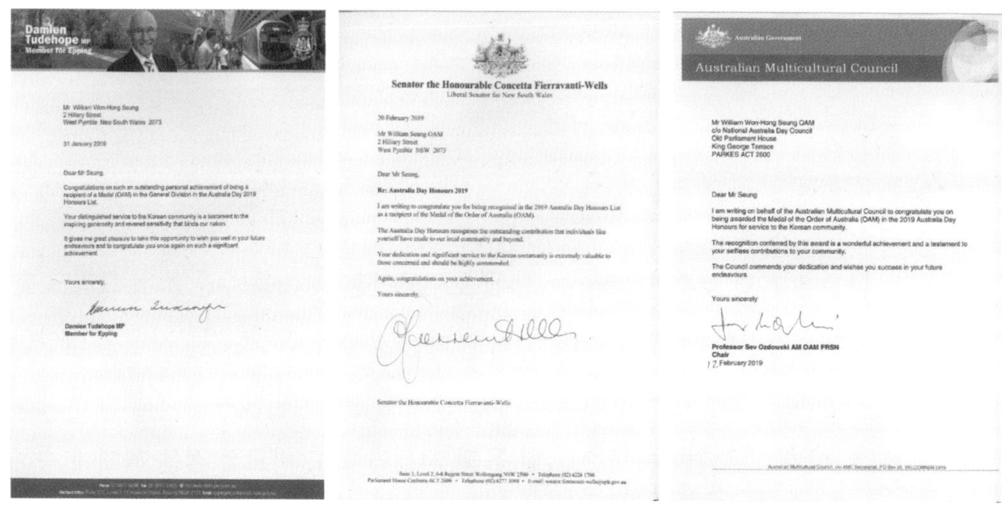

Damien Tudehope MP
Member for Epping

Mr William Won-Hong Seung
2 Hillary Street
West Pymble New South Wales 2073

31 January 2019

Dear Mr Seung,

Congratulations on such an outstanding personal achievement of being a recipient of a Medal (OAM) in the General Division in the Australia Day 2019 Honours List.

Your distinguished service to the Korean community is a testament to the inspiring generosity and revered sensitivity that binds our nation.

It gives me great pleasure to take this opportunity to wish you well in your future endeavours and to congratulate you once again on such a significant achievement.

Yours sincerely,

Damien Tudehope MP
Member for Epping

Senator the Honourable Concetta Fierravanti-Wells
Liberal Senator for New South Wales

20 February 2019

Mr William Seung OAM
2 Hillary Street
West Pymble NSW 2073

Dear Mr Seung,

Re: Australia Day Honours 2019

I am writing to congratulate you for being recognised in the 2019 Australia Day Honours List as a recipient of the Medal of the Order of Australia (OAM).

The Australia Day Honours recognises the outstanding contribution that individuals like yourself have made to our local community and beyond.

Your dedication and significant service to the Korean community is extremely valuable to those concerned and should be highly commended.

Again, congratulations on your achievement.

Yours sincerely,

Senator the Honourable Concetta Fierravanti-Wells

Australian Government
Australian Multicultural Council

Mr William Won-Hong Seung OAM
c/o National Australia Day Council
Old Parliament House
King George Terrace
PARKES ACT 2600

Dear Mr Seung

I am writing on behalf of the Australian Multicultural Council to congratulate you on being awarded the Medal of the Order of Australia (OAM) in the 2019 Australia Day Honours for service to the Korean community.

The recognition conferred by this award is a wonderful achievement and a testament to your selfless contributions to your community.

The Council commends your dedication and wishes you success in your future endeavours.

Yours sincerely

Professor Sev Ozdowski AM OAM FRSN
Chair
12 February 2019

▲ The Hon. Damian Tudehope MP NSW주 의원 & The Hon. Conetta Fierravant MLC NSW주 상원의원 & NSW주 다문화위원회 Prof. Sev Ozdowski AM의장 축하서한

9
|
2

호주국민훈장수훈자협회 OAA
(Order of Australia Association)

나는 2019년 호주건국일(1월 26일)에 호주국민훈장OAM을 수훈했다. 그리고 호주국민훈장수훈자협회OAA에 가입하고 다양한 분야에서 헌신봉사해온 다양한 인사들과 교류할 수 있는 기회도 가졌다. 특별한 예외의 경우를 제외하면 대체로 나이가 많은 편이어서 2021년 올해 74세인 나도 비교적 젊은 세대에 속하는 것 같다. 한국인 출신 호주국민훈장 수훈자들도 더 많이 배출되어 호주 주류 각 계층에서 왕성하게 헌신봉사해 왔던 인사들과 교류하며 그들을 통해 호주 전반에 관하여 더 많이 배우고 아울러 한국전통과 문화를 더 많이 홍보하며 자랑스럽고 당당한 호주 속의 한국인이 되었으면 하는 바람을 가져 본다.

▲2021년 James Mein OAA NSW Branch James Mein AM 회장

▲The Hon. Bronwyn Bishop AO 여사와 필자

다양한 언론 매체와의 인터뷰 내용

메스컴을 통한 나의 공식적인 인터뷰 시작은 서울대학교 4학년 졸업반 시절이었던 1973년 말로 기억한다. 당시 아침 7시경 MBC TV 생방송 모닝쑈 프로그램이 있었다. 생방송일 며칠 전에 MBC TV방송국으로부터 내가 거주하고 있던 정영사 졸업반학생 10여 명의 인터뷰출연 섭외를 받았다. 나는 각 학과별로 다양한 미래 인재들을 선정하여 방송 당일, 춥게 느껴졌던 아침 일찍 택시를 타고 MBC TV 정동사옥으로 갔다. 그리고 방송국 직원의 안내를 받아 밝은 조명 아래에서 미래 다양한 직업군에 종사할 계획들에 관해 사회자와 대담형식의 인터뷰를 했다. 이때만 하더라도 나는 중문학과 주임교수의 조언에 따라 대만으로 석사과정 유학을 갈 계획이라고 답하며 앞으로 한국과 중국(1973년 당시에 한국입장에선 대만이 곧 중국이었다)관계의 미래를 전망하며 철의 장막 속에 가려진 중국 본토에 관한 전반적인 이해를 심화시킬 필요가 있다고 강조했다. 그때 당시의 기록을 찾을 수 없지만 아마도 밝은 조명 아래 요즈음처럼 분장도 하지 않은 채 생소한 분위기에서 긴장된 인터뷰였을 거라고 생각한다. 그 당시 우리 집엔 TV가 없었으나 경기도 오산에 거주하시던 큰아버지께서 TV에서의 내 인터뷰모습을 보고 매우 기뻐했다고 했다.

그 이후 나는 대만유학 대신 대한항공에 입사하여 만 9년 직장 생활을 마치고 호주로 이민하여 롯데여행사를 창립해 30년간 경영을 했다. 여행사업의 성공적인 정착과 성장으로 나는 여행사업과 관련된 분야에서 그리고 호주 한글학교협의회장, 재호한인상공인연합회장, 호주 시드니 한인회장, 호주 한인공익재단 이사장 등 한인단체장역할과 여행사업을 하면서 다양한 신문과 방송 등 언론 매체를 통해 인터뷰를 했던 사례가 많았다. 예를 들면 1982년 10월 재호한인상공인연합회 총무 자격으로 인터뷰한 내용이 무역회보에 게재된 것으로 시작으로 해서 호주한인사회 주류언론매체인 한호일보(전 호주동아), TOP주간지, 한국신문, 한호타임즈, 시드니 코리안포스트, 주간생활정보, 교민잡지 등을 통해 진행한 여러 차례의 인터뷰를 포함하여 한국내의 재외동포신문, 글로벌코리안, 한국국제문화교류진흥원 발행매체와 교통방송과 KBS라디오 한민족방송을 통해서도 여러 차례 인터뷰를 했다. 특별히 기억되는 인터뷰는 교통방송과 KBS라디오 한민족방송을 통해서 한국의 구정명절 기간 중에 호주한인동포사회의 모습이라든가 호주에 북한대사관 재설치 당시 한인동포사회의 반응이라든지 또는 한국에서 극렬해진 데모로 경찰이 부상을 당하고 경찰차까지 불태워지던 당시 호주공권력의 준엄한 집행사례 소개라든지 호주 한인공익재단KACS의 호주 예비언론장학생 한국연수프로그램 소개 등이다. 어떤 때는 친구인 윤형주 장로가 진행했던 교통방송과 인터뷰를 한 적도 있다.

僑胞貿易人에 듣는 輸出戰略

濠洲는 美못잖은 큰市場

우리關心너무不足, 進出서둘러야

濠洲韓國商工人聯合會 承源弘 총무

이렇게 다양한 내용의 전화 인터뷰와 함께 KBS한민족방송 스튜디오에서 강준영 교수와 직접 인터뷰녹음을 한 적도 했다. 뿐만 아니라 호주에서도 나는 한국 관련 여행업계 권위자로 인정을 받아 호주정부의 해외관광 홍보내용에 관한 나의 비판적 인터뷰기사가 호주 주류언론 경제전문지 The Australian Financial Review지에 실리기도 했고 멜버른 주류언론 라디오방송과 생방송인터뷰를 하기도 했다. 호주연방선거기간 중에 한인유권자가 캐스팅보터 역활을 할 수 있는 Bennelong 지역구 보궐선거전 때에는 호주 국영TV방송 ABC와의 인터뷰내용이 기사와 인터넷방송을 통해 소개되기도 했다. 그리고 호주국민훈장OAM 수훈 때에는 여러 인쇄매체를 포함하여 호주 국영 다민족을 위한 SBS라디오를 통한 인터뷰내용도 방송됐다.

아울러 아시아축구연맹AFC주최 아시안컵대회 때에는 스포츠전문 TV방송 IMN과도 인터뷰를 했다. 또한 한인밀집지역 Eastwood 구정축제 기간엔 중국커뮤니티 TV방송과의 인터뷰, 호주 공군 77전투비행대대에서 품앗이운동본부의 한국전 참전군인과 참전부대를 찾아 한국인의 감사의 뜻을 전하는 프로젝트홍보 인터뷰도 했다. 지난 2019년도 한국방문기간중 김대중 전 대통령 다큐멘터리영화를 제작하고 있던 영화사 메이플러스 편집진으로부터 마침 호주교민인 내가 한국에 나와 있어 잘됐다며 긴급인터뷰 요청을 받은 적도 있다. 나의 빠듯한 선약일정 등으로 강남 스튜디오에 갈 시간이 없다고 하자 내 숙소인 코리아나호텔 객실방으로까지 와서 직접 인터뷰녹화를 했던 적도 있다. 그리고 2019년 Wesley Mission에서 운영하는 Wesley Impact TV 프로그램에 출연해 사회자인 Rev. Keith Garner 목사와 인터뷰하기도

(12)

호주속의 한국인

한호타임즈

THE HANHO TIMES

31 OCTOBER 1986

▲1986년 10월 한호타임즈 '호주속의한국인' 인터뷰기사

했다. 호주 지역사회에서 선한 영향력을 끼치고 있는 다양한 크리스천 인사들을 선정해 인터뷰 소개하는 이 프로그램은 호주 공영TV CH9을 통해 방영하였고 아울러 영국 Wesley TV에도 방영소개 됐다고 한다. 짧은 인터뷰였지만 한국인 출신으로 호주 공영방송과 영국에까지 방영소개되었다고 하니 과분할 따름이다. 하나님 무조건 감사합니다!

한국인탐방 (17)

승원홍 사장과 함께

▲ 1999년 12월 시드니코리안포스트 '한국인탐방' 인터뷰기사

만납시다

롯데 여행사 승원홍 사장

씨앗을 뿌리는 사람

만납시다

승원홍 호주한글학교협의회 회장

▲ 1993년 8월 주간TOP 씨앗을 뿌리는 사람 인터뷰기사 & 1994년 주간TOP 호주한글학교협의회회장 인터뷰기사

東亞日報 1994년 1월 28일(금요일)

잠깐…

대통령 표창받은 승원홍씨 인터뷰

"평소 노력 인정받아 기쁘다"

여행업·평통자문회의·한글학교등 다방면 활동

"성실성·추진력 돋보여"

T.O.P.

TOP 06th oct 1995 page 7

인터뷰

● 549돌 한글날을 앞두고 / 승원홍 한글학교협의회장에게 듣는다

"글자만 가르치는 것이 아니라 우리의 문화와 얼을 함께 심는다"

한글학교의 평준화 및 교재의 통일성이 당면과제

▲1994년 1월 동아일보 '잠깐…칼럼 인터뷰기사 & 1995년 10월 주간TOP 549돌 한글날을 앞두고 인터뷰기사

TOP 7

"빛진 자로서 사회에 환원하는 일 일뿐"

인터뷰 — 장학사업 펼쳐오고 있는 롯데여행사 승원홍 사장

"장학금 더 많이 지원못해 부끄러워"

WEEKLY TOP 17 FEB 2006

TOP Business

2006년 2월 17일

68면 · NZ로부터 도전받는 호주 은행들
· ABARE, 여름작물 풍년 예상

원조를 찾아서 7 롯데여행사

여행업의 블루오션! 호주에 '한국 관광' 상품을 판다

▲1997년 주간TOP 승원홍장학금 인터뷰기사 & 2006년 2월 주간TOP 원조를 찾아서 롯데여행사 인터뷰기사

▲2009년 8월 1일, 제26대 시드니한인회장 2년 임기를 마치고 퇴임하면서 꽃다발을 받고 있는 필자 부부

'다툼, 분열' 제일 어려웠다

▲2009년 크리스천리뷰 인터뷰 기사 60-62면

한국일보

호주국민훈장 수훈 승원홍 호주한인공익재단 이사장

"소신 갖고 열정적 일한 것.. 제겐 큰 축복"

시드니한인회장 상공인연합회장 등 역임
은퇴 후 공익재단 이사장 등 왕성한 활동 중

▲2009년 크리스천리뷰 인터뷰 기사 63, 64면 & 2019년 한호일보에 게재된 필자 인터뷰 기사

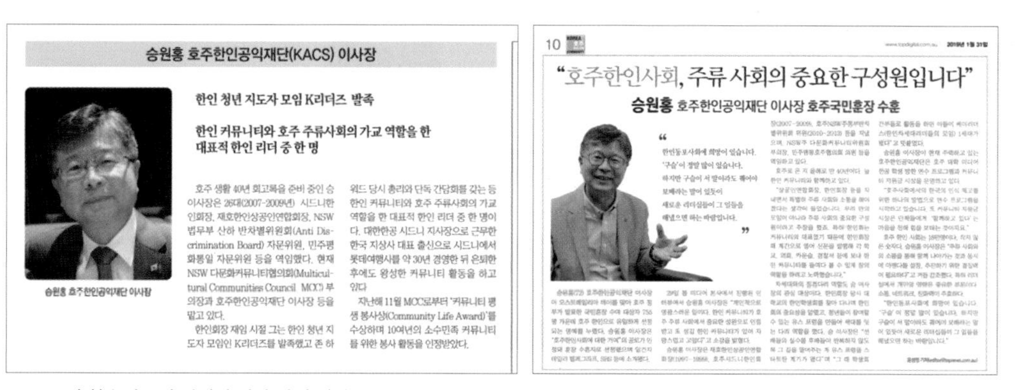
승원홍 호주한인공익재단(KACS) 이사장

한인 청년 지도자 모임 K리더즈 발족

한인 커뮤니티와 호주 주류사회의 가교 역할을 한 대표적 한인 리더 중 한 명

승원홍 호주한인공익재단 이사장

호주 생활 40년 회고록을 준비 중인 승 이사장은 26대(2007-2009년) 시드니한인회장, 재호한인상공인연합회장, NSW 법무부 산하 반차별위원회(Anti Discrimination Board) 자문위원, 민주평화통일 자문위원 등을 역임했다. 현재 NSW 다문화커뮤니티협의회(Multicultural Communities Council MCC) 부의장과 호주한인공익재단 이사장 등을 맡고 있다.

한인회장 재임 시절 그는 한인 청년 지도자 모임인 K리더즈를 발족했고 존 하워드 당시 총리와 단독 간담회를 갖는 등 한인 커뮤니티와 호주 주류사회의 가교 역할을 한 대표적 한인 리더 중 한 명이다. 대한항공 시드니 지사장으로 근무한 한국 지상사 대표 출신으로 시드니에서 롯데여행사를 약 30년 경영한 뒤 은퇴한 후에도 왕성한 커뮤니티 활동을 하고 있다.

지난해 11월 MCC로부터 '커뮤니티 평생 봉사상(Community Life Award)'를 수상하며 10여년의 소수민족 커뮤니티를 위한 봉사 활동을 인정받았다.

10

2019년 1월 31일

"호주한인사회, 주류 사회의 중요한 구성원입니다"

승원홍 호주한인공익재단 이사장 호주국민훈장 수훈

"한인동포사회에 희망이 있습니다. '구슬'이 정말 많이 있습니다. 하지만 구슬이 서 말이라도 꿰어야 보배라는 말이 있듯이 새로운 리더십들이 그 일들을 해냈으면 하는 바람입니다."

▲2019년 한호일보에 게재된 필자 관련 기사

▲2019년 TOP주간지에 게재된 필자 인터뷰 기사

승원홍 호주한인공익재단 이사장,
호주국민훈장 수훈 영예

'오스트레일리아 데이(1.26)'에 발표... 이용재 호주한인복지회장도 수훈

▲ 2019년 Global Korean 세계한인잡지와의 필자 인터뷰 내용기사 2019.01 Vol 03 83-85면

Korean Business Monthly

미술협회 KWASS 홍경래
이달의 작품소개

건축협회 KACEA
the MASTERPIECE

H&H
Preliminary Discovery 활용

호주국세청 (ATO)
Phoenix Business Activity

사람 in 시드니
호주한인공익재단 이사장
승원홍 OAM

사람 in 시드니

승원홍 OAM
호주한인공익재단 이사장

▲ Monthly Korean Business 2019.11월호 표지와 필자와의 인터뷰 내용기사 36-37면

▲ 월간 한인비즈니스에 게재된 필자의 인터뷰 내용기사 38-39면

▲한국전쟁 참전, 호주 공군77전투비행대대를 찾아 품앗이운동본부 어린이와 감사편지전달 관련 인터뷰하는 필자

PHOTO William Seung says the Bennelong electorate should forgive John Alexander's dual citizenship.

ABC NEWS: DANUTA KOZAKI

▲2017년 12월 호주연방 Bennelong지역구 보궐선거 당시 호주 국영방송 ABC News와 인터뷰하는 필자와 기사

▲KBS한민족방송 강준영 교수와 인터뷰하는 필자 & Eastwood 음력설축제행사 관련 중국 커뮤니티TV

▲숙명여자대학교 평생교육원 다문화통합연구소 연구교수들과 호주 다문화에 관한 인터뷰를 하고 기념사진

▲2019년 사회에 선한 영향력을 끼치고 있는 크리스천과의 인터뷰 내용을 소개하는 Wesley Impact TV 프로그램에 출연해 사회자인 Rev. Keith Garner 목사와 인터뷰하는 필자. 이 프로그램은 호주 공영TV CH9을 통해 방영됐고 아울러 영국 Wesley TV에도 방영소개 됐다고 한다 & 스포츠전문 TV IMN과의 인터뷰

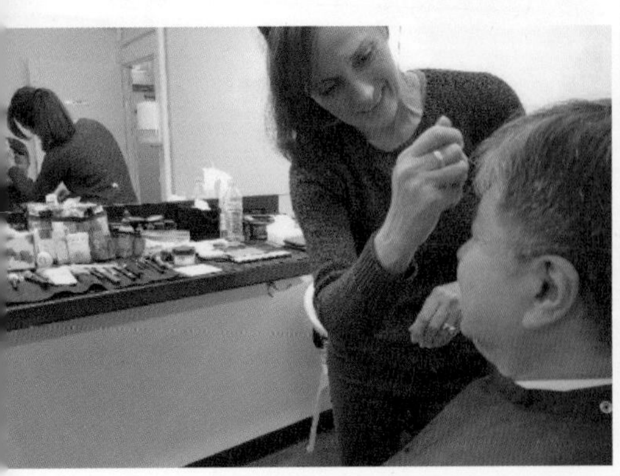

▲Wesley Impact TV 프로그램 녹화에 앞서 분장을 하고 TV녹화 준비완료 후 녹화에 들어가는 모습

▲2019년 코리아나호텔에서 김대중 전 대통령 다큐멘터리영화 사메이플러스 제작진PD와 인터뷰 중인 필자

▲ Wesley Impact TV 프로그램에 출연해 사회자인 Rev. Keith Garner 목사와 인터뷰하고 있는 필자

9
|
4

추억의 사진들

첫 직장 대한항공에 사직서를 제출하고 호주로 이민해 오기 전, 내가 35세 아내는 31세 때, 한국인 해외여행 자유화가 시행되기 7년 전이었던 1982년, 우리 부부는 34일간의 세계일주 해외여행을 하며 넓은 세상을 보는 안목을 키웠다. 그때의 사진들과 추억삼아 다시 보고 싶은 몇몇 사진들을 게재한다.

▲ 1982년 동경시내 일본천왕궁에서 아내

▲ 1982년 일본 나리타공원 입구에서 필자 부부

▲ 1982년 호놀룰루 진주만 해군기지항구에서 필자 부부

▲ 1982년 미국 LA 디즈니랜드에서 필자 부부

▲ 1982년 뉴욕 One World Trade Center빌딩에서 & 뉴욕맨해튼 허드슨강 유람선 자유의 여신상에서 필자 부부

▲ 1982년 뉴욕 엠파이어 스테이트 빌딩 86층 전망대에서 & 유엔본부빌딩을 배경으로 필자 부부

▲ 1982년 런던 옥스포드 대학교 교정에서 & 런던시내에서 필자 부부

▲ 1982년 프랑스 파리 루브르 박물관에서 필자 부부 & 모나리자 그림 앞에서 아내

▲ 1982년 프랑스 파리근교 베르사유 궁전입구에서 아내

▲ 파리시내 노틀담 사원에서 필자

▲ 프랑크푸르트 괴테 동상 앞에서 필자 부부 & 1982년 독일 프랑크푸르트 성당 & 파리 에펠탑에서 필자 부부

▲ 1982년 네덜란드 암스테르담 풍차에서

▲ 1982 암스테르담 페리 선착장에서 필자 부부

▲ 1982년 스웨덴 스톡홀름 바사해양박물관에서 필자 부부

▲ 1982년 스위스 융프라우호 정상으로 올라 가는 열차에서 & 융프라우호 정상 전망대에서 필자 부부

▲ 1982년 이탈리아 로마 유적지에서 아내

▲ 1982년 그리스 아테네 파르테논신전에서 필자 부부

▲ 1990년 두만강에서의 유람 뱃놀이를 하는 필자 & 2001년 중국 도문과 북한 남양과의 중조국경선에서 필자

▲ 1990년 백두산(장백산) 천지에서 필자

▲ 1990년 상해 한국임시정부 옛집을 찾은 일행과 필자

▲ 1991년 원산 명사십리 해수욕장에서 일행과 필자 & 1991년 평양 봉수교회연단에서 인사말을 하는 필자

▲ 1991년 묘향산 국제친선전람관 방명록에 '조국의 통일을 바라면서 묘향산 방문기념 롯데여행사 사장 승원홍' 이라는 메시지를 쓰고 있는 필자와 지켜보고 있는 일행(나의 부친, 변용진, 이문철, 박용철) & 1991년 묘향산 국제친선전람관 입구에서 황금색 가죽 장갑을 끼고 황금 문고리 정문을 열고 있는 필자와 지켜보는 일행

▲ 1991년 금강산 구룡폭포에서 호주교민 북한단체방문단 일행 & 금강산 구룡폭포에서 환호하는 일행과 필자

▲ 1991년 7월 평안북도 정주역 구름다리 위에서 북한 군인, 주민들이 지켜보는 가운데 일행들에게 정주역 주변을 설명하고 있는 필자의 부친과 비디오 카메라로 촬영중인 필자. 멀리 보이는 산 뒷편 아래쪽이 필자의 출생지.

▲ 2011년 울릉도와 독도를 정기운항하는 여객선에서의 필자 & 독도 방문기념 독도포토존에서 필자 부부

▲ 2012년 제주도 용두암에서 필자 부부 & 2001년 경상북도 경주에서 필자 부부

▲ 2013년 싱가포르 센토사섬으로 가는 스카이레일에서 필자 부부 &
2017년 홍콩 빅토리아산 정상 트렘탑승 전의 필자

▲ 1990년 최초로 중국대륙을 방문하여 만리장성에 오른 필자 & 중국 서안에서 낙타타기 체험을 하는 필자

▲ 1991년 북경 자금성 내에서 필자의 부친과 함께 & 1993년 북경 이화원에서 필자의 모친과 함께

▲ 2011년 중국 상해 비즈니스 센터 센튜리거리에서 필자 & 2016년 중국 북경 만리장성에서 아내

▲ 2016년 중국 북경 천단에서 필자 부부 & 장가계산림공원에서 필자 부부 & 1991년 천단에서 필자의 부친과 함께

▲ 2016년 중국 장가계 천자산 풍경구에서 필자 부부 & 2016년 중국 장가계 잔도유리통로에서 필자 부부

▲ 1996년 태국 푸켓에서 수상보트를 타는 필자 & 1981년 태국 방콕에서 코끼리타기 체험 중 가족들

▲ 1996년 태국 푸켓에서 수상보트에 연결된 낙하산을 타고 하강착륙하고 있는 필자

▲ 1995년 캄보디아 앙코르와트에서 필자 & 1995년 베트남 하롱베이 관광 중 필자

▲ 하와이섬 마우나로아 활화산 관광을 위해 소형 항공편에 오른 필자 & 1995년 하와이 호놀룰루 방문 중 아내와 필자

▲2014년 미국 유타주 그랜드캐니언 국립공원에서 필자 부부 & 브라이스캐니언 국립공원에서 필자

▲2014년 미국 캘리포니아 페블비치 골프링크에서 필자 부부 & 2014년 샌프란시스코 금문교에서 필자 부부

▲2014년 미국 요세미티 국립공원 & LA 게티미술관 루벤스 특별전시전 관람 & 솔뱅 덴마크 마을에서 필자 부부

▲ 1978년 프랑스 파리 베르사유 궁에서 필자 & 1982년 그리스 아테네 파르테논 신전에서

▲ 1998 이탈리아 베네치아 해상 곤돌라에서 필자 & 2001년 네덜란드 암스테르담에서 필자

▲ 2001년 스위스 루체른 빈사의 사자상에서 필자 & 2004년 이탈리아 피렌체 미켈란젤로 언덕에서 필자

▲ 2002년 이탈리아 로마 진실의 입 석판에서 필자 & 2002년 이탈리아 로마 콜로세움에서 필자

▲2003년 파리 몽마르트 언덕 위 사크레쾨르성당에서 필자 2003년 파리 몽마르트 언덕거리 예술가와 필자

▲2003년 영국 솔즈베리평원 거대한 돌기둥 스톤헨지에서 필자 & 2004년 파리 야경의 세느강 유람선에서 필자

▲2004년 영국 런던 윈저궁에서 필자 & 2004년 스위스 몽블랑에서 필자

▲ 2006년 오스트리아 잘츠브르크 유람선에서 필자 & 2006년 헝가리 부다페스트 부다왕궁 쪽 언덕에서 필자

▲ 2002년 이탈리아 피사 사탑에서 필자

▲ 2006년 폴란드 아우슈비츠 수용소에서 필자

▲ 2006년 독일 베를린 장벽의 벽화에서 필자

▲2006년 독일 베를린 개선문에서 필자 & 1994년 소련 모스크바 바실성당에서 필자

▲2015년 뉴질랜드 남섬 퀸즈타운 밀포드사운드 유람선상에서 필자 & 제트보트 체험 중인 필자

▲1992년 호주 뉴캐슬 조선소에서 건조되어 진수식을 앞둔 시드니쇼보트 2호 건조현장 시찰 중인 필자

▲1996년 세계적인 관광지 케언즈의 산호초관광 여객선창장에서 필자 부부 & 스노클링을 준비하고 있는 필자

▲2004년 호주 대륙 중앙부에 위치한 전세계 유명 관광지인 에이즈락(바위)과 바위 위 정상 표지석에서의 필자

▲2004년 알리스스프링에서 사막 낙타투어 중인 필자 & 2015년 서부호주 퍼스 킹스파크에서 필자 부부

▲2015년 서부호주 피나클스 사막투어 중인 필자 부부 & 2015년 서부호주 웨이브록에서 필자 부부

▲ 2015년 포항 해병1사단 열병식에서 경례를 하는 필자 & 1998년 랜드윅 경마장에서 우승 져키에서 시상하는 필자

▲ 2007년 존 하워드 호주연방총리와 환담하는 필자 & 2008년 이명박 대통령과 건배를 하는 필자

▲ 2019년 NSW주 총독관저 정원에서 비즐리 주총독과 필자 & 2011년 시드니시 클로버 모어 시장과 필자

▲ 2019년 죠디 멕케이 NSW주 야당대표와 필자 & 2017년 NSW주 글라디스 베레지 클리안 주수상과 필자

▲ 2019년 스트라스필드 라트비안홀에서 개최된 아내의 개인 미술전시회 리셉션에서 인사말을 하는 아내와 필자

▲ 2008년 시드니 힐톤호텔에서 필자 부부 & 2007년 시드니 오페라하우스에서 필자 부부

▲ 2018년 시드니 본다이비치 트레킹코스에서 필자 부부

추천사

김덕룡
전 민주평화통일자문회의 수석부의장
현, 세계한인상공인총연합회 이사장
현, 세계한민족공동체재단 총재

안녕하십니까? 김덕룡입니다.

서울문리대 후배로 평소 좋아하고 아끼는 승원홍 회장이 호주 한인상공인연합회장과 호주 시드니한인회장을 역임했던 경험과 이민생활을 묶어 심혈을 기울여 집필한 회고자서전『이민의 나라 호주, 나의 꿈과 도전』을 이번에 발간하게 되어 진심으로 축하합니다.

승원홍 회장은 학창시절과 대한항공 직장생활 그리고 호주로 이민하여 본인이 창업한 롯데여행사를 경영하면서 여러 단체의 단체장을 맡아 남다른 창의성과 도전정신을 발휘하여 호주 한인동포사회를 위해 다방면에서 뛰어난 성과를 이룩하였습니다. 승 회장은 호주이민 1세대로서 특유의 개척자적 도전정신으로 호주라는 해외공간을 그의 꿈을 실현하기 위한 새로운 도전의 장소요, 기회의 땅으로 만들었습니다. 이러한 정신은 오늘날에도 해외이주를 꿈꾸는 청년들에게 귀감이 되고 있습니다.

이산가족의 후손으로서 남북한 간의 어려웠던 환경을 극복해 가면서 30년 전인 1991년에 호주교민사회 최초로 호주교민 북한방문 단체관광을 성사시켰을 뿐만 아니라 이산가족 만남과 이산가족찾기 창구를 만들었습니다. 우리가 기억해야 할 역사적 기록도 만들었습니다. 호주 연방정부가 공식 초청했던 북한노동당 김용순 대남비서를 만나기 위해 호주 노동당정부 사무총장을 설득해 가며 우여곡절 끝에 김용순 비서를 만나 회동하는 쾌거를 이룩하는 끈기를 보여준 점입니다.

저는 세계한인상공인총연합회를 창립한 첫 해인 1993년도 제1차 세계한인상공인대회 때부터 승 회장과 인연을 맺어 왔습니다. 승 회장은 롯데여행사를 창업 경영하면서 여행업계는 물론 다방면으로 뛰어난 업적과 헌신을 인정받아 1993년 세계한인상공인대회에서 무궁화상을 수상했습니다. 1997년-1999년 호주 한인상공인연합회장을 맡아 일하는 동안 한인상공인들이 호주 주류사회로의 사업영역 확대를 위해 노력했고 필요한 경우 호주 연방총리와 이민부 및 외교부장관 그리고 주한호주대사의 협력까지도 받아내는 뛰어난 능력을 발휘했습니다.

뿐만 아니라 한국의 IMF 외환위기 당시 본인을 선두로 하여 한인상공인들의 모국 돕기 외화송금 운동에 앞장서기도 했습니다.

그런 연유로 승 회장은 2007년 재단법인 세계한민족공동체재단 호주지부와 2009년에 민족화해협력국민협의회(민화협) 대양주협의회 자문위원으로 위촉되기도 했습니다. 또한 실향민의 후손이요 호주 이민자인 승 회장은 2년 임기의 민주평통자문위원을 9차례에 걸쳐 18년간 활동하면서 조국의 민주평화통일을 위해 헌신해 왔으며 앞으로도 남북한 자유민주평화통일을 위하여 높은 식견과 경륜을 통해 더 많은 노력과 헌신을 기대하고 있습니다.

승 회장의 끊임없는 한인동포사회의 호주 주류사회를 향한 권익 증진과 향상을 위한 노력은 실로 감탄할 만 하다 하겠습니다. 호주 한글학교협의회장, 호주 한인상공인연합회장, 호주 시드니한인회장을 역임한 이후에도 호주 NSW주 정부 반차별 위원회 위원, Justice of the Peace, 구세군의 붉은 방패 모금활동 등에 이어 한-호주 양국 간의 우호증진과 한국인의 위상을 높이고자 호주 주류 예비언론인 양성을 위한 호주한인공익재단을 통한 노력에도 깊이 감사드립니다.

우연인지 필연인지는 몰라도 그의 호주정착 40주년이 되는 해인 2019년도 호주 건국일에 자랑스러운 한국인 이민 1세대로서의 영예스러운 호주국민훈장OAM 수훈과 한-호주 수교 60주년이 되는 올해 2021년도에 그의 경천애인하는 삶을 통해 호주한인사회를 소개하는 뜻깊은 회고자서전이 출판되는 것에 뜨거운 찬사의 박수를 보냅니다. 승 회장의 경천애인하는 삶의 철학과 다양한 개척자적 실행과정을 거울삼아 해외진출을 꿈꾸는 청년세대와 호주한인사회에 관심이 있는 국내외 동포들에게 일독을 권하며 승원홍 회장의 건승을 기원합니다.

김성곤
현 재외동포재단 이사장
전 4선 국회의원
전 국회 사무총장
현 아시아종교인평화회의 명예의장

내가 승원홍 회장을 처음 만난 것은 민주당 국회의원으로 재외국민위원장을 맡고 있던 2008년 세계한인회장대회 정당별 정책포럼 세션 때였다. 당시 승 회장은 현지에서 활발하게 활동을 하는 한인회장으로서 재외동포재단의 주목을 받고 있었다. 승 회장은 세션 전체회의에서 지속 가능한 한인사회의 발전전략 모색과 차세대의 동포사회 참여확대 방안에 대해 발제를 했는데 미래 한인사회 발전에 대한 확고한 철학이 정립돼 있다는 인상을 받았다. 이후 2009년에는 세계한인회장대회가 끝난 후 재외동포사회 발전방안과 당시 현안이었던 재외국민 참정권 문제에 관해 밤늦도록 토론한 적이 있었다. 재외동포신문 주주 자문위원 평창 워크숍 모임에서였다. 승 회장은 한국정부가 750만 재외동포의 중요성을 강조하지만 양 대 정당간의 이해 관계 때문에 실질적인 법적, 제도적 시스템 구축이 너무 미약하다는 점을 강조했던 것으로 기억한다.

이제 승 회장이 호주이민 1세대로서 지난 40여 년의 삶을 통해 이룩한 값진 성과와 경험을 회고자서전을 통해 세상에 내놓게 된 것을 축하하며 아낌 없는 박수를 보낸다. 그 안에는 호주 동포사회와 주류사회의 어려운 이민 현실 속에서 도전하고 성취하는 개인과 동포사회의 놀라운 역사가 담겨 있다. 일반적으로 동포사회에는 이민 초창기의 기록이 전무하거나 매우 부족한 경우가 많다. 하지만 승 회장의 자서전에는 시드니 이민사회의 초기 정착기라고 할 수 있는 1979년도 이후 동포사회의 실상을 유추해 볼 수 있는 자료가 적지 않게 담겨 있어 사료로서도 상당한 가치를 갖고 있다고 할 수 있다.

눈에 띄는 활동으로는 남북 이산가족으로서 이산가족의 아픔을 덜어주기 위해 천직이라고 믿는 본인의 여행사를 통해 북한 단체관광과 이산가족의 만남을 성사시킨 것이다. 이는 한인회와 같은 더욱 공신력 있는 단체도 성사시키기 어려운 값진 성과가 아닐 수 없다. 아울러 한호 양국의 우호증진을 위해 기울인 많은 활동들 역시 갈채를 받아 마땅하다.

또한 6, 7, 8장에서 소개되는 시드니동포사회 정착과정에서부터의 다양한 단체 활동과 호주 한글학교협의회장, 재호한인상공인연합회장, 시드니한인회장 활동을 통해 보여준 탁월한 비전과 실천력은 호주 동포사회뿐만 아니라 전세계 동포사회에도 귀감이 될 만하다. 호주 주류사회와의 원활한 소통을 위하여 시드니 동포사회 최초로 시행한 주류사회 인사들을 대상으로 한 Vision Presentation, 한글 영어 혼용전화번호부 제작, 시드니한인회 영문소식지 English Bulletin 제작, Youth Forum과 Youth Symposium 개최, 모국의 난타 초청 공연 등은 창의력과 추진력이 뒷받침된 괄목할 만한 성과라고 아니할 수 없다. 승 회장은 이 같은 다양한 활동을 통해 시드니 동포사회를 전세계 동포사회 중에서, 그리고 호주다문화사회 중에서 으뜸가는 커뮤니티로 만들겠다는 자신의 목표를 웬만큼은 이뤘다고 볼 수 있을 것이다.

또한 승 회장 개인으로서는 동양인으로는 최초로 NSW주 정부 법무장관 산하 반차별위원회 위원에 임명되어 봉사하기도 했다. 승 회장은 재외동포재단이 추구하는 모범적인 동포상으로서 많은 동포들의 역할모델Role Model이라고 할 수 있다. 한민족의 정체성을 유지하고 현지 주류사회와 원활하게 소통하며 동포들의 권익향상을 위해 헌신해 온 그간의 노고를 치하드린다. 아울러 뒤늦게나마 2019년도 호주 국민훈장 수훈을 축하드리며 건승을 기원한다.

김영근

전 미국워싱턴한인연합회장, 전 재외동포재단 사업이사
현 세계한인네트워크 회장

승원홍 회장님의 회고자서전 출간을 축하드립니다.

승 회장님을 처음 뵌 것이 아마 15년 전인 2008년 세계한인회장대회였던 것 같습니다. 항상 자신감에 넘치시던 모습이 부러우면서도 어딘가 남다르셨다는 모습이었던 기억을 지울 수 없습니다.

승 회장님은 1982년 호주로 이민을 가셔서 시드니에서 재외동포로서 성공적인 삶을 살아오셨으며 750만 재외동포들에게 존경을 받으시는 분입니다. 1982년에 저도 미국 워싱턴으로 이민을 갔으니 승 회장님과는 이민동기가 되는 것 같습니다. 그 당시는 대한민국이 살기가 힘들어 해외로 이민 가던 시절입니다. 지금의 대한민국과 비교해 보면 정말 천지가 개벽하는 일입니다. 또 승 회장님은 보성중학교 대선배님이시기도 합니다. 인생의 대선배님의 자서전 출간을 맞이하여 부족한 저에게 추천사를 부탁하신 회장님께 감사의 말씀을 드립니다.

3년 동안의 대한항공 시드니지사장 경험을 거쳐 1982년 호주로 이민한 후 여행사를 시작으로 사업에도 성공하셨고, 가족도 번창시켰을 뿐만 아니라 한인동포사회를 위한 다양한 헌신은 물론 현지 주류사회와 다문화사회에서 한인사회의 지위 향상과 한호 양국의 우호증진에도 선한 영향력을 끼치신 성공적인 이민자의 삶을 책으로 남기셔서 이민 후배, 인생 후배들을 성공적인 삶의 길로 인도해 주시는 승회장님의 노력과 열정에 다시 한 번 절로 고개가 숙여집니다.

이민자의 삶, 특히 초기 이민자의 삶은 경험해 보지 않은 사람은 상상할 수 없을 정도로 힘듭니다. 언어와 문화, 모든 시스템이 다른 나라에서 성공하기 위해서는 현지인보다 몇 배나 더 부지런해야 하며 현지인들의 보이지 않는 차별도 이겨나가야 하는 초인적인 능력이 필요합니다. 이민 초기의 선배님들은 이러한 모든 역경을 이겨내신 분들이십니다.

승원홍 회장님은 이런 어려운 환경 속에서도 호주 이민 사회의 리더로 우뚝 서셨으며 호주에 거주하는 재외동포들의 권익향상을 위하여 노력하신 결과로 2019년 1월 26일 호주건국기념일에 호주국민훈장을 수상하셨습니다.

호주 한인동포를 포함한 750만 재외동포들의 권익향상을 위하여 항상 애를 쓰시며 지나온 호주이민사회 속에서의 활동내용들을 소개하는 회고자서전을 출간하시는 승원홍 회장님은 진정한 의지의 한국인이십니다. 호랑이는 죽어서 가죽을 남기고 사람은 죽어서 이름을 남긴다는 옛 선현들의 말씀을 떠오르게 합니다.

승원홍 회장님의 자서전을 읽어 보면서 지난 40여 년 이민 생활, 아니 한 인간의 생애 기록을 어떻게 이렇게 잘 보존하셨을까 하는 생각에 저절로 고개가 숙여지는 것을 독자 여러분도 느낄 수 있으리라 기대해 봅니다. 또 이 회고자서전을 통해서 이제 인생을 시작하는 젊은이들에게도 시금석이 되리라는 것을 믿어 의심치 않습니다. 이 책이 승원홍 회장님의 개인 자서전 성격을 넘어서 호주 이민사회에 적응해 가는 20만 호주 동포 여러분, 아니 전 세계 750만 재외동포의 인생의 시금석이 되기를 기대해 봅니다.

다시 한 번 승원홍 회장님의 회고자서전 출판을 축하드리며 하나님의 뜻 안에서 회장님과 온 가족 위에 건강과 행복이 함께하시기를 기도드립니다.

김웅남
전 주시드니 총영사

우리가 이 세상을 살아가면서 자신이 살아온 발자취를 잘 정리하여 회고록으로 남기는 일은 쉽지는 않지만 매우 유익할 것이라는 생각이 든다. 이는 자신이 살아온 과정이 부끄럽지 않고 보람있게 살았다는 자신감의 표현일 수도 있고, 또한 자신의 삶 속에서 미진하고 잘못한 부분은 없었는지 성찰하는 기회가 되기도 하며, 특히 자신의 가족이나 후손들과 친지 독자들에게 자신의 생각과 활동 내용을 잘 전달하여 공감하고 귀감이 되는 공간을 제공하는 수단이 되기 때문이다.

내가 주시드니 총영사로 부임하면서 승원홍 회장과의 만남은 필연적이었다. 나는 총영사로서 한호 간 경제통상 협력과 문화교류 증진 등의 활동을 하지만 재외국민 보호 차원에서 우리 한인사회의 발전을 지원하고 협력해야 하는 의무도 있기 때문에 한인회 회장은 한인사회의 대표로서 당연히 나의 협력파트너가 될 수밖에 없는 것이다. 승원홍 회장은 당시 한인회에 대한 한인사회의 관심과 기대 속에서 치열한 경쟁에서 승리하여 한인회장에 취임한 참신한 인재였다.

승원홍 회장은 회장에 취임한 이후 많은 업적을 남겼다. 무엇보다 유창한 영어실력을 바탕으로 호주 정부 고위인사들과 소통하고 한인사회 입장을 대변하면서 한호 간 우호협력 증진을 위한 민간차원의 가교역할을 잘 해낸 분으로 기억하고 있다. 또한 한인회 영문 소식지를 정기 발간하고 한글과 영문 병기 전화번호부를 제작하여 한인사회의 활동을 호주 주류사회에 홍보하여 한인사회가 자연스럽게 호주 주류사회에 원만히 편입될 수 있도록 사회 분위기를 조성하는 데 많은 노력을 기울인 것으로 알고 있다.

승원홍 회장은 이 밖에 우리명절인 추석 전후 시기에 난타 공연 등 한국주간행사를 내실 있게 추진하여 우리 문화에 대한 호주 일반인들의 이해를 제고하고, 한인사회의 정치력 신장을 위한 한인 정치 지도자들의 꿈이 실현될 수 있도록 적극 지원하는 한편, 한인 차세대들이 호주에서 견실하게 뿌리를 내릴 수 있도록 청년 포럼을 개최하는 등 여러 가지 다양한 활동을 전개하여 한인사회의 미래를 준비하는 초석을 놓았고 한인사회의 위상을 한 단계 격상시킨 매우 열정적이었던 분으로 생각된다.

승원홍 회장은 명문 서울대학교를 졸업하고 다년간 대한항공에서 근무한 후 시드니에서 롯데여행사를 창업하여 직접 기업을 운영하신 경험도 쌓았고, 재호한인상공인연합회 회장과 한인회 회장을 역임하면서 한인사회를 위해 헌신적으로 봉사한 사실은 찬사를 받아야 마땅하다. 한인사회의 모범이 되는 삶을 살아온 승원홍 회장이 이제 자신의 삶을 되돌아보고 이를 정리하여 한 권의 회고록을 냈다. 승원홍 회장의 회고록은 비록 자신의 일생 기록이기도 하지만 호주 한인사회의 역사 기록이라는 의미도 있다고 생각되며 호주에서 살아가는 많은 한인들의 귀감이 되기를 기대하며 일독을 권한다.

박 영 국
전 주시드니 총영사

정말로 오랫만에 승원홍 회장으로부터 안부인사를 겸한 전화 연락을 받았다. 승 회장이 오랫동안 준비하며 집필해온 본인의 회고자서전 책 추천사를 부탁한다는 내용이었다. 13년 동안의 긴 세월이 흐르며 기억조차 희미해져 가던 나의 옛 주시드니 총영사 재임기간이었던 2006년 10월부터 2008년 5월 기간 중에 있었던 제26대 시드니한인회장 선거 때로부터 회상되기 시작했다.

10만 명 시드니한인동포사회를 열어가던 2007년 6월에 치러진 시드니한인회장 선거는 3인의 쟁쟁한 후보들이 치열한 선거홍보전을 벌였고, 1만 명 이상의 영주권자와 시민권자가 투표에 참여하겠다고 사전등록을 할 정도로 시드니한인회장선거 열기가 고조되었다. 그리고 선거일 이전 한인회관에서의 3인 후보 정견발표와 토론 현장은 TVKorea를 통해 호주 전역 한인들에게 녹화방영될 정도로 한인사회의 뜨거운 관심과 제26대 시드니한인회장에 거는 기대가 매우 컸었던 것 같았다. 선거 분위기로 보아 새로운 세대의 등장을 예고하고 있었기 때문이었다.

드디어 6월 9일 첫날 토요일 한인회관에서의 부재자투표에 이어 6월 10일 일요일 광역 시드니지역 주요 6곳에 설치된 투표소에서 성숙하며 모범적인 선거가 진행됐고 필자도 6곳 중 4곳 투표소에서 강세를 보였던 기호 3번 승원홍 후보가 41.6%를 득표하며 제26대 시드니한인회장으로 당선되었던 투표함 개표현장을 많은 교민들과 함께 자정을 넘겨가며 직접 지켜보기도 했다.

승 회장은 역시 시드니한인회의 위상을 한차원 높였다. 승 회장은 시드니한인회장으로 공식취임하기 이전인 당선자 신분 때부터 과거 한인회장과는 달리 파격적이며 개혁적이고 미래지향적 행보를 했던 것으로 기억한다. 승 회장은 호주 주류정치권과 다문화계 인사들을 초청한 가운데 영어로 Vision Presentation을 하는가 하면 많은 한국인자녀가 재학 중인 학교를 방문하여 학생들을 격려하며 교장을 만나 한국인학생을 위한 보호배려요청, 한인밀집지역 경찰서장들과 NSW주경찰청장까지 방문하여 한국이민자를 배려한 한국어 가능 소수민족연락관 증원과 한국인 경찰요원 채용을 요청하기도 했다.

특별히 기억되는 것은 2007년 8월 15일 시드니한인회관에서의 광복절기념행사가 있었던 저녁에 시드니시청 앞 광장에서 개최됐던 아프가니스탄 억류 한국인 석방기원 촛불집회이다. 이슬람 종교지도자를 포함하여 이슬람계 지도자와 청년들까지 동원했고 주요 호주언론매체와 주요 TV기자들의 취재열기와 함께 호주 연방총리의 특별 메시지까지 받아냈던 승 회장의 탁월한 리더십과 민간외교역량을 높이 평가하고 싶다.

뿐만 아니라 그 당시에 시드니한인회가 매년 발간해 오던 한글판 시드니 한인전화부 제작에도 최초로 한글과 영문을 병기하여 한인사업자들의 호주 주류상업권으로의 편입확대를 도모했던 일과 호주한인사회에서 최초로 시드니한인회 영문소식지Korean Society of Sydney, Australia, English Bulletin을 발행하여 호주 주류사회와 자유로운 소통을 시작한 것도 매우 감탄할 만한 업적이다.

그리고 승 회장은 2007년 8월 3일 호주한인 역사상 최초로 현직 호주연방총리인 존 하워드 총리와 45분간의 면담을 통하여 40여 년 된 호주한인사회를 소개했고 더불어 호주정부의 한국어교육지원 확대, 아프가니스탄 억류 한국인 석방을 위한 호주정부의 노력 요청과 이슬람계 지도자 소개 요청, 일본군 위안부문제와 관련 일본정부의 사과를 위한 호주정부의 외교적 노력 요청과 한인문화회관 건립을 위한 연방정부소유부지 지원 요청 등 주요 현안 문제건의를 했던 그의 활약은 정말 대단한

민간외교의 승리라고 평가할 수 있다.

승 회장은 시드니한인회장 예비후보 시절에도 그의 시드니한인회장 당선을 확신하고 국회와 문화관광부, 관광공사를 통해 시드니 달링하버에서의 주말 2일간의 난타공연초청을 시도하고 성사시켜 과거 1일의 한국의날 대신 8일간의 한국주간으로 승격 행사했던 일들은 그의 통큰 지도자로서의 면모를 확인할 수 있다.

승 회장은 내가 시드니 총영사를 이임한 이후에도 한인회장으로서의 탁월한 업무능력과 함께 호주NSW주정부, 다문화협의회, 호주한인공익재단 등 다양한 분야에서의 봉사헌신을 해 왔던 것으로 이해한다.

승 회장이 서문에서 말하는 것처럼 이민자로서의 삶은 어느 누구에게나 마찬가지로 그리 쉬운 일은 아니다. 그럼에도 불구하고 승 회장이 경천애인하는 개인적 철학에 바탕하여 성실함으로 모든 주어진 환경을 자신에 맞춰 마치 예비된 것처럼 새롭게 승화시키는 용기와 도전정신은 본받아 마땅하다.

호주에서의 꿈 Australian Dream을 꾸고 있는 국내의 청년세대에게 그리고 호주한인사회에 관심이 있거나 해외동포사회 지도자를 꿈꾸는 분들에게 새로운 희망과 지도서로서 충분한 가치가 있다고 판단하여 일독을 추천한다.

늦게나마 승원홍 회장의 영예로운 호주국민훈장OAM 수훈을 축하드리며 승 회장과의 귀한 인연에 감사하며 승 회장의 가정에도 하나님의 축복이 늘 함께하기를 기원한다.

백남선
이화여자대학교 여성암센터 병원장

승원홍 회장을 처음 만난 것은 내가 서울의대 4학년 졸업반이 되던 1972년도 새 학기를 맞았던 서울대학교 종합기숙사 정영사에서였다. 당시 승 회장은 1966년에 입학했고 1년 후에 공군에 입대하여 3년여 현역 복무를 마치고 돌아온 복학생으로서 매우 학구열이 높았었는지 1971년도 문리대 중문과 우등생으로 선정되어 정영사에 입사했다.

승 회장은 복학생이었음에도 불구하고 매우 깔끔했고 내 나이 또래치곤 아주 원숙해 보였다.

그 당시 나는 의대 졸업반이었으므로 의사국가고사 준비 등으로 비교적 학업에 충실하고 있던 때였는데 승 회장이 1972년 하반기 정영사 학생회장(자치위원장이라고 불렀다) 선거에 출마하면서 그에 대해 좀 더 알게 되었다.

승 회장은 상대 후보와 치열하게 경선을 했었는데 투표마감 후 저녁식사까지 마치고 모든 재학생들이 구내식당에 모여 개표결과를 지켜보았다. 선거관리위원들이 개표를 하면서 바로 누구 표인지를 발표를 하다가 중반부터 바로 발표를 하지 않고 자꾸 다른 표를 들어 체크를 하곤 했다. 이유는 두 후보 간의 득표공개가 시소게임처럼 개표되면 더 재미있을거라고 생각을 했었는지 모르나 개표 초반이 지나면서 계속 승 회장 표만 몰표로 나왔기 때문이다. 결국 승 회장이 압도적인 표차로 상대 후보를 제압하고 당선된 것으로 기억하고 있다.

승 회장은 자치위원장에 당선되면서 재학생들의 식사생활을 향상시키기 위하여

업자들을 통해 공급을 받던 일부 부식재료를 후배 자치위원들과 함께 매 주마다 청과시장과 어물시장으로 가서 직접 구매해 오므로써 값싸고 신선하고 품질 좋은 식재료를 공급했었다.

승 회장은 복학생이었음에도 불구하고 매우 사교적이었고 후배 재학생들과 친숙하게 지내면서 10월 낙엽제 축제를 성대하게 개최했다. 뿐만 아니라 당시 기숙사 난방시설로 벙커C유를 사용했는데 에너지문제로 밤 9시까지 공급하기로 했던 적이 있다. 승 회장은 청와대 육영수 여사에게 직접 연락하여 기숙사 난방시설을 밤 12시까지 연장공급할 수 있도록 해결했던 적이 있다.

우리는 대학교 졸업 후 나는 의사의 길로 들어섰고 승 회장은 대한항공을 거쳐 호주로 이민하여 그의 창의적이고 활달한 재능을 활용하여 호주 한인사회와 다문화사회의 화합과 통합을 위하여 훌륭한 일을 많이 하고 있다는 소식을 간혹 들었고 승 회장의 한국방문 기간 중에 회동을 하기도 했다.

이제 세월이 많이 흘러 승 회장은 지난 2019년도 우리 정영회에서 처음으로 시작한 자랑스러운 정영인상을 수상했을 뿐만 아니라 호주국민훈장까지 수상했다고 하니 그의 남다른 봉사정신은 끝이 없는가 보다.

승 회장은 이산가족출신 호주이민자로서 그의 후손들을 위해 뿌리와 정체성을 재확인하며 70여 년의 삶을 총정리한 회고자서전 출판에 존경과 사랑의 박수를 보낸다.

아무쪼록 이 회고자서전이 호주동포사회뿐만 아나라 한국내 지식인들에게도 널리 읽혀지기를 희망하면서 승 회장과 가족들의 앞날에도 하나님의 축복이 늘 함께 하시기를 기원한다.

이 구 홍

해외교포문제연구소 이사장, 전 재외동포재단 이사장

승원홍 전 시드니 한인회장님이 금번 호주 이민생활을 기초로 한 『나의 꿈과 도전』이라는 자서전을 펴내시면서 필자에게 추천사를 부탁하는 전화를 주셨다. 아마 승 회장님께서의 시드니 한인회장 취임과 필자의 재외동포재단 이사장 재임이 맞물려 그때 맺은 인연을 상기하면서 부탁하신 것으로 이해된다.

필자는 지난 1964년 4월, 지금도 근무하고 있는 '해외교포문제연구소'란 간판을 세상에 내놓았다. 그러니 '교포 문제'에 천착해온 지도 어언 50수년을 훌쩍 넘긴 셈이다. '연구소' 창설 이래 한국 헌법 속의 재외동포 보호 조항(2조2항), '해외동포의 날 제정' '재외동포재단 설립' '외교부의 영사교민국 신설' 등에 깊이 관여해 왔으며 교포 문제 전문지 월간 「OK TIMES」지 통권 287호를 펴냈으니 이 분야에서만은 자부심도 없지 않다. 그러나 돌이켜 보면 우리 한민족의 역사 속에서 '한국이민의 탄생', 그리고 '그들의 오늘과 내일에 대한 '청사진'은 무엇인가?'라는 물음에는 명쾌한 답변을 내놓지 못하고 있다는 자괴감을 느낀다. 물론 우리나라 정부(외교부)의 해외동포에 대한 정책목표는 일찍부터 수립되어 왔다. 즉 '거주국에서 존경받는 삶'이 그것인데 말은 그럴듯하나 막상 이민자들의 삶 속에 존경받는 한인의 삶을 구현한다는 것은 어쩌면 허망한 소리로 들릴지 모른다. 그런데 승원홍 회장님의 인생 역경을 통해 한국 이민자들의 바람직한 삶. 즉 청사진을 찾을 수 있다고 필자는 믿고 있다.

승원홍 회장님은 시드니 한인사회를 이끄시면서 "'우리끼리' 잘 살아보세"에서 이제는 원주민들과 교류협력에 역점을 두셨다.

우선 호주 주류사회와의 긴밀한 소통을 위해 시드니 한인동포사회의 존재감과 실체를 알리고 인식시키는 데 주력해왔다.

그래서 그가 추진한 사업이 주류사회를 대상으로 'Vison Presentation' 인데 한글과 영문으로 된 한인전화부를 제작 배포한다. 또한 한인 자녀들이 많은 한인 초·중·고 학교의 교사들을 위무 격려하는 행사를 한인회 차원에서 시행한다. 두 번째 승 회장이 역점을 두었던 사업은 교포 차세대 지원사업이다. 차세대들에게 내가 누구인가Who am I 깨우치게 하는 운동이 그것이었다. 호주 한글학교 협의회를 창립하여 공동 교재 개발과 교사 연수회, 글짓기 대회 등을 정례화하였다. 또한 지난 2014년에 창립된 '호주한인공익재단'을 통하여 호주 주류사회에 한국 문화와 전통을 폭넓게 이해시키는 토대를 마련하고 현지 언론인들의 활용성을 도모하기 위해 언론전공 대학생 10여 명을 매년 선발하여 키워왔다. 한편, 호주사회와 동포사회를 연관 지어 사회봉사 활동을 펼치고 있는 개인 또는 단체를 선정하여 격려와 위무는 물론 얼마간의 지원금도 아끼지 않았다. 승원홍 회장의 이와 같은 활동을 오랫동안 지켜본 호주정부는 지난 2019년 1월 승 회장에게 호주국민훈장OAM, Order of Austraia Medal을 수여했다.

우리나라 교민 수효는 공칭 700만이라고 한다. 따라서 교민이 사는 곳에는 어김없이 한인회가 존재하고 한인회 수효도 수백 곳에 달한다.

한인회는 무엇이며, 한인회가 지향코자 하는 목표는 무엇인가.

필자는 승 회장의 족적에서 많은 시사점이 있다고 믿는다.

승 회장님, 회장님의 자서전 내용을 살펴보니 나에게는 '한인회의 이상과 꿈'이란 뜻으로 읽혀집니다.

마음으로 축하와 우정을 보냅니다.

이재환
전 제일모직 시드니지사장
현 한능전자 고문
현 동일고무벨트 이사회 의장

승 회장이 롯데여행사를 설립한 1983년이 끝날 무렵 나는 그를 처음 만났다. 아주 흔한 방식으로 서로 인사하다 보니 같은 서울대학교 66학번 동기였고 많은 친구들의 연결고리가 가까워질 가능성을 미리 알려주었다. 온화한 분위기와 말씨가 논리적이면서도 친근한 느낌을 주었다. 얼마 후에 롯데여행사를 방문하여 부인 김 여사를 만났는데 놀랍게도 승 회장의 분위기를 그대로 본 듯했다. 부부가 이래 닮는가 보다. 승 회장의 회고록을 읽으며 그의 개인 생활과 사업을 운영하는 자세에서 평소에 느꼈던 것들이 일관되게 나타나는 몇 가지를 알 수 있었다. 주어진 환경을 극복하기 위해 절제된 판단과 행동을 보여주고 불편한 관계라 하더라도 자존감을 놓지 않고 겸허한 태도를 보이며 사람들의 어려움을 공감하고 필요할 때 나서서 손을 내어주는 따뜻한 마음과 바르지 못한 것과 쉽게 타협하지 않고 맞서는 용기를 발견할 수 있다.

언젠가 해야 한다면 바로 시작하는 용기

누군가 해야 할 일이라면 스스로 시작하는 용기

이왕 하는 일이라면 최선을 다하는 열정

그렇게 이룬 성과를 나눌 줄 아는 마음을 승 회장의 자서전을 통해 한 조각이라도 얻는다면 그만큼 우리의 삶을 적은 투자로 살찌울 수 있을 것 같다.

한 인간이 그린 무늬가 뭐 별다를까 하지만 승 회장의 자서전을 통해 어려움에 처한 사람은 용기와 추진력을 얻을 수 있고 하고 있는 일에 권태를 느끼는 사람은 성실함과 열정을 배울 수 있고 인간관계에서는 친절함과 봉사와 공헌하는 마음을 느끼리라 생각된다. 보통 사람 승원홍에서 시작하여 스스로 일어서서 많은 사람들과 조화롭게 살며 멋진 가정을 꾸려 함께 행복을 추구했던 인간 승리자 승원홍을 통해 우리 자신을 비추어 볼 수 있는 좋은 기회가 될 것임을 확신한다.

언제 어디서 무엇을 하며 어떻게 사느냐 하는 것은 사람마다 조금씩 달라도 그 다른 가운데를 관통하는 공통적 본질은 크게 다르지 않을 것이다. 승 회장의 자서전을 읽으며 그런 것을 깨달을 수 있기를 기대한다. 이산가족의 후손인 호주이민 1세대로서 자기 후손들을 위해 조상의 뿌리를 재확인하고 출생에서부터 오늘에 이르기까지의 삶의 족적을 통해 귀한 만남들에 대한 감사의 마음도 좋다. 이렇게 귀한 회고자서전을 세상에 내어 놓을 수 있음에 찬사와 존경을 드리고 앞으로도 호주 한인동포들과 조국 대한민국을 위해서도 귀한 일들을 많이 할 수 있기 바란다. 승 회장은 보통사람An ordinary man이다. 그러나 탁월한 보통사람Extra ordinary man이라고 말할 수 있겠다. 늦게나마 호주국민훈장 수훈을 축하하며 승 회장과 가정 위에도 하나님의 축복이 늘 함께하기를 기원한다.

이 종 진
이화여자대학교 명예교수

승 회장은 나의 서울 문리대 중어중문학과 66학번 입학 동기로 영민하면서 목적의식이 선명했던 동문이다. 1학년 입학과 같이 찾아온 인생의 문제를 어떻게 풀어갈 것인지를 문리대 마로니에 아래 벤치에 앉아 함께 고민하던 동학이었다. 늘 단정한 차림에 원칙에서 추호의 흐트러짐이 없었던 인상이 지금까지 선명히 남아있다. 1학년을 마치고 바로 입대하였기에 4년을 함께하지 못했던 아쉬움이 컸다. 그런 동학이 50년이 지난 지금에는 호주 시드니 교민사회의 중요 인물로 신망을 한몸에 받게 되었으니 자랑스러운 동문이 아닐 수 없다. 그래서 이 기쁨을 우리 동기들, 나아가서는 독자들과 함께 나누고 싶은 바램에서 이 추천사를 쓰게 되었다.

이 책의 부제로 "이민의 나라 -호주, 나의 꿈과 도전"이라는 문구가 적힌 것이 우연치 않음은 대학 시절에 승 회장이 지녔던 이상과 꿈을 그대로 실현해 낸 때문이다. 이 자서전은 이런 취지로 쓰여 재호한인들은 물론 승 회장 주위의 모든 분들에게 이민 생활의 진면목을 살피게 할 수 있기에 깊은 감명을 안겨 줄 것이다. 필자는 이 자서전이 다른 자서전과 차별화된 특징을 소개하는 것으로 추천사에 대신하려 한다.

이 회고 자서전은 우선은 쓰지 않으면 안 될 자서전이란 특색을 지녔다. 어찌 보면 이른 시기에 미리 계획된 듯한 느낌을 받을 정도로 꼭 써야 할 자서전 같은 치밀

함과 방대함을 보였다. 근거가 되는 다량의 세세한 자료와 수많은 귀중한 사진들은 술회한 내용을 입증하듯 사실을 확인케 한다. 근 1,000쪽 분량에 달하는 대 자서전은 아무나 쓸 수 없을 것이다. 곧 기나긴 굴곡으로 점철된 인생길에서 성실함을 바탕으로 끝없는 도전 속에 늘 새로운 성취를 거듭해가면서 다채로운 인생을 경험한 사람이 아니고는 도저히 써낼 수 없다. 이 자서전이 문세問世하기까지는 실향민 가족으로 만난萬難을 극복하면서 청운의 꿈을 키워온 청년시절이 있었고, 이런 꿈을 이룰 터전인 대한항공이란 직장과 교회가 있었고 또 이를 실현할 수 있는 시드니 교민사회와 호주 주류사회라는 드넓은 공간이 있었다. 이러한 여건은 발전을 추구하는 승 회장에게 도전케 하는 용기를 주어 차원을 높혀가는 성취를 보이게 하였다. 이로써 시드니와 호주 사회가 승 회장을 필요로 하는 공간임을 확인케 하였다. 그러니 이런 처지에서 자서전을 쓰지 않는다면 그 누구도 자서전을 쓸 수 없을 것이다. 보통 사람은 할 수 없는 다양한 수많은 활동과 봉사를 통해 크나큰 성취를 거뒀기에 이제껏 이룬 일에 대한 경과와 감회를 그 당시 때와 장소를 함께했던 이들과 공유함이 마땅하다.

이 자서전은 말하듯이 썼으나 행운유수行雲流水같이 막힘이 없어 읽는 재미를 고조시키는 특징을 지녔다. 편안한 마음으로 흥미롭게 즐기면서 승 회장이 도전했던 삶의 실체를 생동하게 접할 수 있다. 하지만 때로는 박진감 속에 긴장감이 고조되는데 이는 승 회장이 거둔 성취에 공감을 느끼게 되어서이다. 롯데여행사를 운영할 때 불가능했던 북한 방문을 우여곡절 속에 성사시켜 북한의 주요 장소를 방문한 후 평양 봉수교회에서 기도를 드리게 된 일과, 재호한인상공인연합회 신임회장 취임식에 The Hon. Philip Ruddock MP 이민다문화부장관을 참석시켜 축사를 하도록 외교적 수완을 발휘한 일을 기술한 부분은 긴장감과 성취감을 맛보게 한다. 이는 평범한 기술 속에 진정眞情을 드러내는 술회가 잔잔한 감동을 끌어내기 때문이다. 대학 시절 은사인 김학주 교수의 권고대로 대만 유학을 가서 계속 학문의 길을 걸었어도 승 회장은 명교수나 대 문필가가 되어 대성했을 것이다.

이 책은 끝없는 도전의 실체가 무엇인지를 보여주기에 장편의 드라마와 같은 특색을 지닌다. 유년시절 실의를 극복하고 청운의 꿈을 키워 대학에 입학한 후 정영사에 입사해 학업에 정진한 결과로 대한항공에 입사한 뒤에, 대한항공 호주 시드니 지사장을 거쳐, 호주롯데여행사를 창립운영하면서, 시드니제일교회 한글학교 교감, 호주한글학교협의회 회장, 재호한인상공인연합회 회장, 세계한민족공동체재단 자문위원, 제26대 호주시드니한인회 회장과 같은 중책을 맡아 시드니교민과 호주교민의 권익을 확대시킨 공로를 보임은 물론 수많은 각종 자문위원을 역임하면서 한호 양국의 우호증진에 지대한 공을 세운 점은 칭송되고도 남음이 있다. 이는 나눔과 봉사를 실천한 것으로 하나님에 대한 깊은 믿음의 결과였다. 이러한 성과는 곧 2019년 1월 Order of Australia Medal(호주국민훈장) 수훈으로 확인되었다. 이는 근 30여년간 끝없이 도전한 결실이며 역경을 극복한 불굴의 의지로 이룬 성과이다. 이런 일들을 때로는 담담하게 때로는 박진감 넘치게 기술하면서 호주국민훈장을 받는 기쁨으로 대미를 장식했기에 해피 엔딩으로 끝나는 장편 드라마를 보는 듯하다.

또한 이 자서전은 이역 타향에서 애환을 함께해 온 교민들과 오늘의 광명을 함께 나누려는 특색을 전한다. 교민들의 상호 협조를 통해 교민사회의 권익을 신장시키고 지역사회와의 연계를 확대해 감으로써 재호 교민들의 지위를 가일층 제고 시킨데서 얻은 득의와 기쁨을 술회하였기에 교민들에게 긍지를 주려는 의도를 감지하게 된다. 특히 한국인 2세들이 호주 땅에서 떳떳한 호주시민으로 뿌리를 내리며 한국인 이민자의 후손으로서 확고한 정체성과 주인의식을 갖고 호주사회와 조국 대한민국을 위해 봉사할 수 있는 기반을 마련하려는 취지가 돋보인다. 이런 점에서 이 자서전은 시드니 교민 사회와 호주 주류 사회를 알고 싶어하는 교민들이나 호주 이민지원자들에게 큰 도움을 주게 될 것이다.

승 회장은 호주국민훈장을 수장하는 날 전에, 2019년 1월 30일 시드니지역 Northern District Times지 1면에 승 회장의 프로필과 같이 "I have achieved my dream."이란 인터뷰 기사가 실리는 영광을 누렸다. 훈장을 받으며 "하나님 아버지! 아버지의 영광을 위하여 제게도 호주 주류사회와 한인사회의 화합과 발전을 위해 이렇게라도 봉사할 수 있는 기회들을 주시어 감사합니다."라는 기도가 절로 나왔음을 고백하였다. 이런한 영광이 오기까지는 수많은 시련이 수반되었을 것이다. 만당晩唐시기 이상은李商隱:813-858은 만년에 자신의 일생을 회상한 <금슬錦瑟>이라는 시를 남겼다. 다음은 이 율시의 후반부로 시인이 정파政派의 소용돌이 속에서 득의와 실의를 맛보았던 감회를 요약한 술회이다.

"푸른 바다에 달 밝으면 구슬 같은 눈물을 흘렸고 창해월명주유루 滄海月明珠有淚,
남전에 날이 따스해지면 옥은 연기를 피워냈다. 남전일난옥생연 藍田日暖玉生煙.
이러한 정은 바로 추억이 되겠지만 차정가대성추억 此情可待成追憶,
단지 그 당시에는 망연해 정신이 없었다. 지시당시이망연 只是當時已惘然."

승 회장도 후반생 40여 년을 호주에서 살아오면서 오늘의 성취를 이루기까지는 이와 유사한 감회를 느꼈을 것이다. 하지만 승 회장에게는 사랑하는 부인과 자녀 윤경, 지헌, 지민 가족이 늘 곁에 있어 만난을 극복하는 용기를 주었을 것이다. 이 율시 구절로 그간의 애환哀歡을 조금이라도 위로할 수 있다면 매우 다행한 일이다. 독자의 한 사람으로 승 회장의 가정에 하나님의 은총이 늘 함께하면서 더욱 아름다운 석양이 오래오래 지속되길 기원한다.

끝으로 하나님에 대한 사랑과 감사로 쓰지 않을 수 없었던 이 자서전이 수많은 독자들의 열렬한 환호 속에 깊은 감명을 줄 것을 믿으며 일독을 권한다.

이 형 모
재외동포신문 발행인

호주시드니한인회장을 역임한 승원홍 회장의 회고자서전 출판을 진심으로 축하드린다.

2007년 11월 시드니컨벤션센터에서 개최되었던 세계한인무역인협회World OKTA가 주관한 제12차 세계한민족경제공동체대회에서 처음으로 승원홍 회장을 만났고, 마침 지정된 VIP테이블에서 승 회장과 나는 바로 옆자리에 앉아 많은 이야기를 나누면서부터 지금껏 귀한 인연을 이어오고 있다.

승 회장은 시드니동포사회가 40여 년간 성장 발전해왔던 2007년 6월에 제26대 시드니한인회장으로 당선돼 7월에 취임하면서부터 매우 역동적으로 차세대와 함께 호주 주류사회와 긴밀하게 소통하면서 한인사회의 지위향상과 권익보호를 위해 정말로 많은 활동을 했었던 것 같다.

나는 재외동포신문을 통해 전 세계 지구촌 한인들의 소식과 해외한인회의 활동들을 국내외에 소개하고 있다. 그래서 당시 통상적인 범주를 벗어나 예사롭지 않았던 승 회장 재임기간중 시드니한인회의 활동들에 관해서도 많은 관심이 있었다.

승 회장의 회고자서전은 여타 해외이주 한인동포들의 자서전과는 판이하게 차별화되어 매우 인상적이다. 무엇보다 실향민후손 호주이민자로서 승 회장의 특별한 소명의식과 행동양식을 통해 전개되는 다양한 봉사활동들은 다문화친화적인 호주 주류사회에서도 각별히 돋보일 뿐만 아니라 지구촌 어느 한인사회에서도 보기 드문 그의 활동으로 인해 얻어질 수 있는 무형의 값진 한인들의 지위향상을 고려할 때실로 감탄을 금치 못한다.

그래서 승 회장이 나와의 첫 만남에서 강조했던 것처럼 전 세계에 존재하는 한인회 가운데 가장 모범적인 한인회 그리고 호주 다문화사회 속의 다양한 커뮤니티 가운데 가장 뛰어난 커뮤니티를 만들겠다고 했던 그의 확고한 신념과 용기있는 도전을 통하여 승 회장은 시드니한인회 50년 역사상 뛰어난 업적을 많이 남긴 것으로 생각한다.

그래서 나는 2009년 6월에 승원홍 회장을 재외동포신문 자문위원으로 위촉했다.

승 회장은 9년간 대한항공에서의 경험을 토대로 호주롯데여행사를 창립해 30여년간 성공적인 경영을 한 후 현업에서 퇴임했으나 그의 남다른 한호 양국 간의 우호증진과 호주동포사회의 권익증대를 위한 헌신적 열정은 멈추지 않았다. 특별히 뜻있는 지인들과 함께 호주한인공익재단을 창립해 호주 주류언론인 배출을 위해 매년 10명의 호주대학 언론장학생을 선발하여 한국연수 프로그램을 진행해 온 열정과 끈기를 보였다. 재외동포신문에도 두 차례 승 회장의 활동내용을 인터뷰한 기사가 보도되기도 했다.

필자는 승원홍이라는 한 개인의 삶 이상의 가치를 보여준 6, 7, 8, 9장을 통하여 승 회장이 동포사회를 사랑하여 몸소 도전하며 실천해 왔던 다양한 일들에 관하여 호주동포사회와 또 다른 해외지역 동포 사회지도자들의 일독을 권하는 바이다.

아무쪼록 승 회장의 바람처럼 호주 한인동포사회 지도자는 물론 전 세계 한인동포지도자들에게도 어떤 귀한 영감을 주어 그들이 더욱 혁신적이고 희망찬 한인동포사회를 만들어 가면 좋겠다.

이 휘 진
전 주시드니 총영사

이번에 존경하는 승원홍 전 시드니 한인회장님이 상당한 분량의 역작 자서전을 발간한 데 대해 멀리서 진심으로 축하를 드린다. 저자는 호주에 한인사회가 형성되기 시작한 초기인 1970년대 후반에 대한항공 지사장으로 부임하여 3년여의 근무를 마친 후에 현지에 이주하여 도합 인생의 절반이 넘는 40여 년의 세월을 보내었으니 호주 동포사회의 역사와 동고동락한 산 증인이다.

이 저서에서는 자신의 삶의 전부를 상세하게 글로써 서술하고 보충으로 사진, 상패, 기타 서류로써 알기 쉽고 재미있게 설명하고 있다. 저자는 '이민자로서의 삶은 쉬운 일은 아니라'고 솔직히 시인하면서 자서전의 부제인 「나의 꿈과 도전」이 보여주듯이 기회와 가능성이 있는 호주는 '꿈을 실현하기 위한 도전의 장소'이며, '귀한 경험을 발휘할 수 있었던 실험 현장'으로 꿈을 가지고 도전하여 갔으며 돈독한 신앙, 성실성과 타고난 재주를 기초로 만족스럽고 성공적인 인생을 이루어 간 것으로 생각된다.

호주에서의 삶에 관한 부분을 짚어 보면 출생 후 곧 월남하게 된 저자 자신이 1991년 7월에 한인들을 위한 북한단체관광 프로그램을 시행하여 이산가족을 재회하도록 주선한 감명이 인상적이다. 이외에도 차세대를 위한 한국어 교육, 한인상공인의 시장개척, 한국전 참전용사의 한국방문 프로그램 개발을 통한 교류 지원 등 한인사회의 지위향상과 양국 간 교류증진을 위한 기여와 활동이 상세하게 설명되어 있다. 특히 한인회장 재임 시와 그 이후의 활동을 반추하여 보면, 2007-09년간 한인회장을 역임하면서 펼친 활동 중에 몇 개의 사례로, 영문소식지 발간을 통한 한인사회와 호주 주류사회 간의 소통 강화, 한국전 참전기념비 건립 기여, Youth Forum 개최를 통한 한인 차세대의 주류사회 진출 독려, 빅토리아 산불피해 성금(\$59,500) 전달 등이 있으며, 한인회장 역임 후에 NSW주 반차별위원회 위원으로서 인권보호와 기회균등 실현을 위해 일익을 담당하고, 호주한인공익재단을 설립하여 언론학 전공 호주대학생 10명의 한국연수 프로그램 시행으로 한국 이해 증진 도모 등 뚜렷한 족적을 보인다.

호주는 아시아에 대한 문호의 개방으로 다문화사회가 형성되기 시작하여 지난 반세기 동안 연면히 발전하면서 모범적인 다문화사회가 정착되고 있다. 한인사회는 10만 명 이상의 규모면에서뿐 아니라 지난 50여 년의 경과와 더불어 1세대의 현지 정착 노력의 결과로 차세대가 공직, 법률, 언론, 학계 등 다양한 전문직종에 진출하여 활동함으로써 한인들의 저력이 돋보이고 있다. 이에는 저자를 비롯한 한인사회 지도자들의 헌신과 희생이 그 결실로 나타나고 있는 것이다.

승원홍 회장님은 70대 중반의 연륜에 여전히 동안의 건강한 모습으로 현지사회의 다양한 활동에 적극적으로 참여하고 계신다. 한인사회에서뿐 아니라 현지의 정·재계와의 접촉활동을 통해 동포사회의 이익 증진을 도모하는 가교역할을 하고 있다. 특히, 현대사회에서의 언론의 기능과 중요성을 고려하여 매스 미디어를 전공하는 예비 언론인들의 한국 방문을 주선하여 앞으로 동포사회 및 한국관련 뉴스가 보다 많이 취급될 것으로 기대된다. 총영사로 재임한 기간(2013.8-16.4) 중에 동포사회 문제 전반에 관해 자문을 하여주신 데 대해 감사드리며 예비언론인의 한국방문을 통한 동포사회의 권익향상을 지향하는 선견지명에 경의를 표시한다.

그간 호주에서의 큰 업적과 기여 등 많은 공로를 인정받아 최고의 영예인 호주국민훈장OAM을 받게 된 것은 개인적으로는 물론 한인사회 전체의 큰 영예이다. 앞으로도 건강하신 가운데 지속적으로 많은 활동을 하시기를 기대하며 회장님의 만수무강을 기원한다.

보성고등학교 56회 동창 정 두 환
전 SK상사 시드니지사장/홍콩법인장

승원홍 군과 나는 보성중고등학교를 동문수학한 죽마고우 친구 사이이다. 아니 친구라기 보다는 내가 평소 형처럼 또 마음속의 스승처럼 항상 옆에서 보고 배우며 살아온 존경하는 친구다.

학창시절의 원홍 군은 모든 면에서 다른 친구들의 모범이 되는 훌륭한 친구였다. 외모에서 보듯 신언서판을 고루 갖춘 준수한 용모에 예의 바르고 매사에 사리 판별이 분명하며 절도가 있어 모든 면에서 항상 친구들의 모범이 되기에 충분했다.

내가 원홍 군과의 학창 시절 추억을 떠올릴 때면 창경원 돌담길을 잊을 수가 없고 항상 그 길이 제일 먼저 생각나곤 한다. 그 길은 고교 시절 원홍 군과 내가 앞으로의 인생 삶을 함께 설계해 간 소중한 길이었다. 나와 원홍 군은 앞으로 우리가 각자 살아가야 할 방향과 각자의 인생목표에 대해 많은 대화를 나누었는데 이 시간은 내가 원홍 군으로부터 많은 것을 배울 수 있는 소중한 시간이 되곤 했다. 그는 흥사단과 룸비니 불교학생 활동에 참여하거나 미공보원에서의 파인트리 클럽이라는 영어회화 클럽 활동에 참여하였는데 그럴 때마다 나는 바쁜 고3 대학입시수험 준비 공부 외에도 자기계발을 위해 열심히 노력하는 원홍 군의 적극적이고 사교적인 성격에 부러움과 함께 존경심을 품게 되었다.

내가 고교 시절 알고 있던 원홍 군의 장래 희망과 꿈은 장차 이 나라를 위해 무언가 크게 기여할 수 있는 큰 인물이 되고자 하는 걸로 기억한다. 그래서 그 꿈을 실현하기 위한 일차적인 목표를 달성하기 위해 그는 서울대 문리대 정치학과나 외교학과에 진학하는 것을 목표로 열심히 공부했다. 그는 워낙 머리가 우수하고 영민했기 때문에 나는 그가 그 목표를 달성하는 것은 그리 어렵지 않을 것으로 믿었으나 뜻하지 않게 고3 말기에 찾아온 갑작스런 급성맹장염으로 인하여 입시 준비로 가장 중요한 시기 몇 개월간을 입원과 치료를 반복하는 바람에 수험준비를 제대로 할 수가 없어 그는 할 수 없이 목표했던 계획을 수정해야 하는 아쉬움을 겪게 되었다. 맹장염 수술 같은 거야 지금으로 본다면 아무 것도 아닌 간단한 수술이겠지만 지금으로부터 50여 년 전인 그 당시엔 그리 간단한 수술은 아니었던 것으로 기억된다.

이 뜻하지 않은 일로 인해 원홍 군이 새로운 도전의 목표로 삼은 것이 서울대 문리대에 있는 중어중문학과였다. 아마도 원홍 군은 앞으로 부상할 중국의 미래를 미리 내다본 것이 아니었던가 하는 생각이 든다. 당시 보통의 우리들 생각은 그저 좋은 대학을 졸업하고 좋은 직장에 들어가 평범하고 안락한 생활을 하겠다는 그런 정도였는데 원홍 군은 무얼 하나 생각하는 것도 항상 원대한 꿈을 갖고 거기에 맞추어 모든 일을 결정하는 참으로 본받을 만한 훌륭한 친구였다. 그리고 나는 그 당시 중문과로 진학키로 결정을 한 원홍 군의 생각을 존중하고 적극 지지해주었다.

이렇게 모든 일에 적극적이고 긍정적이며 맺고 끊는 것이 분명한 논리적인 성품 때문에 학창시절 공민(사회정치)선생님께서 원홍 군에게 너는 장차 커서 검찰총장을 하면 딱일 거라고 말씀해주셨는데 나도 그 말씀에 적극 공감하여 원홍 군에게 '검찰총장'이라는 별명을 붙여주었던 것으로 기억한다.

그렇게 해서 고등학교 졸업 후 원홍 군은 서울대 문리대 중문과로 진학하고 나는 연세대 경영학과로 진학했는데 각자 새로운 대학생활에 적응하느라 서로 자주 만날 기회는 없었다. 그런데 원홍 군과 나는 우연히도 둘 다 똑같이 각자 1학년을 마친 후 공군 사병으로 지원하여 복무를 하게 되었으니 참으로 신기한 일이었다. 하지만 원홍 군은 서울에서, 나는 오산에서 복무하게 되어 서로 자주 만나지는 못했지만 계속 소식을 주고 받으며 우정을 이어갔다. 제대 후 다시 복학하여 학업을 마친 후 원홍 군은 대한항공에서, 나는 (주)선경에서 사회의 첫발을 내디뎠다. 그렇게 사회 초년병으로 정신없이 일하다 몇 년 후 내가 결혼을 하게 되었을 때 내 결혼식의 사회를 선뜻 맡아준 친구가 바로 원홍 군이었는데 어찌나 유머러스하게 사회를 잘 진행해주었던지 지금도 기억에 생생하고 고맙게 생각하고 있다.

이렇게 우리 둘의 인연은 계속 이어져 갔는데 신기하게도 원홍 군과 호주에서 4년여를 함께 보낼 수 있는 천금 같은 기회가 주어졌다. 내가 원홍 군이 이민해 정착하여 살고 있는 호주 시드니에 우리 회사 선경의 시드니지사장으로 발령받아 부임하게 된 것이다. 시드니에서의 4년여 동안의 생활은 지금 생각해보면 나의 인생에서 가장 기억에 남고 정신적으로 가장 풍요로웠던 시절이었던 것 같다. 나의 절친이자 존경하는 죽마고우 원홍 군이 롯데여행사를 창업해 굳건히 자리잡아 살고 있는 곳이고 자연경관이 빼어난 세계 3대 미항 중 하나인 곳에서 살게 되었으니 무엇이 더 바랄 것이 있었겠는가? 내가 호주에서 지냈던 시절에도 간간히 들려오는 원홍 군의 호주 한인사회에서의 활동소식은 나를 기쁘게 해주었다. 특별히 그의 중국기행 책 출판이나 호주교민사회에서 최초로 시도된 호주교민 북한단체관광 성공 등… 역시 원홍이구나 하는 가슴 뿌듯함과 함께 큰 자부심을 느끼게 해주었다.

원홍 군과의 인연은 호주에 이어 홍콩, 중국에서도 계속 이어졌다. 내가 28년간의 SK 근무를 마치고 퇴직해 홍콩과 중국 광주에서 내 개인사업을 하게 되었는데 이 시절 원홍 군은 훌륭하게 성장한 두 아들이 회사일로 홍콩에 주재하며 살고 있어 자녀들을 보러 가끔씩 홍콩을 방문했는데 그때마다 홍콩이나 중국 광주에서 만나 묵었던 회포를 푸는 즐거운 시간을 가질 수 있었다.

이번에 원홍 군의 회고자서전을 읽으면서 원홍 군이 호주사회에서 이룩했던 그동안 내가 미처 몰랐던 수많은 업적들을 자세히 알게 되어 놀라움을 금치 못했고 더욱 더 원홍 군을 존경하게 되었다. 호주에서의 원홍 군의 활동내역에 관해서는 내가 가까이에서 직접 지켜보지 못했기 때문에 일일이 거론할 자격은 없지만 이 책을 통해 원홍 군이 시드니 한인사회를 위해 애쓴 여러가지 일들과 또 호주에서의 한국 위상을 높이기 위해 이룬 수많은 업적들에 대해서 찬탄을 금할 수 없다. 역시 고등학교 시절의 그의 모습이 그대로 호주에서도 재현된 것 같아 반갑기 그지없고 자랑스럽다. 원홍 군이 학창 시절 품었던 조국을 위해 뭔가 기여를 해야겠다는 그 큰 꿈을 한국 대신 호주에서 호주 한인사회를 위해 혼신의 힘을 다해 아낌없이 쏟아부어 그 꿈을 이루었던 것이 아닌가 싶다. 그래서 호주정부에서도 그의 뛰어난 업적을 인정하여 영예로운 호주국민훈장을 수여한 것 같다.

이 책은 우리 보성고 56회 동기들에게 원홍 군과 함께했던 중고교 시절의 추억을 되살려주기에 더없이 좋을 것 같아 일독을 권하는 바이며 아울러 호주에 살고 계시는 원홍 군의 친지, 지인 및 교민 여러분들께도 호주의 한인 이민역사를 되돌아 볼 수 있는 훌륭한 지침서가 될 것으로 확신하며 이런 보람 있고 훌륭한 책을 출판하게 된 원홍 군에게 진심어린 존경과 함께 축하의 말을 전한다.

정영국
세계한민족회의 이사장

당신은 '프런티어 정신frontier spirit'으로 "개척자의 길" 가신 분.

승원홍William W. H. Seung 회장님을 처음 뵙게 된 것은 새로운 밀레니엄이 시작되는 2000년도 재외동포재단의 세계한인회장대회 행사 때인 것으로 기억된다. 당시 승 회장님은 패기만만하고 시대를 앞서가는 스마트한 분, 선진국에 사는 선택받은 재외동포라는 느낌을 주었다.

승원홍 회장님의 자서전에 대한 추천사를 쓰겠다고 말씀드린 후, 자칫 글공부가 부족한 사람이 세상을 먼저 산 어른의 인생 전반의 스토리와 업적, 가족사, 그리고 그분의 경륜과 선한 영향력들에 대한 내용을 어떻게 살피고 추천사를 쓸 것인가 하는 두려움이 생겼다. 그럼에도 승 회장님의 고매하신 인품을 알기에 호기를 부리게 된 것이다.

승 회장님의 회고자서전을 읽자마자 곧장 마음이 숙연하고 가슴이 먹먹해져 왔다. 그 시대를 살기 위한 노력과 몸부림들이 구구절절 가슴으로 다가와 마음 아프게 하기 때문이다, 이것은 승 회장님의 회고자서전이자 인간 승원홍의 인생서사시이다. 왜냐하면 여기에 승원홍의 출생과 성장, 꿈과 의지, 도전과 극복의 전 인생 과정이 압축되어 전개되기 때문이다.

승원홍은 실향민의 후손으로 남한에 내려와 유 청소년기를 보냈고, 세상 삶의 지혜를 터득하고 뿌리를 내려야 할 나이엔 낯설고 물 설은 호주로 가족을 이끌고 이민의 길 떠난 '개척자'이다.

무엇보다도 그는 하나님을 경외하는 기독인으로서 하나님의 인도하심을 따라 '순종의 길'을 걸으신 분이다.

그는 혼신을 다해 세상에 꼭 필요한 사람이 되고자 노력하고 또 노력했다. 한민족의 정체성을 가지고 주류사회에 진출하도록 교육하고 사랑으로 가르친 자녀들은 이제 글로벌 무한 경쟁시대를 헤치고 살아갈 차세대 지도자로 성장했다.

사실 오늘날 5대양 6대주 180여 개 국가에 산재한 750만 재외동포는 바로 승원홍 회장님과 같은 '의지의 한국인들'이 미지의 세계를 향해 나아가 피와 땀과 눈물로 극복하여 이룩한 결실이다.

그리고 대한민국의 오늘이 있기까지 해외동포들은 물심양면으로 조국을 도왔다는 사실을 잊지 말아야 할 것이다.

승 회장님의 염원과 같이 승원홍의 회고자서전 『이민의 나라-호주, 나의 꿈과 도전』이 지난 42년을 살아온 호주동포사회의 기록으로 남아 호주한인동포사회와 다민족, 다문화사회를 인도하는 길잡이가 되고, 나아가 미지의 세계를 향해 '개척자의 길'을 떠나는 후진들에게 귀한 영감으로 인생행로를 제시하는 나침반이 되기를 바란다.

평생토록 승 회장님을 내조한 사모님과 자녀분들에게 하나님의 축복과 사랑이 넘치시기를 바라면서 승원홍 회장님의 건강과 호주동포사회의 무궁한 발전을 기원한다.

조 기 덕

전 호주 시드니한인회장

1980년 초 호주 시드니에 정착하게 되면서 당시 대한항공 시드니 지사장으로 재임중이던 승원홍 회장을 만나게 되었고 이로부터 지금까지 40여 년을 이웃으로 함께 지내면서 남다른 귀한 인연을 이어 오고 있다. 이국 땅에서 새로운 삶을 힘겹게 개척해 가던 외로운 시절에 대학 후배동문을 만난 그때의 기쁨은 지금도 나의 마음속에 따뜻한 추억으로 남아있다. 이후 우리는 새로운 환경에 적응해 가야 하는 어려움 속에서 각자의 사업체를 운영하면서 서로를 격려하고 위로하며 형제애를 나누며 지내왔다. 또한 호주 동포사회의 발전과 친교를 위해 서로 협동하며 노력해 왔던 추억들도 아름답게 남아 있다. 한때 서울대학 동창회와 재호한인상공인연합회 그리고 시드니 한인회 등 호주 한인공동체의 운영을 책임 맡고 여러 교포사회 지원활동에 함께 심혈을 기울었던 시절도 있었다. 과거 승 회장이 경영하던 롯데여행사 창립 10주년 기념예배와 『승원홍의 중국기행』 책 출판 기념회 등에 참석하여 축하했던 기억도 새로운데 이제 그의 삶의 여정을 되새기는 『나의 꿈과 도전』이라는 자서전을 보게 되니 참으로 감격스럽고 감사한 마음이 앞선다. 오랜 기간 자료수집과 집필에 심혈을 기울여 이 뜻깊은 회고록을 출판하게 되었음에 그동안의 숨은 노고를 치하하며 사랑과 축하의 박수를 보낸다.

돌이켜보면 승 회장은 시드니 한인사회 정착 초기부터 지금까지 참으로 많은 활동과 업적을 남기면서 살아왔다고 생각된다.

1980년대 재호한인상공인연합회 발기모임에 참여하여 상공인연합회 창설에 공헌하였고 이어서 초대 총무로 부임하여 6년간 봉사하면서 그의 뛰어난 친화력과 활동력을 발휘하여 호주 시드니 한인상공인들의 사회적 위상을 높이는 데 크게 역할했던 것으로 기억한다.

승 회장은 또한 롯데여행사를 경영하면서 호주 주류사회 여행업계의 한국여행관련 전문가로서 확고한 자리매김을 했고 한국관광 여행패키지상품을 만들어 호주 전역의 현지여행사들을 상대로 도매마케팅을 주도하는 탁월한 능력을 발휘하는 한편 '승원홍장학금' 제정 운영 등 한인사회 곳곳에서의 도움요청에도 후원을 아끼지 않고 한인사회 발전에 기여했다. 특별히 교민자녀 2세를 위한 모국방문 산업체시찰단체 운영, 한국전 참전 호주군인들의 한국재방문 프로그램 운영, 호주태권도협회의 공식지정여행사로 활약하며 호주 내 6-7만여 명의 호주인 태권도훈련생의 한국방문과 전지훈련 프로그램을 운영하며 한호 양국 간의 우호증진과 교류에도 상당한 성과를 이룩했다.

승 회장은 언제나 새롭게 개혁 발전하려는 의지가 강한 창의적이고 도전적인 꿈의 사나이다. 그의 롯데여행사 사업에서만 아니라 승 회장이 지도자로서 간여했던 한인단체들마다 대체로 전성기를 구가했던 것으로 기억한다. 호주 한글학교협의회, 재호한인상공인연합회, 재호평안도도민회, 서울대학교동창회, 호주 시드니한인회, 호주한인공익재단 등, 실로 많은 곳에서 탁월한 리더십과 추진력으로 시드니 한인동포사회의 위상을 높이는 데 크게 기여했다고 생각한다.

더불어 다문화사회를 표방하는 호주사회에서 다문화협의회 부의장으로 활약하며 한인사회와 타 문화 배경의 지도자들과의 교류를 확대하며 한인사회가 호주 다문화사회의 중요한 일원으로 자리매김을 하는 데도 기여하고 있는 것으로 이해하고 있다.

이번에 출간되는 승 회장의 회고자서전은 한 개인 삶의 서사시로서 매우 흥미롭고 이채롭다. 1950년대부터 1970년대 어려웠던 한국사회 속의 정겨운 이야기와 청운의 꿈을 키워가던 학창 시절의 이야기, 결혼과 가족이야기, 첫 직장 대한항공 재직 시절과 첫 사업 롯데여행사의 이야기들. 그리고 이어지는 승 회장이 직접 간여했던 다양한 단체활동과 숨겨진 이야기들.

승 회장과 같은 개척자정신을 가진 이민자들의 눈물과 땀과 노력으로 인해서 오늘날과 같은 그래도 살기 좋은, 그래서 살 만한 가치가 있는 호주한인사회가 되었다는 생각이 든다.

『새로운 이민의 나라-호주, 나의 꿈과 도전』이 많은 분들에게 선한 영향을 끼쳐서 더욱 더 살기 좋은 호주한인사회가 되기를 희망하면서 호주한인동포들이 사랑하는 승원홍 회고자서전이 되기를 희망해 본다.

끝으로 2019년 호주건국일을 맞아 받은 영예로운 호주국민훈장OAM 수훈을 축하하며 승 회장의 앞날에 하나님의 크신 축복이 늘 함께하시기를 기원한다.

1947년생 꿀꿀이 친구 최 현 섭
전 강원대학교 총장

잔잔한 감동을 일으키는 인생 수채화에 빠져들다.

서문과 이력만 보아도 "꿈과 도전"으로 점철된 자랑스럽고 존경하는 친구의 인생길을 한 눈에 알 수가 있다. 그러나 마지막 9장까지를 읽고 나면 이 자서전은 그 흔하고 흔한 자서전과는 전혀 다르다는 것을 알게 된다. 과포장된 선전물이나 기교 넘치는 교언영색도 없다. 그렇다고 단순한 과거의 회상이나 사실적 기록물도 아니다.

그가 평생 동안 몸으로 부딪치면서 응축시킨 정신과 철학을 녹여 넣은 이야기책이다. 읽으면 읽을수록 "경천애인"의 가치가 깊숙이 배어있는 크고 작은 이야기들이 재미있게 읽힌다. 잔잔한 감동을 일으키는 한 폭의 수채화처럼 말이다. 무엇보다도 그의 사랑하는 후손들에게 자랑스럽고 강인한 "뿌리"의 가치를 일깨우고 강화하려는 간절한 소망이 있어 좋다. 1,000년 전의 족보를 돌아보고 우리의 참 아픈 역사인 분단과 전쟁의 소용돌이를 이겨 낸 실향민의 애절한 사연들도 그렇게 읽힌다. 대한민국의 '연일 승씨'에서 지구촌 시대의 '호주 승씨'로 시작하는 시조의 결연함까지.

그뿐이 아니다. 이 책에는 그와 함께 울고 웃으며 살아온 학창시절과 사회생활에서의 다양한 만남과 끈끈한 우정 그리고 깊은 존중과 신뢰들이 넘쳐난다. 초중등학교 때 담임 선생님과 훌륭하신 선생님들과의 소소한 관계, 일본 여학생과의 펜팔이야기, 룸비니, 흥사단, 미공보원 클럽 등 대학 시절의 다양한 활동 이야기 등 모두 따뜻한 미소를 자아내게 한다. 필자와의 연이 있는 '정영사'의 이야기는 50년 전의 추억에 빠지게 한다. 낙엽제, 자치 활동 대표, 꿀꿀이 모임 등 그 꿈 많고 열정 넘치던 때를 생생하게 되살려 주어 좋다.

그러나 책장을 넘길수록 이 책의 진짜 가치는 다른 곳에 있음을 알게 된다. 그것은 자유 대한민국과 세계 곳곳에 흩어져 살고 있는 수많은 이민 세대들이 더 융창하고 행복하기를 바라는 간절함이 깊이 자리하고 있다는 것이다. 첫 직장, 첫 사업, 호주 이민에서 있었던 이야기들은 그냥 옛날이야기가 아니다. 편한 마음으로 읽다 보면 인생길에서 '도전과 최선'이 갖는 가치와 맛을 제대로 깨닫게 해준다. 사랑하는 자손들에게 "자녀들의 정체성과 자존감", "대한민국의 미래 세대와 해외 동포사회 그리고 다문화지도자들에게 귀한 영감을 주고 더 혁신적이고 희망을 주기"를 바란다는 서문의 뜻이 그대로 읽혀진다.

7장, 8장, 9장은 이러한 그의 소망을 몸으로 보여준 이야기들이다. 그의 출중한 잠재적 역량이 유감없이 발휘된 산 증거들이라 해도 될 것이다. 2년 동안의 제26대 호주 시드니 한인회장으로서 그리고 그에 이어서 한국과 호주의 정부 간 및 민간 간의 끈끈한 유대와 협력을 강화하기 위한 그의 노력은 가히 눈부시다 할 정도이다. 호주 교민들의 다양한 친목과 화합을 위한 노력이야 말할 필요가 없고, 호주 한국전쟁참전비 건립 추진, 한호 정경포럼 창립, 시드니 평화의 상 건립 제막, 호주 중국인 복지회와의 긴밀한 협력 등은 따라하기 힘든 어려운 민간 외교 활동으로 보인다. 평안도민회와 이북오도민회 창립에 앞장서고 우리민족서로돕기 참여를 활성화하는 등 분단의 아픔과 고통을 평화로 연대로 풀어가고자 하는 실향민 후예로서의 노력은 감동적이다. 호주 정부의 국민 훈장OAM이 그의 참 결실일 것이다.

그러나 친구의 자서전 마지막 쪽을 읽으면서 알 수 없는 허전함을 감출 수가 없다. 그것은 위대한 정치 지도자가 되었으면 좋겠다는 예전의 기대와 기도가 컸기 때문이다. 그랬다. "승짱!" 친구지만 나는 그를 이렇게 불렀다. 그의 남다른 열정, 역량, 품성이 그렇게 부르도록 만들었다. 그래서 호주이민을 간다고 했을 때 크게 실망을 하였다. 시드니한인회장으로서나 호주 이민 생활에서 보여준 그의 뛰어난 역량 발휘가 허전하게 느껴지는 것도 그 때문이리라. 요즈음 우리 한국의 정치 상황이 더욱 그걸 키운다.

그러나 이제 어쩌랴? 70 중반인데. 이제는 자서전에 담긴 그의 소망이 튼튼하게 자리매김할 수 있도록 최선을 다하는 수밖에. 낮은 자리에서 더 빛나게. 그리고 건강하게. 그가 남긴 이 인생 수채화가 큰 떨림과 울림이 되기를 바라는 마음으로 위로를 삼는다.

자서전의 생생한 모델을 보다

양 병 무 (행복경영연구소 대표 / 전 인천재능대 교수)

"어떻게 이토록 많은 자료를 모을 수 있었을까?"

"한 사람의 인생이 기록될 수 있다면 하나의 마을 도서관과 같다."

승원홍 회장님의 자서전 『이민의 나라 호주 - 나의 꿈과 도전』을 읽으면서 일관되게 받았던 느낌이다. 자료 없이는 글을 쓰기가 어려운데 대부분 정확한 시기와 장소와 내용이 기록되어 있어 놀라움을 금할 수 없다. 회장님은 1947년 북한에서 태어나 첫돌도 되기 전에 부모님의 등에 업혀 남한으로 내려와, 이산가족의 아픔 속에서 성장하여 한국 사회에서 뿌리를 내리고 초등학교와 중고등학교를 거쳐 대학을 졸업했다. 대한항공에 취업하여 근무하다가 35세 때 호주에 이민하여 정착하고 성장하는 과정이 파노라마처럼 전개되고 있다. 내용이 쉽고 지루하지 않아 드라마를 보듯이 빠져드는 매력이 있다.

첫째, 나는 누구인가에 대한 진지한 물음에서 인생의 중요한 단면을 볼 수 있다.

인간은 존재의 뿌리에 대한 물음이 있다. 뿌리를 찾아가고 자신의 존재를 깨달으면서 정체성을 찾아가는 과정이 우리 모두에게 진지한 질문을 던져준다. 회장님은 정체성에 대한 깨달음을 바탕으로 인생을 반추하는 모습을 생생하게 보여주고 있다.

둘째, 한국에서의 성장과정은 조국 대한민국의 근대사를 회고하도록 해준다.

어린 시절, 초등학교, 중학교, 고등학교, 대학시절, 결혼과 자녀 양육 등의 삶을 통해 우리의 모습을 돌아보게 한다. 자료를 정확하게 인용하고 생생하게 기록하고 있어 당시의 시절로 돌아가게 만드는 효과가 있다. 각자 내용은 다르지만 회장님의 글은 독자의 과거를 돌아보게 하는 힘이 있어 자신이 주인공이 된 것 같은 생각을 하며 책을 읽게 만든다. 마치 이순신 장군의 난중일기의 한 대목을 보는 것 같은 느낌이 들었다.

셋째, 이민의 역사를 이해할 수 있는 귀한 자료이다.

대한항공에 취직하여 9년 동안 재직하면서 직장인으로서 자세와 태도가 생생하게 그려져 있다. 다니는 직장에 최선을 다하면서 우연히 찾아온 이민의 기회를 활용하여 이민을 결심하게 된다. 이민을 떠나는 한 가정의 모습을 보여주고 있어 흥미롭다.

드디어 호주에서 첫사업으로 여행사를 설립하였다. 대한항공에 다닌 경력과 연관성을 가진 사업을 시작하여 기존 여행사의 경영방식에 안주하지 않고, 변화와 혁신, 창의성을 바탕으로 여행업계에서 성공을 거둔다. 교민 자녀 모국 방문 프로그램, 한국전 참전 호주군인의 한국 방문, 호주태권도협회와 한국의 교류, 북한관광개척과 이산가족 만남, 중국기행 책 발간 등이 인상적이다. 작은 회사가 태동하여 30년 동안 성장하는 과정이 잘 그려져 있다. 이민 사회에서 어떻게 뿌리를 내릴 수 있는지를 보여주는 귀한 모델이 아닐 수 없다.

넷째, 인간관계의 중요성을 알 수 있다.

인생은 만남의 연속이다. 회장님의 좌우명은 경천애인敬天愛人이다. 하나님을 경외하고 인간을 사랑하는 마음이다. 그래서 만남과 인연을 중시하는 철학이 몸에 배어 있다. 만나는 사람들을 늘 기쁘게 해주었기에 필요한 사람들을 적재적소에서 만날 수 있었다. 회장님은 인간관계의 중요성을 책의 전편에서 보여준다.

다섯째, 호주 교민의 위상과 자긍심을 높여주었다.

교민의 한 사람으로서, 또 사업가의 한 사람으로서 한인사회와 어떤 관계를 맺었는지가 친절하게 묘사되어 있다. 사업에 충실하면서 상공인의 일원으로서도 최선을 다하는 모습이 진지하다. 먼저 호주한글협의회를 창립하여 교민들에게 한국인의 뿌리와 정체성을 고양시키는 일에 앞장섰다. 재호한인상공인연합회 회장이 되어서 상공인의 적극적인 참여를 유도하고 위상을 강화하는 일에도 열정을 가지고 헌신했다.

시드니 한인회장에 출마하여 당선된 후 한인회의 위상을 높이기 위한 노력이 더욱 헌신적으로 전개된다. '1만 명 한인회비 납부 캠페인'을 벌여서 교포들이 스스로 회비를 납부하고, 한글과 영문 병기 한인전화번호부를 제작하고, 호주 한인사회 최초의 영자신문 발행 등을 통해 교민들이 주인의식을 가지고 참여하도록 유도했다. 호주연방총리 면담, 호주 이민장관, 외교장관 등 호주 주류 사회와의 교류협력을 바탕으로 한인사회의 권익을 신장하는 모습이 진지하게 전개되고 있다. 또한 한국 대통령, 중앙정부, 지자체인사, 국회의원, 공관장과의 원만한 교류협력을 통해 모국인 한국과의 튼튼한 유대관계를 강화한 점도 돋보인다.

여섯째, 노블레스 오블리지의 모델이다.

회장님은 가족들에게 귀감이 되고, 회사와 한인회 활동 등에서도 변함없이 솔선수범하고, 겸손한 자세를 견지하여 노블레스 오블리지를 실천했기에 가는 곳마다 성장과 발전, 희망이 함께 할 수 있었다.

회장님 본인이 어려운 환경에서 장학금을 받고 서울대학을 졸업하고 본인도 사업을 하면서, 여유가 있지 않을 때도 장학생을 선발하여 장학금을 지급하면서 후진 양성에도 심혈을 기울였다. 사업가로서 열심히 노력하고 동시에 상공인 활동, 한인회 활동, 다양한 봉사 활동 등을 통해서 교민들의 위상을 높여 나갔다. 회장님의 이러한 노력들은 2019년 호주정부로부터 '호주국민훈장OAM'을 수훈함으로써 결실을 맺게 된다.

단재 신채호 선생은 "역사를 잊은 민족에게 미래는 없다"고 말했다. 회장님의 자서전은 한인사회의 중요한 일들에 대한 과거의 기록과 현장감 있는 사진들을 소개해주고 있기 때문에 귀한 참고자료가 아닐 수 없다. 방대한 자료를 일목요연하게 정리하고 있어 자서전의 좋은 모델이 되고 있다. 이 책을 통해 750만 해외동포들이 이민의 역사를 기록하고 이와 같은 회고록이 다른 나라에서도 발간되기를 바라는 마음 간절하다. 회장님의 자서전이 호주의 해외동포뿐만 아니라 한국에서도 자서전에 관심이 있는 분들에게 읽혀지기를 희망하며 일독을 권한다.

출간후기

대한민국 호주 이민사(史)를 세심하고 드라마틱 하며 가감없이 보여 주는 승원홍 회장님의 이 책이 더 넓은 세계로의 꿈을 키우는 이들에게 포부와 희망을 심어 주기를 기원합니다!

권 선 복(도서출판 행복에너지 대표이사)

대한민국 이민의 역사는 수많은 이들의 피와 땀이 함께한 역사입니다. 6.25 전쟁의 포화 속에서 전 국토가 잿더미로 변하고, 모든 것을 처음부터 다시 시작해야 했으며, 정치적으로도 몇십 년 동안 혼란이 반복되는 속에서 많은 사람들은 더 나은 삶을 찾아, 혹은 외화를 벌기 위해 해외로 진출을 시작했습니다. 하지만 말도 통하지 않고 문화도 전혀 다르며 의지할 사람도 없는 타국에서 새로운 삶의 터전을 만드는 일은 하나부터 열까지 험난한 일이었고, 초기 한국인의 이민사는 그야말로 고난의 역사라고 봐도 이상하지 않을 것입니다.

저자는 북한 평안북도에서 태어난 이산가족으로 기회의 땅 호주에 정착한 후 호주 한인사회의 발전을 위해 물심양면으로 노력한 승원홍 전 호주시드니 한인회 회장입니다. 회장님의 인생을 담은 에세이, 『이민의 나라 호주 - 나의 꿈과 도전』은 대한민국 호주 이민의 지난한 역사를 보여주는 산 증거일 뿐만 아니라 세계를 무대로 꿈을 펼치고자 하는 대한민국 청년들에게 "어떤 삶이 해외 이민자로서 존경받을 만한 가치 있는 삶인가?"라는 질문에 대해 하나의 해답을 제시해 주고 있습니다. 방대한 자료가 한 치의 오차 없이 기록된 이 책이 많은 사람들에게 귀감이 되어지길 기원하며 모든 대한민국 도서관에 비치되어지길 희망합니다.

승원홍 회장님의 일생 전부를 담았다고 할 수 있는 이 책에서 가장 돋보이는 부분은 보성중고등학교와 서울대학교 중문학과 시절부터 호주의 대표적 한인 인사로 활동하기까지, 승 회장님의 일관적으로 지켜 온 '경천애인'의 신념 실천이라고 할 수 있는 '이타적 리더십'입니다.

저자는 아버님의 잇따른 사업 실패와 경제적 어려움 등 많은 역경을 겪었으나 공부로 이를 극복해야 한다는 깊은 믿음을 가지고 열정을 다해 서울대학교 문리과대학 중어중문학과에 입학했습니다. 그는 당시 서울대학교 종합기숙사였던 정영사正英舍 학생자치위원장으로 활동하면서 정영사의 시설 개선과 학생 복지를 위해 후견인 격인 청와대 육영수 여사에게 직접 제언하는 것도 두려워하지 않을 정도로 주변 사람들을 위하며 강한 리더십을 발휘했습니다.

9년간의 대한항공 근무를 거쳐 호주에 새로운 삶의 터전을 마련하고 호주 롯데여행사를 설립한 저자는 1983년도 당시 호주에서 낯선 땅이었던 한국이라는 나라의 좋은 이미지를 적극적으로 홍보하며 한국관광상품을 적극적으로 개발 판매했습니다. 북한관광의 활로 개척에도 적극 도전하여 최초로 호주교민 북한 단체관광을 성사시키고 현지에서의 이산가족 상봉을 이루어 냈을 뿐만 아니라 호주 노동당연방정부가 초청한 북한노동당 대남담당 김용순 비서와의 만남 등 괄목할 만한 활약을 했습니다.

또한 호주한글학교협의회 회장, 재호한인상공인연합회 회장으로 다양한 성과를 이룩했으며, 호주시드니한인회 회장으로 활동하면서 호주 주류사회를 대상으로 한 비전 프레젠테이션 실행과 호주 한인사회 최초의 영자신문 발행 등 다양한 활동을 하면서 호주 한인사회를 호주 주류사회에 편입시키는 데에 앞장서는 한편, 호주 내의 다양한 다문화 그룹들과도 소통하며 한인사회의 위상을 높이는 데에 큰 공헌을 하였습니다. 지난 2019년 호주 정부가 승 회장님에게 수여한 호주국민훈장OAM, Order of Australia Medal은 그의 이러한 족적을 단적으로 보여주는 것이라고 할 수 있습니다.

이렇게 호주 한인사회와 호주 내 한국인의 위상제고를 위해 많은 영향력을 끼친 승원홍 회장님의 글을 귀한 인연으로 2013년『긍정이 멘토다』공저 이후 8년 만에 역사적이고 기념비적인 책을 출간할 수 있게 되어 깊은 감사를 드리며, 한국인의 호주 이민사史를 가감 없이 보여 주는 이 책이 더 넓은 세계로의 꿈을 키우는 사람들에게 포부와 희망을 심어주어, 사람은 책을 만들고 책은 사람을 만든다는 신념으로 한 권의 책이 한 사람의 운명을 바꾸고 한 사람 한 사람 운명이 모여서 기운찬 행복에너지가 대한만국 방방곡곡에 전파되어지길 축원 드립니다.

'행복에너지'의 **해피 대한민국** 프로젝트!

〈모교 책 보내기 운동〉

대한민국의 뿌리, 대한민국의 미래 **청소년·청년**들에게 **책**을 보내주세요.

많은 학교의 도서관이 가난해지고 있습니다. 그만큼 많은 학생들의 마음 또한 가난해지고 있습니다. 학교 도서관에는 색이 바래고 찢어진 책들이 나뒹굽니다. 더럽고 먼지만 앉은 책을 과연 누가 읽고 싶어 할까요?
게임과 스마트폰에 중독된 초·중고생들. 입시의 문턱 앞에서 문제집에만 매달리는 고등학생들. 험난한 취업 준비에 책 읽을 시간조차 없는 대학생들. 아무런 꿈도 없이 정해진 길을 따라서만 가는 젊은이들이 과연 대한민국을 이끌 수 있을까요?

한 권의 책은 한 사람의 인생을 바꾸는 힘을 가지고 있습니다. 한 사람의 인생이 바뀌면 한 나라의 국운이 바뀝니다. **저희 행복에너지에서는 베스트셀러와 각종 기관에서 우수도서로 선정된 도서를 중심으로 〈모교 책 보내기 운동〉을 펼치고 있습니다.** 대한민국의 미래, 젊은이들에게 좋은 책을 보내주십시오. 독자 여러분의 자랑스러운 모교에 보내진 한 권의 책은 더 크게 성장할 대한민국의 발판이 될 것입니다.

도서출판 행복에너지를 성원해주시는 독자 여러분의 많은 관심과 참여 부탁드리겠습니다.

도서출판 **행복에너지** 임직원 일동

하루 5분나를 바꾸는 긍정훈련

행복에너지

'긍정훈련'당신의 삶을
행복으로 인도할
최고의, 최후의'멘토'

'행복에너지
권선복 대표이사'가 전하는
행복과 긍정의 에너지,
그 삶의 이야기!

인터파크
자기계발 분야 주간
베스트 1위

권선복 지음 | 20,000원

권선복
도서출판 행복에너지 대표
지에스데이타(주) 대표이사
대통령직속 지역발전위원회
문화복지 전문위원
새마을문고 서울시 강서구 회장
전) 팔팔컴퓨터 전산학원장
전) 강서구의회(도시건설위원장)
아주대학교 공공정책대학원 졸업
충남 논산 출생

책『하루 5분, 나를 바꾸는 긍정훈련 - 행복에너지』는 '긍정훈련' 과정을 통해 삶을 업그레이드하고 행복을 찾아 나설 것을 독자에게 독려한다.
긍정훈련 과정은 [예행연습] [워밍업] [실전] [강화] [숨고르기] [마무리] 등 총 6단계로 나뉘어 각 단계별 사례를 바탕으로 독자 스스로가 느끼고 배운 것을 직접 실천할 수 있게 하는 데 그 목적을 두고 있다.
그동안 우리가 숱하게 '긍정하는 방법'에 대해 배워왔으면서도 정작 삶에 적용시키지 못했던 것은, 머리로만 이해하고 실천으로는 옮기지 않았기 때문이다. 이제 삶을 행복하고 아름답게 가꿀 긍정과의 여정, 그 시작을 책과 함께해 보자.

『하루 5분, 나를 바꾸는 긍정훈련 - 행복에너지』

"좋은 책을 만들어드립니다"

저자의 의도 최대한 반영!
전문 인력의 축적된 노하우를 통한 제작!
다양한 마케팅 및 광고 지원!

최초 기획부터 출간에 이르기까지, 보도 자료 배포부터 판매 유통까지! 확실히 책임져 드리고 있습니다. 좋은 원고나 기획이 있으신 분, 블로그나 카페에 좋은 글이 있는 분들은 언제든지 도서출판 행복에너지의 문을 두드려 주십시오! 좋은 책을 만들어 드리겠습니다.

| 출간도서종류 |
시·수필·소설·자기계발·일반실용서·인문교양서·평전·칼럼·여행기·회고록·교본·경제·경영 출판

도서출판 행복에너지
www.happybook.or.kr
☎ 010-3267-6277
e-mail. ksbdata@daum.net